Über dieses Buch Eine großangelegte Familien-Saga, ein exemplarischer Zeitroman. Ralph Giordano formt einen bisher wenig beachteten Stoff episch aus: Er erzählt vom Schicksal sogenannter »jüdischer Mischlinge« in den Jahren der nationalsozialistischen Gewaltherrschaft. Die Vorgeschichte beginnt Ende des letzten Jahrhunderts, die eigentliche Handlung setzt vor 1933 ein und führt in die ersten Nachkriegsjahre. Ihr Schauplatz: Hamburg – von den Elbvororten bis zum Stadtpark, von Barmbek im Norden bis zum Hafen im Süden, mit unvergeßlichen, in den dramatischen Ablauf verwobenen Gestalten, Bildern, Situationen. Fast unglaublich ist diese Geschichte: Der Autor hat mit seiner Phantasie die nackte Realität überhöht; es ist ihm gelungen, eine sinnfällige Schilderung von Menschen unter bestimmten Bedingungen zu schaffen und eine Zeit zurückzurufen, die mit überwältigender Macht in das Leben aller eingegriffen hat. Er hat das Geschehen und die Figuren frei gestaltet.

Hier sind die kleinen Leute mit ihren Schwächen unter dem grausamen Druck des herrschenden Bösen, mit ihren liebenswerten Zügen, mit dem Ausmaß des ihnen zugefügten Leides und der Fähigkeit zum Überleben. Nichts wird geschönt, keine bittere Erkenntnis verschwiegen. Doch was immer es an Furchtbarem gab: die Liebe zu Hamburg, diese ganz unsentimentale Heimatliebe, bleibt unerschüttert und ist entscheidend für die Zukunft der Bertinis.

Der Autor Ralph Giordano wurde 1923 in Hamburg geboren. Sein Vater, Sohn eines Italieners und einer Deutschen, seine Mutter Jüdin. Besuch des Johanneums. Schulverweisung nach Erlaß der Nürnberger Gesetze. Verfolgung. Folter. Flucht. Versteck. Mai 1945 Befreiung. 1946 Beginn der journalistischen Arbeit. Seit 1964 etwa 100 Fernsehdokumentationen für den Westdeutschen Rundfunk und den Sender Freies Berlin. 1984 erschien sein Buch ›Die Spur. Reportagen aus einer gefährdeten Welt‹, 1987 ›Die zweite Schuld. Oder Von der Last, Deutscher zu sein‹.

Ralph Giordano

Die Bertinis

Roman

Fischer Taschenbuch Verlag

68.–117. Tausend: September 1988

Ungekürzte Ausgabe
Veröffentlicht im Fischer Taschenbuch Verlag GmbH,
Frankfurt am Main, November 1985

Lizenzausgabe mit freundlicher Genehmigung des
S. Fischer Verlags GmbH, Frankfurt am Main
Copyright © 1982 S. Fischer Verlag GmbH, Frankfurt am Main
Umschlaggestaltung: Buchholz / Hinsch / Hensinger
Druck und Bindung: Clausen & Bosse, Leck
Printed in Germany
ISBN 3-596-25961-4

Helga Giordano
meiner Frau

Inhalt

Dritter Teil
Bodendorf

Vierter Teil
Das letzte Jahr

Fünfter Teil
Das erste Jahr

Die Figuren dieses Romans sind frei gestaltet. Wohl gibt es für einige von ihnen historische Ausgangspersonen. Doch diese haben sich im langen Schaffensprozeß selbständig gemacht und verfremdet. Nie war es die Absicht des Autors, jene bloßzustellen, mit denen er das Inferno gemeinsam durchlitten hat. Er hat Figuren gezeichnet, wie etwa die des Cesar Bertini, die im Verlauf des Geschehens unter dem Druck eines unmenschlichen Systems schwere persönliche Verformungen erleiden. Einzelne ihrer Handlungen, insbesondere sexuelle Vorgänge, sind Produkte der Phantasie des Autors und nicht einer real existierenden Person zuzuschreiben.

Erster Teil
CHRONIK

1

Wie sich der Schauplatz von Italien
nach Deutschland verlagerte

Giacomo Bertini war fünf Jahre alt, als er beschloß, sein erbärmliches Geburtsnest Riesi im sizilianischen Regierungsbezirk Caltanisetta auf dem Rücken eines nachbarlichen Esels unabgemeldet zu verlassen – das Meer, Palermo, Musik! Aber er kam nur knapp auf den Weg. Noch im Weichbild der Ortschaft bockte das Tier, warf den jugendlichen Reiter ab und schmetterte ihm den rechten Hinterlauf so nachdrücklich ins Gesicht, daß das Blut spritzte – spitz durchstieß das Nasenbein die Haut.

Giacomo wendete.

Fortan sah man ihn häufig in die Olivenhaine verschwinden. Mit dem Rücken gegen einen Stamm gelehnt, wußte er einer primitiven, selbstgebastelten Flöte helle, überirdische Töne zu entlocken. Acht Jahre später, mit dreizehn, verließ er sich nicht mehr auf fremder Leute Esel. Nachts riß er aus, wanderte, wanderte gewaltig über die sizilianische Erde und erreichte, halbverhungert, auf der Höhe von Palermo das gläserne, vom Horizont violett gesäumte Meer. Betrat die Stadt. Stand staunend vor der Martorana des Georg von Antiochien, in Ehrfurcht gebeugt unter dem Portal der Politeana Garibaldi und weinte vor den rötlichen Rundkuppeln des San Giovanni degli Eremiti. Zitternd betastete er die Rosen an den Säulen. Wie immer, wenn er erregt war, schimmerte die Narbe an seiner Nase ganz weiß.

Giacomo ging bei einem Schneider in die Lehre, um des Brotes willen. Mühelos und genial beherrschte er mit fünfzehn ein halbes Dutzend Instrumente, allen voran die Trompete. Gab, nachdem der Schneidermeister ihn seiner störenden musikalischen Besessenheit wegen schließlich davongejagt hatte, ein kurzes, zähneknirschendes Intermezzo bei den Carabinieri, floh auch diese Organisation und spielte, zwanzigjährig, unaufgefordert einem großen Blasorchester vor, das Palermo etwas gönnerisch beehrte – die Herren waren Hauptstädte gewohnt. Giacomo schlich in eine Probe, unterbrach sie schrill mit seiner Trompete, blies, blies unerhört, jetzt engelhaft sanft, dann wieder mit mauersprengendem Schall, tremolierend, von schier endlosem Atem. Hielt inne, wartete, griff, als der Himmel nicht einstürzte, nach einem Cello, gab ein furioses Solo und stand nach dem letzten Ton, seiner schlotternden Glieder nicht mehr mächtig, da – Erfolg oder Untergang hatte seine Devise gelautet!

Alberto Druso, ein feiner, weißhaariger Mann, hielt die ganze Zeit seinen Stab gesenkt. Sizilianer aus Messina, engagierte er den ungebetenen Gast wortlos durch ein Kopfnicken. Sie schlossen sofort Freundschaft miteinander.

Das war 1890.

Vier Jahre zog Giacomo mit dieser Kapelle durch die Metropolen des Mittelmeeres – Alexandrien, Athen, Marseille, Konstantinopel, Rom –, ehe sie sich zum erstenmal nach Norden wandte.

Damals fand in Hamburg unter dem verheißungsvollen Titel »Venedig an der Elbe« eine Ausstellung statt, ein geschicktes Arrangement von Vergnügen und kommerziellen Interessen des Zitrus-Imports – die Leitung schrie nach einem original-italienischen Orchester. Alberto Drusos Musiker überwanden sich und die Alpen und trafen fröstelnd in Hamburg ein, wo ihr dunkler Charme sogleich grobe Verwirrung stiftete. Noch während des Debuts in der »Central-Halle« verliebte sich eine Zuhörerin aus der ersten Reihe sterblich in den Zweiten Trompeter, einen ebenso hübschen wie unbedeutenden Mann. Gleichzeitig mit ihrem vehementen Gefühl wurde auch ihr unheilvoller Plan geboren. Schon in der Pause bestrickte sie den Trompeter, wich künftig nicht mehr von seiner Seite und zählte bald zum Inventar. Zunächst noch unauffällig, begann sie, die Musiker, zwanzig zum Teil bärtige Italiener, zu beschenken, ehe sie daran ging, sie hemmungslos vor den Augen Alberto Drusos, um dessen Rücktritt es ihr ging, zu korrumpieren. Mammon und undankbares Verhalten obsiegten schließlich. Weinend und ohne verabschiedet zu werden, fuhr der vernichtete Druso nach Messina zurück, was den selbstlosen Gatten des liebestollen Frauenzimmers immerhin an die achtzigtausend Goldmark gekostet hatte.

Tatsächlich wurde der Zweite Trompeter auch zum Dirigenten erhöht, seine Talentlosigkeit für den neuen Beruf von den anderen aber nur noch in Hamburg widerspruchslos hingenommen. Schon in Berlin, der nächsten Verpflichtung, ließen sie sich den Menschen nicht mehr gefallen. Als er aufbegehrte, packten sie ihn, schleppten ihn an die Bahn und hielten die Türen so lange gewaltsam geschlossen, bis der Zug in südlicher Richtung davondampfte. Noch auf dem Bahnsteig wählten sie einstimmig und unter Absingen der italienischen Nationalhymne den Ersten Trompeter des Orchesters zu ihrem Oberhaupt. Der sagte kein Wort, keinen Dank, nichts regte sich in seinem Gesicht – nur die Narbe an der Nase leuchtete ganz weiß.

Damals, in Hamburg, hatte es einen Augenblick so ausgesehen, als wollte er dem fassungslos schluchzenden Alberto Druso nachstürzen. Er allein, der Erste Trompeter, hatte die Gaben der Verliebten verschmäht und die Frau keines Blickes gewürdigt. Aber er war geblieben, als sein älterer Freund und Förderer unfreiwillig nach Italien zurückkehrte. Am nächsten Tag, und niemals wieder, fehlte dem Orchester sein Instrument.

Gnadenlos regierte er fortan das Ensemble. Einen langen Säbel umgeschnallt, stand er kerzengerade auf dem Podium. Die Männer gehorchten ihm auf ein Zucken der Braue, nachdem er den Posaunist mit einem Faustschlag gefällt hatte, als dessen Einsatz um den unhörbaren Bruchteil einer Sekunde zu spät gekommen war. Oft probte er so lange, bis ihm das Wasser aus der Manschette troff. Er erweiterte das Repertoire des *Erstklassigen Blasorchesters Bertini unter der persönlichen Leitung des Sizilianers Giacomo Bertini aus Palermo* (!) auf 250 Märsche, 25 Polkas und 24 Mazurkas, ließ auf vier Seiten ein entsprechendes Programm drucken, ziffernmässig geordnet und unter Namensangabe des Komponisten, ohne zu vergessen, seine großen Lieblingsstücke deutlich herauszukehren, nämlich *Aufforderung zum Tanz* von Carl Maria von Weber, *La danza delle ore* von Ponchielli, Beethovens *Egmont* und Rossinis *Wilhelm Tell*-Ouvertüre.

Dann verwandelte er die Kapelle in ein »Philharmonisches Blasorchester«, führte es in noch nicht zwei Jahren über Berlin, London, Warschau, Paris, Moskau und St. Petersburg von Gipfel zu Gipfel, ein unbeherrschter, gesegneter Künstler, wie ein römischer Triumphator empfangen, von gekrönten Häuptern huldvoll in Augenschein genommen, glorienscheinumstrahlt, überall denkwürdig verabschiedet und von den Frauen vergöttert – *Maestro* Giacomo Bertini!

Eine erkennbare Anhänglichkeit trieb ihn immer wieder nach Hamburg zurück, dem Ausgangsort seines märchenhaften Aufstiegs. Nachts allein schweifend, las er dort in einem obskuren Viertel oberhalb des Hafens zwischen St. Pauli und Altona ein Mädchen namens Emma Ossbahr auf, Jungemigrantin aus Schweden, die er zur Stunde noch zu seiner Geliebten machte. Sie steckte ihn schwer, wenngleich nicht unheilbar, an. Zusammen mit dieser Entdeckung erfuhr Giacomo telegrafisch vom Tode Alberto Drusos, der irgendwo auf Sizilien die verbliebene Frist in schauerlicher Einsamkeit zugebracht haben sollte. Wie vom Schlag getroffen, fiel Giacomo um. Als er erwachte, hob er die Augen gen Himmel und wimmerte den Namen des toten und verratenen Freundes vor sich hin. Bald wurde er abermals ohnmächtig. Emma holte einen Arzt, der nach kurzer Untersuchung an Herz und Puls erklärte, Giacomo Bertini werde an einem Gehirnschlag sterben, während einer Erregung, morgen oder in dreißig Jahren, in jedem Fall jedoch an einem Gehirnschlag.

Um diese Zeit ging eine schreckliche Veränderung mit Giacomo vor sich. Er begann zu trinken, auf die Knie zu fallen und mit erhobenen Armen zu flehen. Dabei schaukelte er mit dem Oberkörper wie ein Bär hin und her, stürzte nach vornüber aufs Gesicht, riß, als sie ihm aufhelfen wollte, auch Emma zu Boden und liebte sie dort mit der Grazie eines Walfisches. Das jähe Erwachen aus der Besinnungslosigkeit körperlicher Wonnen in die gewissensgequälte Wirklichkeit hatte für seine Gefährtin fürchterliche Folgen. Giacomo hatte aus Petersburg, wo er vor dem Zaren dirigierte, ein Geschenk des Herrschers über alle Reußen mitgebracht, einen Stab aus Eisenholz, den er nun auf Emma tanzen ließ, bis sie mit geschwollenen Gliedern und unkenntlich verwüstetem Gesicht blutend zusammenbrach. Sein Zorn auf sich selbst verlieh ihm atemberaubende Kräfte. Einmal versetzte er während solcher Auseinandersetzung einer schweren Wanne aus Zink einen so gewaltigen Tritt, daß sie sich ausbeulte und dadurch unbrauchbar wurde. Ein anderes Mal hob er mit Händen, Schultern und Kopf einen Küchentisch hoch und schleuderte das Möbel gegen Emma. Es verfehlte sie nur dadurch, daß sie sich geistesgegenwärtig der Länge nach, flach zu ihm hin, zu Boden warf. Ließ Giacomo dann von ihr ab, so versprach er Besserung und lallte Alberto Drusos Namen vor sich hin. Dennoch mißhandelte er Emma gewöhnlich zweimal in der Woche auf diese Weise.

Eines Tages gestand sie ihm dabei, daß sie guter Hoffnung sei. Der schon erhobene Stock aus Eisenholz blieb in der Luft schweben und fiel dann auf die Erde. Neben ihm wand sich, das Gesicht in den Händen, Giacomo wie in Qualen. Aber als er aufsah, erkannte Emma, daß seinen Augen Tränen des Glückes entströmten. Während der folgenden neun Monate waren die Gebete nicht zu zählen, in denen er Gott anrief, ihm ein Zeichen zu senden, ob es Sünde sei, einem Sohn den Namen des verlassenen und betrogenen Freundes zu geben. Denn daß es ein Sohn werden würde, stand für ihn außer Zweifel.

Es wurde ein Sohn, aber Gott hatte Giacomo Bertini kein Zeichen gegeben. Emma hörte ihn die Nächte hindurch stöhnen. Das Kind wurde mit dem Namen Alfredo in die Papiere eingetragen, aber vom ersten Tage an Alf gerufen. Schon auf der Straße, vor der Tür der Hamburger Behörde, wollte Giacomo die Entscheidung wieder rückgängig machen und den Sohn umbenennen lassen. Als Emma versuchte, ihn zurückzuhalten, drang er vor den Passanten mit erhobenen Fäusten auf sie ein und lief dann, laut den Namen des toten Sizilianers rufend, taumelnd davon. Ergeben trollte Emma hinter ihm drein. Sie war längst sein unentbehrlicher Agent geworden, traf alle Abmachungen und schloß die Verträge.

Giacomo hatte die heimatlose Schwedin im Dezember des Jahres 1896, vier Tage vor der Geburt, um dieses Sohnes willen zu seiner Frau gemacht.

Frühe Fotos wiesen Alf Bertini als ein rundgesichtiges, mehr der Mutter nachgeratenes Kind in seltsam weißer Plusterkleidung aus. Als er stubenrein geworden war, nahm Giacomo den Sohn auf den Schoß und zwirbelte seine Ohrläppchen unter zärtlichem Schnurren zwischen Daumen und Zeigefinger, senkte den Kopf, murmelte, flehte gen Himmel. Nachts, irgendwo in Europa, auch nach den ungeheuren Anstrengungen eines Arbeitstages, stand er auf, verschwand in Kaschemmen, soff. Emma, das Kind auf dem Arm, lief mit verzerrtem Gesicht hinter ihm her, stellte sich, während er lallte, neben ihn und wich nicht von seiner Seite. Der Sohn schluckte Rauch, krächzte, erbrach sich. Schließlich entriß Giacomo ihn seiner Frau und flüchtete, von ihr verfolgt, durch die Tür. Unterwegs prophezeite er sich und den Seinen ein furchtbares und unentrinnbares Schicksal bis in ferne Glieder.

Mehrere Male in der Woche schleppte er Weiber mit nach Hause, warf Emma kurzerhand aus dem Bett und packte sich mit ihnen grunzend da hinein.

Vor dem Publikum aber saß jede Bewegung so exakt wie der lange Säbel, den umzuschnallen er nie vergaß. Kerzengerade stand Giacomo vor seinen Männern, hob die Brauen, schwang den Stock aus Eisenholz und nahm den Sohn, als Alf gehen konnte, mit auf die Proben. Und dabei geschah das Unglück.

Der Fünfjährige hatte hinter Giacomos Rücken nach einem Stock gefaßt, sich aufgestellt und unter unartikulierten Lauten stramm die Ärmchen bewegt – hingerissen vom Schall der Trompeten, dem Wirbel der Trommeln, dem Klatschen der Bässe, der majestätischen Figur des Vaters, vor allem aber, um eine später nur zu deutlich hervortretende Charaktereigenschaft vorweg anzuzeigen, von dem unwiderstehlichen Gefühl getrieben, in Erscheinung treten zu müssen, weil der Geltungstrieb es ihm befahl.

Giacomo, von den schmunzelnden Musikern vorsichtig aufmerksam gemacht, wandte sich um, trat verzückt zurück, sah mit geisterbleicher Rührung auf den wild hantierenden, offenbar ekstatischen Alf – seine Narbe an der Nase wurde schneeweiß. Und in der fürchterlichen Mischsprache aus Deutsch und Italienisch, die zwischen Emma und ihm zur lingua franca geworden war, schrie er nun: »Einär Wu-undärki-ind! Figlio mio isse einär Wu-undärki-ind!« Er gab seinen Leuten ein Zeichen, weiterzuspielen, ließ den Sohn fuchteln, hob die Probe angesichts Alfs schneller Erschöpfung dann aber auf und feierte das *Wu-undärki-ind*.

Mit diesem Titel wuchs Alf Bertini auf, immer wieder hörte er ihn aus dem Munde des Vaters. Das Wort wurde zu einem festen und selbstverständlichen Bestandteil seiner Kindheit und seiner Selbstbeurteilung, obwohl er den Auftritt nicht wiederholte oder von Giacomo dazu angehalten worden wäre. Denn hatte es mit der musikalischen Ausbildung nicht noch Zeit, viel Zeit? Vorerst betete Giacomo seinen einzigen Sohn närrisch an, wiegte ihn auf den Knien, zwirbelte die Ohrläppchen zwischen Daumen und Zeigefinger und schluchzte plötzlich laut einen Namen.

Alf Bertini genoß niemals eine gründliche und methodische musikalische Ausbildung. Sie ging unter auf der hektischen Straße des väterlichen Ruhms, seinem Trubel, dem heißen, vibrierenden Vagabundieren durch Europa. Immer, wenn sie in Deutschland gastierten, steckte Giacomo ihn in irgendeine Musikschule, ließ ihn heute von diesem, morgen von jenem Lehrer unterrichten, ohne die Geduld oder die Zeit zu haben, seine Fortschritte und sein Talent auch zu kontrollieren.

Dieses furiose und planlose Jahrzehnt mit seinen frenetischen Ovationen mußte Giacomo Bertini doch schwerer zugesetzt haben, als er je zugab. Er war jetzt, 1905, fünfunddreißig Jahre alt, aber mit seinem breiten, herrischen Gesicht, der deformierten Nase und der plump gewordenen Figur wirkte er älter. Manchmal, wenn er todeserschöpft und ausgezehrt vom Podium stieg, sah er aus wie fünfzig.

So brütete er lange, als ihm ein berühmtes römisches Konservatorium

das Angebot machte, an geweihter Stelle die Position eines Musik-
direktors zu übernehmen. In Wahrheit hatte er genug von den
endlosen Reisen zwischen der britischen Hauptstadt im Westen und
St. Petersburg im Osten. Er hatte in der letzten Zeit ohnehin seinen
Radius beschränkt, hatte lieber mit *Pologne* in Leipzig abgeschlossen,
mit dem *Zeltgarten* in Breslau, der *Deutschen Musikhalle* und dem
Königs-Café Berlins. Auch hatte er inzwischen eine Wohnung in
Hamburg genommen, im vierten Stock eines Hohelufter Mietshauses,
wenngleich er diesen Beschluß als Intermezzo bezeichnete, improvi-
siert und aufhebbar. Italiens Boden hatte er nie wieder betreten.
Manchmal ahnungslos nach dem Grund für diese Abstinenz gefragt,
antwortete er mürrisch, der Reiz einer italienischen Kapelle beginne
bekanntlich erst nördlich der Alpen. Seine Musiker sagten nichts und
schlugen die Augen nieder.
Aber dann fuhr er doch nach Rom und nahm Alf mit. Als er dem Zuge
entstieg, zögerte er, seinen Fuß auf die Erde zu setzen. Lange murmelte
und flehte er vom Trittbrett zum Himmel hoch, ohne die Ungeduld der
Wartenden hinter ihm überhaupt zur Kenntnis zu nehmen. Auch Alf
schaute sich um, schnupperte, griff, rührend-hilflose Gebärde, nach
der Hand des Vaters. Der krauste entschlossen die Stirn und betrat den
Bahnsteig.
Fast wortlos, wie damals in Palermo, vollzog sich der Abschluß des
Vertrages. Giacomo war allein zum Konservatorium in der Nähe der
Thermen des Caracalla gegangen. Ins Hotel zurückgekehrt, hörte er
den Sohn weinen. Der Vater erstarrte. In der Nacht lagen beide mit
offenen Augen da und horchten auf Roms mannigfache Geräusche.
Von Zeit zu Zeit seufzte Alf tief auf. Noch vor Morgengrauen erhob
sich Giacomo, spazierte ziellos in der Stadt umher, blieb dann und
wann stehen, faßte nach dem Vertrag in der Brusttasche, ehe er
schließlich in Richtung der Zentralstation ausschritt.
Gegen Mittag kehrte er zurück, nahm Alf an die Hand und zog mit ihm
stumm und fragend durch die heißen Straßen Roms. Alf Bertini starrte
auf die glühenden Steine unter seinen Füßen. Auf der Via Francesco
Crispi, nachmittags, legte Giacomo endlich beide Hände auf den
Rücken:
»Fahrkarte oder Vertrag?«
Alf Bertini zog die zehnjährigen Schultern hoch. Das Hemd klebte ihm
auf der Haut. Es war sengend heiß in der überhellen Stadt.
»Fahrkarte!« schrie er, verzweifelt, auf Deutsch.
Noch am Abend fuhren sie zurück.

19

Wieder eingetroffen, ließ Giacomo sich ungemein geschmacklose Briefbögen drucken. Oben, am Kopf, ein Tiefdruckbild von ihm, stehend, mit beiden Händen auf seinen sehr dekorativen Säbel gestützt, inmitten seiner Männer; zu seiner Linken eine große Trommel, so aufgebaut, daß die Aufschrift »Philharmonisches Blasorchester Bertini« deutlich sichtbar war. Auf beiden Seiten war der Briefbogen, der übrigens den Wohnort des berühmten Maestro ziemlich prosaisch mit *Hamburg-Hoheluft, Roonstraße 31, IV links* angab, durch zahlreiche Referenzen schwülstig eingerahmt. Die Orte in Fettdruck, war fein säuberlich jede Station für jedes einzelne Jahr seit 1896 aufgeführt. Diese protzige Aufstellung begann, übrigens unter Aussparung des beschämenden Hamburger Debuts, mit *Berlin, Gewerbeausstellung* und endete vorläufig, 1907, mit *Lüttich/Liége, Walhalla*. Dazwischen fanden sich Namen wie *Trädgardsföreningen, Göteborg – Buff, Moskau – Eremitage, Kasan – Zoologischer Garten, Berlin – Helbigs Etablissement, Dresden* und viele andere mehr.

Wären die Anrufungen Alberto Drusos nicht immer flehender und ungehemmter, die alkoholischen Exzesse nicht immer wüster geworden, so hätte man sagen können, daß nach der römischen Entscheidung das wilde Leben quer durch das Europa nördlich der Alpen weitergegangen sei wie eh und je. Tatsächlich aber gab es eine wesentliche Veränderung im Gebaren Giacomo Bertinis zu registrieren – nämlich daß seine Gewalttätigkeiten sich bald keineswegs mehr allein gegen seine eigene Frau richteten, sondern auch gegen andere, fremde Personen.

Das zeigte sich zum erstenmal in Jalta auf der Krim, wo Giacomo einer Sängerin huldvoll eine Probe gewährte. Er verneigte sich, als sie das Podium betrat. Dann singt sie. Eine Zeitlang begleitet Giacomo sie mit immer lahmerem Taktstock. Plötzlich schreit er auf: »Was Sie singen? Diese«, er weist auf die Sängerin, »diese nixe geht, ich nixe verstehen, ich nixe mehr dirigieren!« – und mit schräg von sich gestreckten Armen kommt er auf sie zu.

Die Sängerin, ausschließlich der griechischen Sprache mächtig und mit ihr bis jetzt überall glänzend durchgekommen, prallt entsetzt zurück vor dem rasenden, fuchtelnden Mann und hastet, als Giacomo weiter auf sie eindringt, laut heulend und am ganzen Leibe zitternd davon.

Überhaupt schlug Jalta ein neues Kapitel im Buche dieser Biographie auf. Als einmal während des Spiels die elektrische Beleuchtung ausfiel, unterbrach Giacomo abrupt und brüllte, ohne auf seine Umgebung Rücksicht zu nehmen: »Wo isse Nicolai?«

Nicolai war der Fachmann für die elektrische Anlage.

Erstarrt saß das russische Publikum da, aber das scherte Giacomo nicht. Mit sich überschlagender Stimme schrie er: »Wo isse Nicolai? Das kommen schrecklich, ich nixe sehen mehr! Eine Skandal, dieses eine Skandal. Ich nixe spielen mehr!« Sprach's, verließ schnaubend seinen Platz und kehrte auch nicht zurück, als das Licht wenige Minuten später wieder aufleuchtete.

Daß seine Unbeherrschtheit nicht örtlich gebunden war, zeigte sich wenig später im *Wintergarten* zu Hannover. Als dort wichtige Noten verlegt worden waren, jagte Giacomo ihnen durchs ganze Haus nach. Dabei stieß er auf den völlig unschuldigen Bufettier: »Was Sie haben gemacht mit meinär Notten?« fuhr er den Verdutzten an. Als der eine verständnislose Gegenfrage wagte, ergriff Giacomo ein Glas Bier und goß es dem Mann ins Gesicht.

In Kopenhagen, ein Jahr darauf, entdeckte einer seiner Musiker, daß drei wertvolle Instrumente gestohlen worden waren. Als er den Fehler machte, die Hiobsbotschaft während der Ouvertüre von Rossinis *Barbier von Sevilla* dem Maestro flüsternd und stotternd zu hinterbringen, tobte der vor dem Publikum des *City-Konzertsaales* händeringend los, trommelte sich stöhnend die Fäuste vor die Brust und benahm sich vor aller Augen wie ein Berserker.

Dennoch war Giacomo Bertini auf eine, wenn auch sonderbare Weise humorvoll. Als am nächsten Tage seine typischen Stellungen von gestern als Karikaturen durch alle Zeitungen der dänischen Hauptstadt gingen und einige davon boshafterweise an die Fenster des *City-Konzertsaales* geklebt wurden, pflanzte er sich davor auf, feixte und parodierte unter dem schallenden Gelächter der Umstehenden seine eigenen Wutausbrüche meisterhaft.

In Wahrheit jedoch war das Zusammenleben mit Giacomo Bertini inzwischen lebensgefährlich geworden, denn er hatte sich bewaffnet. Das kam im schwedischen Malmö heraus, wo begeisterte Studenten ihn schon an der Pier erwarteten. Als er die Gangway herunterkam, packten sie ihn, der hier schon zwei Gastspiele gegeben hatte, hoben ihn auf ihre Schultern und warfen ihn, kreischend vor Begeisterung, hoch in die Luft. Giacomo, knallrot geworden, gab unartikulierte Laute von sich, wobei er mit der rechten Hand seine hintere Hosentasche wie mit einem Schraubstock umklammert hielt. Als die Studenten ihn endlich herunterließen, brach er weinend, der Sprache nicht mehr mächtig, zusammen, was allgemein als ein wunderbares Zeugnis seiner tiefen Erschütterung über den grandiosen Empfang betrachtet wurde. Tatsächlich jedoch war er halbwahnsinnig vor Furcht gewesen, daß sich ein Schuß aus einer Pistole lösen würde, die er seit vierzehn Tagen trug.

Giacomo hatte sie sich beschafft, als er wähnte, daß etliche seiner Leute aus Furcht vor ihm das Weite suchen wollten – ein handliches, gedrungenes Mordwerkzeug von, wie es hieß, ungeheurer Durchschlagskraft und mit einem Sechsermagazin. Nun, da sein Besitz durch die stürmischen Studenten ruchbar geworden war, versammelte Giacomo sein Orchester schon bei der nächsten Etappe, einem Göteborger Musiksaal, vollzählig, schloß selbst alle Türen ab, hob die Waffe sichtbar empor und erklärte, er werde jeden Flüchtigen einholen und eigenhändig niederstrecken, und zwar ungeachtet sämtlicher krimineller Konsequenzen.

Es entlief niemand, aber kaum wegen dieser Drohung. Es war sein Genie, durch das Giacomo Bertini alles Unerträgliche vergessen machte. Einmal am Abend, höchste Auszeichnung für Musiker und Publikum, blies der Maestro ein Solo auf der Trompete, jetzt zart, wie auf gespannten Härchen, dann berstend, daß der Ton wie eine Peitsche über das wohlig schaudernde Parkett hinwegschlug. Was immer geschehen war, in diesen Minuten stand er unangefochten, makellos, neugeboren da.

Die beiden letzten Jahre vor Kriegsausbruch waren die Krönung der kometenhaften, immer steileren Karriere des Giacomo Bertini. Zwar ging seine große Sehnsucht, eine sechzig Mann starke Kapelle zu dirigieren, nie in Erfüllung, aber die bedeutendsten Häuser Europas rissen sich um ihn, und der Kunstschein des *Königlichen Konservatoriums* von Dresden war nur eine von zahlreichen Auszeichnungen. Als 1914 die Fackel in Brand gesetzt wurde, gab es Stimmen, die fürchteten, daß wohl der Kontinent, nicht jedoch das »Philharmonische Blasorchester Bertini« zerstört werden könne.

Sie irrten, aber der Untergang folgte etappenweise.

Anfang August jenes Jahres spielte das Orchester im Hamburger *Hase-Park*. Die Kapelle war für die ganze Saison verpflichtet, danach sollte es nach Stockholm gehen. Noch gab es keinen Grund zur Beunruhigung, wenngleich gemunkelt wurde, Italien würde, wenn es in den Krieg einträte, gegen die Mittelmächte kämpfen.

Während die Musiker verdutzt auf die Raserei schauten, die sich Patriotismus nannte, und vorsichtig im Hintergrund blieben, erzeugte die vaterländische Begeisterung ringsum in Alf Bertini einen schweren Trotz, ein erbittertes Oppositionsgefühl. Störrisch erklärte er, er wolle nach Italien, um dort Soldat zu werden.

Als er mit dieser Absicht herauskam, waren die Koffer für Stockholm bereits gepackt. Die Kapelle sollte am nächsten Tag abreisen. Aber Alf wies Passierschein und Reisegeld nach Italien vor, beides erhalten vom Schweizer Konsul, der den italienischen vertrat. Giacomo war zunächst sprachlos, dann schnitt er seinem Sohn grob das Wort ab: er müsse selbstverständlich mit nach Stockholm, basta, für ihn sei die Sache erledigt.

Nicht so für Alf.

Im wüsten Trubel von Winken und Abschiedsweh auf dem Hamburger Hauptbahnhof entdeckte Emma Bertini zu ihrem Entsetzen, daß sich Alf nicht in dem eben abfahrenden Zug befand. Ohne Giacomo mehr zuzurufen als »Dein Sohn fehlt!«, ruderte sie mit kalkweißem Gesicht zur Tür und sprang ab. In diesem Augenblick kam der verstörte Alf, dem es allein doch unheimlich geworden war, die Treppe zum Bahnsteig herunter und hatte nun seinerseits große Mühe, die schreckschlotternde Mutter unversehrt gerade noch mit in den letzten Wagen zu verfrachten.

In Schweden, wo vom Kriege nichts zu spüren war, kühlte Alfs spontane Reaktion auf die deutsche Begeisterung merklich ab. Und als schließlich der italienische Konsul in Stockholm ein beängstigendes Interesse für seinen Jahrgang zeigte – der junge Mann würde im Dezember 1914 achtzehn werden –, flüchtete Giacomo geradezu wieder mit Kapelle und Familie nach Deutschland.

Jetzt folgte Schlag auf Schlag.

Italienische Musiker konnten schon nicht mehr öffentlich auftreten, obwohl noch kein Krieg erklärt war. Deshalb rieten die Orchestermitglieder zum Vernünftigsten, was sie tun konnten – nämlich nach Italien, in die Heimat abzureisen, solange es noch möglich sei.

Aber Giacomo wollte nicht. Doch griff er nicht, wie sie erwartet hatten, zur Pistole, um sie zum Bleiben zu bewegen, sondern übergab ihnen sein gesamtes Vermögen. Ohne Engagement, hatten sie keine andere Wahl – sie begannen, es zu verzehren.

Da saß der querköpfige Dirigent nun in Hamburg, zwar mit Frau und Kind, aber ohne Kapelle und in der Hoffnung auf bessere Zeiten. Inzwischen jedoch mußten sie von irgendetwas leben. Und just in dem Moment, als niemand mehr weiter wußte, ergab sich die Gelegenheit, mit einem Orchester nach Odense zu fahren – Giacomo als Posaunist, Alf als Pianist. Emma wurde als Marketenderin geduldet.

Dort in Dänemark galt die zwölf Mann starke Kapelle *Tarquini* als italienisch. Tatsächlich aber waren von dem Dutzend nur Giacomo und sein Sohn Italiener. Um das mißtrauische Publikum leichter zu täuschen, ließen sich die Blonden ihre Haare schwarz färben.

Giacomo Bertini machte die ganze Zeit über den Eindruck eines Schlafwandlers. Er, der gefeierte Maestro, der Star unter den europäischen Blasorchester-Dirigenten, der Liebling eines internationalen Publikums, nun Posaunist in einer drittrangigen Kapelle mit verlogener italianità ...

Als das Orchester am 23. Mai 1915 an die deutsch-dänische Grenze kam, wurden alle anderen, nicht aber die drei Bertinis nach Deutschland hineingelassen – wenige Stunden zuvor hatte Italien, auf Seiten der Entente, den Mittelmächten den Krieg erklärt.

Dieser Tag zertrümmerte Giacomo Bertinis Lebenswerk auf einen Streich.

Zwar gelangten er und die Seinen unter Bewachung schließlich doch nach Hamburg, aber nur, um dort eine neue, endgültige Hiobsbotschaft entgegenzunehmen. Zu feindlichen Ausländern erklärt, waren ihm seine Italiener auf und davon gelaufen, waren ganz einfach von heute auf morgen verschwunden. Wie vom Fuchs bedrohte Hühner, so hatten sie das Weite gesucht – wenngleich die ungeheure Autorität des abwesenden Maestro sie immerhin bis zur Kriegserklärung wie mit unsichtbaren Fesseln an den Platz geschmiedet hatte.

Sie hinterließen ihm keinen Pfennig seines Vermögens, wohl aber einen Haufen Instrumente.

Lange stand er vor dem nutzlosen Blech, den Stock aus Eisenholz in der Hand, murmelte, stierte, begriff endlich und heulte seinen Schmerz, seine Fassungslosigkeit, seinen Untergang mit einem einzigen Schrei heraus.

Die Bertinis, italienische Staatsbürger, blieben zwar in Freiheit, mußten sich aber regelmäßig auf der Polizei melden. In der Not erinnerte sich Giacomo an sein ursprünglich erlerntes Handwerk, den ungeliebten und vergessenen Schneiderberuf, dem er fortan dumpf nachging. Noch nicht fünfzig, auf der Höhe seiner künstlerischen Laufbahn, nachdem ein halber Erdteil ihm zwanzig Jahre jubelnd zu Füßen gelegen hatte, zog er nun irgendwo in der Hamburger Innenstadt von morgens bis abends die Nadel durch fremder Leute Stoffe. In der Toilette der hanseatischen Firma unter den *Colonnaden* flehte er täglich auf Knien den verratenen Freund im Himmel an, er möge die Sünden des Vaters nicht den Sohn entgelten lassen.

Aber wie, um dieses Schicksal über das schon Unerträgliche hinaus zu verhöhnen, Erniedrigung und Enttäuschung ins Maßlose zu steigern, winkten ihm noch einmal riesengroß und scheinheilig Zukunft und Hoffnung.

1916 gab der Briefträger in der Hohelufter Roonstraße ein mit schwedischen Briefmarken beklebtes Kuvert ab, dessen Inhalt sofort Panik auslöste – Giacomo sollte umgehend Hauskapellmeister im Stockholmer »Bernd Salonger« werden, einem renommierten Haus, Sprungbrett vielleicht für eine neue, zweite Karriere in einem Land des Friedens und der Ruhe, vor allem aber die große Chance für Alf Bertini, seinen Sohn.

Eine kurze Korrespondenz genügte, alles klappte wie am Schnürchen, Vertrag, Pässe, ein märchenhafter Vorschuß. Blieb, als letztes vor der Abreise in den Norden, der Weg zur Fremdenpolizei, zuständige Behörde für die »feindlichen Ausländer« Giacomo, Emma und Alf Bertini, die nun ins neutrale Schweden übersiedeln wollten.

Die Hamburger Fremdenpolizei verweigerte allen dreien die Ausreiseerlaubnis.

Von diesem Tage an senkte sich Dunkel über Giacomos Leben.

Mochten seine Kollegen in der hanseatischen Schneiderwerkstatt glauben, er habe ständig Durchfall oder sei magen-, darm-, blasenkrank – immer häufiger flehte er alltäglich auf den Knien in der Toilette den betrogenen Alberto Druso an, er möge sich für das Verbrechen des Vaters nicht an dessen Sohn rächen.

Denn seine ganze Hoffnung, seine einzige Konfession hieß nun Alf. Jetzt schickte er den inzwischen Zwanzigjährigen auf das Konservatorium, das beste der Stadt, jetzt versuchte er unter Entbehrungen, die Versäumnisse von fünfzehn Jahren nachzuholen, jetzt beschwor er den Sohn, das beste zu geben und den Namen Bertini aufs neue zu Ruhm und Glanz zu führen. Es war diese Zukunft, die ihn beseelte, dem Dasein erhielt, den Untergang überleben ließ.

Alf Bertini war zu einem mittelgroßen Jüngling herangewachsen, der sich nach wie vor für ein Wunderkind hielt. Seinen Lehrern auf dem Hamburger Konservatorium wurde jedoch bei seinen Leistungen weder heiß noch kalt. Sie hatten, nach Giacomos ungestümer Anmeldung, einen Ausbund an Talent erwartet, einen zweiten Mozart, ein frühfertiges, hochbegabtes Fabelgeschöpf der Kunst. Statt dessen standen sie vor einem Durchschnitt, der seiner mangelnden musikalischen Vorbildung wegen eher noch mit der unteren Grenze Nachbarschaft hielt. Nach einer gewissen Zeit war auch die Frage, ob nicht doch wenigstens bisher verborgene Talente geweckt werden könnten, klar zu Alfs Ungunsten beantwortet. Er war ein ziemlich fleißiger, mürrischer Schüler, der seine Stunden bemüht absolvierte, aber mehr eben auch nicht. Als Giacomo von diesem Urteil erfuhr, stürmte er hochrot das Konservatorium, fuchtelte mit seinem alten Taktstock aus Eisenholz vor dem Gesicht des erstarrten Direktors herum und rief in seiner fürchterlich gebrochenen Mischsprache, daß es sich bei Alf Bertini, seinem Sohn, um »einär Wu-underki-ind« handele – die Narbe an der Nase war ganz weiß geworden.

Aber auch dieser Auftritt brachte keine Wendung zum Besseren. Der unter einem Schlagwort groß gewordene und von sich selbst betäubend überzeugte junge Mann gelangte nicht über den bisherigen Rang hinaus. Als ihm das offen gesagt wurde, sich auch in Zeugnissen ausdrückte, verlachte er seine Lehrer höhnisch und verkniffen – spürten sie nicht das Besondere, Einmalige, Außergewöhnliche an ihm? Pack! Er grüßte sie nicht mehr. Damals wurde Alf Bertinis pauschaler Menschenhaß geboren, der sein Wesen unwandelbar prägen und sein Leben lang bestimmen sollte. Damals begann er, seine Umwelt hämisch zu betrachten, befriedigt aufzulachen, wenn ihr ein Mißgeschick oder Schlimmeres passierte, und heftig und laut auf jeden Widerspruch zu reagieren.

Vorerst wurde sein voller Grimm aber noch gemildert durch eine liebliche Begegnung hier auf dem Hamburger Konservatorium, im Sommer des Jahres 1918.

2
Wie Lea geboren wurde

Der Norden Hamburgs trug noch dörflichen Charakter, als Ahab
Seelmann mit seiner Frau Kezia (was soviel wie Zimtduft heißt) aus dem
Holsteinischen übersiedelte. Mitglied einer großen Sippe zwischen der
Elbestadt und Lübeck – zu der er merkwürdigerweise sehr bald schon
alle Beziehungen abbrach –, war der kleine, schmunzelnde, rundköpfige
Jude früh selbständig geworden. Als Vertreter für bedeutende Herstel-
ler in allerlei Kurzwaren führte ihn seine Route weit östlich, bis an
Warthe und Weichsel, ja ins Ukrainische hinein. Und dort, in Winniza,
wurde der Zweiundzwanzigjährige Zeuge eines Pogroms.
Die Straßen des Ghettos brannten, seine Einwohner wimmerten und
beteten. Ahab, der Fremde aus Deutschland, blieb unbehelligt. Aber in
die große Stadt an der Unterelbe zurückgekehrt, phantasierte er nachts
häufig von um sich schlagenden Frauen: an ihren schwarzen Haaren
über das Pflaster geschleift, die Röcke über die schreienden Münder
gezerrt, seien sie unter freiem Himmel vor den Augen einer johlenden,
gierstöhnenden Menge von riesigen Kerlen so lange geschändet worden, bis die schließlich nackten Körper nur noch einen einzigen
grünblauen Fleck gebildet hätten. Erst dann seien im Lichte der kalten
Sterne die Messer aufgeblitzt.
In solchen Nächten nahm Kezia, Ahabs herrliche Frau, seine fliegenden Hände in die ihren und lag still neben ihm. Er aber weinte an ihrem
Leibe wie ein Kind.
Die Schreckensbilder verließen ihn nie. Als dem Paar 1875 eine Tochter
geboren wurde, die es Recha nannte, glomm ihm das geheime Entset-
zen seiner Rasse noch deutlicher hinter der Pupille. Obwohl in der
Freien und Hansestadt, ja rings in weitem Umkreis überhaupt, keiner-
lei bedrohliche Anzeichen vorlagen, beobachteten Ahab und Kezia
Seelmann das ahnungslos und prächtig gedeihende Mädchen doch mit
Sorge. Seufzend und kummervoll fragten sie den Ewigen ihren Gott,

ob sie recht daran getan hätten, ein jüdisches Kind in diese ungewisse, diese furchtbare, diese tödliche Welt zu setzen. Aber dann trösteten sie sich, daß die Zeiten des Mittelalters und der Verfolgung in diesem aufgeklärten Land, das keine Ghettos mehr kannte, für immer vorbei sein und nie wiederkehren würden.

Recha wurde ganz Kezias Sproß. Sie hatte das dichte schwarze Haar der Mutter, ihre dunklen Augen, das schmale, edle, großflächige Gesicht mit den hohen Backenknochen. Nur von der Größe Kezias – sie überragte Ahab um Haupteslänge – war nichts auf die Tochter überkommen, und ebenso wenig von der mütterlichen Sanftmut. Aber das blieb lange verborgen.

Hier Kindheit und früheste Jugend Recha Seelmanns zu schildern, hieße Platz und Zeit vergeuden. Ihr Dasein blieb geschichtslos bis zu jenem Tag, da Ahab von seinen östlichen Reisen einen adonishaften jungen Juden aus dem Galizischen mitbrachte. Recha, damals eben einundzwanzig geworden, besah ihn sich aufmerksam.

Großer Überredungskünste von seiner Seite hatte es gewiß nicht bedurft, daß sie sich nach kurzem schwanger fühlte. Und erst jetzt brachen seltsame und peinigende Eigenarten ungehemmt aus ihr hervor, gerade als hätte der männliche Samen sie freigelegt. Schon nach der ersten Liebesnacht benörgelte sie ihren Partner so ausführlich, kritisierte sie jede seiner Bemerkungen und Bewegungen so nachdrücklich, daß der schöne Mensch erschrocken fragte, ob sie ihn denn seiner Persönlichkeit und allen eigenen Willens gänzlich entkleiden wolle?

Mit dieser Frage entfachte er jedoch nur den Sturm zum Orkan, hätte es mit jeder anderen übrigens auch getan. Denn wenn jemand zu fragen hatte, dann sie, Recha Seelmann, nach der sich alle Männer die Augen aus dem Kopfe schielten! Und wenn jemand zu bestimmen hatte, dann sie erst recht, von vornherein und für alle Zeit, das war ihre Ordnung, die einzige, die sie annahm. Als der Mann nicht sogleich zu Kreuze kroch, behauptete sie, die ihm nur zu willig, ohne Gedanken an Zukünftiges, vielmehr entschieden beschäftigt mit der vollen, roten Wirklichkeit, beigelegen hatte: Zaubermittel habe er benutzt, um sie herumzukriegen, ja sie wollte sich sogar an Gewaltanwendung erinnern. Was Ahab und Kezia voraussahen, traf dann auch tatsächlich ein – Recha führte sich so dramatisch auf, daß der Liebhaber auf Nimmerwiedersehen verschwand, drei Monate, bevor sie niederkam.

Das war im Januar des Jahres 1897. Es wurde ein Mädchen, das den Namen Lea erhielt. Seinen Vater lernte es nie kennen. In die Geburtsurkunde und das standesamtliche Register aber wurde, der Wahrheit gemäß, als Religion des Erzeugers und der Mutter »mosaisch« geschrieben.

Um diese Zeit bezogen Ahab und Kezia Seelmann im nördlichen Stadtteil Barmbek ein Domizil, das sie bis zu ihrem Tode nicht mehr verlassen sollten – nahe der *Hamburger Straße*, im dritten Stock eines hohen und, wie es schien, für die Ewigkeit gebauten Mietshauses.

Während Recha, von diesem Stützpunkt aus, ihre Schönheit genoß, mit der Männerwelt spielte und nach der Enttäuschung mit des Kindes flüchtigem Vater außer Rand und Band geriet, wuchs Lea hier hinter einer Mauer jüdischer Sorge und Liebe auf. Nie ließen die Großeltern sie allein, nie gab es auch nur eine Sekunde ohne Aufsicht. Sie schenkten ihr, als sie größer geworden war, Hunde und Katzen, um sie ans Haus zu fesseln und Gedanken an draußen, an menschliche Gespielen, gar nicht erst aufkommen zu lassen – denn dort unten, vor der Haustür, auf der Straße, begann die feindliche Welt!

Glücklich beschäftigte Lea sich mit den lebenden Geschenken und hängte ihr Herz an sie. Ihr inniges Empfinden für alles Getier zeigte sehr früh Merkmale von Überschwenglichkeit. Wann und wo immer sie Hunden, Katzen, Pferden oder Vögeln begegnete, wenn Ahab und Kezia sie spazierenführten, brach sie ungeachtet ihrer Umgebung in Schreie der Wonne und des Entzückens aus, machte aufmerksam auf Halskrausen aus Fell, auf gespitzte Ohren, stämmige Läufe, wedelnde Schweife, auf artig gehobene Pfoten und samtiges Gefieder. Allmählich richteten die Großeltern dem Enkelkind einen wahren Hauszoo ein, daß Lea bei ihnen bleibe und sich wohlfühle.

Als sie ihre musikalische Begabung erkannten, an untadelig nachgesummten oder -gesungenen Melodien von oft erheblichen Schwierigkeitsgraden, erwarben sie sogleich ein Klavier, auf daß es dem Kinde nicht langweilig werde. Stundenlang, von ihren Tieren umkreist, saß Lea nun auf hohem Schemel vor dem kostbaren Instrument und klimperte, noch bevor sie eine Note kannte, unermüdlich eigene Phantasiekompositionen auf den schwarzen und weißen Tasten. Mit sechs Jahren erhielt sie ihren ersten Musikunterricht. Doktor Aaron, der Hausarzt der Seelmanns, mit dem Ahab gelegentlich vorsichtige und unverbindliche Gespräche über Segen oder Unsegen diverser Talmud-Auslegungen führte, warnte vor Überanstrengung und innerer Erregung – Leas Gesundheit sei zerbrechlich, das Herz zu schwach, und dieser organische Mangel verantwortlich für jenen scharfen

Hustenreiz im Rachen, der das Kind zuweilen überfiel. Oft stand Doktor Aaron vor Lea, betrachtete sie lange und traumverloren und verschwand dann hastig.

Bei ihrer Erziehung und Pflege wurden Ahab und Kezia Seelmann tatkräftig unterstützt von Franziska Oppenheim, ebenfalls jüdischer Herkunft, blutjung und kurz vor Leas Geburt als Dienstmädchen ins Haus gekommen. Es war Franziskas höchste Aufgabe, Lea vor körperlichem Schaden zu bewahren und ihr alle möglichen Gefahren seherisch aus dem Wege zu räumen. Winters hatte sie vor die Öfen schwere Schutzbleche zu stellen, desgleichen vor den Herd in der Küche, während der Kessel das ganze Jahr über zur Wand gekehrt sein mußte, Handlungen, die Franziska im Laufe der Jahre in Fleisch und Blut übergegangen waren.

Eine natürliche Folge von Leas Abgeschlossenheit bestand darin, daß sie neugierig wurde auf die Welt, mit der sie unvermeidbar, wenn auch zum großen Kummer ihrer Großeltern, in der Schule zum erstenmal wirklich zusammenkam. Ihr Verhältnis zu den Menschen war sofort und unwandelbar fertig – sie behandelte sie so, wie sie selbst gern von ihnen behandelt worden wäre. Sie liebte und fürchtete sie zugleich, zeigte eine glühende Bereitschaft, freundlich zu sein, zuzuhören, lauter gute Worte zu sagen, sich aufzuopfern. Ihr üppig belegtes Brot verschenkte sie stets an Bedürftige und nahm dafür deren Margarineschnitten an, die sie, entgegen ihrem Geschmack, mit verdrehten Augen wie in höchstem Genuß vertilgte. Immerfort suchte sie sich als gefällig zu erweisen. Sie war abhängig vom Wohlwollen ihrer Umwelt. Ein unbewußt kühler, schon ein nur abwesender Blick von jemandem, dem sie sich nahe fühlte, konnte sie tief erschrecken. »Magst du mich nicht mehr?« fragte sie schüchtern und mit angehaltenem Atem. Wurden ihre Ängste zerstreut, so strahlte sie übers ganze Gesicht.

Es war ein merkwürdiges Gesicht – blaß, schmal, von schweren schwarzen Haaren umwallt, die Nase vielleicht ein bißchen zu groß geraten. Und es vermochte einen unirdischen Ausdruck anzunehmen, wenn Lea nach der Schule Ahab und Kezia atemlos entgegenflog und jubelte: »Sie mögen mich, alle mögen mich!« Dann drückten die Großeltern das selige Kind an sich, schlugen aber, allein gelassen, stumm die Hände vors Gesicht.

Obwohl jüdisch bis ins Mark ihrer Knochen, waren Ahab und Kezia Seelmann nichts weniger als fromme Leute. Der letzte Besuch einer Synagoge lag so weit zurück, daß sie sich nicht einmal mehr an das Jahr erinnern konnten. Kaum, daß sie zu Sabbat-Beginn die Kerzen anzündeten. Wohl wurde ein Unterschied zu ihrer Umgebung spürbar, aber nicht als ein Problem von Gewicht. Und gerade so hatte es die kleine Lea empfunden, bis zu jenem Tage im fünften Schuljahr, als der Klassenlehrer sie nach dem Unterricht da behielt.

»Für den Aufsatz über das friedliche Zusammenleben deiner Hunde und Katzen«, sagte er unter vier Augen zu ihr, »hättest du zwar die Note 1 verdient, aber weil du eine *Jiddsche* bist, gebe ich dir eine 3.«

Bis zu dieser Stunde war Lea wirklich Bösem nie begegnet. Sie begriff und versteinerte. Wie in eine Statue verwandelt, stand sie leblos da, nur ihre Augen füllten sich langsam mit Tränen. Der Lehrer, auf dieses Bild nicht gefaßt, räusperte sich und floh.

Lea erzählte niemandem davon. Sie war gerade elf Jahre alt geworden. Es sollte fast auf den Tag weitere fünfundzwanzig dauern, bis Lea dem Antisemitismus abermals begegnete, wenngleich dann in staatlich organisierter Form und auf unvergleichlich bedrohlichere Weise.

Dennoch wurde diese eine Minute, allein in der Klasse mit dem Lehrer und seinem furchtbaren Satz, zu einem Urerlebnis für sie. Nie wieder, in ihrem ganzen Leben, sollte es ein anderes geben, das ihr mit ähnlicher Eindruckskraft die elementare Erkenntnis erschloß, daß sie Jüdin sei.

Damals bekam Lea fast gleichzeitig mit einer Adoptivschwester auch einen Stiefvater.

Was Recha Seelmann eigentlich veranlaßte, so lange nach der Geburt der unehelichen Tochter ein Waisenkind anzunehmen – ein gespenstisches Wesen von dunkelster Herkunft, gerade sechs Monate alt, ein Mädchen, dem Geschlechte nach zu urteilen, von abscheulichem Aussehen und mit ungeheurer Stimme begabt, – was also Recha dazu veranlaßte, blieb gerade so ihr Geheimnis wie die Wahl des Schlossergesellen Rudolph Lehmberg zu ihrem Mann. Recha, erst jetzt, um die dreißig, in der vollen Blüte ihrer Weiblichkeit, von wohlhabenden Herren gewohntermaßen und nicht immer erfolglos bedrängt, entdeckte ihn eines Abends zufällig auf einer Laienbühne am Steindamm, in der Nähe des Hauptbahnhofes, wo Rudolph Lehmberg nach getaner Arbeit an drei Wochentagen den jugendlichen Liebhaber mimte. Dem Hörensagen nach muß er von natürlicher, wenn auch naiver Begabung gewesen sein. Recha führte ihn ohne Vorankündigung bei den Eltern ein: »Ein Goj«, sagte sie zu Ahab und Kezia, »muß das ein Fehler sein?« Aber Vater und Mutter Seelmann antworteten nicht, sie hatten sich längst abgewöhnt, der Tochter dreinzureden. Der ruhige, bescheidene Mann, den sie anschleppte, gefiel ihnen sogar.

Recha holte den Schlosser sogleich von seiner geliebten Bühne herunter und verbat sich ohne Angabe von Gründen jeden weiteren Auftritt. Bereits von der zweiten Minute an ließ sie nicht den geringsten Zweifel aufkommen, wer von beiden das Heft in der Hand halten würde. Von seinem unerhörten Glück noch völlig benommen, sagte Rudolph Lehmberg, evangelisch, ein Jahr jünger als Recha, ohnehin zu allem Ja und Amen. Wenn sie ihn geheißen hätte, auf Dachspitzen zu jonglieren, mit zusammengebundenen Beinen durch die Mönckebergstraße zu hüpfen oder sich dem ambulanten Handel zu verschreiben – er hätte auch das getan. In Wahrheit kam er über das abrupte Ende seines schauspielerischen Amateurtums nie hinweg, und jene harmlosen, von Recha jedoch grimmig verfolgten Vorstellungen, die er später dann und wann seinen Enkeln zu deren Ergötzen geben sollte, waren wie eine letzte und wehmütige Trauer über ein verlorenes Jugendglück.

Sofort und ungemildert setzte mit Nörgeln, Berufen, Befehlen und Greinen Rechas ganze Technik der Unterjochung ein. Bis zur Hochzeit waren alle Menschen in ihrer Umgebung, der Bräutigam natürlich eingeschlossen, so gut wie dem Wahnsinn nahe. Niemand blieb von Rechas Hysterie verschont. Zu allem Überfluß fiel sie knapp eine halbe Stunde vor der Trauung in Ohnmacht, oder was sie dafür hielt, wurde aber noch so rechtzeitig wach, daß sie ihr Jawort hauchen konnte, ein Entschluß, den sie nach vollbrachter Hochzeitsnacht schon wieder verfluchte. Sie bezichtigte Rudolph Lehmberg, dessen Namen sie nun trug, des mehrfachen geistigen Ehebruches mit einem der weiblichen Hochzeitsgäste, bald darauf auch der körperlichen Untreue, ohne seine stillen Fragen nach Anhaltspunkten und Beweisen beantworten zu können. Waren sie unterwegs, so stichelte sie: »*Die* hatte es aber in sich, wie? Untersteh dich, Hirsch, nach so etwas noch einmal den Kopf zu drehen!« Oder: »Was bleibst du vor dem Schaufenster stehen? Denkst du, ich glaube, dich würden die Töpfe und Pfannen da interessieren? Die Pute hinterm Ladentisch hat's dir angetan – Lüstling!«

Eines Tages war in der *Hamburger Straße* vor ihnen auf regennassem Pflaster ein junges Mädchen so unglücklich gestürzt, daß es die Besinnung verlor. Rudolph Lehmberg kniete nieder und bettete es vorsorglich mit dem Kopf in seinem Schoß, während Rechas Hilferufe die ohnehin herbeieilenden Passanten noch zur Beschleunigung anstachelten. Dann machte sie sich, bis ein pferdebespannter Krankenwagen kam, über das Mädchen her, betupfte seine Stirn mit Wasser, um das sie die Anwohner energisch ersucht hatte, und streichelte Wangen und Hände. Als aber der Wagen mit der Gestürzten davongezogen wurde, holte sie tief Luft und stieß bissig gegen ihren Mann hervor: »So was möchtest du wohl mal allein im Arm halten, wie? Das gefiele dir, hm?«

Jüngst noch selbst dem Lebensgenuß hemmungslos hingegeben, bewies Recha eine so naturwidrige Eifersucht, daß Ahab und Kezia Seelmann auch den Schlosser schon auf und davon sahen. Aber Rudolph Lehmberg hielt aus. Trotz Rechas notorischem Widerspruch, ihrer Hysterie und den sinnlosen Eifersüchteleien behielt er sein ruhiges und besonnenes Wesen. Er hatte peinlich genaue Gewohnheiten, was die Ordnung der Kleider, die Ablage von Zeitungen, Zeitschriften und Büchermappen betraf. Er war sparsam, heftete jede Rechnung, die bezahlt war, wie eine Trophäe ab und schichtete sie nach dem Alphabet. Aber so sicher, wie sie ihm Unordnung übel genommen hätte, so sicher brachte auch seine Bedächtigkeit und Pedanterie Recha um den Verstand: »Einen Karteikasten habe ich geheiratet«, ächzte sie und schlug sich mit einer typischen Bewegung die flache Hand vor die Stirn, »einen Karteikasten!«

Überall sonst aber wurden Rudolph Lehmbergs solide Charaktermerkmale – Verläßlichkeit, Fleiß, Pünktlichkeit und Gewissenhaftigkeit – anerkannt. An jeder seiner wechselnden handwerklichen Arbeitsstätten genoß er hohes Vertrauen und selbstverständliche Achtung. Seines defekten Herzmuskels wegen wurde er selten beschäftigt mit schwerer körperlicher Arbeit, die das Leiden nur verschlimmert hätte – seine Verträglichkeit schaffte Frieden. Allein zu Hause traf er auf kein Verständnis. Stumm ließ er Recha über sich ergehen.

Zunächst bewohnte das Ehepaar Lehmberg zwei Zimmer in der geräumigen Wohnung von Ahab und Kezia Seelmann. Zwischen Rudolph und Lea entspann sich sofort eine so herzliche Liebe, daß Lea ihrem flüchtigen Erzeuger aus Galizien eigentlich nie nachtrauerte. Eng, wenn auch nicht ganz so innig, war das Verhältnis zu ihrer Pflegeschwester, jener Waise, die nun auf den Namen Grete hörte und wohl ihr abscheuliches Säuglingsaussehen, nicht aber ihre starke Stimme verloren hatte. Rudolph Lehmberg trat sofort die volle Vaterschaft an, in einem selbstverständlichen Akt, ohne sich damit jedoch Rechas Wohlwollen einzuhandeln. »Wieso denn?« fragte sie scharf, »das war doch einfach seine Pflicht – seine Pflicht war das!«

Sie blieb nicht lange bei ihren Eltern und ihrem leiblichen Kind. Schon damals zeigte sich jene hektische Unrast oder Platzangst an Recha Lehmberg, die sie von einer Wohnung in die andere treiben sollte, sehr zum Kummer ihres seßhaften Mannes. Drei Monate nach ihrer Heirat suchte sie einen Makler auf und setzte ihn für sich in Bewegung. Zwar blieb sie dem inzwischen mächtig angewachsenen Stadtteil Barmbek treu, hatte ihn aber bis zum Ausbruch des Krieges – Rudolph Lehmberg wurde noch im August 1914 eingezogen und sogleich an die Westfront gebracht – von den Grenzen der Uhlenhorst bis an den Osterbekkanal und den Stadtparkrand kreuz und quer durchzogen. Überall entdeckte sie Mängel, schlimme Mängel, unerträgliche Mängel, wenn nötig an Boden und Keller.

Mit ihr zog Grete, die ehemalige Waise. Lea blieb bei den Großeltern. Recha Lehmbergs so lange verschüttete Muttereigenschaften gegenüber der leiblichen Tochter wurden erst mobilisiert, als anno 18 auf dem Hamburger Konservatorium jener Mann in Leas Leben trat, den ihre Mutter stets und von Anfang an den *Schlehmil* nennen sollte – Alf Bertini.

Gegen den Willen der amusischen Recha hatten Ahab und Kezia das Mädchen früh auf das Konservatorium geschickt, eine renommierte Musikhochschule, und sie hatten gut daran getan. Lea erwies sich als ungewöhnliche Begabung, avancierte in Kürze zur Zierde des Hauses und entfaltete so feinnerviges Können und künstlerisches Gefühl, daß sie, obschon selbst noch Belehrte, anderen Schülern bald Unterricht geben durfte, ein Fall, den diese Stätte zuvor nie gekannt hatte. Fachleute prophezeiten ihr eine sichere Zukunft als Pianistin von internationalem Rang.

Auf Alf Bertini, den Mitschüler aus einer anderen Klasse, wurde sie eigentlich erst spät aufmerksam, und zwar durch seine lauten und fanatischen Reden, mit denen er im Sommer des letzten Kriegsjahres begann. Er schwärmte von einer baldigen und glücklichen Menschheit nach dem Ende des Kampfes, den das kaiserliche Deutschland so gewiß verlieren würde wie es ihn um der Gerechtigkeit willen verlieren müßte, pries den Sozialismus, malte seine Siege aus und feierte sie im voraus.

Das war die rechte Religion für Lea – Friede, Brüderlichkeit und Güte überall, wohin des Menschen Fuß träte! Einander beistehen, freundlich sein zu jedermann, und also auch von jedermann selbst gütig behandelt werden – herrlicher Sozialismus! Sie geriet in Feuer, ihre maßlose, von Furcht und Liebe zugleich getriebene Bereitschaft reckte sich, das schmale, schöne, schwarzhaarige Ding, dessen etwas zu groß geratene Nase es womöglich noch interessanter machte, brannte förmlich. Die beiden jungen Leute fielen sich ins gemeinsame Wort, zogen bald allein los, hielten sich, ohne es zu bemerken, an der Hand, blieben wie selbstverständlich beieinander. Die tieferen Töne übersah und überhörte Lea, etwa daß Alf Bertini besonders gern und malerisch über den Strafen brütete, denen die Schuldigen ausgesetzt sein würden. Sie spürte nicht, wie er von Vergeltung sprach und welch ein unheimlich befriedigtes Aussehen er dabei annahm. Was sie nicht wußte, nicht wissen konnte, war, daß Alf Bertinis tiefer und unwandelbarer Menschenhaß in jene glühenden und wirren Ideen geschlüpft war. Alfs Wort war für Lea Evangelium. Sie unterwarf sich ihm von der ersten Stunde an. Sie hätte sich jedem, den sie liebte, unterworfen – ganz Dienerin, Zuhörerin, Heimat.

Leider nur stellte sich die Nachkriegszeit dann ganz anders dar, als Alf sie vorausgesagt hatte. Er hatte gepredigt, der Sozialismus, oder was er sich darunter vorstellte, werde sofort und ohne viel Federlesen, sozusagen im Selbstlauf, Deutschland erobern; werde, einem allgemeinen Bedürfnis entsprechend, allein durch die übergroße Zahl seiner Anhänger und den offenen Bankrott des monarchischen Staates, alle seine Feinde erdrücken und sich – nach strengster Bestrafung der Schuldigen, wie er zu fordern nicht müde wurde – Wohlstand, Kunstverständnis und Bildung zu verschaffen wissen, wobei ihm, Alf Bertini, gerechterweise eine bedeutende Rolle zufallen müßte.

Statt dessen nun schäumte er: daß sich hinter einer neuen Fassade die alten Stützen wieder einrichteten und Generäle und Sozialdemokraten gegen die Revolution gemeinsame Sache machten. Er schäumte aus gutem Grund, denn was sich da abspielte, war ihm vor allem deshalb zuwider, weil es ihm Pflichten stellte – nämlich anzupacken, seine Ideale zu verwirklichen, sich zu organisieren, zu disziplinieren, in die graue, alltägliche Politik zu stürzen und vielleicht sogar auf das zu hören, was andere anordneten.

Vor dieser enttäuschenden und bestürzenden Wirklichkeit kapitulierte Alf Bertini sofort. Er war ein Wunderkind, dem die reifen Früchte in den Schoß zu fallen hatten. Es war im Lande nichts geworden mit dem Aufbau des Neuen, mit dem Bertinischen Sozialismus, der schon durch Alfs bloße Mitgliedschaft geadelt und gesegnet gewesen wäre und den er so manche Stunde vor Leas offenem Ohr beschworen hatte. Es war nichts geworden mit der glücklichen Menschheit, mit Wohlstand, Kunstverständnis und Bildung. Wie feige nur, wie bequem und konservativ war die Mehrheit ringsum doch, den Mythen der kaiserlichen Vergangenheit in gemeiner Trägheit noch tief verhaftet – schlecht ging es dem Volke? Recht so, es sollte, es mußte ihm schlecht gehen, viel schlechter noch! Hatte es sich sein Los nicht selbst beschert, indem es Alf Bertinis Überzeugungen nicht teilte? Also sollte es verderben – und wenn er selbst dabei unterginge.

Es war peinlich anzusehen, wie Wut, Enttäuschung und Haß Alf belebten, ihn anfeuerten, beflügelten – Sturm, Hagel und Franzosen über die Deutschen, das Unglück des ganzen Erdballs!

Weil die Welt es nicht wert war, beschloß er, seinem Beruf zu entsagen. Dabei kam jenes ungewöhnliche, aber überaus bezeichnende Ereignis zustande, dem Lea bei größerer Menschenkenntnis und aufmerksamerer Beobachtung leicht ein gestörtes Verhältnis zur Realität hätte entnehmen können. Irgendwo fand Alf einen Geldgeber, der ihm einen Kutter samt Motor und Treibstoff finanzierte und dafür nach der Hälfte allen Gewinns trachtete: mit zwei angeblich kundigen Anonymi ging es hinaus vor Cuxhavens Küste, an die Gestade der Deutschen Bucht, auf Krabbenfang!

Schon in der Elbmündung aber war Alf mit seinen Bordgenossen restlos verzankt, verweigerte jede Mithilfe, freute sich innig, als von den genauso ahnungslosen Mitschiffern nicht *eine* Krabbe an Deck geschüttet wurde, und trug entscheidend zum vorzeitigen Scheitern des Projektes bei. Nachts strandeten sie vor Neuwerk, der Geldgeber verlor eine Unsumme an das spektakuläre Unternehmen, und Alf konnte froh sein, daß der Dunkelmann eines zwielichtigen Verhältnisses zur Justiz wegen ihm nicht noch gerichtlich auf den naß gewordenen Pelz rückte.

Zu einer solchen Initiative, zu einer von ihm in die Tat umgesetzten, wenn auch völlig sinnlosen Idee, raffte Alf Bertini sich sein ganzes Leben nicht wieder auf. Denn an den Gedanken, Lea zu heiraten, hatte er sich zwei Jahre nach Kriegsende, als er bei Recha und Rudolph Lehmberg darum einkam, bereits so sehr gewöhnt, daß der Schritt für ihn nur noch eine Formalität bedeutete.

Leas Mutter besah sich Alf genau, sie umschlich ihn förmlich, trat, mit schiefem Kopf, vor und zurück, und einen Augenblick schien es, als wollte sie ihn auch noch beriechen. Steif, sehr verkrampft, in trotziger Haltung, diese seltsame, durch nichts gerechtfertigte Einbildung zur Schau tragend, stand Giacomo Bertinis Sohn da. Als er gegangen war, sagte Recha: »*Den* Schlemihl willst du nehmen? Der wird dich unglücklich machen bis ins Mark«, hoch hob sie die Hände über ihren

Kopf. »Nicht weil er ein Goj ist, es kommt nur darauf an, *was* für einer. Ich bin gewarnt, ich habe den Falschen genommen, ihr wißt es, ihr alle wißt es«, und anklägerisch zeigte sie auf Rudolph Lehmberg. Der sagte gar nichts. Er war, mehrfach verwundet, aus dem Großen Kriege zurückgekehrt, nannte manchmal mit sehr deutscher Aussprache französische Namen, Soissons, Cambrai, Douaumont, Verdun, hatte sich sonst aber noch tiefer in sich zurückgezogen.

Ahab und Kezia Seelmann hatten bei Alfs Antrittsbesuch still auf ihren Stühlen gesessen. Sie waren beide alt geworden, geschrumpft, todesreif. Sie faßten nach der Hand ihres geliebten Enkelkindes, das bei ihnen aufgewachsen war, und weinten. Niemand wußte genau, warum.

Aber Lea, die sanfte Lea, war unerbittlich, auch als die beiden Familien schon bei der ersten Zusammenkunft hart zusammenstießen.

Die Abneigung zwischen Recha Lehmberg und den Bertinis war elementar, organisch, ohne jede Entwicklung. Als Alf seine Eltern, von der Hoheluft kommend, nach Barmbek, in Ahab und Kezia Seelmanns Wohnung seitab der Hamburger Straße führte, sagte Recha, Giacomo und Emma von oben bis unten kühl musternd: »*Meine* Familie jedenfalls ist gesund!« Unglücklicherweise hatte Alf seiner zukünftigen Frau, froh, über Schlimmes sprechen zu können, von der peinlichen, wenn auch besiegten Frühkrankheit der Eltern berichtet, jener Ansteckung nach der ersten Begegnung auf St. Pauli. Und Lea hatte den Fall vor ihrer Mutter nicht verheimlicht, vor allem deshalb, weil sie ihm keinerlei Bedeutung beimaß.

Jetzt, nach dieser Ouvertüre, richtete Giacomo Bertini sich ahnungsvoll höher auf, seine Narbe an der Nase wurde ganz weiß, und mißtrauisch erkundigte er sich bei seinem Sohn: »Cosa dice dies-ä-r Fra-u? Was sie haben gesagt?« Und eine Sekunde sah es so aus, als würde er Recha das verabreichen, wozu Rudolph Lehmberg sich zu seinem und ihrem Schaden nie hatte aufraffen können – nämlich eine gehörige Tracht Prügel auf den immer noch recht attraktiven Hintern.

Ihre Rettung verdankte die Situation der merkwürdigen Beziehung zwischen Rudolph Lehmberg und Emma Bertini (die übrigens inzwischen, ihrer dunklen schwedischen Herkunft zum Trotz und in starkem Gegensatz zu dem nach wie vor schwer radebrechenden Giacomo, perfekt Deutsch sprechen gelernt hatte). Wie ruhende Pole in der Erscheinungen Flucht saßen sie nebeneinander und führten artig Rede und Gegenrede, wobei sich jeder mit der Antwort beeilte, um nicht in den Verdacht der Unaufmerksamkeit zu geraten. Dieses ursprüngliche Verhältnis sollte sich nie ändern. Später sahen sie sich nicht allzu häufig, mit Gewißheit nur an den verschiedenen Feiertagen, aber schon die Andeutung eines bösen Wortes zwischen ihnen wäre ganz unausdenkbar gewesen. Wahrheit allerdings war wohl auch, daß sie während der übrigen Zeit nicht einen einzigen Gedanken aneinander verschwendeten.

Rechas Einwendungen gegenüber Lea nach dem historischen Antrittsbesuch verpufften wirkungslos. Ihr Herz, das bisher kaum für die Tochter geschlagen zu haben schien, pochte plötzlich dumpf und schwer. »Unglücklich machen wird der Schlemihl das Kind«, schrie sie Rudolph Lehmberg an, »und du hast es nicht verhindert. Wehe über dich, wenn das Kind leidet!« Der Schlosser sah sich entschuldigend im Kreise um, seufzte, schwieg. Franziska Oppenheim, das Dienstmädchen und Hausfaktotum der Seelmanns, trat auf Lea zu und legte ihr ermunternd eine Katze in den Arm. Sechs Wochen später, im September des Jahres 1921, fand die Trauung in der nüchternen Atmosphäre eines Barmbeker Standesamtes statt.

Aus der Wärme ihrer jüdischen Behütung, dem unergründlichen Schoß großelterlicher Liebe, der ganzen Sorglosigkeit ihrer vierundzwanzig Lebensjahre, wurde Lea Bertini durch eigenen Entschluß, durch ihren beharrlichen und unbeirrbaren Willen, in das eisige und dürre Klima einer aussichtslos verfallenen Familie verschlagen.

Als Lea sie verließ, als die Tür dann hinter ihr zugeklappt war, fielen Rechas Arme herab. Und nun sagte sie, in einem ersten und letzten Anfall von trüber Poesie, über diese verworrene und im innersten gefährdete Paarung vor den Ohren ihrer nicht schlecht staunenden Angehörigen: da habe sich soeben ein dunkelsamtener Schmetterling mit einem Ochsenfrosch vermählt...

Zweiter Teil
Lindenallee

1

»Ibbergeschrieben: der Veilchen«

Alf und Lea Bertini zogen in die Nähe des Barmbeker Bahnhofs, mit
seinen zahlreichen Schienensträngen der Vorort- und Hochbahn schon
damals der große Verkehrsknoten des Hamburger Nordens.

Die Lindenallee war eine breite, von Mietshäusern unterschiedlicher
Höhe gesäumte Straße, die ihrem Namen alle Ehre machte. Es duftete
herrlich, als der offene Möbelwagen von der Fuhlsbüttler Straße über
die kurze Verbindung des Trockenwegs in die Allee einbog und vor der
Nummer 113 hielt – die Linde am Rande des Trottoirs reichte hinauf
bis zum zweiten Stockwerk.

Es war eine geräumige Wohnung, mit zwei hellen Zimmern nach vorn,
während das dritte und die Küche auf den Hinterhof wiesen. Die
Möbel waren gebraucht erstanden, aber, wie das schwarze Büfett oder
der Bücherschrank und die Notentruhe aus Birnbaumholz, gut erhalten. Mitgeschleppt und auf dem Flur unter die Garderobe gestellt
wurde eine riesige graue Kiste, in die Lea alles noch irgendwie
Verwertbare hineingestopft hatte, eine Gewohnheit, die sich früh an
ihr gezeigt hatte und von der sie nicht ablassen sollte. Wahrscheinlich
war der Kiste diese noch nach Jahrzehnten in Lea lebendige Erinnerung zu verdanken: ein unbekanntes Individuum habe sich am Tage
des Einzugs hinter dem Baum vor dem Hause versteckt gehalten und,
in der eindeutigen Absicht, bei den Bertinis einzubrechen, dort auf die
Dunkelheit gewartet – es habe wohl Schätze in der Kiste vermutet. Es
sei eine lange Nachtwache geworden.

Tatsächlich aber wurde weder eingebrochen noch Reichtum in die
Wohnung transportiert, ausgenommen jener breite, schwergoldene
Reif, den Ahab Seelmann seiner Enkelin vor dem Auszug vermacht
hatte, mit der Weisung, das kostbare Stück, komme was da kommen
mochte, bei sich zu behalten und niemals herzugeben.

Selbstverständlich machte auch das Klavier den Umzug in die Lindenallee mit. Es wurde im Wohnzimmer aufgestellt, neben die Flügeltür, die in den anderen Raum, das sogenannte Eßzimmer, führte.

Alf Bertinis erste eheliche Handlung bestand darin, das künstlerische Selbstbewußtsein seiner Frau restlos zu zertrümmern. Er entschied, daß Leas Talent durchschnittlich sei und betont sentimental. Sobald sie eine Taste anrührte, begann er ihr Spiel herabzusetzen, aber nicht etwa böse oder heftig, sondern gönnerhaft und mit großer Überlegenheit. Die unablässigen Berufungen und Korrekturen, das ganze wohlwollend-mitleidige Gebaren Alfs stürzten Lea bald in schwere Selbstzweifel, sodaß sie immer häufiger beschämt und unglücklich den Deckel zuklappte und schließlich zur Pflege ihrer Begabung und zur eigenen Erbauung nur noch in Alfs Abwesenheit spielte. Die Fähigkeit, Anfänger in die Technik der Klaviatur einzuweihen, gestand er ihr allerdings gerade noch zu, konnte übrigens auch schlecht umhin, denn in dieser Ehe mußte Lea von Anfang an mitverdienen.

Alf Bertini hatte nach dem mißglückten nautischen Intermezzo verbittert zur Musik zurückgefunden, wenn auch nur als Pianist in Kaffeehaus-Ensembles, meist am Steindamm. Aber nirgends blieb er lange. Hatte er doch endgültig die eigene Person zum Nabel der Menschheit erklärt und sich, das Wunderkind, zum Maß aller Werte und Wesen bestimmt. Andere Ansichten als die seinen duldete er nicht, er versah sie sofort mit dem Odium des Kriminellen, und nun erst begann sich sein zügelloser Widerspruchsgeist voll und entsetzlich auszutoben. Obwohl er sich eher die Finger abgehackt hätte, als sich politisch zu organisieren, schlug er auf dem Podium während der Pausen langsam und genüßlich kommunistische Zeitungen auf, las Kollegen und Gästen unaufgefordert laut vor und behauptete bei der ersten Gegenmeinung, der Herr Widersacher sei ein Stehkragenproletarier, der vor den Großen auf dem Bauche krieche, seinesgleichen aber in den Hintern trampele.

Außer Lea überzeugte er keine Seele, und es verwunderte niemanden, daß er immer wieder in hohem Bogen hinausflog. Man hatte bald genug, übergenug von diesem Querulanten und seiner Prahlerei, er sei schließlich schon ein Wunderkind gewesen. Zu Hause tobte er dann weiter gegen die *Stehkragenproletarier*, nannte die Musiker eine Berufsgattung von überdurchschnittlicher Korruptionsbereitschaft, darin den Kellnern ähnlich, mit denen er notwendigerweise zu tun hatte, und versicherte endlich Lea – der nichts so sehr gegen die Natur und das schwache Herz ging wie Alfs Lebenselixiere Lärm, Zank und Streit –, fortan reinen Mund zu halten. Diese Zusage hinderte ihn nicht, schon am nächsten Tag wie ein Kampfhahn über jeden herzufallen, der sich seinen Ansichten nicht sofort verband.

Sein Ruf als unverträglicher Geselle bewirkte, daß ihn bald keine Kapelle in der großen Stadt mehr aufnahm. Alf Bertini sah sich ausgestoßen, begriff schon in der Mitte seines dritten Lebensjahrzehnts die Welt nicht mehr und fristete sein Dasein als Musikbegleiter von Stummfilmen in Barmbeker Kinos. Dort hockte er unterhalb der Leinwand, hinter einem kahlen Verschlag, wartete auf seinen Einsatz und erinnerte sich zähneknirschend an die Träume einer steilen Dirigenten-Karriere.

Diese Träume hatten nichts von ihrer Leuchtkraft eingebüßt. Wenn er zu einem stummen Wildwester mächtig in die Tasten griff, schloß er die Augen, entrückte sich in einen gediegenen Konzertsaal und nahm das Gebaren eines gefeierten Solisten vor einem fachkundigen und begeisterten Publikum an. Tatsächlich spielte Alf, durch getrogene Hoffnungen zu doppelter Geltungssucht getrieben, stets einem imaginären Publikum vor, auch in der Lindenallee. Lea spürte es, und halb besorgt, halb belustigt, neckte sie ihn mit seiner Entrückung selbst am häuslichen Instrument: »Was siehst du da wieder vor dir?« Er tat überrascht, schüttelte entgeistert den Kopf über ihren Verdacht und bestätigte ihn wenig später. Gewöhnlich stand er dann von dem Klavierschemel auf und küste sie. Er lebte fröhlich mit Lea – unter seinen Bedingungen.

So groß die Kluft auch war zwischen Alfs Sehnsucht nach einem glanzvollen Künstlerleben und den traurigen Nachmittagen und Abenden in den Barmbeker Filmschmieren, sein Selbstbewußtsein wurde nie wirklich erschüttert, seine Selbstüberschätzung ihm nie bewußt. Alf, darin von dem alternden Giacomo Bertini noch nachdrücklich in fürchterlicher Mischsprache gefördert, fand vielmehr, daß die Nation sich verbündet habe gegen ihn und sein Genie, und daß sie es unterdrücke, gemäß ihrer erbärmlichen Art, das Edle zu knechten und das Hohe zu schänden. Von Ahnungslosen nach seinem Beruf gefragt, antwortete er mit inbrünstiger und komischer Überzeugung: »Dirigent!« Es gab niemanden, der daran fester glaubte, als er selbst, obwohl er nie einem Orchester vorgestanden hatte, ausgenommen jenen einsamen Fall in der Kindheit, von dem das ganze Unglück herrührte.

Als Lea schwanger ging, häuften sich Giacomos Besuche in der Lindenallee. Den Trockenweg, das kurze Verbindungsstück zwischen Fuhlsbüttler Straße und Lindenallee, aufgeregt pfeifend durchquerend, trat er schwankenden Schrittes vor das Haus 113 und erkletterte aufgewühlten Antlitzes die Treppe zum Hochparterre. Sein Flehen, das Kind, wenn es ein Sohn werden würde, doch Alberto zu nennen, wurde immer winselnder, ohne Alf jedoch zu berühren. »Warum sollte ich dir einen Gefallen tun? Was hast du denn für mich getan?« fragte er höhnisch und mit harter Stimme. »Nichts, gar nichts, weder Mutter noch du.« Im neunten Monat von Leas Schwangerschaft sank Giacomo mit schneeweißer Narbe vor seinem Sohn auf die Knie und schlug, als der auffuhr und hinauslief, mit der Stirn auf den Boden, daß es hallte.

Alf Bertini zeugte zunächst zwei Kinder, Söhne, deren erster zwei Monate nach der Hochzeit, im November 1921, zur Welt kam, während sich der nächste sechzehn Monate später, im März 1923, einstellte. Obwohl Alf inzwischen die deutsche Staatsangehörigkeit erworben hatte, gab er ihnen voller Genugtuung fremde Namen – Cesar und Roman. Es waren übrigens Geschöpfe von normalem Gewicht und durchschnittlicher Größe.

Zwischen den beiden Daten hatte Franziska Oppenheim, nach einem Vierteljahrhundert im Hause Ahab und Kezia Seelmanns, schweren Herzens gekündigt. Es hatte sich der Glasbläser Anton Kanten gefunden, sie zu ehelichen – »Gott sei Dank, kein Jude, ich mache mit der Inzucht Schluß!« –, hatte sie heimgeführt, ebenfalls in die Lindenallee, aber weiter unten, in der Nähe des Osterbekkanals, dem Barmbeker Marktplatz zu. Auch Anton Kanten zeugte zwei Knaben, Zwillinge, deren einen die Mutter Chaim, den andern Siegfried nannte. Trotz ihrer Ankündigung, mit der jüdischen Inzucht Schluß zu machen, ließ sie Chaim beschneiden und als Mitglied der Jüdischen Gemeinde Hamburg rituell erziehen, sah aber auf den stillen Protest ihres evangelischen Mannes bei Siegfried davon ab – er wurde in der Konfession des Vaters getauft, mit protestantischem Weihwasser. Bei beiden Ereignissen war übrigens die ganze Sippe Seelmann-Bertini anwesend, in einer Stimmung so ungeheurer Verbrüderung, daß selbst Recha Lehmberg sich ihr nicht entziehen konnte, und so benahm sie sich für lange Zeit zum letzten Mal gesittet.

Lea entband in der Lindenallee, mit Hilfe Doktor Aarons und einer Hebamme. An eine Überführung in eine Klinik war nie auch nur gedacht worden, ja, am liebsten hätte Alf Bertini es gesehen, wenn die Nachkommen allein durch die Kraft seines Gebetes heil aus dem Mutterleib gekrochen wären. Denn kurz nach seiner Eheschließung war er auf eine nordamerikanische Sekte von Gesundbetern gestoßen, die sich in wenigen Jahrzehnten überall auf dem Planeten eine gewisse Zahl von Anhängern erworben hatte und mit dem Anspruch der *Christlichen Wissenschaft* auftrat. Die Lehre behauptete, daß alles, was der Mensch sehe, rieche, schmecke und anfasse, die eigene Person eingeschlossen, in Wahrheit gar nicht existiere, sondern ein Trugbild sei, eine Fata Morgana des Bewußtseins und dessen bloße Widerspiegelung, kurz – *Materie*. Wahr und einzig unzerstörbar seit allen Zeiten und in alle Zukunft sei nur der *Geist*, auch Gott genannt, kurz – *Harmonie*. Wer fest und unbeirrbar an sie glaube, der könne ernstlichen Schaden an seinem Körper nicht nehmen. Voraussetzungen seien *gute Gedanken*. Durch das rechte Verständnis gegenüber dem *Geist* würden alle Krankheiten, alle *Disharmonien* überwunden und das ewige Leben in Gott gewonnen werden. Heilig war den Anhängern der Sekte ein sogenanntes *Lehrbuch*, verfaßt von der Gründerin, einer überaus geschäftstüchtigen Dame aus Boston, die auch ein *Handbuch* herausgegeben hatte. Darin stand, neben manch anderem Denkwürdigen, die Vorschrift: ein Mitglied dürfe die Gründerin auf ihren Spazierfahrten durch die neu-englische Metropole weder belästigen noch fortwährend an ihrem Haus vorbeigehen oder zu diesem Zweck in der Nähe eine Sommerwohnung beziehen. Zwar war besagte Schöpferin seit langem verstorben, jedoch blieb das *Handbuch* unverändert und jener Passus ein fester Bestandteil. Es lag bei den Bertinis stets auf dem *Lehrbuch*, und das wiederum auf dem Klavier. Daneben türmte sich immer höher der *Herold*, die Monatsschrift der Sekte, in deutscher Sprache und regelmäßig voll von wunderbaren Zeugnissen körperlicher Heilung durch den Glauben an die *Harmonie*.

Der Widerspruch der Lehre, die zwar den Körper leugnete, aber ihr ganzes religiöses System auf seine Gesundbetung konzentrierte, gerade als ob es auf der Welt außer Krankheit keine Übel gäbe, war Alf nie aufgegangen. Vielmehr unterwies er Lea in ihr, lästerte den Arztberuf und schwor, ihn nie wieder in Anspruch zu nehmen. Er hatte es übrigens auch nicht nötig, denn er war kerngesund, im Gegensatz zu Lea, die am Herzen litt und bei der sich oft jener frühe Reiz im Rachen bemerkbar machte. Dann hustete sie heftig, während Alf mit geschlossenen Augen auf und ab ging und murmelnd betete.

Grimmig getroffen, daß sich seine lichten Vorstellungen von der besseren Welt nicht erfüllt hatten, immer besessener in seinem Abscheu vor der blöden Allgemeinheit, die ihm nicht das Wasser reichen konnte, griff der Pianist durstig nach der Lehre, die das Wunder der Weltüberwindung durch die *Harmonie* predigte. Er, der das Paradies im Diesseits nicht gefunden hatte, griff nun mit der ihm eigenen Maßlosigkeit nach dem Jenseits. Immer genauer wollte er begreifen, wie Gott durch rechtes Vertrauen zu ihm Macht gab über alle Beschwerden des Organismus, sich immer inniger verschmelzen mit der Lehre aus dem Amerikanischen, dank der sich ihm die Erscheinungen der Wirklichkeit als bloße Halluzination, als flüchtige Nebel entlarvt hatten. Nichtig sei alles, was in der *Materie* geschehe, lehrten das große Buch und das allmonatliche Heft, und Alf Bertini betrachtete sein Leben in der *Materie* und fand es schäbig und fühlte sich erhoben und in der Hoffnung gestützt von der einzigen und rechten *Wissenschaft*.

Aber diese Überzeugung von der absoluten Nichtigkeit der Welt machte ihn keineswegs milder. Auch bewahrte sie ihn nicht vor ehrgeizigen Gedanken, wie seine Söhne hier auf Erden höher klimmen könnten als er.

Bildung war für Alf Bertini ein Mysterium. Glaubte er, einen gebildeten Menschen vor sich zu haben, so wurde sein Gebaren geziert, sein Wort geschraubt, seine Stimme ehrfurchtsvoll. Solche Begegnungen wandelten ihn sichtbar. Steif saß er dann da, schloß die Augen in wichtigen und schwierigen Überlegungen, wiegte sich bedenklich seitwärts, als Zeichen höchster Konzentration, und sprach sehr gedämpft. Er bewies dann große Neigung zu kompliziertem Redestil, eine Vorliebe für verschachtelte Sätze, wobei er rasch den Faden verlor, steckenblieb, abermals begann und wieder stockte, ohne daß ihn diese Erfahrungen je zu natürlicherem Gebrauch der Sprache bewegen konnten.

Schon als sie in der Wiege lagen, mußte in Alf Bertini der unumstößliche Gedanke gelebt haben, nach den uneingestandenen, kläglichen Enttäuschungen seines Lebens den Söhnen das zuteil werden zu lassen, was ihm selbst nie zuteil geworden war: die beste, die allerbeste Schulbildung – daß ein Abglanz falle noch auf ihn, den Vater so gelehrter Kinder!

War Lea von Ahab und Kezia Seelmann bewacht worden wie ein kostbarer Schatz, so hütete sie selbst nun ihre Kinder noch sorgfältiger als ihren Augapfel. Sie säugte Cesar anderthalb, Roman gar zweieinhalb Jahre und ließ sie abwechselnd, streng gerecht, bei sich im Bette schlafen. Nur im engsten Umkreis, von der einen Ecke der Lindenallee bis zur andern, daß Lea ihn jederzeit rufen und sehen konnte, durfte Alf die Söhne in einem hochräderigen grünen Kinderwagen ausfahren. Er scheute nicht Zeit noch Mühe, sich mit ihnen öffentlich zu zeigen,

Wesen mit fein modellierten Gesichtern – Cesar, der Erstgeborene, kastanienbraun, Roman tiefschwarz, beide aufmerksam und ernst in die Welt schauend. Alf Bertini wuchs, er schwoll förmlich an, personifizierter Vaterstolz, bald schon Gespräch in der ganzen Gegend, legendäre Figur, im weitem Umkreis von Frauen und Müttern ihren unwilligen, brummenden, stark abwehrenden Männern bewegt als Muster vorgehalten.

Obwohl Lea dem Balkon nie länger als fünf Minuten fernzubleiben pflegte, mußte Alf nach jeder Heimkehr genauen Bericht erstatten, mittels welcher Maßnahmen er die Söhne vor allen eventuellen Gefahren abgeschirmt habe. Sie lobte ihn selten, vielmehr wies sie ihm meist sogar nach, wie er noch vorsichtiger hätte handeln können.

Beide Kinder lernten das Sprechen ungewöhnlich schnell und phantasievoll. Dem ersten Gespräch dieser behüteten Brüder miteinander lag verbürgterweise die philosophische Frage zugrunde, ob die Sonne ein Tier sei oder eine Pflanze. Eben der dunkelsten Vorzeit entronnen, sannen sie lange und leise darüber nach, ohne einstweilen zu einer Entscheidung zu gelangen.

Dafür nahmen sie allmählich Dinge wahr, die ihnen näherstanden: die prachtvollen Bäume zu beiden Seiten der Fahrbahn in der Lindenallee, die riesigen Fronten der vier- und fünfstöckigen Häuser, und bald auch eine himmelhohe Brücke, über die kleine gelbe Wagen fuhren. Das war auf dem Wege zum Stadtpark. Nach einigem Drängen hatte Lea Alf die Erlaubnis dazu gegeben, nicht ohne ihm jedesmal wieder nachdrücklich einzuschärfen, Cesar und Roman unterwegs an der Hand zu halten und sie außerdem noch keine Sekunde aus den Augen zu lassen.

Die beiden Kinder sahen aus wie Puppen. Ihre weichen Gesichter waren von langen mädchenhaften Locken umwallt, sie sprachen zu Beginn ihres dritten Lebensjahres klar, ohne Fehler. Die Leute blieben stehen und schauten sich nach ihnen um. Alf Bertini straffte sich – das war die richtige Promenade für seinen Geltungstrieb!

Cesar und Roman sahen den Ausflügen in den Stadtpark mit gespannter Erwartung entgegen. Der Vater hatte sich angewöhnt, sie in die Nähe des *Planschbeckens* zu führen, in das Herz der riesigen Anlage im Norden Hamburgs, vor einen Panther aus Stein, eine ruhende Majestät mit mächtigem, glattem Schädel, tiefliegenden, dreieckigen Augenhöhlen und dickem Schweif. Unter ihrer atemlosen Anteilnahme begann Alf, den Stein zu streicheln, »Ei du liebes, ei du gutes Tier« zu raunen, und den Panther immer sanfter zu tätscheln. Plötzlich aber versetzte er ihm mit der flachen Hand eine derbe Ohrfeige, sprang, wie um sich vor der Wut des getäuschten Raubtieres zu schützen, weit zurück, packte seine jubelnden, bebenden Söhne und lief mit ihnen in die Sicherheit eines beträchlichen Abstandes. Für Cesar und Roman gab es kein größeres Vergnügen als diese väterlichen Vorstellungen. Wie die Mutter waren auch sie verrückt nach Tieren. Wann und wo immer sie Hunden und Katzen begegneten, brachen sie aus in Schreie des Entzückens und der Wonne, zupften, streichelten sie und schmiegten, wenn möglich, ihre kleinen Gesichter ins Fell.

Ein Denkmal in der Nähe des Panthers, den Dichter Heinrich Heine in nachdenklicher Pose darstellend, fand bei den Bertinis kaum Beachtung.

Aus dem Stadtpark zurückgekehrt, hatte Alf gerade noch Zeit, sich umzuziehen und in irgendeines der Barmbeker Kinos zu eilen, wo er hinter einem Verschlag unter der Leinwand stumme Filme auf dem Klavier begleitete.

Lea sah die weiten Spaziergänge nicht gern. Es waren Straßen zu überqueren, Brücken, fortwährend hielten sich unbekannte Menschen um die Söhne auf, und ihr Vertrauen in die Aufmerksamkeit des Gatten schien nicht sonderlich ausgeprägt zu sein. Sie wurde bestätigt durch ein Ereignis, das nicht nur mehrere Tage das Straßengespräch bilden, sondern durch mündliche Überlieferung auch zu einem markanten Datum in den ungeschriebenen Familienannalen werden sollte. Roman benutzte nämlich eine unbewachte Minute, um klein und flink wie ein Wiesel auf das Pferd des nachbarlichen Milchhändlers zuzuschießen, das mit friedlich hängendem Kopf eingespannt vor dem kannenbeladenen Wagen am Straßenrand stand. Es ließ sich aus seiner Lethargie auch nicht aufschrecken, als ihm plötzlich am rechten Vorderlauf ein zwar nicht großes, aber doch spürbares Gewicht hing. Vielmehr stellte es das andere Bein noch ein wenig schräger, wohl in dem dumpfen Trieb, das lebende Wesen da unten nicht zu gefährden. Selbst dieses offenkundige Verständnis des Tieres jedoch konnte Lea, die wie gewöhnlich nach fünf Minuten den Balkon zur Inspektion betrat, nicht beruhigen – sie schrie gellend auf, als sie Roman so nahe den Hufen sah. Erst der Alarmruf erinnerte den palavernden Alf an seine väterliche Aufsichtspflicht. Er erschrak tief, als er das Bild am Straßenrand gewahrte, stürzte sich mit dem Mute der Verzweiflung unter das Pferd und entriß ihm das Kind. Roman dagegen hatte der Platz unter dem großen, dünstenden Leib so zugesagt, daß er die Hände vors Gesicht schlug, um den Gaffern seine Tränen zu verbergen.

Lea hielt ihre Söhne eine volle Woche in der Wohnung gefangen.

Wirklich beruhigt war sie nur in den Stunden, da Roman und Cesar bei ihr steckten, innerhalb der vier Wände, sicher und abgeschirmt vor der Welt da draußen. Am liebsten aber sah sie die beiden im Bett, ja sie dressierte sie förmlich darauf. Denn dort, warm unter der Decke, konnte ihnen gar nichts passieren. So erfand Lea den allwöchentlichen *Muttertag*, auch *Schnobtag* genannt, den die Söhne von morgens bis abends im Bett zu verbringen pflegten. Bald brauchte sie nur noch ein geheimnisvolles Gesicht zu machen und mit Papier zu rascheln, schon zogen Cesar und Roman sich aus, hüpften in ihre Betten und lugten mit ihren Lockenköpfen erwartungsvoll zur Tür. Dort erschien Lea dann mit einem Tablett, um Früchte, Schokolade, Bonbons, belegte Brote und Limonade zu servieren. Still stand sie da, wenn die Söhne sich wohlig grunzend über das Festmahl hermachten, schnell und gierig schlingend wie junge Tiere – namentlich Cesar Bertini zeigte schon früh einen enormen Appetit. Mit vollen Backen kauend, schauten sie dankbar auf zu der Mutter. Waren die Teller geleert, so sprangen sie aus den Federn, krochen, beseelt von dem Wunsche, die Mutter zu erfreuen, auf allen Vieren in der Stube umher, reckten, immer Lea zugewandt, die winzigen Hälse, bliesen die Backen auf und quiekten und fauchten. Endlich richteten sie sich auf und sprudelten, die Arme angezogen, die Hände wie Pfoten herabhängend, in einer Art Singsang hervor:

>»Auf dem Berge Kiowatschi
>scheenes Kraut issisch gewachsi
>issisch scheen von Angesicht
>nennet sich Vergißmeinnicht
>Ibbergeschrieben: der Veilchen«

Wenn sich Lea dann freute, warfen sie sich in die Betten, daß es krachte, ehe sie plötzlich ganz ruhig dalagen. Mit feuchten, glänzenden Augen sahen sie die Mutter an, bis Lea erklärte, wer von ihnen beiden heute auf eine Stunde zu ihr ins Bett kriechen dürfe.

Was Lea mit ihrer Erziehung zur Angst anrichtete, offenbarte sich eines Abends, als Alf bereits fort war und sie entdeckte, daß Milch im Hause fehlte. Keine Milch aber bedeutete für Cesar und Roman, die so lange an der Mutterbrust gesogen hatten, das Ende aller Tage, den Zusammenbruch der gewohnten Fürsorge und Liebe. Lea, die das sehr wohl wußte, spähte aufgebracht nach draußen, ob sich auf der Linden-allee jemand fände, den sie zu dem Milchmann im Parterre des Neben-hauses schicken könnte. Als sich aber niemand fand, entschloß sie sich, selbst zu gehen. Sie machte den Söhnen zunächst klar, daß sie sofort wieder da sein würde. Die beiden nickten. Dann setzte Lea sie an die Fensterbank des Eßzimmers, von wo sie beobachten könnten, wie die Mutter aus dem Treppenhaus kommen, nach rechts abbiegen und ebenso schnell wieder zurückkehren würde. Lea beschrieb es ihnen mehrere Male und in allen Einzelheiten. Sie nickten wieder. Ihre Gesichter waren dabei blaß geworden, waren sie doch noch nie allein in der Wohnung gewesen. Aber was die Mutter sagte, würde recht sein. Eine Mutter tat immer das Rechte für ihre Kinder, eine Mutter wußte alles.

Also hockten sie an der Fensterbank. Als die Haustür zuklappte, erstarrten sie, warteten, hielten den Atem an. Unten erschien Lea, wandte sich um, winkte zu ihnen hinauf, lief dann nach rechts und verschwand. Und jetzt, so früh schon, zeigte sich, daß Cesar Bertini, der ältere, innerlich von seinem Bruder abhängig war. Er schaute Roman an, schaute ihn unentwegt an, wandte das ernste, entsetzte Gesicht keine Sekunde ab. Roman fühlte den dunklen Flur, fühlte ihn an dem Schauder, der ihm den Rücken herunterkroch, vor allem aber fühlte er Cesars Blick. So sah er angestrengt auf die dämmernde Straße, auf die Linde vor dem Haus, deren Krone inzwischen das dritte Stockwerk erreicht hatte, und sein kleines Antlitz war ganz aufgeplustert von der Anstrengung, nicht zur Seite zu schauen, wo Cesar saß und ihn unentwegt fixierte. Allmählich verlor sich das Kribbeln in Romans Rücken wegen des dunklen Korridors, und er empfand nur noch den starren, erwartungsgeladenen, hysterischen Blick des Bruders. Endlich konnte er nicht anders und sah zu ihm hin. Da, in diesem Augenblick, erst jetzt, als Cesar in Romans Gesicht die gleiche Angst erkannte, sprang er auf den Fußboden, lief zur abgeschlossenen Wohnungstür, zerrte an ihrem Drücker und schmetterte, als sich nichts bewegte, ein Spielzeug, einen hölzernen Doppeldecker, in die Scheibe zum Treppenhaus – schreiend, blutend, immer wieder. Im Hause öffneten sich die Türen, Nachbarn stürzten herbei und versuchten, das rasende Kind von draußen zu beruhigen, während Roman aufgelöst hinter seinem Bruder auf und ab lief, die Hände vor den Mund geschlagen.

Lea, in dunkler Ahnung von dem Lärm angelockt und noch ohne Milch, schloß leichenfahl auf, wurde fast ohnmächtig, als sie das Blut erblickte, untersuchte Cesar fliegend, verband die harmlose Schnittwunde am Handballen, zitterte an allen Gliedern, bedankte sich bei den Nachbarn und weinte, als die Söhne schließlich erschöpft eingeschlafen waren. Sie blieb wach liegen, bis Alf spät heimkam, verbrannte dann mit energischen Bewegungen das hölzerne Flugzeug, als trüge der primitive Doppeldecker die Schuld an dem Fiasko, und erklärte ihrem todmüden Mann, daß sie ihren Kindern morgen, Sonntag, eine Freude bereiten und mit ihnen an die Elbe fahren würde – denn Höheres, Schöneres gab es für Cesar und Roman nicht.

Am Anfang war Dunst gewesen, aus dem Laute krochen, und der Geruch des Wassers. Dann, leuchtend in der Sonne, hatten die Söhne ungeheure Formen wahrgenommen, die auf einem flüssigen, schimmernden Band nahten und wieder verschwanden.

So war für Roman und Cesar früh aus dem Nebel der Kindheit die Unterelbe hervorgewachsen, eine lebende, riesige Fläche, und die erste begrifflose Zeit war der hellen Vorfreude gewichen, wenn Lea und Alf sich anschickten, mit ihnen zum Barmbeker Bahnhof zu gehen. Dort bestiegen sie die Vorortbahn und machten eine lange, lange Reise, bis zu einer Station, die *Hochkamp* hieß. Dann streckte sich eine endlose Straße vor ihnen, die gegen das Ende ein wenig anstieg. Staunend setzten die Kinder Fuß vor Fuß. Rechts und links, weit auseinander gelegen, stolze und versteckte Häuser, ganz anders als die hohen grauen Fassaden in Barmbek. Überall Grünes, schmale blattumwucherte Wege, dann endlich die gefährlich steile Treppe, und von ihrer höchsten Stufe der erste Blick auf das gewaltige Panorama des Stromes.

Unten am Strand schützte Alf die Seinen vor der Flut durch hohe Wälle aus Sand, die in einem Halbkreis an die rote alte Ufermauer stießen. Auch Roman und Cesar, von Lea dem nassen Element so fern wie möglich gehalten, arbeiteten eifrig daran, verstärkten die schräge Wand mit Grassoden und Steinen gegen das ohnmächtig kletternde Wasser, auf dem weit draußen Schiffe kamen und gingen, kleine, große und ungeheure. Zwei davon gruben sich für immer in Romans Gedächtnis ein, Silhouetten mit gelben Schornsteinen und schwarzen Rümpfen, die er mit seinen Blicken verfolgte, bis sie von der glutroten Pracht des westlichen Horizonts verschlungen wurden.

Ein Lied lag über dem Strand, überall gesungen und gepfiffen:

> »Es war einmal ein treuer Husar
> der liebt' sein Mädel ein ganzes Jahr
> ein ganzes Jahr und noch viel mehr
> die Liebe nahm kein Ende mehr...«

Obwohl Roman den Sinn nicht recht verstand, pfiff er die Melodie mit, während er im Sand grub, Soden schleppte, Steine in den Wall drückte und dahinter voller Sicherheitsgefühl auf das nagende Wasser blickte.

Alles, was Cesar und Roman Bertini in jenen frühen Jahren dort so eindrucksvoll erlebten, errochen, empfanden, sammelten sie unter *einem* Namen, *einem* Symbol – *Blankenese*! Es war ein Teil ihres Lebens geworden, eine unsagbar süße, kindliche Sehnsucht nach der Zukunft des nächsten Sommers, die sie winters oft beschworen. In den düsteren, kalten Monaten malten sie sich aus, wie sie in der warmen Jahreszeit den Sand umgraben, die winzige Tierwelt in den Strandbüschen und die großen Schiffe auf dem Strom, der so gut duftete, beobachten würden. Heimlich besprachen sie sich bis in die späte Nacht, sehr darauf bedacht, von Lea nicht schlaflos entdeckt zu werden. Sie waren erfüllt und hitzig begeistert von der Aussicht, bald wieder die lange Straße in Hochkamp hinunterzugehen, vorbei an den stolzen, versteckten Häusern, durch die blattumwucherten Wege, bis sich ihnen oben an der gefährlich steilen Treppe der lebendige Strom zeigen würde. Wasser, Himmel, Sonne, Luft, Sand, Schiffe – *Blankenese*! Der Wunsch, einst dort zu leben, muß schon damals unausrottbar in sie gelegt worden sein.

Allerdings gab es etwas, das die Bertinis störte. Aus einer Villa an der steilen Treppe trat Sommer für Sommer ein großer Herr hervor, stets in Begleitung eines riesenhaften Hundes, ganz weiß und von seltener Rasse. Unnahbar stieg der Herr die Treppe hinab, unnahbar wandelte er am Strand entlang, und wenn er stehenblieb und seine Umgebung überhaupt gewahrte, dann nur, um Lea Bertini kalt zu mustern. Sie zog die Augenbrauen zusammen unter diesem Blick und griff nach Alfs Hand. Der aber lachte und schimpfte, sie sehe Gespenster. Doch auch die Söhne fühlten von dem Manne etwas Unheimliches ausgehen. So sehr sie Hunde liebten, irgend etwas in der Haltung des großen Herrn veranlaßte sie, hinter dem Wall zu bleiben und von dort auf das schöne weiße Tier zu starren.

Es war bei der abendlichen Rückkehr nach einem solchen Ausflug, als sich das erstemal etwas von der poetischen und zugleich schmerzhaften Beziehung Roman Bertinis zum andern Geschlecht zeigen sollte. Während Lea und Alf unter der Linde vor dem Hause 113 noch mit Nachbarn sprachen, hörten sie plötzlich einen markerschütternden Schrei, den niemand anderer als Roman ausgestoßen hatte. Blaurot in dem von dunklen Locken umwallten Gesicht, hielt er den winzigen rechten Zeigefinger hoch, dessen sofortige Untersuchung durch Lea ergab, daß der Nagel sich zusehends verfärbte. An dem Täter, oder vielmehr der Täterin, konnte es nicht den geringsten Zweifel geben, denn sie stand noch vor ihm, den Mund geöffnet und mindestens ebenso erschrocken wie alle ringsum. Es war ein Mädchen aus der Nachbarschaft, mit einer roten Schleife im blonden Haar, die Augen groß auf den gleichaltrigen, heftig krähenden Roman gerichtet. Von Erwachsenen umringt und im Tone der verschiedenen Temperamente befragt, warum sie Roman in den Finger gebissen habe, wurde die Kleine erst blaß, dann rot, ehe sie endlich so laut, daß es bis aufs Dach schallte, schrie: »Wenn ich ihn doch so lieb habe!«

Der unfreiwillige Held des Abends wimmerte, schlenkerte den mißhandelten Finger, ließ sich gern besorgt hinaufführen. Oben aber lief er schnell noch einmal auf den Balkon und spähte durch das Gitter hinunter auf seine wundervolle Peinigerin.

Die neugierige Vorliebe für das andere Geschlecht teilten die Brüder. Mit ihm zusammenzugeraten, bot sich Gelegenheit genug. Lea, durch Alfs schmalen Verdienst gezwungen, aber auch aus eigenem Antrieb, gab mehrere Tage in der Woche Klavierunterricht, meistens für Schülerinnen im Alter von zwölf bis fünfzehn Jahren. Auf ihren Anblick, ihre Gegenwart bereiteten Roman und Cesar sich unermüdlich vor. Beim Empfang und beim Abschied standen sie halb versteckt hinter der Garderobe auf dem Flur, völlig ungerührt von den Schmeicheleien etwaiger männlicher Schüler, aber still, glücklich und auf sonderbare Weise berührt, wenn eines der Mädchen ihnen übers Haar strich oder die Wange tätschelte. Wortlos, mit frühen und dunklen Empfindungen einander an den Händen gefaßt, bestaunten die Brüder die schönen Wesen und verkrochen sich nach dem Abschied instinktiv in ihrem Zimmer, damit ihnen die holde Erinnerung noch möglichst lange ungetrübt erhalten bliebe.

Ihr hoher Tag aber war, wenn Alf und Lea einmal im Jahr die Eltern der Schüler und Schülerinnen zu einer Feier in die Lindenallee luden, wo die Sprößlinge den stolzen Vätern und Müttern ihre musikalischen Fortschritte vorführen sollten. Und während Alf Bertini seine Frau, deren Kunst er sonst schmähte und erniedrigte, an diesem Tage vor den Ohren der beeindruckten Gäste hoch lobte; während er selber in völliger Sinnesumkehr des Ereignisses immer mehr der Mittelpunkt zu werden drohte, sich tatsächlich den Klavierschemel eroberte und, ehe er Chopins Etüden vorspielte, auf Ruhe wartete, bis eine fallende Stecknadel gehört worden wäre – während all dieser Eitel-

keiten und Gewundenheiten hockten die Söhne verwirrt und auf das
äußerste angespannt unter dem Tisch des festlichen Wohnzimmers.
Dort horchten sie auf die Musik, auf das Stimmengewirr, fühlten
verzückt die gewohnte und doch so ganz und gar veränderte Welt
ringsum, vor allem aber betrachteten sie aus ihrem tiefen Sitz die
seidenbestrumpften Beine von Müttern und Töchtern. Betrachteten sie
von allen Seiten, sehr nahe und, wenn möglich, hoch hinauf, wo der
weiße Schenkel aus dem glänzenden Gewebe wuchs und der komische
kleine Knopf sichtbar wurde, auf den sie einander heimlich aufmerksam machten.
Denn mit den Beinen, soviel ahnten sie bereits, mit den Beinen der
Frauen mußte es eine besondere Bewandtnis haben. Schauten die
großen Burschen, die abends in dichten Haufen auf der Lindenallee
standen, nicht stets darauf, wenn Mädchen vorüberkamen? Zeigten sie
nicht mit Händen und Fingern darauf, manchmal die Mundwinkel
dabei nach oben, manchmal nach unten verzogen? Und Cesar und
Roman fragten sich, warum sie das wohl täten, und waren verwundert
und ratlos und wußten keine Antwort. Es war ein Geheimnis um die
Beine der Frauen, das war sicher, und dahinter wollten sie gelangen.
Und so beschlossen sie, abends eine von Leas Klavierschülerinnen in
das Schlafzimmer zu locken, ans Bett, worauf einer von ihnen dann
hinzukriechen und das Mädchen am Bein berühren sollte. Sie berieten
des langen und breiten darüber, es bereitete ihnen ein prickelndes
Vergnügen, sich die Einzelheiten auszumalen, und als es oft genug
besprochen war und sie vereinbart hatten, daß sich das Spiel gerechterweise abwechselnd vor Cesars und vor Romans Bett zutragen sollte,
gurrten sie. Es gab keinerlei Schwierigkeiten, jede beliebige Schülerin
sofort in das Schlafzimmer zu locken, plötzlich hinter dem Mädchen
lautlos aufzutauchen und es zu berühren.
Weit schwieriger war es schon, hinter das Geheimnis des Beines zu
kommen, denn es fühlte sich geradeso an wie alle anderen Gliedmaßen
auch. Keines der Mädchen, die einmal diesen, dann jenen Bruder
liebkosten, schien überhaupt etwas Besonderes dabei zu finden, daß
ihm ans Bein gefaßt wurde, ausgenommen eines, als Cesar an der Reihe
war. Es wohnte einige Häuser weiter in der Lindenallee und hörte auf
den klingenden Vornamen Inge, mit fünfzehn die älteste des Zirkels,
schwarz gelockt und meist in Blau gekleidet, eine von Leas Schülerinnen, an die Roman und Cesar am häufigsten ihre Gedanken hängten.
Offenbar aus lang aufgestautem Zorn über die bisherige Ergebnislosig-
keit ihrer Bemühungen, kniff Cesar dem Mädchen nun kräftig in den

Oberschenkel. Was aber einzig geschah, und womit er nichts anzufangen wußte, war, daß die Schülerin Inge sich überrascht umsah, leise aufschrie und mit einer Hand den Rock so weit lüftete, daß ein hauchdünnes, spitzenbesetztes blaues Höschen sichtbar wurde – ein Verhalten, das den Brüdern das Rätsel um das weibliche Bein vollends unlösbar machte. Also gaben sie es auf, weiter zu forschen, standen lieber wieder an den Nachmittagen artig hinter dem Kleiderständer auf dem Flur und beteten aus ihrer halben Deckung die großen und atemberaubenden Wunderwesen an, die bei der Mutter Unterricht nahmen.

2

Pinkelwinkel – nur für kleine Kinder

Die Lindenallee war eine ziemlich lange Straße. Sie begann im Süden am Barmbeker Marktplatz, stellte den Grund und Boden für eine schmucklose protestantische Kirche in der Nähe des Osterbekkanals, überquerte das Wasser mittels einer dickgeländerigen Steinbrücke und bog gleich dahinter scharf nach links ab. Vorbei an dem Teil, wo Franziska Kanten mit ihrem Mann und den beiden Kindern Chaim und Siegfried im Parterre eines Hinterhofes hausten, strebte die Straße unter mächtigen Überführungen der Hoch- und Vorortbahn hindurch der »eigentlichen«, der »echten« Lindenallee zu – jenen fünfhundert Metern von der *Sandkiste* am Rübenkamp bis zur Einmündung in die Fuhlsbüttler Straße. Erst auf diesem halben Kilometer machte sie ihrem Namen volle Ehre, hier wuchsen, grünten und welkten ihre Bäume in jedem Frühling, Sommer und Herbst, fielen Wolken von Laub – und hier stand das Haus Nummer 113, in dem die Bertinis volle neunzehn Jahre leben sollten.

Jetzt nahmen die Söhne ihre Umgebung genauer wahr – das rotbraune Klavier im Wohnzimmer, obendrauf die flache, gefährliche Lampe, die anzurühren ihnen von der Mutter streng untersagt war, was Roman nicht daran hinderte, einmal in die glühbirnenlose Fassung zu greifen, worauf ihn der Stromschlag auf den Fußboden schleuderte. Sie nahmen wahr die helle hölzerne »Klavierbank«, eine bis an den Rand gefüllte Notentruhe; die Gipsbüste Dantes auf dem schlanken Bücherschrank, einen polierten, strengen Kopf, bekleidet mit einer Art Zipfelmütze, die hinten abgebrochen war; die stoffbespannte rötliche Lampe samt dem Fliegendreck auf ihrem Saum; das niedergesessene, abgewetzte und, wie all die anderen Möbel auch, gebraucht gekaufte Sofa; daneben den kleinen Büchertisch in der Ecke am Fenster, beladen mit dicken blauen Geschichtsbänden. Nebenan, im Eßzimmer, das dunkle Büfett mit den viereckigen Fensterscheiben und den grünlichen

Trinkgläsern dahinter; auf dem Flur, dem Korridor, die Kiste unter der Garderobe, daneben der düstere Kleiderschrank, und ganz in der Ecke die Besenkammer, ein enges, von Lea mit Stoffresten, schmutziger Wäsche, Eimern und Reinigungsutensilien vollgestopftes Verlies, gegenüber der Toilette, deren hochliegendes kleines Fenster mittels einer langen eisernen Stange geöffnet und geschlossen werden konnte. Vom Korridor ab das Schlafzimmer, zu dieser Zeit noch mit vier Betten bestückt, die der Söhne an den Wänden, die der Eltern in der Mitte. Schließlich die ziemlich dunkle Küche mit dem gedrungenen Herd, auf dem ein Gaskocher stand, ihm gegenüber der *Brunnen* oder *Handstein*, die einzige Wasserstelle in diesem Haushalt. Von dem eisenumgitterten Balkon besahen sich die Söhne den prachtvollen Baumschmuck, die hohen Häuser mit den schmalen, irgendwie überflüssigen Vorgärten, die Gaslaternen am Kantstein. Abends lagen sie wach in ihren Betten und horchten auf die Geräusche des Hinterhofes – Lachfetzen, gezogene Klosettspülungen, später Gesang tagesmürber Drosseln, fauchender Kampf von Katzen, irgendwoher der unbeirrbare Monolog einer Baßstimme, das Kreischen einer weiblichen Kehle, grell und gemein, und von überall Musik, darunter eine immer wiederkehrende Melodie mit diesem Text:

>»In einer kleinen Konditorei
>da saßen wir zwei
>bei Kuchen und Tee
>und das elektrische Klavier
>das klimpert leise
>mit einer Weise
>von Liebeslust und Weh…«

dessen Schluß die Lindenallee abzuändern pflegte in »… mit einer Weise vom leeren Portemonnaie…«

Nachmittags, im Sommer, wenn Lea einkaufte und die Söhne mitnahm, benutzte Roman die Gelegenheit und sprang, von einer melancholischen Sonne beschienen, das Fell vor Wonne zuckend, in die laue Luft, wo schwadig Mücken geisterten, und griff nach den Insekten und taumelte wieder hoch und sah sich um in der Lindenallee und blieb plötzlich wie angewurzelt stehen. Er hörte, roch, schmeckte und sah, ohne sich zu bewegen, nach allen Seiten, hatte zugleich in seinem Blick das dürre Gesicht der *Grünfrau*, die Lea im Obst- und Gemüseladen bediente; den häßlichen, rührend-zittrigen Hund des Bäckers nebenan, dessen Terrier-Eingeweide am nächsten Tag unter dem Vollgummireifen eines Lastwagens hervorquellen würden; sah Christine, das Laufmädchen des Milchmannes, von den zügellosen Zurufen der größeren Burschen bis zur Atemnot bedrängt; die ganze spielende, zankende, von gesundem Dreck gezeichnete Brut der volkreichen Arbeiterstraße. Von dem ernsten Cesar neben der Mutter verblüfft und bewundernd gemustert, nahm Roman das alles wahr in der Sekunde zwischen zwei Sprüngen nach den Mückenschwaden über seinem lockenumwehten Haupt. Dann eilte er hin zu Lea und vergrub das Gesicht in ihrem Kleid, um nicht vor lauter Glückseligkeit zu schluchzen.

Auch ihre menschliche Umgebung nahmen die Brüder nun genauer wahr – Eltern, Großeltern und Urgroßeltern. Ihr Verhältnis zu Ahab und Kezia Seelmann blieb kindlich, sozusagen Vorgeschichte ihres bewußteren Daseins. Es entsprach dem Alter, in dem die Urenkel sie erlebten. In den wenigen Jahren, die blieben, änderte sich nichts – die hohe Gestalt Kezias, ihr großflächiges, von den Spuren einstiger Schönheit immer noch gezeichnetes Gesicht, das lange, weiße Haar, ihre langsamen, zarten Gebärden, all das flößte Cesar und Roman Ehrfurcht und Bewunderung ein. Wirklich herzlich werden konnten sie mit der Urgroßmutter jedoch nie.

Das war mit Ahab Seelmann anders. Er blieb ihnen in Erinnerung als ein kleiner, kahlköpfiger, lustiger Mann, der, von seinen Reisen zurückgekehrt, die Urenkel in der Wohnung seitab der Hamburger Straße vor eine Kommode führte, sie am Schloß schnuppern ließ und dabei geheimnisvoll fragte: »No, was meint ihr? Is was drin oder is nix drin?« Voller Vertrauen nach den glänzendsten Erfahrungen, sogen sie hörbar die Luft ein, verzogen erst die Miene wie im Zweifel und krähten dann endlich: »Es ist was drin, es ist was drin!« Stets lagerten in der Schublade Bonbons, Schokolade, irgendein Spielzeug. Manchmal reichte das Fach nicht aus, so, als Ahab Seelmann Cesar ein Schaukelpferd und Roman einen Blockwagen schenkte, ein für die Maße der Söhne ungewöhnlich geräumiges Fahrzeug, außen gelb, innen rot. In diesen Wagen setzte Alf die beiden oft und zog, von Leas Mahnrufen lange verfolgt, bis vor den steinernen und doch so lebendigen Stadtpark-Panther, der jedesmal auf sie zu warten schien. Auch viel später noch, als das vierräderige Fahrzeug mit der herausziehbaren Vorder- und Hinterplanke längst im Keller als banales Gefäß für Kohle, Briketts oder Kartoffeln diente, blieb bei seinem Anblick in Roman immer etwas von der atemverschlagenden Sensation des ersten Moments.

Dann und wann schliefen die Urenkel bei den Alten. Während Cesar neben ihm bereits ruhig und gleichmäßig atmete, lag Roman meist noch lange wach da, duckte sich im Dunkeln, horchte auf die dumpfen Schläge der großen Standuhr und versuchte, die verschiedenen Geräusche zu unterscheiden, die von der nahen Hamburger Straße durch das geöffnete Fenster drangen.

Manchmal ging es mit der ganzen Familie von hier zur Richardstraße, wo die *Alsterdampfer* anlegten, an einen kleinen Ponton, der im Wasser des Kanals schaukelte und auf dem Lea die Söhne fest an der Hand hielt und nicht freigab, weder an Alf noch an Recha oder Rudolph Lehmberg.

Diese Fahrten waren für Roman Bertini ein großes Erlebnis, nicht allein wegen der schönen Route, die nach kurzem Kanalabschnitt hinter der Uhlenhorster Brücke das grandiose Panorama der Außenalster mit den Hamburger Kirchtürmen am südlichen Horizont preisgab. Es war vielmehr der Dampf, der ihn inspirierte, vor allem die Stätte, aus der er hervordrang, nämlich der Maschinenraum. Auf Alfs Arm, den schmalen Kopf durch eine offene Luke gezwängt, konnte Roman in die bebende, stampfende, glühende Gruft hinabschauen. Er erblickte dort unten den Heizer, schwarz im Gesicht und ständig Kohlen nachschaufelnd, die stampfenden, vom Druck in den mächtigen Zylindern auf und ab geschleuderten Pleuel, den ganzen phantastischen Mechanismus einer Dampfmaschine, der damals Roman Bertinis technisches Fassungsvermögen bei weitem überstieg, ihn aber in seiner bewegten Sichtbarkeit von allem Anfang an faszinierte.

Während solcher Ausflüge *in die Stadt*, auf dem Jungfernstieg, der Mönckebergstraße oder dem Gänsemarkt, dachte Roman, im Gegensatz zu dem von Maschinenräumen völlig unbeeindruckten Cesar, bereits ungeduldig an die Rückfahrt. Und wenn dann das weiße Schiff den Spiegel der Binnenalster pflügte und unter der Lombardsbrücke hindurch die weite Fläche der Außenalster gewann, hatte Roman Bertini nur Augen und Ohren für den Teil unter der Wasserlinie.

Dies war das früheste Zeichen einer Neigung, die er zeit seines Lebens beibehalten sollte – die Liebe zur Dampfkraft, zu jenem unvergänglichen System, das sie in Energie verwandelte. Nur Sinn für die heiße, metallene Herrlichkeit, den Kopf zwischen die Luke geklemmt, mit geblähten Nüstern selig und gebannt nach unten starrend, fuhr Roman Bertini auf dem Arm seines Vaters zur Anlegestelle Richardstraße zurück. Er seufzte tief auf, als er den Ponton betrat, und schaute voller Dankbarkeit auf Eltern und Großeltern – schön konnte das Leben sein! Und wenn nun noch etwas in der Kommodenschublade der Urgroßeltern auf ihn wartete...

Roman Bertini war im fünften, Cesar im sechsten Jahr, als Kezia Seelmann, ohne auch nur einen einzigen Tag in ihrem Leben krank gewesen zu sein, 1927 im Alter von zweiundsiebzig Jahren starb – Herzschlag. Die Urenkel blieben der Bestattung fern – der Tod war etwas jenseits ihrer Vorstellungskraft. Das bestätigte sich, als Ahab Seelmann im nächsten Jahr seiner Frau nach kurzem, aber fürchterlichem Leiden folgte. Der Blasenkrebs war bereits ins letzte Stadium getreten, als Herd und Metastasen von Doktor Aaron entdeckt wurden. Jede Hilfe kam zu spät, kein Betäubungsmittel vermochte mehr zu lindern. Ahab Seelmann, von der Medizin aufgegeben, stopfte sich vor Todesqual den eigenen Kot in den Mund, bevor er in seinem Bett starb. Die letzten Worte stammelte er wie im Wahnsinn, und sie kamen auf die Sippe über durch die völlig aufgelöste, in den Armen ihres Mannes laut schluchzende Recha Lehmberg, Ahabs Tochter: »Der Ofener ist offen, hat er immer wieder geflüstert, der Ofener ist offen – was mag er damit nur gemeint haben?« Das blieb unklar, doch merkten sich Cesar und Roman die Worte gut, vielleicht gerade ihrer Seltsamkeit und ihres Geheimnisses wegen. Auch an dieser Bestattung nahmen die beiden nicht teil.

Übrigens verheimlichte Lea Bertini den Söhnen Ahab Seelmanns Tod über eine Woche, bis er unter der Erde war. Namentlich bei ihrem Zweiten fürchtete sie Ausbrüche, Klagen, Tränen. So wußte sie nicht recht, ob sie lachen oder weinen sollte, als Roman die umständliche und verschlüsselte Mitteilung der Mutter über das Ableben des zweifellos doch geliebten Urgroßvaters ohne jede Erschütterung mit dem Ausruf kommentierte: »Nun ist er tot, der kleene Kacker!«

Ahab und Kezia Seelmann waren das gewesen, was man *assimilierte Juden* nennt. Purim, Laubhüttenfest, Großer Versöhnungstag, all das und mehr war vergessen. Sabbat wurde nicht gefeiert, nur zu Pessach, aber ohne rituelle Bedeutung, Matze gereicht, bis zuletzt. Hier gab es keinen Chanukkaleuchter, keine Unterscheidung zwischen *Milchding* und *Fleischding*, also auch kein getrenntes Geschirr oder Besteck dafür. Es wurde nicht koscher gespeist, und die vorsichtigen und unverbindlichen Gespräche, die Ahab Seelmann mit Doktor Aaron über Segen und Unsegen verschiedener Talmud-Auslegungen geführt hatte, waren immer seltener geworden. Seit sie sich nach jenem plötzlichen, unenträtselbaren und nie erörterten Entschluß, von Schleswig-Holstein nach Hamburg überzusiedeln und keinerlei ver-

60

wandtschaftliche Beziehungen zu ihrem Ursprung zu pflegen, im Norden der großen Stadt wiederfanden, hatten Ahab und Kezia Seelmann keine Synagoge mehr betreten – ausgenommen einen Besuch unmittelbar nach der Geburt ihres einzigen Kindes. Hatte Recha also immerhin einmal in ihrem Leben vor den Thorarollen gestanden, so ihre Tochter Lea niemals. Ganz folgerichtig verstand Roman und Cesars Mutter so gut wie nichts von jüdischen Riten, Festdaten, Sabbatzeremonien. Außer der gefährlichen Erfahrung mit jenem Lehrer, der ihr eine schlechte Note gab, weil sie »eine Jiddsche« sei, wie er es genannt hatte, blieben ihr schlimme Erfahrungen erspart. In der Schule hatte sie am protestantischen Religionsunterricht teilgenommen und sich nach ihrer Heirat dem sektiererischen Glauben Alf Bertinis konfliktlos unterworfen. Ohne je auch nur den geringsten Gedanken an den jüdischen Gott zu verschwenden, hing sie mit gleicher Inbrunst an der *wissenschaftlichen* Lehre aus dem Nordamerikanischen wie ihr Mann. Lediglich eine Reihe von Ausdrücken unverkennbar jiddischer Herkunft war von den Urgroßeltern über Recha und Lea auf die Urenkel überkommen, selbstverständlicher Bestandteil ihres Sprachschatzes, darunter *Nebbich* und *Schlehmil, Chasserkopp* und *Ganev, Schmodder, Jelodimche* und der Aufschrei *Oi wei.* Aber niemand von dieser vier Generationen umfassenden Sippe war je eingeschriebenes Mitglied der Jüdischen Gemeinde Hamburgs gewesen noch irgendeiner ihrer sozialen Organisationen. Auch war ein solcher Beitritt nie erwogen worden.

Es brauchte also keinen zu verwundern, daß erst Kezia und dann Ahab Seelmann nicht auf einem jüdischen, sondern auf einem christlichen Friedhof beigesetzt wurden, beim Bahnhof Hasselbrook, in einem gemeinsamen Grab, wenngleich ohne Trauerrede und ohne Geleit durch die evangelische Verwaltung.

Roman war Giacomos Lieblingsenkel. Wurde der Besuch des Großvaters in der Lindenallee erwartet, stand er schon lange vorher auf dem Balkon und schaute angestrengt in Richtung Fuhlsbüttler Straße. Tauchte Giacomo dort oben an der Ecke auf, massig, fremdartig und mit jenem durchdringenden Pfiff, der in seiner großen Zeit das Orchester zu Paaren getrieben hatte, so eilte Roman ihm freudig erregt entgegen. Dann erklommen sie gemeinsam das Hochparterre im Hause 113.

Meist saß Roman auf dem Schoß des Großvaters, der in seinem fürchterlich gebrochenen Mischidiom palaverte, während er zärtlich die Ohrläppchen seines Enkels zwischen Daumen und Zeigefinger zwirbelte. Dann und wann verschwand er in der Toilette neben der Küche, wo er murmelte, einen Namen rief und schluchzte. Schließlich versprach er beiden Enkeln, wie um Cesar nicht gar zu deutlich zurückzusetzen, eine große Portion Eis. Bei solcher Gelegenheit schlürfte Roman einmal soviel Zitronenbälle, daß er sich in der Nacht erbrach, mehrere Tage wie tot liegenblieb und noch Jahre später schon beim bloßen Duft der Süßspeise kreidebleich wurde.

Oft nahm Giacomo Bertini den Enkel mit nach Hoheluft, wo Roman dann übernachtete, ein jedesmal wieder aufgeregt erwartetes Erlebnis. Dann gingen die beiden, Leas endlosen Ratschlägen und Ermahnungen glücklich entronnen, Hand in Hand zum Barmbeker Bahnhof und stiegen dort in die Hochbahn. Sie fuhren aber nicht die kurze Strecke über Kellinghusenstraße zur Hoheluft, was nur auf sechs Stationen herausgekommen wäre, sondern fast über den ganzen *Ring* die lange Route am Hafen vorbei!

Je näher sie ihm kamen, desto heftiger fieberte Roman, die Knie auf der Bank, das Gesicht an die Scheibe gepreßt, seinem unerhörten Anblick entgegen. Wenn der Zug dann hinter Rödingsmarkt aus dem Tunnel hervorschoß und auf den hochgelegenen Geleisen vor dem Baumwall scharf nach rechts einbog, lag plötzlich das ganze Universum des Welthafens zu seinen Füßen: die qualmenden Schlepper auf dem tanzenden Wasserspiegel der Norderelbe, unwillig schuftenden Tieren gleich; die zahlreichen Barkassen, immer Gischt vorm Bug; die behäbigen, grün-weißen Fährschiffe der HADAG, und endlich die gewaltigen Leiber der großen Passagierdampfer – die *Hamburg* oder *Albert Ballin* von der HAPAG, die rot-weißen Schornsteine der *Monte Sarmiento*, *Monte Pascoal* oder *Monte Rosa* der Hamburg-Süd – einmal, an der Überseebrücke, die mächtige *Cap Arcona*. Im Hintergrund, scharf abgehoben gegen den Himmel, die Front der Helligen, Werften am gegenüberliegenden Ufer, Schiffbaustätten, Kais, Kräne, Stapelhallen weithin in Richtung Süderelbe. Und vorn die Holzpontons der Landungsbrücken zwischen dem Uhrturm mit dem Pegelzeiger und der Elbtunnelkuppel, eine lange, gegliederte Kette, auf und ab schwankend, wie die Gezeiten es befahlen. Darüber, draus hervor, ringsum all die Schreie der großen und kleinen Schiffe, ein Dröhnen, Brummen und Gellen, das der Wind bei ruhiger Nacht bis hinauf nach Barmbek trug.

Die Strecke zwischen Baumwall und Landungsbrücken fuhr Roman Bertini stets mit aufgerissenen Augen und offenem Mund, unersättlich die Wunder dieses Hafens in sich einsaugend, mit unlokalisierbaren Visionen von Afrika und Patagonien, dem Kap der Guten Hoffnung, Südseeinseln und was sich sonst noch alles in seiner Phantasie an Abenteuer und Ferne schemenhaft gespeichert hatte.

Den Großvater mit der Rechten gepackt, drückte der Enkel sein winziges Antlitz gegen die Scheibe der Hochbahn und kam erst wieder zu sich, wenn der Zug gleich hinter der Station Landungsbrücken in den Schlund der Untergrundstrecke zum Millerntor verschwand.

In der großelterlichen Wohnung angekommen und von Emma Bertini bereits auf der obersten Treppenstufe zärtlich begrüßt, nahm Roman den seltsamen Geruch wahr, der hier herrschte, ein Gemisch aus Parmesan, gekochten Tomaten und brodelnden Spaghetti; nahm wahr die Grünpflanzen auf den hölzernen Gestellen vor dem Zimmerfenster; die Zigarrenschneide aus Messing; das altmodische, unbenutzte, gräßlich verstimmte Pianoforte, darüber das stark vergrößerte Kindheitsfoto Alf Bertinis. Wenn Roman sich von Giacomo und Emma unbeobachtet fühlte, schlich er in die Rumpelkammer, stöberte eine Weile darin herum und fand dann in einem weißen Wandschrank, wonach er suchte: den schweren langen Säbel in der Scheide, eine protzige, enorme Waffe; den Stab aus Eisenholz von der Hand des russischen Zaren, und die gedrungene, schwere und immer gut geölte Pistole.

Oft stand Roman auch auf dem winzigen, wie im Freien schwebenden Balkon der Hinterwohnung, schaute in den Hof hinunter, auf die in lauter kleine Parzellen geteilte Innenfläche des riesigen Häuserblocks und auf das Meer der kurzen Schornsteine.

So allein hier, ohne Eltern und Bruder, empfand er die Wohnung ganz anders als sonst, vertrauter, intimer, wärmer. Denn er war in der Hoheluft nicht nur, wenn Giacomo ihn Lea zum Übernachten abgelistet hatte, sondern auch zur allmonatlichen Zeremonie eines traditionellen Spaghetti-Essens, das Alf und die Seinen mit schöner Regelmäßigkeit hierher führte. Es war ein martialisches Ereignis, bei dem sich Giacomo und Alf binnen kurzem gewohnterweise bis in die völlige gegenseitige Ignorierung verzankten; der nach wie vor wild italienisch-deutsch radebrechende Hausherr Emma nie befolgte Anweisungen für die Zubereitung des Mahles zu geben pflegte; Lea mit nichts anderem beschäftigt war als aufzupassen, daß die Söhne dem Balkon fernblieben, und der ehemalige Maestro endlich bei Tische unter dem heimlichen Jubel seiner Enkel Emma Bertini mit nie fehlendem Gabelstoß das Fleisch vom Teller holte und in schmatzendem Triumph unwidersprochen verschlang.

Aber wann und wo Roman immer bei seinem Großvater war, Giacomo hob ihn auf seinen Schoß, schnurrte zärtlich, zwirbelte die Ohrläppchen, flehte plötzlich gen Himmel und schloß sich in der Toilette ein. Dort rief er leise, unter Krämpfen, einen Namen, den die Söhne kannten, so lange sie denken konnten: »Alberto, o caro Alberto...«

Der Ehe Recha und Rudolph Lehmbergs standen die Enkel mit früher Skepsis gegenüber. Ebenso wie die Urgroßeltern, wie Giacomo und Emma sich ihnen in fertiger Gestalt darboten, die keine Entwicklung zuließ, waren für sie auch Recha und Rudolph Lehmberg ein für allemal geprägt durch den notorischen Zank, mit dem die Großmutter in die Lindenallee einfiel. »Wenn ihr es doch gesehen hättet«, lautete ihre Begrüßung, »wie er wieder nach Weibern geschielt hat!« und sie hob die Arme hoch hinauf, um in dieser Pose alttestamentarischer Klage auf dem Flur zu verharren.

»Aber Mama«, rief Lea, »mach doch wenigstens erst die Haustür zu – müssen die Leute denn alles mitkriegen?«

Rudolph Lehmberg, wenn er überhaupt reagierte, seufzte verstohlen und schaute ergeben drein. Meist saß er stumm da, als wollte er resigniert sagen: ›Nun hört euch das an, sie verfolgt mich bis in den Schlaf hinein, sie läßt mir keine Sekunde Ruhe...‹

Aber er sagte es nicht. So geriet er in das Bewußtsein seiner Enkel als ein etwas gebeugter, weißhaariger, bescheidener und endlos beschimpfter Mann, zu dem sie eine tiefe Neigung faßten. Namentlich sein Humor begeisterte sie. Rheuma war ihm auf den linken Arm samt Schultergelenk geschlagen, wohl eine Erinnerung an den Grabenkrieg, so daß er zu Freiübungen angehalten war. Befanden die Enkel sich allein mit ihm im Zimmer, fragten sie ihn rasch: »Hast du heute schon deine Übungen gemacht?« Dann lächelte Rudolph Lehmberg dünn, verstand die Aufforderung, horchte nach Recha, knöpfte sich schnell die Manschetten auf und strich das Hemd an dem mageren Arm empor. Er legte die Hand flach gegen den Türrahmen und rutschte unter dem stummen Feixen der beiden Zuschauer Zentimeter um Zentimeter am Holz aufwärts. Dabei stellte er sich stets so auf, daß er Cesar und Roman gut im Auge behielt. Dem Ritus gemäß traten sie, als der Arm ungefähr Schulterhöhe erreicht hatte, anfeuernd näher und ermunterten ihn, im Interesse seiner Gesundheit heute doch ein Endchen mehr als üblich zu riskieren, was er ihnen auch keuchend zusagte. Dann, als die Übung ihren äußersten Punkt erreicht hatte –

selten zwei Handbreit über Schulterhöhe –, bestätigte Rudolph Lehmberg mit vor Anstrengung keuchender Stimme: diese Stellung sei für einen Mann in seinen Jahren (er war jetzt Mitte Fünfzig) zwar sehr schwierig, wirke sich aber allen Erfahrungen nach günstig auf Muskeln und Gewebe aus. Die grinsenden, frohen Gesichter der Enkel vor sich, rutschte er schließlich aufstöhnend mit dem Arm ab. Lautlos wälzten sie sich auf der Erde, zollten ihm unhörbar Beifall und verehrten Rudolph Lehmberg insgeheim sehr.

Manchmal erwischte Recha sie dennoch. »Ah!« triumphierte sie, als sei ihr die Aufklärung eines schweren Verbrechens gelungen, »natürlich – spielst wieder den jungen Mann, den Springinsfeld, den Turner«, sie drehte sich um, als suchte sie für ihre Empörung Bundesgenossen, stieß dann aber, als ihr niemand zur Seite trat, zischend hervor: »Unfugstifter, Krakeeler, verdorbener Mensch – bringst die Kinder zum Wälzen, aber das Zeug wäschst du ihnen nicht!« Und wie von großer Anstrengung erschüttert, sank sie effektvoll auf die nächstbeste Sitzgelegenheit nieder.

Rudolph Lehmberg war bei seinen Enkeln ferner berühmt als unermüdlicher, wenn auch ebenfalls von Recha bedrängter Märchenerzähler: »Merkst du gar nicht, Dickfell, daß die Kinder müde sind? Die Augen fallen ihnen schon zu, nur noch mühsam halten sie sich aufrecht, aber meinem Mann ist die Gesundheit seiner Enkel völlig gleichgültig.« Oder: »Habt ihr gesehen, wie er sogar beim Erzählen noch in den Spiegel schaut? Erzählt Märchen und beschaut sich dabei im Spiegel ... eitler, ungesunder Laffe!« Manchmal weinte sie auch, aus Gründen, die niemand begriff, bis Lea flehte: »Mein Gott, Mama, sei doch nicht so unausstehlich, er tut doch gar nichts, um Himmels willen.« Indessen sprach Rudolph Lehmberg, Recha ängstlich und bösartig fixierend, nahe den Ohren seiner Enkel von dichten Wäldern, hohen Sonnen, dem Glück der Armen durch die Huld der Könige, von sanften Tieren, so hold und leicht, daß Roman und Cesar meinten, sie alle müßten fliegen können, auch ohne Flügel. Sprach von Geschwistermord und lauernden Hexen im Grunde, von der wilden grünen Fabelwelt der Burgen und der Schlösser, des Sieges guter Herzen und der unbegrenzten Verwandlungskünste.

Gespannter denn je waren die Beziehungen zwischen Recha und ihrem Schwiegersohn. Wenn sie greinte, wies Alf hämisch auf den stillen, geduckten Rudolph Lehmberg, und seine Stimme troff von Schadenfreude: »Nun seht euch das an – läßt sich beschimpfen, bespucken, martern, und hält stille. Täte es auch, wenn sie ihm Ohrfeigen versetzen würde«, und mit der seltsamen und unheimlichen Freude, die immer über Alf Bertini kam, wenn andere Menschen litten, klatschte er seine Handflächen auf die Schenkel, als hätte er einen gelungenen Witz zum besten gegeben.

»Oh!« schrie Recha, »schaut, wie er auflebt, wenn es gegen mich geht, wie er sich weidet an meinem Unglück und die Partei dieses nichtsnutzigen, dieses infamen Mannes ergreift!« Sie wies mit ausgestreckten Armen auf Alf und Rudolph, der in all dem Trubel fortfuhr, seinen Enkeln die Geschichte von Dornröschen, von Hänsel und Gretel oder von Schneeweißchen und Rosenrot zu erzählen. Manchmal, wenn der Lärm überhand nahm, entwanden sich Roman und Cesar dem sanften großväterlichen Griff, verschwanden unter dem Tisch in der Küche und verfolgten von dort neugierig das Getümmel der Erwachsenen, das meist mit Rechas dramatischem Abgang endete: »Genug! Nie wieder betrete ich dieses Haus, seht zu, wie ihr ohne mich fertig werdet. Es ist vorbei, vorüber, endgültig, ja end-gül-tig.« Sie griff nach ihrem Mantel – sie trug immer einen Mantel, auch sommers –, suchte schnüffelnd, als fürchtete sie, irgend etwas an der Stätte, die sie also nie wiedersehen würde, zurückzulassen, stieß den unschlüssigen, verlegenen, peinlich berührten und doch gehorsamen Rudolph Lehmberg vor sich her und verschwand laut klagend im Treppenhaus.

Natürlich war sie am nächsten Tag wieder da. Nicht nur, weil sie offenbar besessen war von der Vorstellung, Alf Bertini wolle ihrer Tochter übel und würde nur durch ihre Anwesenheit daran gehindert, sondern auch, weil sie die gestrige Szene tatsächlich vergessen hatte – beschwor sie doch derer allzu viele herauf.

Gelegentlich brachte sie die Adoptivtochter mit. Aus dem Waisenkind, dem gespenstischen Wesen von dunkelster Herkunft, seinerzeit abscheulich aussehend und mit ungeheurer Stimme begabt, war ein starkknochiges, hochgewachsenes Geschöpf geworden, das Roman und Cesar unter dem Begriff »Tante Grete« kannten. Von ständiger Lachlust gequält, gab es kaum einen Satz, den Grete Lehmberg nicht außer Atem beendete, wobei sie nach Leas Söhnen haschte, sie in ihre Arme riß, quetschte und so zurichtete, daß die empfindsamen Knaben ihren Angriffen gern durch rechtzeitige Flucht auf die abschließbare Toilette zu entgehen suchten. Damals hauste die Adoptivtochter noch bei den Lehmbergs, nach Rechas Prophezeiungen jedoch nicht mehr lange, da *das Mensch* sich, wie sie preisgab, vorzüglich in der Dunkelheit mit Männern herumtreibe, in Hausfluren, Tornischen und Anlagen. »Immer üppiger wirst du, Geilsuse, immer voller«, scheelen Blickes betrachtete Recha sie, »dein bloßer Anblick schon muß die Kerle kitzeln«, mit einem Löffel, einem Kamm oder einem Wäschestock fuhr sie ihr geringschätzig unters Kleid. »Ich glaube, sie findet sogar noch Vergnügen an deren Lüsternheit.«

Vor den anderen Familienmitgliedern so gebrandmarkt, zeigte Grete Lehmberg jedoch weder Scham noch Reue, vielmehr reagierte die eben Zwanzigjährige mit gellendem, zähnefletschendem, unerhört ausdauerndem Gelächter, schlug scherzhaft nach Recha, die fauchend zurückfuhr, warf sich außer Atem an Leas Brust und haschte nach den entsetzten, fluchtbereiten Neffen. Waren sie ihr entkommen, stellte Grete Lehmberg sich vor Recha auf, hob den Rock, warf die langen, gerade gewachsenen Beine nach Can-Can-Art hoch und schrie dabei im Takt: »Dein bloßer Anblick schon muß die Kerle kitzeln – dein bloßer Anblick schon muß die Kerle kitzeln!« Dann brach sie unter tränendem Gelächter auf einem Stuhl zusammen.

»Andere«, kommentierte Alf Bertini in bedeutungsvollem Tonfall, »andere sollen es in ihrer Jugend bekanntlich noch schlimmer getrieben haben ...«

»O du mein Gott«, wimmerte Recha, schlug sich die Hände vors Gesicht und machte einige kleine, taumelnde Schritte, als hätte Alfs Bosheit sie nun endgültig des Augenlichts beraubt, »o du mein Gott! Aber es wird eine Strafe für so viel Niedertracht geben, ja, die Gerechtigkeit wird noch einmal zurückschlagen.« Und in Leas ratloses »Mama, müssen diese Auftritte denn immer sein?« stieß Recha Mann und Adoptivtochter vor sich her, schob beide der Haustür zu und prophezeite aufs neue, daß sie hier zum allerletzten Male gesehen worden sei.

»Immer diese falschen Versprechungen!« schrie Alf ihr mit überkippender, jauchzender Stimme nach, was Grete Lehmberg zu echolautem Gelächter, Recha zu einem Stöhnen ohnmächtiger Wut und Rudolph Lehmberg zu einer matten, von niemandem beachteten Handbewegung der Beschwichtigung veranlaßte, ehe dann die Tür ins Schloß schmetterte.

In der plötzlichen Stille stand Lea reglos da, schaute unschlüssig und vorwurfsvoll auf Alf, der nichts davon spürte, holte die Söhne unter dem Tisch hervor und traf Vorbereitungen, den bösen Auftritt vergessen zu machen. Sie setzte ihr geheimnisvolles Gesicht auf, schickte Alf flüsternd auf die Straße und raschelte in der Speisekammer mit Papier. Sofort begannen Roman und Cesar sich ihrer Kleider zu entledigen, warfen das Schuhzeug in hohem Bogen durch das Zimmer, stürzten sich in die Betten und harrten dort, nur die Köpfe sichtbar, der kommenden Genüsse. Als die Klingel Alfs Rückkehr ankündigte, fingen sie an zu quieken, mit den Füßen zu strampeln, auf die Decke zu schlagen und zu grunzen. Bis Lea dann mit dem Tablett erschien, auf dem sich wie üblich Früchte, Schokolade, Bonbons und Brause nebst belegten Broten türmten – *Schnob-* oder *Muttertag*! Und während Alf nur knapp Zeit fand, nach den Noten zu greifen und sich eiligst davon zu machen, um in irgendeinem Kino hinter dem Verschlag unterhalb der Leinwand seinem kläglichen Beruf nachzugehen, stand Lea still an die Tür gelehnt und schaute ihren kauenden, dankbaren Söhnen verklärt und glücklich zu – hockten sie doch im Bett, fern jeder Gefahr, unbedroht von Wind und Wetter, fallenden Ziegeln, betrunkenen Autofahrern, rohen Altersgenossen und durchgehenden Pferden.

Hatten die Söhne dann ihre Teller geleert, schlugen sie die Decke beiseite, krochen, immer der Mutter zugewandt, auf allen vieren umher, fauchten, hüpften und sprudelten, die Arme angezogen und die Hände wie Pfoten herabhängend, »Auf dem Berge Kiowatschi ...« hervor.

Danach huschten sie zurück unter die Decke und sahen die Mutter mit feuchten, glänzenden Augen an, ehe Lea entschied, wer von ihnen heute eine Stunde zu ihr ins Bett kriechen dürfe.

Wenn Lea sich aufgeregt hatte, wurden die Söhne häufig am nächsten Morgen durch ein schreckliches Geräusch geweckt. Meist hörte Roman es zuerst, stand auf, rüttelte Cesar wach und lief in die Küche. Dort stand die Mutter über den Handstein gebeugt, einen Arm auf den Messinghahn gelegt und darauf die Stirn. Ihr Gesicht war blau, schon während der Husten stichelnd einsetzte, mit furchtbaren Räuspergeräuschen, die Lea zu unterdrücken suchte. Aber sie waren nicht zu unterdrücken. Es hörte sich an, als kratzte in Leas Kehle rostiges Metall gegen rostiges Metall, und die Töne gingen über in ein klägliches, verzweifeltes Jaulen. Das war die letzte Etappe vor dem Gipfel des Anfalls. Das Gesicht nun hochrot gedunsen, die Zunge weit vorgestülpt, wurde Lea von einem wahren Husten-Inferno heimgesucht, das sie schüttelte, hin und her schleuderte und in die Knie warf. Wenn es schien, als wäre sie nun endlich erstickt, klang der Spuk mit einem atemlosen, schon wieder zuversichtlichen Röcheln aus.

Unterdes bot die Küche in der Lindenallee ein merkwürdiges Bild. Während Roman ein Glas Wasser gefüllt hatte und damit schreckensbleich vor der zusammengebrochenen Mutter stand, Cesar noch schlaftrunken und überflüssig am Türpfosten lehnte, ging Alf Bertini, die Hände gefaltet, die Augen geschlossen, stumm betend auf und ab. Er tat das mit ungeheurer Hingabe, aber dennoch wie weit entfernt von seinem Standort, als gälte sein Gebet einem anderen, sehr fernen Ereignis. Nur dann und wann unterbrach er das Räuspern, Krächzen und Stöhnen seiner Frau mit einem beschwörenden »Materie ist nichts, Harmonie ist alles«, und versank wieder in sein stummes, abwesendes Gebet.

Mit diesen apokalyptischen Szenen am Morgen wuchsen die Söhne auf. Unter Alfs Einfluß kam es Lea nicht in den Sinn, das Übel anders als durch Beten zu behandeln, ganz wie es die *wissenschaftliche* Lehre aus dem Nordamerikanischen vorschrieb, in der Alf sich übte. Doktor Aaron wurde nicht bemüht. Natürlich wußte er davon und forderte Lea auf, sich untersuchen und behandeln zu lassen, wie es vor ihrer Ehe geschehen, jetzt aber notwendiger denn je sei, da sich die Anfälle so fatal mehrten. Er könne sich das nur durch erhöhte Aufregung erklären, nichts sei aber ihrem schwachen Herzen so schädlich wie Erregung. Bewege sie irgend etwas besonders nachhaltig? Nehme die Familie keine Rücksicht auf sie? Wisse man nicht, wie gefährlich und wie ernst der Schaden sei? Und dabei stand er vor Lea, sprach mit immer leiserer Stimme, sah lange und traumverloren auf sie herab, bis er plötzlich zurückkehrte, sich faßte und eilig das Zimmer verließ, als sei er bei verbotenen Gedanken ertappt worden.

Wenn Alf Bertini dem Besuch Doktor Aarons beiwohnte, setzte der Musiker ein überlegenes, weltweises Lächeln auf, begleitete die fachmännischen Fragen des Seelmannschen Hausarztes mit belehrenden Zwischenrufen und schickte sich an, die Krankheit als das Resultat ungenügenden Glaubens zu denunzieren. Meist jedoch kam er damit nicht weit, da sein unsägliches Dozieren unter dem Blick des Arztes, wenn auch widerwillig, verstummte. Solche Niederlagen machten Alf Bertini nur noch trotziger, und wenn Doktor Aaron gegangen war, lästerte er die *Blutabzapfer*, prophezeite ihrem Stand ein absehbares und verdientes Ende und stellte sich selbst Lea als lebendes Vorbild hin – da er voll der inneren Harmonie sei, befalle ihn kein Übel! Tatsächlich war Alf Bertini bisher nicht auf die Probe gestellt worden – er war kerngesund. Wohl aber hatte er bei seinem Ältesten bereits die Grundlage für zwei spätere Übel gelegt – nämlich für Plattfüße und Kurzsichtigkeit, Schäden, die bei vorsorglicher Untersuchung leicht hätten entdeckt und bekämpft werden können. Alf zog es jedoch vor, die von Cesar geäußerten Symptome an Füßen und Augen mittels der *inneren Harmonie* zu behandeln.

Dabei war in Alf Bertini von solcher Harmonie so gut wie nichts zu spüren, zum Beispiel was sein Verhältnis zu den Nachbarn betraf. Noch ehe er mehr als zwei Monate in der Lindenallee 113 gewohnt hatte, sahen sich die meisten Hausbewohner von ihm bereits grußlos verachtet. Die Familie über den Bertinis mit dem adligen »von« vor dem Namen war ihm zu hochnäsig, der Inhaber des Tabakgeschäftes rechts unten – ein Mann in frackähnlich geschnittener Jacke und graugestreiften Hosen – dem Nichtraucher Alf ohnehin so verdächtig, daß jeder Anlaß genügt hätte, den freundlichen Gruß des Händlers voller Genugtuung unerwidert zu lassen. Ein wenig verständlicher mochte der Streit mit dem breitgesäßigen Schrecken des Hauses sein, einer älteren Frau von Dimensionen, denen allein ihr gewaltiges Mundwerk gewachsen war. Sie war die Herrin über ein schmales, meist in eine graue Wolljacke gekleidetes und völlig entrechtetes Männchen, dessen einzige Aufgabe darin bestand, den Hund auszuführen, eine flauschige, schwarzmähnige Kreatur, für die in die Holzverkleidung des Balkons eine Öffnung geschnitten worden war. Durch sie pflegte das Tier den Kopf zu stecken und stundenlang böse zu kläffen, sozusagen stellvertretend für seine unsichtbare Herrin im Innern der Wohnung. Während sich die anderen Bewohner an den Hund gewöhnt hatten, sann Alf auf Widerstand und legte, gegen Leas Einspruch, Beschwerde bei der Hauswirtin ein, einer spindeldürren, präzise an jedem Monatsersten zum Miete-Inkasso erscheinenden Person. Darauf stieg die Breitgesäßige keifend und von ihrem rachsüchtigen Hund umtollt ein Stockwerk tiefer und beschimpfte die Bertinis ohne individuelle Unterscheidung als *zugereistes Pack*. Nur Leas Eingreifen verhinderte zwischen der Breitgesäßigen und Alf den Austausch von Tätlichkeiten, bei denen er wahrscheinlich den kürzeren gezogen hätte. Von Stund an murmelten die Breitgesäßige und der Pianist, wenn sie einander unvermeidlicherweise im Treppenhaus oder auf der Straße begegneten, abgründige Verwünschungen vor sich hin, halblaute Drohungen, die, wären sie auf der Stelle in Erfüllung gegangen, in Mordprozessen geendet hätten.

Eine Ausnahme machte Alf Bertini allerdings in seinem Verhältnis zu den Nachbarn, und diese Ausnahme hieß Helene Neiter. Sie hauste in der Hinterwohnung des dritten Stocks, in illegitimer Gemeinschaft mit einem Straßenbahnschaffner namens Weitdorn, einem Mann von unauffälligem Wesen, der etwas jünger als sie war. Obschon erheblich bei Jahren, achtete Helene Neiter streng darauf, mit »Fräulein« angeredet zu werden, wahrscheinlich, um allen unheiligen Äußerungen der Nachbarn über etwaige intime Beziehungen zu dem Straßenbahnschaffner vorzubeugen. Durch ihre Freundlichkeit hatte Lea vom Tage des Einzugs an Helenes Sympathie gewonnen. Die Eingesessene, sehr mager, mit schütterem Haar und langem Kleid, in der Art der Vorkriegsmode noch, hatte im Treppenhaus vom dritten Stock her die neuen Mieter geprüft und an dieser seltsam exotischen Schar so viel Gefallen gefunden, daß sie herabgestiegen war und sich vorgestellt hatte.

Viel allein gelassen durch den wechselnden und ungünstigen Dienst des Straßenbahnschaffners Weitdorn, gewöhnte sich Helene Neiter allmählich daran, bei den Bertinis einzukehren, wann immer es sie danach drängte, und es drängte sie oft. Auch hielt sie sich dabei nicht an konventionelle Zeiten, sondern erschien sowohl frühmorgens als auch spätabends, nach abgesprochenen, dem Morse-System nicht unähnlichen Klopfzeichen von bestimmter Folge und Dauer.

Lea, wie immer ganz erfüllt von dem Wunsch, Freundlichkeit zu geben und zu erfahren, empfing die Nachbarin mit gleichbleibendem Sinn, arbeitete aber, da es stets zu langen Palavern kam, energisch im Haushalt weiter. Bald hatten die Söhne sich an das Bild gewöhnt – die Mutter scheuernd, kochend oder waschend, nahe bei ihr, berstend vor Unterhaltungslust, Helene Neiter, wenn nötig, sie von einem Zimmer ins andere verfolgend. Der Gesprächsstoff ging den beiden nie aus, obwohl er sich auf eine ziemlich enge Thematik beschränkte, nämlich auf die Vorkommnisse in der Nachbarschaft, über die Helene Neiter ausgezeichnet informiert war. Da sie ihre Beobachtungen nie lange bei sich behalten konnte, drang sie zuweilen gleich mehrere Male am Tage bei den Bertinis ein und berichtete Lea ausführlich von Geschehnissen, die sie mit Hilfe ihrer erstaunlich scharfen Augen, noch schärferen Ohren, vor allem aber des hochgelegenen Wohnsitzes registriert hatte. Meist schon ehe sie ganz den Korridor der Bertinis betreten hatte, gab sie im Tone der Empörung, des Abscheus, der Überraschung oder auch der Freude des Neueste zum besten. Und da Lea mit Ernst und Aufmerksamkeit darauf einging, hatte sie sich im Laufe der Zeit sogar das Klatschen etwas angewöhnt.

Genaugenommen war das Verhältnis zwischen Alf Bertini und Helene Neiter zunächst ein wenig prekär gewesen. Ohnehin mit aller Welt uneins, hatte er sich bald angeschickt, auch mit Helene Neiter zusammenzustoßen, als letzte Partie im Hause, und zwar unter dem Vorwand ihrer ungezügelten Besuchstermine. »Ist das eine Art, vor dem

Aufstehen oder nach dem Schlafengehen noch hier herunterzukommen und rücksichtslos zu klingeln, bis aufgemacht wird?« Alf drehte sich halb um die eigene Achse und ging etwas in die Knie, eine komische Bewegung, die er sich in der Entrüstung angewöhnt hatte und an der die Söhne, wenn sie ihnen galt, den Grad des väterlichen Unmuts ablesen konnten. Als Lea auf seine Vorhaltungen nicht einging, sondern gar noch gestand, sie freue sich ganz im Gegenteil, daß Helene Neiter ihnen so sichtlich gewogen sei, versuchte Alf Bertini es frontal bei der Nachbarin selbst, indem er bei nächster Gelegenheit in ihrer Nähe etwas von nachtschlafender Zeit und ungehörigem Betragen erwähnte. Ohne den geringsten Erfolg jedoch, denn Helene Neiter hatte ihn verständnislos angeschaut und mit ihrer hohen Altweiberstimme gefragt: »Wie? Wen besuche ich? Sie oder Ihre Frau?« – ein Argument, auf das Alf nicht gefaßt war und dem er nichts zu entgegnen wußte. Sie hatte ihn so selbstverständlich, so gründlich besiegt, daß er nie wieder einen Einwand wagte, weder ihr noch Lea gegenüber. Die Gründe, die zu dieser ungewohnten Unterwerfung führten, blieben den Söhnen verborgen. Sie erlebten nur, daß Alf sich von allen anderen Hausbewohnern der Lindenallee 113 mürrisch abkehrte, indes er gegen Helene Neiter nie mehr ein böses Wort gebrauchte, auch in ihrer Abwesenheit nicht.

Aber das war für Cesar und Roman nicht die einzige unerklärliche Handlung des Vaters. Es war ihnen nämlich aufgefallen, daß Alf in gewissen Stunden, jedoch immer in der Öffentlichkeit, die Fähigkeit, deutsch zu sprechen, eingebüßt zu haben schien – denn er begann, sich mit starker Stimme im Italienischen zu üben, vorausgesetzt, daß sein Vater anwesend war. Die Söhne verstanden nicht, warum das geschah, unterhielt sich Alf mit seinen Eltern sonst doch stets in verständlicher Sprache. Am deutlichsten hatten sie diese spontane Neigung von einer *Hafenrundfahrt* in Erinnerung, einer Wassertour quer durch die Becken und die ganze Maschinerie des riesigen Umschlagplatzes. Auf der Barkasse ständig umgeben von vielen, sofort neugierig aufschauenden Menschen, war Alf im Gespräch mit Giacomo Bertini überhaupt nicht mehr aus der fremden Sprache herausgekommen, schien seine deutschsprechende Begleitung, Frau und Kinder, vergessen zu haben und deren Fragen nicht länger zu begreifen, denn sichtlich besessen, als Ausländer zu gelten, antwortete er ihnen nicht. Giacomo aber, ohne Kenntnis der Zusammenhänge, geriet glühend und glücklich in Feuer, lebte auf, schwadronierte mit weißer Narbe im sizilianischen Dialekt und schwenkte die Arme.

Im Kreise der Familie fiel es Alf niemals ein, anders als deutsch zu sprechen. Wohl hatte sich im Umgang mit Giacomo, der des Deutschen nie mächtig wurde, ein kurioses Misch-Idiom herausgebildet, aber Alf war mit der deutschen Sprache großgeworden. Seine Kenntnis des Italienischen war denn auch frei von aller grammatischen Verfeinerung. Was Alf gerade vermochte, war, sich bei geringem Wortschatz in fehlerhafter Syntax dürftig verständlich zu machen. Als später die sprachkundigen Söhne sich der grotesken, aufgeblähten Handlungsweise des Vaters bewußt wurden, konnten sie sich einer erheiternden Vorstellung nicht erwehren – nämlich was wohl geschehen wäre, wenn unter den Umstehenden ein des Italienischen perfekt Kundiger gewesen wäre, der Alf plötzlich zweisprachig korrigiert hätte.

Vorläufig aber gehörten auch diese Ungereimtheiten in den Kreis der lärmenden, duftenden und beseligenden Welt, deren die Söhne allmählich gewahr wurden – Cesar im siebten, Roman im sechsten Lebensjahr. Und zu dieser Welt gehörte die Erscheinung einer ziemlich fetten Frau, die in größeren Abständen bei den Bertinis einkehrte – Franziska Kanten, geborene Oppenheim, Ahab und Kezia Seelmanns ehemaliges Hausfaktotum, Mutter des blonden, beschnittenen Chaim und des braunhaarigen unbeschnittenen Siegfried. Die beiden Jungen standen, die Hände in Bereitschaft halb ausgestreckt, grinsend vor den ernsthaften, zögernden, sie gemessen musternden Bertini-Söhnen, die wenig mit ihnen anzufangen wußten. Erst beim Abschied, wenn Franziska Kanten watschelnd und winkend davonschritt, ihrem Manne zu, dem Handwerker evangelischen Glaubens Anton Kanten, wurden Cesar und Roman lebhaft. Sie legten das Kinn auf das Gitter des Balkons, lächelten freundlich und bewegten die Arme so heftig, daß ihnen die langen Locken in die kleinen, erleichterten Gesichter fielen.

Zu dieser Zeit hatten die Söhne sich längst angewöhnt, Gäste in *guten* und *schlechten* Besuch einzuteilen. Normalerweise waren die Beziehungen der Bertinis austauschbar, ihre Bekanntschaften episodischer Natur. Da gab es, zum Beispiel, Gottfried Borke, Musiker wie Alf. Von ihm behielten Roman und Cesar nichts anderes in Erinnerung als den Namen, obwohl Borke doch, späteren Berichten der Eltern nach, über eine Reihe von Jahren bei ihnen einkehrte, um dann allerdings nie wiederzukehren. Das gleiche galt für Umberto Paladano, einen ebenfalls nach Germanien verschlagenen Italiener von wechselnden Berufen und einer unbefriedigten Einladungswut an die Bertinis. Einen ähnlichen schemenhaften Eindruck hinterließ ein Besucher namens

Eberhard von Laufenthal, für den Lea sogar im Eßzimmer deckte (gewöhnlich aßen die Bertinis in der Küche). Alf und Lea pflegten ihm, einer politisierenden Persönlichkeit von beträchtlichem Rednertalent, ehrfurchtsvoll zuzuhören und seine Worte auch in späteren Zeiten noch als das Evangelium eines liberalen Sozialisten auszulegen. Den Söhnen blieb von der bewunderten Autorität nichts im Gedächtnis als ein gräßlich bunter Schlips und eine furchterregend tiefe Stimme.

Deutlicher schon prägten sich ihnen, nachdem Alf Bertini sich mit geradezu professionellem Eifer auf das königliche, das Schachspiel geworfen hatte, die Gegner des Vaters ein, wechselnde, fremde Gesichter, die sich mit häufigem Blick auf Lea heftig selbst anpriesen, bevor sie dann mit bedeutender Mimik den ersten Zug im trüben Licht der Wohnzimmerlampe zelebrierten. Besonders einer von ihnen hatte es Roman und Cesar angetan, ein Mensch in schwarzer Lederjacke, der, während er Lea überhaupt nicht mehr aus den Augen ließ, fortwährend beteuerte, er sei ein Schachspieler »von eiserner Energie«. Es war diese von ihm ständig wiederholte Redensart, die ihn den hinterlistig grinsenden Söhnen lange unvergeßlich machte, obwohl sie ihn nie wiedersahen. Denn nachdem Alf ihn gleich dreimal hintereinander vernichtend geschlagen hatte, blieb er für immer aus. Sein martialisches und uneingelöstes »Ich bin von eiserner Energie« wurde von Cesar und Roman häufig zitiert – da war einer gewesen, der von sich mehr versprochen hatte, als er zu halten vermochte. Die beiden erinnerten sich noch lange mit Vergnügen an die wichtigtuerische Lederjacke, bis sie ihnen irgendwann, durch eindrucksvollere Kläglichkeiten abgelöst, in den Schatten der Vergangenheit versank.

All das war *schlechter* Besuch.

Aber dann war da Franz Huß, Anhänger der *Christlichen Wissenschaft*, und also für Alf und Lea Bruder im Glauben, ein sanfter, zarter Angestellter bei irgendeiner Behörde, es tat nie etwas zur Sache, bei welcher. Dieser Franz Huß hatte eine starke Begabung, herzlich und laut, sozusagen mit vollem Mund zu lachen, und die Söhne lachten mit, auch wenn sie nicht genau begriffen, worum es ging. Es genügte die schöne Art des elterlichen Bekannten, mit zurückgeworfenem Kopf und weit geöffnetem Mund heiser und holpernd aufzulachen, daß Roman und Cesar ihn sofort und von Grund auf sympathisch fanden. Auch er kam nur sporadisch in die Lindenallee, in immer größeren Abständen dazu, aber in den Augen der Söhne hatte seine Gegenwart jede Berechtigung, selbst wenn die beiden noch nicht viel von der

74

wissenschaftlichen Lehre, den inbrünstigen Beschwörungen von *Harmonie* und den *Zeugnissen* wundersamer Selbstheilung, wie sie der *Herold* publizierte, verstanden. Franz Huß jedenfalls zählte für Cesar und Roman Bertini zum *guten* Besuch.

Das traf jedoch erst recht auf die Witwe Hermine Platkowski zu, eine derbe Frau, die draußen in Berne wohnte, dort, wo die Hochbahn *Walddörferbahn* hieß, zwei Stationen vor Volksdorf. Nahe den Schienen, auf einem Grundstück, das der beizeiten verblichene Mann ihr hinterlassen hatte, hauste sie in einem Zwitter aus Bauernhof und Schrebergartenlaube. Dort hielt sich Hermine Platkowski, teils im Hause, teils im Stall, Vieh und Geflügel, züchtete Blumen, besaß aber kein Ackerland.

Eine Art Halbbäuerin vor den nördlichen Toren der Hansestadt also, kam sie wöchentlich einmal auf dem Fahrrad nach Barmbek, um bei den Bertinis Kartoffelschalen abzuholen – Futter für das Getier auf ihrem Anwesen. Lea bewahrte den Abfall in der Speisekammer auf, Haufen, die von Tag zu Tag umfänglicher wurden, um dann vor der stark nach Erde, Dung und frischer Luft riechenden Hermine übernommen zu werden – die Bertinis waren meist die Endstation einer ausgedehnten Sammelroute quer durch den Stadtteil. Zu diesem Zweck hatte die Halbbäuerin zu beiden Seiten des Hinterrades dehnbare Behälter angebracht, in denen sie unvorstellbare Mengen von Kartoffelschalen befördern konnte.

Höhepunkt der Bekanntschaft, gleichsam die verdiente Gegengabe, waren Besuche, die die Bertinis Hermine Platkowski abstatteten, Ausflüge, denen Cesar und Roman allein schon wegen der Fahrt mit der *Walddörferbahn* aufgeregt entgegensahen. Vom Bahnhof Barmbek ging es über die Stationen Habichtstraße und Farmsen immer weiter weg, bis zu jenem nackten Bahnsteig, auf dem in schwarzer Schrift auf weißem Grund *Berne* stand. Dann legten sie noch einmal zu Fuß eine Strecke von zehn Minuten zurück, vorbei an Feldern, Waldfetzen und Weiden, bis sie Hermine Platkowskis ansichtig wurden, die sich mit breitem Lächeln neben der Pforte zum Empfang ihrer Stadtgäste aufgepflanzt hatte.

Hier lag ein ergötzliches Territorium für die Söhne. Da war zunächst einmal der Ziehbrunnen, ein steinernes Rund mit einem schwarzen Loch, in dem es tief unten aufblinkte, wenn der Eimer an der langen Leine den Spiegel zerschmetterte, um mit klarem, eisenhaltig schmeckendem Wasser wieder nach oben gezogen zu werden. Am Rande des Brunnens hockend, malten sich Roman und Cesar mit gesträubten

Haaren aus, was wohl geschehen würde, wenn einer von ihnen da hinunterfiele.

Und da waren die Pfirsichspaliere an einer Seitenwand des Hauses. Die Bertinis kamen gar nicht so selten zu Hermine Platkowski, aber merkwürdigerweise immer dann, bevor die für Roman und Cesar exotischen Früchte die rechte Reife hatten. Dennoch machten sie sich heißhungrig und in vollem Bewußtsein, etwas Verbotenes, Anstößiges zu tun, über die Spaliere her. Sie rissen einen Teil der Pfirsiche ab und schlangen sie hinter Gebüschen, Sträuchern oder Zäunen hinunter.

Das schwärzeste Vergnügen jedoch bereitete ihnen das kolossale Hausschwein der Halbbäuerin. Obwohl es im Laufe der Jahre natürlich immer ein anderes war, blieb das jeweilige Tier, das sich bis zur unvermeidlichen Schlachtung da im dunklen Stall suhlte, für Roman und Cesar unter dem Oberbegriff *Ucke* doch stets ein und dasselbe Geschöpf. In der Manier von Stadtkindern konnten sie stundenlang mit unverbrauchter Neugierde vor dem Borstenvieh hocken, mit dem Stiel einer Schaufel nach ihm stoßen und das grunzende, unlustige Schwein in Bedrängnis bringen.

Gern pirschten sie sich auch an die Schienen der *Walddörferbahn* heran, die hier, vor dem Bahnhof Berne, abgeschirmt waren von einem Zaun, über den Roman und Cesar gerade noch hinwegsehen konnten. In Erwartung der heransausenden gelben Wagen, standen, lagen oder saßen sie da, Cesars Kopf von langen dunkelbraunen, Romans von schwarzen Locken gerahmt. Sie blinzelten in die Sonne, beobachteten die zwitschernden Vögel auf den Telegraphenmasten längs der Bahnlinie, sogen den Duft der Felder ein, der Wiesen, der dumpfbrummenden Rinder darauf, und nahmen manchmal einander stumm und atemlos bei der Hand.

Die *Sandkiste* am Ende, oder besser, am Anfang der *eigentlichen* der *echten* Lindenallee, war nicht nur ein geographischer Punkt wie viele andere, sie war das Zentrum einer räudigen Jugend aus einem halben Dutzend Straßen ringsum, der magische Mittelpunkt eines ganzen Viertels, mit einem Becken voller Sand und von einer roten Backsteinmauer fest umgrenzt. Allgemeiner Einstieg war ihr nördlicher Teil, etwa einen Meter hoch und direkt dem Eingangstor gegenüber. Um sich den Weg dahin abzukürzen, sprangen die meisten hier über das Hundert-Zentimeter-Hindernis, ungeachtet der kurzen, eisernen Stacheln, oder vielleicht gerade ihretwegen.

Es gab in einer Ecke zwei kräftige Schaukeln und links vom Eingang den *Pinkelwinkel*, mit dem einschränkenden Hinweis, *Nur für kleine Kinder*, was keinen der Größeren je daran hinderte, gerade dort sein Wasser abzuschlagen. Der Wächter des Platzes wechselte häufig, weil kein halbwegs normaler Ordnungshüter dieses Zentrum einer entfesselten Jugend länger als höchstens ein Vierteljahr ertragen konnte. Auch der durch eine Innenmauer abgetrennte Komplex für alte Leute, wo sich regelmäßig kartenspielende und zu ihrem Glück schwerhörige Greise einfanden, vermochte die Szene nicht wahrhaft zu mildern.

Ständig balgten sich überall im Sand feindliche Haufen, während gleichzeitig Einzelkämpfer um sich kratzten und bissen. Väter aus allen Himmelsrichtungen suchten fluchend und drohend ihre Sprößlinge, die längst zu Hause sein sollten, hier aber ideale Möglichkeiten fanden, sich zu verstecken. Zwei Sommer lang gab ein Amateurtheater aus der Drosselstraße prächtige, selbsteinstudierte Vorstellungen, in denen kostümierte Jungen und Mädchen in die Rollen von Erwachsenen, von Vätern und Müttern schlüpften und unter Szenenapplaus kein gutes Haar an ihren Erzeugern ließen.

An Sommernachmittagen war in der *Sandkiste* zwischen fünf und fünfzehn Jahren alles versammelt, was das Viertel um die Lindenallee aufbieten konnte – größere Burschen, die oft riesige Burgen mit strotzenden Mauern schufen, um die auffälligen und wegen ihres sperrigen Umfangs verbotenen Gebilde dann gröhlend niederzutrampeln, ehe der jeweilige Wächter es tat; kleine Mädchen, die gleich daneben und ohne Auge und Ohr für Aufbau und Zerstörung ihre Puppen in Wohnungen aus Sand setzten; Mütter, die auf den Bänken strickten oder häkelten und ihre Blicke ständig zwischen Handarbeit und Kindern hin und her wandern ließen.

Währenddessen donnerten über die nahe Großbrücke vom und zum Barmbeker Bahnhof die graubraunen, vieltürigen Züge der Vorortbahn, die gelben Waggons der Hochbahn, und dann und wann von schweren, qualmenden Lokomotiven gezogene Güterzüge.

Oft standen Roman und Cesar Bertini, natürlich unter elterlicher Aufsicht, in irgendeiner Ecke der *Sandkiste* und besahen sich die wilde, vertraute Landschaft – den Baum oben nahe der nördlichen Mauer, an dessen dickem Stamm einmal eine Katze vor einem zähnefletschenden Hund hinaufgeflüchtet war; besahen sich die Mehlbeerbäume ringsherum, deren reife, rote Früchte heruntergerissen und vertilgt wurden, als handelte es sich um auserlesene Leckerbissen – dabei war nichts anderes im Spiele, als daß Genießbares umsonst unter freiem Himmel wuchs; besahen sich auch die Septemberabende, wenn die *Laternen-*

zeit begann und die Kleineren wie Leuchtkäfer an der Hand von Vater oder Mutter singend durch die Straßen zogen. Dann konzentrierten sich um die *Sandkiste* ganze Scharen von Halbwüchsigen, um *Blechlaterne* zu laufen. Das waren an Draht befestigte Konservendosen, deren Deckelseite entfernt und deren Metallboden mehr oder weniger symmetrisch von Nägeln durchlöchert worden war. In dieses Gehäuse wurden Laub, Papier und Stoffreste wie die Ladung einer Kanone gepreßt und das ganze dann angezündet. Jetzt wurde die Büchse an dem Draht sausend im Kreise herumgeschwenkt, und wenn die Flammen durch die Löcher schlugen, fegten die Besitzer brüllend davon, gewaltige Rauchschwaden hinter sich herziehend.

Die *Sandkiste* und ihre Umgebung waren dann von einer Minute auf die andere eingenebelt, als wäre plötzlich die Wolkendecke herabgesunken. Und mitten darin schossen, winzigen Hochöfen gleich, die glühenden Laternen ihre wüste Bahn durch Qualm, Lärm und Gestank.

Cesar und Roman Bertini, die noch vor kurzem selbst mit ihren zerlegbaren Glaslaternen artig an der Hand von Lea und Alf durch die Lindenallee gezogen waren, sich nun aber längst über dieses kindliche Stadium erhaben fühlten, ergatterten manchmal eine der heißen, umgearbeiteten Konservendosen und sausten damit, gegen alle Schutzinstinkte vor allem Leas, einmal, zweimal jubelnd um die ganze Mauerstrecke.

An solchen Abenden gingen die Söhne glücklich nach Hause, blieben vor der Lindenallee 113 lange stehen und mochten sich nicht trennen von dem Anblick, den die verräucherte *Sandkiste* dahinten bot – bis Leas oder Alfs scharfer Ruf sie die Treppe hochjagte.

Damals ahnten sie nicht, welche Verwandlung dieser Ort noch erfahren und wie sich ihr eigenes Schicksal in ihm widerspiegeln würde. Denn diese ersten Jahre waren die einzige Zeit ohne Bangen und Furcht im Leben der Söhne, sozusagen der Garten Eden ihres Daseins, die elysischen Gefilde einer Biographie, die sich nur allzu bald unwiederherstellbar verändern sollte.

Übrigens läßt sich der Wendepunkt mühelos ausmachen und genau festlegen. Es war der Tag, an dem Alf und Lea Bertinis langgelockte Söhne in die Schule kamen, ein häßliches Backsteingebäude in jenem Teil Barmbeks, wo die Fuhlsbüttler mit der Bramfelder Straße zusammenstieß, gegenüber *Am Zoll*, kaum zehn Minuten von der Lindenallee entfernt, und doch die Entdeckung eines andern Sterns.

3

Einschulung der Söhne
und Tod eines Großvaters

Gegen den Widerstand der Behörde hatte Lea die Einschulung des älteren Cesar ein Jahr zuvor ebenso leise wie unnachgiebig verhindert – er war jetzt sieben Jahre und fünf Monate alt. Aber wenn der Gang in die Volksschule schon unvermeidlich war, so sollten die Söhne jedenfalls gemeinsam das neue schwere Los tragen.

Roman war gerade sechs geworden, als Lea an einem Frühlingsmorgen des Jahres 1929 die beiden an die Hand nahm und sie, äußerlich gefaßt, innerlich jedoch tief beunruhigt, dem nächsten Lebensabschnitt zuführte. Als die Söhne, an die Mutter geschmiedet, den Klassenraum betraten, verstummten die anderen ABC-Schützen wie auf Kommando. Das Bild, das sich ihnen bot, war allerdings ungewöhnlich genug – vor ihnen standen zwei Altersgenossen, deren Geschlecht nicht so ohne weiteres zu erkennen war, bei Roman noch schwieriger als bei Cesar. Alf Bertinis hohes Wollen, sein Trieb, sich und die Seinen von der proletarischen Barmbeker Umwelt abzuheben, hatte in der Frisur der Söhne seinen sichtbarsten und unglücklichsten Ausdruck gefunden. In großen Wellen fiel Cesar das braune, Roman das tiefschwarze Haar lockig um die zarten Gesichter, bis in den Nacken, voll, weich, und da Lea eine fremde Schere nicht geduldet hätte, war es von ihrer Hand hinten und in der Stirn dilettantisch geschnitten. So standen sie vor der Klasse – mit niedergeschlagenen Augen und zuckender Kehle, die Tränen bekämpfend und dennoch von ungeheurem inneren Entgegenkommen, bereit, jedem die Hand zu geben, ihr Brot zu verschenken, allen zusammen die erwartete Ostertüte zu versprechen und Späße und Tänze zur allgemeinen Belustigung aufzuführen. Aber erstaunt und höhnisch angestarrt, setzten die Brüder sich gleich vorn auf die Bank. Am liebsten wären sie darunter gekrochen, unterließen es aber, weil sie von dort Lea nicht hätten im Blick behalten können. So faßten sie sich an den Händen, senkten die Köpfe und schrien auf, als die Mutter plötzlich mit den anderen Eltern verschwunden war. Eine Sekunde nach dem Schrei brandete ein hüpfendes, gröhlendes Gelächter auf. In ihrer brüderlichen Zweisamkeit völlig isoliert, saßen sie zuerst bewegungslos und wie unbeteiligt da, nur ihre Nasenflügel bebten. Sie wären auch jetzt noch bereit gewesen, sich freundschaftlich anzubieten, ja, vor die Schar zu treten und »Auf dem Berge Kiowatschi...« zu rezitieren. Aber dann, als das Gelächter seinem gellenden Höhepunkt entgegenraste, regte sich in ihnen Widerstand, etwas, das alle Behütung und Abkapselung nicht erreicht hatte. Cesar runzelte ernst die Stirn, und Roman fand die Energie, den Blick zu heben, in die feindlichen Gesichter ringsum zu schauen, sich zurückzulehnen und die große Tafel vorn angelegentlich zu fixieren. Das war seine Art, sich zur Wehr zu setzen, und es war das erste Mal, daß er dazu gezwungen wurde.

In den zwei Stunden, die sie an diesem Vormittag in der rauhen Atmosphäre zu verbringen hatten, fieberten die Söhne der Klingel, dem Zeichen der Erlösung entgegen, zitternd vor Erwartung, in die gewohnte Sicherheit und Geborgenheit entlassen zu werden. Und als sie dann endlich, noch vor allen anderen, aus dem Raum stürzten, stand Lea wieder auf dem Flur, mit zwei großen Schultüten beladen, die sie den strahlenden Söhnen überreichte. Sie nahm Cesar und Roman an den Händen und geleitete sie die zehn Minuten Fußweg in die Lindenallee zurück. Dort setzte sie ihr geheimnisvolles Gesicht auf, raschelte mit Papier und wußte die Söhne in den nächsten drei Minuten dort, wo sie Roman und Cesar am liebsten hatte – im Bett.

Das war der erste Schultag.

Vom nächsten Morgen an übernahm Recha Lehmberg das Amt, die Enkel zur Schule zu bringen und sie auch wieder abzuholen – was sie übrigens drei volle Jahre tun sollte. Von den anderen Schülern wurde schon nach wenigen Tagen niemand mehr in die Bramfelder Straße gebracht oder von dort geholt, und natürlich trug Recha Lehmbergs Erscheinen am Morgen und Mittag nicht dazu bei, jenes höhnische und gefährliche Erstaunen zu mildern, mit dem die beiden mädchenzarten Knaben bedacht wurden. Hatte sich die Umwelt in der Lindenallee immerhin sozusagen organisch an den Anblick der langen Locken gewöhnen können, so bot er sich hier unvermutet und völlig vereinzelt.

In den Pausen standen die Brüder auf dem Schulhof oft eng aneinandergedrängt und von einer tobenden, nach ihren Haaren greifenden Menge umzingelt, die um so lauter johlte, je deutlichere Zeichen des

Entsetzens die beiden von sich gaben. Trotzdem kam es nie zu äußersten Tätlichkeiten. Irgend etwas in der Haltung der Brüder, in ihrem Gesicht, in dem Ausdruck ihrer geängstigten und trotzigen Augen, schien die anderen davon abzuhalten, sie mit ihrer Masse zu zermalmen und in den Staub zu schleudern. Vielleicht waren es Romans instinktives Sichaufbäumen, seine raschen, ihn selbst entblößenden Bewegungen, wenn Cesar besonders bedroht war. Denn während Roman, solange sich die Gewalt gegen ihn oder gleichzeitig gegen beide richtete, still abwehrte, reckte er seinen schmalen Körper, hob den Kopf und streckte abwehrender die Arme aus, sobald sich der Angriff auf Cesar konzentrierte. Dann schien er plötzlich alle Gefahr zu vergessen, sprang vor, weitete die Augen und breitete die Arme aus, wobei er vor Anstrengung und Erregung keuchte. Die offene Selbstaufgabe für den Bruder war so deutlich, daß die Hänselei meist mürrisch, verlegen und verblüfft in sich zusammenbrach, indes die beiden nun Hand in Hand, von ihren Locken malerisch umweht, unversehrt über den quirlenden Schulhof schritten.

Nie kam ihnen ein Lehrer oder älterer Schüler zu Hilfe. Auf sich allein angewiesen, gab es kein anderes Mittel, der Bedrohung Herr zu werden, als jene seltsame, tiefe, unbewußte Kraft, die über Roman Bertini kam, sobald ihm Cesar bedrohter schien als er selbst, eine Kraft, die sich bald noch offener bestätigen sollte.

Lea war eine geringe Konzession eingegangen. Nun, da die Söhne unaufhaltsam mit der gefährlichen Welt jenseits der Lindenallee zusammenzukommen genötigt waren, gestattete sie ihnen – gleichsam um sie in allervorsichtigstem Maße und nur auf das Allernotwendigste beschränkt an diese Welt zu gewöhnen – zweimal in der Woche, ohne elterliche Aufsicht die Straße zu betreten. Es wurde ihnen eine genaue Frist dafür zugestanden, nämlich eine volle Stunde, ebenso genau aber das Terrain, auf dem sie sich bewegen durften. Nach rechts war die Grenze von einer unsichtbaren Geraden zwischen dem Gemüseladen und dem Kantstein gezogen, nach links zwischen Häuserwand und Straßenlaterne, insgesamt ein Radius von gut fünfzig Metern. Die Fahrbahn zu betreten, war Roman und Cesar, sowohl von Lea als auch von Recha, so nachdrücklich und wiederholt verboten worden, daß eine Mißachtung der Beschwörungen über die Todesgefahren, die dort auf sie lauerten, den Brüdern überhaupt wie das gemeinste Verbrechen erschienen wäre.

Nun hatten die Söhne allerdings keine Mühe, das Verbot einzuhalten, denn die Welt zwischen Haus und Kantstein sah unbeaufsichtigt so verändert aus, daß das seltsame und verwirrend Neue sie vollauf beschäftigte – wie anders die Luft, die Geräusche, die Farben, als sie allein aus dem Haus traten und, Cesar dem Bruder stets nahauf, die abgesteckte Strecke entlanggingen, klein, ernsthaft und sehr gravitätisch. Und bei einem dieser Ausflüge stand plötzlich *Bulle* vor ihnen, in der Hand eine lange Peitsche, und mit einem Gesicht, in dem sie keine Gnade lasen.

Bulle kannten die Brüder, so weit zurück sie sich erinnern konnten. Jetzt war er vierzehn Jahre alt, von ungeheurer, krankhafter Leibesfülle, die in starkem Gegensatz zu seiner körperlichen Behendigkeit stand. *Bulle* nutzte sie vor allem, um die schlimmen Beschimpfungen, die er seines Umfangs wegen einzustecken hatte, flink und grausam zu ahnden. Erwischte Übeltäter stieß er mit seinem fetten Knie gegen die Außenseite des Oberschenkels, wozu er jedesmal »Salmi! Salmi!« schrie. Dann geiferte er sein zappelndes Opfer mit Schaum vor dem Mund an: » *Wie* heiß ich? *Wie* heiß ich?« Seine begreifliche Sehnsucht, nicht mehr von dem Schimpfnamen verfolgt zu werden, wurde indes trotz aller schmerzhaften Torturen nicht erfüllt, schon deshalb nicht, weil die meisten seinen wirklichen Namen gar nicht kannten. Wann und wo auch immer der Drüsenkranke sich also in der Lindenallee sehen ließ, gellte es über die Straße: »Bulle! Bulle!« – und oft gingen die wilden Verfolgungsjagden bis hinauf in die Dachgeschosse der hohen Mietshäuser. Wie tief der Junge aber unter der allgemeinen und unerträglichen Aufmerksamkeit litt, wurde in vollem Ausmaß erst an jenem Spätnachmittag klar, als er plötzlich vor den Brüdern stand.

Cesar und Roman Bertini hatten wohl gesehen, daß ein Haufen vor der Tür des Nebenhauses verschwörisches Gebaren zeigte, ehe die Zwölf- und Dreizehnjährigen mit der Kraft ihrer lauferprobten Beine in alle Winde davonstoben. Aber daß sie dort bei *Bulle* Sturm geklingelt hatten, davon ahnten die Brüder nichts. Sie fühlten sich unbetroffen, als sie sich, vor der stürmischen Flucht an ihnen vorbei, in das Karree zwischen den beiden Vorgärten zurückzogen, und zwar Cesar tiefer als Roman. So kam es, daß es in der nächsten Sekunde für den Älteren keinen Ausweg mehr gab.

Wie vom Katapult geschossen schnellte *Bulle* auf die Straße, blickte sich rasend um, sah in seiner Nähe als mögliche Täter aber niemanden als die beiden Brüder aus dem Nebenhaus – und den tödlichen Schrecken auf ihren Gesichtern. Denn was *Bulle* in der Hand hielt, war eine lange, sich nach unten verdünnende, rotbraune Peitsche, die er nun wie eine gehorsame Schlange ausrollte. Roman war mit einem Satz aus dem Gefahrenbereich, fähig zu fliehen bei dem kleinsten Schritt auf ihn zu. Für Cesar jedoch, fast an der Hausmauer zwischen den Vorgärten, gab es kein Entkommen. Er stand da, gelähmt vor Entsetzen, buchstäblich mit gesträubten Haaren, die Hände vors Gesicht geschlagen. Gerade diese Stellung mochte *Bulle* als Ausdruck eines schlechten Gewissens deuten. Jedenfalls hob er die Peitsche, das neue, überraschende Werkzeug seiner Wut, und schwang sie lang nach hinten aus, mit einer vertrauten, furchtbaren Gebärde, als hätte er für diesen Augenblick endlos trainiert.

Als Roman die rotbraune, bissige Schnur in der Luft sah, bestand er nur aus Furcht, aus herzbebender, vibrierender Furcht, wie er sie vorher noch nie empfunden hatte. Und trotzdem warf er sich in die Peitsche, die Cesar treffen sollte, stürzte sich rollend in den Schlag hinein, die Hände, als er das Leder brennend um seinen Leib geschlungen fühlte, nun ebenfalls vor dem Gesicht. Dann, Cesars flüchtende Stiefel im Ohr, rollte er ebenso blitzschnell wieder aus der Peitsche heraus, von der Erde hoch, entkam hart rechts an *Bulle* vorbei und stürmte dem Bruder nach. Stürmte hinter Cesar die Treppe hoch, auf den letzten Stufen verharrend, bereit, sich mit der Last seines schmalen Körpers auf jeden Verfolger zu stürzen, der nach Cesar greifen wollte. Aber niemand kam.

In der Sekunde vor dem Sprung hatte Roman in Cesars Augen geblickt. Schon als die Peitsche heranzischte, sah er in diesen Augen das Flehen, die Hilflosigkeit, den Schrecken, die sich jammervoll und stumm an ihn wandten. Da war über Roman die Große Kraft gekommen, eine unbekannte und selbständige Gewalt, die in ihm aufgestanden war, ohne daß er sie gerufen hätte, und die ihn in die Peitsche geschickt hatte. Etwas, das stärker war als er selbst, etwas, das von ihm Besitz ergriff, wenn seine Hilfe erwartet wurde, hatte in ihm zu wirken begonnen.

Von klein auf grauste Cesar und Roman Bertini vor dem Sonntag – war das doch ein Datum, an dem man sein *gutes Zeug* anlegte.

Die Bertinis aber hatten kein *gutes Zeug*, sie besaßen kaum jemals ein Kleidungsstück, das sich vom Wochenanzug unterschied. Nur als die Söhne noch sehr klein gewesen waren, hatte es anders ausgesehen. Ein gehegtes Foto, das alle stürmischen Zeitläufe überdauern sollte, dokumentierte die Ausnahmephase: es zeigt Roman und Cesar, mit Bluse, Höschen, Strümpfen und Schuhen, ganz in Weiß, die Lockenköpfe wohlgeordnet, beide stehend, links und rechts neben der ebenfalls in

Weiß gekleideten und auf einem Stuhl sitzenden Lea, deren langes schwarzes Haar wirkungsvoll von der Helligkeit abstach, die Mutter und Söhne verbreiteten.

Bald war kein Geld mehr da, Sonderkleidung zu kaufen. Deshalb hatte Lea begonnen, für Sonn- und Feiertage selbst zu schneidern – eines der schrecklichsten Ereignisse im bisherigen Leben der Söhne. Denn Hosen und Jacken waren nicht nur komisch entworfen, dilettantisch zugeschnitten und an allen Ecken und Enden nicht stimmend, sondern auch sofort als selbstverfertigt zu erkennen. Sobald Roman und Cesar also in der künstlichen Pracht am Sonntag auf die Straße traten, sahen sie sich so gewaltig gehänselt, daß sie rasch schamrot ins Treppenhaus zurückliefen und dort lange verharrten, ehe sie an der Wohnungstür klingelten. Mit gesenkten Lidern murmelten sie dann vor Lea, daß unten gar nichts los sei und daß sie viel lieber hier oben spielen würden.

Unten tummelten sich indes Altersgenossen, die alltags wie sonntags das gleiche trugen, ohne alle feierlichen Unterschiede, und jene, die heute ihr *gutes Zeug* angelegt hatten und mit Stolz trugen. Beide Gruppen kamen gut miteinander aus, es gab niemals Schwierigkeiten zwischen ihnen. Nur Cesar und Roman Bertini zählten mit ihrer ebenso künstlichen wie mißlungenen Vornehmheit weder zu den einen noch zu den anderen, und ihre Eltern schienen es, wie bei der Frisur, nicht zu bemerken, daß sie unter dieser demütigenden Herausgehobenheit litten. Die Wahrheit kommt wahrscheinlich darauf hinaus, daß Lea Bertini sehr wohl die Not ihrer Söhne erkannte, sich aber auch hier ihrem Mann unterwarf. Und Alf wollte eben, daß Roman und Cesar schon äußerlich als besondere, von der gemeinen Umwelt sichtbar abgehobene Wesen erkennbar seien.

Diese Sonntagsqual wurde beiden dann und wann dadurch gemildert, daß sie nachmittags um zwei Uhr für dreißig Pfennig pro Person die Kindervorstellung der *Skala* besuchen durften. Das Kino lag, den kurzen Trockenweg hoch, auf der gegenüberliegenden Seite der Fuhls-büttler Straße und stand, eine sogenannte *Flohkiste*, ziemlich niedrig in der allgemeinen Wertschätzung. Aber die Kindervorstellung kostete hier einen Groschen weniger als woanders, und das entschied.

Begleitet wurden Roman und Cesar von Lea, öfter aber noch von Recha Lehmberg, die in der krakeelenden Menge vor der Kasse zeternd zu behaupten pflegte, zu ihrer Zeit hätten Kinder niemals so satanisch gelärmt, wobei sie ihre Arme um die Enkel geschlungen hielt, als wären die beiden von einem Rudel Wölfe bedroht. Tatsächlich versuchten die meisten, sich so rasch wie möglich nach vorn zu balgen, um drinnen die Sitzauswahl selbst treffen zu können. Denn in dem schmalen, langen Zuschauerraum standen zwei Säulen, die einigen Plätzen die Sicht nahmen, und darauf wollte keiner landen. An dem Kampf darum beteiligten sich Roman und Cesar Bertini nie. Wenn sie, was zuweilen geschah, zum Schwanz der sonntäglichen Schlange vor der *Flohkiste* zählten, erstarrten sie, sobald das Puffen, Stoßen und Knurren um sie herum begann. Dann drängten sie sich tiefer noch in den mütterlichen und großmütterlichen Schutz und wichen lieber nach hinten aus, als sich auch nur mit einem Finger an der allgemeinen Rauferei zu beteiligen.

Saßen sie dann auf den harten Klappsitzen (deren einer, laut Lea, einmal mit dem zweijährigen Roman hochgegangen war), blickten die Brüder wie gebannt auf die Leinwand. In der *Skala* schlossen sie Bekanntschaft mit vielen Filmgrößen ihrer Zeit – mit Tom Mix und Jack Hoxie, dem Wunderhund Rintintin und mit Pat und Patachon. Hier sahen sie besonders gern Indianerfilme, voll grausiger Verbundenheit mit den federgeschmückten Kriegern, von denen sie nie genug zu sehen bekommen konnten, erste Station ihrer bleibenden Teilnahme an Geschichte und Schicksal der roten Völker Nordamerikas.

An einem Sommersonntag wogte das Gedränge vor der *Skala* schier unerträglich hin und her. Von überall strömte es zur Kindervorstellung, quoll aus den Seitenstraßen, und die Schlange jugendlicher Drängler schob sich aus der Vorhalle weit hinaus. Eine Sensation war angekündigt, ein unglaubliches Ereignis, von dem der ganze Bezirk, ja, die ganze Welt einzig noch zu sprechen schien – ein *Tonfilm* mit dem Titel *Sunny boy*!

Für Erwachsene lief der sagenhafte Streifen schon eine Woche, und es hatte nach den atemlosen Berichten mitgenommener Platzanweiserinnen in einem deutschen Kino noch nie so viele genäßte Taschentücher gegeben wie bei diesem Hollywood-Produkt.

Was die Söhne, mit knapper Not in Leas Begleitung in die *Flohkiste* gelangt, von dem bereits weltberühmten Film begriffen, war, daß ein als Neger verkleideter weißer Vater den Sohn durch die furchtbare Mutter verlor und dazu das Lied vom *Sunny boy* schluchzte. In der tränenreichen, durch die Dunkelheit begünstigten Auflösung ringsum, von der Lea Bertini keineswegs ausgeschlossen blieb, saßen die Söhne an ihren Lippen nagend da, während ihnen das Herz verging vor der Qual und der Tapferkeit des gebißblitzenden, schwarzgetünchten Vaters: »Mehr als mein Leben möcht' ich für dich geben, du bist mein

Glück, sunny boy ...« – und das alles nicht mehr zwischen den unterbrochenen Bildern aufgeschrieben, sondern richtig zu hören zu der Sekunde, in der gesprochen, gesungen, geweint und gelacht wurde!

In dieser Nacht von Sonntag auf Montag kam Alf Bertini düster in die Lindenallee zurück – er hatte gerade ein Engagement bei den *Balke-Lichtspielen* in der Hamburger Straße. »Was soll bloß aus dem Stummfilm werden?« fragte er Lea. »Was brauchen die Kinos uns Musikbegleiter noch, wenn sich der Tonfilm durchsetzt?« Er fragte verstört, aber doch so, als sei die sprechende Leinwand die böse Erfindung seiner Frau, ganz Hiob, die Stimme, wie immer bei unglücklicher Botschaft, von schrecklicher Genugtuung gesättigt, obwohl er doch selbst betroffen war.

Am nächsten Morgen weckte Leas Husten die Söhne. Sie fanden die Mutter in der Küche über den Handstein gebeugt, das Gesicht blaurot, die Zunge weit aus dem aufgerissenen Mund gestülpt, während Alf murmelnd im Gebet auf und ab ging, ohne Gedanken daran, Leas Stirn zu halten oder ihr ein Glas Wasser zu reichen. Als sie röchelnd zusammenbrach, warf Roman sich unter sie, um die Mutter zu stützen, indes Cesar totenbleich und untätig von der Tür her zusah.

Wenige Tage zuvor war weiter oben in der Fuhlsbüttler Straße, Richtung Ohlsdorf zu, die *Schauburg Nord* eröffnet worden, neues Glied einer in Hamburg bestehenden Kinokette, ein hohes, geräumiges, mit Logen ausgestattetes Filmtheater. Der Zuschauerraum, durch eine weite, mit Szenenfotos bespickte Halle über eine elegante Treppe zu erreichen, nahm für sich allein schon die vierfache Fläche der *Skala* ein. Damals war in aller Munde gerade der Schlager »Das ist die Liebe der Matrosen/Auf die Dauer lieber Schatz/Ist mein Herz kein Ankerplatz ...« Aber er wurde hier für kurze Zeit verdrängt durch ein eigens zur Eröffnung der *Schauburg Nord* komponiertes Lied: »Kinder, seid vernünftig, laßt die Frau durch/denn sie will noch einmal in die Schauburg ...« Worauf die nachdrängende Verwandtschaft besungen wurde, der ebenfalls nichts wichtiger auf der Welt schien, als das neue große Kino dort in Nordbarmbek zu erreichen.

Vor dem Untergang flackerte eine vage Hoffnung auf. Denn für einen Augenblick hatte es so ausgesehen, als würde Alf Bertini weiter musizieren können, unterhalb der Riesenleinwand, ein Gerücht, das eigentlich mehr sein mußte, jedenfalls nach der Art und Weise, wie Alf sich vor Lea und den Söhnen gab.

Aber er sollte nie in dem schönen, modernen Kino spielen, weder als

Musikbegleiter noch in sonst irgendeiner beruflichen Funktion – die *Schauburg Nord* nämlich war schon vollständig auf die neue Epoche der Filmgeschichte eingerichtet, die tönende, die sprechende Leinwand, und führte überhaupt keine Stummfilme mehr auf.

Im Herbst 1929 mußte Alf Bertini seinen versteckten Platz unterhalb der lichten Fläche endgültig räumen. Und nun zeigte sich, daß seine Unverträglichkeit weder vergessen noch vergeben war. Kein Kaffeehaus-Ensemble nahm ihn auf, kein rasch zusammengestelltes Gelegenheitsorchester für Hochzeiten oder andere Feierlichkeiten wollte ihn haben, auch die sogenannte *Musikerbörse* zeigte ihm die kalte Schulter. Als ein zugereister Impresario ihn ahnungslos engagieren wollte, drohten die anderen bei Alfs Erscheinen mit Kündigung.

Was die sprechende Leinwand für so manchen national oder international bekannten Filmschauspieler bedeutete, nämlich das Ende seiner Karriere, wiederholte sich bei Alf Bertini sozusagen auf der untersten Stufe der Gemeinsamkeit, und infolgedessen ohne jede öffentliche Anteilnahme. Die Stummfilm-Pianisten wurden, wie er prophezeit hatte, überflüssig, die Schattenexistenzen unterhalb der bewegten, aber stummen Leinwand gaben nun ihren Geist auf, es bedurfte ihrer niemand mehr.

Von einem späteren Zwischenspiel abgesehen, machte der Tonfilm Alf Bertini als Musiker ein für allemal den Garaus, unwiderruflich und schrecklich endgültig.

Sein erster Stempeltag fiel zusammen mit der Aufklärung der Söhne über ein Ereignis, das sich ohnehin nicht länger verheimlichen ließ – nämlich daß Lea im fünften Monat schwanger ging und Anfang Januar von einem dritten Kind entbunden werden sollte. Für die Söhne kam die Nachricht völlig überraschend, da Lea bisher ihren Zustand vor ihnen verborgen hatte; sie brachen in Jubel aus, beobachteten fortan argwöhnisch die Mutter, achteten darauf, daß sie nicht zu schnell lief, und wurden nicht müde, ihr mittags zuzurufen, doch nicht so heiß zu essen, damit der künftige Bruder unverbrannt bleibe. Denn daß der Magen der Sitz eines ungeborenen Kindes sei, stand für sie ebenso außer Zweifel wie daß es ein Junge, und kein Mädchen werden würde.

Ganz anders reagierte Doktor Aaron. Zunächst bekam er einen Tobsuchtsanfall, hämmerte in der Lindenallee gegen die Wohnungstür, statt zu klingeln, bedrohte den verdutzten und beleidigten Alf mit den Fäusten und weinte hemmungslos zu Leas Füßen. Er kannte sie von

Kind an, kannte vor allem ihr schwaches Herz, hatte seine Warnungen an Alf Bertini nach der Geburt des ersten Sohnes nicht vergessen und schleuderte sie ihm jetzt entgegen. Alf lachte unsicher, räusperte sich, wollte etwas sagen, schwieg jedoch und verließ das Zimmer mit komischer Würde. Auf dem Flur begegnete er Recha Lehmberg, die ihn als den Ruin ihrer Tochter verfluchte, mit hochroten Wangen durch die Zimmer lief und endlich in der Küche gegen ihren stillen Mann anrannte: »Was stehst du da? Was glotzt du? Was hast du getan, um das kommende Unheil abzuwenden?« Rudolph Lehmberg hob den Kopf, lächelte geniert und hilflos über die unsinnigen Fragen seiner Frau, sank wieder in sich zusammen und murmelte ungehörte Beschwichtigungen vor sich hin.

Drinnen hatte Doktor Aaron sich erhoben, war halb hinter die sitzende Lea getreten und hatte seinen Blick starr auf ihr dichtes schwarzes Haar gerichtet. Traumverloren schaute er auf sie herab, zuckte dann, als sei er bei etwas Verbotenem ertappt worden, zusammen und verließ fluchtartig die Wohnung – nun, nach seinem Abgang, kräftig und laut von Alf geschmäht. Er werde sich, so verkündete der erwerbslose Musiker, ganz auf die Kraft seines Gebetes im Sinne der rechten und einzigen Lehre verlassen, und wenn es nach ihm ginge, so würde überhaupt auf jede Geburtshilfe verzichtet werden.

Niemand hatte die Nachricht von Leas guter Hoffnung so bewegt aufgenommen wie Giacomo Bertini, der seit dreizehn Jahren bei einer Firma in der Hamburger City die Nadel durch fremder Leute Stoffe zog, ohne je ein privates Wort mit seinen Kollegen gewechselt zu haben. An einem Morgen dieses Herbstes jedoch überraschte er seine berufliche Umwelt in fürchterlicher Mischsprache mit der herrlichen Nachricht aus Barmbek, tanzte durch die Räume, fiel jedem, der in seine Nähe kam, um den Hals und lachte und weinte in einem. Seine Narbe an der Nase war ganz weiß geworden. Ohne den Feierabend abzuwarten, stürzte er in die Lindenallee, umarmte Lea, wollte Alf den Arm um die Schulter legen, ließ sich durch die empfindliche Abwehr des Sohnes jedoch nicht beeindrucken, sondern tanzte, lärmte, sang auch hier und erklärte schließlich in wirren Worten: dieser Enkel werde nun den Namen Alberto tragen! Dabei trat er ans Fenster und starrte entrückt in den Himmel.

»Alberto?« fragte Alf gepreßt, sehr leise, aus dem Hintergrund des Wohnzimmers, »Alberto?« Das zweite Mal klang es noch höhnischer. Und dann ein drittes Mal: »Alberto! Daß ich nicht lache...«

Da stürzte Giacomo mit einem Schrei zur Tür, riß sie auf, verschwand, wie von Furien gehetzt, im Treppenhaus.

»Um Gottes willen«, flüsterte Lea, »er wird sich etwas antun.« Sie trat ans Fenster, sah auf die Straße, wo Giacomo mit wehendem Mantel, die Hände gegen die Schläfen gepreßt, davonstürmte. »Wenn es ein Junge wird – warum können wir ihn nicht Alberto nennen?« fragte sie, »das wäre doch eine Erlösung für ihn.«

Alf, der bisher mit dem Gesicht zur Wand gestanden hatte, wie um zu zeigen, daß er in die entgegengesetzte Richtung starrte, fuhr herum: »Warum sollte ich ihn erlösen? Weil er mir eine so herrliche Jugend beschert hat? Weil er sich um meine musikalische Ausbildung so verdient gemacht hat?« Unheimlich war der harte Zug anzusehen, der sein Gesicht entstellte.

Weihnachten war das große Fest der Bertinis.

Es hatte über die Dauer des Jahres nicht seinesgleichen, ein Ereignis von solcher Eindringlichkeit existierte nicht. Im milden Schein der Kerzen widerspiegelte sich die ganze Assimilation des jüdischen Zweiges – Chanukka stand niemandem im Wege, am wenigsten Lea. War das christliche Fest im Hause der unorthodoxen Seelmanns wenn auch nicht ignoriert, so doch keineswegs offiziell gefeiert worden, so hatte Lea nach ihrer Heirat Weihnachten sofort der allgemeinen Tradition gemäß zum Mittelpunkt des Jahres gemacht und ohne jede Befangenheit nicht nur aus den drei Tagen, sondern mindestens aus zwei Wochen vorher und einer Woche nachher eine sichere und geweihte Familieninstitution errichtet, in deren Schoß sich die Söhne selig wiegten. Symbol der Assimilation aber, ihr ebenso unbewußter wie völlig unprovokatorischer Höhepunkt, bildete, Glanzstück und kulinarisches Zentrum, ein mächtiger, saftiger, ungeheuer verlockender Schweinebraten! Duftend, mit krosser, von Lea in kleine Würfel zerschnittener Schwarte, ein Gegenstand von fünfzehn Pfund und mehr, das Jahr über gehütet im Andenken der Sippe, von ihr bis in alle Einzelheiten wieder und wieder beschworen, bildete er bei trister Durchschnittskost das Objekt selbstquälerischer, speichelfördernder Gespräche, das zur Bestimmungszeit mit unglaublichem Appetit verspeist zu werden pflegte.

Gegen Weihnachten erschien die Welt Roman und Cesar Bertini gedämpfter als sonst. Jeder Lärm schrumpfte, alles war wie in Watte gepackt, auch ohne Schnee. Jetzt hatten sie das morgendliche Dunkel lieber, und die Lichter des Abends leuchteten in einer plötzlich veränderten Atmosphäre, die nach Tannen roch und ihre tiefen Geheimnisse barg: Weihnachten war die dichteste Stelle jenes Kokons, in den Lea die Söhne von Anfang an eingesponnen hatte!

Meist begann das große Fest mit einem Gang über den *Dom* auf dem Heiligengeistfeld, ein windzerzauster, wegen der winterlichen Witterung von dem kälteempfindlichen Roman ein wenig gefürchteter Nachmittag, an dem Lea einige Mark zusammenkratzte und den beiden einen bescheidenen Anteil am Vergnügen bot. Sie gingen zwischen den Buden hindurch, vorbei an den Karussells, an den Ständen mit den rotweißen Zuckerstangen, und sie spähten angestrengt nach weihnachtlichen Vorboten. Hatten sie dann einen Tannenzweig mit einer bunten Kugel entdeckt, einen Nadelbaum inmitten all der Gerüche und Geräusche, so wurden ihre Augen andächtig. Sie sahen zu Lea auf, ihrer Mutter, faßten nach ihrer Hand und drückten sie zärtlich.

Andacht und Erwartungen wurden von Lea zuhause noch geschürt. Je näher Heiligabend rückte, desto vielsagender wurde ihr Lächeln, desto geheimnisvoller ihre Andeutungen, bis sie das Eßzimmer, wo die Geschenke bewahrt wurden, abschloß und den Schlüssel versteckte. Geöffnet wurde es nur noch, wenn neue, ganz und gar undurchsichtige Pakete von Eltern und Großeltern herbeigeschleppt und dort verstaut wurden. Aber Lea irrte, wenn sie meinte, damit schon alle notwendigen Sicherungen vor der Neugierde der Söhne getroffen zu haben. Es wird sich nicht mehr feststellten lassen, wann zuerst, mit wieviel Jahren, Roman und Cesar Bertini gegen alle elterlichen Vorsichtsmaßnahmen in das heilige und verwahrte Zimmer eingedrungen waren, jedenfalls muß es sehr früh der Fall gewesen sein. Daß sie den an immer neuen Plätzen versteckten Schlüssel noch allemal fanden, läßt sich nur aus dem stummen, unnachgiebigen Fanatismus erklären, mit dem sich die beiden auf die Suche machten, ein gewiß für jeden Psychologen interessanter Fall. Sie waren förmlich besessen von dem Gedanken, in das Eßzimmer einzudringen, seine verbotene Luft einzuschnuppern, in der Finsternis nach den Geschenken zu tasten und sie zu ergründen, um sie sogleich wieder wie vorher zu verpacken. Ihre Dreistigkeit und ihr Selbstvertrauen gingen schließlich so weit, daß sie nicht mehr warteten, bis die Eltern die Wohnung verlassen hatten. Vielmehr öffneten sie noch während deren Anwesenheit lautlos die Eßzimmertür, ließen sie ebenso unhörbar ins Schloß schnappen und bewegten sich mit geradezu magnetisch gelenkten Fingern auf dem dunklen, verbotenen Terrain. Nun taten sie das keineswegs, um sich den Zauber des unvergleichlichen Festes selbst zu zerstören, sondern um ihn noch zu erhöhen! Mit Fug und Recht kann behauptet werden, daß die Spannung in dem Maße stieg, wie es ihnen mit dem wachsenden Dezember gelang, die verpackten Überraschungen zu entblättern, sie zu identifizieren und mit hoher Geschicklichkeit einzuwickeln wie zuvor. Ihr dumpfer und unwiderstehlicher Trieb, in das abgeschlossene Zimmer einzubrechen, gehörte für sie zum Festritual wie der Schweinebraten und der Tannenbaum, die köstlichste Erscheinung ihres Lebens überhaupt.

Die Zimmerhöhe in der Lindenallee betrug etwa drei Meter, und es mußte ein Baum herangeschafft werden, dessen Krone gerade noch die Decke berührte, ein großer, dichtnadeliger Baum, um den die Söhne Alf bestürmten und der meist noch einige Tage auf dem Boden der Bertinis unterm Dach aufbewahrt wurde. Geschmückt wurde die Tanne aber erst am Vierundzwanzigsten, von Lea, nach Alfs immer wieder scheiternden Versuchen, und von dieser Stunde an durften Roman und Cesar nicht mehr ins Wohnzimmer, in dem der Baum stand. Tatsächlich aber brachen die Söhne aus dem gleichen übermächtigen Zwang, der sie vorher in das verschlossene, dunkle Eßzimmer getrieben hatte, auch dort ein. In dem aufgeregten Hin und Her von Alf und Lea, Recha und Rudolph, warteten sie lange auf dem Flur hinter den Mänteln an der Garderobe, ehe sie einen ungefährdeten Augenblick wahrnahmen, blitzschnell die Wohnzimmertür öffneten, die Augen vor der strotzenden Pracht des geschmückten Weihnachtsbaumes mit seinen dicken roten und grünen Kugeln, den farbigen Zuckerkringeln, der schaukelnden Lametta, den gläsernen Vögelchen mit ihren Seidenschwänzchen und dem königlichen, goldenen Stern auf der Spitze schlossen und mit geblähten Nüstern seinen paradiesischen Duft einsogen. Ertappt wurden sie übrigens nie, weder bei den Einbrüchen ins Eßzimmer noch bei dem verbotenen Blick auf den Weihnachtsbaum vor Heiligabend.

Zwischen diesem Blick und der Bescherung komprimierte sich der Gemütszustand der Söhne bis in die unmittelbare Nähe der Hysterie. Sie hatten eine eigenartige Methode erdacht, ihrer Herr zu werden. Während Lea völlig gefangen war von der Zubereitung der Speisen, über volle, kochende Töpfe wachte und das saftige Prunkstück des Festes, den zarten, schmorenden Schweinebraten mit seinem eigenen Fett beträufelte; während Recha Lehmberg in hochroter Aufregung, das Gesicht wie in Schmerzen verzogen, ihrer Tochter zur Hand ging, nicht ohne den in der Ecke neben dem Schrank sitzenden Schlosser einmal der Trägheit, dann wieder der Schadenfreude über ihr mit Recht aufgeregtes

91

Innere zu bezichtigen; während Alf immer mit irgendwelchen nutzlosen, ihm von Lea aufgetragenen Verrichtungen beschäftigt war, die er unter den notorischen Sticheleien Recha Lehmbergs mehr oder weniger geglückt ausführte – während all dieses hektischen, hochexplosiven Trubels in einem einzigen Raum, nämlich der Küche, hatten die Brüder ebendort Platz bezogen, Roman vor dem Geschirrschrank und Cesar ihm gegenüber unterm Fenster auf den Hinterhof. Was sie taten, war wenig geeignet, die Atmosphäre zu beruhigen – denn sie bewarfen sich mit einem uralten, aus Papier fest zusammengeknüllten, bandumwikkelten Ball, in der Absicht, gegenseitig *Tore zu schießen*. Weder das großmütterliche Gezeter noch Leas nicht ganz ernst gemeintes Flehen, das Spiel doch wenigstens in das Schlafzimmer zu verlegen, fruchteten auch nur das geringste. Die Söhne reagierten nicht. Den Blick starr auf den Ball gerichtet, scheinbar ganz dem Spiel hingegeben, genossen sie mit tausend Augen und Ohren die veränderte Welt, achteten auf jede Bewegung der Erwachsenen, registrierten die Vervollkommnung der Speisen, vergingen in dem Licht, dem Dampf, dem Brodeln dieser Küche, dem Inbegriff aller weihnachtlichen Vorbereitungen, wohlversorgte Festung, warmes, verrücktes Vorzimmer zum Paradies!

Abgebrochen wurde das Spiel erst auf ein Klingelzeichen hin, mit dem Giacomo und Emma Bertini ihre Ankunft anmeldeten. In diesem Moment hatten Ball und Küche ihre Aufgabe erfüllt, ein neuer Abschnitt des großen Tages war angebrochen, sein Glück eine Stufe nähergerückt. Von den Enkeln zärtlich und bedeutsam geleitet, legten Alfs Eltern ab. Es konnte beginnen, es war fünf Uhr.

Roman und Cesar waren von Lea, aber auch von allen anderen Familienmitgliedern, aufgezogen worden im Glauben an den ebenso *gerechten* wie *strafenden* Weihnachtsmann. Die Gestalt im roten Mantel mit weißen Säumen, wild umwuchert von einem grauen Bart, lehrte die Brüder früh, daß es ein ungetrübtes Glück wohl nicht gab, denn sie fürchteten sich stets vor dem herbeigesehnten vermummten Mann. Sie hatten mit klarer Stimme zu antworten auf die Frage, ob sie das Jahr über artig gewesen seien oder nicht, und es hieß, daß vor allem Roman Bertinis auf dem Rücken verschränkte Finger dabei nicht mehr wußten, was sie taten. All die Furcht aber wäre für ihn unbelohnt geblieben, wenn aus dem Sack mit den Geschenken nicht alljährlich der Karton mit einer aufziehbaren Eisenbahn hervorgeholt worden wäre, ein mechanisches, mobiles Spielzeug, dem Romans äußerste Liebe galt. Meist lag es als letztes, bewußt zurückgehaltenes Geschenk auf dem Grund des Sackes, und die Sippe weidete sich an dem Wechsel von

Hoffnung und Enttäuschung auf Romans Gesicht, wenn das begehrte Paket immer noch nicht auftauchen wollte. Als scheinbar schon alles verteilt worden war, wurde es unter erstaunten Ausrufen wie »Was ist denn das? Was steckt denn da drin?« hervorgeklaubt und ihm endlich mit der Aufforderung: »Schau doch einmal nach, vielleicht ist es einem Nachbarskind zugedacht«, überreicht. All das, die Erwartungen, die Seligkeit und die Furcht trübten dem scharfäugigen Roman nicht den Blick für das seltsam maskenhafte Antlitz des Weihnachtsmannes, wenngleich dieser stets ein ganzes Stück von ihnen entfernt im unbeleuchteten Eßzimmer stand. Solange die Brüder aber keinen Argwohn hegten, fiel ihnen die regelmäßige Abwesenheit Rudolph Lehmbergs während der Bescherung nicht auf.

Am 24. Dezember 1929 erschien der Weihnachtsmann nicht mehr – der Großvater hatte, zum erstenmal, kurz vorher nicht plötzlich *noch etwas vergessen*. Er blieb. Denn unter den höhnischen Reden der Klassenge-fährten hatten die Söhne im Herbst ihren Kinderglauben fahren lassen. Sie hatten dann nach der Maske gesucht, sie endlich inmitten von Leas Stoffhaufen in der Besenkammer gefunden und die bemalte Pappe im Triumph vor die betroffenen Eltern getragen. Dabei hatten sie gelacht, daß ihnen die Tränen hervorgeschossen waren. Das Fest aber hatte, wie sich nun herausstellte, nichts von seinem Glanz, seinem Licht, seinem Zauber und seinen Aufregungen eingebüßt. Der Papierball war in der Küche hin und her geflitzt, des Festes Herzstück und gewichtigster Teil schmorte mit krosser Borke in der Röhre (wenngleich der Braten diesmal nur mit Rudolph Lehmbergs finanzieller Unterstützung erwor-ben werden konnte), und Giacomo zwirbelte zärtlich die Ohrläppchen seines zweitgeborenen Enkels. Manchmal stand Roman auf von seinem Schoß, verschwand ins Schlafzimmer, horchte durch das geöffnete Fenster in den Hof des Häuserblocks. Dort erklangen die weihnacht-lichen Lieder, oft durcheinander und ungeschult gesungen, aber den Lauschenden doch entzückend – das andächtige »Stille Nacht, heilige Nacht«, das berstende »O du fröhliche, o du selige« und das hurtige, ihn seltsam aufwühlende »Ihr Kinderlein, kommet, so kommet doch all«. Nach einer Weile ging er wieder nach vorn.

Die anfängliche Ruhe trog allerdings, wie jedes Jahr noch. Spätestens bei Tische hatte Recha Lehmberg die Bemerkung fallen lassen: »*Meine* Familie ist jedenfalls gesund, was nicht jede von sich behaupten kann!« – was Alf mit der Bemerkung quittierte: »Außer im Hirn«, während Giacomo, beunruhigt und ohne genaue Kenntnis des Gesagten, den Kopf hob und Recha scharf zu fixieren begann. Aber der Streit, den Lea jedesmal wieder mit beschwörenden Blicken auf Alf und ihre Mutter zu unterdrücken suchte, entzündete sich in diesem Jahr nicht daran.

Giacomo Bertini hatte schon den ganzen Abend breit lächelnd die hochschwangere Lea betrachtet. Sein flächiges Gesicht hatte dabei geglänzt. Gerade als Alf die Lichter des Tannenbaums anzünden wollte, sprang Giacomo auf und griff nach der Hand seines Sohnes. Als Alf eine heftige Bewegung machte, fiel der massige Mann auf die Knie, schaukelte mit dem Oberkörper hin und her, stöhnte, schluckte, verschluckte sich. Dann griff er wieder nach Alf, rutschte ihm nach, glitt dabei aus, kippte mit der Schulter gegen das Klavier und wimmerte hoffnungslos vor sich hin.

Alf Bertini war aus dem Zimmer gerannt. Emma hatte sich vom Sofa erhoben, wo sie neben Rudolph Lehmberg gesessen und artige Rede mit ihm geführt hatte, und sie tastete sich nun gegen den gekrümmten Giacomo vor. Lea stand mit verstörtem Gesicht vor dem Baum, an dem schon etliche Lichter brannten, und Recha schüttelte dem flüchtigen Schwiegersohn die geballte Faust nach.

Roman und Cesar, die auf dem Fußboden vor ihrem Spielzeug saßen, blinzelten scheu und verständnislos in die Szene, und das Licht des Baumes spiegelte sich in ihren aufgerissenen Augen wider.

Lea kam in der ersten Januarwoche des Jahres 1930 zum dritten Mal nieder. Zu diesem Ereignis fand sich im Laufe des Vormittags die ganze Sippe in der Lindenallee 113 ein. Ohne benachrichtigt worden zu sein, nur von einem Instinkt getrieben, erschien Giacomo Bertini mit seiner Frau gegen elf Uhr. Er hatte seinen einzigen guten Anzug an, ein altmodisches Überbleibsel aus seiner großen Zeit, und die Narbe an seiner Nase war schneeweiß. Er sagte kein Wort, setzte sich ins Eßzimmer und sah unentwegt seinen Sohn an.

Recha Lehmberg, seit dem frühen Morgen schon hier, hochrot, voll von altem und neuem Zorn auf Alf, empfing am Spätnachmittag ihren von der Arbeit heimkehrenden Mann, der nicht zu klingeln gewagt hatte, mit unverhüllter Hysterie: »Was willst du hier? Ist die Wohnung nicht schon voll genug? Aber natürlich mußt du auch noch dazukommen!« Der Schlosser lächelte hilflos, nickte, legte ab und setzte sich in die Küche.

Wenig später trat, selbst hochschwanger, die Adoptivtochter Grete ein, mit einem schrillen Jubelschrei, gerade als wäre ihre eigene schwere Stunde schon geschafft. Recha hob die Hand, schlug nach Leas Stiefschwester und machte Anstalten, sie wieder hinauszuwerfen, was die Schwangere, außer sich vor Lachen, mit schwerfälligen Bewegungen vereitelte.

Aber nicht nur die Sippe versammelte sich im Hochparterre der Lindenallee 113, auch Helene Neiter kam aus dem dritten Stock hinten hinabgestiegen. Es gehe, sagte sie, etwas durchs Haus, und so sei sie gekommen, zu helfen. Sie hatte leise an die Tür geklopft. Jetzt stand sie unter ihnen, ältlich, lang gekleidet, mit scharfer Nase und aufmerksam gespitzten Ohren.

Die Söhne erlebten den Tag im Eßzimmer. Giacomo hatte Roman aufs Knie genommen, zwirbelte mechanisch seine Ohrläppchen und starrte Alf an. Cesar drückte sich in eine Ecke, ernst, gedrungen, von der Stunde tief geschreckt.

Lea lag nebenan. Die Wehen hatten am Morgen eingesetzt, aber noch war kein Laut nach außen gedrungen. Dann und wann kam Doktor Aaron aus dem Wohnzimmer hervor, wortkarg, finster, von Groll gegen Alf erfüllt. Der lachte kurz auf, wenn der Arzt wieder verschwunden war, zuckte halb höhnisch, halb verlegen die Schultern, schmähte die Ärzte unterdrückt und betete auf und ab gehend, murmelnd, die Hände gefaltet. Schließlich kam, kurz vor sieben Uhr, Franziska Kanten mit ihrem evangelischen Mann Anton und den Söhnen Chaim und Siegfried. Sie blieben auf dem Flur stehen, denn in diesem Augenblick hörten alle Leas Schrei, einen einzigen, dünnen, maßlos gequälten Schrei, der Roman vom großväterlichen Schoß fegte und Cesar erbleichen ließ – die Mutter, die Mutter hatte geschrien! Weitere Gedanken konnten sie sich nicht machen, denn Doktor Aaron stürzte aus dem Wohnzimmer, die Arme bis zum Ellbogen blutig, winkte Recha hinein, schloß ab und rannte, Alf Bertini verächtlich und mit Absicht anrempelnd, in die Küche, wo sich die einzige Wasserstelle des Hauses befand.

»Ein Junge«, schrie Recha Lehmberg von drinnen, »ein Junge!« Giacomo Bertini stand feierlich auf und hob langsam, wie im Dank, beide Hände gegen die Decke. Einen Augenblick war es ganz ruhig. In diese Stille hinein sagte Alf, stoßend, als hätte er sich gegen den Widerstand der ganzen Welt durchzusetzen: »*Ludwig*!« Und noch einmal, voller Genugtuung den völlig unerwarteten deutschen Namen ausstoßend: »*Ludwig* wird er heißen!«

Lautlos, wie gefällt, stürzte Giacomo zu Boden. Er kroch noch einen halben Schritt auf seinen Sohn zu, dann streckte er sich. Emma Bertini erhob sich, schwankte, schnüffelte, blickte verständnislos um sich, machte dem Arzt Platz – Tod durch Gehirnschlag, stellte Doktor Aaron fest.

4

Wie Recha Lehmberg
zu einem Schrebergarten kam

Drei Wochen später, in genauer Frist neun Monate nach der Bekanntschaft mit dem Kutscher Paul Erber, gebar Recha Lehmbergs Adoptivtochter Grete einen weiblichen Säugling.

Sie hatte den schmalen, blassen, ewig lächelnden Menschen während eines Tanzvergnügens im *Schützenhof* kennengelernt. Seine angenehmen Gesichtszüge hatten es Grete sogleich angetan. Sie stellte sich in seine Blickrichtung, wippte mit dem Rock und schwenkte den Kutscher bald so kräftig übers Parkett, daß ihm der Schweiß ausbrach. Die Sanftheit seines Ausdrucks hatte sie merkwürdig berührt, stellte sich aber schon bei der ersten Gelegenheit als Täuschung heraus. Noch am selben Abend nämlich führte Paul Erber sie wegekundig in den Stadtpark, in ein urwaldartiges, verfilztes Gestrüpp hinter dem »Ententeich«. Dort kniete er plötzlich hinter ihr nieder, warf sie über sein gebeugtes Bein zu Boden und beraubte sie wortlos, mit raschen, geübten Bewegungen, der hinderlichen Kleidungsstücke. Die nachfolgende Behandlung muß beiden so behagt haben, daß sie schon wenige Wochen darauf miteinander den Bund fürs Leben schlossen und das gründeten, was die Bertinis später den *deutschen Zweig* der Sippe nennen sollten.

Das Ehepaar fand eine kleine Wohnung in der Lindenallee, oben an der nördlichen Ecke. Gretes Rundungen vervollkommneten sich so sichtbar, daß Recha Lehmberg scheel greinte: »Man sieht, was ihr beide treibt, und wie ihr's treibt, weiß Gott! Immer schamloser wird dein Anblick, und ich glaube gar, du findest noch Vergnügen dran«, sie warf die Hände gegen den Kopf, als würde die Schande über ein derart mißratenes Kind sie schon im nächsten Augenblick hinwegraffen. Die Adoptivtochter, jene Pose Rechas von klein auf gewöhnt, kreischte hell los und schlug sich auf die prallen Schenkel. Dann erstarrte sie in komischem Ernst und schüttelte in gespielter Entrüstung den Kopf:

»Ich weiß gar nicht, was du willst. Wovon sprichst du eigentlich? Ich bin eine anständige Frau!« Und da sie ihre Verstellung offenbar für gelungene Schauspielerei hielt, gellte ihr Gekreisch durch die ganze Wohnung. Wenn Roman und Cesar in der Nähe waren, griff sie nach ihnen, verfolgte sie, erdrückte sie fast in verzückter Umschlingung.

In jenem Sommer kam Recha Lehmbergs Umzugswut zum Stillstand. Sie bezog in der Lindenallee 110, den Bertinis direkt gegenüber, im Hochparterre eines dreistöckigen Hauses, eine Wohnung, die aus einem einzigen Zimmer und einer Küche bestand, neben Flur, Toilette und Besenkammer. Noch bevor die Möbel an ihrem Platz standen, entdeckte Recha Mängel, schwere Mängel – so das Fehlen eines Kellers, defekte Wasserhähne und feuchte Stellen unter den Fensterbänken, ohne jedoch wie üblich sofort neue Umzugspläne zu entwerfen. Vielmehr flatterte sie ein bißchen in der Wohnung umher, feuerte die trotzigen Möbelpacker zu schnellerer Leistung an, verdarb es sich mit ihnen so gründlich, daß die Männer erst nach Rudolph Lehmbergs verständnisvollem und abschwächendem Zuspruch den Rest hinaufschleppten, schloß dann die Tür ab und ächzte: »Hier bleiben wir!«

Recha Lehmberg war mittlerweile an die Sechzig. Aber es hieße ihre mörderische Vitalität verkennen, wollte man das Alter für ihre plötzliche Seßhaftigkeit verantwortlich machen. Tatsächlich war es der dumpfe Trieb, der Tochter nahe zu sein, sozusagen Haus an Haus mit ihr, nur noch durch die Breite der Lindenallee getrennt, so daß sie jederzeit unangemeldet und unerwartet drüben erscheinen und Alf Bertini, den *Schlemihl*, stellen konnte.

Vorerst bestand das einzige Resultat der näheren Nachbarschaft denn auch in vermehrtem Zank zwischen Schwiegermutter und Schwiegersohn. Gern rechnete Alf Bertini ihr vor, wie häufig sie seit ihrer Heirat mit Rudolph Lehmberg von einem Ende Barmbecks an das andere gezogen sei, kreuz und quer durch den riesigen, sich immer noch ausdehnenden Stadtteil. Und wirklich stellte sich bei der boshaften Aufzählung heraus, daß Recha öfter umgezogen war, als Alf Finger an beiden Händen hatte. Gewöhnlich gipfelte die Auseinandersetzung darin, daß Alf die Mutter seiner Frau der Hurerei in jungen Jahren bezichtigte, indes Recha ihm triumphierend die Geschlechtskrankheit seiner Eltern an den Kopf warf.

Aber der ständige Streit Rechas mit Alf Bertini und ihrem Mann bedeuteten ihr keinen Ersatz für die selbstgewählte Beendigung des jahrzehntelangen Nomadendaseins. Immer offener von der Zwangsvorstellung gequält, Lea vor Alf nur durch ihre dauernde Nähe beschützen zu können, suchte sie nach ihrem Einzug in die Lindenallee 110 panisch nach einem neuen Unruheherd. Noch ehe sie vierzehn Tage dort wohnte, verschwand sie eines Morgens und kehrte erst am Nachmittag zurück, erschöpft, aber mit der Nachricht, draußen in Steilshoop einen fünfhundert Quadratmeter großen Schrebergarten gepachtet zu haben!

Rudolph Lehmberg ergab sich sofort in sein Schicksal, baute die dürftige Laube auf dem Pachtland in ein wetterfestes, solides Holzhaus um, setzte daneben einen nicht weniger stabilen Geräteschuppen, zog Beete, pflanzte Sträucher und Obstbäume, schleppte Wasser herbei und verhielt sich ganz so, als wäre er in seinem Leben nie etwas anderes als Schrebergärtner gewesen.

Die Enkel standen der großmütterlichen Erwerbung allerdings skeptisch gegenüber. Woran sie sich später in allen Einzelheiten erinnerten, waren scharfe Märsche durch die sonnendurchglühten Straßen Barmbeks an der Seite von Eltern und Großeltern, immer nach Norden, immer weiter, endlose Strecken zu Fuß, bis die Stadt sich fransig lichtete und in grünes Vorfeld überging. Von diesem Rand war noch einmal die gleiche Entfernung bis zum Steilshooper Ziel zurückzulegen, neben der ächzenden, halbverdursteten Recha, dem fluchenden Alf, der geröteten Lea, die den Säugling trotz der Hitze eingemummt an die Brust gedrückt hielt, und dem stummen, taumelnden Schlosser. Endlich auf dem Grundstück angekommen, begann die Zubereitung des Mahles auf einem viel zu kleinen Spirituskocher, ständiger Quell für Leas Sorge, die Söhne könnten daran stoßen und in Flammen aufgehen. In Wahrheit hatten die beiden vor dem zischenden, ölig riechenden Apparat nicht weniger Respekt als die Mutter, die ihm mit dem winzigen Ludwig so weit wie möglich fern blieb, und hielten sich überhaupt nur ungern in der Laube auf. Trotz aller Ermahnungen schlugen sie sich, wie bei Hermine Platkowski, den Bauch mit unreifem Obst voll, ohne daß dadurch ihr Hunger gestillt worden wäre. Cesar und Roman jedenfalls argwöhnten bald, daß aus unbegreiflichen Gründen Kartoffeln hier draußen offenbar die doppelte Zeit wie in der Lindenallee benötigten, um gar zu werden – denn nie wurde das Essen fertig. So trieben sie sich im Garten herum, ziemlich unfähig, eine nützliche Arbeit zu verrichten, übrigens dazu auch von niemandem angehalten, und innerlich bereits düster mit den Strapazen des Heimwegs befaßt. Dann aber, wenn sich nach fast aufgegebener Hoffnung doch Sättigung einstellte, lebte ihre tiefe Sinnlichkeit auf. Zärtlich betasteten sie die Stämme U-förmiger Apfelbäume, wühlten sich in dichte Johannisbeersträucher, standen staunend vor der gewaltigen Brombeerhecke, die das Lehmbergsche Grundstück von dem des Nachbarn trennte, und besetzten die Schaukel, die der Großvater ihnen aufgestellt hatte. Dort saßen die Söhne auf dem glatten Holz, schauten hoch in weißes Wolkengebirge, lauschten dem Gesang der Vögel und dehnten und reckten sich.

Dann und wann suchten sie die »Kantine« auf, wo sämtlicher Bedarf für die Schreber auslag, ein Arsenal, neben dem ein Schild mit dem Spruch stand:

»Ich sage dir, hier laß das sein,
wer Dreck hinwirft, der ist ein...«

– es folgte das ziemlich verunglückte Konterfei eines Schweines. An dem Schild mußte die Schar bei Ankunft und Rückkehr unvermeidlich vorbei, und ob sie kamen oder gingen, Roman und Cesar hatten sich angewöhnt, den Spruch schon von weitem zu zitieren, wobei ihnen das Aussprechen des fehlenden, durch das Bild ersetzten Wortes besonderes Vergnügen bereitete.

Manchmal gestattete Lea ihnen, an den nahen Bramfelder See zu treten, dessen anderes Ufer von den schwarzen Schatten des riesigen Ohlsdorfer Friedhofes gesäumt war. Und die Söhne sahen über die Wasserfläche und plapperten nach, was Lea sie gelehrt hatte – nämlich daß es gefährlich sei, in einem See mit Schilf zu baden! So gelobten sie Lea und sich, das nie zu tun. Natürlich wußten sie genau, daß Lea sie auch dann nicht in den Bramfelder See gelassen hätte, wenn darin kein einziger Schilfhalm gewachsen wäre.

Auf dem endlosen Rückweg war es kühler, aber die Schar nach dem langen Tag in der freien Luft auch erschöpfter. Nur sehr langsam kam der Stadtrand näher, und wenn sie in der Dunkelheit die Lindenallee erreicht hatten, waren sie meist so ausgezehrt, daß sogar Alf und Recha ihren notorischen Kleinkrieg längst aufgegeben hatten.

Die Söhne also fanden keinen ungetrübten Gefallen an dem Stück Land da draußen und redeten mit Geringschätzung und Gleichgültigkeit von dem Garten. Er entsprach auch keineswegs den damaligen Berufswünschen Roman Bertinis, der Jockey werden wollte, weil er klein und leicht war wie eine Feder, so daß jeder sagte, er müsse später Jockey werden. Dagegen konnte Cesars Neigung, jeder körperlichen Unbequemlichkeit aus dem Wege zu gehen, schon damals als die eigentliche Ursache seiner Abneigung gegen die scharfen Märsche, die brütende Hitze und die lange Wartezeit auf jede Mahlzeit da draußen in Steilshoop gelten.

Nicht so Recha Lehmberg! Immer die erste, stapfte sie mit eingezogenem Kopf, einem verängstigten, aber dennoch zielstrebigen Huhn ähnlich, drei Schritte vor den anderen her, gab Tempo und Richtung an, ganz Zentrum der familiären Expedition, für alle Probleme unterwegs zuständig und völlig unbeirrbar. Häufig zog sie auch ohne jede Begleitung los, irgendein Gerät in der Hand, in der Tasche Samen oder Knollen, seltsam vertraut mit der Erde, ihrer Kraft und ihren Gewohnheiten, nomadisch, von innerer Unruhe in kreiselhafte Bewegung versetzt. Mit den Früchten ihrer Arbeit – Wurzeln, Kartoffeln und Salatköpfen, vor allem aber Rettichen – kehrte sie großartig in die Lindenallee zurück, beifallheischend, von den Spuren einstiger Schönheit immer noch nicht völlig verlassen und in Gedanken bereits tief beschäftigt mit den wütenden Redensarten, die wenig später auf Rudolph Lehmberg niederprasseln würden.

So hatte Recha in diesem Sommer ein neues Feld gefunden, das sie ackerte und düngte und begoß, nachdem sie beschlossen hatte, in der Lindenallee 110 bis ans Ende ihrer Tage seßhaft zu werden, nahe Lea, ihrer in der Kindheit und Jugend so lange vernachlässigten Tochter, Frau des *Schlemihls*, der im vorigen Herbst dann zu allem anderen Unglück auch noch arbeitslos geworden war.

Lea, als die Not so grau auf die Familie zugekommen war, hatte damals, obschon vorgerückt schwanger, nicht tatenlos auf bessere Tage gewartet. Ohne Säumen war sie in die Nachbarschaft gegangen und hatte verkündet, daß sie nähen, bügeln, Wäsche ausbessern und Monogramme in Taschentücher und Tischdecken sticken wolle – gegen ein geringes Entgelt. Sogleich waren ihr reichlich Aufträge zugegangen, denen sie neben Hausarbeit und Klavierunterricht so unentwegt nachkam, daß sie oft lange nach Mitternacht über irgendeinem albernen Monogramm todmüde einschlief. Aber der Zwang, mitzuverdienen, verschaffte Lea Bertini auch eine gewisse Befriedigung, suchte sie doch fortwährend das Wohlwollen ihrer Umwelt, deren Achtung und Respekt, und sei es um den Preis körperlicher Erschöpfung. Sie brauchte Anerkennung, Freundlichkeit, Zustimmung wie die Luft zum Atmen, sie war abhängig davon.

Schon lange vor der Geburt des dritten Sohnes hatte Lea Mann und Söhne zu völliger Unselbständigkeit erzogen – ihr »Laß nach, das kannst du nicht!« hatte sie von jeder Mithilfe im Haushalt verscheucht und ihnen sanft, aber unüberwindlich eingebleut, daß sie sogar zu einfachsten häuslichen Verrichtungen nicht fähig wären. Jetzt, als sie mit dem Nähen, Waschen und Sticken für andere Leute begonnen hatte, schlug ihr manchmal das Übermaß an Arbeit so heftig über dem eigenwilligen Kopf zusammen, daß sie eine kurze Minute mit dem Schicksal hadern konnte. Dann erheischte sie von Alf und den Söhnen jene Hilfsbereitschaft und Tüchtigkeit, die sie selbst vorsätzlich zugrunde gerichtet hatte. Aber ihre Verzweiflung währte nie lange. Sie verstummte rasch, sichtlich erschrocken, ihre Aufrufe könnten beim Wort genommen und ihre unbedachte Aufforderung tatsächlich befolgt werden. Mit verdoppeltem Eifer fügte sie sich wieder in die alte Ordnung, die sie errichtet hatte, und ließ an ihr nicht rütteln – beharrlich, konservativ, unbesiegbar. Mindestens seit jenem Herbst des Jahres 1929 mutete Lea Bertini sich zuviel zu, mindestens seit damals war die Wohnung in ständiger Unordnung, lagen überall hohe Stoff-, Kleider- und Flickenhaufen umher. Oft befand sich das Schlafzimmer nachmittags noch in einem Zustand, als wären sich darin berserkerhafte Kissenschlachten geliefert worden.

Namentlich Alf Bertini hatte sich längst auch der geringsten Handreichungen entwöhnt. Er brachte es nicht mehr fertig, den Teller, von dem er gegessen hatte, abzuräumen, das Bett, das er verlassen, nur zurückzuschlagen. Er betrachtete den von Lea geschaffenen Zustand als naturgegeben. Da sie so auch den Rest seines Ordnungssinns und seiner Selbständigkeit zerstört hatte, bestand ein wesentlicher Teil ihres Arbeitstages darin, aufzurichten, was Alf und die Söhne gedankenlos umstießen und liegenließen, und dieser Teil war gewachsen und gewachsen. Dazu kam, daß sie drei, und nicht mehr zwei Kinder hatte.

Nun erst, nachdem der Tonfilm Alf seines Berufes beraubt und ihn auf die Lindenallee 113 zurückgeworfen hatte, zeigte sich in ganzer Deutlichkeit, was die Wechselwirkung zwischen Leas Neigung, den Ihren alles abzunehmen, und deren Bereitschaft, darauf einzugehen, überhaupt angerichtet hatte.

Schon am frühen Morgen pflegte Alf Bertini feierlich an das Klavier zu treten, zeremoniell den Deckel zu heben und die Finger griffig über den Tasten schweben zu lassen, ehe er mächtig zuschlug. Er füllte seine langen, berufsleeren Tage mit dem aus, was er *Üben* nannte – so lernten Roman und Cesar Bertini das gesamte klassische Repertoire kennen, nahezu jede Melodie, jede Note, vor allem aber Frédéric Chopin. Namentlich von ihm konnte Alf einige Takte stundenlang und ohne hörbare Vervollkommnung wiederholen. Darin bestand, nach seiner eigenen Offenbarung, der eigentliche Sinn des *Übens*. Zuweilen unterbrach er seine ernsten Studien, entrückte sich in einen Konzertsaal und nahm das Gebaren eines gefeierten Solisten vor großem Hause an, ganz Chopinjünger, einziger Interpret, lächelnd vor Kongenialität. Kurz darauf aber hämmerten seine Finger wieder stereotyp auf ein halbes Dutzend Tasten ein, eine Tätigkeit, die er den ganzen Nachmittag geduldig ausübte, und zwar jeden Tag, über Wochen und Monate hin, den Sonntag eingeschlossen.

Abfällig sah und hörte Recha Lehmberg ihm zu. »Und was kommt dabei heraus, Caruso?« murmelte sie, unter Ächzen einen Feudel über den Fußboden schleifend oder mit Staubwischen beschäftigt, um Lea zu helfen, »was schon!« Wenn Alf sich verspielte, was häufig vorkam, machte sie »Ha!« und noch einmal »Ha!«, gerade, als würde ihre Einschätzung von Alfs künstlerischen Fähigkeiten durch ihn selbst bestätigt werden. Aber ihr Frohlocken über Alfs Fehlgriffe hinderten sie nicht daran, die Bertinis tatkräftig zu unterstützen, mit Geld, Lebensmitteln, Zeug und Schuhen, von eiserner Sparfähigkeit und schier unerschöpflicher Finanzkraft – denn Rudolph Lehmberg stand, ungeachtet der wirtschaftlichen Weltkrise, die seit einigen Monaten wütete, nach wie vor in Lohn und Brot – und zwar bei den *Hamburgischen Electricitätswerken*! Dort leitete der gelernte Schlosser seit Anfang der zwanziger Jahre *das Lager*, wie es hieß, ohne daß sich die Enkel jemals eine konkrete Vorstellung von der Arbeit des Großvaters machen konnten. Sie liebten Rudolph Lehmberg ganz einfach, begrüßten ihn ehrfurchtsvoll, wenn er am späten Nachmittag festen Schrittes, aber doch gemächlich zurückkehrte, eine vertraute, etwas gebeugte Gestalt, deren Anblick die Enkel wärmte. Ohne die Unterstützung durch die Lehmbergs hätte damals wahrscheinlich in Leas Familie Hunger geherrscht, denn mit Alfs geringem Stempelgeld war kein Staat zu machen. Dabei half Recha, die allein die Verteilung bestimmte, nicht nur den Bertinis, sondern auch den Erbers.

Roman erinnerte sich später gut der bedeutenden Empfindungen, wenn Paul Erber, Kutscher bei der lokalen Großwäscherei, seinen hellen Wagen mit den beiden Pferden davor sicher durch die Lindenallee lenkte und ihm dabei vom hohen Bock mit der Peitsche zuwinkte. Aber sein stolzes Gebaren konnte nicht darüber hinwegtäuschen, daß das Kutschergehalt gering war, zu gering jedenfalls für die Anschaffungen, auf die sich das junge Ehepaar für ihre Wohnung am nördlichen Ende der Lindenallee eingelassen hatte. So kam es, daß Grete Erber sich bald nach der Hochzeit regelmäßig bei Recha einfand, um mit ihrer Hilfe der pekuniären Nöte Herr zu werden, die sie peinigten. Weniger pünktlich allerdings erwies sich Leas Stiefschwester bei der Rückzahlung, auf die Recha Lehmberg durchaus angewiesen war, wenn sie den Bertinis unter die Arme greifen wollte.

»Unehrliches Geschöpf!« empfing sie die Frau des Kutschers ohne Vorwarnung, sobald sie ihrer ansichtig wurde, und zwar mit gutem Recht, denn Grete Erber schuldete ihr ständig Geld. »Hattest du mir nicht versprochen, heute zurückzuzahlen? Aber wann, o ich Schaf, wann hättest du je deine Versprechen auch eingehalten! Ich kann mich daran nicht erinnern, ich kann es beim besten Willen nicht«, und wie in tiefer Klage beugte sie den Oberkörper vor und schaukelte so hin und her.

»Aber Mama, was redest du denn da?« kreischte Grete Erber voll des innigsten Vergnügens, »hast du dein Geld bisher nicht immer noch zurückgekriegt? Schulde ich dir, zum Beispiel, gegenwärtig auch nur einen einzigen Pfennig?«

Obwohl Grete Erber entschieden und bewußt die Unwahrheit sprach – sie schuldete Recha immer Geld –, war diese außerstande, es nachzuweisen. Denn sie führte weder Buch noch ließ sie sich je Quittungen geben. Gerade die Kenntnis von Rechas buchhalterischer Unfähigkeit aber machte Grete Erber stark: »Aber Mama!« konnte sie schrill ausrufen, »*diese* fünf Mark, von denen du da sprichst, hast du, der Himmel stehe mir bei, doch schon längst zurückbekommen, ich könnte es schwören beim Leibe meines werdenden Kindes. Was du bekommst, wirklich bekommst, das sind die *zwei* Mark von voriger Woche. Aber damit mußt du dich noch ein paar Tage gedulden, bis Paul am Freitag mit Moneten antanzt«, und sie lachte lauthals auf, als habe sie Recha die glücklichste Nachricht gebracht.

»Ein paar Tage!« Recha hob die Hände empor und verdrehte die Augen, »Tage? Jahre meinst du wohl, ach was – Jahrzehnte! Aber warte, Gute, nie wieder erhältst du auch nur einen Groschen von mir, nie wieder. Sieh zu, wie du auskommst, es ist vorbei, es ist aus, es ist überstanden, und zwar endgültig.« Sie sank in sich zusammen und flüsterte in der Art eines Gebets dumpf, aber doch so, daß die Adoptivtochter es verstehen konnte, vor sich hin: »Was, was nur habe ich da großgezogen? Was habe ich nur genährt an meiner Brust?« Und während sie mit ausgestrecktem Finger auf Grete Erber wies, die an dem Bild von Rechas Mutterbusen vor Lachen schier zu ersticken drohte, suchte die andere Hand schon nach dem Portemonnaie.

Als die Vierundzwanzigjährige drei Wochen nach Lea niederkam, und

Recha die Nachricht von der Geburt eines gesunden Mädchens mit normalem Gewicht durch den atemlosen, aber auch in dieser Situation noch lächelnden Kutscher hinterbracht bekam, wurde Rudolph Lehmbergs Frau plötzlich von einem Weinkrampf geschüttelt, während dessen Dauer sie an der Schulter ihres Mannes lehnte. Als sie sich beruhigt hatte und beschämt und erstaunt ihre Schwäche erkannte, stieß sie ihn barsch von sich. Dann prophezeite sie dem Kutscher, dieses Kind werde nur das erste von insgesamt vierzehn sein, die das saubere Paar da oben an der Ecke Lindenallee noch zeugen und werfen werde; empörte sich über den Namen Dagmar, den das Neugeborene nach dem Willen der Eltern erhalten sollte, verriet, daß ein Mädchen überhaupt nur zu Tränen und Kummer auf die Welt gelange, und verfluchte schließlich mit starker Stimme ihr eigenes Geschlecht: weil es sich der verderbten Rasse der Männer nicht bis zum endgültigen Aussterben der Menschheit versage. Dann forderte sie ihren Mantel, scheuchte Paul Erber zur Tür hinaus, folgte ihm auf dem Fuße, kaufte Obst ein und Gebäck, und brachte es der Genesenden ins Barmbeker Krankenhaus – denn im Gegensatz zu Lea entband Grete Erber nicht zu Hause.

Und so ging denn Giacomo Bertinis Tod im Chaos der gewohnten Streitereien zwischen Alf und Recha, des beschwerlich zu erreichenden Schrebergartens in Steilshoop und des unglaublichen Wunders zweier Geburten buchstäblich unter, ein eigentlich niemanden sonderlich beeindruckendes Ereignis, das bereits der Vergangenheit angehörte, noch ehe der Leichnam eingeäschert worden war. Emma Bertini machte die notwendigen Wege in Begleitung ihres stummen, tränenlosen Sohnes. Nahte jemand, der mit der Bestattung amtlich zu tun hatte, besann sie sich ihrer Trauerpflicht als Witwe, bedeckte die Augen mit dem Taschentuch und sagte, wenn die Luft wieder rein war, ohne jeden Ausdruck in ihrer Stimme zu dem nunmehr fünfunddreißigjährigen Alf: »Das war kein Leben an seiner Seite, Kind, das war kein Leben.«

5

Erste Bekanntschaft mit Mickey

An einem trüben Vormittag fiel ein zerlumpter, gröhlender Schwarm in die Lindenallee 113 ein, zahllos, Vater, Mutter und Kinder, diese im Alter von drei bis achtzehn Jahren, und nisteten in der Wohnung über den Bertinis – das Haus war wie gelähmt.

Familie Scholz, so hießen die Neuankömmlinge, hatten die Möbelpakker gespart, sämtliche Mitglieder faßten selber an, schleppten unter Jauchzen und Gelächter baufällige Stühle, morsche Schränke und verbeulte Wannen die zwei Treppen hoch. Aber so genau die Alteingesessenen, hinter Gardinen versteckt, auch hinblickten – es wurden nur sechs Betten hinaufbefördert. Abgezählt wurden jedoch: ein Mädchen von sieben Jahren und sechs Jungen, dazu die Eltern, der Mann klein, verwachsen, mit einem gewaltigen Buckel, scharfer Nase und gelber Gesichtsfarbe (was ihm sofort die Bezeichnung *Hunne* einbrachte), seine Ehefrau ebenfalls klein, verdorrt, ganz in verschlamptes Schwarz gekleidet und das Becken wie auseinandergestemmt – im ganzen also neun Personen. Es blieb kein anderer Schluß, als daß die Scholz' entweder zu mehreren in einem Bett oder aber etliche von ihnen auf der Erde schliefen. Das Geheimnis lüftete sich rasch. Der Kampf um die Betten wogte bis lange nach Mitternacht, unter dem Krachen rostiger Federn, dem müden Geschrei der jüngeren und schwächeren Angehörigen und dem Entscheidungskampf zwischen den Älteren – das alles kommentiert von dem Brummen und Schnarchen des offenbar teilnahmslosen Vaters und einigen kleinen, hoffnungslosen Ordnungsrufen der Mutter.

Ähnlich wie mit den Betten mußte es bei den Scholz' auch mit der Garderobe bestellt gewesen sein. Denn die Nachbarn erblickten den Zweitältesten bald in jenem hellen Anzug auf der Straße, den einen Tag zuvor noch der Älteste getragen hatte, und zwar als dieser, in sein bestes Stück geworfen, sich abends unter der Anteilnahme aller übrigen gewichtig auf den Weg zum Tanzen gemacht hatte. Natürlich hätte es sein können, daß die beiden je einen Anzug von gleichem Stoff und Schnitt besaßen, aber alle Zweifel darüber wurden den Bewohnern des Hauses morgens gegen vier Uhr genommen, als der wutentbrannte Älteste über seinen betrunken zurückkehrenden Bruder herfiel und ihn mit dem gellenden Schrei »Du verfluchter Dieb!« so zusammenschlug, daß der Mißhandelte eine volle Woche nicht gesehen ward.

Nun war den Scholz' ohnehin der Ruf von professionellen Dieben vorausgegangen, so daß es der Bestätigung nicht erst bedurft hätte. Genau besehen, befand sich mindestens stets einer der Jungen, vom *Hunnen* abgerichtet, unterwegs auf der Suche nach allem in der Umgebung, was nicht niet- und nagelfest war. Dabei wies das Diebsgut die unterschiedlichsten Formen auf. Es konnte sich um einen Ring handeln, der plötzlich am falschen Finger des stolzen Stehlers funkelte; um Schuhe, die möglicherweise zu groß oder zu klein, dem neuen Besitzer jedoch eben teuer waren; oder um ein Spielzeug, mit dem der Jüngste, *Stummel* genannt, am Kantstein hockte. Bei aller Routine aber wurden die Scholz' dennoch zuweilen in flagranti ertappt. Für diesen Fall wußten sie, ohne die Beute fahren zu lassen, ihre Beine zu gebrauchen, phantastisch flinke Werkzeuge der Fortbewegung, die ihnen meist rasch den nötigen Vorsprung sicherten. Und nun erst begriffen die Nachbarn, warum der Bucklige, unermüdlicher Erzeuger dieser reizenden Schar, einen beträchtlichen Teil des Tages wie von ungefähr hinter dem Lindenstamm vor dem Hause 113 verbrachte. Der Sinn seines hartnäckig und scheinbar stumpfsinnig behaupteten Standorts wurde ihnen spätestens klar, als der Älteste eines Tages in wildem Galopp, einen leeren Kinderwagen vor sich herstoßend und von einem Mann, der heftig gestikulierte, verfolgt, die Lindenallee hinuntertobte. Dabei gab er durchdringende Pfiffe von sich, für den Fall, daß der *Hunne* sich zufällig in der Wohnung befände. Der Alarm erübrigte sich jedoch, denn der Vater war ganz auf seinem Posten. Er ließ den Ältesten samt dem Kinderwagen vorbei ins Haus fegen und stürzte sich mit einem Wutschrei auf den Verfolger, den bei diesem unerwarteten Anblick und Angriff so grauste, daß er sofort kehrtmachte und die Flucht ergriff. Besonders hoch ging es her, wenn die Älteren Mädchen mitbrachten, natürlich im Einverständnis mit dem Buckligen und seiner schwarzgekleideten Gebärmaschine. Gleichgültig, zu welcher Tageszeit die weiblichen Wesen auch immer angeschleppt wurden, die Verwicklungen folgten auf dem Fuße und in einer Lautstärke, die selbst schwerhörigen Nachbarn mühelos Kenntnis der intimsten Vorgänge verschafft hätte. Anfangs ging es immer um die Erfüllung des begreiflichen Wunsches, sich von den anderen abzuschließen, was in der drangvollen Enge der übervölkerten Wohnung nicht leicht war. Im Kampf um einen abgeschirmten Raum wurde das Mobiliar wild gerückt, wurden Türen geschlagen und verbarrikadiert, ja selbst die Flucht auf die Toilette nicht unversucht gelassen. Das alles vollzog sich unter dem ständigen Gekreisch der Partnerin, dem kehligen Geheul des liebessüchtigen Sohnes und dem Jubel der Jüngeren, die zwar nicht genau wußten, worum es ging, aber immerhin doch begriffen hatten, daß der Bruder mit allen Mitteln die Zweisamkeit suchte. Hatte ein Paar sie dann endlich gefunden, war es ihm wirklich gelungen, alle anderen aus dem Raume zu vertreiben und ihn entweder abzuschließen oder doch fürs erste sicher von drinnen zu verrammeln, so versammelten sich die übrigen Familienmitglieder vor der Tür und begleiteten durch stoßhaftes Atmen haargenau den Rhythmus des quietschenden Bettgestells, eingeschlossen der dreijährige *Stummel* und die siebenjährige Tochter, einziges Mädchen der Familie.

Jeder Tumult aber wurde übertroffen, wenn es dem Ältesten durch gefühlvolle Worte und eine ihm sonst durchaus fehlende Artikulation, ferner durch geschmeidige und verlockende Andeutungen auf angenehme Eltern und ein komfortables Appartement wieder einmal gelungen war, ein ahnungsloses Mädchen bis vor die Wohnungstür zu locken. Obgleich der infernalische Geruch und die unüberbietbare Verkommenheit der Flureinrichtung es sogleich warnten, half ihm nun kein Widerstand mehr. So weit über, unter und neben der Scholz'schen Behausung zu vernehmen war, wurde das schreiende Mädchen in jenes Zimmer geschleppt, das auf den Hinterhof wies und in dem vier von den sechs Betten standen. Dort wurde es krachend und unter dem Jubel der übrigen auf die dreckstarrende Matratze geworfen, ehe der Älteste seine Angehörigen mit fürchterlichen Gesten aus dem Zimmer scheuchte und sich an die Vollendung seines schlau und ausdauernd eingefädelten Werkes machte. Dabei stieß er offenbar jedesmal auf starken Widerstand, anders jedenfalls konnten sich die Nachbarn das Betteln, Kreischen und Weinen des Mädchens nicht erklären, ehe dann der wohlbekannte Rhythmus der Bettstelle durch das ganze Haus quietschte.

Schlimmer noch als solche Szenen entpuppten sich für die Lindenallee jene Tage, an denen die Scholz' Kohl kochten. Das begann früh morgens mit dem Ausverkauf des gesamten Vorrats im nahen Grünwarenladen und setzte sich im Laufe des Vormittags als eine fette, warme

Wolke fort, die, nachdem die Räume der Scholz' so eingenebelt waren, daß darin kein Leben mehr vermutet werden konnte, zunächst aus Türen und Fenstern drang. Dann breitete sie sich im Treppenhaus nach oben, unten und allen Seiten aus, trotzte allen Dichtungsvorkehrungen der entsetzten Nachbarn, entquoll schließlich der gesamten Front des Hauses 113 und bedeckte Gehsteig und Fahrbahn der Lindenallee so penetrant, daß Autofahrer plötzlich rasend auf den Gashebel traten und Passanten in einen gehetzten Trott verfielen.

Manchmal erschien die Polizei bei den Scholz', wenn auch ohne jedes sichtbare Resultat. Vielmehr verließen die Beamten die Wohnung meist mit dem Ausdruck der Bestürzung, offenbar nur von dem einen Gedanken beseelt, dem Inferno an die frische Luft zu entkommen.

Diese Leute also bezogen die Wohnung über den Bertinis, ohne daß Alf es je für nötig befunden hätte, auch nur einen von ihnen zu grüßen. Das aber konnte Roman Bertini nicht daran hindern, einen Gleichaltrigen aus der Sprößlingsskala mit dem Spitznamen Heinzelmann bewundernd zu betrachten und tief im Innersten zu beschließen, seine Freundschaft zu gewinnen.

Inzwischen besuchten Cesar und Roman, morgens von Recha Lehmberg hingebracht und mittags von ihr abgeholt, im dritten Jahr die Volksschule in der Bramfelder Straße. Zu den täglichen Demütigungen ihrer langen Locken wegen war längst eine andere, noch bitterer empfundene hinzugekommen. Selbst in dieser Barmbeker Schule, unter den Kindern armer Leute, wurden Cesar und Roman, Sprößlinge des Unterstützungsempfängers Alf Bertini, den Allerärmsten zugeschlagen. Für ihre Gruppe, insgesamt etwa sechzig Schüler von vierhundert, wurde mittags in einem gesonderten Raum eine kostenlose Mahlzeit ausgegeben.

Die Söhne hatten die Einrichtung lange vor den Eltern verborgen gehalten, und es waren auch nicht Alf oder Lea, die sie in die neue Demütigung trieben, sondern ihr Klassenlehrer Blaß, der einen Narren an den Brüdern gefressen hatte. Eines Tages, als er entdeckte, daß sie ihm ihren stempelnden Vater unterschlagen hatten, verwarnte er sie in gespielter Entrüstung, griff in der Pause nach ihren Händen und führte sie durch ein gaffendes und höhnendes Spalier der Armen-Atzung zu. In dem gesonderten Raum winkte er das Kauen und Schlürfen herrisch nieder, wartete, bis auch das letzte Schlucken erstorben war, und legte das Wohl von Cesar und Roman Bertini öffentlich in die Hand der Aufsicht.

Da standen die beiden nun, angestarrt, vom Fuße bis zum Scheitel in eine Welle hochroter, porenstechender Scham gehüllt, tränenden Auges und ganz erfüllt von der Sehnsucht, auf der Stelle zu sterben. Aber so gnädig ging es nicht zu. Vielmehr hatten sie nach dem Geschirr zu greifen und ihre Suppe zu löffeln, worauf die allgemeine Aufmerksamkeit, wenn auch widerwillig, von ihnen abließ und das große Schlürfen und Schmatzen langsam zurückkehrten. In sich zusammengekrochen, den Blick starr auf den Fußboden gerichtet, hockten die Brüder nun in dem gesonderten Raum, Tag für Tag, würgend, unglücklich und voller Abscheu vor dem Geschirr und den Bestecken, die heute von diesem, morgen von jenem benutzt wurden. Wenn es »Saure Suppe« gab, erbrachen sie sich anschließend sofort auf der Toilette – es hatte ihnen nichts genützt, daß sie der Aufsicht vorher ihren Widerwillen gemeldet hatten, sie mußten essen.

Manchmal versuchten sie verzweifelt, zu entkommen, mischten sich rasch unter die Schüler auf dem Hof und drückten sich an die Wand der backsteinernen Turnhalle. Aber nie entging ihre Unbotmäßigkeit dem wachsamen Auge des Klassenlehrers Blaß. Mit großen Schritten betrat er den Schulhof, ruderte durch die treibenden Scharen bis zu den Brüdern, packte sie mit väterlichen Gesten und führte sie unter allgemeinem Gelächter der schrecklichen Speisung zu. Blaß blieb dann an der Tür stehen, die Arme verschränkt, sehr angestrengt von dem Versuch, ein erzürntes Gesicht aufzusetzen, indes doch das Wohlwollen für die beiden Bertinis ihm aus allen Poren drang.

Das war um so verwunderlicher, als der Lehrer sonst keineswegs ein Ausbund an Güte war, sondern als ein ziemlich unberechenbarer, ja grausamer Sonderling galt. Er selbst tat übrigens alles, um diesen Ruf noch zu fördern. So ließ er eines Tages mitten im Klassenzimmer ein Terrarium auf den Tisch stellen, forderte die Schüler auf, sich rundherum zu versammeln, starrte unbeweglich auf die Moose, Farne und Gräser, und stieß endlich einen Triumphschrei aus, als der züngelnde Kopf einer außergewöhnlichen Ringelnatter aus dem Grünen gegen die Scheibe schnellte. Darauf faßte Blaß in die Tasche, hob einen lebenden Frosch an einem Bein empor, öffnete die gläserne Bedachung des Terrariums und ließ das Tier hineinfallen. Als der Frosch die Schlange erblickte, versuchte er, in entsetzten Sprüngen zu fliehen und ihr auszuweichen, was ihm auch etwa eine Stunde gelang. Dann hatte die Natter plötzlich seinen Kopf in dem weitaufgerissenen Rachen. In diesem Moment sagte Blaß mit todtrauriger, hoffnungsloser Stimme zu seinen Schülern: »Genau so machen es die Menschen miteinander, schaut nur ordentlich hin, damit ihr vorbereitet seid.« Roman vergaß den hüpfenden, fliehenden, angstgestreckten Frosch nie.

Aber Blaß war nicht nur grausam, er war auch von fürchterlichem Zorn, als dessen Werkzeug er seinen Geigenbogen mißbrauchte. Er pflegte den Schülern auf einer Violine vorzufiedeln, während der Unwille ganzer Wochen längst seine Objekte aussortiert hatte. Zunächst strich er friedlich über die Saiten, näherte sich dabei aber Zentimeter um Zentimeter seinem Opfer. Plötzlich, sobald er in Schlagweite war, sauste der Bogen tanzend und federnd auf den Kopf des Schülers herab, bis Blaß wieder musizierte, als sei nichts geschehen.

Nie jedoch rührte er Roman oder Cesar Bertini an. Er betrachtete sie zärtlich, strich über ihre Locken und führte sie in der Pause beschützerisch und ohne jedes Empfinden für ihre sterbensbereite Scham der Armen-Atzung zu. Dann, eines Tages, ließ er Lea zu sich kommen, blieb im Besuchszimmer lange vor ihr stehen, legte endlich den Arm um ihre Schulter. So zog er sie ans Fenster und zeigte auf den wogenden Schulhof hinunter.

Dort hatten sich drei Gruppen von Schülern fanatisch ineinander verbissen. Die eine trug als Erkennungszeichen ein Hakenkreuz, die andere drei Pfeile, eine dritte Hammer und Sichel. Da die Angehörigen jeder Gruppe auf die Mitglieder der beiden anderen Gruppen eindroschen, bildete der Hof ein wüstes Chaos von wirbelnden Armen, stürzenden Leibern, mit letzter Kraft hochgereckten Emblemen und verzerrten Gesichtern.

Diese Nachahmung der politischen Welt da draußen hatte Anfang 1932 wie der Blitz in die Klassen geschlagen, ohne daß die Lehrerschaft der Kämpfe Herr werden konnte oder wollte. Sie hatte es schließlich aufgegeben. Nur noch bemüht, schlimmere Verletzungen zu verhüten, führte sie am Rande des Geschehens duldend die Aufsicht.

Die Stärke der drei sich befehdenden Gruppen wechselte ständig, aber als Lea Bertini jetzt aus dem Fenster sah, war die Schar mit dem Hakenkreuz auf der ganzen Breite des Schulhofes stürmisch im Vormarsch, puffend, tretend, ihr Balkenkreuz wie ein Heiligtum vorantragend.

Was Lea in dem Tumult auf dem Schulhof nicht sehen konnte, war, daß ihre beiden Söhne sich mitten unter den Kämpfenden tummelten. Die ständige, nun schon jahrelange Berührung mit der rauhen und übermächtigen Umwelt hatte ihre Wirkung auf sie nicht verfehlt. Ohne die Furcht abgelegt zu haben, waren sie dabei, sich anzupassen, lieber noch bedrängt, geschlagen und verletzt, als eben dieser Furcht geziehen zu werden. So stürzten sie sich, dem Beispiel der dreifach gespaltenen Mitschülerschaft folgend, mit geschlossenen Augen in das Getümmel. Für niemanden entschieden, ohne Kenntnis, was die einzelnen Embleme wirklich bedeuteten, ergriffen sie stets die Partei der gerade Unterliegenden und boxten gegen alle, die ihnen in die Quere kamen. Sie hielten einfach die Arme ausgestreckt, wälzten sich behende, um Schlägen und Tritten zu entgehen, und warteten darauf, daß die Glocke die Pause abläutete.

»Rebecca«, sagte Blaß zu Lea, den Arm immer noch um ihre Schulter gelegt, und er strich ihr über das dichte schwarze Haar »um deines und deiner Kinder Heil willen – flieht! Verlaßt Deutschland, Rebecca, ehe es zu spät ist!«

Die unfreiwillige Emanzipation von Leas Erziehung setzte sich in der Lindenallee auf andere Weise fort. Es war den Söhnen nun immerhin gestattet, am Tage unbeaufsichtigt und ohne ausdrückliche räumliche Beschränkung die Straße zu betreten. Nach Verrichtung der Schularbeiten eilten sie stets sofort in die *Sandkiste*, unter die verwegenen und wetterfesten Gesellen aus der ganzen Umgebung, eine Schar von gewaltiger Lebenslust, springend, schaufelnd, schaukelnd. Nach wie vor benutzte keiner von ihnen je das Tor, um die *Sandkiste* zu betreten, sondern sie überkletterten die Mauer gegenüber dem Eingang und spotteten der kurzen stählernen Zacken, die gerade verhindern sollten, was sie taten.

Auch Cesar und Roman hatten sich angewöhnt, die Mauer an dieser Stelle zu überwinden und den für ihre Körpergröße ziemlich tiefen Sprung zu wagen. Dann wühlten sie mit den anderen im Sand, deckten den trockenen, den *Zuckersand*, ab, stießen auf die dunkle Schicht, den sogenannten *nassen Sand*, und gruben bis auf das Betonfundament hinab.

Damals hatte sich ein seltsames Spiel eingebürgert. In eine Grube aus nassem Sand wurde mit dem Finger eine schräge Bahn nach unten gezogen, zu ihren Seiten kleine Steine eingedrückt und aus der hohlen Hand unentwegt Zuckersand hinabgeschickt – was *Wasserfall und Hotel* genannt wurde. Der rieselnde Sand war der Fall, die Steinchen am Rande die Hotels, denen die sich langsam ausweitende Bahn immer näher kam, bis die Steinchen unter dem frenetischen Geheul der Umstehenden in die Tiefe gerissen wurden. Diesen Untergang begleitete stets eine kommentierende Schilderung. Dort aber, wo Roman

111

Bertini war, ballte es sich am dichtesten. Denn der zweite Sohn von Lea und Alf Bertini entpuppte sich als ein unermüdlicher und phantasiebegabter Erzähler. Während der Zuckersand unentwegt rieselte, berichtete er mit sprudelnder, heller Stimme, wie die Gäste des Hotels nachts das Rauschen des mächtig angeschwollenen Wasserfalls vernahmen, schlaftrunken hochtorkelten, an die Fenster sprangen und aufschreiend nach ihren sieben Sachen faßten, um der drohenden Katastrophe zu entkommen.

Ringsum staunende Gesichter, offenstehende Münder, greifbares Schweigen, wenn Roman Bertini dann, mit den Knien im Sand, den Oberkörper weit vorgebeugt, das erhitzte Gesicht fast in der Grube, von den unerwarteten Hindernissen berichtete, die den Geängstigten die Flucht erschwerten: von bereits weggerissenen Treppen, fehlenden Zimmerschlüsseln, einem unerklärlichen Feuer im Hotelfoyer. Schließlich lagen diejenigen, die Roman am nächsten waren, der Länge nach auf dem Bauch, halb auf ihnen eine zweite Schicht atemlos Lauschender, dahinter, kniend, ein drittes Glied, während die Größten standen, vorgebeugt und fast Kopf an Kopf mit den Knienden.

Wenn der weiße Rieselstrom mit seinem Rand eines der Steinchen berührte, begann ein wildes Wettrennen zwischen Romans Schilderungen und den Anstrengungen seiner schmutzigen hohlen Hand, die nach immer neuem Sand griff. Da gab es Sprünge aus dem Fenster, die unerwartete Entdeckung einer gewaltigen Menge sinnloser Schwimmwesten, Flucht auf die Dächer und verzweifelte Versuche, Flöße zu zimmern, was fehlender Hämmer und Nägel wegen meist mißlang. Gipfel dieses hektischen und hellen Kommentars aber war immer die Schilderung von der glücklichen Errettung des Hotelhundes, eines in der Hitze des Erzählens seine Rasse mehrfach wechselnden Tieres, das für die schwerfälligeren Zweibeiner sein bellendes Leben zu geben bereit war.

An dieser Stelle zeigten die Augen der meisten Zuhörer einen verräterischen Glanz, während Roman Bertini einem furiosen Finale zustrebte – Mauern barsten und Töpfe, Pfannen, Stühle, Betten und Lampen tanzten den alles verschlingenden Fall hinunter.

Wenn Roman sich endlich erschöpft aus seiner gebeugten Lage aufrichtete, begeistert von seiner eigenen Phantasie, die Kehle trocken und die kleinen Fäuste so fest zusammengepreßt, daß die Nägel in die Handfläche drangen, pflegte mitten unter den verwegenen, tiefatmenden Burschen dieses Barmbeker Viertels Heinzelmann Scholz aus voller Brust zu sagen: »Mensch, Roman Bertini, Dichter mußt du werden!«

Er sagte es abgünstig und bewundernd zugleich, und damit wäre sein Verhältnis zu Roman auch schon erschöpfend charakterisiert. Heinzelmann war der vierte der Scholz'schen Brut, in Romans Alter, bleich, hager, kleptomanisch, eine kalte, ganz vom frühen Kampf ums Dasein geformte Gattung, die trotzig unter dem Himmel stand und von dem behüteten Roman abgründig angebetet wurde. Heinzelmann Scholz besuchte, wie seine sämtlichen schulpflichtigen Geschwister, die Hilfsschule, und obwohl ihm dort bereits seit drei Jahren Lesen und Schreiben beigebracht wurden, war er dieser Künste niemals mächtig geworden. Zwar wurden die sichtbaren Mängel seiner Intelligenz von den anderen Straßenjungen oft genug laut gelästert, tatsächlich aber taten sie seinem Ruhm keinen Abbruch. Dieser fußte solide auf Heinzelmann Scholz' unglaublicher Fertigkeit zu stehlen. Sie war jedermann bekannt, denn er gab sie häufig genug zum besten, unfähig, mit seiner einzigen Begabung hinterm Berg zu halten. Er drang vor Zuschauern in Läden ein und entwendete, sogar als einziger Kunde und unter den Augen mehrerer aufmerksamer Verkäufer, Fleisch und Wurstwaren, feste Tomaten, Manna, Teddybären aus Marzipan und große Stangen Rhabarbers. Er ließ sich in Kaufhäuser einschließen, zum Beispiel bei Karstadt in der Hamburger Straße, wartete den Geschäftsschluß und die Dunkelheit ab, stopfte sich die Taschen voll mit mechanischem Spielzeug, Lutschern, Stoffen für Lampenschirme und sogar Schnürsenkeln, ehe er mit dem Diebesgut, einer schwangeren Ratte gleich, aus irgendeinem Fenster entkam. Im Winter nagte sein geschliffenes Werkzeug solange die Holzverschläge von Kohlenhandlungen an, bis die fetten schwarzen Brocken von selbst in den Eimer fielen. Noch nicht zehn Jahre alt, fand Heinzelmann Scholz doch schon ein sonderbares Vergnügen daran, mit Mädchen Versteck zu spielen – hinter ihnen herfegend, packte er, die Zunge zwischen den Zähnen, eines von hinten und vollführte dabei seltsam kreisende, reibende Figuren, die Roman nicht begriff. Von diesem Spiel schien Heinzelmann Scholz so angetan zu sein, daß er in der Pause zwischen zwei Raubzügen ständig nach ihm verlangte und bald unter seinesgleichen der reibenden und geheimnisvollen Anstrengungen wegen berühmt und berüchtigt war.

Was Roman Bertini sofort in die Unterwerfung trieb, war seine grenzenlose Bewunderung für die ungezügelte Freiheit dieses Lebens. Heinzelmann Scholz konnte kommen und gehen, wann er wollte, völlig unbeaufsichtigt, von keiner elterlichen Einschränkung behindert, eine Art menschlicher Vogel, der dem gebundenen, behüteten, von Furcht und Neugierde zugleich geschüttelten Roman wie das beneidenswerteste Vorbild erschien.

Die Beweise seiner Achtung und freundschaftlichen Hingabe nahm Heinzelmann Scholz in gnädiger Laune entgegen, verlangte jedoch von Roman scharfe Anpassung der eigenen Sitten. So befahl er unter der Androhung, ihm andernfalls die Freundschaft zu kündigen, kleine Diebstähle auszuführen, hier einen Teelöffel oder Eierbecher, dort eine Frucht, Bonbons oder Zubehörteile für Fahrräder. Roman kam dem Befehl mit gesträubten Haaren nach, doch ganz und gar elend bei dem Gedanken, Heinzelmann Scholz, das Urbild freier Entfaltung, könnte ihm seine Gunst aufsagen.

Nie aber wurde Roman Bertinis frühe Neigung, sich einem Idol, einem Freund verströmend hinzugeben, so schrecklich auf die Probe gestellt wie bei den klirrenden Straßenschlachten, dem Krieg derer aus der Lindenallee gegen andere Haufen, wirre, oft blutige Zusammenstöße rund um die *Sandkiste* herum, auch *Kloppe* genannt. Dabei schlugen oft hundert und mehr mit Latten, Besenstielen und Lederzeug bewaffnete Jugendliche aufeinander ein, deren einzige Verbundenheit in der gemeinsamen Furcht vor der Polizei bestand. Einem ungeschriebenen Gesetz nach hatte jede kämpfende Partei Späher ausgeschickt, die gleichzeitig auch die Gegenpartei zu warnen hatten mit dem tremolierenden Ruf »Tschako! Tschako!«

Dann wurden die rauhen, staubaufwirbelnden und zuweilen mehrere Tage andauernden Straßenkämpfe sofort unterbrochen. Urplötzlich waren die Heere verschwunden, wie von den Schlünden der Häuserfronten oder von den Sielen verschluckt. War es auch dazu zu spät, so konnte es geschehen, daß sich angesichts einer heranradelnden oder aus einer Seitenstraße hervorkommenden blauen Uniform die Kampfhähne von eben in friedliche, zum Austausch bereite Waffenliebhaber verwandelten, kleine Zivilisten, die mit freundlicher Miene und kennerischem Lächeln jene Schlagwerkzeuge begutachteten, mit denen sie vor einer Minute noch bereit waren, sich gegenseitig die Schädel einzuschlagen. Meist mußte der tschakobewehrte Staatsdiener aus der örtlichen Polizeistation in der Hellbrookstraße seine Patrouille unverrichteter Dinge fortsetzen, wobei er lange genug verfolgt wurde, um sich seines endgültigen Abgangs zu vergewissern. Gleich darauf hatten sich die Streithähne wieder in den zerrauften Haaren.

Die Schlachtordnung derer von der Lindenallee wurde damals wie selbstverständlich von Heinzelmann Scholz angeführt, bleiche Spitze des Angriffskeils oder entscheidender Flügelmann einer grölenden, undisziplinierten und sich meist rasch in Einzelkämpfer auflösenden Phalanx. Aber wie immer die von der Lindenallee sich auch aufstellten, angriffen, siegten oder besiegt wurden, Heinzelmann Scholz fand in Roman Bertini einen getreuen Paladin, Schildhalter und Knappen, der bereit war, trotz schlimmer Ängste vor schlagendem Holz und beißendem Leder seinen Sancho Pansa zu stehen, und koste es das eigene Blut. Und es kostete das eigene Blut, denn dort, wo Heinzelmann Scholz phantastisch gewandt mit Schild und Besenstiel wirkte, ging es am heißesten her. Geschlossenen Auges, die oberen Schneidezähne ein wenig in die Unterlippe gedrückt, ließ er den Stab um seinen Kopf wirbeln, achtete der Sprößling des *Hunnen* der Striemen, Stöße und hautschlitzenden Schläge nicht, die von allen Seiten auf ihn einprasselten, sondern wiegte sich in dem Getümmel, als wäre dies der Höhepunkt des Lebens überhaupt.

Roman Bertini blieb hinter, neben oder auch vor ihm, grazil, schlotternd, schwach bewaffnet und ohne jede Absicht, irgend jemandem körperlichen Schaden zuzufügen. Worauf es ihm ankam, war vielmehr, daß Heinzelmann Scholz, Freiester der Freien, sein großer Freund, ihn dabei sah und wahrnahm! Daß er Romans Bemühungen registrierte, Angriffe abzuwehren, Formierungen zu durchschauen und Hiebe zu parieren oder gar selbst einzustecken, die ansonsten den Helden getroffen hätten. Und bei einem solchen Versuch, eingekeilt zwischen einer feindlichen Übermacht und der Sandkistenmauer, weiten Herzens den wirr fechtenden, aus Kampfeswut nahezu blinden Heinzelmann Scholz beschützend, stand plötzlich ein farbiges Gesicht vor Roman.

Über einem Schneegebiß, rollenden Augen und tiefdunklem Kraushaar war ein Knüppel drohend gegen ihn erhoben, zu einem Schlag, den Roman mit vorgehaltenem Schild erwartete, der aber nicht kam. Dafür starrten sich die beiden von sehr nahe eindringlich an, offenbar der eine so berührt wie der andere, jeder in seiner Stellung verharrend, Figuren einer Momentaufnahme. Dann begannen sie, einzige Regung, langsam zu grinsen, mit dem Gesicht zu zucken und mit den Augendeckeln zu klappen, ehe sie in der Orgie todernsten und lachfeindlichen Dreinschlagens losprusteten und blitzschnell voneinander abließen, ohne sich berührt zu haben.

Roman Bertini hatte soeben einer Barmbeker Berühmtheit gegenübergestanden, die selbst Heinzelmann Scholz in nichts nachstand. Es war *Mickey*, seinem Äußeren nach ein Vollafrikaner, aber, so wurde in den Straßenschluchten des Viertels geraunt, die Frucht stürmischer Liebe zwischen einer deutschen Mutter und einem *feinen Pinkel vom Schwarzen Kontinent*. Damit hatte sich das Gerücht über Mickeys Herkunft auch schon erschöpft. Wer der Vater tatsächlich war, darüber wurde in der Barmbeker Öffentlichkeit nicht weiter gerätselt.

Aufgewachsen hier im Norden Hamburgs, unter ausnahmslos weiße Menschen verschlagen, stellte Mickey, äußerlich ganz nach seinem Erzeuger ausgeschlagen, in dem zweihunderttausend Köpfe zählenden Stadtteil eine ungeheuerliche Rarität dar. Ohne je eine Palme, eine Kokosnuß am Stamm, den Kilimandscharo oder den Glast über der verdurstenden Steppe erblickt zu haben, war er hier groß geworden und, wie es hieß, von seiner Mutter stoisch gegen alle Attacken solange verteidigt, bis der dunkle Sohn die Fähigkeit dazu selbst gewann. Nach allgemeiner Kenntnis war das in seinem sechsten Lebensjahr der Fall gewesen, als einer seiner Spielgefährten der Sache auf den Grund gehen wollte und versuchte, ihm die Haut zu waschen – sich aber schon im nächsten Moment auf die Spitzen eines niedrigen Stakets gesetzt fühlte. Von dem Tage an hatte Mickey sich den Respekt seiner Altersgenossen erobert. Viel mehr Privates war in der Lindenallee über den ungewöhnlichen Mitbürger nicht bekannt geworden.

Roman hatte Mickey bis zum Tage der Schlacht, da sie grinsend und seltsam vertraut voneinander ließen, häufig gesehen, wenn auch nie aus solcher Nähe, daß er Mickeys gelblichen Augapfel hätte erkennen können. Als die Kämpfenden nun nach allen Richtungen auseinanderstoben, weil von irgendwo tremolierend der gefürchtete Ruf »Tschako! Tschako!« aufgellte, verfolgte Romans Blick den dunklen, geheimnisvollen und ihm auf unerklärliche Weise verbundenen Mickey so lange, bis er um die Ecke verschwunden war. Dann erst stürzte er dem davonjagenden, Haken schlagenden Heinzelmann Scholz nach.

Sterben für den Nachbarssohn vor Bewunderung und Verehrung aber wollte Roman erst, als Heinzelmann eines Abends unter Lebensgefahr das von innen rot erleuchtete Zeichen *Hammer und Sichel* über der Scholz'schen Fensterfront an einem Haken befestigte. Viele Wohnungen waren damals in der Lindenallee von verschiedenen Emblemen leuchtend geschmückt, illuminierte Bekenntnisse zu dieser oder jener Partei – drei Pfeile, Hammer und Sichel und das Hakenkreuz, wie Roman sie sämtlich von den Kämpfen auf dem Schulhof kannte. Während jedoch überall die politische Illumination einfach hinter den Fensterscheiben aufgestellt wurde, zeichneten sich bald schon bei den Scholz' die Vorbereitungen für Heinzelmanns kühne, außenseiterische Tat ab. Von der übrigen Großfamilie laut angefeuert, kroch er, nun gut acht Meter über dem Pflaster der Lindenallee, aus dem Seitenflügel des Fensters, das elektrisch beleuchtete Zeichen um den Hals gehängt, hantelte sich an dem Rahmen empor und schwang ein Knie darüber. Lautlos schwebend, ohne Netz, hoch am Haus, befestigte er dann das Emblem mit einem Griff an einem kurzen Haken, von dem bis zu dieser Sekunde niemand gewußt hatte, wozu er nütze war.

Roman beobachtete die atemberaubende Kletterei vom Balkon der Bertinis aus, vier Meter tiefer, wobei er weit über das Geländer gebeugt war und innige Gebete zugunsten des Kletterers gen Himmel sandte. Als Heinzelmann Scholz dann unversehrt durch das Fenster auf festen Grund zurückgeschlüpft war, stellte Roman sich in eine Ecke des Balkons, schlug die Hände vors Gesicht und weinte Tränen köstlicher Erleichterung.

Er hatte aber auch Bekanntschaften, die weniger aufregend waren und ihm nicht das äußerste abverlangten. Da war zum Beispiel der um zwei Jahre jüngere Günther Jucht, der im Nebenhaus bei seiner Großmutter aufwuchs, einer weißhaarigen Frau mit ordinärer Stimme. Wenn es geregnet hatte, saßen Günther Jucht und Roman Bertini oft am Kantstein, bauten vor den Sielen kleine Dämme aus Laub oder Schlamm und ließen auf der gestauten Wasserfläche Holzstückchen schwimmen. Im Sommer suchten sie nach Ameisenlöchern in den Fundamenten der Vorgärten und beobachteten stundenlang das geschäftige Treiben davor. Als Roman zum Geburtstag von Recha Lehmberg eine Spielzeugfeuerwehr geschenkt bekam, wartete Günther Jucht wenige Tage später mit einem Lastauto aus Blech auf. Nun veranstalteten sie umsichtig Wettrennen und ließen die Fahrzeuge bis zur Erschöpfung der Feder miteinander konkurrieren. Da das Triebwerk von Romans Feuerwehr um eine Spur stärker war als Günther Juchts Lastwagenmotor, erreichte das rote Gefährt die Zielmarke meist als erstes.

Dabei hatte sich früh gezeigt, daß Günther Jucht ein schlechter Verlierer war. Er stampfte mit dem Fuße auf, bewarf die Feuerwehr mit Steinen, versuchte, ihr Hindernisse auf die Strecke zu legen und wurde, wenn Romans Spielzeug dennoch gewann, grün um die Nase. Es war eine Eigenart Günther Juchts, grün um die Nase zu werden, wenn er sich ärgerte – dann kerbte es sich eiterfarben von den Flügeln bis zu den Mundwinkeln ein, tief und dauerhaft. Es war ein Bild, das Roman schreckte und ihn sofort zu allerlei Erklärungen und Entschuldigungen veranlaßte, etwa, daß seine Feuerwehr beim Start wohl eine

Sekunde zu früh davongefahren sei oder Günther Juchts Lastwagen durch einen Fehler in der Steuerung einen längeren Weg habe zurücklegen müssen. Jedenfalls fand er sich oft damit beschäftigt, den grünlichen Verlierer zu besänftigen, vor allem aber, jegliche Zeichen des Triumphes peinlich zu vermeiden. Hatte Günther Jucht dagegen gewonnen, so torkelte der Junge geradezu vor Freude, rief das Ergebnis nach allen Seiten aus, belästigte zufällige Passanten mit seinem Sieg und gebärdete sich, als hätte er das große Los gezogen. Seine weißhaarige Großmutter, aus dem Fenster gebeugt, ermunterte ihn dabei mit der vollen Kraft ihrer ordinären Stimme, und Roman winkte ihr zu, während er Günther Jucht auf die Schulter schlug und ihm seine Freude über die eigene Niederlage mitteilte.

Aber die Freundschaft zu Günther Jucht erregte Roman Bertini nicht, sie blieb gegenüber den Empfindungen für Heinzelmann Scholz wie der blasse Mond neben einer leuchtgewaltigen Sonne. Seine Bereitschaft, jemandem innig anzuhängen, der frei und ungebändigt über der Welt schwebte und dessen Stimme sogar nachts noch von der Lindenallee hochscholl, diese Bereitschaft schließlich war es, die Roman und auch Cesar der langen, mädchenhaften Lockenpracht beraubte. Wenn Heinzelmann Scholz' Haare bis zu den Kniekehlen herabgefallen wären, wenn er sich einen Pflock durch die Nase getrieben oder ein Ohr verklebt hätte – Roman Bertini hätte keinen sehnlicheren Wunsch gehegt, als es ihm gleichzutun. Aber sein kleptomanisches Idol hatte kurze Haare, wahrscheinlich, weil er sich nur ungern kämmte.

Mitte 1932, nach über dreijähriger Tortur in der Schule, begehrte Leas Zweiter auf, verlangte eines Morgens nach dem Friseur, stieß auf unerwartet geringen elterlichen Widerstand und pflanzte sich mittags schon mit hochroten, endlich freigelegten Ohren vor Heinzelmann Scholz auf. Der, ohne jede Kenntnis der tieferen Zusammenhänge, nahm von der Veränderung allerdings nur nebenbei Notiz, nickte aber immerhin mehrere Male gnädig vor sich hin, was Roman schon selig machte, eine Seligkeit, die er nötig hatte, denn vorerst konnte er sich mit dem gekürzten Haupthaar selbst nicht ausstehen. Übrigens Cesar auch nicht, der gleich mitgeschoren worden war und der sich ebenfalls immer wieder verstohlen und unglücklich im Spiegel oder in den Schaufenstern betrachtete.

Tatsächlich veränderte die neue Frisur an dem Verhältnis zwischen Lea und den Söhnen gar nichts. Noch immer brauchte sie nur ihr geheimnisvolles Gesicht aufzusetzen und mit Papier zu rascheln, und schon entkleideten sich Cesar und Roman mit der Schnelligkeit von Verwandlungskünstlern, hüpften in die Betten, warteten, schlangen, schmatzten. Dann, schwersatt, warfen sie die Decke von sich, krochen auf dem Fußboden herum, sangen in Pfötchenstellung »Auf dem Berge Kiowatschi...« und sahen die Mutter mit glänzenden Augen an.

Abschluß der Zeremonie aber war nun die Wallfahrt an Ludwig Bertinis Kinderbettchen, eine hölzerne Wiege auf vier gummibereiften Rädern, in der das inzwischen zweieinhalbjährige Wesen lag, mit wohlmodelliertem Gesichtchen, von Emma Bertinis unbestimmten Vorfahren aus Skandinavien her blond, sprachbegabt und von den großen Brüdern zärtlich getätschelt. Lea gab ihrem Dritten immer noch die Brust. Willens und fähig, diesem Sohn die mütterliche Nahrung am längsten zu gewähren, war sie wie eine geduldige, unerschöpfliche Quelle. Jeden Abend behielt sie Ludwig so lange bei sich im Bett, bis er eingeschlafen war. Aber nach wie vor holte sie auch die beiden anderen Söhne zu sich, wärmte sie an ihrem Leibe und umschlang sie fest. Den einen heute, den anderen morgen, manchmal beide nacheinander an einem Abend, immer aber streng gerecht, ohne jede Bevorzugung, nach genauem Zeitmaß, das die Söhne kannten, unabhängig von der Uhr.

Eng an die Mutter gepreßt, horchten sie auf die Geräusche von der Lindenallee. Da waren die rauhen Schreie der jungen Burschen, die in Gruppen an den Staketen der schmalen Vorgärten oder am Kantstein standen, über *Weiber* redeten und vorübergehenden Frauen und Mädchen nachgröhlten. Da waren die Rufe der glücklicheren Altersgenossen von Cesar und Roman, die noch auf der Straße sein durften, auch wenn es schon finster war, und die mit Vorliebe um diese Zeit *Kriegen* spielten. Dann liefen viele weg und versteckten sich, während einer sie suchen mußte. Dabei identifizierten die Brüder die verschiedenen Stimmen und nannten flüsternd die Namen und warteten auf das »All zu Mal, all!« – was bedeutete, daß eine neue Runde begann. Wenn die Lindenallee ruhiger geworden war, hörten sie, wie die großen Seeschiffe vom Hafen und von der Unterelbe her dumpf über die ganze Stadt blökten. Manchmal, im letzten Jahr allerdings häufiger, fielen auch Schüsse in Barmbek, knallende Zeugen jener politischen Auseinandersetzungen, die sich nicht nur in dem Schulhofkampf widerspiegelten, sondern vor denen die Söhne auch schon öfter auf dem Wege von oder zur Schule mit Recha Lehmberg in das nächste Treppenhaus geflohen waren. Hier drinnen aber konnte ihnen gar nichts passieren. Knurrend vor Behagen, sicher wie hinter dicken Wällen, vernahmen sie den eigenen Blutschlag im Ohr – Wasser in die Gräben! Die Tore dicht!

119

Bogenschützen an die Zinnen! Die Söhne, neben der Mutter, zogen die Decke über den Kopf und blieben, atemlos vor Geborgenheit, still liegen. Nur widerwillig schliefen sie ein, mit unruhigen Lidern und zuckenden Lippen.

Lea aber blieb noch wach und stand auf und besah sich ihre Söhne lange, jeden von den dreien einzeln.

Was an dieser Person jüdisch war – und das war, unabhängig von ihren mangelnden Kenntnissen der mosaischen Religion, ihrer Abstinenz gegenüber israelitischen Organisationen, und unabhängig auch von ihrer christlichen Unterwerfung, jedes Haar, jeder Blutstropfen, jede Faser ihres Leibes – alles, was an Lea Bertini jüdisch war, sammelte, konzentrierte, ballte sich in der allgegenwärtigen, schlaflosen, muttertierhaften, mythischen Sorge um ihre Brut.

6

Über die seltsamen Beziehungen
der Bertinis zur Tierwelt

Ein Jahr nach Giacomos Tod war Emma Bertini der Einsamkeit endlich überdrüssig. Sie suchte in der Hoheluftchaussee eine zoologische Handlung auf, blickte kurzsichtig im Laden umher und entschied sich in Minutenfrist inbrünstig für einen Zwergpapagei – ein Geschöpf von abstoßendem Äußeren, stumpfgrün über und über, ausgenommen zwei hektisch rote Flecken unter den stieren Augen, die das Tier noch übler machten. Fortwährend krächzend, versuchte es den Kauf zu vereiteln, indem es auf Emma zuflog und mit unheimlich geschicktem Schnabel nach ihr hackte, ein Gebaren, das die Witwe zu höchsten Entzückensrufen trieb. Unter zärtlichen Beschwichtigungen brachte sie den aufgebrachten Papagei in ihre Wohnung, verschloß sorgfältig alle Fenster und ließ den Exoten aus dem Bauer schlüpfen. Sein erstes Werk bestand darin, sich in unmäßiger Wut auf seine neue Besitzerin zu stürzen, wobei er es vor allem auf ihre Augen abgesehen zu haben schien. Aber Emma Bertinis freundliche Abwehr erwies sich als ebenso unüberwindlich wie die Liebe auf den ersten Blick zu dem entarteten Partner ihrer Einsamkeit – die Anfangsattacke blieb gleichzeitig auch die letzte.

Das war um so erstaunlicher, als der Zwergpapagei die unbeirrbare Absicht zeigte, sich ansonsten mit jedermann zu verfeinden. Wenn die Bertinis kamen – was nach Giacomos Tod nicht mehr so regelmäßig geschah, da das allmonatliche Spaghetti-Essen in einem Anfall bald bereuter, aber nie widerrufener Pietät eingestellt worden war –, wenn die Bertinis kamen, mußte der Papagei nicht nur in sein Bauer gesperrt, sondern auch noch in die Rumpelkammer eingeschlossen werden, so tobte er. Die Bertinis, in ihrer eingeborenen Tierliebe tief getroffen, standen ratlos vor dem rasenden, schnabelwetzenden Vogel und gaben es bald unglücklich auf, auch nur seine Duldung zu gewinnen. Emma dagegen war schon bald nicht mehr fähig, auch nur eine einzige

121

Sekunde ohne das Tier zu sein, so daß sie den Papagei sogar in die Lindenallee mitnahm, ein dickes Wolltuch um das Bauer gewickelt. Dort mußte er, unter Emmas Tränen, ebenfalls eingeschlossen werden, und zwar in Leas Besenkammer, von wo der ungeheure Lärm, den er machte, die Ohren der Nachbarn nur noch gedämpft traf.

Nach einem halben Jahr verkehrten Emma und der Vogel wie Vermählte miteinander. Der Papagei aß von ihrem Teller, schlief in ihrem Bett und unterhielt sich stundenlang mit ihr. Jedenfalls gab Emma ihm fortwährend und ernsthaft Antwort. Der Gipfel seiner Gunst aber schien erklommen, als er sich angewöhnt hatte, Emmas Kopf zu befliegen, in ihrem schütteren Haar umherzutappen und dort oben unter Krakeelen seine Notdurft zu verrichten. Durch dieses Zeichen letzter Verbundenheit einer Ohnmacht nahe, hielt Emma Bertini eines Tages die Stunde für gekommen, nun auch ihrerseits dem gefiederten Gefährten ihr grenzenloses Vertrauen zu beweisen, nämlich zu tun, was sie bisher nie getan hatte – mit dem Ausdruck fester Zuversicht öffnete sie weit die Klappe des Küchenfensters!

Der Zwergpapagei verstummte sofort, legte den Kopf schief, als traue er seinen stieren Augen nicht, maß still die Entfernung von seinem Standort bis zum Fenster, beflog das arglos hingehaltene Haupt, erleichterte sich dort erheblich und flog unter Emmas Enttäuschungsschrei auf den Rand der Klappe. Von da herab beschimpfte er seine weinende Wohltäterin mehr als sechs Stunden, jedesmal die Flügel wie zum Abflug spreizend, wenn Emma Bertini auch nur die Andeutung eines Schrittes auf ihn zu machte. Dann, noch vor Einbruch der Dunkelheit, hob er sich in die Lüfte, stürzte sich sogleich ungelenk auf eine Schar stiebender Spatzen und ward nie mehr gesehen.

Die Flucht des Zwergpapageien war nur *ein* Glied in der langen Kette des Unglücks, das die Bertinis bisher mit Tieren hatten. Dabei liebten sie Tiere über alles. Aber hier waltete nicht etwa die Mentalität von Tierschützern, hier brach sich Verwandtschaftliches Bahn, der originale Instinkt für gemeinsamen Ursprung.

Kein Tag, an dem nicht einer von ihnen in der Lindenallee von irgendwoher triumphierend eine Fotografie vorwies und auf die Decke eines Schäferhundes, die zurückgelegten Ohren einer verschreckten Katze, die gebleckten Reißzähne eines Tigers oder den langgezogenen Hals eines heulenden Wolfes zeigte. Was augenblicks in der Familie ein Tohuwabohu von ausgestreckten Fingern, aufgerissenen Mündern und vor die Augen geschlagenen Händen heraufbeschwor. Für den

Jubel, die Tränen, den Enthusiasmus und die nackte Hysterie der Bertinis über den Ausdruck der Dankbarkeit, Wut oder Verlegenheit im Auge eines Tieres gab es keinerlei Anzeichen von Erschöpfung – die Regeneration lag sozusagen in der Sache selbst.

Von allen Tieren liebten sie am meisten jene mit Fell, mit Pelz, mit der dichten, flaumigen, zärtlichen Haardecke. Es gab nur wenige Empfindungen, die sich damit vergleichen ließen, Fell zu zupfen, zu streicheln, zu liebkosen. Die Narrheit von Roman und Cesar ging sogar so weit, daß sie sich selbst in Tiere verwandelten, schnurrten, einander artig die Pfötchen gaben und sich scharrend, raunzend und hüpfend auf der Erde anfauchten. Völlig verzückt und dem äußeren Gebaren nach durchaus mit Schwachsinnigen zu verwechseln, konnten sie eine Katze oder ein Kaninchen in ihrer Mitte halten und sich an dem Tier laben, bis entweder die Muskeln ihnen allmählich den Dienst versagten oder das Objekt ihrer Verzückung die langersehnte Gelegenheit zur Flucht fand. Schon als Kleinkinder hatten die beiden sich gegenseitig auf die dunklen Ballen unter Pfoten, auf eine Locke am Ende eines Schwanzes, auf schwarzblanke Lefzen aufmerksam gemacht. Sie wurden nicht müde, einander die Wärme eines Hundebauches zu bestätigen, seidige Brustpartien zu rühmen und den spielenden Lauschern auch der unsäglichsten Promenadenmischung immer neue Reize abzugewinnen.

Cesar war jahrelang mit einem hölzernen Affen, Roman mit einem unvorstellbar häßlichen Nashorn aus Elastolin zu Bett gegangen, ehe er seine Vorliebe für die lebende Häßlichkeit entdeckte – was jeden geordneten Ablauf eines Besuches in *Hagenbeck's Tierpark* zum Beispiel illusorisch machte. Eine schier endlose Auge-in-Auge-Konfrontation Roman Bertinis mit einem afrikanischen Warzenschwein dort sollte nicht nur in die mündliche Familiengeschichte eingehen, sondern beschäftigte zur Tatzeit auch ein halbes Hundert anderer Besucher, von denen einige öffentlich den Verdacht äußerten, daß dem entrückten Kind hypnotische Kräfte innewohnten.

Über lange Zeit hatte naturgetreues Spielzeug, besonders Dickhäuter und Großkatzen, den Mittelpunkt der Geburtstagsgeschenke für Roman und Cesar gebildet, und Rudolph Lehmberg hatte für sichere Behausung gesorgt. Er hatte mit seinen geschickten, arbeitsgewohnten Schlosserhänden Ställe und Käfige gefertigt, künstliche Teiche angelegt, Freßtröge gezimmert; hatte Freigehege nachgebaut, Kletterbäume aufgestellt und ein Becken für das friedliche Zusammenleben von Eisbären, Pinguinen, Walrossen, Seelöwen und Robben mit Wasser

gefüllt. Schließlich hatte er das ganze Bestiarium mit einem unpropor-
tioniert großen Zaun umgeben und ihn in einem schrecklich leuchtenden Grün angemalt.

Ein ganz anderes Kapitel war das Schicksal von Tieren im Haushalt der
Bertinis. Es begann damit, daß Lea, als Roman und Cesar gerade laufen
konnten, eine Katze mit in die Lindenallee 113 brachte. Die Balgereien
zwischen ihr und den noch kriechgewohnten Söhnen nahmen bald jene
zwiespältige Form privaten Umgangs an, der die Mißhandlung oder
gar den Tod des andern aus purer Liebe ganz natürlich in sich schließt.
So plazierten sich etwa in gefährlich gegnerischer Haltung die Katze an
dem einen, Roman Bertini aber an dem andern Ende des Korridors,
schlichen unter grimmigen Fauchlauten aufeinander zu und machten
in der Mitte des Flurs von Zähnen und Krallen kräftigen Gebrauch.
Dabei biß er einmal der Katze so kräftig ins Ohr, daß seine Zähne
aufeinander trafen, ohne die winselnde Beute fahren zu lassen. Der
unerhörten Kraft des kindlichen Kiefers erwehrte sich die Katze in
ihrer grellen Not mit ganz und gar unfreundschaftlichen Hieben, die
auf Romans Gesicht blutige Striemen zauberten. Erst dann griff Lea
ein, die Mutter nicht nur dieser Söhne, sondern auch deren leiden-
schaftlicher und grotesker Tierliebe. Daß bald darauf Hunde und
Katzen von ihr überhaupt aus der Wohnung verbannt wurden, hing
jedoch weniger mit Romans Verletzungen zusammen, als vielmehr mit
der Mühe für die gewachsene und von Lea zu völliger Unselbständigkeit erzogene Familie.

Da sie dennoch nicht ohne Tiere leben konnte, begann Lea nacheinander eine Mücke zu pflegen, eine gräßliche Spinne zu päppeln und eine
Anzahl gewöhnlicher Stubenfliegen als »anhänglich« zu bezeichnen.
Und zwar all das über Jahre hin und mit der Behauptung, daß es sich
stets um dieselben Exemplare handele, was gegen alle biologischen
Gesetze dieser niederen Fauna verstieß. Als Lea sich davon langsam
selbst überzeugte, wurde sie so etwas wie eine *Mutter der Spatzen* von
der Lindenallee, Ernährerin ganzer Heere der tristen Graulinge, die sie
gern als die *armen Leute unter den Vögeln* bezeichnete – und arm, das
war nach der Selbsterhaltungsphilosophie ihres an Alf Bertini bereits
gescheiterten Daseins ein Synonym für so kostbare Eigenschaften wie
gütig, edel, treu und ehrlich. Also fanden mehre Male am Tage vor dem
Küchenfenster unter dem Ansturm des streitbaren Vogelgeschlechts
wahre Brotkrumenorgien statt, denen die ganze Familie, zuweilen
auch die gesamte Sippe, verzückt zuschaute. Da Lea aber keines der
gefiederten, possierlichen Knäuel je habhaft wurde, erwarb sie zwei

Waldvögel, einen Hänfling und einen Zeisig, und sperrte sie zur beliebigen Ansicht in ein gebrauchtes Metallbauer, das meistens in der Küche stand. Während die Bertinis den Hänfling *Hänfling* nannten, tauften sie den Zeisig auf den Namen *Danny* – ein hochfavorisiertes Geschöpf, das mit seinem langweiligeren Gefährten Söhne und Eltern so lange begleitete, bis Alf eines Tages beim Verlassen der Wohnung vergaß, den Gashahn abzudrehen. Die beiden Hausgenossen fielen bald auf den Rücken, streckten die Beine nach oben und schieden aus dem Leben.

Der Verlust wurde um so bitterer empfunden, als gegen Recha Lehmbergs Widerstand ein sehr großer und noch verwahrlosterer Hund von Roman und Cesar auf dem Schulweg herrenlos, sozusagen trosthalber aufgegriffen wurde, ohne sich indes als dankbar zu erweisen. Denn nachdem das Tier vierzehn Tage lang beträchtliche Nahrungsmengen verschlungen hatte, riß es in riesigen, befreiten Sätzen aus, als Alf es um der Notdurft willen unter der Anteilnahme der ganzen Familie an einer provisorischen Leine spät abends noch einmal auf die Lindenallee geführt hatte.

Wer von ihnen etliche Zeit nach dieser neuerlichen Enttäuschung – und nach einem sehr kurzen Zwischenspiel mit einem Paar weißer Mäuse, deren maßlose Fruchtbarkeit sie selbst richtete – auf den Gedanken gekommen war, einen Goldfisch und einen Silberfisch herbeizuschaffen und sie nach strengem Reglement in einem mäßig großen Aquarium mit Wasserflöhen aufzuziehen, blieb unklar. Jedenfalls brachen die beiden Zierfische sämtliche tierischen Aufenthaltsrekorde bei den Bertinis, wozu, zugegeben, nicht sehr viel gehörte. Am Ende ihrer Tage hatten die mächtigen Gestalten nur noch entfernte Ähnlichkeit mit den zarten Phantasiegeschöpfen, die vor zwei Jahren hier in den Glashafen gesetzt worden waren, egal ob nun von Lea, Alf oder Recha. Was die Fische dann veranlaßte, offenbar gleichzeitig ihrem ureigenen Element in plötzlichem, wenn auch sicherlich sofort bereutem Entschluß zu entsagen und sich den Fußboden der Küche (wo der Hafen seltsamerweise stand) als neuen Aufenthaltsort auszuwählen, war lange Zeit Gegenstand trübseligen Rätselratens der ganzen Sippe. Der verzweifelte Anblick ihrer flossenbewehrten Lieblinge auf den mörderischen Holzdielen, diese abermalige Demonstration, daß ein dauerhaftes und glückliches Nebeneinander von Mensch und Tier in dieser Familie nicht möglich schien, hatte eine verheerende Wirkung auf das Gemüt der Bertinis gehabt. In ihrem Kern getroffen und von allerlei dunklen Andeutungen Recha Lehmbergs noch bekräftigt, argwöhnten sie, daß ein geheimer Fluch auf ihnen lastete. Und so beschlossen sie unausgesprochen, niemals mehr ein Tier im Hause zu halten, was ihre Inbrunst nur verdoppelte.

Aber dann wurde eines Tages eine von Cesar unterwegs aufgefundene Schildkröte doch akzeptiert, um ein volles Jahr lang watschelnd, stumm und ausdruckslos der salatverwöhnte Mittelpunkt der Familie zu werden. Bis eines Abends ein Stuhl umfiel und mit der Lehne so haardicht neben der *Krotti* genannten Schildkröte aufschlug, daß sie unglaublicherweise mit ihrem Panzer einen Satz machte, ehe sie in der nächsten Sekunde vor Schreck einging.

Seither war nie wieder ein Tier über die Schwelle der Bertinis gekommen.

Emma Bertini trauerte einen Monat und drei Tage um den undankbaren Zwergpapagei, ohne das Treppenhaus oder gar die Straße zu betreten. Dann setzte sie eine Annonce in das *Hamburger Fremdenblatt*: Witwe vermietet anderthalb Zimmer an kinderloses Ehepaar (womit ihr Schlafzimmer und der Raum mit dem winzigen Balkon gemeint war). Sie selber würde dadurch auf das Wohnzimmer beschränkt sein, in dem zu Giacomos Lebzeiten das allmonatliche Spaghetti-Ritual stattgefunden hatte, und auf die Küche, die sie nun auch teilen müßte.

Sie nahm die ersten Bewerber – Eitel-Fritz Hattenroth und seine Frau Hanna, keine jungen Leute mehr und aus undurchsichtigen Gründen von Kindersegen verschont geblieben. Er, nach einem Sproß der abgedankten Hohenzollern benannt und mit wilhelminischem Kaiserschnurrbart versehen, war Bankangestellter, ein Mann von fünfundvierzig Jahren mit markiger Stimme; sie, flachnasig, den Oberkörper immer etwas vorgebeugt und von leicht unhamburgischem Dialekt, um etliches jünger als ihr Mann. Es stellte sich heraus, daß sie aus der Altmark stammte, einer, wie Eitel-Fritz Hattenroth mit gutturalem Stolz vermerkte, von Friedrich dem Großen kultivierten Landschaft in Mitteldeutschland, zwischen Braunschweig und Magdeburg gelegen – »Weide, Rindviehzucht, Kartoffeln, Weizen und sowohl Futter- als auch Zuckerrüben, verstehen Sie?« Obwohl Emma Bertini nichts verstand und die Altmark ohne weiteres mit der Wüste Gobi verwechselt haben würde, kramten die Hattenroths Fotos hervor von dem Ort, der Bodendorf hieß. Dort hatte Frau Hanna die ersten dreiundzwanzig Jahre ihres Lebens zugebracht, ehe der Bankangestellte Eitel-Fritz Hattenroth, bei einem Streifzug durch die

Lüneburger Heide tief nach Südost abgeirrt, sie gesehen und unter Zurücklassung der bewegten Familie in seiner hanseatischen Vaterstadt geehelicht hatte.

Die bei Besuchen immer wieder hervorgeholten Fotos hatten sich bald den Bertinis so eingeprägt, als wären sie bereits mehrere Male in der Altmark gewesen. Sie kannten nun, von dem etwas abseits gelegenen Bahnhof aufgenommen, Bodendorfs Silhouette gut – auf einer kleinen Anhöhe geduckt, eine fette Kröte, aus deren Rücken wie ein Speer der Kirchturm stieß. Sie kannten das Weichbild von der südlichen Seite, die unsymmetrische Front von roten Bauernhäusern, von Dächern und Schornsteinen, darunter der hohe der Molkerei und der niedrige der Bäckerei. Sie kannten den Blick von der Dorfstraße nach Westen, auf die baumbestandene, im Hintergrund waldgesäumte Chaussee nach Obenwalde, nächstgrößere Ortschaft und Eisenbahnknotenpunkt auf der Strecke Köln–Hannover–Berlin. Und sie kannten auf der anderen, der östlichen Seite, gleich am Ortsausgang vorn rechts, die alte Mühle, sozusagen das Wahrzeichen von Bodendorf, ein schartiges Gehäuse, dessen Flügel traurig herabhingen – weil sie sich, wie die Hattenroths eifrig wiederholten, seit Menschengedenken nicht mehr gedreht hatten.

Auch setzten sich allmählich in den Hirnen der Bertinis Namen und Gesichter aus Bodendorf fest. So die Besitzerin der Mühle, eine schwere, breite Frau, behängt mit einem ungeheuren Kleid bis auf die Erde, stattlich, breit lächelnd, frontal aufgenommen – Minna Kremer, des Dorfes gewaltige Klatschtante. Sie hatte ihren Mann, den Mühlenbesitzer, 1916 im Weltkrieg verloren und sich um die Mühle nicht mehr gekümmert.

Aber auch viele andere Bewohner von Bodendorf kannten die Bertinis bald, denn Minna Kremer war nur eine Person auf einem großen Gruppenbild, das offenbar zufällig zustande gekommen war, nach einem sonntäglichen Kirchgang. So waren sie auf die Platte gebannt worden, in der Sonne auf dem Dorfplatz, überrascht und doch bereit, alle in Schwarz, die Bibel und das Gesangbuch in Händen. Darunter waren Paul Stephien, Bodendorfs Sattlermeister, ein Mann von gewaltiger Leibesfülle; neben ihm, prall und strotzend, seine junge Frau Anna; dann die Familie des Bauern Wilhelm Garchert – er mit krummen langen Beinen, unbeholfen in seinem Sonntagsstaat, sie, Wilhelmine Garchert, plump, mächtig, in die Linse lächelnd; rechts von ihr Sohn Friedrich, zwölfjährig, aber fast schon so groß wie die Eltern; daneben die Tochter, Christa Garchert, zweijährig, ein lustiges kleines Gesicht ohne eine Spur von Andacht. In der Mitte der Gruppe aber stand der Gemeindediener von Bodendorf, Theodor Wandt, ein Bein vorgestreckt, die Arme über der Brust verschränkt, schwarz, bullig, die Nasenlöcher gebläht – der Napoleon der Altmark! Dunkel auch sein Anhang, die Frau mit den hohen Backenknochen und der schwarzen Haube, neben ihr, das Abbild des Vaters, ganz früh fertiggeformte Schönheit, ein zehnjähriges Mädchen und der nur wenig ältere Bruder. »So alt wie Roman, fast auf den Tag«, pflegte Eitel-Fritz Hattenroth zu kommentieren.

Das Gruppenfoto zeigte auch die Schwester Hanna Hattenroths, Elfriede Wölpert, mit ihrem spindeldürren Mann, Maurer von Beruf, Leute um die Dreißig, die sich, wie es hieß, demnächst ein eigenes Haus am Rande von Bodendorf bauen würden.

Die Kirche im Zentrum; die Gefallenenkreuze aus dem Weltkrieg 1914–1918 davor; die riesige Kastanie auf dem Dorfplatz; der Tümpel am nördlichen Ortsrand, dem *Drömling* zu; Milchkannen auf hölzernen Gestellen längs der Dorfstraße – jede dieser Einzelheiten kannten die Bertinis bald in- und auswendig. Denn Eitel-Fritz Hattenroth und seine Frau Hanna wurden nicht müde, von der Gegend zu sprechen, wohin sie jedes Jahr im August zur Erholung fuhren, bei der Schwester, Elfriede Wölpert, unterkamen und stets mit viel Nahrhaftem beladen zurückkehrten.

Geduldig, freundlich und beflissen hörten die Bertinis ihnen zu, ohne zu ahnen, welche furchtbare Bedeutung Emmas Einlogierer und Bodendorf eines fernen Tages in ihrem Leben noch bekommen sollten.

Es stellte sich heraus, daß der Bankangestellte gern mit Alf politisierte, besser – monologisierte. Dabei bekannte er sich als Deutschnationaler, gab zum besten, daß er, falls erforderlich und wie schon von ihm 1914 als Freiwilliger bewiesen, jederzeit sein Leben für Vaterland, Pflicht und Soldatenehre hingeben würde, und prophezeite, Deutschland müsse ohne Kolonien zugrunde gehen. Inzwischen in der Erregung nach hinten hinaus auf den Balkon getreten, beschimpfte er die Weimarer Republik unter gräßlichen Flüchen so aufgebracht, daß seine Stimme überkippte und sich ringsum an den schrägen Wänden und steilen Schornsteinen klirrend brach. Am verächtlichsten aber sprach Eitel-Fritz Hattenroth von den *braunen Horden*, die über das Land hereingebrochen seien, proletarisches Schlägerpack mit seinem verrückten Häuptling namens Adolf Hitler, der die heiligen

Werte deutscher Geschichte für sich allein gepachtet erklärte, unwissende, schweinische Schädlinge sie alle, ohne jede echte Beziehung zum monarchischen Prinzip und zu dessen unvergänglichem Ruhm.

Wenn der Bankangestellte an diesem Punkt angelangt war, wackelten bei Emma Bertini buchstäblich die Wände. Sein wilhelminischer Schnurrbart sträubte sich, seine sonst so sonore Stimme verfiel in Diskant, und Eitel-Fritz Hattenroth lief, seiner selbst nicht mehr mächtig, hin zu seinem Nachttisch, der bedeckt war mit der Fahne Schwarzweißrot, und er berührte und küßte sie unter Anrufung erlauchter Adressen und bedeutender Köpfe Hohenzollernscher Herkunft.

Alles, was er mit seinen Tiraden, Monologen und Nekrologen bei Alf Bertini erreichte, war dieses dünne Lächeln ungeheurer Überlegenheit, was Eitel-Fritz Hattenroth in der Erregung allerdings als diskrete Zustimmung mißdeutete. Zumal Alf Bertini es im Interesse pünktlicher Mietzahlung an seine Mutter unterließ, seine Verachtung für das *rechte Gesindel* preiszugeben. Aber dann allein mit Emma und Lea, schlug er sich die Hand vor die Stirn, kniff die Augen zu und flüsterte kichernd: »Der hat 'n Kaisertick! 'n Kaisertick hat der Mann!«

Was die Söhne betraf, so war es Roman und Cesar von allem Anfang an unmöglich, den Untermieter der Großmutter jemals wirklich ernst zu nehmen. Der gespreizte Mensch zwang sie vielmehr häufig in die Rumpelkammer, wo sie prustend und schluckend ihrer stürmischen Heiterkeit Herr zu werden suchten.

Emma Bertini dagegen hatte sich vom ersten Tag an ganz als Dienende, als Personal gegeben. Sie weckte die Hattenroths morgens, bereitete ihnen das Frühstück, entschuldigte sich regelmäßig beim Betreten der Küche und bot in grenzenloser Bereitschaft auch ihr eigenes Wohnzimmer zur jederzeitigen freien Benutzung an.

Auf diese Weise gedieh das Verhältnis zwischen ihr und den Hattenroths prächtig. Der Bankangestellte und seine Frau nannten sie bald zärtlich *Oma*, boten ihr das Du an, gestatteten ihr gönnerisch, die vermieteten Räume jederzeit zu betreten und erwarteten von ihr, daß sie auf dem Gasherd stets heißes Wasser parat halte – was sich in der Mietpreishöhe nicht niederschlug.

Eine solche Forderung hätte Emma Bertini auch nie gestellt – waren die Hattenroths doch grundgut zu ihr! Nach fast fünfunddreißig Jahren mit dem unbeherrschten Giacomo; von niemandem jemals auch nur herablassend-freundlich behandelt, am wenigsten von ihrem einzigen

129

Sohn; im Herzen noch die bittere Enttäuschung über den undankbaren Zwergpapagei, blühte sie förmlich auf in der dankbaren Dienerschaft ihrer späten Jahre. Sie sang nun oft und winselnd vor sich hin am Tage, machte Obst ein und Gemüse, als würde der nächste Winter die Fluren auf immer vereisen, umarmte Hanna Hattenroth häufig ohne erkennbares Motiv und zahlte dem Gasmann lautlos von ihrer kargen Rente die hohen Heißwasserrechnungen für Eitel-Fritz Hattenroths dringende Bedürfnisse.

So eigentlich immer in glänzender Laune, verkündete sie eines Tages ihren Enkeln Cesar und Roman, daß sie beide keine armen Teufel mehr seien, sondern Besitzer kostbarer Ringe, Kleinodien, die Giacomo ihnen hinterlassen habe. Allerdings würde ihnen der vornehme Reif nicht heute, sondern, des Großvaters Willen entsprechend, erst zehn Jahre nach seinem Tod ausgehändigt werden. Und dann zeigte sie Cesar und Roman zwei breite Ringe, deren rötliches Gold erblaßte vor dem Schliff eines prachtvollen, elipsenförmigen Rubins von tiefrotem Gefunkel.

Wenn Emma Bertini großen Eindruck erwartet hatte, so mußte jedenfalls Romans Reaktion sie enttäuschen. Außer einem verlegenen Lächeln zeigte er keinerlei Wirkung angesichts der kostbaren Erbstükke. Seine Gedanken waren vielmehr wieder intensiv mit der Rumpelkammer beschäftigt, an deren malerischer Unordnung die Anwesenheit der Hattenroths nichts geändert hatte.

Giacomo Bertinis schwerer Säbel und der Dirigentenstab aus Eisenholz lagen an gewohnter Stelle, ebenso wie in dem weißen Wandschrank die kleine, aber schwere und immer gut geölte Pistole, die dem Maestro in der Stunde des entscheidenden Schicksalsschlages bekanntlich auch nicht geholfen hatte.

Seine zweite bittersüße Erfahrung mit dem andern Geschlecht – nach jenem ebenso frühen wie schaurig-schönen Biß in den Finger durch die himmlische Nachbarstochter – machte Roman Bertini mit zehn, im vierten Volksschuljahr. Es handelte sich um den Schwarm der ganzen Klasse, eine Gleichaltrige aus der Mädchenschule nebenan. Die Jungen verdrehten die Augen bei ihrem Anblick, hielten die Hände vors Geschlecht, krümmten sich in gespielter Pein und grinsten mit einem verlegenen und seltsamen Schein in den veränderten Pupillen. In den Pausen stellten sie sich an der unmarkierten Grenze zum Nachbarschulhof auf, bildeten dort eine gestikulierende Reihe, zappelten, riefen das favorisierte Mädchen bei seinem Namen – es hieß, was nichts zur Sache tut, originellerweise Liesel Müller – und gebärdeten sich außer Rand und Band.

Aber sie beließen es nicht bei diesen Bekundungen ihrer Sympathien, sondern fanden sich auch nachmittags vor der Wohnung ein und trieben dort, statt über Schularbeiten zu brüten, allerlei wichtigtuerische Scherze. Wenn das Mädchen, das sich übrigens stets in Begleitung einer auffallend häßlichen Freundin befand, auf die Straße trat, scheinbar von dem Bedürfnis nach frischer Luft, nicht aber von den Lockrufen hervorgeholt, begann eine verwegene Balz. Der Haufe löste sich sofort auf und jeder erging sich in allerlei artistischen Fertigkeiten und kraftmeierischen Beweisen. Die einen stellten sich auf Handfläche oder Kopf, bis dieser blaurot angelaufen war; andere brachen in zügellose Wettrennen aus, und eine dritte Gruppe übte sich in wildem Schattenboxen, mit stoßenden Armen, schnaubender Atmung, tanzender Beinarbeit und unablässig rollendem Schädel.

Der einzige, der nicht mitmachte, sondern stumm und anbetend auf der gegenüberliegenden Seite am Gitter stand, war Roman Bertini – nichts als ein schmerzhaft pochendes Herz. Solange sich das Mädchen noch in der Wohnung befand, machte er den Eindruck einer Statue. Erst wenn es in der Haustür erschien, fing Roman an zu zittern, seine Ohren sausten und seine Augen öffneten sich sehend. Gleichzeitig aber schienen ihm seine Glieder bewegungsunfähig geworden zu sein.

Von all dem bemerkte das Mädchen offenbar nichts. Es ignorierte die schwitzenden Schattenboxer ebenso wie die gröhlenden Sprinter. Auch nahm es keinerlei Notiz von Hand- und Kopfstand, sondern ging lächelnd, frisch wie eine Rosenknospe, die häßliche Begleiterin leise summend eingehakt, ganz liliputanerhafte Königin, möglichst mitten durch die Vorstellung hindurch. Überhaupt niemals aber, davon jedenfalls war er überzeugt, blickte es in Romans Richtung.

Angesichts dieser Situation entschloß er sich zu einem Schritt der Verzweiflung. Als er in der Pause mit zwei anderen Schülern das Klassenzimmer hütete, wartete er auf das Abläuten. Dann beugte er sich weit aus dem Fenster, unter dem die Schülerinnen vorbeikommen mußten, und spuckte sorgfältig zielend auf das Mädchen herab. Noch ehe er sich von seiner Enttäuschung erholt hatte, daß der Untat jeder Erfolg versagt blieb, weil sie ihr Ziel verfehlte, stürmte Blaß, vom Lehrerzimmer her Zeuge des unästhetischen Vorfalls, in den Klassenraum, holte den Rohrstock aus dem Schrank und befahl Roman, sich zu bücken. Dann schlug er ihm, das Gesicht leichenfahl, dreimal auf das gespannte Gesäß, rief unterdrückt, bebend, außer sich: »Das mir, der dich zu Höherem geboren weiß!« und stürzte klagend hinaus, als wäre er der Geprügelte.

Roman Bertini hatte keinen Laut von sich gegeben. Er hatte, gebückt, noch weißer als der Lehrer, die grausame Schärfe der Schläge seltsamerweise in den Kniekehlen verspürt. Nun richtete er sich wieder auf, halb ohnmächtig, aber von solchem Glücksgefühl erfüllt, daß ihm die Tränen kamen. Gab sich sein Fall nun nicht gesondert? Konnte er sich aus der übrigen Schar nicht in ein einsames Schicksal gehoben fühlen? Um des Mädchens willen hatte er gelitten!

Und seine große Stunde kam, an einem leuchtenden Märztag des Jahres 1933.

Wieder hatte sich die Schar in der üblichen Manier und unter öffentlicher Schmähung schulischer Pflichten vor dem Hause des Mädchens eingefunden, hatte sich bei seinem Anblick überschlagen in Hand- und Kopfständen und anderen schmerzhaften Verrenkungen, als das Ziel der hektischen Darbietungen, des Trubels nicht achtend, an der Seite der häßlichen Freundin mitten durch die langsam erstarrenden Burschen schritt, lächelnd, leise summend und geradewegs auf Roman Bertini zu, der wie immer am Gitter gegenüber lehnte. Als das Mädchen vor ihm stand, zum erstenmal drei Schritt von der Begleiterin gelöst, da errötete er tief vor dem kleinen, angebeteten und nun ganz ernsten Gesicht, schüchtern und doch glücklich zugleich in der Auszeichnung. So standen sie eine Weile voreinander, Äonen, wie ihm schien, in denen er das feine Näschen, die weiche Haut, diese ganze liebliche, ihm noch in die Träume hinein gefolgte Gestalt demütig und doch sieghaft betrachtete. Dann hob das Mädchen die Hand, strich ihm, herrliche Belohnung, mit den Fingerspitzen zart über die heiße Wange, und wandte sich um. Schritt, die häßliche Freundin wieder eingehakt, lächelnd und leise summend durch die noch tiefer erstarrte Schar ins Haus zurück, ohne des gleich darauf einsetzenden unbeschreiblichen Lamentos der eifersüchtigen und enttäuschten Bewunderer zu achten oder an diesem Nachmittag auch nur eine Andeutung ihrer begehrten Person noch einmal blicken zu lassen.

Da sich Schöneres nicht mehr ereignen konnte, wollte Roman Bertini in den wenigen Tagen, die ihm in der Volksschule verblieben, jede neue Begegnung vermeiden.

Er sah das Mädchen nie wieder.

Für Alf Bertini war es von Anfang an beschlossene Sache gewesen, die Söhne auf die Höhere Schule zu schicken.

Ihre Leistungen rechtfertigten ihn. In den vier Jahren seit 1929 hatten sich Roman und Cesar mühelos an der Klassenspitze gehalten, in allen Fächern die Noten *Gut* und *Sehr gut*. Nur im Rechnen zeigten beide Schwäche, Roman mehr noch als Cesar. Zahlen ließen sie kalt, sie blieben unberührt von deren Logik und gläsernen Klarheit.

Sie hatten sich neugierig in die Fibel hineingelesen, hatten lustvoll mit den Buchstaben jongliert und sich ergötzt an der Geschichte vom *Dicken, fetten Pfannekuchen,* der *kantapper, kantapper* in den Wald hinein lief. Im trüben Licht der Wohnzimmerlampe, bei Hausaufgaben über die Seiten gebeugt, war Roman gegen Ende des ersten Schuljahres ein Lied zugeflogen, aus dem Kopfhörer des Radioapparates oder von der Lindenallee hoch durchs geöffnete Fenster oder aus der sangesfrohen Kehle eines Nachbarn – akustische Momentaufnahme eines fernen und unbekannten Karnevals, eine Melodie, die ihn auf immer an die Zeit seines ABC-Schützentums erinnern sollte, obwohl der Text nicht das geringste damit zu tun hatte:

»Und sollt’ ich im Leben
ein Mädel mal frei’n,
so muß es am Rheine
geboren sein...«

Die ersten drei Jahre, von der achten bis zur sechsten Klasse, hatte Recha Lehmberg ihre Enkel jeden Morgen an die Hand genommen und war mit ihnen von der Lindenallee über die Fuhlsbüttler und durch die Drosselstraße zur Schule gezogen, ein Weg von knapp zehn Minuten – voller Furcht vor dem Verkehr, mit eingezogenem Kopf, ächzend, sehr klein, aber unbeirrbar vorwärtsstrebend. Und ebenso hatte Recha sie auch nach Unterrichtsschluß wieder abgeholt, schon lange vor dem Abläuten wartend und völlig ihrer verantwortungsvollen Aufgabe zugewandt, um dann mürrisch die Stirn zu krausen, wenn die Enkel im Portal erschienen. Schließlich, irgendwann nach über tausend Tagen, hatten Lea und Recha aufgegeben, und Cesar und Roman waren allein losmarschiert, selig, nun wie die anderen zu sein, voll von neuem Selbstvertrauen und sehr flink.

Weder die jahrelange Demütigung der großmütterlichen Begleitung noch die Armen-Atzung in der Hauptpause, noch die Verfolgung ihrer langen Haare wegen hatten Roman und Cesar Bertini daran hindern können, schmeckend, riechend und fühlend alles in sich aufzunehmen, was sich in dieser häßlichen Barmbeker Volksschule zutrug, dort, wo die Bramfelder Straße *Am Zoll* mit der Fuhlsbüttler Straße zusammenstieß.

Herrlich die bunten Papierschlangen, die zu Weihnachten in unerschöpflichen Farbzusammenstellungen von der Klasse verarbeitet worden waren, zu Vasen, Tellern, Krügen, Tierfiguren und allerlei Phantasiegebilden, mit flüssigem Klebstift bepinselt und glänzend gehärtet! Geheimnisvolle Schwammdose, in die Bohnen gesteckt wurden, die geil, weiß und unaufhaltsam ihre Triebe aus dem immerfeuchten Käfig ans Tageslicht schickten! Dann die Klassengefährten.

Der gelehrte Friedrich Willer, unbestrittener Klassenerster, Sohn eines Pfarrers, aus der Gegend von Göttingen stammend und also geschlagen mit jenem Hannoveraner Akzent, der es ihm unmöglich machte, ein klares Hamburger A zu sprechen: »Friedrich, sag doch mal ›Schimpanse‹!« – »Schimpänse...« – »Nein, Friedrich, nicht ›Schimpänse‹ – Schimpanse!« – »Na sag ich doch: Schimpänse...« Der sanfte Gunther Petersen, der, Richtung Ohlsdorf zu, in einer der wenigen vornehmeren Straßen Barmbeks wohnte, beim Sprechen immer ein bißchen durch die Zähne zischte und in seiner aristokratischen Zerbrechlichkeit von Roman eigentlich immer mehr für ein Mädchen als für einen Jungen gehalten wurde. Hans Zapp, der, sozusagen die Gräten des gerade verspeisten Fisches noch zwischen den Zähnen, bereits Anfang Januar von dem nächsten großen *Neujahrskarpfen* schwärmte, und von Butter und Meerrettich dazu, was Roman Bertini nicht gering erstaunte, da derlei lukullischer Luxus nie in Leas Speisezettel aufgetaucht war. Otto Pals, der dümmste von allen, der *Klassendoofe*, dem Roman aufs zärtlichste zugetan war und der auf seine Freundschaftsbekundungen hin stets wie ein verlegener Hund die Zunge weit zwischen den Lippen hervorstieß. Dann die Altersgenossen, die auf so exotische Namen hörten wie de Falco oder Pommikala, und schließlich Detlef Wast, genannt *Diddl* Wast, der Roman Bertini ein für allemal den Geschmack an frischer Milch verdarb. Von Lehrer Blaß nämlich, wie Montagmorgen üblich, angehalten, zum besten zu geben, was sich sonntags ereignet hatte, ergriff Diddl Wast begeistert das Wort und berichtete von seiner Großmutter, die mit »schlimmem Hals« im Krankenhaus lag. Unbedachterweise habe er ihr dorthin Milch mitgebracht, die sie jedoch nicht habe trinken können, da Milch bekanntlich *schleime*... Roman Bertini, zwei Jahre von Lea genährt und danach bis zu diesem Tage ganze Kühe aussaugend, saß wie vom Schlag gerührt da und brachte fortan nie wieder auch nur einen Tropfen Milch über die Lippen.

134

Krönung des Mitschüler-Panoramas jedoch war, drei Jahre älter denn alles Volk ringsum, der langschinkige Sitzenbleiber Rudi mit dem unglücklichen Nachnamen *Stange*, den mit folgendem Wiederholvers die Klasse aufzuziehen nicht müde wurde:

»Stange hat 'ne Hose an,
die reicht ihm bis zum Knie,
und wenn er sie noch höher zieht,
dann sieht man seine –
Stange hat 'ne Hose an,
die reicht ihm bis zum Knie,
und wenn man sie...«

Für die intimeren Klassengefährten muß Roman Bertini übrigens so etwas wie ein Problem, eine Aufgabe gewesen sein. Denn wenn er einmal gefehlt hatte (dies übrigens stets zusammen mit Cesar, und umgekehrt, anders hätte Lea es nicht zugelassen!), brachen etliche von ihnen in den Schrei aus: »Es war viel schöner, als du nicht da warst!« Und einer, Hans Zapp, verriet sogar die Ursache, als ihm in einer Art komischer Verzweiflung herausrutschte: »*Du bist so anstrengend!*« Dann brummte Roman Bertini vielsagend, tat, als begreife er nichts, stellte sich taub und freute sich insgeheim sehr. Nur Otto Pals wußte bei seinem Anblick nichts auszusetzen und bearbeitete noch aufgeregter als sonst seine Lippen mit der verlegen herausstechenden Zunge.

Es hätte Roman und Cesar nichts ausgemacht, auch die restlichen vier Schuljahre hier zuzubringen. Es trieb sie nichts weg, sie hatten sich an die Stätte, die Mitschüler, die Lehrer gewöhnt. Hätten sie zu entscheiden gehabt, so wären sie mit Freuden geblieben. Sie ängstigten sich vor dem Wechsel, fürchteten sich, Vertrautes gegen eine ungewisse, fremde Zukunft einzutauschen.

Aber nicht sie entschieden darüber, sondern Alf Bertini, der nichts von seinem mystischen Verhältnis zur Bildung eingebüßt hatte. Denn immer noch wurde sein Gebaren geziert, seine Rede geschraubt, seine Stimme ehrfurchtsvoll, wenn er meinte, einem gebildeten Menschen gegenüberzustehen. Immer noch steifte sich dann sein Rücken, schloß er die Augen in wichtigen und schwierigen Überlegungen, dämpfte er, Zeichen höchster innerer Konzentration, die Stimme bis ins Unhörbare. Und immer noch spielte ihm dabei seine alte Neigung, verschachtelte Sätze zu bevorzugen, böse Streiche – ganz plötzlich verlor er den Faden, verhaspelte sich, stockte, versuchte es von neuem, mit noch geringerem Erfolg. Nichts hatte sich an seinem Elend geändert.

Früh, wahrscheinlich schon lange vor ihrer Geburt, mußte er beschlossen haben, daß seinen Kindern das zuteil werden sollte, was ihm selbst verwehrt geblieben war, ohne daß er es je zugegeben hätte – die beste, die höchste Bildung, daß wenigstens noch auf solche Weise ein Abglanz fiele auf ihn, Alf Bertini, den Vater so gelehrter Söhne!

Davor jedoch hatte die Hamburger Schulbehörde eine gestrenge Prüfung gesetzt, die für Roman und Cesar in der Realschule am Osterbekkanal stattfand. Im Gedächtnis des Jüngeren blieb davon nichts als seine eigene Unfähigkeit, von den Rechenaufgaben auch nur eine einzige zu lösen, und jener wunderbar bunte Hafenschlepper, den er liebevoll auf ein weißes Blatt Papier gemalt hatte, als er mit den Zahlen nichts anzufangen wußte.

Das Ereignis, bei dem übrigens Cesar und Roman Bertini zum erstenmal auf getrennten Bänken saßen, was sie erheblich verstörte, dauerte drei kalte Tage im Februar des Jahres 1933. Sie wurden von Roman ertragen in der völligen Gewißheit durchzufallen, weil er im Rechnen versagt hatte und auch sonst nicht sonderlich bei der Sache war – was ihm gar nicht unangenehm gewesen wäre, denn er wollte ja zurück zu Otto Pals, zu Hans Zapp und Friedrich Willer, zu den Gefährten mit so idiotischen Namen wie de Falco und Pommikala, vor allem aber zu Lehrer Blaß!

Tatsächlich jedoch bestanden die Brüder die Prüfung für die Höhere Schule ohne Einspruch.

Am letzten Volksschultag ließ Blaß noch einmal Lea Bertini zu sich kommen. Als er, mit Cesar und Roman an der Hand, das Besuchszimmer betrat, blieb er, wie immer bei ihrem Anblick, einen Augenblick still stehen, ehe er langsam die Tür schloß. Dann, die Finger seiner beiden Lieblingsschüler so fest drückend, daß sie ihn erschrocken anstarrten, stammelte Blaß mit irren Augen:

»Sie haben den Reichstag in Berlin angezündet, Sara, sie waren es *selber*. Verlaß Deutschland, ehe es zu spät ist – flieh, Sara, um Gottes willen, *flieh*!«

7

»Geheime Staatspolizei!«

Am 1. April 1933, begünstigt durch ein Gesetz der gerade untergegangenen Weimarer Republik, das den erwerbslosen Pianisten von der Zahlung des Schulgeldes bis auf einen symbolischen Betrag entband, schickte Alf Bertini seine Söhne Cesar, elf Jahre fünf Monate, und Roman, fast auf den Tag zehn, unter die Kinder der Vornehmen und der reichen Kaufleute, auf *das* Humanistische Gymnasium der Freien und Hansestadt Hamburg, auf die Erste, die Gelehrtenschule in der Winterhuder Maria-Louisen-Straße – das *Johanneum*!

An ihrem Jungferntag begleitete Lea die beiden noch einmal. Auf dem Barmbeker Bahnhof stiegen sie in die Hochbahn, um drei Stationen weit zu fahren. Unterwegs, zwischen den Bahnhöfen *Stadtpark* und *Borgweg*, richtete die Mutter leise Worte der Ermutigung und Erbauung an Cesar und Roman und erklärte ihnen, daß dies der Beginn einer bedeutenden Epoche in ihrem Leben sei, nun, da sie in enge Beziehung zu Wissenschaft und Bildung träten. Aber sie sprach nur mit halber Kraft, sozusagen stellvertretend für Alf Bertini, der nicht mitgekommen war. Zwar hatten die Söhne ihn inständig darum gebeten, der Vater jedoch hatte barsch abgewinkt, ohne Gründe zu nennen. Wenn es nach Lea gegangen wäre, so hätten Cesar und Roman gern die Volksschule weiter besuchen können. Nicht nur, weil sie der Lindenallee um so vieles näher lag als das Gymnasium, sondern weil Lea Bertini seltsamerweise niemals auch nur die geringste Spur von Ehrgeiz für ihre Kinder empfand.

Stumm nickend ließen die beiden nun den Zuspruch über sich ergehen, desto entsetzter vor der unbekannten Zukunft, je näher sie der neuen Schule kamen. Auf der Station *Sierichstraße* stiegen sie aus, gingen ein Stück die Dorotheenstraße hinunter, bogen in die Maria-Louisen-Straße ein und standen vor der Gralsburg des Johanneums.

Es war ein massives Backsteingebäude in der Form eines auf den Kopf gestellten U, nur daß die Basis nicht gerundet, sondern gerade gestreckt war. Die Frontseite war, bis auf einen kleinen Durchlaß rechts, von schmiedeeisernen Toren gesperrt, die den Blick auf den *Innenhof* freigaben. Während draußen vor dem rechten Flügel ein Denkmal, die hohe, altertümliche Gestalt des Gründers, *Johannes Bugenhagen*, aufgestellt war, schmückte den Innenhof ein nackter Jüngling aus Bronze auf marmornem Podest. An ihm vorbei, eng an die Mutter gepreßt, betraten die Söhne über das steinerne Halbrund einer hellen Treppe beklommen den Mittelteil und fanden sich alsbald auf dem linken Flügel des auf den Kopf gestellten U inmitten einer Schar von Altersgenossen wieder, die, wie sie, hier im Gebäude die blauweißroten Sextanermützen in der Hand hielten. Da kein anderer Schüler von Vater oder Mutter begleitet worden war, hatte der Klassenlehrer nur Lea Bertini zu begrüßen. Er war ein kaum mittelgroßer, eher untersetzter Mann mit Glatze, von winzigem Flaum über den Ohren abgesehen, die Augen groß, braun und etwas hervorquellend, die Stimme tief – Studienrat Doktor Ernst Freund, Ordinarius, Klassenlehrer dieses »hoffnungsvollen Nachwuchses in einer hoffnungslosen Zeit«, wie er Lea sogleich hinter vorgehaltener Hand zuflüsterte, zuständig für die Fächer Latein und Deutsch, später, in ferner Untertertia-Zukunft, auch für Griechisch. Roman und Cesar sahen ihn an, lächelten schüchtern in die großen Basedow-Augen und fühlten sich nicht mehr ganz so preisgegeben. Dann erinnerten sie sich ihres ersten Schultages vor vier Jahren, schämten sich der abermaligen mütterlichen Begleitung und winkten Lea schnell und unauffällig zu. Sie entfernte sich langsam, fast widerstrebend, von Ernst Freund bis auf den Innenhof geleitet. Dann wurden die Sextaner von ihm über mehrere prachtvoll breite Treppen und durch hohe Hallen, vorbei an den Statuen altgriechischer Denker und den Büsten großer Staatsmänner Athens, in die Aula geführt, wo sich die gesamte Schülerschaft des Johanneums versammelte, wie jeden Wochenanfang, um den Gottesdienst abzuhalten.

Noch während des Präludiums auf der Orgel, deren Pfeifen in silberner Mächtigkeit die hintere Aula beherrschten, schlossen zwei Mitschüler, ohne jegliches Zutun seinerseits, Freundschaft mit Roman Bertini, indem sie ihn zunächst einfach zwischen sich setzten und ihn dann voller Wohlwollen angrinsten. Bald darauf schon, während des Absingens frommer Lieder, schnitt der eine, Peter Togel, lang aufgeschossener Sprößling des evangelischen Landesbischofs von Hamburg, immer neue Grimassen, während der andere, Walter Janns, Sohn eines weit über die Stadtgrenzen hinaus berühmten Chirurgen, erfolgreich bemüht war, den rechten Unterschenkel mit phantastischer Gelenkigkeit hinter seinen Kopf zu legen – beide ganz offenbar beseelt von dem Wunsch, Roman Bertini trotz der unpassenden Stunde abwechslungsreich zu unterhalten.

Später dann, im Klassenzimmer, saß die neue Sexta kaum zehn Minuten über dem *Ludus Latinus*, dem lateinischen Lehrbuch, als plötzlich die Tür aufgerissen wurde und ein ziemlich korpulenter Lehrer eintrat – in der Hand eine Liste, Schmisse an der linken Wange und im Nacken einen rötlichen Wulst, der den Spitznamen *die Speckrolle* sofort verständlich machte.

Als Roman Bertini sie in dieser ersten Stunde auf dem Johanneum eintreten sah, hörte er in sich einen uralten, singenden Alarm, bei dem sich ihm die Haare sträubten. Was die Speckrolle da vorn mit dem Ordinarius besprach, verstand einstweilen noch niemand, aber alle wurden Zeugen, wie Ernst Freund schneeweiß wurde, rasch ans Fenster trat und mit dem Rücken zur Klasse starr hinausblickte.

Dann rief die Speckrolle mit etwas heiserer Stimme: »Die Juden David Hanf – Cesar Bertini – Roman Bertini vortreten!«

Als die drei sich erhoben, winkte eine knappe Handbewegung sie nach vorn, vor die Wandtafel neben der Tür. Dort standen sie, in der Mitte David Hanf, ein Junge mit glattem, blankem Schwarzhaar, schwammig von Statur und sehr unruhig. Er schaute hin und her, von der Speckrolle auf den steifen, unbeweglichen Rücken des Klassenlehrers, von ihm auf die weiße Front der Gesichter. Nichts regte sich, außer David Hanfs ängstlichem, vogelhaftem Kopfrucken. Im Raum herrschte Totenstille. Die Speckrolle war nahe ans Fenster getreten, fast Anzug an Anzug mit Ernst Freund. Dann machte sie auf der Liste drei Haken, ging zur Tür, sagte, die Klinke schon in der Hand, über die Schulter zu dem Ordinarius: »Sie haben Glück, Kollege – in anderen Klassen ist die *Fraktion der Itzigs* erheblich stärker«, und verschwand.

Da, in diesem Moment, geschah es, geschah es zum erstenmal – Roman Bertini duckte sich blitzschnell vornüber, als hätte er mit einer Eisenstange einen entsetzlichen Schlag gegen den Leib erhalten, eine wilde, fürchterliche Bewegung, die sich jenseits seines Willens vollzog. Nur langsam richtete er sich auf, stand bebend vor der Wandtafel, tastete mit den Händen nach der glatten Fläche und fand keinen Halt.

Ernst Freund, der davon nichts bemerkt zu haben schien, wandte sich um, befahl die drei barsch an ihre Plätze, hieß die Schüler den Ludus

Latinus wieder aufschlagen und hielt die großen braunen Basedow-Augen beharrlich gesenkt.

Peter Togel und Walter Janns jedoch griffen sich Roman und setzten ihn, der vorher in der Klassenmitte neben Cesar gesessen hatte, zwischen sich auf die letzte Bank. Und während der Sohn des evangelischen Landesbischofs mit ganz neuen Grimassen aufwartete, verschwand Walter Janns unter dem Pult, um dort den rechten Unterschenkel äußerst beweglich und zu wiederholten Malen hinter seinen Kopf zu legen – so postiert, daß er dabei Roman Bertinis bleiches Gesicht erblicken konnte, in das nun langsam die Röte begreifender Dankbarkeit kroch.

Roman und Cesar Bertini fuhren nicht jeden Tag mit der Hochbahn zum Johanneum. Die Strecke Barmbeker Bahnhof-Sierichstraße kostete hin und zurück für beide zusammen sechzig Pfennig, zuviel des Luxus für Alf Bertinis schmalen Geldbeutel. Gewöhnlich benutzten sie an zwei, manchmal auch drei Tagen der Woche die Bahn, die übrigen gingen sie zu Fuß. Zwischen der Lindenallee und dem Winterhuder Gymnasium lagen ungefähr sechs Kilometer.

Morgens zogen sie schweigsam los, vorbei an der Sandkiste und durch die große Unterführung hindurch. Rechts erst die Maschinenfabrik Heidenreich & Harbeck, dann, über einen Seitenarm des Osterbekkanals hinweg, die Hochbahnstation *Stadtpark*, so schritten sie den endlosen Wiesendamm hinunter, ehe sie, am Borgweg vorbei, in der Clärchenstraße auf die kleine Kirche stießen und sich dem Johanneum von der Rückseite näherten. Aus der Geborgenheit der Nacht, aus der Wärme des mütterlichen Dunstes in das grelle Licht des Morgens verschlagen, schluckten die Brüder auf dem langen, langen Weg, rückten nahe aneinander, stießen sich an und grinsten. Nachmittags schritten sie gelöster zurück. Aber zu Hause angekommen, mußte Cesar Bertini sich immer öfter hinlegen – bereits damals litt er schwer an Plattfüßen.

Die ersten Anzeichen hatten sich schon in seinem vierten Lebensjahr angekündigt. Doktor Aaron hatte Alf und Lea auf die hervortretenden Knochen aufmerksam gemacht, ohne etwas anderes zu ernten als des Vaters überlegenes Lächeln. Alf hatte souverän abgewinkt und emsig gebetet. Tagelang war er auf dem Korridor hin und her gegangen, murmelnd, beschwörend, die Augen geschlossen. Ab und zu kontrollierte er die Folgen seines frommen Tuns, betastete Cesars Füße und Sohlen, drückte und beklopfte sie. Aber ein Erfolg seiner Gebete stellte sich nicht ein, im Gegenteil. Cesar war plattfüßig in die Volksschule gewatschelt und hatte ständig über Schmerzen geklagt. Da ließ Alf Bertini die Söhne im Wohnzimmer vor sich hintreten.

Alles, was der Mensch sehe, rieche, schmecke, anfasse – so trug er ihnen feierlich vor –, existiere in Wahrheit gar nicht, sondern sei ein Trugbild, Fata Morgana, bloße Spiegelung. Wahr und einzig unzerstörbar, seit allen Zeiten und in alle Zukunft, sei nur der *Geist*, auch *Gott* genannt, und seine Harmonie. Wer fest und unbeirrbar an sie glaube, der könne ernstlich keinen Schaden nehmen, weder am Körper noch an der Seele. Durch das rechte Verständnis gegenüber dem *Geist* werde die *Materie*, blindes Teufelswerk und nackter Staub, würden alle Krankheiten, eingeschlossen Cesars schlimme Füße, überwunden und das ewige Leben gefunden werden.

So predigte Alf Bertini seinen Söhnen im Wohnzimmer, eine Hand auf den Klavierdeckel gestützt, und sie standen stumm und gläubig vor ihm und bewunderten den Vater sehr – war er doch, nie krank und frei von allen körperlichen Übeln und Beschwerden, ein wahres Monument, ein leuchtendes Beispiel für die Richtigkeit der Lehre aus dem Nordamerikanischen, der *Christlichen Wissenschaft*, der Erlösung aus Boston!

Die Worte *Geist*, *Materie*, *Harmonie* waren zu selbstverständlichen Begleitern von Roman und Cesar Bertinis Kindheit geworden. Nur, mit ihrem eigenen Glauben daran schien es nicht gar so weit her zu sein, denn sie bekamen Masern, Keuchhusten und Windpocken. Außerdem wurde Roman mit vier Jahren von einer Art Beulenpest befallen, die ihn mit eitrigen Höckern übersäte und viele Wochen ins Bett verbannte, wo er röchelnd und wimmernd lag, weil er nicht wußte, wie er sich legen sollte – stets drückten ihn dabei mehrere seiner Schweinsbeulen. Aber auch diese Heimsuchung konnte Alf nicht bewegen, von seinen heiligen Prinzipien abzurücken und angesichts der Not seines Jüngsten Doktor Aaron zu Rate zu ziehen – dem kleinen jüdischen Familienmedikus, der von allem Anfang an wie Methusalem gewirkt hatte und offenbar unsterblich war, fiel bei den Bertinis keine andere Aufgabe als die des Geburtshelfers zu.

Im Laufe der vier Volksschuljahre waren Cesars Füße noch platter geworden, so daß er eigentlich außer Einlagen auch orthopädische Schuhe hätte tragen müssen. Doch focht die sichtbare Verschlechterung den hitzig-gläubigen Alf nicht an. Ohne feste Methode, in unbestimmten und willkürlichen Abständen, betete er inbrünstig und mit geschlossenen Augen, meist am Vormittag.

Dann, während die Söhne nun auf dem Johanneum mit der lateinischen Grammatik kämpften, trat Alf Bertini versunken ans Klavier, um zu *üben*. So nannte der bereits im vierten Jahr erwerbslose Pianist jene endlosen Stunden, in denen er das Instrument beidhändig marterte. Mit zeremoniellen Bewegungen hob er den Deckel, ließ die Finger griffig über der Klaviatur schweben, und schlug mächtig zu.

Er hatte immer *geübt*, auch, bevor er seinen Platz unterhalb der flimmernden Leinwände verloren hatte – tagsüber. Nachdem ihm aber auch die Abende dafür zur Verfügung standen, übte Alf oft genug bis in die Nacht hinein, vom frühen Morgen an und sehr häufig nur wenige Akkorde bis zur Verzweiflung seiner Umwelt wiederholend. Meist jedoch spielte er mit unverkennbarer technischer Routine, wenngleich ohne künstlerische Fiber, Klassiker, ihre rauschenden, perlenden Melodien. Auf diese Weise waren Roman und Cesar mit fast dem gesamten Repertoire der großen Komponisten aufgewachsen, von Bach, Brahms, Händel und Weber über Beethoven, Mozart und die Romantiker bis zu den berstenden Klängen Richard Wagners. Noch vor dem Schulalter kannten sie jeden Takt, jeden Ton, jede Kadenz, und es gab später kaum etwas aus diesem ungeheuren Schatz, das sie nicht sofort und fehlerlos nachsummen konnten. Vor allem aber, mit nichts anderem zu verwechseln und zu vergleichen, prägte sich Roman Bertini die Musik Frédéric Chopins ein – atemlos lauschendes Geschöpf. Wenn Alf Bertini, übrigens nie vor zehn Uhr abends, denn dafür wartete er eine späte Stunde ab, die zwölfte, die *Revolutions-Etüde*, in die Tasten hämmerte, schlich Roman sich aus dem Bett auf den Korridor und lauschte nahe der Wohnzimmertür hingerissen den himmlischen Melodien. Drinnen dann, nach dem letzten Ton die rechte Hand hoch emporgeworfen, bog der Vater sich weit nach hinten zurück, seufzte tief, wie aus schwerer künstlerischer Trance erwachend, und ließ, der Bewältigung kommender Aufgaben wieder ein gutes Stück entgegengeeilt, den Kopf erschöpft vornüber sinken. Darauf schloß er erleichtert und befriedigt die Notenhefte, erhob sich gemessen von seinem Sitz und verbeugte sich, in Richtung des abgewetzten, niedergesessenen Sofas an der Wand, knapp vor einem imaginären Applaus, ganz gefeierter Solist der Weltklasse vor besetztem Haus, unerreichter Chopin-Interpret, das begnadete Wunderkind von einst nun in strotzender Reife – Alf Bertini, Maestro Giacomo Bertinis größerer Sohn!

Plötzlich aber schrie er: »Tür zu!« und noch einmal, lauter: »Tür zu!«

In seiner hingebungsvollen Verzückung für den franko-polnischen Meister war ihr Roman zu nahe gekommen und hatte sie leicht aufgestoßen, wobei er aufgerissenen Auges Zeuge der väterlichen Verbeugung geworden war. Nun zog er erschrocken an der Klinke und verschwand blitzschnell ins Bett.

Der April des Jahres 1933 war kalt, und Alf Bertini hatte das Wohnzimmer geheizt.

»Tür zu!«

Weder die Vertiefung in die Musik noch in das Gebet konnten ihn davon abhalten, diesen Schrei auszustoßen, sobald jemand in das warme Wohnzimmer huschte oder es huschend verließ. Huschend – denn in ständiger Erwartung des Rufes wagte längst niemand mehr, in normalem Tempo einzutreten oder hinauszugehen.

Hier war eine neue Ära eingeleitet worden.

Alf Bertini, immer gewohnt, den Mangel zu verteilen, hatte sich seit Beginn seiner Arbeitslosigkeit einer neuen, zusätzlichen Manie ergeben – er war besessen von der Idee, die Heizungskosten so niedrig wie möglich zu halten.

Bei den Bertinis wurde nur das Wohnzimmer gewärmt – das Schlafzimmer hatte keinen Ofen, der im Eßzimmer wurde nie benutzt, und in der Küche sorgte der große Herd für Temperatur. Winters nun soviel Wärme wie möglich zu speichern, kam Alfs pedantischer Natur, seiner Neigung für Unwesentliches, seinem ganzen gestörten Verhältnis zur Wirklichkeit weit entgegen. So hatte er das Heizen zu einer Privatwissenschaft erhoben. Er beobachtete den unten schmiedeeisernen, oben grüngekachelten Ofen im Wohnzimmer wie ein widerspenstiges, gefährliches Biest. In der einen Hand den Eimer mit Kohle, Briketts oder Koks, in der anderen eine Schaufel, eilte er trippelnd herbei, verstieg sich zu Überraschungsangriffen auf das rotglühende Monstrum, verschraubte, wenn die Feuerung gefallen war, die schweren Türen nach genauem Ritus mit einem eigens dafür ausgewählten Taschentuch, und ließ sich derweilen schwadronierend aus über seine verfeinerten, hochorganisierten Heizmethoden.

Sowie jemand anderer als er selbst ins Zimmer huschte, brüllte er »Tür zu!«

Seit vier Jahren nun erwartete die Familie ab Herbst diesen Schrei. Verschüchtert durch Alfs gewalttätiges Organ, drückten sich die Söhne mit eingezogenem Magen aus der Tür, schlechten Gewissens, daß es ihnen nicht gelang, einfach durchs Schlüsselloch zu schlüpfen. Aber alle Anstrengungen bewahrten sie nicht vor dem gefürchteten Ruf. Hinter der Tür jedoch, außer Sicht, ließen sie ihrem angeborenen Sinn für Situationskomik freien Lauf, schnitten Grimassen, wackelten mit den Köpfen, schwankten über den Flur und lachten lautlos mit weit aufgerissenem Mund.

Recha dagegen wollte Alfs unerträglichen Sparfimmel nicht widerspruchslos hinnehmen, aber auch sie wagte sich nicht offen aufzulehnen. Wenn sie wieder einmal bei seinem notorischen Schrei »Tür zu!« aus dem Wohnzimmer gehastet war, wandte sie sich draußen um, drohte mit der Faust, machte, von niemandem bemerkt »Au!« und »Oh!«, als hätte sie sich verletzt, und nahm einen Anlauf, als wollte sie unter Mißachtung von Alf Bertinis Autorität die Tür sperrangelweit aufreißen. »Gerade müßte man es tun, nun erst recht«, jappte sie mit versagender Stimme, »auf, weit auf, und dann einen Knüppel dazwischen stecken und annageln, daß die Tür nie wieder geschlossen werden könnte.« Ächzend, die Hände vors Gesicht geschlagen, betrat sie die Küche und klagte Lea zugewandt: »Ein Ungeheuer ist dein Mann, ein Scheusal! Ich habe noch nie so viel Schlechtigkeit erlebt. Hatte ich es dir nicht gleich gesagt, sofort, als ich den Schlemihl zum erstenmal sah? Erinnerst du dich? Natürlich erinnerst du dich, aber zugeben wirst du es nicht«, und Recha Lehmberg schaute zwischen den gespreizten Fingern auf ihre Tochter, die mit zusammengezogenen Brauen vor dem Herd stand und das Essen vorbereitete.

Immer bereitete Lea Bertini Essen vor, zu jeder Zeit, man könnte sagen, daß dies ihre Hauptbeschäftigung war, vor der Hausarbeit und weit vor den Klavierstunden und ihrer tristen Nebenbeschäftigung mit der Nadel für fremde Leute, um das jämmerliche Unterstützungsgeld, das Alf vom Arbeitsamt nach Hause brachte, aufzubessern.

Da stand sie vor dem Herd, gehüllt in Hitze und Dämpfe, die etwas zu große Nase in dem sonst blassen, von den schwarzen Haaren jugendlich gerahmten Gesicht immer etwas gerötet von dem Dunst, vor sich Kessel, Töpfe, Pfannen – ein gewohntes Bild für Alf und die Söhne.

Lea Bertini war eine großartige Köchin, obwohl ihr keinerlei Mittel für eine Verfeinerung der Speisen zur Verfügung standen. Was sie zubereitete, war derb, einfach, meist mit dicken Saucen, viel Kartoffeln, häufig Gemüse, selten Fleisch – aber all das so schmackhaft, daß es für Roman Bertini zum Inbegriff dessen wurde, was er später die *deutsche Küche* nannte und der er immer den Vorzug vor jedem kulinarischen Luxus gab.

Stets schien Lea Bertini mit den Vorkehrungen des Essens beschäftigt zu sein, nicht nur in der Wohnung, sondern auch auf der Straße, wenn sie durch die Lindenallee lief. Lief, denn niemand sah sie je langsam, gemessenen Schrittes gehen. Wie vom Fütterungszwang gehetzt, verschwand sie fluchtartig in den Grünwaren-, Bäcker- oder Schlachterladen, die alle in unmittelbarer Nähe lagen, um ebenso fluchtartig wieder hervorzuschießen und ins Haus Nummer 113 zu eilen. Ihr ganzes Leben bestand aus der Zubereitung von Mahlzeiten. Berühmt für ihre Brotsuppe, ihre Kohlrouladen, ihre Bouillon, füllte sie und nur sie allein die Teller, teilte zu, maß ab. Mann und Söhnen schnitt sie das Fleisch klein, wenn es welches gab – Lea duldete kein Messer in deren Händen. So lernten sie nicht, mit Bestecken umzugehen.

Immer schon war sie besorgt gewesen, ob die Ihren auch genug zu essen hatten, immer schon hatte sie wortlos in ihren Gesichtern geforscht, vor dem ersten und nach dem letzten Bissen. Aber seitdem sie die Speisen strecken mußte, seitdem das Arbeitslosengeld tatsächlich nicht einmal mehr für das Minimum reichte und die Bertinis ohne Recha Lehmbergs stille Zuschüsse aus dem Lohn ihres Mannes, des Lagerverwalters bei den *Hamburgischen Electricitätswerken,* wohl buchstäblich zu Skeletten abgemagert wären, hatte sich Lea Bertinis Urangst in einer Frage, einem Aufschrei formuliert, der keineswegs seltener erscholl als Alfs »Tür zu!«. Aus tiefstem Herzen kommend und durch die Wirklichkeit auf das fürchterlichste akut, war er rasch zu einer festen Institution geworden: *»Habt ihr Hunger?«*

Vom Beginn der väterlichen Erwerbslosigkeit an hatte die eindringliche Frage Roman und Cesar verfolgt, übrigens oft von Lea dann gestellt, wenn die Söhne oder Alf gerade satt geworden waren – als läge ihr nur an der Verneinung.

So stand sie tagein, tagaus vor dem Küchenherd, gehüllt in Hitze und Dämpfe, die etwas zu große Nase gerötet, das vom dunklen Haarwald umrahmte Gesicht gebeugt über brodelnde Töpfe, zischende Pfannen und heiße Kessel auf der Platte – Lea Bertini, Mutter, Leben, Ernährerin!

Und nun gar galt es also noch für den dritten Sprößling zu sorgen, für Ludwig, den ungeplanten Jüngsten, den verhätschelten Nachkömmling, den *kleinen Muck.*

Hatte Lea Roman und Cesar wie ihren Augapfel behütet, so schützte sie Ludwig noch maßloser gegen alle Gefahren der Welt. Die beiden ersten Jahre hatte sie Alf und jedem andern selbst den kleinsten Schritt mit ihm auf die Straße verweigert, Ludwig aber auch in der Wohnung keine Sekunde aus den Augen gelassen. Sie nährte ihn zwei Jahre und sechs Monate an ihrer Brust, also noch länger als die älteren Söhne.

Ludwig blieb blond. Er hatte blaue Augen, ein kleines, formschön gekrümmtes Näschen, und er galt als der erklärte Liebling der Lindenallee. Die Ladenbesitzer pflegten ihn auf Leas Arm geheimnisvoll heranzuwinken und ihm allerlei zuzustecken, Süßigkeiten, ein Wurstende, Obst, was Lea glücklich gewährte, glaubte sie doch Zuneigung, Wärme, freundliche Anteilnahme zu spüren, Empfindungen, die sie sofort reichlich zurückgab.

Schließlich gestattete sie Alf doch, den hochrädrigen, grünen Kinderwagen vom Boden zu holen. Sie entstaubte das Gefährt und weihte ihren Mann, bevor er mit Ludwig losziehen durfte, in letzte Einzelheiten seiner väterlichen Aufsichtspflicht ein. Dabei erinnerte sie ihn immer wieder an sein Versagen, an jenen Tag, da Roman unter dem Pferd des Milchmannes gehockt hatte und sein Leben, wie sie behauptete, nur der gnädigen Laune des Tieres zu verdanken war – ein Bild, das sie offenbar nicht vergessen konnte.

Nun stellte sie sich auf den Balkon und sah zu, wie Alf seinen Jüngsten vor sich herschob.

Er machte lange Strecken durch Barmbek, bis zur Hellbrooker Dreckmannswiese, ja die Fuhlsbüttler Straße fast hinunter bis zum Ohlsdorfer Friedhof. Waren sie weit genug von der Lindenallee entfernt, nahm Alf den Sohn aus Kissen und Decken, damit sein Fleisch und Blut besser bestaunt werden konnte. Er liebte es, wenn die Leute ihn ansprachen und mit dem blonden Kind tuschelten, verbat sich allerdings jede körperliche Berührung und betete unterwegs mit geschlossenen Augen für die Gesundheit des Jüngsten. Die Mädchenfrisur der Brüder wiederholte sich an ihm nicht, irgendwie, wenn auch uneingestanden, mußte Lea und Alf Bertini klar geworden sein, wie sehr die beiden unter ihr gelitten hatten. Aber sein seidiges Haar wurde von Lea dilettantisch zurechtgestutzt, hätte sie doch niemals eine fremde Schere am Kopfe ihres *kleinen Muck* geduldet – niemand wußte mehr, wer ihm zuerst diesen zärtlichen Kosenamen gegeben hatte.

Mit seinem dritten Sohn erlebte Alf Bertini also noch einmal die öffentlichen Wonnen seines geltungssüchtigen Vaterstolzes, schritt grußlos an den meisten Nachbarn aus der Lindenallee vorbei und sah voller Rührung auf Ludwig, der meist aufrecht im Wagen saß und seine Händchen am Rand festgekrallt hatte. Auch ihn führte Alf, wie vorher die älteren Söhne, vor den Panther aus Stein im Stadtpark, ganz nahe heran an den mächtigen glatten Schädel mit den tiefliegenden, dreieckigen Augen und dem dicken Schweif. Auch Ludwig verfolgte atemlos Alfs erst liebenswürdiges Streicheln, das »Ei du liebes, ei du gutes Tier«, und auch er schrie laut auf, wenn der Vater dem getäuschten Raubtier plötzlich mit der flachen Hand eine schallende Ohrfeige versetzte, den Kinderwagen packte und im Laufschritt davonstürmte. Daß vom Denkmal Heinrich Heines in der Nähe nur noch der Sockel übriggeblieben war, entging Alf Bertini längere Zeit.

Geschwellt schob er den altmodischen Wagen durch die Straßen, holte heftig nach, was er mehrere Jahre versäumt zu haben glaubte, wies das abermalige Resultat seines Mannestums beifallheischend vor, brachte es unters Volk und ließ sich gebührend bewundern – bald wieder Distriktsgespräch, legendäre Figur und, nach so langer Unterbrechung, von Barmbeks Frauen und Müttern ihren unwillig brummenden, heftig protestierenden Männern wiederum als rühmliches Muster vorgehalten.

Aber mit Kinderhüten und *Üben* allein war die unerschöpfliche Zeit des erwerbslosen Pianisten nicht totzuschlagen – auch weiterhin mußte das Schachspiel herbei.

Immer noch brachte Alf ausgewählte Stempelbrüder mit nach Hause, und zwar zu jeder Stunde. Meist währten die Partien im trüben Licht der Wohnzimmerlampe bis tief in die Nacht hinein, häufig sogar bis zum Morgen. Ohne feste Pflichten, durch keinerlei körperliche Anstrengung zu ökonomischer Kräfteeinteilung angehalten, focht Alf Bertini lautstark die Spiele aus, klopfte, wenn der Gast Durst oder Appetit verspürte, die von dem ungeheuren Lärm ohnehin wache Lea aus dem Bett und versank inzwischen grübelnd, die Lippen vorgeschoben, ganz Weltmeister, in das wichtige, für sein Prestige schlechthin entscheidende Spiel. Tatsächlich stand Lea gehorsam auf, bereitete, so wenig für die Familie auch immer da war, Speisen und Getränke zu, brachte sie auf einem Tablett ins Wohnzimmer und ging klaglos zurück ins Bett, wo sie einzuschlafen versuchte. Meist mißlang es jedoch, da selbst schwer Gehörgeschädigte die urigen Bekundungen sowohl des Siegers als auch des Verlierers Alf Bertini nicht verborgen geblieben wären. Gellend in die Nacht scholl sein wüstes »Gardez!«, das knallende »Schach!« und seine wütenden Reaktionen auf die angeblich fortwährenden Versuche des Gegners, einen schwachen oder falschen Zug zurückzunehmen. Unvermeidlich auch kam irgendwann der Zeitpunkt, da Alf sein Gegenüber mit erhobener Stimme beschuldigte, die Partie absichtlich hinauszuzögern, um ihn, den Gastgeber, undankbarerweise zu zermürben – obwohl er selbst oft genug mit einem Gegenzug endlos wartete. So erschien selten jemand zweimal in der Lindenallee 113, wobei der stellungslose Musiker die Fluktuation der Schachpartner allerdings auf seine Weise deutete – nämlich als das Eingeständnis ihrer Kapitulation vor seinen überlegenen Spieleigenschaften.

Merkwürdigerweise gelang es ihm jedoch immer wieder, neue Opfer anzuschleppen, sie auf das krachende, zusammengesunkene, im Laufe der Jahre keineswegs ansehnlicher gewordene Sofa zu befehlen, um dort unter der Lampe mit den fliegendreckgesäumten Rändern zunächst die Figuren aufzustellen.

Und dann siegte er tatsächlich meistens.

Von unangefochtenem Selbstbewußtsein schier berstend, verbreitete Alf Bertini hier innerhalb der eigenen vier Wände eine Atmosphäre von so widerwärtiger Siegeszuversicht, daß ihr nur die robustesten Charaktere gewachsen gewesen wären. Nahte das Ende, knallte sein »Schachmatt!« so dröhnend gegen die Zimmerdecke, daß Lea und die Söhne hochfuhren vor der schrecklichen Genugtuung, dem hohngesättigten, abgrundtiefen Triumph in dieser Stimme. Die ganze nächtliche Zeremonie, jede Bewegung, jeder Laut, jeder Atemstoß, alles steuerte auf die heulende Siegesbezeugung hin, mit der Alf der ganzen Welt kund und zu wissen gab, daß er den letzten, den allerletzten Zug getan hatte – ungekrönter Meister, ein Spieler mit ungewöhnlichen Kombinationsfähigkeiten, der es gern hatte, sinnend, die Lippen vorgeschoben, über dem Brett zu schweben, als gehörten alle vierundsechzig Felder ihm.

Dann geschah etwas dröhnend Unvorhergesehenes, dem ein lautloser Donnerschlag folgte.

In einer solchen Nacht nämlich wurde plötzlich heftig mit Fäusten gegen die Haustür der Bertinis geschlagen. Als Alf kampfbereit in ihrem Rahmen erschien, flüchtete der breitgesäßige Schrecken aus der ersten Etage, von dem flauschigen, schwarzmähnigen Hund kläffend umtollt, die halbe Treppe hoch. Dort, über das Geländer gebeugt, als würde sie von hinten gewürgt, schrie die Frau erst krächzend um Hilfe, ehe sie vernehmlich keifte: Schon lange gehe es bei den Bertinis nicht mehr mit rechten Dingen zu; hinter dem Schachgeschrei stecke mehr, und sie werde schon herausbekommen, welche Art von verbotenen Versammlungen hier abgehalten würden. Eine neue Zeit sei angebrochen, die mit eisernem Besen Ordnung schaffe, und dieser Zeit wolle sie in hohem Maße dienen.

Dann, auf Alfs spontane Attacke hin, war die Breitgesäßige die Treppe ganz hochgeächzt und hatte unter furchtbaren Verwünschungen ihre Tür zugeworfen. Dabei mußte der Schwanz des Hundes eingeklemmt worden sein, denn das Tier heulte infernalisch auf. Das nahm seine Herrin zum Anlaß, abermals die Treppe zum Hochparterre hinunterzulaufen und vor der nun verächtlich geschlossenen Tür zu kreischen: bekanntlich falle es heutzutage nicht mehr schwer, mit solchem *Judenpack* fertig zu werden!

Noch in der Nacht hatte Lea ihren Mann mit fliegenden Händen angefleht, die lärmenden Zusammenkünfte, jedenfalls fürs erste, einzustellen – man könnte später immer noch sehen. Alf jedoch knirschte nur mit den Zähnen, prophezeite dem breitgesäßigen Schrecken des Hauses ein baldiges Ende außerhalb des Bettes und setzte seine wilden Schachgelage nun erst recht fort.

Vierzehn Tage nach dem Vorfall klingelte es bei den Bertinis – gegen fünf Uhr früh.

Alf schien nichts gehört zu haben, da er gerade wieder einen gellenden Triumphschrei ausgestoßen hatte. Seit sechs Stunden hatte er einen dieser Könner von *eiserner Geduld* und *unerschöpflicher Energie* vor sich, hatte ihn ziehen und zappeln, zappeln und ziehen lassen. Nun, da der Morgen graute und der Wind in die Linden fuhr, um die Nacht leise fortzublasen, hatte Alf den auf das zerfranste, knarrende, flach gesessene Sofa gepflanzten Gegner mit einer wahren Kanonade von »Gardez!« und »Schach!« ganz auf seine schwarze Ecke zurückgeworfen, wo er sich anschickte, todmüde zusammenzusinken.

Lea und die Söhne, vom Lärm aus dem Wohnzimmer ohnehin im Halbschlaf, hatten die Klingel schon beim ersten Zirpen vernommen. Sie wären übrigens auch aus tiefstem Schlaf hochgekommen, hatte es doch in der langen und wechselvollen Geschichte der Sippe um diese Stunde noch nie geklingelt, selbst von der Hand Helene Neiters nicht.

Roman Bertini warf die Decke von sich und war mit einem Satz an der spaltbreit geöffneten Schlafzimmertür. Auf dem Flur wurde das Licht angeknipst. Im Schein der Korridorlampe sah er Lea in ihrem dünnen, verschlissenen Morgenmantel zögernd und unschlüssig an der Wohnungstür stehen. Dann öffnete sie zögernd, wie in Zeitlupentempo.

Vor ihr ragte ein großer Mann auf, der eine Marke vorzeigte, zwei Worte sagte und lautlos eindrang. Roman erblickte ein Gesicht mit buschigen Brauen und einem etwas aufgeworfenen Mund, einen dunklen Mantel und eine schwarze, rundliche Kopfbedeckung, die der

Erscheinung sofort und ein für allemal ihren Namen lieferte – die *Melone*.

Vorsichtig öffnete der Eindringling jetzt die Tür zum Wohnzimmer, kaum eine Handbreit.

»Schachmatt!« gellte Alf Bertini gerade, rieb sich die Hände und schwankte in besessener Genugtuung hin und her. Dann strich er die Figuren ein, wobei er den feindlichen König hohnvoll in die Höhe hob.

Die *Melone* hatte ihren Hut nicht abgenommen. Reglos stand sie da, dann schloß sie die Tür zum Wohnzimmer wieder. Roman konnte den Eindringling nun durch den Spalt genauer betrachten: halbverhangene Augen unter starken schwarzen Brauen, eine flache Nase, die Lippen ein wenig aufgeworfen – von daher kam die finstere Brutalität des Ausdrucks. Roman sah auch seine Mutter vor sich, bebend, das Haar gelöst, die Hände vor der Brust gekreuzt und die Augen in dem wächsernen Antlitz unverwandt auf den Mann im dunklen Mantel gerichtet, als brächte keine Kraft der Welt sie davon ab.

Einen ewigen Augenblick sah die *Melone* auf Lea herab, groß, schwarz, ohne jede Regung in den Zügen. Dann verschwand sie.

Roman Bertini kam hervor. Mutter und Sohn blickten sich an, wie sie sich noch nie angeschaut hatten. Der Feind hatte sich vorgestellt, sein Schatten war über sie gefallen. Er hatte seinen Namen genannt, als die *Melone* eindrang und sich ausgewiesen hatte. Und da Roman Bertini nun die beiden einzigen Worte, die in diesen gespenstischen Minuten gesprochen worden waren, wiederholte, duckte er sich in jener vegetativen, übermächtigen Bewegung des Entsetzens weit nach vornüber, als wäre ihm eine schwere Eisenstange gegen den Leib geschmettert worden:

»*Geheime Staatspolizei!*«

Mit dieser kalten Morgenstunde beschlossen Roman und Cesar Bertini ihre Kindheit, die einzige und kurze Phase ihres Lebens, in der sie eine heimatliche Ahnung verspürt hatten, Jahre, aus denen ihnen immer wieder Bilder und Farben wie Blitze vor das innere Auge schießen und sich unvergeßbar einprägen werden: die stählerne Brücke der Walddörferbahn überm Rübenkamp; Rauch hinter einer Hecke in Steilshoop; bunte Dreiecks- und stolze Flieger-Drachen hoch über Dreckmannswiese; ein Sonnenstrahl am Spätnachmittag auf einem umgestülpten Fußschemel im Wohnzimmer; das hörbare Fauchen des steinernen Panthers im Stadtpark nach Alfs klatschender Ohrfeige;

eine selbstkomponierte Phantasiemelodie mit eigenem Text »Am schönen schönen Teich von Moniskado, da ist es so schön, so wunderwunderschön...«; seltsame Gesichter im Holz der Toilettentür; Märchenwälder und Traumteiche, himmlische Fluren, tanzende Mückenschwärme im Sommer, und eine Lindenallee, deren Grün nie wiederkehren sollte.

Hier endet das, was die Bertinis später die »unpolitische Vorgeschichte« nennen werden, und es beginnt ihre Geschichte: die Apokalypse.

8
Wie David Hanf einen Zahn verlor

Von der Sexta bis zur Obertertia tummelten sich die Johanneer in den Pausen auf dem Außenhof, während der Innenhof mit der nackten Bronzestatue, dem Schatten einer riesigen Kastanie und der gelassenen Würde des breiten Portals den Schülern der Oberstufe, zwischen Untersekunda und Oberprima, vorbehalten war.

Hier nun wurde jeden Montag ein Ritual im Stil der neuen Zeit zelebriert – der Morgenappell! Die traditionelle Andacht in der Aula mit ihren gewaltigen Orgelklängen und dem Absingen heiliger Lieder aus einem kleinen schwarzen Buch genügte nicht mehr. Zu Wochenbeginn ging es hinaus auf den Innenhof, wo sich kurz vor acht Uhr, nach Klassen angetreten, die sechshundertköpfige Schülerschaft versammelte, dazu die Lehrer und das Hauspersonal, der hinkende Pedell eingeschlossen. Gebannt starrten alle auf das Mittelteil des Portals, wo auf den Glockenschlag der vollen Stunde der neue Schulleiter *Pottferk* erschien, um einen Moment den Blick fest über die Versammlung schweifen zu lassen, ehe er den rechten Arm hob und den deutschen Gruß über die Fläche bellte. Der Chor gab mächtig Echo:

»Heil Hitler!«

Dann schritt der starkbeleibte Mann, das Auge rechts, das Auge links, kurzbeinig über den steinernen Streifen des Innenhofs, drehte sich um die eigene Achse, verschränkte die Hände auf dem Rücken und schaute zur Dachkanzel empor. In dieser Pose, halb Napoleon, halb Cäsar, verharrte der Schulleiter eine Minute in bedeutsamer Konzentration, worauf sein militärisches »Heiß Flagge!« erscholl. Und während dort oben, von der Hand des Hauptturnlehrers kraftvoll bedient, das schwarze Balkenkreuz im weißen Grund auf roter Fahne am Mast emporstieg, stimmten Pottferk, Lehrer, Schüler und das Hauspersonal ohne jede orchestrale Begleitung die Nationalhymne an: »Deutschland, Deutschland über alles, über alles in der Welt...« Danach trat

eine winzige Pause ein, und weiter ging es mit der neuen Zwillings-
hymne »Die Fahne hoch, die Reihen fest geschlossen, SA marschiert in
ruhig festem Tritt...«

Waren auch diese Strophen verklungen, stapfte Schulleiter Pottferk
wieder auf das Portal zu und verkündete von der höchsten Treppenstufe herab, das Auge rechts, das Auge links: Deutschland sei erwacht!
Dann pries er den *Führer*, für dessen Werk er von Woche zu Woche
bewegtere Worte fand, bezeichnete aber gleichbleibend als sein größtes: daß er Deutschland befreie von der Judenherrschaft!

Die Sexta der Gebrüder Bertini stand rechts auf dem Innenhof, am
äußersten Flügel, mit ihrer Nebenklasse sozusagen das unterste Glied
dieser streng gestaffelten Schülerhierarchie. Roman direkt gegenüber,
am Kopfe der Oberprima auf der anderen Seite, hatte sich die
Speckrolle aufgebaut, mit quellendem, rötlichem Nackenwulst, das
schmißgezeichnete, runde Gesicht von ekstatischer Begeisterung hingerissen. Bei diesem Anblick fühlte Roman wieder, wie sich ihm die
Haare sträubten, langsam, als würde sich jedes von ihnen einzeln
aufrichten.

Nach dem Morgenappell ging es nach drinnen zur Andacht, in die
Aula.

Auch sonst hatte sich einiges verändert. Seit diesem Frühjahr war jeder
Lehrer verpflichtet, nach Betreten des Klassenzimmers, zu Beginn der
Stunde, den Unterricht mit dem neuen Gruß einzuleiten, das heißt, den
rechten Arm bis in Augenhöhe zu heben und dabei »Heil Hitler!« zu
rufen, was die Schüler mit gleicher Bewegung zu erwidern hatten.

Dabei behielt sich Ernst Freund, der Klassen- und Lateinlehrer,
Variationen vor. So betrat er nicht, wie viele seiner Kollegen, das
Klassenzimmer mit bereits ausgestrecktem Arm, sondern kam einmal
rasch herein, warf vor dem Pult die Hand kaum andeutungsweise
hoch, kehrte dabei das Gesicht zur Wandtafel und ging sofort zur
Tagesordnung über. Ein anderes Mal dagegen stolzierte er, erstaunliche Leistung für seine fünfundvierzig Jahre, mit soldatischem Stechschritt in den Raum, warf sich übertrieben in Positur und klappte mit
Feldherrnmiene die Hacken zusammen. Dann formte er den Mund wie
zu einem gewaltigen Schrei, um schließlich, den Kopf neckisch zur
Seite geneigt, ein wisperndes »*Heul* Hitler!« zu hauchen.

Ernst Freund schien auch sonst ein Spaßmacher zu sein, von sehr
speziellem Humor. Er liebte es, wenn seine Schüler über ihn lachten,
mehr als alles andere reizte es ihn, sie dazu zu bringen. Beim
Extemporale, der lateinischen Klassenarbeit, versuchte er, die ge-

spannte Atmosphäre durch raffende Arm- und Fingerbewegungen, durch eine manchmal viel zu tiefe, manchmal zu hohe Stimme oder durch fürchterlich verzerrte Gesichtszüge aufzulockern. Dann und wann verschwand er sogar in dem großen Wandschrank, wo er längere Zeit verweilte. Und während die Sextaner vor Vergnügen tobten, nutzten sie gleichzeitig die Abwesenheit des Ordinarius, kräftig voneinander abzuschreiben.

Aber Ernst Freund war keineswegs nur ein Spaßvogel. In seinen Unterricht, gleichsam zwischen die Zeilen des Ludus Latinus, mengte er Bemerkungen, wie nebenbei eingestreut, zufällige Notizen, scheinbar auf vergangene und künftige Zeiten bezogen – daß in der Weltgeschichte nicht die Intelligenz entscheide, sondern das Parteibuch, schon Sulla und Marius, und dies wahrscheinlich bis in Ewigkeit, seien nur zwei Namen aus einem endlosen Katalog dafür. Allerdings, die Methoden verfeinerten sich und die moderne Technik und Wissenschaft kämen hinzu. Was, wenn Machiavell das Radio zur Verfügung gestanden hätte? Aber auch dieser Fürstenliebediener sei noch ein reiner Waisenknabe gewesen gegenüber manchem seiner Nachkommen.

Dann wieder schien er seine eigene Haltung Lügen zu strafen, wobei er sich übrigens als jähzornig entpuppte. So schoß Ernst Freund an einem Morgen, nach kaum gemurmelter Grußform, auf den noch stehenden Cesar Bertini zu und schrie ihn an: »Ausgerechnet *du* hebst den Arm nicht! Hast es wohl nicht nötig, wie?« Sein Gesicht war dabei tomatenrot und die Schlagader am Halse dick angeschwollen.

Cesar, dem nichts ferner gelegen hätte, als organisierten Widerstand zu leisten, setzte sich vor Schreck neben die Bank auf den Fußboden. Alles lachte. Ernst Freund sah schnell über die Klasse hin und wandte sich sofort von Cesar ab.

Diese Minute verschaffte Roman blitzartig Einblick ins Innere des Lehrers mit den Basedow-Augen – er hatte Cesar angeschrien, um ihn zu schützen.

Es schien zu dieser Zeit in der Sexta überhaupt nur einen zu geben, der die Attacke auf Cesar Bertini, in Unkenntnis ihrer wahren Motivation, als einen Ausdruck von Antisemitismus begrüßte. Das war Kay Krause, dessen Vater, so hieß es, ohne je ausführlicher behandelt zu werden, als Kampfmitglied der SA in einer Straßenschlacht mit politischen Gegnern 1931 in Hammerbrook sein Leben gelassen hatte. Kay Krause war blond, hager, zu ernst für seine elf Jahre. Es ging etwas Prüfendes, Unjugendliches von ihm aus. Niemand mochte ihn.

Das Gegenteil des hageren Blonden waren Peter Togel und Walter

Janns, die mehr konnten, als Gesichter schneiden oder Unterschenkel gelenkig ins Genick legen. Die beiden Mitschüler mußten vom Elternhaus vorgeprägt worden sein, ihre Gegnerschaft gegen den neuen Staat war wie angeboren. Zwischen ihnen und Ernst Freund gingen Strömungen hin und her, wenn der Ordinarius unter Grimassen oder mit scheinbarem Bezug auf verflossene oder künftige Epochen gefährliche Bemerkungen machte – ungeachtet des Altersunterschiedes und der Stellung.

Ohne daß sie eine Ahnung davon hatten, begann mit diesen dreien die antifaschistische Biographie von Cesar und Roman Bertini. Peter Togel und Walter Janns hatten den Jüngeren in ihre Mitte genommen, im buchstäblichen und im übertragenen Sinne des Wortes. Dort hielten sie ihn, und er nahm es an. Solange er auf dem Johanneum war, sollte sich an dieser Beziehung nichts mehr ändern.

Schicksalhaft dagegen wird sich sein Leben mit zwei anderen Schülern verknüpfen.

Der eine war Horst Cunert, neben den Brüdern Bertini der einzige, der aus Barmbek kam – Eltern von Johanneern pflegten in den vornehmen Vierteln der Hansestadt zu wohnen, den Villen am Harvestehuder Weg, den Parkparadiesen der Elbvororte, den massiven Großbürgerhäusern Winderhudes, Eppendorfs und der Uhlenhorst.

Horst Cunert aber hauste in der Düsternstraße, Querverbindung zwischen Lindenallee und Fuhlsbüttler Straße. Sein Vater war Optiker, Besitzer eines reich bestückten Ladens im Souterrain, den man über eine kleine Treppe hinab erreichte. Die Wohnung lag im Hochparterre, wo er allein mit seinem Sohn lebte – die Mutter war bei der Geburt gestorben.

Optiker Cunert trug gern grüne Hüte mit einer Feder, zog mit der Botanisiertrommel hinaus in Wald und Feld und pries mit Vorliebe sein besonderes Verhältnis zur Natur vor fremden Ohren. Er war bekannt dafür, zusammenhanglos daherzureden und seine Sätze nicht zu Ende zu führen. Nun, da Roman und Cesar Bertini Klassengefährten seines Sohnes waren, fing er sie gern vor seinem Laden ab, zerrte sie hinein und warf mit Wortfetzen um sich: »Laubfrösche – so groß! Nächsten Sonntag – Heide, Wilseder Berg. Wacholder. Schnucken drohen auszusterben und ...« Ohne den Satz zu beenden, führte er die beiden nach hinten, in einen der anderen Räume, vor eine Art Kleinzoo. Denn der Optiker fing mit eigener Hand allerlei Getier, setzte es hinter Gitter und Glas, nährte es und konnte sich nicht satt sehen an Amphibien, Eidechsen, zwei Eichhörnchen, mehreren Ringelnattern und jener großen Kreuzotter, die, wie er räsonierte, »unter Lebensgefahr sein geworden« sei.

Oberflächlich gesehen, ähnelten seine Motive, den Sohn aufs Johanneum zu schicken, denen Alf Bertinis. Nur sprach er offen über sein Lebensziel: Horst Cunert sollte ein großer Wissenschaftler werden, Doktor und Professor in einem, eine Koryphäe in einer Fakultät seiner eigenen Wahl, vor allem aber ein *gentleman.* Dies mit dem eingestandenen Ziel, in die hohe, die hanseatische *Gesellschaft* zu gelangen. Darum das Johanneum, die Erste, die Gelehrtenschule, darum auch das Pferd, das er dem Sohn geschenkt hatte, mit dem Befehl, die Kunst des Reitens zu erlernen, und zwar im Stadtpark, auf der Reitbahn am Ententeich, möglichst mit anderen Johanneern, damit die erlauchte, die vornehme Welt aufmerksam werde auf den Sohn des Optikers.

Nun brachte Horst Cunert äußerlich kaum Voraussetzungen mit, um den Erwartungen seines Vaters dienlich zu sein. Er war vierschrötig, hatte einen sehr breiten Kopf mit einem ebenso breiten, dicklippigen Mund, und dazu die fatale Gewohnheit, beim Sprechen das rechte Auge zuzukneifen, so daß sein Gegenüber zunächst einmal glauben mußte, ihm werde entweder fortwährend zugeplinkert oder es handele sich bei Horst Cunert trotz seiner Jugend um einen Fall hochgradiger Nervosität.

Aber der Junge gehorchte seinem Vater, hockte verkniffen auf dem Rücken des gefürchteten Tieres, und sein verängstigtes Auge hörte erst auf zu zucken, als das Pferd wieder im Stall stand. Für Horst Cunert waren die Reitstunden ein Greuel, wenn er in aller Öffentlichkeit so sichtbar hoch zu Roß aus der Menge hervorgehoben war. Er haßte Gemeinsamkeit, und es war unmöglich, ihn zur Teilnahme an einer Versammlung von mehr als drei Köpfen zu bewegen.

Dagegen gehörte sein ganzes Herz der Technik. Er hatte sich auf dem Boden des Hauses Düsternstraße eine Werkstatt eingerichtet, wo er aus dem Blech von Marmeladeneimern naturgetreue Schiffsmodelle herstellte, in die er kleine Kolbendampfmaschinen setzte. Dort oben unter dem Dach allein zu werken und die Arbeit unter seinen Händen reifen zu sehen, das war Horst Cunerts großes Glück. Er duldete nur Cesar und Roman Bertini dann und wann als Zuschauer in seinem Heiligtum, namentlich der dampfbegeisterte Roman ersuchte ihn immer wieder darum.

Im Sommer durfte er ihn in den Stadtpark begleiten, wo Horst Cunert eines oder mehrere seiner Schiffe in das Becken vor dem alten Wasserturm setzte, die Kessel mit flüssigem Spiritus erhitzte und zum

Staunen und zur Freude einer Schar überrascht Gaffender die Fahrzeuge im Kreise schwimmen ließ. Dabei wußte er es so einzurichten, daß nach einer bestimmten Zeit elektrisch gezündete Knallkörper an Bord explodierten, und hatte im Hintergrund sein händereibendes Vergnügen angesichts des allgemeinen Schrecks über den unerwarteten Lärm auf dem Wasser. Im Hintergrund – denn Horst Cunert verbarg sich bei diesen Veranstaltungen im tiefen Rhododendron und beobachtete aus gehöriger und wohltuender Entfernung die Menge, die er nicht schätzte, wenngleich er sich ihren Applaus gefallen ließ. Das geschah, wenn er zum Vorschein kam, um eine stehengebliebene Maschine anzuwerfen oder den Kurs des Schiffes neu zu bestimmen.

Techniker wollte Horst Cunert werden, Ingenieur, wollte Brücken schlagen, Tunnels bohren, Türme aufrichten! In Stunden solchen Bekenntnisses lebte er, wuchs, trug die Andeutung eines Lächelns um den breiten, dicklippigen Mund, ja klatschte manchmal dabei sogar in die Hände und drehte sich um sich selbst.

In der Schule aber, auf dem Johanneum, bot er am nächsten Tag das gleiche klägliche Bild wie stets. Hier leistete Horst Cunert nichts, er versagte bei den lateinischen Vokabeln, in Algebra, vor den schwierigen Mitschülern, und zog sich auf die letzte Bank am Fenster zurück, die bisher unbesetzt geblieben war.

Roman Bertinis Herz wurde schwer vor dem Elend des Klassengefährten, aber er sah keine Möglichkeit, ihm wirklich zu helfen.

Das war, wie sich bald herausstellen sollte, anders bei seinem zweiten Schicksalsschüler, David Hanf, der zusammen mit den Bertinis in dieser Sexta das bildete, was die Speckrolle am ersten Tag die »nichtarische Fraktion« genannt hatte. Der schwammige Junge mit den glatten, blanken, sehr schwarzen Haaren zeigte sich ohne Instinkt für seine Umwelt. Hanf pflegte sich trotz zahlreicher Unmutsbekundungen ringsum mit knackenden Fingern zu melden, während sein Hintern aufgeregt über die Bank rutschte. Aufdringlich bot er Ernst Freund seine Dienste an, darunter immer wieder, die Extemporale-Hefte in die Dorotheenstraße, Freunds Wohnung, zu schaffen oder sie von dort abzuholen, was bekanntlich als Vergünstigung angesehen wurde und ihn deshalb in den Ruf der Eigennützigkeit und Selbstsucht brachte. Auch verstand er es, sich geschäftig allerlei Funktionen zu verschaffen, etwa die Aufsicht über das Klassenbuch, das er dann, ganz Verwalter, wichtig unter den Arm klemmte. Gewöhnlich schien David Hanf sich im Zustand geblähter Geschäftigkeit zu befinden und sich darin sehr wohl zu fühlen.

Zuerst wurde die Veranlagung Hanfs von einem Teil seiner Mitschüler nur murrend verfolgt. Dann beschimpften sie ihn und lauerten ihm nach der Schule auf. Einstweilen aber begnügte sich der Haufe, etwa ein Drittel der Sexta, mit Johlen und Scheinangriffen. Allerdings spuckte ihm Kay Krause ins Gesicht.

David Hanf, immer noch ohne Verständnis für seine aufgestachelte Umgebung, meldete sich ungeachtet dieser Erfahrungen weiterhin mit knackenden Fingern und bot seine Dienste an. Als die Nachsteller etwa die Hälfte der Klasse ausmachten, als die Blicke um ihn herum immer scheeler wurden und Kay Krause gar nicht mehr aufhörte, ihn musternd zu prüfen, erkannte er die Gefahr, ganz plötzlich, aus allen Himmeln fallend und völlig schutzlos. Und als der hagere Blonde ihm eines Tages während des Unterrichts irgend etwas zuflüsterte, schlug David Hanf die Hände vors Gesicht. Dann sah er sich in der Klasse um, fand keine Gnade, und sein Blick blieb schließlich auf Roman und Cesar Bertini haften. In der Pause drängte sich Hanf hysterisch an sie: »Sie wollen mich heute nach der Schule fertigmachen«, ächzte er, »und wenn ich Freund auch nur eine Silbe davon sage, wollen sie mich umbringen!« Sein Atem flog, seine Haut glänzte schweißnaß, und sein blankes, schwarzes Haar, sonst stets wohlgebürstet, hing ihm strähnig um den Kopf.

Beim Abläuten sagte Walter Janns zu Roman: »Wenn's nur wirklich Antisemitismus wäre, aber das ist es nicht, vielleicht ausgenommen bei Kay Krause.« Und Peter Togel ergänzte: »Hanf ist unmöglich, das ist alles.«

An diesem Tage wartete der Haufe, etwa fünfundzwanzig Schüler, vor dem Fahrradkeller auf den dort Versteckten, der schließlich von dem hinkenden Pedell entdeckt und hinausgejagt wurde. Sie fielen sofort über Hanf her, warfen ihn zu Boden und traten ihn. Dann wichen sie zurück und betrachteten das Werk ihrer Fäuste und ihrer Stiefel aus der Entfernung. David Hanf kroch auf dem Bauch über das Pflaster, die Hände ausgestreckt und offenbar unfähig, sich zu erheben. Neben seinem blutenden Kopf lag etwas Weißes auf dem dunklen Untergrund. Als Hanf die verschmierten Augen öffnete und den Zahn erblickte, schrie er furchtbar auf, richtete sich hoch und spie Blut. Da drang die feindliche Mauer, als hätte sie auf dieses Signal gewartet, wieder auf ihn ein, er aber stürzte in sich zusammen und hielt in Todesangst beide Hände vors Gesicht.

In diesem Augenblick warf sich Roman Bertini zwischen David Hanf und die anrückende Mauer, und seine Haut brannte, als schlüge ihm

Feuer aus allen Poren. Dann wurde ihm kalt und wieder heiß, in Sekundenschnelle – die *Große Kraft* war über ihn gekommen, und sie erfüllte ihn so gewaltig, daß er zu bersten glaubte. Einer der Zartesten dieser Klasse, stand er da mit gespreizten Beinen, unter sich den wimmernden Hanf, der nach seinen Knöcheln faßte, und war Auge in Auge mit der lebenden, schwankenden, unentschiedenen Mauer. Und plötzlich wußte Roman Bertini, daß er sich um Hanfs willen, und jedes andern an dessen Stelle, auch totschlagen lassen würde.

Aber nun bröckelte die Mauer ab, merkwürdig langsam zerfiel sie vor dem seltsamen, unglaublichen Bild dieser Preisgabe. Selbst Kay Krause trat zurück, zwar widerwillig und nur Zentimeter um Zentimeter, jedoch entfernte er sich. Dann verlief sich die Schar unter lauten Schmähungen, doch ohne daß einer dem andern in die Augen sah.

Da endlich lockerte sich Roman Bertini, seine Poren schlossen sich, das Herz dämpfte den Schlag. Die Große Kraft, nicht mehr länger benötigt, wich von ihm. Cesar half David Hanf auf, und die drei standen da allein auf der Straße vor dem Fahrradkeller dieses Humanistischen Gymnasiums.

Um den Unterricht seiner Söhne bemühte sich Alf Bertini nicht mehr, nachdem er sie an die Quelle der Bildung geführt hatte. Sein Ehrgeiz hatte darin bestanden, sie auf die Erste Schule der Hansestadt zu schicken, und damit war sein Anteil erschöpft. Ihm blieb nicht mehr, als Romans und Cesars Fähigkeiten, ihrer Intelligenz und ihrer Wißbegierde, passiv zu vertrauen.

Dieser noch kaum wahrnehmbare erste Schimmer der väterlichen Götterdämmerung blieb ihnen fast ein Jahr völlig unbewußt. Nach oben kam er eines Tages, als Roman seinen Vater wieder auf dem Rad begleiten durfte. Der stellungslose Pianist besuchte nun, nachdem Lea ihm von dem stummen Auftritt der *Melone* berichtet hatte, seinerseits Schachkumpane, aber auch Stempelbrüder oder ehemalige Kollegen, mit denen er sich seltsamerweise nicht für immer verzankt hatte.

Alfs Zweiter stand dann mit dem rechten Fuß auf dem kurzen eisernen Bügel, der aus der Nabe des Hinterrades ragte, während der linke Unterschenkel auf dem Gepäckträger ruhte. Die Hände hatte er auf die Schultern des Vaters gelegt.

Natürlich war solche Beifahrerei verboten, weshalb zwischen beiden ein Warnsystem ausgemacht war, das polizeiliche Gefahr ankündigte, Schnalzlaute, deren Stärke abhängig war von der jeweiligen Entfernung des Uniformierten. Des Verbotes wegen fand die Begleitung meist im Dunkeln statt, oder zumindest in der Dämmerung. Erwischt wurden sie nie.

Es waren bedeutende Stunden im Leben Roman Bertinis, wenn er hinten auf dem schwankenden Rad stand. Er sah auf die vorbeiziehenden Häuserfronten, in das Gewirr der Äste über seinem Kopf, in den Himmel, und er schmiegte sich selig an den Vater. Ganz sicher fühlte er sich dort an Alfs Rücken.

Zu Hause dann, in der Lindenallee, schlief er besonders gut, nachdem er sich selbst vorher inbrünstig versichert hatte, den gütigsten und klügsten Vater von der Welt zu haben.

Ganz plötzlich, kurz vor Romans elftem Geburtstag, gegen Ende des ersten Jahres auf dem Johanneum, sollte diese Mitfahrerei auf dem Rad enden.

Sie fuhren gerade durch den dunklen Stadtpark, als Roman mehr scherzhaft, als aus begründeter Sorge, den Vater fragte, was denn passiere, wenn er nicht versetzt werde und also in die Volksschule zurück müßte?

Alf Bertini wartete einen Augenblick, dann sagte er, die Pedale kräftiger tretend, voll unterdrückter Wut: »Dann kannst du Straßenfeger werden!«

Roman zog den Kopf zwischen die Schultern, als hätte er einen Schlag bekommen. Aber es war nicht die brüske, ungewohnt feindliche Reaktion allein, die ihn getroffen hatte, sondern die unvermittelte Erkenntnis, daß der Vater ihm, wenn er tatsächlich in schulischer Bedrängnis gewesen wäre, gar nicht helfen konnte, selbst wenn er wollte. Was wußte Alf von der lateinischen A-, E-, I- oder der Konsonantischen Konjugation? Was von den Deklinationen, von Possessivpronomen, vom Konjunktiv Singularis zweite Person Plusquamperfekt des Verbum *delere*?

Ganz plötzlich da hinten auf dem Rad ahnte Roman, warum Alf sich selten erkundigt hatte, ob sie ihre Hausaufgaben gemacht hätten, nie aber *welche*. Nie hatte Alf jemals eine Frage über den Lehrplan gestellt – sie wußten bereits vieles, was er nicht wußte, er war nie zusammengekommen mit Aktiv und Passiv, Konditional und Gerundium, mit dem lateinischen Ablativus absolutus.

Plötzlich erkannte Roman dort hinten auf dem Rad, daß er und sein Bruder die ganze Hoffnung des Vaters waren, aber auch die Rache für seine eigene Unkenntnis, der Ersatz für seine Schmach. Wo und wie lange, so fragte Roman sich betroffen, war der Vater überhaupt zur Schule gegangen? Es wurde nie darüber gesprochen.

Immer hatte er sich Alf besonders nahe gefühlt, wenn er, die Arme auf seinen Schultern und das Gesicht an den gespannten Rücken gelehnt, durch die laternenbeleuchteten, von zahllosen Lauten erfüllten, ungeheuer vertrauten Straßen Barmbeks fuhr. Aber jetzt umschlang er den Vater innig, stammelte Unverständliches, leckte sich verstohlen Tränen von den Lippen.

Und doch war es das letzte Mal gewesen, daß er Alf so begleitete. Nie wieder kletterte Roman auf den kurzen Eisenbügel an der Nabe des Hinterrades.

Roman und Cesar Bertini wurden Ostern 1934 in die Quinta versetzt, nicht jubelnd, nicht gerade an der Spitze der Klasse, aber der Ältere mit einer 2, der Jüngere mit einer 3 in Latein. In Rechnen waren beide schlecht, bei einer Notenskala von 1 bis 5 bekamen sie eine 4. Das hieß, sie mußten in allen anderen Fächern mindestens 3, *Genügend*, haben, weil zwei ungenügende Zensuren das bedeutet hätten, was hier im Schülerjargon als »Sexta ade!« bezeichnet wurde: wer die Hürde der ersten Versetzung nicht nahm, kam in die Volksschule zurück.

Das betraf nur einen – Horst Cunert. Sein Osterzeugnis war verheerend ausgefallen – in einem halben Dutzend Fächern die Note 4, in Latein eine 5. Er mußte das Johanneum verlassen.

Sein Vater, der Optiker, verfiel in Tobsucht und schlug die Botanisiertrommel auf seinem Sohn beulig. Dann verkündete er ihm die Absolvierung weiterer vier Jahre profaner Grundschule und anschließend die Optikerlehre, ohne wissenschaftliche Zukunft und ohne jede Aussicht, jemals in die *Gesellschaft*, die *besseren Kreise* der Hansestadt aufzusteigen. Auch strich er nun, da Horst Cunerts Karriere als *gentleman* ausgeträumt war, das nutzlos gewordene Reitpferd.

Auf die flehentlichen Bitten des Sohnes, ihn doch wenigstens auf den *Oberbau* zu schicken, eine gewisse Voraussetzung, seine Berufswünsche später verwirklichen zu können, entschied der Optiker: Strafe müsse sein, ihm bleibe nunmehr nichts als die ehrlose zweite Hälfte der Volksschule, darüber hinaus reiche es bekanntlich nicht.

Menschenscheuer denn je, verkroch sich Horst Cunert auf dem Dachboden in der Düsternstraße, zwischen Blechkästen und Dampfschiffen, wo ihn nur Cesar und Roman besuchen durften. In ihrer Anwesenheit schwang er den Hammer, nietete, schweißte, bohrte, strich an, oft stundenlang ohne ein einziges Wort. Trotzdem wußten sie, daß ihm ihre Anwesenheit wohltat.

Manchmal begegneten sie ihm am frühen Morgen auf dem Schulweg, in entgegengesetzter Richtung gehend, wobei Horst Cunert mit seinem zuckenden rechten Auge grüßte. Oft drehte Roman sich nach ihm um, schaute Cesar mit gekrausten Brauen an und sog scharf die Luft durch die Zähne. Horst Cunert dagegen wandte sich nie noch einmal um, sondern strebte – »Sexta ade!« – der Volksschule zu.

Dieses Schicksal blieb Cesar und Roman Bertini erspart, aber sie hatten ihre eigenen Probleme auf dem Johanneum.

Was immer der Besuch des Humanistischen Gymnasiums für ihre geistige Entwicklung bedeutete, wie auch immer er aus ihrer Persönlichkeit etwas völlig anderes machte, als sie geraten wäre, wenn sie in der Volksschule geblieben oder nach einem Jahr in die Bramfelder Straße zurückgekehrt wären – die Söhne des stellungslosen Pianisten Alf Bertini, Kinder armer Eltern, waren unter die Söhne der Begüterten, der Wohlhabenden, der Reichen verschlagen! Aus Barmbek zu kommen, einem proletarischen, einem Arbeiterstadtteil, galt auf dieser Anstalt als natürlicher Makel. Und so verspürten die Brüder denn einstweilen auch die soziale Demütigung viel unmittelbarer als die rassische Diskriminierung.

Hier wußte jeder, Schüler und Lehrer, und nicht nur dieser Sexta, daß Roman und Cesar mehrmals die Woche den langen Weg von Barmbek nach Winterhude zu Fuß machten, weil sie nicht die sechzig Pfennige Fahrgeld täglich hatten. *Musiker*, was konnte das für Walter Murath, dessen Familie an der Moorweide ganze Etagen bewohnte, anderes sein als eine Art Dompteur, der einen Bären mittels eines Nasenrings regiert, ein brotloser Equilibrist, ein Gaukler und fahrender Sänger? Und was *Arbeitslosigkeit* für den schlanken, schönen Harald Rath, dessen Vater Seeschiffe ausrüstete? An der Alster in einem schloßähnlichen Haus wohnend, verfügte der Elfjährige über hundert Mark Taschengeld wöchentlich, was den Bertinischen Familienetat fast um das Vierfache überstieg. Denn Alf, im fünften Jahr erwerbslos und inzwischen als *Wohlfahrtsempfänger* auf die unterste Stufe des öffentlichen Almosens gesunken, brachte wöchentlich siebenundzwanzig Reichsmark in die Lindenallee.

Seit Jahren hatte keiner von ihnen auch nur das kleinste Stück neuen Textils erhalten. Alle Bertinis gingen in getragenem, abgelegtem Zeug, das von der flickenden, nähenden, ständig ausbessernden Lea immer wieder von irgendwoher herbeigeschafft wurde. Oft von jenen Leuten, für die sie bis tief nachts dümmliche Monogramme in alberne Taschentücher oder Servietten stickte, oder denen sie, gegen ein jämmerliches

Entgelt, Hosen und Kleider kunststopfte, als hätte sie es darin zur diplomierten Meisterin gebracht.

So kam es zu den seltsamsten Verkleidungen der Söhne – viel zu kurzen Jacken und zu großen Schuhen; zu überlangen, sichtbar nicht für sie geschneiderten Mänteln, und zu Strümpfen, die aus einem einzigen gestopften Loch zu bestehen schienen. Sonntags trauten sich Roman und Cesar schon lange nicht mehr auf die Straße.

Hatten sie oft schon in Barmbek, wo immerhin viele in einer Lage waren, die sich von der ihren kaum unterschied, geglaubt, Spott und Bemitleidung nicht ertragen zu können, auf der Gelehrtenschule des Johanneums, wohin Alf Bertinis unerbittlicher Wille sie vor allem um seiner selbst willen gebracht hatte, meinten die empfindlichen Brüder häufig, zu ersticken, von innen her zu verbrennen, wahnsinnig werden zu müssen.

Es fing damit an, daß sie auch hier wieder eine Art Sonderatzung erhielten, zwar keine Mahlzeit, wie über so lange Zeit in der Volks- schule unter dem wachsamen, gütig-begrifflosen Auge des Lehrers Blaß, sondern ein Freigetränk im sogenannten *Milchkeller* – Cesar ein Glas der weißen Flüssigkeit, Roman, da er Milch nicht mehr mochte, ein Glas Kakao. Die anderen bezahlten dafür einen Groschen. Wer es ihnen gespendet hatte, ob Ernst Freund, Mitschüler oder die Schullei- tung, sie bekamen es nie heraus.

Und es setzte sich damit fort, daß vor Klassenausflügen, an die Unterelbe, in die Heide, an die Nordsee, für Cesar und Roman Bertini gesammelt werden muße, um das Fahrgeld zusammenzube- kommen – Alf vermochte über das ohnehin fast schon nur symboli- sche Schulgeld keinen Extrapfennig aufzubringen. Wohl ging Ernst Freund dabei mit Takt vor, löste entweder die Fahrkarten selbst oder steckte ihnen den Betrag beiläufig zu, ohne Worte, ohne Begründung, ohne sie anzusehen. Aber die Brüder zogen doch die Köpfe wie geprügelt ein, saßen da mit verlegen-bitterer Miene, gezeichnet von ihrer Barmbeker Unebenbürtigkeit, von ihrer sozialen Herkunft ver- wundet und geschändet.

Vollends unmöglich wurde ihre Lage, wenn in der Pause auf dem Außenhof jemand auf sie zutrat und ihnen sein Butterbrot anbot, selten in Hochmut, sondern, viel schlimmer, aus Mitleid. Das war die Minute, da sie aus einem schrecklichen Traum zu erwachen oder einfach in die Lüfte gehoben zu werden hofften, fort von allem. Andererseits fühlten sie sich auch wieder unglücklich, weil sie unfähig waren, die Geste anzunehmen, wie sie es von ihrer freundlichen Natur

163

her gern getan hätten. Also drehten sie sich brüsk um oder liefen einfach weg.

Die Armut hatte auch körperliche Folgen. Roman verspürte sie besonders während der kalten Jahreszeit. Immer, von früh auf, war die Kälte ein Problem für ihn gewesen. Er fürchtete ihren Biß in Zehen, Nase und Ohren, die Nässe in den undichten Schuhen, den verharschten Matsch, die ganze trübe, drückende Atmosphäre des norddeutschen Winters. Dann ging er nur selten hinunter auf die Lindenallee, fühlte sich wehrlos vor der Natur und ihrem gnadenlosen Zyklus. Vom Fenster des geheizten Wohnzimmers aus fand er die Eiszapfen an der Dachrinne des gegenüberliegenden Hauses, das Weiß auf den kahlen Ästen der Linden zwar wunderschön, auch besah er sich von oben gern die Schneemänner oder auch die Schneehöhlen, die zwischen Gehweg und Kantstein von den größeren Jungen erbaut wurden, wenn es einmal stärker geschneit hatte. Aber fallende Temperaturen blieben ein körperliches Problem für ihn.

Deshalb hatte Recha Lehmberg ihn auch zwischen Oktober und März öfter zu Hause gelassen und nur Cesar an die Hand genommen und in die Volksschule gebracht, obwohl die Bramfelder Straße kaum zehn Minuten von der Lindenallee entfernt lag. Wohl röteten sich dann auch die Knie des Älteren, spannte sich seine Haut über den Wangenknochen wie poliert, aber Cesar zeigte sich unempfindlicher gegen das Klima.

Nun jedoch, da sie das Humanistische Gymnasium in einem andern Stadtteil besuchten und, wie es hieß, der Ernst des Lebens begonnen hatte, war für Idyllen aus der Volksschulzeit kein Platz mehr. So stapften die Söhne auch bei Schnee und Frost morgens den endlosen Wiesendamm hinauf und nachmittags wieder hinunter, die lateinische Sprache zu erlernen, zu der sich später, in Untertertia, Griechisch gesellen sollte, Herzstück aller Lehrpläne auf dem Johanneum, ihr prunkvoll-schwieriger Mittelpunkt, an dem alles gemessen wurde.

Also hielt sich Roman Bertini auf dem weiten Weg mit blau gefrorenen Händen die roten Ohren, zitterte erbärmlich in irgendeinem dünnen, zerschlissenen Mantel, klagte dem geradeso ungeschützten, aber widerstandsfähigeren Bruder über abgestorbene Zehen und Finger und trat zu Hause oder in der Schule steifgefroren ein, sprachlos, mit mechanischen Bewegungen und entsetzten Blicken, eine kleine, eiserstarrte Menschenruine.

Aber das Johanneum war nur ein Teil ihrer sozialen Demütigung, es gab ältere Ängste. Und sie alle personifizierten sich in niemandem so sehr wie in der Gestalt der *Madam Zanetzka,* wie die Besitzerin des Hauses Lindenallee 113 von den Mietern genannt wurde.

Die spindeldürre Hauswirtin erschien am Ersten eines jeden Monats, um die Miete eigenhändig einzutreiben. Beim Öffnen der Türen gab die ältliche Person einen Grunzlaut von sich, der entweder als Gruß oder als Ausdruck tiefer Verachtung gedeutet werden konnte. Drinnen klaubte sie Bleistift und Mietbuch hervor und machte still ihre Rechnung, ehe sie die Höhe der Summe im Tonfall der Geizigen nannte – sie war bekannt dafür, immer wieder Gründe für kleine Aufschläge zu finden.

Vor diesem Augenblick zitterte Roman Bertini. Die Furcht, vertrieben, verjagt, auf die Straße gesetzt zu werden wegen nichtbezahlter Miete, gehörte zu seinen Urängsten. Seit Jahren war er Zeuge, wie sich der Eltern gegen Ende des Monats regelmäßig eine hektische Unrast bemächtigte und Lea häufig gedankenverloren vor sich hin rechnete, Geld zählte, seufzte und die Sorgen vor den Söhnen zu verbergen trachtete. Ihre Versuche waren allerdings vergeblich, und so wurde auch Roman periodisch die Beute fiebriger Aufregung. Tagelang schlich er hinter Lea her und beobachtete sie heimlich aus den Augenwinkeln, während er so tat, als beschäftigte er sich mit irgend etwas. Sah er dann ihre langen Blicke zum Küchenschrank, wo das Mietgeld in einer alten Zuckerdose aufbewahrt wurde, Leas nervöse Bewegungen und flatternden Lider, konnte er nur mit Mühe eine Panik unterdrücken.

Die Allüren der Madam Zanetzka waren übrigens ganz dazu angetan, sie noch zu schüren. Sie verspätete sich nie, sondern erschien pünktlich aus ihrer, wie es hieß, luxuriösen Wohnung in der Nähe des Bahnhofs Hasselbrook, und das einzige, was sie störte, schien der Umstand zu sein, daß ihr ererbter Besitz in einer so ordinären Gegend lag.

Auch an diesem Ersten klaubte Madam Zanetzka ihr Mietbuch hervor, studierte darin herum und legte sodann dar, daß der Mieter Alf Bertini ihr zusätzlich zu den üblichen fünfundvierzig Mark und achtzig Pfennigen zwölf weitere Mark Extrakosten schulde, eine Summe, die sich aus der Jahresbilanz ergebe und die sie unangekündigt einzutreiben gedenke.

Roman, wie immer anwesend, wenn Madam Zanetzka am späten Nachmittag in der Lindenallee 113 zum Inkasso des Tributes erschien, sah, daß Lea erblaßte und stammelte, daß sie das nicht bezahlen und ob die Hauswirtin damit nicht noch ein wenig warten könne. Aber die spindeldürre Person erwiderte nur kurz und scharf, wenn die zwölf Mark nicht binnen einer Woche auf ihrem Konto eingegangen seien, werde sie Alf Bertini verklagen. Sie wisse schon, wie sie zu ihrem Geld käme. Und damit war sie bereits an der Wohnungstür, die sie mit Nachdruck ins Schloß warf.

Roman Bertini stand da auf dem Flur, das Gesicht zur Wand gekehrt, weil er Lea nicht anschauen mochte. Als sie sich nicht von der Stelle bewegte, fragte er mühsam: »Müssen wir nun raus?« Dann klammerte er sich schluchzend, am ganzen Körper bebend, an die Mutter und gewann nur langsam die Gewalt über sich zurück.

Madam Zanetzka verklagte Alf Bertini nicht, obwohl sie länger als eine Woche auf die Restzahlung warten mußte. Tatsächlich war bisher die Miete samt den kleinen Aufschlägen immer noch zusammengekommen, aber nur durch Recha Lehmberg. Das heißt, genauer gesagt, eben dadurch, daß Rudolph Lehmberg ungeachtet der Weltwirtschaftskrise und der Massenarbeitslosigkeit ununterbrochen in Lohn und Brot stand.

Ohne diese Hilfe wären die Bertinis längst untergegangen.

9

»Judennees! Judennees!«

Inzwischen hatten die Enkel begriffen, welchen Beruf Großvater Rudolph bei den *Hamburgischen Electricitätswerken* ausübte, nämlich den eines Magazinverwalters von Werkzeugen! Der gelernte Schlosser, vertraut mit Metallen, hatte gleich nach dem Ersten Weltkrieg dort als Hilfsarbeiter begonnen und sich langsam hochgedient. Es war ein verantwortungsvoller Posten, und ihr Mann sei, wie Recha Lehmberg ausschließlich in dessen Abwesenheit verlauten ließ, bei den HEW »bestens angeschrieben«. Weißhaarig, etwas gebeugten Ganges, eine alte Tasche unter den Arm geklemmt, so verließ er sehr früh morgens das Haus Lindenallee 110, um in gleicher Haltung gegen halb sechs am Nachmittag zurückzukehren. Urbild stiller Verläßlichkeit und selbstverständlicher Redlichkeit, hatte er in über fünfzehn Jahren nicht einen einzigen Tag die Arbeit versäumt. Für Roman und Cesar war sein Bild seit eh und je fertig, ohne äußere Veränderung, ohne Vergangenheit und Zukunft – der Großvater war ihnen stets so erschienen wie gegenwärtig.

Rudolph Lehmberg – das war seit Ende der zwanziger Jahre, seit Alf seinen kläglichen Platz unterhalb von stummen Kinoleinwänden verloren hatte, der finanzielle Untermann der Bertinis, insofern Recha souverän über seinen Lohn verfügte und niemanden nach der Verteilung fragte. Wie es ihr gelang, von diesem Geld, das zwei Personen ohne besondere Bedürfnisse gerade ernähren konnte, ihrer Tochter immer wieder Lebensmittel und Bares zuzustecken, darunter je fünfzig Pfennig wöchentliches Taschengeld für Roman und Cesar, sollte ihr Geheimnis bleiben.

Die Enkel kannten ihre Großmutter nur schenkend und scheltend. »Der Schlemihl«, pflegte Recha Lehmberg mit scheelem Blick auf Alf Bertini zu sagen, »der sich in seiner Untätigkeit suhlt, hat zwar nicht das Schwarze unterm Fingernagel von mir verdient, aber *ihm* gebe ich es ja auch nicht«, und dabei schob sie schon ein Geldstück in Leas leeres Portemonnaie, holte aus einer Einkaufstasche Wurst, Käse und Gemüse hervor und hielt Stoffstücke hoch: »Hiervon kannst du den Kindern Hosen machen – nicht die beste Qualität, aber dann laufen sie wenigstens nicht mit nacktem Hintern herum.« War Alf einmal nicht da, ließ sie ihrem Groll freieren Lauf: »Setzt sich frühmorgens ans Klavier, um zu ü – ü – ben«, sie sprach das Wort gedehnt aus, gespielt affektiert, hob den Kopf zur Zimmerdecke und schlug die Handflächen zusammen. »Ein Mann von fast vierzig – und ü – ü – bt!« Ihre Stimme hob sich, meckerte hämisch, brach schrill ab und fuhr Lea an: »Was hast du dir da angeheiratet, mein Gott! Wodurch habe ich mir dieses Unheil nur zugezogen?« und sie zog den Kopf zwischen die Schultern, als erwarte sie die Schläge eines himmlischen Gerichts. Dann ballte sie die Fäuste, drückte sie mit gewohnter Geste vor die Augen, griff nach ihrem Mantel und stürzte mit dem Schwur aus der Haustür, diese Wohnung künftig wie die Pest zu meiden.

Am nächsten Morgen aber erschien sie wie gewöhnlich am Eingang des gegenüberliegenden Hauses, schätzte witternd die Gefahren des Straßenverkehrs ab, nahm den Kopf zwischen die Schultern und überquerte mit signalisierenden Handbewegungen die Fahrbahn, so schnell ihre Beine sie tragen konnten. Bei Lea angekommen, atmete sie schwer von der einen Treppe, ging in die Küche, packte ihre Tasche aus und sah sich nach Feudel, Handfeger und Bürste um. Es verging kaum ein Tag, an dem sie nicht irgend etwas in die Lindenallee 113 schleppte.

Das war um so erstaunlicher, als sich Grete Erber nach wie vor bei ihr einfand, »um den nächsten Freitag zu erreichen«, wie sie es laut prustend ausdrückte. Dabei vergaß sie nie, Dagmar Erber mitzubringen, ihr prächtig heranwachsendes Kind, ein Wesen wie von Künstlerhand aus Marzipan geformt, mit großen Augen und ziselierten Zügen. »Unehrliches Geschöpf«, knurrte Recha, während sie der Enkelin zärtlich Honig einflößte, »wagst es hier aufzutauchen, obwohl du die Tage der Rückzahlung unzählige Male erinnerungslos hast verstreichen lassen. Ja, ich weiß«, rief sie mit stärkerer Stimme auf Grete Erbers Anstalten, fröhlich zu widersprechen, »natürlich irrt sich deine Mutter, und dein Konto bei mir ist ausgeglichen, schamlose Person«, sie hackte mit dem Kopf nach ihr, als wollte sie ihr Wunden beibringen, dann fuhr sie fort: »Betteln, aber Bohnenkaffee trinken! Schnorren, aber heimlich Schokolade fressen! Feine Herrschaften seid ihr, ein sauberes Pärchen, das muß ich schon sagen«, und mit Macht und

Nachdruck flößte sie dem schluckenden Enkelkind weiter milden, goldgelben Honig ein.

»Nein, Mama, was redest du denn da?« kreischte Grete Erber fidel, als hätte ein flotter Witz die Runde gemacht, »hast du bisher nicht immer noch dein Geld zurückbekommen?«

»›Mein Geld zurückbekommen‹!« atemlos, über den Schock scheinbar aller Kräfte verlustig gegangen, ließ Recha Lehmberg den Teelöffel auf den Fußboden fallen. »Nein, das ist zu stark, das ertrage ich nicht länger – ›mein Geld zurückbekommen‹! Und wo, Trine, sind die drei Mark, die ich dir vor vierzehn Tagen gegen alle Vernunft zugeschanzt habe, um selber mit meinem armen Mann nicht einmal Margarine aufs Brot zu haben? Wo sind diese drei Mark?« Sie war aufgesprungen und drang auf ihre unerschütterlich belustigte Adoptivtochter ein. Die jedoch, in der festen Gewißheit, daß hier nie Buch geführt wurde, korrigierte sie nun mit lauter Stimme: »Aber Mama! Dieses Geld, bei der Seele meines eigenen und einzigen Kindes, dieses Geld habe ich dir doch schon zurückgezahlt«, und mit mütterlicher Festigkeit, ganz Ehrenmensch, legte sie ihre ziemlich große Rechte auf Dagmar Erbers reichgelocktes Haupt. »Was ich dir tatsächlich noch schulde, sind die eine Mark und fünfzig von der vorigen Woche. Aber damit mußt du dich noch etwas gedulden, Mama, wirklich nur noch ein paar Tage«, und sie schlug sich auf die Schenkel und wollte vor Gelächter bersten und erfüllte die kleine Wohnung mit Höllenlärm.

»O guter Gott«, flüsterte Recha Lehmberg himmelwärts, als zwänge ohnmächtiger Grimm sie zu winziger Stimme, »was habe ich da an Kindes Statt angenommen? Was habe ich großgezogen in meinem Hause, daß es mich jetzt aussaugt und belügt und auf der Treppe nach unten schon darüber feixen wird?« Und während sie abermals einen Allmächtigen unbestimmter Konfession zum Zeugen anrief für das schändliche Spiel, das »ein Mensch namens Grete Erber« mit ihr treibe, hatte sie schon ihre Börse gezückt.

Paul Erber, der ewig lächelnde Kutscher bei der lokalen Großwäscherei, zählte wie Rudolph Lehmberg zu den Auserwählten, die trotz Massenarbeitslosigkeit ihre Stelle nicht verloren hatten. So sah Roman Bertini seinen Onkel wie eh und je hoch auf dem Bock als Lenker sehr gepflegter Pferde, jedesmal die Peitsche zum Gruß erhebend, wenn er seinen Neffen erblickte. Diese öffentliche Geste von familiärer Vertraulichkeit hatte Roman immer wohlgetan.

Das Ehepaar Erber lebte in seiner Zweizimmerwohnung mit Küche am Ende der Lindenallee ohne höhere Ansprüche. Weder Grete noch Paul

169

hatten jemals ein Buch zur Hand genommen, sieht man einmal von jenen Schundheften ab, die Leas Adoptivschwester aus irgendeiner nachbarlichen Quelle kostenlos erhielt und von denen Recha Lehmberg behauptete, sie nähme »das Zeug sogar mit auf die Toilette«.

Beide waren befallen von einem urtümlichen Optimismus – sie ein kreischendes, stimmgewaltiges, lachlüsternes Frauenzimmer, Mutter einer prächtig gedeihenden Tochter, die ungewöhnlich schön zu werden versprach; Paul Erber immer freundlich, obwohl Recha Lehmberg ihn oft genug in ihre Unverträglichkeit einbezog. Dann beschimpfte sie ihn als »hirnlosen Roßhalter«, zuweilen sogar in seiner Gegenwart, ohne daß er dabei auch nur für eine Sekunde sein Lächeln eingestellt hätte. Meist aber tat sie es, wenn Grete Erber einen ihrer ebenso unverfrorenen wie regelmäßigen Bettelgänge in die Lindenallee 110 absolvierte. Alles, was Recha mit ihren Attacken auch auf diesen Schwiegersohn erreichte, war, daß ihre Adoptivtochter vor Vergnügen kreischte, ihr lauthals zustimmte und je fürchterlicher außer Rand und Band geriet, desto erboster Recha wurde. Hier herrschte eine schreckliche Unbekümmertheit, und tatsächlich schien dem *deutschen Zweig*, wie die Erbers seit langem wegen ihrer einwandfreien *arischen* Herkunft und der totalen Abwesenheit aller fremdländischen Exotika genannt wurden, das meiste zu gelingen. Es fehlte jede Art von dramatischem Hintergrund, und so war es nur natürlich, daß sie kein Empfinden für die düstere Historie der Bertinis und die jüdische Hypothek des Seelmannschen Zweiges besaßen – weder Grete noch Paul Erber hatten bisher je ein Wort über die drohenden Wolken gefunden, die sich seit Beginn des Jahres 1933 so deutlich über den Häuptern der Verwandten zusammenzogen.

In Wahrheit gehörten Grete und Paul Erber nicht eigentlich dazu, sie waren nicht wirklich verflochten, verstrickt in dieses Schicksal, und die erste öffentliche Formulierung darüber kam von Recha Lehmberg. Sie war jetzt sechzig Jahre alt und nichts weniger als abgeklärt. Aber an jenem Tag sagte sie selten ruhig, ungewohnt vernünftig und voll tiefer Verwunderung zu Grete Erber, gerade als diese sie wieder um Geld angegangen und alle Einwände kräftig in den Wind gelacht hatte: »Was weißt du eigentlich von uns, deinen Nächsten, du dummer Mensch? Nichts, gar nichts weißt du!«

Allein das üppig gedeihende Stück Land draußen in Steilshoop schien sie für alle verwandtschaftlichen Widrigkeiten zu entschädigen. Geradezu wuchernd war dort Recha Lehmbergs Saat aufgegangen, hatte sich verwandelt in fruchtschwere Kirschbäume, lächelnde Apfelballons, brombeerübersäte Hecken. Die Stachelbeeren standen so prall im Saft wie die Erbsenschoten, und der Birnbaum mußte mit langen, von Rudolph Lehmberg unten zugespitzten Holzstangen gestützt werden, sollten die Äste nicht brechen unter ihrem eigenen Gewicht. Von allen Gewächsen dieses Gartens aber, von all den quellenden, strotzenden Schöpfungen, die Recha Lehmbergs segnende, düngende, begießende Hand in Übergröße und ungewöhnlicher Reife aus dem Boden hervorzauberte, von all dieser vereinsbekannten, bewunderten und beneideten Schrebergarten-Flora war ihr eine Zucht ins Gigantische gediehen, ins Überirdische geraten und hatte sogar die Siedler von den entfernteren Ufern des Bramfelder Sees herangelockt und in mauloffenes Staunen versetzt – die Rettiche!

Ursprünglich in schnurgeraden Reihen links und rechts gleich an der Eingangspforte gepflanzt, hatten sie sich jedoch an keine Vorschriften gehalten noch irgendeine menschliche Organisation respektiert. Die Rettiche platzten förmlich aus dem Boden heraus, bogen und wanden sich in den ungeheuerlichsten Formen aus dem Erdreich, als wären sie stramm aufgebläht worden und wollten sich jeden Augenblick gen Himmel heben – schlanke Wurzeln neben kürbisartigen Knollen, Rettiche mit Gesichtern und Runzeln, andere wie aus Seife oder Seide, phantastische Konstruktionen, von unten an das Licht des Tages gestemmt, um die hemmungslose Kraft des Humus zu preisen!

Vor dieser Vegetation pflegte Recha Lehmberg sich aufzustellen, murmelnd, eine Gießkanne in der Hand. Dann schritt sie die Beete auf und ab, begoß, beschwor, segnete. »Es gibt keinen Schreber weit und breit, der solche Rettiche hat wie ich«, sagte sie dabei, gleichgültig, ob sie sich in Begleitung befand oder allein arbeitete.

In der Lindenallee war sie des Lobes voll über ihr Werk, und so gelang es ihr immer wieder, den geheimen Widerstand der Bertinis zu brechen, ihre Unlust zu ignorieren und, ihnen allen voran, gegen Steilshoop zu marschieren. Den Kopf eingezogen, eilte sie durch die Straßenschluchten bis an die Grenzen Barmbeks, wo die Stadt sich fransig lichtete, und stolperte stöhnend und schwitzend weiter. Kam dann endlich die Kantine in Sicht mit dem bekannten Schild, so belebten sich die Mienen der Enkel, und sie brachen in den Spruch aus:

»Ich sage dir, hier laß das sein,
wer Dreck hinwirft, der ist ein… *Schwein*!«

171

Bei diesem dort oben nur gezeichneten Wort war es, als wollte Recha Lehmberg sich mitten aus ihrem Galopp herumwerfen, um die beiden zu züchtigen. Aber meist gelang ihr nicht mehr, als einen freien Arm hochzuschleudern und zu zischen: nun wisse die ganze Siedlung endlich, wie Alf Bertini seine Söhne erzogen habe, und diese Kenntnis der wahren Verhältnisse sei auch nicht mehr als recht und billig!

Alf war viel zu erschöpft, um wie gewöhnlich zu reagieren, denn den größeren Teil der Strecke hatte er Ludwig, seinen Jüngsten, auf dem Arm getragen. Staubbedeckt, verkniffenen Gesichts, stolperte er inmitten des Trupps und gab nur einige unverständliche, wenn auch durchaus bösartige Laute von sich. Das keuchende Schlußlicht machte Rudolph Lehmberg, der im Sommer regelmäßig das Wochenende hier verbrachte.

Wenn er durch die hölzerne Pforte schritt, glätteten sich die Falten körperlicher Anstrengung in seinem Gesicht und machten den Zeichen eines bescheidenen, feierlichen Stolzes Platz. Denn vor ihm stand die Laube, seine Laube, ein Gebäude, das nur noch entfernte Ähnlichkeit mit der Bruchbude hatte, die die Lehmbergs bei der Pachtung der 500 qm übernommen hatten. Rudolphs geschickte Hände hatten einen wasserdichten Ring von Zement um die Laube gezogen, hatten sie von draußen prachtvoll mit hellem Holz verkleidet und oben mit frischer Dachpappe gesichert. Dann hatte er die Fensterrahmen ausgewechselt, mit frohem Grün gestrichen und schließlich dem Geräteschuppen eine Tür eingehakt, die jeder Einbrecherlist standhalten würde. Und während in dieser soliden Laube auf dem scharf riechenden Spirituskocher die Kartoffeln niemals gar zu werden schienen, führten Cesar und Roman Bertini ihren Bruder Ludwig sorgsam über die Wege, erklärten dem *kleinen Muck* Baum und Strauch und gaben ihm vor den Rettichen eine Extralektion. Sie liebten den Nachkömmling abgöttisch, und jeder von beiden glaubte insgeheim, daß keiner Ludwig so gern habe wie er.

Immer wieder aber machte sich Recha Lehmberg auch allein auf nach Steilshoop, blieb tagsüber fort, stand hackend, pflückend, jätend in ihrem Garten und kehrte abends erschöpft, doch großartig in die Lindenallee zurück. An Früchten und Gemüsen schwer schleppend, war ihre kleine Gestalt bereits völlig gezeichnet von der kommenden Auseinandersetzung mit Rudolph Lehmberg, ihrem Mann, der nichts zu lachen haben würde.

Der hatte eines Tages, von der Arbeit kommend, Recha nicht angetroffen, so daß er zu den Bertinis herüberstapfte, wo sie aber auch nicht

172

war. So beschloß er, hier auf sie zu warten. Roman und Cesar, den blonden Ludwig in der Mitte, nutzten die Gelegenheit und stellten sich vor dem Großvater auf.

»Hast du heute schon deine Freiübungen gemacht?«

Über Rudolph Lehmbergs Antlitz ging ein Leuchten. Er wandte sich um, lächelte dünn und schüttelte den Kopf. Dann knöpfte er schnell die Manschetten auf und strich das Hemd an dem mageren Arm hoch, ging zur Tür und legte die linke Hand flach gegen den Rahmen. »Jetzt also«, sagte er, schon in angestrengter Haltung, »jetzt geht es los.«

Sie nickten erwartungsvoll, auch Ludwig Bertini, der seine großen Brüder an den Händen hielt.

Langsam, sehr langsam rutschte Rudolph Lehmbergs Hand am Holze aufwärts. Dabei hatte er sich so aufgestellt, daß er die feixenden Gesichter der Enkel gut im Auge hatte. Als nun sein Arm Zentimeter um Zentimeter stieg, traten sie dem Ritus gemäß anfeuernd näher und ermunterten den Großvater, im Interesse seiner Gesundheit heute doch ein Endchen mehr als üblich zu schaffen, was er ihnen auch keuchend zusagte. Tatsächlich brachte er den gestreckten Arm auf Schulterhöhe, stieg sogar noch zwei Handbreit höher und bestätigte auf diesem äußersten Punkt mit vor Anstrengung keuchender Stimme: solche Stellung sei für einen Mann in seinen Jahren zwar sehr schwierig, wirke sich aber allen Erfahrungen nach günstig auf Muskeln und Gewebe aus. Dann schließlich rutschte er unter dem Beifall der Brüder aufstöhnend mit dem Arm ab. Da Recha fehlte, legten sie sich keinen Zwang an, brüllten vor Lachen, räkelten sich auf der Erde und zollten dem Großvater ihre uneingeschränkte Anerkennung. Ludwig Bertinis kleine, leicht gebogene Nase krauste sich vor Vergnügen. Er kroch zur Tür, täuschte die Prozedur unzweifelhaft begabt nach und verzog das Gesicht ganz wie Rudolph Lehmberg. In diesem Augenblick rief Lea vom Balkon: »Sie kommt!«

Recha Lehmberg war am oberen Ende der Lindenallee zu erkennen, aber sie kehrte seltsam geschrumpft von Steilshoop nach Barmbek zurück, stolpernd bemüht, schnell anzukommen. Ihren Kopf hatte sie noch tiefer als sonst zwischen die Schultern gezogen, und ihr Blick war bodenwärts gerichtet, als wage sie niemanden anzusehen. Bei den Bertinis brach sie auf dem Korridor zusammen, wurde auf das Sofa im Wohnzimmer getragen und klapperte dort mit den Zähnen, als hätte sie das Fieber gepackt. Es dauerte fast eine Stunde, bis die Bertinis und Rudolph Lehmberg erfuhren, was sich in Steilshoop zugetragen und Recha in den Zustand völliger Verstörung versetzt hatte.

Als sie ihren Garten betreten wollte, hatte auf dem Dach der festen Laube die neue Fahne geweht, das Hakenkreuz, an einem hohen Schaft, schwarz und weiß und rot. Recha war stehengeblieben, leichenfahl, gebeugt, und als sie die Pforte zu öffnen versuchte, da paßte ihr alter Schlüssel nicht mehr. Da hatte sie laut aufgeschrien und war gegen die Hecke getaumelt. Und dann hatte sie zu laufen begonnen, nach vielen Jahrzehnten das erste Mal wieder, und war gelaufen und gestolpert, gestolpert und gelaufen, den Blick bodenwärts gerichtet, daß sie in die Irre geriet und lange umhertastete, ehe sie die Lindenallee erreichte.

Dort lag sie nun auf dem abgewetzten Sofa der Bertinis und erzählte ihre Geschichte wie im Fieber. Manchmal öffnete sie die Augen, schloß sie aber sogleich wieder, als sähe sie eine furchtbare Vision, und ihren Worten zwischen dem Schnattern war zu entnehmen, daß sie nie, niemals mehr den Garten aufsuchen werde und alles darauf und darin ohne Widerstand und Widerspruch zurücklasse, was Rudolph Lehmberg ihr zusagen müsse, sofort und auf der Stelle und für alle Zeiten, ja?

Der ehemalige Schlosser nickte, beugte sich vor, strich über sein graues Haar und sagte zu seiner Frau, die sich wimmernd an ihn krallte: »Ja, natürlich, ganz wie du willst, natürlich.«

Dann bedeckte er die Augen mit beiden Händen.

Die hohe Bildung Roman und Cesar Bertinis, ihre Unterrichtung in der alten Sprache des Lateinischen, die vornehme Schule, auf die sie gingen, all das hatte sich unter den Altersgenossen in der Lindenallee herumgesprochen. In der Sandkiste waren sie meist eingekreist von einer Schar, die auf irgend etwas zeigte, dessen lateinischen Namen die Brüder ihr aufzusagen hatten: »Baum?« – »Arbor.« – »Mauer?« – »Murus.« – »Fenster?« – »Fenestra.« – »Mensch?« – »Homo.« Da lagerten sie um die Söhne Alf und Lea Bertinis, neugierig, staunend, stark riechend. »Höh!« riefen sie in trotziger Bewunderung, und noch einmal: »Höh!«, und räkelten herum, wischten sich die Nase und warfen Sand in die Luft. Die Brüder waren für sie zu Göttern der Wissenschaft geworden. Vor allem Roman hatte es ihnen angetan, und sie meinten, daß er schlechthin alles wisse.

»Sprichst du außer Latein noch eine andere Sprache?«

Roman dachte einen Augenblick nach und nickte dann ernst.

»Welche?« forschten sie rauh nach.

»Och«, machte er.

»Etwa ... Arabisch?«

»Arabisch!« bestätigte Roman.

»Schreib's hier in den Sand«, gröhlten sie ungeduldig.

Roman verkniff sich mühsam das Lachen, kritzelte Zeichen und Striche hin, erklärte diesen Haken und jene Rundungen und platzte, als er in den Mienen ringsum blanke Gläubigkeit entdeckte, lauthals los. Sie grinsten, unsicher, ob sie genasführt worden waren oder ob Roman Bertini, wie er da sicher und rasch seine Hieroglyphen setzte, nicht doch über magische Fähigkeiten des Geistes verfügte.

Am liebsten aber, und immer wieder, forderten sie ihn auf: »Erzähl' uns doch was über *Insches*!«

Gemeint waren *Indianer*, und zwar die Nordamerikas. Mehr noch als Cesar hatte Roman Bertini den Instinkt für die Beispiellosigkeit ihrer Geschichte gehabt und sich früh dahinein vertieft – das Drama eines dreihundertjährigen Kampfes vom Atlantik bis zur Pazifikküste verschlug ihm den Atem: präkolumbische Sonne hoch über den Graten der Rocky Mountains – tanzender Mond auf nächtlichem Monongahela – Paradies Kentucky, bevor Daniel Boone seinen Fuß über die Apalachen setzte – sonnengedörrte Palisade am Ufer des Ontario-Sees – Pontiacs Steinzeitstolz gegen die Bronzekanonen von Fort Pitt und Fort Detroit – Sioux am westlichen Ufer des Mississippi, noch tausend Meilen und hundert Jahre getrennt von der Schlacht am Little Big Horn und General Armstrong Custers Ende – im Morgennebel von Shawanos beschlichenes Wheeling – Büffelherden von Montana bis Arizona, Millionen Krummhörner gegen den abendlichen Präriehorizont ...

Da hockten sie um Roman Bertini herum und sperrten Augen auf und Mund und Ohren.

»Du mußt unser Häuptling werden!« schrien sie eines Tages, begeistert, fluchend, unter Bocksprüngen – so wurde der *Stamm* gegründet, zu dessen Oberhaupt wie selbstverständlich Roman gekürt worden war – von dem wilden Richard Gerts, der stets wie der Blitz aus dem Haus auf die Straße flitzte, nur schrie, abends noch gern auf Klingelknöpfe drückte und berühmt war für die Qualmfahne, die seine mit Laub und Papier vollgestopfte Blechbüchsenlaterne hinterließ; von seinem Bruder Egon, der in hochgeschnürten Kniestiefeln antrat und sich jüngst erst beide Hacken gebrochen hatte, als er auf einem versteckten Podest unter der Vorortsbahnbrücke geraucht hatte und, von Schwindelgefühl gepackt, drei Meter tief heruntergefallen war; von Hans Klandt, der mit einem geladenen und durchbohrten Langtesching zu hantieren pflegte, einer Waffe, deren Schlagbolzen nur dann und wann funktionierte, und die er auf jeden abdrückte, bis sich der Schuß gelöst und seinem Bruder die Schläfenhaut weggerissen hatte; von Erwin Klandt, der niemanden in die Hinterwohnung einließ und sich gegen alle Versuche erfolgreich wehrte, ohne sein Motiv verbergen zu können – der Gerichtsvollzieher hatte außer den Betten jedes Stück Möbel abgeholt; von Günther Kall, vor allem seines Vaters wegen bekannt, der beim Gehen in den Knien einknickte, soff und die Miete nicht bezahlte; von Hanno Blohm, der sich am liebsten gegen zwei Gegner schlug, Kapitän werden wollte, am Trockenweg in einer Dachwohnung lebte mit einer Mutter, die wechselnder Liebhaber wegen in der Umgebung als »schlimm« galt, und einer halbwüchsigen Schwester, bei deren Anblick die ganze Schar auf infam-dreiste Weise zu grinsen begann; und schließlich, nach längerem Zögern, auch von Günther Jucht, der mächtig aufgeschossen war, vor Neid auf Roman ständig grün um die Nase wurde, eine Realschule besuchte und von Leas Zweitem Nachhilfeunterricht in Englisch erhielt. Einen Tag später kam noch Fred Asberth dazu, körperlich der größte von allen, sommersprossig, blond, ziemlich schweigsam.

Diese Bande scharte sich um Roman und Cesar Bertini. Mit Namen wie Metacomet, Tecumseh, Osceola und Sitting Bull belehnt, vollführten sie bereits auf dem Hinweg zum Stadtpark ihre gefürchteten Scheinangriffe auf Altersheime, Passanten und werdende Mütter, auf Polizisten, Handwerker und Zeitungsboten, die Mehrzahl der Angreifer gräßlich bemalt. Vorbei an den Reparaturwerkstätten der *Hamburger Hochbahn AG* und dem großen Güterbahnhof am Ende der Hellbrookstraße, hielten sie unter frenetischem Geheul Einzug in den riesigen Park, um im nächsten Augenblick schon lautlos in den Waldflecken zu verschwinden. Mit Busch und Baum verschmolzen, kroch der *Stamm* nach einiger Zeit wieder aus trügerischer Ruhe hervor, stürzte sich auf die wilden Apfelbäume, riß die kleinen grünen, sehr sauren Früchte von den Zweigen ab und verschlang sie, nur weil es verboten war, paffte Zigarettenstummel und bewarf die verzweifelten Wärter – die *custodes* in der lateinischen Übersetzung der Bertinis – heftig mit Grassoden. Gewandt wichen sie allen Hieben, Stichen und Verfolgungen aus und verheerten das große Gebiet zwischen Stadthalle und Park-Café, dem steinernen Panther und dem Planschbecken, dem Ententeich und dem alten Wasserturm. Sie kannten jeden Weg, jeden Pfad, jeden Baum zwischen der Festwiese und der Freilichtbühne. Ein besonderes Vergnügen bereitete es ihnen, in die große Reitbahn einzudringen, wo Horst Cunert als Sextaner sein kümmerliches Intermezzo gegeben hatte. Sie warfen sich in die tiefen Sprunggräben und tauchten wieder hervor, wenn Roß und Reiter herangaloppierten, um den Hufen haarscharf zu entkommen. Roman kannte bald jeden dieser Gräben, die mit Rundhölzern abgestützten Seitenwände, die feuchte, schwere Sohle, den vom Grundwasserschwamm seltsam muffigen Geruch der ganzen Gegend.

Ständig verlangte der *Stamm* von seinem Oberhäuptling Mutproben. So mußte Roman, des Schwimmens kaum kundig, über schmale Brückengeländer balancieren, in die schwankende Spitze hoher Bäume klettern und auf der Flucht vor den bis aufs Blut gereizten Wärtern stets die Nachhut bilden. Roman tat alles, was sie wollten, die Zähne zusammengebissen, die Augen, wenn es ging, geschlossen, und an Herzklopfen nur noch von Cesar übertroffen – eher bereit, zugrunde zu gehen als zu versagen.

Seine Tracht allerdings verpflichtete ihn zu außergewöhnlichen Taten. Denn Emma Bertini, nachdem sie von der Würde ihres Enkels gehört hatte, klaubte Stoffreste zusammen, schnorrte Federn, plünderte Borte und Litzen und machte sich an die Arbeit. Nie zuvor in ihrem Leben damit beschäftigt, entwarf sie prachtvolle Mokassins, verfertigte pelzbesetzte Hosen und einen Kopfschmuck, dessen Originaltreue selbst Kenner verblüfft hätte. In diesen Wochen vernachlässigte sie sogar ihre Einlogierer, außer wenn sie Eitel-Fritz Hattenroth als Kleiderständer oder Vorführmodell mißbrauchte. Endlich war sie schwer beladen von der Hoheluft aufgebrochen. Was dann in der Lindenallee ihren Paketen entquoll, wurde unter allgemeinem Jubel an die Mitglieder des *Stammes* verteilt, allerdings unter Emmas Vorbehalt, daß die bunteste Jacke, die schönste Hose und der höchste Federputz Roman zukäme.

Dann und wann wurden sie auch von Horst Cunert begleitet, obwohl der Sohn des Optikers nicht zu den Mutigsten gehörte, woraus er übrigens keinen Hehl machte. Um im Stadtpark nicht dazugezählt zu werden, hielt er sich immer in gehöriger Entfernung vom *Stamm* auf. Er rechtfertigte die Absonderung gegen den Hohn der anderen mit dem Hinweis auf seine Späherpflichten, das heißt, er stieß laute Trillerpfiffe aus, wenn sich ein Wärter näherte, und tatsächlich schien er dafür einen sechsten Sinn zu haben. Sie ließen ihn gewöhnlich auch gewähren, aber dann und wann richtete sich, trotz seiner nützlichen Funktion, der Zorn des *Stammes* unvermittelt und äußerst bösartig gegen Horst Cunert, den Außenseiter, den Feigling, den Kümmerer.

Dann war alles andere vergessen – Raub, Zerstörung, Körperverletzung und Kriegsgeschrei. Die allgemeine Aufmerksamkeit der rauhen Schar konzentrierte sich ganz auf den stets fluchtbereiten Sohn des Optikers.

Diesen Minuten sah Roman mit Bangen entgegen. Nur seine Anwesenheit bewahrte Horst Cunert vor Schlägen und Tritten – eine seltsame Autorität, beruhend auf der Kenntnis der amerikanischen Geographie und solcher geschichtlichen Namen wie Ticonderoga, Montcalm oder Chillicote, Roanoke, Jamestown und Abenakies. Da hockten sie im Dickicht um Roman herum und sperrten Augen auf und Mund und Ohren. Erfuhren vom Schicksal der Pequods und Naragansetts; von King Philipp, Metacomet, und seinem fast von Erfolg gekrönten Krieg gegen das damals noch kleine Neu-England; vom Rauch der abgehäuteten Schädel über den Wäldern des Ostens; von Logan, dem lebenslangen Freund des Weißen Mannes, der nach der Ermordung seiner Familie sengend über die Grenze herfiel; von der riesigen Streitaxt des Sioux-Häuptlings Rain-in-the-face und vom Tod der Huronen durch die Hand der schrecklichen Irokesen.

Nach diesen Lektionen bemächtigte sich des *Stammes* buchstäblich die rote Wut, der Terror gegen die Parkwächter nahm geradezu kannibalische Ausmaße an, das Geheul schrillte bis in die entlegensten Winkel, und sie hatten guten Grund zu der Annahme, daß ihretwegen, wenn auch ohne den geringsten Effekt, zusätzliche Polizeistreifen Dienst taten. Die Ortskundigkeit des *Stammes* spottete aller behördlichen Anstrengungen, und es galt als ausgemacht, daß keiner der Übeltäter je gefaßt werden würde.

Die Besessenheit der Brüder Bertini für Indianer – womit immer nur jene auf dem Territorium der heutigen USA gemeint waren – hatte verschiedene Etappen durchlaufen.

Angefangen hatte es mit Serien von Groschenheften, wie *Wildtöter* mit seinem Apachen-Intimus Wanagu und dem gemeinsamen Todfeind Oputu von den Navajos; ferner die Reihen über *Texas Jack* und *Buffalo Bill*, oder die ebenso unrealistische Lektüre über berühmte Häuptlinge, zum Beispiel *Sitting Bull*.

Roman und Cesar holten sich den Pfennig-Schund aus einem kleinen Laden auf dem Wege zwischen Lindenallee und Volksschule. Später kamen aus der Leihbücherei in der Drosselstraße die Bücher von Zane Grey dazu, *Betty Zane* und *Männer der Grenze*. Dann, als Geburtstags- oder Weihnachtsgeschenke, Fennimore Coopers gewaltiger

Lederstrumpf-Wälzer, Werke von Fritz Steuben, *Der Rote Sturm* oder *Tecumseh – der Fliegende Pfeil,* und andere, deren Titel sie vergaßen, deren Inhalt ihnen aber immerhin eine gewisse Vorstellung von der Geschichte der amerikanischen Grenze auf ihrer unaufhaltsamen Wanderung nach Westen vermittelte. Manches lasen sie ein Dutzend Mal, darunter aus einem Band mit Erzählungen die unvergeßliche von dem Weißen Büffel und der Frau des Krähen-Indianers. Karl May nahmen Cesar und Roman nach den ersten hundert Seiten von *Winnetou* nie wieder zur Hand – ihr immer ausgeprägteres historisches Interesse konnte mit den künstlichen Personen aus der Retorte einer bloß bewegten Phantasie nicht das mindeste anfangen.

Dann gab es eine Etappe der Spielzeug-Indianer. Die Brüder konnten sich später nicht mehr daran erinnern, wie es trotz der ewigen Geldnöte dennoch möglich gewesen war, eine so eindrucksvolle Schar von Kriegern zu Pferde und zu Fuß zusammenzubekommen, aber diese buntscheckige Elastolin-Pracht begleitete sie auch dann noch, als Roman und Cesar ihr altersmäßig längst hätten entwachsen sein sollen. Eine Figur davon, ein Sachem mit einem wallenden Federschmuck und einem überlangen Speer in der herrisch ausgestreckten Rechten, hielt übrigens jahrelang Wache auf dem kleinen Nachttisch neben Romans Bett.

Da mit hinein nahm er, dritte Etappe, eine Zeitlang auch ein Luftgewehr, das billigste, das es zu kaufen gab, einen Vorderlader zu fünf Mark, ihm von Recha Lehmberg vermacht, als sie seinen stummen Kummer, als Oberhäuptling gewehrlos zu sein, nicht mehr mitansehen konnte.

Dieser inbrünstigen Liebe zu den Indianern, dieser Vernarrtheit in sie und ihr Schicksal, dieser Fähigkeit, stundenlang auf die Gemälde der berühmten amerikanischen Indianer-Maler zu starren, lag weit mehr zugrunde als die gewöhnliche und weitverbreitete Vorliebe eines bestimmten Lebensalters für den roten Mann. Sowohl Romans als auch Cesars Passion für diesen düsteren Abschnitt der Weltgeschichte entsprang ihrer ebenso eminenten wie selbstverständlichen Parteinahme für die Schwächeren, für die Verlierer, die eigentlich hätten siegen sollen, eine Haltung, die gerade erst erkennbar wurde und die sie bewahren sollten – indes die Tage des *Stammes* bald gezählt waren.

Dessen wilde und derbe Anhänglichkeit ging für immer ein in das Leben der Söhne, unvergeßlich, geheimnisvoll geprägt von der barschen Sympathie der Rotte, ihrer trotzig-verschämten Bewunderung für den schmächtigen, aber äußerst beredsamen Oberhäuptling, dem der ungeschriebene Ehrenkodex weit wichtiger war als alle schulischen Pflichten. Es wurden die drei verklärten Sommer des Stadtparks, köstliche Ersatzlandschaft ihrer Träume von den Wäldern Ohios, den Canyons Colorados, dem Binnenmeer der Großen Seen und Kentukkys dunklen und blutigen Gründen – Ära heiliger Blutsbrüderschaften, die für ein ganzes Leben geschlossen schienen.

Die Auflösung erfolgte in weniger als einer Minute, an einem heißen Augusttag während der Olympischen Spiele zu Berlin. Und der das entscheidende Wort sprach, war Heinzelmann Scholz.

Die Scholz' hausten in der Lindenallee über den Bertinis wie eh und je. Sie stahlen, sie kämpften um die Betten, beraubten sich gegenseitig der besseren Garderobe, lockten willige und ahnungslose Mädchen in ihr stinkendes Domizil, daß die Bettstelle rhythmisch durch das aufhorchende Haus quietschte, und kochten in regelmäßigen Abständen Kohl, daß Nebel auf die Straße wallten und Passanten und Autofahrer in naserümpfende Flucht geschlagen wurden.

Was sich einzig geändert hatte, war, wie übrigens in der ganzen Lindenallee, das politische Emblem, mit dem die Scholz' zu illuminieren pflegten – aus Hammer und Sichel war längst, ebenfalls elektrisch beleuchtet, das Hakenkreuz geworden. Wieder und wieder kroch Heinzelmann Scholz unter der neugierigen und sensationslüsternen Anteilnahme der Seinen aus dem Seitenflügel des Zimmerfensters, das künstlich erhellte Emblem um den Hals gehängt, hantelte sich empor und lud seine bekennerische Last ab – das risikolose Hinaushängen einer Fahne wie ringsum bei allen möglichen Anlässen hätte dem Scholz'schen Eifer für das Dritte Reich nicht genügt.

Aber Roman Bertini stand nun nicht mehr einen Stock tiefer und weit über das Balkongeländer gebeugt. Auch zitterte er weder noch sandte er Stoßgebete gen Himmel oder weinte gar Tränen der Erleichterung nach geglückter Operation, wie er es einst getan hatte. Mit der ihm eigenen Anhänglichkeit jedoch bewahrte er dem früheren Idol und analphabetischen Freund Empfindungen der Wärme und der Verträglichkeit.

Heinzelmann Scholz war kaum sensibel genug, um den Wechsel dieser inneren Beziehung gespürt zu haben. Wohl war er dann und wann unter jene gemischt, die den sprachlichen und geistigen Kunststücken des Nachbarsohnes staunend gelauscht hatten, aber andere dauerhaft zu bewundern, war seine Art nicht. Nie wirklich Kind gewesen, nahm er nur Verbindungen an, stellte jedoch keine her. In Wahrheit war er seit seinem sechsten Lebensjahr mit nichts anderem beschäftigt gewesen als dem nächsten Diebsobjekt.

Dem *Stamm* hatte er sich nur selten angeschlossen, sein Treiben mochte ihm zu müßig sein. Erst in jüngster Zeit gesellte er sich häufiger dazu, um Roman und Cesar Bertini dann auf lauernde Weise zu mustern. Die Brüder fühlten sich sofort alarmiert und spannten sich in Erwartung, taten aber, als ob sie nichts gemerkt hätten. Ohne sich gegenseitig ihre Beunruhigung einzugestehen, warteten beide auf irgend etwas, das da kommen mußte von dem stummen, musternden, seltsam abschätzig blickenden Heinzelmann Scholz.

Und es kam, aber nicht im Stadtpark, sondern in der Sandkiste.

Denn das olympische Fieber war auch in den *Stamm* eingedrungen und hatte seine gewohnten Züge in den Stadtpark unterbrochen. Der Schar hatte sich nämlich plötzlich eine hektische Sportwut bemächtigt, die sich nicht damit begnügte, die Nachrichten aus dem neuen Berliner Großstadion zu verschlingen, sondern selbst aktiv werden wollte bei solcher Fülle von Vorbildern, und sich dafür die Sandkiste ausgewählt hatte.

Diese Stätte also war seit einer Woche der Schauplatz nahezu jeder leichtathletischen Disziplin, und wenn es ein Schwimmbassin gegeben hätte, dann wären auch darin Wettkämpfe ausgetragen worden. Die Sandkiste jedenfalls hallte von den wüsten Schreien der Läufer und Springer sowie den Zurufen vor allem weiblicher Zuschauer wider, die altersmäßig zu den sportbegeisterten Zwölf- bis Vierzehnjährigen paßten, welche die Szene beherrschten. Man übte sich hier gegen den hoffnungslosen Widerstand der behördlichen Aufsicht nicht nur im Weit-, Hoch- und Dreisprung, sondern es waren auch Bambusstöcke herbeigeschafft worden, mit denen Stabhochsprung geprobt wurde.

Vor allem darin zeichnete sich Roman Bertini aus, federleicht, aber doch kräftig für Gewicht und Alter, dazu gewandt und mit der Fähigkeit begabt, stets den rechten Punkt zum Hochstemmen zu treffen. Auch in anderen Sparten schaffte er es, unter die Ersten zu kommen, wobei sein leichter und ehrgeizbesessener Körper einmal die beträchtliche Weite von vier Meter und sechzig sprang, was den Brüdern Hans und Erwin Klandt den bewundernden Aufschrei entlockte: »Mensch, Roman, bist du ein Springer!«

Dafür war er nur in den kurzen Laufdistanzen gut, bei fünfhundert Metern wurde ihm schon der Atem knapp, im Gegensatz zu Cesar, der sonst versagte, aber über achthundert Meter und mehr Ausdauer zeigte – wobei es immer rund um die Sandkiste ging.

Zu den letzten zählte Günther Jucht, der deshalb meist mit vor Neid auf Roman grüner Nase dahockte und einmal, als der Gefährte im Hochsprung einen Meter und vierzig schaffte, zornrot davonrannte – er selbst hatte gerade eben die Latte bei hundertfünfundzwanzig Zentimetern gerissen.

Es war ein erstaunliches Bild, was sich da am Anfang der eigentlichen, der echten Lindenallee der Erwachsenenwelt bot – nämlich nicht mehr und nicht weniger als die völlige Zweckentfremdung der Sandkiste als Stätte kindlichen Schaufelns zu einer Arena dampfenden Athletentums, dessen unangefochtener Mittelpunkt die Angehörigen des legendären *Stammes* waren, die hier öffentlich bewiesen, daß sie mehr konnten, als alte Wärter und erholungsuchende Spaziergänger im Stadtpark zu terrorisieren.

Und dann geschah es, zwischen zwei Wettkämpfen, in einer verschwitzten, atemlosen Pause – Heinzelmann Scholz schlug den Zeigefinger seiner rechten Hand gegen Romans Nase und kreischte: »Judennees! Judennees!«

Und als die atemlose Stille blieb, als alles Leben, alle Bewegung ringsum zu erstarren schien, als die Schar in hilflosem Grinsen verharrte, statt den Schmäher zu packen und im Sand zu ersticken, da schrie Roman Bertini furchtbar auf, war mit einem Satz hoch und lief, von Cesar plattfüßig verfolgt, wie gepeitscht davon. Er lief die Lindenallee hinunter, hin zu Lea, seiner Mutter, und wimmerte, und wimmerte erbärmlich in ihrem Schoße.

10

Noch zehn Minuten für Jerusalem

Ludwig Bertini kam mit sechs Jahren und drei Monaten in die Schule, nur mit Mühe bewahrt vor Leas Absicht, ihn ein Jahr später, am liebsten aber überhaupt nicht einzuschulen. Irgendwie hatte sie gehofft, nachdem sie Cesar und Roman schon in die feindliche Welt entlassen mußte, daß ihr wenigstens Ludwig wie durch ein Wunder erhalten bleiben würde. Sie hatte ihn ein halbes Jahr länger gesäugt als Roman, hatte ihm morgens die aus der Art geschlagenen blonden Haare gekämmt und ihn Alfs ungewisser Aufsicht seltener anvertraut als die älteren Brüder. Sie hatte Ludwig Lieder vorgesummt und Gedichte aufgesagt, wie den beiden anderen, nur noch ausdauernder, inbrünstiger, geduldiger.

Dankbar jedoch erwies sich Ludwig Bertini von allem Anfang an nicht. Hatte er sich Leas Behandlung noch bis zu seinem fünften Lebensjahr gefallen lassen, so war in der letzten Zeit der Teufel der Aufsässigkeit und des Widerstandes über ihn gekommen. Ihn schien die mütterliche Betulichkeit, Leas beständige Sorge, ihre dauernde Nähe und Zärtlichkeit zu bedrängen, denn er entwand sich ihren Armen und suchte das Weite.

Ludwig Bertini zeigte schon in diesem Alter Eigenschaften und Fähigkeiten, die ihn deutlich als den frühreifsten der drei Söhne auswiesen. So äußerte er ein auffallendes und sonderbares Interesse für seine Kleidung, für glänzendes Schuhzeug und wohlgebürstetes Haar. Durch seine unkindliche Eitelkeit hätte sich Lea eigentlich gewarnt fühlen sollen, war es aber keineswegs. Im Gegenteil, sie arbeitete sich mit Nähen, Stopfen, Flicken und Waschen für andere Leute die Hände wund, um den *kleinen Muck* in neue oder doch wie neu wirkende Sachen zu stecken und ihn so sorgfältig anzuziehen, wie sie Roman und Cesar nie gekleidet hatte. Ein großer Teil ihres durch den Klavierunterricht verdienten Geldes floß so buchstäblich in die Taschen ihres

Jüngsten. Auch für ihn schneiderte sie selbst, aber sie gab sich nun weit mehr Mühe als früher, Jacketts, Leibchen und Hosen modisch zuzurichten.

So angetan, sah Ludwig Bertini befriedigt an sich herunter, ging schlanken Schrittes auf und ab, drehte sich, hob die Arme an, musterte sich vor dem Spiegel, den Lea ihm erwartungsvoll und ergeben hingehalten hatte, und gab zum Schluß einige Brummlaute als Dankesbezeugung für die Mutter von sich. Das genügte – selig hängte Lea den Spiegel auf, betrachtete verzückt und gerührt ihren *kleinen Muck* und sann Tag und Nacht, wie sie ihm eine Freude bereiten könnte.

Aber Ludwig Bertini war keineswegs nur eitel und sonst nichts, sondern bewies zweierlei Arten von Genie. Das erste war kunsthandwerklicher Natur – aus Pappe, Leim, Farbresten und Abfallholz schuf er nach Vorlagen, die er wie kostbare Beutestücke hütete, in einem stoßatmigen Prozeß gediegene Türme, naturgetreue Hansekoggen oder auch die großen Kirchen Hamburgs, seine weltbekannten Wahrzeichen, in leuchtenden Farben und exakter Ausführung: den Michel, die Nikolai-Kirche, ferner St. Katharin, St. Jacobi und St. Petri – diese mit ihrer langen grünen Spitze aus oxydierten Kupferplatten besonders wirklichkeitsgetreu.

Wenn es ihn überkam, suchte er hektisch nach den Grundstoffen für seine Arbeit, sandte Lea aus, kramte im Hause, hamsterte das Material und verkroch sich in eine Ecke. Aber so fieberhaft er sich auch ans Werk machte, seine sorgfältig gepflegte Garderobe legte er selbst im Umgang mit Leim und Farben nicht ab. Vielmehr vermied er alle Spritzer und Flecken und baute in wenigen Tagen wahre Klerikalmonumente auf – aber nur, um plötzlich, meist mitten in der Arbeit, innezuhalten und die ganze Pracht unter Leas Klagerufen zu zerstören.

Das zweite Talent Ludwig Bertinis zeigte sich in seiner Mimik, oder genauer darin, was er mit ihr machen konnte – vorausgesetzt, daß er bei guter Laune war. Seine Gesichtszüge nämlich erwiesen sich als ungeheuer dehnbar. Er vermochte zum Beispiel die Unterlippe fast mit der Nasenspitze in Berührung zu bringen oder die Oberlippe so weit vorzustülpen, daß sie das Doppelte an Umfang gewann. Dann fuhr er mit der Zunge gegen das Kinn, von innen, daß sich die Partie stark ausbeulte, schloß die Augen und riß die Hände ruckhaft vor die Brust, einem urweltlichen Saurier gleich, dessen Vorderbeine zugunsten eines massiven Untergestells glattweg verkümmert waren. Blitzschnell vermochte er von einer Grimasse in die andere zu verfallen und seine eben noch vertikalen Züge horizontal zu ordnen. Dabei postierte er sich immer unterm Licht, die phänomenale Verwandlung seines Gesichts bis in die feinsten und letzten Einzelheiten zur Schau stellend.

Kaum geringer waren seine schauspielerischen Fähigkeiten, zumal sie von seinen mimischen Künsten unterstützt wurden. So stülpte er gern einen alten Hut von Alf über, der ihm bis zur Nasenspitze fiel, so daß er die Wirkung seiner Maske in die untere Gesichtshälfte verlagern mußte, was ihm mit schmatzend-schmallippigem Mund und stark ausgebeultem Kinn auch mühelos gelang. Unerschöpflich war Ludwig Bertinis frühreife Fertigkeit, Typen nachzuahmen, etwa die Gestalt jenes Bettlers, der mit klappernden Augenlidern in den höchsten Tönen offenbar stets gnadenlose Passanten um die Verbesserung seines elenden Loses anflehte. Oder er band sich ein Kopftuch um, das ihm bei länglich gehaltener Miene das Aussehen einer ältlichen Bäuerin gab, wahrscheinlich die Imitation irgendeiner Filmszene, die Ludwigs Sinn für Komik beeindruckt hatte: die Hände im Schoß, mit ausschlagenden Hüften und himmelwärts gerichtetem Blick, ganz in der Pose einer sich irrtümlich begehrt fühlenden Jungfer vom Lande, paradierte Ludwig Bertini unter dem tränenden Gelächter seiner Angehörigen durch die Wohnung – und zwar dies alles stumm, pantomimisch, ein verblüffendes, überwältigendes Talent, dem immer neue Motive einfielen.

Absoluter und unumstrittener Gipfel solcher Vorstellungen aber war etwas, das sich Ludwig in dunkler Ahnung um das Gesetz der Steigerung meist klug aufsparte. Es gelang ihm nämlich, was sich gewöhnlich willensmäßig hervorgerufener Bewegung versagt – das untere Lid seines rechten Auges ohne Hilfe von Fingern herabzuzwingen! Der auf diese Weise erheblich vergrößerte Augapfel zeigte eine runde Iris, die nun langsam zu schwanken begann, von rechts nach links, von links nach rechts, um dann plötzlich und unglaublicherweise in die Kuhle zu rollen und sich an dieser Stelle, die normalerweise vom Lid bedeckt ist, starr zu verankern, Höhepunkt der Vorführung, letzte Finesse, siegreicher Ausklang und, natürlich unter einer Lichtquelle, erschreckend echt anzusehen – Ludwig Bertinis einzigartiges, zirkusreifes *Glasauge*!

Ebenso unvermittelt aber, wie er begonnen hatte, hörte er auch auf, sah sich mißmutig im Kreise um, prüfte, ob sein Anzug noch tadellos saß und unbeschädigt war, und verließ den Raum, verfolgt von Lea, die ihren *kleinen Muck*, den großen Künstler der Pantomime und Groteske, in die Arme schließen wollte, was jedoch an seiner Abwehr scheiterte. Dennoch trug sie seinen Ruhm hinaus, über den Kreis der

Familie, und strahlte in der Nachbarschaft: »Was ich euch sage, paßt auf, Ludwig wird es noch mal am weitesten bringen!«

Vorläufig steckte der Belobigte allerdings noch tief in den Vorbereitungen für seine beschworene Laufbahn, wurde in die Schule gebracht, übrigens nicht in die Bramfelder Straße, sondern in die Genslerstraße neben der *Schauburg Nord*, wo er sich vielleicht durch seine adrettgepflegte Erscheinung, nicht aber mehr, wie seine Brüder im gleichen Alter, durch eine affektiert-künstliche Frisur von seinen Klassengefährten unterschied – seine stets wohlgebürsteten blonden Haare waren kurz wie die ihren. Infolgedessen blieben ihm auch Romans und Cesars Probleme als Abc-Schüler erspart. Sie hätten auch nicht zu seinem viel selbstsichereren Wesen gepaßt. Schon nach einem Monat verbat er sich energisch und mit Erfolg Recha Lehmbergs allmorgendliche und mittägliche Begleitung, beschimpfte sie als kindisch und machte sich ohne jede Kraftanstrengung verächtlich von ihr frei.

So blickte ihm Lea unruhig nach, wenn er allein die Lindenallee hinunterging, den Ränzel umgeschnallt, schnellen Schrittes, peinlich korrekt gekleidet und ohne sich auch nur ein einziges Mal umzusehen – ganz wie Horst Cunert, der den gleichen Weg hatte und manchmal vierschrötig und mit zuckendem Auge neben ihm herschritt.

An einem solchen Morgen sah Lea Bertini vom Balkon den Briefträger kommen, und ihr Herz krampfte sich zusammen. Er schwenkte von unten fröhlich ein längliches Kuvert, und Lea kam ihm auf der Treppe entgegen. Kaum, daß sie die Haustür hinter sich zugeschlagen hatte, öffnete sie den Umschlag und las. Der Inhalt besagte knapp und ohne Umschweife, daß Lea Bertini als Jüdin nach den Nürnberger Rassegesetzen ihre Lizenz als Klavierpädagogin verloren habe und keinerlei Unterricht, weder praktischen noch theoretischen, ausüben dürfe.

Erst in der vorigen Woche hatte sie, wie in jedem Jahr, die Eltern der Klavierschüler und -schülerinnen eingeladen, damit die Sprößlinge den stolzen Vätern und Müttern ihre musikalischen Fortschritte vorführten, wobei Roman und Cesar nicht mehr wie früher unter dem Tisch des festlichen Wohnzimmers gehockt hatten und von dort verzückt auf die Musik, das Stimmengewirr hörten, vor allem aber von ihrem niedrigen Sitz die seidenbestrumpften Beine von Müttern und Töchtern betrachteten, sehr nahe und wenn möglich hoch hinauf. Von einem bestimmten Jahr an hatte Lea ihr Hocken für unschicklich erklärt und die Söhne auf Stühle gesetzt. Geblieben jedoch war, auch in der vorigen Woche, daß Alf Bertini seine Frau, deren Kunst er sonst schmähte, an diesem Nachmittag und Abend in den höchsten Tönen pries, während er selber immer mehr der Mittelpunkt zu werden drohte. Auch diesmal hatte er schließlich den Schemel erobert, hatte sich in den großmütigen Kunstspender verwandelt und, ehe er Chopin-*Etüden* spielte, auf Ruhe gewartet, bis man eine fallende Stecknadel hätte hören können. Dann hatte er, wie immer dem Tag seinen eigentlichen Sinn raubend, mächtig in die Tasten gegriffen. Dennoch war es ein schönes Fest geworden, das die Söhne verwirrte und anregte, und als Mütter und Töchter sich dankbar verabschiedeten, stellten Roman und Cesar sich glücklich und auf sonderbare Weise berührt an der Garderobe auf, halb versteckt, neugierig, sehr verlegen.

Jetzt stand Lea Bertini auf dem Korridor, in der Hand das Schreiben, als dessen Absender die *Reichsmusikkammer* gezeichnet hatte, und bewegte die Lippen, als begriffe sie das Gelesene nicht. Immerhin bekam sie soviel mit, daß diese Nachricht verspätet eintreffe und bereits gelte – etwaige Einkünfte während der letzten zwölf Monate aus ihrer Tätigkeit als Klavierlehrerin seien zurückzuerstatten.

Als Recha Lehmberg, wie jeden Tag, an der Haustür klingelte, stand Lea immer noch so da, wie das Verbot sie getroffen hatte.

Während Ludwig in die Kunst des Lesens und Schreibens eingeführt wurde, rauften sich die älteren Söhne auf der Gelehrtenschule des Johanneums mit der lateinischen Grammatik, balgten sich mit Deponentien und Semi-Deponentien, mit dem Gerundivum und Cäsars *De bello gallico*. Nachdem Roman Bertini sich einmal für eine Formenarbeit Ernst Freunds vorwurfsvollen Blick nebst schlechter Note eingehandelt hatte, paukte er die A-, E-, I– und die Konsonantische Konjugation so gründlich, daß er darin zu einem wahren Meister wurde. Er jonglierte nur so mit dem Konjunktiv Plusquamperfekt Passiv, dem Zweiten Futur, den schwierigen Formen des Konditional, gleich nie verfehlten Bällen und Hölzern. Tempi und Endungen hatten sich ihm so fabelhaft ins Gehirn geprägt, daß er sie nie vergessen sollte. Wenn als Extemporale eine Formenarbeit in Aussicht stand, so war Roman Bertini guten Mutes.

Seit Ostern war er mit Cesar Untertertianer und von Klasse zu Klasse zwischen Peter Togel und Walter Janns mitgezogen. Im Gegensatz zu ihm hatten die beiden inzwischen beträchtlich an Körpergröße gewonnen. Während der Sohn des evangelischen Landesbischofs von Hamburg sich jedoch als ruhigere Natur entpuppt hatte, machte Walter Janns ein beachtliches Temperament zu schaffen. Ungewöhnlich knochig, warf er die langen Arme und Beine und räsonierte gern laut.

Von trockenem Humor, konnte er sich an historischen Figuren begeistern und dabei fortwährend ihren Namen rufen, etwa »Erasmus von Rotterdam!« und noch einmal: »Erasmus von Rotterdam!« Auch hatte er nichts von seinem Talent eingebüßt, den Unterschenkel ohne jede Anstrengung aus beliebiger Grundpostion hinter den Kopf in den Nacken zu legen, vorzugsweise immer noch, wenn er glaubte, damit Roman eine Freude bereiten zu können.

Beide, Peter Togel und Walter Janns, sprachen mit Kay Krause kein Wort, seit der in der Quarta damit begonnen hatte, ein kleines, offenbar gehämmertes Hakenkreuz aus Metall an sein Reservs zu heften.

Soweit mochten Roman und Cesar nicht gehen, aber auch sie redeten nach dem Vorfall mit dem *Stürmer* nur das Notwendigste mit ihm. Die antisemitische Zeitschrift des Julius Streicher hing in einem Schaukasten der Dorotheenstraße, und die Bertinis mußten wie andere, die vom Bahnhof Sierichstraße kamen oder dorthin gingen, daran vorbei. Dabei hatten die Brüder einmal morgens auf dem Weg zum Johanneum Kay Krause vor der Zeitung gefunden, und als sie passierten, hatte der blasse blonde Mensch sehr vernehmlich geäußert: »Allen Juden wird der Arsch noch mal aufgerissen werden!«

Ohne ein Wort waren die Brüder weitergegangen.

Dabei zählte Kay Krause, nach dem gewalttätigen Tod seines Vaters im Kampf mit politischen Gegnern Sohn einer Witwe mit kleiner Rente, neben den Bertinis zu den einzig *Bedürftigen* dieser Klasse und fast der ganzen Schule. Auch Kay Krause mußte bei Ausflügen das Fahrgeld gespendet werden, auch ihm haftete der Makel niedrigen Standes an. Aber dennoch gab es keinerlei Solidarität zwischen ihm und den Brüdern.

Mit ihren Klassengefährten aus der Oberschicht wurden die Bertinis allmählich auf ihre Weise fertig, nämlich mit einer Art trotzigen Barmbeker Selbstbewußtseins und voller Hohn auf Zimperlichkeiten, die sich einfach dadurch ergaben, daß für viele dieser Jungen Dienstpersonal selbstverständlich war. So hatten etwa der elegante Horst Zeigler und der mädchenhaft-weiche Helmut Nölte nie in ihrem Leben selbst Schuhe geputzt – für die Brüder Anlaß homerischen Gelächters, als die Rede darauf kam.

Was sie betraf, so wurde am häufigsten über ihren Barmbeker Dialekt gespottet, und in der Tat sprachen die Bertinis, wenn sie sich nicht in acht nahmen, das A zuweilen mit jener Hinneigung zum O, wie es in den Arbeitervierteln der Stadt geläufig ist. Dafür hielten Roman und

Cesar sich schadlos, wenn es den Schülern aus Harvestehude, Winterhude oder der Uhlenhorst, ganz abgesehen von denen aus den Elbvororten, im Englischen nicht gelang, ein angelsächsisches O herauszubekommen. Worte wie to go, slow oder don't gerieten ihnen wie ein reines O hochdeutscher Mundart. Eine bestimmte innere Haltung fand hier die ihr entsprechende Artikulation, was bedeutete, daß diese Mitschüler auch bei bestem Willen nicht fähig gewesen wären, diesen Vokal breit auszusprechen. Also blieb es beim runden, vollen O, woran sich die Brüder, denen die englische Originalaussprache ohne Mühe gelang, weidlich ergötzten.

So wurde zwar ein deutlicher Gegensatz zwischen den Bertinis und den meisten Klassengefährten spürbar, aber er trug keinen politischen Charakter. Kay Krause, der Nazi, blieb in dieser Klasse, und als Typ auch fast in der gesamten Schülerschaft des Johanneums, eine Seltenheit, auch wenn die meisten dem *Jungvolk* angehörten oder Mitglieder der *Hitlerjugend* waren und zu bestimmten Anlässen mit ihrer Uniform in der Schule erschienen. Selbst die Söhne hoher Beamter oder Würdenträger der NSDAP – so der eines Hamburger Senators in der Klasse Ernst Freunds oder jener des Bürgermeisters von Hamburg in der Nebenklasse – waren alles andere als Propagandisten der Partei ihrer Väter.

Das Stigma der Bertinis, das ihnen unsichtbar auf die Stirn gebrannt war, bestand einfach darin, daß sie von sozialer Herkunft und Vermögen der Eltern her auf dieser Höheren Schule Ausnahmeerscheinungen und damit gemäß den herrschenden Anschauungen völlig deplaziert waren.

Sich dagegen zu behaupten, hatten sie besser gelernt, als sie es selbst ursprünglich für möglich gehalten hätten.

Jetzt, in der Untertertia, wurden sie in die marmornen Gefilde der altgriechischen Sprache eingeführt, und sie standen in Demut vor diesem erhabenen Schatz, so heftig ihnen auch Akzente und Zirkumflexe, Optativ und beide Aoriste, kurz die ganze *Palaistra* des ersten Jahres zu schaffen machte.

Nichts von solchen Schwierigkeiten, die auch für alle anderen selbstverständlich waren, schien David Hanf im Umgang mit dem Griechischen zu merken! Wenn er vor die Tafel trat, dann konnte jedermann sicher sein, daß er der verwirrenden griechischen Grammatik Herr wurde und unter seiner Kreide makellos die wunderbare Sprache fehlerfrei entstehen würde, wie ihr Gesetz es befahl. David Hanf schrieb schnell, traumwandlerisch, sich ab und zu stolz umblickend –

hier kam ihm keiner gleich, auch Peter Togel nicht und Walter Janns, die, Wunder genug, im Griechischen öfter die Note 1 bekamen, aber nicht für jede Arbeit wie David Hanf.

Er hatte sich in diesen Jahren kaum gewandelt, pflegte sich immer noch mit knackenden Fingern zu melden, indes sein Hintern aufgeregt die Bank polierte, bot den Lehrern aufdringlich seine Dienste an und verstand es, sich nach wie vor allerlei Funktionen zu sichern, so immer wieder die Aufsicht über das Klassenbuch, das er, ganz Verwalter, wichtig unter den Arm geklemmt hielt. Nichts hatte sich an David Hanfs geblähter Geschäftigkeit geändert, seit er seinen Zahn vor dem Fahrradkeller verloren hatte, und doch war seither etwas in ihn eingezogen, das ihn vor Tätlichkeiten bewahrte.

Bis zu diesem vierten Jahr auf dem Humanistischen Gymnasium in der Maria-Louisen-Straße hatten Roman und Cesar Bertini nicht nur alte Sprachen gelernt und den Zwang, in allen Fächern gut zu sein, weil sie in der Arithmetik und der Mathematik ungenügend waren, zwei schlechte Noten im Osterzeugnis aber Sitzenbleiben bedeutet hätten – die hohen Lehren erhielten sie von ihrem Ordinarius, dem Studienrat Ernst Freund. Schon sein skurriler Humor, seine täppische und doch distanzierte Art, sich mit den Schülern zu verbrüdern, einen Witz zu reißen und danach das Gesicht mit der Hand zu bedecken, um dann doch durch zwei gespreizte Finger die Wirkung der Pointe zu verfolgen, all das schlug in Roman und Cesar tief verständnisvolle Saiten an. Was er moralisch für sie leistete, wurde ihnen jedoch erst viel später klar. Der mittelgroße Mann mit der Glatze, den braunen Basedowaugen und der tiefen Stimme warf beim Eintritt in die Klase immer noch den Arm nur andeutungsweise hoch zum *Deutschen Gruß*, schnitt eine Grimasse, kehrte das Gesicht stumm und verächtlich zur Wand und ging sofort zur Tagesordnung über, eine sichtbar lästige Verrichtung hinter sich lassend. Im Unterricht dann, dazwischengestreut, jene kleinen, halben Bemerkungen gegen herrschende Mächte, seine scheinbar geschichtslosen Reden gegen Stacheldraht und nackte Faust und daß das Gewissen nichts gelte vor der Gewalt, die dann doch stets irgendwann unterlegen sei, allerdings erst, nachdem sie Millionen Menschenleben verschlungen habe – dieses Beispiel war unschätzbar und legte das Fundament für alles, was Cesar und Roman Bertini später wurden.

Dabei bevorzugte Ernst Freund die Brüder und David Hanf nie auch nur durch ein einziges Wort, den Schatten einer Geste, aber seit über vierzig Monaten strahlte den dreien die Sonne seiner unerschrockenen Persönlichkeit und lag warm und unauffällig über ihnen.

Wenn es einen Unterschied zwischen den Bertinis und David Hanf gab, dann war es ein amtlicher, der gelegentlich eingetragen, aufgeschrieben oder genannt wurde, so sehr Ernst Freund es auch zu verhindern suchte. Nach den neuen Rassegesetzen von Nürnberg galt David Hanf, da Vater und Mutter jüdisch waren, als *Volljude*, indes die Söhne der Volljüdin Lea Bertini und des *Ariers* Alf, Kinder einer sogenannten *Mischehe*, als jüdische Mischlinge Ersten Grades bezeichnet wurden. Keiner von ihnen ahnte damals schon, daß diese Differenzierung über Leben und Tod entschied.

Jedes Jahr waren die Bertinis an den Elbestrand gezogen, hatten in Barmbek die Vorortbahn bestiegen, die erst später in S-Bahn umgetauft werden sollte, waren bis Hochkamp gefahren und dann die lange Straße hinuntergegangen, die rechts und links von vornehm geduckten, modernen oder in stolzer Tradition altmodisch aufgereckten Häusern gesäumt war. Hatten am Ende der Straße die *Elbchaussee* überquert, ein Name, den sich die Söhne inzwischen gemerkt hatten; waren durch blattumwucherte Wege geschritten und hatten endlich an der steil abfallenden Treppe gestanden, deren Podest den Blick auf das gewaltige Panorama der Unterelbe freigab.
Sie kannten nun den Strom bei Regen und Sturm, unter einem schweren, schwarzgeladenen, von der aufgewühlten, gischtigen Wasserfläche gleichsam herabgesogenen Himmel; kannten ihn im Glanze der Sonne, majestätisch bestrahlt, goldblau verzaubert, gegen Abend changierend, gierig, den immer roteren, runderen Ball zu ertränken, um noch lange, nun wie vom Grunde her beleuchtet, zu irisieren.
Wenn die Eltern und Ludwig an der roten Mauer lagerten, brachen Cesar und Roman auf und erforschten die Gegend, eine Expedition, die zum Leidwesen Leas stundenlang dauerte. In verzauberten Sommern lernten sie die Blankeneser Landschaft kennen, die Täler vom Geestrücken herab bis zur Elbe, von alten Bäumen beschattete Klüfte, grünstrotzende Mulden, an deren Hängen menschliche Behausungen klebten. Von Dockenhuden stiegen die beiden hoch, in den *Hirschpark*, erkletterten Hügel, entdeckten Winkel, Wege, Treppchen, Fenster mit Aussicht auf das Paradies. Zogen hoch oben den unvergleichlichen Duft der Unterelbe ein, diese atmosphärische Anwesenheit der noch über hundert Kilometer entfernten See; wagten verstohlene Blicke in offene Kapitänswohnungen, durchstreiften das verschachtelte, verwunschene, ungeheuer südländisch wirkende Viertel am Süllberg, ein Auge immer auf dem Strom, wo Schiffe wie leichte Spielzeuge

schwammen, bunt, zielstrebig, winzig aus der Höhe. Lange und wortlos konnten die Brüder am Hang stehen und nach dem andern Ufer schauen, wo die Nadel eines Kirchturms spitz emporstach und der lange grüne Deich Mensch, Tier und eine unübersehbare Fläche von Obstbäumen schützte, deren weiße und rosa Pracht zur Zeit der Blüte ihren Schimmer vom Alten Land bis ans Nordufer warf.

Unermüdlich schlugen sich Cesar und Roman Bertini durch Busch und Park, meist abseits der Wege; wanderten am Ufer entlang, bis zum Leuchtturm von Wittenbergen; kehrten um, fielen wieder in Blankenese ein und strebten endlich der Stelle zu, wo Lea beunruhigt auf sie wartete.

Inzwischen hatte Alf den Wall aufgeworfen, die hohe Burgmauer aus Sand, ein von Jahr zu Jahr grandioseres Bollwerk gegen die ohnmächtige Sommerflut, und hatte die schräge, festgeklopfte Wand befestigt mit Grassoden und mit Steinen. Dabei half ihm Ludwig mit geschickter Hand, formte Ornamente, Figuren, Kreise. Auch verzierte er den Rand des Walles mit allerlei Arabesken, drückte symmetrische Rillen in den Sand, Zinnen, Bögen, um dann, wenn Lea in lobende Verzükkung ausbrach, ärgerlich und stumm zu zerstören, was sein Anteil daran war.

Da alle ringsum Burgen bauten, taten die Bertinis es auch, aber Roman und Cesar beteiligten sich an dem Aufwerfen und Ausschmücken nicht mehr, sondern zogen es vor, sich auf ihre alljährliche Entdeckerwanderung zu machen.

Als sie diesmal davon zurückkehrten, am späten Nachmittag, die bloßen Füße im heißen Sand, in der Nase den Geruch der Elbe und die Haut gewärmt von der anstrengenden Tour, wandten sich ihre Köpfe plötzlich, wie von einem Magnet gezogen, nach rechts. Dort stieg, wie jedes Jahr, der große Herr in Begleitung seines riesenhaften weißen Hundes die steile Treppe herab. Gemessen, Schritt um Schritt, kam er dem Strande näher.

Roman und Cesar Bertini hatten sich bei dem Anblick von einer auf die andere Sekunde versteift. Dann, langsam, den Mann mit dem Hund im Auge, die Nackenhaare wie unter Vorahnungen gesträubt, gingen sie näher auf die Eltern und den Bruder zu.

Der große Herr betrat den Strand einige Schritte entfernt von der Sandburg der Bertinis, wobei ihm Lea am nächsten war. Er löste die Leine des riesigen Hundes und sagte so laut, daß jedes Wort weithin verstanden werden konnte: »Ich gebe *Jerusalem* zehn Minuten Zeit zu verschwinden, sonst...« Und den knurrenden Hund mit der Linken am Halsband gefaßt, schritt er so hart an den Bertinis vorbei, daß sein Fuß den halben Wall zum Einsturz brachte.

Lea war zusammengesunken, mit geschlossenen Augen und zuckenden Lippen, als wollte ihr der Atem vergehen. Dann, vor dem Verlöschen, kam sie wieder zu sich, raste hoch, packte, und torkelte und taumelte mit den Ihren davon.

In jener Nacht schrie Ludwig Bertini, als er erwachte und nichts als Finsternis um ihn war, fürchterlich auf, schwenkte die Arme, brüllte nach Licht, blinzelte in die erschreckten Gesichter von Eltern und Brüdern, und schlief schwer und unruhig wieder ein, nachdem er etwas gelallt hatte von einem Kampf, der zwischen einer Bestie und ihm stattgefunden habe.

Fortan erscholl sein Gebrüll jede fünfte oder sechste Nacht durch das Haus in der Lindenallee 113, wenn er erwachte und es ringsum dunkel war.

Eines Tages fand Lea einen Zettel im Briefkasten, ein kleines, abgerissenes Stück Papier, auf dem stand: »Judenschwaine raus aus Deutschland.« Diesen ersten Zettel zeigte sie den anderen nicht. Den zweiten fand sie einige Tage später an derselben Stelle. Darauf stand: »Judenschwaine nemt euch In acht.« Diesmal zeigte sie den Drohbrief Alf und den Söhnen.

Von nun an begann Lea, den Briefkasten anzustarren wie ein feindliches Wesen, tat häufig, wenn sie an ihm vorbeikam, als dächte sie nicht daran, und ignorierte ihn einfach, obwohl der Briefträger dagewesen war. Dann wieder stürzte sie an die Haustür, schloß den Kasten mit dem winzigen Schlüssel auf und lehnte sich, wenn nichts drin war, zitternd und ermattet gegen den Pfosten.

Das Gefühl absoluter Straflosigkeit überführte die Täter schließlich. In der Hoffnung auf Belohnung war eines Tages nämlich am Geländerknauf des Parterres ein handgeschriebener Anschlag befestigt: »Schlösselbond gevunden. Abzuhohlen bei Scholz.« Es waren dieselben hastigen, primitiven Schriftzüge, und Lea Bertini wuchs über sich selbst hinaus, nahm den Anschlag ab und brachte ihn samt den aufbewahrten Schmähzetteln auf die Polizeiwache in der Hellbrookstraße. Dort wurde die Anzeige lustlos entgegengenommen, Leas Hinweis auf die Täter aber, ihre naive Forderung, sie durch Schriftproben zu entlarven, falls die schon gegebene Vergleichsmöglichkeit das nicht täte, abgelehnt mit der Begründung, daß es sich bei den Scholz', was immer es auch für Leute sein mochten, um eine kinderreiche deutsche Familie handele, die in der besonderen Gunst von Staat und Gesetz stehe und der man sich ohne genauere Beweise keinesfalls auf solche Weise nähern könne. Die Polizisten waren nicht unhöflich zu Lea, jedoch bestimmt.

An den Gepflogenheiten dieser kinderreichen deutschen Familie über den Bertinis hatte sich nichts geändert, ausgenommen etwas, das in der Lindenallee nur flüsternd hinter der Hand kursierte, unter dem Versprechen zu äußerster Diskretion, obwohl die Scholz' die letzten waren, die sich einen Zwang zur Geheimhaltung auferlegten.

Inzwischen war nämlich das einzige Mädchen der Familie zu einem stämmigen Geschöpf aufgewachsen, mit langen Haaren und sehr kurzen Kleidern, so daß die Begehrlichkeit reichlich Nahrung fand an der saftigen Vierzehnjährigen. Als die Nachbarn die Stimme des Mädchens das erste Mal durch das Haus gellen hörten und anschließend das rhythmische Quietschen der Bettstelle, mochten sie noch an eine akustische Halluzination geglaubt haben. Als dieselbe Stimme aber mindestens dreimal wöchentlich nachts ins Treppenhaus und durch Decken, Wände und Fußböden drang, wobei gleich darauf das obszöne, nur zu bekannte Geräusch einsetzte, konnte es über die inzestuöse Handlung keine Täuschung mehr geben – die Brüder taten der einzigen Schwester geschlechtliche Gewalt an.

Zur allseitigen Überraschung und Erleichterung verschwand die Familie an einem Vormittag für immer, ohne daß sie sich verabschiedet hätte oder ihr nachgetrauert wurde. Es fuhr ein bauchiger Wagen vor, in dem in unglaublich kurzer Zeit die Reste möbelähnlicher Gebilde verschwanden, von den zahlreichen Mitgliedern unter Jauchzen, Flüchen sowie den unflätigen Beschimpfungen der Nachbarn die zwei Treppen herabtransportiert – abgebrochene Stühle, dreibeinige Tische, Schränke, denen die Rückwand fehlte, zerlumpte Teppiche und, wie beim Einzug, zu wenig Bettstellen für die Kopfzahl.

Die Alteingesessenen standen hinter den Gardinen versteckt und hatten Mühe, ihres Glückes Herr zu werden. Helene Neiter gar stieg an dem sonnigen, lichtüberfluteten Vormittag aus dem dritten Stock hinten herab und betrat die Lindenallee – ältlich, lang gekleidet nach Art der Vorkriegsmode, mit spitzer Nase und aufmerksamen, bösen Augen. Sie machte einige Schritte vorwärts und stellte sich unter die Linde vor dem Haus. Dort blieb sie, die Scholz' unentwegt musternd, so lange stehen, bis der Motor angeworfen und der bauchige Möbelwagen samt der zahlreichen Familie abgeschleppt wurde – der Staat hatte ihr eine große Wohnung so gut wie mietfrei zur Verfügung gestellt, nachdem die ausgemergelte Mutter mit einem Kreuz dekoriert worden war.

Helena Neiter war die einzige Hausbewohnerin, der Lea die Zettel gezeigt und die von dem nächtlichen Besuch der *Melone* erfahren hatte. Ihr Gesicht war dabei immer spitzer geworden, sie hatte die dürren Arme erhoben und mit dem Fuße aufgestampft und kam, war sie bisher schon zu allen möglichen und unmöglichen Stunden erschienen, nun auch zu Zeiten, die von einer ungewöhnlich intensiven Beschäftigung mit den Bertinis zeugten. Mit schriller, zorniger Stimme bot sie ihre Dienste an – wenn Lea wolle, so werde sie, Helene Neiter, deutsch, an die siebzig und arisch, die Geheime Staatspolizei aufsuchen, ein Wörtchen mit ihr reden und dort an Ort und Stelle den Bertinis Untadeligkeit und Gutmütigkeit bescheinigen, wenn nötig schriftlich, mit dem ganzen Gewicht ihres unbefleckten Rufes! Die alte Frau geriet in Feuer, tobte, traf Anstalten, unverzüglich aufzubrechen, und konnte nur mühsam zurückgehalten werden.

Nun, als die Scholz' schon lange nicht mehr zu sehen waren, stand Helene Neiter immer noch unter der Linde, einer rächenden Gottheit gleich, und konnte sich nur langsam lösen und die Treppe hinaufsteigen. Bei den Bertinis verharrte sie schweratmend, klingelte, zeigte, als Lea öffnete, auf den Briefkasten, hinter dessen durchbrochener Front etwas Helles schimmerte, schloß auf und las mit tastender, von Wort zu Wort höherer Stimme: *»Ihr Juden werded ale getöded.«*

Waren die Ausflüge an den Elbstrand verlorengegangen, so blieb Roman Bertini noch Friedrichsruh, und das hieß *Lokomotiven sehen.* Sein atemloses Interesse an ihrer mechanischen Kraft hatte Vorgeschichte. Schon mit dem Fünfjährigen mußte Lea zum Hauptbahnhof ziehen, auf die Bahnsteige der Fernzüge, wo das Kind in grausigem Vergnügen auf die donnernden, fauchenden, zischenden Riesenmaschinen wartete. Bei ihrem Anblick schwoll Triumph in ihm an, stellte sich Genugtuung ein: Lokomotiven, Höhepunkt aller technischen Entwicklung, Geschosse von komprimierter Kraft, von den Puffern bis zum Tender eine Symphonie großartiger Überlegungen. Jahrelang in der Volksschule, und noch jetzt im Johanneum, hatte er vor allem Lokomotiven gezeichnet, eindrucksvolle Gebilde aus senkrechten und waagerechten Strichen, zunächst ohne jede Kenntnis der Funktionen von Kolben, Schieber und Pleueln, weitaus mehr Kultgegenstand als Kopie der Wirklichkeit.

Als seine Vorliebe sich mit dem stationären Zustand seiner Lieblinge im Hauptbahnhof nicht mehr begnügte, als Roman die stählernen Bestien in ihrem Element, der jagenden, stürmenden, brüllenden Geschwindigkeit erleben wollte, war der Vater mit ihm hinausgefahren nach Bergedorf, wo sie ganze Tage auf kalten Bahnsteigen zubrachten. Das Entzücken hielt so lange vor, bis Roman bemerkte, daß die D-Züge in Richtung Berlin noch mit gedrosselter Geschwindigkeit fuhren, die aus entgegengesetzter Richtung aber hier, an der Peripherie Hamburgs, schon bremsten. So drang er in seinen Vater, weiter draußen nach freien Strecken zu forschen, wo die Ungetüme sich kilometerfressend austoben und ihrer Gewalttätigkeit vollen Lauf lassen konnten.

Tatsächlich war Alf Bertini eines Tages allein über Bergedorf hinausgefahren und mit ausgezeichneter Nachricht zurückgekehrt. Rote Flekken auf den Wangen, war Roman an seiner Hand aufgebrochen. Diesmal stiegen sie in Friedrichsruh aus, verließen den stillen Bahnhof nach Osten, in Richtung Schwarzenbek, marschierten neben dem Damm hügelauf, hügelab, bis vor ihnen, vom Sachsenwald gesäumt, zwei endlose, wie mit einem überdimensionalen Lineal gezogene Schienenpaare sich schnurgerade in der Ferne verloren – Alfs beispiellose Entdeckung zwischen Hamburg und Berlin!

Noch ehe der erste D-Zug vorübergebraust war, hatten sie sich mit einem Schrankenwärter angefreundet, einem untersetzten Mann in der trostlosen Uniform seines Berufes, der froh war, nicht immer nur einsam in die Bäume starren zu müssen. Alf Bertini führte Roman stolz vor den Wächter dieses selbst von Pferdefuhrwerken nur selten beunruhigten Übergangs, pries Klugheit und Intelligenz des Sohnes und sollte sich seltsamerweise in den kommenden Jahren mit dem Mann nie erzürnen. Die Bekanntschaft erwies sich vielmehr als ungewöhnlich beständig. Diese Gerade wurde für Roman Bertini zu einem schlechthin überwältigenden Erlebnis. Hier erreichten die Schnellzüge von Hamburg zum erstenmal das Tempo, das ihrem Namen Ehre machte, jene von Berlin aber schienen nicht länger von dieser Welt zu sein, so stampften, donnerten, flogen sie vorüber – scheinbar menschenleer, eine selbständige, unaufhaltsame Macht, die erst auf dem Mond gestoppt werden konnte, entfesselte, schrecklich schöne Monstren auf Stahlrädern, die rasend über die Schienenbänder dahinschlitterten, in der nächsten Kurve schon aus der Bahn getragen und in unsichtbaren Weiten zerschellend. Je näher der Zug heranschnob, desto kleiner machte sich Roman. Um keinen Preis der Welt aber wäre er auch nur um Fingerbreite von seinem gefährlichen Platz neben der Schiene gewichen.

Krönung der Raserei war ein Triebwagen, der *Fliegende Hamburger* genannt, blau-elfenbeinern und, so schien es Roman, mit der Geschwindigkeit einer Kanonenkugel unterwegs. »150 Sachen«, bestätigte der Schrankenwärter anerkennend. Mit seinem Einverständnis legte Alf Bertini einmal frevelhafterweise einen Pfennig auf die Schiene, und als die Räder drüberhinknatterten, ging ein hörbarer Stoß durch den *Fliegenden Hamburger,* wobei gleichzeitig ein hoher, singender Ton zu vernehmen war. Schlechten Gewissens, sehr erleichtert, daß Schlimmeres nicht passiert war, suchte das Trio dann nach dem Pfennig und fand ihn auch, tief im Schotter, plattgewalzt und wie geschmolzen.

Aber die Stätte hatte noch einen zweiten Reiz für Roman Bertini. Endlich ganz wirr im Kopf vom Gedröhn und Geschnaube der Lokomotiven, wandte er sich dem Sachsenwald zu, der ihn schweigend, dunkel und würzig umgab. Es roch nach Holz, Moder, Tannennadeln. Witternd, verzaubert und beunruhigt, setzte er Fuß vor Fuß. Stets überkam ihn die natürliche Furcht des Menschen im Walde, immer dachte er ein wenig an Hexen, Trolle, Rübezahl, und hatte, prähistorischer Instinkt, sogleich das Bedürfnis, nach einem Werkzeug des Angriffs und der Abwehr, nach einer Waffe zu greifen. Zugleich aber wurden seine Sinne ungemein beflügelt – Wald, Urschoß des Menschengeschlechtes, Beschützer und Gefährder in einem, prachtvolles Gewächs auf dem organischen Schorf des Planeten, Pelz des Erdballs, Bewahrer des Regens, Spinnweb-Paradies! Höhlenbär und Höhlenlöwe, Säbelzahntiger, ein Name aus der Volksschullektüre – Rulaman! Auf einer Lichtung liegend, stiegen ihm verschollene, geheimnisvolle Impulse aus unbekannten Tiefen empor, mischten sich mit Bildern seiner geschichtlichen Neugierde und Sehnsucht, kamen und gingen: Auf den Zinnen Ekbatanas, scharf abgehoben gegen Mediens Horizont – Alexander. Die ahnungslose Inkafestung Machu Picchu in der Frühe des Tages, an dem Christoph Kolumbus seinen Fuß auf die Insel Guanahani setzte. Feiner gelber Staub in Kashmirs nordwindgefächelten Palmenkronen – Dschingis Khan bricht auf nach Westen. Assurs schrecklicher Blick auf das verlorene Babylon. Zedern des Libanon, wie Speere vom Himmel, Masten für die Schiffe des Odysseus. Napoleon in einer Nische St. Helenas, pinkelnd. Und auf den Etschpässen, drohende Lawine über Mailand, Kaiser Barbarossas deutscher Heerwurm...

Erschöpft von seiner eigenen Phantasie, kehrte Roman Bertini aus dem Wald an den Schienenstrang zurück, sofort wieder in der Gegenwart –

das Hochoffizielle, Amtliche, Unprivate der Geleise flößte ihm einen zwiespältigen Respekt ein.

Auf dem Weg zum Bahnhof Friedrichsruh verirrte sich der Vater mit ihm manchmal in den eingegatterten *Saupark*. Ohne jemals ein Wildschwein erblickt zu haben, benahm Alf sich doch, als habe er sich und den Sohn gegen ein ganzes Rudel zu verteidigen. Jedenfalls unterwies er Roman in listigen Haken, empfahl ihm für den Fall eines Falles den Sprung hinter einen dicken Baumstamm oder auch die Nachahmung eines totenähnlichen Zustandes, und zwar das alles für eine Situation, die sich durchaus nicht einstellen wollte.

Übrigens zwang sie nichts, in den *Saupark* einzudringen – der Weg wurde dadurch keineswegs abgekürzt, sondern eher noch verlängert. Was die beiden hinter den Zaun trieb, war die einfache Tatsache, daß es verboten war.

Lea Bertini hatte sich angewöhnt, sie am Fenster des Eßzimmers zu erwarten. Von dort konnte sie den Trockenweg am besten übersehen, wo Alf und Roman, vom Barmbeker Bahnhof kommend, oben aus der Fuhlsbüttler Straße einbiegen mußten.

Das Wiedersehen war immer ein Anlaß zur Freude gewesen, gerade so, als hätte man sich lange Zeit nicht gesehen. Es wurde gewinkt, und meist verfiel Roman in Trab, um noch ein wenig eher bei der Mutter zu sein.

Diesmal aber, an einem Frühlingstag des Jahres 1937, war es anders. Diesmal trat etwas Fremdes dazu, als Roman unten am Ende des Trockenwegs über die Straße hinweg das Haus Lindenallee 113 erblickte und am Fenster des Hochparterres die Mutter. Es war ganz plötzlich anwesend, und zwar mit solcher Kraft und Eindringlichkeit, als sei es stets da gewesen, nicht mehr fortzudenken, ohne jede Erinnerung an seine Abwesenheit – die Ungewißheit, ob sie sich wiedersehen würden, wenn sie sich voneinander getrennt hatten; ob nicht einer von ihnen, oder mehrere, abgeholt worden seien.

In der Mitte des Trockenwegs, auf halber Strecke zwischen Fuhlsbüttler Straße und Lindenallee, noch unter hellem Himmel und angesichts von Vater und Mutter, duckte Roman Bertini sich blitzschnell nach vorn, als hätte er mit einer schweren Eisenstange einen grausamen Schlag gegen den Leib bekommen, jene wilde, fürchterliche Bewegung, die sich jenseits seines Willens vollzog und die ihn zum erstenmal angefallen hatte, als die Speckrolle David Hanf, Cesar und ihn von der übrigen Sexta ausgesondert hatte.

Ein Ereignis am nächsten Tag, einem Sonnabend, offenbarte, daß diese Ungewißheit in ihnen allen lebte, nicht nur in Roman.

Einmal im Jahr ging Lea aus, Distanz zu bringen zwischen sich und die Aufwaschschüssel, eine Art Flucht vor der Familie, Ferien von der Lindenallee. Sie brauchte ganz offenbar das Gefühl, wenigstens für ein paar Stunden unbeobachtet und der endlosen Alltagsaufgaben ledig zu sein, vielleicht auch von anderen Menschen bewundert oder begehrt zu werden. Sie war jetzt vierzig Jahre alt, hatte aber trotz der drei Geburten nichts von ihrer Mädchenhaftigkeit eingebüßt. Ihr schmales Gesicht mit den blauen Augen und der etwas zu großen Nase wurde immer noch eingerahmt von einer Flut schwarzer, hinten lose zusammengebundener Haare, ihre Beine waren schlank und gerade, lediglich um die Taille war Lea voller geworden, was aber den Eindruck einer für ihre Jahre ungewöhnlich jugendlich wirkenden Person nicht verwischen konnte. Übrigens mußte Lea diesen bescheidenen Urlaub immer wieder gegen den starken Widerstand ihres keineswegs etwa eifersüchtigen, wohl aber in die psychologischen Zusammenhänge uneinsichtigen Mannes durchsetzen.

Zum *Ausgehtag*, immer ein Sonnabend und meist in der wärmeren Jahreszeit, machte Lea sich so fein, wie ihre beschränkten Mittel es zuließen, und zog mit festem Programm davon. Dazu gehörte, daß sie den Direktor ihres einstigen Konservatoriums besuchte, einen uralten Herrn inzwischen, der seine ehemalige Lieblingsschülerin begeistert und wehmütig empfing, untröstlich über ihr tristes Los als Hausfrau und voller Zorn auf die, wie er schimpfte, ihrem Talent nicht gemäßen Klavierstunden – von dem Verbot hatte Lea ihm nichts erzählt.

Zum Programm gehörte auch, daß sie durch die Hamburger Straße schlenderte und ins Kino ging, ins *Odeon* oder *Balke* oder in die *Weltlichtspiele* – jedenfalls bis ihr dann auch der öffentliche Filmbesuch durch Gesetz verboten wurde. Am Mundsburger Damm stieg sie in die Straßenbahn, fuhr bis zum Rathaus und erging sich stundenlang sehnsüchtig vor den Schaufenstern der Prachtläden in der Mönckebergstraße oder auf dem Jungfernstieg, um schließlich irgendwo in einer Seitenstraße ein Eis oder eine Tasse Kaffee zu trinken (sehr rasch, hastig, heimlich, denn auch der Zutritt zu Lokalen war ihr untersagt). Dennoch lag auf den Wangen ihres sonst so bleichen Gesichts eine zarte Röte, ihr ohnehin geschwinder Gang wirkte beschwingt, sie ließ ihre Handtasche baumeln. Am Ende eines solchen Tages war Lea Bertini nichts als eine immer noch junge, schöne Frau – die Männer sahen ihr nach.

Gleichsam als Belohnung für ihre regelwidrige und schmerzende Abwesenheit kam sie mit allerlei Süßigkeiten für die Söhne heim, darunter in langer durchsichtiger Papierkette einzeln eingewickelte Bonbons. Die bunte Schlange war nach dem sensationellen Wiedersehen mit der vermißten und geliebten Mutter das große Ereignis des sowieso schon ungewöhnlichen Tages, und Roman Bertini erinnerte sich später genau, daß in der Küche noch Gaslicht brannte, als er zum erstenmal nach den Bonbons gegriffen hatte.

Während Lea weg war, pflegte Recha so lange keifend über ihre Enkel zu wachen, bis Rudolph Lehmberg von der Arbeit kam und nun er das Opfer ihrer unerschöpflichen Streitlust wurde. Nach Leas Rückkehr dann verließ Recha bald die Wohnung ihrer Tochter, hochrot, den Kopf auf dem kurzen Hals völlig eingezogen und unter dem mehrfach wiederholten Schwur, eine so undankbare Aufgabe nie wieder zu übernehmen – was sie am nächsten Tag bereits vergessen hatte.

Überhaupt sah sich Lea, nachdem Alf erwerbslos geworden war, nur durch die Hilfe ihrer greinenden Mutter in die Lage versetzt, den Ausgehtag einzuhalten. Auch diesmal wieder hatte Recha sie überreden müssen, um der Tochter schließlich fast mit Gewalt in den Mantel zu helfen.

Es war sehr hell auf der Lindenallee, als Lea, von Recha vom Balkon herab mit allerlei törichten und überflüssigen Ratschlägen bedacht, vor das Haus trat – und totenbleich wurde. Roman, der mit Cesar bereits unten war, um die Mutter bis zur Ecke an der Sandkiste zu begleiten, sah sich um und erstarrte ebenfalls. Vor ihnen, unter der großen Linde, stand Alf Bertini, sich mit irgend jemandem, den er nicht zu Worte kommen ließ, gestenreich unterhaltend und den rechten Arm noch ausgestreckt, an dem er Ludwig gehalten hatte – hatte, denn der Siebenjährige war verschwunden.

In Leas gellenden Schrei hinein fühlte Roman sein Herz rasend hämmern. Einen Augenblick drückte er die Augen zu und riß sie wieder auf, in der Hoffnung, aus einem bösen Traum zu erwachen, wie es ihm schon oft gelungen war, wenn er im Schlaf von einer Hexe oder einem Ungeheuer heimgesucht worden war.

Aber dies war kein Traum, der Verkehr auf Fahrbahn und Gehsteig ging voran, als sei nichts geschehen. Die Szenerie hatte den Charakter einer Momentaufnahme: auf dem Balkon, die Hände gegen den Kopf geschlagen, Recha Lehmberg; unten, dem versteinerten Roman zur Rechten, der zitternd-verstörte Cesar; Lea, auf das Staket des Vorgartens gestützt, offenbar einer Ohnmacht nahe; vor ihnen Alf Bertini, wie inmitten einer kreiselnden Bewegung versteinert – und jeder von ihnen, sie alle, dachten dasselbe.

Roman erblickte als erster den Bruder, drüben auf der anderen Straßenseite hinter einem abgestellten Möbelwagen, an der Hand eines ihm ebenso wohlbekannten wie wohlbeleibten Mannes, Ladenbesitzers aus der Lindenallee 106 – »Linoleum und Bohnerwachs« –, der jetzt bis in die Halbglatze hinein schmunzelte über irgend etwas, was der lächelnde, fröhliche Ludwig Bertini gerade zu ihm gesagt hatte.

»Da ist er!« schrie Roman mit überkippender Stimme, »da ist er!« Und er stürmte vorwärts, aber nicht über die Straße hin zu Ludwig, sondern zu Lea, die aussah, als sei ihr alles Blut aus dem Körper geflossen. Er umschlang sie, wieder und wieder, wobei er in einem fort rief, jubelte, schrie: »Er ist da, Mutter, Ludwig ist da!«

Die Passanten waren stehengeblieben.

Gegen ihren zusammengebrochenen Willen, nach langem Zureden, diesmal sogar auch von Alf, machte sich Lea schließlich doch noch auf »zur Stadt«. Aber sie kam früh zurück, schloß Ludwig oben lautlos weinend in ihre Arme und ließ ihn lange nicht frei – unwillig und verärgert krauste der Jüngste die Stirn.

Süßigkeiten hatte sie nicht mitgebracht. Roman vermißte die traditionelle Bonbonschlange auch gar nicht. Wie gestern Lea, hatte er stumm am Fenster des Eßzimmers gestanden und den Trockenweg hinaufgestarrt.

Es wurde Leas letzter *Ausgehtag*.

Keiner von den Bertinis konnte sich später erinnern, wann die entsetzte Frage, ob sie sich nach Verabschiedung oder, wie in diesem Falle, unerklärbarem Verschwinden je wiedersehen würden, unterbewußt in ihnen aufgetaucht war. Der Sonnabendvormittag aber hatte sie mit einem Schlag allen zum Bewußtsein gebracht.

Diese Ungewißheit wird nun zu einem Teil jener Macht, die ihr Leben immer unheimlicher formen, ausfüllen, entleeren, beherrschen und zerstören soll – die Angst vor dem allgegenwärtigen Zugriff der Geheimen Staatspolizei! Und zwar nicht, weil sie etwas gegen die staatliche Gewalt unternahmen, sich gegen sie organisierten, auflehnten oder kämpften, sondern einfach, weil sie da waren auf der Welt, weil sie lebten, atmeten, existierten – ihre Gefährdung war vollständig unabhängig von ihrem Verhalten.

Deshalb wird es bei den Bertinis immer ums Überleben, nie um Widerstand gehen.

11

Gefahren der Reife

An einem Sommermorgen des Jahres 1937 hatte sich Alf Bertini gerade ans Klavier gesetzt, die Hände griffig über der Tastatur, als Lea atemlos hereinstürzte: vielleicht würde es Arbeit für ihn geben – als Pianist auf einem der großen Passagierschiffe der HAPAG zwischen Hamburg und New York!

Die Wirkung auf Alf nach über siebenjähriger Erwerbslosigkeit war buchstäblich umwerfend. Er fiel vom Stuhl, mit ins Leere greifenden Armen und einem unartikulierten Schrei in der Kehle. Wenn Lea nicht hinzugeeilt wäre, hätte er künftige Dienste möglicherweise mit einer Rückgratverletzung antreten müssen. Der Gedanke, wieder beschäftigt zu werden, schien Alf so ungewohnt, daß er zunächst nichts begriff.

Immerhin ließ er Lea nun berichten, ohne sie zu unterbrechen: der Milchmann von nebenan, Lindenallee 111, mit irgend jemandem bei der Schiffahrtsgesellschaft verschwistert oder verschwägert, habe über drei Ecken erfahren, daß die *Hamburg-Amerika-Paketfahrt-Aktiengesellschaft* auf ihrem Zwanzigtausendtonner *Hansa* Musiker brauche. Sie habe sich darauf hinten in der Wohnung das Telefon erbeten und gleich bei der HAPAG angerufen. Dort sei sie mit dem Personalchef verbunden worden, der sie angehört und geantwortet habe, ihr Mann solle so rasch wie möglich zu ihm ins HAPAG-Haus an der Binnenalster kommen. Sie habe noch eine ganze Weile wie benommen dagesessen, ehe sie losgeeilt sei, um die Nachricht zu überbringen.

Alf Bertini war tiefblaß, als er das Haus verließ. Er kehrte nach etwa drei Stunden zurück, abweisend, mit mahlenden Kiefern und sehr wortkarg. Leas Hoffnungen waren schon fast dahingeschwunden, als Alf sich endlich verbissen bequemte, aufzuzählen, woran das Engagement scheitern werde: ersten daran, daß er einen Smoking brauche, den er bekanntlich nicht besitze und nie besitzen werde; dann, zweitens,

ein Akkordeon mit Klaviatur und hundertzwanzig Bässen, eine sogenannte Tangoharmonika, auf der sich einzuüben ihm ein nur halbes
Jahr Zeit gegeben würde; drittens, und dies sei das Entscheidende,
daran, daß die Geschäftsleitung der HAPAG ihn nur für die 3. Klasse
auf der *Hansa* zu engagieren beabsichtige, während ihm doch die 1.,
höchstens noch die 2. Klasse zukomme. Die 3. jedenfalls sei ihm, der
schon ein Wunderkind gewesen sei und von rechtswegen längst im
Range eines berühmten und gefeierten Dirigenten zu stehen hätte, was
widrige Umstände bekanntlich bisher verhinderten, wohl doch nicht
zuzumuten. Und während er so sprach, lächelte Alf Bertini voller
Genugtuung, als wären nicht die Seinen und er, sondern irgend welche
Fremden betroffen.
An diesem Tage hörten die Söhne, daß ihre Mutter schneidend die
Stimme erhob, wie sie es noch nie vernommen hatten. Nach einer
Weile kam sie aus dem Wohnzimmer, eilte nach unten und teilte der
HAPAG über das Telefon des Milchmanns mit, daß ihr Mann nun
doch bereit sei, auf der *Hansa* zu fahren, auch in der 3. Klasse nach
New York und zurück.
Unmittelbar darauf suchte sie die *Wohlfahrt* auf, eine schlecht beleuch-
tete, dumpfe Behörde in der Nähe des Osterbekkanals, wo Alf seit
vielen Jahren allwöchentlich die lächerlich geringe Unterstützung
abholte. Dort drang sie darauf, das Geld für einen Smoking zu
erhalten. Und das Wunder geschah – sie erhielt es tatsächlich, in bar,
nach kurzer Beratung des Schalterbeamten mit seinem Vorgesetzten,
der wahrscheinlich beglückt war von der Vorstellung, den lästigen
Dauerkunden endlich loszuwerden. Dann trug sie Alfs Maße zu einem
Schneider gegenüber der Sandkiste, im ersten Haus links von der
eigentlichen, der echten Lindenallee, und kehrte noch einmal in ihre
Wohnung zurück, wo sie heimlich etwas einsteckte. Darauf suchte sie
zwei Geschäfte in der Fuhlsbüttler Straße auf. Zuerst, gegenüber der
Flohkiste *Scala*, einen Juwelier, dem sie ohne Bedenken den breiten
Goldreif anbot, das kostbare Vermächtnis Ahab Seelmanns, das sofort
für die Hälfte seines Wertes gekauft wurde; dann betrat Lea, wenige
Schritte daneben, den renommierten Instrumentenladen, wo sie feststellen mußte, daß ihr für eine Tangoharmonika mit 120 Bässen
zwanzig Mark fehlten. Sie ließ den Erlös für den Goldreif ohne
Quittung da und suchte unverzüglich ihre Mutter auf. Recha Lehmberg zeterte, als sie von dem Verkauf des teuren Erbstücks weit unter
Preis hörte, beschimpfte ihren abwesenden Schwiegersohn schrill als
die Quelle allen Unglücks, prophezeite ihm klägliches Scheitern auch

seiner neuen Karriere und steuerte den Rest der Kaufsumme bei. Keuchend schleppte Lea das schwere Instrument nach Hause.

Zwei Tage später trafen von der HAPAG Papiere ein, darunter ein Fragebogen, bei dessen Lektüre Lea zusammenzuckte – es wurde nach der *arischen* oder *nichtarischen* Abstammung des Bewerbers sowie eventueller *jüdischer Versippung* geforscht.

Was tun? Die Unruhe über den Passus trieb sie zueinander, um den Tisch im Wohnzimmer, wo der Bogen lag, der auszufüllen war. Da hockten sie, Alf, von Recha wie ein böses Reptil umschlichen, Rudolph Lehmberg bescheiden auf einem Stuhl am Fenster, die drei Söhne schweigend unter den Erwachsenen. Schließlich brachen sie unentschieden auf zur Hoheluft, fuhren mit der Hochbahn die kürzere Strecke über Kellinghusenstraße, und fielen bei Emma ein, wo sie die Sache zum Abschluß bringen wollten – Wahrheit, Unwahrheit oder gleich Verzicht?

Alfs Mutter, mit dem Problem vertraut gemacht, kniff hilflos die Augen zusammen, lief ziellos umher, umhalste unschlüssig die Einlogiererin Hanna Hattenroth und schlug dann vor, die Angelegenheit deren Mann, dem Bankbeamten, vorzutragen.

Eitel-Fritz Hattenroth, der wenig später eintraf, begrüßte die Schar sonor und würdevoll. Dann, nachdem er Emma aufgefordert hatte, heißes Wasser zu machen, schickte er sich an, neue Fotos aus Bodendorf hervorzukramen, von wo das Ehepaar vor drei Tagen hochbepackt aus dem Urlaub zurückgekehrt war. Aber irgend etwas in der Haltung der Bertinis hielt ihn davon ab, mit den bekannten Geschichten und Erläuterungen zu beginnen, worauf er gutttural um Aufklärung bat.

Nachdem er erfahren hatte, worum es ging, senkte der Bankbeamte, einen Finger an der Nase, den Kopf, zog Alf bedeutsam beiseite und bugsierte ihn in das kleine Balkonzimmer – zu einem Gespräch unter Männern: als Deutschnationaler habe er, Eitel-Fritz Hattenroth, zwar nach wie vor seine Einwände gegen die Braunen, sehe sich jedoch inzwischen gezwungen, ihre imponierenden Verdienste um das Vaterland anzuerkennen. Darunter in erster Linie die Wiederherstellung des nationalen Selbstbewußtseins und, gleich dahinter, die Beseitigung der Arbeitslosigkeit, von der nun also auch er, Alf Bertini, profitieren sollte. Heute traue er Hitler schlechthin jedes Wunder zu, sogar die Wiedererlangung der früheren Kolonien, ohne die das Volk auf die Dauer nicht überleben könne. Wie das heute rucke und zucke in Deutschland – das sei groß, erhebend, ja überwältigend. Und Eitel-

Fritz Hattenroth, in der Erregung auf den winzigen Balkon getreten, schickte seine volle Stimme über die Dächer der Hoheluft, daß sie sich klirrend brach an den steilen Schornsteinen ringsum. Sein kaiserlicher Schnurrbart sträubte sich, und an den Satzenden kletterte sein Organ bisweilen hinauf in den Diskant.

Plötzlich aber begann er zu flüstern, so daß Alf Bertini ihn zunächst gar nicht verstehen konnte, wobei der Bankbeamte ins Zimmer zurücktrat und nun so leise, wie er vorher forsch gewesen war, sozusagen unter vier Augen, seinen Monolog fortsetzte: Nur was da mit den Juden getrieben werde, diese *Rassenpolitik*, die keinerlei Unterschiede zwischen den Betroffenen mache und also auch vornehme, alteingesessene Familien mit ehrwürdigen Namen und verdienstvoller Vergangenheit einbegriffe – diese Politik gefalle ihm gar nicht, sie könne er nicht akzeptieren. Arisch – nichtarisch! Was für Gesetze, die da feinprozentig unterschieden zwischen Voll-, Halb- und Vierteljuden! Das gehe wohl bald auch ins Achtel noch und Vierundsechzigstel, und was bleibe da wohl übrig vom Ariertum eines Mischvolkes, wie es das deutsche sei. Nein, diese Arithmetik und der Ungeist, der dahinter stecke, berühre ihn, Eitel-Fritz Hattenroth, denn doch über die Maßen merkwürdig. Aber, gäbe er gleichzeitig zu bedenken, man solle die *Rassenpolitik* wiederum auch nicht allzu ernst nehmen, sie nicht überbewerten, da manifestiere sich eher ein Minderwertigkeitskomplex, der mehr theoretischen Charakter als praktische Folgen habe – darauf könne er Alf Bertini die Hand geben!

Was der Bankbeamte dann auch mannhaft tat, wobei die Spitzen seines kaiserlichen Schnurrbarts in Bewegung und Rührung heftig auf und ab wippten. Er führte Alf in die Küche zurück und entschied: »Die Wahrheit an die HAPAG schreiben – verheiratet mit einer Volljüdin. Es wird gar keine Folgen haben.«

Dankbar, sehr getröstet, blieben die Bertinis bis in den späten Abend.

Während dieser Stunden zeigte sich Emma fortwährend besorgt um die Hattenroths. Ihre Rolle als Dienende hatte sich mit den Jahren noch vertieft. Demütig weckte sie die Herrschaften allmorgendlich, bereitete ihnen das Frühstück, entschuldigte sich beim Betreten ihrer eigenen Räume und bot dem Ehepaar in grenzenloser Unterordnung auch das Wohnzimmer zu beliebiger Benutzung an. Für den Bankbeamten und seine Frau war Emmas devotes Verhalten ganz selbstverständlich geworden. Eitel-Fritz Hattenroth rief sie jovial *Oma*, und Hanna Hattenroth ließ sich von ihr willig umarmen dafür, daß Alfs Mutter dem Gasmann nach wie vor wortlos von der kargen Rente und dem ebenso kargen Mietzuschuß der Einlogierer die hohen Rechnungen für heißes Wasser zahlte.

Jetzt stellte sich Emma zwischen die beiden, faßte sie um und sagte zu den anderen: »Das sind meine Besten!«

Schließlich tat Roman Bertini das, was seit seiner Kindheit Gewohnheit geworden war – er ging in die Rumpelkammer, betastete den Säbel seines Großvaters, den Stock aus Eisenholz, und stand lange und stumm vor der schwarzblanken, gedrungenen und wie immer gut geölten Pistole. Dann plötzlich, zum erstenmal in seinem Leben, nahm er die Waffe auf und wog sie in der Hand – es war ein seltsames Gefühl, mit keinem andern zu vergleichen. Nachdenklich legte er sie wieder zurück. Dann ging er in die Toilette und wusch sich den leichten Ölfilm von den Fingern seiner Rechten ab.

Spät brachen die Bertinis auf, fuhren zurück nach Barmbek, auf der Straße und in der Hochbahn dicht aneinandergedrängt, traubenförmig, igelhaft.

Am nächsten Tag entschloß sich Lea, dem Personalchef der HAPAG reinen Wein einzuschenken, bevor Alf sich auf Schriftliches einließ. Sie tat es sofort, abermals über das Telefon des Milchmanns. Danach entstand eine Pause. Dann sagte die Männerstimme am andern Ende: »Ich habe den Juden Albert Ballin noch gekannt, Mitgründer der HAPAG. Bis 1933 war eines unserer Schiffe nach ihm benannt, die *Hansa*...« Wieder eine Pause. Dann leise, schnell: »Schreiben Sie es so hin, wie es ist.«

Eine Woche später war Alf Bertini für zunächst ein Jahr als Pianist der 3. Klasse auf dem Passagierdampfer engagiert, mit der verbürgten Aussicht, in die 2. Klasse aufzusteigen, sobald ein Platz auf diesem oder einem der Schwesterschiffe, *Hamburg* und *New York*, frei werden würde.

Als Alf die *Hansa* drei Tage vor der Ausfahrt mit seinen beiden älteren Söhnen inspizieren wollte, bestand Emma Bertini darauf, ihn zu begleiten. An den Landungsbrücken bestiegen sie, Roman und Cesar trunken vor Freude, ein grün-weißes Fährschiff, befuhren den unruhigen Spiegel der Norderelbe, vorbei an den Werftfronten und schweren Schiffen in den Docks, die Ohren voll vom Gedröhn der Niethämmer und in der Nase den wohlvertrauten, fernweheweckenden Geruch des Stroms. Immer tiefer ging es in die Eingeweide des Hafens, dem Liegeplatz der *Hansa* zu.

Inzwischen hatten Alf und Emma Bertini erwartungsgemäß die Fähigkeit, Deutsch zu sprechen, eingebüßt. Umgeben von vielen Menschen, die neugierig und interessiert aufsahen, übten sich Mutter und Sohn mit erhobener Stimme in dem ihnen beiden keineswegs geläufigen Italienisch. Erst, als immer mehr Passagiere ausstiegen und bald niemand mehr da war, der zuhörte, bedienten sie sich wieder der deutschen Sprache. Cesar und Roman, peinlich berührt von diesem unerklärlichen Wechsel in der Verständigung, hatten sich bald schon verlegen davongestohlen.

Dann endlich lag der schlanke Schiffskörper vor ihnen, mit dem hohen Seebug, den gedrungenen Aufbauten in der Mitte, den Vorder- und Hintermasten mit den Ladebäumen. Nie vergaßen die Söhne den erregenden Geruch, der ihnen entgegenschlug, als sie das Deck der *Hansa* betraten – eine Mischung von Bordessen, blankpoliertem Metall, gebeiztem Holz und fremden Ländern, warm, dick, irdisch.

Aber als der Abschied gekommen war, drei Tage später, der die ganze Sippe an die Gangway trieb, wurde allen erbärmlich zumute. Etwa drei Wochen sollte die Fahrt Hamburg–New York–Hamburg dauern – noch nie waren die Bertinis so lange voneinander getrennt gewesen. Sogar Recha Lehmberg, von ihrem Mann begütigend um die Schulter gefaßt, weinte in der Dämmerung, wie der *Schlemihl* da schwerbepackt den schrägen Steg hochkletterte.

In Leas Augen aber war blankes Entsetzen, als die *Hansa* ablegte und langsam stromabwärts verschwand.

So begann die überseeische, die transatlantische Phase im Leben Alf Bertinis, nun in den Augen seiner drei Söhne von ungeheurem Nimbus umgeben, Weltreisender, Abenteurer und zärtlich geliebter Vater zugleich.

Dabei wurde er auf offenem Meer, schon kurz hinter Southampton, schwer seekrank. Mit umgestülptem Magen hing er hilflos an der Reeling, zwei Tage völlig arbeitsunfähig, um am dritten seinen schadenfrohen Kollegen zu schwören, daß er nie wieder auf diesem oder irgendeinem andern Teufelsschiff die See befahren würde, was sie gefälligst zur Kenntnis nehmen sollten. Sechs Tage später, vor New York und in Ausübung seines Berufes, fühlte er etwas in der Halsröhre aufsteigen, konnte das Unheil jedoch im letzten Augenblick abdrosseln – fortan blieb er vom Übel der Seekrankheit verschont. Dies wurde ihm auf der Rückfahrt klar, als ein Orkan mit solchen Brechern tobte, daß sich die Deckaufbauten der *Hansa* bis zu zehn Zentimeter verschoben. Bei abflauendem Wetter brüstete er sich, seefest zu sein wie ein alter Fahrensmann, kletterte in seiner Freizeit und während der Arbeitspausen noch bei Windstärke 8 prahlerisch an Deck und wäre dabei mitten im Atlantik fast von Bord gespült worden – das ablaufende Wasser schmetterte ihn gegen die Reeling, wo er hängenblieb wie ein übergroßer Fisch, dem die Gräten gebrochen worden waren. Danach unterließ er alle Demonstrationen seiner Seefestigkeit, zumal ihm niemand zusah.

Großartig, wie das Haupt einer internationalen Antarktisexpedition, kehrte er nach drei Wochen überseeischer Ferne in die Lindenallee zurück, mit dem unglaublichen Luxus einer Taxifahrt vom Hafen bis Barmbek! Dort wurde der neugebackene Verdiener von den Seinen geherzt und geküßt, wobei allen die Tränen nur so die Wangen herabtropften. Schluckend vor Aufregung, folgten die Söhne dem Vater hinauf ins Eßzimmer, wo die Koffer sogleich durchwühlt wurden.

Was Alf Bertini aus New York mitbrachte, war schier atemberaubend! Farbentriefende Illustrierte, angefüllt mit den Bildern einer hysterischen Reklame: über die Erde nur so hinflitzende Eisenbahnblitze; chromblinkende Kücheneinrichtungen; Süßspeisen, deren provokatorische Appetitlichkeit einem Attentat auf den Gaumen gleichkam; Straßenkreuzer, bei deren Anblick die Brüder das banale Wort *Auto* nicht in den Mund zu nehmen wagten. Ferner die wunderbar bunten Hefte des *Geographic Magazine* mit Serien über Azteken und Inkas; bauchige Flaschen von *Waterman's Ink,* Tinte von ungeheurer Schwärze; Spielzeug mit raffinierter Mechanik; Obst von solcher Saftigkeit, daß die Bertinis sich scheuten, hineinzubeißen. Von Reise zu Reise machten sie sich ungeduldiger her über alles, was Alf von dort drüben mitbrachte. Ihre Verzücktheit ging so weit, daß sie von der Zahnpasta aus New York kosteten und allen Ernstes behaupteten, man könne sie essen, das Zeug schmecke herrlich und Alf müsse davon einen ganzen Vorrat anschleppen. Dann die Berichte des Globetrotters! Über den salzigen Atem des Atlantik mit seinen berghohen Wellengiganten; Manhattans Wolkenkratzerdschungel, seine quirlenden Straßenschluchten und den großen Central Park mitten in der City und den neuesten Modetanz, den *Big Apple*.

Während seiner heimatlichen Intermezzi gab Alf Bertini gern zum besten, was er auf den Transatlantikfahrten an *Jazz* dazugelernt hatte. Rituell wie immer, setzte er sich ans Klavier, versammelte – nicht ohne im Winter sein obligatorisches »Tür zu!« geschmettert zu haben – die Familie im Wohnzimmer um sich, öffnete den Deckel und kündigte Melodien von Eddie Dutchin an. Dann begann er während des Spielens zu zappeln und mit den Füßen auszuschlagen, steppähnliche Schritte, die er mit mißtönender Stimme zu begleiten pflegte – all das offenbar seiner Meinung nach unerläßliche Attribute eines routinierten Jazzmusikers.

Höhepunkt jedoch blieb sein geliebtes *Goody goody*, wozu er mit den Schuhen auf dem Fußboden knatterte, daß das Wohnzimmer erdröhnte. »Goody goody for me, goody goody for you – now I hope you are satisfied you rascal you!« Er spielte es immer wieder, Textbrocken dazwischenrufend, in phonetischem Englisch, denn er hatte die Sprache nie gelernt. Endlich, gleichsam ein musikalischer Epilog, aber immer noch temperamentvoll genug, griff er nach der Tangoharmonika, auf der zu spielen ihm in weit kürzerer Zeit gelungen war als den gewährten sechs Monaten, und bemächtigte sich des derzeitigen Weltschlagers, der *Donkey-Serenade*, aus dem gleichnamigen Hollywood-Film mit den Stars Jeanette McDonald und Nelson Eddy.

Obwohl Alf Bertini nie wirklich in den Geist des Jazz' eindrang und über eine gewisse technische Bewältigung nicht hinauskam, waren die Söhne entzückt, wenn der Vater mit seinen turbulenten und ungelenken Darbietungen das Zimmer füllte, und sie schrien: »Sweet Georgia Brown« und »The Japonese Sandman« und »Goody goody« und »da capo!« Dann sagten sie mit leuchtenden Augen leise einen Namen vor sich hin – *Amerika!*

Die Söhne bejubelten die Fahrten ihres Vaters an die Ostküste, hin zu der wunderschönen Metropole eines wunderschönen Landes. Korrespondierend mit der Vorgeschichte ihrer Indianerliebe, die den Grundstein für das Interesse an der plötzlich nähergerückten Wirklichkeit gelegt hatte, begann für Roman und Cesar Bertini ein neuer Abschnitt, die leidenschaftliche Zuwendung zu den USA, in denen sie bald die Vervollkommnung menschlicher Gemeinschaft schlechthin erblickten und die sie immer inbrünstiger idealisierten. *Amerika* – schon nach Alfs dritter Reise, noch im Herbst, ragte es ihnen wie ein mächtiger Lichtkoloß herüber, verschlangen sie gierig alles, was Alf ihnen an Lektüre mitbrachte oder was ihnen sonst über die Vereinigten Staaten unter die Finger geriet. *Amerika* – Land der Freiheit und der unbegrenzten Möglichkeiten: welch ein Gegensatz zu ihrer eigenen Enge, ihrer Trauer, ihrer Furcht. Der Druck ihres Daseins gebar ganz natürlich die Verklärung.

Um diese Zeit bildete sich, nachprüfbar und eindeutig, Roman und Cesar Bertinis Berufswunsch heraus, nach drei Perioden kindlicher Vorstellungen – Jockey, Lokomotivführer und Cowboy, in dieser Reihenfolge. Jetzt gefragt, was sie werden wollten, später, erklärten sie mit fester Stimme, als sei bereits alles fix und fertig abgesprochen für

die Zukunft: *»Journalisten!«* Um dann hinzuzufügen: »In *Amerika.«*
Wie und wann das einmal sein würde, darüber zerbrachen sie sich noch
nicht den Kopf. Und doch hatte die Berufswahl, wie sich herausstellen
sollte, etwas Fertiges, Endgültiges an sich – es kam nichts danach, was
sie je ablöste.

Nur von wenigen Tagen Landaufenthalt in Barmbek unterbrochen,
fuhr Alf Bertini für die HAPAG auf der nördlichen Transatlantikroute
nach New York und zurück unangefochten in das Jahr 1938 hinein,
kurz vor Weihnachten noch überwechselnd in die 2. Klasse der
Hamburg, Schwesternschiff der *Hansa*, vormals *Albert Ballin*.

Obwohl es den Bertinis durch regelmäßiges Einkommen jetzt besser
ging, blieb im Hintergrund das eisige Entsetzen über die Trennung
bestehen. Abschied und Wiedersehen waren gleichermaßen von ihm
überfrostet.

Inzwischen waren mit Cesar Bertini, im November 1937 sechzehn
geworden, sonderbare Veränderungen vorgegangen. Seit je, seit den
frühen *Schnob-* oder *Muttertagen* von unmäßigem Appetit, hatte er
nun die Merkmale hemmungsloser Verfressenheit angenommen. Wenn
Cesar Bertini zu Tische ging, flogen die Fetzen, ein wahres Wolfsvieh
war da am Werk, das nur aus Kaugeräten und Magen zu bestehen
schien und dem die Umwelt versank, wenn es in sich hineinschlang und
-schaufelte. Seine Gier machte ihn sogar erfinderisch. Gewöhnlich
ohne jede technische Begabung, knackte er mit einem primitiven
Dietrich die von Lea vorsorglich, wenn auch vergeblich verschlossene
Speisekammer, hauste darin wie ein Kahlschläger und sah den Folgen –
Leas hilflosen Vorwürfen und der irritierten Verwunderung der Brüder
– ohne Betretenheit entgegen: wenn es um die Befriedigung seiner
Bedürfnisse ging, kannte Cesar nur sich.

Nun war die Bertinische Speisekammer, seit Alf zur See fuhr, gefüllter
als zuvor, aber wenngleich er, zum erstenmal seit langer Zeit, seine
Familie aus eigener Kraft ernähren konnte – übrig blieb nichts, keine
Mark, kein Pfennig. Dafür animierte die neue Situation Lea aber weit
häufiger als vorher, am Ende eines Tages, wenn die Söhne im Bett
lagen, noch einmal zu ihnen hereinzukommen und jene Urfrage zu
stellen, die sich ihr eigentlich stets erst dann formulierte, wenn die
Antwort ein sicheres Nein sein würde: *»Habt ihr Hunger?«*

Cesar Bertinis Freßlust jedoch war nicht das einzige Bedürfnis, das
mächtig in ihm lebte. Seiner Erdhaftigkeit, seiner Offenheit für das
Diesseits, das Irdische, für sinnliche Genüsse, hatte sich eine in seiner

Lage gefährliche Notdurft hinzugesellt – der Sexualtrieb, die Hinneigung zum andern Geschlecht.

Die Pubertät hatte früh bei ihm eingesetzt. Bis zu seinem zwölften Jahr mit dem um sechzehn Monate jüngeren Roman von gleicher Größe, war Cesar damals binnen kurzem in die Breite und Höhe gegangen, war umfänglicher, schwerer geworden und hatte bald jene Gedrungenheit angenommen, die ihm sein charakteristisches Aussehen geben sollte. Gleichzeitig beobachtete Roman befremdet, wie der Bruder sich öffentlich ungeniert nach Frauen und Mädchen umsah, und zwar um so eindringlicher, je mehr ihm seine Kurzsichtigkeit dabei zu schaffen machte. Cesar stand dann – etwa am Wiesendamm, auf dem Wege ins Johanneum – wie vom Donner gerührt da, die Augen in Richtung der begehrten Person zusammengekniffen, wie es Menschen mit geringer Sehschärfe zu tun pflegen.

In seiner körperlichen Entwicklung weit hinter dem Älteren zurück, fehlte Roman zunächst jedes innere Verständnis für Cesars offenkundiges Interesse an weiblichen Passanten, so daß er murrte, die Stirn verzog und drei Schritte zwischen sich und dem Bruder brachte. Der schluckte angesichts solcher Unmutsbekundungen, murmelte verlegen, war aber doch bei nächster Gelegenheit unfähig, den Blick geradeaus zu halten.

Es mußte etwas in ihn eingezogen sein, das stärker war als alles, was ihn bisher bestimmte. Immer hatte Cesar im Schatten des temperamentvolleren Roman gestanden, hatte er dessen quirliger Unruhe, seiner leiblichen und geistigen Gewandtheit nichts als die Schwerkraft der eigenen Unbeholfenheit entgegenzusetzen. Immer hatte Romans Wort den Ausschlag gegeben, war Cesar von dem Jüngeren abhängig, seine Bewunderung für ihn bedingungslos gewesen. Aber nun war etwas erwacht, elementarer als die alte Anhänglichkeit, etwas rätselhaft Selbständiges, das Roman nicht begriff.

Denn seine Reife dauerte länger, war schleichender, aufgeschobener, mit romantischen Voretappen. Irgendwann Mitte der dreißiger Jahre hatte Roman begonnen, in Filmen nur die Frauen zu sehen, Heldinnen oder Tragödinnen, egal. Und da er fast nur amerikanische Streifen besuchte, waren es Stars wie Jean Harlow, Greta Garbo, Eleanore Powell, Loretta Young oder Francis Dee. Die männlichen Darsteller dagegen gewahrte er nur am Rande, wohl in Kenntnis ihrer Namen – Gary Cooper, Clark Gable, Spencer Tracy, Tyrone Power oder Frederic March –, aber das eigene Geschlecht da vorn auf der Leinwand beeindruckte ihn nicht. Nach der Vorstellung ließ Roman

Bertini sich meist viel Zeit, um vom *Europa-Palast* am Barmbeker Markt, vom *Balke* oder *Odeon* in der Hamburger Straße zur Lindenallee zurückzukehren. Er hatte dann stets das Bedürfnis, allein zu sein, glücklich, daß es dunkel war und er einsam beschäftigt mit einer Flut unbestimmter, drängender Gefühle und Gedanken, die alle um die überdimensionalen Schönheiten von vorhin kreisten. So stand er oft im Schatten der Kirche am Anfang der Lindenallee oder auf der Brücke über den Osterbekkanal. Zu Hause ging er rasch ins Bett, weil er mit niemandem mehr sprechen wollte.

Bis er eines Tages, kurz vor seinem fünfzehnten Geburtstag, zu Beginn dieses Schicksalsjahres 1938, das seltsam fordernde, hartnäckig glimmende Licht in Cesars Augen begriff und in wenigen Sekunden alles verstand – die peinlichen, ihm bisher so sinnlosen Übungen Gleichaltriger, aber Reiferer an sich selbst; ihre häßlichen, ekstatischen Bewegungen in Barmbeker Treppenhäusern und Fluren, ihre Schreie des Entzückens und der Gier, ihre Andacht, ihre Zoten, ihre Seufzer der Wonne; all das unablässige Gestammel über »Liebe«, die Vorwände, Mädchen zu berühren, zu umarmen, nach ihnen zu schlagen.

Roman Bertini erwachte spät, und er erschrak, kroch in sich zurück, wollte das Neue als sein Geheimnis verbergen. Aber die Natur kehrte es nach außen und ließ sich nicht verleugnen. Vielmehr stattete ihr Raffinement ihn prächtig aus für den Zweikampf mit dem andern Geschlecht, wellte ihm über Nacht das Haar, vertiefte dessen dunklen Glanz, streckte ihm stolz den Rücken und legte über die Kindlichkeit seines Gesichts mit strafferer Haut den Schmelz eines wunderbaren Lebensalters – das dichte Haar, die elfenbeinerne Blässe, die biegsame Gestalt kamen von den Müttern, waren Kezias, Rechas, Leas Erbgut.

Wie ein Blitz schlug die körperliche Reife in Roman ein und machte ihn zur Stunde verständig – Tod um den Flaum einer Mädchenwange; Verzweiflung, weil ein Augenpaar auf immer in der Menge verschwand; Glück um einer einzigen Geste, eines Blickes, eines ungesagten Wortes willen. Schon in jenen ersten furchtbaren und seligen Sekunden, die da unerwartet und unangekündigt über ihn hinrasten, wußte er, daß er immer nur die Schönheit lieben könnte, daß er sie seit langem anbetete und sich ständig auf der Suche nach ihr befand.

Dennoch wird bei Roman Bertini mehrere Jahre Theorie, Sehnsucht, Poesie und Anonymität bleiben, was sich bei Cesar plötzlich, verstohlen und deutlich zugleich, auf eine bestimmte Person konzentrierte – auf Erika Schwarz!

Drei Wochen, nachdem die Scholz' unter allgemeinem Aufatmen des Hauses das Weite gesucht hatten, war sie mit ihrem Mann, einem Taxichauffeur von hünenhaftem Wuchs, in die Wohnung über den Bertinis eingezogen – um die dreißig, mit einem hageren, harten Gesicht, aber von bemerkenswertem Wuchs. Erika Schwarz liebte es, einen weißen Kittel zu tragen, unter dem nichts als Unterwäsche und nackte Haut war, und ihn stramm über den Körper zu spannen, wobei sie nach hinten über die Schulter schaute, ohne direkte Absicht, animalisch, bewußtlos gegenüber der Provokation. Es hieß, sie habe in ihrer Ehe die Hosen an.

Von allem Anfang an kam sie oft zu den Bertinis, da sie sich bei ihnen offenbar wohlfühlte, eine laute, rauhe Stimme, in Typ und Gebaren Grete Erber ähnlich, und hier bald so vertraut, als sei sie schon zusammen mit Alfs Familie in die Lindenallee 113 eingezogen. Immer aber, wenn sie da war oder er sie auf der Straße erblickte, folgte Cesar kurzsichtig und plattfüßig ihrem weißen Kittel, von einer magnetischen Kraft unwiderstehlich getrieben.

Die Sympathien Erika Schwarz' für die Bertinis wurden übrigens die Ursache der einzigen Trübung in den Beziehungen Helene Neiters zu den Nachbarn im Hochparterre. Als das ältliche Fräulein aus der Hinterwohnung im dritten Stock die junge Einwohnerin dort so fidel und vertraut ein- und ausgehen sah, bemächtigte sich seiner nagende Eifersucht. Konnte, durfte es denn sein, daß eine andere, fremde Person in ihre Domäne einbrach? Konnte, durfte es angehen, daß sie Lea nun zu teilen hatte und künftig nicht mehr deren volle und ausschließliche Gunst besitzen würde? Helene Neiter verfiel, weinte heimlich, wurde bösartig gegen jedermann, auch gegen den bei ihr wohnhaften Straßenbahnschaffner Weitdorn, der sich keine Erklärung für die späte Unvernunft seiner Gefährtin wußte. Bis sie Leas gleichbleibender Herzlichkeit, ihrer tiefen und unveränderlichen Freundlichkeit erlag, sich ihres Rückfalls in backfischhaften Trotz schämte und wieder bei den Bertinis erschien, wie eh und je und mit Hilfe morsehafter Klingelzeichen. Nun, da ihre Zweifel und Ängste zerstreut waren, entfaltete Helene Neiter sich geradezu, wurde sozusagen abermals geboren, kleidete sich ungewohnt festlich mit Rüschen an Ärmeln und Kragen und schloß Erika Schwarz in ihre geschäftigen Klatschereien ein. Dies wurde ein übliches Bild: Lea scheuernd, waschend, kochend oder nähend von den beiden so verschiedenen Frauen umgeben, der alten, unmodernen, und der jungen, ranken, weißbekittelten, alle drei heftig im Disput über Nachbarliches, dessen

Tenor Helene Neiter mit Macht und Routine bestimmte. Dabei trieb Cesar Bertini sich ständig in ihrer Nähe herum. Gleichgültig, in welchem Zimmer sie sich befanden, er folgte beharrlich.

Aber Erika Schwarz beachtete ihn kaum. Taub, unempfindlich für Cesars Not und Begierde, stand sie unbekümmert unter den Bertinis, spannte den weißen Kittel fest über Busen und Hintern und besah sich unverwandt, ein winziges Lächeln um den harten Mund, den über Nacht erwachten Roman Bertini – wahrscheinlich kam sie von diesem Zeitpunkt an hauptsächlich seinetwegen herunter. Und als sich eines Tages, wie sie da nach hinten über die Schulter schaute, ihr Blick in seinem Haar verfing, waren die Räder des Bertinischen Schicksals lautlos und unsichtbar, aber in ferner Zukunft alles entscheidend, eingerastet.

Keiner von den Bertinis wird je den Wortlaut der Nürnberger Rassegesetze, dieses Diskriminierungs- und Verfolgungsrahmens, noch den des sogenannten Blutschutzgesetzes lesen, das die eheliche und außereheliche Verbindung mit *Ariern* verbot – und doch waren sie sich ihrer völlig bewußt. Aber selbst die furchtbare Gefahr, die in diesem Deutschland für Roman und Cesar mit ihrer natürlichen Reife aufgetaucht war, konnte den Wall der Sexualtabus nicht durchbrechen. Wohl war Lea noch um eine Tönung blasser geworden, nun, da sie ihre beiden älteren Söhne mannbar wußte, doch gesprochen wurde darüber nie. Es war die Gegenwart selbst, die ihnen demonstrierte, wohin es kommen könnte.

Recha Lehmberg war mit der Nachricht herübergeeilt, eines Januarmorgens, die Hände gegen die Schläfen gedrückt, die Augen geschlossen, taumelnd und lange sprachlos. Ganz in der Nähe, Ecke Hellbrookstraße-Fuhlsbüttler Straße, war vor wenigen Stunden ein junger Mensch abgeholt worden, Joseph Salomonowicz, und schon auf dem Wege zum wartenden Wagen von zwei Männern im Ledermantel blutig geschlagen: »Rassenschande!« Recha stieß das Wort kreischend aus, spuckend, mit höchster Stimme.

Die Bertinis kannten die betroffene Familie nicht persönlich, wohl aber wußten sie, daß der Praktische Arzt Dr. Kurt Salomonowicz mit Frau, Sohn und zwei minderjährigen Töchtern von wunderbar dunklem Aussehen als *Volljuden* galten. Hier und da waren Roman und Cesar den beiden Mädchen begegnet, hatten ihren samtenen Teint und das üppige schwarzblaue Haar scheu und seltsam berührt gemustert, wie auch den langaufgeschossenen, sehr erwachsen wirkenden siebzehnjährigen Bruder, der beim Anblick der Bertini-Söhne in letzter Zeit manchmal fragend stehenzubleiben schien. Und doch hatten sie nie auch nur ein einziges Wort miteinander gewechselt.

Grau im Gesicht, stand Recha Lehmberg jetzt vor ihrer Tochter und den älteren Enkeln, die sich gerade auf den Weg zum Johanneum machen wollten. Plötzlich griff sie in die Handtasche, holte ein Geldstück hervor und sagte mit brechender Stimme: »Damit ihr heute in die Schule *fahren* könnt...«

Das war alles. Über die Verhaftung, ihre Gründe, den Inhalt des Begriffes *Rassenschande*, die Gefährdung, die jede Beziehung zu einem nichtjüdischen Mädchen bedeutete, wurde nicht gesprochen.

Eine Woche später wußte jeder in dem Bezirk zwischen der Schauburg Nord und der Sandkiste, daß Joseph Salomonowicz tot war. Auch die Ursache wurde in der Lindenallee kolportiert, hinter vorgehaltener Hand und jedem zur Kenntnis – »Herzversagen«.

Dieser Mord war der Auftakt eines Jahres, mit dem für die Bertinis eine neue Zeitrechnung beginnen sollte.

12

Wie Roman Bertini
von eigener Hand sterben wollte

Am 15. Februar 1938 wurde Studienrat Dr. Ernst Freund aus seiner Wohnung in der Winterhuder Dorotheenstraße heraus verhaftet und ins Untersuchungsgefängnis Hamburg-Fuhlsbüttel gebracht. Die Nachricht verbreitete sich noch am selben Morgen wie ein Lauffeuer auf dem Johanneum.

An diesem Tag trug Kay Krause ein wissendes Lächeln um die Mundwinkel, und sein ewig musternder Blick lag triumphierend auf den Brüdern Bertini, auf David Hanf, Walter Janns und Peter Togel – einem fassungslosen, kreidebleichen Quintett.

Nur langsam kam ein Teil der Wahrheit heraus. Schüler der Klasse (niemand von den Unbeteiligten wird je genau wissen, wieviele und wer, ausgenommen den so offensichtlich seligen Kay Krause) hatten über verschiedene Väter die regimefeindlich auslegbaren Äußerungen ihres Ordinarius, seine verschlüsselte und zähe Opposition, an die einschlägigen Staatsorgane weitergeleitet und in völliger Gewißheit des Ausgangs siegessichere Geduld gezeigt.

Die Verhaftung spaltete die Obertertia zur Stunde mit einem Graben tiefsten Mißtrauens – wer waren die Denunzianten? Nichts. Die Konspiration der Halbwüchsigen setzte sich auch nach vollbrachter Tat lückenlos fort.

Dann regte sich einsamer Widerstand. Der evangelische Landesbischof von Hamburg, Peter Togels Vater, nahm in seinem Kirchenblatt offen Partei für den inhaftierten Lehrer, den er in bewegten Worten als humanistischen Pädagogen pries. Wenn dem Studienrat auch nur ein einziges unmißverständlich staatsfeindliches Wort nachgewiesen werden könne, so trete er, der Landesbischof, sofort von seiner Verteidigung zurück, beharre aber auf ihr, solange lediglich Auslegungen das Fundament dieser ungesetzlichen Entfernung aus dem Amt bildeten.

Darauf tat sich lange nichts, ehe dann der *Völkische Beobachter* verzögert eine Karikatur veröffentlichte, die den Kirchenmann vergeblich nach dem hinter Gittern befindlichen Lehrer greifen sah, darunter das Schiller-Zitat: »Zurück, du rettest den *Freund* nicht mehr!«

In einem Pamphlet daneben wurde der Verhaftete als *Juden-Amme*, darüber hinaus aber die gesamte Haltung auf dem Johanneum gegenüber den *Nichtariern* als zwielichtig bezeichnet.

Dazu wäre zunächst zu sagen gewesen, daß sich deren Reihen stark gelichtet hatten, seit Roman und Cesar Bertini im April 1933 hinzugekommen waren. Damals gab es zwischen Sexta und Oberprima rund vierzig Schüler mit zwei jüdischen Elternteilen, wie David Hanf, und etwa zwanzig, die, wie Cesar und Roman Bertini, als *Mischlinge Ersten Grades* galten, weil entweder Vater oder Mutter jüdisch war.

In den vergangenen fünf Jahren hatten viele von den Volljuden Deutschland verlassen, darunter der wunderschöne, dunkle Ignaz Samson aus der Nebenklasse – er war eines Tages, ohne jede Vorankündigung, einfach verschwunden. Das gleiche geschah mit einer Anzahl anderer, wie Adolf Henning, genannt *Atsche,* ein Junge, der immer ängstlich mit den Augenlidern klapperte und heftig aufgezogen wurde wegen eines Zungenfehlers, der ihn daran hinderte, ein klares S zu sprechen; wie Josselin Oppenheim, der *Altweiberarsch* gerufen wurde und tatsächlich über ein ungewöhnlich ausladendes Gesäß verfügte; wie mit den drei Brüdern Weigelmesser, Söhne eines Zahnarztes vom Bahnhof Landwehr, Orgelpfeifen-Nachwuchs, der älteste schon Obersekundaner, als der jüngste in die Sexta kam, dazwischen der mittlere ein Untertertianer, alle drei überdurchschnittlich talentierte Sportler, unermüdlich trainierend und in den Pausen ungeheure Mengen belegter Butterbrote verzehrend. Als sie eines Tages ausblieben, ohne daß sie auch nur ihre engsten Gefährten informiert hätten, hieß es, sie seien in die Vereinigten Staaten von Nordamerika ausgewandert, nach Philadelphia.

Dann passierte die Sache mit Jossi Rosenbaum, genannt *Schmalztolle,* weil das glattgebürstete schwarze Haar des feisten, untadelig angezogenen Schülers stets von Pomade glänzte, ältester Jude auf dem Johanneum, Oberprimaner, als er im Sommer 1937 nicht wiederkehrte. Noch lange ging damals das schadenfroh gewisperte Gerücht durch Gänge und Klassenzimmer, daß es dem alten Rosenbaum, einem alteingesessenen Hamburger Großkaufmann mit Harvestehuder Traumbesitz, gelungen sei, den Staat *klotzig zu beganeffen.* War es ihm nach Auswanderung der ganzen Sippe doch geglückt, einen vollbeladenen Überseefrachter mittels fingierter Unterlagen der Beschlagnahme zu entreißen und als persönliches Vermögen in den sicheren Hafen von London steuern zu lassen.

Einem anderen Auswanderungsantrag zu gleicher Zeit war dagegen nicht stattgegeben worden, dem des Vaters von Gunther Frey, Quartaner zur Stunde der Ablehnung. Eine Woche später hatte sich der Mediziner von der *Fontenay* mit seiner dreiköpfigen Familie in der Außenalster ertränkt.

Bei den Bertinis war nie die Rede von Auswanderung gewesen, ausgenommen jene nicht ernsthaft ins Auge gefaßte Möglichkeit Ende des vorigen Jahres, die beiden älteren Söhne nach Großbritannien in irgendeine Handwerkslehre zu schicken, ein Angebot, das in Leas Darstellung seltsam vage blieb, unausgeforscht, gerüchtehaft. Das entsprach einmal ihrem grundkonservativen Gemüt, einer zähen Immobilität, die vor jeder ungewissen Veränderung zurückschreckte, dann aber auch dem Bertinischen Entsetzen vor jeder Trennung, dieser für sie unausdenkbarsten aller Situationen überhaupt. Roman und Cesar hätten sich ohne Eltern und Ludwig niemals allein auf den Weg über den Kanal gemacht. Der tiefste Grund ihres Bleibens lag natürlich in der Tatsache, daß sich keiner von ihnen ausmalen konnte, was sie erwartete.

Als Ernst Freund verhaftet wurde, war auf dem Johanneum die Zahl der Schüler, die unter die Nürnberger Rassegesetze fielen, seit 1933 um mehr als die Hälfte geschrumpft. Vorgezogen vor anderen hatte der Ordinarius in seiner Klasse keinen von ihnen, sondern sie eher im Gegenteil strenger behandelt, vor allem wenn er, wie damals bei Cesar, meinte, sie hätten die Zeichen der Zeit nicht erkannt – die der Lehrer selbst am wenigsten respektierte.

Er hatte sich in all den Jahren nicht verändert, dieser kauzige Mann, der immer noch vor dem Pult die Hand kaum andeutungsweise zum Deutschen Gruß erhoben hatte und immer noch mit soldatischem Stechschritt ins Klassenzimmer hereinstolziert war, wo er sich übertrieben in Positur warf, den Mund zu einem gewaltigen Schrei geformt hatte, um schließlich ein wisperndes »*Heul* Hitler!« zu hauchen.

Auch der Spaßmacher in ihm war bis zuletzt derselbe geblieben, ebenso wie seine Neigung zu raffenden Arm- und Fingerbewegungen, zumal während eines Extemporales, um die Atmosphäre zu entspannen; auch die Vorliebe für kindische Grimassen, für Baß- und Fistelstimme in *einem* Satz, und nicht zuletzt dafür, in den großen Wandschrank zu verschwinden, um dort längere Zeit totenstill zu verweilen, während die Klasse wie wild voneinander abschrieb.

Mühelos und ungewollt hatte Ernst Freund über die Jahre hin seine Kollegen in den Augen von Roman und Cesar Bertini zu bloßen Randfiguren degradiert – den schmächtigen Biologielehrer Wegner, dessen Unfähigkeit, hart zu sein, von den Schülern bis zu tränenreichen Ausbrüchen schamlos mißbraucht wurde; den Mathematiker Dr. Olmer, der die Klasse auch in Chemie und Physik unterrichtete, eine ebenfalls zu allerlei Schabernack neigende Persönlichkeit, der jedermann zugetan war und die doch im zweiten Glied blieb; den Deutschlehrer Vogel, der seine sächsische Herkunft sprachlich nie verleugnen konnte, dessen hier in Hamburg befremdlicher Dialekt jedoch ganz hinter die Zärtlichkeit und Poesie des Professors zurücktrat – ohne daß sie wirklich warm mit ihm wurden; oder Hein Langhans, SA-Mann unterer Charge, einziger Nichtakademiker unter der Lehrerschaft des Johanneums, der von der Sexta bis zur Quarta in Algebra unterrichtete und von niemandem wirklich ernst genommen worden war, bis er mit fanatischem Interesse für den Wehrsport das Kleinkaliberschießen ab Untertertia eingeführt hatte. Sie alle blieben Schemen, mit Ausnahme der Drohfiguren des Schulleiters Pottferk und der Speckrolle.

Ernst Freund, dieser skurrile Mensch mit den Basedow-Augen, war wie ein Kompaß, nach dem Roman und Cesar Bertini sich zu richten begonnen hatten, zumal sie im Elternhaus keinerlei politische Anleitung erhielten. Durch sein Beispiel war es für sie selbstverständlich, daß sie während Mussolinis Krieg gegen Abessinien auf der Seite der Afrikaner standen, ebenso wie auf der Seite der Republik, als in Spanien der Bürgerkrieg ausgebrochen war. Zu dieser Zeit bildeten sich in Roman und Cesar Bertini die Gegenpole Faschismus – Antifaschismus als bewußte, erlebte Begriffe.

Mit dem 15. Februar 1938 wurde für sie eine Epoche zu Grabe getragen, das Urteil noch im März gesprochen – acht Jahre Zuchthaus für den ehemaligen Studienrat Ernst Freund an der Gelehrtenschule des Johanneums zu Hamburg-Winterhude.

An diesem Tag nahmen Walter Janns und Peter Togel in der kleinen Pause Roman in die Mitte und gingen mit ihm vor dem Denkmal des Gründers Johannes Bugenhagen lange schweigend auf und ab.

Dann sagte der Sohn des Landesbischofs: »Gott sei Dank – kein KZ.«

Walter Janns, mit fahrigen Bewegungen der langen Arme, das schmale

Gesicht unjugendlich nachdenklich, starrte sie an: »Und danach?« fragte er unterdrückt.

»Wenn er dann noch lebt«, sagte Roman Bertini, um einen Kopf kleiner als die beiden langaufgeschossenen Freunde.

Sie waren fünfzehn, als sie so sprachen.

Am nächsten Tag, mit der Versetzung von der Obertertia in die Obersekunda, wurden sie getrennt – die Untersekunda fiel damals, 1938, auf allerhöchste Anordnung aus, weil damit ein Jahr für die vormilitärische Organisation des *Arbeitsdienstes* gewonnen wurde.

David Hanf wurde der OS 1 zugeschlagen, zusammen mit Peter Togel; Walter Janns in der OS 2 isoliert, während Roman und Cesar Bertini, zusammen mit Kay Krause, in die OS 3 kamen – ihr Klassenlehrer: die Speckrolle.

Längst waren die Zeiten vorbei, da sie zum Montagmorgen-Appell in schäbigem Zivil erschien. Die Speckrolle stand vielmehr seit langem in der großen Garderobe eines gehobenen SA-Führers am Kopfe der Oberprima, wenn auf den Glockenschlag acht Uhr der Schulleiter Pottferk im Mittelteil des Portals auftauchte und einen Moment den Blick majestätisch über die versammelte Schülerschaft, die Lehrer und das Hauspersonal, den hinkenden Pedell eingeschlossen, gleiten ließ, ehe er sein »Heil Hitler!« über den Innenhof bellte. Dann folgte, das Auge rechts, das Auge links, das übliche Ritual – kurzer Gang in die Mitte des Hofes, stramme Kehrtwendung um die eigene Achse, das »Heiß Flagge!« und Absingen der Nationalhymne, »Deutschland, Deutschland über alles...«, samt der obligatorischen Ergänzung durch »Die Fahne hoch, die Reihen fest geschlossen, SA marschiert in ruhig festem Schritt...«

Die Gebrüder Bertini waren im Laufe der Jahre innerhalb der streng gestaffelten Schülerhierarchie vom äußersten Sextanerflügel bis vor die Prima gedrungen, dem traditionellen Standort der Speckrolle also immer näher gerückt. Beim Anblick ihres quellend-rötlichen Nackenwulstes, des schmißgezeichneten, runden, zu dieser Stunde stets von politischer Ekstase hingerissenen Gesichts, hatten sich Roman jeden Montagmorgen wieder die Haare gesträubt, langsam, in Zeitlupe sozusagen, als würde sich jedes von ihnen einzeln aufrichten.

Am Tage der Annektion Österreichs war die Speckrolle über sich selbst hinausgewachsen, hatte die eigentliche Macht auf der Gelehrtenschule des Johanneums ergriffen, improvisierte eine Siegesfeier. Schritt unter dem verdoppelten Gewicht ihrer Uniform in die Mitte des

Innenhofes, wo sie die gesamte Schülerschaft aus eigenem Ermessen hatte antreten lassen. Dann verkündete sie die »Heimkehr der Ostmark in den Mutterschoß Großdeutschlands«, pries das Werk des Führers in starken, gefühlsbebenden, sehr beteiligten Worten, nannte sein größtes dabei aber: daß er nun auch Österreich von der Judenherrschaft befreie!

Währenddessen stand der ausgeschaltete Schulleiter Pottferk wie ein Statist inmitten der versammelten Lehrerschaft und stimmte in die allgemeinen Ovationen ein.

In seiner Rolle als Klassenlehrer der OS 3 gab sich die Speckrolle jovial. Von dem Zweikampf, der sofort zwischen ihr und Roman Bertini ausgebrochen war, von diesem stummen, tödlichen Krieg so ungleicher Kräfte, bemerkte zunächst niemand etwas außer Roman selbst. Erst allmählich fiel es auf, daß die Speckrolle, scheinbar absichtslos, über Roman hinwegsah, als säße dort vorn in der ersten Reihe niemand neben Cesar Bertini, den sie behandelte wie alle anderen auch.

Die Speckrolle unterrichtete in Latein und Griechisch, und sie übersah Roman in beiden Fächern. In seine Nähe kam sie nur, wenn sie Uniform angelegt hatte. An solchen Tagen pflegte sie sich wie zufällig und in Gedanken verloren neben ihm aufzupflanzen, mit quellendem, rötlichem Nackenwulst, Tuch an Tuch fast, schwer und über und über braun. Roman Bertini wagte nicht aufzusehen von seiner Bank, der Atem stockte ihm, er stierte vor sich hin, kroch in sich zusammen, schrumpfte förmlich vor Entsetzen. Ging die Speckrolle dann endlich beiseite, kehrte ihm langsam das Blut ins Gesicht zurück, er öffnete den Mund und stieß den Atem aus, den er gestaut hatte, bis er glaubte, ersticken zu müssen.

Schwerfällig, mit gekrauster Stirn, saß Cesar daneben und wußte nicht, wie er dem Bruder helfen sollte in seiner Not.

Sie übersetzten Plato und Homer, und als die erste Klassenarbeit zurückgegeben wurde, waren die Ränder von Romans Heftseiten voller roter Striche und Kreuze. Es stellte sich heraus, daß niemand außer ihm *Ungenügend* bekommen hatte. Er verglich seine Arbeit mit der anderer. Ihre Fehler waren einzeln gesetzt, oft befand sich dazwischen der horizontale Strich, das Zeichen für einen *halben* Fehler, während bei Roman halbe zu ganzen und ganze zu *schweren* geworden waren, zusammengezogen nach einem verschachtelten System, das keinen Akzentirrtum ausließ und dessen böse Absicht nicht ohne weiteres nachzuweisen gewesen wäre. Roman hielt, während der

Unterricht weiterging, das Heft aufgeschlagen und versuchte so ein einziges Mal, die Speckrolle durch offene Aufsässigkeit zu zwingen, Notiz von ihm zu nehmen.

Aber sie nahm keine Notiz von Roman Bertini. Sie sah seine Extemporale nach, füllte die Ränder mit roten Strichen und setzte darunter die Noten *Mangelhaft* oder *Ungenügend*. *Genügend* und besser dagegen fielen die Zensuren für Cesar aus, und wenn Roman in vorsichtigen Andeutungen von Systematik und Methode sprach, so schüttelten die Mitschüler ratlos die Köpfe – mit Antisemitismus hätten die schlechten Zeugnisse doch kaum zu tun, denn würde der sich nicht auch gegen Cesar richten, oder gegen David Hanf, der in der Nebenklasse ebenfalls von der Speckrolle in den Altsprachen unterrichtet werde, ohne ähnliche Folgen?

Sie rieten ihm, sich besser vorzubereiten.

Als Roman Bertini im Laufe des Sommers einsah, daß er diesen fürchterlichen Kampf verlieren würde; als er die wohldurchdachte Strategie der Speckrolle erkannte, nämlich ihn auszuspielen gegen Cesar und David Hanf und ungenügender Leistungen in mehreren Fächern wegen von der Schule zu vertreiben, da kamen ihm Gedanken, die sein Wesen langsam, aber stetig veränderten.

Er stellte sich nun oft zwanghaft vor, wie er, verspottet und verhöhnt, die Obersekunda ein zweites Mal durchmachen mußte, sah sich gehänselt, gedemütigt und als unbegabt ausgewiesen. Der Gedanke daran entsetzte seinen Stolz und seine Verwundbarkeit mehr als alles andere. Roman sah Leas und Alfs entgeisterte Gesichter vor sich, wenn es soweit sein würde, denn die Söhne waren übereingekommen, ihnen den Kampf zu verheimlichen. Fünfzehnjährig, zart von Körperbau und unfähig, die tägliche Qual und die sichere Schande von morgen zu ertragen, verfiel Roman noch vor Herbstbeginn immer inbrünstiger dem Gedanken an Erlösung, ohne daß er je ein Wort darüber verloren hätte. So trug er sein erstes Geheimnis vor Cesar, dem Bruder.

Damals begann Roman Bertini damit, Gespräche möglichst unverdächtig in eine gewisse Richtung zu lenken, etwa die Rede auf Gas zu bringen, und er tat dann gekitzelt: welche Menge davon wohl ausreiche, um einen Menschen vom Leben zum Tode zu befördern? Oder er brachte das Wort auf die Anatomie, auf den Blutkreislauf, die kleinen und die großen Gefäße. Ob, fragte er scheinbar beiläufig, der Puls eigentlich besonders widerstandsfähig sei, liege er doch so überaus gefährdet am Handgelenk? Und er lauerte mit niedergeschlagenen Augen auf Antwort.

Mehr als alles andere aber gewöhnte er sich an, nach einsamen Verstecken zu fahnden, nach Plätzen, an denen ein Mensch, wenn überhaupt, nur durch seinen Verwesungsgeruch aufgefunden würde. Diese Suche ging ihm bald so sehr in Fleisch und Blut über, daß er jede Gegend, in die er kam, allein danach bewertete. Nach kurzer Zeit schon war er von dieser Vorstellung so elementar besessen, daß er sich kaum noch beunruhigt fühlte. Die Suche nach Gebüsch, nach wildem, struppigem Dickicht, verfilztem Unterholz und undurchdringlichem Strauchwerk, vor allem im Stadtpark, sollte ihn nie mehr verlassen.

Dann zog so etwas wie eine gewaltige, tiefe Ruhe in ihn ein. Die Entscheidung war gefallen. Er wußte, daß der Tag kommen würde, morgen, übermorgen oder noch später, aber er würde kommen. Nachts, wenn die Unvermeidlichkeit der Tat ihn überwältigte, schlich er lautlos und unsichtbar zum Eßzimmer, wo die Eltern schliefen, horchte auf ihre Atemzüge, tränenlos an die Tür gelehnt, und tastete sich gebückt in sein Bett zurück.

Über die Ermordung des deutschen Botschaftssekretärs vom Rath durch Herschel Grünszpan in Paris verlor die Speckrolle vor der OS 3 kein Wort. Ebensowenig über das Scherben- und Verhaftungsgewitter, das vom 8. auf den 9. November 1938 über Deutschland donnerte und unter dem verniedlichenden Titel *Reichskristallnacht* in die Geschichte eingehen sollte. Aber die Speckrolle setzte Roman am nächsten Tag auf eine einsame Sonderbank, ganz hinten im Raum, und keiner durfte auf den Plätzen vor ihm bleiben. Ohne die Stimme zu heben, berichtete sie – und es war das erstemal, daß sie seinen Namen nannte: Roman Bertini habe bei der Rückübersetzung aus Homers *Odyssee* vom Deutschen ins Griechische von Cesar abgeschrieben. Tatsächlich hatten beide über ein Alpha das Hauchzeichen Asper statt des hauchlosen Lenis gesetzt, aber nicht nur sie, sondern ein halbes Dutzend anderer, weit auseinandersitzender Schüler auch.

Obwohl die Länge der Bank, an deren Enden Cesar und Roman Platz hatten, die Behauptung der Speckrolle sogleich ins Absurde führte, war Roman nach hinten geschickt worden, ein Verdächtiger, dem man nicht trauen konnte, preisgegeben allen möglichen und schwerwiegenden Vermutungen, ausgesondert und vergessen.

Beim nächsten Lateinextemporale – Ovid – ließ die Speckrolle Roman gar nach vorn kommen, auf das Katheder, das sie vorher sorgfältig und sehr langsam vor aller Augen abgeschlossen hatte. Da saß er nun, ein Individuum, das bei Klassenarbeiten jedermann sichtbar zu machen war, um alle Arten von Betrügereien auszuschließen.

Seine Hände zitterten, als er hinter dem Pult hockte, ein Gezeichneter vor der Klasse, und die Buchstaben verschwammen ihm vor den Augen. Erlösung, flehte er stumm in sich hinein, halb von Sinnen, Würgen in der Kehle und unfähig, aufzuschauen. Als er dann doch einmal hochsah, blickten sich die Brüder Bertini an, und ihre jungen Gesichter waren entstellt von Furcht und Entsetzen.

Diese Lateinarbeit schrieb Roman tatsächlich schlecht.

Am Tage der Rückgabe erschien die Speckrolle in ihrer großen SA-Uniform, obschon es keinen äußeren Anlaß dafür gab. Als sie an Romans Heft geriet, sagte sie tonlos: »Ungenügend!« Aber sie begnügte sich diesmal nicht damit, sondern hieß ihn, sich vorn aufzustellen und jeden Satz einzeln zu zerlegen, auf daß sich seine Unfähigkeit ein für allemal offen vor allen auswiese.

Da stand Roman Bertini nun zwischen dem Katheder und der vorderen Bank. Die Buchstaben verschwammen ihm wieder vor den Augen, in den Ohren sauste es, und er vermochte keinen anderen Gedanken zu fassen als den, daß die Speckrolle nun gleich, wie von ungefähr und scheinbar in Gedanken vertieft, langsam auf ihn zukommen, sich neben ihn stellen und dort sehr lange verharren würde.

Also stotterte Roman, verhaspelte sich, schwieg dann, das Heft in der kraftlos herabgesunkenen Hand. Als auch die Speckrolle schwieg, ein schweres, unheilschwangeres Schweigen, begann Roman zu taumeln und hin und her zu schwanken, so daß Cesar aufsprang, um ihn zu stützen. Aber »Sitzenbleiben!« zischte die Speckrolle vom Fenster her.

Roman versuchte, die Hand mit dem Heft zu heben, er versuchte es wieder und wieder, doch als es ihm nicht gelang, schüttelte er, ein Bild der Zerstörung, in namenloser Verzweiflung und wie um Hilfe bittend, erschöpft den Kopf.

In diesem Augenblick löste sich die Speckrolle, in Ovid vertieft, mit den Bewegungen einer Schildkröte vom Fenster und kam Zentimeter um Zentimeter auf Roman zu. Blieb, mit rötlich gequollenem Nackenwulst über dem Uniformkragen, schließlich lesend neben ihm stehen, Tuch an Tuch fast, schwer und über und über braun.

Da stürzte Roman Bertini mit einem gräßlichen Schrei zu Boden, blind, die Hände vorgestreckt, und er schrie dort unten und stieß mit den Beinen und hielt Cesar, der ihn keuchend aufzurichten versuchte, für seinen Peiniger. Deshalb schlug Roman um sich und traf den Bruder gegen die Brust, daß der umfiel, und mußte schließlich von mehreren starken Schülern überwältigt werden. Als sie ihn besänftigt

224

glaubten, machte Roman einen mächtigen Satz auf die Tür zu und lief, von Cesar brüllend verfolgt, durch die Korridore, die Treppen hinunter und hinaus auf die Maria-Louisen-Straße, wo er den Blicken seines plattfüßigen Bruders bald entschwunden war.

Er lief in den Stadtpark und verbarg sich in der Nähe des alten Wasserturms. An jenem Abend fiel ein feiner, alles durchnässender Novemberregen. In Stockfinsternis brach Roman auf und erreichte, vorbei an dem Panther aus Stein, nachtwandlerisch die Reitbahn am Ententeich, die öde da lag zu dieser Jahreszeit, warf sich in einen der tiefen Sprunggräben und wühlte das Gesicht schluchzend in die aufgeweichte Erde.

Es wurde bitterkalt in dieser Nacht, und Roman Bertini lag in dem Graben und betete, schon am nächsten Tag besinnungslos zu sein vor Hunger, Kälte und Erschöpfung, und wollte sterben, ohne noch einmal aufzuwachen. Aber er wurde nicht besinnungslos, obwohl ihn hungerte und er am zweiten Tag die gefrorenen Glieder kaum noch bewegen konnte. Er blieb bei vollem Bewußtsein auch in der dritten Nacht. Nicht ein einziges Mal erhob er sich über den Grabenrand, aber tagsüber meinte er Leas Gesicht am Himmelsausschnitt zu sehen, und er sah es überall, wohin er auch schaute. Er schloß die Augen, aber die Mutter blieb vor seinem Blick. Da schlug Roman sich die Finger in den Mund und ächzte auf der Erde und wälzte sich im Schlamm.

Nachts fieberte er und glaubte zu sehen, wie die Speckrolle über den Rand lugte und Anstalten traf, zu ihm herabzusteigen, und er warf sich auf den Bauch und preßte sich enger an den schwammigen Boden und wußte nicht mehr, was Schlaf war.

Dann, am fünften Tag, seiner Sinne eben kaum noch mächtig, überfiel ihn plötzlich große Gewißheit. Fast erfroren und verhungert, fünfzehnjährig, zart von Körperbau, doch widerstandsfähiger, als zu vermuten war, fühlte er, daß sich plötzlich die Schatten um ihn herum teilten, und er entdeckte, daß er gequält werde ohne Recht und ohne Grund. In diesem Graben, schlammbedeckt und nur noch von entfernter Ähnlichkeit mit einem menschlichen Wesen, wurde sich Roman jäh bewußt, daß dies geschehe, weil er der Sohn einer jüdischen Mutter sei, und der Augenblick war so überwältigend, daß er ihn lähmte. In jener Novembernacht, hier auf der Reitbahn im Hamburger Stadtpark, begann für Roman Bertini, der am 1. April 1933 kaum gewußt hatte, ob er sich den *arischen* oder den *nichtarischen* Sextanern zuzuzählen hatte, ein neuer Lebenskalender. Und er sprang auf und staunte, daß er stehen konnte. Dann kletterte er aus dem Sprunggraben, torkelte

225

durch den Sand der Reitbahn, die Platanenallee, die Hellbrookstraße und den Rübenkamp hinunter, fiel dabei immer wieder auf die Knie, lallte sich Mut zu, riß sich hoch und stürzte vor der Haustür in der Lindenallee nieder wie ein erschossenes Tier.

Lea Bertini, in den fünf Tagen zum Skelett abgemagert, aber noch hoffend, hatte den Fall gehört. Sie öffnete und sank über ihren Sohn und bedeckte ihn mit ihrem Leibe. Und ihr Schluchzen erfüllte das große Haus und war noch weit auf der Straße zu hören.

13

Folgen einer verweigerten
Unterschrift

Der Rest des Schuljahres verging in einer Art winterlichen Vegetierens. Niemand erfuhr etwas von Romans Todesversuch. Angeblich acht Tage von Krankheit befallen, der nicht nachgeforscht wurde, erschien er auf dem Johanneum in einer Rangordnung, die die Speckrolle als eindeutigen und alleinigen Sieger auswies.

Als Roman Ostern 1939, wie es hieß, »das Klassenziel nicht erreichte«, war das ein vorgesehener und selbstverständlicher Akt, der unter Schülern und Lehrern zu keinerlei Erörterungen führte – hinter den beiden Altsprachen, in Latein und Griechisch, stand je eine Fünf. Natürlich war er auch in Mathematik schlecht, aber diese Zensur hatte Tradition, sie galt als fester Bestandteil der Zeugnisse. In gewisser Weise war ihm seine Talentlosigkeit, in die gläsernen Gefilde der Logik, Wurzeln und Gleichungen einzudringen, sogar zustatten gekommen. Lautete ein Gesetz der Schule doch, daß, wer ungenügende Zensuren in mehr als einem Fach aufweise, nicht versetzt werden könne. So hatte es all die Jahre bei dem einzigen *Mangelhaft* bleiben müssen, was ungemein anfeuernd auf die anderen Fächer gewirkt hatte.

Nun aber hatte der Obersekundaner Roman Bertini gleich drei Fünfen, die ihm undiskutierbar die Versetzung in die Unterprima verwehrten. Und tatsächlich war es mit seinen Leistungen seit Mitte November vorigen Jahres stetig bergab gegangen.

Auf die Demütigung eines zweiten Durchlaufs hatte Roman sich zwar lange genug innerlich vorbereiten können, immer wieder hatte er sich die Minute seines Eintritts in die neue Klasse vor Augen gerufen, aber wie ungewappnet er von seiner ganzen Natur her dagegen war, spürte er, als er in die anzüglichen, gleichgültigen, höhnischen oder mitleidigen Mienen seiner ungewohnten Mitschüler blickte. Er setzte sich auf eine Bank und erstarrte dort – nach neun gemeinsamen Schuljahren zum erstenmal ohne Cesars Gegenwart. Dabei fragte er sich unaus-

227

gesetzt, ob die Speckrolle wohl auch in dieser Klasse auftauchen würde.

Sie tauchte auf, gleich am ersten Tag – in Deutsch. Damit hatte Roman Bertinis Dasein auf der Gelehrtenschule des Johanneums eine Gnadenfrist von zwölf Monaten erhalten.

Zu dieser Zeit war die Bertinische Isolation ziemlich weit fortgeschritten. Damals, Anfang 1939, hatten sich von allen Bindungen der älteren Söhne, die im Laufe der Zeit unter den mächtig aufgeschossenen Linden gesponnen worden waren, nur wenige als dauerhaft erwiesen. Eine davon war die zu Horst Cunert.

Bis zu diesem geschichtsträchtigen Jahr waren mit dem Sohn des Optikers aus der Düsternstraße seltsame Veränderungen vor sich gegangen. Mindestens seit jenem Tag im Sommer 1936, da Roman Bertini den Eingeschlossenen am Stadtparksee aus dem klammernden Ring des Stammes geführt hatte, der sein Opfer haben wollte, war das Zucken des rechten Auges zu erkennen gewesen. Soweit die Söhne sich seither erinnern konnten, trat die nervöse Lidbewegung aber nur bei Gemütswallungen, Ängsten oder Aufregungen ein, dann allerdings unübersehbar. Inzwischen jedoch schien sich Horst Cunert in einem Dauerzustand der Wallungen und inneren Nöte zu befinden, denn sein rechtes Auge kam überhaupt nicht mehr aus dem großen Zucken heraus, indes es den Bertinis war, als würde ihnen das linke in verschwörerischer Verschmitztheit zuplinkern. Doch trug Horst Cunert keineswegs nur an diesem einen Übel, sondern gab vielmehr einer Krümmung seines Körpers, einer komisch schrägen Haltung so sehr nach, daß sie ihn gern gewarnt hätten, wenn sie nicht noch ein drittes Symptom entdeckt hätten, das in ihnen die erste Ahnung eines durchdachten Willens aufkeimen ließ. So oft sie Horst Cunert nämlich in der letzten Zeit gesehen hatten, so häufig bemerkten sie, daß er den rechten Arm in einer bestimmten Knicklage völlig unbeweglich hielt, im Ellbogen abgewinkelt und steif, als würde jener Körperteil, der zusammen mit der Hand so meisterliche Dampfschiffe aus armseligen Überbleibseln und Reststoffen der Industrie herzustellen vermochte, ganz und gar verkümmern. Um die Verblüffung der Bertinis zu begreifen, muß man sich die volle Erscheinung vorstellen: das rechte Auge nun in ständig zuckender Bewegung, die Haltung schräge, schief, wie halb umgeworfen, der rechte Arm leblos am Körper – all das zusammen ergab ein Bild, das schon fürchterlich genug gewesen wäre für jemanden, der Horst Cunert zum erstenmal sah. Die Brüder aber kannten ihn seit sechs Jahren, und das Jammerbild des Altersgenossen stach ihnen um so schauerlicher in die Augen, als sie langsam, wenn auch ohne seine direkte Bestätigung, ohne ein gerades, offenes Wort von ihm, zu verstehen meinten, was der Sohn des Optikers da an seiner eigenen Person begonnen hatte.

Denn Horst Cunert sprach dunkel, halblaut und hartnäckig von *Krieg*, wenn er mit den Bertinis allein war, von Massentod, von Schlachten und Millionenopfern, und dies war seine Weise, sich auf das Ereignis vorzubereiten – den Brüdern verschlug es den Atem.

Krieg?

Wie jedermann sonst, waren auch die Bertinis Zeugen der deutschen Aufrüstung geworden, der Militarisierung der Gesellschaft, des Einmarsches in das Rheinland und der Annektionen Österreichs und des Sudetenlandes, denen nun noch der Einmarsch in Prag gefolgt war. Dennoch verschloß sich ihnen jede Vorstellung von Krieg. Sie hatten sich in Wahrheit bis dahin keinerlei Gedanken gemacht, was das Wort bedeuten könnte, es war fern, akademisch und ohne Beziehung zu ihrem eigenen Leben, wie sie glaubten. Später erinnerten sie sich, daß manchmal auch Eitel-Fritz Hattenroth, wie immer von dieser Zuhörerschaft nicht recht ernst genommen, während seiner schwellenden Monologe vor Alf Bertini und dessen mithorchendem Anhang in der Hoheluft die Möglichkeit eines Krieges ins mannhafte Auge gefaßt hatte; daß der Bankbeamte, bei scharfer Betonung seiner prinzipiellen Gegnerschaft zum Dritten Reich, diesem doch eine gewisse Berechtigung zur Aufrüstung zubilligte, und zwar sowohl wegen der *bolschewistischen Gefahr* aus dem Osten als auch der *neidischen Plutokratien* im Westen, denen eins aufs Maul gehöre, wie er sich auszudrücken pflegte. Aber die rhetorischen Eskapaden Eitel-Fritz Hattenroths waren eher dazu angetan, das Wort Krieg bei den Bertinis lächerlich zu machen – dünkte sie damals doch noch alles an diesem Menschen lächerlich.

Die erste wirkliche Berührung mit dem Zweiten Weltkrieg, sozusagen seinem vorausgeworfenen Schatten, hatten die Bertinis durch Horst Cunert, den Klassengefährten von einst, der auf dem Johanneum über die Sexta nicht hinausgekommen war, den kauzigen, schrulligen, tragikomischen Freund, dessen unentwegte und verzweifelte Tapferkeit, sich lieber selbst zu verstümmeln, als am Kriege teilzunehmen, sie also von Anfang an miterlebten.

Der zweite der geschrumpften Freundesrunde war Fred Asberth. Wie eh und je kam er von der Fuhlsbüttler Straße in die Lindenallee, sommersprossig, lang, ungeheuer schweigsam. Es hatte keine Kluft, kein Stocken in der Beziehung gegeben, nachdem Heinzelmann Scholz Roman mit dem Zeigefinger der rechten Hand gegen die Nase geschlagen und dazu »Judennees! Judennees!« geschrieen hatte. Die Gewalt der Zeit hatte den *Stamm* wie einen wehmütigen Traum zerstäubt, aber Fred Asberth hatte sich als ein Gefährte von besonderem Gewicht erwiesen, schwerer und gediegener als andere und scheinbar ohne Erinnerungsvermögen an die schreckliche Minute in der Sandkiste, denn er erwähnte sie mit keinem Wort je wieder. So saß er unter den Bertinis, ließ lieber reden als selber zu sprechen, blickte aufmerksam um sich, rang sich dann und wann einen Satz ab, ging und kehrte wieder.

Der dritte im Bunde war Günther Jucht, der Nachbarjunge aus dem Haus Lindenallee 115, ältester von Romans Spielgefährten, fast von Geburt an aufgezogen von seiner Großmutter mit der ordinären Stimme. Obwohl ihre Beziehungen nicht herzlich waren, was sich von Günther Juchts ganzem Wesen her verbot, war der Umgang mit ihm doch so vertraut wie das tägliche Bild, das die Lindenallee bot. Daran hatte sich auch nichts geändert, als der Freund im vorgeschriebenen Alter erst Mitglied des *Jungvolks* und dann, mit vierzehn, der *Hitlerjugend* geworden war.

Dennoch war im Laufe der Zeit erkennbar geworden, daß sie sich auseinanderentwickelten. Denn Günther Jucht stand keineswegs, wie Roman, auf der Seite des Negus während des Krieges von Mussolini gegen Abessinien, ebensowenig wie auf jener der Spanischen Republik in ihrem Kampf gegen Franco. Vielmehr äußerte sich Günther Jucht, wenn überhaupt, entschieden zugunsten des Duce und gegen die *roten* Spanier. Auch hatte er den deutschen Einmarsch in Österreich und alle anderen Aggressionen bejubelt, wobei er, grün um die Nase, als Roman ihm widersprach, auf der Wendung »heim ins Reich« beharrte. Aber die Gegensätze hatten von Roman aus den in fast anderthalb Jahrzehnten gewebten Teppich eines selbstverständlichen Vertrauens weder verfärben noch zerstören können. Immer hatte er, wenn sie sich stritten, den Eindruck, als seien sie beide eigentlich nicht identisch mit jenen, die von Kindheit an zusammen im Straßenstaub gespielt hatten, sondern als sprächen sie zueinander mit fremden Zungen, anderem Mund, ungewohnten Worten, was ihn urplötzlich erheiterte. Günther Jucht mußte es so ähnlich ergehen, denn auch er fing im hitzigsten Gefecht an zu lachen.

So hatte Roman Bertini ihm gegenüber dann auch nie aus seinem Herzen eine politische Mördergrube gemacht. Allerdings hatte es im vorigen Jahr einen Anlaß gegeben, der ihn stutzen ließ. Als nämlich Roman, wie seit langem zweimal in der Woche, versuchte, den sprachunbegabten Freund in die Geheimnisse der englischen Grammatik einzuweihen, hatte plötzlich ein Streitgespräch den gleichaltrigen Realschüler ungewöhnlich grün um die Nase werden lassen. Es ging um die Frage, wer den großen Boxkampf im New Yorker Madison Square Garden gewinnen würde, Max Schmeling oder Joe Louis, der vor zwei Jahren von dem Deutschen nach dramatischem Kampf in der zwölften Runde geschlagen worden war. An diesem Nachmittag nun hatte Günther Jucht den schwarzen Amerikaner leise und verbissen geschmäht, waren ihm, über das Lehrbuch gebeugt, statt englischer Vokabeln wilde Beschimpfungen und Drohungen entfahren, des Inhalts, daß ein Deutscher gegen einen Neger einfach nicht verlieren dürfe, wenn es noch einen Gott gebe. Sollte es dem Schwarzen aber dennoch einfallen, nach dem Sieg zu trachten, oder ihn gar zu erringen, so würde ihm die großdeutsche Gemeinde New Yorks schon klar machen, was das für Folgen hätte.

Roman Bertini dagegen hatte aus seinen Sympathien für den *Braunen Bomber* keinen Hehl gemacht, hatte dessen Triumph im voraus gefeiert, allein schon der heillosen Wut wegen, die Günther Jucht gegen einen Menschen anderer Hautfarbe bezeugte. Und dabei hatten sie sich eine Weile hart und unkindlich in die Augen gestarrt.

Sie sprachen nie wieder miteinander darüber, auch nicht, als Max Schmeling dann in der ersten Runde verlor. Obwohl Roman fühlte, daß sich seit jener Nachmittagsstunde irgend etwas zwischen ihnen verändert hatte, war er nicht bereit gewesen, sein altes Zutrauen aufzugeben, zumal er den Eindruck gewann, daß es Günther Jucht mehr als bisher darauf ankam, seine, Romans, Meinung zu erfahren. Denn nun begann er immer häufiger von sich aus Gespräche, die sich mit Politik befaßten, wobei er seltener als früher grün um die Nase wurde und auch Roman nicht mehr so häufig widersprach. Im Gegenteil, er machte sich sogar interessiert Notizen und versprach, darüber nachzudenken.

Horst Cunert, Fred Asberth, Günther Jucht – die drei waren geblieben.

Und noch einer sprach bald von Krieg – Siegfried Kanten, Franziska und Anton Kantens evangelisch getaufter Sohn. Er war inzwischen herangewachsen zu einem mittelgroßen, freundlich grinsenden Burschen, das Haupt von kastanienbraunem Haar gekrönt, indes sein beschnittener Zwillingsbruder Chaim wie zum Hohn auf den Zeitgeist in strahlendem, geradezu sonnigem Blond prangte. Die beiden ehemaligen Volksschüler waren Glasbläser von Beruf geworden, wie ihr Vater Anton Kanten, den die Bertinis außer an den Tagen der Taufe und der Beschneidung übrigens nie wieder zu Gesicht bekommen hatten.

Ihre Räder bedächtig gegen das Staket des Vorgartens in der Lindenallee 113 lehnend und sorgfältig sichernd, sprachen Chaim und Siegfried Kanten mit fast blutsverwandter Anhänglichkeit bei den Bertinis vor. Namentlich Siegfried schien sich intensive Gedanken um ihr künftiges Schicksal zu machen, wobei er einerseits zu sagen pflegte: »Nun haben sie ja wohl die äußerste Grenze erreicht, die sich das Ausland gefallen läßt – noch einen Schritt weiter in der Rassenfrage, und die Sache geht in die Luft!« Andererseits schien er sich aber doch nicht ganz so sicher zu sein, denn nach einer Weile pflegte er, wie immer, nachzufragen: »Oder meint ihr etwa nicht?«

Bei ihrem letzten Besuch hatte er gefragt: »Wenn es nun Krieg gibt, dann können doch die anderen gar nichts mehr für uns tun, und das wollen sie doch?« Und nach einer Weile: »Oder meint ihr etwa nicht?«

Chaim Kanten war von geringerer Redelust, und vielleicht bekam deshalb das, was er sprach, mehr Gewicht. Er aber sagte dies:

»Nichts wird das Ausland für uns tun, gar nichts, weder heute noch morgen...«

Die Situation in der Familie des Glasbläsers hatte sich durch die Rassegesetze inzwischen zur Groteske ausgewachsen. Obwohl vom selben *arischen* Vater gezeugt und von derselben *nichtarischen* Mutter geboren, gab es doch zwischen den Zwillingen einen Unterschied, dessen grauenhafte Bedeutung damals weder die Kantens noch die Bertinis erkennen konnten. Während der getaufte, christliche Siegfried – wie Cesar, Roman und Ludwig – als *jüdischer Mischling Ersten Grades* galt, war Chaim inzwischen belehrt worden, daß er, beschnitten nach jüdischem Ritual und als zahlendes Mitglied der Jüdischen Gemeinde Hamburg eingetragen, unbeschadet der makellosen Abkunft seines Vaters als Volljude gelte.

Getröstet, daß sich trotz so unterschiedlicher Einstufung in ihrem Verhältnis zueinander keinerlei wahrnehmbare Veränderungen bemerkbar machten, hatten sich die Zwillinge an die staatliche Definition ihrer Abstammung gewöhnt, ihr Glas geblasen, die Fahrräder strapaziert und sich dann und wann, aber mit absoluter Verläßlichkeit, ernst und gemessen bei den Bertinis eingefunden.

Im Laufe dieses Sommers aber häuften sich ihre Besuche. Wie von neuer Unruhe getrieben, tauchten sie unangemeldet und forschend auf und berichteten zunächst vom Stand der elterlichen Krankheiten. Dem Glasbläser waren die Lungen von Krebs befallen, während Franziska Kanten, immer gelber, die Farbe schwer Leberleidender angenommen hatte. Aber die Zwillinge kamen rasch auf das Thema, das sie hierher trieb. »Es wandern so viele jüdische Familien aus«, sagte Siegfried Kanten, »als ob sie fürchteten, hier abgemurkst zu werden. Vielleicht sollten wir auch auswandern?« Er lächelte mit lustigen Augenschlitzen, forschte dann aber doch unsicher nach: »Oder meint ihr etwa nicht?«

Da sagte Chaim Kanten: »Die kriegen uns überall – hier oder anderswo. Überall.«

Kurz vor Kriegsausbruch geschah etwas, wodurch die weltgeschichtlichen Ereignisse für kurze Zeit ihre Bedeutung verloren – es betraf Ludwig Bertini sozusagen an seiner verwundbarsten Stelle.

Von irgendeiner Hand achtlos geschleudert, zerfetzte ihm auf der Lindenallee ein Stück Dachpappe den rechten Nasenflügel, so daß der Neunjährige aufschreiend zusammenbrach und sich vor Schmerzen und Entsetzen wand. Er lief hinauf, stellte sich vor den Spiegel und betastete seine Nase lange, ehe Lea, mit letztem Aufwand einer Ohnmacht wehrend, die Wunde verband. Ludwig tobte, weinte, schwor dem unbekannten Täter gräßliche Rache und röchelte schließlich: »Ich bin entstellt, entstellt fürs ganze Leben!« wobei er sein Gesicht mit beiden Händen bedeckte.

Trotz des Verbandes verbrachte er die meiste Zeit vor dem Spiegel. Er ging nicht in die Schule und beruhigte sich erst, als zu erkennen war, daß zwar eine Narbe bleiben würde, aber nur als kleiner Riß am Nasenflügel. »Und ich dachte schon, aus mir würde ein zweiter Giacomo Bertini werden«, sagte er anzüglich. Dennoch genügte die Beschädigung, um ihn immer wieder mit fragenden Blicken vor den Spiegel zu treiben und davor endlose Zeit zu verbringen.

Sein auffallendes und sonderbares Interesse für Kleidung, glänzendes Schuhzeug und wohlgebürstetes Haar hatte sich inzwischen eher noch vertieft, sich aber mehr und mehr auf die Makellosigkeit seiner Hemden konzentriert. Saubere, gebügelte Hemden, das schien überhaupt für Ludwig Bertini das Wichtigste zu sein. Und Lea versuchte wie eh und je durch Nähen, Stopfen, Flicken und Waschen für andere Leute, dem Ehrgeiz ihres *kleinen Muck* so weit wie möglich entgegenzukommen. Nach wie vor schneiderte sie für ihn selbst, bemüht, Jacketts, Leibchen und Hosen modischen Schnitt zu geben. Danken tat Ludwig es seiner Mutter nicht. Befriedigt an sich heruntersehend, ging er schlanken Schrittes vor dem Spiegel auf und ab, hob die Arme, musterte sich hingegeben und hatte für Lea zum Schluß kaum mehr als einige Brummlaute übrig, die ebensogut unwillige Anerkennung wie ungeduldige Abwehr ihrer Begierde, ein Zeichen der Liebe zu erhalten, bedeuten konnten.

Der ungewollte, zufällige Treffer eines Stücks Dachpappe bestätigte nun eine früh hervorstechende, wenn nicht die entscheidende Eigenschaft Ludwig Bertinis überhaupt – eine Eitelkeit, die so ungeheuerlich und naturwidrig war, daß damals tatsächlich niemand schon auf den Gedanken kommen konnte, sie werde für die Dauer sein.

Daß daneben noch etwas anderes in Leas Jüngstem vor sich ging, äußerte sich an dem entsetzlichen Gebrüll, mit dem er nachts hochkam, wenn er in der Dunkelheit erwachte. Dann rannte einer seiner Brüder zum Verdunkelungsrollo, riß es hoch und öffnete das Fenster, worauf Ludwig sich langsam und ächzend beruhigte. Am Morgen jedoch war er ganz der alte, seine Mutter unwirsch anherrschend: »Wo ist mein Hemd? Warum hast du es mir nicht schon hingelegt?«

An der wachsenden Unruhe der Familie in der zweiten Augusthälfte schien Ludwig ganz vorbeizuleben – während sich die Gerüchte, daß jede Minute der Krieg ausbrechen könnte, von Tag zu Tag verdichteten, befand sich Alf Bertini immer noch auf See.

Dann, gegen Ende des Monats, erhielten sie eine Nachricht aus Cherbourg: das HAPAG-Schiff steuere beschleunigt Deutschland an. Aber als Siegfried und Chaim Kanten am 31. August 1939 mit besorgten und teilnahmsvollen Mienen bei den Bertinis eintrafen, fanden sie die ganze Sippe in einer Art verstummter Hysterie vor. Sogar Grete Erber und ihr Mann, der ewig lächelnde Kutscher, waren gekommen, wenngleich wahrscheinlich nicht aus den gleichen Motiven, sondern eher zufällig.

Jeder vermied es, Lea anzusehen oder gar offen die Frage zu stellen, was aus ihr und den Söhnen werden würde, wenn Alf nicht rechtzeitig vor Kriegsausbruch zurückkehre. Emma Bertini hatte sich auf das abgewetzte, niedergesessene Sofa im Wohnzimmer gehockt, unentwegt vor sich hinmurmelnd, wobei nicht genau zu verstehen war, ob sie betete oder fluchte. Die anderen hatten sich in der Küche zusammengedrängt, dem dunkelsten Raum der Wohnung, als schmerzte sie das Licht des Tages. Lediglich Grete und Paul Erber zeigten mit gewohnter Mobilität ihre Unbekümmertheit. Als der Abend sich immer düsterer ausbreitete, schwiegen jedoch auch sie still, während sich nur noch Profile schattenhaft gegen die Dämmerung abhoben und nichts zu hören war als sofort wieder abgebrochene Seufzer.

Plötzlich schrie Siegfried Kanten: »Er kommt!«

Erst in diesem Augenblick hörten die anderen ein Auto quietschen, als würde es scharf gebremst werden. Alle rannten zum Fenster – und tatsächlich: da unten sprang, beide Arme schwenkend, Alf Bertini aus einem Taxi!

Es wurde ein ungewöhnlicher Abend, schon deshalb, weil alle zusammenblieben, ohne sich zu zanken. Cesar und Roman machten sich über die Koffer her, drehten jeden Gegenstand um, fanden bald die *Geographic Magazine*-Hefte; eine Reliefkarte von New York, die sie sogleich in ihrem Zimmer an die Wand hefteten; amerikanische Tageszeitungen, dick wie Bücher, längst veraltet und doch hier behandelt wie kostbare Reliquien; verschiedene, knallbunte Stücke Seife; eine weitere bauchige Flasche *Waterman's Ink*, und natürlich die berühmte Zahnpasta, die sie zwar nicht mehr, wie zu Anfang, aßen, aber doch immerhin noch heftig belutschten. Und während Emma Bertini nicht von Alfs Seite wich, was ihn zu ersten, noch versteckten Unmutsbekundungen veranlaßte; Lea totenbleich geblieben war; der Schlosser still und daumendrehend dem Treiben zuschaute; Recha Lehmberg sogar das unflätige Kreischen ihrer Adoptivtochter unbeanstandet ließ, und Paul Erber, in all den Jahren in der Lindenallee 113 nur selten zu Gast gewesen, wie immer unentwegt vor sich hinlächelte; während dieses Durcheinanders von Freude und Erleichterung mit eben überwundenem Schrecken und sogleich folgender Zukunftssorge, zu dem die Zwillinge Kanten dadurch beitrugen, daß sie jedem ohne Unterschied des Geschlechts kräftig auf die Schultern schlugen – schickte Ludwig Bertini sich gemächlich an, eine seiner berühmten Vorstellungen zu geben.

Er wartete souverän die allgemeine Aufmerksamkeit ab, riß dann, einer aufrechten Riesenechse gleich, die Hände stummelhaft vor die Brust und verzerrte die eine Gesichtshälfte kummervoll, während die andere in verzuckertem Lächeln glänzte. Darauf stülpte Ludwig sich Alfs alten Hut bis über die Nasenwurzel, wobei er die Wirkung seiner Maske in die Mund- und Kinnpartien verlegte, indes er mit den Manieren eines Blinden in der Wohnung umhertappte und augenlos nach allem haschte, was in seiner Umgebung Geräusche von sich gab. Als er mit ausgeprägtem Orientierungssinn den hellsten Platz unter der

Korridorlampe gefunden hatte, riß er den Hut ab, verlängerte giraffenartig den Hals und vergrößerte nun durch Senkung des unteren Lids auf die einmalige Weise einen seiner Augäpfel. Und dann ließ er mit nerventötender Langsamkeit die wie hypnotisiert wirkende Iris in die Kuhle rollen, wo sie noch einige Male hin und her pendelte, ehe sie sich dort starr verankerte, letzte Finesse, siegreicher, überwältigender Ausklang eines Genies der Pantomime und der Clownerie – das *Glasauge*!

Gewöhnlich war das der Schluß der Vorstellung, aber an diesem Abend passierte etwas Unvorhergesehenes. Ludwig Bertini verwandelte sich nämlich von der einen auf die andere Sekunde in so unglaublicher, jedoch eindeutiger Weise, daß jeder Laut ringsum erstarb: halb in die Knie geknickt, die Nase durch Rundung des Gesichts stärker gewölbt als üblich, die Arme weit gespreizt und die Handflächen offen nach oben gekehrt – in dieser Haltung, die seine Körpergröße um fast die Hälfte verminderte, watschelte, stolperte, flüchtete er durch das Zimmer, das Antlitz jeder Lichtquelle entgegenreckend, und plötzlich dabei begleitet von Roman und Cesar, die sich mühelos in die gleiche Pose fanden. Jetzt der Golem in den dunklen Straßen Prags, riesenhafte Schatten werfend; dann der resignierende Moses beim Anblick des Gelobten Landes, das er nie betreten wird; dann wieder der verhuschte, entsetzliche Ahasver, taumelnd in rasender Geschwindigkeit, sich zu verstecken; dieser abgelöst durch einen betrogenen Betrüger, Geld zählend mit ununterbrochen bewegten Lippen, bis die Erkenntnis des Verlustes ihn versteinern läßt; gefolgt von einem wimmernden Rabbiner und allerlei Phantasiegestalten eindeutiger Herkunft. Das alles individuell variiert, die dreifache Groteske greinender, mauschelnder, säbelbeiniger, ungeheuer untersetzter Krüppeljuden, wie sie keiner antisemitischen Karikatur je überhöhter hätte gelingen können: die Bertini-Söhne *jüdelten* zum erstenmal!

Da hatte sich soeben in der Geschichte dieser Sippe etwas Epochales ereignet. Die drei, denen von den sofort begreifenden Chaim und Siegfried Kanten hingerissen gehuldigt wurde, hatten Kraft und Reife zur Parodierung ihres eigenen Schicksals gefunden, in der scheinbaren Anpassung und Nachäffung der feindlichen Verzeichnung, deren Übernahme in ihrer ironischen Distanz zur Quelle der eigenen Erheiterung geworden war. Der Geist, der immer in ihnen gelebt hatte und der früher oder später doch zum Vorschein gekommen wäre, des mütterlichen Zweiges, Leas Erbe, war nun durch den Druck von außen

236

zutage getreten – die Judaisierung der Brüder Bertini erfolgte über die jüdischste aller Möglichkeiten: die Selbstglossierung!

Es wurde eine große Stunde, und alle spürten es, ausgenommen Paul und Grete Erber, die verwundert fragten, warum Ludwig, Roman und Cesar sich so häßlich gemacht hätten wie im *Stürmer*. Sie schüttelten den Kopf und gingen bald.

Die anderen blieben, sie wollten sich diese Nacht nicht trennen. Emma, Rudolph und Recha Lehmberg schlugen im Wohnzimmer ihr Lager auf, mit Decken und Kissen.

Am nächsten Morgen wurden sie alle geweckt durch eine gellende, überschnappende Stimme im Treppenhaus, begleitet von wohlbekanntem Hundegekläff: »Krieg!« gröhlte der breitgesäßige Schrecken des Hauses, in einem hohen, gebrochenen, fast sakralen Tonfall, als sei ihm der inbrünstigste Wunsch in Erfüllung gegangen. »Krieg!« Die heulende Stimme und das Gebell der flauschigen Kreatur kamen näher und näher, bis es vor der Haustür der Bertinis immer wieder schrie, heulte, gellte: »Krieg! Krieg! Krieg!«

Das übrige Haus Lindenallee 113 blieb stumm.

Die Bertinis hätten den 1. September 1939 auch ohne Kriegsausbruch nie vergessen.

Seit mehr als sechs Jahren unter dauerndem inneren Alarm, hatten urtümliche Instinkte von ihnen wieder Besitz ergriffen, begrabene Sinne das Licht des Bewußtseins erblickt, sich seismische Fibern gebildet, die antennenhaft Gefahr wahrnahmen, noch ehe sie sichtbar wurde. So blieben sie an diesem Tag in der Wohnung, die Augen schließend, als es seltsam abgehackt klingelte – obwohl diesmal nicht der frühe Morgen, sondern der späte Abend gewählt worden war.

Vor der Tür der große Mann, das Gesicht mit den buschigen Brauen und den etwas aufgeworfenen Lippen – die *Melone*.

Dreierlei war anders als bei der ersten Begegnung 1933. Der Gestapomann wies sich nicht aus, in der richtigen Vermutung, daß er hier unvergessen war; er trug nicht mehr den dunklen Mantel von damals, sondern einen aus Leder, und ebensowenig die schwarze, rundliche Kopfbedeckung, die ihm damals spontan den Namen eingebracht hatte. Und schließlich war die *Melone* nicht allein gekommen – im trüben Licht des Treppenhauses stand ein zweiter Ledermantel.

Roman Bertini wußte sofort, daß der Besuch ihm galt, noch ehe die *Melone* ihm ohne jeden Ausdruck die Hand auf die Schulter legte und ihn so, wie er war, mit sich zog. Es ging so schnell, daß Leas Schrei ihn erst auf der untersten Stufe erreichte – kein menschlicher Schrei. Alles, was Roman noch sehen konnte, war, daß die Mutter sich ihm nach übers Geländer stürzen wollte, aber von Alf und Cesar daran gehindert wurde.

Unter der Linde vor dem Haus stand ein Auto mit laufendem Motor.

Der Sitz der Geheimen Staatspolizei, Leitstelle Hamburg, befand sich im Stadthaus, Ecke Neuer Wall. Dort angekommen, wurde Roman Bertini von der *Melone* in eine schmale Zelle gesteckt, die völlig kahl war. Hinter einem Drahtgeflecht brannte eine sehr helle Birne. Sie blieb brennen. Dennoch schlief Roman auf der nackten Pritsche in seinem Zeug vor erschöpfter Erwartung ein. Er wachte auf, weil er in wirren Träumen wieder Leas Schrei gehört zu haben meinte. Aber es war nicht Lea, die da brüllte, es war die Stimme eines Mannes, die durch das Stadthaus tobte, als würde ihm vor Schmerz die Seele aus dem Leib treten.

Das Gebrüll hielt Roman wach. Als er geholt wurde, wußte er nicht, wieviel Uhr es war. Ein baumlanger, mit einem Lineal bewaffneter Zivilist führte ihn in einen Raum, wo sich die Strahlen dreier überheller Scheinwerfer auf einem verloren wirkenden Stuhl sammelten.

Auf diesen Stuhl wurde Roman Bertini gesetzt.

Dann sagte eine Stimme hinter dem Licht: »Also du wolltest, daß der Nigger Joe Louis über unseren Max Schmeling siegte; daß Spanien kommunistisch werden und Italien den Krieg gegen Haile Selassie verlieren sollte. Ferner hast du verkündet, daß die ›Legion Condor‹ spanische Zivilisten, Frauen und Kinder, getötet habe; daß die Geschwindigkeitsbegrenzungen auf den Autobahnen eingeführt worden seien, weil der Volkswagen nicht mithalten könnte; daß die *Kraft-durch-Freude*-Schiffe in Wahrheit Truppentransporter seien, und daß die nationalsozialistischen Rassetheorien jeder wissenschaftlichen Grundlage entbehrten. Außerdem meintest du, daß die deutsche Geistes- und Kulturgeschichte ohne den Anteil von Juden nicht denkbar wäre...« Totenstille. Und dann, knallend, scharf, in die Höhe schlagend, eine zweite Stimme: »Diese staatsfeindlichen Ideen hat dir deine Mutter eingegeben – unterschreib das!«

Der erste Impuls, dem Roman Bertini jäh nachgeben wollte, war die vegetative Neigung seiner Natur, freundlich zu bestätigen, was man von ihm verlangte, so wie er es draußen hielt, etwa wenn er zur Vermeidung eines Streits oder auch nur eines harten Wortes bereit war, selbst Ungerechtigkeiten einzustecken. Der zweite Impuls – zu fliehen, da er hier dem ersten nicht folgen durfte. Die Erkenntnis, daß nur Günther Jucht ihn denunziert haben konnte, bestürzte ihn seltsamerweise nicht im geringsten, obwohl er doch blind in die Falle hineingetappt war. Was ihn viel mehr beschäftigte, war die Frage, warum er gerade jetzt abgeholt worden sei – hing das vielleicht mit dem Ausbruch des Krieges zusammen? Er stellte sie sich in der letzten Minute, die ihm dazu Gelegenheit gab.

»Diese staatsfeindlichen Ideen hat dir die jüdische Scheißschlampe von deiner Mutter eingegeben!« schrie eine dritte Stimme hinter den Scheinwerfern, »unterschreib das!« Und sie wiederholte den Satz noch einmal und noch einmal.

»Nein«, rief Roman Bertini und blinzelte in das übergrelle Licht, »nein, bitte nicht, nein...«, und von den drei sich abwechselnden, knallend scharfen Stimmen und ihrer stereotypen Aufforderung, zu unterschreiben, immer wieder unterbrochen, beteuerte, beschwor, flehte er: »Nein, das stimmt nicht, bitte, nein!«

Nach etwa vier Stunden bewegten sich nur noch Romans Lippen, zu verstehen war nichts mehr: »Hilf mir, Gott im Himmel, hilf mir!«

Diese Nacht wurde ihm in der Zelle nach folgendem Verfahren geregelt – eine Minute Licht, eine Minute Dunkelheit, zehn, zwölf oder vierzehn Stunden lang, er wußte es nicht.

Bis er wieder geholt wurde. Dabei trat das lange Lineal in Aktion, als Roman, des größeren Teils seiner Sehkraft beraubt, mit vorgestreckten Händen durch die Gänge taumelte. Es traf ihn flach in den Nacken, mit furchtbarer Gewalt, daß er noch heftiger torkelte. Merkwürdigerweise dachte er daran, wie gern er sein 30-cm-Lineal breitseits auf die glatte Schulbank geschmettert hatte, weil es so herrlich klatschte. Dann traf ihn mit dem zweiten Schlag die scharfe Kante gegen die Halsschlagader, die anschwoll, noch ehe er umgefallen war.

Roman erwachte auf dem Stuhl vor den grellen Scheinwerfern, mitten hinein in das gellende, schrille, hinausgestoßene: »Die staatsfeindlichen Ideen hat dir das Hurenstück von einer jiddischen Mamme eingegeben – unterschreib das!« Und sie fanden immer neue Variationen, Lea vor ihm zu erniedrigen.

Am zweiten Tag vermochte Roman Bertini etwa sechs Stunden artikuliert zu widerstehen. Dann machte er eine kleine Bewegung nach vornüber, die den dünnen Faden seiner Auffassungsgabe endgültig zerrissen zu haben schien. Denn nun wankte er mit dem Kopf von rechts nach links und von links nach rechts, immer wieder, schrecklich gleichförmig, und aus seinen Mundwinkeln troff sämig Speichel. Die rechte Halsseite war in den Farben Violett und Purpur angeschwollen wie ein Ballon.

In der Nacht wurde die Folter in seiner Zelle verfeinert. Licht und Dunkelheit wechselten einander nun im Abstand von etwa zehn Sekunden ab. Sie müssen Spezialbirnen haben, dachte Roman, fiebernd, ehe er sich auf die Erde legte und das Gesicht in eine Ecke preßte.

Dort fand ihn am nächten Morgen der Zivilist mit dem langen Lineal, delirierend. Aber der Mann hatte seine eigene Methode, Fieber auszutreiben, nach einem ebenso einfachen wie erprobten System. Ihm lag die Erfahrung zugrunde, daß dem Geschlagenen jedenfalls ein Teil des Bewußtseins zurückkehrte, sobald der Schmerz sich seinem Hirn deutlicher mitteilte als die Verwüstungen, die hohe Temperatur darin angerichtet hatte. In vier Minuten war Roman hochgeprügelt, so daß er mit schweren Striemen im Gesicht, geplatzter Kopfhaut und zerschundenen Händen durch die Gänge lief, wobei er laut den Namen seiner Mutter rief. Er rief ihn auch noch, als er längst wieder auf dem Stuhl vor den beißenden Lampen saß, und brach erst ab, als aus dem Finstern triumphierend eine Stimme schrie: »Du gibst also zu, daß die Sau von Lea Bertini dir deine staatsfeindlichen Ideen eingegeben hat?« Und dann knallend, kreischend, in höchstem Diskant die zweite und dritte Stimme: »Unterschreib das!«

Was nun folgte, lieferte den Anlaß, Roman an den Stuhl zu fesseln. In der nebelhaften Vorstellung, nun doch die Mutter ungewollt beschuldigt zu haben, stürzte er nach vorn, schrie »Nein!« und immer wieder »Nein!« und »Nein!« und stolperte dabei und riß einen der Scheinwerfer zu Boden, um zu den Stimmen zu gelangen und sie aus der Nähe zu beschwören, daß nicht Lea, seine Mutter, ihm diese Ideen eingegeben habe, sondern daß er selbst sie verantworte, und nur er, Roman Bertini aus Hamburg-Barmbek, Lindenallee 113, Hochparterre, sechzehn Jahre alt, Obersekundaner auf der Gelehrtenschule des Johanneums und bisher stets gut in den Sprachen Griechisch und Latein, diesmal aber sitzengeblieben und er wisse nicht warum...

Den Aufbau der Lichtapparatur erlebte der Delirierende nach zwei Streichen mit dem langen Lineal in die Gegend der Nieren nicht mehr. Als er aus seiner Ohnmacht erwachte, fand er sich an Händen und Füßen an den Stuhl gebunden. Alles, was er vermochte, war, gefragt oder ungefragt, in regelmäßigen Abständen mit hin und her schwankendem Kopf, blutverkrustetem Gesicht und abgestorbenen Gliedern immer wieder »Nicht meine Mutter, ich!« zu rufen, zu murmeln, zu schreien: »Nicht meine Mutter, ich!« Und dabei strömten ihm Tränen aus den Augen, als wäre eine innere Quelle aufgebrochen.

Roman Bertini blieb volle vierundzwanzig Stunden an den Stuhl gefesselt, von oben bis unten beschmutzt, eine lebende Leiche aus Kot, Urin, Auswurf und Blut, als er schließlich abgebunden wurde und auf der Stelle zu Boden schlug.

Als er erwachte, sah er vor sich das gewölbte Gesicht mit den buschigen Brauen und dem aufgeworfenen Mund – die Melone. Gleichzeitig spürte er, wie ihm etwas in den Schlund geflößt wurde. Der Gestapomann war dabei, ihn von einem tiefen Teller zu füttern. Erst jetzt erinnerte Roman sich, daß er während des dreitägigen Verhörs weder etwas gegessen noch getrunken hatte.

Als er an sich heruntersah, entdeckte er, daß er völlig nackt in einer mit Wasser gefüllten Wanne lag, während die Melone ihm ohne jeden Ausdruck, ohne alle Mimik, Löffel um Löffel irgendeines Breis einflößte.

Am nächsten Tag hieß die Melone ihn wortlos aus der Wanne steigen, sich abtrocknen und anziehen. Sein Zeug war gereinigt worden und zeigte keine Flecken mehr. Schließlich forderte die Melone ihn durch Gesten auf, Gehbewegungen zu machen.

Am Abend, nach Einbruch der Dunkelheit, führte der Gestapomann Roman durch das Stadthaus in einen Hof, wo er ein Tor öffnete und es sofort wieder hinter ihm schloß.

Da stand Roman Bertini nun, äußerlich hergerichtet, auf dem Neuen Wall, und die Passanten hätten schon sehr genau hinsehen müssen, um zu erkennen, was die letzten fünf Tage in ihm angerichtet hatten.

14

Die Geschichte von Regenbogen

In einer zukünftigen Sicht erwies sich Alf Bertinis maritimes Intermezzo zwischen Hamburg und New York als die letzte Phase seiner kläglichen Musikerlaufbahn. Daß er überhaupt drei Jahre fahren konnte, verdankte er einem ebenso hohen wie anonymen Beschützer in der HAPAG – offenbar um Leas willen hatte der kein Ohr für die berechtigten Klagen des Ensembles über den unverträglichen und auf pathologische Weise verrückten Pianisten. Ob es allerdings selbst dieser einflußreichen Persönlichkeit gelungen wäre, Alf nach den Vorfällen auf der letzten Reise zu halten, wäre mehr als fraglich gewesen. Dessen eigenen späteren Schilderungen war immerhin noch soviel zu entnehmen, daß er mindestens dreißig von den insgesamt sechsunddreißig Monaten auf dem Atlantik nicht nur mit niemandem mehr gesprochen hatte, sondern auch eine lang verborgene Neigung zu körperlicher Gewalttätigkeit nach außen kehrte, sehr zum Entsetzen seiner erschrockenen Umwelt. Trotz Volldampf voraus mit Ostkurs und schneidender Spannung auf der Kommandobrücke nach dem allerhöchsten Funkspruch aus Berlin, mußte auf der Rückreise in Höhe des 15. Längengrades westlich von Greenwich als letztes Mittel der Kapitän bemüht werden, einzige Autorität, den in einen Steward buchstäblich verbissenen Alf Bertini von seinem Widerpart zu lösen – der Mann hatte ihn mit vollem Recht »den größten Stänkerer aller Zeiten« genannt.

Den Folgen dieses in den Annalen der Hamburger Reederei wahrscheinlich einmaligen Vorfalls nur durch den Kriegsausbruch entgangen, mußte Alf notgedrungen einen neuen Broterwerb suchen. Noch im Herbst landete er, durch einen werbenden Aushang inspiriert, im sogenannten SHD, dem *Sicherheitshilfsdienst*, eine Organisation des Luftschutzwesens, die ihren Angehörigen zwar eine paramilitärische Kluft verpaßte, über ihren eigentlichen zivilen Charakter aber nicht hinauskam.

Verblüfft erlebten die Söhne, wie der Vater in eine bläulich-graue Uniform gesteckt wurde und nur noch zweimal in der Woche in der Lindenallee schlief. Die anderen Nächte hatte er das, was im Sprachgebrauch der Bertinis dann *Wache* genannt wurde, Bereitschaftsdienst mit etwa sechzig anderen SHDlern in der ehemaligen Volksschule am Tieloh, in der Nähe der Hochbahnstation Habichtstraße.

Die Aufgabe sollte darin bestehen, im Falle von Luftangriffen den Betroffenen tätig zu helfen.

Da Alf in dem Fragebogen aus der jüdischen Abstammung seiner Frau keinen Hehl gemacht hatte und sich keine Rückfragen ergaben, blieb es ihm überlassen, ob er die bläulich-graue Uniform mit dem martialischen Koppel der Liberalität des Standortkommandanten oder fehlender Klauseln in den Bestimmungen des SHD zu verdanken hatte. Jedenfalls bekam Alf Bertini ein Fahrrad zur Verfügung gestellt (sein eigenes war inzwischen den Weg allen Schrotts gegangen), womit er zu haargenau eingehaltenen Zeiten zwischen der Lindenallee und dem neuen Quartier hin und her pendelte, nicht ohne ein gewisses Selbstbewußtsein zur Schau zu tragen, wenn er mit kräftigen Beinstößen durch Barmbek radelte.

»Es geht mir hauptsächlich um die Erhaltung meiner Hände«, pflegte er zu Hause in komischer Mischung von Nachdenklichkeit und Freude zu bemerken, »sie sollen mir nicht durch irgendeine Arbeit kaputtgehen. Denn wie könnte ich sonst später wieder Klavier spielen?«

Verlegen sahen die Söhne beiseite, erst wieder aufatmend, wenn der Vater im Wohnzimmer verschwunden war, wo er mächtig in die Tasten griff und mit kreisendem Oberkörper und geschlossenen Augen wie eh und je *übte*.

Unmerklich war eine Art Götterdämmerung angebrochen. Im Grunde hatte Alf Bertini damals schon jeden pädagogischen Einfluß auf seine Söhne verloren. Auch die Spuren seines religiösen Eifers begannen sich in ihrem Leben zu verwischen. Seit etwa drei Jahren besuchten Cesar und Roman die sogenannte *Sonntagsschule* der *Christlichen Wissenschaft*, wenngleich nicht regelmäßig und ohne je tiefer in das Wesen der Lehre eingedrungen zu sein. Weder ablehnend noch begeistert, zogen sie in die südlicheren Gefilde des Stadtteils, wo die Anhänger der längst verstorbenen Gründerin aus Boston das Parterre eines baufälligen Hauses gemietet hatten.

Dort sangen die Brüder mit verschämter Stimme religiöse Lieder und hörten sich brav an, was der *Lehrer* von den wundersamen Siegen des Geistes über die schnöde *Materie* kraft einer intimen Beziehung zur

Harmonie in immer neuen Zeugnissen bewegt zu berichten wußte. Bereits im ersten Jahr ihrer sonntäglichen Besuche kamen den beiden die Herrschaften ein wenig lächerlich vor, wenngleich sie sich hüteten, dergleichen vor den Eltern zu bekennen. Hatte doch auch Lea ihr Seelenheil ganz dieser Lehre empfohlen – wie Alf Bertini, ihr Mann. Hätte er einem botokudischen Okkultismus, einem alaskischen Totemfetischismus oder afrikanischen Animismen gehuldigt – Lea, ganz Dienerin, Heimat, Zuhörende, wäre ihm auch darin gefolgt.

Es war dann Alf Bertinis Verhalten selbst gewesen, das den Zweifel in ihre Gemüter senkte.

Nach einem Leben von geradezu herausfordernder Gesundheit packte den Pianisten eines Tages so wütender Zahnschmerz, daß auch Leas heiße Kompressen, ihre mild temperierten Speisen, ja sogar von Helene Neiter aus der Hinterwohnung im dritten Stock heruntergebrachter Kamillentee nicht helfen wollten. Endlich wußte Alf sich keinen anderen Rat, als einen bauschigen Umschlag um den Kopf zu winden, der ihm mit der großen Schleife hinten das Aussehen eines verkaterten Osterhasen gab. Die sonst am väterlichen Leben empfindlich teilnehmenden älteren Söhne verfolgten diesmal den Kampf zwischen Alfs inbrünstigen Gebeten und dem Zustand seines rechten Unterkiefers eher mit neugieriger Distanz. Hatte doch Alf Bertini weder Leas Husten noch Cesars Plattfüße und schlechte Augen noch Ludwigs Gebrüll in der Dunkelheit durch die Anrufung Gottes beheben können, Mißerfolge, die Alf stets mit dem mangelnden Glauben der Betroffenen erklärte. Nun aber hatte der Blitz des Allmächtigen in ihn selber eingeschlagen, und die Söhne dachten: endlich! Denn war durch die Vereiterung zweier Zahnwurzeln, die seine Backe grotesk entstellte, nicht so etwas wie die Stunde der Entscheidung herangereift? Mußte nun nicht endlich ein für allemal in einer heroischen Demonstration der große Widerspruch zwischen Gebet und Wirkung beseitigt werden, indem Alf Bertinis Glaubenskraft jedenfalls am eigenen Leibe siegte über die Hilflosigkeit und Ohnmacht der stumpfen *Materie?*

Es war ein simpler Dentist in der Nähe des Barmbeker Bahnhofs, der das Übel auf seine irdische Art, wenngleich mit Hilfe ungewöhnlicher Muskelanstrengung, beseitigte – beide kranken Zähne hatten wie zementiert in Alfs Kiefer gesteckt. Obwohl er drei Tage lang die Ursache seiner Genesung durch Beibehaltung des osterhasenhaften Wickels zu verbergen suchte, wurde sie doch bekannt, was für Cesar und Roman so etwas wie eine neue Epoche in ihrer theologischen

Entwicklung bedeutete, ein wenig vergleichbar mit dem Auffinden der Weihnachtsmannmaske in früheren Tagen – eine Legende war dahin, und zwar mit erstaunlich geringer Enttäuschung.

Der einzige, für den die Sekte aus Boston und alles, was mit ihr zusammenhing, keinerlei Bedeutung hatte, war Ludwig Bertini. Nicht allein das zarte Alter bewahrte ihn davor, wie seine älteren Brüder die *Sonntagsschule* zu besuchen, sondern auch die eigenartige Selbständigkeit gegenüber den Eltern, seine ursprüngliche und durchgehaltene Distanz zu ihnen, die ihn von Roman und Cesar unterschied. Glaubensprobleme wird er nie haben, im Gegensatz zu den Brüdern, deren Emanzipation von der väterlichen Kirche noch nicht Atheismus war. Vielmehr beteten sie auch jetzt zu Gott und hielten stumme Zwiesprache mit ihm, besonders Roman. Höchster und flehentlichster Inhalt seiner Gebete war aber, daß er auf der Ersten Schule der Freien und Hansestadt Hamburg bleiben könne.

In den beiden Altsprachen beim zweiten Durchlauf der Obersekunda wie Phönix aus der Asche gestiegen und in allen anderen Fächern, ausgenommen natürlich die Mathematik, gut bis genügend, kam nun beim Osterzeugnis 1940 alles auf die Zensur an, die die Speckrolle ihm, den sie in den vergangenen zwölf Monaten nicht ein einziges Mal zur Kenntnis genommen hatte, in Deutsch geben würde.

Sie gab ihm eine Fünf.

Ohne sich zu verabschieden oder das Abläuten der Stunde abzuwarten, steckte Roman Bertini sein Zeugnis ein und ging – es war dabei so still, daß man eine Stecknadel hätte fallen hören können.

Auf dem leeren Innenhof blieb er vor der edlen Gestalt des Bronzejünglings stehen, trat dann draußen vor das steinerne Monument des Gründers, Johannes Bugenhagen, und entdeckte erst jetzt, halb hinter dem Sockel, Walter Janns und Peter Togel – er sollte nie erfahren, woher der Sohn des evangelischen Landesbischofs und der langgliederige Sprößling eines berühmten Hamburger Chirurgen von seinem unvorhergesehenen Auszug wußten. Jedenfalls standen sie wortlos vor der schweigenden Kulisse der Gelehrtenschule des Johanneums da und sahen ihm nach. Und als er nun, das Gesicht ihnen zugewandt, rückwärts die Maria-Louisen-Straße hinunterging, schnitt Peter Togel, wie am ersten Tag vor sieben Jahren in der Aula, fürchterliche Grimassen, mit dem Unterschied zu damals, daß die grotesken Fratzen wie Masken auf einem Antlitz von verzweifeltem Ernst wirkten. Walter Janns aber setzte sich, als Roman schon ein ganzes Stück entfernt war, plötzlich auf die Erde, um mit schier unglaublicher

Gelenkigkeit den rechten Unterschenkel über den Kopf in den Nacken zu legen.

Dann war Roman Bertini um die Ecke, in der Dorotheenstraße, und da, in diesem Augenblick, duckte er sich jäh nach vorn, als hätte er einen dröhnenden Schlag mit einer schweren Eisenstange gegen den Leib erhalten – eine verstörte, heftige Bewegung nach vorn, aus der er nur langsam wieder hochkam.

Während nun also nach Gottes unerforschlichem Ratschluß, so Alf Bertinis Version, der eine seiner Söhne die Höhere Schule verlassen mußte, nahm sie zu gleicher Zeit einen anderen auf – Ludwig wurde Sextaner auf dem Realgymnasium in der Uhlenhorster Averhoffstraße. So unbefangen, auch den Jüngsten aufs Johanneum zu schicken, war selbst Alfs eingewurzelter Ehrgeiz nicht mehr. Seiner Meinung nach bildete dieser Abstieg in eine Anstalt ohne humanistischen Charakter sogar ein beträchtliches Ereignis, hatte er doch insgeheim befürchtet, daß Ludwig überhaupt nicht mehr aufgenommen werden würde. Tatsächlich ging dann der Wechsel ohne jede Behinderung vor sich und bescherte Ludwig, auf Leas Drängen, die Erfüllung eines langgehegten Wunsches, nämlich ein Fahrrad, mit dem er die Strecke zwischen Lindenallee und Averhoffstraße zurücklegen konnte, ohne auf die öffentlichen Verkehrsmittel angewiesen zu sein.

Wenn möglich, gewann Ludwig angesichts der neuen Pennälerwürde noch an Eitelkeit dazu. Strikter als gewöhnlich schon, achtete er auf penible Kleidung, tadellos geputzte Schuhe, wohlgebürstete Frisur, vor allem aber auf sorgfältig gebügelte Hemden – der Kult um seinen Anzug hatte sich, von Lea beflissen gefördert, noch vertieft. Falls Ludwig irgendwo einmal ein Fältchen entdeckte, einen losen Knopf, eine verknickte Manschette, verdüsterte sich seine Miene, und er fuhr die Mutter grob an, wenn sie ihn unduldsam auf den Mangel aufmerksam machte. Dabei achtete er immer darauf, bei seinen Tiraden mit Lea allein zu sein.

Um diese Zeit machte Emma Bertini ihr altes Versprechen wahr, den beiden älteren Enkeln zehn Jahre nach Giacomos Tod den Erbtraum aus Gold und Edelstein in einer feierlichen Szene zu überreichen. Lange vorher angekündigt, kam sie mühsam beherrscht, ganz durchdrungen von dem großen Ereignis, in die Lindenallee, versammelte die betreten dreinschauenden Enkel um sich, öffnete umständlich ihre verblichene Handtasche und zauberte daraus zwei strahlende Schöpfungen der Juwelierkunst hervor – breite, warmschimmernde Reife, deren Goldglanz zurücktrat vor dem Schliff des elipsenförmigen, tiefdunklen Rubins, der einer herrlichen Krone gleich von dem Edelmetall unlösbar eingefaßt war.

Die Zeremonie stockte ein wenig, als Roman und Cesar während des großmütterlichen Nekrologs auf Giacomo Bertini an dessen nie fehlenden Gabelstoß dachten, mit dem er bei den allmonatlichen Spaghetti-Essen in der Hoheluft vor aller Augen das Fleisch von Emmas Teller auf den seinen raffte, eine Erinnerung, die es den Beschenkten begreiflicherweise schwer machte, ernst zu bleiben.

Dann streifte Emma ihnen tränenfeuchten Auges die Ringe über, was die beiden Enkel mit einer flüchtigen Umarmung belohnten, ehe sie sich sehr rasch aus dem Staube machten.

Beide Erbstücke werden einen für den Lauf der Zeit überaus charakteristischen Weg nehmen.

Es war Lea zu verdanken, daß Romans Schulphase mit der Verweisung vom Johanneum nicht beendet wurde. Sie schlug beim Milchmann in der Lindenallee 111 das Telefonbuch auf, wie vor drei Jahren schon einmal für Alf, wählte die Nummer einer »Handelsschule« und verlangte den Direktor zu sprechen. Mit dem verbunden, wollte sie, wie sie später sagte, am andern Ende der Leitung förmlich den Respekt gespürt haben, als der Schulleiter vernahm, daß der soeben von seiner Mutter Angemeldete die Gelehrtenschule des Johanneums bis zur Obersekunda besucht hatte.

Mit Lea war eine sichtbare Veränderung vorgegangen, nachdem Roman Anfang September 1939 aus dem Stadthaus zurückgekehrt war – übrigens ohne über die Tortur je ein Wort zu verlieren. Sie war nicht, wie im November 1938 noch, bei seiner Rückkehr zusammengebrochen, sondern tränenlos geblieben – kein äußerer Ausdruck mehr konnte das innere Entsetzen widerspiegeln. Nur fand Roman sie am Morgen nach seiner Rückkehr blaurot verschwollenen Kopfes, die Zunge weit hervorgestülpt, über den Handstein in der Küche gebeugt, an ihrem Herzhusten fast erstickend, nachdem Ludwig in Nacht und Dunkelheit immer wieder schreiend aufgefahren war.

In Lea Bertini schien etwas erstarrt, was nie wieder frei werden sollte, wie ein geronnener Schrei in der Kehle, ein gefrorenes Gebet, ein Geweb aus unfaßbarem Grauen. Es machte sie gedämpfter und doch gleichzeitig auch tatkräftiger. Bevor sie telefonierte, hatte sie gefragt: »Soll er etwa in die Fabrik gehen?«

Die Handelsschule, deren einjährigen, höheren Zweig Roman nun durch die mütterliche Initiative besuchte, lag in der Schlankreye, zwischen den Hochbahnstationen Hoheluft und Schlump, unmittelbar am Bahnkörper, ein nüchternes Gebäude im typischen Baustil der zwanziger Jahre.

Es sollte ein seltsames Intermezzo werden für Leas Zweiten.

Obwohl ihm nichts ferner gelegen hätte als Zweck und Sinn dieser Schule – mit den Fächern kaufmännisches Rechnen, Buchführung, Handelslehre, Stenographie, Schreibmaschine, und das Englische und Spanische auf kommerzielle Schmalspur reduziert –, spürte er von vornherein über die fünfundzwanzig Klassengefährten eine fast ängstlich verborgene, aber ihm selbst dennoch sehr fühlbare Überlegenheit, die sich besonders in der spielerischen Beherrschung der Sprachfächer äußerte. Nach sieben Jahren Latein und vier Jahren Griechisch war das romanische Spanisch ein Kinderspiel für ihn, zum allgemeinen Staunen seiner Umgebung, die auch nicht auf den Kopf gefallen war. Zwar war keiner seiner Mitschüler vom Gymnasium gekommen, aber sie alle hatten, Voraussetzung für diese Höhere Handelsschule, das Einjährige, also Obertertiareife mit Versetzung nach Sekunda, manche auch Sekundaabschluß. Dennoch, wenn Roman flüssig und konzentriert aus dem Lehrbuch *El Comerciante* vom Spanischen ins Deutsche, oder umgekehrt, übersetzte, drehte sich in der Reihe vor ihm Herbert Lietz um, der kleinwüchsige, elegante Sproß eines bedeutenden Hamburger Kaufhauses, und fuhr ihn konsterniert, mit selbstironischem Neid an: »Sag mal – woher weißt du das eigentlich alles?«

In anderen Fächern war Roman nicht so gut, zum Beispiel im kaufmännischen Rechnen, aber wiederum auch nicht so schlecht wie beim Umgang mit den Zahlen auf dem Johanneum. Nur in einem einzigen verfehlte er das Ziel völlig – im Maschineschreiben! Er lernte nie, blind und mit zehn Fingern die Tastatur zu bedienen, die Methode war nicht in ihn eingegangen, er hatte sie einfach verpaßt, um dann aber doch mit zwei, drei Fingern ein beachtlicher Schnellschreiber zu werden.

Die epochale Veränderung im Leben Roman Bertinis auf dieser Schule aber war die Begegnung mit jenem Drittel der Schülerschaft, das aus Mädchen zwischen sechzehn und zwanzig Jahren bestand.

Denn hier nun zeigte sich sogleich etwas von der eigentümlichen Anziehungskraft Roman Bertinis auf das andere Geschlecht, die bereits auf so markante Erinnerungen wie den Biß der kindlichen Nachbarstochter in den Finger des genüßlich krähenden Vier- oder Fünfjährigen zurückgreifen konnte. Oder an jene himmlische Minute, da der Schwarm der ganzen Volksschulklasse mit der häßlichen Freundin zu ihm herübergekommen war und ihm über die Wange gestreichelt hatte. Im Grunde hatte Roman Bertini sich seither nicht verändert – er war auf die gleiche Weise stumm, passiv, und gerade deshalb wohl attraktiv geblieben. Jedenfalls stellte er nun mit einer Mischung aus Entsetzen und Kitzel fest, daß ihn Mädchen, einzeln oder in Gruppen, zu verfolgen begannen, und zwar aus keinem andern Grund als ihrem sichtbaren Interesse an diesem bleichen Jüngling mit den schwarzen Haaren und dem ebenmäßigen Gesicht, dessen Nase jedoch ein wenig zu groß war – Roman Bertini war ganz Abkömmling des mütterlichen Zweiges, war Fleisch von Kezias, Rechas, Leas Fleisch, die Übertragung ihrer Schönheit auf diesen männlichen Nachkommen. Von einigen Schülerinnen wurde ihm bis ins Treppenhaus der Lindenallee 113 nachgestellt.

Er war darüber eher erschreckt als geschmeichelt und riß seinen Verfolgerinnen oft einfach aus. Aber nur, um sich am nächsten Tag doppelt zu schämen, wenn er ihnen wiederbegegnete. Das kicherte und tuschelte dann in seiner Nähe, und von einem bestimmten Zeitpunkt an verhalfen ihm die auch in den Pausen erwiesenen Gunstbezeugungen doch zu einer Art bescheidenen Selbstgefühls, das auszuschmekken er allerdings völlig unfähig blieb. Auch, oder erst recht, als ihm ein unverhüllt stürmischer Antrag gemacht wurde, der ihn nun vollends in die Flucht schlug.

Eines Morgens, im Mai, sagte Hans Quest, sein rechter Klassennachbar: »Margarete Schnakke ist ganz wild nach dir – sie hat mir das selber gesagt.«

In richtiger Einschätzung der Situation vermochte Roman Bertini nach dieser Eröffnung dem Unterricht nicht mehr in gewohnter Weise zu folgen – in schrecklichem Gegensatz zur unverschuldeten Banalität des Familiennamens handelte es sich um das heimliche Idol aller Schüler an der Schlankreye, ein hochblondes Gift von achtzehn Jahren aus Wandsbek, das natürlich auch Roman nicht verborgen geblieben war. Er hatte das Mädchen von allem Anfang an entzückt gefürchtet.

Nun schlug die Furcht in Panik um. Die straffe und offenbar sehr erfahrene Wandsbekerin paßte ihn nach Schulschluß ab und blieb ihm so dicht auf den Fersen, daß an ihren Absichten kein Zweifel bestehen konnte – eine Werbung, der Roman bis ins Herz hinein hilflos gegenüberstand. Wie ein Schatten begleitete sie ihn, stieg mit ihm auf dem Bahnhof Schlump in die Hochbahn ein, in Barmbek wieder aus und folgte ihm auf den Wiesendamm. Da er, nach Leas verstörten

Reaktionen auf seine gefährliche Attraktivität, um alles in der Welt nicht in die Lindenallee gegangen wäre, lenkte er seine Schritte in den Stadtpark, auf dessen vertrautem Territorium ihn das Mädchen schließlich ansprach.

Es wurden unter der gegossenen Diana auf der Hirschkuh zwei Stunden einer leisen, sehr zarten Rede und Gegenrede, über beider Herkunft und Lebenslauf, über die Widrigkeiten des Lehrsystems auf der Handelsschule und über die Schönheiten dieses öffentlichen Parks. Dabei waren die Gesichter einander sehr nahe gekommen. Roman sah die feine, gespannte Haut über den hohen Backenknochen, jede einzelne Wimper der leuchtenden Augen, hinter deren Keckheit eine heimliche Unsicherheit hockte, sah die Seide des Haars, die schimmernden Zähne, ganz gefangen im Netze einer magnetischen Kraft. Aber dann, unvermittelt, wie von einem Stoß gegen die Brust getroffen, trat er einen Schritt zurück, und noch einen, und einen dritten.

Das Mädchen erstarrte, wartete eine ganze Weile. Als er jedoch wie vereist stehenblieb, stumm, mit zusammengepreßtem Mund, als er keinerlei Anstalten traf, sein Verhalten zu erklären, schlug es sich beide Hände vors Gesicht, drehte sich so um und ging davon, ohne die Arme sinken zu lassen. Während er der Gestalt nachsah, dachte er: wieviel habe ich, mit siebzehn, in diesen letzten hundertzwanzig Minuten schon verschweigen müssen?

Sie sprachen nie wieder ein Wort miteinander. Wenn sie sich in der Schule begegneten, senkten beide den Blick.

»Mensch, Mann«, fragte Hans Quest aus Wandsbek zu seiner Rechten, »was ist dich da eigentlich angekommen? Hast du auf einmal 'ne ansteckende Krankheit an ihr entdeckt?«

Roman schwieg. Was hätte es für einen Sinn gehabt, ihm mitzuteilen, daß sich plötzlich, riesengroß, Joseph Salomonowicz zwischen das Mädchen und ihn geschoben hatte?

Und doch wird die Zeit es nicht bei diesem Vorspiel belassen.

Noch war der Krieg weit, unsichtbar, leise, trotz den schmetternden Siegesfanfaren des Großdeutschen Rundfunks in diesem Juni des Jahres 1940 und den sich jagenden *Sondermeldungen* des Oberkommandos der Wehrmacht über den Vormarsch in Frankreich, den Fall von Paris, den Zusammenbruch der Armee und die Flucht des britischen Expeditionskorps von Dünkirchen nach Großbritannien. Aber das alles schien so fern, daß unten an der Lindenallee, dort, wo die große rote Kirche stand, ein sogenannter *Frühlingsdom* mit seinen

Buden, Karussells, Luftgewehrständen und Kettenschaukeln in das öffentliche Bild paßte. Zentrum des Platzes war der *Blitz*, eine in viele Sitze gegliederte Metallschlange, die auf einer schrägen Fläche rasend rotierte. Und dort sah Roman sie zum erstenmal – viel zu große, braune Augen in einem kleinen, dreieckigen Gesicht, eine gedrechselte Figur, die Hände mit einem Schlüsselbund spielend. Als sich ihre Blicke ineinander verhakten, schlug die Kirchturmuhr sieben.

Sie fanden sich die ganze Woche auf die Minute um diese Zeit an derselben Stelle ein, taten, als wenn sie sich nicht beachteten, musterten sich aber in dem Trubel verstohlen von der Seite.

Am letzten Tag des *Frühlingsdoms* standen sie wortlos fast Arm an Arm und schauten geduldig zu, wie der *Blitz* und sein schräges hölzernes Gerüst abmontiert wurden – bis das Klopfen, Hämmern, Packen und Rufen vorbei und der Wagenzug rumpelnd hinter dem Osterbekkanal verschwunden war. Außer ihnen befand sich niemand mehr auf dem leeren Platz vor der Kirche. Sie blinzelten an dem steilen Turm empor und gingen schließlich gesenkten Kopfes in entgegengesetzten Richtungen davon – ein gewaltiger Regenbogen spannte sich über den Norden Hamburgs.

Als Roman am nächsten Abend um sieben Uhr eintraf, wartete sie schon. Da er keinerlei Anstalten machte, sie anzusprechen, ging sie langsam über den Platz, kehrte zurück, verschwand hinter einer roten Mauer. Und nun begann eine seltsame Verfolgung. So oft sie stehenblieb und sich fragend umblickte, stand auch Roman Bertini still, beschäftigte sich mit einem Blatt, mit Baumrinde, einem Staket oder seiner Schuhspitze. Wenn sie weiterging, setzte auch er sich wieder in Bewegung.

Allmählich bildete sich eine genau eingehaltene Route heraus. Sie begann an der Kirche am Anfang der Lindenallee, nahm ihren Weg über den Osterbekkanal zum Wiesendamm, mündete in den Stadtpark, verweilte dort länger in einer Allee mächtiger Platanen und führte über den Rübenkamp und die Fuhlsbüttler Straße in die Nähe von Romans alter Volksschule, wo das Mädchen wohnte – eine Strecke von gut sechs Kilometern.

Es dauerte dreiundneunzig Tage, bis es um sieben Uhr abends dunkel war. Dem Winter 1940 ging ein Herbst von so unbeschreiblicher Süße voraus, daß die wilden Äpfel vor Saftfülle platzten. Unter den Platanen fielen sich die beiden endlich wie verdurstet in die Arme, tasteten mit den Händen über ihre jungen, erhitzten Gesichter, stammelten, zitterten und fanden sich am Ende des ersten Kusses zunächst verblüfft, dann von unbändigem Gelächter geschüttelt, auf der laubbedeckten Erde wieder.

Ihr bürgerlicher Name bekam nie Bedeutung für ihn, er nahm ihn gar nicht wahr. Von Anfang an hatte er sie nach jener irisierenden Erscheinung genannt, die sich beim Abbruch des *Frühlingsdoms* in schillerndem Halbrund am Himmel gespannt hatte. »Regenbogen?« fragte sie, entzückt und verständnislos, bis er ihr den Zusammenhang erklärte. Aber der Rauhreif seines düsteren Geheimnisses hatte sich bereits auf die Knospe der Anbetung gelegt und das Werk des Schmerzes und der Zerstörung begonnen. Denn gleich hinterher fragte sie, leise, begriffslos: »Warum mußte es Herbst werden und dunkel? Bist du ein Verbrecher?« Als es wie ein Schlag durch seinen Körper zuckte, schwieg sie verstört. Verrenkt schaute er in den Himmel hoch, als ob er von dort Hilfe erwarten konnte.

Statt dessen fielen daraus nachts mehrere Fliegerbomben herab, ungeheure Explosionen, Stichflammen, Staub, Geschrei – allzuweit von der Lindenallee konnten sie nicht eingeschlagen haben.

Die Detonationen überraschten Roman und Cesar Bertini in ihren Betten. Dagegen hatte Lea, den unwirschen und schlaftrunkenen Jüngsten an der Hand, wie bei jedem Alarm den notdürftig befestigten Luftschutzkeller des Hauses aufgesucht – gegenüber den älteren Söhnen hatten all ihre Bitten und Beschwörungen bisher nichts vermocht.

Noch während des furchtbaren Echos in den Barmbeker Häuserschluchten stürzte Roman hoch und lief, mangelhaft bekleidet und wie von Sinnen, auf die verbotene Straße hinaus. Die riesige, gelbrot gezackte Staubwolke, die sich über der Abwurfstelle in Richtung Dehnhaide bildete, begünstigte ihn. Er lief, vorbei am Laden des Optikers Cunert, die Düsternstraße hoch, über die Fuhlsbüttler Straße hinweg und weiter bis in die Nähe der alten Volksschule. Als er das Haus, in dem sie wohnte, unversehrt vorfand, knickte er zusammen, hockte sich außer Atem mit wildpochendem Herzen nieder und huschte nach einer Weile im Schutze der Dunkelheit überglücklich in die Lindenallee zurück.

Das Bündel Bomben, das da noch wie zufällig über Barmbek abgeworfen zu sein schien, hatte den goldenen Herbst nicht verwunden können, seine milden, streichelnden Lüfte fächelten ihr gräßliches Tosen in die Höhe – ein unwiederholbares Ereignis nach Ansicht vieler Leute.

Während dieser Zeit war Roman Bertini wie besessen von dem

Gedanken, zu sparen, Pfennig auf Pfennig zu legen und sich selbst alles und jedes zu versagen, was Kosten verursachte. Hatte er doch in der Mönckebergstraße ein wundervolles, als Crêpe de chine ausgewiesenes Kleid entdeckt, eine honigfarbene Herrlichkeit sondergleichen, mit Falten und Schleifchen versehen, in elegantem Wurf duftig dahingegossen, der Mittelpunkt der ganzen Schaufensterdekoration.

Als Roman endlich die astronomische Summe von sechzig Reichsmark beisammen hatte, betrat er freudig den Laden, aber nur, um sogleich mit schamrotem Kopf rückwärts wieder hinauszustolpern – und in der Tat machten sich seine Ersparnisse lumpig genug aus gegenüber dem realen Preis von zweihundertundzwölf Mark. Es dauerte einige Zeit, bis er die Niederlage überwunden hatte, dann gestand er sie ihr ein.

»Ach«, sagte sie erstickt und senkte das kleine, dreieckige Gesicht mit den viel zu großen Augen.

Manchmal hielt Roman die Dunkelheit nicht mehr aus. Dann führte er sie möglichst fern von der Lindenallee in das schwache Licht irgendeines Treppenhauses, und während er sie lange und dringlich betrachtete, fragte sie unterdrückt, verzweifelt, scheu: »Warum? Warum sehen wir uns nur im Finstern?« Und als er nicht antwortete, füllten sich ihre Augen langsam mit Tränen.

Dann endlich, eines Abends, sagte er: »Ich habe eine jüdische Mutter – darum.«

Sie ließ seine Hand los und entfernte sich ein paar Schritte. Der Mond schien, und so konnte Roman das kleine, helle, dreieckige Gesicht klar erkennen.

»Ich möchte dich immerzu ansehen«, sagte sie, »immerzu.«

Vierundzwanzig Stunden später erschien sie unter den Platanen nicht allein. An ihrer Seite, laut und unbefangen plaudernd und im Mondlicht für Roman in seinem Versteck hinter einem Busch gut zu erkennen, ging ein großer blonder Mensch, der sie zärtlich umfangen hielt. Mit ihm ging sie sehr langsam und sehr nahe an Roman vorbei, kehrte noch einmal wie zufällig zurück, streifte ihn dabei sanft und war gleich mit ihrem Begleiter in einem dunklen Weg verschwunden.

Von diesen dreißig Sekunden sollte Roman Bertini sich nie wieder erholen. Sie prägten sein Verhältnis zum andern Geschlecht ein für allemal, obwohl er sofort erkannte, warum sie diese Gewalttat gegen sich selbst begangen und was es sie gekostet hatte. Der Stoß durchbohrte ihn bis in die Mitte, traf sein Innerstes und verwandelte ihn auf der Stelle in einen Bluter des Mißtrauens, der Panik und der Furcht vor Liebe. Wie eine Säule stand er hinter dem Busch, so gerade und so stumm. Äußerlich noch versteinert, fühlte er, daß es von dieser Erfahrung keine Erlösung geben würde. Erst dann fiel ihn der Schmerz wie ein schwarzes Biest an, sengte ihm das Hirn und formte seine Lippen immer wieder zu demselben sinnlosen Wimmern: »Ich träume, Gott im Himmel – mach', daß ich träume...«

Aber Roman Bertini träumte nicht.

Als er Ende Dezember noch einmal zu der einst üblichen Zeit die vertrauten Wege und Pfade suchte, blind vor Eisтränen, abgemagert und zähneklappernd mehr von innerer als von äußerer Kälte, stießen sie unter den dunklen Platanen plötzlich wie verabredet aufeinander, in einer letzten, entrückten Umschlingung wissend, daß sie sich nie wiedersehen würden.

»Regenbogen«, schluchzte er, »mein Regenbogen.«

15

Erste Begegnung mit Erich Snider

Fast zu gleicher Zeit, nämlich in der Sylvesternacht von 1940 auf 1941, war Fred Asberth, wie er vermeinte, seinem großen Glück begegnet – es war blond, einsachtundsechzig hoch und hörte auf den Namen Esther Snider.

Schauplatz der Begegnung war das *Café Kaiser* gegenüber dem Barmbeker Bahnhof, ein Etablissement von delikatem Ruf. Waren seine Gäste doch meist junge Männer mit langen Haaren, Frisuren, die in offenem Gegensatz standen zum militärischen Streichholzschnitt, der Forderung der Zeit. Die äußere Erscheinung war eine Art Demonstration, daß man sich nicht für gleichgeschaltet hielt, mit den herrschenden Zuständen und Auffassungen nicht übereinstimmte, obwohl schon wieder zuviel dahinein gelegt sein würde, wollte man dies politischen Widerstand nennen – die jungen Männer und der weibliche Anhang, der zu ihnen paßte, waren vielmehr verrückt nach angloamerikanischem Jazz! Ihre Götter hießen Nat Gonella, Jack Hilton, Louis Armstrong, Count Basie oder Duke Ellington, ihre favorisierten Schlager trugen Titel wie *Some of these days, Jeepers creepers, I can't give you anything but love, Begin the beguine, Flatfoot floogie* oder *O Joseph, Joseph* und *Two sleepy people*. Vor allem aber, der Höhepunkt, das entscheidende Ereignis all dieser Abende mittwochs, samstags oder sonntags – der *Tiger rag*! Die Kapelle war jung und bekannt dafür, daß sie im Gegensatz zu anderen Berufsmusikern nicht für die Pausen arbeitete:

»Where's the tiger, where's the tiger…«

Schon der erste Akkord entfesselte die Gäste, stachelte Angehörige beiderlei Geschlechts auf, zunächst frenetisch Beifall zu klatschen. Danach erkletterten sie Stühle und Tische des ganz in Rot gehaltenen *Café Kaiser*, verfielen in Zuckungen, lallten, verdrehten die Köpfe orgiastisch, und es konnte geschehen, daß der Saal und seine Tanzfläche zu klein wurden für den Druck innerer Ekstase. Dann stürmte die jugendliche Gesellschaft die Pforte, riß sie sperrangelweit auf, daß die Musik weit hinausscholl auf die Straße, und taumelte einzeln oder zu Paaren, mit geschlossenen Augen und ungeachtet des Verkehrs, hinüber zum Barmbeker Bahnhof, wo ihr unartikulierter Lärm lange die Luft erfüllte.

Das konnte nicht immer gutgehen, und tatsächlich waren hier schon martialische Polizisten erschienen, auch einige aufgebrachte Fähnlein der *Hitlerjugend*, die für ein unentschiedenes Handgemenge sorgten, aber zu einem wirklichen Eklat hatte es nicht gereicht – dank der klugen Haltung des Besitzers von *Café Kaiser*. Das war ein kleiner, dicker Mann, dessen Kopf eine geradezu verblüffende Ähnlichkeit mit dem eines Seehunds hatte und der sich zu allem anderen als zu einem Helden geboren fühlte. Zwar garantierte ihm der spezielle, auf der anglo-amerikanischen Musikbesessenheit seiner Gäste beruhende Charakter seines Etablissements hohe Einnahmen, aber die Zusammenstöße mit den Staatsorganen waren ihm doch auch wiederum höchst unangenehm. Der Ausweg hatte sich wie von selbst angeboten – als Fred Asberth in jener für ihn so bedeutsamen Nacht noch ahnungslos das *Café Kaiser* betrat, trug der Seehund das runde Parteiabzeichen der NSDAP fast auf den Tag ein Jahr an seinem Revers. Es hieß, er würde es auch des Nachts nicht ablegen.

Die Fädelung der Ereignisse ließ nichts zu wünschen übrig – jedenfalls glaubte der sonst eher atheistische Fred Asberth längere Zeit an göttliche Fügungen. Er geriet in den Trubel, als unmittelbar nach vierundzwanzig Uhr die schmetternden Rhythmen des *Tiger rag* der dampfenden Szene den Anblick eines mittelgroßen Irrenhauses kurz vor geglücktem Massenausbruch bescherten – unter dem explosiven Jubel der Tanzenden schickte sich eine Vorauskohorte an, nach dem letzten Takt augenblicklich die Saaltür aufzustoßen und mit gellendem »Prosit Neujahr« auf die Straße zu stürzen.

Um so feierlicher hob sich die Begegnung zwischen Fred Asberth und Esther Snider dagegen ab. Er soll das Mädchen traumwandlerisch aus dem Hexenkessel herausgeführt und in das nächstbeste Treppenhaus gelenkt haben, wo sich beide leidenschaftlich umarmten.

Von stundan blieben sie zusammen.

Seine Wahl war nur zu verständlich. Das Gesicht von fast klassisch-griechischem Schnitt – fast, weil dazu nichts als eine Spur innerer Beseeltheit fehlte –, der Körper mit wespenhafter Taille, formvollendeter Büste und schlanken Beinen wie von Künstlerhand genial modelliert, stellte die Zwanzigjährige in der Tat so etwas wie eine Laune der Natur dar. Glücklich schritt Fred Asberth mit ihr durch die Straßen, enthielt sie in begreiflichem Stolz weder seiner Verwandtschaft noch seinen Freunden vor, ja zeigte sich plötzlich sogar imstande, mehrere Sätze fließend hintereinander auszusprechen, während er sonst doch die Wortkargheit in Person war.

Das Paar wartete die Legalisierung seiner Beziehungen nicht ab, um handgreiflich zu werden. Schon Mitte Januar nahmen die Dinge ihren natürlichen Lauf, das erstemal unter der großen Vorort- und Hochbahnbrücke, und zwar in einem schmalen, windigen Gang, durch dessen mit brüchigem Draht halbherzig verschlossenes Tor sich zu zwängen für die beiden jungen Leute keine Anstrengung bedeutete.

In der Dunkelheit hatten sie sich stehend in Raserei gesteigert, voller Hoffnung, daß in der Minute der Erfüllung droben ein langer, langer Zug ihre Seufzer und Schreie niederdonnern möge, was auch prompt eintraf und von ihnen als günstiges Omen verstanden wurde. Da ihnen der Gang aber nicht immer so gnädig war, entwickelten sie im Laufe der Zeit ein beachtliches Talent, ihrem Liebesdrang inmitten des volkreichen, wenn auch abgedunkelten Stadtteils nachzugehen. In Treppenhäusern von Mietskasernen, wo besonders viele alte Leute wohnten, die sich im Finstern nicht mehr hinuntertrauten; auf dem Trockenboden im Hause der Asberths, wo eine verfaulte Matratze das störende Stehen erübrigte; am Fuße des Bahndamms, in der Nähe kleiner, ländlicher Anwesen, wo hellhörige Hühner in ihren Ställen unruhig wurden; und einmal sogar im *Pinkelwinkel* der Sandkiste, sehr unbequem geduckt und mit dem Schwur, es dort nie wieder zu treiben – in unangenehmer Nähe war nämlich plötzlich eine Taschenlampe aufgeblitzt.

Nach Absolvierung der Volksschule und drei Jahren Lehrzeit stand Fred Asberth damals als Technischer Zeichner in den Diensten der Hamburger Schiffsbaufirma Blohm & Voß, wohin ihn eine Vorliebe für Zahlen und gerade Linien gebracht hatte. Daneben aber lebte Künstlerisches in ihm, ein Herz für die Kalligraphie. Denn obwohl sich die beiden jeden Abend sahen, schrieb Fred Asberth dem Mädchen täglich noch Briefe, die er entweder mit der Post schickte oder Esther Snider vor dem Abschied zusteckte – die Buchstaben herrlich geschwungen und geschnörkelt, Prunkgebilde, Wortgemälde, eine wahre Augenweide. Zudem beflügelte die Liebe seine Feder, versah er seine Werke doch mit Anreden wie »Meine Fürstin« oder »Meine Königin«, manchmal hieß es auch »Geliebte Kleopatra« oder einfach »Schönheit«.

Wie trunken schritt Fred Asberth, als die Tage wärmer wurden, neben

Esther Snider einher, den blonden Schopf keck zurückgeworfen, immer noch wie unfähig, sein maßloses Glück zu begreifen. Und tatsächlich war ihr Anblick bei den ersten Sonnenstrahlen ungewöhnlich genug. Sie trug ein weißes Kleid, das, der damaligen Mode entsprechend, kaum bis zu den Kniekehlen reichte und ihre langen, schlanken Beine bei jeder kräftigeren Bewegung hoch hinauf freigab, was ihr großes Vergnügen zu bereiten schien. Denn ungeachtet der Aufmerksamkeit der vor allem männlichen Öffentlichkeit, drehte sie sich wirbelig im Kreise, steckte, kindhaft und raffiniert zugleich, einen Finger in den Mund und trällerte mit klappernden, langbewimperten Augenlidern eine freche Melodie – von Fred Asberth atemlos, hingerissen angestarrt.

Dieser Beziehung verdankte Roman Bertini die Verbindung mit Erich Snider, Vater Esther Sniders, Klempner von Beruf. Sie wohnten an der Grenze zwischen Barmbek und Uhlenhorst, am Anfang des Mundsburger Dammes, in einer Nebenstraße namens Eichkamp. Die Mutter, für die Tochter kaum noch erinnerlich, war früh verstorben.

Nach den ersten Besuchen dort schwärmte Fred Asberth von seinem zukünftigen Schwiegervater, pries ihn als *großen Schweiger* und rühmte eine phantastisch gefüllte Speisekammer – Geld tauge bekanntlich nur, wenn man sich dafür etwas kaufen könne, also bevorzuge das Handwerk heutzutage Naturalien. Der junge Mann kam zurück in die Fuhlsbüttler Straße mit gebratenem Fisch, Obstkonserven, Speiseeis, manchmal auch mit Butter und einem Kanten fetten Specks.

Eines Abends nahm er Roman mit zur Uhlenhorst.

Erich Snider entpuppte sich als ein Mann von kaum mehr als anderthalb Meter Größe, mit einer Andeutung von Buckel und bei aller Kleinheit keineswegs zart, sondern im Gegenteil kräftig gebaut und von derben Konturen. Sein Gesicht war grob, wie aus Holz geschnitzt. Es fiel Roman sofort auf, daß der rechte Arm des Klempners mit sichtbar verkrümmter Hand seltsam schlaff am Körper hing. Er gab Roman die unversehrte Linke.

Lange beobachtete der Klempner die beiden, Fred Asberth, ausgegeben als der Verlobte seiner Tochter, und dessen schwarzhaarigen, grazilen Begleiter. Dann, nach einer Stunde, setzte er ihnen vor – Wurst, rauchig riechenden, wunderbar schmeckenden Käse, Mett, dazu frisches Brot.

Als die beiden Verliebten in das Zimmer des Mädchens verschwunden waren, sagte Erich Snider zu Roman: »Fred hat mir von euch erzählt. Ich weiß alles.« Dann drückte er auf einen Knopf des Radios: Bum-

bum-bum-bum – bum-bum-bum-bum: deutschsprachige Nachrichten aus London.

Roman lächelte.

Beim Abschied sagte der Klempner, auf seinen Arm weisend: »Kolafu – Konzentrationslager Fuhlsbüttel, März 1933 bis September 1934.«

Fred Asberth hatte nie etwas von der Verletzung verlauten lassen. Offenbar interessierten ihn weder Erich Sniders gegenwärtige Anschauungen noch dessen politische Vergangenheit. Vielmehr nickte er stets nur flüchtig, mit fahrigen Bewegungen, wenn von etwas anderem als der Geliebten die Rede war, und der Glanz seiner Augen steigerte sich womöglich noch im Eichkamp. Nach spätestens einer halben Stunde verschwanden die beiden ohnehin in das Zimmer des Mädchens.

Seit jener Neujahrsnacht schienen Fred Asberths Gedanken um nichts als das wohlgeformte Ziel all seiner Wünsche und Sehnsüchte zu kreisen. Er verkündete jedem, ob der es hören wollte oder nicht, daß sie bald heiraten würden.

Diese Pläne zerschlugen sich jedoch vorerst dadurch, daß der Technische Zeichner ungeachtet seines kriegswichtigen Arbeitsplatzes bei Blohm & Voß im Frühling 1941 zu den Waffen gerufen wurde und von einem Tag auf den andern verschwand. Erst nach längerer Zeit kamen Nachrichten von ihm, die auf einen polnischen Standort schließen ließen.

Roman Bertini setzte wie selbstverständlich seine Besuche bei dem Klempner fort. Grobgesichtig, schwer, eine unbehauene Gnomfigur, oft lange schweigend, so saß Erich Snider ihm gegenüber. Schließlich drehte er am Knopf des Radios – der Apparat war immer auf den deutschsprachigen Dienst aus London eingestellt. Und während Lindley Fraser sprach, oder Peter Petersen, oder Thomas Mann, brütete der Klempner vor sich hin, lauschte den Worten sinnend nach und zog mit der linken Hand periodisch an dem ungelenken rechten Arm, seinem jugendlichen Besucher wortlos verschworen in gemeinsamer Erzfeindschaft. Die karge Mitteilung Erich Sniders über Herkunft und Ursache seiner Invalidität war wie ein Signal – sie hatten ihre gegenseitige Verläßlichkeit errochen. Wenn im Dritten Reich so etwas wie der *deutsche Blick* der Unsicherheit, der Ungewißheit und der Furcht vor der Gesinnung eines Fremden oder auch des Nächsten existierte – dies andere gab es auch.

Sie hatten sich angewöhnt, in der Küche zu bleiben.

Dort sagte Erich Snider eines Abends: »Sie kamen unmittelbar nach dem Reichstagsbrand, bei der ersten großen Suche nach Waffen und Munition. Sie stellten alles auf den Kopf, kippten jede Schublade um, zerschnitten Kissen und Federbetten und suchten überall, drei Stunden lang – nur hier nicht«, und langsam zog der Klempner einen Stuhl unter dem Küchentisch hervor, auf dessen Sitzfläche eine Schachtel lag.

Auf ein Kopfnicken griff Roman danach, öffnete sie und zuckte unwillkürlich zurück – Patronen!

In Erich Sniders Gesicht wetterleuchtete es.

»Ich hatte keine Zeit mehr, Pistole und Munition wegzuschaffen. Sie kamen gerade, als ich es tun wollte. Mir blieb kein anderer Platz als dieser. Das herabhängende Tischtuch hat mich gerettet«, er nahm eine Patrone heraus und drehte sie in der harthäutigen Linken. »Später habe ich die Waffe beseitigt. Was willst du mit einem Pusterohr gegen solche Übermacht? Aber diese Kugeln, dieses halbe Dutzend Geschosse, die habe ich mir aufbewahrt, als Andenken, für die Zeit danach – falls ich sie erleben sollte.«

Roman faßte nach der Patrone. Die Messinghülse fühlte sich kalt an, das dunkle Blei dagegen warm – er schloß die Faust darum.

»Welches Kaliber?« fragte er endlich.

»Sechsfünfunddreißig«, antwortete Erich Snider und nahm ihm die Patrone vorsichtig ab. Während der Klempner sie mit der unversehrten Linken in die Schachtel steckte, öffnete er mit der Rechten gedankenverloren die Tür zur Speisekammer und gab damit einen für die Zeiten ungewöhnlichen Anblick frei: Büchsen, an der Wand hochgetürmt, offenbar Obst- und Gemüsekonserven; ferner Fleisch, Würste, zwei Schinken, einer davon in durchgefettete Tücher gepackt, der andere mit glänzender Schwarte an der Decke befestigt; Fisch in Dosen, Kekse, Bonbons, Schokolade, Vorräte für eine lange Frist des Mangels. Und dahinein, mitten dazwischen, ohne jede Suchbewegung oder Unentschiedenheit, noch nicht einmal ganz umgewandt, stopfte Erich Snider die Patronenschachtel.

Hier war soeben etwas geschehen, dessen Bedeutung und Zusammenhang Roman Bertini damals noch nicht ahnen konnte. Und doch beeindruckte es ihn so stark, daß es über zwei Jahre später, als er die Schachtel mit eigener Hand hervorholte, nur eines Griffes bedurfte – er hatte die Stelle genau im Kopf behalten.

Durch die Begegnung mit dem Klempner Erich Snider auf der Uhlenhorst rasteten, wie zuvor schon bei Erika Schwarz, die Räder des Bertinischen Schicksals abermals ein – lautlos, unsichtbar und erst im Schoße einer verborgenen Zukunft wirksam.

In all den Monaten hatte sich Romans Herzenswunde nicht geschlossen. Sie war frisch und offen wie in der ersten Stunde unter den herbstlichen Platanen an jenem Abend im Stadtpark. Er versank nun oft in Schwermut, in eine verkrustete, schauerliche Vereinsamung, der er ein demütigendes und bestürzendes Erlebnis verdankte.

Zähneklappernd vor Scham, Reue und Wut über sich selbst, tief überzeugt, etwas völlig Sinnloses zu tun, suchte er ein Bordell auf, die Winkelstraße beim Valentinskamp – auch die Strecke vom Dammtorbahnhof über den Holstenwall noch hatte er in heftigen Selbstbeschimpfungen zurückgelegt, und manchmal sah es so aus, als wolle er in der Dunkelheit mit dem Kopf gegen irgendeine Wand rennen.

In der abgeschirmten Straße klopfte er gegen eines der vielen Fenster, trat blind ein, stieg eine Treppe hoch und stand vor einer nicht mehr jungen, ziemlich fülligen Frau, die unter schwarzem Tüll nichts als ein Höschen trug. Sie schaute ihn mit einem seltsamen Blick an, halb mütterlich, halb berechnend, und machte dann kurzen Prozeß mit dem Zögernden – sie griff nach ihm, schloß ihn in ihre schweren Arme und ließ sich so rücklings aufs Bett fallen.

Was nun geschah, war komisch und entsetzlich zugleich. Roman strampelte sich frei; keuchend, mit wilden Bewegungen, schoß er förmlich von der Frau wie in höchstem Ekel weg, stolperte gegen die Tür und fiel in den Korridor.

Die Prostituierte mußte seine Anstrengungen, so schnell wie möglich von ihr wegzukommen, wohl als Fluchtversuch mißdeutet haben, denn plötzlich kniete sie mit einer Behendigkeit, die niemand ihrer Fülle zugetraut hätte, neben ihm und zischte: »Abhauen, was?« wobei sie ihm mit der Faust in die Haare griff: »Geld her oder...«

Nach zwei Versuchen, aus seinen Taschen Scheine oder Münzen hervorzuzaubern, stellte Roman fest, daß er sie entweder zu Hause vergessen oder unterwegs verloren hatte, eine Entdeckung, die ihn vollends erledigte. Die Vorstellung, jetzt würde die Polizei geholt werden, mit all den unausdenkbaren Folgen, die sich ergäben, wenn er sich ausweisen müßte, beraubten ihn des Restes von klarem Verstand. Sich auf der Erde wälzend, von einer Seite zur anderen, und dabei keuchend, als kämpfte er mit einem unsichtbaren Gegner, machte er den Eindruck eines Menschen, der die Kontrolle über sich vollkommen verloren hatte. Schließlich blieb er still liegen.

Über dieses vernichtete, sterbenselende Jünglingsbündel ließ die Hure nun aufmerksam die Augen hinauf und hinab wandern, um plötzlich, unsicher und gierig zugleich, zu fordern: »Deinen Ring – ich will deinen Ring!«

Auf diese Weise verlor Roman Bertini das großväterliche Erbstück.

Obwohl er eine Rückfahrkarte in der Tasche hatte, wagte er sich weder in Vorortbahn noch Hochbahn, sondern legte die endlose Strecke vom Karl-Muck-Platz bis zur Lindenallee, drei volle Stunden unterwegs, über Lombardsbrücke, Alsterdamm und Hamburger Straße wie in Trance zurück.

Dann, als er zu versteinern drohte, wurde ihm Hilfe von einer Seite zuteil, an die er am wenigsten gedacht hatte. Bei einer Begegnung im Zwielicht des Treppenhauses nannte Erika Schwarz knapp den Termin, an dem sie ihn oben bei sich zu sehen wünschte, am selben Abend noch, pünktlich und ohne Begleitung.

Ihm kam überhaupt nicht der Gedanke an Widerspruch, und als er zur festgesetzten Stunde bei ihr erschien, stellte sich heraus, daß Erika Schwarz unter dem hauchdünnen Negligé, einer Pariser Aufmerksamkeit ihres seit Kriegsanfang eingezogenen Mannes, unbekleidet war. Ohne alle Begründungen nahm sie Roman mit in das Schlafzimmer und ließ sich auch durch die aufheulenden Luftschutzsirenen nicht beirren. Während draußen die Flugzeugabwehrkanonen losdonnerten, streifte die junge Frau, eine gegen das unverhangene Fenster zur Lindenallee deutlich abgezeichnete Silhouette, ihr kostbares Gewand ab. Vor dem Hintergrund zuckender Scheinwerfer und rotkrepierender Flakgranaten am grollenden Himmel hoch über Hamburg war von ihr nichts zu erkennen als die geschwungenen Kurven ihrer makellosen Figur, die sie in dieser seltsamen Stunde mit der Feierlichkeit und der Hingabe einer heidnischen Liebesgottheit darbot.

Die zufällige Übereinstimmung zwischen Rendezvous und Alarm sollte für die künftige Pflege ihrer Beziehungen von großer Bedeutung sein, machte das sonderbare Paar doch die Fortsetzung seines Abenteuers ganz von der Strategie der Royal Air Force abhängig. Sobald Lea mit dem widerstrebenden Ludwig in den dürftig befestigten Hauskeller verschwunden war, eilte Roman, von dem eingeweihten Cesar sorgfältig vor Nachbarn gesichert, die eine Treppe hoch zu Erika Schwarz.

Die bizarren Umstände kamen seiner ausgehöhlten Verfassung weit entgegen. Unter dem monotonen Brummen von Bombermotoren, berstenden Abwehrgranaten und einem von zahllosen Scheinwerfern zitternd abgetasteten Himmel im Bett einer verheirateten Frau zu liegen, das gefiel seiner tiefen und hilflosen Erbitterung.

»O Mann«, sagte Erika Schwarz rauh, ihn erschöpft in die Seite knuffend, »wo hast du denn das gelernt?«

Oft aber hing er ihr plötzlich am Hals, fing an zu wimmern, drückte sein Gesicht gegen ihre harten, scharfgezeichneten Züge, während sie ihn nackt, warm und geduldig beruhigte.

Er wurde niemals entdeckt, weder beim Kommen noch beim Gehen. Neben der eigenen, in Fleisch und Blut übergegangenen Vorsicht, vertraute er ganz auf Cesar, der sich als unerschütterlicher Wächter und Wahrer der Liaison erwies. Wenn Lea nach der Entwarnung einmal schneller wieder hochkam, als Roman aus dem Bett der Reichsbahnerin droben herunter, so berichtete er der Mutter beflissen, daß der Bruder rasch noch auf die Straße gegangen sei, um ein bißchen Luft zu schnappen. Cesars eigene Bedürfnisse schienen ganz untergeordnet, sie kamen nie zur Sprache.

Niemand von der Familie ahnte damals, was mit dem ältesten der Söhne wirklich vor sich ging.

Der inzwischen neunzehnjährige Cesar Bertini hatte innerlich und äußerlich seine endgültige Statur gefunden.

Vierschrötig kam er daher, gedrungen, auf den ersten Blick fast so breit wie hoch wirkend. Die Beine in der Manier der Plattfüßler entenartig aufgesetzt, hatte sein Gang etwas Stockendes, Schlingerndes an sich, wie ein Schiff in schwerem Wetter. In dem flächigen Gesicht quollen hinter starken Gläsern rund und dringlich die Augen hervor, was dem Blick das Stiere gab – Cesar trug nun endlich eine Brille. Gegen Alfs Widerstand hatte er den Optiker Cunert in der Düsternstraße aufgesucht. Den grünen Hut mit Federschmuck auch in seinem Souterrain-Laden auf dem Kopf, prüfte Horst Cunerts Vater Cesars Augen und befand, daß er zehn Jahre zu spät komme – von einer Regeneration seiner Sehkraft könne keine Rede mehr sein. Dann, jeden Dank brüsk zurückweisend, schenkte der Optiker ihm die teuerste Brille des ganzen Sortiments. Allerdings hatte Cesar sich dafür einen endlosen Sermon über die Biologie der Lüneburger Heide und ein kaum minder ausgedehntes Traktat über Horst Cunerts bübische Nichtsnutzigkeit anhören müssen.

Den Verlust eines beträchtlichen Teils seiner Sehfähigkeit auf Grund von Alf Bertinis gesundbeterischen Überzeugungen verwand Cesar nie, zwang er ihn doch, eine Brille zu tragen, was nach dem unüberwundenen Ehrenkodex seiner Jugend in Barmbeks Straßen ein Makel war und blieb. Mit seinen Plattfüßen dagegen schien er sich ausgesöhnt zu haben, da das Gebrechen ihn doch vor allerlei körperlichen Arbeiten bewahrte, wie etwa dem gefürchteten Transport von Kohle, Koks oder Briketts aus dem Keller. Denn Cesars natürliche Haltung war ganz gewöhnliche Trägheit, und sein Unbehagen, Muskeln und Sehnen zu strapazieren, hatte in seiner hartnäckigen Ausdauer fast schon wieder etwas von einer großen, geduldigen Leistung an sich. Sicher war, daß Leas muttertierhafte Dressur aufs Bett in der Kindheit ihrer Söhne bei Cesar die verheerendsten Folgen zeigte.

Seine tiefsitzende Faulheit war zuweilen von unfreiwilliger Komik begleitet. So wachte er, der sehr viel Flüssigkeit zu sich nahm, manchmal nach dem ersten Schlaf mit trockenem Schlund und rissigen Lippen auf, war aber zu träge, sich selbst ein Glas Wasser aus der Küche zu holen. Roman und Ludwig spitzten denn auch in der Vorfreude aufs Kommende genüßlich die Ohren.

Zunächst drangen aus Cesars Richtung einige qualvolle Schnalzlaute, die ersten Versuche, die versiegte Sprache wiederzufinden. Darauf entfuhr der verstaubten Höhle seines Mundes etwas, das nur bei mehrfacher Wiederholung verständlich wurde und darin bestand, immer flehender zu bitten: »*Wasser*, Brüder, *Wasser*!« Die Anstrengung schien ihn so auszupumpen, daß aus seiner Ecke lange nichts als Röcheln drang.

Roman und Ludwig, sehr vertraut mit der Szene, taten immer noch, als ob sie schliefen. Diese Gleichgültigkeit stachelte Cesar zu einer neuen verzweifelten Anstrengung an, die sich in einem abermaligen, nun jedoch kreischenden: »Wasser, Brüder, Wasser!« Luft machte, manchmal gefolgt von einem wie verendend gehauchten »Erbarmen, so habt doch Erbarmen...«

Jenes Stadium der brüderlichen Pein veranlaßte die beiden anderen gewöhnlich, sich sarkastische Fragen zuzuwerfen, wie: »Hat da jemand was gesagt?« oder »Hat da einer gerufen?« oder, lauter: »Wasser? Gibt's hier 'ne Überschwemmung?«

Angesichts solcher Niedertracht erreichte die Szene ihren dramatischen Höhepunkt, denn nun raffte sich Cesar, halb aus den Kissen gehoben, zu einer übermenschlichen Leistung auf, indem er mit gemarterter, brechender Stimme brüllte: »*Durst*, Brüder, ich habe *brennenden Durst*!«

Meist kam dann Lea hinzu, mit einem großen Glas oder gar einer Kanne in der Hand, dabei die Jüngeren, die sich im plötzlichen Licht der elektrischen Lampe vor Lachen die Bäuche hielten, mit mildem

Vorwurf musternd, aber keineswegs ohne Verständnis für die Situationskomik.

Cesar riß ihr das Gefäß weg und leerte es in mächtigen, saugenden Zügen geräuschvoll. Dann, wie nach schwerem Wüstenmarsch oder blindwütigem Fieber in den Eingeweiden, unnachahmlich in seiner Pose der Rettungsbedürftigkeit, sank er wie vom Schlag getroffen zurück und schlief sofort ein.

Dennoch war Cesar Bertini keineswegs nur Faultier und Schildkröte, Trägheit und Beharrungsvermögen. All das konnte er vielmehr gegebenenfalls wie nichts abwerfen und, vor Erregung dampfend, in eine andere Haut schlüpfen – wenn es um das andere Geschlecht ging.

Der Älteste übte darauf nie die gleiche Wirkung aus wie Roman, und doch war Cesar Bertini viel erfolgreicher als der Bruder, wenn auch auf völlig andere Weise. Er war es durch eine Gewalt in ihm, die mächtiger schien als die Furcht um sein Leben, rastlos, ungeheuerlich drängend und sich voll entfaltend erst in ihrem eigentlichen Element – der Finsternis.

Cesar war mit dreizehn geschlechtsreif gewesen. Ohne Vorentwicklung sah er sich einem Naturtrieb gegenüber, der, allgegenwärtig, räuberisch, ununterdrückbar, keine Pausen und keine Schwankungen kannte.

Seine Verzweiflung muß mörderisch gewesen sein, jedenfalls ließen seine Handlungen ab dem sechzehnten Lebensjahr keinen anderen Schluß zu. Er griff aus der Dunkelheit nach Frauen und Mädchen. Während derlei Annäherungsversuche nach der allgemeinen Erfahrung schlicht zum Scheitern verdammt sind, bildete Cesar die Ausnahme von der Regel. Irgend etwas von der furchtbaren Notwendigkeit, die ihn von innen her stieß, der dämonische Wahnwitz darin, sprang über. In den drei Jahren, die seit dem ersten Versuch vergangen waren, hatte Cesar mehrere Dutzend Frauen besessen. Es kam nie heraus, wo genau er, der Jahreszeit angepaßt, seine gespenstischen Eroberungen machte, jedenfalls lagen ihre Schauplätze vom Stadtpark im Norden bis zu den Anlagen des Bismarck-Parks im Süden über ganz Hamburg verteilt – auf Straßen, Plätzen, in Treppenhäusern, hinter Ascheimern, sogar auf Dächern, nie jedoch hinter Türen, die ihm nötigenfalls den Fluchtweg hätten versperren können.

Entzog sich die Angesprochene unter derart verdächtigen und abstoßenden Bedingungen nicht sogleich der eindeutigen Zumutung – was selbstverständlich auch vorkam, wenngleich seltener als angenommen –, so ergab sich der weitere Ablauf mit einer gewissen Gesetzmäßigkeit wie von selbst. Es muß die Originalität von etwas gänzlich unverhüllt Männlichem gewesen sein, die Drastik einer unerwarteten und unbekannten Ausnahmesituation, der junge und ältere, verheiratete und ledige, blonde, braune und schwarze Mädchen und Frauen gegen alle ihre bisherigen Erfahrungen mit sich selbst erlagen, in einer einmaligen, erstaunlichen und vollständig anonymen Begegnung.

Voraussetzung für die Attacke war allerdings, daß Cesar Bertini vorher durch irgend etwas gereizt, daß er erotisch erregt worden sein mußte – durch das Blitzen eines Unterrocks, die Anordnung der Frisur, die Ahnungen weckende Linie eines Beines oder die verrutschte Naht eines Strumpfes. Erst dann brach mit Urgewalt eine phänomenale Sinnlichkeit durch, die förmlich in jede weibliche Pore drang und schließlich mit der Kraft eines Naturereignisses alle Bedenken hinwegschwemmte.

Sein Tun galt als *Rassenschande*, darauf stand der Tod, was auch Cesar wußte. Es hätte des Endes von Joseph Salomonowicz nicht bedurft, um die Größe der Gefahr sichtbar zu machen.

Und doch hatte Cesar keine andere Wahl, ließ die Zeit ihm keine andere Entfaltung als diese unmenschliche Parodie, diesen Veitstanz auf die Liebe – ein messerscharfer Grat von Schweigen und Aufschrei, von Lust und Verderben, von Taumel und Kalkül.

Nur durch Zufall, durch einen vergessenen Brief, erhielt Roman Bertini eine Ahnung von der Tragödie, ohne damals schon ihr volles Ausmaß zu begreifen.

So wie er sich angewöhnt hatte, Erich Snider regelmäßig auf der Uhlenhorst zu besuchen, so fand sich auch dessen Tochter häufig bei den Bertinis in der Lindenallee ein, meist mit einem Brief ihres Verlobten. Einen davon, wiederum aus einem Ort polnischen Namens, schwenkte sie eines Tages zu später Stunde frivol und flötete dabei: »*Kaiserin meines Herzens* bin ich nun für ihn geworden, *Krone aller Frauen*«, sie lachte. »Bleibt als letzte Steigerung eigentlich nur noch *Zarin Katharina die Große* übrig«, und dann trällerte Esther Snider leise vor sich hin, steckte einen Finger in den Mund und glitzerte die Söhne scheinbar schuldbewußt mit großen Augen an.

Daß sie den Brief liegengelassen hatte, bemerkte Roman erst, als sie schon fort war. Er griff danach und lief auf die pechschwarze, einsame Lindenallee, rechts herunter in Richtung des Barmbeker Bahnhofs. Dabei wurde sein Ohr auf der Höhe der Sandkiste ganz plötzlich von einem unterdrückten, ungemein hohen Wimmern erreicht, das ihn zunächst an eine verletzte Katze oder einen sterbenden Hund denken ließ. Aber dann erkannte er, daß es sich um eine menschliche Stimme handeln mußte. Alle Sinne geschärft, ein lautloses Phantom, schlich er sich in kurzem Bogen an der Mauer entlang in die Nähe des gewaltigen Baumes – und blieb wie angewurzelt stehen.

Den Mantel nach hinten geschlagen, das helle Kleid bis über die Hüften hochgerafft, in der Unterwäsche, die Knie etwas nach vorn einge-knickt, um Cesar Bertinis gedrungenen Körpermaßen entgegenzu-kommen, so lehnte Esther Snider an dem borkigen, schründigen Stamm, mit kreisender Mitte, den lallenden Mund himmelwärts gerichtet und mit dem Kopf rhythmisch gegen den Baum schlagend.

Wie erstarrt stand Roman auf seinem Platz, unfähig, auch nur die kleinste Bewegung zu machen.

Das Fürchterlichste an dieser todtraurigen und lächerlichen Minute war nicht der Gedanke an Fred Asberth, an Treuebruch und Verrat – das Fürchterlichste war vielmehr ein Gegensatz, auf den Roman auch bei aller Phantasie nicht vorbereitet sein konnte: während Cesar Bertinis Körper bis zu den Schultern in ekstatischer Schwingung war, schätzte sein Kopf lauschend, fast bedächtig, präzise im Kreise herum die Finsternis auf ihre möglichen Gefahren ab.

Dieses an der Raserei gleichsam unbeteiligte Haupt des Bruders, durch nichts je wieder überbotenes Symbol ihres Elends und ihrer Gefähr-dung, warf Roman Bertini, der die Grube im Stadtpark und den Folterstuhl der Geheimen Staatspolizei überstanden hatte, an der Mauer auf die Erde nieder, zehn Schritt entfernt von dem Mädchen, in dessen hohes, durchdringendes Wimmern er nun miteinstimmte.

Zu dieser Zeit war Cesar der letzte *Nichtarier* auf der Gelehrtenschule des Johanneums. Von den *Volljuden* besuchte keiner mehr das Gymna-sium, seit David Hanf im Sommer 1940 von dort vertrieben worden war, und zwar von einer Stunde auf die andere.

Damals war kurz nach Beendigung des Morgenappells sein Vater erschienen und hatte über den hinkenden Pedell um eine Unterredung mit der Speckrolle gebeten. Wie an jedem Montag in der großen Montur eines gehobenen SA-Führers, erschien sie auf der Treppe in der Vorhalle, drei Stufen über dem Besucher stehenbleibend. Da keine Begrüßung von seiten des Lehrers erfolgte, erklärte David Hanfs Vater (von Augen- und Ohrenzeugen übrigens als »ziemlich jüdisch ausse-hend« apostrophiert), was ihn hierher getrieben habe – sein Sohn könne nicht mehr, er sei am Ende. Was ihn so entsetze und verstöre, sei nicht die Uniform an sich, sondern daß der Lehrer sich beim Extemporale in Griechisch und Latein stets lange, sinnend und sehr nahe neben David aufstelle – das sei es, was seinen Sohn um den Verstand zu bringen drohe. Nur so sei es zu erklären, daß David, der beste Griechischschüler auf dem Johanneum seit Lehrersgedenken und in der Sprache Homers fast so firm wie in seiner deutschen Muttersprache, erst auf mittelmäßige, dann gar auf unterdurchschnittliche Leistungen zurückgefallen sei. David habe ihn um Vergebung gebeten, daß er gegen das Entsetzen vor dieser vermeidbaren Nähe nicht ankomme, aber er fürchte, beim Abitur im nächsten Jahr durchzufallen. Damit dies nicht geschehe, sei er, Doktor Hanf, nach langer Überlegung doch noch gekommen.

So sprach der Vater David Hanfs auf der Treppe der Vorhalle, drei Stufen unter der Speckrolle. Die Augen- und Ohrenzeugen, denen später die Wiedergabe der Begegnung überhaupt zu verdanken war, berichteten, daß der Besucher leise und höflich, jedoch ohne jede devote Haltung um Wandlung der Situation nachgesucht habe, damit so kurz vor dem schulischen Ziel nicht all die Jahre zunichte würden. Worum er einkomme, sei, daß seinem Sohn bei Klassenarbeiten in Griechisch und Latein die Nähe des uniformierten Lehrers erspart bleibe.

Diesen letzten Satz habe der Vater, nun offenbar doch überwältigt von seiner Mission, in eher gebrochenem Ton vorgebracht – so abermals die Augen- und Ohrenzeugen. Um so überraschender deshalb, was sich dann abspielte, unmittelbar nachdem die Speckrolle irgend etwas geflüstert hatte – ganz plötzlich nämlich sei David Hanfs Vater an ihr hochgesprungen und habe ihr zweimal knallend ins Gesicht geschlagen.

Da angesichts des unvorstellbaren Sakrilegs – *Jude schlägt SA-Mann!* – die ohnehin mehr oder minder heimlichen Lauscher die Flucht ergriffen hatten, wurde nie bekannt, wodurch der Besucher die Kontrolle über sich verlor. Bekannt dagegen wurde, daß Schulleiter Pottferk selbst David Hanf am Kragen bis vor das Portal zerrte und ihn eigenhändig auf die Maria-Louisen-Straße warf. Ferner, daß sein Vater schon am nächsten Tag abgeholt und in das Konzentrationslager Neuengamme verbracht worden sei.

Zwei Wochen darauf erhielten David Hanf und seine Mutter die Nachricht, daß er *auf der Flucht erschossen* worden sei. Das fand sofort seinen Weg zum Johanneum, ohne daß sich der Ablauf des Lehrplans auf diesem humanistischen Gymnasium dadurch auch nur um eine Sekunde verzögert hätte.

Mit diesem Gewalttod Mitte 1940 hatte die Organisation des großen Mordens den persönlichen Umkreis der Bertinis endgültig erreicht.

16

Die Fresse und der Alte Bote

Ungeachtet aller Belastungen, schloß Roman das Jahr auf der Handelsschule mit glänzenden Zeugnissen ab.

Bei seiner Auszeichnung vor der Klasse empörte sich Herbert Lietz,
der kleinwüchsige, elegante Sprößling einer bedeutenden Hamburger
Warenhausfamilie, in selbstironischer Persiflage über den Mitschüler:
»Ich betrachte deine Eins in Englisch und Spanisch als Unverschämt-
heit gegenüber meiner mühsamen Drei.«

Roman schied von der Schlankreye ohne Bedauern. In den zwölf
Monaten hatte es zwar keinen Mißton gegeben, nie kam seine Abstam-
mung zur Sprache, weder direkt noch indirekt, aber nicht einen Tag
war er innerlich beteiligt gewesen. Das Kaufmännische und all sein
Drum und Dran blieben ihm so fern wie chinesische Dialekte oder die
Labyrinthe der Astrologie.

Dennoch mußte er den ungeliebten Weg weitergehen. Und so saß er
denn im trüben Schein der fliegenbedreckten Wohnzimmerlampe und
schrieb, stets mit der Angabe *Jüdischer Mischling Ersten Grades*, an
Firmen, die in Hamburger Zeitungen nach Lehrlingen suchten – im
ganzen zweiundzwanzig Bewerbungen. Einundzwanzig davon blieben unbeantwortet, die einzige Zuschrift dagegen war eine Zusage, von
einer Eisenexportfirma in der Innenstadt.

So fuhr Roman Bertini fortan allmorgendlich von Barmbek mit der
Vorortbahn bis zum Hauptbahnhof, ging die Mönckebergstraße hinunter, bog links zur Jacobikirche ein und ließ sich bald von knarrenden
Paternostern in den vierten Stock eines Bürohauses am Kattrepel
karren – zu dem vornehm summenden Lift daneben hatten nur Chefs
und Prokuristen Schlüssel.

Die Firma, in die sich Roman verschlagen sah, war einer von Hamburgs großen Eisen- und Stahlexporteuren, wenngleich durch die
Kriegsläufte mit bescheidenerem Aktionsradius als vor dem 1. Septem-

ber 1939. Alles, was in diesem Frühling 1941 von ihren weltweiten Verbindungen übrig geblieben war, beschränkte sich auf die neutrale Türkei und den Iran. Da jedoch schon wenige Wochen nach Romans Antritt Truppen Großbritanniens und der Sowjetunion das Reich des achsenfreundlichen Schahs von Persien besetzten, brauchte der frischgebackene Lehrling bald keine Rechnungen mehr an Teheraner Adressen zu schreiben, wohl aber weiterhin, mit zahlreichen farbigen Kopien, Ladungen von Rund-, Flach- und Stabeisen *cif Galatha-Istanbul* zu spezifizieren. Bemüht saß er vor der Maschine wie die anderen Lehrlinge, die ihm seine Bildung als Höheren Handelsschüler mehr verargten als seine gymnasiale, mit der sie ganz und gar nichts anzufangen wußten.

Roman Bertini trat hier freundlich und leise auf, aber unfähig, sein Desinteresse zu verbergen. Jeden Morgen um halb neun holte er aus schweren Stahlschränken ganze Stöße von Ordnern und Akten hervor, die dort über Nacht wegen des Luftkrieges gesichert wurden. Er schrieb Rechnungen, tafelte mittags in der kargen Runde der säuerlichen Mitlehrlinge und setzte sich danach wieder an die Fakturen mit dem weißen Original und den roten, grünen, blauen und rosa Kopien. Gegen halb fünf packte er die Ordner und Akten zurück in die Panzerschränke.

Manchmal am Tage, mitten in irgendeiner Tätigkeit, stockte er, sah sich verloren um und verschwand nach hinten, in einen mit unzähligen Mustern ohne Wert vollgestopften Raum, wo er sich in der Furcht und der Not seines Herzens fragte, was um Himmels willen er in dieser Firma des Eisenexports eigentlich zu suchen habe.

Allmählich differenzierte er seine Umwelt dort.

Da war die Erste Sekretärin, dunkel, mit breiten Hüften und rundlichem Hintern, den sie, die Ellbogen auf den Tisch gestützt, herausfordernd vorstreckte, ein Gebaren, das an Freimütigkeit nur noch von der Art, wie sie ihre Beine übereinanderschlug, übertroffen wurde – jedenfalls waren die wißbegierigen Lehrjungen stets genau über Farbe und Stoff ihrer Dessous informiert. Sie sprach ausschließlich von ihrem Verlobten »im Felde«.

Und da war die Zweite Sekretärin, eine rassige Blondine mit unerschütterlichem Vertrauen in die Zielsicherheit britischer Bomberbesatzungen, behauptete sie doch mit nur mühsam gezügelter Wut, daß sich die »Luftpiraten der Royal Air Force« bei ihren Nachtangriffen auf deutsche Städte mit teuflischer Präzision immer wieder Krankenhäuser, Schulen und Kirchen als bevorzugte Zerstörungsobjekte herauspickten.

Zu ihr trat gern ein faunisch aussehender, heuschnupfengeplagter Angestellter aus der Buchhaltung, der zwar des Glaubens war, daß die Geschicke der Menschheit durch den tibetanischen Dalai Lama souverän vom Dach der Welt aus gelenkt würden, sich aber immerhin doch eine gewisse Klarheit über die wahren Kräfteverhältnisse in diesem Kriege erhalten zu haben schien. Wenn nämlich die Blondine nach einem Luftangriff, wie jüngst dem auf die Hansestadt Lübeck, wieder die bösartige Auswahl der britischen Bomberpiloten mit blecherner Stimme anprangerte und dabei die unnachsichtige Bestrafung der Schuldigen nach dem *Endsieg* forderte, flüsterte der Faun mit rottriefender Nase grinsend an ihrem Ohr: »Wahrscheinlich, Gnädigste, wahrscheinlich werden sich nach Kriegsende ganz andere aus ganz anderen Gründen zu verantworten haben«, wonach er rückwärts in liebedienerischer Verstellung zur Tür tänzelte und lautlos verschwand.

Da war ferner der Prokurist der Abteilung *Orient,* ein Mann mit schütterem Haar, dem runden Parteiabzeichen der NSDAP am Rockaufschlag und verschiedenen Auszeichnungen aus dem Ersten Weltkrieg nebst zwei weiteren aus diesem. Im Juni 1940 an der Marne schwer verletzt, war er zu seinem großen Leidwesen, wie zu betonen er nicht müde wurde, aus dem Militärdienst entlassen worden. Tief unzufrieden mit der Rückkehr ins unheroische Zivilleben, war er wieder in seine alte Firma am Kattrepel eingetreten, hielt nun aber dort längere Vorträge über die Siege und Vormärsche der Wehrmacht – gegenwärtig in Jugoslawien. In dramatischer Haltung erläuterte er vor einer Karte des deutschbesetzten Europa Frontlinien und Heeresbewegungen; prophezeite, daß niemand dieser Militärmaschine gewachsen sei, und beendete seine strategischen Ausführungen regelmäßig mit dem Ausruf: der schlimmste Tort, den ihm der Feind persönlich angetan habe, sei jener *Heimatschuß an der Marne* gewesen.

Und da war der andere Prokurist, Abteilung *Inland-Warthegau,* Vater zweier Söhne im Felde, ein Männchen mit grauem Schnurrbart, das nach spätestens drei Sätzen geräuschvoll sein Gebiß hochzusaugen pflegte. Mehrere Male am Tag kam es aus seinem weiter hinten gelegenen Büro, und zwar dank einer unerforschlichen Nachrichtenübermittlung stets gerade dann, wenn sich der *Orient*-Prokurist räsonierend vor der Karte aufgebaut hatte. Noch bevor der kleine graue Mann auch nur ein Wort gesagt hatte, wurde er auch schon angeschrien: »Wollen Sie etwa bestreiten, daß es vorwärts geht?«

»Keineswegs«, antwortete der Prokurist *Inland-Warthegau,* und saugte sein Gebiß hoch, »nur – wer weit läuft, hat einen langen Rückweg.«

Der andere ließ mit nachsichtiger Gebärde die Hände sinken. »Der Krieg ist doch längst entschieden, Mann. Haben Sie das denn wirklich noch nicht bemerkt?«

Darauf der graue Schnurrbart, trocken: »Die Geschichte hält da noch ein paar Karten in der Hinterhand.«

»Und die wären?«

»Die USA und – die Sowjetunion.«

»Die Sowjetunion?« tobte der *Orient*-Prokurist so heftig los, daß er dabei den Stuhl umwarf. »Unser treuester Bundesgenosse – ausgerechnet der sollte angreifen?«

»Nein«, sagte der Prokurist *Inland-Warthegau*, »aber angegriffen werden.«

Dem andern fiel der Unterkiefer herunter. Dann schlug er mit der Faust auf den Tisch und schrie: »Verdammt noch mal, Mensch, treten Sie mir nicht zu nahe – Ihr Gebiß stinkt! Wie oft soll ich Ihnen das noch sagen?« Halb vorgebeugt stand er da, das Haar schütter, das Parteiabzeichen am Revers, die Hände auf den Tisch gestützt, ohne das Männchen aus den Augen zu lassen. Schließlich bückte er sich langsam und stellte den umgeworfenen Stuhl wieder auf.

Daß die Gegensätze zwischen den beiden Prokuristen oder der Blondine und dem heuschnupfenden Faun aus der Buchhaltung sich nicht in Tätlichkeiten, Denunziationen und Schlimmerem entluden, war die Folge jener unumschränkten Alleinherrschaft, die der Prinzipal dieser Firma ausübte, ein Mann von riesenhaftem Wuchs und einer Physiognomie, die ihm unter den Abhängigen den treffendsten aller möglichen Beinamen eingebracht hatte – *die Fresse*! Diese in allem eigentümlich überdimensionale Erscheinung machte mit ihrer rücksichtslosen Arroganz Gehorsam und Unterwerfung einfach selbstverständlich – bei unmißverständlicher Hierarchie und klarer Distanz herrschte hier strengste Sachlichkeit und sonst nichts!

Das war die Atmosphäre, in der die *Fresse* gegen elf Uhr vormittags Einzug in ihren Kommerzzwinger hielt, auf einen Regenschirm gestützt und mit einem gewalttätigen »Guten Morgen« für jeden, der ihr leichtsinnigerweise auf dem kurzen Weg vom Etageneingang bis zu den Chefgemächern zu begegnen wagte. Ließ die *Fresse* sich in ihrem Sessel nieder, so hatten die etwa vierzig weiblichen und männlichen Angestellten und Lehrlinge schon gut zwei Stunden ihres Tagewerks hinter sich. Die Hoffart der *Fresse* ging so weit, daß sie in der äußeren Haltung zwischen Prokuristen und Anfängern keine Unterschiede machte – beide mußten in Anwesenheit des Chefs stehen oder sich, wenn er einen Raum betrat, ausnahmslos erheben.

Nur einmal, ein einziges Mal, sollte der *Fresse* Widerstand geleistet werden, ein denkwürdiges und überaus zeitcharakteristisches Ereignis.

Kurz nach seinem Antritt hatte sie Roman Bertini zu sich rufen lassen, in die geheiligten Gemächer, hatte ihn finster und schweigend gemustert und endlich erklärt: das Haar müsse fallen, die Frisur geändert werden. Dies sei keine Erinnerungsstätte an Garibaldi oder Cavour, auch kein Haus der Dichter und Denker, sondern eines der Waren und der Zahlen. In ihm mache sich die lange schwarze Decke des Lehrlings ungewöhnlich genug aus, ein Stilbruch und ganz und gar fehl am Platze. Also müsse die Tolle geschnitten, die schöne Welle gestutzt, die »ganze schwere Wolle« neu geordnet werden. Frist – vierzehn Tage!

Roman Bertini, allein mit dem riesigen Mann, sagte gar nichts. Weder nickte er noch gab er sonst durch irgendein Zeichen bekannt, daß er verstanden habe. Ohnehin gewohnt, daß sein Machtwort befolgt wurde, hatte der Selbstherrscher Romans Haltung wohl für erstarrte Bejahung gehalten und mit unwilliger Hand Entlassung gewinkt.

Für Roman stand sofort fest, daß er dieser Aufforderung niemals nachkommen würde. Abgesehen davon, daß keine andere Frisur zu ihm paßte, hatte sie längst eine Art symbolischen Charakters angenommen, ähnlich wie bei den Jüngern des *Café Kaiser* am Barmbeker Bahnhof und ihresgleichen, nur aus anderem Grund. Damals, 1941, besaß Roman Bertini bereits hinlängliche Erfahrungen, was es hieß, das Haar nicht auf militärische Streichholzlänge gekürzt zu tragen. Er war es gewohnt, auf der Straße naserümpfend betrachtet, beschimpft, verhöhnt, zuweilen sogar angespuckt zu werden oder mit ähnlichen Ausflüssen zeitkonformer Massenpsychose Bekanntschaft zu machen – nur weil die Haardecke nicht vier, sondern fünfzehn oder zwanzig Zentimeter lang war. Kein Tag, an dem ihm nicht Hinz und Kunz unter offenem Himmel bestätigt hätten, daß solche Differenz über Wert oder Unwert der Person entscheide und die falsche Weltanschauung offenbare. Freiwillig hätte Roman Bertini niemals nachgegeben – und er tat es auch jetzt nicht.

Dabei war ihm klar, daß andere Motive die *Fresse* trieben, als simple Übereinstimmung mit den herrschenden Ideen oder dem Verhalten der Straße. Es hätte auch schlecht in das Bild des hochmütigen Mannes gepaßt, gewöhnliche Ansichten widerzuspiegeln oder verbreitete Sitten nachzuahmen. Was die *Fresse* in Wahrheit sagen wollte, als sie

Roman zitiert und ihm den Befehl zur Schur erteilt hatte, lautete im Klartext: ›Du paßt nicht hierher, und das weißt du genau. In diesem Beruf, den du notgedrungen, nicht dem Herzen folgend, ergreifst, wirst du nicht alt. Aber da ich deine Schwierigkeiten kenne, magst du so lange bleiben wie du willst. Nur würde die Beseitigung eines äußeren Gegensatzes dir dabei behilflich sein‹ – so etwa hatte es zwischen den tatsächlich gesprochenen Sätzen geheißen.

Die *Fresse* hätte ihren Mißerfolg nach spätestens zwei Wochen entdekken können, wenn es nicht weit unter ihrer Würde gewesen wäre, den Termin pünktlich zu prüfen und damit einzugestehen, die Möglichkeit einer Verweigerung überhaupt einkalkuliert zu haben. Zu Gesicht bekam sie Roman Bertini erst etwa acht Wochen später, auf dem Flur, als die Etagentür aufging und der Zyklop sich plötzlich mit geschwungenem Regenschirm mächtig vor ihm aufreckte, und zwar um so höher, je unübersehbarer ihm die unveränderte Frisur des Lehrlings in die Augen stach. Ein tiefer, knurrender Grunzlaut, ein knirschendes Malmen der Zähne und ungemein bedrohliches Zuschnappen der Kiefer – das war alles, was je an Reaktion auf Romans unbotmäßiges Verhalten erfolgte.

Erst viel später kam ihm eine Ahnung von der Genugtuung, die sein Anblick in der *Fresse* ausgelöst haben mußte – eine Mischung von erstauntem Zorn über so schweigenden wie ungewohnten Widerstand und der unwilligen Hochachtung vor ihm inmitten der Masse von Subalternen. Eine feine Klinge hatte sich an einem schartigen Degen gewetzt, der grimmig aufklirrte, bevor er sich in die Scheide fügte – rauh verschämte Noblesse, die in diesem Fall keinen Gebrauch von ihrer Überlegenheit machte.

Neben der Begegnung mit der *Fresse* wird sich in den zwei Jahren und vier Monaten, die Roman Bertini in diesem Bürohaus am Kattrepel zubringen wird, nur noch eine einzige andere persönliche Beziehung herstellen, sozusagen am entgegengesetzten Ende der sozialen Skala – nämlich zu dem *Alten Boten* in der Postabteilung, einem Faktotum, das der Firma seit zwanzig Jahren diente, ohne je zu avancieren. Der Sechzigjährige tat immer noch das, womit er als Vierzigjähriger Anfang der zwanziger Jahre bei Einstellungsbeginn beschäftigt worden war: in einer türlosen Klause die ausgehende Post freizumachen und die eingehende an die verschiedenen Abteilungen zu verteilen; vor allem aber, für die *Fresse*, den Herrn und Meister, bereit zu sein, jede Art Dienst zu verrichten: sie von der Bahn abzuholen oder dort hinzubringen; ihr den vergessenen Regenschirm, ein liegengelassenes

Schriftstück oder auch nur eine halbgerauchte Zigarre vom Büro in der Innenstadt in das weit vor den östlichen Toren Hamburgs bei Aumühle gelegene schloßähnliche Domizil nachzutragen – »Vierzig Zimmer, sage ich euch, ungelogen: *vierzig*! Und so'n mächtiges Geweih überm Eingang...« –, kurzum, der *Alte Bote* hatte allzeit eines Winkes nach dem Diener gewärtig zu sein.

Zehn Jahre hatte er ausgeharrt, ohne zu murren, weitere fünf, den mit der Muttermilch eingesogenen Respekt vor *denen da oben* in sich niederzukämpfen. Als Roman Bertini diese Hallen eines heiligen Kommerzes im vierten Stock des Bürohauses am Kattrepel betrat, war der *Alte Bote* seit abermals fünf Jahren dabei, die *Fresse* öffentlich auf das unflätigste zu beschimpfen – als »den Gernegroß der Hamburger Kaufmannschaft«, »Hans im Fett«, »Mogul« oder auch schlicht als »Menschenfresser«, kreischend und oft unter Abfluß dicker Zähren, stets aber so, daß dem Betroffenen selber davon nie auch nur *eine* Silbe zu Ohr kam. Der Instinkt des *Alten Boten* dafür grenzte ans Phantastische, er verrechnete sich nie. Da die anderen Angestellten von dieser offenbar angeborenen Fähigkeit zum Selbstschutz nichts wußten, galt der *Alte Bote* vielen von ihnen als der wahre Held der Firma, ein unglaublicher Aufmucker und Löcker wider den gefürchteten, verhaßten und allerhöchsten Stachel; als einer, der jedesmal wieder Stellung und mehr riskierte. Denn soviel galt hier als sicher: würde die *Fresse* auch nur *einen* Buchstaben dieser wollüstigen Beleidigungskaskaden, dieses wahren Rausches an Verunglimpfung, dieser unerschöpflichen Schmähsucht jemals mitanhören, so wäre es ungeachtet seiner enormen Dienstzeit um den Alten geschehen gewesen. Die Vorstellungen, wie sein Ende aussehen könnte, schwankten zwischen einem gewaltigen Hieb mit dem Knauf des robusten Regenschirms, den die *Fresse* bei jedem Wetter mit sich schleppte, und einem Biß ihrer wahrhaft kannibalischen Kiefer in Kehle oder Nacken des Alten – so die gemütvoll angestellten Überlegungen der anderen.

Obwohl sich niemand solcher Gefahren bewußter gewesen wäre als das Faktotum selbst, konnte es nicht davon ablassen, seinen falschen Nimbus zu pflegen, so daß sich zwischen den beiden Polen Angst und Hochstapelei das entnervende Dasein seiner späten Tage abspielte. Hatte der *Alte Bote* wieder einmal der *Fresse* die Koffer vom Hauptbahnhof nachgeschleppt in die Firma, so wartete er schlau, bis sie sich in das doppeltürige, schalldichte Chefrefugium zurückgezogen hatte. Erst dann ließ er die meist schweren Gepäckstücke krachend fallen, schrie: »Blutsauger!«, wartete horchend, bis sich die Türen der Abteilungen vorsichtig öffneten, brüllte abermals »Blutsauger!« und stürzte nach hinten in seine türlose Domäne. Dort hielt er lauschend den Atem an, spitzte die Ohren, holte, als er trippelnde, schleichende Schritte auf dem Flur in Richtung seiner Klause vernahm, tief Luft und fuhr mit Stentorstimme fort: »Es ist genug, es ist aus, es ist vorbei. Der geduldige Alte, der Schafskopf, die Null, macht nicht länger mit!« Die unsichtbare, neugierige, stickige Hochspannung auf der Etage beflügelte ihn ungemein, und so fügte er donnernd hinzu: »Zwanzig Jahre, zwei volle Jahrzehnte, Sklave dieser selbsternannten Gottheit, dieses Hohepriesters ungezählter Millionen, dieses Cesare Borgia – beim Haupte meiner längst seligen Mutter: das genügt!« – wobei angemerkt sein soll, daß die Kenntnis des römischen Gruselgeschlechts nicht etwa historischen Studien entstammte, sondern irgendeiner dumpfen Erinnerung an Schrifteinblendungen der Stummfilm-Ära.

Dann entledigte der *Alte Bote* sich des Mantels, schleuderte ihn samt dem klirrenden Schlüsselbund in die Ecke und zog sich knurrend das verschlissene Arbeitsjackett mit den Lederflecken an beiden Ellbogen an, vorletzter Akt seines scheinbar endgültigen Bruches und unwiderruflichen Abtritts, einsamer, verwegener Sprung in die soziale Leere.

»Der Krug geht so lange zu Wasser, bis der Henkel bricht«, versuchte sich der heldenhafte Greis, selbst maßlos verblüfft darüber, in einer Variierung des bekannten Sprichworts, und setzte nach: »Nun gut, der Henkel, dieser alte Henkel«, er schlug sich pochend gegen die Brust, »er ist gebrochen, zerstört, entzwei.« Eine Verfehlung des rechten Ärmellochs verschaffte ihm wütende Gelegenheit, das Spiel noch einige Minuten weiterzutreiben: »Zwanzig Jahre Unverdrossenheit, zwanzig Jahre kein Oh und kein Ah, keine Klage, kein Laut über ein Hundeleben. Aber wer da glaubt, wer da etwa dächte«, die Stimme hob sich anklägerisch, »es hätte auch nur ein Dankeschön, zu Weihnachten eine Scheibe Schinken, zum Geburtstag eine Flasche Wein oder mitten im Jahr einmal eine Zigarre gegeben, der – haha! – der wäre angeschissen. Nichts, gar nichts, überhaupt nichts.« Er hielt inne, fand seine Hand am unteren Ende des Ärmellochs wieder und schnippte sie grinsend in Richtung des riesigen Ohrs, als das ihm der verlassen wirkende Flur erschien: »Nicht *so viel*, sage ich euch!«

Damit hatte sich nicht nur die Phantasie des *Alten Boten*, sondern auch die sensationslüsterne Neugier der heimlichen Zuhörer erschöpft. Enttäuscht, daß das Faktotum abermals unerwischt davongekommen war, schlossen sich die Türen zu den verschiedenen Abteilungen so leise, wie sie sich geöffnet hatten, während der *Alte Bote* mit vor

Genugtuung wackelndem Kopf, da er den Lauschern abermals ein Schnippchen geschlagen hatte, Mantel und Schlüsselbund vom Boden aufhob. Dann schlich er zu den Koffern auf dem Flur, schleppte sie summend an ihren Bestimmungsort und machte sich in prächtiger Laune an die Ausübung seiner Pflichten. Bald hörte man hinten die vertrauten Geräusche der handbetriebenen Frankiermaschine.

Dieses maßlose Auf und Ab, diese sinnlose Ebbe und Flut in Herz und Hirn des *Alten Boten* verfolgte Roman Bertini mit tiefen, urgründigen Sympathien. Obwohl es strikt untersagt war, besonders den Lehrlingen, hielt er sich gern dort auf, in der Nähe des Wüterichs, neben dem Handstein in der Ecke der Klause, wo einen niemand sehen konnte. Von dort beobachtete er häufig, wie der *Alte Bote* sich auflud, wie er anschwoll, sich innerlich dehnte, schließlich explodierte und wieder in sich zusammenfiel, bis sacht und trügerisch der Schein milder Altersweisheit obsiegte.

An einem Montagmorgen wäre Roman dabei fast entdeckt worden. Das war, als der *Orient*-Prokurist bei einem Sturmlauf durch alle Abteilungen auch in der Postklause erschien, um dort, in wilder Begeisterung die Hände über dem Kopf zusammenschlagend, mit schriller Stimme zu schreien: »Jetzt kriegen die Bolschewiken endlich ihr Fett, die roten Hunde, das vertragsbrüchige Verräterpack samt seinem obersten Häuptling Josef Wissarionowitsch Stalin!« Und wie von Sinnen, auf einem Bein hüpfend, als habe es niemals eine Verwundung an der Marne gegeben, verschwand der *Orient*-Prokurist ekstatisch durch die nächste Tür, ohne Roman Bertini in der Ecke am Handstein entdeckt zu haben.

Am Tag vorher, dem 22. Juni 1941, waren deutsche Armeen ohne Kriegserklärung in die Sowjetunion eingefallen.

Jetzt wurde, trotz defektem Arm und schiefer Haltung, trotz seinem ewig zuckenden Auge, auch Horst Cunert eingezogen, nachdem er bereits Ende vorigen Jahres gemustert – »Wir wichsen dich schon wieder grade!« – und wenn auch nicht front-, so doch wenigstens diensttauglich geschrieben worden war.

Bevor der Sohn des Optikers aus der Düsternstraße nach dem unenträtselbaren Schlüssel des Oberkommandos der Wehrmacht mit unbekanntem Ziel in Marsch gesetzt wurde, tauchte er noch einmal bei den Bertinis auf.

Da stand er unter ihnen, mit zuckendem Auge und steif angewinkeltem Arm, sehr schief, befangen und doch zutraulich. Plötzlich streckte er beide Arme nach ihnen aus, als wollte er hier, unter Freunden, seine Bewegungsfähigkeit unter Beweis stellen. Dabei bemerkten sie, daß Horst Cunert den rechten Arm tatsächlich nicht mehr durchdrücken konnte.

Gleich darauf winkelte er ihn wieder an und eilte schief davon.

Sie sahen ihm vom Fenster des Eßzimmers nach, wie er die Lindenallee überquerte.

»Wie lange treibt der Junge das schon?« flüsterte Recha Lehmberg, einen Besen in der Hand. »Das ist doch schon ein echtes Leiden – der Arm, das Auge, die ganze schiefe Figur... Und was hat es ihm genützt? Gar nichts – da geht er hin zu den Soldaten!« und kopfschüttelnd fuhr sie fort, ihrer Tochter Lea im Haushalt zu helfen.

Inzwischen stand fest, daß Roman und Cesar Bertini nicht *zu den Soldaten* kommen würden. Beide waren zwar gemustert worden – Cesar schon im Sommer 1940, Roman Anfang dieses Jahres –, beide hatten auch einen Wehrpaß erhalten, jedoch mit der Eintragung »n. z. v.« – »nicht zu verwenden«: jüdische Mischlinge Ersten Grades waren endgültig als *wehrunwürdig* erklärt worden, nachdem viele von ihnen zunächst eingezogen worden waren und den Krieg mitgemacht hatten.

Was den Bertini-Söhnen widerfuhr, galt auch für Siegfried Kanten, während sein zum *Volljuden* erklärter Zwillingsbruder Chaim für eine Musterung selbstverständlich gar nicht erst in Betracht gezogen worden war.

»n. z. v.« – diese Eintragung in den Wehrpaß war mehrfach das Motiv, das Siegfried Kanten, natürlich in Begleitung von Chaim, zu den Bertinis trieb, wo er das Dokument hervorholte und die bewußte Seite aufschlug, lange über ihr sinnend.

»*Nicht zu verwenden*«, murmelte er dabei, die Unterlippe in dem kleinen, zusammengedrückten Gesicht zwischen Daumen und Zeigefinger, »*nicht zu verwenden*«, fragend hob er den Wehrpaß hoch. »Warum haben die uns denn überhaupt erst gemustert«, er verzog die Züge wie in schmerzhaftem Nachdenken. Dann huschte ein Lächeln über sie: »Das ist zwar ein Ding zweiter Klasse, aber immerhin vielleicht doch ein Schutz?« Er sah sich hoffnungsvoll um, legte dem Bruder den Arm um die Schulter und fragte, wie immer, kläglich nach: »Oder nicht?«

Chaim Kanten stand reglos da im Wohnzimmer der Bertinis, vor dem Bücherschrank aus Birnbaumholz, unter Dante Alighieris Büste, die aussah, als hätte der Florentiner eine Zipfelmütze auf dem Kopf, deren

Ende abgebrochen war. Der beschnittene Zwillingsbruder des evangelisch getauften Siegfried Kanten hatte nie Ausflüchte gemacht, sich nie in Hoffnungen gewiegt, nie sich oder anderen Trost zugesprochen. Unfähig, den gnädigeren, selbstbetrügerischen Weg zu gehen, war er es gewesen, der den Bertinis, die es selbst im Radio nicht gehört hatten, sogleich am 30. Januar 1939 Hitlers öffentliche Drohung hinterbracht hatte: daß, wenn es zum Kriege kommen sollte, er unabhängig von seinem Ausgang auf jeden Fall mit der Vernichtung der jüdischen Rasse in Europa enden würde.

Chaim Kanten hatte dagestanden, wo er jetzt stand, den blonden Schopf nach hinten gekämmt, und die Drohung wiederholt, wortwörtlich, trocken, tonlos.

Nun nahm er den Wehrpaß seines Bruders in die Hand, klappte ihn zu und sagte: »Die *Arier* fallen an den Fronten zuhauf für Führer, Volk und Vaterland. Aber für die *Nichtarier* soll mitten im Krieg ein Naturschutzpark errichtet werden?«

Im Laufe dieses Sommers hatte Roman Bertini sich angewöhnt, in der Mittagspause das Bürohaus am Kattrepel zu verlassen und über das sonnendurchglühte Pflaster der Hamburger Innenstadt hin zum Karstadt-Gebäude in der Mönckebergstraße zu gehen. Dort, gegenüber dem *Passage*-Kino, war in einem der Schaufenster eine überdimensionale Karte vom östlichen Kriegsschauplatz aufgestellt worden, wo täglich, manchmal sogar mehrere Male innerhalb von vierundzwanzig Stunden, der fließende Verlauf der gigantischen Front abgesteckt wurde. Stets drängte sich davor eine dichte Menge, und unter ihr also, regelmäßig zwischen eins und halb zwei, Roman Bertini, meist von den Kommentaren einer großen Siegeszuversicht in die deutschen Waffen umgeben:

»Mit Mann und Roß und Wagen, so hat der Adolf sie geschlagen« – »Von dem Rhein bis an die Wolga« – »Weihnachten feiern wir am Ural« – »Bis nach Wladiwostok ist es dann nur noch ein Spaziergang . . .«

Da schlängelte sie sich hin, die Peitschenschnur eines kontinentalen Vormarsches – jetzt, im August 1941, verlief sie von Murmansk im Norden bis an den Onega-See; knapp vor Leningrad, Smolensk aber schon im Rücken, am Ostrand der Pripjet-Sümpfe entlang und, nur noch wenig westlich von Kiew, hinunter ans Schwarze Meer bei Odessa – ein Tausende von Kilometern langer, gespannter Bogen, dessen Pfeilspitze in gesammelter Kraft auf einen Punkt, ein einziges Ziel gerichtet war: auf das Herz des Riesenreiches – Moskau!

Vor dieser Karte hinter Glas, dieser geographischen Markierung eines überwältigenden militärischen Triumphes, inmitten der Prophezeiungen vom baldigen Garaus der Roten Armee und einer allgemeinen Gläubigkeit in die Unwiderstehlichkeit Großdeutschlands, stand Roman Bertini hinter eiserner Maske abgründig lächelnd. Wußte er doch genau, daß dieses Deutschland geschlagen, daß es stumpf und schartig, klein und zerschmettert werden würde, in ferner Zukunft, gewiß, und heute nicht voraussehbar, wie, wo und wann, aber ohne jede Aussicht auf ein anderes Ende.

Und in dieser Gewißheit taten es alle Bertinis Roman gleich.

Nun konnte sie sich kaum am bisherigen Ablauf des Zweiten Weltkrieges orientieren, herrschten die deutschen Armeen doch inzwischen vom Atlantik bis an den Dnjepr, von Narvik bis Kreta, ohne ihre Eroberungskraft bereits erschöpft zu haben. Diese Gewißheit entsprang aber auch keinesfalls etwa einer seherischen Gabe der Bertinis in die schließliche Überlegenheit der Gegenseite an Panzern, Geschützen, Flugzeugen und Kampfschiffen, an Vorräten, Rohstoffen und Soldaten, zumal damals, im Hochsommer 1941, die Vereinigten Staaten von Nordamerika noch nicht in den Krieg eingegriffen hatten.

Der Glaube der Bertinis an die Niederlage Deutschlands hatte vielmehr irrationale Wurzeln, die man in den Satz kleiden konnte: das Böse wird niemals über das Gute siegen! – wobei für sie ganz selbstverständlich Deutschland gleich böse, dessen Kriegsgegner aber gleich gut waren. Dieses naive, gleichsam metaphysische Vertrauen in die Übermacht des Guten wird unter den Bertinis nie auch nur eine Sekunde lang Zweifel am Ausgang des großen Kampfes aufkommen lassen – ihnen selbst verdeckt, lag die letzte, tiefste und eigentliche Ursache ihrer Zuversicht in der totalen Gebundenheit ihres persönlichen Schicksals an diesen Ausgang.

So stand Roman Bertini hinter eiserner Maske abgründig lächelnd vor der großen Karte im Schaufenster des Karstadt-Gebäudes, ging langsam zurück über das sonnendurchglühte Pflaster der Innenstadt zum Bürohaus am Kattrepel, fuhr mit dem Paternoster hinauf ins vierte Stockwerk und mischte sich unter die Angestellten und Lehrlinge dieser Firma des Eisenexports – ein unerkannter Fremdling: längst fühlte sich Roman, wie alle Bertinis, als Teil der Alliierten!

17

Die Idee vom *Buch*

Von der Verdichtung der Gefahr für die Lehmbergs und Bertinis bekam der *deutsche Zweig* der Sippe so gut wie nichts mit. Nicht allein, weil die drei als *arisch* galten (Grete Erber war Rechas adoptierte, nicht ihre leibliche Tochter) und bei allem familiären Zugehörigkeitsgefühl der Bedrohung der Verwandten stets seltsam indifferent gegenüberstanden, sondern auch, weil sie inzwischen umgezogen waren.

Die statiöse Frau, von den Bertini-Söhnen immer noch »Tante Grete« genannt, Paul Erber, der ewig lächelnde Kutscher, und ihre nunmehr elfjährige Tochter Dagmar hatten kurz nach den ersten Bomben auf Hamburg die Lindenallee verlassen und waren in die *Walddörfer* umgesiedelt, nach Sasel, in ein schmuckloses, aber solides Haus in ländlicher Umgebung. Einzige Unbill – die beträchtliche Distanz vom nächsten Verkehrsanschluß, dem Bahnhof Volksdorf der Hamburger Hochbahn AG.

Die Verpflanzung war Grete Erbers sicherem Instinkt, ihrer animalischen Witterung für den eigenen Vorteil zu verdanken gewesen, schlug sie doch gleichzeitig zwei Fliegen mit einer Klappe: nämlich den Gefahren des Luftkrieges auszuweichen und, im Zeitalter der Markenwirtschaft, die Lebensmittelversorgung selbst in die Hände zu nehmen. Also begann sie nicht nur sogleich mit der Mast eines Jungschweins, sondern verwandelte die bebaubare Fläche des etwa achthundert Quadratmeter großen Grundstücks geschwind in eine wahre Obst- und Gemüseplantage – wobei ihr Paul Erber zunächst feierabends erfolgreich geholfen hatte. Dann, nachdem er im Herbst 1940 als Infanterist eingezogen worden war, hatte sie alle Arbeit allein übernommen und spielend gemeistert. Schon im ersten Jahr flossen Küche und Keller förmlich über von den Gewächsen, die dem Boden entsprossen. Stolz führte sie die gefüllten Scheuern den Bertinis vor, die dann und wann, sehr selten, nach Sasel kamen, übrigens immer

281

ohne die Lehmbergs, die vorgaben, der Weg sei ihnen zu beschwerlich. Dabei wußte jeder, daß Rechas und Rudolphs schmerzende Erinnerungen den Anblick des strotzenden Gartens nicht ertragen hätten. Mit Früchten und Gemüsen der Saison hoch beladen, kehrten die Besucher in die Lindenallee zurück.

Häufiger dagegen erschien Grete Erber in Barmbek, wo sie gröhlend einfiel, Lea derb-herzlich umarmte, die Söhne, im Gegensatz zu früher nun parodiert, antätschelnd verfolgte und unverzüglich von Recha Lehmberg attackiert wurde.

Da sie auf deren Zuschüsse inzwischen verzichten konnte, ging es nicht mehr wie einst um geborgtes und zögernd zurückgezahltes Geld, sondern meist um irgendwelche Äußerlichkeiten – was den Argwohn bestätigte, daß die Anlässe ihrer obligaten Streitereien seit je beliebig auswechselbar waren.

»Geschmacklose Suse«, grollte Recha Lehmberg, ohne den Gruß erwidert zu haben, »wie du wieder aussiehst, wie du dich kleidest – kürzer ging der Rock wohl nicht, wie? Beine zeigen, Schenkel freilegen, bis an die Höher-gehts-nicht-mehr, *das* kannst du!« Und einen Augenblick sah es so aus, als würde die Szene in einem tätlichen Angriff enden. Aber dann schlug Recha lediglich die Hände über dem Kopf zusammen, stöhnte: »O du mein Gott, womit, womit nur habe ich ein derart mißratenes Geschöpf verdient?« wobei sie sich wie stets einem imaginären Jenseits zuwandte, von dem die Enkel nie herausbekamen, ob für die Großmutter dort Jahve oder der Vater Jesu Christi lebte.

Nach kurzen, unseriösen Widerworten wie: »Aber Mama, muß ich meine Beine denn verstecken?« oder halbherziger Verteidigung, etwa: »Andere tragen noch kürzer!« jubelte Grete Erber schließlich bei jeder weiteren Anklage nur noch schriller auf, drehte sich gewandt um die Üppigkeit der eigenen Achse und griff unter lautem Gekreisch nach der fauchend zurückweichenden Recha, deren Pulver für den heutigen Tag noch keineswegs verschossen war – nach der Mutter kam das Kind an die Reihe.

»Erziehung zum Puff«, konstatierte sie mit verwandeltem Ausdruck, nämlich völlig ruhig, gleichsam innerlich unbeteiligt am Ziel ihrer Kritik. »Dieses Mädchen braucht sich nicht einmal zu bücken, damit man vom Hintern bis hinauf zum Kehlkopf sieht – und das mit elf. Wie wird so was mit sechzehn aussehen? Die Mutter richtet die eigene Tochter als Futter für Sittlichkeitsverbrecher her, deren Opfer sie nur allzugern selbst einmal werden würde.« Dabei hielt Recha Lehmberg die Hände still gefaltet, als spräche sie von der belanglosesten Sache der

Welt. Dann aber, von einer Sekunde auf die andere, gänzlich unfähig, die Schauspielerei nervlich durchzuhalten, brach die alte Hysterie um so lodernder hervor. Mit einer wilden Gebärde, als müßte sie das Enkelkind vor dessen Mutter beschützen, riß Recha es an sich mit dem konsternierten Aufschrei: »Wieso hat ein Untier wie du solch schöne Tochter? Ist das Kind überhaupt von dir?«

Die frühen Anzeichen künftiger Vollkommenheit hatten sich an Dagmar Erber prachtvoll bestätigt – braunäugig und braunhaarig, mit schneeigen Zähnen in dem lachenden Mund, die regelmäßigen Züge ganz geprägt von einer freundlichen Natur, fleckenlos gesund und strahlend schön, wäre das Mädchen in der Tat an keiner Äußerlichkeit als die Leibesfrucht Grete Erbers zu erkennen gewesen.

Rechas Verdacht aber brachte sie vollends aus dem Häuschen. Von unbändiger Lachlust geschüttelt, ihrer selbst nicht mehr mächtig, ging sie tränenden Auges in die Knie, kreischte: »Untier – schöne Tochter – überhaupt von dir?« und drohte dort unten durch ihre eigene Bewegung umzufallen, bis sie sich ächzend, wie blind nach Halt suchend, langsam wieder erhob. Als sie nach einer halben Stunde ging, hatte sie sich von dem ungeheuren Amüsement immer noch nicht erholt.

Paul Erber war zweimal auf Urlaub gekommen, hatte sich jedoch in der Lindenallee nicht blicken lassen – was dort niemanden enttäuschte, weil keiner es erwartet hatte. Seit einiger Zeit kam seine Post von der Ostfront, ohne daß dies Grete Erber beunruhigt hätte. Ihr eingeborener Optimismus schien ebenso unbesiegbar zu sein wie der Glaube an ihren guten Stern, und zwar nach allen bisherigen Lebenserfahrungen beides mit vollem Recht.

Vor Überraschungen, um es vorsichtig auszudrücken, bewahrte das Gestirn sie allerdings nicht. Zu Herbstbeginn des Jahres 1941, an einem Morgen kurz nach acht Uhr, bekam sie in ihrer Saseler Abgeschiedenheit unangemeldeten Besuch – von Cesar Bertini.

Er hatte den langen Weg vom Bahnhof Volksdorf, ganz in der Manier von Kurzsichtigen, wenn sie angestrengt ausspähen, mit zusammengekniffenen Augen zurückgelegt. Überdies hatte er sich auf der linken, der waldnahen Seite des Pfades gehalten – er wußte, warum. Denn etwa auf der Hälfte der Strecke war er zwischen die Bäume gesprungen und hatte sich dort so lange regungslos im Unterholz niedergekauert, bis Dagmar Erber auf dem Wege zur Schule trällernd an ihm vorbeigeradelt war.

Ahnungslos und unbeschwert, ohne nach Grund oder Anlaß des Besuches und seiner merkwürdigen Stunde zu fragen, imitierte Grete Erber in alter Gewohnheit sogleich fröhlich kreischend ihre Tätschelwut an dem inzwischen nur allzu erwachsenen Neffen, als sie sich plötzlich aufs Bett geworfen sah – über sich, unmißverständlich in Geste und Absicht, der älteste Sohn ihrer, wenn auch nicht leiblichen, Schwester Lea.

Maßlos verblüfft, verstummt angesichts des Unausdenkbaren, mit weit geöffneten Augen jäh verhoffend, blieb sie reglos liegen, ehe sie dann rasend zu kämpfen anfing. Grete Erber bäumte sich auf, strampelte, schrie, daß ihr der Speichel aus den Mundwinkeln troff, wobei sie mehr und mehr zwischen die Kissen und Decken geriet, bis die Grenze zwischen Abwehr und Hingabe ungenau wurde und ihre gespreizten, zuckenden Beine sich schließlich wie zwei gelenkige Säulen von hinten um den wortlos aktiven Cesar schlossen, ihn zugleich in sich hineinpressend und -saugend.

Danach tischte sie ihm auf, was Küche und Keller hergaben: Eingemachtes, Schweinefleisch, Gurken, Eier, frisches Gemüse, reife Äpfel und Birnen – die sonst so laute, ungestüme, immer wie berstende Frau nun mit glänzenden Augen fast demütig-leise, ein unsagbar törichtes Lächeln um den verschlossenen Mund. Keiner von beiden hatte bisher auch nur ein einziges Wort gesprochen, und so sollte es bleiben in den fast zwei Jahren, die Leas Ältester seine Tante in unregelmäßigen, aber sicheren Abständen heimsuchte – ohne daß jemals nur das geringste ruchbar wurde.

Am Morgen dieses Tages traf Cesar Bertini, von Sasel kommend, erst gegen elf Uhr auf dem Johanneum ein – es sollte dort sein letzter werden.

Noch vor Beginn des Unterrichts hatte sein Mitschüler Kay Krause plötzlich erklärt, ein Heiligtum sei ihm gestohlen worden, das Buch »Geschichte der nationalsozialistischen Revolution«, von dem er behauptete, sein durch *Rotfront* ermordeter Vater habe es ihm auf dem Sterbebett als politisches Vermächtnis hinterlassen, weshalb er es denn auch stets bei sich trage, sogar in der Schule – nun aber sei es weg. Erst als er entdeckte, daß Cesar nicht da war, ließ er die hastig begonnene Untersuchung bei Eintritt des Lehrers abbrechen und nach der Stunde auch nicht fortsetzen.

Kurz nach Cesars Erscheinen jedoch, während der großen Pause, entfesselte Kay Krause abermals eine erregte Fahndung, in deren Verlauf er sehr rasch auf Cesars unbewachte Tasche stieß, dort unter Zeugen, »noch warm«, wie er sich später ausdrückte, die Buch-Reliquie entdeckte und sie im Triumph vor die Speckrolle schleppte.

Die belobigte mit rötlich quellendem Nackenwulst stoßatmig den Bestohlenen, stempelte Cesar Bertini durch öffentlichen Anschlag sogleich zum Dieb und verwies den Oberprimaner eine Woche vor Beginn der Prüfungen zum Abitur augenblicklich von der geweihten Stätte. Dann versammelte die Speckrolle die gesamte Schülerschaft nebst Lehrern und Hauspersonal, den hinkenden Pedell eingeschlossen, auf dem Innenhof, wo sie mit ekstatischem Gesichtsausdruck, überkippender Stimme und dem statistenhaften Applaus des Direktors Pottferk die Gelehrtenschule des Johanneums in der Maria-Louisen-Straße zu Hamburg-Winterhude als »endlich judenrein« ausrief.

Sang- und klanglos kam Cesar bei einem Kunstgewerbler unter, einem alten, mageren Mann, der in einer Art Kelleratelier am Gänsemarkt wundersame Gebilde herstellte: Haarbürsten und Handspiegel, Tabletts und allerlei Döschen für den Nachttisch der Dame, und zwar mit Faltern, Schmetterlingen, Käfern und seltenen Blumen dekoriert, mit feinen Härchen garniert und möglichst luftdicht unter Glas eingeschlossen, atemberaubende Motive konservierter Flora und Fauna, ein Stück immer farbiger als das andere.

Bis ins erste Kriegsjahr Herr über zwei Dutzend geschickter Hände, war der magere Kleinfabrikant inzwischen zu seinem eigenen Lieferanten, Chef und einzigem Arbeiter geworden, in dieser Personalunion die meiste Zeit damit beschäftigt, den Nachschub an den immer knapperen Rohmaterialien für seine romantische Produktion zu organisieren. Weshalb er unter solchen Umständen Cesar eingestellt hatte, wußte er wahrscheinlich selber nicht zu begründen, konnte er sich ihn doch weder leisten noch etwas mit ihm anfangen. Das Bankkonto war notorisch blank, und von Hilfe bei einem Handwerk, das immerhin Fingerspitzengefühl und ästhetisches Empfinden voraussetzte, konnte nach einer ebenso kurzen wie niederschmetternden Probe keine Rede mehr sein. Also verrichtete Cesar Bertini dort am Gänsemarkt Arbeiten, die wahrlich weder die Kenntnis alter Sprachen noch höherer Mathematik erforderten. Er säuberte die Räume von Werksabfällen, putzte Fenster, holte für den alten Prinzipal ein und belieferte eine Kundschaft, die sich zwischen Wedel und Groß-Hansdorf, Harburg und Langenhorn verteilte. Cesar lieferte langsam, umsichtig und ohne jede Zerknirschung aus, wobei er die öffentlichen Verkehrsmittel benutzte. Wie alle Bertinis, betrachtete auch er sein derzeitiges Leben als bloßes Provisorium, als Übergang, nichts Endgültiges. Er hatte einen Platz gefunden, auf dem ihn zwar kümmerliche Aufgaben erwarteten, der aber andererseits seiner angeborenen Trägheit zusagte. Er brauchte sich körperlich nicht anzustrengen und war über viele Stunden am Tage ohne Kontrolle. Die Verjagung vom Johanneum hatte Cesar Bertini selbst am wenigsten betrauert.

Alf jedoch war zusammengezuckt bei der Nachricht, war blaß geworden über dem Kragen seiner blaugrauen SHD-Uniform und hatte eine scharfe Wendung gegen Cesar gemacht. Der reagierte verständnislos, mit gerunzelter Stirn, ratlosem Ausdruck – hatte er sich etwa selbst Kay Krauses Nazi-Buch in die Tasche geschmuggelt? Am betroffensten aber hatte Lea die Szene beobachtet – jede Spur von Gewalttätigkeit flößte ihr das schiere Entsetzen ein. Und die Haltung ihres Mannes war, wenn auch nur für wenige Sekunden, gewalttätig gewesen.

Seine hochfliegenden Ziele, sein tief eingewurzelter Ehrgeiz, über sein Fleisch und Blut doch noch etwas zu werden, daß ein Abglanz fiele auf ihn, den Vater so gelehrter Söhne, waren im Falle seiner beiden älteren Söhne ins Nichts zerronnen, sie hatten sich in Luft aufgelöst. Nur noch Ludwig, der Quintaner, besuchte die Höhere Schule – unverdrossen, jeden Morgen von Lea mit einem frischen Hemd versehen, fuhr er mit dem Rad zum Realgymnasium Averhoffstraße auf der Uhlenhorst.

Hatte Alf Bertini seinen Zweiten noch mit einer unbeholfenen Armbewegung trösten wollen, als der die Erste Schule der Freien und Hansestadt Hamburg aus der Obersekunda verlassen mußte, so zeigte er bei Cesar keine Geste des Entgegenkommens, des Verständnisses oder der Verbundenheit mehr.

An einem späten Oktobernachmittag kam die Sippe in der Lindenallee 113 ohne Absprache zusammen, wie damals, als Alf sich unmittelbar vor Kriegsausbruch auf See befand und niemand wußte, ob er rechtzeitig zurückkehren würde – und wie damals auch zuerst Emma Bertini aus der Hoheluft, dann Recha und Rudolph Lehmberg von gegenüber.

Wieder drängten sie sich eng zusammen, wie eine verängstigte, flankenzitternde Herde, die Unheil witterte, zunächst in der Küche, darauf im Wohnzimmer, stumm, wartend, ohne Licht.

Es wurde erst gegen sieben Uhr angemacht, als die Zwillinge Kanten erschienen, Siegfried und Chaim, dieser auf der Brust den gelben Stern mit dem großen »J« für Jude im Zentrum der beiden ineinandergeschachtelten Dreiecke – laut Reichsgesetz vom September 1941, vor einem Monat. Es schloß übrigens Chaims Bruder, wie Roman und Cesar und Ludwig *Halbjude*, davon aus, desgleichen die Mutter der

Zwillinge, Franziska Kanten, Recha und Lea, weil mit *Ariern* verheiratet – Mischehen im Jargon der Nürnberger Rassegesetze.

Chaim Kanten setzte sich auf die Klavierbank. Alle starrten ihn an. Da sagte er: »Ich bin morgen noch nicht mit dabei.«

Siegfried Kanten hatte sich neben ihn gesetzt, in seltsam verkrampfter Haltung, schräge sitzend, etwas nach vorn gebeugt und schweratmend auf das gelbe Sechseck stierend.

Um neun Uhr tauchte Doktor Aaron auf, der alte Hausarzt, ein Greis von überraschender Beweglichkeit. Ohne alle Konventionen, mit grell abgehobenem Stern auf dem dunklen Mantelstoff, fiel er vor Lea auf die Knie und strich ihr mit der Rechten, hemmungslos weinend, immer wieder über Gesicht und Haare. In der Linken hielt er ein Stück Papier, das ihm schließlich entglitt, ohne daß er es bemerkte, und von Roman aufgenommen wurde – der Deportationsbefehl. Nach zehn Minuten, in denen nichts als sein Schluchzen zu hören war, verschwand Doktor Aaron so rasch und geisterhaft, wie er gekommen war.

Die anderen blieben bis nach Mitternacht beieinander, ohne daß noch ein Wort gesprochen worden wäre.

Was Roman Bertini am Morgen des 25. Oktober 1941 in die Nähe der Moorweide am Dammtorbahnhof trieb, um Zeuge der ersten Verschleppung Hamburger Juden nach dem Osten zu werden, konnte er nicht sagen. Er erkannte es jedenfalls damals nicht als das, was es in Wahrheit war – als tiefster Ausdruck jenes Urtriebes, der nun immer anschwellender, fordernder und wacher in ihm wird – die Selbsterhaltung, in die für ihn ganz natürlich die Seinen einbezogen waren.

Er stellte sich am Mittelweg auf, mit dem Rücken gegen einen Baum gelehnt, und blickte auf die Schar der Verdammten drüben, die schwer bewacht unter einem unerbittlichen Himmel dort zusammengepfercht wurden, die meisten, so schien ihm, ruhig, wie in einem Traum befangen, und doch so wirklich wie die Passanten, die unbetroffen und eilig ihres Weges zogen, kaum, daß einer stehenblieb oder gar nachfragte – die Flut der gelben Sterne ließ ohnehin keinen Zweifel, wer dort auf der Wiese vor dem spitzdachigen Luftschutzbunker versammelt wurde.

Plötzlich entdeckte Roman am rechten Rand der Schar, einen winzigen Koffer in der Hand, David Hanfs Mutter.

Er hatte sie kennengelernt während des sogenannten *Sportfestes,* das bis Kriegsbeginn alljährlich vom Johanneum im Stadtpark-Stadion hinter dem alten Wasserturm abgehalten worden war – ein Ereignis mit

Siegesfeiern, Lorbeerkränzen, Schweißgeruch und zahlreichen Zuschauern auf karger Holztribüne, meist Väter, Mütter oder Geschwister der Kampfhähne.

1936, im Jahr der Olympischen Spiele in Berlin, hatte Roman die zierliche Person vom Bahnhof Borgweg zum Stadion begleitet, eine Stunde, die der Untertertianer um so weniger vergessen konnte, als das Kompliment der hübschen Frau ihm gar zu lieblich in den Ohren geklungen hatte: seit gestern, seit den Endläufen über 100 und 200 m, wisse sie, daß Roman »für seine Größe« der flinkste Schüler des ganzen Gymnasiums sei!

Roman war Zweiter geworden, hatte jedoch nicht an der Auszeichnung teilnehmen dürfen – dadurch wurde der Dritte Zweiter, und der Vierte Dritter.

Nun stand David Hanfs Mutter da drüben auf der andern Seite, nur einen kleinen Koffer in der Hand, wie so viele andere auch ganz in Schwarz, bis auf den gelben Stern, zierlich und allein.

Roman Bertini ließ sie nicht mehr aus den Augen und konnte den Kopf nicht wenden all die quälend langsam verstreichende Zeit. Er wartete, bis die Moorweide gegenüber dem Portal des Dammtorbahnhofs leer dalag und die Vögel sich auf der Wiese niederließen, als wäre nichts geschehen. Dann ging er langsam in Richtung Stephansplatz, über die Lombardsbrücke und hinein in die Mönckebergstraße, ehe er, den Kopf immer noch gesenkt, am Kattrepel den Paternoster betrat.

David – David Hanf war nicht gekommen.

In dieser Nacht öffnete sich Doktor Aaron, von Ahab und Kezia Seelmann über Recha und Lea uralt auf die Gegenwart überkommen, mit einem Skalpell, dem einzigen Werkzeug seines Berufes, das ihm illegal mit wohlerwogener Absicht verblieben war, beide Pulsadern. Die Gestapo fand ihn erst am nächsten Abend, nachdem sein Name, wie übrigens auch anderer, die den Tod vorgezogen hatten, auf der Deportationsliste nicht hatte abgehakt werden können.

Ein unbekannter Augenzeuge verstreute das Gerücht, daß der Arzt trotz völlig zerfetzten Handgelenken nur in einer geringen Lache gelegen habe, so, als hätte er seit langem schon fast ohne Blut gelebt.

»Mensch, Roman Bertini, Dichter mußt du werden!«
Dieser widerwillig-bewundernde Ausruf Heinzelmann Scholz' in der Sandkiste lag jetzt gut zehn Jahre zurück, ohne daß gesagt werden könnte, der so Aufgeforderte sei etwa diesem Ziele ungestüm zuge-

strebt. Eher hatten sich die Dinge langsam, unauffällig, ganz innen entwickelt, und trieben doch alle jenem großen Heureka-Erlebnis Anfang Januar 1942 zu, das sein Leben völlig verändern sollte.

Daß er eines Tages schreiben würde, war für Roman ein von keinem Zweifel je getrübtes Evangelium, nachdem er seine frühen Berufsideale – Jockey, Lokomotivführer und Cowboy, in dieser Reihenfolge – als kindlichen Auftakt hinter sich gelassen hatte. Auch der Wunsch, Journalist zu werden, barg vor allem das Bedürfnis in sich, zu schreiben – eine magische Sehnsucht, etwas unbehauen Fernes, golden und schmerzhaft, eine wilde Ahnung von Vollkommenheit, Last, Druck, Qual von Anfang an.

Seine Schulleistungen ließen keinerlei Schlüsse auf literarische Begabung zu. Romans Aufsätze waren eher bemüht, nicht besonders phantasiereich und jedenfalls nicht vergleichbar mit seiner sprachlichen Gewandtheit, von der er nichts eingebüßt hatte. Bester dagegen war er im Diktat, weit über die jeweilige Klassenstufe hinaus bekannt für orthographisch und interpunktionell fehlerfreie Arbeiten. Irgendein schöpferisches Talent aber hatte sich nicht zu erkennen gegeben, weder in der Bramfelder Straße noch auf dem Johanneum, dieser Karikatur eines Humanistischen Gymnasiums über die volle Distanz von sieben Jahren hin. Was sich tat, regte sich jenseits des schulischen Dunstkreises, der immer nur Furcht, Unterordnung, Notwehr und schließlich Resignation bedeutet hatte.

Kurz vor Ausbruch des Krieges, mit sechzehn, hatte Roman ein Gedicht verfaßt, *Der Frühling*, vier Strophen von je vier Zeilen, die er unter anderem Namen an den Barmbeker *Lokalanzeiger* sandte, ein Wochenblättchen, das damals noch jeden Freitag erschien, ehe es bald nach dem 1. September 1939 sang- und klanglos einging.

Das Gedicht wurde dann auch wirklich gebracht, und als Roman Bertini sein publizistisches Debut gedruckt erblickte, überkam ihn trotz der fremden Signatur ein seltsames Prickeln. Aber er versuchte nie wieder, etwas Geschriebenes veröffentlichen zu lassen.

Dabei begann er gerade, produktiv zu werden. So verfaßte er Reime über einen König der Lyder, der sich im Übermut des Reichtums mit seinen kleinasiatischen Gottheiten gemessen hatte und, obwohl dafür längst schrecklich bestraft, ein paar Jahrtausende später nun auch noch von diesem Autor über zunächst elf eng beschriebene Seiten hin streng verfolgt wurde. Im ganzen wuchs das Werk auf fünfundzwanzig Blätter an, eine Schöpfung, die zwei volle Monate beanspruchte. Als Roman endlich mit ihr fertig war, die letzte Zeile geschrieben hatte, las er langsam, murmelnd, oft bis zu Tränen gerührt, Seite für Seite. In dieser Nacht bewahrte er das Poem sogar unter seinem Kopfkissen auf. Am nächsten Morgen, gleich nach dem Erwachen, holte er es gerührt hervor, um sich abermals daran zu ergötzen. Doch bevor er noch dreimal umgeblättert hatte, zerriß er das ganze Konvolut mit spitzen Fingern und unsäglich verächtlichem Gesichtsausdruck, wobei er beschloß, nie wieder auch nur eine einzige Zeile zu schreiben. Diese Entscheidung verwarf er schon vierundzwanzig Stunden später, als er sich daran machte, das Märchen von *Schneewittchen* in Versform zu bringen. Er kam bis zu jener Stelle, da die schöne, arme Prinzessin in Abwesenheit der sieben werktätigen Zwerge von der ebenso bösen wie unkenntlich verkleideten Königin-Stiefmutter den vergifteten Apfel annimmt und nach dem ersten Bissen wie tot umfällt. Da, an diesem Punkt, stockte Roman, stutzte, las noch einmal von vorn, was er fabriziert hatte, und zerfetzte mit steinerner Miene jedes einzelne Blatt in kleinste und allerkleinste Schnitzel, die er überdies noch im Ofen verbrannte.

Es folgte eine Phase, die er die wissenschaftliche zu nennen pflegte. Aus der bunt zusammengewürfelten Bibliothek der Eltern in dem mit der Dante-Büste gekrönten Bücherschrank fiel ihm ein *Studium der Literaturgeschichte* in die Hände, so recht etwas für den einsamen Sucher, der nach kurzem Blättern darin entschied, sich ernsthaft mit dem Thema zu beschäftigen.

Er kaufte sich ein dickes Heft und trug darin unter anderem ein: »Monosyllabische Sprache: Laute = Wurzeln. Keine Deklination und Konjugation. Die wichtigste monosyllabische Sprache ist die chinesische.« Oder: »Inversion = Umstellung. Beispiel: statt ›Der Saal glänzt, das Gemach schimmert‹ – ›Es glänzt der Saal, es schimmert das Gemach‹.« Oder: »Metonymie = Namensvertauschung. ›Eisen‹ für Schwert, ›Cicero‹ für sein Werk.«

In dieser Manier ging es über zwanzig Seiten hin, alles feierlich numeriert, mit der Endziffer 66, worunter zu lesen war: »Der Endreim – eigentlicher Versreim der poetischen Sprache. Zuerst im Kirchenlatein des 5. Jahrhunderts. Die Art des Endreims ist mannigfaltig.« Es folgten Beispiele: von aa – bb über ab – ab bis ab – ba und ab – cb.

Das Heft wimmelte von Ausdrücken wie Skandieren, Spondeus, Jambus, Molossus und anderen antiken Versfüßen, das alles sorgfältig, fast schon kalligraphisch eingetragen.

Gerade als sein Interesse zu erlahmen begann, stieß Roman auf ein anderes gelehrtes Werk: *Die Kunst des Schreibens.* Es war ein Band, der sich in wohlgemeinten Ratschlägen für angehende Poeten gefiel, darunter der wichtigste – mit Dichtung das Schöne, Lebenswerte, Hohe zu gestalten. Außerdem wurde der Leser anhand vorfabrizierter Beispiele ermuntert, sich selbst in der Schöpfung von Fabeln zu versuchen, eine Aufforderung, der Roman mit Titeln wie »Der Bär und der Spatz«, »Der Seidenwurm und die Spinne« oder »Der Efeu und der Thymian« pflichteifrig nachkam. Damit wurde das zweite dicke Heft bis Seite 13 ausgefüllt. Schließlich folgte er ebenfalls der Aufforderung dieser verheerenden *Kunst des Schreibens*, Ereignisse aus der Kindheit aufzuschreiben – mit der Schilderung von frühen Angstträumen, ein Opus, das folgendermaßen begann: »Vor vier oder fünf Lenzen – ich bin ein Frühlingskind – der Erde als Mitbürger geschenkt...« Als ihm drei Monate später der Satz noch einmal vor Augen kam, biß Roman sich vor Wut in die Hand. Immerhin hatte er das zweite Heft mit ähnlichen Albernheiten gefüllt, ehe er die *Kunst des Schreibens* auf halber Strecke zuklappte und nichts davon in seinem Gedächtnis behielt.

Dann, mit gehörigem Abstand, begann er, anders und anderes zu schreiben. Das las sich zum Beispiel so:

»Und anfangs war der leere Teich. Aus siedender Hitze wuchsen kreisende Orchideen, aus brünstiger Brust die Leckgier geifernder Flamme. Schrille, feuchte Schründe mit klammen Wänden. Von goldfunkeldem Staubregen und düsterer Blüte begleitet, schwamm er auf samtenem Strom dahin. Weite, grüne Auen, dickbäuchiger Wald. Totes Blut schlurfte zur Erde, gierig gesogen von schmählichen Mündern. Kahle Sträucher, eine kalt-schweißige Hitze vom Sand der Erde bis zum Glas des Himmels – und kein Horizont. Gerissene Sehnen, zerstoßenes Gewebe, flüchtendes Blut.«

Oder er schrieb: »Unendliche Traurigkeit zog in ihn ein. Sein Geist watete tauben Fußes durch ödes Sumpfland voll kreischender, buntgefleckter Schmetterlinge. Faulige Schlangenköpfe mit schwammigen Augen schossen durch morastigen Dreck. Grobgeflochtenes Dunkel, mit Mantelschwere alles verhüllend.«

Oder dies: »Es gab keinen Moment ohne Schatten, ohne düstere Vorahnungen, ohne die dumpfen Schläge eines schweren Herzens. Die graue Himmelsdecke drückte Angst und Sorgen zusammen. Eine einsame Lampe warf von irgendwo ein mattgelbes Licht, wie es durch trübe Fensterscheiben scheint. Sie hatte einen Sprung, rissig und spröde, und ein großes Stück brach aus ihr heraus. Aber es wurde nicht heller.«

Einsamkeit, grenzenlose Vereinzelung, Angst – Exkremente, nicht geschrieben, sonders aufs Papier gekotzt. Daneben eine Ahnung, urwüchsiges Empfinden für Sprache, für ihre Schönheit und ihre Größe, und er selbst dabei in der Rolle eines Zwerges, der daran geht, mit Hammer und Meißel einen Zyklopen zu formen. Aber zum erstenmal war ein geheimer Zauber über ihn gekommen, als er das schrieb, hatte er eine erregende Kraft gefühlt, die jedoch ziellos herumirrte. Hinter all der Unklarheit, der Verschwommenheit drängte ein glühendes Verlangen nach einem konkreten Projekt, das zu gestalten wäre, in Marter, Lichtlosigkeit und hellstem schöpferischen Entzücken.

Da die Bertinis sich angewöhnt hatten, ihre Angst voreinander zu verbergen, fühlte Roman sich gegenüber den eigenen Angehörigen vollständig blockiert – sie erfuhren nichts von seinen Schriften. Für Roman hatte diese Blockade zur Folge, daß er abends lange Spaziergänge durch die Straßen Barmbeks und durch den Stadtpark machte, in einem Gefühl bitteren Alleinseins bei dem vibrierenden Bedürfnis, sich mitzuteilen, Wärme zu geben und zu empfangen.

Aber da niemand kam, erbrach er sein Elend klecksig, wirr, ekstatisch aufs Papier, und zwar ganze Blöcke voll in dieser Manier:

»Einmal, an einem Spätsommerabend, raste er auf das Dach des Hauses.

Die Sterne lächelten.

Er faßte an dem Rand der Plattform Posten und schrie seine Wut und sein Chaos den flimmernden grünen Sonnen entgegen. Eine tolle Lust, alles, was Menschen heilig war, zu verspotten, überfiel ihn. Phantastereien machten sich tönend von ihm los, er berauschte sich am eigenen Wort, und sein Körper war voll von strömendem Regenwasser und dunklen Wolken:

›Himmelsfaust, fühlst du nicht die zitternde Angst in mir? Vom Firmament bricht es herab, kriecht es heran, um mich zu verderben‹, er boxte mit vorgestreckten Armen in die laue Nachtluft. Ein gottesverleumderischer Ehrgeiz hatte ihn gepackt.

›Welt – gib mir dein Rund, die Myriaden Tropfen der wandernden Meere; himmelstürmendes Berggetakel; das Rauschen sinnlicher Wälder; das Bersten krachender Lüfte – und Frieden!‹ Er stützte stöhnend das Knie auf den Dachboden, als verbeugte er sich vor einer Gottheit. Dann sprang er blitzschnell auf. ›Gott – wo dein Haus? Wo der Streitwagen, dich zu verfolgen, wo die schnaubenden Rosse, dich in rasender Fahrt zu fassen? Tauchst du unter im Leib jenes schwarzen Fisches in lichtscheue Tiefen? Wo meine richtungsweisende Flosse, dich zu verfolgen, wo die Kiemen, das neue Atmen zu lernen? Oder steigst du empor in jenem Adler, der die Sonne dort weit hinter sich läßt? Wo dann meine Flügel, das Schwingen der Muskeln, wo mein Schnabel, meine packenden Krallen?‹

Er dachte keinen Augenblick an Lästerung.

›Hilfe! Kommt in meine Einsamkeit, kommt in meine Ungewißheit!‹«

Kein Zweifel – hier hatte Thomas Wolfe Pate gestanden, war Nachgeahmtes im Spiel, war Fremdes nachempfunden in den immer wiederkehrenden eigenen Motiven Nacht, Finsternis, Druck, Öde, Sumpf, Einsamkeit, Angst.

Etwa Mitte 1940 war Roman *Schau heimwärts, Engel* in die Hände gefallen, der Erstling des großen amerikanischen Epikers, eine Lektüre, die er mit all seinen Fibern, Poren und Sinnen in sich eingesogen hatte. Atemlos las, nein, fraß er sich durch diese *Geschichte vom begrabenen Leben,* konnte nicht genug bekommen von der machtvoll tragischen Vaterfigur des Oliver Gant und seiner ebenbürtigen Frau Eliza vom Stamme der Pentland, dieser beharrlichen, bodenhungrigen, entsetzlich betriebsamen und unbesiegbar großherzigen mater mundi! Er kannte sie alle auswendig, die Lebensläufe des widerlichen Steve, des stotternd-gutmütigen Lukas und der ragenden Helene, Geschwister der Hauptperson und des Idols Eugen Gant: mit ihm identifizierte sich Roman vom ersten Augenblick an bis zur Selbstaufgabe. Er schlüpfte vollständig in die Haut des alter ego von Thomas Wolfe, wurde zu Eugen Gant, dem unersättlich hungrigen Sucher und Wanderer, der das ganze unermeßliche Amerika schon abgeschritten hatte, bevor er den Dunstkreis seiner Heimatstadt tatsächlich verließ. In seiner Gestalt fühlte Roman pochenden Herzens Verwandtes, ehrfürchtig Nahes. Eugen Gants Gier nach Welt und Leben; seine bohrende Neugierde auf Menschen; seine Fähigkeit, die banale Umgebung tausendmal bunter, intensiver, durchdringender zu erleben, als diese es selbst tat; die Sinnlichkeit der Wolfeschen Wahrnehmungen, mit denen er den hinterwäldlerischen Gebirgsort Altamont in den Rang eines Universums erhob, – all das überwältigte Roman. Die Passage von dem frühen, grausamen und ungerechten Tod des Lieblingsbruders Ben nahm Roman bis in die Besinnungslosigkeit mit.

Die Gant-Pentland-Tragödie widerfuhr ihm wie etwas, worauf er lange vorbereitet war. Obwohl die eigentliche, persönliche Erfahrung des vollen Ausmaßes von Zwietracht, Haß und Verfall in der eigenen Familie Roman noch bevorstand, erschien ihm die Zerstörung des

Steinmetzen Oliver Gant und der Seinen als vertraut und wohlbekannt. Später wird Roman Bertini nicht nur die Fortsetzung des Gant-Pentland-Zyklus lesen, sondern das ganze gewaltige Werk, das Thomas Wolfe so gehetzt, so verströmend, so verzweifelt gedrängt schuf, als wüßte er um seinen frühen Tod. Später wird Roman auch die Schauplätze der unbändigen, überquellenden, alle konventionellen Verlagsnähte sprengenden Riesenerzählungen lokalisieren können, das Altamont-Asheville North-Carolinas und das New York von *Es führt kein Weg zurück,* die ganze qualvolle Abnabelung vom übermächtigen Mutterschoß in ihren biographischen und künstlerischen Etappen kennenlernen. Aber nichts von diesem Werk – und erst recht kein Buch eines andern Autors – wird je wieder eine Wirkung auf Roman Bertini haben wie *Schau heimwärts, Engel.* Es schlug in ihn ein mit der Kraft eines Naturereignisses, wie ein gewaltiger Meteor, der bis in sein Innerstes durchbrach, dort zerbarst und mit Tausenden und Abertausenden Splittern sein Blut verseuchte.

Feuer und Flamme, hingerissen, ausgeliefert an das Vorbild und seine dramatische Weltsicht, schrieb er:

»Zu dieser Stunde wird einer geboren, der verloren war von dem Augenblick an, da er dem Schoße der Mutter entstieg. Das weite Meer des Gefühls sollte zu ihm sprechen und ihn weitab von allen Ufern ziehen. Was anderen als Furchen scheint, tut sich ihm als Abgrund auf, und die ewige Furcht vor dem Wahnsinn Leben ist in ihm. Er greift an glühende Stäbe und seine Hände verbrennen. Und er sieht, wie andere sich lachend mit ihren Körpern gegen glühendes Eisen werfen und nicht versengt werden. Und er versteht nicht. Wenn er das Rauschen des Regens hört, denkt er an ewiges Rinnsal. Und geht er in die Nacht hinaus, dann zittert er vor ihrer Unendlichkeit und all den tausend Rätseln, an denen sich sein Herz wundstoßen wird.«

Von diesen Halbplagiaten schwoll seine Sammelmappe an, bis sie den Umfang eines dickleibigen Wälzers hatte.

Dennoch lag die entscheidende Bedeutung von *Schau heimwärts, Engel* für Roman nicht in seiner äußeren Abhängigkeit vom Stil, sondern in der inneren Wirkung, die das autobiographische Element auf ihn ausübte.

Ab Herbst 1941 empfand er einen immer würgenderen Druck, eine wachsende innere Stauung bis an den Rand der Atemnot. Anfang Dezember wurde er krank, fast siech, ohne ein anderes organisches Symptom als hohes Fieber, dem er in völliger geistiger Klarheit standhielt (so daß ihm der Eintritt der Vereinigten Staaten von

Nordamerika in den Krieg gegen die *Achsenmächte* später nicht nachgemeldet werden mußte). Sein ganzer Lebensrhythmus verschob sich. Tagsüber müde, lag er nachts, von innen förmlich wie aufgeblasen, mit weit geöffneten Augen da.

Dann, in einer Nacht, Anfang 1942, warf Roman plötzlich keuchend die Decke von sich, sprang aus dem Bett, unfähig, liegenzubleiben. Einen Moment stand er starr da, schweißgebadet, stumm auf die Schlaflaute der Brüder horchend, ehe er immer wieder heiser und irre vor sich hinflüsterte, jappte, stammelte: »Ich hab's, mein Gott, ich hab's – endlich hab' ich es!« Dann sank er lautlos ins Bett zurück.

Was Roman Bertini soeben überfallen hatte, war die Erkenntnis vom eigenen Leben als literarische Vorlage, als Stoff, als schriftstellerischer Humus – urplötzlich gegenwärtig, riesenhaft, rot in der Schwärze der Nacht und von malmender Übermacht. Wie bei einem Ertrinkenden waren ihm Bilder vor die Augen geschnellt, plastisch, wie mit Händen greifbar und in unerhörtem Tempo.

Da ragte es vor ihm auf in der Finsternis wie ein Himalaja, den er mit dem Teelöffel abzutragen hatte; wie ein ferner Sirius schimmerte es, ein unglaublicher Stern, den er auf die Erde herabzuholen hatte. Kalt und siedendheiß brach es ihm aus den Poren, wie er dalag in dieser Urstunde und erkannte, daß ihm niemand helfen konnte bei dem Auftrag, den er sich soeben selbst erteilt hatte und dessen er sich nicht anders entledigen konnte als um den Preis seiner Bewältigung – eine titanische Arbeit, so schwebte ihm vor, angefangen von den Ahnen über die Gegenwart bis – hier stockte ihm der Atem – in die verborgene Zukunft, ein grenzenloses, unbändiges Werk, eine ganze Bibliothek voll, mindestens aber eine Tetralogie – *das Buch*!

So nannte er, was er von dieser nächtlichen Stunde an schreiben wollte, von der ersten Sekunde.

Er wurde mit einem Schlag gesund.

Sein erster Weg führte ihn zu Emma Bertini. Alfs Mutter forschte nicht lange nach dem Grund seiner Fragen, sondern setzte Roman auf das schmale, steinharte Sofa in der Küche. Dann ging sie in die Rumpelkammer, kam mit allerlei alten Programmen, Fotos, vergilbten Repertoires und Zeitungsausschnitten in vielen europäischen Sprachen zurück – Reliquien aus Giacomo Bertinis großer Zeit, die sie nun in den Schoß des Enkels legte und zu seinem Eigentum erklärte. Darauf verkündete sie mit hoher Altweiberstimme, daß sie sich an jede Einzelheit ihres Lebens mit dem Sizilianer erinnere.

Fortan boten die beiden an vielen Abenden ein seltsames Bild: Emma

Bertini, bleich, wie immer in langem Kleid nach der Mode vor 1914, auf einem Stuhl, mit stockender Stimme klar berichtend; Roman in halb sitzender, halb liegender Stellung unbequem auf das Sofa postiert, nichts als weitoffenes Ohr und schreibende Hand.

Meist kam er spät in die Hoheluft, um von den Hattenroths nicht gestört zu werden. Erschien er aber sonnabends oder sonntags früher, so huschte Hanna Hattenroth häufiger als gewöhnlich in die Küche, neugierig, geschäftig verweilend. Sie kannte den Verstorbenen nur vom Hörensagen, und das wohl auch bisher ausschließlich in den Tönen höchster Totenverklärung. Roman folgerte daraus, daß Emma Bertini, wenn die Einlogiererin erschien, ihre schonungslosen Schilderungen über Giacomo und ihr gemeinsames Leben entweder vorsichtig beendete oder sich in einer Darstellungsweise erging, die jedenfalls ganz entschieden von der Wahrheit abwich.

Auf den Gedanken, in die Stube nach nebenan zu gehen, Emmas letztes Refugium in ihrer eigenen Wohnung, wo sie ungestört gewesen wären, kamen beide merkwürdigerweise nie. Es war, als benötigten sie die winzige Küchenkulisse, vor der Giacomo Bertini während der allmonatlichen Spaghetti-Essen seine nie befolgten Anweisungen über Kochdauer, Salzmenge und Saucenzutaten erteilt hatte, ehe er zur Gaudi der Enkel mit nie verfehlendem Gabelstoß das Fleisch von Emmas Teller auf den seinen beförderte.

Die Forschungsreise in die Annalen des väterlichen Zweiges setzte Roman den ganzen Januar und Februar über fort.

Kenntnisse über die mütterliche Linie dagegen eignete er sich anders an. Er entlockte sie Lea und Recha, ohne seine Absicht preiszugeben, wurde von ihnen, da es ganz sporadisch geschah, um keinen Verdacht zu erwecken, auch nie nach Sinn und Zweck gefragt – Mutter und Großmutter mochten meinen, es sei familiäre Neugierde im Spiel. Erst später dann machte Roman sich heimlich Notizen.

Diese unterschiedliche Behandlung ergab sich nicht zufällig, sie stand in völliger Übereinstimmung mit den komplizierten und differenzierten Beziehungen der einzelnen Familienmitglieder zueinander. Roman hatte von vornherein gewußt, daß Emma Bertini, weit weg von aller Wirklichkeit und eigentlich ohne jede direkte Verbindung zur Welt, nie die unheimliche Frage aufwerfen würde, ob Roman denn überhaupt jemals Verhältnisse erreiche, unter denen er *das Buch* ausarbeiten und veröffentlichen könnte – und also geschah es. Auch Recha und Lea hätten diese Grundfrage wahrscheinlich nicht offen ausgesprochen, aber sie wäre von allem Anfang an da gewesen – und hätte einen unausrottbaren, allmächtigen Aberglauben, das stärkste, gehütetste und heiligste aller Bertinischen Tabus verletzt: sich nie mit der Zukunft zu befassen, möglichst nicht an sie zu denken, geschweige denn über sie zu reden oder gar zu schreiben. Nur so könnten sie ihrer vielleicht teilhaftig werden!

Durch diesen Aberglauben, dieses Tabu erwuchs Roman Bertini auch die höchste Barriere gegenüber dem *Buch* – war es doch seiner ganzen Natur nach selbstverständlich und eindeutig in die Zukunft geplant, ja gar nicht denkbar ohne sie, was Lästerung bedeutete, verboten war, gefährlich und unaussprechbar. Deshalb hatte Roman der Atem gestockt, als er in der nächtlichen Minute der Entdeckung des *Buches* sogleich auch seinen unvermeidlichen Zukunftscharakter begriff.

Er nahm die Verletzung des Tabus in Kauf und legte im März eine sogenannte *Dominanten-Einteilung* an, auf großen Bogen linierten Papiers. Diese Urskizze gliederte er auf in *Vorrede* (die Zeit von den Ahnen bis 1923), *Kindheit* (bis 1929); *Schulzeit I* (bis 1933); *Schulzeit II* (1933 bis 1940); und *Leben* – die nach vorne offene, sich ständig ablösende, weiterdriftende und zukunftsverschlingende Phase der Gegenwart.

Für die Zeit nach 1933 erschien in dieser *Dominanten-Einteilung* nur privat Unverfängliches, viel Lindenallee-Impressionen, Familieninternes, Schulereignisse wie überall – nach den Notizen der Rubrik hätten die Bertinis ebensogut in einem zeit- und geschichtslosen Land existieren können. Nichts von dem allmählichen Bewußtsein der Wende, der sich anschleichenden Gefahr, des persönlichen Schreckens und der Gewalt kam darin vor – sie würden ohnehin unvergessen bleiben. Dieser Teil der Aufzeichnungen ließ keinen Zweifel daran, daß der Urheber mit dem Einblick staatlicher Stellen rechnete.

Insgesamt trug er etwa achtzehnhundert Stichworte und Notizen in die großformatigen Seiten ein, darunter zahlreiche, deren Sinn und Bedeutung ihm völlig verlorengehen sollten, während andere nur noch ungewisse Erinnerungen wachriefen. Die meisten jedoch blieben verständlich, ein ausladendes Erinnerungsreservoir, das bei der eingehenden Behandlung auch des kleinsten Details, wie es Roman vorschwebte, einen späteren Umfang von gut fünf- bis sechstausend gedruckten Seiten wahrscheinlich machte. Hier war nichts vergessen worden – von den verschiedenen Sorten der Olivenbäume rund um Giacomo Bertinis Geburtsort Riesi und der Aufzählung von Alfs Notenrepertoire über die Zahl der von Roman und Cesar während der

Volksschulzeit verbrauchten Turnschuhe bis zur minutiösen Katalogisierung ihrer Lektüre vom zehnten Lebensjahr an, eingeschlossen Männe-und-Max-Hefte und ganze Folgen der Groschenserie *Tom Shark*, die vom Barmbeker Volksmund *Rächer der Erwerbslosen* gerufene Phantasiefigur eines alle Kriminalfälle stets rasch aufdeckenden Detektivgenies.

In all diesem Wust von Nebensächlichkeiten und Belanglosem aber steckte dennoch das Gerüst jener sonderbaren Sippengeschichte, deren weitauseinanderliegende Ursprünge aus Italien und Deutschland in Hamburg verschmelzen, dort selbständig werden und mit dem Stichtag des 30. Januar 1933 ein Schicksal erfahren, dessen Ausgang noch völlig ungewiß war.

Schon am Morgen nach jener Januarnacht hatte Roman sich nicht mehr erinnern können, wie sein Dasein vorher, wie es ohne *das Buch* gewesen war. Mit ihm war in sein Leben eine poetische Energie eingezogen, die es völlig veränderte und keinen Stein auf dem anderen ließ. Nur eines, so wußte Roman Bertini, der nie gefürchtet hatte, von einem herabfallenden Ziegel erschlagen oder von der Straßenbahn überfahren zu werden – nur eines würde ihn abhalten können, die Idee des *Buches* zu materialisieren: der jederzeit mögliche, stets lauernde, der rasche oder langsame Gewalttod – sonst nichts.

Alles, was er dafür geschrieben hatte – die literarischen Exkremente seiner Wüsten-Tod-und-Nacht-Phase, die massenhaften Nachahmungen im Stile Thomas Wolfes und die erinnerungsstützende *Dominanten-Einteilung* – all das bündelte Roman Bertini zu einem dicken, bindfadenumwickelten Paket, dem er den Namen *Manuskripte* gab.

18

Warum Siegfried Kanten sich selbst an Händen und Füßen band

Weder Anton noch Franziska Kanten erlebten die Deportation ihres Sohnes Chaim in den Osten.

Als im Laufe des Frühlings die Schmerzen in Antons Brust immer unerträglicher geworden waren, begrub er die Illusion von der chronischen Lungenentzündung und ließ sich willig ins Barmbeker Krankenhaus einliefern, wo sein krebszerfressener Körper sich alsbald aufzulösen begann.

Franziska Kanten, deren Taille durch die vergrößerte Leber seit langem stark angeschwollen war, überlebte ihren Mann nur um vier Tage. Da die für Juden reservierten Betten in der Hansestadt voll belegt waren, starb Ahab und Kezia Seelmanns ehemaliges Hausmädchen in ihrer Wohnung am unteren Ende der Lindenallee.

Eine Woche später lehnten die Zwillinge bedächtig ihre Fahrräder gegen das Staket des Vorgartens, sicherten sie sorgfältig und kamen langsam die Treppe hoch. Sie trafen Lea, Alf und die Söhne an.

»Ich muß morgen weg«, sagte Chaim Kanten.

Niemand antwortete, keiner schaute den andern an. So saßen sie, bis in der spät hereinbrechenden Dunkelheit nur noch der gelbe Stern an Chaim Kantens Brust zu erkennen war.

Plötzlich geschah es. Siegfried Kanten, sein leiblicher Bruder, aber niemals wie dieser Mitglied der Jüdischen Gemeinde Hamburgs gewesen, sondern christlich getauft und deshalb sternlos als *Halbjude* eingestuft, begann erst zu wimmern, fiel dann nieder und umklammerte Chaims Beine so heftig, als wolle er den Verlorenen nie wieder loslassen. Schließlich sprang er auf, griff nach dem hellen Fleck mit den beiden ineinandergeschachtelten Dreiecken und zerrte daran, um ihn abzureißen und sich an die eigene Brust zu heften. Dabei schrie er furchtbar und mußte von Alf und den Söhnen überwältigt werden, was erst gelang, als er ohnmächtig geworden war.

Lea hatte das Licht im Wohnzimmer angeknipst. Auf dem Fußboden, neben dem Klavier, lag der Deportationsbefehl. Wie vorher auf den gelben Stern, starrten sie nun alle auf das Papier.

Chaim Kanten hob es auf, wandte sich um, ging langsam auf Lea zu und verbarg sein Gesicht an ihrer Schulter. Und dann hörten die Bertinis, wie er »Nein« und abermals »Nein« und immer wieder »Nein, nein, nein« flüsterte, wisperte, hauchte, bis seine Stimme verlosch und nur noch die zuckenden Hände verrieten, daß Chaim Kanten lebte. So stand er lange. Sein Bruder erwachte erst nach einer Stunde.

Als die Zwillinge gegangen waren, verharrten die Bertinis wie Salzsäulen.

Chaim Kanten wurde am 11. Juli 1942 deportiert. Dem ersten Transport Hamburger Juden vom Oktober 1941 nach Lodz waren im November und Dezember weitere nach Minsk und Riga gefolgt.

Für diesen Transport, den fünften, wurde kein Ziel genannt.

Gegen Ende des Monats machte Roman sich noch einmal nach Friedrichsruh auf – ohne den Vater.

Er blieb eine Weile auf dem alten Bahnsteig mitten im Sachsenwald stehen, dann folgte er dem vertrauten Pfad, am Bahndamm entlang, der in der großen Kurve Richtung Schwarzenbek immer höher, immer steiler aufwuchs, ehe neben der schier endlosen Schienengeraden der Weg wieder auf gleicher Ebene verlief.

Zunächst schien alles wie eh und je. Das Dunkel und die Wärme des Waldes; der Geruch nach Holz, Moder, Laub und Nadeln; die Planken des Sau-Parks; die hemmungslos herandonnernden D-Züge von Berlin, und die langsameren und dennoch furchterregenden aus Hamburg, die, durch die große Kurve gebremst, fauchend und zischend herandröhnten und erst nun Volldampf aufdrehten. Die Schranke mied Roman diesmal. Schon von weitem hatte er erkannt, daß dort ein anderer Wärter als der altbekannte Dienst tat.

Am frühen Nachmittag kam er gegen das Gefühl innerer Unruhe nicht mehr an. Er lief den langen Weg zum Bahnhof Friedrichsruh zurück, das letzte Stück durch den Wald vor der Ortschaft wie gehetzt.

Auf der Rückfahrt über Bergedorf nahm er nichts wahr von dem, was draußen am Abteilfenster vorbeizog.

Den Bahnhof Barmbek verließ er ebenfalls im Trab, ungeachtet der erstaunten Mienen ringsum. Als er in den Trockenweg einbog, winkte er wie wild mit den Armen.

Lea stand am Fenster und winkte zurück, wobei ihre Hand schlaffer und schlaffer wurde. Als Roman die Wohnung betrat, war sie schon wieder in der Küche, aber ihre Lider flatterten.

Roman wollte zu ihr hin und ihr beteuern, daß solche Exkursionen künftig unterbleiben würden, bekam jedoch kein Wort heraus.

In dieser Nacht, vom 26. auf den 27. Juli 1942, wurde Hamburg von der Royal Air Force so schwer angegriffen, daß Erika Schwarz und Roman Bertini zum erstenmal den Luftschutzkeller des Hauses aufsuchten, zwar nicht zu gleicher Zeit, aber beide unzureichend bekleidet, worauf jedoch niemand achtete. Denn droben, draußen, war die Hölle los. Bomben pfiffen heulend herab, dumpfe Einschläge ließen Wände und Boden erzittern, das Licht flackerte unaufhörlich.

Während der über siebentausend Sekunden, in denen die Bewohner der Lindenallee 113 den Tod durch Ersticken, Verbrennen oder Verbluten erwarteten, beschützte Lea den Jüngsten mit ihrem Leibe, während Cesar und Roman die Mutter bedeckten; hockte Helene Neiter in betender Haltung murmelnd da; schrie der breitgesäßige Schrecken des Hauses nach dem Hund, der in ein lichtloses Verlies unterhalb der Kellertreppe eingeschlossen war und die ganze Zeit über heiser bellte.

Als das Flackern des Lichts, die brüllenden Explosionen, das Heulen der Bombenteppiche endlich verebbten und Entwarnung gegeben wurde, blieb es noch eine Weile totenstill. Dann machten sich die Bewohner auf den Weg nach oben, ohne einander anzublicken.

Alf Bertini kam erst gegen Mittag in die Lindenallee zurück, staubbedeckt, mit verklebten Haaren, die blaugraue Uniform an mehreren Stellen eingerissen.

Dieser Angriff, der schwerste, den die Stadt bisher erlebt hatte, beendete die Liebesbeziehung zwischen Erika Schwarz und Roman Bertini. Sie kam wie eh und je zu ihnen herunter und tat, als sei nichts geschehen. Aber wenn sie sich unbeobachtet fühlte, stahl sich bei Romans Anblick ein Zug verschämter Verklärung in das für ihr Alter zu scharfe Gesicht. Übrigens war sie seit einiger Zeit bei der Reichsbahn dienstverpflichtet und trug die blaue Uniform.

Mit jener Julinacht war etwas in das Leben der Bertinis eingezogen, das sie von nun an *die zweite Gefahr* nannten. Auch Roman und Cesar konnten nicht mehr verkennen, daß der Luftkrieg in ein neues, gefährliches Stadium getreten war und Bomben und Minen zwischen

Verfolgern und Verfolgten nicht unterschieden. Fortan suchten nicht nur Lea und Ludwig, sondern auch die älteren Söhne bei Alarm den Luftschutzkeller auf und harrten dort aus.

Nie vergaß Roman Bertini dabei, sich die Mappe mit den *Manuskripten* samt Thomas Wolfes *Schau heimwärts, Engel* unter den Arm zu klemmen und eng an sich gepreßt zu halten, bis der gleichbleibende, langgezogene Sirenenton die Erlösung brachte.

Lea Bertini war jetzt vierundvierzig Jahre alt, aber sie hatte immer noch viel von einem jungen Mädchen an sich. Ihre Haut war glatt, ihr langes, schwarzes Haar glänzte, und mit ihren schlanken Beinen lief sie so flink wie schon als Kind. Es war ihr unmöglich, gemessen Fuß vor Fuß zu setzen. Lediglich um die Taille hatte sie zugenommen, und zwar erheblich – sichtbare Spuren dreier Geburten.

Ihr Leben war archaisch, völlig zugeschnitten auf Haus und Herd, ganz beschränkt auf das Stück Lindenallee zwischen Rübenkamp und Fuhlsbüttler Straße. Das hing keinesfalls nur mit den zahlreichen Beschränkungen zusammen, die Lea durch die Rassegesetze auferlegt waren, eine stattliche Liste – von dem Verbot, ihren Beruf als Klavierlehrerin auszuüben, über das des Betretens von Gaststätten, Kinos oder Theatern, bis zur Verbannung von der Straße nach Einbruch der Dunkelheit. Sie bekam diesen Katalog nie gedruckt zu sehen, bemühte sich auch nicht darum, ahnte aber instinktiv, daß der gesamte Zuschnitt ihres Daseins mit seiner hausgebundenen Verengung keiner der Verordnungen zuwiderlief. Jedoch auch andernfalls wäre Lea Bertini ihnen pünktlich und ohne Widerspruch nachgekommen. Auflehnung gegen den Staat wäre ihr nie in den Sinn geraten, auch dann nicht, wenn keine Gefährdung von Leib und Leben gegeben gewesen wäre. Wie ihre Großeltern und Eltern, war Lea ganz gesetzestreu. Sie war sich der Bewegungseinschränkung zwar bewußt, aber auch ohne diese wäre der äußere Radius kaum anders gewesen.

Leas eigentliches Reich war die Küche. Hier verbrachte sie die meiste Zeit, erst in ihrem Dunst und Qualm fühlte sie sich wirklich wohl. Das frische Gesicht mit der etwas zu großen Nase grell angestrahlt, wenn sie im funkenstiebenden Herdfeuer stocherte und die Mahlzeiten zubereitete, seufzte sie glücklich.

Lea Bertini bereitete fortwährend Mahlzeiten zu, genaugenommen bestand fast ihr ganzes Leben daraus, das Futter für die Familie auf den Tisch zu bringen. Auf den Küchentisch, wohlbemerkt, denn die

Bertinis aßen nur selten im Wohnzimmer, nie jedoch im sogenannten Eßzimmer, wo seit langem Alfs und Leas Betten standen.

Lea hatte gelernt, mit den Lebensmittelmarken virtuos umzugehen. Mann und Söhne, ohnedies nicht verwöhnt, spürten kaum einen Unterschied zur Vorkriegszeit. Hunger war aus zwei Gründen unbekannt. Da war einmal Recha Lehmberg, der es immer wieder gelang, der Tochter Nahrungsmittel zuzuschustern, zumal Grete Erbers Anteil fortgefallen war – die Selbstversorgerin aus Sasel hatte sich längst unabhängig gemacht. Mindestens eine Stunde am Tag kam Recha aus der Lindenallee 110 herüber, schimpfend, mit wedelnden Händen und eingezogenem Kopf auf dem ohnehin kurzen Hals, voller Grimm auf den oft abwesenden Schwiegersohn, mäkelnd, greinend, so daß Lea bald schon erbittert bat: »Aber Mama, geht es denn nicht etwas weniger aufgebracht?« Worauf Recha sich in Positur warf und in schriller Verständnislosigkeit fragte: »Wieso denn? Was denn? Laß mich doch in Ruhe!«

Nie kam sie mit leeren Händen. Und wenn sie dann abgeladen hatte – Kartoffeln, Gemüse, manchmal ein bißchen Fett oder Süßigkeiten – nahm sie ein Staubtuch, fächerte damit der Dantebüste um den edlen Kopf, bediente fluchend den Staubsauger, wusch Geschirr ab und schrie in regelmäßigem Abstand, Tochter und Enkel sollten ihr nicht dauernd in den Weg laufen.

Der zweite Grund, warum die Bertinis keinen Hunger litten, ergab sich aus den ebenso ungewöhnlichen wie wortlosen Beziehungen, die zwischen Lea und den Ladeninhabern der Lindenallee bestanden. Selten wurde genau abgewogen, nie aber zuungunsten der schwarzhaarigen Mutter von drei Söhnen, die seit nunmehr fast zwanzig Jahren zum alltäglichen Straßenbild gehörte – hin und her laufend, bepackt, auf suchende Weise immer freundlich, unverdrossen und bis ins Herz unschuldig. Jedermann wußte über sie Bescheid, jedermann kannte ihre Verfemung. Kein Zweifel jedoch, daß diejenigen, von denen so viel abhing, sie mochten. Ob es die dicke Bäckersfrau zwei Häuser zur Rechten war oder das Schlachterehepaar daneben, er die mächtige Figur stets im gestreiften Kittel seiner Zunft, sie den gewaltigen Busen eng eingefaßt. Nie hatte es ein böses Wort gegeben, nie auch nur das geringste Zeichen von Mißachtung oder Ablehnung. Es bestand vielmehr eine Art geheimer Bundesgenossenschaft zwischen Lea und den Geschäftsleuten, ohne daß sie sich jemals offen geäußert hätte. Diese materielle Hilfe verdankten die Bertinis ganz Leas Einfluß. Die Futterbeschaffung war ihres Amtes, selbstverständlich, ein Akt restlosen Vertrauens von seiten Alfs und der Söhne in sie. Daraus erklärte sich die zentrale Rolle Lea Bertinis. Ihr Mann lieferte lediglich das Geld, wobei er übrigens zu keinem Zeitpunkt seines Berufslebens die Grenze von vierhundert Mark Monatsverdienst je überschritten hatte – meist lag sein Einkommen darunter. Romans kümmerlicher Lehrlingszuschuß und Cesars bläßliches Gehalt spielten im Haushalt keine Rolle.

In allen praktischen Dingen stützten sich Alf und die Söhne auf Lea, alle Tätigkeit, alle Ordnung liefen bei ihr zusammen. Und so war paradoxerweise das einzige weibliche, gesundheitlich schwächste und politisch gefährdetste Mitglied der Familie gleichzeitig ihr Fundament.

Der ganze Sinn ihres Lebens aber, die Brutsorge, spiegelte sich in jener Frage wider, die sich über das volle Jahr so sicher ständig wiederholte, wie Alfs unerträgliches »Tür zu!« jeden Herbst und Winter, und die gerade um ihrer Verneinung willen gestellt wurde: *»Habt ihr Hunger?«*

Bis 1940 hatte Lea Bertini die kulinarische Tradition des Weihnachtsfestes aufrechterhalten können. Duftend, mit krosser, in Würfel zerschnittener Kruste, vom eigenen Saft blank getränkt und zur Bestimmungszeit mit ungeheurem Appetit vertilgt, hatte der Schweinebraten bis dahin den Tischhöhepunkt gebildet.

Das Jahr 1941 hatte dann zum erstenmal im Zeichen eines Ersatzes gestanden – Pferdefleisch. Seine Beschaffung war mit erheblichen Strapazen verbunden, in die sich Lea geduldig mit Recha Lehmberg teilte, kalte Winterstunden in langen Schlangen vor einem einschlägigen Geschäft in der Bramfelder Straße – auf Plätzen, die der Wartende sich durch Ablösung erhalten mußte. Blaugefroren hielten die beiden Frauen durch – Recha bald schon mit ihren Nachbarinnen in belanglose, aber temperamentvolle Gespräche verwickelt; Lea zu jedermann aufmerksam, halbtot vor Kälte und schließlich freudestrahlend mit der Beute im Arm. Das Stück Roß war dann am Abend des vierundzwanzigsten Dezember ohne sichtbaren Widerwillen verspeist worden. Lediglich Ludwig Bertini hatte beim ersten Bissen die Nase ein wenig gekraust.

Ansonsten aber war es dabei geblieben, daß Weihnachten die große Stunde des Jüngsten wurde.

Wer Ludwig an den übrigen Tagen des Jahres kannte – die seltsame Geringschätzung, mit der er alles Häusliche bedachte, die undefinierbare Distanz, die er sonst zwischen sich und seinen Angehörigen legte –, dem bot sich im Dezember immer wieder ein reines Rätsel.

Denn nun geriet er zum Organisator von Haus und Sippe, Gestalter des großen Festes, Antreiber und Angetriebener in einem, plötzlich von fanatischer Ordnungswut und krankhafter Putzsucht. In dieser kurzen Periode trieb Ludwig es so weit, daß er sich in Lumpen hüllte und keinen Winkel der Wohnung mit Besen, Feudel und Staubtuch verschonte. Gleichzeitig kontrollierte er scharf, ob man sich beim Betreten der Zimmer auf der Fußmatte vor der Haustür auch gründlich die Schuhe gesäubert hatte.

Diese erstaunliche Metamorphose wurde dadurch gekrönt, daß Ludwig Bertini noch vor Liebenswürdigkeit überfloß, was die anderen am meisten erschreckte. Schon morgens bedachte er Recha, ungeachtet ihrer zweiflerischen Abwehr, mit höflichen Grußformeln; führte er den hilflos applaudierenden Rudolph Lehmberg abends durch die blitzsauberen Zimmer; schrieb er an Emma Bertini gar Briefe, in denen er nicht nur ihre Ankunft auf die Minute genau festlegte, sondern in artigen Redewendungen auch seiner Freude über den ohnehin selbstverständlichen Besuch der Großmutter Ausdruck gab.

Wie schon seit der ersten Kriegsweihnacht, machte er sich auch in diesem Jahr mit großer Fertigkeit zum Herrn über die Lebensmittelmarken; fand sich verblüffenderweise ohne jede Anstrengung in dem zerschnippelten Kilo- und Gramm-Papierdickicht zurecht; ordnete souverän die Reihenfolge der Speisen an, scheuerte, schrubbte, bohnerte, wischte. Zeigte sich unbeeindruckt von Rechas mißtrauischen Sticheleien, schmückte den Tannenbaum prächtig mit den schweren, alten Kugeln, und war mit der Würze des Roßbratens so beschäftigt, daß er der vielen Fettspritzer auf seinem Hemd nicht achtete, von denen ihn sonst schon ein einziger zur Tobsucht getrieben hätte.

Dann, als Emma Bertini, sehr pünktlich, in der Haustür erschien, wurde sie von ihrem jüngsten Enkel leutselig in Empfang genommen und ehrenvoll in die Küche geleitet, vor den gewaltigen Braten, den Alfs Mutter trotz genauer Kenntnis seiner Herkunft kichernd als traditionellen Schmaus lobte.

Und so saßen denn auch in diesem Jahr, 1942, Rudolph Lehmberg und Emma Bertini in gewählter Rede und Gegenrede auf dem baufälligen Sofa, beide ängstlich auf Höflichkeit bedacht, nachdem sie sich ein Jahr nicht gesehen und kaum einander gedacht hatten; grollte Recha Lehmberg eifernd ihrem Schwiegersohn, dem *Schlehmil*, der bis morgen früh SHD-Urlaub hatte und dem es in logischer Folge von

Leas hartnäckiger Erziehung zu völliger Unselbständigkeit nicht einfiel, seiner den ganzen Abend mit umgebundener Schürze unermüdlich dienstbaren Frau auch nur mit einer Geste hilfreich zur Hand zu gehen. Was ihm denn auch in diesem Jahr jene kleinen, gehässigen Bemerkungen eintrug, mit denen Recha sich treu blieb. Wie immer sollte auch diesmal Alfs Mutter für zwei Nächte in der Lindenallee kampieren – auf dem Sofa im Wohnzimmer.

Und dennoch spürte Roman Bertini, daß nach Chaim Kantens Deportation nichts mehr so war wie sonst.

Am ersten Weihnachtstag stieg Helene Neiter aus ihrer Hinterwohnung im dritten Stock herunter, wünschte mit hoher Altweiberstimme ein Frohes Fest und begann ausführlich den Verlauf des gestrigen Abends mit dem Straßenbahnschaffner Weitdorn zu schildern. Erst dann lieferte sie, wie jedes Jahr, den Bertinis ihr Geschenk ab. Dabei hatte es sich um gezuckerte Äpfel, ein Stück selbstgebackenen Kuchen oder auch um von ihr gestrickte Handschuhe oder Strümpfe gehandelt, Dinge von geringem Wert, aber stets überreicht und angenommen wie eine seltene Kostbarkeit.

In ein bodenlanges schwarzes Gewand gehüllt, übergab Helene Neiter diesmal mit der ausdrücklichen Weisung »Für alle!« ein Päckchen, dessen ungewöhnliches Gewicht in krassem Widerspruch zu seinem eher bescheidenen Umfang stand. Es war, wie sich herausstellte, ein rundes, tortenförmiges Stück Marzipan, steinhart und unverdaulich. Noch zur selben Stunde wurde es zu einer Quelle starker Heiterkeit und der respektlosesten Vermutungen über seine Herkunft. Darunter jene, daß die Marzipantorte vielleicht ein Familienerbstück derer von Neiter sei, hergestellt wahrscheinlich noch vor der Geburt von Helene Neiters Urgroßmutter, einer Zeitgenossin Napoleons I., oder gar schon vor der geschichtlich bekannten Erfindung des Marzipans überhaupt.

Dabei wäre es keinem der Bertinis je eingefallen, auch nur eine abfällige Silbe vor der alten Nachbarin zu äußern. Ihr unerschrockenes Bekenntnis zu ihnen, ihre mehrfach wiederholte Bereitschaft, mit ihrem unbescholtenen Namen für die Bertinis – »Wo auch immer und gleichgültig, vor wem!« – geradezustehen, hielt eine Art ungläubigen Staunens in ihnen wach. Sie, die für Roman und Cesar von klein auf vor allem eine komische Figur gewesen war, löste in beiden seit langem Gefühle achtungsvoller Zärtlichkeit aus, die sich durch jenes merkwürdige Geschenk mit seiner steinharten Ungenießbarkeit nur noch vertiefen konnte.

Am zweiten Weihnachtstag traf aus Sasel Grete Erber mit ihrer Tochter Dagmar ein, ein Geschöpf, das gehalten hatte, was es von Anfang an versprach, nämlich eine gefällige Schönheit zu werden: braune, glänzende Augen in einem wohlgeformten Gesicht von samtenem Teint, der dreizehnjährige Körper bereits versehen mit allen Linien, Rundungen und Ausbuchtungen, die über jedes Elend hinweg den Fortbestand des Menschengeschlechtes sichern, und dazu ein offenes Lächeln, das für Dagmar Erber so typisch war wie das Gegröle für ihre Mutter.

Die lange Abwesenheit des Wehrmachtangehörigen Paul Erber hatte seiner Frau nichts von ihrer alleweil prächtigen Laune geraubt. Mit ungebrochener Lebenslust und dem Schrei »Mama! Lea!« fiel sie beiden stürmisch um den Hals.

Recha machte sich sofort frei, hielt sich mit übertriebener Gebärde die Ohren zu und forderte den stummen und verlegenen Rudolph Lehmberg auf, der alljährlich mit tödlicher Sicherheit wiederkehrenden Lärmkatastrophe in Gestalt der Adoptivtochter ein sofortiges Ende zu bereiten. Als der Schlosser ratlos in die Runde sah, war es mit Grete Erbers Fassung endgültig vorbei. Sie kreischte wie am Spieß, ruderte wild mit den Armen bei gleichzeitiger Drehung um die eigene Achse, und wäre umgefallen, wenn sie nicht nach Cesar Bertini gegriffen hätte – mit einer atemlosen, intim-verräterischen Gebärde den Neffen mit beiden Beinen umklammernd. Unbewegt machte der Älteste sich frei.

Der Abschied war spät und monströs, nach etlichen keineswegs ernsthaften Versuchen Grete Erbers, sich Rechas wieder einmal verscherzte Gunst durch halbherzig gespielte Reue und Zerknirschung zurückzuerobern, ein Theater, daß diese mit der ohnmächtigen Flucht in das unbeheizte Eßzimmer quittierte, wo alle Recha erschöpft stöhnen hörten: »Dieses gemeine Mensch! Dieses gemeine Mensch!«

Dann, plötzlich, und zwar unter Hinterlassung eines spürbaren Vakuums, war sie mit ihrer Tochter weg, die pralle, lebensstrotzende *Tante Grete*, deren Kind herrlich geriet und deren Mann, weder der Rede noch der Aufregung wert, ein bißchen an diesem blöden Krieg beteiligt war, während sie vom Schicksal der Bertinis so gut wie nichts begriffen hatte.

Die anderen blieben in völligem Schweigen zurück. Und in diese Stille hinein sagte Lea Bertini, halblaut und so abgehackt, als reue sie es schon, weil es um Zukunft ging:

»Wo werden wir nächstes Jahr um diese Zeit sein?«

Am Sylvesterabend erschien Siegfried Kanten bei den Bertinis, geisterbleich und mit einem Zettel in der Hand, die zitterte.

»Das fand ich vor zehn Minuten, nicht im Briefkasten, sondern unter der Haustür durchgeschoben. Ich weiß nicht, von wem. Es war niemand mehr da.« Er hielt Roman den Zettel hin. Der las:

»Auschwitz, 16. Dezember 1942.

Gnadenlos werden hier jüdische Männer, Frauen und Kinder aus dem ganzen deutschbesetzten Europa umgebracht.

Ausnahmen werden nicht gemacht.

Siegfried, lieber Bruder, leb wohl.

Chaim«

Der Zettel flatterte zu Boden.

Totenstille.

Roman bückte sich, hob ihn wieder auf, fragte tonlos: »Auschwitz?« Und dann: »Warum sind die Anfangsbuchstaben der Sätze so hervorgehoben?«

Siegfried Kanten ließ die Hände sinken, mit denen er sein Gesicht bedeckt hatte, nahm Roman den Zettel ab und brüllte:

»GAS!«

In dieser Nacht band sich der letzte der Kantens oberhalb der Fußknöchel mit einem festen Strick beide Beine zusammen, so daß er nur noch hüpfen konnte. Dann öffnete er ein Fenster, schwang sich auf den Sims und ließ sich aus der Wohnung steil in das eiskalte Wasser des Osterbekkanals fallen.

Die stark aufgedunsene Leiche tauchte erst acht Tage später auf, angetrieben am gegenüberliegenden Ufer, unterhalb der Realschule, dort, wo die großen Schuten vertäuen.

In einem wasserdichten Beutel um den Hals fand sich ein Blatt, auf dem geschrieben stand: man solle die Familie Bertini, wohnhaft Hamburg 33, Lindenallee 113, unterrichten.

Das geschah mit Poststempel vom 15. Januar 1943, ohne Begleitschreiben und mit dem Absender: Geheime Staatspolizei, Leitstelle Hamburg.

Alf Bertini hatte den Brief schon am Mittag abgefangen, auf dem Wege zum *Sicherheitshilfsdienst,* hatte ihn gelesen und eingesteckt. Jetzt, kurz vor Mitternacht, stark riechend nach Koppelzeug und dem Mief der Männerunterkunft *Am Tieloh,* kam er zurück und gab Lea in der Küche das Schreiben.

Sie hatte gerade Brote geschmiert für den nächsten Tag, legte nun das

Messer beiseite und las unter der Lampe, die etwas zu große Nase leicht gerötet.

Sie las mehrere Male und ging dabei langsam, tastend, unbewußt auf den Korridor.

Ohne gerufen zu sein, kamen die Söhne hoch aus den Betten, getrieben nur von der Stille, die sich trotz Alfs Ankunft in der Wohnung wie eine schwere Decke ausgebreitet hatte, standen vor Lea, nahmen ihr das Schreiben ab und lasen es. Und lasen wieder und wieder die Todesnachricht von Siegfried Kanten, der zu ihnen gehört hatte wie sein Bruder Chaim, ohne mit ihnen verwandt gewesen zu sein. Da standen die Bertinis, verteilt auf Küche und Korridor, und der Brief der Geheimen Staatspolizei hing in Romans Hand.

Plötzlich, erst der Jüngste, dann die Älteren, knickten die Söhne in den Knien ein, kehrten die Handflächen nach außen und watschelten, die Rücken tief gekrümmt, hintereinander im Kreise umher. Dabei bliesen sie sich Luft unter die Oberlippe, so daß sich die Nase stark bog, und stießen die Arme mit ausgestreckten Fingern ruckhaft in die Höhe – die Bertini-Söhne *jüdelten!*

Allen voran, immer die Spitze, Ludwig, ein panischer Läufer nun auf der Flucht vor einem nahen Verfolger – ohne seinen Standort zu verlassen, das Gesicht auch diesmal der Lichtquelle entgegengereckt, sehr gebeugt, von kaum halber Körpergröße noch, mit immer wieder entsetztem Blick nach hinten. Roman und Cesar, in ständig bewegter, wiegender Hockpose, mimten die schreckensbleichen Beobachter, mit flüchtig irrenden Augen, jederzeit ihren eigenen Verfolger erwartend, sprungbereit, fast schon hüpfend abgehoben von der Erde und sich mit dem rechten Zeigefinger wieder und wieder über den gebogenen Nasenrücken streichend.

Erst dann entfaltete sich jeder von ihnen einzeln, gaben sie ihre Soloparts – Cesar, seine größte Begabung, mit aufgepumptem Brustkorb, der ruhelos-nächtige Golem, den Oberkörper weit nach vorn gebeugt, die im Halbkreis ausgestreckten Arme wie riesige Fühler in der Finsternis pendelnd. Roman, den Mantel wie einen Kaftan übergeworfen, der Rabbiner des Städtchens, mal hierhin, mal dahin ausbrechend bei dem Versuch, seine Gemeinde auf dem Wege zur Synagoge scheuchend zusammenzuhalten, was ihm, den Verzweiflungsgebärden nach, nur unvollkommen gelang. Ludwig in seiner klassischen Pose des Geldjuden, der starr seine Summen zählt, mit knappen Bewegungen des Kopfes den Zins eintreibt, förmlich aufgepustet, immer angeschwollener, auf seinem Wucher hockt, ehe er, betrogener Betrüger, zu spät entdeckt, daß er Falschmünzern aufgesessen war – es folgte die Extravorstellung eines ohnmächtigen Zorns, bei der Ludwig auf dem Rücken lag, den Oberkörper mit dem Kopf weit erhoben und gleichzeitig beide Beine krampfhaft angezogen und scharf abgeschnellt.

Dann schließlich vereinigten sich die Brüder abermals, drei grotesk greinende, mauschelnde, säbelbeinige, ungeheuer untersetzte Krüppeljuden, die im Kreise ihren tiefreligiösen Riten nachhingen.

Dies alles lautlos, nahezu unhörbar, jedenfalls ohne ein einziges Wort oder die Spur eines Lächelns oder gar Lachens.

Lea und Alf Bertini hatten sich nicht vom Fleck gerührt.

Dann gingen sie alle zu Bett.

19
Wie Rudolph Lehmberg
seine Stellung verlor

Weihnachtlicher Ausnahmezustand, Initiative und Führung beim Jüdeln charakterisierten Ludwig Bertinis Beziehungen zu Eltern und Brüdern keineswegs vollständig.

Vom Typ hager, das Haar unjugendlich schütter, die Augen blaßblau, war der von Lea immer noch *kleiner Muck* gerufene Jüngste in diesem Januar dreizehn geworden. Obwohl nur drei Zentimeter unter seinen endgültigen einszweiundsiebzig, trug er immer noch kurze Hosen, die jedoch stets mit tadelloser Bügelfalte. Dieser Kniff war sozusagen das Symbol einer Eigenschaft, in deren Prisma sich überhaupt sämtliche Regungen und Gefühle Ludwigs zu sammeln schienen, so bestimmend, so fordernd, so urtümlich und rücksichtslos äußerte sie sich – Eitelkeit!

Noch im Bett morgens pflegte er Lea halblaut zu fragen, wie es mit seinem Anzug stehe. Und wenn sie ihm nicht rasch genug antwortete, hakte er mit einem spitzen »Was beliebtest du zu bemerken?« nach. Dabei hatte sie längst schon Oberhemd, Unterwäsche, Strümpfe, Hose und blankgeputzte Schuhe wie Geschenke in der Küche ausgebreitet, ohne damit je mehr an Dank als ein abfälliges, überdrüssiges Brummen zu ernten.

»Schau mal«, rief sie unbelehrbar, »alles gebügelt, der Kragen 1 a, und in den Schuhen könntest du dich spiegeln.«

Seine unkindliche Distanz schien sie nicht zu beeindrucken, unverdrossen ging sie ihm zur Hand, kam sie seiner Eitelkeit entgegen.

Ludwig sprach kein Wort, während er sich am Handstein, der einzigen Wasserstelle in dieser Wohnung, sorgfältig wusch. Er ignorierte die Mutter völlig, die ganze Morgentoilette über. Meist war er mit Lea allein, die Brüder waren schon fort, ebenso Alf Bertini, wenn sein Dienst ihn nicht ohnehin über Nacht bis zum nächsten Mittag in der kasernenähnlichen Unterkunft festhielt.

War Ludwig endlich angezogen, rupfte und zupfte er noch eine Weile an sich herum; bürstete immer wieder sein dünnes, blondes Haar; betrachtete lange mit krauser Stirn die Narbe, die ihm das Stück Dachpappe vor Jahren an der Nase geschlagen hatte; stellte auch diesmal keine entscheidende Verunzierung seiner Persönlichkeit fest, und verließ trällernd und ohne Abschiedsgruß die Wohnung. Unten schwang er sich auf sein Fahrrad, trat kräftig in die Pedale und fuhr die Lindenallee in Richtung Sandkiste hinunter, gen Uhlenhorst, wo er im dritten Jahr das Realgymnasium Averhoffstraße besuchte.

Jedesmal blieb Lea wie versteinert auf dem Balkon stehen, offenbar ohne sich daran gewöhnen zu können, daß Ludwig nie auch nur den Kopf wandte, geschweige denn zurückwinkte.

Die Abwesenheit von Vater und Brüdern schien lange Zeit eine Voraussetzung dafür, daß Ludwig sich der Mutter gegenüber unverstellt gab. Es war, als scheute er sich, in deren Gegenwart das ganze Ausmaß seiner unwiderruflichen Abnabelung, seiner kalten Getrenntheit von Lea zu zeigen, während sie selbst sich längst zur Komplizin seiner zwei Gesichter gemacht hatte, immer darauf bedacht, das ehrlichere, Ludwigs unsägliche Verachtung für sie, mit der eigenen Maske gegenüber den anderen zu verheimlichen.

Eines Morgens hörten die Söhne, wie Lea aufgeregt auf dem Flur und in der Küche umherhuschte. »Ich glaube, ich habe ... ja wirklich, das ist mir noch nie passiert. Das muß geschehen sein, als ich gestern nacht die Uhr gestellt habe – ein Versehen.« Sie kam verstört in das Zimmer der Söhne: »Aufstehen, Kinder, die Uhr ist schon Viertel nach acht – ich habe die Uhr falsch gestellt, ich weiß gar nicht, wie das gekommen ist. Eben merke ich, daß die in der Küche eine Stunde mehr zeigt als die im Schlafzimmer«, Lea war völlig außer Atem. Sie eilte in die Küche zurück und rief von dort: »Komm hoch, kleiner Muck. Ermuntert euch. Hätte ich bloß, wie sonst, die Brote schon gestern abend geschmiert, ich weiß gar nicht, was mit mir los ist. Cesar, bist du schon auf?«

Der Angerufene saß aufgerichtet im Bett. »Mein Gott, diese Aufregung«, stöhnte er.

»Da bist du ja«, hörten sie Lea erleichtert sagen, »hier, kleiner Muck, ist dein Zeug. Gut, daß ich schon gestern abend alles zurechtgelegt habe. Zieh dich an, fix, fix«, offenbar wollte sie Ludwig helfen, was dieser mit einem dumpfen »Das kann ich allein!« quittierte. Dann greinte er: »Ich werde schön zerfleddert in der Schule ankommen. Keine Zeit mehr, zu nichts, zu gar nichts.«

»Nun steh da doch nicht herum, sondern zieh dich an, dann wirst du noch rechtzeitig fertig«, flehte Lea. »Du kommst ja auch sonst nur zehn Minuten früher hoch.«

»Ich habe keine Zeit, mich ordentlich anzuziehen«, brüllte Ludwig, »und das alles nur, weil du verschlafen hast.«

Einen Augenblick war es ganz still. Dann sagte Lea leise, fast demütig: »Aber ich habe nicht verschlafen, ich habe die Uhr gestern abend falsch gestellt, im Schlafzimmer, um eine Stunde...«

Ludwig hielt mit Zähneputzen inne. »Und dafür werde ich wie ein Vagabund aussehen, wie eine Vogelscheuche.«

Lea stand vor dem Küchentisch und schmierte mit großer Fertigkeit Brote. »Wenn du nur schnell machst, dann kannst du es leicht schaffen«, bat sie.

»Es wäre besser gewesen, du wärest rechtzeitig aufgestanden«, sagte Ludwig leiser, aber Roman und Cesar hörten es doch. »Jetzt muß ich die Folgen ausbaden.«

»Mutter«, schrie Cesar, »was hörst du dir das an? Ist der verrückt geworden?«

Lea hielt, das Messer in der Rechten, inne. »Das Unglück ist nun mal passiert«, sagte sie, »es tut mir ja leid.«

»Um Gottes willen«, Roman fuhr sich im Zimmer der Söhne mit der Handfläche übers Gesicht, »entschuldige dich doch nicht.«

Wieder Ruhe. Und dahinein sagte Ludwig kalt: »Das ist der schlechteste Scheitel, den ich je gezogen habe«, sie hörten, wie er vor dem Spiegel über dem Handstein auf und ab trat.

»Was bürstest du dich denn so lange«, Lea packte mit fliegenden Händen die Brote ein, »mach schnell, bitte, du gehst ja sonst auch nicht eher weg.« Und zu Cesar: »Ich rufe deinen Chef an und sage ihm, daß ich verantwortlich bin für die Verspätung.«

Cesar zog die Luft durch die Zähne. »Ach, Mutter«, er verdrehte die Augen, »davon stürzt die Welt doch nicht ein.«

»Bei mir schon«, Ludwig stand immer noch vor dem Spiegel und arbeitete an seinem Scheitel. »Telefoniere gefälligst mit meinem Klassenlehrer, das ist wichtiger, als in Cesars alberner Zweimann-Schmetterlings-und-Blumen-unter-Glas-Klitsche anzurufen.«

Lea packte aufgeregt die Brote in Ludwigs Tasche. »Nein, das ist nicht nötig, denn gestern bist du nur fünf Minuten eher weggegangen.«

»Ja«, er kehrte sich mit einer raschen Bewegung gegen sie, »aber vorher hatte ich Zeit genug, mich so anzuziehen, wie ich es gewohnt bin.«

Wieder Stille, nur durch einen Laut unterbrochen, der klang, als hätte Lea zugleich geseufzt und geschluchzt.

Roman Bertini saß immer noch bewegungslos in seinem Bett. »Wenn ich die Rechenarbeit schlecht schreibe«, Ludwig hielt den Türdrücker in der Hand, »dann bist du daran schuld.«

»Mir dröhnen die Ohren, du bist gestern sogar noch später abgefahren«, Lea riß die Wohnungstür weit auf.

Schon im Treppenhaus, rief Ludwig: »Wenn ich unter einen Wagen komme, so hast du die Schuld.«

Roman kam in die Küche, seine Kehle war ihm wie zugeschnürt. Was kam da unter ihnen hoch? Was war da aufgestanden gegeneinander? Er starrte Lea an, die vom Balkon zurückkehrte, wie immer von Ludwig ohne Gruß gelassen. Dann sagte er: »Nicht Zeit genug zum Anziehen? Der Scheitel nicht richtig gezogen?« Er sah die Mutter fassungslos an. »Und Siegfried Kanten hat sich im Osterbekkanal ertränkt...«

Um Ludwigs schulische Entwicklung kümmerte sich Alf Bertini nicht anders, als er es um die seiner älteren Söhne getan hatte, nämlich überhaupt nicht. Die Gründe waren die gleichen – der Vater hatte sich sehr bald schon von seinem eigenen Jüngsten an Bildung überflügelt gesehen. Wenn es doch eine Beziehung gab, so bestand sie, wie schon gegenüber Roman und Cesar, darin, daß er Ludwig für den Fall seines Scheiterns eine düstere Zukunft prophezeite. Nur variierten seine Voraussagen und Anschwärzungen insofern, als er nun nicht mehr wie einst zur Abschreckung den Beruf des Straßenfegers bemühte, sondern den eines Wärters im Freibad Ohlsdorf, eine volkstümliche Schwimmanstalt im Norden Hamburgs. In den ersten Ehejahren hatte Alf sie mit Lea besucht, nicht sehr häufig, aber regelmäßig, es gab sogar Fotos von dem Ereignis. Dort Wärter zu sein – »Badewärter!« –, schien nach Alf Bertinis Ansicht das beschämendste und entwürdigendste Dasein überhaupt. Und so ließ er sich denn vor Ludwig, aber auch den anderen, geradezu schwärmerisch aus, daß dieser Berufsstand hauptsächlich von Buchweizengrütze lebe, da der schmale Lohn für andere, bessere Nahrung nicht ausreiche, andererseits aber auch das Bedürfnis danach nicht bestehe. Diese Buchweizengrütze war Ludwig seit seinen Tagen als Sextaner vom Vater auf den allwöchentlichen Teller seiner Drohtiraden gefüllt worden. Wie stets, wenn er Schlimmes äußerte, geriet Alf Bertini in Feuer, vollführte rudernde Bewegungen, horchte seinen dunklen Prophezeiungen lange nach und war sehr bedacht auf die Wirkung seiner Suada.

Die war nun allerdings gleich Null. Ludwig ließ sich längst nicht mehr durch den Vater beeindrucken, um so weniger, als Alf ihn wohlweislich nie nach einer Zensur, nach Pensum oder Lehrern fragte.

Obwohl erst im dritten Jahr auf dem Realgymnasium Averhoffstraße, ging Ludwig Bertini durch die generelle Verlegung des Versetzungsdatums von Ostern auf den September davor, also durch Halbierung der Quarta, in die vierte Klasse, war er durch Kriegsläufte vorzeitig zum Untertertianer geworden. Dreimal mit redlichen Zeugnissen aufgerückt, marschierte er nicht an der Spitze, sondern tummelte sich, wie Roman und Cesar vorher auf dem Johanneum, in guter Mitte. Es hatte bisher keinerlei Anlaß zur Sorge gegeben, keinen Grund, sich um Nachhilfeunterricht zu bemühen, zumal Leas *kleiner Muck* sich nachmittags stets zurückzog und über Hefte und Bücher beugte. Alles schien seine Ordnung zu haben, bis Roman im Februar 1943 ohne Arg und Absicht, eher spielerisch und in Gedanken an anderes, in Ludwigs Schultasche langte, Hefte hervorholte, darin blätterte und dabei gefährliche Zensuren entdeckte.

Als Roman ihm wortlos das Ergebnis seiner ungewollten Entdeckung entgegenhielt, sagte Ludwig nichts. Er wehrte sich auch nicht dagegen, daß der Bruder sich sofort daran machte, ihm Nachhilfeunterricht zu geben und mit der Autorität des Älteren die Aufsicht über die Schularbeiten auszuüben. Das ging ohne Verständigung von Alf und Lea vor sich, es spielte sich überhaupt in einer Art atmosphärischen Zwielichtes ab, in dem Roman weder nach den Gründen von Ludwigs plötzlichem Leistungsabfall seit Jahresbeginn fragte noch dieser eine Erklärung dazu abgab. Nur der spöttische Grundzug in Ludwigs Haltung blieb, auch wenn er tat, was Roman sagte. Übrigens mit durchschlagendem Erfolg, Tagesleistungen und Klassenarbeiten verbesserten sich rapide, die Zensuren stiegen wie das Staunen der Lehrer.

Ludwig Bertini selbst zeigte keinerlei Freude darüber, keine Dankbarkeit, überhaupt keine Regung. Aber auch Roman unternahm die Anstrengung mit dem Gefühl ihrer völligen Überflüssigkeit. Was wollte Alf eigentlich mit seinem Lärm um die berufliche Zukunft des Jüngsten? Wozu das ganze Gerede von dem Badewärter und der Buchweizengrütze? Ludwig Bertini, Sohn einer jüdischen Mutter, im vierten Kriegsjahr, dem elften des Dritten Reiches, noch auf der Höheren Schule – Roman zog den Kopf zwischen die Schultern, kniff die Augen zu, eilte in die Toilette, erbrach sich dort im Dunkeln.

Am Nachmittag büffelte er mit Ludwig englische Grammatik.

Den nächsten Vormittag traf in der Lindenallee 113 ein Brief ein, in dem der Direktor des Realgymnasiums Averhoffstraße Alf Bertini ohne Angabe von Gründen mitteilte, daß sein Sohn Ludwig die Schule mit Abschluß der Untertertia im kommenden September zu verlassen habe.

Ludwigs einziger Kommentar bestand in der Information, daß er von dem vorzeitigen Ende seiner Schülerlaufbahn schon seit Anfang Januar wisse.

In dieser Nacht fuhr der Jüngste wieder brüllend auf, schrie nach Licht und schlug bei dem Versuch, das Fenster zu erreichen, schwer zu Boden. Von dort starrte er Lea und die Brüder, die rasch aufgesprungen waren, Licht gemacht hatten und ihm zu Hilfe kommen wollten, mit fremden, alten Augen an.

An einem späten Mainachmittag sah Roman Bertini vom Wohnzimmerfenster aus, wie Rudolph Lehmberg nach der Arbeit den Trockenweg, das kurze Verbindungsstück zwischen Fuhlsbüttler Straße und Lindenallee, herunter kam – weißhaarig, gebeugt, die schwarze, abgegriffene Tasche fest unter den Arm geklemmt und die ein wenig stolpernden Füße eine Spur nach innen gesetzt.

Damals tat der ursprünglich gelernte Schlosser bereits seit über zwanzig Jahren Dienst bei den *Hamburgischen Electricitätswerken*. Zuerst schwere körperliche Arbeit, mehr als die Hälfte der Zeit jedoch in der Position eines Lagerverwalters, wegen seines angerissenen Herzmuskels, aber auch, weil die soliden Eigenschaften seiner Person früh erkannt und durch Wechsel honoriert worden waren. Es hieß, Rudolph Lehmberg habe in diesen zwei Jahrzehnten nicht einen einzigen Arbeitstag gefehlt, was zwar unglaublich klingt, aber durchaus zutreffen konnte.

Es war ein gewohntes Bild, das sich Roman vom Wohnzimmerfenster aus bot – der Großvater, zeitlos und ungealtert, für den Enkel von der frühesten Erinnerung an im gleichen, unvorstellbar weitentfernten Lebensabstand.

Rudolph Lehmberg – das war die Verkörperung reiner Gutmütigkeit, des knappen Grußes über die Straße hin, wenn Roman ihn kommen sah und anrief, tief vertraut mit ihm und doch so scheu, daß es nie zu einer Umarmung, zu einer herzlichen Berührung, zu einer engen Geste kam. Es blieb bei der erhobenen Hand, höchstens, daß Rudolph Lehmberg gelegentlich zwei Finger wegspreizte und sie schmallächelnd von der Stirn abtippte.

Für diesen Großvater hatte Roman nie andere als warme Empfindungen gehegt, er schien ihm viel bekannter als Giacomo Bertini es je war, und das nicht allein, weil Alfs Vater ihn nur die ersten sieben

Lebensjahre begleitet hatte und schon zurückgefallen war in die Sphäre verklärter Erscheinungen, umwölkt vom Nimbus seiner Maestro-Aura, herrisch und eigentlich unnahbar, obwohl Roman doch sein Liebling gewesen war. Rudolph Lehmberg war dagegen einfach immer irdisch geblieben, klar, sogar simpel, ungeheuer redlich und – von seiner Frau gepeinigt wie ein großes, geduldiges Roß, das von einem unermüdlich stichbereiten Insekt umschwebt und ständig in Trab gehalten wurde. Auch dies war für den Enkel so seit eh und je und einer kleinen Ewigkeit, das Bild einer dauernden Marter, von der die ganze großväterliche Figur geprägt schien. Recha Lehmberg, erschöpfungslos anschwirrend, einstechend auf ihren Gemahl, der jeden Tag aufs neue die Angriffe erwartete und sich ihrer mit unüberwindlicher Verzweiflung und entschlossenem Grauen erwehrte – es hatte nie etwas anderes gegeben.

Diese Erfahrungen zählten zu Roman Bertinis Grunderlebnissen, es war wie ein Naturereignis, gegen das niemand ankam und dem er in seiner völligen Einflußlosigkeit hilflos gegenüberstand. Hinter seiner äußeren Neutralität aber hatte Roman, solange er denken konnte, immer auf seiten des Großvaters gestanden, hatte immer um ihn gebangt und ihm heimlich Sieg und Triumph gewünscht über Recha, die friedlos panische, nervös unerträgliche und nichtsdestotrotz von Herzen gute Großmutter.

Auch sie war zeitlos für Roman, ohne jedes Altern. Ihre kleine, verhuschte Gestalt, ihr schmaler, vorwärtsstrebender Kopf, ihre Angewohnheit, die Arme hochzuwerfen und dramatisch gegen den Körper klatschen zu lassen – so kannte er sie von der ersten Erinnerung an. Und so schoß sie auch heute noch, lange nach rechts und links gegen den Verkehr witternd, über die Straße, um zu ihrer Tochter zu gelangen, Lea, Frau des *Schlemihls,* die sie beschützen mußte, so alt sie inzwischen auch geworden war.

Ohne je direkt dazu aufgefordert zu sein, mit selbstverständlicher Freiwilligkeit, begann sie drüben unverzüglich, die Wohnung zu säubern. In ihrer eigenen Betrachtung geschah es ohnehin nur Leas und der Enkel wegen – um Alfs willen, ihres Schwiegersohnes, hätte sie nicht den kleinen Finger gekrümmt. Abgesehen von sehr seltenen Perioden einer flackernden, hektischen Fröhlichkeit, war Rechas Anwesenheit bei den Bertinis, einst wie gegenwärtig, gekennzeichnet durch muffige Nörgelei, scharfe Berufungen nach allen Seiten und ständig wechselnde Unmutslaute, die sich gegen alle und keinen richten konnten, ohne in Wahrheit jedoch für die anderen je mehr

Bedeutung zu haben, als daß sie Rechas jeweiligen Standort markierten.

Manchmal jedoch hielt Lea es nicht aus und rief gellend dazwischen: »Aber Mama! Geht das denn nicht ein bißchen leiser? Mußt du immer so aufgeregt sein? Kannst du dich nicht ein wenig zusammennehmen?« – wohlwissend, was sie damit anrichtete, nämlich Rechas Abgang. Und tatsächlich, Recha versteifte sich sofort, tat, als traue sie ihren eigenen Augen und Ohren nicht, daß die leibliche Tochter sich gegen sie kehrte, ehe sie in jene lauten Klagerufe und spitzen Schreie ausbrach, die regelmäßig das alsbaldige Ende ihres Besuches ankündigten.

Aber was auch immer geschah, stets war sie drüben, in ihrer winzigen Einzimmerwohnung mit Küche, bevor Rudolph Lehmberg von der Arbeit kam; stets hatte sie das Essen zubereitet, den Tisch gedeckt und ein Kissen auf seinen Stuhl gelegt.

Dann harrte sie kampfbereit und voll inneren Aufruhrs der Ankunft ihres Mannes.

Als Rudolph Lehmberg an diesem Abend den Trockenweg herunter kam, erkannte Roman vom Wohnzimmerfenster aus in wenigen Sekunden, daß irgend etwas nicht stimmte, nicht in Ordnung, nicht wie sonst war. Der Großvater stolperte stärker als üblich, er hielt die schäbige Tasche krampfhafter als gewöhnlich unter den Arm geklemmt, ja er fiel förmlich nach vorn, das Gesicht bodenwärts gerichtet und die weißen Haare strähnig um die Stirn. So torkelte Rudolph Lehmberg den Trockenweg herunter, bog ein in die Lindenallee, verschwand in dem Eckhaus.

Roman blieb wie gelähmt am Fenster stehen, in einem Zustand geronnener Erwartung, alle Fibern in Alarm versetzt.

Die Aufklärung kam schneller als gedacht, in Gestalt von Recha Lehmberg, die, hektische Flecken auf den Wangen, krumm und atemlos vor Erregung, allein herüberkam. Sie verharrte bei den Bertinis einen Augenblick auf dem Korridor, die Hand aufs Herz gedrückt und ihre Umgebung verstört musternd. Dann lief sie in die Küche, sank dort auf einen Stuhl nieder und begann, die Handknöchel gegen die Augen gepreßt, stockend zu berichten. Daß Rudolph Lehmberg heute vor die Direktion der *Hamburgischen Electricitätswerke* gerufen worden war, wo ihm bedauernd, aber bestimmt, mitgeteilt wurde, er sei seiner jüdischen Frau wegen des Postens als Lagerverwalter ab sofort enthoben. Bis zum Abschluß seiner Tätigkeit Ende August habe er für die Reinigung der Turbinen zu sorgen. Mehr, als die Kündigung so weit hinauszuschieben, könne das Werk zur Milderung der Situation nicht tun – bis dahin seien es schließlich noch fast volle vier Monate.

Da hatte Rudolph Lehmberg also nach zwanzig Jahren gestanden, in der Leitungsetage, Mittelpunkt eines betretenen Abschieds, bis er ging.

Das war es, was Recha Lehmberg nun zu berichten hatte, die Hände immer noch vor die Augen geschlagen, das Haar zerzaust, mit hin und her pendelndem Oberkörper. Plötzlich hielt sie inne, ließ die Hände sinken und sagte tonlos: »Jetzt kommen *wir* an die Reihe, die jüdischen Mischehen. Die Schlinge zieht sich zusammen...«

Am Tage vorher, dem 5. Mai 1943, war der zwölfte Transport Hamburger Juden abgegangen – nach Auschwitz.

20

Vergeltung!

Die Bertinis hörten regelmäßig ausländische Sender ab, meist Radio London und Radio Moskau auf deutsch. Ausgenommen Lea – ihre eingefleischte Gesetzestreue ging so weit, Verbote auch innerhalb der eigenen vier Wände zu befolgen.

So hatte Roman vom Aufstand im Warschauer Ghetto erfahren, etwa eine Woche nach Ausbruch, gegen Ende April, über Radio London. Seither saß er wie betäubt vor dem Apparat auf dem Klavier im Wohnzimmer, er kroch förmlich in ihn hinein, damit ihm kein einziges Wort entging von dem ungleichen Massaker zwischen schwerbewaffneten SS-Verbänden und den kämpfenden Juden in den brennenden Häusern, den Kellern, die zu ausweglosen Fallen wurden, in dem stinkenden unterirdischen Grauen der Warschauer Kanalisation. Er dachte immer wieder nur eines: Waffen, dachte er – Waffen?

Hier, vor diesem Apparat, hatte er im Herbst vergangenen Jahres auch nichtsahnend die erste Nachricht von der großen militärischen Wende des Zweiten Weltkrieges mitbekommen, war während der deutschsprachigen Sendung aus Moskau um zwanzig Minuten vor zwei nachts ihr Ohrenzeuge geworden: westlich von Stalingrad, zwischen Don und Wolga, hätten sich die Armeegruppe Wattutin aus dem Norden und die Armeegruppe Jeremenko aus dem Süden bei Kalatsch vereinigt – damit sei die 6. deutsche Armee abgeschnitten. Das mußte am Morgen des 23. oder 24. November 1942 gewesen sein.

Etwa einen Monat nach dem Ende der 6. Armee begann Roman Bertini Eintragungen in ein kleines silbergraues Bändchen mit Goldschnitt zu machen, die erste am 17. März 1943: »Kämpfe bei Bjelgorod und westlich von Wjasma.« Und zehn Tage später: »Schwerer Luftangriff auf Berlin.«

Beide Eintragungen waren charakteristisch für eine Art unregelmäßigen Tagebuches, in dem sich von nun an der Verlauf der Kriegsfronten

und die Luftangriffe der anglo-amerikanischen Bomberflotte auf
deutsche Städte ziemlich exakt widerspiegelten. Er fügte das Büchlein,
in das er mit winziger, dünner Schrift seine Notizen eintrug, den
Manuskripten hinzu, die er sich stets unter den Arm klemmte, wenn es
in den Luftschutzkeller ging.

Mit der Katastrophe der 6. Armee bei Stalingrad verschwand auch die
große Karte von der Ostfront aus dem Schaufenster des Warenhauses
Karstadt in der Mönckebergstraße. 1942 hatte der Vormarsch seinen
triumphalen Höhepunkt erlebt, waren die Fähnchen der deutschen
Fronten im Südabschnitt noch weit nach Osten gesteckt worden, bis
Grosny und Pjatigorsk im Kaukasus, ja bis ins Vorfeld von Baku mit
seinen Erdölfeldern. Und, über den Don hinaus, bis Stalingrad.

In der Eisenexportfirma am Kattrepel waren etliche Gesichter länger
geworden.

Mochte die blonde Sekretärin grimmiger als sonst ihrer Wut über die
Zielvorliebe der feindlichen Bomber für Krankenhäuser, Kindergär-
ten, Kirchen und Altersheime Ausdruck geben, so schien in der
Empörung über die *Plutokraten* doch die ratlose Frage mitzuschwin-
gen, weshalb denn nun eigentlich derart verheerende Angriffe wie die
vom Vorjahr gegen Hamburg und Köln nicht abgewehrt werden
konnten. Ihrer Ratlosigkeit tat es nicht gerade wohl, wenn der
heuschnupfengeplagte Faun aus der Buchhaltung häufiger als früher
ein Stockwerk tiefer stieg und im Schreibraum der Firma mit rottriefender Nase vor der Sekretärin den vollen Angriffskatalog der letzten
vierzehn Tage aufzählte und sich dann, gespielt devot rückwärts
schreitend, mit der Aufforderung verabschiedete:

»Wer die Zerstörung seiner Städte durch den Feind nicht verhindern
kann, der sollte doch endlich Schluß machen mit dem Krieg...«

Dank den veränderten Verhältnissen auf dem europäischen und bald
auch auf dem nordafrikanischen Kriegsschauplatz hatte sich das Ritual
zwischen dem Prokuristen *Orient* und dem der Abteilung *Inland-
Warthegau* gewissermaßen in sein Gegenteil verkehrt. War es bis Ende
des vergangenen Jahres noch der Mann mit dem schütteren Haar und
den vielen Auszeichnungen aus dem Ersten und diesem Weltkrieg
nebst NSDAP-Plakette auf der Brust gewesen, der, die Vormärsche
der Wehrmacht beschwörend, geschrien hatte: »Sie wollen doch nicht
etwa unsere Siege bestreiten?« – so baute sich nun das Männchen mit
dem grauen Schnurrbart vor ihm auf und fragte, geräuschvoll sein
Gebiß hochsaugend: »Sie wollen doch nicht etwa unsere planmäßigen
Rückzüge leugnen?«

Der Prokurist *Orient* machte ein vergrämtes Gesicht, vergrub den Kopf zwischen beide Fäuste und sinnierte dumpf vor sich hin: »Ja – planmäßig! Frontverkürzungen, für den Gegenschlag.«

Darauf der graue Schnurrbart, noch dumpfer: »Auch Stalingrad und der Verlust der 6. Armee? Wo hören die planmäßigen Rückzüge des Oberkommandos der Wehrmacht eigentlich auf? Am Dnjepr, an der Beresina – napoleonischen Angedenkens, bei Warschau? Oder gar bei – Berlin?«

Zunächst schien es, als vergrübe sich der Prokurist *Orient* noch tiefer in seine Fäuste. Plötzlich aber sprang er auf und schnaubte: »Können Sie nicht den Sommer abwarten, Sie defaitistischer Zwerg? Mal was vom Ural gehört, Sie Memme, und den Ländereien, die dahinter liegen? Das alles, seien Sie gewiß, holen wir uns noch!« Dann, mit einem Zug übermächtigen Ekels im Gesicht, außer sich vor Wut, auf die Provokation wieder hereingefallen zu sein: »Was rücken Sie mir überhaupt so nahe auf den Pelz, Mann? Habe ich Ihnen nicht schon tausendmal gesagt, daß sie aus der Schnauze stinken wie 'ne Kuh aus'm Arsch? Arsch, ja! – Arsch sagte ich.«

Der Prokurist *Inland-Warthegau* drehte sich unerschüttert um und sagte im Hinausgehen: »Von meinem Sohn in Stalingrad habe ich seit Weihnachten nichts gehört, Sie großer Sieger Sie.«

Das entschiedenste Zeichen der gewandelten Zeit aber kam von dem Fräulein aus der Telefonzentrale, einer Frau von fünfundvierzig Jahren, so gesichts- wie meinungslos, aber mit genügend Intelligenz ausgestattet, um den tastenübersäten Apparat für die ankommenden und die ausgehenden Gespräche mit schlafwandlerischer Sicherheit zu bedienen.

Bei der Nachricht vom Ende der Rommel-Armee in Tunesien, zog sie eines Nachmittags Roman mit dem Ausdruck äußerster Verblüffung in ihren verglasten Kabelkäfig und prophezeite dort mit einer Stimme, als verrate sie ihm eine epochale Entdeckung: »Passen Sie auf – Deutschland wird diesen Krieg noch verlieren!«

Roman vergaß den Ausspruch nie.

Allein die *Fresse* zog unbeeindruckt vom Wechsel der Zeiten und der Fronten ihre kometenhafte Laufbahn weiter. Eisern, pünktlich und riesenhaft, ein regenschirmbewehrter Rübezahl, traf sie gegen elf Uhr im vierten Stock des Bürohauses am Kattrepel ein, gleichsam mit schnappenden Kiefern das eigene »Guten Morgen« hinten abbeißend, wenn sie auf dem kurzen Weg vom Etageneingang bis zum Chefrefugium auf einen ihrer Angestellten stieß.

Wie schweres Schweigen, lähmende Atemnot legte sich die Ankunft des Prinzipals auf die gesamte Belegschaft, bevor dann nach überstandener Schreckminute, wenn auch gedämpfter als vorher, die Arbeit wieder aufgenommen wurde.

Es gab Perioden, in denen Roman den Allgewaltigen monatelang nicht zu Gesicht bekommen hatte. Nie wieder war zwischen ihnen nach dem abgeschlagenen Angriff auf die Frisur ein Wort gewechselt worden. Aber Roman spürte, daß die *Fresse* ihn, kam er doch einmal in ihren Gesichtskreis, zwar mit dem gleichen Hochmut, jedoch ein paar Sekunden länger als die anderen ansah.

Roman Bertinis Beziehung zu seiner Tätigkeit hatte sich in nichts geändert. Lehrling nun im dritten und letzten Jahr, heftete er Korrespondenzen ab und schrieb über Ladungen von Rund-, Flach- und Stabeisen Fakturen, die ihm herzlich gleichgültig waren wie das ganze Metier. Tatsächlich hatte er in den zwei Jahren so gut wie nichts gelernt, auch keinerlei inneren Antrieb dazu verspürt. Morgens holte er aus dem schwerverriegelten Stahlschrank Akten und Ordner, die er am Abend zuvor des Luftkrieges wegen dort hineingepackt hatte. Dann setzte er sich an seine Maschine und spannte das Rechnungsoriginal samt grüner, blauer und rosa Kopie ein. Schließlich verstaute er die Ordner bei Büroschluß wieder in den Panzerschrank.

Das einzige persönliche Verhältnis, das sich je hier knüpfte, blieb das zu dem *Alten Boten* in der Postabteilung, dessen ohnmächtige Ausbrüche gegen die Willkürherrschaft der *Fresse* um eine Oktave schriller geworden waren, so daß man förmlich die Erwartungsschauer zu spüren meinte, die die unsichtbare Zuhörerschaft auf der ganzen Etage wohlig durchrieselten, zumal der *Alte Bote*, wie er es selbst ausdrückte, seit einiger Zeit »das rote Tuch näher an den Stier« heranführte. Der einzige ohne jede Risikofurcht für ihn war Roman. Der Bote hatte ihn nämlich eines Tages in die leeren Chefgemächer geschoben und die Doppeltüren geschlossen. Nach einer Weile war er wieder hereingekommen und hatte gefragt, ob Roman irgend etwas von draußen gehört habe. Als er verneinte, hatte der *Alte Bote* befriedigt genickt.

Das geschah übrigens während einer Luftschutzwache. Sie war seit Herbst 1942 eingerichtet worden, um die Büroräume nachts nicht allein zu lassen.

Decken waren herangeschafft, Schlaf- und Wachpläne aufgestellt worden. Jeder Angestellte kam turnusmäßig an die Reihe, ausgenommen Prokuristen und Abteilungsleiter. Männer und Frauen wurden in getrennten Räumen untergebracht.

Ohne um Genehmigung nachzufragen – »Hier hat mir keiner was zu sagen!« –, hatte der *Alte Bote* den mit unzähligen Mustern ohne Wert vollgestopften Raum hinter seiner türlosen Klause leergemacht, hatte dort zwei Holzpritschen aufgeschlagen und eine elektrische Kochplatte installiert. Dann hatte er das Gemach zu seiner Privatsphäre erklärt, die mit ihm als Wachhabendem zu teilen nur Roman Bertini die Ehre habe.

Mit Einverständnis des *Alten Boten* hatte er sich in solchen Nächten angewöhnt, noch einmal auf die Straße zu gehen, wenn auch nicht weit weg, um bei Alarm sogleich zur Stelle zu sein – vorbei an der Petrikirche bis zum Jungfernstieg, oder über die Mönckebergstraße zum Glockengießerwall und Hauptbahnhof.

Und dabei geschah einer jener unergründlichen Zufälle, die über Schicksale entscheiden. Plötzlich standen sie in der stockfinsteren Steinstraße einander so nahe gegenüber, als trennte sie nichts als eine hauchdünne Wand. Beide erschraken tief, suchten ihre Hände, traten wortlos zur Seite an die Hausmauer.

Der Mantel David Hanfs war ohne gelben Judenstern, und der Schatten da vor Roman Bertini in nichts mehr identisch mit jenem Schüler, der so versessen gewesen war auf amtliche Funktionen und Hütung des Klassenbuches; der beim Melden mit den Fingern geknackt und der aufgeschrien hatte, als sein ausgeschlagener Zahn auf dem dunklen Grund vor der Ersten Schule der Freien und Hansestadt Hamburg gelegen hatte. Dieses blasse, witternde, todesentschlossene Gesicht, diese gespannte, federnde, fluchtgewohnte Gestalt – sie waren gezeichnet von der Gnadenlosigkeit der Illegalität, vom Leben im Versteck.

Die Schritte unsichtbarer Passanten hallten vom Pflaster hoch zu einem schweren, stickigen Himmel. Und während der Umarmung, bevor sie sich hastig und mit nassen Gesichtern trennten, sagte David Hanf klar und kalt:

»Auf dem Johanneum – *danach!*«

Die Liste steckte unfrankiert im Briefkasten.

Mit einem anredelosen Begleitschreiben forderte die Leitstelle der Geheimen Staatspolizei Hamburg die Bertinis auf, einen vollständigen Katalog ihres Eigentums einzutragen, vom kleinsten bis zum größten Gegenstand, mit genauen Angaben und Erläuterungen, dem Vordruck entsprechend und innerhalb einer Woche zurückzuschicken. Dabei wurde Lea *Sara* Bertini (so der Zwangsvorname für alle Jüdinnen, wie

Israel für alle männlichen Juden) noch einmal darauf aufmerksam gemacht, daß sie ihren Wohnort ohne Einwilligung der Gestapo nicht verlassen dürfe.

Roman hatte das Schreiben, das den Stempel *Privilegierte Mischehe* trug, im Kasten neben der Haustür entdeckt, als er morgens weggehen wollte; hatte einen Augenblick gezögert und es dann Lea gebracht, die versuchte, das Zittern ihrer Hände vor ihm zu verbergen.

Es stellte sich heraus, daß die Lehmbergs den gleichen Brief, aber ohne den Stempel, erhalten hatten.

Achtundvierzig Stunden später hatte sich Alf Bertini, ohne Angabe von Gründen, im Stadthaus bei der Gestapo einzufinden.

Als Alf gegangen war, blieben die anderen so sitzen oder stehen, wie er sie verlassen hatte. Es war, als sei ein Teil ihrer Sinne einfach vor Entsetzen ausgeschaltet worden. Niemand von den Bertinis verließ an diesem Tag die Wohnung, niemand sprach ein Wort. Die Geräuschlosigkeit, der Nebel, die Watte, sie blieben, bis Alf gegen sechs Uhr abends wiederkehrte, scharfe Züge im verschlossenen Gesicht.

»Es war nichts«, sagte er kurz, »gar nichts.«

Am nächsten Morgen erfuhren die Söhne von Lea, daß der Vater aufgefordert worden sei, sich von ihr scheiden zu lassen, was ihre Deportation mit dem 14. Transport von Hamburger Juden nach dem Osten am 23. Juni bedeutet, Alf jedoch von den Fesseln und den Bedrohungen der Nürnberger Rassegesetze befreit hätte. Als Alf die Aufforderung keiner Antwort gewürdigt habe, hätten sie ihn sechs Stunden warten lassen, ehe sie ihn ungefragt entlassen hätten.

Wieder zwei Tage später wurde Alf Bertini vor die örtliche Kommandantur des *Sicherheitshilfsdienstes* gerufen, wo ihm eröffnet wurde, daß er entlassen sei – seiner Frau wegen. Er hatte das martialische Koppel und die blaugraue, immer etwas streng riechende Uniform des SHD sogleich abzulegen.

Alf brachte die Nachricht in die Lindenallee mit jener unbegreiflichen Genugtuung, die er seit jeher bei allen Hiobsbotschaften gezeigt hatte. Wie er da stand, verständnislos gegenüber dem stummen Schrecken von Frau und Söhnen, schien er das höchste Maß an innerer Befriedigung erreicht zu haben, das ihm werden konnte. Schließlich kam er damit heraus, daß ihm eine Frist von sechs Wochen gewährt sei, ohne jedoch weiter Dienst tun zu dürfen. Danach habe er im Hafen anzutreten, auf der Werft von Blohm & Voss, als Hilfsarbeiter.

Alf Bertini ging wie in Trance zum Klavier, hob den Deckel, wie jeden Tag, an dem er *übte*, und begann plötzlich zu schluchzen: daß bei der

Werftarbeit sein künstlerisches Werkzeug, seine Hände zuschanden würden, verderben, platzen, geschunden; daß es aus sei mit ihm, Alf Bertini, der schon ein Wunderkind gewesen sei, das zu höchsten Hoffnungen berechtigt habe; aus mit seiner Karriere als Dirigent ...

Die Kette brach bei Cesar.

»Um Gottes willen, Papa«, stöhnte er, »Wunderkind, Dirigent! Hör auf, hör doch endlich damit auf!«

Der erste Schlag, von hinten in das Genick des Ältesten, warf Cesar gegen den grünen Kachelofen – sie hatten Alf noch nie so schnell hochkommen sehen. Der zweite streifte gerade noch Cesars zurückzuckenden Kopf, in den dritten warf sich Lea mit einem erbarmungswürdigen Schrei in der Kehle, die Augen entsetzt auf Alf gerichtet. Der war, als suchte er nach einem festen Standort, in den Knien ein wenig eingeknickt, beide Arme mit geöffneten Händen schlagbereit nach hinten gestreckt, den Hals vorgestoßen, das ganze Gesicht stark vergröbert. So stand Alf Bertini in der Mitte des Zimmers, in Angriff und Abwehr zugleich, tänzelnd und in den Augen den Ausdruck eines umzingelten Tieres.

Es war, als sei eine Messerklinge zwischen ihnen aufgesprungen. Ratlos und erbittert sahen sie einander an.

Roman Bertini erkannte sofort, was da soeben geschehen war.

In dieser Minute hatte der Vater die eigene Familie in seinen alten pauschalen Menschenhaß einbezogen, eine epochale Wende in ihrer Biographie, hatte dieser Haß endlich seine ständig verfügbaren Opfer gefunden. Nichts würde je wieder so werden wie vor den Schlägen.

Unter dem Überdruck von außen war ihnen in der Stunde wachsender Gefahr ein innerer Feind entstanden – Giacomos gescheiterter Sohn –, Leas Mann, Cesars, Romans und Ludwigs eigener Vater – Alf Bertini.

Von ihm hing ihrer aller Schicksal ab.

Was Roman jetzt tat, das tat er wie unter einem Zwang.

Er fuhr am nächsten Tag nach Büroschluß zu seiner Großmutter in die Hoheluft, witterte, ob die Hattenroths da waren, nahm Emmas verneinendes Kopfschütteln wie vorbestimmt hin und ging in die Rumpelkammer. Dort griff er nach Giacomo Bertinis handlicher, aber schwerer Pistole, wog sie und trug sie vor die Großmutter. Dann steckte er die Waffe in die rechte Hosentasche.

Emma, in einem Kleid, das wie immer bis auf den Boden reichte, weißhäutig, ein wenig kichernd und von grenzenlosem Vertrauen in ihren Enkel beseelt, nickte ohne die geringste Ahnung der Zusammenhänge. Es fiel kein Wort zwischen ihnen, aber Roman wußte sein Geheimnis bei ihr vollkommen sicher.

Am gleichen Abend fuhr er von der Hoheluft zur Mundsburg, klingelte bei dem Klempner Erich Snider, ging in die Küche, öffnete die Tür zur Speisekammer und holte mit einem Griff aus den angehäuften Lebensmitteln, mitten aus den Stapeln der Obst- und Gemüsekonserven, der Kekse, der Fischdosen und Schokoladetafeln, die Schachtel mit den Patronen hervor.

Er legte sie neben die Pistole auf den Tisch.

Der Klempner stand ohne das geringste Zeichen von Überraschung unter der Küchenlampe, gnomenhaft, Wetterleuchten in dem klobigen Gesicht, lange schweigend. Und während sein verstümmelter rechter Arm kraftlos niederhing, nahm er mit der unversehrten Linken Giacomo Bertinis Pistole auf wie ein kostbares Juwel, nickte bestätigend: »Pietro Beretta, sechsfünfunddreißig«, holte das Magazin hervor, spannte, drückte ab. Dann zeigte er auf die Patronen und sagte: »Die Dinger sind zehn Jahre alt.«

Alle sechs Patronen in das Magazin schiebend, war Erich Snider fast im gleichen Augenblick schon auf dem Korridor, stieg über Rohre, Flansche, Klosett- und Spülbecken und verschwand im Schlafzimmer.

Als Roman hereinkam, hatte der Klempner sich eine Wolldecke um die untaugliche Rechte gewickelt, die er mit seinem ganzen Gewicht auf zwei aufeinanderliegende Kopfkissen preßte. Dazwischen schob er die Pistole.

Die Detonation hörte sich an, als würde ein Hammer ohne jeden Hall, ja fast ohne alle Luftschwingungen auf ein anderes Stück Metall schlagen – dumpf, trocken, schwer.

Einen Augenblick sah es so aus, als wollte Erich Snider an die Decke springen. Er krümmte sich wie eine Feder, sprachlos und überwältigt, als sei ihm ein langgehegter, geheimer Wunsch in Erfüllung gegangen. Der sonst so beherrschte, schweigsame Mann glühte förmlich, zog seine Faust zwischen den Kissen hervor, rieb sich den angesengten Handrücken, schwankte vor Bewegung und übergab Roman die Pistole mit den fünf Patronen.

»Wenn du schießt«, sagte er, »halte die Mündung ganz nahe dran. Das Ding sieht aus wie ein Piepmatz, aber aus kleiner Entfernung macht es alles kaputt.«

In diesem Moment wurde die Haustür aufgeschlossen, eine Stimme schrie: »Wie riecht es hier verbrannt?« und herein wirbelte rock-schwenkend, trällernd, augenklappernd und Roman laut umhalsend – Esther Snider, des Klempners verblüffende Tochter. Ohne auf die verdächtigen Umstände einzugehen, schnupperte sie mit der feinen Nase, ehe sie gellend die jüngsten Anreden ihres Verlobten Fred Asberth aus dem Felde zum besten gab: »Salome!« – dann, gicksend, »Heilige Johanna!« und schließlich, prustend, haltlos vor Vergnügen herausplatzte: »Meine *Päpstin*!«

Ihre schrille Stimme war Roman noch lange im Ohr auf dem Wege nach Barmbek. Die Waffe hielt er in der rechten Hosentasche umklammert. Es war ihm, als hätte sie dort immer gesteckt.

Er traf Lea im Wohnzimmer an, auf dem niedergesessenen Sofa unter dem rötlichen Lampenschirm, wo sie Hemden für Ludwig ausbesserte.

Roman setzte sich auf die Lehne neben der Mutter, sah auf ihr vertrautes Profil mit der etwas zu großen Nase, schüttelte auf ihr »Hast du Hunger?« und das dringlichere »Ich mache dir was, wenn du Hunger hast!« nur leise den Kopf. Dann strich er ihr mit einer sanften Gebärde übers Haar und legte dabei, wie Lea es selbst oft beim Kämmen tat, den Nacken von der schweren schwarzen Flechte frei. Und plötzlich wußte Roman, daß der Gedanke, seine Mutter zu töten, um sie nicht in die Hände der Gestapo fallen zu lassen, seit Jahren in ihm lebte. Wenn es jetzt klingeln und Lea geholt werden sollte, so würde er den Lauf an die weiße Stelle zwischen Hals und Schädel pressen und abdrücken.

In dieser Nacht schlief Roman Bertini nicht.

Am nächsten Morgen entleerte er das Magazin, steckte die fünf Patronen in einen festen Umschlag, den er den *Manuskripten* beifügte. Dann fuhr er zur Hoheluft und konnte die Waffe unbemerkt von den Hattenroths an ihren alten Platz in der Rumpelkammer legen.

Emma Bertini umarmte ihren Enkel, ohne zu fragen.

Hinter dem Universum allgegenwärtiger Angst vor dem Gewalttod war das vorherrschende Gefühl in Roman *Einsamkeit*.

Beschränkt auf die eigene Familie, ohne natürliche Bindungen zu Altersgenossen beiderlei Geschlechts, ohne Zuspruch in seiner Not oder Antwort auf seine Fragen, war er immer tiefer in sich selbst hineingekrochen.

Er hatte sich angewöhnt, dem inneren Druck durch lange Spaziergänge Luft zu verschaffen. Die Hände hinten verschränkt, machte er sich auf

328

den Weg zum Stadtpark, eine feste Route. Sie führte ihn zunächst an den See, von wo er auf der gegenüberliegenden Festwiese vor dem alten Wasserturm die riesigen Rohre dreier Flugzeugabwehr-Kanonen erblicken konnte. Dann ging es zum Planschbecken und zum Ententeich, durch die Platanenallee und die Freilichtbühne zum Pinguinbrunnen, und über die Hellbrookstraße und den Rübenkamp zurück zur Lindenallee. Diese Strecke von zwei Stunden legte Roman Bertini nicht nur in jener seltsam unjugendlichen Haltung zurück – die auf dem Rücken verschränkten Arme bogen ihn von der Hüfte an nach vornüber –, sondern auch unter dem Eindruck, daß sich alles hier einst Erlebte in einer anderen Welt zugetragen hätte.

Es war auf einem dieser gespenstischen Märsche, daß ihm im Stadtpark, an der kupfernen Diana auf der Hirschkuh, Barmbeks einziger Afrikaner begegnete, Mickey, der Widerpart so mancher *Kloppe* vor zwölf Jahren und mehr, ein schwarzes Gesicht, in das Roman damals öfter geblickt hatte, das ihm in der langen Zwischenzeit aber nur dann und wann in der Nähe des Bahnhofs begegnet war, ohne daß je eine persönliche Bekanntschaft daraus entstanden wäre. Bis zu dieser Stunde hatten sie nie etwas anderes ausgetauscht als ihr wüstes Krächzen über die Fronten der feindlichen Haufen hinweg.

Jetzt kam ihm Mickey entgegen in einem hellen, dünnen Wettermantel, der die dunklen Züge noch stärker hervorhob. Sie gingen aufeinander zu und gaben sich die Hand, ohne jede Verständigung. Der eine war sofort ausgewiesen durch seine Hautfarbe, der andere durch sein Zivil, oder besser – seine Uniformlosigkeit im Alter von zwanzig Jahren. Dafür gab es nur *eine* Erklärung.

Wie selbstverständlich, gleichsam als alte Freunde, gingen sie nebeneinander her, vorbei an den von Rhododendron umschatteten Seitenflügeln der Stadthalle am Seeufer, und hinüber in das Wäldchen gegenüber dem großen Güterbahnhof. Auf wenigen hundert Metern war zwischen ihnen ausgetauscht, was zu wissen notwendig war.

Mickeys Vater, der *feine Pinkel vom Schwarzen Kontinent,* über den die Barmbeker Straßenjungen seinerzeit unsicher gehöhnt hatten, entpuppte sich nun als der Sohn eines hohen afrikanischen Diplomaten – Momolu Massakon, nach dem Ersten Weltkrieg Generalkonsul von *Liberia* in Hamburg, Angehöriger eines führenden Geschlechts dieser schon seit Mitte des vergangenen Jahrhunderts unabhängigen Republik.

Jener Würdenträger wurde Mickeys Großvater. Fast auf den Tod darnieder, war der betagte Konsul Mitte der zwanziger Jahre in das

St. Georger Krankenhaus Lohmühle eingeliefert und häufig besucht worden von Momolu Massakon junior, ebenfalls in Diensten der liberianischen Botschaft zu Hamburg.

Dort, am Krankenbett des Vaters, verliebte sich der junge Diplomat leidenschaftlich in eine Krankenschwester, eine Bindung, der knapp ein Jahr später ein Knabe entsproß – Hans Massakon, ein Name so europäisch und afrikanisch gemischt wie sein Träger selbst.

Das Paar blieb, unverheiratet, vier Jahre zusammen. Dann wurden Momolu Massakon senior und junior innenpolitischer Querelen wegen abrupt nach Liberia zurückgerufen. Der Bitte des Sohnes, ihm mit dem Kind an Afrikas Westküste zu folgen, versagte sich die Mutter schweren Herzens – das tropische Klima dort, so der Rat des Arztes, würde dem kleinen Massakon nicht bekommen. Nach einiger Zeit riß die Verbindung zwischen Hamburg und Monrovia ab, verlor sich die Spur des Erzeugers.

Der Sprößling, bald von jedermann *Mickey* gerufen, wuchs sozusagen auf der anderen Seite Barmbeks auf, zwar sehr nahe der Lindenallee, jedoch jenseits der trennenden Hochbahnbrücke über dem Barmbeker Marktplatz – ein Sprung nur entfernt, und doch ein fremdes *Revier*, mit anderen Horden, anderen Riten, einem andern Ehrenkodex. Dies wurde die Welt seiner Kindheit: die kleine Zwei-Zimmer-Wohnung in der Stückenstraße, aus deren Vorderfenster Mickey die alte Kneipe an der Ecke erblicken konnte; das Milchgeschäft daneben, dessen Inhaber auf den beziehungsreichen Namen *Durst* hörte; der Obststand unter dem stählernen Hochbahngerüst; die Tanzdiele Zanoletti, in der auch an Wochentagen bis tief in die Nacht hinein geschwoft wurde; die Waffelfabrik direkt gegenüber der Wohnung, und, nach hinten heraus, die kleinen Gärten und Häuser des Haferkamp, sogenannte *Terrassen*. Nachdem der Tonfilm aufgekommen war, drangen oft Stimmen und Melodien aus dem nahen *Europa-Palast* bis hinein in Mickeys Träume.

Zweimal im Jahr, ein festähnliches Ereignis, ging es nach Salza bei Nordhausen, an der großen Straße ins Harzgebirge, zu Mickeys Tante – die Schwestern besuchten sich regelmäßig. Wenn er dort die Spitze eines ortsnahen Berges im Spiel mit Gleichaltrigen erklommen hatte, hielt Mickey schon die halbe Entfernung zwischen Erde und Himmel für zurückgelegt.

Diskriminierung seiner Hautfarbe, seines afrikanischen Aussehens wegen erlebte er damals kaum, weder in Salza noch in Hamburg – immer unter den Kühnsten, immer unter den Starken, auch in der

Schule am Kätnerkamp, in die er mit sechs Jahren, wie alle anderen, gekommen war, zu Lehrer Dattke, der ihn verschämt protegierte. Das war 1932. Hans Massakon, genannt Mickey, schien von seinen Mitmenschen akzeptiert zu werden.

Das änderte sich, als nach 1933 seine Gefährten, Spielkameraden und Freunde von der Stückenstraße, dem Haferkamp und dem Barmbeker Marktplatz Mitglieder des *Jungvolks* oder der *Hitlerjugend* wurden, und Mickey es ihnen, wie bisher, nachtun wollte. Wie sie, wollte er in schwarzen Hosen und braunem Hemd herumlaufen, ein keckes Käppi tragen, die Trommel rühren oder in die Fanfare stoßen, *auf Fahrt* gehen und *Dienst* tun – wie sie, wollte er *dabei* sein.

Doch nun stieß das Kind eines afrikanischen Vaters auf Schranken, die sich als unüberwindlich erwiesen. Während Lehrer Dattke in der Volksschule Kätnerkamp noch sich windend und stammelnd versuchte, dem verständnislosen Bewerber die Gründe der Ablehnung zu verbrämen, fadenscheinig und sehr unglücklich, wurde Mickey im Hitlerjugend-Heim Dehnhaide von dem nächstbesten Scharführer gröhlend ausgelacht, am Kragen gepackt und einfach hinausgeworfen.

Es war eine Urerfahrung. Das Leben hatte sich verändert. Bei Zanoletti tagte nun die SA, und in der Waffelfabrik gegenüber der kleinen Zwei-Zimmer-Wohnung wurde ein öffentlicher Luftschutzkeller eingerichtet. Es war niemand mehr da als die Mutter.

Nach acht Jahren Volksschule, schon im Kriege, war Mickey als Schlosser und Maschinenbauer in eine Lehre gegangen, deren zweites von drei Jahren er gerade absolvierte, als Roman Bertini ihm jetzt im Stadtpark begegnete.

Der hatte schweigend zugehört, hatte Mickey mit keinem Wort unterbrochen. Es war, als sähe er ihn mit neuen Augen.

Die Merkmale des Vaters dominierten, aber das Negroide war doch europid durchwirkt – was Mickeys Gesicht eine eigenartige Faszination verlieh, eine edle Verhaltenheit, zuckende Sensibilität, das Ganze beherrscht von intelligenten Augen, deren wache Lebendigkeit mit Mickeys körperlicher Beweglichkeit übereinstimmte. Dennoch blieb ein seltsamer Gegensatz zwischen seiner exotischen Erscheinung und dem unverfälschten Hamburger Dialekt, der breiten Volkssprache Barmbeks.

Mickey war höher gewachsen als Roman, fast um einen halben Kopf. Aber das war nun nach seinen Schilderungen nicht mehr das einzige

Unterscheidungsmerkmal. Seine Persönlichkeit, sein ganzes Schicksal, sie schienen vollständig geprägt von der Einzigartigkeit seiner afrikanischen Herkunft inmitten einer ausnahmslos weißen Umwelt, von seiner sichtbaren Herausgehobenheit. Seine Selbstbehauptung war von Kind auf gefordert worden, sie hatte ihn äußerlich robust gemacht, abwehrfähig, geübt in einer scheinbar gleichmütigen Hinnahme von Verachtung, Abscheu oder, schlimmer, Jovialität und falschem Schulterklopfen.

All das schien bei Mickey in instinktive Anpassung verarbeitet worden zu sein, deren hohes Maß sich bereits geäußert hatte, als Roman ihn damals, inmitten der knüppelbewehrten feindlichen Phalanx, erblickt hatte.

Wie hatten die Jahre seit dem Hinauswurf aus dem HJ-Heim innerlich auf Mickey gewirkt? Was hatte sich in ihm abgespielt? Wieviel Bindung an das Land, in dem er aufgewachsen war und das er nie verlassen hatte, war geblieben? Roman Bertini bekam auf diese nichtgestellten Fragen eine indirekte, aber vollständige Antwort. Eine Antwort, die keinen Zweifel daran ließ, daß Hans Massakon, genannt Mickey, nicht die geringste Bindung mehr an Deutschland fühlte, daß da nichts war als totale Beziehungslosigkeit zum Land seiner Geburt, zu seinen Menschen, ja zu den eigenen Erinnerungen seiner zwanzig Lebensjahre.

Denn Mickey erging sich nun in dichten und blühenden Zukunftsvisionen; plastisch, als seien sie greifbar nahe, fast schon verwirklicht, so inbrünstig beschwor er sie, und sie alle bündelte er in drei Buchstaben – USA! Dorthin wollte Mickey, *gleich danach*, wenn *alles vorbei* sein würde. Mit dem ersten Schiff, lieber aber noch mit dem Flugzeug, weil das schneller ging über den Großen Teich, und gleich tief hinein in den Kontinent – nach *Chikago!* Nicht nach New York, Los Angeles, New Orleans oder San Francisco, sondern nach Chikago – hin zu *seinem Volk*, den Schwarzen Nordamerikas. Denn von dort seien seine liberianischen Vorfahren gekommen, als sich Anfang des 19. Jahrhunderts freigelassene Negersklaven in umgekehrter Richtung aufgemacht hätten, um einen eigenen Staat an der Westküste Afrikas zu gründen.

Siegessicher, zukunftsgewiß, anscheinend sämtlicher Gegenwartslasten enthoben, so stand Mickey vor Roman und fragte: »Und was werdet ihr machen – *danach*?«, aber nur, um sogleich selbst die Antwort zu geben, seiner Meinung nach die einzig natürliche und denkbare: »Klar, ihr werdet auch Deutschland verlassen!«

Roman Bertini schwieg, blickte zu Boden, schwieg beharrlich. Warum? Wollten Cesar und er nicht auch in die Vereinigten Staaten, und dies ebenfalls seit langem, von früh auf, ganz eingefleischt, um dort Journalisten zu werden, dort zu *schreiben*?

Dennoch bestätigte Roman es nicht. Er bestätigte es nicht, weil jede Antwort bedeutet hätte, über die Zukunft, die *Befreiung* zu sprechen, und darüber sprach kein Bertini jemals. Immer kam alles anders, als man dachte, es beschwor, das war Romans Erfahrung, und was einem am sehnsüchtigsten vorschwebte, traf nicht ein. Man führte damit vielmehr gerade *das* Schicksal, das man abwenden wollte, nur um so sicherer herbei. Das war der Aberglaube aller Bertinis, und darum antwortete Roman nicht auf Mickeys Frage. Aber da war noch etwas anderes, was ihn schweigen ließ, nämlich daß er Mickeys Leidenschaft für Chikago nichts entgegenzusetzen hatte, daß es kein festes Ziel für ihn gab. Und daß er fassungslos war und voll geheimen Grauens über Mickeys herrlichen Optimismus, das Dritte Reich würde nichts sein als ein verhältnismäßig kurzer, wenngleich hemmender Abschnitt in seinem Leben, keineswegs jedoch die Allmacht, die es für die Bertinis war. Es gelang Roman, den Gegensatz zwischen ihnen nicht aus sich herausbrechen zu lassen. Um nichts in der Welt hätte er eine Erklärung für seine Stummheit abgegeben.

Mickey schien Antwort auch gar nicht zu erwarten, so gewiß, so indiskutabel war ihm die Zustimmung auf seine Frage, die *Emigration danach,* weg von Deutschland. Er hörte nicht auf, von seinem künftigen Leben an den Ufern des Michigan-Sees zu schwärmen, wobei er Roman um die Schulter faßte und ihm das dunkle Gesicht in schierer Vorfreude ganz nahebrachte.

Sie trennten sich in der Finsternis unter der großen Hochbahnbrücke, wie lang Vertraute, ohne Verabredung, da sie der Fortsetzung ihrer altneuen Bekanntschaft ganz sicher waren.

Roman sah dem Schatten nach, bis er verschwunden war. Dann hockte er sich nieder auf den steinernen Sockel der Brücke und preßte beide Hände gegen den Kopf. Schließlich ließ er sie sinken und starrte nach oben, wo sich die Umrisse der Stahlkonstruktion scharf und gezirkelt gegen den hauchfeinen Lichtschimmer am westlichen Himmel abzeichneten. Erst als sie immer wieder hart gegeneinander schlugen, spürte er, daß er mit den Zähnen klapperte, unabhängig von seinem Willen, wie im Fieber, schnatternd, und daß er dabei fortwährend kaum verständlich murmelte:

»Wo, um Himmels willen, gehören wir hin – wo gehören wir hin?«

In diesem Sommer, dem elften vom Jahre 1933 an gerechnet, hatte die Isolation der Bertinis ihren Abschluß gefunden. Jede Art von Zugehörigkeit erschien in ihrer Vorstellungswelt als *Vergangenheit*.

Heimat – das *war*! War die Stadt, war Hamburg: der geduckte, verrußte, glasgeschuppte Hauptbahnhof; die windige, weite, bewegte, grau und blau und grün schimmernde Fläche der Außenalster, segelbetupft und in der Taille gerafft durch die dreischnallige Lombardsbrücke. War die frohlockende, gellende, gischtige Maschinerie des Hafens, das Gebell seiner zahllosen Schlepper; der funkelnde, stechende, verwirrende Anblick vom Podest oberhalb des Bahnhofs *Landungsbrücken*, das unvergleichliche Bild der majestätisch schaukelnden Passagierdampfer; das grüne Haupt der Michaelis-Kirche, ein Ungeheuer der Vorzeit, genarbt, schillernd, kupferverwittert.

Heimat – das *war*: Barmbek, war Kindheit, Paradies, Verklärung, Wirklichkeit, Wonne, Nest. War der Tod des zuckerkranken Spielgefährten aus dem Hause Lindenallee 117 an einem sommertrunkenen Vormittag, nachdem der Delirierende sich nachts zum Kaiser ausgerufen hatte; war die Eiche vor der Sandkiste, ein rissiges, schründiges, großporiges Baummonument, ungeheuer belaubt und in der Dämmerung einmal von einer hundeverfolgten Katze todesgeängstigt erklettert.

Heimat – das *war*: die unsägliche Parallelstraße zur Lindenallee, ein Inferno an Kinderlärm, Kindergestank, ewig flatternder Kinderwäsche auf den blumenlosen Balkons; der Schauplatz notorischen Ehebruchs, gewohnheitsmäßiger Sodomie und einer pubertären Not, die, stetige Zeugen erwachsener Schamlosigkeiten, die Finsternis für ihre abgründigen Schreie nutzte. War die seltsam verzauberte Anlegestelle an dem verschwiegenen Kanal der Richardstraße, in der Nähe der urgroßelterlichen Wohnung, der feuchte, unvergeßliche Geruch aus dem brodelnden Maschinenraum des Alsterdampfers; war die Fuhlsbüttler Straße, mächtige Ausfallgerade nach Norden, bis hin zum Ohlsdorfer Friedhof und seiner dumpfen, gruftigen Schönheit. War nach Süden die steile Schlucht der Hamburger Straße mit dem gewaltigen Karstadt-Klotz und dem heimeligen Licht der vertrauten Geschäfte und Kinos, des *Odeon*, des *Balke*, der *Weltlichtspiele*.

Heimat – das *war*: Frühlingsregen, die nassen grauen Fäden an der Dachrinne des gegenüberliegenden Hauses; waren die schnell aufziehenden, trommelnden Gewitter der Kindheit mit ihren regenschweren, elektrizitätsprallen Wolkengebirgen; die eisreichen Winter mit den kerzenbeleuchteten Schneehöhlen und die dreikugeligen Schneemänner mit Kohlestücken als Augen und Mund und einer Wurzel als

Nase; war der goldene Glanz des September, seine feine Schärfe und seine Verheißung; war oben an der Lindenallee die kleine Treppe und ihr schräger, von zehntausend Hosenböden blankgewetzter Steinsaum; war die rumpelnde Linie 6 der Straßenbahn in die Stadt; der Blick aus der Bodenluke auf die Dächer ringsum, rote, schwarze, schornsteinübersäte Dächer, von fern anzusehen wie eine begehbare Fläche, tatsächlich aber eine kluftige Klettertour.

Heimat – das *war, war, war*.

Um diese Zeit sagten die Bertinis längst nur noch – *die* Deutschen, etwas, womit sie nichts mehr zu tun hatten.

Die antisemitische Rassenpolitik so vieler Jahre hatte in ihnen den antideutschen Gegenmechanismus in Kraft gesetzt. Aber dieser Mechanismus war seinem ganzen Charakter nach *anonym*. So haßten weder Roman noch Cesar irgendeinen ihnen persönlich bekannten Menschen, selbst die Speckrolle und Günther Jucht nicht. Diese zählten zur Gruppe derer, die ihnen übelwollten, Helene Neiter oder Erika Schwarz zu jener, die ihnen wohlwollten – beides Minderheiten. Dazwischen lag die große Masse derer, die sich weder für die Propaganda noch für die Verfolgten engagierten. Das waren ihre Erfahrungen mit denen, die sie kannten. Der Gegenmechanismus aber war undifferenziert, er richtete sich gegen alle, die sie *nicht* kannten, sozusagen gegen Unbekannt, gegen die erdrückenden Millionen, von denen sie nichts wußten, die für sie anonym waren – eben *die* Deutschen.

Seit langem ohne Gewißheit, ob sie einander je wiedersehen würden, wann immer sie sich trennten; Mitwisser, daß die Juden Europas ausgerottet wurden, soweit die deutschen Fronten reichten; immer in der irrsinnigen Hoffnung, aus einem Albtraum zu erwachen oder mit der Dunkelheit zu verschmelzen, wußten sie, daß Rettung nur von außen kommen konnte – so hatten sie gelernt, sich als ein Teil der Alliierten zu fühlen, und von diesem Augenblick an war der Schnitt vollzogen.

Die innere Trennung hatte ein furchtbares Wort in ihnen gezeugt, einen Begriff, ein Gesetz, dem sie sich verschrieben fühlten, wenn das Hakenkreuz weggefegt, dieser Feind geschlagen, an Haupt, Rumpf und Gliedern geschlagen, gnadenlos gehetzt und schließlich gestellt sein würde –

Vergeltung!

Einmal in diesem Sommer noch mißachtete Roman Bertini das Gebot, sich von der Familie nur wenn unbedingt nötig zu entfernen. Spät bestieg er die Vorortbahn, fuhr bis Hochkamp, ging die endlose, villengesäumte Straße hinunter bis zur Elbchaussee, durch die blattumwucherten Wege weiter, bis sein Fuß die erste Stufe der steilen Treppe betrat, die zum Strand hinunterführte.

Am Himmel hing ein schwerer Mond und funkelte ungeachtet aller irdischen Verordnungen sein flüssiges, verräterisches Silber über den Strom. Beleuchtete auch das vornehm ruhende Haus, aus dem vor zehn Jahren der große Herr getreten war mit dem weißen Hund und die Bertinis verjagt hatte vom Elbufer, ohne auch nur die Hand gehoben zu haben –

Vergeltung!

Stumm, brennenden Blickes, unter dem turmhohen Dach vielhundertjähriger Bäume, blickte Roman auf die stolze Villa herab, brach das heiligste Tabu, dachte an die *Befreiung:* sollte sie von ihnen erlebt werden, so würden sie hierher zurückkehren, an die *Elbe,* längst schon so etwas wie das Symbol dieser Befreiung, würden ihre Fahne pflanzen auf das unnahbare Haus dort und ihm den Garaus machen –

Vergeltung!

Vergeltung für jeden falschen Gedanken, für jedes verkehrte Wort, für jede herausgehängte Fahne, für jeden Jubelruf; für jeden Schlag, jeden Tritt, jeden Stoß und jeden Schuß im Namen Hitlers; Vergeltung für soviel unschuldig vergossenes Blut, für alle und alles, die schuldig und verantwortlich waren für den Tod von Chaim Kanten – Auge um Auge, Zahn um Zahn, Blut um Blut, Tod um Tod –

Vergeltung!

Der hier stand über dem Fluß in der Dunkelheit, war bar aller kindlichen Sehnsucht nach der Zukunft eines nächsten Sommers, war kein Ausflügler, keine Sonntagsgast, kein verspäteter Spaziergänger; der hier reglos stand, war ein Fremder von zwanzig Jahren, in nichts fertig als in seiner wehen, frenetischen, anonymen Forderung nach Rache. Völlig begrifflos für die eigene Enthumanisierung als Folge staatlicher Unmenschlichkeit, schrie er aus sich heraus:

»Vergeltung! Vergeltung! Vergeltung!«

Der menschliche Schatten oben an der steilen Treppe hoch über der Elbe zitterte und schwankte wie im Rhythmus eines fürchterlichen Schwurs.

In dieser Nacht zum 11. Juli schrieb Roman Bertini mit winziger Schrift in sein graues Büchlein:

»Die sowjetische Gegenoffensive von Kursk rollt nach Westen. Alliierte auf Sizilien gelandet.«

21

Wie die Bertinis
die Lindenallee verließen

Genau vierzehn Tage später, unmittelbar nachdem der letzte Sonntag des Monats eingeläutet war, gab es Fliegeralarm.

Gegen ein Uhr fielen die ersten Bomben. Im Keller der Lindenallee 113 zuckte das Licht, tanzten die Wände, wirbelte Staub herein, daß Helene Neiter krächzend von der Bank fiel und seitwärts zur Erde sank, der breitgesäßige Schrecken des Hauses laut nach seinem Hund schrie und Erika Schwarz sich die blaue Reichsbahnerjacke über den Kopf zog, eine suggestive Geste der Todeserwartung. In dem dichten Staub fielen die Bewohner des Hauses hier unten auf die Knie und schickten ihr krächzendes Entsetzen gegen die niedrige, schwankende Kellerdecke.

Nach der Entwarnung gegen drei Uhr früh lief Roman die Treppe hoch und trat auf die Straße. Der Süden war glühend erleuchtet und die Lindenallee erfüllt von einem Fauchen und Saugen der Luft, daß die Bäume sich neigten in die Richtung von Feuern, die ihren gelbroten Widerschein hoch in den Himmel schickten.

Bald war die Straße voll von Menschen, die laut sprachen, als könnten sie noch nicht begreifen, daß sie davongekommen waren. Es hieß, Altona und St. Pauli seien zerstört worden, der eigene Stadtteil aber so gut wie verschont geblieben.

Doch auch über Barmbek wollte es nicht Tag werden. Vergeblich versuchte eine eitrige Sonne mit ihren Strahlen die gewaltige Wand aus Qualm und Rauch zu durchdringen, die sich wie eine Glocke über Hamburg gelegt hatte.

Um die Mittagsstunde, eine Woche vor Monatsende, ihrem gewöhnlichen Rendezvous, tauchte die spindeldürre Hauswirtin in der Lindenallee 113 auf. In der Furcht um ihren Besitz erschienen, suchte Madam Zanetzka in ihrem abgewetzten Mantel treppauf, treppab nach Schaden. Als sie nichts fand, reckte sie im obersten Stock eine knochige

337

Hand in die Höhe und gelobte feierlich Verzicht auf den Mietzins vom 1. August, wenn Gott der Herr ihr Eigentum auch künftig vor den Einwirkungen des Luftkrieges gnädig bewahren wolle. Durch den Lichtschacht sehr deutlich von unten sichtbar, wiederholte sie ihr Gelöbnis laut tremolierend, so daß es viele Hausbewohner vernahmen.

Deren Hoffnungen aber versanken in Vergessenheit, als in der Nacht von Dienstag auf Mittwoch ein weiterer Angriff über die Stadt raste, der zwar offenbar wiederum nicht Barmbek galt, aber schwerer sein mußte als alle vorausgegangenen.

Als auch diesmal gegen drei Uhr morgens das Dröhnen der Bombenteppiche und der Lärm der Abwehrgeschütze nachließen, lag der breitgesäßige Schrecken des Hauses von irrem Gelächter geschüttelt vor dem Verlies unter der winkeligen Kellertreppe, wo der Hund, die flauschige Kreatur, eingesperrt worden war und ununterbrochen gebellt hatte, während die Bertinis, Erika Schwarz und Helene Neiter, die Züge wie im Wahnsinn erstarrt, nichts waren als hingesunkene, weißgepuderte Knäuel.

Die Lindenallee war von Bränden im Süden und Südwesten fast taghell erleuchtet. Das Fauchen und Saugen in der Luft aber wuchs zu einem Orkan an, der die Bäume umzustürzen drohte und es Roman schwer machte, aufrecht zu stehen.

Am Morgen hieß es, die Stadtteile Hamm, Hammerbrook und Rothenburgsort seien dem Erdboden gleichgemacht worden und alle Menschen dort verbrannt – niemand sei der Phosphorhölle entronnen.

An diesem Mittwoch blieb die Sonne völlig verdeckt, während von Süden her ganze Kolonnen durch die Lindenallee wankten, nur von einem Gedanken beseelt – Hamburg zu verlassen.

Ein Bild unter dem staubschwangeren, feuerversengten Himmel vergaß Roman Bertini nie – die zersprungenen Lippen kaum bewegend, bat ihn ein Mann mit einer Karre um ein Glas Wasser. Seinen stammelnden Worten nach war er dabei, die verschmorten Leichen von Frau und zwei Töchtern unter Wolldecken aus der Stadt zu befördern. Furchtbarer noch als ihr Tod aber schien ihn ein anderes Erlebnis beeindruckt zu haben. Bei dem Untergang von Rothenburgsort gestern nacht, flüsterte er abgehackt, sei vor ihm auf der Lava des Heidenkampswegs plötzlich ein Knabe hingefallen, habe sich dann aber, nur mit Händen und Füßen den Boden berührend, wieder hochgestützt. In dieser Haltung habe die Gestalt zu brennen begonnen. Und zwar seien ihr die Flammen aus dem Hintern geschlagen. Ohne einen Laut von sich zu geben, sei sie dann in Sekunden vor seinen Augen verbrannt. Und seit der Zeit, flüsterte der Mann hastig zwischen kleinen Schlucken, seit der Zeit frage er sich immer wieder, weshalb die Flammen dem Knaben ausgerechnet aus dem Hintern geschlagen seien? Ob ihm jemand darauf eine Antwort geben könne? Wenn nicht, so wolle er weiterfragen, bis es ihm einer erkläre.

Am Nachmittag bahnte sich Roman Bertini durch wahllose, punktuelle Verwüstungen den Weg zu Erich Snider – an vielen Stellen waren Bomben eingeschlagen, brannte es. Da öffentliche Verkehrsmittel nicht mehr fuhren, ging er die lange Strecke, die Hamburger Straße hinunter, den Mundsburger Damm zu Fuß. Vor Schwanenwik bog er in die Nebenstraße ein – das Mietshaus der Sniders stand unversehrt da.

Der Klempner saß in der Küche auf seinem Hocker, die klobigen Hände gefaltet, den Rücken weit nach hinten gewölbt, schweigend vor dem Radio. Endlich sagte er: »Zwei Jahre noch, vierundzwanzig Monate, dann ist es vorbei.«

In Romans Gesicht arbeitete es. Er nahm einige Male Anlauf, setzte aber wieder ab. Dann riß er die Tür zur Speisekammer auf: »Was willst du mit all dem Zeug?« schoß es aus ihm heraus. »Das könnt ihr beide doch nicht allein aufessen. Versorgst du schon jemand mit Lebensmitteln, welche, die im – Untergrund sind?« er drehte den Kopf weg, als erwarte er einen Schlag.

Der Klempner neben ihm rührte sich nicht. Langes Schweigen. Dann fragte er: »Wie viele wäret ihr?«

»Fünf!« schrie Roman.

Erich Snider schloß die Tür zur Speisekammer, nahm Roman an die Hand und führte ihn wie ein Kind die Treppe hinunter auf die Straße, die düster und beschädigt dalag.

»Wenn ich ausgebombt werden sollte«, sagte der Klempner, »wirst du hier meine neue Adresse finden, falls ich überlebe« er machte eine Bewegung ringsum. »Ich werde nachschauen und sie, wann immer nötig, erneuern.«

Schweigen. Dann: »Komm zu mir, wenn es soweit ist.«

Mit einer blitzschnellen Bewegung riß Roman Erich Sniders gesunden Arm hoch und küßte ihm die Hand.

Als Roman in die Lindenallee zurückkam, waren Emma Bertini und die Lehmbergs da, als hätte die Ahnung kommenden Unheils sie hier zusammengeführt. Sie stritten sich nicht, saßen enger als gewöhnlich beieinander, sprachen gedämpft. Ihrer acht, beschlossen sie, sich nicht mehr zu trennen.

Es war der Tag, bevor ihr Nomadendasein begann.

Gegen Ende des vierten Kriegsjahres, auf den Tag und die Stunde genau – am 29. Juli 1943, wenige Minuten vor Mitternacht, noch an einem Donnerstag, heulten über Hamburg wieder die Sirenen.

Die *Manuskripte* unter den Arm geklemmt, ging Roman als letzter in den Keller. Dann brach unvermittelt die Hölle los. Die Luft wurde zerfetzt von grölenden, pfeifenden, heranheulenden Geräuschen, denen eine Kanonade entsetzlicher Einschläge folgte, die nicht mehr abrissen. Der erste Druck schon hatte die Kerzen ausgeblasen.

Keiner der Bertinis wußte später, wie sie im Finstern über die verstopfte Treppe nach oben gelangt waren, außer daß Roman seine Mutter an den Haaren gepackt hielt und auch nicht lockerließ, als Lea, fast schon an der Kellertür, die Stufen wieder hinunterstürzte. Das obere Drittel des Hauses Lindenallee 113 brannte bereits lichterloh, als sie sich draußen alle wiederfanden.

Die Straße war ein einziges Flammenmeer. Zwischen den Vorgärten fielen sie in die Knie und verhüllten die Gesichter vor der Hitze. Das einzige, was Roman Bertini außer seinen Angehörigen wahrnahm, war Günther Jucht im Eingang des brennenden Nebenhauses bei dem Versuch, seine leblose Großmutter zum Rinnstein zu zerren. Dabei fiel er plötzlich um, getroffen von einem schweren Gegenstand, der ihn buchstäblich in zwei Hälften zerriß, ehe es grell aufflammte – eine Stabbrandbombe. In dem feuerspeienden Chaos, in das der Phosphor der Royal Air Force den Stadtteil Barmbek verwandelt hatte, war es Roman, als hätte er Günther Juchts Tod wie in Zeitlupe erlebt. Desgleichen das letzte, was er von Helene Neiter und Erika Schwarz sah – nämlich daß sie den Trockenweg hochliefen, ehe eine Flammenwand sie unsichtbar machte.

Dann begann die Flucht der Sippe.

In der Mitte der Straße, zwischen den Fackeln der brennenden Linden, den glühenden, knallenden, zerberstenden Häusern, vom Feuersturm, dem Druck der explodierenden Bomben und Minen immer wieder auf die stöhnenden Pflastersteine geschmettert, erreichten sie die *Sandkiste*, in dessen Löschbecken sie sich rollen ließen – von der Mauer ringsum standen nur noch Reste. Plötzlich hob sich Alf Bertini aus dem flachen Wasser und warf seine Mutter wie eine Puppe über die

Schulter, stolperte, fiel, erhob sich wieder und wankte, von den anderen gefolgt, davon. Der unermeßliche Lärm; das Brüllen der Geschütze; das Pfeifen der fallenden und die Detonationen der krepierenden Bomben; das saugende, hohle Geheul des Feuers ließen keine Verständigung zu. Dabei schrieen sie alle ohne Unterbrechung. Ihre Münder waren aufgerissen, ihre Haare versengt, ihre Kleider zerrissen und die Gesichter rauchverschmiert.

Als sie die große Hochbahnbrücke erreicht hatten, legte Recha Lehmberg sich wie zum Sterben nieder. Sie brach nach vorn zusammen und fiel dann auf die Seite, vom Feuer der brennenden Häuser Ecke Rübenkamp/Hellbrookstraße so behaucht, daß ihr hier am Boden noch das Haupthaar wegschmorte. Neben ihr glitt der Schlosser nieder, während Lea röchelnd zusammenklappte, Cesar und Ludwig an dem riesigen Brückenträger hinabrutschten, langsam, als würden sie sich nie wieder erheben können, und Roman auf den Knien, die *Manuskripte* mit dem Patronenumschlag eng an sich gepreßt, schwankend am Schluß der verendenden Schar mit der Stirn gegen den steinernen Sockel schlug.

Als der flüssige Phosphor herüberleckte, immer näher kam, begannen Alf und seine Mutter zu kriechen, eine wurmhafte, schneckengleiche Fortbewegung, der wie auf Verabredung alle anderen folgten.

Vom Himmel dröhnend bedroht, vom Feuer ringsum an der entsetzten Erde gehalten, krächzend, wimmernd, stammelnd, so rutschten sie Meter um Meter heraus aus dem zerfallenden, krachenden, platzenden Barmbeker Häusermeer an den Rand des Stadtparks, wo der Phosphor weniger Nahrung fand, aber die Erde von unzähligen Bombenein- schlägen wie eine von unten hochgedrückte Haut bebte.

An der Spitze Alf Bertini, seine Mutter vor sich herrollend; gefolgt von Recha und Rudolph Lehmberg, deren Gesichter bei jedem Ruck über den Boden schleiften; dahinter nebeneinander Cesar, Ludwig und Lea, deren Schuhfetzen Roman an Kopf und Schultern trafen – so stießen sie sich mit der Langsamkeit von Faultieren schreiend, flehend und ohne jede Kontrolle des Bewußtseins vorwärts.

Als der Himmel endlich verstummte, als sich gelb, schwadig und verhangen der Morgen über Barmbek meldete, lagen auf der Brücke über den Kanal am großen Güterbahnhof seltsam schuppig, schimm- lig, acht menschliche Raupen auf der Erde.

Von Überlebenden des dritten Großangriffs auf das nächtliche Ham- burg wurden sie für tot gehalten, niemand kümmerte sich um sie. Gegen Mittag lehnten sie mit dem Rücken aneinander und entdeckten sich, von einer schwefligen Eitersonne hinter tiefen Rauchnebeln grauenhaft angeblinzelt, verständnislos am Leben.

In der Reihenfolge ihrer langen Kriechspur brachen sie schließlich taumelnd auf, durch den Stadtpark hoch zum Borgweg. Als sie die Gelehrtenschule des Johanneums in der Maria-Louisen-Straße passierten, blieb Roman eine Weile stehen – aus der Ersten Anstalt der sterbenden Stadt schlug Feuer.

Für die Durchquerung von Winterhude und Eppendorf bis zur schwerverwüsteten Hoheluftchaussee benötigte die Sippe etwa fünf Stunden. Dann bog sie in die Roonstraße ein – Emma Bertinis Haus stand unbeschädigt da!

Es war Eitel-Fritz Hattenroth, der ihnen die Tür öffnete – und sein Gesicht zeigte maßlose Enttäuschung. Teils noch im Treppenhaus, teils schon im Flur und in der Küche, apathisch, grau, hockend oder liegend, hörten sie den mächtigen Baß des Bankbeamten: daß die Wohnung für so viele Menschen zu klein, daß kein Platz da sei. Daß die Bertinis und die Lehmbergs deshalb nicht bleiben könnten und sich so schnell wie möglich nach einer anderen Unterkunft umsehen müßten. Dabei sollten sie *Oma* gleich mitnehmen und möglichst weit weggehen, aufs Land, in Ruhe und Sicherheit. Er selber aber, Eitel-Fritz Hattenroth, wollte mit seiner Frau Hanna ausharren, wenn nötig bis zum bitteren Ende.

Das war es, was der monotone Baß unaufhörlich wiederholte, und zwar mit einem immer deutlicher drohenden Unterton.

Als Lea Bertini begriff, nämlich daß ihnen der Aufenthalt hier versagt wurde, versuchte sie sich aufzurichten, kippte aber nach hinten über. Sie machte ein paar fahrige Bewegungen mit den Händen, konnte jedoch Arme und Beine nicht mehr regen, während sie sich bemühte, Worte zu formen, die nicht mehr kamen – innerhalb von Sekunden hatte Lea ihre Sprech- und Bewegungsfähigkeit verloren. Steif am ganzen Körper, hob und senkte sie die Lider wie die zitternden Flügel eines erschöpften Schmetterlings.

Da bemächtigte sich der Sippe eine bodenlose Unruhe, so daß sie durcheinanderquirlte, als hätte sie jede Orientierung verloren. Dann bettete sie Lea im Wohnzimmer auf das kleine Sofa und versammelte sich panisch um sie, während im Hintergrund der markante Baß Eitel-Fritz Hattenroths die sofortige Räumung der Wohnung im Interesse der Bertinischen und der Lehmbergischen Sicherheit forderte, von der *Omas* ganz zu schweigen – auch Simuliererei könne an diesem Zwang nichts ändern.

Roman sah sich um. Hatte in diesem Raum wirklich einmal allmonatlich das zeremonielle Spaghetti-Essen stattgefunden, vor dem Giacomo Bertini in schrecklicher Mischsprache nie befolgte Anweisungen für die Zubereitung zu geben pflegte, ehe er Emma mit nie verfehlendem Gabelstoß das Fleisch vom Teller holte und im Triumph zusätzlich verspeiste? War das dort dasselbe altmodische, gichtige Pianoforte; die gleiche Zigarrenschneide; dieselben hölzernen Gestelle für die immergrünen Pflanzen? Mit dem Blick auf Alf Bertinis lebensgroßes Kinderfoto, begann Roman leise zu stöhnen, bis die Töne so heiser aus ihm herausbrachen, daß alle zu Zeugen seines Zusammenbruchs wurden. Die Hände vors Gesicht geschlagen, weinte er in namenloser Verzweiflung und Verlassenheit.

Als Lea ihren Zweiten so zusammengesunken und geschüttelt vor sich sah, stieß sie einen gellenden Schrei aus, während sie sich gleichzeitig aufrichtete – der Schock hatte ihr die Macht über Glieder und Stimme wiedergegeben.

Roman war bei Leas Schrei sofort verstummt. In Bruchteilen von Sekunden begriff er: alle Last der Sippe ruhte auf ihm – denn die anderen stützten sich auf Lea, sie aber stützte sich auf ihn. Seine Schwäche war ihre Schwäche, seine Stärke ihre Stärke – und über Lea die aller. Roman war die einzige Hoffnung.

In diesem Augenblick überkam ihn die Große Kraft, siedend brach sie aus Poren und Gewebe, so daß ihre früheren Äußerungen zugunsten Cesars vor *Bulles* Peitsche, für Horst Cunert am sommerlichen Stadtparksee gegen die bedrohliche Umzingelung, oder für David Hanf vor dem Radfahrkeller des Johanneums im Vergleich nichts waren als ein schwaches Beben, ein flüchtiger Schein, kaum mehr als eine Ahnung ihrer vollen Gewalt – er würde die Mutter töten, um sie vor einem schlimmeren Tod durch Deportation oder Konzentrationslager zu bewahren, aber er würde auch alles versuchen, um sie zu retten.

In den ungerührten, räsonierenden Baß des Bankbeamten hinein – so sei es gut, so sei es brav, Simulieren helfe ja nichts – sagte Roman: »Wir verlassen Hamburg – heute noch.«

Er sah Lea, sie sah ihn an. Beide dachten das gleiche: ohne ausdrückliche Einwilligung der Geheimen Staatspolizei durfte kein Jude seinen Wohnort verlassen.

Roman wartete, bis Eitel-Fritz und Hanna Hattenroth befriedigt in ihr Zimmer verschwunden waren. Dann betrat er die Rumpelkammer, betastete Giacomo Bertinis schweren Säbel, den Petersburger Dirigentenstab aus Eisenholz, nahm schließlich die Pistole in die Hand, ging zur Kammertür, verharrte. Holte die Patronen aus dem Umschlag in seinen *Manuskripten* unterm Arm, füllte das Magazin, stieß es in den Schaft zurück und steckte die gesicherte Waffe in die rechte Hosentasche.

Dann brach die Sippe auf.

Es mag manchen Zufall gegeben haben, der damals Menschen das Leben schenkte oder das Leben nahm. Den Bertinis wurde es geschenkt, weil keiner von ihnen unterwegs ein loses Schuhband zuzuschnüren hatte oder sonstige Verzögerungen verursachte.

Als sie die trümmerübersäte Grindelallee in Richtung Dammtorbahnhof hinunterzogen, ächzte neben ihnen die fünfstöckige Fassade eines ausgebrannten Hauses, zersprang klaffend von oben bis unten in mehrere Blöcke, neigte sich und stürzte über die ganze Breite der Straße nieder. Sie entkamen den Brocken um Haaresbreite, ganz eingehüllt in eine dichte Wolke gelben Staubes. Wie Blinde tasteten sie umher und fanden Lea auf dem Pflaster liegen. Und wieder versammelte sich die Sippe im Kreise um sie, Lea aber griff nach Romans Hand, der mit ihr weiterzog. Und der nicht mehr so jung war, wie er aussah, und schon wußte, daß die Zeit kommen würde, da sie alle wünschten, untergegangen zu sein an diesem Tag, von den Blöcken der stürzenden Fassade gnädig zermalmt.

Von der Moorweide wurden sie mit vielen anderen Ausgebombten per Autobus zu den Landungsbrücken transportiert, wo ein Fährschiff sie nach Harburg brachte. Wenig später saßen sie im dunklen Abteil eines Zuges, von dem niemand wußte, wohin er fahren würde. Gegen zehn Uhr abends gab es einen Ruck, und sie rollten nach Süden.

Von den nächsten drei Tagen blieben nur Bilderfetzen in Erinnerung, erschöpfte Menschen hinter Sack und Pack; die bei Ankunft ausgerufenen Orte – »Uelzen!« – »Celle!«; nächtliche Bahnsteige, überfüllte Wartehallen – ein dumpfes Kreuzen auf Schienen, ohne Trost und Ziel.

Als der Zug am vierten Tag auf einer größeren Station hielt, wischte Emma Bertini an der Scheibe, blinzelte nach draußen und rief mit ihrer quäkigen Altweiberstimme: »Obenwalde – wir sind in Obenwalde!«

Eine Stunde später entstieg die Sippe auf einer Nebenstrecke dem ersten Bahnhof. Es war ein strahlender Sommernachmittag. Sie erkannten alles sofort wieder: auf einer kleinen Anhöhe, geduckt wie eine fette Kröte, aus deren Rücken stachelig der Kirchturm stieß, lag eine Ortschaft vor ihnen. Der Weg dahin, geschlängelt, sandig, war zur Linken von Feldern, zur Rechten von Weideland gesäumt. Mitten in der Weide, von der Glut des August gedörrt, eine dunkle Waldinsel – die große Stunde der Hattenrothschen Fotos war da!

Seit hundert Stunden ohne Schlaf, kniffen sie im Licht der Sonne die Augen zu, dann setzten sie sich langsam in Bewegung. Die ungewohnte, vergessene Stille dröhnte ihnen in den Ohren. Tief sogen sie den Atem ein. Schrittweise, vielgliedrig, tastend, wie Vogelscheuchen, rückten sie gegen Bodendorf vor.

Von dort war der seltsame Anmarsch beobachtet worden. Wo der Pfad vom Bahnhof die ersten Häuser erreichte, hatte sich eine gaffende Schar eingefunden.

Ob die Frau des Bankbeamten ihrer Schwester hier irgendwann einmal ein Bild der sagenhaften *Oma* geschickt oder gezeigt hatte, oder ob die enthusiastischen Erzählungen über die Wirtin während der Hattenrothschen Besuche im Dorfe optische Kenntnis einfach erübrigten, das blieb in einer überwältigenden Willkommensszene ungeklärt: mit schnellen Schritten, halb gehend, halb laufend, von einem blondbezopften, etwa zwölfjährigen Mädchen stampfend verfolgt und fortwährend Emma Bertinis Namen rufend, hingen Elfriede Wölpert samt Tochter Rosel Alfs Mutter lachend und weinend am Hals.

Die halbe Einwohnerschaft schien nun herbeigeströmt zu sein, eine dichte Menge, die plötzlich von hinten geteilt wurde. Denn einem Schlachtschiff gleich, das mit stählernem Bug die Wellen spielend zerteilt, von der Sippe sofort erkannt, verschaffte sich schwarz, bullig, die Nasenlöcher weit gebläht, ganz Amtsperson, der Gemeindediener Platz, Eitel-Fritz Hattenroths guter Freund, des Dorfes wahre Majestät, der Napoleon der Altmark – Theodor Wandt!

Als er die erwachsenen Söhne erblickte, stutzte er, runzelte die Brauen, furchte die Stirn. Dann bereitete er der Idylle zwischen Emma Bertini und den beiden Einheimischen ein ungeduldiges Ende, zählte die Schar ab, erklärte die Ortschaft aufnahmebereit für fünfzig ausgebombte Volksgenossen und schritt in kurzen Stulpenstiefeln stolpernd, aber tatkräftig voran, gefolgt von der dichtgedrängten Sippe und dem gelockerten Haufen der Gaffenden.

So dreifach gegliedert, ging es ins Dorf hinein. Es war alles, wie die Bertinis es von den Fotos kannten: der hohe Schornstein der Molkerei und der niedrige der Bäckerei; die baumbestandene Chaussee nach Obenwalde, im Hintergrund von dunklem Wald gesäumt; die Einfriedung der Kirche, die Gedenksteine und die schweren Bäume; die Milchkannen auf den hölzernen Gestellen und der große unebene, gehöftgesäumte Dorfplatz.

Aus einem der Häuser kamen drei Personen auf sie zu – voran der Bauer Wilhelm Garchert, die krummen, langen Beine vor Verlegenheit und Bereitschaft miteinander verhaspelnd; hinter ihm, halbwüchsig, mit zwei Zöpfen, die Tochter Christa; und endlich, schnaufend, plump, die massigen Arme hilfreich ausgestreckt, Wilhelmine Garchert. Die Bäuerin faßte Emma Bertini wortlos an der Hand und geleitete sie vorsichtig und unter begütigenden Zurufen über eine kurze Treppe ins Haus.

Der Gemeindediener stieß einen heftigen Laut aus, blickte mißbilligend auf den einheimischen Haufen, der sich auf dem Platz verstreut in der Nähe hielt, und stapfte mit stolpernden Schritten und gebieterischen Handbewegungen tiefer in den Ort hinein.

Wo ihnen Recha und Rudolph Lehmberg ins Quartier abhanden gekommen waren, wußten die Bertinis nicht genau. Jedenfalls fand sich der Kern abgerissen, schmutzig, wankend vor Müdigkeit, allein auf einem grobgepflasterten Hof wieder.

Hinter dem Tor links lag ein riesiger Schleifstein, verwittert, nutzlos, die Achse gebrochen, gegen die Mauer eines Stalles gelehnt. Rechts, vor einem abgeschlossenen Schuppen, stand ein Amboß.

Lea, Alf und die Söhne schleppten sich an einer Pumpe vorbei drei Stufen hoch ins Haus, durchquerten eine kurze Diele, gelangten in eine geräumige Küche, dann in ein kleines Zimmer und von dort in einen Raum mit vier Betten. Sie fielen so, wie sie waren, auf die prallen Federdecken, horchten durch das geöffnete Fenster, schnupperten, nur noch halb bei Besinnung, nach den fremden, kräftigen Gerüchen draußen, und schliefen ein.

Irgendwann in der Nacht erwachte Ludwig brüllend, wurde aber nicht munter, sondern sackte schnarchend zurück.

Roman blieb hellwach. Erst jetzt bemerkte er, daß er immer noch die *Manuskripte* unter den linken Arm geklemmt hielt, während er mit der Rechten die Pistole in der Hosentasche umklammerte.

Er stand auf, legte die Mappe ans Fußende unter das Bett, ging in das kleine Wohnzimmer, sah sich um, entdeckte einen grünen Kachelofen. Er öffnete ein Metallgitter im oberen Teil, griff hinein, fühlte und legte die Pistole in eine Mulde, die den Blicken völlig entzogen war.

Dann torkelte er durch Küche und Diele auf den holprigen Hof und blieb vor dem mächtigen, weißen, runden Schleifstein stehen. Was wollten sie hier, an diesem Ort, auf diesem Hof, in diesem Haus? Roman starrte auf die Dorfstraße hinter dem hölzernen Tor, und plötzlich duckte er sich mit jener furchtbaren, schnappenden Bewegung nach vornüber, als hätte ihn eine schwere Eisenstange gegen den Leib getroffen.

Ich erfriere, o mein Gott, ich erfriere.

Das war der Einzug Alf Bertinis mit den Seinen in Bodendorf über Obenwalde, einem Ort in der Altmark von bisher fünfhundertzweiundneunzig Seelen, ungefähr auf halber Strecke zwischen den Städten Braunschweig und Magdeburg gelegen, aber etwas nach Norden hin.

Dritter Teil
Bodendorf

1

Erste Begegnung mit Theodor Wandt

Die Bertinis waren im sogenannten *Altenteil* untergebracht, einem Gebäudekomplex im Herzen der Ortschaft – Wohnhaus, Ställe, Scheune, Geräteräume und eine ausrangierte Schmiede, Besitz des Adolf Frenk, des mit dreihundert Morgen Land größten Bauern von Bodendorf. Ihnen war der Zufall zu Hilfe gekommen. Vor einer Woche, nach zehn Jahren Pensionärsdaseins im Altenteil und schon am nächsten Tag von seiner Frau gefolgt, war der alte Schrankenwärter hier gestorben – und die Wohnung freigeworden.

Alf und seine Familie wurden an diesem ersten Morgen früh durch unbekannten Lärm zu ihren Häupten geweckt. Holzpantoffeln schlurften, Eimer klapperten, Wasserpumpen ächzten, all das aber übertönt von gellendem Quieken und dem monotonen Klopfgeräusch eines eisernen Stampfers – Paul Stephien, Sattlermeister von Bodendorf, fütterte seine Schweine.

Als Roman sich erhob und vorsichtig hinauslugte, bestrahlte die Sonne einen wahren Titan an Leibesfülle, ein halsloses Hinkebein, das, von seiner rotbäckigen, sanft lächelnden Frau Anna insgeheim angestachelt, immer wieder wie zufällig näher kam und einen Blick hinter die Gardine des Altenteils zu werfen suchte – zwei von den drei Schlafzimmerfenstern wiesen auf sein Anwesen.

Durch das dritte, seitliche Fenster erblickte Roman auf dem Hof, über den sie gestern gestolpert waren, eine etwa fünfzigjährige Bäuerin, die Wasser pumpte, in einen Stall verschwand, jedoch sofort wieder hervorkam, zwei Reihen kräftiger Zähne gebleckt und die kreisrunden Augen auf den Eingang des Wohnhauses gerichtet – Minna Kremer, Bodendorfs gewaltige Klatschtante, wartete mit hysterischer Ungeduld auf den Anblick der Neuen.

Lea Bertini stand zuerst auf. Sie betrat das kleine, niedrige Wohnzimmer, fand in einem Schrank Geschirr und Bestecke für eine zahlreiche

Verwandtschaft, besah sich die große, helle, von einem schwarzen Herd und seinen Geräten beherrschte Küche, und entdeckte auf einem Regal Schmalz, Speck, Gewürzgurken, Gänsefleisch, Butter und zwei riesige Brote. Ungläubig stand sie vor den Schätzen, strich sich durch das lange, lose, schwarze Haar, zündete ein Feuer an. Dann stieß sie die hintere Küchentür auf und trat hinaus in einen schmalen Garten. In diesem Augenblick tauchten schlaftrunken, mißtrauisch, stumm, Alf Bertini und die Söhne auf.

Die Früchte eines krumm gewachsenen Apfelbaumes strömten ein kräftiges Aroma aus. Über Fliederbüschen, die den Garten von einem Acker trennten, schwirrten bösartig und riesenhaft Hornissen. Das Feld hinter dem Flieder stieg an und zeichnete einen nahen Horizont an den blauen, sonnentrunkenen Augusthimmel. In seinem Licht standen die Bertinis hinter dem Altenteil und rieben sich die Augen. Da sagte Alf plötzlich, laut und schneidend: »In diesem Paradies können wir natürlich nur bleiben, wenn wir Arbeit finden.«

Lea wandte sich mit einer jähen Bewegung gegen ihn. Cesar und Roman, den Vater im Rücken, zogen gleichzeitig die Köpfe zwischen die Schultern, als hätte sie ein Schlag getroffen. Nur Ludwig sagte, kalt und voller Verachtung für alle und alles um ihn herum: »Trautes Heim, Glück allein – willkommen in Bodendorf!«

Emma Bertini öffnete die Augen in einem lichten, kahlen Gemach mit abgewetzten Möbeln, verfärbten Tapeten und rissiger Decke – die Garcherts hatten ihr eines der Vorderzimmer eingeräumt.

Geweckt wurde sie von der fohlenbeinigen, blondbezopften Tochter Christa, einem Mädchen mit hübschem, spitzem Gesicht, Perlzähnen und Aprikosenhaut. Nur die Hüften der Halbwüchsigen waren bereits eine Spur zu breit und beschworen in Gegenwart der Mutter ahnungsvolle Vorstellungen künftigen Wachstums herauf. Die gewaltige Bäuerin legte beide Hände über den quellenden Leib, schmatzte mit den dicken Lippen und führte die vor Rührung schier zerfließende Emma Bertini breit lächelnd ins Nebenzimmer. An der Schwelle nahm sie der Bauer in Empfang, Wilhelm Garchert, dürr, lang, die blassen, blauen Augen feucht vor gutmütiger Verlegenheit.

Sie drückten Emma auf einen wackeligen Stuhl und stopften sie gegen ihre kläglichen Proteste mit Landbrot, Eiern und gebratenem Speck, während vom Dorfplatz das sanfte Licht des Sommermorgens ins Zimmer drang. Ein verstohlener Strahl traf das lebensgroße Gemälde eines jungen Mannes: Friedrich Garchert, einziger Sohn und Hoferbe, in der braunen Uniform der SA, die er vor drei Jahren freiwillig gegen den feldgrauen Rock eingetauscht hatte.

Unter diesem Bildnis tätschelte Wilhelmine Garchert liebevoll Emmas Hand, während die freundlichen Augen des Bauern fröhlich tropften und die Tochter aufgeregt und begeistert auf ihrem Stuhl herumrutschte.

Recha und Rudolph Lehmberg, von den wandernden Strahlen der Morgensonne grell getroffen, erwachten blinzelnd in schneeweißen Betten, blieben reglos, mit angehaltenem Atem, liegen, erinnerten sich ungewiß an gestern – das rotsteinerne, feste Haus, drinnen Lack und Glanz und kein Stäubchen; an der Treppe zum Obergeschoß, in dunklem Kleid und weißer Schürze, streng, unnahbar, die Witwe Niebert, ihres Zeichens Besitzerin der örtlichen Molkerei; neben ihr, herrlich gebaut, aber sehr häßlich, die Tochter Elisabeth.

Plötzlich, mit einem Schreckensschrei, schlug Recha eine Schlucht in das Gebirge von Decken und Kissen, rief: »Es ist kein Herd da, Rudolph, wie sollen wir kochen?«, suchte nach dem Schlosser, fand ihn aber nicht und sank mit einem wehen, erschöpften Laut zurück.

Da ertönte unten im Hause Lärm, der, von Elisabeth Nieberts energischer Kommandostimme übertönt, näher und näher rückte, bis die Tür aufgestoßen wurde und zwei stämmige Männer in ihrem Rahmen erschienen. Ohne Rudolph und Recha Lehmbergs im Bett zu achten, schleppten sie einen Herd herein, bauten das schwere Gerät am Fenster auf und schnitten ein kreisrundes Loch in die Scheibe. Dann legten sie ein geknicktes Rohr hindurch und quittierten den schüchtern gemurmelten Dank der unsichtbaren Einquartierung mit der Gelassenheit von Leuten, die sich ihres Wertes ohnehin bewußt sind.

Als die beiden Männer gegangen waren, stellte sich Elisabeth Niebert mitten im Zimmer auf, zauberte mit einem Schnalzlaut die Köpfe der Lehmbergs aus den prallen Kissen und Decken hervor, spreizte ihre prächtigen, glatten Beine und sagte, ehe sie ging, mit einem freundlichen Lächeln in dem häßlichen Gesicht:

»Und daß es auf dem Herd stets was zu kochen gibt, dafür sorge ich.«

Eine Zeitlang blieb es ganz still in dem Zimmer. Dann richtete Recha Lehmberg sich unerbittlich auf, wühlte so lange, bis der weiße, stille Kopf des Schlossers sichtbar wurde, und zischte, den Mund zur Tür hin mit der Hand abgedeckt: »Ein wahrer Goldpopo, wie? Und die langen Scheren! Und die Hüften erst, ha?«

Und lamentierend, die Faust dramatisch gereckt, halblauter Verwünschungen voll, begrüßte Recha Lehmberg rüstig ihren ersten Morgen in Bodendorf.

Spät in der Dunkelheit brach Roman Bertini auf, die Sippe im Altenteil zusammenzuholen.

Er schlich über den holprigen Hof, vorbei an Pumpe, steinernem Becken, Amboß und Mühlstein, blieb am Tor stehen, horchte. Als seine Augen sich an die Dunkelheit gewöhnt hatten, erkannte er unter einem hohen Dach neben den Ställen eine große, lastende Straßenwalze.

Still stand die warme Luft über dem Dorf. Irgendwo bellte ein Hund.

»Klick!« machte der Drücker, als Roman aus dem Tor huschte.

Er holte erst Emma Bertini, die stolpernd, eine Hand tastend ausgestreckt, auf dem Wege zum Altenteil mit schütterer Stimme ihre Wirtsleute pries. Dann Recha und Rudolph Lehmberg, die wider Erwarten den Weg stumm zurücklegten, abgesehen von einem hohen Laut, der beiden zu gleicher Zeit auf halber Strecke entfuhr und ihren wahren Zustand verriet.

In hysterisches Schweigen gehüllt, hockte die Sippe in dem kleinen Wohnzimmer, bis Emma Bertini zu dem Schlosser neben ihr mit dünner Stimme sagte: »Es ist ein gutes Dorf, Rudolph, ein gutes Dorf!« Worauf er ihr wie in tiefem Einverständnis über den Arm strich.

»Ein gutes Dorf! Und was sollen wir hier tun? Wovon sollen wir hier leben, wenn das Geld alle ist?« Alf Bertinis höhnische, harte Stimme ließ die Versammlung förmlich auseinanderplatzen. »Hier können wir jedenfalls nur bleiben, wenn wir Arbeit finden.«

Roman fuhr herum, gegen seinen Vater, das schmale Gesicht ganz grau vor Schreck und Zorn. »Und was ist mit deinen Musikerhänden, auf die du sonst so großen Wert legst?« flüsterte er. »Das hast du vergessen, wenn es nur gegen uns andere geht.« Und dann: »Wir bleiben hier, in Bodendorf, so lange es möglich ist – mit oder ohne Arbeit.«

Da saßen oder standen sie in dem niedrigen, schlecht beleuchteten Raum und sahen auf Alf Bertini – freiwillig ausgesondert, von der schrecklichen Genugtuung über jede Art von Unglück geprägt, und träfe es ihn auch selbst, hockte er mitten unter ihnen wie ein Fremdling.

Recha Lehmberg beugte sich vor, machte sich ganz klein, verhüllte ihr Haupt und wimmerte. Sie wimmerte auch später noch, in ihrem Bett, mit zerbrochener, überhoher Stimme, die Fäuste an die Augen gepreßt, ehe sie schließlich wie erstarrt liegenblieb.

Vor Mitternacht stand Roman Bertini auf, kleidete sich notdürftig an und verließ das Haus. Er schwang sich über das Tor, verharrte einen

Moment und horchte. Dann lief er barfuß nach links, dem Dorfplatz zu, blieb, an eine rohe Bank gelehnt, bei der kahlen Bäckerei stehen und rannte auf dem Weg nach Süden dem nahen Horizont zu – von irgendwoher huschte ein Licht über das nächtliche Land, ein unbekannter, ferner Blitz. Roman spürte den süßlichen Geruch des Viehs, die Wärme der Behausungen. Dann lief er den abfallenden Weg zum Bahnhof hinunter, fühlte die kalten Schienen unter seinen Sohlen, wandte sich gegen das Dorf um – da lag es auf der Anhöhe, wie eine riesenhafte Kröte, aus deren Rücken spitz der Kirchturm stieß, rauchend, klar abgehoben, geduckt.

Nun lief er den Weg zurück, vorbei an dem grauen, schmalbrüstigen Anwesen der Elfriede Wölpert, in den Ort hinein, auf den großen Platz, dessen einziger Schmuck, die mächtige Kastanie, rund, gewölbt, groß wie ein Wald, in den Himmel emporwuchs.

Da hörte er von links Schritte, kurz und knallend, und verharrte regungslos unter dem Baum.

Theodor Wandt kam aus der Richtung des Altenteils. Vor dem großen Gebäude, wo dreißig gefangene Franzosen eingeschlossen waren, die tagsüber auf den Äckern arbeiteten, schlug der Gemeindediener an das Tor und das wuchtige Schloß, untersuchte, ob alles seine Richtigkeit habe und gesichert sei.

Zwar war es dunkel, aber Roman Bertini konnte Theodor Wandt von dem Platz unter der Kastanie gut erkennen.

Der Gemeindediener setzte einige Schritte zurück, um die ganze Fassade im Auge zu haben, als aus dem Innern ein unüberhörbares »merde« herausdrang, das Theodor Wandt mit einem Grunzlaut beantwortete, offenbar ein eingespieltes Ritual. Dann prüfte er die eisenvergitterten Fenster, indem er zunächst mit der Faust daran rüttelte, ehe er seine Glocke dagegen klirrte – dreimal an jeden Stab, wobei er dem Hall lang nachhorchte.

Schließlich schob der Gemeindediener den Schlüssel zurück in die Tasche, verließ den Dorfplatz nach links und war binnen kurzem von der Dunkelheit verschluckt. Nur die Tritte seiner kurzen Stiefel und das Klöppeln der Glocke waren noch eine Weile zu hören.

Roman Bertini stand unter der Kastanie, ganz eng an den Stamm geschmiegt, ein Teil der Nacht, überwältigt von ihr, in ihrem Schoße vergehend. Und Nacht sollte es bleiben, lichtlose, schwere Nacht, gütige, unverwundbare Beschützerin der Verfolgten, Mantel und Schild – Bodendorfer Nacht!

Und in dieser Minute durchfuhr ihn zum erstenmal ein Gedanke, der sein Verhältnis zu der Ortschaft auf der Stelle verwandelte, ihn zusammenzucken und das Gesicht wie in ungeheuerlicher Überraschung verbergen ließ.

So blieb er eine Weile hocken.

Dann, lautlos und flüchtig, huschte Roman ins Altenteil zurück.

An einem Nachmittag steckte Paul Stephien den dicken Kopf durch eines der beiden Schlafzimmerfenster.

»Nachbarn«, sagte der Sattlermeister, »meine Kuh heißt Lise. In den letzten Tagen haben sich ihre Euter mächtig hervorgetan, als ob sie wüßte, daß Zuwachs gekommen ist. Sie soll sich nicht umsonst angestrengt haben!« Er trat schnaufend zurück und gab das Fenster frei für Anna Stephien, seine pralle, rotbäckige, sanft lächelnde Frau, die einen bauchigen Krug voll Milch hereinreichte. Gleich darauf stemmte das kolossale Hinkebein seine fleischigen Ellbogen wieder auf.

»Wer meiner Lise gefällt, der gefällt auch mir, wir haben den gleichen Instinkt«, und er schlug, als hätte er einen Satz von historischer Bedeutung formuliert, Alf Bertini mit dröhnendem Wohlwollen auf die Schulter. Dann zwinkerte er den Söhnen zu und rief: »Guckt euch doch mal meine Ferkel an, die Radaubrüder.«

Roman und Cesar stiegen über die Fensterbank auf den Hof des Sattlermeisters und traten in den Stall.

Der ergriff eines von den Tieren und hielt es ihnen stolz hin. »Na?«

Und dann, ohne sie anzusehen: »Abwehr gab es doch nicht gegen die Bomber, die Hamburg zerstört haben?«

Roman kniete nieder, tätschelte die Schweinebrut, gab das Ferkel zurück. »Die machten von oben, was sie wollten.«

Cesar lehnte gegen den Türpfosten und ließ Paul Stephien nicht aus den Augen. Der legte die Hände über den gewaltigen Bauch und sagte: »Und so wird jede deutsche Stadt aus der Luft zerstört werden, bis alles in Schutt und Asche gefallen ist – *sie* lassen es zu, obwohl *sie* wissen, daß es dagegen kein Kraut gibt.«

Roman stand auf, beugte sich über die Stallbrüstung nieder, strich den Ferkeln über die rauhe Haut und sah schräg hoch zu dem Sattler: »Schweine!«

Paul Stephien blieb einen Augenblick stumm, dann zog er scharf die Luft ein. »Kommt mal mit«, er hinkte vor ihnen her ins Haus. Sie gingen durch eine Küche in das Wohnzimmer. Dort drehte Paul Stephien an einem Radioapparat.

»Bum-bum-bum-bum!« Und noch einmal: »Bum-bum-bum-bum!«

Radio London – Roman und Cesar lächelten.

»Ich bediene nur den Lautregulierer«, grinste der Sattler, »das Ding ist immer auf dieselbe Welle eingestellt. Und jetzt heraus mit der Wahrheit: warum seid ihr nicht eingezogen?«

Die nahen Stallungen brachten dem Altenteil eine wahre Fliegenpest. Besonders zahlreich waren die Insekten im Schlafzimmer. Sie klebten an den Wänden, unter der Decke und auf der Fensterbank; besetzten den Fußboden, die Lampenkuppel, Betten, Kleidung, Gardinen, und beim ersten Licht jedes Stück bloße Haut, die unter den Federbetten hervorkam.

Schon in der Morgendämmerung pflegte Alf Bertini hinter sich zu greifen und eine primitive Klatsche unter dem Kopfkissen hervorzuziehen – einen rohen, runden Lederlappen an einem langen Holzstiel. Er schlich leise, auf nackten Sohlen, an eine Stelle, wo das Geschmeiß zuhauf saß, holte, durch keine Erfahrung zu belehren, kraftvoll aus, ehe er zuschmetterte, und erreichte natürlich nichts, als daß die Fliegen surrend aufschwirrten und sich in der fernsten Ecke unbeschadet niederließen. Der Mißerfolg steigerte Alfs Jagdeifer jedoch nur, die sichtbare Überlegenheit der hirnlosen Vielbeiner brachte ihn zur Raserei, so daß er schließlich mit der Patsche blind und ziellos um sich schlug. Da es ihm immerhin dann und wann doch gelang, einige Fliegen zu erwischen, wurden Decke und Wände bald mit schwarzroten, breiig geplatzten Klecksen verziert. Dann stand Alf Bertini gebläht vor den mageren Ergebnissen seiner großen Anstrengung, auf den Fußspitzen wippend, als hätte er einen schlauen Gegner zur Strecke gebracht.

Lea und die Söhne beobachteten stumm das allmorgendliche Schauspiel und versuchten, sich unter Alf Bertinis Sprüngen, Rufen und knallenden Schlägen in der veränderten Welt zurechtzufinden.

Dabei warteten sie alle auf jenen Satz, den Alf stets nach den ersten Anzeichen der Erschöpfung ausstieß: »Wir müssen arbeiten. Wenn wir nicht arbeiten, können wir auch nicht hierbleiben.« Er sagte das in einem Ton, als hätte er bereits Himmel und Hölle in Bewegung gesetzt, der deutschen Landwirtschaft seine Arbeitskraft zur Verfügung zu stellen.

»Aber deine Hände«, rief Ludwig in gespielter Anteilnahme aus, »diese Hände eines Dirigenten zwischen Kartoffeln und Rüben!«

»Was heißt das – meine Hände?« schrie Alf. »Das ist doch alles vorbei. Für meinen Beruf bin ich erledigt. Hier wird gearbeitet.« Er streifte vorsichtig die kleine Seitengardine zurück und fauchte: »Die hat auch nichts besseres vor, als aufzupassen, daß ihr ja nichts entgeht, dieses Trampel.«

Tatsächlich lauerte Minna Kremer seit der Ankunft jedem beliebigen Mitglied der Sippe auf, klatschbedürftig, neugierig, mit kreisrunden Augen und gebleckten Zähnen. Zwar verschwand sie immer wieder in ihre Ställe, stampfte dort Futter in großen Trögen für die Schweine, schleppte Mist, molk die beiden Kühe, war aber, mit einem sechsten Sinn für jede Bewegung draußen, sofort zur Stelle, sobald einer aus dem Hause trat.

Heute erwischte sie Ludwig. »Erzähl mir was, erzähl mir was von Hamburg«, bettelte sie und wischte sich erwartungsvoll die Hände an ihrer schweren Stalltracht ab.

Ludwig Bertini kam schlank heran, strich sich nachdenklich über das blonde Haar und sagte: »Da hat es mal einen Hai gegeben, ein außergewöhnlich großes Exemplar seiner Gattung. Der hatte sich in der Unterelbe verirrt, und viele Hamburger sind ihm mit der Angelrute vom Ufer zu Leibe gerückt.«

Minna Kremers Augen wurden noch runder, und sie schlug ihre Hände auf die gewölbten Oberschenkel. »Nee doch, ein Haifisch? Du meine Güte! Und so mitten unter uns?«

Ludwig nickte ernst, schritt auf dem Hofpflaster die mutmaßliche Länge des Raubfisches ab und sagte beiläufig: »Der Hai wurde übrigens nie gefangen, er muß wieder ins Meer geschwommen sein. Aber er hat sich vorher noch vermehrt – denn seither gibt es überall Haie in der Elbe.«

Minna Kremer stand vor ihrem Stall, rieb sich die Hände an ihrem Rock wund und brachte vor Staunen kein Wort heraus. Dann aber schrie sie plötzlich mißtrauisch »Hu!« und »Ha!«, lachte, bog sich: »Du bist mir einer, guck dir diesen an, du bist mir vielleicht einer!« Sie schloß den Stall ab und verließ lachend und unsicher das Altenteil.

Am nächsten Morgen klopfte es bei den Lehmbergs an der Tür. Beide fuhren in ihren Stühlen hoch.

»Hast du deine Kleider geordnet?« fragte Recha unterdrückt den Schlosser und sah an ihm hinunter. »Und wenn es das Mädchen ist, würdest du ihm gefälligst nicht unentwegt auf den Hintern starren?«

Es war aber nicht Elisabeth Niebert, sondern ihre Mutter, die Witwe. Sie setzte sich unaufgefordert hin, zupfte an ihrer weißen Schürze, rückte an ihrem Häubchen und strich das dunkle Kleid glatt.

»Wie war das? Mit dem Haifisch damals, vor Hamburg, draußen in der Elbe?«

2

Wie Alf Bertini
wieder zu einem Klavier kam

Wilhelm Krogel, der Postmeister von Bodendorf, war ein Mann von hemmungsloser Schlampigkeit. Durch ein Magenleiden schwer gezeichnet, unterstrich er den hohen Grad seines Verfalls noch durch die nachlässige Kleidung. Die Amtsuniform – Mütze, Jacke und Hose –, ursprünglich einmal blau gewesen, hatte sich längst in klägliches Grau verwandelt. Er machte den Eindruck eines zwar stets alkoholumnebelten, dadurch aber keineswegs arbeitsunfähigen Menschen.

Knapp fünfzig Meter vom Altenteil entfernt, hauste Wilhelm Krogel mit Frau und einzigem Sohn in kleinen, niedrigen Räumen, aus denen der Viehgeruch immer noch nicht gewichen war. Hier hatten einst Ställe gestanden, die später zu einer Amtswohnung umgebaut worden waren. Über der Haustür prangte ein schwarzes Horn auf gelbem Grund.

Drinnen versah Krogels Frau freiwillig, also ehrenamtlich, einen Dienst, dem sie nicht gewachsen war. Den Höhepunkt erreichte ihre Hilflosigkeit, wenn sie telefonisch Telegramme aus Obenwalde annehmen sollte. »Wie war das? Was haben Sie gesagt? Einen Augenblick, ich bin doch keine Schreibmaschine!« schrie sie mit blutleeren Lippen und flackerndem Blick, ehe sie nach dem immer verlegten Stift suchte, um sich verstört Notizen zu machen. Da sie vor Aufregung nicht ganz bei Sinnen war, wies das Diktat meist Lücken und grobe Textentstellungen auf, die sie, im allgemeinen erfolglos, mit dem unglücklichen Empfänger gemeinsam in begreifbare Zusammenhänge umzudeuten suchte.

Die Postmeisterei von Bodendorf war im Laufe des Krieges zu einer wichtigen Stätte geworden. Da nun Gutes und Schlechtes schwerer wogen als je zuvor, die Männer jüngerer und mittlerer Jahrgänge im Felde waren, hatten sich viele Bodendorfer Frauen und Mädchen angewöhnt, die Post selbst abzuholen, wobei sich um die Mittagszeit vor der Tür mit dem dunklen Posthorn oft eine Schlange bis auf die Dorfstraße bildete.

Aber damit war Wilhelm Krogel das Amt des Briefträgers nicht etwa abgenommen. Die Tasche wichtig umgehängt, die speckige Mütze schief auf einem Ohr und die Jacke vorschriftswidrig geöffnet, torkelte er täglich aus seiner Behausung hervor, um sich immer auf dieselbe Route zu machen, gleichgültig, ob er auf seinem Wege Briefe zuzustellen hatte oder nicht. Zunächst schoß er in Richtung Rattingen, bis nahe vor die verrottete Mühle von Minna Kremer. Dann bog er links ab zum Tümpel, dem ältesten Teil Bodendorfs, und erreichte, obschon er dort nichts zu suchen hatte, bald die für ihn gefährlichste Strecke seines Rundgangs, nämlich den abschüssigen Pfad zur Bahnstation. Einige Augenblicke dumpf gegen den ragenden oder auch gesenkten Schrankenbaum gelehnt, stürmte er bald mit wütendem Anlauf wieder hinauf und erreichte durch offenbar nur ihm bekannte Öffnungen und Gänge mehrerer Gehöfte still grinsend den Dorfplatz. Dort erst begann er ernsthaft mit der Austeilung der Post. Von Adresse zu Adresse schwankend, kam es ihm dabei auf ein Palaver mehr oder weniger in Küchen, Ställen und auch guten Stuben nicht an, so daß der letzte Empfänger seinen Brief oft genug erst zu vorgerückter Stunde erhielt. Wilhelm Krogel hatte während seiner langen und eintönigen Dienstjahre so gut wie jedes Zeitbewußtsein eingebüßt.

Dann und wann gelang es ihm, die Begleitung seines Sohnes Dieter zu erzwingen, meist allerdings erst nach Auftritten, die den umgebauten Stall bis in seine Fundamente erschütterten. Der kantige Geselle, verblüffendes Ebenbild seiner Mutter, tatsächlich erst zwölf, schien der körperlichen Reife nach eher fünfzehn Jahre alt zu sein. Zwischen den gelblichen Vorderzähnen eine klaffende Lücke und in den hellen Augen den Ausdruck glücklichen Wahns, schlurfte Dieter Krogel schließlich maulig hinter seinem Vater her, beschimpfte ihn mit kehliger Stimme unter dauerndem Verlust beträchtlicher Speichelmengen und pißte, äußerstes Zeichen seiner Verachtung, unterwegs aus schier unerschöpflicher Blase gegen Mauern, Zäune, Bäume oder einfach auf die blanke Erde.

Den Vater auf dessen trister Runde durchs Dorf begleiten zu müssen, hielt Dieter Krogel für weit unter der Würde einer Persönlichkeit, die mit unangezweifelter Autorität die Kommandogewalt über das örtliche *Jungvolk*, Vorstufe der *Hitlerjugend*, ausübte – eine Schar von fünfundzwanzig militärischer Disziplin unterworfenen und an uneingeschränkten Gehorsam gewöhnten Flachsköpfen. Dazu wollte ihm die unheroische Assistenz des Vaters nicht passen, zumal sie wirklich sinnlos war, denn Wilhelm Krogel konnte sehr gut ohne sie auskommen. Wann immer deshalb sein Sohn der öffentlichen Schande entfliehen konnte, tat er es mit einer Energie und List, die niemand hinter dem verblödeten Blick seiner wahnsinnigen Augen vermutet hätte.

In seinem Element war Dieter Krogel erst, wenn er, die klaffende Zahnlücke grell vorgewiesen, mit dem *Jungvolk* in wilder Attacke querfeldein stürmte oder die Schar in Reih und Glied unter Absingen kerniger Lieder durchs Dorf marschieren ließ. Das war die große Stunde Dieter Krogels, Sohn des Postmeisters Wilhelm Krogel, der die Zeichen der Zeit immer noch nicht verstanden hatte und dafür von seinem Sprößling gebührend verachtet wurde.

An einem Vormittag durchbrach der Beamte spontan den eingespielten Rhythmus seiner eisernen Route und machte sich, statt nach rechts in Richtung Rattingen, sogleich nach links auf, hin zum Altenteil, wo er, leicht schwankend, aber nicht ohne eine gewisse Grandezza, Lea Bertini zwei Briefe überreichte.

Roman öffnete sie, als der Postmeister gegangen war.

Der eine war von Grete Erber, die schrieb, daß ihr Haus in Hamburg-Sasel unversehrt geblieben sei, und gleichzeitig mit ihrem Besuch in Bodendorf drohte – »... noch dieses Jahr«.

Den zweiten Brief hatte Erich Snider geschrieben: seine Wohnung habe die schweren Angriffe überstanden, es gelte also die alte Adresse.

An beide Absender hatte Roman sich gleich nach Ankunft in Bodendorf gewandt.

Kurz vor Mitternacht, von Paul Stephien kommend, trug er in das schmale graue Büchlein mit Goldschnitt ein:

»9. August 1943. Orel von sowjetischen Truppen genommen.«

Dann erschien im Altenteil ein etwa dreizehnjähriges Mädchen, mit frühentwickelten Brüsten, einem scheuen, blassen Gesicht und zwei langen, weizenblonden Zöpfen. Es traf in der Küche Lea und Roman an und stellte sich vor als Gerda, Tochter des Tümpelbauern Lemke.

Das Schulkind war hier nicht mehr ganz unbekannt. Es hatte in den letzten Tagen verstohlen und unentschlossen das Altenteil umstrichen und den Hals gereckt, wenn es Roman sah.

Jetzt spielte Gerda Lemke mit ihren Zöpfen, vermied es, ihn anzusehen, und sagte, als wäre sie mit Lea allein: Der Vater lasse fragen, ob der dunkelhaarige der Söhne das Vieh auf der Weide hinter dem Bahndamm hüten wolle, ein paar Stunden täglich. Es gäbe dafür Speck, Butter und Eingemachtes.

Dann schwieg das Mädchen, sah beharrlich auf den Küchenboden und wiegte sich in den Hüften. Aber daß Roman nickte, hatte es gesehen. Mit einem Sprung war Gerda Lemke hoch und wie der Wind hinaus.

Fortan wurde das Dorf Zeuge, wie Roman Bertini die Herde des Tümpelbauern mit »Hü« und »Hott« über die Geleise in den *Drömling* trieb, eine riesige Weidefläche, die im Norden vom Mittellandkanal begrenzt wurde und von der es hieß, sie habe ihre Entwässerung König Friedrich dem Zweiten von Preußen zu verdanken.

Jenseits der Schienen ging es einen langen, staubigen Weg hoch, vorbei an eingezäunten Koppeln, auf denen widerkäuende Rinder der Kavalkade ihrer Artgenossen leise rülpsend neugierig nachbrüteten, bis diese in einem Pfad links abbogen, zu dessen beiden Seiten die Herde des Tümpelbauern sich gütlich tat.

Gerda Lemke lief nebenher, lächelte scheu, spielte mit ihren Zöpfen. Am Ziel angelangt, warf sie sich nieder und schlenkerte mit übergeschlagenen Beinen in Romans Richtung.

Manchmal kam sie atemlos von der Schule herbeigeeilt, das sonst so blasse Gesicht erhitzt, und erst wenn sie Roman entdeckt hatte, hielt sie im Lauf inne und kam langsamer heran.

Die Tiere rauften das Gras, ließen sich schwer in der Nähe der beiden nieder und brummten satt in die warme Luft. Regelmäßig, auf die Minute pünktlich, rollte von Südosten her der Zug aus Magdeburg an, erst winzig, dünn, leise, dann immer lärmender, dampfender, bis er grollend auf der kleinen Station hielt, kurz verschnaufte und sich fauchend nach Obenwalde aufmachte. Eine halbe Stunde später passierte der Gegenzug auf der eingleisigen Nebenstrecke die Ortschaft, qualmend und ebenfalls von einer Pünktlichkeit, nach der die Bauern ihre Uhren stellen konnten.

Grün und duftend lag der weite Drömling da, fern und klein Bodendorf, ein Gewirr von roten, bräunlichen und grauen Farbtönen, von Dächern, Schornsteinen und Mauern, ein Bild des Friedens, das keine Furcht, keine Not, keinen Krieg zu kennen schien.

Inmitten des Viehs lag Roman da, starrte in die Runde und traute seinen Augen nicht.

Während dieses geruhsamen und eigentlich überflüssigen Hütens lag Gerda Lemke mit hochgerutschtem Rock auf der Erde, die Beine angezogen und mit einem Fuß in Romans Richtung schlenkernd.

Sie sprachen nie ein Wort miteinander.

Am späten Nachmittag oder abends, wenn Roman die Herde wieder über den Bahndamm zurück in die Ställe des Tümpelbauern getrieben hatte, blieb das Mädchen so lange vor dem Tor des väterlichen Hofes stehen, bis er auf dem Wege ins Altenteil um eine Hausecke verschwunden war.

Als er von niemandem geholt wurde, rannte Alf Bertini einfach los, um seine Arbeitskraft dem ersten besten anzubieten, der sie gebrauchen konnte. Der Zufall wollte es, daß er dabei auf Adolf Frenk stieß, den Besitzer des Altenteils und größten Bauer von Bodendorf. Der hatte gerade die Pferde angeschirrt, weil er aufs Feld wollte, um Garben aufzuladen. Mit süßsaurer Miene hieß er Alf aufsteigen. Dann ging es hinaus, in Richtung des Bahnhofs, hin zu einem weiten Acker, der mit zu Hocken zusammengestellten Garben übersät war.

Alf, der unterwegs vergeblich versucht hatte, ein Gespräch mit Adolf Frenk anzuknüpfen, ließ sich nicht einschüchtern, sondern stürzte sich mit Feuereifer auf die Hocken, spießte seine Forke in eine Garbe und hob sie in die Höhe, wobei sich sein Gesicht schnell von der Anstrengung rötete. Denn es wehte an diesem strahlenden Augusttag ein scharfer Wind, der die Garben packte und schüttelte. Und während Adolf Frenk mit der Präzision einer Maschine eine nach der andern auf den Wagen warf, konnte Alf Bertini nicht verhindern, daß seine Garben das Gefährt verfehlten und entweder seitwärts davon oder dahinter auf den Acker zurückfielen, wobei sich viele Körner aus den Ähren lösten.

»Ich habe Schaden!« schrie Bauer Frenk in den Wind, »ich habe Schaden an diesem Nachmittag!«

So sehr ihm auch die Glieder zitterten, solchen Vorwurf wollte Alf Bertini nicht auf sich sitzen lassen – er drang noch verbissener auf die Hocken ein. Tatsächlich gelang es ihm, zwei Garben unversehrt auf den Wagen zu laden, doch als er die dritte auf den Zinken trug und sie mit ausgestrecktem Arm in die Höhe reckte, blieb sie, ein wenig nach rechts und links schwankend, zwischen Himmel und Erde schweben, ehe sie fast reglos verharrte. Alf Bertini stand etwa eine Minute lang so da, mit geschlossenen Augen und geschwollener Stirnader, dann brach er zu Boden, alle viere von sich gestreckt, wie geschrumpft unter dem ungeheuren Blau des Himmels, das Gesicht unter entkornten Ähren begraben.

Als er wieder zu sich kam, besah er sich, noch benommen, die roten

Innenflächen seiner Hände, kehrte sie gegen den Bauern und sagte, als hätte Adolf Frenk ihn zu dieser Arbeit gezwungen:

»Das sind einmal die Werkzeuge eines Musikers gewesen.«

Dann ging er taumelnd ins Dorf zurück.

Ganz unerwartet dagegen entwickelte sich Cesar Bertini als Landarbeiter, Leas unbeholfener Ältester entfaltete eine geradezu beängstigende Energie. An manchen Tagen bückte er sich auf den Kartoffeläckern inmitten der Einheimischen von morgens bis abends, wühlte in der Erde und schlug unermüdlich die gelben Knollen in Säcke und Körbe. Erst die Mahlzeiten jedoch offenbarten das wahre Motiv seiner ungewöhnlichen Arbeitswut. Von staunenden oder belustigten Bauern und Bäuerinnen, von Mägden und Knechten umgeben, stopfte er immer noch eine Schnitte mehr mit der grauen, fetten Leberwurst, der buntgesprenkelten Sülze, dem triefenden, goldbraunen Rübensirup nach. Ein menschlicher Vielfraß, ein einziger Verdauungsorganismus war er dann, und jeder, der die Gerüchte über seinen unmäßigen Appetit für übertrieben hielt, konnte eines Besseren belehrt werden.

Hier in Bodendorf, im fünften Kriegsjahr, eröffneten sich Cesar Bertini ungeahnte kulinarische Genüsse, tat sich vor ihm ein wahres Schlaraffenland auf, fand Erfüllung, was er sich in seinen kühnsten Freßträumen nicht erhofft hatte, wenngleich um den Preis körperlicher Anstrengungen, denen er sich nie gewachsen geglaubt hätte.

Klagen über das Wunder seines unersättlichen Magens kamen der Sippe nicht zu Ohren. Im Gegenteil, Hanna Hattenroths Schwester, die fast jeden Tag mit Tochter Rosel an der Hand und einer Last Gemüse oder Salat auf dem Arm ins Altenteil kam, Elfriede Wölpert wußte immer wieder zu berichten von den schmunzelnden Sympathien der Dorfbewohner für Cesars Unfähigkeit, seinen unstillbaren Appetit zu zähmen oder gar zu verbergen.

Namentlich Paul Stephien und seiner strotzenden Frau Anna hatte er es so angetan, daß sie ihn mit allerlei zusätzlichen Versprechungen aufs Feld lockten.

»Nachbarssohn«, das gewaltige Hinkebein lehnte sich von seinem Hof zum Schlafzimmerfenster des Altenteils hinein, »du wirst schon bemerkt haben, daß die Sattlerei allein einen braven Mann und sein treues Weib nicht ernähren kann.« Paul Stephien schnaubte, stemmte die fetten weißen Ellbogen noch nachdrücklicher aufs Fensterbrett und fuhr fort: »Deshalb pflanze ich Kartoffeln, Rüben und Weizen, Zeugs, das unangenehmerweise auch noch geerntet werden muß.« Er trat zwei Schritte zurück, breitete die Arme aus und suchte die Miene eines pfiffigen Geschäftsmannes anzunehmen. »Wie du mir, so ich dir, heißt es, glaube ich, schon in der Bibel«, damit holte er einen schweren Korb voller Lebensmittel vom Wagen, vor den seine geduldige Kuh Lise gespannt war, und hob ihn in die Höhe. »Also – gehst du auf den Handel ein und kommst mit – oder nicht?« und mit dröhnendem Gelächter hievte er den nur allzu bereitwilligen Cesar auf den Sitz.

Draußen breitete Anna Stephien sanft lächelnd die Herrlichkeiten meist schon zehn Minuten vor der Pause auf einer Decke aus. Und wenn Cesar dann ans Werk ging, wenn er ohne Besinnung zugriff, wenn es bei diesem Anblick in der Kehle des Sattlermeisters gluckste, sein unförmiger Bauch auf und ab wippte und er den Blick emporhob, als wolle er den Himmel zum Zeugen für ein phantastisches Geschehen anrufen – dann geriet in Anna Stephiens lächelnde Augen ein Schein tiefglimmender weiblicher Neugierde, und leise, verwundert, angerührt rief sie aus:

»Herrgott, ist der gierig!«

Um vieles schwerer als am Morgen, mit sichtbar aufgetriebenem Bauch, so schleppte Cesar Bertini sich nach getanem Tagewerk zurück ins Altenteil, fiel aufs Bett, röchelte ein wenig und gab sich einer Art Verdauungsschlummer hin. Später hörte man im Wohnzimmer nebenan, wie er unruhig wurde, sich räkelte, um dann den ersten, noch schwachen Ruf »Wasser!« auszustoßen, der immer dringender wurde: »Wasser! Wasser!« bis er in ein gellendes »Durst, ich habe brennenden Durst, Brüder!« überging, dem manchmal auch ein verzweifeltes, ersterbendes »Gnade – habt doch Gnade« angehängt wurde. Nur wenn Lea Zeugin war, bekam Cesar Wasser. Seine Brüder dagegen frönten dem alten Spiel aus der Lindenallee. Sie knurrten unwillig, fragten, so laut, daß der stöhnende Cesar es hören konnte: »Wasser? Was ist das? Hast du schon mal was von *Wasser* gehört?« Und wenn Recha Lehmberg mitleidig ins Schlafzimmer eilen wollte, schloß Ludwig ab und hielt den Arm so hoch emporgereckt, daß der Schlüssel für seine kleinwüchsige Großmutter unerreichbar war.

Cesar Bertini hielt die tägliche Ackertortur zwei Wochen durch, dann machte er schlapp.

Wenige Tage, nachdem Alf von seiner nutzlosen Arbeit auf dem Felde heimgekehrt war, wurde das Tor zum Hof des Altenteils aufgestoßen und eine große Maschine hineingeschoben. Mit ihr kamen zwei französische Kriegsgefangene, mehrere Frauen und Adolf Frenk, die allesamt zu dreschen begannen – der Großbauer hatte gegenüber von Minna Kremers Ställen eine geräumige Scheune.

Der höllische Lärm lockte die Bertinis auf den Hof, aber als Alf Anstalten traf, mitzuhelfen, wehrte Adolf Frenk entsetzt ab.

Roman hatte diese Bewegung gesehen und verließ unglücklich den staubigen Hof. Er ging durch die Küche in den kleinen Hintergarten. Noch vor kurzem wäre er bei der Gebärde des Bauern zu seinem Vater gegangen und hätte ihm irgend etwas Tröstliches gesagt. Aber vor der neuen feindseligen Art Alfs fühlte er eine starke Unsicherheit, die er vorher nicht gekannt hatte, eine merkwürdige Befangenheit, die ihn erbitterte. Er hatte die Empfindung, das Richtige weder tun noch sagen zu können, und war dabei, das alte Verhältnis zum Vater zu verlieren. Er hockte im Garten hinter dem Haus und stopfte sich die Finger in die Ohren, aber der Lärm der Dreschmaschine drang über das Dach zu ihm hin.

Nachmittags kam Theodor Wandt über den Hof. Er bringe Bezugsscheine, sagte der Dunkle und musterte nachdenklich Roman und Cesar Bertini, die auf der steinernen Wanne vor der Pumpe saßen. Alf trat heraus und bat den Gemeindediener ins Haus. Der aber schüttelte nur den Kopf, ersuchte mundfaul um Quittierung und verließ, noch einmal die Söhne mit langem Blick streifend, das Altenteil.

Als das Tor ins Schloß fiel, kam Paul Stephien durch die kleine Seitentür, die seinen Hof mit dem Altenteil verband. »Achtung, Nachbarn – kein Parteigenosse, aber Vorsicht!«

Theodor Wandt hatte Bezugsscheine für Kleider, Wäsche und Schuhe sowie einen Stoß Lebensmittelkarten für den Rest des Monats August gebracht. Bei den Marken für Lea und Recha fehlte das gewohnte große *J* für *Jüdin* sowie der Zwangsvorname *Sara*.

Bei seinen Dienstgängen als öffentlicher Ausrufer von Nachrichten meist lokaler, aber auch überlokaler Bedeutung, machte der Gemeindediener auf der Dorfstraße vor dem Tor des Altenteils halt. Letzte Station war die Postmeisterei gewesen, nächste würde die Bäckerei gegenüber dem großen Platz sein. Jedoch war Theodor Wandts Glocke, ein schweres, blankgewetztes Gerät, durch die halbe Ortschaft zu vernehmen.

Diesmal kündigte er die Aufnahme einer noch unbekannten Zahl jüngst ausgebombter Volksgenossen an, die innerhalb von achtundvierzig Stunden eintreffen sollten.

Der Einfall von etwa fünfzig obdachlosen und nun schon seit Wochen umhervagabundierenden Hamburgern in Bodendorf trug alle Merkmale eines Spuks. Niemand erinnerte sich später, irgendjemanden von ihnen wirklich gesprochen zu haben, kein einziges Gesicht prägte sich ein, kein Wort blieb zurück, obwohl die Schar einen ganzen Nachmittag im großen Saal der Gastwirtschaft verbrachte. Sie verschwand so schemenhaft, wie sie gekommen war, gerade als wäre sie in eine Gemeinde von Aussätzigen geraten. Einziger Beweis ihrer flüchtigen Anwesenheit blieb ein älteres Ehepaar, unscheinbare Leute, grau und gebeugt, ein Klavierstimmer mit seiner Frau, die auf den seltsamen Namen Eishuhn hörten.

Es hieß, sie hätten in Hamburg eine fünfundzwanzigjährige Tochter verloren. So jedenfalls wollte es Minna Kremer wissen. Sie platzte bei den Bertinis ins Altenteil, stand da in ihrer schweren Stalltracht, stark riechend nach Milch, Mist und gesundem Schweiß, und sagte atemlos: »Sie soll verbrannt sein, bei lebendigem Leibe, wie eine Hexe. Ihr müßt das doch wissen, ihr kommt doch auch aus Hamburg.«

Die Frau des Klavierstimmers ließ sich nie blicken, als hätte sie ein Gelübde abgelegt. Nur der graue, unscheinbare Mann tauchte mittags und abends pünktlich auf, einen grauen Hut auf dem Kopf, den er bei jeder Begegnung erschrocken lüftete.

Die Bertinis lernten ihn unter denkwürdigen Umständen kennen.

Als Roman von einem ungenutzten Klavier hörte, forschte er nach und fand es am südlichen Ende des Dorfes, bei einer alten, zarten Frau, die ihn freundlich empfing. Es stellte sich heraus, daß sie Hamburg ein wenig kannte. In ihrer Jugend, lange vor dem Ersten Weltkrieg, war sie einmal über den Jungfernstieg gegangen, so daß sich in ihren Erinnerungen verschiedene Eindrücke verklärt hatten – der grüne Kupferturm der Petri-Kirche, der bewegte Spiegel der Außenalster, die niedrigen Bögen der Lombardsbrücke. Roman hatte es leicht, seine Bitte vorzubringen: sein Vater sei Musiker, fühle sich einstweilen in Bodendorf ganz überflüssig und wäre sicher froh, wenn er dann und wann auf dem Klavier üben könne.

»Ihr Vater kann darauf spielen, so oft er will«, sagte die Besitzerin entrüstet, als nähme sie ihm schon die Frage übel. Da stand sie vor ihm, keine Bäuerin, sehr zart, mit grauen Haaren und einer weißen, seit Jahrzehnten aus der Mode gekommenen Schürze, wie sie auch die Witwe Niebert trug.

Alf Bertini winkte zuerst störrisch ab, ließ sich dann aber doch von Roman hinführen. Als sie eintraten, hatte der Klavierstimmer das Innere des Instrumentes bloßgelegt. Während die eine Hand an einem großen Schlüssel riß, hielt der Mann sich mit der andern ein Taschentuch vor die Augen. Er behielt das Tuch auch in der Hand, wenn er auf die Tasten schlug und den neuen Ton prüfte. Bestürzt schneuzte er sich, als er Schritte vernahm, wischte sich umständlich die Nase, als werde er von bösem Schnupfen gequält, und fuhr sich über die rotgeränderten Augen. »Eishuhn«, stellte er sich vor und strich sich mit dem Tuch flüchtig übers Gesicht, »einen Moment, ich bin gleich fertig.« Er wandte sich wieder um und zerrte an dem Stimmschlüssel. »Es ist ein gutes Klavier, Sie werden Ihre Freude daran haben. Bitte, probieren Sie es«, forderte er Alf Bertini auf.

Aber ehe der eine Taste berühren konnte, glitt der Klavierstimmer an der Wand zu Boden, das Taschentuch vor die Augen gedrückt, und weinte laut auf. Er ließ sich nicht aufheben, sondern sprach vom Boden aus, als müßte er sich um seines Seelenheils willen von einer Last befreien, die er allein nicht länger tragen konnte. Und obwohl er geschüttelt wurde und mit herabhängendem Kopf sprach, verstanden die beiden Bertinis seine Worte gut.

Danach hatte das Ehepaar Eishuhn mit seiner einzigen Tochter bei dem zweiten großen Nachtangriff auf Hamburg vom 27. auf den 28. Juli in Hammerbrook zwar alle Habe verloren, sich aber vor dem Phosphor durch den Sprung in einen Kanal retten können. Lange Zeit im Wasser, hatten sie den Weg aus dem glühenden Südosten der Stadt herausgefunden und waren nach Norden geflüchtet, an den Rand der schleswig-holsteinischen Kleinstadt Elmshorn. Anfang August, wenige Tage später, waren die Bomber der Royal Air Force wiedergekommen, und als ein Gewitter sie daran gehindert hatte, den Rest von Hamburg zu zerstören, hatten sie ihre Fracht auch nördlich der Hansestadt über dem flachen Land abgeworfen.

In jener Nacht hatten die drei Eishuhns in einer Scheune an der Krückau gestanden und unter dem Dröhnen der Viermotorigen dem Himmel gedankt, daß sie nicht mehr in Hamburg waren. Noch während des Gebetes aber war der Phosphor leckend über die Tochter gekommen und hatte sie gebrannt, daß die Haarnadeln weißglühend geworden waren, während die Eltern verschont blieben. Sechsunddreißig Stunden hatte das Mädchen noch gelebt und hatte geschrien, es wolle sterben, sterben wolle es, und war gestorben, mit fünfundzwanzig Jahren, ganz wie es Minna Kremer behauptet hatte.

So erzählte der Klavierstimmer auf dem Boden und hielt sich, nachdem er geendet hatte, wimmernd das Taschentuch vors Gesicht.

Die alte, zarte Frau stand zitternd an der Tür. Roman war einen Schritt auf den Zusammengebrochenen zugegangen, hatte dann aber innege-

halten. Schließlich sagte Alf Bertini: »Gott – Gott wird wissen...
Gott...«

Und da geschah das Furchtbare. Der Klavierstimmer sprang wie von
einer Feder geschnellt hoch, er sprang buchstäblich mit allen vieren
zugleich in die Luft, aus seinem Sitz, verlor den Halt und schlug schwer
zurück auf den Boden. Dort schmetterte er die flache Hand auf die
Dielen, wiegte den Oberkörper rhythmisch vor und zurück und schrie
mit Schaum vor dem Mund: »Gott? Dieser Verbrecher hat es ja
zugelassen! Er hat es zugelassen... zugelassen... zugelassen...« Und
immer wieder schrie er, daß Gott dem Feuertod seiner Tochter tatenlos
zugesehen habe, bis die Stimme schwächer und schwächer wurde und
endlich ganz verstummte. Da lag der Klavierstimmer Eishuhn aus
Hamburg, die Beine angezogen, als schliefe er. Plötzlich jedoch kam er
hoch und stürzte, das Taschentuch vor dem Gesicht, blitzschnell
hinaus.

In dieser Nacht wurden die Bertinis durch langgezogene Schreie,
durch das Heulen einer Frau aufgeschreckt. Die Schreie kamen aus der
Nähe, schienen in der Luft zu erstarren, um abermals wild in Bewegung zu geraten, kreischend, immer wieder, wie mit letzter Kraft
herausgepreßt, sterbenden Atems, einer archaischen Totenklage
gleich.

»Die Frau des Klavierstimmers?« Roman sprang auf und schloß das
Fenster. Aber das Heulen drang durch Glas, Holz und Wände.

»Nein«, sagte Lea im Finstern, »Stephiens Nachbarn haben heute die
Nachricht erhalten, daß ihr einziger Sohn gefallen ist – bei Orel.«

Im Hause der Witwe Niebert hatte Rudolph Lehmberg begonnen, eine
genaue Liste der verlorenen Habe aufzustellen. Krumm, über den
Tisch gebeugt, holte er jedes Stück des verbrannten Haushalts einzeln
aus der Erinnerung hervor und schrieb es gut leserlich auf. Beharrlich
brütete er über der Liste, und wenn er sich so tief in den Barmbeker
Einzimmer-und-Küche-Haushalt zurückgebohrt hatte, daß immer
noch eine Schere, ein Tischdeckchen, ein alter Schemel, zwei Rollen
Butterbrotpapier oder ein ausgedienter Feuerhaken aus der schwarzen
Vergangenheit zum Vorschein kamen, dann strich sich Rudolph
Lehmberg mit der Zungenspitze über die Lippen, lächelte fein, fuhr
sich mit der freien Hand ins silbrige Haar und ließ umständlich und
genüßlich die Feder über das Papier gleiten.

Von Recha hatte er dabei keine Hilfe zu erwarten, im Gegenteil. Schon
wenn er Anstalten machte, nach der Liste zu greifen, blieb sie auf der

Stelle stehen, als würde ein übermächtiger Zorn sie dort festnageln. Übersah Rudolph Lehmberg ihre Pose, so wurde seine Frau mit hellen, derben Lauten massiver, bis sie beim ersten Buchstaben auf ihren Mann losfuhr: »Immer noch nicht fertig, Krösus? Wieder was entdeckt von dem Zeug, das für immer dahin ist? Noch ein Juwel gefunden, noch einen Goldbarren?« Sie näherte sich ihm so bedrohlich, daß er schützend die Hand auf die Liste legte. »Was soll die Kleckserei, Mann? Was treibst du da? Glaubst du, daß wir – ausgerechnet *wir* – irgend etwas von unseren Schätzen ersetzt bekommen?« Mit eingezogenem Kopf schritt sie im Zimmer auf und ab. »O du mein Gott!« ihre Stimme brach, und ihre geöffneten Hände streckten sich langsam der Zimmerdecke entgegen, »womit, womit nur habe ich diesen Schreiberling, diesen Pfennigfuchser, diesen Pedanten verdient?«

Manchmal gab Rudolph Lehmberg rascher, manchmal später auf. Er faßte sich ans Herz, verzog das Gesicht, strich die Blätter zusammen, schichtete sie wohlnumeriert und legte sie unter sein Kopfkissen. »Laß gut sein«, flehte er dann, »laß gut sein.«

Am nächsten Tag aber saß er wieder krumm über dem Tisch und vervollständigte geduldig forschend unter Rechas Tiraden mit einer Handschrift von gestochener Schönheit die Liste der verlorenen Habe.

Von dem Einkaufsbesuch der Bertinis und der Lehmbergs in Obenwalde zur Einlösung der Bezugsscheine kam Rudolph erschöpft, aber stolz zurück – mit einem Paar neuer Stiefel und einem Stoß roher Latten.

Im Altenteil fehlte ein Kleiderschrank, und die praktische und arbeitsfrohe Natur des Schlossers hatte auf Abhilfe gesonnen. Mit sicheren Hammerschlägen fügte er im Schlafzimmer die Hölzer zusammen, befestigte an dem kunstlosen, aber stabilen Gerüst ein dünnes Metallrohr, verfertigte aus grauem, starkem Draht etliche Gebilde, die eine gewisse Ähnlichkeit mit Kleiderbügeln aufwiesen, und besah sich stolz zurücktretend das Werk seiner geschickten Hände.

Auf den Betten lagerten die Enkel, die dem Großvater schweigend zugeschaut hatten. Rudolph Lehmberg, in der Hand noch den Hammer, wandte sich langsam um, und ein listiges Lächeln verjüngte sein schmales, faltiges Gesicht.

»Hab' ich euch eigentlich schon die Geschichte von den Stiefeln erzählt?«

Die drei taten verwundert, glucksten, wußten, was kam, aber schüttelten den Kopf.

»Also, Kinder«, Rudolph Lehmberg stützte sich schräg auf die Bettstelle, grinste nach unten und blickte dann mit todernstem Gesicht wieder auf: »Ich sah das Paar schon beim Eintreten und erkannte auf den ersten Blick, daß es keine gewöhnlichen, sondern erlesene Stiefel waren«, er beugte den Kopf tief herab, als suche er etwas auf der Erde. Dann atmete er lange ein, kam wieder hoch und sagte mit leicht überkippender Stimme: »Aber ich hatte die Rechnung ohne den Ladenbesitzer gemacht.«

Die drei auf dem Bett grunzten.

»Meinen Blick gewahren, den Blick eines Fachmannes, und sich wie zufällig vor das Paar stellen, war für den Mann eins!« Rudolph Lehmberg grinste seine Enkel glücklich an, sehr damit beschäftigt, seinen Lachteufel zu bändigen. »Aber hatte ich nicht meinen Schein? Und stand mir darauf nicht *jedes* Paar Herrenschuhe zu?«

»Es stand dir zu, Großvater«, kam es von den Betten.

»Ich ließ mich also nicht beeindrucken«, Rudolph Lehmbergs Adamsapfel zitterte gefährlich, »und ging zum Angriff über. Erst versuchte der Unmensch, mich abzulenken, dann seine eigene Ware herabzusetzen, und schließlich, mich um Gnade anzubetteln.«

»Aber du, Großvater, bliebst unerbittlich? Du hast nicht nachgegeben? Hast ihn gestellt, ihn zur Aufgabe gezwungen?«

»Ich, Enkel, habe nicht nachgegeben, habe ihn gestellt, habe ihn gezwungen, aufzugeben«, jappte Rudolph Lehmberg, gekrümmt, eine Hand am Herzen, die andere aufs Bett gestützt. »Und hier«, er riß ächzend sein rechtes Bein auf den Stuhl, »hier ist die Beute – *Friedensware*!«

Die drei heulten vor Vergnügen, wälzten sich auf den Betten in seltener Eintracht, hielten sich die Hände vor den Mund.

In diesem Augenblick riß Recha Lehmberg die Tür auf und blieb wie angewurzelt auf der Schwelle stehen. So verharrte sie, bis der Lärm abebbte, trat zwei Schritte in das Schlafzimmer hinein und pflanzte sich winzig, aber unübersehbar vor dem betretenen Schlosser auf.

»Erst hämmerst du hier herum, um mich taub zu machen«, sagte sie schneidend, »und dann erzählst du deinen Enkeln unanständige Witze, über die sie auch noch johlen«, sie hielt sich die Ohren zu, als ginge es um die Unversehrtheit eines jungfräulichen Gemüts. »Oder hat dieser Mensch etwa«, sie ließ die Hände sinken und verfiel in ein kaum noch verständliches Flüstern, »hat er euch gar von den neuen Stiefeln erzählt, den Paradetretern aus Obenwalde, den Wunderlatschen aus der Altmark, dem köstlichsten Stück Leder, das je von Menschenhand gearbeitet wurde? Hat er das?« Recha Lehmberg drehte sich im Kreise herum, als suchte sie nach einer Fluchtmöglichkeit. »Ja wißt ihr denn nicht, daß ihr ihn nun nicht wieder los werdet? Daß er ein *Stück* aufführt? Daß er euch mit seiner Geschichte heimsuchen wird bei Tag und bei Nacht, bis ihr eure eigenen Schuhe, alle Schuster, die ganze verdammte Zunft und Innung zur Hölle wünscht? Mein Gott«, sie senkte ihre Stimme verschwörerisch, »könnt *ihr* ihm denn nicht mal sagen, daß das Leben kein *Theater* ist? Daß wir nicht auf der Bühne stehen? Daß der alte Kerl sich endlich seine Jugendflausen aus dem Kopfe schlagen muß?« Und offenbar zufrieden mit der eigenen Rhetorik, nicht ohne Sinn für gelungene Abgänge, warf Recha Lehmberg energisch die Tür hinter sich ins Schloß.

Eine Weile blieb es drinnen ganz ruhig. Durch das geöffnete Fenster des Schlafzimmers drang das Rumpeln eines Fuhrwerks auf der Dorfstraße.

Rudolph Lehmberg, gegen das rohe Gerüst des Kleiderständers gestützt, wisperte unter raschen Blicken zur Tür: »Wunderlatschen aus der Altmark ...«

Die Enkel taten, als hielten sie sich die Ohren zu, um nicht vor Lachen zu vergehen.

Der Schlosser hob die Stimme ein wenig: »Paradetreter aus Obenwalde ...«

Cesar, Roman und Ludwig Bertini keuchten, schnappten nach Luft und warfen verzweifelt die Arme hoch.

Das listige Lächeln noch vertieft, raunte Rudolph Lehmberg: »Das köstlichste Stück Leder, das je von Menschenhand gearbeitet wurde ...« Und dann, den Hammer schwingend: »Friedensware, Leute – *Friedensware*!«

Seine Enkel lagen auf Bauch und Rücken, die Augen verdreht, den Mund aufgerissen, die Arme wie in Ohnmacht von sich gestreckt.

Und Rudolph Lehmberg stieß die Tür auf und betrat mit der Miene eines Unschuldslamms das Wohnzimmer der Bertinis im Altenteil.

3

Bodendorfs neuer Organist

Sonntagmittag klopfte es bei den Bertinis an der Wohnzimmertür. Drinnen wurde es totenstill, die vollständig versammelte Sippe erstarrte. Roman stellte sich neben den Ofen, öffnete das Gitter über der Klappe und griff mit der rechten Hand hinein. Seine Fingerspitzen berührten den Lauf der Pistole in ihrem unsichtbaren Versteck. Er maß die Entfernung zu Lea, die am Fenster stand, dann rief er leise: »Herein.«

Als die Tür sich öffnete, wurde ein kleiner, weißhaariger Mann sichtbar, der hereintrat, die etwas zu weiten Ärmel seines Gewandes wie ein plädierender Anwalt zurückwarf und sich als *Pastor Schnigg* vorstellte, Geistlicher evangelischer Konfession, zu dessen Sprengel auch Bodendorf gehörte.

Er steuerte sofort auf sein Ziel los. »Ich komme soeben vom Gottesdienst. Mir fehlt seit Anfang des Krieges in der Kirche ein Organist«, und an Alf Bertini gewandt: »Wollen Sie? Sie sind doch Musiker?«

Der Angesprochene war aufgestanden, nein aufgesprungen und schob dem Pastor mit bedeutsamer Gebärde einen Stuhl zu, wobei er die letzte Frage überlegen korrigierte: »Dirigent, mein Herr, Kapellmeister!« und sich wiegend, die Hände steif im Schoß verschränkt, die Augen schloß – es galt, die Begegnung mit einem Mann von Geist und Rang würdig zu bestehen.

Zunächst teilte er Emma Bertini in italienischer Sprache mit, daß der Pastor von Bodendorf ihn soeben gebeten habe, sonntags beim Gottesdienst die Orgel zu spielen, obschon seine Mutter doch jedes Wort verstanden hatte. Erst dann öffnete Alf langsam die Augen, kehrte gemessen aus der Schrägen in die Senkrechte zurück und erklärte: wohl seien sie gottgläubig, aber nicht im Sinne der protestantischen oder katholischen Religion, die beide seiner Meinung nach nackter Aberglaube und eitel Blendwerk seien. Vielmehr seien die

Bertinis Anhänger der einzig rechten, der christlich-wissenschaft-
lichen Lehre aus Boston, welche die Wirklichkeit als bloße Widerspiegelung des Bewußtseins entlarve und *Materie* mit der Waffe der
göttlichen *Harmonie* überwinden könne – so werde jede Krankheit
geheilt.

»Aber ich bin gesund«, bemerkte der Geistliche freundlich, »und nie
krank gewesen.«

Alf Bertini hatte gar nicht richtig zugehört, sondern war schon beim
Übergang vom Theologischen ins Biographische, mit jener bekannten
Neigung zu kompliziertem Stil und der Vorliebe für verschachtelte
Sätze. Natürlich verlor er den Faden, stockte, begann wieder, stockte
abermals. Immerhin erfuhr der Prediger, daß er es zu tun habe mit dem
Sohn des berühmten Maestro Giacomo Bertini, einem Wunderkind,
das – und nun wurde Alfs Rede vollends dunkel – durch gewisse
Umstände der Weltpolitik an einer reibungslosen Karriere gehindert
worden, ohne daß gleichzeitig damit auch die Hoffnung auf eine große
Zukunft verflogen sei. Dann endlich, nach fast halbstündigem Monolog, beantwortete Alf Bertini die Frage des Geistlichen, ob er sonntags
auf der Orgel spielen wolle, mit einem gönnerischen Ja.

Außer seiner Feststellung, daß er gesund sei, hatte Pastor Schnigg im
Interesse der Bodendorfer Gemeinde höflich und aufmerksam ge-
schwiegen. Jetzt warf er die etwas zu weiten Ärmel seines Gewandes
zurück, ignorierte die gestaute Hysterie der Sippe und sagte: »Nun gut
– treffen wir uns also in einer halben Stunde vor der Kirche.«

Als das Tor *Klick* gemacht hatte, verwandelte sich das Wohnzimmer im
Altenteil schlagartig. Recha Lehmberg, die Hände an den Kopf
geschlagen, durchmaß den Raum mit spitzen, hohen Ausrufen wie
»Dirigent« und »Wunderkind«; Cesar und Roman, vor Wut und
Gelächter zugleich dem Ersticken nahe, raunten haltsuchend italienische Vokabeln; Emma Bertini stierte verständnislos in die Runde;
Ludwig aber neigte sich gravitätisch, schwankte mit geschlossenen
Augen nach beiden Seiten, wölbte geziert die Lippen und bot ein so
naturgetreues Abbild seines Erzeugers, daß selbst Rudolph Lehmberg
die schüchterne Reserve aufgab und verstohlen lächelte, nicht ohne
ängstliche Blicke auf Recha zu werfen, die auf dem Sofa zusammengesunken war und vor Abneigung gegen ihren Schwiegersohn nur noch
röchelte.

Währenddessen tat Alf, als gehe ihn die allgemeine Bewegung nichts
an, tat lange so, mürrisch und scheinbar unbeteiligt, bis es plötzlich
auch ihn übermannte, er in die Knie ging, sich auf die Schenkel schlug

und schließlich hinauslief in die Küche, wo er sich, von Lachen hin und her geschüttelt, krampfhaft an der Herdstange festhielt.

Als er mit seinem Vater das Kirchengelände betrat, entdeckte Roman dort ein Mädchen, das mit Hacke und Schaufel an einem Blumenbeet arbeitete. Er erkannte in ihm sofort die Tochter des Gemeindedieners, von dessen dunklem Typ Charlotte Wandt die starken Brauen, dichten Wimpern und tiefbraunen Augen geerbt hatte – eine ungewöhnliche Schönheit.

Sie betrachteten einander so lange, bis Roman in die Kirche verschwunden war.

Dort standen buntgeschnitzte, hölzerne Bänke. Links ragte erhöht die Kanzel, rechts an der Wand führte eine schmale Treppe zur Orgelnische hoch. Pastor Schnigg war schon oben. Er rückte Alf den Stuhl zurecht, führte Roman hinter das Instrument und zeigte ihm, wie das Tretbrett mit wuchtigen Schwüngen bedient werden mußte.

Roman trat kräftig auf das schaufelförmige Gebilde, das weit aus dem Rücken der Orgel herausragte, und sogleich schwangen hehre Akkorde durch das Gewölbe, die übergingen in den Schmelz von *Ave Maria*. Auf und nieder wippend, pumpte Roman unentwegt Luft in die Orgelpfeifen für das Spiel des Vaters. Der griff auf den Tasten Passagen aus dem *Largo* von Händel, versuchte sich flüchtig in Bachschen Fugen, und blieb dann länger bei jenen Klängen, mit denen er so viele Jahre hindurch täglich die dafür allmählich tauben Ohren seiner Familie, mehr aber noch die Nerven der Nachbarn in der Lindenallee traktiert hatte. Als Roman die vertrauten Töne hörte, wurde er beinahe froh. Vielleicht würde Alf nun doch ablassen von seinem schrecklichen Fatalismus und der neuen Heftigkeit, die Lea so fürchtete.

Mächtig trat Roman auf das Pedal und bemerkte dabei nicht, daß ihn, in seinem Rücken, schön, dunkel, ohne die Spur eines Lächelns, Charlotte Wandt beobachtete.

Als Alf Bertini, wie immer ganz unvermittelt, endete, glänzte das Gesicht des Pfarrers: »Herrlich, einfach herrlich! Noch nie hat die Orgel so geklungen in meiner Kirche.«

Alf saß da, die Hände im Schoß, eingehüllt in lobbegierige Bescheidenheit, und sagte gar nichts.

»Der Kirchenschlüssel befindet sich beim Gemeindediener und steht Ihnen jederzeit zur Verfügung«, Pastor Schnigg winkte das Mädchen heran. »Charlotte, nimm mir den Weg ab und sag es deinem Vater.«

Sie knickste, verließ die Kirche hinter ihnen und wandte keinen Blick von Roman Bertini.

Die unerwartete Kunde von dem neuen Organisten füllte Bodendorfs Kirche am Sonntag bis auf den letzten Platz. Als Alf Bertini, von Roman gefolgt, eintrat und die schmale Stiege zur Orgelempore hinaufstapfte, erhob sich beifälliges Geraune, so daß er auf der letzten Stufe genüßlich stehenblieb, leutselig und sehr gesammelt. In Wahrheit aber mußte Alf wohl doch ziemlich erregt gewesen sein, denn der Gottesdienst begann mit einem falsch gezogenen Register, wodurch ein gellender Mißton die andächtige Stille zerriß. Alf fing sich jedoch sofort, griff prächtig in die Tastatur, ließ majestätische Akkorde aufschwellen und erfüllte das helle Kirchenschiff nach vierjähriger Unterbrechung wieder mit dem Schauer sakraler Melodien. Er hatte Zuhörer, spürte Publikum, Anerkennung, Dankbarkeit. Endlich, von einem späten Zufall beschenkt, fand er sich auf einem Platz, den er immer gesucht hatte, und verklärt hob Alf Bertini die Augen empor, wiegte den Oberkörper weit und heftig hin und her und blieb nach dem letzten Ton vor der Predigt vornübergesunken sitzen.

Roman, der hinter dem Instrument auf und ab wippend den Blasebalg bedient hatte, schlich sich nun an das Geländer und blickte nach unten.

Flutend drang das Morgenlicht durch die hohen, schmalen Fensterbögen in die Kirche, von deren Kanzel Pastor Schnigg mit einer Stimme predigte, deren Gewalt niemand dem zarten Mann zugetraut hätte. Auf den Bänken diesseits des Mittelgangs entdeckte Roman Elfriede Wölpert und Tochter Rosel, die Mutter aufrecht, sehr steif, das Mädchen dösend, den kleinen Mund töricht geöffnet. Jenseits des Ganges saßen Wilhelm und Wilhelmine Garchert, zwischen ihnen, vor Stolz über Alf ihrer Sinne kaum noch mächtig, Emma Bertini. Zwei Reihen davor hockte, in der befleckten Uniform seines Amtes und mit leicht schwankendem Oberkörper, Wilhelm Krogel, den Blick trotzig zur Kanzel emporgehoben. An der Kirchentür stand, während alle anderen saßen, Theodor Wandt, zur Feier der Stunde in eine dunkle Joppe geworfen, an den Beinen aber wie immer die kurzen Stiefel und neben ihm auf einem Stuhl griffbereit die schwere Glocke. So ragte er über die Köpfe der Sitzenden wie ein Baum, wachsam, ganz Herr der Lage, und die dicken, schwarzen Brauen stießen wie zwei unruhige Raupen gegeneinander.

Erst dann entdeckte Roman Bertini drüben, unter einem Fensterbogen, Charlotte Wandt, die Tochter des Gemeindedieners, die wunderbaren, düsteren Augen ohne die Spur eines Lächelns groß zu ihm emporgehoben.

Am Ende seiner Predigt dankte Pastor Schnigg der unerschöpflichen Gnade Gottes, die, wenn auch um einen fürchterlichen Preis, der Gemeinde einen neuen Organisten aus der fernen Stadt Hamburg zugeführt habe, Alf Bertini, den samt Anhang der kleine Mann auf der Kanzel, die weiten Ärmel seines geistlichen Gewandes effektvoll zurückwerfend, nun Bodendorfs christlicher Obhut überantwortete.

Obwohl dies das verabredete Stichwort für den so löblich Eingeführten war, das musikalische Programm fortzusetzen, drang kein Ton von oben auf die lauschende Gemeinde herab. Denn Alf Bertini saß immer noch, übermannt von der eigenen Bedeutung, hingesunken da, ein Wesen, in das erst wieder Leben und Atem kamen, als es das schließlich nicht mehr zu überhörende Fauchen des Blasebalgs vernahm.

Dann aber hieb Alf Bertini in die Tasten, daß die Töne in Überfülle aus der geöffneten Kirche schlugen, Bach, Saint-Saëns, Händel – ungeheure, berstende Melodien, die das Gebäude bis in die Turmspitze erbeben ließen. Alf zog die rauschenden, die quellenden Register, Hände, Füße, Schultern, ja der ganze Mensch voll beteiligt, kühler Meister jetzt, glühender Interpret nun, Liebling der Musen und des Publikums, dessen Bewunderung ihm schreckliche Ausdauer verlieh.

Endlich brach er ab.

Die Gottesfürchtigen von Bodendorf hatten vor der Kirche ein Spalier gebildet, durch das Alf Bertini, gefolgt von Mutter und Sohn, nun wie in diskreter Abwehr, tatsächlich jedoch von den erhabensten Empfindungen bestürmt, in das Licht des Mittags schritt. Die Bauern und Bäuerinnen nickten wohlwollend in der hellen Sonne, und wer die Bertinis kannte, streckte ihnen freudig die Hand entgegen und bestätigte unter dem zustimmenden Gemurmel der Umstehenden, daß dies der schönste Gottesdienst seit Ausbruch des Krieges, wenn nicht sogar seit Menschengedenken überhaupt gewesen sei.

Pastor Schnigg empfing Alf Bertini mit ausgebreiteten Armen und führte ihn vor den Gemeindediener unter der Kastanie auf dem Dorfplatz. Dort erklärte er dem neuen Organisten abermals, daß Theodor Wandt den Schlüssel in bewährten Händen halte, diesem aber, daß der Musiker jederzeit das Recht zu Proben in der Kirche habe.

Die Szene fand im Schatten des großen Baumes statt, und Theodor Wandt nickte, weder freundlich noch unfreundlich. Er blähte die Nasenlöcher ein wenig, starrte nachdenklich auf Roman und hielt die schwere Glocke samt Schlüssel in der Rechten. Immer einen halben

Schritt hinter ihm, düster, wunderschön, ganz in blankes Schwarz gekleidet, Charlotte Wandt, die kein Auge von Alf Bertinis Sohn wandte.

Dieses musikalische Debüt trug reiche Früchte.

Wildfremde Leute, Frauen mit Kopftüchern und in langen Kleidern, brachten ihre Gaben ins Altenteil – klumpige Butter, Speck, Schmalz in irdenen Krügen, Eier; während wortkarge, verlegene Bauern mit Kartoffelsäcken auf dem Rücken eine Spur zu laut fragten, wo sie ihre Last abwerfen dürften. Es war ein Kommen und Gehen, eine wahre Wallfahrt in die Mitte des Dorfes, als packte ein jeder die Gelegenheit beim Schopfe, entweder sein drückendes Gewissen gegenüber den Ausgebombten zu erleichtern oder ihnen aus purer Nächstenliebe Tribut zu zollen.

Eines Nachts fand Lea, durch ein unheilverkündendes Geräusch alarmiert, Cesar vor dem Küchenschrank kniend, in der rechten Hand einen Löffel mit Rübensaft, in der andern eine riesige Gurke, während er noch an einem Fetzen Speck kaute und sein längst an die Finsternis gewöhntes Auge als nächstes Beutestück bereits unverhohlen eine pralle Leberwurst musterte. Leas Erscheinen löschte das Bild allerdings lautlos – Cesar verschwand mit großer Behendigkeit, indes Lea den Schaden abzuschätzen suchte, vor allem darauf bedacht, ihn vor Alf geheimzuhalten.

Was Ludwig Bertini anging, so benötigte er auch in Bodendorf geraume Zeit für seine Toilette.

Nach den Einkäufen in Obenwalde – Kleider, Wäsche, Anzüge, Schuhe, Handtücher, Strümpfe, Hemden und Bettzeug, Anschaffungen, die die Barschaft der Bertini und der Lehmbergs auf sechshundert Reichsmark schrumpfen ließen – war Ludwig sofort ins Schlafzimmer verschwunden. Nach einiger Zeit kehrte er zurück, von oben bis unten neu eingekleidet, versank vor dem Spiegel zwischen den beiden Fenstern im Wohnzimmer staunend in den eigenen Anblick und überhörte Leas schmeichelnde Zustimmung. Fortan aber stellte er wieder die gewohnte Frage an sie: »Hast du ein Hemd für mich?«

Natürlich hatte sie ein Hemd für Ludwig parat, jederzeit. Mit hochrotem Kopf und werbendem Blick auf ihren Jüngsten hob sie zum Beweis ein heißes Bügeleisen hoch, ein wahres Monstrum seiner Gattung, das sie nur mit Mühe bewegen konnte, und beeilte sich zu bestätigen: »Gleich ist es soweit, gleich hast du ein Hemd.«

Hatte sie es ihm dann übergeben, führte Ludwig es erst einmal in den

Garten hinaus, an das unbetrügbare Licht des Tages, und er prüfte es dort beharrlich auf Sauberkeit und Glätte. Oft hatte er Einwände, die seiner Mutter vorzuhalten er wartete, bis er entweder mit ihr allein war oder vermeinte, von den anderen nicht gehört zu werden: »Der Kragen ist nur halb gebügelt! Hier, siehst du?« Oder: »Um Himmels willen, was sehe ich da? Diese Stelle – ist sie versengt?« Und dann, im Tone bitterer Resignation: »Sie ist versengt – das schöne, neue Hemd.« Leas halbherzigen Widerspruch, das gehe bei der nächsten Wäsche raus, hörte Ludwig schon gar nicht mehr.

Erst, wenn der Kniff in seiner kurzen Hose tadellos saß; erst, wenn sich die Narbe an seinem Nasenflügel in den Schuhen widerspiegelte; erst dann öffnete Ludwig Bertini die Haustür und verließ lockeren Schritts das Altenteil.

Seine Gänge durch das Dorf hatten rasch eine gewisse Berühmtheit erlangt, galt Ludwig doch bald als eine Art Hexenmeister der Reparaturkunst.

Meist lenkte er seine Schritte zunächst gegen den Dorfplatz, schwenkte dort rechts ein und sah sich alsbald von Wilhelmine Garcherts breitem Lächeln angenehm empfangen. Die schweren Hände auf die Knie gedrückt, saß die Bäuerin unter dem Bildnis ihres Sohnes Friedrich, sah wohlgefällig auf Ludwigs glänzende Erscheinung und fragte ihre fohlenbeinige, himmelfahrtsnasige Tochter Christa: »Was ist heute kaputt? Radio? Pumpe? Bettgestell?« Dann lüftete sie ihren gewaltigen Hintern etwas, als wollte sie selbst nachforschen, ließ sich aber sogleich wieder krachend fallen. Ludwig grüßte leutselig nach allen Seiten, quittierte das staunende Kichern der gleichaltrigen Christa Garchert huldvoll, winkte seiner blinzelnden Großmutter Emma freundlich zu, die ihren Stammsitz am Küchenherd behauptete, und entdeckte innerhalb weniger Sekunden allerlei Schadhaftes – eine lose Leiste, ein schwaches Stuhlbein, eine lockere Steckdose. Sofort machte er sich an die Behebung, zwar eilig, aber doch sicher und genau. Binnen kurzem hatte er es geschafft und verließ unter bewundernden Abschiedsrufen der Garcherts den Hof.

Ludwig Bertini überquerte den Dorfplatz, ließ die Kirche rechts liegen und schritt in Richtung Obenwalde aus, bis er am Rande von Bodendorf Elfriede Wölperts Anwesen erreichte. Da der Herr des Hauses, der magere Maurer, den die Bertinis nur von den Hattenroth-schen Fotos her kannten, seit Jahr und Tag Soldat war, fand sich auch hier Wackliges, Verbogenes, das der elegante Mechaniker mit einigen gelungenen Griffen ordnete und seiner wahren Funktion zuführte.

Elfriede Wölpert, die Tochter Rosel aus Gewohnheit selbst innerhalb der eigenen vier Wände oft an der Hand, versicherte, sie werde sich heute noch aufraffen und Schwester und Schwager in Hamburg berichten, welch fleißiger Junge ihr da ins Haus geschneit sei.

Am liebsten jedoch hielt Ludwig sich bei Paul Stephien auf. Mit fachmännischem Blick saß er in der kleinen Werkstatt und hatte sich bald mit Halftern, Zaumzeug, Sätteln so angefreundet, daß das halslose Hinkebein ihn häufig lobte: »Der Bengel hat Sinn fürs Material, der versteht was von Leder«, der massige Mann war voll freudiger Erregung. »Wenn ich mal nicht mehr kann, dann führt er mir den Laden weiter.«

Lea blühte auf bei solchem Lob, sie sonnte sich förmlich darin.

»Der kleine Muck macht eine gute Figur«, sagte sie vor den anderen, wie beiläufig, aber ihre Stimme war von forderndem Eifer. »Paul Stephien würde ihn glatt in die Lehre nehmen, er würde...«

»Mutter«, Roman wandte sich halb ab, »bitte.«

»Wie?« vorwurfsvoll sah Lea sich im Kreise um, »er macht eine gute Figur, der kleine Muck, jeder sagt das, nicht nur Paul Stephien.«

»Du meine Güte«, stöhnte Cesar, »ist ja gut, Mutter, ist ja gut.«

Lea lief in die Küche, verwirrt, betroffen, wie ertappt. »Ich weiß gar nicht, was ihr habt, wirklich, wenn ich euch doch sage...«

Ihre Stimme ging unter im Klappern von Topfdeckeln, dem Aufwerfen von Feuerung, jenem geschäftigen, warmen Lärm, den die Söhne kannten, seit sie die Augen geöffnet und Lea, ihre Mutter, zum erstenmal gesehen hatten.

Ehe sich's die Lehmbergs versahen, ehe sie recht wußten, wie ihnen geschah, stand ihnen plötzlich wieder ein Stück Land zur Verfügung.

Das Verhängnis hatte seinen Lauf genommen, als Recha eines Morgens aus dem Zimmer schaute und gedankenverloren, ohne Absicht, drunten zu Elisabeth Niebert sagte: »Wir hatten auch mal so etwas wie einen Acker, einen Schrebergarten, schön war es, aber ist schon lange her.« Und sie fügte hinzu, als würde das Mädchen sich in der Geographie der Hansestadt auskennen: »In Bramfeld, in Hamburg-Bramfeld.«

Eine Stunde später beobachtete Rudolph Lehmberg, wie Elisabeth Niebert mit starken Schritten in den großen Garten hinter dem Haus zog, dort eine Weile auf ihren herrlich gedrechselten Beinen stand, die Fäuste in die Hüften gestemmt und den häßlichen Kopf in eine

Hand gelegt, ehe sie eine Schaufel in die Erde stieß und zu graben begann.

»Was starrst du denn?« unbemerkt war Recha Lehmberg neben den Schlosser getreten, die kleine Gestalt in böser Erwartung noch gekrümmter als gewöhnlich, und drängte ihn nun zur Seite. »Ah, natürlich!« rasch trat sie einen Schritt zurück, als fühle sie sich von der Nähe ihres überführten Mannes gepeinigt. »Da braucht also nur ein weibliches Wesen vor der Tür zu erscheinen, ein Hintern zu wackeln, ein Unterrock zu rascheln, und sei es auch einen halben Kilometer entfernt – wer ist stets zur Stelle?« Sie schlug sich mit beiden Händen gegen die Schläfen: »Rudolph der Geile!«

Der Schlosser, die lange Liste des verlorenen Hausrats schützend an sich gepreßt, ging zu seinem Stuhl, bewegte beschwichtigend die Lippen, schüttelte ergeben den Kopf und horchte zur Tür.

Dort erschien, von der Morgenluft gerötet, Elisabeth Niebert, das abstoßende Gesicht über dem ebenmäßigen, edel gewachsenen Leib ganz in Vorfreude getaucht, und eröffnete den Lehmbergs: wenn sie Lust hätten, könnten sie ein großes, soeben von ihr abgestecktes Stück des Gartens bearbeiten, und zwar nicht das schlechteste. Alles, was sie darauf, darüber und darunter ernteten, solle ihnen gehören, bis auf die letzte Frucht, das letzte Blatt, die letzte Blüte – Gemüse, Blumen, Obst in Hülle und Fülle, alles.

Recha und Rudolph Lehmberg zuckten zurück, als wäre ihnen jemand mit geschwungenem Hammer entgegengetreten. Dann, seltenes Ereignis, schauten sie einander offen in die Augen, erinnerten sich, wandten sich betreten ab.

Elisabeth Niebert, ohne Kenntnis der Zusammenhänge, konnte dieses Gebaren nicht anders deuten denn als Überraschung, Freude, Dankbarkeit. Die Hände in die Hüften gestemmt, die glatten, seidigen Beine gespreizt, ließ sie ihren fröhlichen Willen hinfluten über die beiden alten Leute und spülte sie förmlich treppab in den Garten hinter dem Haus.

Dort fanden die Lehmbergs vollzählig vor, was sie benötigten – Schaufel, Harke, Scheren, Geräte jeder Art; dazu Samen, Dünger, Knollen. Recha, drei Schritte vor dem Schlosser, beäugte mit Kennermiene Bäume und Büsche, schätzte eine mittlere Ernte, bückte sich und prüfte die Erde Bodendorfs zwischen ihren kundigen Fingerspitzen. Dann durchmaß sie überlegen den Garten, die Schuhe schwer von Humus, und warf Rudolph Lehmberg mißbilligende Blicke zu. Mit kurzen Anweisungen hielt sie ihn im Zaum. Er durfte ihr Wasser bringen und andere Handlangerdienste leisten, aber von der Bestellung des Bodens, der Pflege von Baum und Strauch war er ausgeschlossen. So ackerte, düngte und begoß Recha Lehmberg wieder nach langer Zeit ein Stück Land, hackte, harkte, beschnitt und segnete, ein Anblick, der manchen Bodendorfer in den nächsten Tagen herbeilockte und heimlich um die Ecke des Hauses lugen ließ.

Dann aber, ganz plötzlich, bevor die Sonne ihren höchsten Stand erreicht hatte, schleuderte Recha die Schaufel fort, die sie gerade in der Hand hielt, warf sie von sich wie glühendes Eisen und stürzte hin zu Rudolph Lehmberg, der die ganze Zeit geduldig am Rand gestanden und ihr dann und wann schüchterne Vorschläge gemacht hatte, die sämtlich die Mißbilligung seiner Frau fanden. Jetzt aber drängte sie sich in seine Arme und schrie gottserbärmlich: »Komm weg von hier, weg – das bringt nur Unglück, wie damals!« und sie schluchzte an Rudolph Lehmbergs Schulter wie ein Kind. Vorsichtig, unter begütigenden Zurufen, führte er Recha die Treppe hinauf, ins Zimmer zurück, wo er ihr hoch und heilig versichern mußte: niemals, niemals mehr von dem Garten da unten zu sprechen, weil der – und sie wiederholte das, bis sie in den Armen ihres Mannes erschöpft eingeschlafen war – Unglück bringe, Unglück, Unglück, Unglück...

4

Was Eitel-Fritz Hattenroth
an den Gemeindediener schrieb

Auch am 1. September 1943 ließ Emma Bertini sich von Christa Garchert wecken, flüchtig waschen und sich dann der massigen Bäuerin zum Frühstück zuführen. Die kurzsichtigen Augen zusammengekniffen, demütig vor Dankbarkeit, trat Emma grüßend ein, strich dem Mädchen über die pfirsichzarten Wangen und murmelte mit ersterbender Stimme: »Nicht doch, liebe Leute, nicht doch!« Jedesmal wieder riß sie in komischer Überraschung die Hände hoch, wenn sie Fleisch, Marmelade und Eier auf dem Tisch sah. In Wahrheit graute ihr vor dem opulenten Frühstück, aber eher noch wäre Emma Bertini als gemästetes Opfertier zugrundegegangen, als daß sie die schier unerschöpfliche Gastfreundschaft der Garcherts zurückgewiesen hätte.

Inzwischen gehörte es allerdings zum täglichen Morgenritual, daß Emma aus großer Zeit berichtete, das hieß also, von Giacomo Bertini, ihren Worten nach nicht nur Europas berühmtester Dirigent zwischen Jahrhundertwende und Erstem Weltkrieg, sondern auch trauter Gatte von legendärer Güte zu ihr, Emma Bertini, seiner geliebten Frau. Und sie lächelte verschämt, als geniere es sie, ihre Liebe zu dem überragenden Mann auszuplaudern. Dann zählte sie den Garcherts, die vor atemloser Bewunderung Mund und Nase aufsperrten, allerlei fremdländisch klingende Namen auf, Hauptstädte, Metropolen, zu Stein geronnene Märchen, zu nichts anderem gut, als Giacomo Bertini die Lebensbühne geboten zu haben. Gab allerlei Anekdoten zum besten, sehr darauf bedacht, dabei den berserkerischen Ehemann nicht doch noch zu entlarven. War umweht von Weltwinden, überdacht von Welthimmeln, ausgewiesen als Weltreisende im Gefolge des Maestro – was alles sich merkwürdig genug in der verwahrlosten Bauernstube unter dem Porträt des braun uniformierten Sohnes Friedrich Garchert ausmachte.

Nach dem Frühstück ließ Emma Bertini sich vorsichtig am Arme der

Tochter Christa vom Hofe führen, um in ihrer Begleitung auf dem Dorfplatz spazierenzugehen – so auch heute. Nur, daß nun, blaß, erregt, ein Blatt Papier in der Hand, etwas Gedrungenes, Schnaubendes an den beiden vorbei ins Haus stürzte – Theodor Wandt, der Gemeindediener von Bodendorf.

Emma Bertini ließ sich dank ihrer Kurzsichtigkeit durch die wilde Bewegung nicht stören. Sie tappte an der Hand des Mädchens quer über den Platz, stolperte über Unebenheiten und näherte sich der Kirche. Dort gewahrte sie undeutlich Kreuze in der Erde, von denen die hinteren verwittert waren und morsch – Zeichen für die gefallenen Bodendorfer des Weltkrieges 1914–1918, im ganzen neunzehn alte Kreuze. Die Kreuze davor waren neuer und weiß, Male für die Gefallenen dieses Krieges, der auf den Tag genau vor vier Jahren begonnen hatte, dessen Ende aber noch nicht abzusehen war – achtzehn neue Kreuze, ohne den letzten Toten von Orel.

Davor stand Emma Bertini nun mit spähenden, zusammengekniffenen Augen, begriff, trollte sich erschreckt.

Unterdessen zeigte Theodor Wandt drinnen Wilhelm und Wilhelmine Garchert einen Brief, der ihn heute morgen aus Hamburg erreicht hatte und der Handschrift nach zu urteilen in höchster Aufregung vom Absender verfaßt worden war – der aber hieß Eitel-Fritz Hattenroth.

Daraus ging hervor, daß der Bankbeamte einem Schreiben seiner Schwägerin, Elfriede Wölpert, entnommen habe: die Bertinis seien samt und sonders in deren Haus untergekommen, das Eitel-Fritz Hattenroth als letzte Zufluchtsstätte bezeichnete für den Fall, daß auch er und seine Frau die Hamburger Wohnung durch Bomben verlieren würden, eine Möglichkeit, deren er sich von derart mißliebigen Individuen wie den Bertinis nicht berauben ließe. Dieser Streich und Vertrauensbruch – so hieß es in vor Wut und Erregung nur noch schwer leserlicher Schrift – müsse bald schon geahndet werden, und zwar mit seiner, Theodor Wandts, Hilfe.

Der Gemeindediener, der langsam und kurzatmig gelesen hatte, legte jetzt schwer schluckend eine Pause ein, blähte weit die Nasenlöcher und fuhr mit flackernder Stimme in der Lektüre fort: Lea Bertini nämlich sei, wie ihre Mutter Recha Lehmberg, *Volljüdin* (das Wort war dick unterstrichen); der Mann dieser Dame aber, der Straßen- und Kaffeehaus-Musikant Alf Bertini, italienischer oder balkanischer, jedenfalls urkundlich nichtdeutscher Herkunft. Die drei Söhne Cesar, Roman und Ludwig seien also den Rassegesetzen nach – auch dieses

Wort war fett unterstrichen – *Halbjuden*, selbstverständlich und gerechterweise mit dem Makel der Wehrunwürdigkeit versehen. Er, Theodor Wandt, habe sich vielleicht schon gewundert, warum die beiden Älteren sich in der Heimat herumdrücken dürften, während Gleichaltrige in Massen für Führer, Volk und Vaterland auf dem Felde der Ehre dahinstürben. Nach dem neuesten Stand der Dinge jedoch, so hieß es weiter in dem Schreiben des Bankbeamten aus Hamburg an den Gemeindediener von Bodendorf, müsse dafür gesorgt werden, daß die Bertinis samt Anhang ihr schmarotzerhaftes Dasein bald schon mit kostenlosem Aufenthalt in einem Konzentrationslager zu vertauschen hätten. Staatsfeindliche Äußerungen der Jüdin, ihres jüdisch versippten Mannes und der drei halbjüdischen Söhne stünden ihm, Eitel-Fritz Hattenroth, aus vorsorglich geführten politischen Gesprächen massenhaft zur Verfügung. Diese Seite der Aktion werde Unterzeichneter persönlich in die Hand nehmen. Bis dahin obliege dem Empfänger die vaterländische Pflicht, die Bertinis aus dem Hause Elfriede Wölperts zu verjagen und das übrige Bodendorf vor den gefährlichen Eindringlingen zu warnen. Er habe da völliges Vertrauen zu seinem alten Freund Theodor.

In einem Postscriptum, das der Gemeindediener in seiner Erregung unaufhaltsam verlas, hatte Hanna Hattenroth zur Weitergabe an ihre Schwester die Ingredienzien einer neuen *Kriegsmarmelade* angefügt – Kartoffeln, Steckrüben, Kochäpfel, Brennesseln und Süßstoff, ein wahrer Ausbund an Wohlgeschmack.

Erschöpft, atemlos, weiß wie ein Laken, hielt Theodor Wandt inne.

Wilhelmine Garchert sank unter dem Bildnis ihres Sohnes breit und stumm auf einen Stuhl nieder und schmatzte hilflos mit den dicken Lippen, während der Bauer vor Schreck die ewig feuchten Augen schloß. Schließlich öffnete er sie einen Spaltbreit und ächzte: »Aber sie wohnen doch gar nicht bei Elfriede, das Ganze ist doch ein Irrtum, ein Mißverständnis . . .«

Der Gemeindediener wurde noch weißer, schlug mit der Hand gegen den Brief, daß es knallte, schrie: »Ist es auch ein Irrtum, daß es Juden sind?« und stürzte polternd hinaus.

Der Bauer und die Bäuerin blieben wie gelähmt auf ihren Plätzen, ihre Erstarrung war so nachhaltig, daß Emma Bertini sie nach der Rückkehr vom Dorfplatz noch in der gleichen Haltung vorfand. Alfs Mutter blieb an der Tür zwischen Küche und Stube stehen, forschte mit ihren kurzsichtigen Augen, schnüffelte und griff sich ans Herz. Da eilten Wilhelm und Wilhelmine Garchert auf sie zu, schlossen sie von beiden

Seiten in ihre Arme, und da die fohlenbeinige Tochter sich lachend und verständnislos der Umzingelung anschloß, hatte Emma Mühe, nicht zu ersticken.

Als sie dann erfuhr, was sich soeben ereignet hatte, in Wendungen, die von tödlichem Schrecken stotternd und schwerfällig diktiert, aber sehr ausführlich waren, sank sie zu Boden und röchelte dort so stark, daß Wilhelm Garchert nach einem Arzt rufen wollte. Die Bäuerin hielt ihn jedoch zurück, feuchtete ein Tuch an und legte es Emma fest auf die Stirn, daß dicke Tropfen an der blutleeren, durchgedrückten Nase herabtropften. Ganz nahe saß Wilhelmine Garchert bei Emma, hielt ihre Hand und ließ kein Auge von ihr, ausgenommen, wenn sie rasch und fragend zu dem schweigenden Porträt ihres sieghaft blickenden, braun uniformierten Sohnes emporschaute.

Emma Bertini erholte sich ohne Übergang aus ihrer Schwäche, rief laut den Namen ihres Sohnes Alf und eilte tastend und ohne Begleitung aus dem Haus. Auf dem Wege über die Dorfstraße murmelte sie wieder und wieder: »Aber ich habe doch immer ihre Gasrechnungen bezahlt! Und haben sie mich nicht stets *Oma* genannt?«

Sie brachte keine neue Nachricht ins Altenteil. Der Sattler hatte die Bertinis bereits informiert, und da er seine Kenntnis Minna Kremer verdankte, die sie wiederum vom Bäcker hatte, gab es keinen Zweifel mehr, daß Theodor Wandt mit Eitel-Fritz Hattenroths Schreiben im ganzen Dorf hausieren ging.

Gegen Mittag erschien Elfriede Wölpert. Ihre Ähnlichkeit mit Hanna Hattenroth war so groß, daß die Sippe zusammenfuhr. »Ein Mißverständnis«, sagte sie und griff nach Emma Bertinis Hand, »ein Mißverständnis, rasch geklärt. Der Schwager muß mich falsch verstanden haben. Ich habe ein klärendes Telegramm nach Hamburg geschickt, eben gerade.«

Als es finster wurde, hatte sich die Sippe noch kaum von der Stelle gerührt.

»Ich muß doch Essen machen«, flüsterte Lea auf ihrem Stuhl, ohne sich zu erheben, »ich muß doch Essen machen.«

Plötzlich schluchzte Rudolph Lehmberg auf, ein trockenes, furchtbares Geräusch. Er vergrub das Gesicht in den Händen und weinte in der Stille.

Trippelnd, die Augen geschlossen, die Hände gefaltet, ging Alf Bertini inbrünstig betend, seiner Umwelt völlig entrückt, in der Küche auf und ab.

In der Dunkelheit kam Paul Stephien herüber.

»Wer Theodor Wandt ist, brauche ich euch also nicht mehr zu sagen. Guckt euch den Kerl an, und ihr wißt Bescheid. Der war früher Gemeindediener und ist es heute noch. In Wirklichkeit aber ist er der Herr von Bodendorf«, Paul Stephien sprach abgehackt, gedrückt, Haß und Furcht in der Stimme. »Ganz schlimm ist es seit zwei Jahren – damals starb ihm seine Frau aus heiterm Himmel, und gleich darauf fiel sein Sohn im Osten. Der mag so alt gewesen sein wie Roman. Wandt ist kein Mitglied der NSDAP – wenn es später mal heißen sollte, nur *die* seien es gewesen, dann wird es der parteilose Theodor besser wissen... Der Hattenroth war oft hier gewesen und hat unsereinem nie gefallen, das deutschnationale Großmaul. Die ganze Bodendorfer Sippschaft ist ja irgendwie verwandt, und die Wölperts haben über fünf Ecken mit den Wandts zu tun. Aber Eitel-Fritz Hattenroth und Theodor Wandt, die hätten sich auch ohne Verwandtschaft gefunden. Die gaben sich als dicke Freunde und wurden immer zusammen gesehen.«

Als der Sattlermeister gegangen war, sagte Roman: »Ich fahre morgen nach Hamburg.«

Lea gab einen Laut von sich, als würde sie von innen erwürgt werden.

Sehr spät, eine Stunde vor Mitternacht, gab es Lärm auf der Dorfstraße. Dann scholl es hell und laut hinweg über den Hof gegen das geduckte, lichtlose Altenteil, rhythmisch, jauchzend, aus jungen, gespannten, vibrierenden Kehlen:

> »Bald kommt die Nacht der langen Messer
> Judenblut muß spritzen
> Judendärme glitschen
> Deutschland erwache!«

Dieter Krogel und sein *Jungvolk* schrien, bis sie heiser waren, etwa eine halbe Stunde lang. Dann warfen sie, ohne Schaden anzurichten, Steine gegen das Tor und verschwanden.

Bei Sonnenaufgang hatte Lea Bertini einen Anfall. Das Gesicht rot verfärbt, die Zunge blau herausgestülpt, eine Hand zitternd an den Hals gepreßt, so erreichte sie noch die Küchentür zum Garten. Neben dem krummen Apfelbaum aber brach sie in die Knie, wankte, schrie nach Luft, riß an Romans Hand. Als er in die Küche lief, um Wasser zu holen, trippelte Alf dort bereits wieder auf und ab, die Hände gefaltet und die Augen geschlossen.

Roman Bertini stand neben seiner Mutter, eine Hand auf ihrer zuckenden Schulter, in der flehenden Hoffnung, Schmerz und Not auf sich übertragen zu können. Aber der Husten kroch nicht auf ihn über, sondern zerrte an Lea, bis sie sich auf der Erde wand und ein verglimmendes Krächzen über die Fliederhecke und das Feld zum nahen Horizont schickte.

Als Roman sie zurück ins Bett geleitete, entdeckte er, daß Emma Bertini fehlte, die die Nacht hier zugebracht hatte. Er traf sie vor der Bäckerei, unter den Armen ein Bündel und zwei ungeheure, duftende Brote.

»Ich komme mit dir«, sie zupfte ihren Enkel am Jackett, »ich komme mit dir nach Hamburg. Mir können sie nicht widerstehen.«

Dann gingen beide den Weg zur Bahnstation hinunter.

Emma und Roman Bertini trafen am nächsten Abend in Hamburg ein. Als die Wohnungstür aufgeschlossen wurde, trat Eitel-Fritz Hattenroth mit großen Schritten in den Flur zurück, als narre ihn ein Spuk, während die Spitzen seines kaiserlichen Schnurrbarts empört zitterten. Und während er die Ankömmlinge mit steinernem Gesichtsausdruck musterte, tauchten hinter seinen Schultern die breiten Backenknochen und die strähnige Frisur Hanna Hattenroths auf.

Emma Bertini, die durchgedrückte Nase käseweiß, die ganze ältliche Gestalt von grenzenloser Demut gezeichnet, machte eine Bewegung auf die Einlogierer zu.

Die rührten sich nicht.

Da streckte Emma ihnen mit flehender Gebärde die beiden Brote entgegen, hielt ihnen die schweren, blanken, immer noch duftenden Laibe unter die Nase.

Der Schnurrbart des Bankbeamten zitterte nun stärker, und die Nasenlöcher seiner Frau öffneten sich weit. Eitel-Fritz Hattenroth zögerte, zögerte lange, dann griff er, gierig und geringschätzig zugleich, nach den Broten und sagte mit kehliger Stimme:

»Na ja, da wollen wir mal Gnade vor Recht ergehen lassen – ihr habt uns ja einen schönen Schrecken eingejagt.«

Emma Bertini kippte nach vorn, schluchzte hohl auf, grell, pfeifend, faßte nach der Hand des Bankbeamten und küßte sie.

Roman wischte sich über das klatschnasse Gesicht. Ringe, Blasen, Kreise tanzten ihm in grünen, gelben und roten Farben vor den Augen. Er schlug die Wohnzimmertür hinter sich zu, heulte wie ein Wolf, machtlos gegen das Klappern seiner Zähne, und heiße, blutige Tränen tropften ihm langsam in die geöffneten Hände.

Am nächsten Morgen brach Roman früh von der Hoheluft auf.

Sein erster Weg führte ihn in die Firma des Eisenexports, das Bürohaus am Kattrepel, wo er, entgegen seinen Erwartungen, die *Fresse* nicht nur antraf, sondern auch sofort von ihr vorgelassen wurde.

Ohne gefragt worden zu sein, berichtete Roman von den Ereignissen des vergangenen Monats. Die *Fresse* musterte ihn die ganze Zeit aus ihrem Sitz hinter dem mächtigen Schreibtisch, mit mahlenden Kiefern, die Hände wie riesige Schaufeln auf die Platte gelegt, und ohne ihn zu unterbrechen. Dann, als Roman geendet hatte, sagte sie knurrend, mit zuckenden Mundwinkeln: »Bertini, bleib, wo du bist. Es gibt keinen besseren Ort für euch. Ich kann dich beim Arbeitsamt Hamburg halten, bis deine Lehrzeit zu Ende ist, also bis zum März nächsten Jahres. Dann mußt du sehen, wo du bleibst. Jedenfalls solange brauchst du nicht zurück nach Hamburg«, die *Fresse* brach ab, knirschte mit den Zähnen, als bereite ihr das Gespräch große Pein, und fuhr dann fort: »Hier hast du zweitausend Reichsmark, die ich dir nie gegeben habe, falls du gefragt wirst, woher du sie hast, verstanden?« Sie griff in die Schublade und reichte ihm das Geld ungezählt hinüber.

Dann warf die *Fresse* einen letzten, sehr anzüglichen Blick auf Romans Frisur und begann zu schreiben, als wäre sie ganz allein in dem Raum.

Erst vorbei am Hauptbahnhof, danach die Außenalster immer zur Linken, legte Roman Bertini den Weg zu Erich Snider zu Fuß zurück. Er mußte in der Nebenstraße des Mundsburger Damms eine Stunde vor der Wohnungstür warten, bis der Klempner die Treppe hochkam. Als er Roman erblickte, hellte sich das klobige Gesicht sekundenlang auf. »Die Alliierten sind in Italien gelandet«, sagte er hastig, leise, noch während er die Tür aufschloß. In der Küche breitete Erich Snider sogleich eine große Karte von Europa aus, zeigte im Osten auf Smolensk, Roslawl, Gomel, Kiew. »Niemand hält die Rote Armee mehr auf – bis Berlin.«

Der Klempner schwieg lange, nachdem Roman ihm von Bodendorf erzählt hatte. Dann sagte er: »Versuch alles, um dort zu bleiben.« Er beugte sich wieder über die große Karte. »Die Zweite Front der Amerikaner und der Briten – hier irgendwo wird sie errichtet werden«, er steckte mit Daumen und Zeigefinger seines unversehrten Armes die Strecke zwischen Calais und Nantes ab. »Das Ganze wird keine zwei Jahre mehr dauern. Bis dahin nur noch deutsche Rückzüge, Luftkrieg nahezu ohne deutsche Gegenwehr, schließlich Chaos. Wenn es einen

Ort gäbe, zu überleben, dann dein Bodendorf.« Er suchte auf der Karte zwischen Braunschweig und Magdeburg, ohne es zu finden. »Die letzten volljüdischen Familien sind im Juni aus Hamburg deportiert worden. Sie werden, wie alle Juden im deutschen Machtbereich, umgebracht, oder sind es schon. Jetzt sind die jüdischen Mischehen dran. Aber das wird ein Wettlauf mit den alliierten Siegen«, er klappte den Atlas zu. »Ihr habt, trotz Theodor Wandt, nur *eine* Hoffnung – Bodendorf.«

Erich Snider riß die Tür zur Speisekammer auf, wies auf die gefüllten, übervollen Regale. »Brauchst du was?« Roman schüttelte den Kopf, umarmte den Klempner, ging hinaus, tappte die Treppen hinunter, vor innerer Bewegung noch auf dem Mundsburger Damm ohne klare Sicht.

Dann machte er sich auf den Weg nach Barmbek.

Er betrat die Lindenallee, als es schon dunkelte. Ringsum nichts als Trümmer, mürbe Fassaden, Fensterhöhlen. Mit dem Rücken am Stamm des phosphorzerfressenen Baumes, stand Roman vor der Ruine des Hauses, in dem die Bertinis fast zwanzig Jahre gelebt hatten. Droben, im zweiten Stock, wo Erika Schwarz gewohnt hatte, die Silhouette einer sinnlosen Rohrleitung, daneben eine scheinbar schwerelos schwebende Badewanne.

So stand er in der dumpfen, schweigenden, schreienden Lindenallee bis Mitternacht, stand da gehäutet an Leib und Seele, von millionenfacher Übermacht bedroht, die Fäuste gegen den Kopf gepreßt und den Rumpf vorgebeugt in der Gebärde eines Erfrierenden – verschlagen mit den Seinen an eine blinde, zufällige Adresse auf dieser gnadenlosen Schlackekugel, die ihre bewußtlosen Runden im All drehte und über und über vereist war.

Und dann schrie, keuchte, brüllte Roman Bertini mit überkippender, fistelnder, gebrochener Stimme, als stecke ihm die Kehle in der Folter, gegen die dichte, leere, resonanzlose Nacht an:

»Es gibt keine Heimat – es gibt kein Glück – es gibt keinen Gott!«

Diese Aufzählung wiederholte er so lange, bis er stumm am Baum herunter auf die Erde gesunken war.

Roman Bertini traf seine Großmutter am frühen Morgen im trauten Verein mit Eitel-Fritz und Hanna Hattenroth beim Frühstück an.

»Oma ist eine Zauberin!« Die Stimme des Bankbeamten klang noch tiefer als sonst in fülligem Wohlwollen. »Wie hat sie nur dieses herrliche Brot, unser Bodendorfer Brot, so frisch durch die Linien gebracht?«, und der Schnurrbart zitterte vergnügt, als wäre Eitel-Fritz Hattenroth ein ungewöhnlicher Witz gelungen.

Emma Bertini lächelte selig, legte dem Einlogierer freundschaftlich eine Hand auf den Arm, kicherte. In der Küche überraschte sie Roman mit der Nachricht, sie werde, wenigstens fürs erste, in Hamburg bleiben: Hanna Hattenroth hatte ihr unschuldig und ohne die Spur eines schlechten Gewissens mitgeteilt, daß ihr Mann sie, Emma, schon Mitte August als vermißt und wahrscheinlich tot gemeldet, und gleichzeitig beim Wohnungsamt Hoheluft mit ausführlicher Begründung beantragt hätte, als Hauptmieter anerkannt zu werden. Dies habe er dann, »während des Mißverständnisses«, mit einer anderen, einer politischen Wendung wiederholt, die übrigens größere Aussicht auf Erfolg gehabt habe als die unbestätigte Totmeldung. Nun sei Emma, habe Hanna Hattenroth fröhlich lächelnd erklärt, ja aber gerade noch rechtzeitig gekommen, um die Überschreibung zu verhindern.

Während Emma Bertini ihm das erzählte, hatte sie einen großen Kessel mit Wasser auf die Gasflamme gesetzt und wartete ungeduldig, daß es kochte.

»Man muß ihnen das nicht übelnehmen«, vertraulich näherte sich die Großmutter ihrem Enkel, »sie nennen mich doch schon wieder Oma...«

Gegen Mittag war Roman auf dem Harburger Hauptbahnhof, am Nachmittag des nächsten Tages entstieg er – über Uelzen, Celle und Braunschweig gefahren – auf der kleinen Station dem Zug, der sofort in Richtung Magdeburg weiterdampfte. Langsam verebbte das Geräusch, wurde das Singen der Schienen leiser. Erst dann hoben sich unter blechernem Läuten die Schrankenbäume.

Da lag das summende, kirchturmgekrönte Bodendorf auf der kleinen Anhöhe. Rechts, wie in die flache Erde gepflanzt, die Waldinsel inmitten von Feldern und Weide.

Irgendwo bellte ein Hund.

Und wieder kam sie über ihn, jene glühende, wahnwitzige Hoffnung, die ihn nachts unter der Kastanie auf dem Dorfplatz zum erstenmal angefallen hatte: *Wie, wenn sie Hitler in Bodendorf überleben würden?*

Roman lief den sandigen, geschlängelten Pfad hoch, vorbei am Haus der Elfriede Wölpert, am Friedhof, an der Kirche. Er entdeckte Lea, als er die Bäckerei passierte. Sie kam aus der entgegengesetzten Richtung, von Minna Kremers Mühle her, wohl aus dem Kramladen gegenüber

391

dem Haus der Molkereibesitzerin – mit ihrem hastenden, steten Trab, in der einen Hand einen Korb, in der andern eine Tasche – beladen und eilig.

Einen Augenblick blieb Roman stehen. Nie hatte er Lea anders gesehen als eilig und beladen, all die beiden Jahrzehnte hindurch, die er lebte. Dann und wann schaute sie von der Erde auf, als mustere sie die Straße vor sich auf etwaige Hindernisse, sonst aber blickte sie zu Boden und beschleunigte ihre Schritte.

Als sie jetzt hochsah und Roman hinten auf der Höhe des Dorfplatzes gewahrte, ließ sie Korb und Tasche fallen.

Da breitete Roman Bertini die Arme aus und schrie: »Mutter!« lachte, winkte, jubelte: »Mutter!« taumelte, schluchzte: »Mutter!«

Nach Romans Rückkehr ließen sich die Bertinis nicht im Dorfe sehen. Auch baten sie nicht um den Schlüssel für die Kirche, damit Alf proben könne. So wußten sie am Sonntag nicht, wie der Gemeindediener sich verhalten würde.

Schon früh lag eine schwere Spannung über dem Dorf. Lange vor der gewohnten Zeit fand eine wahre Völkerwanderung statt, die Zahl der Gottesfürchtigen schien sich vervielfacht zu haben. Von allen Seiten, sternförmig, aus der Richtung Rattingen und Obenwalde, vom Tümpel und von den Höfen vor dem nahen Horizont, strebten die Bewohner von Bodendorf der Kirche zu.

Als Alf und Roman Bertini den Rand des Platzes erreichten, war sie bereits überfüllt, so daß sich draußen ein schweigendes Spalier gebildet hatte, eine stumme Masse von Gesichtern, denen weder Zustimmung noch Abneigung anzusehen war. Unter denen, die in der Kirche keinen Sitz mehr gefunden hatten, entdeckte Roman im Schatten der großen Kastanie Elfriede Wölpert mit Tochter Rosel; Wilhelm und Wilhelmine Garchert; ferner Elisabeth Niebert samt ihrer adretten, finsteren Mutter, und Wilhelm Krogel, auch heute nicht ganz nüchtern in seinem jammervollen Dienstanzug.

Die beiden Bertinis, diesmal übrigens der Sohn einen Schritt vor dem Vater, kamen bis vor die geöffnete Kirchentür, so weit, daß sie das Innere erkennen konnten – die helle Front der ihnen zugewandten Köpfe und Pastor Schnigg auf der Kanzel, die Hände gefaltet und bereits ganz versunken in die Vorbereitung seiner Predigt.

Als Alf und Roman aber ihren Fuß über die Schwelle setzen wollten, trat Theodor Wandt aus der Kirche hervor, einen schwarzen Rock über, in kurzen Stiefeln, die schwere Glocke in der Hand, und setzte ein Bein weit vor.

Stille breitete sich aus, im Gotteshaus und auf dem ganzen Platz.

Roman stand kaum einen Meter von dem Gemeindediener entfernt. Er sah die dunklen Wimpern und die Brauen, die wie zwei feindliche Raupen gegeneinander vorstießen; die etwas gelblich getönte Haut; die geblähten Nasenflügel; diese ganze gedrungene, sprungbereite Gestalt – nie war Roman dem Gegner, dem Bösen, dem Gegenpol so nahe gewesen, so von Angesicht zu Angesicht gegenüber, auch damals nicht im Stadthaus, vor den schrecklichen Lampen, die noch gnädig gegleißt hatten, gemessen an den Blicken, mit denen Theodor Wandt ihn jetzt maß.

»Juden haben in einer christlichen Kirche nichts zu suchen«, sagte der Gemeindediener, die Arme nach beiden Seiten ausgebreitet, laut und langsam.

Ringsum blieb es still, in der Kirche und auf dem Dorfplatz. Die Bauern und die Bäuerinnen, mit dem schwarzen Gesangbuch unter dem Arm in die Mitte Bodendorfs gekommen, standen unbewegt in den Strahlen einer erschöpften Spätsommersonne – sie standen da und regten sich nicht. Wie alle anderen, schwieg auch die Gruppe unter der großen Kastanie. Der Mund von Rosel Wölpert hatte sich noch törichter geöffnet; Elisabeth Niebert hatte beide Hände vor das häßliche Gesicht geschlagen, als wollte sie nicht sehen und nicht hören, was da am Kircheneingang geschah. Nur Wilhelm Krogel traf Vorkehrungen einzugreifen, allerdings ohne daß es dazu kam. Als er schwerfällig die rechte Hand hob, um sich wie unter einem Thingbaum zu Worte zu melden; als er mit glasigen Augen schwankend drei Schritte vortrat, unverkennbar gewillt zu protestieren, warf Roman Bertini sich förmlich vor dem Kircheneingang herum, stieß seinen Vater vor sich her, durch das Spalier und zurück auf die Dorfstraße zum Altenteil.

Nach dem Gottesdienst erschien dort Pastor Schnigg. Er warf mit großer Gebärde die zu weiten Ärmel seines geistlichen Gewandes nach hinten, errötete vor der Phalanx der Bertinis wie ein Schulkind bis unter die Haarwurzeln, drückte jedem die Hand und ging wortlos, mit beschwörenden Blicken, als gälte es, versteckten Lauschern ein Schnippchen zu schlagen, rückwärts zur Tür hinaus.

Abends gegen zehn Uhr entdeckte Lea Bertini auf dem Flur zwischen Küche und Haustür etwas Dunkles, Gekrümmtes. Seltsamerweise erschrak sie nicht, obwohl sie unter den widrigen Lichtverhältnissen keineswegs sofort den Postmeister von Bodendorf erkannt hatte –

denn der war es. Wilhelm Krogel selbst aber ließ Lea nicht eine Sekunde länger in Ungewißheit, weshalb er gekommen war, sondern ergriff, ohne sich aus seiner kauernden Stellung zu erheben, ihre beiden Hände, stammelte über ihnen und benetzte sie mit seinen Tränen. Seine Erschütterung war so groß, daß er nicht nur am ganzen Leibe zitterte, sondern auch keinen einzigen zusammenhängenden Satz herausbrachte, obwohl er ausnahmsweise einmal bei klarem Verstand zu sein schien. Doch bebte er und schluchzte und wand sich da unten wie ein Mensch, der so lange gefangen gehalten worden war, bis er den Gebrauch seiner Zunge und die Unversehrtheit seines Hirns eingebüßt hatte.

Dann, plötzlich, war er verschwunden, wie ein Spuk, kaum daß sich die Tür zum Hof geöffnet und wieder geschlossen hatte.

5

Wie der Luftkrieg
auch Bodendorf fand

Es war Paul Stephien, der die Bertinische Einigelung aufbrach.

Der Sattlermeister spannte auf seinem Hof die einzige Kuh an und rief laut nach Alf und seinen Söhnen. Als sie vor das gewaltige Hinkebein traten, stemmte es Ludwig wortlos auf den Bock und hieß die anderen den Wagen besteigen. Dann schnalzte Paul Stephien mit der Zunge, ließ die Peitsche sanft und überflüssig auf dem Rücken seiner Lise tanzen und stampfte herausfordernden Blickes durch das Dorf. Beim Bäcker, wo es nach links abging, drehte er sich schnaufend um und winkte seiner strotzenden, mild lächelnden Frau Anna mit starken Armbewegungen zu, während er Alf und dessen Söhne aufforderte, es ihm vor aller Augen gleichzutun.

Außerhalb der Ortschaft, auf dem Wege zum nahen Horizont, sagte Paul Stephien: »Ihr müßt irgendeine sinnvolle Beschäftigung finden, jeder von euch«, sein Hinkebein wirbelte viel Staub auf, »sonst hackt ihr euch bald gegenseitig in Stücke. Ihr müßt das eure tun, um in Bodendorf zu bleiben.«

Auf dem Felde drückte er jedem eine kurze, stählerne Gabel in die Hand und zeigte den Bertinis, wie sie den metallenen, unten gespaltenen Griffel neben die Frucht in den Boden zu rammen, ihren Halt zu lockern und die Zuckerrübe am Grünschopf herauszuziehen hatten.

Alf stürzte sich im wahrsten Sinne des Wortes in die Arbeit. Von sonderbarem Ehrgeiz gepackt, entledigte er sich erst seines Jacketts, dann des Hemdes, so daß er mit nacktem Oberkörper dastand. Im Schweiße seines Angesichts bohrte, preßte und riß er, ohne Pausen einzulegen oder die Beschwichtigungsrufe des Sattlermeisters zu beachten. Er arbeitete ächzend, warf keinen Blick hinter sich, schleuderte eine Rübe nach der andern auf die Seite und taumelte nach einer halben Stunde wie ein Trunkener. Wenig später knickte er willenlos in die Knie, schaffte dennoch eine weitere Strecke von fünfzig Metern, und brach am Ende des Feldes mit einem Aufschrei zusammen – die letzte Rübe hatte er sich beim Herausziehen so kräftig ins Gesicht geschmettert, daß die Nase sofort zu bluten begann.

Alf versuchte, sich zu erheben, sank aber sogleich wieder wie ein leerer Sack zusammen.

Die Sonne schien über dem grünen, gelben, bräunlichen Land. Aus dem Dorf stieg Rauch in den stillen blauen Himmel auf, in der Ferne verklirrte langsam das Geräusch eines Zuges gegen Obenwalde zu. Die Söhne sahen auf ihren hingestreckten, blutenden Vater; sahen, wie Alf ohne Abschied aufstand, am Rande des Rübenfeldes verzweifelt die Spur zu halten versuchte und schließlich den Weg ins Dorf erreichte. Sie sahen auch noch, wie Alf in dem Haus verschwand, wo das Klavier stand.

Die alte Frau dort erschrak fürchterlich bei seinem Anblick, sie erschrak dermaßen sichtbar, daß Alf Bertini zurückfuhr, als hätte er einen Stoß bekommen.

»Ich bitte Sie«, stammelte sie und hob, als bäte sie um Verzeihung, beide Hände gegen Alf auf, »ich möchte nicht . . . es geht nicht mehr . . . das Klavier«, ihre Augen wurden ganz dunkel in der Lüge, »das Klavier muß gestimmt werden.«

Die Söhne auf dem Felde hatten gewartet. Nun sahen sie ihren Vater wieder herauskommen und ins Dorf hineingehen, kleiner und immer kleiner werdend. Sie standen da mit ihrem Werkzeug in der Hand und stießen den Griffel erst wieder in die Erde, als sie Alf nicht mehr erblickten.

Ludwig Bertini hielt nur ein paar Tage durch. Er fluchte auf dem Felde vor sich hin, der Acker verderbe ihm das Schuhzeug; schmähte, wenn Paul Stephien sich in gehöriger Entfernung befand, den Bauernstand ohne Ausnahme als ein »Überbleibsel der Barbarei«; klagte über starke Schmerzen am unteren Ende des Rückgrats und garantierte dem Sattlermeister auch künftig den Segen seiner Arbeitskraft – sobald er genesen sei.

Lea empfing ihren Jüngsten im Altenteil mit besorgter Miene, schuf ohne Übergang die Atmosphäre einer privaten Krankenstube und steckte Ludwig vorsorglich ins Bett. Der ließ zunächst danklos mit sich machen, was der Mutter beliebte, doch knurrte er leise, wenn sie es gar zu arg mit ihrer Fürsorglichkeit trieb.

In der Küche, vor den anderen, beschwor Lea Bertini die Ausdauer des *kleinen Muck*, malte ein unheimliches Rückgratleiden in düstersten

Farben aus und ersuchte fortwährend um Nachsicht gegenüber dem pflegebedürftigen Patienten.

»Um Himmels willen«, wand Roman sich, wenn die Mutter in schrecklicher Geschäftigkeit Ludwig einen Tee kochte, einen heißen Umschlag bereitete oder ihm eine Krankenspeise anrichtete, »nichts fehlt ihm, wirklich gar nichts.«

Einen Moment sah Lea ihn so gehetzt an, daß Roman seinen Einwurf sofort beendete. »Nichts fehlt ihm? Aber wieso denn? Hat er etwa keine Temperatur, keine glänzenden Augen? Überzeuge dich doch selbst von seinem Fieber«, sie eilte von der Küche ins Schlafzimmer, als müsse sie Roman einen Pfad durch den Dschungel bahnen, blieb stehen, wartete, daß er kommen würde, und richtete ihre Augen in tiefer Furcht auf den unheilvoll schweigenden Alf.

»Mein Gott, o mein Gott«, murmelte Roman, der diesen Blick gesehen hatte.

So rasch, wie es Ludwig anflog, so rasch verließ das angebliche Übel ihn auch wieder. Er warf bald die Decke ab, erklärte seine alte Bastelwut für ausgebrochen und jagte Lea mit dieser Ankündigung überglücklich aus dem Altenteil. Tatsächlich verschaffte sie ihm zur Stunde noch Pappe, Leim, Holz und Farben, und räumte Ludwig eine Domäne unter den beiden Fenstern im Wohnzimmer ein, wo er ungestört schaffen konnte. Ohne für die mütterlichen Bemühungen zu danken, begann er.

Halb verborgen hinter dem Wall des Materials, taub für Rechas gedämpfte Sticheleien, tauber noch gegenüber Alfs geladenem Schweigen, schuf Ludwig Bertini in einem atemlosen Arbeitsgang die perfekte Miniatur des Empire-State-Building von New York, wie er es aus dem *Geographic Magazine*-Heft in Erinnerung hatte; ferner naturgetreue Nachbildungen der Hamburger Kirchen St. Michaelis, St. Nikolai und St. Petri – St. Jakobi mißglückte ihm. Trotz des engen Raums vermied er alle Spritzer und Flecken auf seinem sorgfältig gepflegten Anzug, trieb Lea zu immer neuer Rohstoffbeschaffung an und errichtete innerhalb weniger Tage ein ganzes Viertel moderner Bauten und ehrwürdiger Kirchen. Während Recha halblaut die »unnützen Pyramiden« verdammte und Alf Bertinis schweigende Gegenwart immer lastender auf der Sippe lag, schirmte Lea wie eine immerwache Glucke den Bauplatz im Wohnzimmer ab, flößte dem widerstrebenden Ludwig, den sie mehrmals täglich für die Feldarbeit untauglich erklärte, eine Suppe ein, und sorgte ständig für Nachschub an Pappe, Leim, Holz und Farben, Mittel, die sie hauptsächlich von Paul Stephien erhielt.

Schließlich zog sie das mächtige Hinkebein, das kaum durch die Türen des Altenteils paßte, ins Zimmer hinein, stellte den Sattlermeister vor den Wunderwerken auf und gab Geschichten zum besten, die Ludwig als ein frühes bastlerisches und technisches Talent auswiesen, darunter auch diese: mit sage und schreibe drei Jahren habe er in der Hamburger Wohnung rechts am Küchenschrank einen Türknopf befestigt, der die Zeit bis zur Ausbombung überdauert habe, also volle zehn Jahre!

Als Paul Stephien, dröhnenden Lobes voll, das Altenteil verlassen hatte, zerstörte Ludwig Bertini das Empire-State-Building mit einem Streich, knickte genauso entschlossen sämtlichen Kirchen die Türme ab, warf alle Trümmer auf einen Haufen und trampelte darauf so lange herum, bis es aussah, als wäre ein Elefant drüberhin gewalzt.

Dann verschwand er im Schlafzimmer, meldete Lea, die ihn besorgt verfolgt hatte, steigendes Fieber und zog die Decke bis an die Nasenspitze hoch.

Cesar Bertini, einer großen, erschöpften Schnecke ähnlich, hielt der Feldarbeit noch einige Zeit stand. Aber seine Plattfüße wurden immer breiter, seine Atemzüge immer kürzer, bis auch die schweren Mahlzeiten, ihr Duft und ihre Fülle, ihm keinen Ansporn mehr brachten. Sein vierschrötiger Körper fand plötzlich aus einer Verrenkung nicht mehr heraus, er stand da mitten auf dem Acker des Sattlermeisters wie ein Gnom, rückte unschlüssig an seiner Brille und ließ endlich dem Zusammenspiel von echter Erschöpfung und angeborener Trägheit freien Lauf.

So lag denn auch Cesar, Arme und Beine von sich gestreckt, tagsüber viele Stunden auf dem Bett. Er erhob sich nur zum Mittagessen und Abendbrot, die unter dem Gesetz von Alf Bertinis bedrohlichem Schweigen standen, und ließ dann und wann von nebenan sein kreischendes »Durst, ich habe brennenden Durst!« vernehmen. Später, nach Einbruch der Dunkelheit, wollte er übrigens immer gern noch einmal »an die Luft«, ein Begehren, das ihn seltsamerweise bei Vollmond nicht anwandelte.

Auf dem Acker übrig blieb nur Roman, das schmale Gesicht asketisch verzerrt, die Handflächen von der eisernen Gabel wundgescheuert.

An einem Nachmittag, als das gewaltige Hinkebein mit steten Bewegungen die letzten Rüben auf den Wagen lud, ertönte aus dem Dorf die Glocke des Gemeindedieners. Beide hielten inne, Paul Stephien auf die Forke gestützt, Roman auf den Knien, die Gabel noch in die Erde gedrückt.

In Fetzen, verweht drang die Stimme Theodor Wandts über das Land zu ihnen hin. Dann Ruhe, wieder die Glocke, und wieder die Stimme, von einer anderen Stelle des Dorfes her. Schließlich wurde der Gemeindediener am südlichen Rand der Ortschaft sichtbar, die stämmigen Beine in kurzen Stiefeln, die Glocke mit wuchtiger Geste schwingend.

Der Sattlermeister räusperte sich hinter Roman Bertini.

»Wenn du überleben solltest – stich ihn ab, bring ihn um, laß ihn verrecken, unter freiem Himmel, wie einen räudigen Hund. Tu du es – denn wir werden es nicht schaffen.«

In dieser Nacht trug Roman in sein Notizbuch mit Goldschnitt ein:

»24. September 1943. Die Rote Armee vor Dnjepropetrowsk. Schwere Luftangriffe auf Ludwigshafen, Mannheim, Aachen.«

Die Bodendorfer sollten Gelegenheit bekommen, sich etappenweise an die Bedrohung von oben zu gewöhnen.

Öfters schon waren Bomber in der Dunkelheit über sie hinweggeflogen, aber neuerdings kamen sie dichter, das Summen war stärker und dauerte länger vom ersten bis zum letzten Ton. Die Bauern wurden unruhig.

Eines Nachts knackte es in den Balken des Altenteils, wie von den Stößen eines fernen Erdbebens. Die Bertinis fuhren steil auf.

»Bomben!«

In der Küche rasselte das Geschirr, die Fensterscheiben zitterten, die Herdplatte klapperte.

»Zieht euch an«, befahl Alf Bertini, das erste Wort, das er seit langem sprach.

Sie traten hinten aus der Küche in den Garten. Der Himmel über ihnen war totenstill.

Aber die Erde unter ihren Füßen bebte.

Ein Angriff auf Hannover? Die Stadt lag etwa hundert Kilometer weiter westlich. Auf Braunschweig? Es lag halb so weit entfernt.

Lea hatte eine Hand gegen den Apfelbaum gestützt – wie Schläge fuhr es durch den Stamm.

Roman schlüpfte aus dem Schlafzimmerfenster hinaus und erreichte über Paul Stephiens Hof die Dorfstraße. Er lief unter die Kastanie vor der Kirche und horchte.

In der Ferne, weit, weit weg, wurde geschossen.

Roman huschte an der Bäckerei nach Süden aus dem Dorf hinaus, den Weg zum nahen Kamm hoch. Als er ihn fast erklommen hatte, stockte er, wenige Meter vor sich eine gespenstische Silhouette: dort oben hielt, erschöpft, wie im Starrkrampf gelähmt, der Klavierstimmer Eishuhn aus Hamburg seine Frau eng umschlungen. Sie standen, gleichsam aneinandergewachsen, regungslos da und lauschten in die bebende Erde hinein. Dann mußten sie ein Geräusch vernommen haben, denn plötzlich waren sie verschwunden, unsichtbar geworden wie scheues Wild.

Endlich fand der Luftkrieg auch Bodendorf, fand es tief unter sich, als die stählernen Schwärme bis zum Bersten beladen ostwärts drüberhin brausten. In einer Nacht toste der ganze Himmel, dröhnte die propellerzerfetzte Atmosphäre mit so schweren Schwingungen, daß hier unten die Wände zu tanzen schienen.

Da löste sich aus dem Grollen droben ein einzelnes, ein selbständiges Geräusch, das langsam anschwoll, immer tiefer und tiefer, als zöge ein Apparat in Spiralen seine Kreise erdwärts direkt hinab auf die Dächer.

Und fast war es auch so. Die Maschine schlug knapp dreihundert Meter vom Ortsrand in den altmärkischen Boden ein und explodierte mit einem Blitz, der das Dorf für eine Sekunde taghell der Finsternis entriß, in deren Schutz es sich voll Todeserwartung geduckt hatte.

Soweit bekannt wurde, verließ nachts niemand das Haus. Aber schon im Morgengrauen setzte eine allgemeine Wanderung an die Stätte des Absturzes ein. Das Loch im Acker des Großbauern Adolf Frenk lokalisierte den Schauplatz der Katastrophe nur zu deutlich – die Erde ringsum war übersät mit Teilen des zerstörten Bombers, darunter viel geschmolzener Gummi. Im Hof der Bäckerei aber fand sich eine Hand, die war schwarz. Andere, unter der Leitung von Paul Stephien und Wilhelm Krogel gesammelte Leichenteile ergaben im Laufe des Vormittags fast vollständig die Körper zweier farbiger Besatzungsmitglieder. Von den übrigen fand sich nichts als verkohlte Textilien.

Es ging das Gerücht um, noch vor Sonnenaufgang sei eine Eskorte aus Uniformierten und Nichtuniformierten erschienen, unnahbar, aber mit dem Auftrag an die Bodendorfer, die Leichen zu bestatten. Zu diesem Zweck war am Rande des Friedhofs eine Grube ausgehoben worden, in die Paul Stephien und Wilhelm Krogel sich anschickten, die sterblichen Überreste hinabzusenken.

Der Friedhof von Bodendorf lag an der Straße nach Obenwalde, und wo immer ein Besucher auch stand, er konnte die ganze Strecke bis zum großen Platz überschauen. Von dort nun, in der einen Hand die Glocke, in der andern eine Schaufel, flog Theodor Wandt wie rasend

heran, gefolgt von Dieter Krogel, der die Lücke zwischen den Vorderzähnen einem Wahnsinnigen gleich entblößt hatte. Am Friedhofstor
ließ der Gemeindediener die Glocke fallen und stürzte sich mit allen
vieren auf die Leichenteile, die entweder schon in der Grube waren
oder an ihrem Rande lagen. Und dann wirbelte Theodor Wandt die
Überreste der Bomberbesatzung nur so durch die Luft, trat gegen
abgerissene Arme und Beine, schleuderte Rümpfe und Köpfe über die
Friedhofsmauer und schrie: das schwarze Mistzeug gehöre nicht auf
einen deutschen Friedhof, kaum daß es gut genug wäre, den Acker zu
düngen. Wenn ihm, Theodor Wandt, einer dieser Luftpiraten einmal
lebend in die Hände fallen sollte, so wisse er heute schon, was er mit
dem anstellen werde.

Und von Dieter Krogel irr umtollt, verscharrte der Gemeindediener,
kaum zwanzig Schritt vom Hause der Elfriede Wölpert entfernt, alle
Körperteile durcheinander in einem schmalen Streifen Unkraut-
feldes.

Wilhelm Krogel, Paul Stephien, die drei französischen Kriegsgefangenen, die sich eingefunden hatten, die ganze Schar neugieriger Bodendorfer vor der bereits aufgehobenen Grube starrten auf Theodor
Wandt.

Der trat den Streifen fest, spuckte in die Hände, schulterte die Schaufel
und marschierte dorfeinwärts, gefolgt von Dieter Krogel, der in der
einen Faust wie verrückt die Glocke schwang, die andere aber wild
gegen seinen Vater schüttelte.

An diesem Tage verließen die Bertinis wiederum das Altenteil nicht.
Auch Recha und Rudolph Lehmberg blieben im Hause der Witwe
Niebert, Ghettogebaren, uralt, instinktiv.

Als Roman spät auf den dunklen Hof hinaustrat, über das bucklige
Pflaster ging und unter dem überdachten Platz zwischen Minna
Kremers Ställen und Adolf Frenks Scheune tief einatmete, legte sich eine
suchende, eiskalte Hand auf seine Schulter. Vor ihm stand fröstelnd, so
nahe, daß ihre Gesichter sich fast berührten, Charlotte Wandt.

Überall um sie herum waren Geräusche. Schweine grunzten, Mäuse
raschelten, im Hühnerstall war flügelschlagende Bewegung.

Noch in dieser Finsternis konnte Roman erkennen, daß die Tochter
des Gemeindedieners schön wie ein Bildnis war.

»Dein Vater schlüge dich tot – und mich«, sagte er.

Sie zuckte zusammen, schüttelte den Kopf. »Euch wird nichts geschehen«, flüsterte sie zurück, »ihr seid doch *weiß*«, wisperte sie, »ihr seid
doch keine *Neger*«, sie zerrte an seinen Aufschlägen.

»Schlimmer«, sagte er, »*Juden*. Das Schlimmste aber ist – du hattest einen Bruder, der war so alt wie ich, und er ist gefallen. Ich jedoch lebe – das ist das Schlimmste für deinen Vater.«

Sie hob die Hand und schmiegte ihre Innenfläche an seine Wange. »Ach«, sagte sie, als wische sie etwas beiseite. Plötzlich lachte sie leise. »Weißt du, daß du eine Eroberung gemacht hast?« Sie wartete, ob er fragen würde, welche. Aber als er es nicht tat, fuhr sie fort: »Gerda, die Kleine von Lemke. Sie hat mir erzählt, sie hüte Kühe mit dir. Dein Gesicht, sagte sie, sei so seltsam hübsch, und die Haare darüber so schwarz. Wenn sie groß sei, wolle sie sich mit dir verloben.«

Charlotte Wandt lachte wieder, unhörbar, fuhr Roman mit der Hand über die Stirn, die Wange, den Hals und lief lautlos davon.

Dann war er allein. Sie hatte das Tor des Altenteils ohne jedes Geräusch geöffnet und geschlossen.

Als die Tage kürzer wurden und die Temperaturen fielen, setzte Roman Bertini sich in die Eisenbahn, fuhr nach Obenwalde und kehrte heim mit einem dicken Paket unterm Arm, das ihm Ludwigs mißtrauische Blicke einbrachte. Der Instinkt trog den Jüngsten nicht – es waren Schulbücher.

Er stand vor dem Spiegel und bürstete sorgfältig sein blondes Haar. Dann und wann trat er sehr nahe an das Glas heran und betupfte die Narbe an der Nase, als hoffe er, die Stelle durch gütliches Zureden weghexen zu können.

Auf Leas Wangen begannen zwei rote Kleckse aufzuglühen, ihre Lider zuckten. Alle Augenblicke kam sie von der Küche ins Zimmer, wischte sich die Hände an der Schürze ab, sah unruhig auf ihre Söhne und huschte wieder hinaus.

»Also gut«, Ludwig wandte sich gelangweilt vom Spiegel ab, »wenn du unbedingt auch hier den Lehrer mimen willst«, er fuhr mit spitzen Fingern über die Bücher, blätterte flüchtig in einem Lesebuch, stöhnte ironisch angesichts arithmetischer und chemischer Formeln und vertiefte sich mit übertriebenem Akzent ins Englische. Dann sah er finster auf: »Was soll das in Bodendorf? Wozu brauche ich das? Meinst du, die lassen mich doch noch Abitur machen?«

Lea war eingetreten.

»Ja, wirklich«, sagte sie unschlüssig, »ich weiß nicht recht...«

»Mutter«, Roman beugte sich über den Bücherstapel, »willst du, daß wir uns gegenseitig den Schädel einschlagen, weil niemand von uns Pflichten hat – außer dir?«

Sie wischte sich die Hände fahrig an der Schürze ab, verschwand in die Küche, kehrte aber sogleich wieder zurück. »Nein, im Ernst, ob Schulunterricht für Ludwig die richtige Methode ist...«

»Weißt du eine bessere?« fragte Roman unterdrückt hinter Lea her, die schon wieder aus dem Zimmer gegangen war. »Hast du einen anderen Vorschlag, Mutter? Weiß Ludwig denn schon zuviel? Kann er nichts mehr dazulernen?«

Lea stand am Herd und machte eine scheue Bewegung gegen ihren Zweiten. »So viele Fragen.«

»Was soll das Gequatsche?« rief Ludwig herüber, »fang schon endlich an mit deiner *Universität.*« Und zu Lea: »Oder hast du mal erlebt, daß man ihm ausreden könnte, was er sich in den Kopf gesetzt hat?«

So versuchte Roman Bertini, seinem Bruder die Schule zu ersetzen. Gewöhnlich zeigte Lea nach längstens einer Stunde unübersehbare Anzeichen von Beunruhigung. Sie betrat das Wohnzimmer in immer kürzeren Abständen, wischte sich die Hände immer häufiger an der Schürze ab und konnte schließlich nicht länger an sich halten: »Eine schöne Lektion war das!« Sie machte sich am Schrank zu schaffen, rief: »War er nicht fleißig, der kleine Muck?« und sah Roman flehend an. »Ich finde, nun reicht's, für heute genug – Abendbrot!«

Nach einer Weile begann Ludwig Bertini vor dem Unterricht über heftiges Unwohlsein zu klagen, wofür er manchmal seinen Magen, dann wieder seinen empfindlichen Gleichgewichtssinn verantwortlich machte. Oder er bezichtigte die warme Kuhmilch aus dem Dorf als Quelle des Übels und prophezeite seiner Leber einen raschen und tödlichen Schwund.

»O Gott«, Lea schnappte nach Atem, »du bist ja ganz gelb im Gesicht. Solltest du... es wird doch nicht...«

»Mutter«, Roman fuhr auf dem Absatz herum, »betrachte ihn dir doch mal genauer – gar nichts hat er, gar nichts.«

Ohne Romans Worte überhaupt aufgenommen zu haben, hatte Lea Bertini sich schon eine Jacke übergezogen. Ihre gemeinhin flinken Gebärden wurden nun wieselhaft. Aufgeregt suchte sie nach dem Portemonnaie. »Ich fliege, ich bin schon fort«, und die Augen werbend auf Roman gerichtet, drängte sie Ludwig sanft ins Schlafzimmer. »Während du dich ins Bett legst, hole ich dir was Schönes«, sie knotete sich ein Tuch um den Kopf. »Du kriegst Zuckerkaffee mit Milch und Brot, ja? Und einen heißen Umschlag auf den Bauch und eine Wärmflasche an die Füße«, die letzten Worte kamen schon von jenseits der Haustür.

Roman klappte die Schulbücher zu, ging auf den Hof hinaus und setzte sich auf die große Walze neben Minna Kremers Stall. Von dort oben sah er auch, wie Lea im Eilschritt zurückkehrte, in ihrem geschwinden Arbeitstrab, den Blick starr auf den Boden geheftet.

Eine Viertelstunde später betrat sie mit einer dampfenden Kaffeekanne und einem Teller belegter Brote strahlend das Schlafzimmer. Ludwig zog die Decke bis an die Nasenspitze hoch.

»Komm«, Lea formte über seiner Brust eine Kuhle in die Bettdecke, »iß und trink, das wird dir gut tun.«

Ludwig rührte sich nicht.

Lea hielt die Kanne und den Teller geduldig in beiden Händen. »Nun mach schon«, versuchte sie ihn zu überreden, »mit solcher Geschichte ist nicht zu spaßen.«

Ludwig Bertini knurrte kurz und grollend und verschwand ganz unter der Decke.

»Also!« Lea stand ratlos da, suchte nach einem Platz, Kanne und Geschirr abzusetzen, hörte dann aber Romans Schritte nebenan. Rasch kehrte sie ins Wohnzimmer zurück. »Es geht ihm gar nicht gut«, sie stellte Kanne und Teller auf den Ofen, legte die Jacke ab, band sich das Tuch vom Kopf und strich flüchtig an ihrer Schürze hinunter, »gar nicht gut«, wiederholte sie, wie verloren mitten im Raum.

»Mutter«, Roman sah mit verdrehten Augen empor zur Zimmerdecke, »spürst du denn nicht, was du anrichtest? Was du die ganzen Jahre schon angerichtet hast bei Ludwig?« Er kehrte sich Lea zu, ließ die Schultern sinken, blickte sie beschwörend an.

Sofort kam wieder Bewegung in sie, erwachte sie aus ihrer Erstarrung, flehte mit ihrem Blick. »Ich weiß wirklich nicht, was du meinst. Ich weiß, offen gesagt, überhaupt nicht, wovon du sprichst. Es geht ihm doch wahrhaftig schlecht. Schau dir bloß seine Farbe an, der Junge ist doch nur Haut und Knochen.«

»Mein Gott«, stöhnte Roman, »Ludwig flieht in die Krankheit, wann immer er will, und du schaufelst ihm dazu den Weg noch frei. Haut und Knochen ... Der hebt jeden von uns aufs Dach, der ist so stark, wie wir anderen alle zusammen. Du mußt doch endlich mal ...«

In diesem Moment hörten sie Alfs trippelnde Schritte von draußen. Leas Augen weiteten sich und blieben, blind vor Furcht und Entsetzen, groß auf Roman gerichtet. Dann hob sie bittend einen Finger an den Mund.

Roman Bertini machte einen Schritt auf seine Mutter zu, als wolle er sie umarmen, eine Wand setzen zwischen ihr und der Welt, ihr die

Botschaft bringen vom Ewigen Frieden. Aber er blieb auf der Hälfte des Weges stehen und sagte leise, ermattet: »Gut, Mutter, ist ja gut.«

Alf Bertini riß mit einem Ruck die Tür auf, am erhobenen Arm einen vollen Mülleimer als Beweis der unüberbietbaren Trägheit seiner erwachsenen Söhne, und pumpte dann draußen alle greifbaren Gefäße voll bis an den Rand, gerade als hätte ein Wasserwerk soeben mit mehrtägiger Sperre gedroht. Dann lamentierte er, daß nirgends auf der Welt gesunde Kinder ihren »alten Vater« so schuften ließen, strich einem bösen Geist gleich dumpf durch die Räume und schrie schließlich: »Was spioniert Minna Kremer eigentlich immer vor dem Fenster herum?« fragte es scharf, schneidend. »Was quasselt die da von einem Dutzend Sprachen, die Roman angeblich gelernt haben soll? Was will die herausbekommen? Die wird von uns nicht mehr gegrüßt, verstanden, keines Blickes mehr gewürdigt, diese neugierige, gemeingefährliche Suse!« und er rannte noch einmal auf den Hof hinaus, als wollte er die Bäuerin sogleich an Ort und Stelle bestrafen.

Recha Lehmberg lehnte ihren Enkel Ludwig von ganzem Herzen ab. Sobald er auftauchte, zog sie, ähnlich wie in Alfs Gegenwart, den Kopf noch tiefer zwischen die Schultern und stellte sich in Leas Nähe auf, als gelte es, körperliche Angriffe auf ihre Tochter abzuwehren. Sie betrachtete ihn mit gewohnheitsmäßigem Mißtrauen und war ständig bereit, ihm zänkische Worte zuzuzischen oder auf andere Weise ihre ungünstige Gesinnung zu bezeugen.

Den Kampf um den Unterricht im Altenteil begleitete sie mit den hämischen Bemerkungen einer ahnungsvollen Seele, die nur allzu bestätigt fand, was sie insgeheim befürchtete. Dabei pflegte Recha Lehmberg seit einiger Zeit so gedämpft vor sich hinzuschimpfen, daß sie ihrer mühsam unterdrückten Wut auch in Alfs Anwesenheit freien Lauf lassen konnte, ohne seine lauernde Angriffslust zu fördern: »Der Bengel hat nie was getaugt«, murmelte sie, nach allen Seiten scheele Blicke verteilend, »er kann nichts, als sich vor den Spiegel stellen und seine eigene Visage beäugen.« Sie machte eine gezierte Handbewegung über die Haare, strich sich in der Pose des Enkels ein imaginäres Hemd glatt, äffte Ludwigs Stolz auf poliertes Schuhwerk nach und raunte, von Gram und Zorn geschüttelt, ihrer Tochter zu: »Und du? Mit dir darf er's ja treiben, auch wenn er dir jedes Haar einzeln ausraufen würde – du unterstütztest ihn noch!«

Bei solchen Szenen gab sich Rudolph Lehmberg meist schüchterne Mühe, vermittelnd einzugreifen. Ob im Zimmer, im Garten oder in der

Küche, wohin Recha immer ihrer Tochter gefolgt war, erschien auch er, schlohweiß, die gebeugte Gestalt eine einzige Bitte um Ruhe und Mäßigung. Natürlich blieb ihm jeder Erfolg versagt, ja seine unerbetene Intervention stachelte Recha eher noch an. Sich von dem ursprünglichen Objekt ihres lamentierenden Unmuts freudig für eine Weile entfernend, richtete sie ihre schreckliche Lebenskraft gegen den »schlauen Fuchs«, den »Hirsch«, den »Lastermann« der Sippe, Rudolph Lehmberg, ihren Gemahl, der, wie sie zeterte, sie nach festem und mit mörderischer Energie eingehaltenem System in den Wahnsinn treiben wolle, um sich »mit einer Neuen zu verlustieren«. Und erst, wenn sie den Schlosser damit wieder einmal in die Flucht geschlagen und dem jüngsten Enkel anschließend einen für heute letzten Beweis ihrer unversiegbaren Abneigung geliefert hatte, brach Recha Lehmberg auf, um befriedigt ihre Klause im Haus der Molkereibesitzerin zu erklettern.

Als sie dort eines Abends verklärt einem trunkenen Sonnenuntergang am westlichen Herbsthorizont ausgeliefert war, klopfte es an der Tür. Der Schlosser, noch im Mantel, blinzelte unsicher, aber ehe Recha die Kanonade ihrer üblichen Fragen und Anweisungen auf ihn abfeuern konnte, trat die Witwe schon ein.

Weder die Molkereibesitzerin noch ihre Tochter Elisabeth hatten sich seit Theodor Wandts großer Tour durch Bodendorf mit Eitel-Fritz Hattenroths Brief bei den Lehmbergs blicken lassen. Recha und Rudolph hatten sich deshalb angewöhnt, lautlos durch das Zimmer zu schleichen, damit ihre Anwesenheit unten möglichst vergessen werde, und ehe sie täglich ins Altenteil aufbrachen, witterte Recha lange vom ersten Stock ins Haus hinab, ob die Luft rein sei. Erst dann holte sie den Schlosser mit befehlender Geste nach und verließ mit ihm fluchtartig und stolpernd das solide Gebäude.

Nun saß die Witwe Niebert vor ihnen, in ihrem schwarzen Kleid mit den weißen Spitzen an Ärmeln und Kragen einer rustikalen Maria Stuart ähnelnd, und sagte streng: »Es ist Zeit, Äpfel und Birnen zu ernten. Nehmen Sie sich, soviel Sie wollen.« Und dann: »Stimmt es, daß ihr Enkel Roman *fünfzehn* Sprachen beherrscht?«

Minna Kremers übertriebene Darstellung von Romans Bildung trug wesentlich zur Erhaltung der Sippe bei.

Im Altenteil erschien perlzahnig, aprikosenhäutig und himmelfahrtsnasig Christa Garchert, die Roman auf den Hof der Eltern bat.

Auch die Garcherts hatten seit Theodor Wandts Rundgang nichts mehr von sich hören und sehen lassen. Nun hatte die dicke Bäuerin nach ihm geschickt und erwartete Roman mit schmatzenden Lippen und breitem Lächeln, beide Hände über dem quellenden Leib gefaltet. Hinter ihr, lang, dürr, die blassen Augen triefend vor gutmütiger Verlegenheit, Wilhelm Garchert. Als er Roman erblickte, hob er einen Zeigefinger krumm hoch, beugte sich etwas vor und raunte mit verschwörerischer Stimme: »Olef, beis, gimmel, dolle...«

Nach dieser Rezitation der vier ersten Buchstaben des Alphabets auf Jiddisch steckte der Bauer zufrieden eine Hand in die Tasche. »Ich kann's noch vom alten Aaron Ohrenstein«, seine Stimme blieb gesenkt, als fürchte er in seinem eigenen Hause unerwünschte Zuhörer, »der kaufte Vieh auf zwischen Obenwalde und Magdeburg, all die Jahrzehnte, bis er im vorigen Sommer...« Wilhelm Garchert stockte, verstummte erschrocken und wiederholte, treuherzig mit dem rechten Auge plinkernd: »Olef, beis, gimmel, dolle...«

Darauf eröffnete die Bäuerin Roman Bertini, daß die Tochter im kommenden Frühjahr die Schule verlassen und konfirmiert werde. Ob denn nun er, der ja bekanntlich in mehr als einem Dutzend fremder Sprachen sicher sei, Christa in den einfachen Fächern der Dorfschule Nachhilfeunterricht erteilen wolle, damit das Kind einen gesegneten Abgang habe und Zeugnisse, auf die es ein Leben lang stolz sein könne. Dafür gäbe es jede Woche ein nahrhaftes Paket.

Es war sehr warm in der großen, verwahrlosten Bauernstube. Wilhelmine Garchert, unter dem Bildnis ihres braun uniformierten Sohnes Friedrich, beide Hände auf die klaffenden Knie gestützt, schwenkte den mächtigen Oberkörper erwartungsvoll hin und her; Wilhelm Garchert, auf langen, steifen Beinen, bückte sich und warf fortwährend Holz nach in den Ofen. Das Mädchen, die kleine Himmelfahrtsnase keck hochgereckt, wartete freundlich und neugierig auf Antwort.

»Wir können gleich anfangen«, sagte Roman.

Als Wilhelm Garchert ihn später bis ans Hoftor geleitete, sah sich der Bauer lebhaft um, rückte dann nahe an Roman heran und stocherte ihm aufmunternd in die Rippen: »Olef, beis, gimmel, dolle...«

Auf dem Dorfplatz raschelte es. Irgendwo bellte ein Hund. Riesengroß, verzerrt in der Finsternis, stand Wilhelm Garchert am Tor. Ruhig sagte er: »Sag deiner Großmutter, sie soll wiederkommen, wir warten auf sie«, schlug Roman auf die Schulter und trottete ins Haus zurück.

Schon auf dem Dorfplatz spürte Roman, daß ihn jemand beobachtete und hinter ihm herschlich. Er ging langsam die Straße hinunter, wobei ihm Theodor Wandt mit einer größeren Gruppe französischer Kriegsgefangener entgegenkam; betrat das Altenteil, als wäre er ohne Argwohn, ließ aber die Haustür einen Spalt offen, so daß er den ganzen Hof übersehen konnte. Irgend jemand war, ihm nach, hinter den Amboß geschlüpft, soviel hatte Roman noch erkannt. Lange regte sich nichts, aber dann löste sich eine Gestalt von dem schweren Eisen, machte ein paar lautlose Schritte über das bucklige Pflaster auf das Seitenfenster des Schlafzimmers zu, blieb unschlüssig stehen und verschwand endlich wie ein Schemen. Roman war wie erstarrt – es war Gerda Lemke gewesen, die Tochter des Tümpelbauern.

Nach zwei Wochen erschien während des Unterrichts bei den Garcherts plötzlich Elfriede Wölpert mit Tochter Rosel. Hanna Hattenroths Schwester schaute eine Weile schweigend zu, dann fragte sie Roman: »Könnte mein Kind dazukommen?«
Rosel Wölpert, den kleinen Mund in dem blühenden Gesicht töricht geöffnet, wackelte vor Verlegenheit mit dem strammen Hintern und stieß einen Freudenlaut aus, als Roman nickte.
So saß er fortan unter dem Konterfei Friedrich Garcherts dreimal in der Woche zwischen den Schülerinnen. Mit hochroten Köpfen über Hefte und Bücher gebeugt, stießen die beiden sich hinter seinem Rücken an, kicherten hinter vorgehaltener Hand und wiesen, ganz Feuer und Flamme, stolz und gehorsam ihre Arbeiten vor.
Der Schauplatz brachte es mit sich, daß der Unterricht manchmal unterbrochen werden mußte, wenn Christa Garchert etwas im Hause, auf dem Hofe oder sonstwo verrichten sollte. So auch an dem Nachmittag, da Wilhelm Garchert seine Tochter in die Nachbarschaft beorderte, die Hauptsau decken zu lassen, und Roman Bertini aufforderte, der Vorführung beizuwohnen, damit er endlich einmal kennenlerne, auf welch unanständige Weise der liebe Herrgott die Säugetiere – und nicht nur die! – entstehen lasse.
Also begleitete Roman die beiden Mädchen und das Tier quer über den Dorfplatz auf den Hof Adolf Frenks, wo alsbald ein Eber auf der Bildfläche erschien und schnaubend die Sau besprang, indes die Schülerinnen, derlei Anblick von klein auf gewohnt, sich kreischend mit einem alten Pferdehalfter vergnügten. Dann trieben sie die Sau zurück in den Stall, wuschen sich artig in der Küche die Hände und setzten sich wieder eifrig und glühend an den Tisch mit dem Haufen von Heften und Schulbüchern – alle drei ahnungslos, welche Konsequenzen dieser Nachmittag auf dem Hofe des Großbauern Frenk in Zukunft noch haben würde.

6

»Wir sind verloren, Mutter,
so oder so.«

Eine fahrende Schauspielertruppe kündigte sich in Bodendorf dadurch an, daß ihre Vorhut ein Plakat an der hölzernen Tafel vor dem Gasthof befestigte: gespielt werde ein aktueller Dreiakter »Gefahren der Großstadt« oder »Wie Gertrud doch noch heimfand«.

Als Ludwig Bertini spürte, daß seine Brüder gern hinübergehen würden, begann er lästerliche Reden über die fahrenden Mimen zu führen, das Talent der Truppe anzuzweifeln und die wilden Hoffnungen auf eine glänzende Karriere zu beschwören, die jedes einzelne ihrer Mitglieder einst gehabt hätte, ehe alle zusammen dann mit Bühnen wie der des Gasthofs von Bodendorf vorlieb nehmen müßten.

Cesar und Roman grinsten, ließen sich aber weder davon noch durch Leas leisen, heimlichen Widerstand von ihrem Vorsatz abbringen.

Aus dem Gasthof, querab gegenüber dem Altenteil, scholl Lärm auf die Dorfstraße hinaus. Die Brüder gingen langsam hinüber, traten zögernd ein, stellten sich in dem vollen Saal nahe der Eingangstür auf. Dort blieben sie an die Wand gelehnt stehen.

Wenig später erschien Wilhelm Krogel in seiner abgewetzten Postuniform. Einen Augenblick schwankte er stumm im Raum, dann begann er ohne Umschweife, seine Kenntnis des Stückes zum besten zu geben. Er habe es, gestand er rülpsend und lallend, vor mehreren Jahren schon einmal in der Kreisstadt Gardelegen gesehen und fürchte keineswegs, daß der Truppe inzwischen Besseres eingefallen sei.

Wilhelm Krogels verschwommenen Erinnerungen nach ging es dabei um eine Dorfschöne, die über die Maßen gern in die große Stadt gezogen wäre, von deren Attraktionen sie teils redend, teils singend schwärmte. Allen guten Ratschlägen von Eltern und Nachbarn zum Trotz, machte sie nicht nur ihren Vorsatz wahr, sondern vertraute sich in dem Asphaltdschungel auch gleich noch einem Galan an, der es – und daran ließen Wilhelm Krogels drastische Gesten keinerlei

Zweifel – vor allem auf ihre jugendliche Unschuld abgesehen hatte, was das makellose Geschöpf in seiner ländlichen Reinheit natürlich überhaupt nicht begriff. Gerade ihre Torheit aber verhinderte den Erfolg des Anschlags, und so gebe es allerlei Anlaß zu Spaß und Mißverständnissen. Den Auslassungen des Postmeisters von Bodendorf nach hatten sich die Gardelegener jedenfalls vor Lachen gebogen, als die Unschuld vom Lande dem städtischen Gieregauch ein Schnippchen nach dem andern schlug, und hatten vom Parkett her gute Ratschläge erteilt, wie mit dem Wüstling umzugehen sei, der es auf eine der ihren abgesehen habe der schnöden Wollust wegen.

Während der Postmeister seiner Umgebung also lallend alle Spannung nahm, wobei er derart torkelte, daß ihm die speckige Mütze ins Gesicht rutschte, betrachtete Dieter Krogel von der letzten Bank her den Vater mit abschätzigen Blicken. Aus seinem vor Ekel und Wut verzerrten Gesicht stießen groß und gelb die starken Vorderzähne wie Hauer hervor, und ab und zu glitten seine Augen nach links, wo Roman und Cesar Bertini an der Wand des Saales lehnten.

Gerade als Wilhelm Krogel wieder ansetzen wollte, erschien düster, bleich und in kurzen Schaftstiefeln, die unvermeidliche Glocke in der Rechten, der Gemeindediener von Bodendorf. Neben ihm Charlotte Wandt, des Vaters mädchenhaftes Abbild, schön, maskenhaft, ohne das geringste Zeichen, ob sie Roman Bertini gewahrt hatte oder nicht. Die beiden ließen sich vorn in der zweiten Reihe nieder.

Der Postmeister hatte dem Einzug stier zugeschaut und dabei leicht gerülpst. Nun machte er einen schwankenden Schritt nach vorn, sah sich glotzend um und leitete, die Hände an der speckigen Mütze, ungestüm den Schluß seiner Schilderung ein. Danach geriet auf den Brettern von Gardelegen, ganz wie es das derbe Publikum erwartete, alles doch noch zum besten. Das Mädchen, nur eine Handbreit von der drohenden Entehrung getrennt, fand jungfräulich, jedoch um manche Lebenserfahrung bereichert, in das Heimatdorf zurück, wo es, von donnernden Stimmen hinter den Kulissen froh bejubelt, auch gleich einem einheimischen Bräutigam angetraut wurde.

So erzählte Wilhelm Krogel, während das Licht des Saales langsam trüber geworden war. Aber die Lampen an Decke und Wänden verloschen nicht ganz.

Denn vorn war Theodor Wandt aufgestanden und schaute bewegungslos auf die Eingangstür, wo Roman und Cesar Bertini standen. Die Tochter neben ihm war sitzengeblieben, die Augen starr geradeaus gerichtet.

Wie damals vor der Kirche, wurde es auch hier im Saal plötzlich ganz still, verstummten alle Stimmen, als ob jedermann den Atem anhielte.

Als Roman Bertini hinter Cesar im Altenteil das Haus betrat, erbleichte er – die Temperatur war gestiegen, es roch nach Wärme, nach Feuerung, nach heißen Kacheln: Alf Bertini hatte zum erstenmal geheizt!

Roman stürzte ins Wohnzimmer, öffnete das Ofengitter über der Feuerklappe, griff nach hinten, holte die Pistole hervor und steckte sie blitzschnell in die rechte Hosentasche – fast verbrannte er sich die Hand dabei. Wenige Minuten später, und das volle Magazin wäre explodiert.

Theodor Wandt hatte also, ohne Absicht und ohne Wissen, ein Unglück unter den Bertinis verhindert. Aber ehe Roman diesem seltsamen Gedanken weiter folgen konnte, ertönte ein brüllendes *» Tür zu!«* von Alf Bertini. Er erschien aus dem Schlafzimmer, während Cesar aus der Küche einzutreten im Begriffe war.

»Tür zu!« schrie Alf abermals, einen Feuerhaken in der Hand, mit dem er im Ofen herumzustochern begann.

Cesar stieß einen dumpfen Fluch aus, ohne der Aufforderung des Vaters nachzukommen. Es war, als stünde das Altenteil plötzlich unter einer mörderischen Spannung.

»Tür zu!«

Alf Bertini duckte sich mit einer affenhaften Bewegung, bei der er in den Knien einknickte, die gespreizten Hände schlagbereit auf die Oberschenkel legte und einmal um die eigene Achse wirbelte, als fühle er sich von allen Seiten angegriffen.

Cesar, vierschrötig, schwer, die kurzsichtigen Augen hinter den starken Brillengläsern erbittert auf Alf gerichtet, ballte die Hände zu Fäusten.

»Aber ich muß doch die Tür öffnen, wenn ich hinein will«, schrie er, »kommst du etwa hindurchgeflogen? Und selbst wenn sie einen Moment aufbleibt – was ist daran so schlimm, Papa?« seine Stimme kippte in den Diskant. Dann stieß er hervor: »Nein!« und noch einmal »Nein!« und ließ die Tür offen.

Da stürzte Alf Bertini nach vorn, schwang den Feuerhaken weit aus und schlug damit nach Cesar. Aber bevor er den Ältesten treffen konnte, hatte sich Roman von hinten gegen den Bruder geworfen, so daß beide in der Küche auf den Boden fielen. Dabei klappte die Tür zu.

»Meine Brille«, Cesar suchte mit den Handflächen auf dem Fußboden, fand sie, unversehrt, behauchte die Gläser, setzte die Brille wieder auf und begann zu weinen.

Mit Augen, die irre vor Schrecken waren, stand Lea vor dem Küchenherd.

Drinnen hörten sie Alf Bertini toben. »Es ist geheizt, und die Tür steht sperrangelweit offen – ›Was ist daran so schlimm? Was ist daran so schlimm?‹« Alf riß die Tür auf, als wollte er in einer Art Lokaltermin das Verbrechen in seinem vollen Umfang noch einmal rekonstruieren. »Und das soll nicht schlimm sein?« Damit schmetterte er die Tür wieder zu.

In der Küche nahm Cesar seine Brille ab, putzte sie mit einem Taschentuch, setzte sie wieder auf, nahm sie abermals ab und wischte sich die Augen.

»›Tür zu‹«, seine Stimme klang rauh vor Verzweiflung, »damit sind wir groß geworden – ›Tür zu‹! Das war und ist sein Hauptproblem, das bewegt ihn mehr als alles andere«, er wandte sich an Lea. »Wie konntest du dich mit diesem Mann zusammentun, Mutter? Wie konntest du es so lange bei ihm aushalten? Warum hast du uns nicht früher vor ihm beschützt?« Er ging in der Küche auf und ab, hinter Lea, die stumm am Herd stand. »Wir haben unser Lebtag den eigenen Vater, den eigenen Mann nicht gekannt.« Cesar legte die Hände auf die Klinke der Haustür. Aber bevor er hinausging, sagte er, wie zu sich selbst, gleichsam meditierend, endgültig: »Papa ist dem Druck nicht mehr gewachsen – er wollte mich erschlagen. Wir haben den Feind innen und außen. Aber Trennung von ihm bedeutet – Deportation. Es ist zu spät.« Er öffnete die Tür.

»Wir sind verloren, Mutter, so oder so.«

Am nächsten Tag erhielten Alf und Cesar Bertini vom Arbeitsamt Hamburg per Einschreiben die Aufforderung, innerhalb von drei Tagen in die Hansestadt zurückzukehren und sich bei der Behörde am Pferdemarkt zu melden – »zwecks Arbeitseinsatzes«.

Die gefürchtete Nachricht war da.

Als Alf davon erfuhr, schlug er sich in schrecklicher Genugtuung auf die Schenkel, hielt den Brief in die Höhe und schnarrte: »Was habe ich gesagt? Wenn wir in Obenwalde Arbeit gefunden hätten, wäre gar nichts passiert«, er lachte, brüllte dann aber plötzlich: »Seht zu, wie ihr fertig werdet, macht euren Dreck allein, ich kümmere mich um nichts mehr.«

Gegen Mittag verschwand er, einen Packen Wäsche unterm Arm, und war um Mitternacht noch nicht zurück.

Im Altenteil verbreitete sich lähmendes Entsetzen. Hier in Bodendorf, in dieser Stunde, jagte ein Gedanke, den sie vorher so klar nie gedacht hatten, wie ein Stromstoß durch ihre Hirne – ihr Leben, unmittelbar auf jeden Fall das von Lea, hing von der legalen Bindung Alfs an seine Familie ab, wie das Rechas von der zu Rudolph Lehmberg. An diesem Tag, in dieser fürchterlichen Nacht, legte der Konflikt eine Folgerung bloß, die bisher so fremd, so irrsinnig, so außerhalb des Denkbaren gelegen hatte, daß niemand auf einen derartigen Gedanken gekommen war: nämlich, daß ein Federstrich von Alf Bertini, eine einzige Unterschrift, ja der nur ausgesprochene Wille zur Trennung schon, ihr Leben beenden könnte.

Niemand ging ins Bett.

Roman stand drei Schritte vor seiner Mutter. Er preßte die Hände gegen die Schläfen, und in sein schmales Gesicht geriet jener Ausdruck von Entschlossenheit, der es bis zur Unkenntlichkeit entstellte. Da er das selbst fühlte, krallte er die Hand in der rechten Hosentasche um die Pistole, rannte aus Zimmer und Küche hinaus in den Garten und erbrach sich gegen den Stamm des schiefen Apfelbaums, bis die schiere Galle kam.

Drinnen erwachte Recha aus ihrer Betäubung. Sie schlug sich die Hände vor den Mund und durchmaß in komischem Marschtritt die Küche von einem Ende zum andern.

»Mama!« bat Lea leise, mit einem ungewohnten Ton in der Stimme, der Recha innehalten ließ.

Lea Bertini war kalkweiß im Gesicht. Dennoch machte sie den Eindruck tiefer Gewißheit. Sie fragte nicht, rätselte nicht, prophezeite nicht. Sie stand einfach da und schüttelte langsam, kaum merklich den Kopf. In dieser Gebärde lag eine so erschütternde Zuversicht, ein so selbstverständliches, unbeirrbares, wissendes Vertrauen in den Mann, der nach fünfundzwanzig Jahren wie ein dumpfer, bösartiger Fremd- körper unter ihnen aufgestanden war, daß selbst Ludwig Bertini getroffen wurde – die Kinnlade sank ihm bei diesem Anblick seiner Mutter herab, seine Züge mit der narbigen Nase wurden unsicher, verstört, zerrannen förmlich.

Roman war wieder hereingekommen. Lea lehnte sich gegen den Herd und rührte in einem Topf. »Leg dich hin«, sagte er, »hör bitte auf, immer nur das Futter für uns zuzubereiten. Leg dich hin.«

Sie blies sich eine Strähne ihres schwarzen Haares aus der Stirn. »Laß die Tür nicht offen stehen«, bat sie, »du weißt doch...«

Cesar Bertini stöhnte, zwei steile Falten über der Nasenwurzel. »Wie lange soll das noch so weitergehen? Selbst wenn er nicht da ist, lassen wir uns von ihm tyrannisieren!«

Sie standen nahe beieinander und schauten sich an und suchten nach einem Wort des Trostes, der Hoffnung, der Zusammengehörigkeit. Da sie aber keines fanden, schwiegen sie.

Alf Bertini kehrte nach zwei Tagen aus Hamburg zurück, überaus aufgeräumt, mit mehreren Pfunden Fett ungenauer Herkunft, tausendfünfhundert Reichsmark für den Totalverlust der Bertinischen Habe in der Tasche, und mit der Nachricht, daß Cesar und er laut Hamburger Arbeitsamt in Bodendorf bleiben könnten, wenn sie bis Mitte Januar Arbeit gefunden hätten. Für Roman gelte das Lehrlingsverhältnis bei der Firma des Eisenexports bis März nächsten Jahres. Für die Zeit hinterher müsse auch er einer Tätigkeit nachgehen, wenn er dort in der Altmark bleiben wolle.

Leas Lippen zitterten. Roman sank in die Hocke, unfähig, länger aufrecht zu stehen, und eine ungeheure Freude drohte ihm die Brust zu sprengen.

Alf Bertini spürte weder, was er angerichtet hatte, noch was er nun auslöste. Er vertilgte, auf Brote gestrichen, große Mengen des mitgebrachten Fetts, ehe er ihnen mitteilte, daß Emma, auf eine briefliche Bitte Wilhelm und Wilhelmine Garcherts, bald wieder nach Bodendorf kommen werde.

Wenn es im Leben der Bertinis je ein Datum gab, an dem sich ablesen ließ, daß ein entmenschlichtes Regime nicht nur auf seine Anhänger, sondern auch auf seine Opfer entmenschlichend einwirkt, so war es der 15. November des Jahres 1943.

Wenige Tage zuvor, kurz vor Mitternacht, hatte es vom Hofe des Sattlermeisters an das Schlafzimmerfenster des Altenteils geklopft – die Bertinis fuhren auf.

Wie eine riesige Kugel drängte sich Paul Stephiens ungefüger Schweinskopf in den Raum, pendelte ein paarmal hin und her, als suche er in der Dunkelheit etwas Bestimmtes auszumachen, und flüsterte dann abgehackt: »Berlin wird von Monatsmitte bis Jahresende pausenlos angegriffen, fünfundvierzig Nächte hintereinander – kam eben von Radio London durch. Die sind jetzt so stark, daß sie das öffentlich ankündigen«, der mächtige Kopf hielt in der Bewegung inne und zog

414

sich dann zurück. Der stampfende Rhythmus des Hinkebeins, das Schlagen der Tür, ein kalter Luftzug, von irgendwoher das satte Brummen einer verschlafenen Kuh – dann schien der Ort an seiner Stille zu ersticken.

Und tatsächlich, in den Abendstunden des 15. November fragte Wilhelmine Garchert mit einem Unterton von Entsetzen in die Stube, wo Roman Bertini zwischen Christa Garchert und Rosel Wölpert saß: »Hat das immer so geklungen?«

Es hatte nicht immer so geklungen.

Zuerst war ein feines, weites Singen zu hören gewesen, das langsam dunkler wurde und in ein schweres Dröhnen überging, bis endlich eine ungeheure Lärmglocke über Bodendorf schwang, ein stählernes Schnauben, Schnaufen und Prusten, heulende, keuchende, brüllende Kriegsmotoren von Horizont zu Horizont, endlose Geschwader, ostwärts brausend.

Roman raffte die Bücher zusammen und rannte ins Altenteil.

Vor dem Tor stieß er auf Cesar. Die Brüder schauten sich einige Sekunden in der Dunkelheit versteinert an, dann liefen sie in Richtung Rattingen aus dem Dorf heraus, vorbei an Minna Kremers schartiger Mühle, immer weiter die schnurgerade Straße entlang, bis nichts mehr von Bodendorf zu sehen war.

Roman und Cesar verharrten eine Weile schwer atmend unter dem klirrenden, berstenden Himmel. Dann schlugen sie sich auf die Schultern, die Gesichter in wildem Triumph verzerrt, umarmten sich, fegten in Bocksprüngen über die Landstraße und schickten heisere Grüße in die zerfetzten Wolken hoch, ehe sie sich auf dem Felde wälzten und bäuchlings liegenblieben.

Obwohl sie den Luftkrieg und seine Schrecken am eigenen Leibe bis zur Neige miterlebt hatten; obwohl sie genau wußten, was Minen, Stabbrandbomben, Phosphor bedeuteten, dachte jetzt keiner von beiden an die Berliner, über denen in weniger als einer halben Stunde die todbringende Last ausgeklinkt werden würde; an die verstümmelten, verschütteten, verbrannten Männer, Frauen und Kinder, deren letzte Lebensnacht angebrochen war – mit keinem Gedanken dachten Roman und Cesar Bertini daran. Was sie hier unten in ihre wilden Tänze trieb, war der Jubel über den stählernen Arm der *Bundesgenossen*, die unangefochtene Überlegenheit ihrer *Befreier* am Himmel über Deutschland; war das Bekenntnis zur *Vergeltung* gegen *die* Deutschen – womit sie einen jeden meinten, den sie nicht kannten.

All das zusammen war es, was Cesar und Roman Bertini aus ihrer

415

Bauchlage wieder hochtrieb in den gellenden Jubel der Begrifflosigkeit gegenüber Leid, das sie für selbstverschuldet hielten. So fühlten sie keinerlei Mitleid. Ihre Bocksprünge nahmen erst ab, als die ersten Häuser in Umrissen sichtbar wurden.

Länger als zwei Stunden zogen die Bomber am verdeckten Himmel ostwärts.

In dieser Nacht erhängten sich der Klavierstimmer Eishuhn und seine Frau aus Hamburg. Als sie am frühen Morgen gefunden wurden, in einer Scheune am südlichen Rand von Bodendorf, hinter einem Vorhang aus Stroh, hingen sie dort schon einige Stunden an zwei starken Stricken, die der Bäcker seit Wochen vermißt hatte.

Tatsächlich machte Grete Erber die Drohung vom August wahr und kündigte den genauen Tag ihres Eintreffens in Bodendorf an.

Ungefügen Schriftzeichen und Sätzen nach, die in schwerer Fehde mit der deutschen Grammatik und Orthographie lagen, war zu entnehmen, daß es ihr und Tochter Dagmar prächtig gehe in Sasel, »sozusagen schon auf dem Lande«, was sie ebenso von Paul, ihrem Mann, sagen könne, der nicht nur kürzlich auf Urlaub gewesen sei, sondern, obwohl schon seit Ewigkeiten Frontkämpfer, offenbar auch gefeit gegen alle Kugeln des Feindes. Seit sie, Grete Erber, sie alle am Leben wisse, fühle sie sich wie neugeboren.

Recha Lehmberg stieß einen spitzen Schrei aus. »Wie abgeklärt das klingt, wie weise«, sagte sie, nachdem sie, von den anderen umstanden, bedächtig und ironisch Satz für Satz vorgelesen hatte. Und dann, trocken: »In Wahrheit bedeutet das – Weihnachten steht vor der Tür, und das Mensch kommt, um zu ramschen!«

Und doch kamen ihr die Tränen, als die Adoptivtochter plötzlich vor ihr stand im Altenteil, auch sie mit verräterischem Augenglitzern, gröhlend vor Rührung und Tochter Dagmar an der Hand.

»Mama! Lea!« schrie Grete Erber, wie vom Katapult geschossen in der Küche, und schwenkte ihre zeternde Mutter gewaltig durch den Raum. Mit den rudernden Gebärden von Ertrinkenden entrang sich Recha der spontanen Umklammerung und sank wie gelähmt auf einen Stuhl neben dem Herd nieder. »Und ich Närrin«, flüsterte sie, einen selbstanklägerischen Blick gegen die Decke sendend, »ich blöde Gans hatte gehofft, das Leben hätte dich geläutert, dich vernünftig, dich erwachsen gemacht«, wirkungsvolle Pause einer Enttäuschten. Dann, mit Stentorstimme: »Aber nichts da – keineswegs – Hirngespinste! Dieselbe bist du geblieben, meine Liebe, ganz und gar die *alte*«, das

416

stieß sie hervor, als hätte sie einen Ausbund an höfischen Manieren und erlesenem Auftreten erwartet.

Und tatsächlich zahlte es ihr Grete Erber auch sogleich heim.

»Dieselbe? Ganz und gar die *alte*?« sie kreischte in höchstem Vergnügen. »Ja Mama, dachtest du denn, ich blase auf der Trauerflöte, nur weil in der Welt geschossen wird? Genießt den Krieg, Leute, denn der Friede wird furchtbar!« Und als wäre ihr eine unvergeßliche Wendung, eine nie gehörte Pointe gelungen, lachte sie heftig über diese Floskel, bis sie innehielt und stolz auf Dagmar Erber wies, des eingezogenen Kutschers herrlich aufgegangenen Samen.

Wie alles, was vom *deutschen Zweig* der Sippe kam, was er anfing, anpackte, aufzog, war auch die Tochter wunderbar gediehen. Mit großen, braunen Augen voller Ehrlichkeit und Sehnsucht, zarten, wie geblümten Wangen und bereits deutlich sichtbaren Rundungen an den natürlichen Stellen des ranken Körpers, stand das Mädchen da, in der unsäglichen Lieblichkeit seiner dreizehn Jahre, errötete und suchte, Mittelpunkt der familiären Aufmerksamkeit, Rettung in Rudolph Lehmbergs ausgebreiteten Armen.

Diese Notwehr deutete Recha Lehmberg als einen Akt persönlicher Unfreundlichkeit und behauptete Grete Erber wüst ins Gesicht, sie ziehe das unschuldige Geschöpf im Haß gegen die eigene Großmutter auf.

Als hätte er seit langem auf ein Stichwort gewartet, erklärte Alf Bertini diese Bemerkung seiner Schwiegermutter triumphierend für das bisher deutlichste Symptom ihres fortgeschrittenen Verfolgungswahns; eine Herausforderung, die Recha Lehmberg sofort parierte mit dem Hinweis auf die peinliche Erkrankung von Emma und Giacomo Bertini, Herrschaften, »die kennengelernt zu haben ich leider noch die Unehre hatte«.

Die willkommene Steigerung benutzte Alf, die Mutter seiner Frau der Hurerei von Kindesbeinen an zu zeihen und ihr ein Ende vorauszusagen, das ihrem verdorbenen Leben hoffentlich ganz entsprechen würde.

Da setzte Recha Lehmberg, allen Traditionen zum Trotz, die Kette immer gröberer Bezichtigungen nicht fort, sondern sah ihren Schwiegersohn nackten Blickes an. »Was redest du da?« fragte sie, ohne Verstellung, entwaffnet, preisgegeben. »Weißt du eigentlich, was du da beschwörst?«

Im nächsten Augenblick aber fuhr sie Grete Erber schon wieder an: »Und wo gedenkst du zu bleiben? In welches Bett beliebst du deinen prallen Hintern zu senken? Hast du dir darüber bisher auch nur einen einzigen Gedanken gemacht?« Den Kopf tief zwischen den Schultern, wedelte sie mit den Händen, wie stets, wenn sie den Eindruck erwecken wollte, es handele sich um ein unlösbares Problem.

Aber Grete Erber ließ sich nicht schrecken.

»Mama – wir haben Dezember!« jauchzte sie. »Es ist Winter. Du willst doch nicht deine eigene Verwandtschaft auf der Dorfstraße erfrieren lassen?« und elefantenhaft haschte sie nach Recha, die, ehe noch Intimeres geschehen konnte, rasch das bereitstehende Quartier zugab. Denn in Wahrheit hatte sie sofort nach einer Unterkunft gefahndet und sie durch die rasche und selbstverständliche Hilfe der hochhüftigen Elisabeth im Hause der Witwe Niebert gefunden.

Vorbei an Minna Kremers weit aufgerissenen Augen, begleiteten die Bertinis den Aufbruch bis zum Hoftor, wobei Grete Erber unterwegs Cesar einen vertraulichen Stoß vor die Brust versetzte, so daß Lea ein wenig verwundert hochsah.

Vor der Amtswohnung Wilhelm Krogels machte die Hamburgerin den Postmeister von Bodendorf durch ein lärmendes »Guten Tag, Herr Professor!« glücklich, ein Verhalten, das sie im Niebertschen Haus trotz Rechas Gegenwehr beibehielt. Zeichen bester Laune, gickste Grete Erber mit steifem Zeigefinger der dunkel gekleideten Witwe in die Seiten, zupfte neckisch an den weißen Lätzchen, Rüschen und Manschetten, umschlang die häßliche, wunderbar gebaute Tochter Elisabeth wie eine alte Spielgefährtin, und erklärte das übrige Bodendorf des gepflegten Anwesens für unwürdig. Dann nahm sie strahlend von ihrem Zimmer im Parterre Besitz.

Ein Stockwerk höher lag Recha Lehmberg hingestreckt auf ihrem Bett, raufte sich die Haare, prophezeite dem Besuch einen vorzeitigen Abbruch und machte den stummen, still abwehrenden Schlosser schon heute für alles kommende Unheil verantwortlich. Dann schaffte sie einen Krug frischer Milch hinunter.

Nach achtzehnstündigem Schlaf reckte sich Grete Erber und kündigte lauthals an, »die einheimischen Freunde meiner Familie persönlich in Augenschein zu nehmen«. Ihre Tochter an der Hand, stieg sie unter dem überraschten Beifall des Sattlermeisters mit hochgeschobenem Rock durch das Schlafzimmerfenster des Altenteils auf seinen Hof, bot der unverwandt lächelnden Frau Anna das überfällige Du an, besichtigte mit komisch zugehaltener Nase den Schweinestall und betastete so lange anerkennend die von der Zeit schwarz gebeizte Lederschürze des gewaltigen Hinkebeins, bis Paul Stephien sie prustend zurückschlug und der Besucherin ohne Umschweife den vollen Hosenschlitz entgegenstieß. Den mächtigen Kopf vorgeschoben, fielen ihm dabei fast die Augen aus den Höhlen, und er ließ keinen Blick von der vorn und hinten überreichlich gewölbten Frau, wobei er wie in ungestillter Mannesqual blökend aufstöhnte.

Lea Bertinis Schwester beschränkte ihre Ausflüge keineswegs auf die nähere Umgebung des Altenteils. Sie suchte und fand auch den Hof der Garcherts, begrüßte die verdutzte, aber gutmütig reagierende Bäuerin mit kräftigem Schulterschlag, ahmte deren enorme Leibesfülle mit beiden Händen ausladend nach und stutzte kaum merklich beim Anblick des braun uniformierten SA-Mannes an der Wand. Dann stellte sie Christa Garchert mit der gleichaltrigen Dagmar Erber Hinterkopf an Hinterkopf, konstatierte befriedigt drei Zentimeter Größenunterschied zugunsten ihrer Tochter, und fragte Wilhelm Garchert bei dessen Eintritt mit rauher Anteilnahme, warum er denn weine – ob ihm ein Rindvieh gestorben oder eine Magd weggelaufen sei? Der dürre Bauer lächelte verlegen und amüsiert zugleich, trat von einem Bein auf das andere und beteuerte, ihm stehe »das Wasser immer in den Augen«.

Ihr Irrtum warf Grete Erber vollends um. Unter dem Bilde Friedrich Garcherts ging sie überwältigt in die Knie, verlor den Halt und riß Christa Garchert, die ihr hilfreich zur Seite springen wollte, ebenfalls zu Boden, wo sie speichelreich kreischte. Der Bauer und die Bäuerin aber hielten sich die Leisten und beteuerten unter großer Anstrengung, seit langem keinen lustigeren Tag erlebt zu haben.

Nachdem sie auch dieses Vorgefecht siegreich bestanden hatte, lenkte Grete Erber ihre Schritte über den Dorfplatz in Richtung Obenwalde, vorbei an den Gefallenenkreuzen aus zwei Weltkriegen, der riesigen Kastanie und der verwitterten Kirche. Am Rande der Ortschaft, wo der Weg zum Bahnhof abzweigte, schwenkte sie nach links vor das schmucklos-graue Haus Elfriede Wölperts, wies sich als Lea Bertinis Schwester aus und gab der überrumpelten Frau sogleich ein Rätsel auf: nämlich, wie man das verwandtschaftliche Verhältnis zwischen ihr, Grete Erber, und Emma Bertini, der Mutter ihres Schwagers, wohl namentlich bezeichnen könne. Dann tätschelte sie, ohne Antwort erwartet zu haben, Rosel Wölpert im Nacken mit der Bemerkung: »Mund zu, sonst erkältet sich dein Herz!« – äußerte übertriebene Bewunderung für das triste Dutzendanwesen des eingezogenen Maurers und verabschiedete sich mit der durchaus ernst gemeinten Versicherung, vor ihrer Abreise hier noch einmal aufzukreuzen.

Höhepunkt ihres Aufenthaltes aber wurde die Begegnung mit Theodor Wandt. Zunächst verfolgte sie seine Bodendorfer Route mit schweigendem, wenngleich grinsendem Respekt. Dieses Grinsen wurde von Ausrufung zu Ausrufung breiter, wobei Grete Erber anfangs den Gemeindediener mit seinen eckigen Bewegungen und der o-beinigen Gangart geschickt nachahmte, bis sie sich schließlich neben ihm aufstellte, ihm die Glocke entwand und sie, sobald er stehenblieb, unflätig zu schwingen begann – was Theodor Wandt sich übrigens widerstandslos gefallen ließ.

Inzwischen war eine Schar von Erwachsenen und Kindern zusammengekommen, die Zeugen wurden, wie Grete Erber auf dem Dorfplatz souverän ihr angemaßtes Amt versah. Endlich gab sie dem Gemeindediener mit einem freundschaftlichen Stoß in die Rippen die Glocke zurück, versprach ihm, den Bertinis und den Lehmbergs von dem ungeheuren Spaß zu berichten, den sie beide miteinander hatten, und holte brüllend vor Lachen ihre Tochter aus dem kichernden, verstörten Haufen der dörflichen Zuschauer heraus.

So fegte Grete Erber durch den Ort, stand sich schon in wenigen Tagen prächtig mit dem dicken Bäcker; hatte Pastor Schnigg auf der Straße voreilig ihre Aufwartung beim nächsten Gottesdienst zugesagt und sich außerdem angewöhnt, mit der vor Aufregung nach Luft schnappenden Minna Kremer Arm in Arm über das holprige Pflaster des Altenteils zu stolpern – ein Wesen, das Bodendorf erfüllte mit dem Lärm seiner ungeheuren Stimme, der Lebenslust einer ungebrochenen Persönlichkeit und der absoluten Begrifflosigkeit gegenüber dem Schicksal ihrer nächsten Verwandten.

In diese Szenerie platzte Emma Bertinis zweite Ankunft in Bodendorf.

Wilhelm Garchert spannte eines seiner Pferde vor ein kaleschenähnliches Vehikel von verblichener Eleganz und fuhr, die himmelfahrtsnasige Tochter und Alf neben sich auf dem Bock, zum Bahnhof.

Bei solchem Empfang brach Emma Bertini in Tränen aus, schnüffelte, schluchzte und sank auf dem Dorfplatz aus der Kalesche in die weitgeöffneten Arme Wilhelmine Garcherts, die den Besuch geraume Zeit in aller Öffentlichkeit an ihre enorme Brust drückte.

An diesem Tag kamen die Garcherts zu nichts.

Sie versammelten sich um Emma Bertini, flößten ihr starken Kaffee ein, stopften sie mit selbstgebackenem Kuchen und tischten schließlich, ohne Emmas entsetzter Abwehr zu achten, eine Stunde früher als gewöhnlich das Abendbrot auf. Später halfen Bäuerin und Tochter ihr beim Entkleiden, wickelten sie in warme Decken und riefen Wilhelm Garchert hinzu.

Blinzelnd umstanden sie das Bett.

Emma lag still da, schnüffelte schwach, wischte sich die durchgedrückte Nase und flüsterte: »Ihr guten Leute, ach, ihr guten Leute...«

Die Garcherts belegten Emma vollständig mit Beschlag, kaum, daß sie zu einem Besuch im Altenteil freikam. Sie hatte den ganzen Tag nichts weiter zu tun, als auf dem Stuhl zu sitzen, wo sie, ob in der Küche, ob im Zimmer, kurzsichtig mit den Augen plinkerte und jeden, der in Greifweite rückte, streicheln wollte. Meist standen die drei um sie herum, unfähig, ihre gestauten Sympathien zu verbergen – Christa Garchert fohlenbeinig, quirlig, auf den Fußsohlen wippend; der Bauer in ständiger Bereitschaft, Emma eine Gefälligkeit zu erweisen, das ganze Bild aber beschienen und gesegnet von Wilhelmine Garcherts breitem, schmatzendem Lächeln.

Aber sie wollten auch ihren Lohn. Und tatsächlich, Emma ließ sich nicht lange lumpen und begann, »aus großer Zeit« zu berichten. Wieder also war die verwahrloste Bauernstube in dem altmärkischen Nest voll von der hellen Sonne Siziliens; von Giacomo Bertinis großen Gesten zwischen Piccadilly Circus und dem Herrscher aller Reußen zu Petersburg; seinen hektischen Auftritten in den Metropolen Europas nördlich der Alpen; den frenetischen Ovationen eines Publikums, das ihn vor Liebe am liebsten verschlungen hätte, wenn es seiner habhaft geworden wäre; und natürlich von Giacomos alles durchsetzender Güte zu ihr, Emma Bertini, seinem angetrauten Eheweib, das bis zum viel zu frühen Tode des Maestro erschauerte vor so viel Glück und Größe.

Zu äußerster Hingerissenheit übrigens steigerte sich das Staunen ihrer ländlichen Zuhörer, wenn Alf auf den Hof kam und mit seiner Mutter italienisch sprach, gerade als hätten beide über Nacht die deutsche Sprache verlernt. Und wenn Roman unterrichtete, raunte Emma den kichernden Mädchen zu, von welcher Belesenheit und erzieherischen Fähigkeit ihr Enkel doch sei, Sproß ihres Sohnes Alf.

Eines Nachmittags stand Elfriede Wölpert plötzlich wie aus dem Boden gewachsen im Zimmer, den Blick prüfend und ungläubig auf Roman Bertini gerichtet.

»Wer ist da?« fragte Emma mit dünner, hoher Stimme, die Augen schmal zusammengekniffen.

Rosel Wölpert, den kleinen Mund töricht geöffnet, blickte ihre Mutter fragend an. Die aber sagte nichts, sondern setzte sich neben die überraschte Wilhelmine Garchert und schaute dem Unterricht verschlossen zu.

Roman Bertini war hellwach, schrill alarmiert mit hart klopfendem Herzen, ohne daß sich seine Stimme verändert hätte.

Bei der Rückkehr ins Altenteil, zwischen Amboß und Mühlstein, stellte Minna Kremer ihn mit aufgerissenen Augen und gebleckten Zähnen, berstend vor Gier, ihr Wissen an den Mann zu bringen: »Er erzählt überall, daß du den Mädchen während des Unterrichts... daß du ihnen«, sie stockte, als müßte sie einen Anlauf nehmen, »...unter die Röcke greifst.«

»Wer?« fragte Roman mechanisch, abwesend, obwohl er die Antwort wußte.

»Wer?« wiederholte Minna Kremer ironisch, »na wer schon!«

Dann leiser, vertraulich: »Sag doch – tust du das? Ich erzähl's auch niemandem weiter.«

In der Dunkelheit klopfte Paul Stephien ans Fenster und steckte seinen plumpen Kopf hinein. »Vorsicht, Nachbarn. Theodor Wandt hat sich seine eigene Bescherung für euch ausgedacht. Er geht im Dorf herum und verkündet, daß deutsche Eltern, die ihre Kinder von Juden unterrichten lassen, in ein KZ gehören, den Juden aber der Schwanz abgehackt werden muß, und zwar ohne Narkose – wörtlich«, der Sattlermeister zog den Kopf zurück. »Bleibt also ein bißchen in euren vier Wänden.«

In die Stille darauf fragte Lea: »Muß der Unterricht denn sein? Geh nicht mehr zu den Mädchen.«

Roman setzte sich auf. »Und das Paket, Mutter?« ächzte er. »Was sollen wir machen ohne das wöchentliche Paket der Garcherts? Mit den Lebensmittelmarken kommst du doch kaum zehn Tage des Monats aus.«

»Arbeiten!« Alfs Stimme schlug wie ein Hammer dazwischen, »wir müssen arbeiten – in Obenwalde.«

Lea zog die Decke über den Kopf, als hätte ihr Mann sie körperlich verwundet.

»Wünsche allerseits eine gute Nacht«, Ludwig Bertini richtete sich halb auf und verbeugte sich steif nach rechts und links, »Mutter, Papa, ihr lieben Brüder – ruhet sanft«, er horchte mit dem Ohr näher zum Fenster und fügte hinzu: »... wenn die Bomber es gestatten.«

Am nächsten Tag sah Grete Erber verständnislos in die bedrückte Runde. »Theodor Wandt? Ihr nehmt den Kerl doch nicht wirklich ernst? Der kommt bei mir in den Schwitzkasten, wenn ich ihn erwische – ha, ha«, sie sprang auf, rang mit einem unsichtbaren Gegner und schrie vor Lachen über den großartigen Zweikampf. »Ein Wort von euch – und der liegt unter mir.«

Nachmittags ging Roman zu den Garcherts.

Der Bauer und die Bäuerin standen in der Küche, vor der Tür in die Vorderstube – Wilhelmine Garchert, breit, das ungeheure Gewölbe ihres Leibes zwischen den Pfosten; der Bauer, die feuchten Augen unsicher auf Roman gerichtet; neben ihnen, ebenso wie auf den Mund geschlagen, die Schwester Hanna Hattenroths, Rosel Wölperts Mutter.

»Enkel«, rief Emma, die offenbar von all dem nichts begriffen hatte, »komm herein, was stehst du da? Beleidige mir nur die guten Leute nicht«, und sie wandte sich wie entschuldigend um.

Aus dem Stall drang der scharfe, warme Geruch von Vieh und Pferdemist.

Eine Zeitlang rührte sich niemand. Dann lösten sich langsam die Hände der Eltern von denen der beiden Schulmädchen, über deren kleine, junge Gesichter ein Schimmer der Freude glitt, und artig hochgereckt, sehr aufmerksam, setzten sie sich auf ihre Stühle links und rechts von Roman Bertini.

»Wie feierlich heute«, Emma schwankte andächtig in die Richtung, wo sie ihre Gastgeber vermutete, »o wie feierlich nur!«

7
Was in Bodendorf
mit dem Weihnachtsbaum geschah

Mitte Dezember endlich brach Ludwig Bertinis weihnachtliche Unrast aus – er trug seinem Vater auf, einen Baum zu erwerben. Sodann schätzte er unter Leas fördernden Blicken das Wohnzimmer ab, bestimmte als Standort die Ecke gegenüber der Tür zur Küche und hieb das untere Ende des von Alf angeschleppten Stammes mit einigen geschickten Beilhieben für einen primitiven Tannenbaumständer zurecht. Danach trat er zwei Schritte zurück, strich sich sorgfältig über das blonde, aus der Art geschlagene Haar, winkte Recha Lehmbergs Behauptung, der Baum neige sich nach links, überlegen nieder und erklärte die diesjährige Vorweihnachtszeit für eröffnet. Er legte den Arm um die Schultern seiner sprachlosen Mutter, die er gestern noch eines losen Knopfes an seinem Hemde wegen unterdrückt und gegen die Ohren der anderen abgeschirmt »elende Schlampe« betitelt hatte, und sagte nun wehleidig und scheinbar resigniert: »Aber der Schmuck, es fehlt der Schmuck...«

Leas Gesicht leuchtete auf, sie hob die Arme, als wolle sie aus ihren geöffneten Händen sogleich das Gewünschte schütten, und verschwand mit geheimnisvoller Miene. Nach kaum zehn Minuten kehrte sie zurück – beifallheischend, außer Atem und hoch beladen.

Ludwig Bertini griff wortlos nach den Kästen, jonglierte mit ihrem zerbrechlichen Inhalt lange vor dem kahlen Baum und überzog seine Zweige dann mit einer Symphonie von roten, grünen und weißen Kugeln. Selbstvergessen beschäftigt, ganz versunken in das alljährliche Ritual, stellte er als einzigen Beweis, daß er sich nicht allein auf einer einsamen Insel wähnte, kaum gehauchte, gleichsam verwehende Fragen, wie: »Gut so?« oder »Wie macht es sich hier?« oder »Ist es an dieser Stelle gelungener?«

Lea Bertini, überglücklich, weil sie gemeint war, verließ das Zimmer nicht mehr, von glühender Bereitschaft, ihrem Jüngsten zu antworten, ihn zu bestätigen, zu loben. Auch achtete sie darauf, daß Ludwig durch kein lautes Wort gestört oder gereizt wurde, dafür selbst ein wisperndes, schrecklich beflissenes Vorbild.

Zuguterletzt erhielt Minna Kremer, von der Lea sich den Schmuck geliehen hatte, die Erlaubnis, einzutreten, wurde aber schon an der Tür von der besorgten Mutter wie festgenagelt zurückgehalten.

Da stand die Bäuerin in ihrer schweren Stalltracht, die Augen kreisrund und die Hände vor dem sprachlos geöffneten Mund. Schließlich rief sie: »Nee nur, so was Schönes! So was Schönes habe ich selten gesehen...«

Spät abends klopfte es bei den Lehmbergs. Der Schlosser fuhr von seiner endlosen Hausratsliste hoch und strich sich mit schneller Bewegung über das weiße Haar, während Recha ihn hysterisch fragte, ob seine Kleider in Ordnung seien – was er nickend bejahte.

In der Tür erschien Witwe Niebert, musterte ihre Einquartierung seltsam und fragte dann mit neugieriger Fassungslosigkeit: »Wieso feiern Sie denn ein christliches Fest?«

Unterdessen schilderte Emma Bertini bei den Garcherts *Weihnachten in Hamburg*, sprach von den Kugeln aus dickem Glas, den Ziervögeln, dem Lametta, dem Silberhaar und der zerfransten Krone auf der Tannenbaumspitze. Beschrieb die Zeit, wie sie mit Giacomo Bertini in die Lindenallee gekommen war, der unterwegs von der Hoheluft bis Barmbek stets sorgsam einen Arm um ihre Schulter gelegt habe; wie sie nach dem Tode ihres geliebten Mannes den Zwergpapagei mitschleppte, der leider wegen bösartigen Krakeelens meist in die Besenkammer eingesperrt werden mußte, und tastete sich auf diese Weise an den Kern des Monologs heran, an das Glanzstück und traditionelle Zentrum des Festes, Objekt selbstquälerischer, speichelfördernder Gespräche das ganze Jahr über, behütet im Gedächtnis der Sippe und zur Bestimmungszeit mit kannibalischem Appetit verzehrt – den mächtigen, krossen, im eigenen Saft brutzelnden Schweinebraten!

Selig lächelnd, gar keine üble Schauspielerin, erinnerte sich Emma Bertini vor den Garcherts an dessen unvergeßlichen Duft, sein liebliches Fett, an die in kleine Würfel zerschnittene Kruste. Dann gab sie die Ausmaße des Weihnachtsbratens aus der Lindenallee bekannt, ihren Gebärden nach der Schinken eines wahrhaft gigantischen Tieres, übertrieb mit fünfundzwanzig Pfund das durchschnittliche Gewicht beträchtlich, segnete ihre gespannt zuhörenden Gastgeber und schlief augenblicks ein.

Über Nacht war es weiß geworden, und so dämpfte der Schnee Leas Ausruf, als sie am nächsten Morgen das Altenteil verlassen wollte – vor der Küchentür lag ein schweres Paket: »Mit den besten Wünschen von Wilhelm, Wilhelmine und Christa Garchert.«

Was die Bertinis, und wenig später auch die weißgepuderten Lehmbergs und Erbers, an Zartheit, Tönung und Umfang erblickten, degradierte den kulinarischen Mittelpunkt hamburgischer Weihnachten zu einem bloßen Vorspiel des Bodendorfer Höhepunktes.

Durch das überraschende Geschenk in ihrer gewohnten Streitsucht erheblich beeinträchtigt, kamen Alf Bertini und Recha Lehmberg nach gründlichem Wiegen mit beiden Händen zu der ersten gemeinsamen Übereinkunft ihrer bisher ein Vierteljahrhundert dauernden Bekanntschaft – nämlich, daß der Braten gut und gern seine zwanzig Pfund wiege!

Danach verfiel Alf in tiefe, murmelnde Gebete, durchmaß die Küche mit kleinen, trippelnden Schritten, und dankte Gott hörbar für die großzügige Quittung seiner *harmonischen Gedanken*. Dann, gegen die anderen gewandt, wie erwachend, sagte er in feierlich-komischer Einfalt: »Wenn ich nicht wäre – also, wenn ich nicht unter euch wäre...«

Und so wurde das Unglaubliche wahr.

Am 24. Dezember 1943, im elften Jahr der Verfolgung und im fünften des Zweiten Weltkrieges, saß die Sippe bis auf den Kutscher Paul Erber vollzählig im Altenteil von Bodendorf unter niedriger Zimmerdecke an einem viel zu kleinen Tisch, zehn Personen an der Zahl, und verspeiste einen safttriefenden, unerhört rasch schrumpfenden Schweinebraten im Lichte etwas mühsam brennender Weihnachtskerzen.

Natürlich saßen Emma Bertini und Rudolph Lehmberg auf dem Sofa nebeneinander, wie in der Lindenallee.

»Die Witwe Niebert«, der Schlosser zerteilte bedächtig eine Kartoffel mit seiner Gabel und drehte sich artig Emma zu, »die Witwe Niebert ist eine piksaubere Frau – Manschetten, Aufschläge, Kragen sind immer blütenrein. Und von ihren Fußböden könnte man glattweg essen«, er seufzte anerkennend, warf einen raschen Blick auf Recha und lächelte Alfs Mutter milde an.

»Denk nur«, kicherte Emma und beugte sich wohlwollend nach rechts, »ganz wie bei meinen Leuten, den Garcherts, die ebenfalls alles auf dem letzten Stand halten.«

Dieser Gegensatz zur Wirklichkeit löste unter den Enkeln einige unruhige Sekunden aus. Der großmütterlichen Kurzsichtigkeit gewiß, schnitten sie allerlei Grimassen, blickten durch die gespreizten Finger und bestätigten Emma Bertini glucksend den von ihr geschilderten Zustand.

Recha Lehmberg saß unlustig und widerborstig dazwischen; horchte grimmig auf den Dialog ihres Mannes mit Emma Bertini; stichelte erfolglos: »Und weshalb erzählst du nichts von *Elisabeth* Niebert, dem Goldpopo? der Knacknuß? dem Vollweib?« und kehrte sich dann verächtlich ihrer Adoptivtochter zu.

Doch die bemerkte nichts von alledem. Völlig beschäftigt mit den gehäuften Speisen auf ihrem Teller, sporntе Grete Erber die Runde mit groben Redensarten zu epikuräischen Ausschweifungen an, wie diesen: »Freßt das letzte Fitzelchen auf, laßt den Darm zerspringen, kackt und kotzt euch aus, damit der Nachschub hineinpaßt!« Und zu Cesar Bertini, der neben ihr saß und Gabel und Messer in der Anstrengung des Kauens und Schlingens wie Waffen umklammerte: »Wie bescheiden du wieder bist, ganz gegen deine sonstige Art«, sie kniff ihm kräftig in den Oberschenkel, ehe sie Dagmar Erber einen fettigen Kuß auf die Samtwange drückte.

Lea saß an der Stirnseite des Tisches, aber stets nur für kurze Zeit; denn immer wieder sprang sie auf, erpicht, die Tür rasch wieder zu schließen, trug leere Schüsseln in die Küche, kehrte mit vollen zurück, füllte auf, verteilte, schwelgte in dem gewohnten, geliebten und fürchterlichen Amt der Großen Mutter.

Paul und Anna Stephien hatten es ihr heute leicht gemacht.

Sie waren gegen Mittag im Altenteil erschienen und hatten Kartoffeln gebracht, Berge von Gemüse, Schmalzkrüge, Würste, Rübensaft und Gurken, die Furage für eine halbe Kompanie. Und so stand Lea Bertini denn wie eh und je vor dem Herd, kochte, briet, rührte, von der Glut purpurn bestrahlt, wenn sie einen Topf rückte oder Feuerung nachwarf.

»Iß doch auch etwas«, mahnte Roman jetzt leise.

»Ich esse doch«, Lea spießte schnell einen Fetzen Braten auf, »sieh nur, hier«, aber sie hatte noch nicht hinuntergeschluckt, da war sie schon wieder verschwunden.

»Warum hilft ihr keiner?« fragte Recha Lehmberg streng, jedoch froh, endlich loslegen zu können. »Wird sich das denn niemals ändern? Wie könnt ihr euch diese Plackerei bloß anschauen, kräftige Mannsbilder im besten Alter«, sie streifte Alf und die Söhne mit zornigem Blick.

»Mama!« rief Lea aufgebracht durch die geschlossene Tür. »Was soll das denn? Ich habe es lieber, wenn alle sitzen.«

»Ja, alle«, stieß Recha nach, »alle – außer dir.«

»Guter Gott«, murmelte Cesar und rückte an seiner Brille, »selbst heute geht es also nicht ohne Zank ab.«

»Vorwärts«, schrie Grete Erber und griff nach Lea, die gerade hereinkam, »wie wäre es denn mit einem handfesten Bertinischen Hausstreit unterm Tannenbaum? Ich habe das so lange entbehrt, ihr könnt euch gar nicht vorstellen, wie sehr mir das gefehlt hat. Schließlich kenne ich ja seit meiner Kindheit nichts anderes«, und außer sich vor Fröhlichkeit, stieß sie sich mit starken Beinen vom Boden ab, drohte umzukippen, fand gerade noch ins Gleichgewicht zurück und schnappte lachend nach Luft.

In der Stille darauf hörten alle die Schritte in der Küche.

Lea Bertinis Hand auf der Tischplatte spreizte und schloß sich. Cesar nahm seine Brille ab, hauchte ihre Gläser an und setzte sie wieder auf, wobei er zweimal die Ohren verfehlte. Roman Bertini faßte in die rechte Hosentasche und entsicherte die Pistole mit dem Daumen. Seit er die Waffe an jenem Abend aus dem geheizten Ofen hervorgeholt hatte, trug er sie dort – er hatte sich vollständig daran gewöhnt.

Jetzt trat er hinter seine Mutter.

Die Klinke senkte sich, und durch den Türspalt schaute das erstaunte, demütige Gesicht Pastor Schniggs, die Augen groß auf den geschmückten Weihnachtsbaum gerichtet. Vorgebeugt stand er wie aus Stein gehauen da. Es war, als würde ihn das Bild der Angst, die sich nur langsam löste, lähmen. Dann sagte er, mühsam, mit einem unsicheren Unterton in der Stimme:

»Fröhliche Weihnachten«, und noch einmal »Fröhliche Weihnachten, Friede auf Erden und den Menschen ein Wohlgefallen.«

Beim letzten Wort war die Tür fast schon wieder geschlossen.

Roman sprang auf, folgte dem Pfarrer hinaus in den Schnee, aber der Geistliche war nicht mehr zu sehen. Nur die knirschenden Schritte hallten eine Weile von der Dorfstraße herüber.

Als er ins Haus zurückkehren wollte, sträubten sich ihm plötzlich die Haare – er verhoffte wie ein Tier, das Gefahr wittert. Irgend jemand war in der Nähe, versteckte sich, wartete hier.

Wie ein Schatten stand Roman Bertini unter dem Dach neben der großen Walze, an die Stallwand gelehnt. Es war kalt. Schnee lag auf Amboß und Mühlstein. Da griff eine Hand nach ihm, die er kannte. Die Tochter des Gemeindedieners bebte am ganzen Körper, fuhr ihm mit den Fingerspitzen übers Gesicht und lehnte sich zitternd an ihn. Dann begann Charlotte Wandt zu weinen, ein Schluchzen, das sie zu dämpfen suchte, indem sie den Kopf an Romans Schulter verbarg. Aber es nützte nichts. Sie trommelte ihm wie von Sinnen gegen die Brust, flüsterte etwas, das er nicht verstehen konnte, brachte ihre Wange an die seine und huschte fort.

In diesem Moment ging die Tür des Hauses auf. Jemand durchquerte ohne Geräusch den Hof, blieb stehen, lauschte, lief dann durch den Schnee zum Tor und verschwand dahinter – Cesar Bertini.

Roman blieb neben der großen Walze stehen. Unter dem Dach zwischen Scheune und Ställen horchte er in die Nacht, versuchte die Dunkelheit zu durchdringen, herauszubekommen, ob noch jemand da war und lauerte. Es raschelte und flüsterte, es bewegte sich und pfiff, aber er konnte nichts erkennen.

Schließlich ging Roman langsam ins Haus zurück.

Inzwischen hatte Cesar Bertini einen Umweg über den Tümpel gemacht und im großen Bogen den Rand des Dorfes erreicht, wo Minna Kremers verrottete Mühle an der Straße nach Rattingen ihre zerfledderten Konturen in den Himmel reckte.

Cesar verschwand unter den starken Pfählen, die das Gebäude trugen, und bald klang von dort das Klagen einer Frau – einmal fein und singend, wie auf Härchen gezirpt, dann verloren in Höhen, die das menschliche Ohr kaum noch wahrzunehmen vermag; endlich in stoßhaftem Stöhnen, das keinen anderen Schluß zuließ, als daß hier ein Mensch entweder höchsten Schmerz oder höchste Lust erlitt.

Die da auf dem schneefreien Boden unter der Mühle klagte, war Elisabeth, die Tochter der Witwe Niebert. Ihre weißen, langen Beine klafften weit auseinander, ihre Hände rissen und zerrten in ihrem Haar, und während ihr herrlicher Körper sich rasend bewegte, blühte auf ihrem häßlichen Antlitz die Blume der Dankbarkeit und der Erlösung.

Cesar Bertini aber, bis zu den Schultern konvulsisch geschüttelt, witterte mit spähendem, gleichsam vom Rumpf abgetrennten Kopf nach dem Dorf hinüber, das nahe und doch so fern da lag im Dunst des späten Heiligabend.

Am zweiten Weihnachtstag, in einer Atmosphäre schläfriger Verdauung und ungewöhnlicher Friedfertigkeit bei vollzählig versammelter Sippe, begannen die Söhne plötzlich zu *jüdeln*, erst Ludwig, dem Roman und Cesar unverzüglich folgten.

In dem kleinen Zimmer knickten sie in die Knie, eng hintereinander, die Oberlippe aufgeblasen, um die Nase stärker zu krümmen, die Arme weit von sich gestreckt und die offenen Handflächen nach oben gekehrt, nachdem sie sich vorher ihr Taschentuch auf das Haar gelegt hatten. So watschelten, stolperten, flüchteten sie durch den knappen Raum des Zimmers, ehe das Trio sich wieder in seine Einzelpersonen auflöste.

Cesar – ein plumper Schatten, der Golem, an nächtliche Häuserwände gedrückt, die Arme halbkreisförmig wie riesige Fühler ausgebreitet, mit angehaltenem Atem jeder Begegnung entgegenscheuend; dann Ahasver, über Dächer schreitend, materielos, umherirrend, scheinbar schwerelos, sehr erpicht, das Taschentuch auf dem Kopfe zu bewahren.

Roman – mit kurzen Bewegungen von der Hüfte ab vor und zurück schnellend, ein Zaddik, ein Wunderrabbiner, an der Klagemauer zu Jerusalem, die Augen geschlossen, die Lippen gespitzt vorgeschoben zum Kusse auf den Tempelstein, ein hingerissen Betender, auch er immer wieder mit der Rechten aufs Haar greifend, um das Taschentuch oben zu behalten.

Ludwig – auf der Erde hockend, die Nase stark gebogen, Geld einsammelnd, zählend, hortend, ein harter, furchtsamer Wucherer, mit seinen Schuldnern stumm disputierend, ehe er entdeckte, Falschmünzern aufgesessen zu sein, die er knickbeinig und erfolglos zu stellen suchte.

Dann die abermalige Vereinigung der Brüder zu einer Gruppe grotesk greinender, mauschelnder, säbelbeiniger Krüppeljuden, die hintereinander und nahe dem Fußboden wie in einstudierter Akrobatik durchs Zimmer watschelten.

Gewöhnlich war dies das Schlußritual, aber nicht so heute; denn nun geschah etwas Merkwürdiges, völlig Unvorhergesehenes – Ludwig Bertini begann nämlich, den geschmückten Tannenbaum zu demontieren! Erst blies er ein Licht aus, dann ein zweites, nahm, gefolgt von seinen Brüdern, Kerzenhalter um Kerzenhalter, Kugel um Kugel vom Baum, wobei alle drei, ohne auch nur eine Sekunde aus der antisemitischen Karikatur zu fallen, Stück für Stück in die Kästen und Schachteln zurücklegten, denen sie entnommen worden waren, bis der schmucklose Baum in geradezu geschundener Nacktheit da stand. Drei jüdische Zwerge, sehr bodennah, packten die Söhne ihn schließlich an der Spitze, in der Mitte und am Fuß, und transportierten das geplünderte Symbol im Gleichschritt durch die Küche in den Garten, wo sie die

Tanne in den Schnee fallen ließen. Dabei blieb die Tür zum Zimmer offen, ohne daß Alfs gefürchteter Schrei ertönte.

Wieder hatte sich etwas Epochales in der Geschichte der Bertinis ereignet, und alle spürten das.

Ausgenommen Grete Erber, die verblüfft dasaß und nun, irritiert den Arm um die Tochter gelegt, ohne ihre sonstige Unbefangenheit fragte: »Was sollte denn das? Seid ihr verrückt geworden?«

Als ihr niemand antwortete, warf sie sich kreischend auf die entsetzte Recha, offenbar immer noch des Glaubens, daß soeben zu ihrem Ergötzen eine Gaudi aufgeführt worden sei, deren Spuren umgehend wieder beseitigt werden würden.

Als das nicht geschah, schwieg sie, wahrscheinlich zum erstenmal in ihrem Leben, lange.

Gleich nach den Feiertagen ließ Grete Erber die Katze aus dem Sack und ging ans *Kassieren,* wie sie es nannte. Mit Körben, Taschen und Netzen behängt, trat sie aus dem Hause der Molkereibesitzerin Niebert und verschwand in Richtung des Dorfplatzes, um dreimal am Tage schwer beladen zurückzukehren.

Als Recha Lehmberg erkannte, was da vor sich ging, duckte sie sich und schrie: »Mich narrt ein Spuk, ich träume, es ist nicht wahr!« Fassungslos blickte sie auf die Würste, Speckseiten, Mehlbeutel und Einweckgläser, die Grete Erber in ihrem Parterrezimmer stapelte und stapelte.

»Bettelsuse, schamlose Person, die unseren ehrlichen Namen im Dorfe besudelt!« Hilfeheischend wandte Recha sich an den Schlosser, der unglücklich kleine Gesten der Begütigung versuchte, aber noch in der Bewegung kehrte sie sich schon verächtlich ab und fragte ihre Adoptivtochter klar und maßlos erstaunt: »Du weißt also immer noch nicht, was die Stunde für uns geschlagen hat? Was weißt du überhaupt von uns? Hast du jemals begriffen, was das Jahr neunzehnhundertdreiunddreißig für uns bedeutet?« Sie ließ die erhobenen Hände sinken, verstummte, erlosch.

Einen Augenblick schien es, als würde Grete Erber vor Lachen platzen. »Also Mama! Leberwurst ist Leberwurst, und wer sie kriegen kann, der sollte in sie hineinbeißen. Was ist daran schlecht?« Sie stemmte die Fäuste in die Hüften und schwenkte ihren Oberkörper wohlgelaunt im Halbkreis. Dann zog ein Grinsen über ihr derbes Gesicht, und sie begann, Rechas Tonfall und Gebärden nachzuahmen: »...was die Stunde geschlagen hat...hast du je begriffen...was weißt

431

du überhaupt?« Sie eilte auf ihre Mutter zu, umarmte die Widerstrebende stürmisch und schrie: »Was gibt es denn da zu begreifen? Habt ihr es hier nicht herrlich getroffen? Kein Alarm, keine Trümmer! Roman, Cesar und Alf nicht eingezogen, und alle zusammen seid ihr unversehrt – herrjeh! Was wollt ihr denn noch mehr?« und fröhlich ging sie daran, die nahrhaften Schätze zu ordnen, zu sortieren, zu verpacken.

Recha Lehmberg tastete sich zur Tür, als wäre sie ihrer Sinne nicht mehr mächtig.

Im Altenteil flüsterte sie Lea mit dünnen Lippen zu: »Zu raffen, zu räubern, zu ramschen – dazu ist das Mensch gekommen, und zu nichts sonst! Nicht, damit wir mal wieder alle beieinander sind; nicht, um uns nach so langer Trennung endlich wiederzusehen«, herrisch winkte sie Rudolph Lehmberg ab, obwohl der keinen Finger gerührt oder auch nur eine Silbe entgegnet hätte. »Hamstern, betteln, unter Ausnutzung verwandtschaftlicher Beziehungen – das ist überhaupt das einzige, was Grete Erber wirklich kann.« Aber dann, die Finger gelöbnishaft erhoben, unwiderruflich: »Doch diesmal soll sie sich verrechnet haben, diesmal geht nichts mehr, diesmal zahlt sie ihre Zeche selbst, so wahr ich Recha Lehmberg heiße. Und wenn du«, drohend machte sie Front gegen den stummen Schlosser, »wenn du mir dabei in die Quere kommst; mir die Zimmermiete für sie abschwatzen, mich betören und hypnotisieren willst; wenn du auch diesmal für sie lispeln, säuseln, winseln solltest – dann gnade dir Gott!«

Zwei Tage später, am Abend vor Sylvester, weinte sie zitternd vor Kälte auf dem Bahnhof Bodendorf, küßte ihr Enkelkind Dagmar auf die braunen Augen und wimmerte in Grete Erbers Armen. »Beladen bist du, unmenschlich! Wie willst du mit all dem Zeug bloß nach Hamburg kommen? Die Hälfte wird dir unterwegs doch einfach weggestohlen. Hoffentlich sitzt ihr nicht allzu lange auf der Bahn . . .«

Unter hartem Läuten ging die Schranke nieder.

»Werden wir uns je wiedersehen?« Recha weinte hemmungslos. »Und was wird aus uns hier werden? O mein Gott, was erwartet uns noch!«

Als die Bremsen des Zuges quietschten, verwandelte sie sich urplötzlich, schrie: »Hast du deine Zimmermiete bezahlt?« drückte, staute, schob Grete Erbers *Bettelgut* mit ins Abteil, gab sich selbst die Antwort: »Natürlich nicht, keinen Groschen, keinen Pfennig hast du locker gemacht. Vergessen hast du es? Ach, vergessen! Schamlose, freche Person, undankbares, furchtbares Geschöpf«, und sie winkte dem Zuge in Richtung Obenwalde auf dem offenen, verlorenen Bahnsteig von Bodendorf noch nach, als das Rollen der Räder längst verklungen war.

Dann trieb sie unvermittelt zu eiliger Rückkehr an und befahl Rudolph Lehmberg auf der Hälfte der Strecke: »Zücke deine Geldkatze, Geizhalz, und gib der Witwe Niebert unaufgefordert, was der Witwe ist. Solltest du dabei auch nur die geringste Bemerkung machen, lernt dein Schienbein mich trotz meines Alters sehr genau kennen.«

Und klein, gekrümmt, des Schlossers demütige Hilfe brüsk verschmähend, stapfte Recha Lehmberg durch den Schnee tapfer auf Bodendorf zu.

Anfang Januar 1944 begann Alf Bertini der Sippe den baldigen Hungertod zu prophezeien. Im Tone hohnvoller Genugtuung nannte er die Zahlen der schrumpfenden Finanzreserven, wobei er fröhlich lachte, als wäre er der Übermittler glänzender Nachrichten. Dann aber spannten sich seine Kiefermuskeln. »Keiner meiner Söhne verschwendet auch nur einen einzigen Gedanken daran, wie es weitergehen soll. Statt dessen leben sie in den Tag hinein wie die Nabobs«, Alf stockte, blieb stehen, wiederholte schärfer: »... wie die Nabobs in den Tag hinein, und werden natürlich darin noch von ihrer Mutter unterstützt wie eh und je, solange ich denken kann. Aber wieviel Galgenfrist haben wir denn noch – und dann ab nach Hamburg?« Er schrie jetzt, daß seine Stimme draußen zu hören war. »Wir müssen arbeiten, wir müssen etwas tun – in Obenwalde!«

Die Bettdecke hochgezogen, hörte Roman die harte, laute Schelte des Vaters, einmal aus dem Zimmer nebenan, dann wieder aus der Küche, wo Lea gerade war, der er folgte. Roman hörte die Stimme Alfs und wußte, wie seine Mutter aussah, ihre fahrigen Bewegungen, die rötlichen Flecken auf den Wangen, den Ausdruck hoffnungslosen Bittens in den Augen. Aber er wußte auch, daß Alf recht hatte. Sie hatten es schriftlich – wenn Alf und Cesar Bertini bis Mitte Januar keine Arbeit gefunden hätten, müßten sie nach Hamburg zurück, während Roman bis zum Frühjahr noch durch seinen Lehrlingsvertrag bei der Hamburger Eisenexportfirma geschützt war. Und in Bodendorf gab es keine Arbeit – auch darin hatte der Vater recht.

Roman starrte auf die wenigen Fliegen, die im Schlafzimmer überwinterten. Er starrte auf die Fliegen, die nicht mehr so fett und so schwarz waren wie im Sommer, und er warf sich auf die Seite und vergrub den Kopf unter dem Kissen, die Stirn gegen die Waffe gepreßt, auf der er schlief und die immer kalt blieb.

Aber Alf Bertinis höhnische Genugtuung über die ungewisse Zukunft drang überall hin und war sogar stärker als das freßgierige Quieken der Schweine im Stall des Sattlermeisters. Und alle warteten auf jenes Stichwort, das die Sippe in Lähmung versetzte, den Ortsnamen, die Lokalisierung: »Obenwalde – wir müssen arbeiten, wir müssen etwas tun. In Obenwalde!«

Wenn es wieder soweit war, brach Recha Lehmberg in die schrille Frage aus: »Bist du wahnsinnig? Dann kommt es doch sofort heraus; dann fragt doch jeder, warum du und dein Sohn nicht eingezogen sind. Obenwalde! Hast du den Verstand verloren?« sie sah ihn entgeistert an. »Deine Frau und ich haben Hamburg ohne Erlaubnis verlassen, und du weißt, ohne *wessen* Erlaubnis – es gibt für uns nur eine Hoffnung: Bodendorf. Wir müssen alles vermeiden, nach Hamburg zurückzukehren.«

Ihre Unlogik machte Alf erst recht rasend. »Weißt du dummes Frauenzimmer denn nicht, daß das gerade eintritt, wenn wir hier in der Gegend keine Arbeit finden würden?«

Recha blieb wie betäubt stehen. »*Dummes Frauenzimmer* – Rudolph!« Sie stürzte sich auf ihren Mann, als der Schlosser betreten schwieg. »Du läßt es zu, daß ich so beschimpft werde? Stehst daneben und sagst keinen Pieps?« Dann zu Lea: »Siehst du nicht, wie er uns ins Unglück stürzt? Wie er sich weidet an unserer Furcht, sich labt an unserem Schrecken, den er verbreitet unter uns, seinen nächsten Angehörigen, seinem eigen Fleisch und Blut? Er wird uns alle nach Hamburg zurückbefördern!« und die Hände schalenförmig emporgehoben, rief Recha Lehmberg den Zorn Gottes auf ihr Haupt herab, weil sie es unterlassen habe, die tragische Verbindung ihrer Tochter mit dem Schlemihl seinerzeit in einem Akt mütterlicher Notwehr zu verhindern. Also rammte sie sich nun die Fäuste in die Augen und schwankte, von ihrem Mann unschlüssig gefolgt, wie in blindem Leid auf den Hof hinaus. »Ich will weg von hier, ich will weg von hier, um nie wieder in dieses Haus zu kommen.«

»Na ja«, sagte Ludwig Bertini, nachdem das Tor des Altenteils ins Schloß gefallen war, »in solchen leeren Versprechungen war sie immer groß.«

Wenige Tage später, noch in der Frist, löste ein Brief das Arbeitsproblem auf ebenso überraschende wie mysteriöse Weise. Absender war die Bahnmeisterei Obenwalde, Abteilung Güterabfertigung. Auf einem vorgedruckten Formular wurden Alf und Cesar Bertini aufgefordert, sich dort am 15. des Monats sieben Uhr dreißig einzufinden, um ihre Tätigkeit als *Hilfsarbeiter* aufzunehmen. Angaben über Beschäftigungsdauer oder Art der Tätigkeit fehlten, ebenso, ob das Arbeitsamt Hamburg oder irgendeine andere Behörde ihre Hand im Spiele hatten.

»Na also«, triumphierte Alf Bertini, als hätte er alles arrangiert.

»Aber ihr habt doch gar keine Mäntel«, fuhr Lea auf, »was macht ihr denn ohne Mäntel?«

»Wir gehen sowieso kaputt«, Cesar zuckte resigniert mit den Schultern, »dann erfrieren wir eben.«

Als Roman Bertini in dieser Nacht vom Sattlermeister ins Altenteil zurückkehrte, trug er in das grau eingebundene kleine Notizbuch mit Goldschnitt ein:

»13. Januar 1944. Sowjetische Winteroffensive in Richtung Westen in vollem Gang: Witebsk, Newel, Shitomir wiedererobert. Angloamerikanische Luftangriffe auf Mannheim, Ludwigshafen, Berlin und Kiel.«

Dann holte Roman einen alten Atlas hervor, den er in der unteren Schublade des Zimmerschrankes gefunden hatte, schlug ihn unter *Rußland* auf und maß darin mit Daumen und Zeigefinger: die von der Roten Armee zurückgelegte Distanz Moskau–Shitomir entsprach genau der Entfernung Shitomir–Berlin.

»Der Friedrich kommt! Der Friedrich kommt!«

Als Wilhelmine Garchert mit diesem Aufschrei den Feldpostbrief aus der Hand sinken ließ – an einem dunklen Vormittag in der Küche, den dicken Zeigefinger noch unter der letzten Zeile –, begann sie zu beten und zu beben.

Der Bauer stand mit dem Rücken zum Herd, und die hellen Augen tränten stärker als gewöhnlich. Seine Hände griffen nach hinten und krampften sich um die Stange aus Messing. Leicht vorgebeugt, bot er das Bild eines Lauschenden, obwohl die Bäuerin ihre Vorlesung längst beendet hatte. »Der Friedrich kommt.«

Emma Bertini saß auf ihrem Stammplatz neben dem Herd, blinzelte ihre Wirtsleute freundlich an und nickte mehrfach. Sie hatte noch nicht verstanden, worum es ging, wußte sich aber in guten Händen – die Garcherts hatten am letzten Tag des alten Jahres beschlossen, sie bis zum Ende des Krieges bei sich zu behalten, hatten ihren komischen

Widerstand zerstreut und Emma schließlich überredet. Jetzt saß sie da und nickte.

Christa Garchert warf die Zöpfe zurück, rieb sich die Himmelfahrtsnase und rief jubelnd: »Der Friedrich kommt.«

Da endlich hatte auch Emma Bertini begriffen, packte die Hände ihrer Gastgeber, quetschte ein paar Tränen hervor und krähte: »Der Friedrich kommt.«

Im Laufe des Tages erfuhr das ganze Dorf, daß der ferne Sohn und Bruder seinen Urlaub zur Konfirmation der Schwester im März angekündigt hatte.

Fortan gab es auf dem Hof kein anderes Gesprächsthema mehr. Wilhelmine Garchert schien zu schweben. Die schwere, unförmige Frau rollte geradezu wie auf unsichtbaren Rädern. Wenn Roman Bertini mit seinen beiden Schülerinnen unter dem Bild des SA-Mannes saß, unterbrach Wilhelmine Garchert gern den Unterricht, zeigte verklärt auf das Porträt ihres Sohnes und umarmte Emma stürmisch.

Im Altenteil streckte Ludwig den Bauch weit vor, ahmte mit abgestreckten Armen Wilhelmine Garcherts ungeheure Wölbungen nach und plärrte in täuschend ähnlichem Tonfall: »Der Friedrich kommt! Der Friedrich kommt!« Dann brach er ab, das hagere Gesicht dumpf angewidert und von großer Verächtlichkeit für alles, was um ihn herum war.

In diesem Winter entrang sich Ludwig Bertini mit Leas Hilfe endgültig jedweder familiären Autorität. Alle Versuche Romans, ihm etwas von der fehlenden Schule zu ersetzen, scheiterten an dem hysterischen Zusammenspiel von Leas Furcht, Alf Vorwände für seine gewalttätige Heftigkeit zu liefern, und ihrem simulierenden Jüngsten, der diese Furcht rücksichtslos ausnutzte. Wann immer es ihm beliebte, flüchtete er in Unwohlsein und Krankheit, und Lea stand ihm dabei zur Seite.

Ludwig wurde noch jedesmal rechtzeitig von irgendeinem Übel befallen, bevor Roman die Schulbücher auf den Tisch brachte. Er klagte dann über Kopfschmerzen oder seinen rebellierenden Magen, doch was immer er auch vorschob, es versetzte Lea sofort in die Rolle einer pflichtbewußten und unermüdlichen Krankenschwester. Mit kalten Kompressen oder heißen Umschlägen pendelte sie zwischen Schlafzimmer und Küche hin und her, voller Mißachtung für die offizielle Medizin und von unerschütterlichem Zutrauen in die Unfehlbarkeit ihrer eigenen Diagnose und Heilfähigkeit. Zwischendurch schilderte sie den anderen ausführlich die Qualen der Migräne oder einer entzündeten Magenschleimhaut.

In Anwesenheit des Vaters schwieg Roman, um Lea nicht in den Rücken zu fallen. Aber wenn er allein mit ihr war, verdrehte er den Hals und hob das Gesicht zur Zimmerdecke, die Hand an der Kehle, als würde er ersticken. »Mutter, ich bitte dich, es ist nicht zu ertragen...«

Lea blickte ihn vorwurfsvoll an. »Was denn? Der kleine Muck muß doch wieder gesund werden, damit er Paul Stephien helfen kann. Der Sattler ist ganz wild darauf. Erst gestern hat er wieder gesagt, daß Ludwig heute schon mehr von Leder versteht als er selbst«, flehte, bat, warb sie.

Roman klappte die Schulbücher zu. »Merkst du denn nicht, worum es geht? Meinetwegen kann Ludwig Kalkutta für einen Marktflecken in der Südsee halten – nur muß er eine Aufgabe haben! Jeder von uns muß eine Aufgabe haben, sonst drehen wir durch.«

Aber er schob den Stoß unter das Bett, neben seine *Manuskripte*.

An diesem Abend füllte der dicke Nachbar das kleine Wohnzimmer der Bertinis mit seiner ungefügen, berstenden Gestalt, das Hinkebein auf einen Stuhl gelegt, den mächtigen Kopf in ständiger Bewegung, der ganze Mann wohlig grunzend vor Vertrauen und Erleichterung, daß er hier ständig und ungefährdet auf das Dritte Reich fluchen und spucken konnte.

Anna Stephien, seine sanfte, ewig lächelnde Frau, ging früher. Niemand achtete darauf, daß sich wenig später auch Cesar erhob. Es fiel nicht weiter auf, daß bei solchen Zusammenkünften einer der Söhne aufstand, sich hinausschlich und das Haus vorn und hinten beobachte-te – aus Instinkt und eingefleischter Gewohnheit.

Inzwischen lächelte Anna Stephien nicht mehr. Im Stall, unter Cesar Bertini, schlug sie mit den Händen um sich, bäumte den bis zum Nabel entblößten Leib hoch auf, stopfte sich Büschel Heu in den Mund und biß darauf, daß ihr Stöhnen und Wimmern gefiltert wurde wie durch ein haariges, gräsernes Sieb.

8

Nacht sollte es bleiben

Obenwalde war ein Knotenpunkt der großen Eisenbahnlinie, die den Westen Deutschlands – Köln, Düsseldorf, das Ruhrgebiet – über Hannover mit der Hauptstadt Berlin verband.

Alf und Cesar Bertinis Arbeit bei der Güterabfertigung dort bestand darin, leere Waggons zu fegen, den Achsenschmierern, sämtlich *Fremdarbeiter*, die Kanne zu halten und beim Rangieren der Züge sinnlos und überflüssig herumzustehen. Vater und Sohn hielten sich auf den luftigen Bahnsteigen eng zusammen. Wenn sie Pause hatten, erklommen sie einen Waggon, kehrten sich mit den Rücken gegeneinander und bliesen sich die kalten Finger. Oft nahm Alf Bertini auch die Hände seines Ältesten zwischen die eigenen und rieb sie, bis das Blut zurückkehrte. Oder er nahm während der Arbeitszeit umfangreiche Massagen an Cesars Körper vor, als wäre das die Voraussetzung, den Sohn am Leben zu halten. Wahrheit war, daß auch er, wie Cesar ohne Mantel, erbärmlich fror.

Diese Gemeinschaft allerdings, dieses väterliche Verhalten begann bei Alf Bertini erst auf dem Gelände der Obenwalder Bahnmeisterei, keinen Schritt vorher und auch keinen nachher. Die Rolle des Beschützers, des Stärkeren, des Vaters, der sein Kind bewahrte und stützte, fiel schon auf der Rückfahrt nach Bodendorf regelmäßig in sich zusammen. Beim Anblick der Ortschaft gar machte sie jener störrischen Feindseligkeit Platz, die erst am nächsten Morgen beim Betreten der Güterabfertigung von Obenwalde wieder verflog.

So kam es, daß Alf und Cesar Bertini jeden Werktag das Altenteil getrennt verließen und jeden Abend dort auch getrennt eintrafen. Dazwischen lag eine Phase von zehn Stunden, die Alf Bertinis Verhalten nur noch widerspruchsvoller und rätselhafter machte, als es ohnehin schon war.

In diesem Winter, ein halbes Jahr nach der Ankunft der Bertinis, schienen sich die Bodendorfer an sie gewöhnt zu haben. An Alfs kurze, trippelnde Schritte auf der Straße und sein seltsam geziertes öffentliches Gehabe, das so sehr in Gegensatz zu seiner häuslichen Tyrannei stand, von der die Bauern natürlich über Minna Kremer erfahren hatten.

An Lea Bertinis ewigen Laufschritt schienen sie sich gewöhnt zu haben, ihre unvermeidliche Eile; an ihr helles, stets nach unten gerichtetes Gesicht mit der etwas zu großen Nase; an die Schatten, die von Furcht und Bereitschaft gleichermaßen darauf gezaubert wurden; an ihre glatte, straffe Haut und das dicke, schwarze Haar, eine jugendliche Erscheinung, die in den ersten Tagen manchen Bodendorfer hatte fragen lassen, ob Lea die ältere Schwester von Cesar, Roman und Ludwig sei.

Die Bodendorfer schienen sich gewöhnt zu haben an Cesar Bertinis vierschrötige Gestalt, seinen breiten Gang, bei dem die Hosen seine Knöchel hoch umflatterten; an die ganze plattfüßige Art der Fortbewegung und an den musternden Blick hinter den teuren Brillengläsern, dem Geschenk des Optikers Cunert.

An Roman Bertini, sein seltsam gleichmäßig geschnittenes Antlitz mit den verklärt-asketischen Zügen; an seine dichte schwarze Mähne, Leas Schopf so ähnlich; an sein schüchternes, und doch entschiedenes Wesen, und an seine Fähigkeit, geduldig zuzuhören; an seinen Weg zu den Garcherts, die Bücher unterm Arm, geraden Ganges, jedoch die Augen, wie die Mutter, meist auf den Boden gerichtet, immer wie in tiefes Nachdenken versunken und, wie Minna Kremer nicht müde wurde im Dorf zu verbreiten, der Sippe eigentliches Oberhaupt.

An Ludwig Bertini schienen sich die Bodendorfer ebenfalls gewöhnt zu haben, den hageren Jüngsten, blond und aufgeschossen, das Hemd stets blütenrein, die Schuhe blank gewichst, das Haar sorgfältig und streng nach hinten gebürstet, und von lockeren, eleganten Manieren.

Und an Alf Bertinis bleichgesichtige Mutter, an ihren morgendlichen Spaziergang über den Dorfplatz am Arm der bezopften Christa Garchert; daran, wie Emma auf die Kirche zustolperte, freundlich kicherte und beim Anblick der Kreuze aus zwei Weltkriegen jedesmal wieder erschrocken abdrehte, um in großem Bogen heimzukehren.

Endlich hatten sie sich auch an Recha Lehmberg gewöhnt, an ihre öffentlich nur mühsam unterdrückte Streitwut gegen den Schlosser, wenn sie allmorgendlich, sonntags einbegriffen, aus dem Hause der Witwe Niebert trat und einem verängstigten, aber zielstrebigen Huhn sehr ähnlich, dem Altenteil zustrebte, wo sie Lea hilfreich zur Hand ging und ihren Groll, Abscheu und Widerwillen gegen Alf Bertini immer aufs neue bekundete.

Auch schienen sich die Bodendorfer in diesen sechs Monaten an die befremdliche Liebe der Sippe zu Haustieren und Nutzvieh gewöhnt zu haben, an die verzückten Ausrufe bei der Begegnung mit Katzen, Kühen, Pferden und sogar Schweinen; an das unbegreifliche, zwanghafte Bedürfnis, die Kreatur anzufassen, besonders wenn sie mit Fell umhüllt war, und ihre Wärme und Dankbarkeit zu spüren; an das schier wunderbare Verhältnis zu Hunden, so daß auch die trotzigsten Dorfköter noch, ließ sich ein Bertini nur von weitem blicken, heftig mit dem Schwanz wedelten, ungeduldig mit den Vorderläufen auf der Stelle traten und überhaupt alle jene Anzeichen von sich gaben, die auf die Wonnen einer vorher nie erlebten, offenbar aber sehr ersehnten Behandlung hofften.

An all das schienen sich die Bodendorfer, mit Ausnahme Theodor Wandts, in diesem Herbst und Winter gewöhnt zu haben.

Doch auch die Bertinis waren auf seltsame Weise mit der Ortschaft verbunden. Für Lea war sie, wenn auch nicht um den Preis und die Bedingungen, so etwas wie die Verwirklichung einer Idylle, der sie von Kind auf angehangen hatte. Seit ihrem frühen Aufenthalt am nördlichen Rand der Lüneburger Heide hatte sie nie aufgehört, vom Landleben, seiner Geborgenheit, seinem Frieden, seiner Romantik zu schwärmen. Diese Schwärmerei war ein Teil ihrer wehmütigen Liebe zur Natur, die sich zwischen den Steingebirgen Barmbeks nicht entfalten konnte. Immerhin aber hatte sie dort zwanzig Jahre doch wenigstens mit den Linden gelebt, ihrem Blühen und Welken, hatte ihr Wachstum beobachtet und eigentlich nie dem Aberglauben abgeschworen, daß es sich bei den herrlichen, später gar haushohen Bäumen um schmerzempfindliche Wesen handele. Letzte Seligkeit jedoch war für Lea Bertini immer der Ausblick von der eigenen Wohnung auf Wald und Feld geblieben, wie er sich ihr jetzt vom Altenteil aus bot. Dennoch machte sie auch hier keine Spaziergänge, um sich an dem Wunder satt zu sehen, das die Natur seit eh und je für sie war, machte sie sich mit der Umgebung von Bodendorf so wenig bekannt, wie sie den Stadtpark in Hamburg durchforscht hatte oder das Elbufer all die Sommer bis zu ihrer Vertreibung von dort. Immer Große Mutter, immer beschäftigt mit dem Futter für die Familie, begnügte sie sich damit, daß das Wunder in ihrer Nähe war, wie jetzt die Bäume, die Erde, die Äcker, der Himmel, der Regen und auch der

Schnee. So erlebte Lea Bodendorf mit Staunen und Demut, wie sie sich einstellen, wenn lang gehegte, unglaubliche Wünsche doch noch in Erfüllung gehen.

Die Söhne fraßen das Dorf förmlich in sich hinein, es sozusagen neben die Gegenwart setzend, die Wirklichkeit, die sie hierher geführt hatte. Sie berauschten sich an alten und tiefen Vorstellungen ländlicher Geborgenheit und autarken Lebens – der Begriff der Horde, der kleinen, aber unverbrüchlichen Gemeinschaft, verband sich ihnen mit Bodendorf. Alle drei, auch Ludwig, so verächtlich er immer tat, liebten es, seine süßlichen, warmen Ausdünstungen, den fettigen erdigen Atem. Sie kannten jede Rune in den Gesichtern der Bauernhäuser; das Profil der Dorfstraße vom Altenteil bis zum großen Platz; den Zaun und die Milchbank gegenüber dem Tor des Altenteils; den gelben triefenden Misthaufen auf dem geräumigen Hof der Garcherts; den Blick nach Westen, auf die Chaussee gegen Obenwalde zu, rechts die dichten Waldflecken inmitten der Felder und Weiden zur Bahnlinie hinab; und den Blick nach Süden, wo bei klarer Luft der Brocken im Harz zu sehen sein sollte; den Spiegel des Tümpels kannten sie, dort, wo der Ort am ältesten war, und die stallähnliche Postmeisterei mit dem schwarzen Horn auf gelbem Grund – all das kannten sie.

In ihrer Vorstellung aber war es nie das Bodendorf des Tages, des hellen Lichts, der Sonne und der Grelle. Es war stets das Bodendorf unter finsteren Himmeln, in der Schwärze kauernd, abgedunkelt und versteckt, wie eine durch unermeßliche Sümpfe nach allen Seiten von der gefährlichen Außenwelt abgeschirmte Gemeinde im Dreißigjährigen Krieg. So wollten die Bertinis in ihren Wachträumen verschlagen sein an den Rand der Geschichte, in die Bodendorfer Verborgenheit, wo sie vielleicht vergessen werden konnten von der Bürokratie des Gewalttodes, der über ihnen schwebte nun schon eine volle Eiszeit lang.

Diese Hingabe an die Nacht, diese unendliche Sehnsucht, unsichtbar zu werden, waren es auch, die Roman Bertini immer wieder zu später Stunde aus dem Tor des Altenteils trieben, wie an jenem Februartag, als alle anderen schon schliefen. Er verharrte einen Augenblick und lief im Windschatten der Häuser auf den Dorfplatz zu. Beim Bäcker blieb er stehen und schaute hoch – der Himmel hatte sein schönstes Diadem angelegt.

Still lag der Platz da, die mächtige Kastanie gewölbt, rund und groß wie ein Wald.

Irgendwo bellte ein Hund.

Roman Bertini lief um die Ecke, auf den Feldweg gegen den nahen Horizont zu. Seine Augen hatten sich jetzt an die Dunkelheit gewöhnt – geradeaus war der Kirchturm, weiter rechts der gedrungene Schornstein der Bäckerei, am Ausgang nach Rattingen der schlanke Kamin auf dem Gebäude der Molkerei, dahinter die zerzauste Silhouette von Minna Kremers Mühle, mürrisch, denkmalreif, mit gelähmten Flügeln.

So lag die Südfront von Bodendorf vor ihm, geduckt und scheinbar viel näher als am Tage von der gleichen Stelle aus.

Er lief über das Feld, kehrte durch eine Lücke zwischen zwei Höfen gegenüber dem Friedhof auf die Dorfstraße zurück, ließ das Anwesen Elfriede Wölperts links liegen und eilte den abfallenden Weg zum Bahnhof hinunter – nun lag Bodendorf nördlich vor ihm, auf der Anhöhe, rauchend vor Eigenwärme.

Wieder setzte sich Roman in Trab, lief am Fuß des Bahndamms entlang, bis dorthin, wo das Dorf an die Schienen stieß; bog rechts ab, am Tümpel vorbei, an der Post, am Altenteil, und stand endlich abermals unter der Kastanie am Dorfplatz, neben dem Eingang zur Kirche.

Irgendwo bellte ein Hund.

Roman Bertini stand unter dem Baum, ein Stück des Stammes, wie angewachsen, Teil der Nacht, überwältigt von ihr und in ihrem Schoße vergehend. Und Nacht sollte es bleiben in Bodendorf, lichtlose, schwere Nacht, gütige, unverwundbare Beschützerin, Mantel, Schild, Bundesgenossin der Verfolgten, Bodendorfer Nacht, mochte auch ringsum in der Welt Tag werden. Und wieder, wie damals kurz nach der Ankunft, schwellte eine glühende, wahnwitzige Hoffnung ihm die Brust bis zum Bersten: daß das Unglaubliche geschähe und sie unversehrt hier blieben, bis der Lärm der letzten Schlacht zu hören wäre und die alliierten Panzer einschwenkten und ihre siegreichen Fahnen hißten auf dem Dorfplatz – dreitausend Kilometer kämpfend gekommen von Ost und West um der Bertinis willen!

So stand Roman Bertini unter der Kastanie, den Stamm mit beiden Armen umschlingend. Und das verbotene Bild der Zukunft war so gewaltig in ihm, daß er am Baum herunter in die Knie gesunken war, als wäre die Stunde der Erlösung schon angebrochen.

Lange mußte Roman Bertini so gekniet haben. Als er aber hochsah durch Geäst und Blätter, schrie er auf – gnadenlos grinsten ihn die Sterne an.

Als der Schnee auf der Dorfstraße schmolz und die ersten Frühlings-
winde über die Altmark strichen, kamen die Bomber schon am Mittag,
Amerikaner, Viermotorige, *Fliegende Festungen* in ganzen Pulks, am
Himmel souverän verraten durch lange weiße Kondensstreifen – ein
ungeheurer, siegesgewisser Anflug auf das bereits furchtbar zugerich-
tete Herz des Reiches, verhaßtes Zentrum und Symbol seiner Ohnmacht gegen die Zerstörung aus der Luft – Berlin.

»Donnerwetter!« Paul Stephiens mächtiger Schweinskopf reckte sich
und nickte voll grimmiger Anerkennung. »Die rauschen über
Deutschland hin, wie sie wollen.«

Als die Tagesangriffe auf die Hauptstadt sich häuften, kamen die
Bodendorfer hervor aus ihren Häusern, wenn der Himmel klar war,
und schraken bald auch nicht mehr zusammen, wenn es oben blitzte,
als würde dort Riesenlametta in der Sonne geschwenkt. Es hieß, in
einiger Entfernung nordöstlich vom Dorf liege eine Staffel von Jagd-
flugzeugen. Und tatsächlich umkreisten manchmal kleine schwarze
Punkte die feindlichen Pulks, die sich sofort in feuerspeiende Igel
verwandelten. Aber hier unten war nichts zu hören – kein Motoren-
lärm, keine Geschoßgarben, keine Detonationen.

An einem Märzvormittag erblickte Roman Bertini vom Altenteil aus in
gewaltiger Höhe westwärts fliegende Geschwader, die Berlin am
frühen Morgen angegriffen haben mußten.

Plötzlich rief er unterdrückt: »Mutter!« Lea eilte sofort zu ihm ins
Schlafzimmer, wo sie ihren Zweiten seltsam gebückt am Fenster fand,
als hätte ihn ein Schreck oder ein Fluch verbogen. Stumm zeigte er nach
oben.

Aus einem der Bomber schlug Qualm. Langsam löste sich die Maschine aus der Formation, blieb zurück, sank, während von der Seite her
winzige, rasende Pünktchen wie heranstiebende Insekten auftauchten,
daß es blitzte und flimmerte in Angriff und Abwehr.

Als Lea Bertini und ihre Söhne Roman und Ludwig, gefolgt von Recha
und Rudolph Lehmberg, auf den Hof des Altenteils traten, war von
oben ein hohles, röhrendes Geräusch zu vernehmen. Zwischen Amboß und Schleifstein, die Hände auf das hölzerne Tor gelegt, sahen
sie, wie die riesige *Fliegende Festung* mit zwei stehenden Propellern
in großen Spiralen erdwärts schwebte. Die beiden anderen Luft-
schrauben arbeiteten um so rasender, ohne aber die Höhe halten zu
können.

Überall traten die Bodendorfer auf die Straße, vom Bäcker bis zur
Molkerei, und rieben sich die Augen, denn was sich dort am Himmel

tat, schien es geradenwegs auf ihre Heimat abgesehen zu haben. Der niedersinkende Bomber, von zwei Jägern wild umkreist und aus allen Rohren zurückschießend, flog inzwischen so tief, daß der Lärm des Luftkampfes auf die neugierige, bange Erde schlug.

Dort hatte sich gegenüber dem Tor des Altenteils Gerda Lemke auf der hölzernen Milchbank niedergelassen, wo sie mit den Beinen schlenkerte, vor sich hin pfiff und ungeachtet der gespannten Situation Roman Bertini keine Sekunde aus den Augen ließ. Das Mädchen hatte im Winter ausgelegt, war gereift, zeigte vorn und hinten Rundungen und sah mit dreizehn aus wie eine Siebzehnjährige.

Auch Theodor Wandt und Dieter Krogel erschienen im hellen Licht des Märzmittags auf der Dorfstraße, aus verschiedenen Richtungen herbeieilend und in der Nähe des Altenteils zusammenstoßend, als hätten sie sich gesucht und gefunden. Der Gemeindediener, die Nüstern gebläht in dem dunklen Gesicht, stolperte in kurzen Schaftstiefeln vom Dorfplatz heran, während der Sohn des Postmeisters aus dem Amtshaus hervorstürmte und die Arme hochwarf, als könnte er den Bomber mit den Händen herunterkrallen.

In diesem Augenblick schlugen Stichflammen aus der Maschine, aus dem Rumpf löste sich ein großes Stück, daß sie taumelte, und dann schwebte langsam eine Flocke nach der anderen herab – Fallschirme.

Beide, Theodor Wandt und Dieter Krogel, blieben wie versteinert stehen. Dann liefen sie zurück, der Gemeindediener zum Dorfplatz, der Sohn des Postmeisters in das Amtshaus, aus dem er mit einer gewaltigen Forke auf die Straße zurückkehrte, wenige Sekunden, bevor Theodor Wandt den Schauplatz erneut betrat, nun aber mit einer Sense und einem langen Tau bewaffnet.

Etwa gleichzeitig erschien, offenbar getrieben von bösen Ahnungen, die schwere Tasche noch ungeleert umgehängt, Wilhelm Krogel in seiner verluderten Diensttracht und leicht schwankend aus einem Seitenpfad auf der Bildfläche. Als er seinen Sprößling so martialisch ausgerüstet sah, nahm er noch einmal alle Kraft und allen Mut zusammen, galoppierte keuchend hinter dem Jungen her und schrie: »Willst du Lümmel dich nicht in die Angelegenheiten des Staates mischen, du!«

Aber der Postmeister war viel zu beladen und benebelt für eine erfolgreiche Hatz. Neben dem Briefkasten der äußeren Mauer blieb er erschöpft stehen, atmete krampfhaft, wandte sich um und rammte die Stirn gegen die Steine. So verharrte er, die schwere Tasche umgehängt, die verschlampte Uniform um die schlotternden Glieder – ein Anblick des Jammers und der Selbstaufgabe.

Jetzt war die *Fliegende Festung* von unten deutlich zu erkennen, das Sausen ihres noch einzig rotierenden Propellers scharf zu hören auf der Dorfstraße.

Dort formierten sich Theodor Wandt und Dieter Krogel, im Laufschritt nach Osten, Richtung Rattingen stürmend, die Waffen vorgestreckt und sichtlich willens, sie einem Feind in den Leib zu bohren.

Die Bertinis sahen auf zu den hellen Flocken, die nach den unveränderlichen Gesetzen der Schwerkraft ihren Weg zur fremden Erde nahmen. Recha Lehmberg hatte den Kopf weit zwischen die Schultern gezogen und bemerkte in diesen denkwürdigen Minuten gar nicht, daß sie die Hand des Schlossers ergriffen hatte. Ludwig Bertinis Profil schien nur aus Muskeln zu bestehen, die Kiefer traten hervor, und die blonden Haare sträubten sich am Wirbel. Lea hielt die Augen geschlossen, als würde sie von der Sonne geblendet.

Der Bomber explodierte in einer Höhe von etwa zweihundert Metern zwischen Bodendorf und Rattingen, und seine Reste detonierten mit einer mächtigen Stichflamme abermals auf einem langen, schmalen Rübenacker, als sich noch drei Fallschirme in der Luft befanden. Drei andere waren im Osten und Süden weit in der Landschaft verschwunden.

Kurz nach der ersten Explosion hatte Wilhelm Krogel sich der schweren Posttasche entledigt, den Weg ins Amtshaus gefunden, dort mit zitternder Hand gewählt und ein paar Worte ins Telefon geflüstert. Aber noch als die Teile der zerrissenen Maschine herunterregneten, war er wieder zum Vorschein gekommen und hatte sich, die Tasche umgehängt, mit der Stirn in der alten Stellung gegen die Mauer gelehnt.

Droben an dem blanken, blauen Himmel flogen die anderen Bomber unangefochten nach Westen ab.

Das Schicksal von vier der sechs abgesprungenen Amerikaner blieb den Bodendorfern unbekannt, wenngleich Minna Kremer später das Gerücht verbreitete, zwei von ihnen hätten sich beim Aufprall auf die deutsche Erde das Genick gebrochen, während zwei weitere schnurstracks nach Rattingen marschiert und dort von dem Ortspolizisten festgenommen worden seien. Die beiden anderen Flieger wurden nach etwa einer halben Stunde von Theodor Wandt und Dieter Krogel im Triumph eingebracht.

Für die Bertinis hinter dem Holztor wurden die Gefangenen und ihre Bewacher in der Höhe von Minna Kremers verfallener Mühle sichtbar, schon nahe am Hause der Witwe Niebert. Die Molkereibesitzerin war gegen alle Gewohnheit in ihrer Rüschen- und Manschettenpracht auf die Dorfstraße getreten, um dem Schauspiel ohne jede persönliche Regung beizuwohnen.

Zunächst war vom Altenteil aus nichts zu erkennen als die Ordnung, in der sich der Zug dorfeinwärts bewegte – vorneweg die beiden Amerikaner, hinter ihnen der Gemeindediener und Dieter Krogel. Erst als sie den scheinbar schlafenden Postmeister passierten, wurden Einzelheiten erkennbar. Während Dieter Krogel den Strick, mit dem die Hände der Flieger auf dem Rücken gefesselt waren, um seinen Leib geschlungen hatte, schritt Theodor Wandt zwischen den Gefangenen und ihrem jugendlichen Wächter einher, und zwar in solchem Abstand, daß die Schneide der Sense vor den Kehlen der Amerikaner blitzte – die geringste Bewegung nach vorn, ein Stolpern schon, hätte ihnen buchstäblich den Hals durchgeschnitten. Von den Mienen der Abgeschossenen war nicht viel zu erkennen unter dem Staub und Dreck auf ihren Gesichtern, es sei denn, daß sie jung waren und den Ernst der Stunde und die Gefahr, in der sie schwebten, nicht recht zu begreifen schienen, denn sie grinsten bei dem stummen Spießrutenlaufen durch Bodendorf jedermann freundlich und aufmunternd an.

Auch den Vorfall vor dem Tor des Altenteils vermochten sie sich wohl kaum zu erklären. Theodor Wandt und Dieter Krogel stockten nämlich dort in wortloser Verständigung, als seien drei Sekunden Pause in den Ablauf der Weltgeschichte eingelegt worden. Dabei hatte sich die Sense den Kehlköpfen der Flieger so sehr genähert, daß mit bloßem Auge kein Abstand mehr zu entdecken war.

Diese lautlose Demonstration unsäglicher Feindseligkeit fegte die Bertinis von der Bildfläche. Recha Lehmberg verschwand hinter dem Tor, krümmte sich ächzend auf dem groben Pflaster und eilte, von Rudolph Lehmbergs matter Hilfe nicht erreicht, gebückt ins Haus. Die anderen folgten ihr – bis auf Roman, der sich nur geduckt hatte in seinem Entsetzen, aber wieder zum Vorschein kam. So wurde er nun Zeuge dessen, was in die Chronik von Bodendorf eingehen sollte als »das letzte Stündlein der Amerikaner«, obschon damit der genaue Ablauf des Geschehens nicht getroffen wird.

Woher er ihn genommen hatte, wußte niemand zu sagen, jedenfalls hantierte Theodor Wandt auf dem Dorfplatz plötzlich mit einem zweiten Strick. Er warf das Tau über den unteren Ast der Kastanie, knüpfte, band, zog und prüfte, indem er, die Füße gegen den Stamm gestemmt, sein eigenes Gewicht dranhängte.

Erst jetzt wurden die Gefangenen unruhig. Immer noch gefesselt, standen sie vor der Kirche in der hellen Sonne, aber ihr jugendliches, unbedarftes Grienen war angesichts der Lynchvorbereitungen wie weggewischt, zumal die Menge, die sich angesammelt hatte, keinerlei Anstalten traf, einzugreifen.

Daß sie ihr Leben dem Postmeister von Bodendorf zu verdanken hatten, erfuhren die beiden Amerikaner nie. Denn von seinem Anruf gerade noch rechtzeitig herbeigeholt, betrat, nein, fiel in dem Moment, da Theodor Wandt dem einen die Schlinge um den Hals geworfen hatte, ein uniformierter, sehr beleibter Mann auf einem Fahrrad in die Szene, stürzte bei dem Versuch zu bremsen zu Boden, riß dabei Dieter Krogel mit sich und wirbelte eine gelbe Staubwolke auf. Als die Schwaden sich verzogen, konnte jedermann erkennen, daß der Polizist die Pistole gezogen, den Strick heruntergezerrt und die Herrschaft über die wachsbleichen Amerikaner angetreten hatte. Auf keinerlei Widerstand stoßend, verschwand der Uniformierte in westlicher Richtung auf dem Rad, die abgeschossenen Flieger wie zwei Hunde am Strick hinter sich herziehend. Das alles war so schnell vor sich gegangen, daß der Gemeindediener noch verständnislos mit dem nutzlosen Strick in der Hand unter der Kastanie stand und Dieter Krogel in wahnsinnigem Staunen die starken Hauer bleckte, als Gendarmeriewachtmeister Schubert aus Obenwalde und seine Gefangenen schon längst vom Dorfplatz aus unsichtbar geworden waren.

Ohne zu ahnen, daß er soeben in dem Polizisten zum erstenmal einer Schlüsselfigur für das Schicksal seiner Sippe begegnet war, starrte Roman vom Altenteil aus den Verschwundenen nach.

»Vorsicht, Nachbar«, raunte Paul Stephien, der leise hinter ihn getreten war, »die ganze Demonstration galt euch – der Wandt ist zu allem fähig.«

Auf der Milchbank gegenüber dem Hoftor saß, völlig unbeeindruckt von den lokalen Ereignissen dieses Tages, Gerda Lemke, die Tochter des Tümpelbauern, schlenkerte mit den Beinen und ließ keinen Blick vom Roman Bertini.

Friedrich Garcherts angekündigtem Urlaub ging ein gründliches Reinemachen, Schmücken und Aufbessern des Anwesens voraus. Die massige Bäuerin kniete auf den Fußböden, wischte mit einem Feudel, klaubte Staub aus Ecken, die seit Jahren von keines Menschen Hand mehr berührt worden waren, und rieb an den Türklinken, als gälte es, Messing in Gold zu verwandeln.

Unterdessen ging Wilhelm Garchert daran, die vielen kleinen Fensterscheiben der Hoffront zu putzen. Er wusch und rieb wie seine Frau, bis er das eigene Spiegelbild erkennen konnte – lang, dürr, die Augen feucht verschleiert.

Drinnen war Tochter Christel damit beschäftigt, Girlanden und allerlei anderes Papierzeug von Wand zu Wand zu ziehen – fohlenbeinig, das blühende Antlitz gerötet und die Himmelfahrtsnase in die Höhe gereckt. Stolz bestieg sie, vor allem, wenn Roman in der Nähe war, Leiter oder Stühle, möglichst hoch hinauf, denn sie durfte schon vor ihrem großen Tag seidene Strümpfe anziehen, und die wollte sie nun samt Strumpfhaltern in unausgegorener Raffinesse zeigen. »Ich kriege den Kopf hier oben gar nicht gerade«, rief sie mit verräterisch zitternder Jungmädchenstimme nahe der Zimmerdecke.

Mittelpunkt all dieser rastlosen und seltenen Bemühungen aber, dem verfallenen Domizil eine Spur von Wohnlichkeit, Pflege und Wärme zu geben, war Leas Jüngster, Ludwig Bertini – es war seine Stunde.

Wie aus einem langen Winterschlaf erwachend, ging er rührig zukehr. Mit Werkzeugen bewaffnet, davon etliche hinter den Gürtel gesteckt, trat er in Haus und Stallungen ein, hämmerte, hobelte, bohrte, schnitt. Auch feilte er, sägte, kittete und lötete, und zwar das alles in unbefleckter, tadelloser Kleidung und unter gelehrten Kommentaren. Hier war, bei kichernden und höchst überflüssigen Bemerkungen seiner Großmutter über das handwerkliche Genie ihres Enkels, der eigentliche Meister am Werk. Ludwig Bertini machte klappernde Türschlösser stumm, sicherte schwankenden Lampen auf Jahre hinaus festen Halt und beklebte ganze Zimmerfronten mit zwar lange gelagerten, jedoch nichtsdestoweniger farbenfrohen Tapeten. Ferner rammte er in den Ställen Pflöcke wie für alle Ewigkeiten in den Boden, brachte Tröge um ihre metallharte, hinderliche Freßkruste, stabilisierte Leitern, kurz, er entfaltete eine so nachdrückliche und selbstlose Arbeitswut zum Wohle der Garcherts, daß ihm und den Seinen ganze Berge von Kuchen, erlesene Leckerbissen, Sahne und eingemachtes Obst die Hülle und Fülle (und zusätzlich zu Romans üblichem Wochenpaket für den Unterricht) versprochen wurden, sobald der Tag der zweifachen Feier erst herangekommen sei – die Konfirmation der Tochter und die Ankunft des Sohnes von der Ostfront.

Als bei Ludwig Bertini dann, wie vorauszusehen, die Erschlaffung eintrat, seine Unfähigkeit durchbrach, ein begonnenes Werk auch wirklich zu vollenden, hatte er dem Hof allerdings schon zu einem Glanz verholfen, den das Anwesen der Garcherts seit Jahrzehnten nicht mehr kannte. Die feierliche Einladung der ganzen Sippe, das herzliche Willkommen für alle Bertinis und die beiden Lehmbergs am kommenden Sonntag erging dann auch ganz folgerichtig über Ludwig, der sie unter dem Porträt des täglich zu erwartenden Frontsoldaten würdevoll und elegant entgegennahm.

Friedrich Garchert, als er dann plötzlich da war, sah übrigens, ungeachtet der Jahre dazwischen, in der grauen Felduniform noch genauso aus wie in dem braunen Staat eines SA-Mannes auf dem großen hakenkreuzgeschmückten Bildnis an der Wand. Die Ähnlichkeit wurde sogar von Emma Bertini erkannt, als sie den Sohn ihrer Wohltäter sogleich bei dessen Ankunft mit einer impulsiven Bewegung an ihre alte Brust drücken wollte.

Dazu kam es allerdings nicht. Denn Friedrich Garchert sprang mit einem Satz zurück, als belästige ihn ein widerwärtiges Tier, und ohne Vater, Mutter und Schwester zu begrüßen, stürzte er in das Zimmer, das Emma Bertini inzwischen zur zweiten Heimat geworden war. Der Soldat riß die Fenster auf und begann, vor den Augen seiner reglosen Familie, Emma Bertinis armselige Habe auf den Dorfplatz zu schleudern. Draußen stand kein Geringerer als Theodor Wandt, breitbeinig, die Glocke neben sich auf die Erde gestellt, und fing auf, was ihm zuflog – ein Paar ausgetretener Schuhe; Emmas unvermeidlichen Mantel für Sommer und Winter; zwei ihrer lächerlich langen, völlig aus der Mode gekommenen Kleider; Wäsche, Strümpfe, einige Stücke gehorteter Seife und versehentlich auch noch eine schwere Tischdecke, die ihr nicht gehörte.

Der Gemeindediener griff alles noch im Fluge auf, hielt es angewidert prüfend in die Höhe und beförderte Emmas schmales Eigentum weit hinter sich auf den Dorfplatz, die gewichtigeren Sachen davon fast bis in dessen Mitte. Als ihm nichts mehr entgegenkam, schlug er mehrere Male in die Hände, als müsse er von ihnen Schmutz entfernen, umkreiste festen Tritts die verstreuten Habseligkeiten und verließ den Schauplatz mit einem unverständlichen Zuruf an Friedrich Garchert.

Obwohl durch ihre Kurzsichtigkeit behindert, hatte Emma Bertini doch sogleich begriffen, was da vor sich ging und warum. Sie stand schlotternd in der Tür, zwischen Wilhelm und Wilhelmine Garchert, schnüffelte, schüttelte den Kopf und streichelte der Tochter sinnlos übers Haar. Dann tastete sie sich, wirr stammelnd, durch Küche und Vorraum auf den Hof hinaus, stolperte über den sonnenbeschienenen, leeren Dorfplatz mitten durch ihr verächtliches Gut und fand mehr instinktiv als sehend den Weg ins Altenteil.

Dort lag sie fiebernd auf dem Sofa, hielt die Augen fest geschlossen und flüsterte bald ständig etwas vor sich hin, was zunächst niemand verstand.

»Was sagt sie da bloß immer?« fragte Recha Lehmberg mißbilligend und nervös. Alle sahen auf Emma Bertini, die plötzlich laut, singend, mit hoher Stimme rief: »Hört ihr denn nicht? Fa-ame – fa-a-me!« sie dehnte das italienische Wort für »Hunger« beschwörend. »Hört ihr nichts?« Und als Alf, die Falten zwischen Nase und Mund noch tiefer eingekerbt als gewöhnlich, mürrisch den Kopf schüttelte, wiederholte seine Mutter: »Fa-a-me! Hört ihr die Gefangenen nicht? Das KZ kann nicht weit entfernt sein – Fa-me. Ich bin eine Antenne!« Und sie sank wieder zurück in ihr Kissen, wo sie flüsternd die Lippen bewegte.

Ludwig Bertini, vor dem Spiegel, betrachtete eingehend seine Narbe an der Nase, strich sich sorgfältig das Haar glatt, zupfte an seinem frischen Hemd und sagte von der Erde hoch, seine Schuhe mit einem weichen Tuch rhythmisch blankputzend und ungeachtet Recha Lehmbergs Anwesenheit:

»Nun habe ich also *zwei* meschuggene Großmütter!«

Roman Bertini aber, im Schlafzimmer den Blicken der anderen entzogen, knickte zusammen, als hätte er mit einer Eisenstange unvermutet einen schweren Schlag gegen den Leib bekommen, eine blitzartige, fürchterliche Bewegung, die ihn gekrümmt am Boden bannte, den Rücken gerundet, das Gesicht nach unten verborgen, gehetzt und verwüstet von der irrsinnigen Hoffnung, aus einem bösen Traum zu erwachen.

Emma Bertini hatte den Verstand verloren.

Die Heimkehr Friedrich Garcherts und die Konfirmation seiner Schwester wurden am kommenden Sonntag von halb Bodendorf gefeiert. Es hieß, Christa Garchert sei in dem Zug der Konfirmantinnen die Schönste gewesen, und Pastor Schnigg habe sich in der Kirche selbst übertroffen – jedenfalls nach Ansicht Minna Kremers, die die

Prozession und die religiösen Zeremonien mit aufgerissenen Augen und gebleckten Zähnen im Altenteil vor einer schweigenden, sich nicht wehrenden Zuhörerschaft bis in letzte Einzelheiten wiedergab. Ein herrliches, unvergeßliches Erlebnis, so die Bäuerin, bei dem allerdings die Eltern des Mädchens, Wilhelm und Wilhelmine Garchert, wie lebende Leichname gewirkt hätten.

In jener Nacht auf den Montag fuhr Ludwig auf, brüllte, als er um sich herum alles dunkel fand, kam hoch aus dem Bett, fiel auf die Erde, brüllte dort weiter und konnte erst beruhigt werden, als die provisorischen Rollos vor den Fenstern heruntergelassen waren und das Licht eingeschaltet werden konnte. Schweratmend, die Arme aufgestützt, hockte er da und schaute seine Angehörigen aus fernen, gütelosen Augen fremd an.

9

Warum Recha Lehmberg
»Hiob!« schrie

Gegen Ende März erhielt Roman Bertini von der Hamburger Eisen-exportfirma ein Schreiben, daß sein Lehrverhältnis »mit dem Ultimo dieses« beendet und eine Weiterbeschäftigung als Angestellter »aus den bekannten Gründen« nicht möglich sei. Es sei jedoch Vorsorge getroffen, daß er seinen Standort nicht zu wechseln brauche.

Diese Prophezeiung wurde zwei Tage später wahr durch eine Auffor-derung des Arbeitsamtes Obenwalde, sich dortselbst unverzüglich bei dem Auto- und Reparaturbetrieb Hugo Erzfeld einzufinden, um eine Tätigkeit als *Bürokraft* aufzunehmen.

Roman begegnete bei der angegebenen Adresse, noch vor dem Haus, einer jungen Frau, die an den Händen zwei kleine Kinder führte. Sie war schlank, aber kräftig gebaut, hatte ein zum Kinn zugespitztes Gesicht und schöne Augen. Ehe sie ein Wort miteinander gesprochen hatten, wußte Roman plötzlich, daß sie über ihn informiert war, ob nun durch Gerücht, einen Bodendorfer oder sonstwen – er spürte es genau.

Als er sich vorgestellt hatte, Namen und Bodendorfer Adresse, sonst nichts, bestätigte sie es: »Man sieht gleich«, sagte sie langsam, »daß Sie nicht von hier sind. Ich kenne Hamburg übrigens ein wenig, vor dem Kriege war ich einmal dort, wenn auch nur für einige Tage.«

Als sie merkte, daß er stutzte, machte sie ihm ein freundliches Zeichen und wies auf eine große Halle neben dem Haus, eine Werkstatt, die angefüllt war mit ausgeschlachteten Kraftfahrzeugen und aus deren Tor jetzt, auf dem Kopf eine Schirmmütze, ein langer, ungemein magerer Mann in einem verschmierten Kittel trat und ihm eine lose Hand entgegenstreckte. Hugo Erzfeld und seine Frau, die er Hanni rief, beschauten sich Roman Bertini, prüfend, nicht ohne Anteilnahme, aber noch unentschieden.

Sie führten ihn in einen geräumigen Laden, in dem einige Fahrräder ausgestellt waren. An den Wänden standen Regale mit Beleuchtungs- und Reparaturmaterial, während sich in der Nähe der Fensterscheibe ein Schreibtisch und Büroschränke befanden, eine abgeteilte Ecke mit Telefon.

»Hier ist Ihr Platz«, sagte Hanni Erzfeld, an jeder Hand ein Kind, und deutete auf den Tisch. »Sie machen alles, was so vorkommt – Rechnungen, Korrespondenz, Telefonate«, sie zögerte eine Weile, schaute ihren Mann an und fragte dann, die Stimme unsicherer als vorher: »Was wollen Sie denn verdienen? Geld ist doch wichtig – oder nicht?«

Roman sah sie an, und während ihn eine heiße Welle von Traurigkeit und Enttäuschung überkam, sagte er: »Bestimmen Sie das, es ist mir egal.«

Der Autoschlosser schlug die Augen nieder und ging durch eine Tür in die Reparaturhalle, aus der Lärm drang, während die Frau die Kinder zu einer kleinen Treppe führte, die vom Laden in ein Zimmer mündete. Oben blieb sie stehen und sagte, nach einem kleinen Anlauf, mit belegter, werbender Stimme: »Nun kommen Sie schon, Sie essen mit uns.«

So fuhr Roman Bertini morgens um acht Uhr von Bodendorf mit dem Zug nach Obenwalde und kam abends gegen sechs Uhr zurück. Er machte sich gern auf den Weg zu Hugo Erzfeld und seiner Frau. Sie hatte sich weder entschuldigt bei ihm, noch war sie auf ihre Prüffragen nach seiner Beziehung zu Geld zurückgekommen. Was immer sie dazu bewegt hatte, Hanni Erzfelds unbefangenes Benehmen machte Gedanken darüber unnötig – das Ehepaar war ihm gegenüber von gleichbleibender, unaufdringlicher Freundlichkeit. Die Arbeit entpuppte sich als Lappalie, da Hugo Erzfelds Beruf offenbar sehr schwarzmarktträchtig war – jedenfalls gab es kaum Fakturen zu normalen Preisen. Hanni Erzfeld forderte ihn deshalb auf, sich für die langen, leeren Stunden Lektüre mitzubringen. Roman war völlig beruhigt in ihrer Gegenwart. Dann und wann allerdings fragte er sich heimlich, weshalb eigentlich selbst solche Leute nicht gänzlich unanfällig gegen Vorurteile wären.

Nach einer Woche empfing Lea ihn bei der Rückkehr mit der Nachricht, daß Paul Stephien dem *kleinen Muck* einen regelrechten Lehrkontrakt angeboten habe, Arbeit in der Lederwerkstatt mit Steuerentrichtung und sozialen Abgaben – sie strahlte.

Abends kam der Sattlermeister selber mit dem Vertrag, bestätigte dröhnend seine Absicht, füllte das ganze Sofa aus, ein Berg von einem Mann, der bekräftigend auf die Tischplatte schlug: »Jetzt seid ihr alle vier untergekommen – von der Seite her kann euch keiner mehr.«

Seltsamerweise fügte Ludwig sich ohne Murren, sogar als der Sattlermeister mit gespielter Chefpose auf Sonntagsarbeit bestand, was natürlich ebenso für Alf und Cesar Bertini bei der Obenwalder Güterabfertigung galt, nicht aber für Roman bei Hugo Erzfeld.

So war er im Altenteil, als dort spähenden Blickes Gerda, die Tochter des Tümpelbauern Lemke, erschien. Sie hatte ihr Haar zu einer dicken Flechte zusammengebunden, die ihr im Rücken tief hinabfiel.

Die Rinder würden nun wieder auf die Weide getrieben, erklärte sie in der Küche, und obwohl Roman neben ihr stand, fragte sie nicht ihn, sondern Lea, ob ihr Sohn wie damals mit auf die Weide käme, zwar nicht in der Woche, wohl aber an deren Ende – das lasse der Vater fragen.

Warum denn, fragte Lea das Mädchen, der Vater nicht selber komme, warum er sie schicke, im vorigen Jahr und nun auch in diesem, und ob er denn auch wirklich dahinterstecke? Und als Romans Mutter so fragte, errötete Gerda Lemke über und über, wiederholte aber tapfer, sie sei vom Vater geschickt worden, der wäre es, der nachfrage, und hier stehe sie nun, sich Bescheid zu holen. Dabei beschaute sie verstohlen Roman, immer fortblickend, wenn sich ihre Augen trafen, und zerrte und zog an ihrer dicken, blonden Flechte.

Warum sie denn, fragte Lea, ohne die Stimme zu erheben, das Vieh nicht allein hüten könne? So viele Rinder seien es doch nicht, und solange ihr Sohn nicht hier gewesen, sei es doch auch gegangen.

»Allein?« es schien, als hätte Gerda Lemke nicht recht verstanden. Offenbar hatte die Tochter des Tümpelbauern den Winter über fest mit einer Zusage im Frühling gerechnet, und der Gedanke mußte sie, ihrem Verhalten nach, ganz besessen haben. Denn jetzt, die Absage begreifend, wurde sie schneeweiß, ihre Miene verwandelte sich düster, unjugendlich, und, groß und drall für ihr Alter, stieß sie aus: »Aber mit anderen«, sie stockte, setzte schnell nach, »aber mit anderen – da geht's«! und grußlos verließ sie die Küche.

»Mit anderen?« fragte Lea, verständnislos, beunruhigt, und sah ihren Zweiten an. »Was meint sie damit?«

Roman zuckte die Schultern, antwortete ihr nicht, faßte sie beruhigend um.

Spät abends trieb es ihn wie in einer Vorahnung auf den Hof. Kaum war er unter den überdachten Teil getreten, fühlte er auch schon Charlotte Wandt ganz nahe. Sie atmete stoßhaft, zitterte, brachte kein Wort hervor, sondern klammerte sich an ihn, das schöne, verzweifelte Gesicht dicht vor seinem.

Roman Bertini war wie gelähmt. In äußerster Hilflosigkeit flüsterte er: »Es muß das letzte Mal gewesen sein – sonst gehen wir alle daran zugrunde.«

Ehe die Tochter des Gemeindedieners etwas erwidern konnte, war Roman neben dem Mühlstein zu Boden gesunken, wo er reglos verharrte, während das Mädchen sich ebenfalls blitzschnell hinhockte.

Auf der Dorfstraße kam ein Stiefelpaar näher, ein Schritt, den beide kannten und unter hundert anderen herausgehört hätten. Er stockte vor dem Tor des Altenteils, lief weiter, stockte abermals.

Charlotte Wandt und Roman Bertini lagen da, als wären sie lautlos gemordet worden, zwei dunkle, zusammengesunkene Haufen. So verharrten sie, endlose Fristen, Erdzeitalter. Dann liefen die Schritte weiter und verhallten in Richtung des Dorfplatzes.

Als Roman aufsah, war die Tochter des Gemeindedieners verschwunden, nachdem er flüchtiger als ein Nichts ihre Lippen in seinem Nacken gespürt hatte.

Er blieb hocken, witterte in die Finsternis unter dem Hofdach, kam hoch mit einem Knie – Grunzen aus Minna Kremers Ställen, leises Pfeifen, überall Knacken und Rascheln.

Es war wieder Wind aufgekommen.

Eines Morgens ging die hochhüftige Elisabeth Niebert im Hause der Witwe mit starken Schritten auf und ab, stakste dann die Treppe aufwärts und erschien mit zürnender Miene vor den Lehmbergs. »Die Sonne scheint, die Luft quirlt, der Frühling läßt sich greifen – sind Sie wirklich zu alt, um eigene Früchte zu ziehen?«

Recha und der Schlosser saßen, die Gesichter Elisabeth Niebert folgsam zugekehrt, etwas gekrümmt da, bereitwillig, dankbar, unentschlossen. Säen, Pflanzen, Hacken war ihnen nach ihren Erfahrungen nicht zum Guten ausgeschlagen. Zweimal schon war Rechas alte Herzenslust, ihre geheimnisvolle Verbindung zum Humus, ihr versteckter, mächtiger Sinn für das Wachstum aus der Erde, betäubt, zurückgestoßen, verneint worden, so daß sie nun vor Elisabeth Niebert erschrocken und ergeben zugleich die Hände hob.

Die Gebärde sollte ihr allerdings wenig nützen. Ohne Kenntnis der Zusammenhänge über die Abfuhr des vergangenen Jahres, völlig überzeugt davon, daß hier eine zwar wohltuende, aber gänzlich unangebrachte Schüchternheit walte, räumte Elisabeth Niebert die vermeintlichen Hindernisse brüsk beiseite: »Vorwärts, und keine Müdigkeit vorgetäuscht! Ich möchte in Ihrem Alter so beieinander sein, so gesund und glatt wie Sie«, rief sie energisch. Und: »Wer ernten will, der muß auch säen. Der Spargel kommt nicht von allein auf den Teller, die Laus nimmt nicht sich selbst, wohl aber dem Apfel das Leben – hier wird gearbeitet, schrumm!«

Also fanden Recha und Rudolph Lehmberg wieder alles, was sie für das Stück Garten hinter dem festen Haus der Molkereibesitzerin brauchten: Saat und Knollen, Schaufel, Hacke, Schere, Gießkanne. Und wieder prüfte Recha mit Kennermiene die Obstbäume auf ihrer abgesteckten, sehr geräumigen Parzelle; zerkrümelte sie anerkennend Bodendorfs Erde zwischen den Fingern ihrer Rechten; jätete Unkraut, begoß, zog neue Beete, ackerte, düngte, harkte, pflanzte und segnete. Und wieder hielt sie ihren Mann streng im Zaum, mißbrauchte ihn als bloßen Wasserträger und Eckensteher, zu Handlangerdiensten, die ihn von der eigentlichen Bestellung des Bodens ausschlossen.

Hatte Recha sich dann tüchtig gebückt, so bog sie ächzend den Rücken nach hinten durch und klagte mit scheelen Blicken auf Rudolph Lehmberg: »Ah, tut das weh! Und woher kommt das? Warum fällt es unsereinen an? Weil unsereiner alles allein machen muß, weil keiner da ist, der einem hilft, der etwas von dem Grünzeug versteht – deshalb!« Und Recha Lehmberg sah zum Himmel empor, peilte den Stand der Frühlingssonne, nannte die Uhrzeit und ließ sie sich von ihrem Mann bestätigen.

Dann jedoch, an einem Nachmittag, begann die kleine Gestalt plötzlich mitten im Garten zu schlottern und zu beben, ließ die Schaufel aus der Hand fallen und schrie gellend, markerschütternd, aus Urtiefen, jahrtausendeschwer: »Hiob!« und noch einmal »Hiob!« Der Schlosser, der am Staket eingedöst war, erschrak, fuhr auf und stürzte seiner Frau entgegen. Die konnte sich, mehr in den Armen ihres Mannes hängend als gehend, kaum auf den Beinen halten, stöhnte, bedeckte das Gesicht mit den Händen und flüsterte in einem fort, hektisch und stereotyp vor sich hin: »Der Garten bringt Unglück, Rudolph, Unglück bringt uns der Garten!«

Und eng umschlungen verschwanden die beiden alten Leute im Hause der Witwe Niebert, erklommen die Treppe, schlossen sich in ihrem Zimmer ein und taumelten erschöpft aufs Bett, wo Rudolph Lehmberg seiner Frau immer noch einmal versprechen mußte, daß weder er noch sie je wieder auch nur ein einziges Samenkorn in die Erde senken würden.

Dann schliefen sie, Arm in Arm, zur gleichen Zeit ein.

Der Überfall des Gemeindedieners erfolgte völlig überraschend, ohne Warnung, hinterrücks und mit der Wucht eines langen Anlaufs – vor der Bäckerei, wohin Lea ihren Zweiten spät geschickt hatte, weil zu wenig Brot im Hause war.

Aus der Dunkelheit heraus wurde Roman Bertini plötzlich von einem blendenden Lichtstrahl getroffen, dann ließ Theodor Wandt Taschenlampe und Glocke fallen und warf sich mit vollem Gewicht auf sein Opfer. Er schlug ihm beide Fäuste gegen den Kopf, daß Roman, mit dem Rücken an der Mauer, in die Knie brach. Der nächste Schlag traf ihn so schwer am Ohr, daß er zur Seite fiel. Die Fäuste des Gemeindedieners öffneten und schlossen sich, und aus seinem Mund kochten Worte und Satzfetzen, es glühte und schäumte daraus, als wäre der Mann irrsinnig geworden. Als Roman sich erheben wollte, trat Theodor Wandt ihm mit beiden Füßen gleichzeitig in den Leib, prallte wie von einem Trapez zurück und sprang ihn sogleich wieder an. Die Wut des Gemeindedieners war so blind, daß seine nackten Fäuste gegen die Steine der Bäckerei trommelten und er mit allen Gliedern um sich schlug. Dabei traf er Roman über dem linken Auge, daß die Haut platzte und ein Blutnebel ihm die Sicht nahm. Die Rechte immer in der Tasche, damit die Waffe ihm nicht herausfalle, stieß er mit der Linken vor und brachte zu seinem eigenen Erstaunen Theodor Wandt zu Fall.

Der Gemeindediener hockte am Boden, den Kopf schüttelnd, als träume er seine Niederlage. In diesem Moment gewahrte Roman neben sich auf der Erde, keinen Meter entfernt, die Glocke – er brauchte nur die Hand nach ihr auszustrecken. Er sah die Glocke, einen kleinen, metallenen Hügel, nahe dem Gesicht des gefällten und verdutzten Gemeindedieners. Da wurde Roman Bertini von einem fast unwiderstehlichen Verlangen gepackt, die Glocke zu nehmen und sie in dieses fauchende, verzerrte, knurrende Gesicht zu schmettern. Es war so mächtig in ihm, daß er zitternd mit einem Aufschrei nach hinten prallte – Verzögerung genug, daß nun Theodor Wandt seinerseits die Glocke ergriff und sie, vom Boden aus, auf Roman Bertinis Schädel schmetterte, einmal, zweimal, und noch einmal. Der Getroffene kippte um, wobei er nur die Linke zum Schutz hochgerissen hatte – die Rechte blieb wie angeschmiedet um die Pistole in der Hosentasche gekrallt.

Theodor Wandt schnellte hoch, stampfte über Roman hinweg und stieß nach ihm mit den Schaftstiefeln wie nach einem Toten. In einem letzten Schutzreflex rollte Roman Bertini sich zusammen wie eine aufgezogene Feder.

Ein später Gang vor sein Anwesen ließ Paul Stephien auf einen menschenähnlichen Körper stoßen, der auf dem Bauch zentimeterweise über die Dorfstraße gegen das Altenteil zukroch.

Was Roman Bertini dann widerfuhr – der heisere Schreck des Sattlermeisters; das Licht im Haus; Leas furchtbarer, nichtendender Schrei; Wasser über Augen und Schläfen; der ganze wilde Schmerz in seinem bis zur Unkenntlichkeit verwüsteten Haupt – all das erreichte ihn nicht wahrhaft. Aus den feuerspeienden Bildern dieser Nacht, hinter all ihren wirren Fieberfiguren, Farben, Klecksen und Linien blieb ihm plastisch, unbewegt, magnetisch, nur eines vor Augen: die schwere, die tödliche Glocke neben Theodor Wandts ungeschütztem, zertrümmerbarem Kopf!

Am nächsten Tag verließ keiner von den Bertinis das Altenteil, nachdem Recha und Rudolph Lehmberg noch wie immer am frühen Vormittag dort eingetroffen waren. Stumm, gleichsam ohne Stimmbänder, warteten sie auf eine Erklärung der Zusammenhänge, auf den akuten Anlaß des Überfalls – wenn es einen gab.

Und dann plötzlich, am Nachmittag, stand dick, in schwarzen, staubbedeckten Schaftstiefeln und grüner Uniform, Gendarmeriewachtmeister Schubert aus Obenwalde zwischen Küche und Zimmer im Türrahmen. Roman Bertini, einen leuchtend weißen Verband um den Kopf und sehfähig nur aus einem Schlitz seines rechten Auges, schnellte vom Sofa hoch, wo er seit gestern nacht gelegen hatte, und stellte sich, die Hand in der Hosentasche, neben seine Mutter.

Der Polizist knickte in den Knien ein, die Daumen hinter das Koppel gesteckt und die Beine gespreizt – so ließ er langsam seine Blicke über die vereiste Sippe schweifen, ehe er scharf fragte:

»Ist Charlotte Wandt, die Tochter Theodor Wandts, hier bei Ihnen?«

Gendarmeriewachtmeister Schubert aus Obenwalde stellte diese Frage laut, in durchdringendem Ton, wobei er die Daumen vom Koppel löste und in vorbildlicher Diensthaltung auf die Antwort wartete.

Als die nicht kam, steuerte er auf das Schlafzimmer zu, schaute mit knackenden Gelenken unter die Betten, schob dort Romans *Manuskripte* und Ludwig Bertinis ungebrauchte Schulbücher beiseite, erhob sich ächzend, lüftete die Federdecken und schlug den Vorhang von Rudolph Lehmbergs provisorischem Kleiderschrank zurück. Dann schaute er mit gerötetem Kopf unter das Sofa im Zimmer und schritt schließlich gravitätisch zur Küche in den Garten hinaus. Dort schaute

458

er schief nach den Hornissen, die riesenhaft in der warmen Luft dröhnten, tastete jeden Quadratmeter zwischen Altenteil und Zaun ab und kehrte ins Haus zurück.

»Die Tochter Theodor Wandts ist heute nacht nach einer Auseinandersetzung weggelaufen. Ihr Vater hat bei der Polizei Anzeige erstattet, daß Roman Bertini der Grund sei und sie nur zu Ihnen geflüchtet sein kann.« Dann, nach einer bedeutungsvollen Pause: »Ist Charlotte Wandt bei Ihnen?«

Kopfschütteln.

»Verfügen Sie über Keller und Ställe?«

Wieder Kopfschütteln.

Eine Weile stand Gendarmeriewachtmeister Schubert in den Anblick der wachsfigurenhaft verharrenden Sippe versunken da, die keinen Blick von der Uniform wandte – alle starrten auf das grüne Tuch, und dann, langsam, atemlos, dem Polizisten in das gerötete Gesicht.

Diesen Blicken hielt Gendarmeriewachtmeister Schubert nicht stand – er ließ den rechten Arm herabbaumeln. Ein Hauch ging durch die Sippe, hier zuckte ein Finger, dort flatterte ein Lid – nun starrten sie alle auf diesen baumelnden, entspannten Arm, als wäre ihr Heil von ihm abhängig.

Der Polizist knickte in den Knien ein und riß an seinem Koppel. Dann sagte er vernehmlich: »Ich stelle fest, daß sich Charlotte Wandt, die Tochter des Gemeindedieners Theodor Wandt, nicht bei Ihnen befindet. Dennoch wäre es gut, wenn Sie sich auf ein Nachspiel gefaßt machten. Er hat eine Anklageschrift in Aussicht gestellt.«

Gendarmeriewachtmeister Schubert schlug die Augen nieder, wandte sich um, zögerte, und sagte dann, halb widerwillig, halb erklärend: »Ein eifersüchtiges Schulmädchen hat den Stein ins Rollen gebracht.«

Der Zusammenhang wurde den Bertinis von Minna Kremer bestätigt. Völlig überwältigt von der Sensation, mit aufgerissenen Augen, die starken Zähne gebleckt, gab sie in der Küche des Altenteils, wo sie sich unter Beachtung aller Vorsichtsmaßnahmen hineingeschlichen hatte (»Es ist von jetzt ab gefährlich, Euch zu besuchen!«), dies zum besten: nachdem Gerda Lemke gestern in Theodor Wandts Haus gesehen worden sei, das sie zuvor niemals aufgesucht habe, habe man dort das Brüllen des Gemeindedieners und die Schreie seiner Tochter hören können. In der Nacht, nach dem Angriff auf Roman, sei Charlotte Wandt dann weggelaufen, und niemand im Dorf wisse, wohin. Ebensowenig wisse irgend jemand, was Gerda Lemke vorgetragen habe. Ob sie, die Bertinis, da vielleicht mehr wüßten?

So fragte und berichtete Minna Kremer mit aufgerissenen Augen und gebleckten Zähnen, sah sich dann erschrocken um, als habe sie etwas Verbotenes an falscher Adresse ausgeplaudert, und öffnete erst vorsichtig die Haustür um einen Spalt, ehe sie hinaushuschte.

Als des Dorfes gewaltige Klatschtante das Hoftor ins Schloß fallen ließ, blieb im Altenteil nichts als Lähmung zurück. Nur Emma Bertini beugte sich in der Sofaecke lauschend nach vorn und rief singend: »Fa-a-me – fa-a-me! Hört ihr denn nichts? Seid ihr denn taub? Das KZ kann gar nicht weit weg sein – fa-a-me! Ich bin eine Antenne!« Und sie sank wieder in ihr Kissen zurück, wo sie flüsternd die Lippen bewegte.

Gendarmeriewachtmeister Schubert suchte die Bertinis dreimal auf. Beim zweiten Mal schickte er den Postmeister von Bodendorf, Wilhelm Krogel, voraus, an einem Sonnabend – die Bertinis sollten gegen neunzehn Uhr sämtlich anwesend sein.

Da stand der Mann leicht schwankend vor Lea in seinem beschädigten Dienstanzug, forschte angestrengt in ihren erloschenen Zügen und wandte sich mit einem Ruck um, so daß er fast hingefallen wäre.

Zur angegebenen Stunde hörte die Sippe im Altenteil, wie ein Fahrrad unter dem Schlafzimmerfenster auf dem Hof abgestellt wurde, und dann stand der Polizist aus Obenwalde dick und schwitzend im Zimmer mitten unter ihnen. Ohne Erklärung holte er ein Papier aus der Tasche und las, mit dem Datum des 22. April 1944, laut vor: Unaufgefordert erscheine Theodor Wandt, wohnhaft in Bodendorf, und bringe folgendes zur Anzeige. In der genannten Ortschaft befinde sich eine Familie namens Bertini. Die Frau, Lea Bertini, sei *Volljüdin*, ihr Mann *arisch*, so daß es sich bei den drei Söhnen um *Halbjuden* handele. Einer von ihnen, Roman Bertini, habe seiner Tochter vom Tage der Ankunft an nachgestellt und sie schließlich, ob durch Drohung oder List, müsse noch geklärt werden, zum Geschlechtsverkehr verführt. Der habe stattgefunden im Hof des Altenteils, mal neben dem Mühlstein, mal unterm Dach zwischen Ställen und Scheune, stets jedoch in der Dunkelheit. Als Zeugin, und zwar Augen- und Ohrenzeugin, stehe Gerda Lemke, minderjährige Tochter des Tümpelbauern, zur Verfügung, die unfreiwillig, aber mehrfach, aus nächster Nähe dieses Verbrechen der *Rassenschande* (der Polizist machte die Geste des Wortunterstreichens) miterlebt habe. Es sei im Dorfe ferner bekannt, daß besagter Roman Bertini die Tätigkeit als Nachhilfelehrer ständig mißbraucht habe, um seine Schülerinnen unsittlich zu berühren. Anders sei der überaus rasche Reifeprozeß besonders von Christa Garchert nicht zu erklären, die schon vor der Konfirmation Seidenstrümpfe angelegt habe, so daß sich ganz von allein die Frage stelle, ob Roman Bertini, und zwar durchaus im buchstäblichen Sinne des Wortes, nicht seine Hand im Spiele (wieder die Geste eines dicken Striches) gehabt habe, was übrigens auch für die in den letzten Monaten unmäßig entwickelte Rosel Wölpert gelte. Die große Vorliebe des *Halbjuden*, der Deckung von Sauen und Kühen in Gegenwart der beiden, ebenfalls minderjährigen Mädchen beizuwohnen, sei mehr als einmal Bodendorfs Tagesgespräch gewesen.

Was den anderen *Halbjuden*, Cesar Bertini, betreffe, so halte sich hartnäckig das Gerücht, er habe gleich dutzendweise gegen die Rassengesetze verstoßen, ohne daß dafür allerdings, wie im Falle seines Bruders, ein Zeuge zu benennen oder ein Opfer geständig sei.

Die Familienverhältnisse unter den Bertinis könnten als zerrüttet angesehen werden, und zwar in dem Sinne, daß zwischen der *Volljüdin* und ihren Söhnen einerseits und dem *arischen* Vater andererseits von ehelichen und verwandtschaftlichen Bindungen keine Rede mehr sein könne. Das gleiche sei auf die Ehe der Lehmbergs zu übertragen, in der die Mutter Lea Bertinis, die *Volljüdin* Recha Lehmberg, ihrem *arischen* Mann ebenfalls von früh bis spät die Hölle heiß mache. Hinzugefügt werden müsse, daß es sich bei Ludwig, dem jüngsten der *Halbjuden*, um einen Gecken, Stutzer und Faulpelz handele, dessen Verachtung für seine Familie jedermann bekannt sei.

Viele der aufschlußreichen Informationen verdanke man Minna Kremer, wenngleich die Bäuerin, deren Ställe sich auf dem Hofe des Altenteils befänden, ihr Wissen keineswegs aus staatsbürgerlicher Verantwortung, sondern aus reiner Klatschsucht ausgeplaudert habe.

Insgesamt handele es sich bei den Bertinis und den Lehmbergs um eine rassische und völkische Gefahr, gegen die sofort alle notwendigen Maßnahmen ergriffen werden müßten.

Der Polizist, der langsam und laut gelesen hatte, ließ das Papier sinken, schaute aber niemanden von der reglosen Sippe an. Dann sprang er plötzlich, die Denunziation mit der Linken hochgehoben, auf Roman und Cesar Bertini zu, packte sie mit der Rechten an ihren Hosengürteln und schrie: »Stimmt das, was hier steht? Sagt mir sofort, ob das stimmt!«

Gendarmeriewachtmeister Schubert spreizte die Beine und stand dick und schwitzend da.

»Nein«, sagte Roman heiser, strich sich eine Strähne seines schwarzen Haares aus dem fahlen Gesicht und faßte mit einer impulsiven, unbewußten Bewegung Cesar um die Schultern.

Ganz nahe kam der Polizist an Roman heran, so nahe, daß sich fast ihre Nasen berührten. Dabei hatte er die Augen weit aufgerissen, als wolle er Roman hypnotisieren.

Der drückte den Bruder noch fester an sich.

Da trat der Uniformierte zurück, faltete das Papier zusammen und steckte es bedächtig in die Tasche. Bevor er die Türklinke zur Küche niederdrückte, sagte er streng, aber ohne irgend jemanden anzuschauen: »Ich bin beauftragt worden, die Anzeige zu untersuchen.« Damit ging er hinaus.

Roman folgte Gendarmeriewachtmeister Schubert auf den Hof, wo der Polizist ein Bein über den Rahmen seines Rades schwang und sich gewichtig im Sattel zurechtsetzte.

»Von wem beauftragt?« fragte Roman, kaum hörbar.

Der Polizist stieß sich mit wuchtigem Schwung ab, taumelte einen Augenblick gefährlich über das holprige Pflaster und sagte nach vorn:

»Von der Geheimen Staatspolizei Gardelegen.«

462

10

Der Befehl

Tod oder Leben der Bertinis in Händen, schlug Gendarmeriewacht-meister Schubert aus Obenwalde sein Quartier in Bodendorf auf – zwischen der Schule und dem Hof der Garcherts, in einem Haus, dessen Klinkerfassade aus den zwanziger Jahren nicht recht zum Dorfplatz passen wollte und das von einer uralten Lehrerswitwe bewohnt war.

Und nun traten seltsame Ereignisse ein.

Zunächst nahm sich der Polizist Christel Garchert und Rosei Wölpert vor, in der großen Stube, wo Roman die Mädchen unterrichtet hatte. Die Vernehmung dauerte einen ganzen Tag. Am folgenden hatten zwar beide Schülerinnen einen roten Kopf, trugen aber eine merkwürdig triumphierende Miene zur Schau – wohl weil sie, wie ein Gerücht wissen wollte, gegen die öffentliche Erwartung »doch noch Jung-frauen« seien.

Dann verschwand der Polizist in den Höfen, blieb jeweils lange darin, kam wieder zum Vorschein, dick und schwitzend, zog jedoch trotz einer viel zu heißen Spätaprilsonne nie die Uniformjacke aus. Obwohl er das Fahrrad selten bestieg, führte Gendarmeriewachtmeister Schu-bert es bei seinem Dienstauftrag stets mit sich. Er lehnte das Vehikel unangeschlossen gegen ein Tor, eine Mauer, einen Baum, und ver-schwand in eines der Anwesen. Meist nach mehreren Stunden, kam er triefend hervor und schob das Rad mit unbewegtem Gesichtsausdruck zum nächsten.

Es hieß, der Beamte aus Obenwalde lasse nicht nur keine Bodendorfer Familie aus, in der ein Mädchen älter als zwölf Jahre lebte, sondern unterziehe auch Bäuerinnen und weibliches Gesinde bis zum Alter von sechzig Jahren und höher einem unnachsichtigen Verhör, ob nun verheiratet oder nicht. Darunter war – neben der unverehelichten, wegen ihres überdimensionalen Busens nicht nur von den Junggesellen heißbegehrten Magd Jolanthe des Großbauern Adolf Frenk und einer Tagelöhnerin, die schließlich verstört, aber folgenlos, ein Verhältnis mit einem der französischen Kriegsgefangenen preisgab – auch Minna Kremer.

Nie soll die Frau so wagenradgroße, so kreisrunde Augen gehabt, nie die starken Zähne so gebleckt haben, wie in jenen fünfundvierzig Minuten, da der Polizist zu ihr in die Stallungen gedrungen war und sie mit erhobener Stimme gefragt hatte, ob sie es mit einem der Bertini-Söhne getrieben habe. Heftiger Gegenlärm habe bald aus dem Stall geschlagen, dann sei Minna Kremer noch vor dem Polizisten im Hof des Altenteils erschienen, aufgebracht und die Hände vor den Mund geschlagen, dies jedoch derart, daß niemand genau wußte, ob aus unbändigem Entzücken oder in heller Empörung.

Noch ungebärdiger benahm sich Anna Stephien, die Frau des Sattlermeisters. Die Wangen hektisch gefleckt und ohne jede Spur von Lächeln, verwahrte sie sich mit unglaublich schriller Stimme gegen das »widerwärtige Verhör«, um danach fortwährend zu schreien: sie sei eine verheiratete Frau – eine verheiratete Frau sei sie! Dann wurde sie weinend von Paul Stephien weggeführt, der seinen dicken Arm liebevoll um sie gelegt hatte.

Am ärgsten aber reagierte Elisabeth Niebert, die Tochter der reichen Molkerei-Besitzerin. Wie eine Furie ging sie los auf den Polizisten, fuhr ihn, das entstellte Antlitz nun noch häßlicher, kreischend an, daß sie ein anständiges Mädchen sei, dem weder Roman noch erst recht Cesar Bertini je auch nur im geringsten zu nahe getreten seien, riß dabei die Röcke hoch bis zum Nabel und wies ihre makellosen Beine vor, gleichsam, als wollte sie mit der Selbstentblößung dem Auge des Gesetzes ihre sittliche Unbeflecktheit demonstrieren. Schließlich aber weinte auch sie haltlos, wobei sie fortwährend einen herrlichen Goldreif am Mittelfinger ihrer rechten Hand drehte – niemand sollte jemals erfahren, ob der wertvolle Ring, der zuvor Cesar gehört hatte, aus Liebe oder aus Furcht darübergeschoben worden war. Das waren jedenfalls die Begleitumstände, unter denen auch dieses Erbstück Giacomo Bertinis seinen Besitzer gewechselt hatte.

Der Polizist blieb unbeeindruckt, trotz aller Tiraden, Schmähungen und Zurückweisungen. Mehr noch, er ging so weit, mittags sogar der Schlange auf Post wartender Bodendorferinnen zu Leibe zu rücken und sie, dick und schwitzend, in seinem inzwischen sattsam bekannten Tonfall zu fragen: welche von ihnen belästigt, bedrängt, betastet oder gar besiegt worden sei »von den erwachsenen Söhnen der Jüdin Lea Bertini«. Womit er allerdings wiederum nichts erntete als einen einhelligen Entrüstungssturm, der sich unerwarteterweise auch der Frau Wilhelm Krogels bemächtigte. Obwohl Gendarmeriewachtmeister Schubert in ihre Domäne einbrach, während sie hoffnungslos mit der Aufnahme eines telefonisch durchgegebenen Telegramms beschäftigt war und die ehemaligen Stallräume mit dem schwarzen Horn auf gelbem Grund widerhallten von entsetzten Verzögerungsversuchen – »Wie war das? Was haben Sie gesagt? Bin ich etwa eine Stenotypistin?« –, unterbrach sie ihren Dienst abrupt und raste auf die Dorfstraße.

Zwischen den Vorderzähnen die klaffende Lücke und in den hellen Augen den Ausdruck glücklichen Wahnsinns, war sie von geradezu überwältigender Ähnlichkeit mit ihrem Sohn. Nur daß dem nicht die Haare ins Gesicht fielen, wie seiner Mutter jetzt, als sie wild auf den Polizisten einschrie: ob ihm eigentlich bewußt sei, daß er nicht nur die Juden im Altenteil, sondern auch unbescholtene deutsche Frauen und Mädchen mit seiner idiotischen Untersuchungswut gefährde – wo doch jeder wisse, daß die Vorwürfe des Gemeindedieners völlig aus der Luft gegriffen seien. Und dabei war sie von so furchterregendem Aussehen, daß die auf Post wartenden Bodendorferinnen erschrocken einen Schritt zurücktraten.

Auf den Uniformierten aber machte auch diese Erscheinung keinerlei Eindruck. Vielmehr wiederholte er die Frage, und als ihm niemand antwortete, trug er, wie während der ganzen Untersuchung, umfängliche Notizen in ein schwarzes Heft ein.

Spät in der Dunkelheit hinkte Paul Stephien an das Schlafzimmerfenster des Altenteils heran, steckte seinen mächtigen Schweinskopf hinein und flüsterte rauh: »Entweder will Schubert euch zur Strecke bringen oder – euch mit allen Mitteln retten. Es gibt keine andere Erklärung für seine Gewalttätigkeit.«

Am nächsten Tag verschwand der Polizist, ohne sein Quartier in dem Klinkerbau neben der Schule schon aufgegeben zu haben. Es hieß, er verhöre nunmehr Charlotte Wandt, die, bei Verwandten in einem Nachbarort aufgegriffen, weit weggebracht worden sei, in die Nähe von Oschersleben.

Mit steinernem Gesicht zurückgekehrt, löste der Gendarmeriewachtmeister in weniger als fünf Minuten sein provisorisches Domizil auf und verschwand ohne Gruß und Abschied aus Bodendorf.

In dieser Nacht überraschte Roman Bertini seinen Bruder Cesar dabei, wie er auf dem Hof des Altenteils ein Küchenmesser an dem Mühlstein spitz zuzuschleifen versuchte.

Das breite, flächige Gesicht des Ältesten zeigte den Ausdruck einer schon entrückten Entschlossenheit. Als er sich gestellt sah, sagte er, das Metall möglichst geräuschlos weiterwetzend:

»Sie werden mich nicht kriegen. Wenn sie kommen, stoße ich mir das Messer ins Herz.«

Diesmal hatte Dieter Krogel und sein *Jungvolk* die Morgendämmerung gewählt.

Sie begannen ihren Auftritt mit einem Geschoßhagel gegen die drei Schlafzimmerfenster des Altenteils, die auf Paul Stephiens Hof wiesen – Holz, Eisenstücke, Steine. Einer davon traf Ludwig Bertini schwer am Kopf. Er schrie auf, taumelte hoch und besudelte die Oberdecke seines Bettes mit einem Blutschwall, der aus der rechten Seite unter dem Haar hervorquoll. Aber das Bertinische Entsetzen war nicht laut genug, um den Lärm der jungen, jauchzenden, gespannt vibrierenden Kehlen da draußen zu übertönen:

»Bald kommt die Nacht der langen Messer
Judenblut muß spritzen
Judendärme glitschen
Deutschland erwache!«

»Allmächtiger im Himmel!« hatte Hanni Erzfeld aufgeschrien beim Anblick von Roman Bertinis verbundenem Kopf und seinem zerschundenen Gesicht nach dem Überfall des Gemeindedieners. »Wie sehen Sie denn aus?«

Auf der kleinen Treppe vor ihrem Zimmer hatte sie gestanden, die Kinder an der Hand, und ihn betrachtet, wie er sich hinter den Schreibtisch im Laden gehockt hatte – gekrümmt, mit fahrigen, abwesenden Bewegungen, etwas Irres im Ausdruck.

Ihr Aufschrei war gleichsam zwischen ihnen stehengeblieben. Hanni Erzfeld erholte sich nicht mehr davon für die kurze Zeit, die Romans Gegenwart ihr noch blieb. Es war, als wenn sie nun gar nicht mehr von dem Treppenabsatz weichen wollte. Aber auch Hugo Erzfeld kam häufig aus der Reparaturwerkstatt herein, in seiner öligen Montur, scheinbar suchend nach irgend etwas, tatsächlich jedoch getrieben von dem unbewußten Wunsch, Sympathien zu bezeugen durch bloßes Dasein. Seit jenem Aufschrei hatte Roman ohnehin das Gefühl, daß beide am liebsten zu ihm hingeeilt wären, ihm den Arm um die Schulter zu legen und ihm gut zuzureden – und zwar mit der unausgesprochenen, jedoch fast greifbaren Bitte, den törichten Satz vom Anfang ihrer Bekanntschaft zu vergeben.

»Allmächtiger im Himmel!«

Viel tiefer noch als das erste Mal, aus ihrem Innern förmlich hochgestoßen, das herzähnliche Antlitz ungläubig verzerrt, schrie Hanni Erzfeld eines Mittags auf, als sich ihr vor der großen Ladenscheibe ein Bild präsentierte, das sich in der Tat ungewöhnlich genug ausmachte.

Gendarmeriewachtmeister Schubert, soeben vom Rad abgestiegen, hielt in den Händen zwei Stricke, deren Enden an Handschellen befestigt waren, die sich um Alf und Cesar Bertinis Gelenke schlossen. Vater und Sohn so hinter sich herziehend, war er mit den beiden von der Güterabfertigung quer durch Obenwalde bis vor die Reparaturwerkstatt Hugo Erzfelds geradelt, dessen Frau die Hände vor den Mund geschlagen hatte.

Es war das letzte, was Roman Bertini von ihr sah. Denn nun winkte der Polizist ihn herrisch heraus, legte auch ihm Handschellen mit einem dritten Strick an und schwang sich, nur mit einem Arm lenkend, auf sein Rad. Laufend, in einer Art Stolperschritt, schwankten die drei Bertinis hinter dem Gendarmeriewachtmeister her, während an den Straßenrändern die Passanten stehenblieben und dem seltsamen Schauspiel stumm beiwohnten.

Als sie außerhalb der Ortschaft die Landstraße nach Bodendorf erreicht hatten, fuhr Gendarmeriewachtmeister Schubert langsamer, stoppte schließlich, stieg ab und zog Alf Bertini und seine Söhne zu Fuß hinter sich her, ohne auf der sechs Kilometer langen Strecke auch nur ein einziges Wort mit ihnen zu wechseln.

Vor Bodendorf, noch außer Sichtweite, schwang er sich wieder einarmig auf das Gefährt und traf so mit den Gefesselten vor dem Altenteil ein. Sie behielten die Handschellen mit den Stricken auch noch um, als der Polizist sie über den Hof zog. Erst im Haus, in der Küche, schloß er die Eisen auf und ging ins Wohnzimmer, wo er Ludwig, Lea und Emma Bertini sowie Recha und Rudolph Lehmberg vorfand. Er hatte bisher niemanden angesehen.

Im Zimmer holte er ein Stück Papier, offenbar ein Dokument, aus der Tasche, und erst jetzt, als er hochsah, in acht geweitete oder verengte Augenpaare blickte, verschlug es dem Manne die Sprache – er bewegte den Mund, aber es kam nichts daraus hervor. Der Polizist schwankte eine Weile hin und her, musterte Fußboden und Decke, als gäbe es dort die interessantesten Entdeckungen, und warf sich endlich mühsam in den Harnisch seiner Diensthaltung. Doch die Stimme zitterte, als sie verkündete:

»Die Entscheidung lautet: Alf, Lea, Cesar, Roman und Ludwig Bertini haben Bodendorf innerhalb von zweiundsiebzig Stunden zu verlassen und sich in Hamburg sofort nach Ankunft bei ihrem zuständigen Arbeitsamt zu melden. Die Rückführung erfolgt, weil die Eingliederung in den Arbeitsprozeß nicht gelungen ist. Recha und Rudolph Lehmberg können, bis auf Widerruf, an ihrem jetzigen Wohnort bleiben.«

Gendarmeriewachtmeister Schubert ließ das Papier sinken, nahm den Tschako vom Kopf, wischte den Innenrand mit dem Taschentuch ab, setzte den Helm wieder auf und ging ans Fenster. Dort knickte er ein paarmal in den Knien ein, dann sagte er mit immer noch belegter Stimme: »Mein Bericht nach Gardelegen hatte gelautet: ›Trotz umfangreicher Nachforschungen erwies sich keine der Anschuldigungen des Gemeindedieners Theodor Wandt gegen die Bertinis als wahr.‹«

Wieder nahm der Polizist den Helm ab, knickte in den Knien ein und schritt zur Tür.

Er drehte sich nicht um, als er sagte: »Ich weiß nicht, ob der Fall mit dieser Entscheidung abgeschlossen ist oder ob er in Hamburg weiterlaufen wird. Aber ich weiß, daß es in den vergangenen vierzehn Tagen nur *eine* Gefahr gegeben hat – daß die Geheime Staatspolizei Gardelegen selbst die Untersuchung führen würde. Ich mußte alles tun, um das zu vermeiden«, damit wandte Gendarmeriewachtmeister Schubert aus Obenwalde sich um, sah aber nicht Roman, sondern Cesar Bertini mit einem langen, todernsten Blick an.

Dann hörten sie seine Schritte hart auf den Fliesen der Küche, auf dem Hofpflaster, hörten das *Klick* des Tores – und waren allein.

»Gnade«, ächzte Recha Lehmberg, »nehmt uns mit, laßt uns hier nicht zurück. Keine Trennung, alles andere, nur keine Trennung«, und die Fäuste gegen die Augen gedrückt, tappte sie blind zu ihrer Tochter hin.

Alle in dem kleinen Zimmer sahen auf Lea – Emma Bertini mit der Hand am Ohr, lauschend, kurzsichtig, die durchgedrückte Nase weiß; Cesar die hervorquellenden Augen hinter den dicken Brillengläsern auf die Mutter gerichtet; Ludwig halb von allen abgewandt, ein mürrisches, widerstrebendes, unbeteiligtes Fragezeichen; Alf Bertini kurz auflachend, als wäre ihm eine unerwartete Freude widerfahren, dennoch ratlos.

Lea aber sah auf ihren Zweiten, der den Blick gefürchtet hatte wie einen

Peitschenhieb. Mit niedergeschlagenen Augen stand er da, zerbrechlich, blaß, mager. Kaum sichtbar hob er die Schultern hoch, als wolle er sich einer Last entziehen, die er nicht zu tragen vermochte. Er wartete. Obwohl er wußte, daß ihn nichts erlösen konnte, wartete er. Das war die eine Hälfte des Roman Bertini in dieser Stunde.

Die andere war bereits in Hamburg, beschäftigt mit Bildern und Visionen, planend, in angestrengten Gedanken, die Zukunft betreffend. Und diese Hälfte sagte schließlich wie durch eine Wand zu Emma Bertini: »Du kommst mit, wir ziehen zu dir«, dann zu Recha und Rudolph Lehmberg: »Ihr müßt hierbleiben – es geht nicht anders.«

Als Recha die Fäuste von den Augen sinken ließ und Roman in das schmale, von den Spuren einstiger Schönheit immer noch geprägte Gesicht seiner Großmutter starrte, die sich mit einem Jammerlaut auf die Erde sinken ließ und dort lautlos weinte an der Hand Rudolph Lehmbergs – da fragte er sich: Wie halte ich diese Augen, wie halte ich diese Klage nur aus?

»Roman Bertini«, sagte Recha Lehmberg tonlos, »der Himmel wird dich strafen, er wird dich strafen noch und noch, daß du uns zurückläßt und verrätst – noch und noch, Roman Bertini!« Und sie erhob sich mit einer Miene, die nicht von dieser Welt schien, verließ die Wohnung und ging über den Hof des Altenteils auf das Tor zu.

Aber ehe sie es erreicht hatte, geschah etwas Unglaubliches, völlig Überraschendes und Rätselhaftes, laut und deutlich, wie in der frischen Mailuft gerinnend.

Denn dort, zwischen Amboß und altem Mühlstein, auf dem groben Pflaster, in der Nähe der riesigen, ausgedienten Walze, reckte sich Recha Lehmberg plötzlich, die rechte Faust emporgehoben, eine Statue ihrer selbst, und schrie:

»Schema Israel – adonai elohenu, adonai ehat!«

Und ein zweites Mal, noch gellender:

»Schema Israel – adonai elohenu, adonai ehat!«

Roman Bertini hörte es drinnen, und es war ihm, als würde sein Herzschlag stocken. Recha Lehmberg, die wahrscheinlich nie eine Synagoge von innen erlebt hatte; die kaum Jom Kippur von Pessach unterscheiden konnte; die über die Trennung von *Milchding* und *Fleischding* nur gelacht hätte und niemals die *Tefillin* am Arm eines Mannes befestigt noch ihm je die *Jarmolka* aufs Haupt gesetzt hatte; Recha Lehmberg, die kein Hebräisch gelernt oder eine Talmud-Schule besucht hatte und von der Zerstörung des Ersten und des Zweiten Tempels zu Jerusalem ebenso wenig wußte wie von der Natur der

Radiowellen – dieselbe Recha Lehmberg hatte soeben aus den Urtiefen ihres gewöhnlich so seichten Hirns, vielleicht als lang vergangene kindliche Erinnerung an eines der sehr seltenen Gebete von Ahab und Kezia Seelmann, an den Klang der elterlichen Stimmen, im Tonfall der Beschwörung den Jahrtausende alten Notschrei des jüdischen Volkes zu seinem Trost und seiner Hoffnung in den Himmel über Bodendorf gestoßen:

>*Höre Israel –*
der Ewige, unser Gott,
ist der Einzige!«

Die Nachricht von der Ausweisung hatte sich sofort herumgesprochen, so daß Bodendorfer Augenzeugen sehr wohl das Gespenstische der Situation zu erkennen vermochten, als Theodor Wandt in dienstlicher Eigenschaft, sozusagen als Amtsträger, noch einmal im Altenteil erschien, um seiner Pflicht zu genügen. Er brachte der Sippe einige überfällige Bezugsscheine für Kleidung und Wäsche sowie die Lebensmittelkarten für Mai, dies wie seit vorigem August, nur daß nun wieder, wie in Hamburg, bei Lea und Recha das große »J« aufgedruckt und der Zwangsname *Sara* hinzugesetzt war.

Da stand der Gemeindediener, einen Fuß auf die steinerne Wanne gestellt und mit der Rechten laut die Glocke schellend. Roman trat heraus, und es war ihm, als würde er durch eine antimagnetische Kraft daran gehindert, sich Theodor Wandt zu nähern. Der wartete auch gar nicht ab, sondern legte Scheine und Marken auf den Rand des Pumpenbeckens und verließ den Hof, ohne die Augen aufgeschlagen zu haben.

Paul Stephien, der von seinem Anwesen durch die kleine Pforte neben Roman getreten war, sagte unterdrückt, tief aus der Kehle hervor, wie sprachgehemmt: »Wenn du ... überleben solltest ... komm zurück und stich ihn ab ... stich ihn ab an der Stelle, wo du auf ihn triffst. Bring ihn um, laß Theodor Wandt verrecken unter freiem Himmel. Denn wir ... wir werden es nicht schaffen.«

Am nächsten Tag, dem vorletzten des Bertinischen Aufenthaltes in Bodendorf, ereignete sich jene Doppelkatastrophe, die sogleich in die abergläubische Chronik der Ortschaft als die *Judenstrafe* eingehen und darin einen herausragenden Platz behalten sollte.
Die erste: ohne einen Pulk *Fliegender Festungen* droben weit und breit,

wahrscheinlich von einer einzelnen, abgesprengten Maschine auf dem Rückflug nach England als Ballast abgeworfen, schlugen drei Bomben ein. Zwei auf freiem Feld, etwa dort, wo im vorigen Jahr die Kampfmaschine der Royal Air Force aufgeprallt war; die dritte im Acker neben dem Hause der Elfriede Wölpert.

Es gab einen geschwätzigen Zeugen der Kriegseinwirkung, nämlich Wilhelm Krogel, Fast-Opfer und, wie sich gleich erweisen wird, Schicksalszuträger überhaupt an diesem denkwürdigen Tag.

Der Postmeister hatte gerade, bei Abwesenheit der gesamten Familie, einen Brief mit militärischem Absender auf den Küchentisch der Garcherts gelegt und sich dann auf den Weg zu Hanna Hattenroths Schwester gemacht, um auch ihr einen Feldpostbrief auszuhändigen, da sah der Dorfbeamte, wie zu beteuern er später nicht müde wurde, »die Bomben herabsausen«.

Seinen schier endlosen Schilderungen nach, waren sie bei dem erderschütternden Aufprall nicht sofort detoniert, sondern hatten einige Sekunden verharrt, wie Zeitzünder, die sich sorgfältig überlegten, gegen welche Seite sie ihren vollen Druck kehren wollten.

Sie kehrten ihn gegen das Haus der Elfriede Wölpert, das erst aus allen Fugen gehoben und dann einfach weggeblasen wurde, als hätte es nie dagestanden. Nur dem Umstand, daß sie am äußersten Ende des langen Gartens mit der Pflege eines Spargelbeetes beschäftigt waren, verdankten Mutter und Tochter Rosel das Leben – doch sollten sie beide für immer ihr Augenlicht verlieren.

Das zweite Unheil folgte dem ersten auf dem Fuße.

Noch, als die Explosionswolke schwadig, gelb und giftig über der plötzlichen Stille schwebte, waren vom Dorfplatz her furchtbare Schreie zu vernehmen, so wahnsinnig und durchdringend, wie nicht einmal die Mutter des Toten von Orel damals ihre Qual aus sich herausgeheult hatte – sie kamen von Wilhelmine Garchert.

Da wußten die Bodendorfer, daß Wilhelm Krogel den Todesboten gespielt hatte, und Friedrich Garchert, kaum wieder im Felde, auf dem östlichen Kriegsschauplatz gefallen war. Bis zum Abend wußten sie sogar, wo und wie: in Czernowicz, durch eine sowjetische Panzergranate. Der Volltreffer hatte von Friedrich Garchert nichts übriggelassen, was zu bestatten gewesen wäre.

Zur Stunde noch hieß es, die Hand Gottes sei offenbar geworden, und an Seiner persönlichen Entscheidung gegen Bodendorf sei kein vernünftiger Zweifel mehr gestattet. Die Kirche jedenfalls wird bis tief in den letzten Kriegsherbst hinein, Sonntag für Sonntag, so voll werden, wie sonst nur im vorigen August, als Alf Bertini rauschend die Register der Orgel gezogen und mit großartigen Gebärden Bach, Saint-Saëns und Händel gespielt hatte, bevor Theodor Wandt ihm den Zutritt verwehrte.

Aberglaube oder religiöse Überzeugung, Pastor Schnigg fühlte sich sehr spät am letzten Abend ins Altenteil getrieben, diesmal im Straßenanzug. Und doch bewegte der kleine, grauhaarige Mann die Arme so, als hätte er sein geistliches Gewand an, denn er warf die Hände schwungvoll zurück, wie ein Anwalt auf dem Höhepunkt seines Plädoyers.

Weihnachten war er zuletzt hier gewesen. Jetzt sah er zu, wie Ludwig Bertini, einen weißen Verband um den Kopf, verloren und abwesend zwischen allerlei Bündeln hockte; wie Recha Lehmberg, die Fäuste gegen die Augen gedrückt, auf einem Stuhl saß, auf und ab wippend, stumm, als wäre sie ihrer Stimme beraubt; wie der Schlosser immer wieder einen Anlauf unternahm, seiner Frau übers Haar zu streichen, es aber doch unterließ; wie Emma Bertini, die Hand lauschend am Ohr, unaufhörlich das gleiche Wort vor sich hinmurmelte – und wie Alf Bertini in dem scharffaltigen Gesicht den Ausdruck einer stillen Genugtuung zeigte, die sich der Geistliche nicht erklären konnte.

»Wann fahren Sie?«

»Morgen, sehr früh«, sagte Lea, wobei ihre Stimme ein wenig überschnappte. Mit einer jähen Bewegung wandte sie sich ab.

Die Fenster waren weit geöffnet, mild strich ein Duft von Acker, Wiese und Wald durch den Raum. Die Bertinis hoben die Köpfe und schnupperten, hielten dann aber, wie ertappt, inne.

»Gott allein weiß, wozu…« Pastor Schnigg suchte nach Worten, fand keine, setzte noch einmal an: »Er allein weiß…« und blieb endgültig stecken. Als ihm niemand half, hob er segnend die Hände und ging.

Roman folgte ihm – über den Hof auf die Dorfstraße und den großen Platz. Dort unter der Kastanie, neben der Kirche, blieben sie stehen.

Es war so dunkel, daß sie einander kaum erkennen konnten.

»Was ist das Schlimmste, Junge?« fragte Pastor Schnigg, drängend, fast ungestüm. »Ich *muß* es wissen, was für euch das Schlimmste ist, mein Seelenheil hängt davon ab, daß ich es weiß!« Er kam ganz nahe heran, als könnte er die Antwort überhören oder ihm ein Wort entgehen.

Da sagte Roman Bertini klar in die Nacht:

»Das Warten auf den Gewalttod, Herr Pfarrer, nicht der Gewalttod selbst.«

Pastor Schnigg, die Arme nach Roman ausgestreckt haltend, trat rückwärts gehend von ihm fort, wurde kleiner, schmaler, verlorener, bis er verschwunden war.

In diesem Augenblick hörte Roman den Schritt und erkannte ihn sofort.

Theodor Wandt kam aus der Richtung des Altenteils, die kurzen Schaftstiefel wuchtig auf das klobige Pflaster der Dorfstraße knallend. Vor dem großen Haus, wo die gefangenen Franzosen eingeschlossen waren, rüttelte der Gemeindediener an Tür und Schloß, sich zu vergewissern, daß sie auch fest gesichert seien.

Langsam, ganz langsam wickelte sich Roman Bertini unter der Kastanie den verräterisch hellen Verband vom Kopf, stopfte ihn in die Hosentasche, zog vor Schmerz die Luft durch die Zähne. Dann huschte er lautlos auf Theodor Wandt zu.

Der trat ein paar Schritte zurück und blickte an der Fassade des Gebäudes hoch, ob sich etwas Verdächtiges zeige. Als ein deutliches »merde« herausdrang, grunzte der Gemeindediener zufrieden, prüfte die schwervergitterten Fenster, zunächst mit bloßen Händen, dann mit der klirrenden Glocke – dreimal schlug er gegen jeden Stab und horchte dem Hall lange nach.

Roman Bertini, immer im Rücken Theodor Wandts, hatte die Pistole hervorgeholt, hielt sie aber mit der Mündung gegen die Erde. Er war schweißüberströmt.

Nun zog der Gemeindediener den Schlüssel aus dem Schloß und verließ den Dorfplatz nach links. Hart knallten die kurzen Stiefel auf der Straße.

Roman Bertini wehte hinter ihm her, ein Schatten, keine fünf Meter von dem Ahnungslosen entfernt, dessen Umrisse er jetzt auf dem Wege zum Tümpel, wo sich das Dorf zum Drömling hin heller öffnete, überdeutlich wie auf einem Scherenschnitt erkennen konnte.

Roman Bertini zitterte und bebte. Die entsicherte Waffe emporgehoben, scheinbar schwerelos oder wie an unsichtbaren Fäden über die Erde gleitend, lief er Theodor Wandt nach, bis er ihn fast berührte.

Der Gemeindediener blieb stehen, bückte sich, machte sich an seinen Stiefeln zu schaffen.

Roman Bertini zitterte und bebte, wie er noch nie in seinem Leben gezittert und gebebt hatte. Die Pistole in beiden Händen, fühlte er nichts in sich als die tödliche Gier, abzudrücken und dem deckungslosen Mann da vor ihm eine Kugel in den Kopf zu jagen, ihn hinzustrecken auf den Boden und zu erlegen wie ein wildes Tier.

Roman Bertini wurde so geschüttelt, daß er fürchtete, seine Lautlosigkeit und Unsichtbarkeit zu verlieren – denn er war trotz allem bei Verstand. Deshalb blieb er nun zurück, als Theodor Wandt wieder hochkam und seinen Weg fortsetzte. Nur die Tritte und das Klöppeln der Glocke hallten noch eine Weile nach.

Langsam sank die Pistole herab.

Von dieser Minute an war die Waffe in Roman Bertinis Händen die materialisierte Versuchung zur Selbstjustiz. Fast auf den Tag elf Jahre, nachdem die Speckrolle David Hanf, Cesar und ihn auf der Gelehrtenschule des Johanneums zu Hamburg von den übrigen Sextanern als unrein ausgesondert hatte – und manches Jahr nach der Erkenntnis, daß er bereit war, Lea, seine Mutter, aus Liebe zu erschießen –, hatten sie ihn soweit: er fühlte sich fähig, aus *Haß* zu töten!

Inzwischen trug auch Cesar einen Verband um den Kopf.

Es war beim Packen der letzten Habseligkeiten passiert, inmitten von Bündeln und Paketen. Schwerfällig und vierschrötig, hatte er eine wertlose Vase gestreift, daß sie zu Boden fiel und zersprang.

Als hätte er auf dieses Signal gewartet, schrie Alf Bertini:

»Kannst du dich nicht vorsehen? Was schiebst du hier längs wie ein Dreizentnersack? Sind wir Millionäre?« Er beugte sich gespannt vor, ließ die Arme affenhaft baumeln und trippelte in Angriffshaltung zwei, drei Schritte auf Cesar zu.

Der, völlig überrascht von der heftigen Reaktion aus nichtigem Anlaß, warf den Kopf zurück, eine flammende Bewegung, stampfte mit dem Fuß auf und richtete die hervorquellenden Augen erbittert auf den Vater.

»Hört euch das an«, keuchte er, »jetzt, in unserer Lage um so etwas ein Spektakel zu machen, du … Tier du! Ja, bist du denn …«, aber da sank er schon mit einem Schrei zusammen, eine Hand an die blutende Schläfe gepreßt.

Alf hatte die zersprungene Vase gepackt und sie gegen den Sohn gestoßen. Das ausgezackte Gefäß noch in der Hand, drehte er sich mehrere Male blitzschnell um die eigene Achse, mit irren Augen, wie ein von allen Seiten umstelltes Wild, und tastete sich rückwärts zur Wand. Dort blieb er abwehrbereit stehen.

»Herr«, flehte Recha Lehmberg und hob die Finger wie zu Krallen gekrümmt gegen die Zimmerdecke, »laß uns sterben, Herr! Laß uns alle sterben…«

Lea hatte Cesars Kopf gegen ihre Brust gedrückt, sich mit Blut besudelnd. Dann erst machte sie auch dem dritten ihrer Söhne einen Verband.

Danach trat, wie durch Zauberwort, Stille ein. Jeder verharrte, wo er war. Sie sahen einander an, suchend und ratlos, und wandten sich wieder ab. Alf Bertini löste sich von der Wand und stürzte ins Schlafzimmer, wo er sich aufs Bett warf. Und dann weinte er, laut und ungebändigt, und es war das erstemal, daß sie Alf so weinen hörten.

Sie horchten und richteten sich auf, und in dieser Minute kam Roman Bertini dazu.

Cesar aber ging hinein und stellte sich neben Alf Bertini auf und blickte auf ihn herab und blieb so stehen, bis das Schluchzen erstarb.

Es war fast wie Telepathie, denn Lea hatte kein Geräusch vernommen, als sie noch im Finstern, etwa gegen drei Uhr früh, leise aufstand und durch Zimmer und Küche zu dem kleinen Raum bei der Haustür gelangte. Dort entdeckte sie sofort Wilhelm Krogel, der noch zusammengekauerter als bei seinem ersten Besuch dahockte und nun auf Lea zuschoß, ihre Hände ergriff und sie stammelnd über und über mit Tränen benetzte. Und wieder war die Erschütterung des Postmeisters so stark, daß er auch diesmal kein einziges verständliches Wort hervorbrachte, obwohl er offenbar gänzlich nüchtern war. Wilhelm Krogel wurde am Leibe so geschüttelt, daß er sich nicht auf den Füßen halten konnte, sondern in sich zusammensackte und sich wand auf der Erde, wie ein Mensch, der nichts mehr kannte als die Mauern seines Gefängnisses, eine Einöde, die ihn des Gebrauchs der Zunge und klarer Gedanken beraubt hatte.

Und dann, plötzlich, war er verschwunden, wie damals, wie ein Spuk, kaum daß sich die Tür zum Hof geöffnet und wieder geschlossen hatte.

Neun Monate nach ihrer Ankunft verließen die Bertinis am Morgen das Altenteil – über das holprige Pflaster vorbei an der Pumpe, dem riesigen Mühlstein mit der gebrochenen Achse, dem Amboß und der ausgefransten Straßenwalze unter dem Dach zwischen Scheune und Ställen. Voran Alf Bertini mit einem Bündel, ihm zur Seite, stolpernd, kurzsichtig, seine Mutter. Dann Lea, Ludwig und Cesar, alle beladen. Hinter ihnen, ein Packen unter den linken, die *Manuskripte* unter den rechten Arm gepreßt, Roman Bertini.

Weiß leuchteten die Kopfverbände der drei Söhne in der Frühsonne. Überall bewegten sich Gardinen, schwankten schmal aufgestoßene

Türen – das ganze Dorf war auf den Beinen, war Zeuge dieses Aufbruchs, ohne daß ein Mensch zu sehen gewesen wäre.

Nur auf dem großen Platz, unter der Kastanie, kniete jemand, eine gewaltige Frau, die Augen wie in Trance geschlossen und die Handflächen den Bertinis mit bittender Gebärde zugekehrt – Wilhelmine Garchert.

Der Trupp hielt einen Herzschlag lang inne, dann stapfte er weiter, aus dem Dorf hinaus. Und nur noch einmal verharrte er kurz – vor dem umgeblasenen Haus der Elfriede Wölpert neben dem Bombentrichter, dessen Grund sich mit lehmigem Wasser gefüllt hatte.

Dann schritten sie den Weg zur Bahnstation hinunter.

Frisch betaut, in den zarten Farben des reifen Frühlings, lag die Altmark vor ihnen, still und jung wie am ersten Schöpfungstag.

Den Blick auf den abfallenden gelben Pfad gerichtet, sah Roman Bertini doch, wie Leas Lippen zitterten.

Mein *Buch*, dachte er, und seine Zähne schlugen aufeinander, o Gott – mein *Buch*!

Das war der Auszug Alf Bertinis mit den Seinen aus Bodendorf über Obenwalde, trotz der Gefallenen von Orel und Czernowicz durch die bleibende Anwesenheit Recha und Rudolph Lehmbergs nun wieder ein Ort von fünfhundertzweiundneunzig Seelen, ungefähr auf halber Strecke zwischen Braunschweig und Magdeburg, nur etwas nach Norden hin.

Dies geschah an einem Donnerstag, dem vierten Mai, im Jahre neunzehnhundertvierundvierzig.

Vierter Teil
Das letzte Jahr

1

Das Ultimatum des Bankbeamten

Hanna und Eitel-Fritz Hattenroth erstarrten auf dem Flur zu Salzsäulen, als Emma Bertini samt Anhang vor der Haustür der Hohelufter Wohnung standen – sechs staubbedeckte, seltsam gekrümmte Gestalten, in den verfallenen Gesichtern die Zeichen des Trotzes, der Furcht und der Erschöpfung.

Aber die Einlogierer, die sich wohl längst schon als Hauptmieter wähnten, hielten dem Anblick nicht lange stand. Die Spitzen des kaiserlichen Schnurrbarts zuckten heftig, ehe Eitel-Fritz Hattenroth mit düsterer Miene in das Balkonzimmer verschwand, während seine Frau demonstrativ Kurs auf die Küche nahm, wo sie mit laufendem Wasserhahn, klirrenden Herdringen und klappernden Töpfen so nachdrücklich schaltete und waltete, daß an ihrem übermächtigen Lokalrecht keine Zweifel aufkommen konnten.

Die Bertinis sanken in Giacomos Zimmer dort nieder, wo sie gerade standen. Eigentümlicherweise entsprach der regellose Haufe schon der Ordnung, in der er auf so beschränktem Raum lagern würde – Alf Bertini auf Emmas Metallbett; Ludwig auf dem Fußboden davor; Roman unter dem altmodischen Flügel; Cesar auf dem couchähnlichen Gestell, wo Lea vor etwas mehr als neun Monaten Sprache und Bewegungsfähigkeit verloren hatte, und die Mutter auf dem viel zu kurzen Sofa zwischen den Fenstern.

Lediglich Emma Bertini blieb aufrecht stehen und horchte mit der Hand am Ohr demütig in die Wohnung hinein. Dann stolperte sie nach vorn, landete gebeugt vor der Küche und klopfte zagend an. Schließlich öffnete sie die Tür und verschwand. Bald darauf hörten die anderen, wie Eitel-Fritz Hattenroth ihr nachkam.

Draußen begann es zu dämmern, aber im Zimmer war es noch hell genug, um die vertrauten und doch unwirklichen Gegenstände ringsum zu erkennen, die seit Giacomo Bertinis frühen Hamburger Tagen hier in der Roonstraße die Zeiten überdauert hatten, ohne sichtbare Spuren der Verwandlung, der Schrumpfung oder der Verfärbung: das gichtige Pianoforte; die Zigarrenschneide aus Messing; die hölzernen Gestelle für die immergrünen Pflanzen; Alfs lebensgroßes Porträt als Kind in der typischen Braunfärbung alter Fotografien; Giacomos Foto vor seinem *Philharmonischen Blasorchester*, die Brust in der tressenbehangenen Phantasieuniform stolz herausgedrückt und die rechte Hand fest am Säbelknauf – ein Bild monumentaler Zuversicht und ewiger Zukunft.

Als die Schatten langsam Linien und Umrisse im Zimmer löschten, schlug Lea eines der mitgeschleppten Bündel auf und begann, Brote zu schneiden, zu schmieren, zu belegen und zu verteilen, dabei Bodendorfs letzten kräftigen Geruch verbreitend. Das alles geschah schweigend, ohne Licht und unter der monotonen Begleitung des Hattenrothschen Basses aus der Küche: daß diese Wohnung für neun Personen zu klein sei, und er, Eitel-Fritz Hattenroth, den Bertinis genau acht Wochen unter seinem Dach gebe. Seien sie bis dahin nicht ausgezogen, herrsche der alte Kriegszustand vom vorigen Jahr zwischen ihm und den Eindringlingen, nur möglicherweise nicht mit dem gleichen glimpflichen Ausgang, da er diesmal mit gröberer Munition treffsicherer schießen würde.

Unterdessen begannen die Bertinis sich im Dunkeln niederzulegen, schliefen aber nicht ein.

Hanna und Eitel-Fritz Hattenroth verließen die Küche sehr spät. Der Bankbeamte blieb vor der verschlossenen Tür des Wohnzimmers stehen und wiederholte mit dröhnendem Baß: »Oma – acht Wochen, und keinen Tag, keinen einzigen Tag länger, trotz meiner unglaublichen Geduld ...«

In der Nacht kam Emma Bertini schleichend, schlurfend und wispernd in den Raum: »Acht Wochen, denkt euch nur, volle acht Wochen haben sie euch gegeben, die guten Leute!«

Seit März hatte sie nichts als »fame, fame« gestammelt. War die Großmutter vielleicht doch nicht völlig verrückt? Aber dann sah Roman schemenhaft, wie sie die Hand lauschend am Ohr hielt, ehe sie wieder in die Küche verschwand.

Dort hatte Emma Bertini ihre Lagerstatt gefunden – auf der harten Bank neben dem Tisch.

Schon am nächsten Vormittag suchte Roman Barmbek auf.
Er fuhr die sechs Stationen von der Hoheluft über Kellinghusenstraße

mit der Hochbahn, bog gleich vom Barmbeker Bahnhof in die Pestalozzistraße ein und erreichte zwischen der großen Brücke und der ehemaligen Sandkiste die Lindenallee. Er ging sie hinauf bis dorthin, wo einst das Haus 113 gestanden hatte, und verweilte, wie im vorigen Jahr, mitten auf der geborstenen Straße, klein vor den verkohlten Baumstümpfen und den nackten Fassaden, verloren in einer schweigenden Wüste, in der alles versengt war, was einst getragen hatte. Geblieben war eine verwirrende Landschaft backsteinerner Senkrechter, aus denen verbogene, rostige Rohre sprossen, zusammenhanglos dekoriert von Kachelresten, hängenden Badewannen, Gräsern zwischen Mörtel.

So stand Roman Bertini abermals vor dem Haus Lindenallee 113, wo er vergangenen September zusammengebrochen war in der Not seines Herzens, und horchte nun in sich hinein und hörte nichts als dessen gleichmäßigen, stetigen Schlag. Keine Stimme mehr und keine Tränen, keine Geräusche von damals und keine Erinnerungen.

Brüsk, nach kurzem, schmerzlosem Staunen, wandte Roman Bertini sich um, verwandelte sich ganz plötzlich in einen Suchenden, Forschenden, Musternden, und stand, ein paar Schritte zurückgestolpert in Richtung Sandkiste, vor der Düsternstraße. Die Querverbindung zwischen Lindenallee und Fuhlsbüttler Straße war ausgebrannt, hohl, von der Hitze zerrissen – ein versteinerter Schrei aus himmelwärts gereckten Trümmersäulen.

Eine schmale, kaum sichtbare Fährte führte durch die Einöde, getrampelt von der vergeblichen Hoffnung ehemaliger Bewohner, vom Phosphor verschontes Gut auszugraben – ein winziger, gewundener Weg, uneben von höckerigen Ziegeln, von spitz aus Mauerresten hervorstechenden Eisenträgern bedroht, und überall von Unkraut und Verwehungen fast schon wieder verwischt.

Witternd stand Roman Bertini eine Weile da, dann folgte er der Spur in Richtung auf die Fuhlsbüttler Straße, watete förmlich durch Trümmer, mit steiler Falte über der Nase, bis vor die Höhlung, die vormals das Geschäft des Optikers Cunert gewesen war.

Wie von einer geheimen Kraft gezogen, besah Roman sich die Stätte genau – die kleine Treppe, die ins Souterrain führte, den Laden von einst, die beiden Lagerräume rechts und geradeaus, das alles türlos und ohne Fenster, mit Decken aus Beton, auf denen der Schutt meterhoch lastete, ein ungeheurer Druck, der die Waagerechte durchgewölbt hatte.

Davor stand Roman Bertini nun, bereits in der Zukunft, und blickte hoch an der Fassade, die sich fest und rot aus Klinker erhob, und blickte empor auch an den Zwischenmauern, die bröckelten und weiß waren von feinem Staub. Er befand sich im oberen Drittel der Düsternstraße und sah nach links, auf das Gebirge von Ziegeln, Trümmern, Trägern, das sich wie ein Wall, ein hoher Damm, gegen die Fuhlsbüttler Straße türmte, und sah nach rechts, wo unten, gleichsam wie durch eine Schlucht, einen widerborstigen Paß, die Lindenallee zu erreichen war.

So stand Roman Bertini, das Ultimatum des Bankbeamten aus der Hoheluft wie einen summenden Dauerton in Ohr und Hirn, vor dem ausgebrannten Laden des Optikers Cunert, bis mittags die Strahlen der Frühlingssonne ihn trafen inmitten des großen Blachfeldes Barmbek, wo er neunzehn von seinen einundzwanzig Lebensjahren gewohnt hatte, und an deren Ende nun nichts war als die Suche nach einer Zuflucht, ausgewählt nach der Möglichkeit der Flucht, der Isolierung und der Verteidigung – dumpfe, lächerliche Überlegungen angesichts einer Übermacht, die der Trümmer verborgener Seitenstraßen spottete. Und doch hatte Roman Bertini, als er über den Wall in die Fuhlsbüttler Straße kletterte, einen Entschluß gefaßt.

Sein zweiter Weg führte zum Eichkamp, jener Nebenstraße am unteren Ende des Mundsburger Damms, kurz bevor der Blick auf die Außenalster frei wird.
Erich Snider zeigte keinerlei Überraschung bei Romans Ankunft. Er zog ihn an Rohren, Becken und Klosettschüsseln vorbei in die Küche, drückte ihn dort auf einen Stuhl, horchte zum Radio hin – deutschsprachige Nachrichten aus London, vertraute Namen: Lindley Fraser, Peter Petersen, Mrs. Ogilvy Gibson, Thomas Mann.
Da hockte der Klempner, das klobige Antlitz halb abgewandt, den Buckel scharf herausgedrückt, den zerschmetterten Arm lose herabbaumelnd. Dann schaltete er das Gerät aus, sagte: »Die Invasion, die Zweite Front im Westen, sie muß jeden Tag kommen. Davon hängt vieles ab.« Endlich forderte er Roman auf: »Erzähl.«
Erich Snider hörte sich den Bodendorfer Bericht ebenso schweigend an wie die Mitteilung von dem Ultimatum des Bankbeamten Eitel-Fritz Hattenroth. Gerade als Roman geendet hatte, wurde die Haustür aufgeschlossen und die Tür zur Küche aufgerissen.
Darin erschien, in einer Art Monteuranzug steckend, mit großen Taschen und langem Reißverschluß, an der rechten Wange die Spuren von Maschinenöl, die blonden Haare unter einem Kopftuch versteckt,

Esther Snider. Die herrlichen Augen weit geöffnet und den schönen Mund zu einem jubelnden Freudenschrei geformt, so fegte sie auf Roman zu: »Aus das Parasitenleben, Schluß mit dem Höhere-Töchter-Dasein, jetzt hat die deutsche Rüstung mich!« Sie flog ihm an den Hals, verlor dabei das Gleichgewicht, riß den Gast mit sich auf den Fußboden, wälzte sich mit dem Monteuranzug über ihn und wollte vor Lachen fast ersticken.

Schließlich faßte sie sich, wischte sich die Tränen ab, schlug mit der flachen Hand dreimal auf die Erde und erhob sich. Dann steckte Esther Snider einen Finger in den Mund, wiegte sich in den Hüften und schaute Roman verträumt an. »Fred ist immer noch auf Kreta«, sagte sie, »als ob es keinen anderen Kriegsschauplatz gibt.« Die prachtvollen Zähne entblößt, die Augen leuchtend auf ihn gerichtet, kam sie nah an Romans Ohr: »Weißt du, wie er mich in seinem letzten Brief genannt hat?« flüsterte sie forschend, als ob sie allen Ernstes eine Antwort erwarte. Endlich wisperte sie, schier platzend: »Madonna!«, verharrte, wiederholte: »Madonna!« schrie: » *Madonna*!«

Dann umarmte sie ihren Vater, der eine Weile ganz hinter dem groben Monteuranzug verschwand, trällerte, einen Finger in den Mund gesteckt, an der Tür ein Lied, und war so plötzlich und wirbelsturmhaft verschwunden, wie sie sich hineinkatapultiert hatte.

Erich Snider tat eine Weile gar nichts, dann holte er einen Atlas hervor und legte ihn aufgeschlagen auf den Küchentisch.

»Das nächste Kriegskapitel – die Wiedereroberung der Hauptstädte! Rom, Warschau, Bukarest, Athen, Paris. Und im nächsten Jahr, etwa um diese Zeit – *Berlin*.«

Gnomenhaft, das holzschnittartige Gesicht nahe der Karte, zeichnete der Klempner mit der unversehrten Hand Linien nach, kritzelte, blickte dann von unten in das angespannte, bleiche, von schwarzen Haaren wirr umrahmte Gesicht Roman Bertinis.

»Sie bringen offenbar alle Juden um, deren sie habhaft werden können, massenhaft, wie die Fliegen. Ich weiß nicht – wie, jedenfalls nicht nur durch Erschießen. Aber genauer schon – wo...«

Erich Snider zog einen Kreis, der im Norden Bialystok und im Süden Krakau einschloß. »Ein exaktes Bild läßt sich weder durch die BBC London noch durch Radio Moskau machen, obwohl über immer neue Massenmorde berichtet wird. Die Ghettos sind inzwischen so gut wie leer – Warschau, Lodz, Wilna. Hunderttausende – wo sind sie geblieben?« Der Klempner blickte ihn an, als wüßte Roman Auskunft. Dann fragte er, halblaut, weiter: »Die fünfhunderttausend Juden im

Warschauer Ghetto, aus allen Ländern des besetzten Europa dort zusammengepfercht – was geschah mit ihnen? Bei dem Aufstand vor über einem Jahr waren keine fünfzigtausend mehr da.«

Erich Snider verfiel wieder in sein brütendes Schweigen, starrte lange wie blind, abwesend, auf die Karte.

Einen Augenblick war Roman Bertini drauf und dran, ihm die Geschichte von Chaim und Siegfried Kanten zu erzählen – von der Deportation, dem Abschiedsbrief mit den drei hervorgehobenen Anfangsbuchstaben, die das Wort GAS ergaben. Aber er tat es nicht, er schwieg, wie der Freund.

Plötzlich sah Erich Snider ihn mit hartem Blick an.

»Die jüdischen *Mischehen* wären längst dran gewesen, wenn der Luftkrieg nicht diese Formen angenommen hätte. Aber jetzt haben *sie* sich daran gewöhnt, jetzt wissen *sie*, daß es keinen Aufstand im Innern gibt, daß dieses Volk stille hält, bis in seinen Untergang. *Demnächst geht es gegen euch los.*«

Wieder schwieg der Klempner lange, rührte sich nicht vor dem Küchentisch, saß da wie schlafend.

Roman Bertini wartete geduldig und bis in die letzte Fiber angespannt.

Schließlich sagte der Klempner, mit geschlossenen Augen:

»Du mußt *zwei* Plätze finden. Einen innerhalb der nächsten acht Wochen, damit ihr von dem Kerl loskommt – und den andern für... später«, Erich Snider sprang hoch, riß die Tür zur Speisekammer auf, die gefüllt war bis oben hin, und schloß sie wieder.

»Lange habt ihr nicht mehr.«

Ganz plötzlich, nach kurzem Klingeln um sechs Uhr früh, stand der Polizist im Türrahmen, mit Schnallen und Koppel, Pistole und Tschako – nahe hinter ihm, durch seinen angewinkelten Arm lugend, Emma Bertini.

Unter dem Kopfkissen in der rechten Hand die entsicherte Pistole, maß Roman die Entfernung bis zu seiner Mutter auf dem viel zu kurzen Sofa und schob mit dem Fuß einen der alten Stühle, dessen obere Lehne in die Schußlinie ragte, beiseite – einzige Bewegung im Raum.

Denn die Bertinis blieben in der Haltung ihres Schreckens erstarrt – halb hochgefahren, aufgestützt und die Augen fest, wie magnetisiert, auf den Uniformierten gerichtet – mit ihnen schien das ganze Universum stehengeblieben zu sein. Bis durch Lea Bertini, kaum wahrnehmbar, ein Ruck ging, ein Schutzreflex zu ihren Söhnen hin, der noch

484

erstarb, ehe sich diese Gebärde der Ohnmacht und der Verzweiflung wirklich vollendet hätte. Erst dann riß Lea den Kopf nach hinten, daß ihre langen schwarzen Haare herabhingen vor Romans Gesicht.

Der spürte seltsamerweise nichts als Furchtlosigkeit in sich. Nun, da der Augenblick offenbar da war, kam ihm die Stunde fast bekannt vor, abgesehen von dem großen Staunen in ihm, daß nicht die Gestapo, sondern ein gewöhnlicher Polizist gekommen war, sie zu holen. Auch zeigte sich, auf welch vertrautem Fuß die Bertinis mit dem allgegenwärtigen Ende standen – denn da war keine Geste der Panik, kein Flehen, keine Frage. Es war nichts da als eine Würde, die sie vorher so oft unter sich hatten vermissen lassen, und eine Tapferkeit, deren keiner den anderen für fähig gehalten hätte.

Roman entdeckte sich sogar bei einem Lächeln, als er, den Polizisten unentwegt belauernd, den Zeigefinger seiner rechten Hand prüfend gegen den Abzug schob und den Lauf der Pistole so aufrichtete, daß er den Kopf seiner Mutter treffen konnte, ohne die Waffe unter dem Kissen hervorholen zu müssen.

Die Spannung löste sich in wenigen Sekunden auf.

Der Polizist rief nämlich jeden einzelnen von ihnen beim Namen und warf ihm bei Bestätigung einen Umschlag zu, ausgenommen Ludwig, der leer ausging. Dann wandte der Uniformierte sich um, stieß ärgerlich gegen Emma, und verschwand.

Was er ihnen zugestellt hatte, war mit *Dienstverpflichtung* überschrieben. Darin hieß es, daß Alf, Cesar und Roman Bertini sich unverzüglich bei den Siemens-Schuckert-Werken in Hamburg-Rothenburgsort einzufinden hätten, Lea dagegen in einer Bahrenfelder Fabrik zu arbeiten hätte.

Bei Alf und den Söhnen war der Absender das Hamburger Arbeitsamt, bei Lea Bertini die Geheime Staatspolizei.

Und plötzlich, unter dem Flügel Giacomo Bertinis, wußte Roman mit voller Gewißheit, wie durch ein zweites Gesicht, daß der Besuch des Polizisten nur ein Vorspiel war, daß etwas unvorstellbar Grauenhaftes, dem er nicht entkommen würde, auf ihn wartete.

Die Siemens-Schuckert-Werke entpuppten sich als eine Fabrik tief im Innern des feuerzerfressenen und bombenzerhackten Hamburger Südostens, ziegelrot, dampfend und an einem Wasserarm gelegen, der in die Norderelbe mündete.

Alf Bertini und seine Söhne Cesar und Roman fuhren bis zum Berliner Tor, stiegen dort in die Straßenbahn um, verließen sie eine Station vor

485

den Elbbrücken und hatten, vorbei an einem spitzdachigen Rundbunker, noch zehn Minuten zu Fuß zurückzulegen.

Die Fabrik bestand aus mehreren Gebäuden, das einzige weit und breit, das in dieser Trümmerlandschaft als von Menschenhand errichtet zu erkennen war, ausgenommen ein halbfertiger Bunker, dem die Bedachung fehlte und der in der Phosphornacht vom 27. auf den 28. Juli 1943 vierhundert Menschen zum offenen Grab geworden war.

So jedenfalls berichtete im oberen Stock eines der Werksgebäude der Geselle Magner, ein blonder, untersetzter Mann, dem die Aufgabe zufiel, den Neuen handwerkliches Können beizubringen – wofür, darüber verlor er kein Wort. Nachdenklich, jedoch nicht unfreundlich, besah er sich die drei Bertinis, gluckste: »'ne ulkige Familie seid ihr mir«, und fügte sachlich hinzu: »Ich zeige euch jetzt, worum es geht.«

Es ging um kleine Eisenplatten, in die der Geselle Magner ein gleichschenkliges Dreieck geritzt hatte – um ein ausgestanztes, kleineres Dreieck, das bis an die Schenkel des größeren auszufeilen war. »Lichtdicht!« wie der Geselle forderte.

Vorsorglich spannte er selbst die Werkstücke in den Schraubstock, ergriff eine große Feile, trat einen Schritt zurück und machte in grotesker Übertreibung wilde Bewegungen des Feilens und des Glättens. Dabei fragte er gegen den Lärm des Arbeitssaals Alf Bertini, was er denn vorher getrieben habe und was sein ursprünglicher Beruf sei. Worauf Alf in komischer Empörung, als müsse dies jedermann wissen, laut ausrief: »Dirigent!«

Die Antwort schien den Gesellen Magner einigermaßen zu verblüffen, denn er klappte den Mund auf, grüßte hilflos und drückte erst Alf, dann den Söhnen, nun fast zaghaft, Feilen in die Hände.

Nach einem kurzen Augenblick der Verblüffung riß Alf Bertini den Hebel des Schraubstocks mit aller Muskelkraft noch einmal an, ohne die eisernen Backen, zwischen denen das Werkstück eingeklemmt war, auch nur um den Bruchteil eines Millimeters fester rücken zu können, und begann stark zu feilen.

Dasselbe tat Cesar Bertini, die Zunge zwischen den Zähnen und die ganze Zeit unbewußt den Kopf schüttelnd. Während er an einigen Stellen die vorgezeichneten Linien überhaupt nicht erreichte, hatte er sie an anderen schon überschritten. Jedenfalls behauptete der Geselle Magner mit freundlicher Offenheit: ein so ungeschickter Anlernling sei ihm lange nicht zu Gesichte gekommen – eine Zensur, die er kaum eine Viertelstunde später auch Cesars Vater zuerkannte.

Denn bei Alf Bertini war eingetreten, was eintreten mußte. Nach einer

Weile ununterbrochenen, verbissenen Feilens, an dem der ganze Körper beteiligt war, erlahmte er von einer Sekunde auf die andere, völlig verausgabt, fiel in sich zusammen und ließ erschöpft die Arme sinken.

Für wenige Momente sahen sich die drei Bertinis in die Augen, erstaunt, ratlos, unglücklich, als suchten sie Trost. Aber dann wandten sie sich wieder ab, wie Menschen, die keinen Beistand voneinander erwarten konnten.

Roman besaß weder das handwerkliche Genie seines jüngeren Bruders Ludwig noch die Ungeschicklichkeit des älteren oder des Vaters. Sein ausgestanztes kleines Dreieck hatte schließlich die eingeritzten Schenkel des größeren erreicht, wenngleich keineswegs *lichtdicht*, wie es gefordert worden war. Aber der Geselle Magner schien zufrieden, wünschte den beiden anderen gleichen Erfolg und wollte es damit offenbar für heute gut sein lassen. Denn er verschwand und kehrte nicht wieder.

Roman Bertini stand über den Schraubstock gebeugt, schmal, dunkel, zerbrechlich, mit all seinen vibrierenden Antennen und Sonden für Gefahr bei dieser Entdeckung: der weite, lärmende Saal hatte nur *eine* Tür, nur *eine* Öffnung, ohne Möglichkeit, zu fliehen und zu entkommen, wenn *sie* kämen.

Auf dem Rückweg von der Fabrik in die Hoheluft löste Roman sich schon vor der Roonstraße von Vater und Bruder. Erst ging er nur rascher als sie, dann lief er, rannte, stürzte die Treppen hoch, schrie, ohne Beherrschung, noch bei geschlossener Haustür: »Mutter!«

Emma Bertini öffnete blinzelnd, mit einem Finger beschwichtigend und vorwurfsvoll in die Richtung der Einlogierer weisend. Roman hatte Lea sofort erblickt, über seine Großmutter hinweg, wie sie im Türrahmen des Zimmers stand, in beiden Händen einen Topf mit runden, gelben Kartoffeln. Sie war also früher von der Arbeit zurück. Aber er wagte nicht zu fragen.

Erst als alle ihr klägliches Nachtlager bezogen hatten, sprach Lea in die Dunkelheit hinein. Der Schuppen, in dem sie mit zwanzig anderen Jüdinnen aus Ehen mit nichtjüdischen Männern Rattengift zu verpakken habe, liege zwischen Altona und Bahrenfeld, an der Strecke nach Blankenese. Die Gestapo sei zweimal gekommen, um zu kontrollieren.

»Wie viele?« fragte Roman, unter dem Flügel einen Arm auf den harten Fußboden gestützt.

»Einer«, sagte Lea.

Vom Bett, in dem Alf Bertini lag, ertönte röchelndes Schnarchen.

Später kam Lea hoch, tastete sich am Tisch entlang, suchte ihren Jüngsten auf der Erde vor dem Bett. »Kannst du denn da liegen? Komm doch aufs Sofa, laß mich da unten schlafen, es macht mir nichts aus, wirklich – es macht mir nicht das geringste aus«. Sie ließ sich neben Ludwigs Lager auf die Knie nieder, als wäre der Wechsel besprochen und beschlossen.

Ludwig Bertini knurrte nur, streckte sich hörbar, antwortete aber nicht.

»Mutter«, bat Roman leise.

Seufzend erhob sich Lea, tastete sich zurück, deckte sich mit einer Wolldecke zu. Keiner von ihnen, ausgenommen Alf in Emma Bertinis Bett, schlief unter Federn.

Eine halbe Stunde nach Mitternacht heulten die Sirenen auf – der erste Alarm nach der Ankunft der Bertinis in Hamburg um diese Zeit.

Sie taumelten hoch, zogen sich im Dunkeln in fieberhafter Eile an, hörten auf dem Flur Emmas krächzende Stimme, dann den ehernen Baß des Bankbeamten: »Nichts da, Oma – nichts da! *Du* kannst mit in den Keller kommen, natürlich, aber wer von denen da drinnen dasselbe wagt, kriegt es mit mir zu tun.«

Eilige Schritte, unverständliche Wortfetzen – dann schlug die Wohnungstür ins Schloß.

Die Bertinis rührten sich nicht in dem dunklen Zimmer. Wie die Drohung Eitel-Fritz Hattenroths sie getroffen hatte, so verharrten sie, jeder auf seinem Platz.

Nach einer Weile öffnete sich die Tür zu Giacomos Zimmer – Emma Bertini. »Hört ihr es nicht?« flüsterte sie. »Fame – f-aa-me! Hunger – das Konzentrationslager kann nicht sehr weit sein, gar nicht weit«, sie verstummte, aber die anderen konnten trotz der Finsternis erkennen, wie Emma, weit vorgebeugt, eine Hand lauschend ans Ohr hielt.

Dann donnerte die Flak los, daß die Fensterscheiben dröhnten. Als Roman zu Lea trat, fühlte er, daß sie bebte. Da begannen auch seine Beine zu zittern, einzuknicken, daß er sich niederließ vor dem alten Flügel und Mühe hatte, nicht aufzustöhnen. Denn erst in diesem Augenblick, hier oben im vierten Stock des Hohelufter Mietshauses, schutzlos unter dem dünnen Dach dem Luftkrieg ausgesetzt, begriff er, was die Rückkehr nach Hamburg zusätzlich für sie bedeutete – die Rückkehr nämlich auch in jene *zweite Gefahr*, die sie trotz der abgestürzten Kampfmaschine und der Bomben in Bodendorf dort doch hinter sich gelassen zu haben glaubten.

Heute nacht aber, in dieser Stunde, von der Sekunde des Flakfeuers an, bekamen Dynamit und Phosphor ihren alten Schrecken im ohnehin bedrohten Leben der Bertinis wieder, und die Ohren sausten Roman noch in der Erkenntnis, als nach vierzig Minuten Entwarnung gegeben wurde.

Sie hörten, wie Eitel-Fritz Hattenroth und seine Frau Hanna die Treppe hochkamen, die Tür aufschlossen und in ihr Schlafzimmer gingen. Keiner von den Bertinis zog sich wieder aus, aber sie schliefen dann doch wie Tote.

Gegen Morgen fuhr Lea keuchend auf, die Hände gegen den Kopf geschlagen, und der Husten kam brüllend über sie, daß sie hinfiel und ihre Zunge sich blaurot aus dem aufgerissenen Mund hervorstülpte. Sie schwankte hin und her, faßte sich ans Herz, und schlug in Not und Blindheit das Glas zu Boden, das Roman in der Küche mit Wasser gefüllt hatte. Wenn der Vorhang ihrer Haarflut den Blick auf ihr Gesicht freigab, erkannte Roman es kaum wieder, so gedunsen waren Leas Züge von dem fürchterlichen inneren Druck.

Wie bisher stets, kam die Erholung in dem Moment, als es schien, daß der Anfall sie überwältigen würde. Der Husten wurde schwächer, die Verkrampfungen von Schultern und Armen lockerten sich. Als Lea nach der Uhr sah, erschrak sie. »O Gott, wir müssen uns fertig machen, wir haben keine Zeit mehr – in einer halben Stunde müssen wir los!«

Sie alle hatten um sieben Uhr an ihren Arbeitsstellen zu sein.

Roman Bertini aber, mit seinen Gedanken bereits in der Zukunft, war erbleicht vor Leas Husten, der weit herausscholl und den sie nicht zu unterdrücken vermochte.

2

»Wieder Spaghetti bei Giacomo«

Als Roman seiner Mutter von dem Keller in der Düsternstraße als
möglicher neuer Unterkunft berichtet hatte, da war sie zurückgefahren: »Dort? In Barmbek?« – ohne daß er den Grund ihrer Abwehr
verstanden hatte.

Nun brach er abermals dorthin auf. Eigentlich hatte er nur Ludwig
mitnehmen wollen, Alf jedoch bestand darauf, mitzukommen – um
Unheil zu verhüten, wie er sich ausdrückte.

»Kennst du ein größeres Übel, als hierzubleiben?« fragte Ludwig
seinen Vater mit kaum verhohlener Geringschätzung. »Na also!«

Ludwig war der erste, der von der Fuhlsbüttler Straße über den Wall
von Geröll und Schutt in die Düsternstraße fand. Dabei folgte er
peinlich genau den Windungen des schmalen, kaum sichtbaren Pfades,
wandte und drehte sich so, daß kein Mauervorsprung, kein rostiger
Träger seinen Anzug ritzte, blickte geschäftig voraus und blieb sinnend, mit zuckendem Adamsapfel, vor dem ausgebrannten Laden des
Optikers Cunert stehen.

Alf Bertini aber rief »Pah!«, als er sah, woran Roman als neue
Unterkunft gedacht hatte, und noch einmal »Pah!«, ehe er grimmig
bemerkte: »*Ein* Herbststurm, und die ganze Fassade bricht samt
Zwischenmauern zusammen und begräbt uns unter sich«, er kehrte
den Söhnen sein wütendes Gesicht zu. »Wenn es überhaupt bis zum
Herbst hält.«

Ludwig Bertini sah seinen Vater mit einem langen Blick an, dann
schritt er pfeifend die kleine Treppe ins Souterrain hinunter, verschwand im Innern, klopfte an Wände und Decken, horchte. Ging
mit großen Schritten auf und ab, gespreizt, ungeheuer fachmännisch, gönnte weder Alf noch Roman, die draußen stehengeblieben
waren, einen Blick, und kam schließlich wiegenden Schrittes hervor. Ohne Alfs abschätziges Auflachen zu beachten, erkletterte er

die Schuttschicht über dem ehemaligen Laden, hob ein Bein empor, verlegte sein Gewicht auf das andere und knickte mehrere Male mit dem Knie ein. Dabei schaute er prüfend an den weißen, staubig-bröckligen Wänden hoch in den nackten Himmel und nickte zufrieden.

Dann kam er auf die Straße zurück.

»Also«, sagte Ludwig Bertini, dabei Alf mit einem Blick streifend, als wenn die kommenden Erklärungen ohnehin auf das schiere Unverständnis, die blanke Begriffslosigkeit stoßen würden. »Das ist *Klinker*, wenn die Herrschaften überhaupt Bauweisen und Baumaterial auseinanderhalten können – Klinker! Ein Erdbeben könnte die vielleicht zum Einsturz bringen, und Bomben natürlich, aber Wind jedenfalls nicht. *Ein* Herbst ist doch übrigens schon ins Land gezogen, und ein Winter dazu, seit es hier gebrannt hat.«

»Dann bricht es eben im zweiten Jahr zusammen!« schrie Alf Bertini, das Gesicht immer noch in Abwehr und Ablehnung so entstellt, daß Roman den Vater nicht anschauen mochte.

Ludwig tat die Prophezeiung mit überlegener Handbewegung ab. »Hauptproblem – den Keller gegen Wasser abdichten. Die Schuttschicht darüber saugt sich bei Regen voll wie ein trockener Schwamm. Wenn das nicht klappt, schwimmen wir da unten weg.«

»Abdichten!« höhnte Alf Bertini, »abdichten! Könntest du Klugscheißer mir mal erzählen, *womit*?«

Ludwig bückte sich unbeeindruckt, schaute von unten auf Alf, als wäre er ein lästiges Insekt, sagte: »Mit diesen Platten«, und zeigte auf den steinernen Belag des Gehsteiges, der eine erhebliche Strecke zur Lindenalle hin heil geblieben war – Quadrate, die so locker aneinandersaßen, daß Ludwig ohne Mühe eine Platte herauslösen konnte. »Auf die Schuttschicht, und die Nahtstellen geteert – darunter könnten wir es hundert Jahre aushalten.«

Nun war es um Alf Bertinis Selbstbeherrschung geschehen. Er bückte sich, ergriff eines der Steinquadrate, hob es hoch, prüfte das Gewicht, ließ es fallen und schlug sich die Hände gegen die Schläfen. »Habe ich normale Söhne gezeugt?« ächzte er, »oder Idioten? Die Schuttdecke mit diesen Platten abdichten, die zusammen schwerer wären als ein Elefant?« Alf Bertini drehte sich um die eigene Achse, als narrte ihn ein Spuk.

»Mit diesen Platten, die schwerer sind als ein Elefant, und mit Teer zwischen den Fugen«, bestätigte Ludwig ungerührt, schnippte sich einen eingebildeten Fussel vom Revers und strich mit dem Taschentuch über die Schuhe, auf denen sich eine feine weiße Schicht abgelagert hatte.

»Mörder!« schrie Alf, bückte sich, machte eine Wendung gegen Ludwig und Roman, als wollte er sie angreifen, und lief dann auf die Fuhlsbüttler Straße zu. »Mörder!«

Roman eilte ein Stück hinter ihm her, rief verzweifelt: »Und Hattenroths? Was bleibt uns denn anderes übrig, selbst auf solche Gefahren hin?« Aber Alf Bertini war schon hinter dem Schuttwall verschwunden.

Als Roman zurückkam, befand sich Ludwig im vorderen Raum und winkte den Bruder herein. Seine Stimme klang ganz hohl unter der etwas durchgebogenen Betondecke. »Hier wird eine Mauer gezogen, und hier, und schon ist alles eingeteilt: Küche, zwei Schlafräume, ein Abstellraum, wo auch die Toilette hinkommt.« Locker schritt Ludwig auf und ab, ganz Feuer und Flamme für das neue Projekt, tadellos gekleidet und sorgfältig frisiert. »Drei Türen – eine nach draußen, zwei hier drinnen. Dann nur noch der Wasseranschluß.«

»Wasseranschluß?« fragte Roman ungläubig.

Ludwigs Adamsapfel zuckte verächtlich. »Willst du ohne Wasser leben? Na also! Laß mich nur machen«, er tat ein paar vorsichtige Schritte nach vorn, als schliche er sich an etwas heran. Dabei näherte er sich im hinteren Teil des Kellers einem verrosteten Hahn, der aus der Wand ragte. Ludwig ging in die Knie, starrte beschwörend auf das Metall und streckte die Hand nach dem Bruder aus. »Einen Stein.«

Roman ging hinaus und kehrte mit einem Ziegel zurück. Damit schlug Ludwig gegen den Griff des Hahns, zweimal, dreimal – »plock, plock, plock« – und dann schoß ein Strahl hervor, gelb, gelbrot, schwarz, schwarzbraun, wie verrottetes Blut, wie Eiter in Strömen, ein Sturzbach der Fäulnis, der langsam, ganz langsam, klar, frisch, durchsichtig wurde.

Ludwig Bertini, der so rechtzeitig zurückgesprungen war, daß kein Tropfen seinen Anzug benetzt hatte, grinste, als hätte er eine Mine entdeckt. »Und Moses rührte an dem Felsen und sagte: es komme Wasser – und siehe da, es kam Wasser!« feixend sprang er von der Seite auf den Hahn zu und stellte ihn ab. »Glaubst du mir jetzt, daß ich Quellen finden kann?«

Roman schaute seinen jüngeren Bruder forschend an. Es war das erste Mal seit langer Zeit, daß sie vernünftig miteinander sprachen. Eine vage Hoffnung schoß in ihm hoch, die jedoch gleich versiegte – wann würde es wieder vorbei sein?

»Also – Teer, Tür- und Fensterrahmen, Glas.« Roman zeigte auf die Öffnung nach hinten hinaus und auf die zwei Vorderfenster, davon riesig die ehemalige Ladenscheibe. »Dazu fünf Betten, ein Tisch, ein paar Stühle, ein Schrank, ein Herd – aber woher das alles nehmen?« Er ging wieder nach vorn, blieb vor der großen Öffnung des einstigen Schaufensters stehen. »So viel Glas bekämen wir doch nie – was tun?«

»Laß mich nur machen«, sagte Ludwig.

Dann folgte er dem Bruder, der die Düsternstraße zur Lindenallee hinunterging, rechts einbog und vor das zerstörte Haus 113 trat. Dort holte Roman ein Stück Kreide hervor, das er sich von dem Gesellen Magner besorgt hatte, kniete nieder und schrieb auf einen großen grauen Stein:

»Wieder Spaghetti bei Giacomo«

Er schrieb es in Druckschrift, wobei er die einzelnen Buchstaben doppelt und dreifach nachzog. Dann stellte er den beschrifteten Stein so in den verschütteten Treppenhauseingang, daß selbst ein schwerer Regenguß Mühe haben würde, die Buchstaben zu lösen.

Ludwig krauste die Stirn. »Geisterbeschwörung?«

Roman erhob sich. »Wer lesen kann, der wird verstehen.«

Erst über einen Monat nach ihrer Rückkehr aus Bodendorf, am Morgen des 6. Juni, gingen Roman und Cesar Bertini wieder ohne Kopfverband auf die Straße.

Wunderbar hell strahlte die Sonne über die Trümmerlandschaft von Rothenburgsort, mit klarem Licht, in dem Roman von seinem Platz am Schraubstock durch die hohen Fenster des Werksaales weit über den zerstörten Stadtteil sehen konnte.

Da wurde plötzlich die einzige Tür aufgerissen, und eine Stimme schrie in den Raum:

»Invasion! Die Engländer und Amerikaner sind gelandet – in Nordfrankreich!«

Die Hände der Bertinis mit den Feilen sanken herab. Sonst veränderten weder Alf noch die Söhne ihre Stellung, außer, daß sie blitzschnelle Blicke miteinander getauscht hatten.

Roman setzte sein Werkzeug wieder an. Schürfend beugte er sich über das x-te Dreieck, das er sauber bis an die vorgeritzten Linien erweitert hatte – die »Zweite Front«, die Invasion, die endgültig für das *Dritte Reich* die Totenglocke einläutete.

Und sie alle, die Bertinis, lebten an diesem Tage noch.

Später, am Nachmittag, erfuhren sie mehr, vor einem Lautsprecher in einer Ecke des Fabrikhofes, auf dem sich zu den Nachrichtensendungen ein Haufen Arbeiter einzufinden pflegte und schweigend zuhörte: deutsche Truppen stünden am Atlantikwall in harten, schweren Abwehrkämpfen gegen amerikanische und britische Landeverbände, die nach langandauernden Luftangriffen in der Normandie einen Brückenkopf bilden konnten.

Niemand auf dem Fabrikhof sagte ein Wort, keiner der Arbeiter kommentierte den Bericht. Sie gingen auseinander, wie sie gekommen waren – lautlos, mit undurchdringlichen Gesichtern, eine schweigende Menge in blauer Kluft.

Eine Woche später, auf den Tag, wurde abermals die Tür des Werksaals aufgerissen, und wieder schrie eine Stimme, schrill und überkippend:

»*Die Wunderwaffe! Die Wunderwaffe!* Ganz Südengland steht in Flammen!«

Da sahen sich die Bertinis wieder an, Vater und Söhne, und Schwärze kam über Roman. Es wurde buchstäblich Nacht um ihn, am hellichten Tag, denn ihm schwanden die Sinne, daß er sich festhalten mußte an dem Schraubstock, und in ihn fuhr sengend, wie glühendes Metall, der Zweifel – zum erstenmal. Der Zweifel an dem bisher so völlig selbstverständlichen, natürlichen und unabwendbaren Sieg der Alliierten, ihrer Bundesgenossen, denen sich die Bertinis seit Jahren zugehörig fühlten.

Bis zu dieser Minute hatte keiner von ihnen je mit einem andern Kriegsausgang gerechnet, als daß ihre Feinde geschlagen würden, geschlagen an Haupt und Gliedern, bis zum letzten Atemzug verfolgt und restlos zerschmettert; daß dies der Lauf der Weltgeschichte sei, von allem Anfang an, und daß es keine andere Gerechtigkeit gäbe. Die Bertinis hatten diese metaphysische Zuversicht aufrechterhalten, als sich die deutschen Fronten noch in alle Himmelsrichtungen nach Europa hinein und nach Asien und Afrika hin ausgedehnt hatten. Und sie sahen sich in ihrer Unerschütterlichkeit nur allzu bestätigt nach Stalingrad, nach der Vertreibung des deutschen Afrikakorps und seinem Ende in Tunesien; nach der Landung der Amerikaner in Nordwestafrika und in Italien. All das überraschte die Bertinis nicht, denn die Vernichtung ihrer Feinde, die militärische Niederlage Deutschlands, war für sie so sicher gewesen, wie der Sonnenaufgang am nächsten Tag. Sie selbst hatten diesem Feind nichts entgegenzusetzen, sie waren ihm ausgeliefert und ohnmächtig vor seiner millionenfachen Übermacht, ein Tropfen Wasser, der jeden Augenblick in einem Meer von Feuer verdampfen konnte. Aber niemals, niemals würde dieser Feind siegen, niemals Herr werden über die Menschheit! Das war der inbrünstige, makellose Glaube der Bertinis, war ihr Blut, ihr Triumph und ihr Leben!

Und doch mußte in ihnen, ganz tief hinten und unten, eine letzte, teuflische Furcht geschlummert haben.

Denn nun, nachdem die Tür hier oben wieder aufgerissen worden war, zum zweitenmal in einer Woche, und in den Werksaal geschrien wurde:

»*Die Wunderwaffe! Die Wunderwaffe*! Ganz Südengland steht in Flammen!« – da glomm ein wahnsinniger Gedanke in Roman Bertini auf. Was, wenn das Böse, wenn Hitlers Wissenschaftler eine Waffe erfunden hätten, die schrecklicher wäre als alle anderen? Die Deutschland mächtig machen würde über die gegnerische Koalition – über Russen, Amerikaner, Briten, Franzosen, über die ganze übrige Menschheit? Was, wenn solche Waffe nicht nur London, Moskau, New York, sondern ganze Nationen auf einen Schlag pulverisieren könnte und Hilflosigkeit herrschte vor ihrer Gewalt und die Welt ihr wehrlos ausgeliefert wäre?

Da hatten sich Roman Bertinis Sinne verwirrt, wie er da an seinem Schraubstock stand, und das Blut wollte ihm in den Adern gerinnen.

Doch der Anfall ging vorbei, der Zweifel vorüber, auch in Vater und Bruder, die hier oben gerade so verharrt hatten wie er, und sie richteten sich gemeinsam auf, wie auf ein geheimes Zeichen, und erwachten und schüttelten sich, erleichtert, gläubig, voll der alten, der uralten Gewißheit.

Die *Wunderwaffe*, so erfuhren die Bertinis wenig später von dem blonden Gesellen Magner, die Wunderwaffe sei eine Rakete, deutsche Wertarbeit, ein unbemanntes Projektil, das Hunderte von Kilometern weit flöge und London – das Babel der Sterlings, John Bulls gierige Metropole – bis zur Vernichtung unter Beschuß genommen habe: V 1 genannt, und zwar V wie *Vergeltung*...

Da guckten sich die Bertinis wieder an, aber diesmal grimmig und in höherer Kenntnis. Vor allem Alf Bertini lächelte tief in sich hinein, und zeigte ein Gesicht wie schon damals, als junger Mann, im Ersten Weltkrieg, als er von den langen und furchtbaren Strafen sprach, denen die Schuldigen in Deutschland nach dessen unausweichlichem Ende ausgesetzt sein würden, nur daß er nun noch grimmiger aussah als seinerzeit vor Jahrzehnten.

Aber auch Roman und Cesar murmelten, wie der Vater, das letzte Wort aus dem Munde des Gesellen Magner leise nach und wagten nicht aufzuschauen, weil sie fürchteten, *ihre* Deutung des Wortes *Vergeltung* könnte sich an ihren Mienen verraten.

Die einzige Reaktion auf Roman Bertinis Kreideschrift unter dem verbrannten Portal des Hauses Lindenallee 113 war die einer alten Bekannten.

Abends erschien sie in der Hoheluft, atemlos und sichtlich erregt, in der bodenlangen Kleidung der Frauen vor dem Ersten Weltkrieg, noch spitzgesichtiger als früher und von ihren ehemaligen Nachbarn mit freudiger Überraschung begrüßt – Helene Neiter!

Als der Bankbeamte bei ihrem Eintritt die Tür zu seinem Zimmer öffnete und das Wiedersehen mit strafender Miene quittierte, legte Helene Neiter, alle Beschützerinstinkte hellwach, eine Hand auf Leas Schulter und schaute Eitel-Fritz Hattenroth, der auch sogleich verschwand, streng an – Spannungen im Haus, Meinungen und Gegenmeinungen, gefährliches Schweigen oder gar Drohungen?

Helene Neiter drängte die Bertinis in Giacomos Zimmer, setzte sich neben Lea, setzte sich sehr nahe zu ihr, einerseits von Neugierde über die hiesigen Verhältnisse geplagt, andererseits von Mitteilungsdrang über das eigene Schicksal schier überlaufend nach so langer Zeit der Trennung und der Ungewißheit. Schließlich siegte der Drang, ihre Erlebnisse zu schildern, zumal Lea sich mit keinem Wort über den aufdringlichen, schnurrbärtigen Einlogierer geäußert hatte. Und so erfuhren die Bertinis, daß Helene Neiters Lebensgefährte, der stille, unscheinbare Straßenbahnschaffner Weitdorn, ein Opfer seines Berufes geworden war, Anfang des Jahres, in Eppendorf – Genickbruch: er sei von der Tram gefallen, einfach so, tot.

Diesen Schlag mußte Helene inzwischen überwunden haben, denn sie plauderte übergangslos weiter. Daß sie zehn Minuten vom Barmbeker Bahnhof entfernt, Richtung Alter Teichweg, aber nicht am Kanal, in einer Notunterkunft ein geduldetes Dasein bei einer – ha! ha! – *besseren Dame* führe, die noch fünf Jahre älter sei als sie, also fünfundachtzig, aber noch mit Geliebten prahle, die allesamt ihre Urenkel sein könnten. Ferner, daß sie, die regelmäßig alle vierzehn Tage, drei Wochen am Hause Lindenallee 113 vorbeispaziere, heute morgen die Kreidemitteilung gelesen und sofort verstanden habe. »Und am selben Tag noch bin ich gekommen!« sagte Helene Neiter, so aufgeregt von dem Wiedersehen, daß sie nur mit Mühe Luft bekam.

Da saß sie zwischen den Bertinis in Giacomos Zimmer, sehr dürr, mit schütterem Haar und langem Kleid, streichelte verstohlen über Leas Arm und nahm die Fäden ihrer traditionellen Beziehungen dort wieder auf, wo sie vor fast einem Jahr gegen ihren Willen abgerissen waren. Ihre Informationen aus der neuen Nachbarschaft am Alten Teichweg erwiesen sich als so scharf beobachtet wie eh und je – von dem Wurf junger Hunde nebenan über mehrere natürliche und, ihrer Meinung nach, nicht ganz so natürliche Todesfälle in der näheren Umgebung (da seien ein paar Herren erschienen und nicht allein weggegangen, man wisse ja, in welcher Zeit man lebe), bis zu den gräßlichen Angewohnheiten ihrer Wirtin. Diese – ha! ha! – *bessere Dame* habe gestern den allerletzten Beweis dafür geliefert, daß das harte Stöhnen aus ihren Räumen bloß die Vortäuschung einer Sexualorgie gewesen sei, um in ihr, Helene Neiter, Neid zu wecken. Ein Blick durchs Schlüsselloch habe ergeben, daß niemand bei der Wirtin war und sie völlig allein mit gespreizten Beinen auf dem Sofa gelegen habe. Und bei der Wiedergabe dieser empörenden Vorfälle stieß die ehemalige Nachbarin aus der Lindenallee vor den Bertinis kleine Schreie der Abscheu aus.

Sie folgte Lea, die für die Zubereitung des Abendbrotes Hanna Hattenroths Abwesenheit abpaßte, in die Küche, von dort zurück ins Zimmer, stieß ihre spitze Nase weit nach vorn und fragte endlich, ob der *Herr Dingsda, der komische Kaisertreue aus alten Tagen, das deutschnationale Großmaul,* ihnen zu schaffen mache? Auf Leas freundliche, aber einsilbige Antwort, Eitel-Fritz Hattenroth und seine Frau Hanna seien *noch die selben,* bot Helene Neiter ihre sofortige Intervention an. Noch zur Stunde wolle sie Zeugnis ablegen für die Bertinis und jeden mit ihrer vollen Verachtung strafen, der ihre wohlmeinenden Ansichten über die langjährigen Nachbarn nicht teile. Notfalls jedoch, notfalls – und nur mit Mühe, unter dauerndem Zureden und sanfter Gewalt konnte Helene Neiter davon abgehalten werden, Eitel-Fritz und Hanna Hattenroth die Leviten zu lesen.

Außer Atem, hochzufrieden, unter Hinterlassung ihrer genauen Adresse und mit der Ankündigung, von nun an regelmäßig zu erscheinen, strebte Helene Neiter der Haustür zu. Sie war bereits auf der Treppe, als Roman sie fragte: »Und Erika Schwarz? Was ist aus ihr geworden?« Er sah noch, wie gestochen, die beiden Frauen in der Julinacht hinter einer Feuerwand verschwinden.

»Sie lebt!« rief Helene Neiter. »In der Alsterdorfer Straße, beim Ohlsdorfer Bahnhof!« Und dann schilderte sie Roman Bertini genau, wo Erika Schwarz wohnte.

Die Bertinis lagen in Giacomos Zimmer, mit offenen Augen, jeder an seinem Platz, als sich kurz vor Mitternacht Stimmen auf dem Flur erhoben – Emmas flehende und Eitel-Fritz Hattenroths gußeiserne. Extra laut verkündete der Bankbeamte: es seien nun genug der Störungen wie Husten und seltsame Besucher, genug der ganzen Schererein, die *Omas* Verwandtschaft in die Ruhe und Ordnung des Haushalts gebracht habe. Seine Großmut sei bekanntlich grenzenlos, aber nun sei der Punkt auf das i gesetzt worden. Wenn das von ihm gestellte Ultimatum auch nur um eine einzige Stunde überschritten werde, dann werde nicht mehr geredet, sondern gehandelt. Schließlich dröhnten diese Wände ja immer noch von den volksfeindlichen und staatsverhetzenden Bekenntnissen, die ein gewisser Musiker und dessen Brut über ein Jahrzehnt hier in falscher Einschätzung seiner, Eitel-Fritz Hattenroths, wahrer Gesinnung ausgestoßen hätten, so daß es ein leichtes wäre, die Zahl der Wohnungsinsassen, falls dies nicht freiwillig geschehe, weit vor der besagten Frist Anfang Juli, auf ihre ursprüngliche Zahl zurückzuführen – die Mittel und Wege dazu kenne er sehr gut.
Dann schlug der Bankbeamte die Tür zu.
Erst gegen Morgen spürte Roman Bertini, daß er die Pistole mit seiner rechten Hand umspannt hielt – so fest, daß er die verkrampften Finger kaum von der Waffe lösen konnte.

Ludwig Bertini schien seine Aufgabe als Maurer, Maler, Installateur und Dachdecker sehr ernst zu nehmen. Gewöhnlich Spätaufsteher, verließ er nun schon etwa zwei Stunden nach den anderen das Haus in der Hoheluft und fuhr, gepflegt und geschniegelt wie immer, nach Barmbek, einen beträchtlichen Teil des Wochenlohns von Vater, Mutter und Brüdern in der Tasche. »Für die Handwerker«, wie er zu sagen pflegte. In diesem Stadium noch aufgeräumt und tatkräftig bei der Sache, versprach er ihnen, alles Erforderliche zu bewerkstelligen. Damit erschöpften sich seine Informationen allerdings auch schon. Nur tropfenweise ließ er sich noch einige Sätze über den Erwerb von Glas, Zement, Holzbetten und Material für elektrische Leitungen entreißen. »Nicht nur Wasser, auch Strom ist da!«
Damit hielt er mürrisch inne, und wie die anderen ihn kannten, schien

es ihnen geraten, nicht weiter nachzuforschen. Sie entdeckten, daß sie, allen bisherigen Erfahrungen zum Trotz, großes Vertrauen in seine Fähigkeiten hatten.

Allein Alf Bertini konnte sich schadenfroher Drohungen nicht enthalten, fuhr dem Jüngsten auch bei dessen sparsamen Mitteilungen dazwischen und ließ keinen Zweifel, daß er den Plan einer Unterkunft in dem ehemaligen Laden und den Lagerräumen des Optikers Cunert für eine hirnverbrannte Idee hielt, die zum Scheitern verdammt wäre.

Lea schwieg beklommen, seltsam unschlüssig. Nach ihrem ersten erschrockenen Ausruf: »Dort? In Barmbek?« hatte sie nichts mehr geäußert.

Im allgemeinen wußte es Ludwig so einzurichten, daß er, kurz nachdem seine Mutter von der Bahrenfelder Rattengiftfabrik heimgekehrt war, aus Barmbek eintraf, wodurch er noch etwa eine Stunde mit ihr allein war. Es waren genau die sechzig Minuten, die Ludwig Bertini brauchte.

Er forderte jeden Tag ein frisches Hemd, und er forderte es, mit Mutter und Großmutter allein, sehr nachdrücklich. Dabei erging er sich in dunklen Andeutungen, daß er, falls die Schlamperei so weitergehe, seine Arbeiten an dem Keller in Barmbek einstellen werde.

»Also – krieg ich nun ein Hemd oder nicht?«

»Ja doch«, beschwichtigte Lea ihn, »ich bügele dir gleich eines. Gestern bin ich nicht mehr dazu gekommen, ich muß doch schließlich auch was tun, neben all der Hausarbeit«, sie lauschte an der Tür, eilte, als die Luft rein war, in die Küche und bat Emma Bertini: »Setz bitte ein Eisen auf.«

»Was denn?« schrie Ludwig von nebenan. »Ich denke, es ist fertig? Du hast mir versprochen, immer ein Hemd fertig zu haben. Was ist das nun schon wieder?« und er starrte seine Mutter lange an.

»Augenblicksache«, rief Lea verstört, riß ein Plättuch hervor und warf es über den Tisch. »Wirklich, kleiner Muck, das ist im Nu erledigt. Du kennst doch deine Mutter, die kriegt alles fertig«, und wieder rannte Lea in die Küche, um nachzusehen, ob das Gas unter dem Eisen auch hoch genug brannte, wobei sie immer nach Hanna Hattenroth ausschaute. Der Bankbeamte war noch nicht da. »In fünf Minuten!« rief sie.

»In fünf Minuten!« heulte Ludwig auf. »Du hast mir versprochen, jeden Tag ein frisches Hemd bereitzuhalten. Noch einmal – hast du das getan oder nicht?«

»Also«, Lea richtete sich auf, »wenn ich nicht arbeiten müßte, dann könnte ich dein Lamento ja verstehen – aber so?« ihre Lider zuckten, während sie mit raschen, geübten Bewegungen das Eisen über das blütenweiße Hemd führte. »Hab' doch ein bißchen Verständnis.«

»Verständnis – *kleiner Muck*!« höhnte Ludwig. »Immer mußte ich um ein frisches Hemd betteln, solange ich denken kann. Nächstens muß ich es auch noch selber bügeln«, er riß das andere Eisen von der Gasflamme, spuckte auf die heiße Fläche und drängte Lea weg.

Sie hielt ihr Eisen in der herabhängenden Hand. »Laß mich das machen. Was tust du da mit mir?«

»Bleib mir davon«, Ludwigs Schlagader am Hals war ganz angeschwollen, »bleib mir ja davon. Auf dich ist doch kein Verlaß.«

Emma Bertini, die in der Tür stand, kam einen Schritt näher und fragte ungläubig: »Was hast du da eben gesagt?« und wie sie so die Frage stellte, schien sie ganz normal zu sein.

»Ach laß doch«, winkte Lea unglücklich ab, »sag es lieber deinem Sohn und deinen andern beiden Enkeln nicht weiter, das ist das Wichtigste.« Dann zu Ludwig: »Nun gib schon her . . .«

Er trat einen halben Schritt zur Seite, als könnte er Leas Nähe nicht ertragen. »Nun gib schon her, nun gib schon her!« äffte er seine Mutter knurrig nach, im Gesicht den Ausdruck tiefen Widerwillens. »So ist das immer gewesen mit dir – alles selber machen, nichts für deine Söhne und deinen Mann übriglassen, ihnen sogar noch das Fleisch auf dem Teller schneiden, weil sie nicht mit Messer und Gabel umgehen können. Und am liebsten alle im Bett, daß nur die Nase herausguckt. So hast du das doch am liebsten!«

»Aber du läßt es dir gern gefallen – und die anderen auch.« Lea hatte ganz ungewohnterweise ihre Stimme erhoben, im Tone zitternder Empörung und in den Augen das blanke Unverständnis über Ludwigs Vorwürfe.

»Mein Gott«, ächzte er und ließ das Eisen sinken, »du begreifst gar nichts, Mutter, du begreifst wirklich gar nichts von dem, was du angerichtet hast dein Leben lang.«

Zuweilen machte Ludwig Bertini sich nach dem Abendbrot noch einmal auf nach Barmbek – groß für sein Alter, etwas gebeugt, schnuppernd, das kurze, aus der Art geschlagene blonde Haar sorgfältig gesalbt und um den Hals einen dezenten Schlips. So machte er sich auf, schritt locker die Roonstraße hinunter, bog in die Bismarckstraße ein und war bald am Bahnhof Hoheluft, wo er leutselig ein Billett nach Barmbek löste.

Mehrere Dinge blieben den anderen Bertinis ein Rätsel.

Es blieb ihnen ein Rätsel, wie man in solcher Kleidung in einem schmutzigen Keller schmutzige Arbeit leisten konnte, ohne daß jemals an ihr auch nur ein Fleck, ein Spritzer, selbst der geringste Schaden zu entdecken gewesen wäre. Und es blieb Ludwigs Angehörigen ebenfalls verborgen, woher er Material und Hilfskräfte bekam, den Keller herzurichten, auszustaffieren, für den neuen Zweck instandzusetzen.

Aber sie fragten nicht. Sie gaben ihm alles entbehrliche Geld, auch Alf, und harrten der Dinge, die da kommen sollten. Denn kommen mußten sie bald. Von den acht Wochen, die Eitel-Fritz Hattenroth ihnen gelassen hatte, war die sechste um.

3

Wie Roman Bertini Erika Schwarz fand

Helene Neiters Ortsangaben erwiesen sich als präzise, und dennoch war Erika Schwarz schwer zu finden.

Roman Bertini fuhr bis Ohlsdorf, verließ den Bahnhof aus dem Hintereingang, vor sich das unvergessene Freibad aus den Zeiten der Kindheit. Er wandte sich nach links und ging die Alsterdorfer Straße hinunter, einen langen, langen Weg durch Trümmer, die nur auf der rechten Seite dann und wann durch heil gebliebene oder teilerhaltene Einfamilienhäuser unterbrochen wurden. Er konnte in der Dunkelheit nicht erkennen, ob sie bewohnt waren.

Roman Bertini hielt sich, wie ihm von Helene Neiter bedeutet, auf der linken Seite der Alsterdorfer Straße, bis er den Bau erkannte, von dem die Nachbarin gesagt hatte, er sei einst ein langgestreckter Lebensmittelladen gewesen. Dahinter ein Platz, ein Rechteck, die Fassade ausgebrannter Häuser gegenüber, ehemalige Neubauten, soweit er in der Finsternis sehen konnte. Und diese schweigende, dumpfe Front, etwa vierzig Meter vom Gehsteig und Fahrdamm der Alsterdorfer Straße entfernt, suchte Roman Bertini jetzt gespannt ab. Nach Helene Neiters Angaben sollte Erika Schwarz in einer der bewohnbaren ehemaligen Waschküchen des Souterrains leben. Aber es stellte sich nun heraus, daß hier offenbar mehrere Parteien hausten, denn er entdeckte dreifaches, wenn auch nur winziges Licht – eines in der Mitte der langen Front, ein zweites fast gleich rechts daneben, und einen dritten Lichtschimmer um eine Hausbreite getrennt links von dem mittleren. Die beiden kurzen Seiten des Trümmerkarrees waren dunkel.

Unsichtbar, wie ein Schatten, lief Roman Bertini über den Platz. Horchte vor dem linken Licht, und hörte nach einer Weile Stimmen, darunter die von Kindern. Er huschte weiter, zur mittleren Waschküche, blieb dort stehen, über ein metallenes Geländer gelehnt, jederzeit nach rückwärts sprungbereit, vernahm drinnen aber keine Stimme, sondern nur die Geräusche von klapperndem Geschirr. Nach einer Weile robbte er auf dem Boden zum dritten Licht, das kaum erkennbar aus dem Spalt eines Verdunkelungsrollos drang. Auch dahinter wieder Stimmen, das Lachen einer Frau, und die Laute eines offenbar schlafenden Kindes. Es lallte, quäkte, verstummte dann.

Langsam schob sich Roman Bertini auf das mittlere Licht zu, immer noch auf der Erde, erhob sich dann halb, lauschte. Klopfte leise an die Tür, sogleich wieder zurückspringend, mit jeder Fiber fluchtbereit.

Als Erika Schwarz öffnete, fegte Roman über das Geländer, legte ihr blitzschnell eine Hand auf den Mund, zog die Frau ins Innere und schloß die Tür. Erika Schwarz war so erschrocken, daß ihre Augen weit aufgerissen waren und ihr Gesicht eine Mischung aus Schrecken und Überraschung zeigte, die sie völlig zu lähmen schien.

Er faßte sie vorsichtig am Handgelenk, ging mit ihr in einen Raum, an dessen niedriger Decke eine gelbe Birne nackt in der Fassung steckte, sah sie an.

Erika Schwarz' Züge waren schärfer geworden, älter, aber ihr Körper spannte sich schlank und fest unter heller Bluse und dunkler Reichsbahnerhose.

»Roman?« fragte sie und schlug sich, als wüßte sie selbst, wie töricht es war, spöttisch die Hand vors Gesicht.

»Leise«, flüsterte er, »sprich leise, wie ich.«

Sie drückte ihn auf einen Stuhl. »Soll ich dir was zu essen machen? Wo kommst du her? Was machen deine Angehörigen? Wer hat dir gesagt, wo ich untergekommen bin?«

Er stand auf, vibrierend: »Wir waren in einem kleinen Dorf, in Mitteldeutschland, zwischen Braunschweig und Magdeburg. Aber wir mußten zurück und sind seit Anfang Mai wieder in Hamburg, alle fünf. Die Eltern meiner Mutter sind da geblieben.«

Sie trat auf ihn zu, legte ihm drei Finger auf die Schulter. »Komm, ich zeige dir meinen Palast.«

Erika Schwarz hatte die ehemalige Waschküche durch eine Wand getrennt und dadurch zwei ziemlich große Räume gewonnen, deren einer ihr als Küche und Wohnzimmer, der zweite als Schlafzimmer diente. Dazwischen lag die Toilette, sehr schmal, mit einem Waschbekken. Die Räume hatten je zwei vergitterte, sehr hoch angesetzte Fenster, die nach hinten wiesen. Auch die Fenster im Flur waren weit oben, über Kopfhöhe.

Roman ließ erschöpft die Arme hängen, aschfahl, hoffnungslos. Da sagte Erika Schwarz, hinter ihm: »Meine Kemenate ist noch ausbaufähig, sieh mal«, und sie zeigte nach vorn, wo der Flur über den Wohnraum hinausging. Roman schreckte hoch, stieß eine halb verbrannte Tür auf, öffnete sie und sah im Schein der Flurlampe einen weiteren Raum. in dem sich wirr umherliegende Ziegel häuften, dazu allerlei Gerät, das Erika Schwarz offenbar woanders nicht haben wollte – Stühle, Bettgestelle, alte Töpfe.

Als Roman Bertinis Augen sich an das Zwielicht gewöhnt hatten, entdeckte er hinten links an der Wand das Loch.

Er wurde so steif, daß Erika Schwarz erstaunt einen Schritt zurücktrat.

»Wo führt das hin?« fragte er heiser.

»In die Hölle«, sagte sie und lachte.

Sie verschwand in die Küche und kehrte mit einer Taschenlampe wieder. Roman stieg über Ziegelschutt und Geröll, trat auf Töpfe, schob einen Stuhl beiseite und leuchtete durch das Loch in den angrenzenden Raum.

Was er erblickte, ließ ihm das Blut in den Adern gefrieren, gleichzeitig aber das Herz so schlagen, daß er meinte, es müßte ihm aus der Brust treten.

Der Lichtstrahl glitt über Wasser, Wasser auf der ganzen Fläche des etwa vier mal vier Meter großen Kellerraumes; über feuchte, grüne, glitschige Wände; über huschende oder vor Schreck gelähmte Tierleiber – Ratten, die plötzlich, mit einem Schlag, verschwunden waren. Es mußte Zugänge geben.

Roman Bertini zog Schuhe und Strümpfe aus und stieg durch das Loch. Das Wasser bedeckte seine Füße bis über die Knöchel. Hinter ihm erschien Erika Schwarz in der Öffnung. »Dieser Raum gehörte nicht mehr zur Waschküche«, sagte sie, und obwohl sie leise sprach, hallten ihre Worte dumpf wider. »Von hier haben in der Julinacht Hausbewohner versucht, durchzubrechen, als oben alles brannte. Sie sind aber nicht weitergekommen, weil die Wand da drüben zu dick ist. Es heißt, sie sind erstickt.«

Roman tappte hinüber, klopfte mit dem Handballen gegen den Stein, lauschte, schlug dann scharf mit der Handkante drauf, lauschte wieder, sah Erika Schwarz an.

»Es ist die Brandmauer zum Nebenhaus«, sie legte die Hände vor den Mund, um die Stimme zu dämpfen. »Die Räume dahinter sind verschüttet, erst dann kommen die Nachbarn von links. Gelegentlich höre ich ihre Stimmen, wenn ich auf dem Flur stehe.« Sie zeigte auf die Wand, an der Roman Bertini stand.

»Was sind das für Leute?« Er griff mit der Hand unter die Wasserfläche, stockte, griff nach.

»Hinter dieser Mauer – Frau mit Kind samt Schwiegereltern. Der Mann ist im Feld. Rechts von mir«, sie zeigte in die entgegengesetzte Richtung, »Frau mit zwei Kindern und ihrer Mutter. Der Vater ist tot, der Mann im Feld. Beide Frauen, rechts und links, arbeiten, die Alten bleiben mit den Kleinen zu Hause. Den ganzen Tag.«

Roman Bertini, die Hand immer noch unter dem Wasserspiegel, ging an der Wand entlang, als folge er dort einer Spur. Dann kam er zur Öffnung zurück, knipste die Taschenlampe aus und gab sie Erika Schwarz wieder.

In der Küche kniete sie vor ihm nieder, rieb ihm die Füße ab: »Ich hätte auch Gummilatschen gehabt!« rieb, bis die Füße ganz rot und heiß waren.

»Es ist, als ob die Bomben das Haus von seinem Fundament getrennt hätten«, sagte Roman. »Das Wasser kommt durch einen langen Riß, es kommt entweder von draußen oder von unten.« Dann, nach einer Weile: »Gibt es noch einen anderen Zugang als durch das Loch in der Wand? Ein Fenster? Eine Tür?«

Erika Schwarz frottierte ihm die Füße, als hinge ihr Leben davon ab. Es war, als hätte sie seine Frage gar nicht gehört. Aber dann stand sie unvermittelt auf und flüsterte: »Es gibt keinen andern Zugang als durch das Loch. Vor dem kleinen Fenster nach hinten liegt der Schutt meterhoch.«

Einen Augenblick war es totenstill zwischen ihnen.

»Wer darin hausen würde, müßte Nerven haben«, sagte er und sah sie nicht an.

»Ja«, Erika Schwarz machte sich am Herd zu schaffen, »der müßte Nerven haben.«

Als er auf den Ausgang zutrat, bat er: »Mach das Licht aus.« Dann sagte er: »Ich weiß nicht, wann ich wiederkomme. Aber ich komme wieder. Vorausgesetzt«, er stockte, blickte zu Boden, »vorausgesetzt, daß du . . .«

Erika Schwarz unterbrach ihn mit ihrer rauhen, spöttischen Stimme: »Nun hau schon ab, bevor du mir noch mehr dumme Fragen stellst . . .« Sie lachte und knipste das Licht aus.

Roman Bertini öffnete die Haustür, zentimeterweise, horchte, witterte und verschwand, die Schuhe in der Hand, lautlos über den freien Platz zur Alsterdorfer Straße.

Es war stockfinster.

Als er sehr spät in der Hoheluft eintraf, war Lea noch wach. Obwohl sie es zu unterdrücken versuchte, fragte sie: »Wo bist du gewesen?« Roman kniete unter dem alten Flügel.

»Mutter«, sagte er, unglücklich, »frag nicht, bitte Mutter, frag nicht.«

Keiner erfuhr von Roman Bertinis Besuch bei Erika Schwarz, ausgenommen Erich Snider.

Der Klempner hatte ihn nach den ersten Worten unterbrochen, todernst, leidenschaftlich, beschwörend: »Erzähle mir alles von dort, jede Einzelheit – nur zweierlei nicht, niemals, auch nicht aus Versehen – Namen und Adresse. Nie! Niemals!«

Nach seiner Rückkehr in die Roonstraße schrieb Roman neben Emma Bertinis Lagerstatt beim trüben Schein der elektrischen Lampe in das Notizbuch mit dem Goldschnitt:

»Cherbourg erobert. Starke Panzerverbände aus dem Brückenkopf in der Normandie bei Avranche ins Innere Frankreichs durchgebrochen.

Die Rote Armee vor Kowel, Wilna und Dünaburg. Die russische Offensive nähert sich bei Ostpreußen der deutschen Grenze.«

Nach Ablauf der Frist als Anlernlinge stellte sich der blonde Geselle Magner vor den Bertinis auf und sagte, ein wenig mißtrauisch: »Ihr paßt hierher wie der Ochse an den Schreibtisch. Und da unten, wo ihr hinkommt, wird es noch schlimmer.«

Alf Bertini lachte bitter auf. »Wann sollte ein *Künstler* denn je etwas mit Eisen zu tun gehabt haben? Können Sie mir das sagen?«

Der Geselle Magner konnte es ihm nicht sagen. Er blickte betreten zu Boden, scharrte, als gälte es eine Unebenheit zu glätten, und vermied es, die Bertinis anzublicken. »Kommt, ich führe euch jetzt nach unten.«

Sie stiegen eiserne Treppen hinab, überquerten den sonnenüberfluteten Hof der Siemens-Schuckert-Werke von Rothenburgsort und fanden sich in einer ungeheuren Halle wieder, einem riesenhaften Fabrikraum, der vollgestopft war mit Maschinen, deren Sinn die Bertinis nicht erkennen konnten.

»Gehabt euch«, schrie der Geselle Magner gegen den Lärm an und strich verlegen über seinen Kopf. »So was wie ihr wird mir wohl lange nicht mehr unterkommen. Alles weitere erfahrt ihr von dem da«, und er zeigte in die Mitte der Halle. Dort erblickten die Bertinis einen erhöhten, ringsum verglasten Podest, und darin einen kleinen, wachsam aufgerichteten Mann mit flinken, kreisenden Augen, die keine Fläche, keinen Winkel der riesigen Halle länger als unvermeidbar vernachlässigten – ein raubvogelartiges Geschöpf, das nun beim Anblick der Neuen seinen Horst verließ und sich langsam, in Windungen, lauernd, herniederschwang – Meister Mader!

Er kam, die Hände auf dem schmalen Rücken, ganz in einen grauen Rock gehüllt und die Schirmmütze tief in die Stirn gedrückt, nahe heran, schief lächelnd und ohne etwas zu sagen oder zu fragen. Vielmehr verteilte er die Bertinis wortlos in der Halle, und zwar so weit voneinander entfernt wie möglich, nämlich jeden von ihnen in eine andere Ecke. Dann hob Meister Mader ab, schwebte zurück auf seinen Podest, schob dort hinter Glas ein paar Akten zurecht und reckte den Hals lang in alle vier Richtungen.

Roman Bertini war einem Arbeiter namens Anton zugeteilt worden, einem etwa vierzigjährigen Mann von untersetzter Statur, mit keck nach hinten gerückter Mütze auf dem bereits erheblich gelichteten Haupthaar – ein Mensch, zu dem Roman sich sofort hingezogen fühlte.

Anton betrachtete den Neuen eine Weile stumm, dann winkte er ihn an eine Bohrmaschine.

»Ich markiere die Stelle, die du zu bohren hast«, schrie er, setzte auf ein quadratisches Stück Stahl einen Spitzmeißel und schlug mit dem Hammer drauf, so daß eine winzige Einkerbung entstand. »Und nun kommst du und bohrst es durch«, Anton spannte das Werkstück ein, senkte einen Hebel und bohrte das Loch aus. »Die einfachste Sache von der Welt«, er schob die Mütze noch weiter auf den Hinterkopf und faßte Roman bedächtig an der Schulter. »Nur immer fleißig Bohrmilch drangeben, dann kann nichts passieren, verstehst du? Immer Milch drangeben, damit der Bohrer nicht zu heiß wird – sonst bricht er ab, klar?«

Er übergab Roman die Maschine, ließ ihn das vorbearbeitete Stahlstück einspannen und beobachtete ihn. Dann sagte er: »Na ja«, trat nahe heran, als wollte er die Platte einer mikroskopischen Prüfung unterziehen, und setzte hinzu: »Immer so tun, als ob du etwas tätest, begreifst du? Damit die Figur da oben nicht auf dumme Gedanken kommt.«

Roman bohrte, gab so kräftig Kühlflüssigkeit dran, daß es strömte, sah in der gegenüberliegenden Ecke Cesar schwerfällig und ungeschickt vor der Maschine stehen und weiter hinten seinen gestikulierenden Vater – wahrscheinlich war Alf gerade dabei, einen halb belustigten, halb befremdeten Arbeiter von seiner künstlerischen Bedeutung zu überzeugen.

»Was wird hier hergestellt?« fragte Roman nach einer Weile Anton. Der rückte näher, um nicht schreien zu müssen: »U-Boot-Teile.«

In diesem Augenblick kam, schwer an einem halbfertigen Metallgerüst schleppend, ein zierlicher Junge von etwa fünfzehn Jahren heran, weißblond und unentwegt trällernd, pfeifend und singend, eine Erscheinung, deren Frohsinn in einem seltsamen Gegensatz zu der lärmenden, düsteren Halle, zu ihrer häßlichen Bestückung, zum Kriege, ja zum ganzen Zeitalter überhaupt zu stehen schien – der Lehrling Günther, Antons jugendlicher Gehilfe.

Mit ihm zusammen unterwies der Arbeiter jetzt Roman, was außer Bohren noch seines Amtes sei, nämlich mit dem Lehrling Günther das große, halbfertige Metallgerüst zu halten, damit die stählernen Rippen von Anton mit einem ungeheuren Hammer gerichtet werden konnten – Schläge, die den Rahmen so erzittern ließen, daß er Roman mehrere Male aus den Händen sprang. Darüber lachte der Lehrling Günther, packte seinerseits fester zu und zwitscherte dabei immerfort, als sei die entsetzliche Fabrik ein Paradies, das es zu bejubeln galt.

Dieses Menschlein wollte Roman ebenfalls wie ein Vogel vorkommen, aber kein geierhaft hinterlistiger wie Meister Mader, sondern wie ein klirrender, schmetternder Sänger, ein hektisches Bündel Leben voll vielfältiger Reflexe, ein erstaunliches, ein gediegenes Wesen, das alle gern zu haben schienen. Denn niemand rief den Sänger und Flöter zur Vernunft oder verargte ihm seine dauernde Fröhlichkeit, so genau seine ständig wiederkehrenden Melodien hier auch jedem bekannt sein mußten. Der Refrain seines bevorzugten Liedes aber, das Lieblingswerk seines gesamten Repertoires überhaupt, lautete:

»Marianka, du sollst wissen,
daß ich die lie-hie-be,
Marianka, wann wirst du mei-hein?«

Und die kleinen, geschickten Hände des Lehrlings Günther bedienten dabei gewandt eine Presse, mit deren Hilfe Rundeisen abschnittweise gerade geformt wurde, während seine Lieder gegen Maschinen und Hämmer anschmetterten. Überall in der Halle waren Frauen und Mädchen beschäftigt, und da es ein sehr heißer Sommer war, gingen sie luftig gekleidet. Oft stellte sich der Lehrling neben Roman an die Bohrmaschine, warf den blonden Schopf zurück und zeigte nach draußen, auf den glühenden Fabrikhof: »Guck dir die an – Klasse, was?« Er trällerte, lächelte selig, schaute in eine andere Richtung, entflammte aufs neue: »Und die erst! Also, mit der möchte ich mal... würde ich gern... könnte ich schon...« Und aus voller Kehle sang er:

> »Marianka, du sollst wissen,
> daß ich dich lie-hie-be,
> Marianka, wann wirst du mei-hein?«

Allmählich gewöhnte Roman sich daran, daß Meister Mader mehrmals am Tag von seinem Horst abhob und auf Umflügen, ohne sein Ziel aus den Augen zu lassen, stumm in Alfs, Cesars und seiner Nähe niederschwebte. Anton, in der einen Hand den schweren Hammer, mit der anderen gegen einen Metallrahmen gelehnt, runzelte nachdenklich die Stirn: »Der beobachtet euch aber ausdauernd. Was seid ihr denn für besondere Leute?«

Roman sah ihn lange an, diesen untersetzten Mann, der fast so breit wie hoch wirkte, nie ohne seine Schirmmütze auftrat und den wiegenden Gang von Menschen hatte, die seit früher Jugend schwer arbeiten. Eine warme Welle des Vertrauens überkam ihn. »Siehst du hier in der Halle oder irgendwo im Werk jemanden in meinem Alter, der *nicht* Soldat ist?«

»Also *das* ist es«, Anton kratzte sich am Kopf, vorn über der Stirn, wobei er die Mütze noch weiter nach hinten rückte, grimmig nickte, begreifend, und dem Metallgerüst einen so fürchterlichen Schlag versetzte, daß der Lehrling Günther erschrocken sein Lied unterbrach.

Da schrillte es durch die Halle – sechs Uhr, das Ende der Tagschicht.

Die Bertinis schritten im Strom der anderen Arbeiter durch das nacktsteinige, totenköpfige Rothenburgsort, vorneweg Alf, hinter ihm, nahe beieinander, Roman und Cesar – nie wechselten Vater und Söhne ein Wort, es war, als kannten sie sich nicht. Vorbei an dem spitzdachigen Turmbunker in der Nähe der Norderelbbrücke, erreichten sie die aus Harburg kommende, stets schon überfüllte Straßenbahn in Richtung Berliner Tor. Dort stiegen sie in die Hochbahn um, die sie zur Hoheluft brachte.

Auf dem Weg zur Roonstraße veränderte sich die Marschordnung mit großer Regelmäßigkeit. Etwa auf der Hälfte der Strecke, noch in der Bismarckstraße, löste Roman Bertini sich von Cesar, überholte Alf und hatte bis zur Haustür einen beträchtlichen Vorsprung gewonnen –

ein vegetativer, unaufhaltsamer Akt, der sich schweigend vollzog. Von wächserner Blässe, das schwarze Haar wirr um Kopf und Stirn, stürmte Roman die drei Treppen hinauf, klingelte, klopfte, trat, bis geöffnet wurde, von einem Fuß auf den andern, und fiel in sich zusammen, wenn er Lea erblickte.

Der Abend hatte keine Kühlung gebracht. Direkt unter dem Flachdach der Mietskaserne, die kein Dachgeschoß mit Böden hatte, war es in dem Zimmer so heiß, daß sich die Gegenstände aufzulösen schienen. Durch das geöffnete Fenster drangen die Geräusche des Häuserblocks – Stimmen, Hundegebell, Klirren von Geschirr, Musikfetzen, Gesang.
Der Raum war viel zu klein für fünf Personen und ihre Habe, so gering sie auch war. Die Bertinis bewegten sich kaum, es war, als hätte eine allmächtige Lethargie sie überkommen. Vor allem Alfs abwesendes, brütendes Schweigen lähmte die anderen.
Gegen halb ein Uhr nachts gab es Alarm.
Sie standen auf, noch ehe der letzte Sirenenton abgeklungen war, zogen sich an, jeder auf seinem Platz, und Lea stellte eine brennende Kerze auf den Tisch. Sie hörten, wie die Hattenroths die Wohnung verließen. Gleich darauf kam Emma Bertini zu ihnen ins Zimmer.
Die Lichtfinger von Scheinwerfern warfen helle Flecken auf das grobkörnige Verdunkelungspapier vor den Fenstern, die Flak begann zu schießen, Flugzeugmotoren dröhnten am Himmel.
Da kam Lea Bertini von ihrem zu kurzen Sofa hinter dem Tisch hervor und kniete sich neben Ludwig nieder, eine kreatürliche Hinwendung zu ihrem Jüngsten, die ihr grenzenloses Entsetzen vor dem Luftkrieg seit jener Feuernacht im Juli vergangenen Jahres bloßlegte.
Emma stand an der Tür, eine Hand am Ohr; Ludwig hockte auf seinem Laken an der Erde, ohne die Mutter zu beachten; Cesar hatte auf dem couchähnlichen Gestell die Knie angezogen und den Kopf darauf gelegt; Alf hockte auf der Kante der Bettstelle, und Roman hatte die *Manuskripte*, wie bei jedem Alarm, fest unter den Arm geklemmt. Als das Schießen und das Dröhnen der Bombermotoren lauter wurde, duckten sie sich, noch gesträubter, erwartungsgeladener, preisgegebener als sonst.
Aber dann wurde es ruhiger, die Flak verstummte, und nach einer halben Stunde wurde Entwarnung gegeben. Emma Bertini verließ das Zimmer, die anderen legten sich wieder hin – bis auf Alf, der in seiner Stellung verharrte, regungslos, wie schlafend. Sie hörten, daß die

Wohnungstür aufgeschlossen wurde und Eitel-Fritz und Hanna Hattenroth aus dem Luftschutzkeller zurückkehrten.

In diesem Augenblick schoß Alf hoch, zischte: »Der Verbrecher, dieser Verbrecher!« und war mit einem Satz an der Tür des Zimmers. Aber er gelangte nicht an die Klinke, denn Cesar, schwer, breit und im Gesicht kalkweiß, hatte sich dazwischengeworfen. Alf Bertini, hinten von der Kerze angestrahlt, vorn ein geronnener Schatten, blieb wie in den Fußboden gerammt stehen, dann schlug er blitzschnell dreimal zu. Dem ersten Schlag wich Cesar aus, indem er sich instinktiv duckte, der zweite traf ihn voll am rechten Ohr, der dritte so schwer an der linken Schulter, daß der Älteste gegen den Bettpfosten taumelte und dort langsam zu Boden sackte.

Der Weg zur Tür, zur offenen Konfrontation mit dem Bankbeamten, zum persönlichen Zusammenstoß, war frei.

Aber an dem gestürzten Bruder vorbei, Alf gleichsam unterlaufend, war Roman Bertini vor der Klinke, als Alf nach ihr griff.

Hinter ihm gab Lea einen Laut von sich, ein Signal des Jammers, wie es bisher keiner von ihnen vernommen hatte, ein unartikuliertes, röchelndes Flehen. Es war, als wenn Leas Stimme wippte, auf und ab, ehe sie von irgendwo herunterfiel, zerbarst, erstarb.

Und wieder flogen Alfs Fäuste in dem gespenstischen Licht der blakenden Kerze durch die Luft, wuchtige, harte Schläge, die Romans Hände herabrissen – groß starrte er seinen Vater an. Es war das erste Mal, daß Alf ihn als Erwachsenen schlug. Ohne sich gegen weitere Treffer zu wehren, wandte Roman keinen Blick von ihm, ehe er torkelte und auf die Knie fiel, jedoch den Platz vor der Tür nicht räumte.

Breitbeinig, gebückt, die Arme vom Körper abgespreizt, wich Alf langsam zurück, bis er den Tisch berührte, auf dem die Kerze stand.

»Laßt uns sterben«, sagte Cesar vom Boden hoch, neben dem Bett, und Blut tropfte ihm vom rechten Ohr herab. »Laßt uns alle sterben – jetzt, gleich, hier«, er zeigte auf die Fenster, »ein Sprung, mehr nicht.«

Alf lachte höhnisch auf, voller Genugtuung über die Verzweiflung um ihn herum, und lachte abermals. Dann warf er sich aufs Bett, kehrte den anderen den Rücken zu und war im nächsten Moment eingeschlafen.

Roman Bertini lag wie betäubt vor der Tür.

Endgültig und für immer hatte Alf Frau und Kinder in seinen pauschalen und mächtigen Menschenhaß einbezogen, hatte er sein eigen Fleisch und Blut zu Feinden erklärt. Keiner von ihnen, weder Lea noch die Söhne, erkannten je Ursprünge und Zusammenhänge seines Berserkertums – so waren sie ihm hilflos ausgeliefert. Keiner von ihnen fand je das Geheimnis, mittels versöhnlicher Haltung Alfs Angriffe in sich selbst zusammensinken, an ihnen vorbeistoßen zu lassen, keiner je das erlösende Wort, die verständnisvolle, begütigende Taktik, die einzig Alf hätte unschädlich machen können. Vielmehr lieferten sie ihm genau den Widerstand, auf den er angewiesen war, um seine Wut über die Welt an seinen Nächsten zu wetzen, zu schärfen, abzulassen. Wenn der Vater nur den Mund aufmachte, begann es in den Augen der Söhne schon zu glimmen, und umgekehrt. Ludwig Bertini gar hatte gegenüber Alf, und erst recht seiner Mutter, wahrscheinlich nie andere Gefühle als Mißachtung, ja Verachtung empfunden. Längst aber zogen auch Cesar und Roman in Ekel und Abwehr die Köpfe ein vor ihrem Vater, schwollen auch ihre Schlagadern, schlugen in ihnen rote, siedende Wellen hoch in seiner Nähe. Das war es, was Alf Bertini stark machte über die Seinen – Reaktionen, auf die er wartete und die er kannte. Die Intelligenz der Söhne, all ihre Bildung, an der sie ihrem Vater so überlegen waren, nützten ihnen gar nichts. Im Kerker ihrer Angst vor dem äußeren, dem Todfeind, fanden sie nie die Überlegenheit, die einzig Alf hätte besiegen können – Liebe.

Dennoch glaubte Roman schon zu wissen, daß der Vater seine Familie nie im Stich lassen würde, sie nie verlassen könnte. Aber ebenso gewiß war Alf Bertini unfähig, seine Gewalttätigkeit zu unterdrücken. Immer und unter allen Umständen würde sie hochkommen, ohne daß Alf sie hätte kontrollieren oder zügeln können – und er wäre weit, sehr weit zu hören…

Da erbleichte Roman Bertini, mit den Gedanken bereits in der Zukunft, abermals tief unter einer furchtbaren Vision, und er tat auch diese Nacht kein Auge zu.

4

Der Balken vom Johannisbollwerk

Die postalische Verbindung zwischen den Bertinis und den Lehmbergs war regelmäßig, aber einseitig – die meisten Briefe kamen aus Richtung Bodendorf.

Als Verfasser zeichnete fast immer Rudolph Lehmberg. In pedantischer Schönschrift brachte er Schilderungen des Alltags, dörfliche Abläufe, den Empfängern nur zu bekannt. Dazwischen aber stand auch Atmosphärisches, dem nur indirekt zu entnehmen war, daß sich das Schicksal der Ausgewiesenen wie eine unsichtbare Wolke über den Ort gelegt hatte – mehr als alles andere schienen die Bodendorfer wissen zu wollen, wie es den Bertinis in Hamburg erging und ob die Anzeige Theodor Wandts dort Folgen zeigte. Doch war das alles so aufgezeichnet, daß ein ungebetener Mitleser dem Schlosser keinen Strick daraus hätte drehen können. Mit anderen Worten – Rudolph Lehmberg rechnete damit, daß seine Post auf dem Wege zu Schwiegersohn, Tochter und Enkeln geöffnet wurde.

Im übrigen schien der große Friede zwischen ihm und seiner Frau ausgebrochen zu sein, denn von dem notorischen Zank, mit dem Recha ihren Mann seit Jahrzehnten überzog, fand sich in Rudolph Lehmbergs Kalligraphien nichts, keine Andeutung, kein Sterbenswörtchen. Den Bertinis, die es besser wußten, zuckten die Mundwinkel bei der Lektüre.

Recha Lehmberg schrieb viel seltener, aber auch temperamentvoller, immer aufgeregt, immer mit beschleunigtem Puls. Ihr letzter Brief jedoch war weit über das gewöhnliche Maß hinaus hysterisch – kein Wunder, war darin doch die Rede davon, daß Grete Erber Bodendorf ihren zweiten Besuch androhte, und dies natürlich, wie Rechas schrillem Aufsatz zu entnehmen war, zur materiellen Ausnutzung jener Fäden, »die wir anderen so mühevoll gesponnen haben«. Wie sie, Unterzeichnete, die Zukunft vorausahne, werde *das Mensch* samt

Tochter Dagmar – unschuldiger Köder und Bengalisches Feuer in der Hand der entarteten Mutter – im Herbst hier einfallen und, wie schon einmal erlebt, durch schamloses Treiben und freche Habgier Ehre und Ansehen ihrer gesitteten Verwandtschaft zunichte machen.

Der Gedanke an eine abermalige Heimsuchung Bodendorfs durch ihre Adoptivtochter schien Recha Lehmberg in so außergewöhnliche Reizzustände versetzt zu haben, daß sie in der unteren Ecke der vierten Seite, dort, wo ihre schlimmen Prophezeiungen den literarischen Höhepunkt der Epistel erklommen, den dicksten Tintenklecks zustande gebracht hatte, den die Bertinis jemals aus dieser Feder zu Gesichte bekommen sollten.

Nach sechs Seiten gleichen Stils endete der Brief mit der schmucklosen Benachrichtigung, daß Recha Lehmberg in der kommenden Woche ein Lebensmittelpaket absenden werde, dessen Inhalt von Wilhelmine Garchert gespendet worden sei. Sie werde es bereits an die neue Adresse senden, nämlich »Hamburg 33, Düsternstraße 4, Keller links«.

Tatsächlich erreichte das Paket aus Bodendorf die Bertinis dort – einen Tag vor Ablauf des Hattenrothschen Ultimatums waren sie nach Barmbek umgezogen.

Kurz vorher hatte es allerdings noch ausgesehen, als müßten sie im Freien hausen. Denn selbstverständlich war Ludwigs Eifer unmittelbar vor Vollendung der Arbeiten so völlig in sich zusammengesunken, daß er kaum mehr zu wissen schien, wo der Keller liege und auf welchem Wege das künftige Domizil zu erreichen sei. Eine Woche vor dem drohenden Stichtag hatte er seine Besuche in Barmbek unterbrochen, wobei er wissen ließ, daß die Fenster bisher unverglast seien und, wie er die Dinge übersehe, bis zum Einzug auch nicht verglast werden würden.

Für Alf war dies nur die Bestätigung, daß das ganze Unternehmen Wahnsinn und Teufelswerk sei, einsturzgefährdet und undicht, das sichere Grab der Bertinis – was er mit einer Miene wollüstiger Genugtuung voraussagte.

Dann, Anfang Juli 1944, zogen sie doch um, abends, mit einem gemieteten Kleinlaster, gesteuert von einem grundtrockenen Chauffeur, der nichtsdestotrotz herzhaft mit anpackte, als die Siebensachen der Auftraggeber von der Fuhlsbüttler Straße über den hohen Schuttwall in die Düsternstraße transportiert werden mußten – viel war es ohnehin nicht.

Um so mehr glänzte das, was Ludwig Bertini hier errichtet, gemauert, installiert hatte, übrigens eingeschlossen jene Verglasung, für die er sich so nachdrücklich unzuständig erklärt hatte. Die riesige Öffnung, die einst die Schaufensterscheibe des Optikerladens geschlossen hatte, war bis ins obere Drittel zugemauert und die verkleinerte Glasfläche noch einmal durch eine Holzstrebe in der Mitte geteilt worden.

In stummem Staunen standen die Bertinis vor dem Werk des Jüngsten.

Aber erst drinnen erkannten sie, was Ludwig – wenn auch mit Assistenz seiner für die anderen gänzlich anonym gebliebenen Helfer – da gelungen war. Türen und Fenster waren eingesetzt, elektrische Leitungen gelegt, ein Herd beschafft worden – der befand sich, nebst Tisch und Stühlen, in der Küche, die man durch die Haustür betrat. Rechts davon, etwa halb so groß, lag der zweite Raum, für Alf und Lea, ebenfalls bestückt mit Tisch und Stühlen nebst einem metallenen Doppelbett. Geradeaus, gegenüber der Haustür, schmal und ziemlich dunkel, befand sich der dritte Raum, für die Söhne – zwei Holzbetten hintereinander an der Wand, das dritte quergestellt, unterhalb des hohen Souterrainfensters auf den Hof des ausgebrannten Häuserblocks hinaus.

Von hier führte eine Tür in Ludwig Bertinis Meisterschöpfung – ein WC! Bis zuletzt hatte Alf zähneknirschend gedroht: was immer er auf sich nähme, mit ihnen in den sicheren Tod durch die spätestens im Herbst einstürzende Hausruine zu gehen, auf einen Abort unter freiem Himmel ließe er sich nicht ein.

Nun bediente Ludwig die Spülung, daß es rauschte, schickte seinem Vater einen verächtlich-verdrossenen Blick zu und verkündete – weit von jeder Feierstimmung über seine zivilisatorische Leistung entfernt –: er sei müde und wolle gefälligst seine Ruhe haben. Dann schlug er die Tür zum Schlafraum der Söhne laut zu.

Als Cesar und Roman ihm später folgten, stellte sich heraus, daß Ludwig das erste Bett belegt hatte. Worauf Cesar sich in das anschließende legte, während Roman die quergestellte Lagerstatt aus Holz unter dem Fenster zum Hof bezog.

Erst jetzt, hier im neuen Obdach, aber in der alten Gegend, lernte Roman Bertini in halblauten, mehr geraunten Gesprächen mit seiner Mutter begreifen, weshalb sie vor zwei Monaten, eine steile Falte auf der Stirn, gefragt hatte: »Nach Barmbek?«

Lea Bertini weigerte sich, die Lindenallee zu betreten, über deren

Verlust sie nie hinweggekommen war. Wenn sie überhaupt irgendwo Wurzeln geschlagen hatte, dann dort, in der Drei-Zimmer-Wohnung des Hauses 113 und in neunzehn langen Jahren, von dem geheimnisumwitterten Einzug bis zum Großen Brand. Ohne Begriff für Heimat, vollends bar jeder Beziehung zu einem Vaterland, empfand sie diese Zelle im Hochparterre eines gewöhnlichen Barmbeker Miethauses als ihre ganze Welt, von deren Untergang sie sich nicht erholt hatte. Diese Urhöhle hatte ihr, unglaubliche Illusion nach 1933, das uneingestandene Gefühl eingegeben, dort wenigstens etwas geschützt zu sein vor dem Todfeind, eine Täuschung, die Lea dennoch Wärme gebracht hatte, einen Hauch von trügerischer Geborgenheit, das eigentümliche Empfinden, hier durch einen guten Geist geschützt zu sein.

Von der Phosphornacht des vorigen Jahres war sie blind ins Universum geschleudert worden, zertrennt von jedem Halt, der sie an den Boden gefesselt hatte, und verstoßen in die Kälte eines Nomadentums, das unabsehbar war und von allen Seiten zusätzliche Gefahren brachte. Die Nacht vom 29. auf den 30. Juli 1943 und ihre Folgen hatten zwar nicht im historischen, wohl aber im persönlichen Sinn eine einschneidendere Bedeutung für die Bertinis gehabt als der 30. Januar 1933 – nicht mit diesem Datum, sondern mit der Feuersbrunst hatte eine neue Zeitrechnung für sie eingesetzt. Und obwohl die Erfahrung noch kein volles Jahr alt war, hatte sie sich ihnen doch für immer eingegraben.

In Lea lebte der Verlust der Urhöhle am schmerzlichsten, und er war ihr in Bodendorf nur gemildert worden durch die große Entfernung. Nun aber, zurückgekehrt in die Nähe der altvertrauten Stätte, und nichts vorzufinden als eine Trümmerwüste, die von Lea Bertinis riesigem Erinnerungsvermögen mühelos bis zum Überquellen angefüllt werden konnte mit den Bildern eines halben Lebens, den Sommern und Wintern in der geliebten Straße, den Angewohnheiten ihrer Bewohner von der einen Ecke der echten, der *eigentlichen* Lindenallee bis zur anderen – das war mehr, als Lea Bertini ertragen zu können glaubte.

So schritt sie den Trümmerpfad der Düsternstraße nie in diese Richtung ab, betrat die Lindenallee einfach nicht, ja hätte am liebsten gar nicht dort hingesehen.

Aber dann, eines Juliabends, ihrer praktischen Natur folgend, überwand Lea sich schließlich doch, stand endlich vor der Trümmerfassade des Hauses 113, winzig anzusehen vor dem Gebirge gefallener Ziegel, den ragenden Senkrechten ohne Sinn und der unglaublichen, grünenden Lebenskraft der versengten, dynamitverwundeten, enthaupteten Bäume.

Da überkam Lea in ihrer Verlorenheit mitten auf der Straße ein Schluchzen, lautlos, ein Beben vom Grunde her, eine jener entsetzlichen, stillen Fluten, die bei Windstille steigen und tödlicher sind als Sturm und Wogen.

Aber dann fing sie sich mit einem Ruck, straffte sich, warf den Kopf nach hinten – ein Abschied. Und schon kletterte Lea Bertini in die Düsternstraße zurück, laufend, in ihrer gewohnten Gangart, und hatte ein Lebenskapitel hinter sich gebracht, ohne auch nur noch einmal darin herumzublättern – ein Mensch, in dem keine Eigenschaft so ausgebildet war wie seine klaglose Tapferkeit.

Der Höhepunkt seines kurzen Lebensglücks widerfuhr Fred Asberth mitten im Kriege – die Hochzeit mit Esther Snider, der Tochter des Klempners.

Der Feldgraue im Range eines Gefreiten hatte aus der Ferne alles vorbereitet – Aufgebot, Stammbaum, Nachweis *arischer* Herkunft bis tief hinab in die Familiengeschichte. Weg aus schweren Gefechten mit britisch-neuseeländischen Einheiten und einheimischen Partisanen im Gebiet der Lefka Ori, der *Weißen Berge*, Kretas höchster Erhebung, hatte er zehn Tage Heimaturlaub bekommen. Esther Snider, als er plötzlich vor der Haustür gestanden hatte, war ihm aufschreiend um den Hals gefallen, eine Begrüßung, mit der sie auch Roman Bertini zu empfangen und zu verabschieden pflegte.

Hochgewachsen, von makelloser Figur, das blonde Haar hübsch nach hinten gewellt, ging Fred Asberth völlig auf in jenem atemberaubenden Erlebnis, dem er jahrelang entgegengefiebert hatte – die Wellen der Glückseligkeit schlugen über seinem Kopfe zusammen! Blicke, Ausrufe, Gesten bezeugten, daß er seine zukünftige Frau wie ein göttliches Wesen anbetete.

Den Tag der Hochzeit behielt Roman Bertini in seltsam vager Erinnerung, vor allem die geladenen Gäste, von denen Roman niemand kannte – Nachbarn und Freunde der Braut, nicht sehr viele übrigens. Nachdrücklicher als alles andere blieb ihm Cesar in der Vorstellung, der ältere Bruder – schmausend und hausend unter den Speisen der Hochzeitstafel, die sich unter der nahrhaften Last buchstäblich bog, fabelhafte Menüs, Trugbilder von gebratenem und geräuchertem Fleisch, Gemüsen, Würsten und Fischen, Torten, Eis und Pralinen,

Likören, Weinen und Fruchtsäften, wofür natürlich Erich Snider aufgekommen war. Ansonsten blieb der Klemper an diesem Tage unsichtbar.

Um so gegenwärtiger also war nun Cesar Bertini, für seinen Bruder die einzig plastische Person inmitten zerfließender Gesichter – ein um sich herum schlingender, besonders von der neugebackenen Ehefrau unentwegt ermunterter Sir John Falstaff, der schließlich so weit ging, sich den Zucker löffelweise einzuverleiben und dann langabgelaufenes, kaltes Wasser aus dem Hahn in der Küche zu schlürfen. Dabei ließ er die Braut, seit heute früh Esther Asberth, keine Sekunde aus den Augen.

Ihr Anblick war allerdings beklemmend genug. Sie hatte ein weißes Kleid an, das die Kniekehlen unbedeckt ließ und ihre schlanken, festen Beine bei jeder kräftigeren Bewegung hoch preisgab, was ihr anscheinend großen Spaß machte, denn sie drehte sich oft im Kreise, daß der Flitter um sie wehte, steckte dann in der bekannten Kindpose einen Finger in den Mund, trällerte glänzenden Auges eine Melodie und lachte gurrend – offenbar fest entschlossen, trotz Vermählung dieselbe zu bleiben.

Das wurde Roman Bertini auf verblüffende Weise bestätigt, und zwar zu fortgeschrittener Stunde, als die meisten Gäste dem Alkohol bereits so stark zugesprochen hatten, daß sie nur noch mit schwerer Zunge lallten.

Gegen Mitternacht fiel Roman die gemeinsame Abwesenheit von Braut und Bruder auf. Er hätte es bei dieser Beobachtung bewenden lassen können, aber irgendein ungläubiges Staunen trieb ihn, vorbei an dem selig vor sich hinstarrenden Fred Asberth, hinaus auf den Flur und vor die Tür von Esthers Zimmer – wo auch schon alle Zweifel beseitigt waren. Denn obwohl aus den vorderen Räumen laut Stimmen und Gesang in das Wohnungsinnere drangen, war hinter der verschlossenen Tür doch unverkennbar das keuchende Liebesgestammel der gerade Getrauten zu vernehmen, Laute, die Roman Bertini von der nachtdunklen Szene am Baume vor der Sandkiste in der Lindenallee nur noch zu erinnerlich waren.

Zur gleichen Zeit feierte Fred Asberth seine Hochzeit wie einen Sieg, und als seine Frau endlich wieder eintrat, mit deutlich zerzauster Frisur, erheblich zerknittertem Kleid und glühenden Wangen, nahmen seine Züge den Ausdruck von Entzückung an, glänzte sein Auge noch inniger, wurde seine Umschlingung auf neue Weise besitzergreifend – trunken tanzte Fred Asberth, von den anderen rhythmisch beklatscht,

mit seiner erhitzten, wunderschönen, seltsamerweise aber sehr kurzatmigen Frau.

Mitten aus dem Tanz heraus riß Fred Asberth sie zur Tür, beförderte
sie, gefolgt von dem »Hoho!« und »Aha!« der anderen, auf den Flur,
und verschwand mit ihr in eben jenen Raum, aus dem sie gerade
gekommen war. Die Lauschenden hörten noch, wie der Schlüssel
geräuschvoll im Schloß herumgedreht wurde und der Braut ein
gellendes *Was? Schon wieder?* entfuhr, ehe die Gäste unter Gelächter
und Geschnalze zurück ins Wohnzimmer drängten.

Zwei Tage später erhielt Fred Asberth den Befehl, seinen Urlaub
vorzeitig abzubrechen. Alles, was die Tochter des Klempners zu
berichten wußte, war, daß ihr Mann nicht nach Kreta, sondern an die
Ostfront beordert worden war.

Der Kalender in der Küche neben der Speisekammer zeigte den 19. Juli
1944.

Es war Helene Neiter, die den Bertinis tags darauf die Nachricht vom
Attentat auf den *Führer* des Großdeutschen Reiches, Adolf Hitler,
überbrachte, in einer Art altjüngferlicher Raserei, nämlich mit schriller, überkippender Stimme und einem Ausgang, der sich als unhisto-
risch erweisen sollte.

»Er ist tot!« kreischte sie schon von der Krone des hohen Schuttwalls
herab, der die Düsternstraße von der Fühlsbüttler Straße trennte.
»Das Aas ist verreckt, abgemurkst, umgebracht!« Die rechte Hand
erhoben, den Kopf tief gesenkt, um auf dem schmalen, ziegelzerklüf-
teten Pfad nicht zu stolpern – so kam Helene Neiter auf die Bertinis
zu, die die unerhörte, unfaßbare Nachricht aus dem Keller getrieben
hatte.

»Der Schuft ist dahin, verdampft, zerfetzt«, Helene Neiter stützte
sich schwer auf das eiserne Staket, das die kleine Treppe zum Souterrain säumte, und rang nach Luft. Ihr spitzes Gesicht war fahl, von
wächserner Blässe, ihre Hände flogen. Und dann passierte etwas
völlig Unvorhergesehenes, nie Erlebtes – Helene Neiter faßte Lea
Bertini an der Hand, zog sie in die Küche, legte ihr dort einen Arm
um die Taille und tanzte im Wiener Walzerschritt zwischen Stühlen
und Tisch.

Schließlich erlahmte die alte Frau, setzte sich und berichtete mit
geschlossenen Augen, wie im letzten Moment vor einer Ohnmacht: ein
Anschlag sei auf Hitler gemacht worden, in Ostpreußen, von hohen
Offizieren, die draufgegangen seien, aber mit ihnen der Oberver-

brecher, der Massenmörder, dieses Vieh in Menschengestalt – und bei allen drei Betitelungen öffnete Helene Neiter die Augen, ehe sie wieder wie blind fortfuhr: Berlin sei in den Händen der Aufständischen, die Front im Westen bereits zusammengebrochen, während die im Osten noch gehalten werde. Und also – Helene Neiter erhob sich und reckte beide Hände beschwörend gegen die Kellerdecke – habe das Gute nun doch gesiegt, und das Böse sehe der mehr als verdienten Stunde der Abrechnung entgegen! Wie eine Priesterin aus grauer Vorzeit, steil, dürr und langgekleidet, die Verkörperung des Weltgerichts – so stand die ehemalige Nachbarin aus der Lindenallee 113 unter den Bertinis.

Von denen war kein Wort gekommen, aber sie alle zeigten Mienen, als würden sie träumen. Lea war womöglich noch bleicher als Helene Neiter, aber darin unterschied sie sich nicht von den anderen. In Wahrheit war noch keiner von ihnen imstande, überlegt zu empfinden. Ganz instinktiv lehnten sie sich gegen die Nachricht auf, weil sie alles einkalkuliert hatten, nur dieses plötzliche, dieses leichte Ende nicht – eine Befreiung, bei der von einer Sekunde auf die andere Äonen übersprungen sein sollten, sozusagen mühelos für die Bertinis, schmerzlos, mitten im ansteigenden Entsetzen, aber noch vor dem apokalyptischen Höhepunkt.

Und exakt dieses Vorfristige war es, was Roman Bertini plötzlich und unwiderruflich davon überzeugte, daß die Nachricht nicht stimmen konnte, daß die Sonne nicht mitten in die Nacht eingebrochen sei und die Schatten mit einem Schlag aufgelöst und verbannt habe um der Bertinischen Sehnsüchte willen.

Noch ehe Helene Neiter in sich zusammenfiel, schrumpfte und den gewohnten Anblick bot; noch ehe sie, selbst im Zweifel, sich wieder auf den Weg zurück in ihre Behausung am Alten Teichweg machte – »Ich hole das Radio, damit ihr es selber hört!« – und den Schuttwall überstiegen hatte, wußte Roman, daß die Nacht, *ihre* Nacht; daß das Entsetzen, *ihr* Entsetzen; daß die Angst, *ihre* Angst, nicht schon vorbei seien.

Als er mit den anderen gegen Mitternacht aus Helene Neiters *Volksempfänger* Hitlers pathetisch-schüttere Stimme vernahm, schlug Romans Puls weder langsamer noch schneller als gewöhnlich.

Und als die Nachbarin gegangen war, die Bertinis in der Dunkelheit auf ihren Schlafstätten lagen und kein Laut die unnatürliche Ruhe im Keller störte, obwohl sie doch alle wach waren – da prüfte Roman sich und fand, daß er an diesem 20. Juli 1944 keinen Augenblick, keine

Sekunde, keinen Lidschlag lang an das Ende der tödlichen Bedrohung geglaubt hatte.

Der Arbeiter Anton in der Rothenburgsorter Fabrik blickte ihn am nächsten Morgen immer wieder lange an, schweigend, nachdem er zwischen zwei mächtigen Hammerschlägen gegen die Kanten eines der stählernen U-Boot-Gerüste, und mit wägendem Blick hoch zu Meister Maders verglastem Horst, nahe an Romans Ohr gegen den Lärm angebrüllt hatte: »Schade, besonders für euch . . .« Dann hatte Anton mit dem Hammer dreingeschlagen, als wollte er das Gerüst nicht richten, sondern zertrümmern.

Der Lehrling Günther jedoch nahm die Welt so wenig wahr wie vorher. Zierlich, blond, unerschütterlich lächelnd, schmetterte er seine Lieder in die staubige, qualmende, von winzigen Metallsplittern erfüllte Luft der Halle, und beendete die Gesänge aus voller Kehle wie immer mit dem jubelnden Refrain:

»Marianka, du sollst wissen,
daß ich dich lie-hie-be,
Marianka, wann wirst du mei-hein?«

Roman Bertini aber starrte wie gebannt von seinem Platz an der Bohrmaschine auf das große Fabriktor – mit animalischem Instinkt, mit der Witterung für Gefahr, die er schon spürte, roch, schmeckte, ehe sie sichtbar wurde, mit allen Sensoren, die ihm in den vergangenen elf Jahren porendicht auf der Haut gewachsen waren.

Wenn sie kommen würden, dann kämen sie von dort.

Und sie kamen, aber nicht in Rothenburgsort.

Wie aus dem Boden gestampft, standen die beiden Gestapomänner plötzlich in der Küche des Barmbeker Kellers – keiner von den Bertinis hatte sie kommen hören.

Im Türrahmen des Schlafraums, war Roman voll in ihrem Blickfeld. Er faßte in die rechte Hosentasche, entsicherte die Waffe aber nicht. Er wußte, daß der Besuch ihm, nicht seiner Mutter galt. Nur fehlte ihm jede Möglichkeit, sich der Pistole zu entledigen. Und so nahmen die Dinge ihren Lauf.

Die Gestapomänner – zwei außerordentlich gegensätzliche Typen, der eine fett und schwarz, der andere mager und blond, beide in Ledermänteln und mit Hut – nickten gegen Roman und Cesar, schnickten mit den Fingern und wiesen nach draußen.

Bevor Lea einen Laut hervorgebracht hatte, waren die älteren Söhne

521

schon am Schutzwall zur Fuhlsbüttler Straße. Dort erst erreichte sie
Leas Reaktion, ein doppelter Ruf – ihre Namen und ein berstender
Schrei, wie ihn langaufgestauter Druck von innen nach außen er-
zwingt.

Dann sahen sich Cesar und Roman Bertini auch schon in einen
wartenden Wagen gezwängt, zwischen die beiden Ledermäntel,
Roman links von Cesar – seine Hand lag auf der rechten Hosentasche
mit der Waffe. Es ging quer durch Hamburg, vorbei an der Außenalster und Innenstadt bis zum Hafen. Kurz bevor sie aussteigen
mußten, hatte Roman auf einem Straßenschild *Johannisbollwerk* gelesen. Während der ganzen Zeit war im Wagen kein Wort gesprochen
worden.

In dem Gebäude der *Rassen-Gestapo* wurden die Brüder getrennt.
Roman blieb mit dem Dicken in einem Raum, während der magere
Blonde Cesar in das angrenzende Zimmer führte, aus dem gerade ein
junger Mann gestoßen wurde, in dessen bis zur Unkenntlichkeit
zerschlagenem Gesicht nichts als der schmale Schlitz des rechten
Auges lebte. Grell prangte der gelbe Stern mit der Aufschrift *Jude* auf
seiner Brust.

Bevor die Tür zuschlug, fing Roman den Blick seines Bruders auf – den
eines zu Tode geängstigten Tieres.

Dabei war Roman selbst völlig gelähmt von einer Furcht, die sich wie
mit eisernen Bändern um seinen Kopf legte, auf Augen und Sehnerven
schlug, ihn die Welt um sich herum nur noch schemenhaft gewahren
und seine Zähne laut aufeinander klappern ließ – *was, wenn sie die
Waffe fänden?*

Mit einer blitzschnellen Bewegung steckte er die Pistole aus der
Hosentasche in die Brusttasche des Jacketts. In Roman Bertinis
Angstdelirium hatte der Verstand sich eine winzige Enklave er-
halten.

Der dicke Gestapobeamte saß hinter einem Tisch am Fenster, schrieb,
las, schien den Gefangenen ganz vergessen zu haben. Plötzlich griff er
in eine Schublade, holte ein Schriftstück heraus und sagte, aufseufzend:
»Also, das hättest du nun wirklich nicht machen dürfen.« Der Dicke
wartete einen Augenblick, und als nichts kam, wiederholte er: » . . . das
nun wirklich nicht. Bist doch ein alter Kunde.«

Dann schrieb er weiter. Er hatte Roman bisher kein einziges Mal
angeschaut.

Der fragte schließlich, vibrierend, zitternd, mehr gehaucht als gesprochen: »Was hätte ich – nicht machen dürfen?«

Erst jetzt sah der Gestapomann auf, fast empört, ungläubig das Papier erhoben. »Da fragst du noch? *Rassenschande* – mit Charlotte Wandt!« Und dann schnell, schneidend herausgeschrien: »*Wie oft? Und mit wem noch?*«

Aus dem Nebenraum drangen Geräusche, Laute, aber zu verstehen war nichts.

Es war Roman Bertini, als wäre seine Zunge zentnerschwer, so unbeweglich lag sie ihm im Munde, aufgequollen wie nach langem Durst. Er mühte sich, setzte wieder an, lallend und seiner Sinne nicht mehr mächtig. Aber es kam nichts aus ihm heraus.

Der Dicke stützte die Arme auf den Tisch und beugte sich weit vor. »Rassenschande – mit Charlotte Wandt! Wie oft und mit wem noch?«

Roman Bertini wich gegen die Wand zurück, beide Hände nach hinten gespreizt, bis er die Mauer fühlte. Die Angst in ihm war so überwältigend, daß er glaubte, ohnmächtig oder wahnsinnig zu werden, wenn er den Gestapomann anblicken würde. So hielt er die Augen geschlossen.

Er hörte, wie der Dicke zur Tür ging und sie aufstieß. Als eine ganze Weile nichts geschah, öffnete Roman Bertini die Augen. Aber es dauerte eine Weile, bis er das Bild erkannte, das sich ihm bot.

An dem Dicken vorbei, sah er Cesar im Nebenraum stehen, vor zwei Schreibtischen, die nahe aneinander gerückt waren. Zwischen ihnen war ein Spalt frei, darin steckte Cesars rechte Hand. Und auf diese Hand, daß sie dort bleibe, hatte der magere Blonde einen Stock gelegt.

Beide Gestapomänner blickten auf Roman, gleichsam vielsagend und in einer Art besorgter Hoffnung, bis der Dicke zu Cesar sagte: »Nun gesteh' schon, daß dein Bruder Rassenschande getrieben hat, mach' schon«, und dabei schloß er auch schon die Tür hinter sich.

Roman war allein in dem Raum.

Im nächsten Augenblick gellte von nebenan ein Schrei auf, so heiß, so kreischend, daß Roman niemals Cesars Stimme erkannt hätte, wenn ihm nicht bewußt gewesen wäre, daß kein anderer ihn ausgestoßen haben konnte. Der Schrei wiederholte sich nicht, aber es war, als wirbelte er pfeifend und peitschend durch den Raum. Dann hörte Roman den Bruder winseln – und war mit einem Schlag aller Furcht ledig.

Er stürzte zur Tür, riß sie auf und erstarrte. Die Brillengläser verschmiert, am ganzen Leibe zitternd, hielt Cesar die rechte Hand von sich. Unter den Nägeln, außer dem des Daumen, quoll Blut hervor, und die Finger hingen, seltsam verformt, wie leblos herab.

Er blickte Roman an, als begriffe er die Situation nicht, und sagte mit überkippender Stimme, wie in großem Staunen: »Sie haben mir die Hand zerquetscht...«, und dann weinte er quietschend, das breite, Tränen überströmte Gesicht hilfeflehend Roman zugewandt.

Der war mit einem Satz bei Cesar, war bei ihm, wie er sich vor grauen Zeiten in *Bulles* schreckliche Peitsche gerollt hatte, die den Älteren treffen sollte, und wußte auch diesmal nichts mehr von der eigenen Angst angesichts der blutenden Hand, und warf sich über den Tisch und umarmte Cesar, der flach dalag, und umarmte ihn noch fester in der Großen Kraft, die über ihn gekommen und bereit war, das eigene Leben für den andern hinzugeben.

»Bruder«, flüsterte Roman über Cesar, »Bruder«, und dabei blickte er die beiden Gestapomänner an, so jenseitig und beschwörend, als besäße er eine geheime Magie, der die Gnadenlosigkeit sich zu beugen habe.

Der dunkle Dicke und der magere Blonde hatten nicht eingegriffen. Sie hatten mit keinem Wort, keiner Geste Roman Bertini daran gehindert, zu Cesar zu gelangen, und schauten nun mit hoher Aufmerksamkeit, forschend, auf das Brüderknäuel.

Dann nickte der Dicke wie überlegend mit dem Kopf, winkte Roman und ging in seinen Raum zurück. Als Roman ihm nicht folgte, sondern bei Cesar blieb, der sich wimmernd an den Bruder klammerte, kam der Gestapomann wieder herein, blickte den mageren Blonden achselzuckend an und fauchte Cesar an: »Hau ab, du Flasche, wir brauchen dich hier nicht mehr. Mach', daß du fortkommst, sonst überlege ich es mir noch anders«, und damit packte er Roman fest und unwiderstehlich mit einer Hand an der Schulter. »Dein heißgeliebter Bruder ist heute noch zu Hause. Aber *du* kommst mit mir.«

In seinem Zimmer, mit dem Rücken zum Fenster, nahm der Dicke das Papier vom Tisch, studierte es eingehend und legte es nieder.

»Rassenschande – mit Charlotte Wandt. Wie oft und mit wem noch?« Dann wartete der Gestapomann.

Als Roman Bertini, wieder an der Wand, mit gespreizten Händen und geschlossenen Augen, den Kopf wie in Trance hin und her bewegte, ein Anblick entsetzlich verstümmelter Verneinung, stand der Dicke auf, ging zur Tür, öffnete sie und nickte nebenan dem mageren Blonden zu.

Der war allein im Raum. Die Schreibtische waren wieder auseinander-geschoben. Von Cesar Bertini keine Spur mehr.

Dann verschwanden die beiden Gestapomänner.

Als sie nach etwa zehn Minuten zurückkehrten, nahmen sie Roman in die Mitte, gingen durch das Gebäude eine Treppe hinauf, eine andere wieder hinunter, und schoben ihn schließlich in einen Raum, in dem allerlei Geräte standen.

Der Dicke und der Magere sahen sich suchend um, griffen dann nach einer Art Balken, einem gut zwanzig Zentimeter breiten, oben abge-flachten Holm, den sie mit den Enden auf zwei ziemlich hohe, im Abstand von zwei Metern voneinander aufgestellte Tische legten. Während sie das taten, begann der Dicke zu berichten, daß er auf dem Balkon seiner Wohnung eine Tomatensorte zu züchten begonnen habe, die sich als besonders ergiebig erweise. Die Mitteilung erregte sofort das Interesse des Dünnen, und zwar derartig, daß er neugierig innehielt und nach Begießungsmenge und Düngersorte fragte.

Während der Dicke ihm antwortete, forderte er über die Schulter Roman Bertini auf: »Zieh das Jackett aus.«

Als Roman der Anweisung nachkam und das mit dem Gewicht der Waffe beschwerte Jackett in der Hand hielt, fügte der Dicke unwirsch hinzu: »Nun mach' schon, leg' es auf den Stuhl.«

Roman Bertini warf sein Jackett über die Lehne eines Stuhles, der isoliert in einer Ecke des Raumes stand. Er legte das Kleidungsstück so darüber, daß die offene Seite nach hinten wies.

Wann würden sie die Waffe finden?

Der magere Blonde befahl Roman zu sich heran und band ihm mit einem starken Bindfaden die Hände vor dem Körper an den Gelenken zusammen.

Immer noch über Tomatensorten und Tomatendünger redend, legten die Gestapomänner Roman Bertini mit dem Rückgrat auf den Balken zwischen den Tischen, wobei sie ihn, der eine an den Beinen, der andere an den Schultern, so lange hin und her hoben und schoben, bis sich der Körper mit den herabhängenden Unterschenkeln im Gleich-gewicht hielt.

Dann ließen sie ihn wie auf Kommando gleichzeitig los.

Nun zeigte sich eine merkwürdige mechanische Reaktion, auf die die Gestapomänner vorbereitet schienen, denn sie traten rasch ein paar Schritte zurück: mit dem Rücken oberhalb des Steißes auf dem abgeflachten Holm, wurde Roman Bertini so heftig geschüttelt, als schösse ihm elektrischer Strom in hoher Voltzahl durch Fleisch und Adern – offenbar eine vegetative Muskelreaktion auf den schmalen Druckpunkt. Er bäumte sich rasend auf, daß er von Kopf bis Fuß erzitterte. Dabei versuchte Roman sich mit vorwärts und rückwärts schnellenden Beinen und einmal nach rechts, einmal nach links gestreckten Armen im Gleichgewicht zu halten. Aber die gefesselten Hände erreichten den Balken weder auf der einen noch auf der andern Seite.

So fiel er nach wenigen Sekunden hintenüber auf die Erde und kugelte sich das rechte Schultergelenk aus. Obwohl der Schmerz grauenhaft war, entfuhr dem Gestürzten kein Laut. Erst, als die Gestapomänner ihn, ohne Rücksicht auf die Verletzung, vom Boden hochnahmen und wieder auf den Balken legten, holte die Tortur einen tiefhallenden, langanhaltenden Schrei aus ihm heraus, der ihm selbst so spitz in die Ohren stieß, daß ihm das Trommelfell zu platzen drohte.

Diesmal hielt sich Roman Bertini etwas länger auf dem Balken, dann fiel er abermals herab. Er schlug mit der rechten Gesichtshälfte auf, versank in kurze Betäubung, und wälzte sich zur Seite, um nicht auf dem getroffenen Wangenknochen zu liegen.

Fortwährend über ihr Lieblingsthema, die Tomatenzucht, plaudernd, hielt der Dicke das Schriftstück hoch, sah Roman in übertriebener Pose an und hob ihn, als keine Erwiderung kam, mit dem mageren Blonden zum drittenmal auf den Balken.

Diesmal fiel Roman Bertini nach vorn, auf die Kniescheiben, und zwar auf beide zu gleicher Zeit. Dann prallte er mit Nase und Stirn auf den Boden, den sofort ein Blutstrom verfärbte.

Obwohl nur wenige Minuten vergangen waren, schien dem Gefolterten, als habe er eine riesige Zeitspanne hinter sich gebracht. Nur noch halb bei Bewußtsein, beschäftigte sich der funktionierende Teil seines Verstandes mit der Erwartung, daß die Gestapomänner im nächsten Augenblick die Pistole in seinem Jackett finden und gleich an Ort und Stelle das Todesurteil vollstrecken würden.

Statt dessen kam einer der Gestapomänner – Roman konnte nicht mehr unterscheiden, welcher – nahe zu ihm heran und fragte, mit einer Mischung von Geschäftsmäßigkeit und Desinteresse: »Rassenschande mit Charlotte Wandt – wie oft und mit wem noch?«

Zu dieser Zeit wußte Roman Bertini bereits, daß keine Kraft, keine Gewalt, kein Schmerz und keine Angst ihn dazu bringen würde, die Lüge zu bestätigen.

Als er das neunte Mal vom Balken fiel, blutblind, das Gesicht und die

Hände über und über aufgerissen, Beine und Knie zerschunden, das ausgekugelte Schultergelenk unförmig angeschwollen, mit zerrissener Hose und geschlitztem Hemd auf der Erde zappelnd, lallend, würgend, verfiel Roman Bertini, eine einzige Wunde, in tiefe Nacht.

Ohne zu wissen, wie lange er bewußtlos gewesen war, durchbohrte ihn gleich nach dem Erwachen der Gedanke: *hatten sie die Waffe gefunden?*

Während er mit dem rechten Auge über dem aufgestoßenen Backenknochen nicht mehr sehen konnte, gewahrte er mit dem linken den Balken zwischen den Tischen und begriff, daß er ausgestreckt auf der Erde lag. Dann wandte er unendlich langsam den Kopf, suchte, und fand den Stuhl mit seinem Jackett an derselben Stelle. Die Gestapomänner, deren Stimmen er nur noch unscharf und wie aus weiter Entfernung vernahm, mußten wohl bemerkt haben, daß er sich regte, denn Roman hörte plötzlich ein klickendes Geräusch. Als er in die Richtung blickte, erkannte er schemenhaft, wie ein Feuerzeug mit einer großen Flamme gegen seinen Fuß gehalten wurde, der nackt war.

Roman Bertini sah diese Flamme, sah sie, wie in einem Bildausschnitt, hin und her streichen über Ferse, Ballen, Knöchel und Zehen. In dem animalischen Entsetzen der Kreatur vor Feuer, bäumte sich sein Oberkörper auf, fiel aber sogleich wieder zurück. Roman verspürte keinerlei zusätzliche Pein, keinen Hitzebiß an den gesengten Stellen – der Verbrennungsschmerz verschmolz ununterscheidbar mit dem allumfassenden Schmerz dieser Stunde.

Wohl aber spürte er einen aufdringlichen Geschmack auf den Lippen – nicht jedoch den von Blut, sondern Salziges. Und während ihm die Tränen über das Gesicht liefen, auch aus dem zugeschwollenen Auge, faßten seine vernichtete Physis und lebendig gehäutete Seele ihren *Gegenzustand* in die für Roman Bertinis Verfassung seltsam rationale, sich zyklisch wiederholende, nur für sein inneres Ohr vernehmbare, weißglühend gebündelte Definition von *Glück* zusammen:
Ungeboren bleiben! Ungeboren bleiben! Ungeboren bleiben!

Dann versank er abermals ins Nichts.

Dennoch fühlte er darin irgendwann einen ungeheuren Ruck, so, als würde ihm ein Körperteil ausgerissen, eine Rammbewegung von überwältigender Stoßkraft – das war, als sie ihm das ausgekugelte Schultergelenk eingerenkt hatten.

Als Roman Bertini erwachte, sehr langsam erwachte, wußte er wiederum nicht, ob er Stunden oder Tage bewußtlos gewesen war. Er fand sich von den Armlehnen eines Stuhls gehalten, sah an sich herunter und entdeckte sich allein in dem Zimmer – mit zerrissenem Hemd, über und über beschmutzter Hose und ohne Jackett.

Hatten sie die Waffe gefunden?

Durch ein Fenster erblickte er das Stahlgerüst der Hochbahn zwischen den Stationen Baumwall und Landungsbrücken, und dann erst den Spiegel gegenüber an der Wand, etwas zu hoch, um sich darin sehen zu können. So drückte sich Roman Bertini millimeterweise aufwärts, und es dauerte lange, bis er die richtige Position erreicht hatte – aber er erkannte sich nicht wieder. Er starrte in eine dermaßen entstellte Fratze, daß er das sehende Auge gleich wieder schloß. Stirn und Wangenfläche waren schwarz verquollen, die Nase schiefgebogen und ganz verdickt, der Mund bestand nur noch aus Oberlippe, die sich quer über das halbe Kinn hinzog. Völlig überflutet von dem Schmerz in der Schulter und einem furchtbaren Stechen am rechten Fuß, war Roman Bertini doch beherrscht von der einen, allgegenwärtigen Frage: *hatten sie die Waffe gefunden?*

Ehe er weitere Überlegungen anstellen konnte, trat der dunkle Dicke ein, ging auf ihn zu, spannte mit zwei Fingern das verschwollene Auge auf und sagte, wie zu sich selbst: »Na also, lebt noch!«

Gleich danach kam der magere Blonde, und dann nahmen die beiden Gestapomänner Roman Bertini in die Mitte und trugen ihn mehr, als sie ihn stützten, zum Zimmer hinaus. Es ging eine Treppe hinunter, wo der Dicke hinter einer großen Tür verschwand, die er nicht ganz schloß. Der magere Blonde blieb neben Roman stehen.

Drinnen wurde gesprochen, ein halblauter Dialog. Plötzlich sagte eine Stimme, klar und vernehmbar: »Lassen Sie ihn für diesmal ziehen. Wir können ihn ja wieder holen, wann immer wir wollen. Er und die anderen Bertinis laufen uns doch nicht weg.«

Roman schauderte – er hatte die Stimme sofort erkannt.

Er brauchte nur wenige Zentimeter zur Seite zu treten, um durch den Türspalt in den Raum zu blicken. Hinter einem großen Schreibtisch – die *Melone*! Darüber ein Gemälde – Hitler, ernst, gemessen, in Uniform, die Hände vorn verschränkt, all das wie eine Momentaufnahme in Roman Bertinis Hirn gestochen für immer. Und als der Dicke nun herauskam, traf sich für den Bruchteil einer Sekunde Romans Blick mit dem der *Melone*.

Dann schlug die Tür zu.

»Na denn«, der Dicke schritt auf den Ausgang zu, blieb aber stehen, als

Roman ihm und dem mageren Blonden nicht folgte. »Was ist? Wo bleibst du? Sollen wir noch mal von vorne anfangen?«

Roman Bertini stand allein da im Flur, taumelnd, und fragte nun mit einer Stimme, die er selbst nicht wiedererkannte, so murmelnd, so dumpf, so fremd klang sie: »Mein – Jackett. Wo ist mein – Jackett?«

Der Dicke drehte sich um. »Dein Jackett?« Er blickte den Mageren verdutzt an und deutete dann nach hinten auf den dunklen Flur. »Es wird da sein, wo du es ausgezogen hast.« Und dann, nach einer Weile von entsetzlicher Dauer: »Nun hol' es dir schon! Oder glaubst du, wir spielen hier deine Diener?«

In den aufgesprungenen Knien einknickend, die Hände wie ein Blinder vor sich hingestreckt, jedoch rasch, wie von einem ungeheuren Zwang getrieben, setzte Roman Bertini sich in Bewegung.

Am Ende des Flurs stieß er die Tür auf und prallte zurück – das Jackett hing so über dem Stuhl in der Ecke, wie er es darauf ausgebreitet hatte: mit der offenen Seite gegen die Wand und mit dem Rücken die Sitzfläche bedeckend. Wer immer es in die Hand genommen hätte, er hätte sofort das Gewicht der Waffe gespürt.

Roman zog das Jackett an, fühlte den harten Druck der Pistole in der Brusttasche, und sah sich um – der Balken schwebte noch zwischen den hohen Tischen, der Boden darunter zeigte Blutflecken und Kleiderfetzen.

Dann verließ er den Raum.

Der Wagen, in dem Roman mit der Beretta Giacomo Bertinis zwischen den beiden Gestapomännern saß, hielt nicht vor dem hohen Schuttwall in der Fuhlsbüttler Straße, sondern in der Lindenallee, unten am Trockenweg, wo es noch unwahrscheinlicher war, daß ihm jemand begegnete.

Es kam ihnen offenbar darauf an, daß Roman von anderen in seinem Zustand nicht gesehen wurde. Sie ließen ihn aussteigen und fuhren ab.

Roman Bertinis Rückkehr in den Keller, etwa eine Stunde vor Mitternacht, vollzog sich ohne einen Laut. Cesar und Ludwig kamen aus ihrem Schlafraum hervor, als das Gespenst ihres Bruders in der Tür stand, und gleich darauf trat Lea von rechts in die Küche. Sie riß die Arme hoch beim Anblick ihres Zweiten und schlug sich dann die Hände vor den Mund.

So standen sie sprachlos voreinander.

Die Lautlosigkeit des Wiedersehens wurde erst zerbrochen, als Alf

Bertini aus dem elterlichen Schlafraum kam, einen Augenblick stehen-blieb, das Gesicht grob und hilflos gegen Roman gerichtet, ehe er in ein Plärren ausbrach, ein grelles, stoßhaftes Greinen, das Alf hin und her schüttelte und in ein hohes, wimmerndes Weinen überging, als der Vater auf ihn zustürzte und ihn mit beiden Armen umfing. Und erst jetzt verstanden die anderen Bertinis, was Alf vom ersten Schritt in die Küche an, zunächst unverständlich, herausgestammelt hatte:

»Gott war stärker – Gott war stärker!«

In diesem Moment, mitten in die staunende Erschütterung über den Vater, fiel Roman Bertini ein, daß er auch in der höchsten Qual weder Gott angerufen noch überhaupt mit einem einzigen Gedanken an ihn gedacht hatte.

In jener Nacht tat keiner der Bertinis ein Auge zu, wie in so mancher anderen während der letzten elf Jahre. Und doch unterschied sie sich für Roman von jeder vorangegangenen – verwandelte sich in ihr doch seine *Bereitschaft* zur Selbstjustiz in den *Entschluß*.

Die Geheime Staatspolizei hatte ihn ein zweites Mal gefoltert und danach entlassen. Ihr Motiv für seine Rückkehr lag im Dunkeln, war jedoch wahrscheinlich in der jederzeitigen Gewißheit eines abermali-gen Zugriffs zu suchen. Roman Bertini dachte darüber nicht weiter nach. Auch sein Staunen über das schiere Wunder, daß die 6,35-mm-Beretta vier Tage lang, wie sich jetzt herausstellte, unentdeckt geblie-ben war, hatte er inzwischen überwunden. Es war etwas anderes, womit weniger *er sich*, sondern was sich *mit ihm* beschäftigte, ihn völlig erfüllte, und zwar so stürmisch, daß er sich wehrlos fühlte gegen die innere Gewalt, die ihm den Schwur abverlangte: *zu töten!*

Seltsamerweise war es nicht die Erfahrung der eigenen Folterungen, die den Schwur bis zur Überwältigung wachsen ließ, sondern zwei Totenschatten, in denen sich ihm stellvertretend die namenlose Masse der Ermordeten unüberblickbar türmte – Chaim und Siegfried Kanten!

Ihr Bild war es, was nach dem Balken am Johannisbollwerk in Roman Bertini die eigenhändige Sühne zum Gesetz erhob. Ein Gesetz ohne Zunge und Lippen übrigens, ohne Stimme oder Formulierung auch nur durch ein einziges Wort, da er den Schwur *dachte*, nicht hörbar machte – und damit ein Geheimnis nicht nur vor Eltern und Brüdern, sondern in gewissem Sinn auch vor Roman Bertini selbst.

Und so lautete, unter Bruch des großen Zukunftstabus, sein stummes Gelöbnis in der Finsternis dieser Augustnacht des Jahres 1944: wenn er die Befreiung erleben sollte – wäre die *Melone* des Todes! Wäre die *Speckrolle* des Todes! Wäre *Eitel-Fritz Hattenroth* des Todes! Wäre *Theodor Wandt* des Todes! Und jeder andere auch, dem Roman begegnete und der, mittelbar oder unmittelbar, direkt oder indirekt, schuldig geworden war an so viel unschuldig vergossenem Blut.

Nach der primären Bedeutung der Pistole für Leas Schicksal im Falle von Verhaftung und Deportation; nach ihrer Rolle als mögliches Exekutivorgan seiner Bereitschaft zur Selbstjustiz, die vom Haß des Bodendorfer Gemeindedieners gezeugt worden war – in dieser Nacht bekam die Waffe für Roman Bertini ihre *dritte* Dimension: nicht mehr nur für persönlich Erlittenes, sondern im Namen der Ermordeten zu töten!

Giacomos gefährliche Imponier-Attrappe zur Einschüchterung der Musiker-Camorra war unter gänzlich veränderten Verhältnissen zur Lebensphilosophie seines Enkels geworden – war Richter und Scharfrichter in einem, Trost und Verhütung, war Verteidiger und Angreifer, Symbol der Befreiung wie der Vergeltung, ein zweites Ich – und zwar all das bar jeden Schreckens für ihn, Roman Bertini.

5

»Marianka, du sollst wissen ...«

Noch ehe der Monat zur Neige ging, stand Hans Massakon, genannt Mickey, Barmbeks einziger Afrikaner, wieder unter den Bertinis. Sie hatten sich im Frühling vor den Großangriffen auf Hamburg zuletzt gesehen, also fast anderthalb Jahre, in denen keiner vom Schicksal des andern wußte.

Es war Cesar gewesen, der ihn am Bahnhof getroffen hatte. Die nunmehr achtzehnjährige Liebesfrucht zwischen einer Krankenschwester aus St. Georg und einem Diplomaten des Liberianischen Generalkonsulats in der Hansestadt war bei seinem Anblick in einen Freudenschrei ausgebrochen und sofort mit in den Keller der Düsternstraße gekommen. Da es ein Sonntag war, traf er alle Bertinis an.

So trat er in die Küche ein, dunkel, auf fremde Weise schön, gespannt in beherrschter Bewegung.

In einer halben Stunde hatten sie seine, hatte er ihre Geschichte erfahren.

Mickey war mit seiner Mutter am selben Tag wie die Bertinis ausgebombt worden. Als sie am Morgen des 30. Juli 1943 aus dem Luftschutzkeller der Waffelfabrik auf die Stückenstraße traten, war ringsum alles verbrannt – ihre kleine Wohnung gegenüber, Zanoletti, die alte Kneipe, ebenso das Milchgeschäft. Die Terrassen zwischen Haferkamp und Stückenstraße mit ihren kleinen Häusern standen noch in hellen Flammen.

Mutter und Sohn stießen zu der Menge, die sich unter der Hochbahnbrücke am Barmbeker Markt drängte – wo sich in Mickeys Kindheit immer der Obststand befunden hatte –, und wurden von dort mit zahllosen anderen Ausgebombten auf Lastwagen aus der qualmenden, versengten, todesgetroffenen Stadt transportiert, nach Süden.

Die beiden stiegen in Salza aus, jenem kleinen Ort vor Nordhausen an der Harzstraße Nr. 6, wo Mickey bei der Schwester seiner Mutter so oft die Schulferien zugebracht hatte – seit Kriegsbeginn war er nicht mehr dort gewesen.

In dieser, ihm von Kindheit an vertrauten Gegend fand er alles so vor, wie es sich in seiner Erinnerung gehalten hatte – mit einer Ausnahme: Touren auf die Spitze des ortsnahen Berges waren nicht mehr möglich. Schilder an einem großen Gitter verkündeten »Zutritt verboten«.

In diesen Berg nun, so beobachtete Mickey vom ersten Tage seiner Ankunft in Salza, zogen lange Kolonnen von Männern in gestreifter Kleidung aus dünnem Tuch, Schlottergestalten, unzweideutig Insassen von Konzentrationslagern. Niemand durfte in ihre Nähe kommen, niemand mit ihnen sprechen. Als Mickey unbeabsichtigt einmal doch vor den gespenstischen Zug geriet, war einer der gewehrbewaffneten Bewacher in SS-Uniform auf ihn zugekommen und hatte grinsend Anstalten getroffen, ihn in die Schar der Gestreiften einzureihen. Worauf Mickey entsetzt davongerannt war – noch als er es jetzt den Bertinis berichtete, wurde er fahl unter seiner dunklen Haut.

Seltsamerweise marschierten die Kolonnen, die durch ein großes Tor hinter die Absperrung gelangten und von dort in den Berg verschwanden, stets nur in dieser Richtung dahin, in den Berg hinein, und nie aus ihm heraus. Es war etwas Unheimliches um den Ort, diesen Kyffhäuser von Salza, und in der ganzen Gegend um Nordhausen wurde gemunkelt, tief im Berg, unter der Erde, würden *Wunderwaffen* hergestellt, die den Krieg entscheiden könnten. Irgendwie, so fand Mickey, zeigten die Leute einen merkwürdigen Stolz, offenbar wegen des Umstandes, daß ihre Behausung in der Nähe der geheimnisvollen Rüstungskammern lag.

Dann, nach einem Dreivierteljahr in Salza, war Mickeys Mutter verstorben, plötzlich, buchstäblich aus heiterem Frühlingshimmel heraus, unter dessen Glocke sich die Konturen der Harzer Gebirgslandschaft wie die filigranen Linien eines ätherischen Gemäldes abzeichneten. Im April dieses Jahres hatte der Sohn sie im Stuhl sitzend gefunden, noch keine vierzig, wie eingeschlafen, während in Wahrheit das Herz ausgesetzt hatte, ohne Krankheit, ohne vorhergegangene Schwäche oder Warnung – einer jener unerklärbaren Winkelzüge der Natur, vor denen der rasch herbeigeeilte Arzt, vollkommen beschäftigt mit dem Rätsel dieses Ablebens, in dumpfer Ratlosigkeit verharrte.

Der Kummer über den Verlust zeigte sich bei Mickey nicht äußerlich. Ihm kamen keine Tränen vor der sterblichen Hülle seiner Mutter, die ihm die einzige Heimat auf Erden gewesen war. Ihre Bedeutung bestand darin, daß sie alle Anschläge auf die Seele ihres Kindes vereitelt hatte, und wenn Mickey jetzt, mit achtzehn, auf eine für Roman Bertini nahezu unbegreifliche Weise *unversehrt* geblieben war, so hatte die Mutter ihm dazu verholfen. Von ihrer Bürde, unter dem rassistischsten Regime der Weltgeschichte die Mutter eines *Farbigen* zu sein, hatte sie nie auch nur eine Silbe an ihn weitergegeben. Es war, als hätte sie mächtige Flügel über Mickeys Gemüt ausgebreitet gehalten in seiner Aussonderung, die jedermann sichtbar war.

So entstand aus Mickeys Reden das Bild, das sich die Bertinis in der kurzen Zeit, die sie ihn kannten, von dieser Frau machen konnten, ohne sie je kennengelernt zu haben.

Gleich nach der Bestattung hatte sich Mickey von seiner Tante in Salza verabschiedet und war nach Hamburg, nach Barmbek zurückgekehrt. In der für Ausgebombte geräumten Schule der von-Essen-Straße bewohnte er einen winzigen Raum, ohne Fenster, aber auch ohne Zimmergenossen. Er hegte nie die geringsten Zweifel, aus welchen Gründen ihm die Leitung der überbelegten Schule in diesem Falle seine Individualität erhalten hatte. Wie immer bisher, hatte Mickey auch wieder Glück gehabt. Er arbeitete in seinem erlernten Beruf als Bauschlosser in einer großen Harburger Gummifabrik, drüben, am Südufer der Elbe.

Das war es, was Hans Massakon, genannt Mickey, den Bertinis im Keller der Düsternstraße berichtete, mit wägenden Blicken auf Roman und ohne diesmal, wie sonst doch stets, die Zukunft unter *seinem* Volk in Chikago zu preisen.

Zehn Tage nach seiner Rückkehr vom Johannisbollwerk war Roman immer noch gezeichnet von der Tortur, obwohl ihre äußeren Merkmale schneller verschwanden, als anzunehmen war.

»Was haben sie mit dir gemacht?«

Da ließen die anderen Mickey mit Roman allein.

Nach dessen knapper, stichwortartiger Schilderung schwieg Mickey lange. Es waren jetzt gut zwölf Jahre her, daß sie sich bei einer *Kloppe* an der Sandkiste mit erhobenen Holzwaffen gegenübergestanden und dann in wortloser Sympathie unverletzt voneinander gelassen hatten. Nun sagte Mickey, tonlos: »Raus aus diesem Land, wenn es soweit ist, weg. Was willst du, was wollt ihr, was wollen *wir* dann noch hier?«

Roman, der selbst vor kurzem noch um eines Schwurs willen das Tabu der Zukunft durchbrochen hatte, fühlte, daß sich ihm die Haare auf seinem immer noch wunden Körper schmerzhaft sträubten. Aber er nickte. Ja, was wollten sie hier, vorausgesetzt, sie überlebten? Was hätten sie hier noch verloren? Alle Bertinis sagten seit Jahren, ohne jedes Zugehörigkeitsempfinden, *die* Deutschen.

Roman nickte wieder. Er würde Deutschland verlassen – *nach Einlö-sung seines Tötungsschwurs.*

Alf Bertinis Schwäche vor dem Anblick seines gemarterten Sohnes hatte nicht angedauert.

Bereits am Morgen nach Romans Rückkehr war der Vater vor Cesar aufgebrochen und kannte ihn weder auf dem Wege nach Rothenburgs-ort noch in der Fabrik. Und dabei blieb es auch, als Roman nun wieder zur Arbeit ging. Stumm, verschlossen, streng in sich abgekapselt, rannte Alf Bertini her vor seinen Söhnen, deren Kehlen wie zuge-schnürt waren. Dennoch blieben sie immer in Alfs Nähe, wie auch er selbst dazu beitrug, in Sichtweite zu bleiben.

Am ersten Tag nach Roman Bertinis Wiederauftauchen bei den Siemens-Schuckert-Werken hatte der Arbeiter Anton, zwischen Ver-blüffung und Erkenntnis, gedämpft gefragt: »Wer hat dich denn die Treppe runtergeschmissen?« Vierschrötig, so breit wie hoch, stand er da, die Mütze weit nach hinten geschoben – dann hieb er den Hammer mit solcher Wucht auf das Metallgerüst, daß die anderen ringsum herüberstarrten und unruhig die Köpfe schüttelten über den berserker-haften Ausfall.

Anfangs fühlte Roman noch eine tiefe Müdigkeit in den Gliedern. Oft, wenn er vor der Bohrmaschine stand, sank ihm die Hand mit dem Hebel herunter, und soviel Kühlflüssigkeit er auch drangab, es brachen zahlreiche Bohrer ab. Dann fragte Anton: »Wohl die ganze Nacht durchgescherbelt, was?« – und in seinen Augen lag der Ausdruck einer hilflosen, explosiven Wut.

Sein wirklicher Zorn aber richtete sich gegen Meister Mader.

Der Geierartige beobachtete aus seinem verglasten Horst die drei Bertinis in ihren Ecken scharf und stetig, schwebte steil oder auf Umwegen durch die Halle herab und blieb irgendwo in der Nähe hocken. Eines Tages krächzte er in Antons Ecke dünn: »Hier brechen mir zu viele Bohrer ab!«

Der Arbeiter stutzte und fuhr herum, als wolle er sich auf Meister Mader stürzen. Dann jedoch kroch eine kalte Pfiffigkeit in seine Miene. Übertrieben dienstbeflissen, in Respekt gebeugt, mit einer Art Kratzfuß, informierte er den Vorgesetzten eilfertig: »Das kommt, weil der Junge, erstens, noch nie einen solchen Apparat in der Hand gehalten hatte, bevor er hierherkam, und daß er bisher nicht hier war, hängt, zweitens, damit zusammen, daß er Grips hat – davon kommt das!« Die letzten Worte brüllte der Arbeiter so, daß sie den ungeheuren

Lärm in der Halle übertönten. Dabei hatte er die Mütze derart weit nach hinten geschoben, daß sie ihm nur noch wie durch ein Wunder auf dem Kopf blieb.

Meister Mader lächelte schräg, glitzerte Anton aus schmalen Schlitzen gefährlich an, erhob sich langsam und entschwebte ohne Widerspruch. Oben aber, in seinem Glashorst, hackte er immer wieder mit wippendem Hals gegen Antons Ecke.

Von all dem völlig unberührt blieb nur der Lehrling Günther. Zwitschernd hantierte er an den Gestellen herum, trällerte in die stikkige, staubige Fabrikhalle und strich sich durch seinen dichten blonden Schopf. Wenn draußen auf dem heißen Hof luftig gekleidete Arbeiterinnen vorüberschritten, griff er sich mit einem komischen Schrei in den Schoß und brach nach vorn zusammen, als streckte ihn die Versagung seiner männlichen Begierden auf der Stelle nieder.

Die Arbeit wurde nun immer häufiger durch Luftalarm unterbrochen. Bei Vollalarm war es jedermann erlaubt, sich in Sicherheit zu bringen. Die meisten stürmten schon bei dem auf und ab schwellenden Sirenenton aus dem Fabriktor durch das ausgebombte Rothenburgsort, um den Spitzbunker vor den Elbbrücken zu erreichen, was etwa zehn Minuten dauerte. Nicht selten schoß die Flak schon in den lärmzerfetzten Himmel über Hamburg, bis dieser einzige feste Schutz weit und breit auch nur sichtbar wurde.

Vor allem wohl, weil für den langen Weg hin und zurück zuviel Arbeitszeit verlorenging, hatte die Werksleitung begonnen, auf dem Fabrikgelände einen eigenen Bunker zu bauen. Der wuchs zwar schnell, befand sich jedoch noch in halbfertigem Zustand, als eines Septembermittags die Sirenen wieder heulten und schwere Bombergeschwader im Anflug auf Norddeutschland gemeldet wurden. Obwohl es strikt verboten war, überlegten Roman und Cesar Bertini einen Augenblick, in das werkseigene Provisorium zu kriechen, da das Dröhnen der Viermotorigen schon zu hören war. Aber als sie Alf dann am Fabriktor sahen, folgten sie dem Vater rasch.

Gegen zwölf Uhr wurde der Spitzbunker vor den Elbbrücken von schweren Stößen heftig geschüttelt. Es war, als hätte sich eine Riesenfaust unter das Betongebäude geschoben, es hochgehoben und wieder fallen gelassen. Die Bombe mußte in der Nähe eingeschlagen haben. Da das Licht erlosch, verloren sich Vater und Söhne Bertini aus den Augen. Aber Roman und Cesar hätten beide beschwören können, daß in der Sekunde, da es im Spitzbunker dunkel geworden war, ihre Namen gerufen wurden.

Als sich die stählerne Tür nach einer Stunde öffnete, lagen dicke Schwaden über Rothenburgsort und dem Strom.

Wie sich herausstellte, waren drei Bomben eines Reihenabwurfs auf dem Fabrikgelände eingeschlagen. Zwei hatten die kleine Kaimauer des Seitenkanals zur Norderelbe zerstört, die dritte, schwere, mußte den halbfertigen Schutzraum so zentral getroffen haben, daß er förmlich zerplatzt zu sein schien, denn nunmehr war da nichts als ein großer Trichter in der Erde.

Zunächst ging das Gerücht, während des Alarms habe sich jemand dort verbotenerweise aufgehalten. Eine halbe Stunde später festigte es sich zur Gewißheit, daß es zwei Menschen gewesen waren – ein sehr junges Mädchen und ein ebenso junger Mann.

Das Mädchen, dessen abgetrennter Oberkörper erhalten war, konnte bald identifiziert werden als eine junge Arbeiterin, die erst vor wenigen Tagen hier angefangen hatte. Von dem Lehrling Günther, dem Vöglein, das noch in das Heulen der Sirene hinein jubelnd gezwitschert hatte, war nichts geblieben als die abgerissene rechte Hand mit einem Ring daran. Dieser war ihm, wie der Lehrling am Vortage Anton und Roman selig zugeraunt hatte, von einem Wesen aufgesteckt worden, dessen Beschreibung ihm vor Entzücken nicht gelingen wollte, so daß er glühenden Gesichts lauthals geschmettert hatte:

»Marianka, du sollst wissen,
daß ich dich lie-hiebe,
Marianka, wann wirst du mei-hein?«

Mitte September begann Ludwig Bertini, den Schutt über dem Keller mit den Steinfliesen des Gehsteiges abzudecken. Vorher klopfte er fachmännisch in der Küche gegen die Betondecke, nachdem er oben die Mächtigkeit des Schutts mit einem Draht erkundet hatte – hundertfünfundvierzig Zentimeter nahezu versteinerter Mischmasse aus Ziegelstaub, verkohltem Holz, fettiger Asche und geschmolzenem Metall.

Ludwig zeigte sich unbeeindruckt.

Unbeeindruckt auch von jenem kurzen, aber heftigen Auftritt Alf Bertinis, als sich nach mehrtägigem Regen an der Decke der Küche und des elterlichen Schlafraums zwei feuchte Stellen von Faustgröße gebildet hatten. »Hab’ ich es nicht vorausgesagt?« schrie er und zeigte, das Gesicht verzerrt und den Oberkörper in der typischen Pose gebeugt, hinter sich auf die Flecken. »Hab’ ich nicht prophezeit, daß wir hier absaufen, wegschwimmen, untergehen werden?« und er lachte auf in schrecklichem Triumph, knallte die Hände auf die Oberschenkel und drehte sich, als wäre er von allen Seiten bedroht, einmal um die eigene Achse.

Lea hatte den Kopf eingezogen, als die harte, in Genugtuung überkippende Stimme ihres Mannes durch die niedrigen Räume schlug und mit dröhnendem Echo widerhallte. Sie war einfach stehengeblieben, wo sie stand, die Augen geschlossen und wie gelähmt. Ähnliche Wirkung hatte die Haltung des Vaters auf die beiden älteren Söhne, die sich ebenfalls wie unter Schlägen duckten und mit schmerzhaftem Ausdruck die Luft einzogen.

Nur Ludwig Bertini blieb unerschüttert. Er war der einzige, der keinerlei Furcht vor Alf zu empfinden schien und ihm ohne jedes Anzeichen von Schrecken gegenübertrat. Anders jedenfalls war es nicht zu deuten, daß er seinem Vater jetzt den Rücken zukehrte, ihm sozusagen die ungeschützte Seite darbot, und damit seine Unerschrockenheit bezeugte. »Nichtskönner!« murrte er, mit unsäglicher, zähnemahlender Geringschätzung, die unjugendlichen Augen auf die Flecke an der Decke gerichtet, und ein zweites Mal, noch kehliger: »Nichtskönner!« Dann machte er sich ans Werk.

Seltsamerweise schwieg Alf Bertini auf Ludwigs Anwürfe, zwar grimmig auflachend und in Gegenwehr, aber ohne gewalttätige Reaktion. Er hatte gegen den Jüngsten noch nie die Hand erhoben.

Der beschaffte sich – keiner von den anderen wußte woher und von wem – Geräte und Materialien, Schaufel, Hacke und dicke Placken harten Teers, und stieg nach oben. Tagsüber ganz allein, planierte Ludwig Bertini die Schuttmasse über dem Keller so vollständig, säuberte sie so gründlich von Mauerresten und sperrigen Metallteilen, daß es den Anschein erweckte, als wollte er da oben Gemüse, Kartoffeln oder gar Blumen pflanzen, denn er harkte die Fläche schließlich auch noch glatt. Dann brach er die steinernen Quadrate auf dem Gehsteig vor dem Keller aus ihrem gefügten Zusammenhang und schleppte sie hoch. Dabei benutzte er das ehemalige Treppenhaus, dessen Stufen gerade über den ehemaligen Laden des Optikers Cunert führten – alles andere war restlos verkohlt.

In weniger als einer Woche hatte Ludwig die Fläche über dem bewohnten Keller abgedeckt, hatte Steinfliese an Steinfliese gelegt, schwere, starke Platten. Hatte die Zwischenräume mit Teer gefüllt, ebenso die Seiten und die Fronten, wo die Fliesen an die Hausmauern grenzten, und hatte, wie zu erwarten, den allerletzten Teil, etwa zehn

Fliesen an der Vorderwand, unbelegt gelassen. Dabei berief er sich auf Alf Bertinis fortwährendes Lamento, die Decke würde unter dem neuen Gewicht eines Tages über ihren Köpfen einstürzen.

Und keine Bitte Leas, kein Versuch Roman Bertinis, Ludwigs Ehrgeiz anzustacheln und angesichts des sich herbstlich verändernden Wetters die Abdichtung zu vollenden, konnten den Jüngsten dazu bewegen, die Behausung wasserdicht zu machen.

Dann tauchte plötzlich Horst Cunert in der Düsternstraße auf, schäbig uniformiert, von schräger Gestalt, mit schiefem Mund, ununterbrochen plinkerndem Auge und leblos herabhängendem rechten Arm. Tappend schritt er die kleine Treppe in das Souterrain hinunter, wo einst das Geschäft seines Vaters gewesen war, jenes seltsamen Mannes, der so gern am Wochenende mit der Botanisiertrommel in die Umgebung Hamburgs gezogen war, dabei stets grünbefiederte Hüte getragen und keinen seiner wirren Sätze zu Ende geführt hatte.

Nun erfuhren die Bertinis, daß der Optiker tot war, irgendwo hier in der Nähe unter den Trümmern verschüttet und nur noch als Skelett vorhanden. Nachbarn, die selbst in der Barmbeker Phosphornacht knapp mit dem Leben davongekommen waren, hatten Horst Cunert die letzten Minuten des Vaters ins Feld geschildert, ohne große Gnade und Umschweife – nämlich daß der Optiker bei dem sinnlosen Versuch, möglichst viele von den Dampfschiffen seines Sohnes zu bergen, von einer Feuerwand umzingelt und vor ihren Augen wie eine Fackel schreiend verbrannt sei.

So berichtete Horst Cunert jetzt in der Küche des Kellers, auf einem Stuhl hockend, ein Mensch, an dem, wenn die Bertinis es nicht besser gewußt hätten, von Geburt an alles schief geraten zu sein schien. Der Anblick, und eine bestimmte Vermutung, verschlugen ihnen die Sprache.

Roman betrachtete den Gefährten mit einer Mischung aus tiefer Trauer und bewunderndem Grauen, als er sich erinnerte: wie Horst Cunert hier oben im Hause emsig und glühend, nur Roman und Cesar gelegentlich als Zuschauer duldend, aus alten Marmeladeneimern schwimmfähige, dampfgetriebene Schiffe bastelte. Wie er die Fahrzeuge im Becken vor dem alten Wasserturm laufen ließ, zischend und mit elektrisch gezündeten Knallkörpern das Entzücken der stets zahlreichen Schaulustigen, vor denen der jugendliche Ingenieur ins nahe Rhododendrongebüsch geflüchtet und nur hervorgekommen war, wenn die Schiffe zusammenstießen. Wie Horst Cunert im Stadtpark vom *Stamm* eingekreist wurde und verloren gewesen wäre, wenn die Große Kraft in Roman Bertini ihn nicht vor Mißhandlung oder Schlimmerem bewahrt hätte. Wie der Optiker seinen Sohn vergeblich zu einem *gentleman* machen wollte, und wie Recha Lehmberg zu Beginn des Krieges die erste Ahnung angeflogen war von der langfristigen Strategie des damals Sechzehnjährigen, nicht zu sterben für das Dritte Reich.

Ihre Vermutung trog die Bertinis nicht. Noch war der Krieg nicht beendet, aber der Sohn des Optikers war seinem Ziel ein entscheidendes Stück nähergekommen – nach vier Jahren systematischer Selbstverstümmelung war er vor einer Woche aus der Wehrmacht des inzwischen arg bedrängten Großdeutschen Reiches als *untauglich* entlassen worden. Sein Gesicht war maskenhaft erstarrt, als er ihnen die Wahrheit beichtete.

Das Furchtbarste aber stand den Bertinis noch bevor – sein Abgang. Nachdem Horst Cunert ihnen seine neue Adresse am Borgweg in Winterhude gegeben und versprochen hatte, regelmäßig wiederzukommen, machte er sich auf eine Weise auf den Heimweg, daß sie ihren Augen nicht trauen wollten. Denn er ging die kleine Treppe aus dem Souterrain zum Trockenweg hoch nicht etwa mit dem Gesicht, sondern mit dem Rücken nach vorn, krebshaft, sozusagen mit den Hacken voran, wobei er grinsend erklärte: so sei er die ganzen letzten Jahre treppauf gestiegen, und dieser Zwang habe wahrscheinlich den Ausschlag für seine Entlassung aus dem Militärdienst gegeben.

In stummer Lähmung ungewohnt vereint, sahen die Bertinis ihm nach, wie er auf dem schmalen Pfad durch den Trümmerwall der Fuhlsbüttler Straße zustrebte, den unversehrten linken Arm hob und dann verschwand.

Den zweiten Besuch bei Erika Schwarz konnte Roman Bertini zu früherer Stunde antreten als den ersten – die Tage waren kürzer geworden.

Oberste Devise blieb, daß er in der Alsterdorfer Straße von niemandem gesehen wurde. So wartete er lange hinter dem verfallenen Mauerrest, ehe er über den freien Platz des Trümmerrechtecks huschte und an der Tür der Reichsbahnerin viermal leise klopfte – das verabredete Zeichen.

Beide sprachen kein Wort in dem ehemaligen Waschkeller. Roman bahnte sich gleich den Weg zu dem engen, gerümpelverdeckten Loch an der Wand, zwängte sich hindurch und blieb, bis zu den Knöcheln im Wasser und in einer Hand eine Kerze, einen Augenblick wie erfroren stehen. Sein Schatten, von einer zweiten Kerze in Erika Schwarz' Hand über die trübe Fläche an die feuchten Wände geworfen, verharrte wie der eines Toten. Für einige Sekunden schloß Roman Bertini die Augen und dachte daran, aufzugeben. Kein Mensch könnte es hier in Nässe, Finsternis und ewiger Kälte länger als vierundzwanzig Stunden aushalten. Wie lange aber, wenn es dazu käme, müßten sie in der Gruft bleiben?

Er fühlte nichts in sich als Ratlosigkeit, Schwäche und Furcht. Mehr zu sich selbst als zu Erika Schwarz hin, die den Kopf und die Hand mit der Kerze durch die Öffnung steckte, murmelte Roman: »Es müßten Latten gelegt werden, über dem Wasserspiegel, so daß man wenigstens trocken wäre – sonst ginge es einfach nicht.« Seine Stimme war brüchig, wie zerfasert, vollkommen durchdrungen von Hoffnungslosigkeit.

Er tastete sich zurück und ging mit der Reichsbahnerin in den Küchenraum, wo Erika Schwarz begann, Brote für den morgigen Arbeitstag auf dem Reichsbahngelände der Station Ohlsdorf zu schmieren.

Schließlich sagte sie, ohne ihn anzusehen: »Ich werde die Latten legen. Auf dem Bahngelände ist genug Holz vorhanden.«

»Und was willst du, falls sie fragen, den Nachbarn sagen, wozu du das viele Holz brauchst?«

Nun blickte Erika Schwarz ihn an, spöttisch und ergeben zugleich, und sagte, während sie einen Kessel auf den Herd stellte: »Ich wollte mir schon lange Schränke zimmern, für meine Kleider und mein Geschirr. Keiner wird fragen, wofür das Holz ist, weder im Dienst noch in der Nachbarschaft«, sie ging an Roman vorbei, stieß ihm mit der Hand gegen die Schulter und lachte rauh auf. Hinter der Maske ihres harten, scharfgezeichneten Gesichts glomm eine fast fanatische Entschlossenheit.

Diesmal war es Erika Schwarz selbst, die beim Abschied von sich aus alle Vorsichtsmaßnahmen beachtete, nachdem sie ihn an der Haustür einmal rasch umarmt und gleich wieder losgelassen hatte – als hätte sie sich bei etwas Verbotenem ertappt.

Draußen, auf der Alsterdorfer Straße, verwandelte Roman Bertini sich urplötzlich, nahm das Gebaren eines Wolfes auf vielversprechender Fährte an, bekam etwas Schnüffelndes, zäh Zielstrebiges.

Bei den großen Brücken angekommen, ging er nicht gleich auf den

Bahnsteig, sondern unter den schweren Stahlkonstruktionen hindurch, und bog in eine grobgepflasterte, etwas ansteigende Straße bis zu ihrem Ende hoch – rechts zog sich ein Gleispaar in Richtung Kellinghusenstraße hin, links, hinter einer Schranke, vor der Roman stand, donnerte ein Zug der Vorortbahn in Richtung Barmbek.

Den nächsten bestieg er auf der Station Ohlsdorf, wobei er sich ein unbesetztes Abteil aussuchte. Und nun geschah Merkwürdiges. Auf der Fahrt zum Rübenkamp lief er ständig zwischen beiden Zugseiten hin und her und lugte aus den Fenstern. Das gleiche tat er zwischen Rübenkamp und Alte Wöhr, wo er ausstieg – eine Station vor Barmbek. Er wartete, bis der Zug abgefahren war. Dann ging er langsam den Bahnsteig zum Ausgang hinunter und lief nach rechts dem Stadtpark zu – bis vor den großen Stein.

Später wird Roman Bertini sich eingestehen, daß sein Plan eigentlich schon fertig war, noch ehe er sich selbst an Ort und Stelle von der Zuverlässigkeit des Platzes überzeugt hatte. Die Stätte mußte ihm schon lange unterbewußt vorgeschwebt haben, anders war ihre geradezu magnetische Anziehungskraft kaum zu erklären. Ortskenntnis und Erinnerung aber fußten auf den Jahren seiner bangen Häuptlingschaft im *Stamm*.

Unzählige Male war Roman mit den anderen an diesem Stein in wilder Kriegsbemalung vorbeigestürmt, ohne daß der massige Findling sich ihm als Name oder besonderes Ereignis eingeprägt hätte. Und doch dachte er seit langem an ihn. Damals wie heute ruhte der Stein, fast völlig von Gebüsch umwuchert, am Waldrand, wo Alte Wöhr und Stadtparkring im rechten Winkel zusammenstießen. Jetzt trat Roman Bertini hinter ihn, kniete nieder und griff in das verfilzte Buschwerk – aufatmend zog er die Hände zurück.

Dann verschwand er im Finstern zwischen den Stämmen.

Das Waldstück war etwa hundert Meter tief und grenzte an ein weites Gelände von Schrebergärten, mit Lauben und Zäunen, die sich bis zum Bahnhof Alte Wöhr erstreckten. Roman lief am Saum zwischen Bäumen und Siedlung entlang, und nach einer Weile öffnete sich zur Rechten ein Feld. Er konnte von hier den erhöhten Bahndamm zur Station Rübenkamp erkennen, lief geduckt darauf zu und zählte die Zeit, in der er so gut wie ungedeckt war. Dann kehrte er in der gleichen Stellung zum Wald zurück.

Er blieb drei Stunden, wie ein Geist und ohne länger als zwei Sekunden an ein und demselben Platz zu stehen. Als er die Region verließ, fünfundzwanzig Minuten zu Fuß von der Düsternstraße entfernt, glaubte er jeden Baum und jeden Strauch auf der Strecke durch den Wald zum Stein zu kennen.

Am nächsten Tag fuhr Roman Bertini zu Erich Snider.
Nach einem ersten Blick auf ihn nahmen die klobigen Züge des Klempners den Ausdruck äußerster Spannung an. Über Rohre, Flaschen, Waschbecken und Klosettschüsseln zog Erich Snider ihn in die Küche. »Esther schläft. Wenn sie hereinkommen sollte – kein Wort weiter! Also...«
Der Klempner setzte sich ihm gegenüber, rückte den zerschlagenen Arm mit dem heilen zurecht und sah Roman an, nüchtern, von einer Professionalität, die sofort auf den Besucher überging.
»Gib mir Papier und Bleistift«, bat Roman. Dann fertigte er eine Skizze an. Der Klempner nahm sie in die Hand, brütete minutenlang darüber, zerriß die Zeichnung und spülte sie in der Toilette hinunter.
»Das Gestrüpp ist so dicht, daß es auch in unbelaubtem Zustand den Stein verdeckt. Hinten ist er ausgebuchtet, ziemlich weit.« Roman Bertini schlug mit der Hand einen Halbkreis von fünfundvierzig Grad. »Wenn du das Gebüsch zur Seite biegst, könntest du einen Sack dazwischenschieben, ohne daß etwas zu sehen wäre. Das Gestrüpp ist so elastisch wie eine Feder. Es schnellt, wenn du es losläßt, sofort gegen den Stein zurück. Es gibt keinen besseren Ort in ganz Hamburg.«
Der Klempner machte mit der Hand eine Bewegung an den Kopf, als hätte er Schmerzen. »Komm ich von vorn, von der Straße an den Stein?«
Roman nickte.
»Und von welcher Seite kommst du?«
»Von der hinteren, aus dem Innern des Waldstücks.«
Erich Snider hatte die Hand immer noch an der Stirn, preßte sie dagegen, als wollte er jedes Wort von Roman dort einrammen.
»Wie lange dauert dein Anmarschweg?«
Roman überlegte, sehr kurz. »Ohne Behinderung durch Luftalarm oder sonstige Zwischenfälle – eine Stunde.«
»Also zwei Stunden hin und zurück, wenn alles klappt. Aber laß dir für alle Fälle doppelten Spielraum, rechne mit vier Stunden.«
Roman nickte wieder.
Erich Sniders Hand sank herab. »Du gehst nur nachts?«
»Nur nachts.«
Schweigen.
»Wie viele Personen werdet ihr sein?«

543

Roman zögerte, zögerte lange. Dann sagte er, kaum hörbar: »Vier.«

Erich Snider gab einen Laut von sich, fassungslos, brach mittendrin ab, setzte an, erhob sich. Er machte den Schritt auf die Speisekammer zu, öffnete die Tür und fragte: »Brauchst du, braucht ihr jetzt schon etwas?«

Da lagen die seltsam verboten wirkenden Herrlichkeiten wieder vor Roman Bertini, der das gleiche Gefühl ungläubigen Staunens spürte wie damals vor drei Jahren, als er die Kammer zum erstenmal von drinnen erblickt hatte – die hochgetürmten Konserven, Obst und Gemüse, die Würste, die Schinken in den durchfetteten Tüchern, Dosen mit Fisch, Kekse, Bonbons und Schokolade, Butter, Schmalz und Fruchtsäfte, Brot, Mehl und Zucker. Wozu all diese Vorräte, fuhr es ihm blitzschnell durch den Kopf, dieser Überfluß für zwei Personen? Erich Snider wirkte völlig bedürfnislos, und auch seine Tochter machte nicht den Eindruck eines Vielfraßes, sondern schien eher gleichgültig gegenüber kulinarischen Genüssen. Wozu dann aber all das Eßbare, von dem doch vieles verderben müßte, wenn es zu lange lagern würde? Eine plötzliche Erkenntnis schoß in Roman hoch, aber er erstickte sie sofort, erschlug sie förmlich in sich, trieb sie ins Ungedachte zurück.

»Nein«, sagte er, mit schwerer Zunge, »jetzt brauchen wir nichts.«

Erich Snider stand vor der Speisekammer, den Kopf nach unten, den Buckel weit herausgestemmt, murmelnd, als rechne er vor sich hin. Endlich schloß er die Tür und setzte sich wieder. »Nun höre gut zu: wenn du fünf Tage nicht bei mir gewesen bist, weiß ich, daß es soweit ist. In der nächsten Nacht kannst du zum Stein kommen. Und von da an alle vierzehn Tage. Du wirst schwer schleppen müssen. Die Lebensmittel sind so verpackt, daß du sie dir auf den Rücken schnallst.«

Roman Bertini war vor Erregung aufgestanden. »Und wie kommst du zur Alten Wöhr?«

Der Klempner ging auf das Radio zu. »Mit Fahrrad und Anhänger, wie ich täglich auf Kundschaft gehe.«

»Und wie lange könntest du – durchhalten?« fragte Roman leise.

»So lange wie ihr.«

Schweigen.

Dann der Klempner: »Ist er zuverlässig, euer – Wirt?«

Roman nickte, heftig, breitete beide Arme nach den Seiten aus, eine Gebärde absoluter Gewißheit.

»Verschwindet nicht zu früh und nicht zu spät, vorausgesetzt, *sie* lassen dir überhaupt Spielraum für solche Entscheidung. Aber wenn du ihn hättest – alles wird vom richtigen Zeitpunkt abhängen. Das nimmt dir keiner ab, du mußt ihn finden.« Erich Snider ließ seine Schulter los, auf die er mühevoll, gleichsam als wollte er den Jüngeren segnen, seinen zerschlagenen Arm gelegt hatte. »Denn eines mußt du wissen – Illegalität, das ist die Hölle.«

Der Klempner schaltete das Radio ein.

»Denke an Kerzen«, sagte Roman erschöpft, »Kerzen werden so wichtig sein wie Brot.«

In dieser Nacht trug Roman Bertini in sein Notizbuch ein:

»20. September 1944. Rote Armee erreicht die Weichsel bei Warschau. Amerikanische Truppen haben das Territorium Deutschlands bei Trier betreten. Schwere alliierte Verluste bei Luftlandung Arnheim-Nijmwegen in Holland. Seit zwei Wochen V 2 gegen England.«

6

Die Dienstverpflichtung

Nur langsam, gleichsam tropfenweise, erfuhren die anderen Bertinis, wie es Lea und den zwanzig Jüdinnen in der Bahrenfelder Fabrik an der Vorortbahnstrecke Altona–Blankenese erging.

Im ersten Stock, einem Raum ohne Fenster, der nur von einer einzigen Birne spärlich beleuchtet wurde, hatten sie Rattengift, getrocknete und zerkleinerte Meerzwiebeln, mit bloßen Händen aus Säcken zu klauben und in Röhren zu füllen. Der Staub der Präparate fraß sich tief in die Haut ein und verursachte starkes Brennen, das sich allein durch Behandlung mit kaltem Wasser mildern ließ. Zu diesem Zweck hatten die Frauen jedoch nur drei kleine Schalen zur Verfügung, die vor Beginn der Arbeit gefüllt wurden, aber nicht nachgefüllt werden konnten – denn die Wasserleitung befand sich im Parterre, wo die *arische* Betriebsleitung und ihre Angestellten untergebracht waren, verbotenes Terrain für die Jüdinnen. Wie die anderen, mußte auch Lea ihr Frühstück oder Mittagsbrot mit dem Papier, in das es eingewickelt war, anfassen, da die Nahrung sonst mit dem Gift in Berührung gekommen wäre. Ganz am Anfang war Milch zum Schutz gegen die gefährlichen Wirkungen der Meerzwiebeln auf den Rachen verordnet worden, was dann aber bald zurückgezogen wurde.

Die Röhren mit dem Gift sollten durch Korken verschlossen werden. Die aber paßten oft nicht, so daß die Frauen sich die Hände verletzten, wenn die Röhren zerbrachen. Dabei hatte Lea sich einmal bis auf den Knochen in den Daumen geschnitten, Alf und den Söhnen jedoch erzählt, sie trüge das Pflaster einer häßlichen Flechte wegen, die nicht abbleichen wollte.

Alle diese Widrigkeiten waren aber nichts gegen die Furcht und den Schrecken, die der Abgesandte der *Aufsichtsbehörde* hier im ersten Stock der Bahrenfelder Fabrik unter den Jüdinnen verbreitete – der Gestapomann Schullert!

546

Klein, stets in eine schwarze Lederjacke gekleidet und nun, in der kühler gewordenen Jahreszeit, auf dem Kopf eine Kappe, deren Ohrenschützer hochgeklappt waren und wie zwei Hörner wirkten, glich Schullert buchstäblich einer Karikatur des Leibhaftigen, wenn er plötzlich, aus dem Nichts auftauchend, durch eine Bodenluke in den kümmerlich beleuchteten Raum trat und sein beweglicher Schatten über die zusammenfahrenden Frauen geisterte. Nach Leas zögernden Schilderungen machte er sich einen Spaß daraus, die Jüdinnen wie ein Fuchs im Hühnerhof aufzuscheuchen und ihnen zu drohen, sie in den Hafen zum Steineklopfen zu schicken, falls sie nicht schneller arbeiten würden.

Tatsächlich waren die Frauen gezwungen, oft innezuhalten bei Einfüllung und Verpackung des Gifts, weil entweder nicht genügend Röhren oder nicht genügend Korken geliefert worden waren. Schullert fochten diese Abhängigkeiten allerdings nicht an. Er ließ seinen Schatten da oben im ersten Stock wie einen Scherenschnitt vor hellerem Hintergrund tanzen, lokalisierte die Stätte des Steineklopfens im Hamburger Hafen genauer, und verschwand so blitzschnell nach unten, wie er hier zu erscheinen pflegte. Es hieß, Schullert übe mit einer der Frauen Geschlechtsverkehr aus, um den Preis, sie – und damit die anderen – über die geplanten Maßnahmen der *Aufsichtsbehörde* zu unterrichten.

Niemand wußte, welche von ihnen Schullerts Geliebte war oder ob dies überhaupt der Wahrheit entsprach, aber die Bahrenfelder Rattengiftfabrik sollte sich doch als wohlinformierte Nachrichtenquelle entpuppen. Denn noch ehe das Schreiben der Geheimen Staatspolizei an Alf Bertini mit der Post eintraf, hatte es unter den Frauen geheißen: die *arischen* Partner der *jüdischen Mischehen* würden aufgefordert werden, sich scheiden zu lassen – was die sofortige Deportation des andern zur Folge hätte.

Das Schreiben selbst von der Rassengestapo, Johannisbollwerk, gab darüber keine Aufklärung, sondern ordnete vielmehr unverzüglich an, sich dort »zwecks Besprechung einer Familienangelegenheit« einzufinden. Diesen Inhalt teilte Alf Bertini den anderen nicht mit, sondern ließ den Brief einfach auf dem Tisch liegen, lange genug, um Lea und die Söhne davon in Kenntnis zu setzen. Erst dann steckte er das Kuvert in die Tasche.

Roman wagte nicht, seine Mutter anzuschauen. Er wußte genau, was in ihr vorging.

Mit Lea Bertini war seit der Tortur ihres Sohnes im August eine unerwartete Veränderung eingetreten, durch einen Selbstvorwurf, der möglicherweise die vergangenen elf Jahre schon in ihr geschlummert haben mochte, jedoch erst durch Romans verwüstetes Aussehen in ihr Bewußtsein durchgebrochen war: sie machte ihre Person, ihre Existenz, verantwortlich für die Leiden der Familie! Lea Bertini klagte sich als die Ursache der Verfolgung an, und schien davon tiefer getroffen zu sein als von dieser Verfolgung selbst.

Die Erkenntnis in die Zusammenhänge hatte Roman gewonnen, als die Mutter eines Nachts, etwa eine Woche nach seiner Rückkehr von der Folter, plötzlich an seinem Bett aufgetaucht war, ohne Cesar und Ludwig geweckt zu haben, seine Hand in die ihre genommen und dabei etwas gemurmelt hatte, was er nicht sogleich verstand:

»*Entschuldige – entschuldige bitte*...«

Dann war er aufgefahren, wie von einem unerträglichen Stich getroffen, aber Lea hatte ihn zurückgedrückt, dabei den Kopf auf seine Brust gelegt und kaum hörbar, mehr zu sich selbst, gemurmelt:

»Schmerzenssohn du – Schmerzenssohn...«

Erst da hatte Roman völlig begriffen, gelähmt in Trauer und unfähig, die Mutter zu trösten und sich zu rühren. Wie im Starrkrampf war er liegengeblieben, als Lea gegangen war. Und dieses Gefühl hatte er immer noch, obwohl er sich wie sonst bewegen konnte.

Jetzt, als ihr Mann das Schreiben der Geheimen Staatspolizei in die Tasche gesteckt hatte, tat Lea Bertini etwas, was sie bisher nie getan hatte. Sie wischte sich die Hände an der Schürze ab und verließ den Keller während der Vorbereitung des Abendbrots.

Draußen setzte sie Fuß vor Fuß, langsam und sorgfältig die Stellen meidend, wo Ludwig die Platten herausgehoben hatte. So schritt Lea den schmalen Pfad in Richtung Lindenallee zwischen den Trümmerfassaden der Düsternstraße hinunter, unerreicht von Romans innerem Schrei. Wie angewurzelt blieb er im Halbdämmer der Stunde vor dem Keller stehen und blickte seiner Mutter nach.

Lea, die sonst so Leichtfüßige, immer gleichsam Schwebende, auf selbstverständliche, gewandte Eile Bedachte; Lea, die in Bodendorf anfangs ihres jugendlichen Aussehens wegen für die Schwester ihrer Söhne gehalten worden war – sie ging jetzt taumelnd den Pfad hoch, den Kopf gesenkt, wie von einer schweren Krankheit befallen.

In diesen Sekunden erinnerte sich Roman Bertini deutlich eines Fotos, das seine Mutter zeigte, als sie so alt war wie er jetzt, um die Zwanzig herum, vor ihrer Heirat noch – in einem weißen Kleid, das dichte Haar voll und schwarz, die Hände ineinandergelegt und die Augen voll unsäglicher Erwartung. So stand Leas Bild vor ihrem Sohn, plastisch, als sei sie lebend aus der alten Aufnahme herausgetreten.

Da stürzte Roman Bertini in die Trümmer, tief hinein, und warf sich nieder vor einem großen Block und schlug mit nackten Händen auf das Gemäuer ein, wieder und wieder, bis er seine blutenden Hände nicht mehr fühlte.

Am nächsten Morgen fehlte Alf Bertini bis gegen Mittag in der Rothenburgsorter Fabrik. Als er eintraf, begann die Pause. Sofort schwebte Meister Mader von seinem verglasten Horst direkt auf sein Ziel los, bösartig lächelnd, wie er sich da geierhaft niederließ vor Alf Bertini, der ihn offenbar erwartet hatte, denn er hielt dem Aufseher wortlos ein Stück Papier entgegen. Ohne es anzufassen, las Meister Mader, stockte, bewegte die Arme, als wollte er sogleich wieder abheben, studierte das Schreiben dann doch eingehender und entfernte sich widerwillig, als flöge er schwanger mit Fragen, die er nicht zu stellen wagte. Schließlich hockte er sich in seinem erhöhten Nest nieder, verstört-neugierig und fortwährend unbefriedigt mit dem Kopf nach vorn hackend.

Weder Roman noch Cesar wagten, in Alfs Nähe zu kommen, geschweige denn, den Vater etwas zu fragen. Und Alf selber tat nichts, um sie zu ermutigen.

Welche Entscheidung hatte der Vater am Johannisbollwerk getroffen?

Von seinem Platz an der Bohrmaschine, durch den U-Boot-Schrank, den Anton wuchtig mit dem Hammer richtete, konnte Roman Bertini Alf hinten in der Ecke deutlich erkennen. Und da plötzlich überkam den Sohn eine warme Welle – mehr, ein heißer Schwall, ganz von innen her, sengend, siedend und ihn bis zur Atemnot überflutend. Wie in eine Wolke getaucht, die ihn selbst unsichtbar machte, ringsum jedoch alles schärfer als gewöhnlich erkennen ließ, hatte Roman Bertini von einer Sekunde auf die andere völlige Gewißheit, Sicherheit von der Erde bis zum Himmel, einer Offenbarung gleich: Alf Bertini, der wie ein dunkler Schatten unter ihnen aufgestanden war, ein Geschöpf des Schreckens, das sie in Atem hielt und Tag und Nacht über ihnen hing wie ein schweres Gewölbe, das jeden Moment einzustürzen drohte; Alf Bertini, der seinen pauschalen Menschenhaß vor über einem Jahr gegen die eigene, schwer gefährdete Frau und gegen sein eigen Fleisch und Blut, seine Söhne, richtete, sie in diesen Haß einbezog, ihn auf sie ausdehnte; Alf Bertini, der die gräßlichsten Verwünschungen gegen sie ausstieß, sogar gewalttätig wurde in der Erfahrung, daß seine Autorität die Angegriffenen immer noch wehrlos machte – derselbe Mensch würde Lea, seine Frau, nie verlassen, sich nie von ihr trennen, unter keinen Umständen und durch keine Drohung, für nichts auf der Welt – niemals!

In dieser Gewißheit wäre Roman Bertini am liebsten durch die lärmende, staubige Fabrikhalle gelaufen, hin zu seinem Vater, und hätte vor ihm niederknien und ihn umarmen mögen, voller Demut und an seiner Schulter weinend, bis ihm keine Tränen mehr gekommen wären.

War es richtig, daß er auf Erich Sniders Frage, wie viele Personen in der Illegalität zu versorgen wären, geantwortet hatte: »*Vier*« –?

Alf Bertini selbst enthob Roman noch am gleichen Tag aller Zweifel.

Mit dem Herbst war der Sturm gekommen und rüttelte an der Ruinenfassade über dem Keller der Bertinis, die nachts von dem Heulen aufwachten und auf die Geräusche von niederfallenden Ziegeln horchten. Unheimlich waren die Bewegungen über ihnen, und am Tage entdeckten sie, daß schon ein Gegenstand von der Größe eines Handtellers auf der steinernen Decke wie Zentnergewichte dröhnte.

Alf Bertini schwieg unheilvoll, schwieg so lange, bis an diesem Abend ein Brocken so dumpf aufprallte, daß Lea erschrocken zusammenfuhr und vom Stuhl hochkam. Worauf Ludwig sich mit verdrehten Augen zurücklehnte, die Hände wie in tiefer Resignation auf den Bauch legte und unterdrückt ausrief: »Es passiert nichts – wenn ich euch doch sage, es passiert nichts!«

Nun erhob sich Alf Bertini so heftig, daß sein Stuhl umkippte. »Es passiert nichts, es passiert nichts!« Als hätte er Ludwig bei einer lebensgefährlichen Lüge ertappt, äffte er ihn nach, die Adern am Halse dick geschwollen. »Ehe dieser Keller zu unserem Grab wird, ehe wir hier unten erschlagen werden oder ersticken«, Alf legte eine Pause ein, als müßte er sich für die Vollendung des Satzes selbst Mut machen, »ehe es soweit kommt, müssen wir zu meiner Mutter in die Roonstraße zurück!«

Ein entsetztes Schweigen breitete sich nach diesen Worten aus, lastend, schwer, ewig.

Es war Cesar, der die Stille brach. »Zurück?« flüsterte er, »zurück in dieses *eine* Zimmer?« seine Stimme klomm höher. »Zurück zu den Hattenroths, die uns gar nicht erst hineinließen, sondern sofort die Gestapo holen würden?« Und dann brüllte Cesar Bertini, die Augen hinter den schweren Brillengläsern weit hervorgequollen und die zwischen den Schreibtischen am Johannisbollwerk zerquetschte Hand plump an die Brust gelegt, während er die heile Faust ballte: »Er ist wahnsinnig geworden, Mutter, dein Mann ist wahnsinnig. Unser Erzeuger, Brüder, ist verrückt – verrückt – verrückt!« und Cesar wiederholte das Wort, knallend wie Peitschenhiebe in dem niedrigen Raum, bis seine Stimme schwächer und schwächer wurde und endlich verstummte.

Die ganze Zeit hatte Alf Bertini sprungbereit gestanden, sich auf den Ältesten zu stürzen, und er hätte es getan, wenn Cesar den Fehler gemacht hätte, sich frontal gegen den Vater zu wenden. Aber Cesar hatte sich von Alf abgedreht, als wäre der gar nicht anwesend – und das rettete den Sohn an diesem Abend. Der nächste Zusammenstoß jedoch würde nur um so geladener werden. Alfs zähnefletschender Anblick verfolgte Roman bis in die Morgenstunden. Als es heller wurde, hatte er seinen Entschluß noch einmal gefaßt.

Um der anderen vier willen – Alf Bertini mußte geopfert werden.

Drei Besucher fanden sich nun mit großer Regelmäßigkeit bei den Bertinis in der Düsternstraße ein – Helene Neiter, Horst Cunert und Mickey.

Die alte Nachbarin pflegte sich vom Kamm des Schuttberges zur Fuhlsbüttler Straße mit einem schrillen »Huhu!« anzukündigen, ein vertrauter Ruf, der Lea vor die Tür des Kellers trieb. Mit fahrigen Bewegungen, aufgeregt balancierend, kam Helene Neiter herangetrottet und faßte Lea, Ausdruck schier überflutender Sympathien, vorsichtig an die Schulter. Dann begann sie, wie in früheren Zeiten, aus der Nachbarschaft zu plaudern. Nicht mehr der gemeinsamen von einst, sondern ihrer jetzigen, gegenwärtigen, jener am Alten Teichweg, wo sie notdürftig und ungeliebt einquartiert sei bei einer – »ha! ha!« – *besseren Dame*, die noch um mehrere *Methusalems* älter sei als sie, Helene, sich jedoch auch weiterhin wahrheitswidrig schmücke mit Liebesabenteuern, die lediglich ihrer verdorbenen Phantasie entsprangen.

Also schwadronierte Helene Neiter über ihre Eindrücke und Erlebnisse aus dem Parterre am Alten Teichweg, aber auch über solche in höheren Stockwerken. Dabei folgte sie wie eh und je Lea, wohin diese immer ging – vom Herd in der Küche, aus dem die rote Lohe schlug, wenn Lea wie eine das Feuer bewahrende Urmutter die eisernen Ringe rückte, in den Schlafraum des Ehepaares oder in den der Söhne, deren Betten Lea heute noch machte wie in deren Kindheit. Oder auch hinaus auf die Düsternstraße, wenn Lea ein Staubtuch ausschlug oder einen angebrannten Topf reinigte.

Stets war Helene Neiter nahe bei ihr, spitzgesichtig, bis auf die Erde eingehüllt in die Mode einer längst verflossenen Epoche, und voll unwichtiger Informationen über lauter unwichtige Leute, von denen die Bertinis niemanden kannten. Trotzdem wäre es keinem eingefallen, Mißfallen oder Ungeduld zu äußern, auch Alf Bertini nicht, dessen Beziehungen zu Helene Neiter seit jener nun schon so lange zurückliegenden, aber unvergeßlich hoheitsvollen Zurechtweisung »Ich rede mit Ihrer Frau, nicht mit Ihnen!« ein für allemal geregelt worden waren.

Ohne Sinn für Zeit, blieb sie meist lange in der Düsternstraße, oft bis Mitternacht.

Während Helene Neiter immer gegen Abend kam, wenn sie alle Bertinis in ihrem Keller wußte, kehrte Horst Cunert meist schon eher ein, wobei er zunächst allein auf den vom Dritten Reich und seiner Bürokratie offenbar völlig vergessenen Ludwig stieß.

Der Sohn des Optikers brauchte geraume Zeit, um den großen Schuttwall zu überwinden, und ebenso lange, um die kleine Treppe zum Souterrain zu bewältigen. Der Einundzwanzigjährige galt, soviel hatte er preisgegeben, als Vollinvalide ohne Arbeitszwang.

Ein gesprächiger Gesellschafter war er nicht. Er grüßte Ludwig, trat ein und setzte sich, meist schon in der Küche, auf einen Stuhl neben dem Wasserhahn, der aus der Wand ragte. In seinen grüngrauen Wehrmachtsmantel gehüllt, hockte er stumm da, mit fortwährend zuckendem Auge und schlaff herabhängendem Arm, oft so bewegungslos, als wäre die ganze Gestalt gelähmt.

Immer wieder schauderten die Bertinis zusammen, wenn Horst Cunert beim Abschied die kleine Treppe erklomm – mit den Hacken und dem Rücken voran, tappend und tastend und den Kopf bei jeder Stufe aufwärts nach hinten gewandt.

Dagegen erfüllte Mickey, der dritte regelmäßige Besucher, den Keller mit der Verve und den Farben seiner amerikanischen Visionen von den Großen Seen und ihrer Perle am Lake Michigan, Chikago – all das in unverfälschtem Barmbeker Dialekt, der so merkwürdig anmutete bei der Erscheinung dieses afrikanischen Hamburgers.

Inzwischen aber hatte es in seinem Leben Veränderungen gegeben, äußere und innere, die von erheblicher Bedeutung schienen.

Mickey arbeitete nun nicht mehr in der Harburger Gummiwarenfabrik am Südufer der Elbe, sondern bei einem Spediteur in der

Hoheluftchaussee, am Isebekkanal. Der Chef, nach Mickeys Schilderungen Großschieber und Schwarzmarkthändler überdurchschnittlichen Formats, entsandte Lastwagen nach den Niederlanden und nach Dänemark, von wo sie voll mit Lebensmitteln, Rauchwaren und Spirituosen aller Art zurückkehrten – für hohe Wehrmachtsstellen in der Freien und Hansestadt, wie es hieß. Mickeys Aufgabe bestand darin, die Fahrzeuge in Ordnung zu halten – keine Reparaturen, sondern Reinigungsarbeiten. Sein Status war der eines Hilfsarbeiters. Dennoch fühlte er sich dort wohler als früher in der Ausübung seines erlernten Berufes, der in seinen Papieren mit *Bauschlosser* eingetragen war.

Das erklärte sich aus einer Charakteristik, die Mickey von seinem neuen Chef gab. Der Spediteur müsse ein ungeheures Vermögen angesammelt haben, über gewaltige Vorräte verfügen und mit den Spitzen vieler Ämter unter einer Decke stecken, da ihm bisher nichts geschehen sei. Der Mann sei gut zu ihm, zeige keine Rassenvorurteile, behandle ihn wie seinesgleichen. Immer wieder erkundige der *selfmademan* sich angelegentlich nach seinen, Mickeys, persönlichen Verhältnissen – ob mit oder ohne Berechnung im Hinblick auf die Zukunft, sei schwer herauszufinden. Der Mann lasse ihn nicht generell vom Schwarzen Markt profitieren, jedoch könne Mickey sich allwöchentlich in der gegenüberliegenden Bäckerei ein großes frisches Brot holen und es mit nach Hause nehmen, in den fensterlosen Raum der Schule der von-Essen-Straße. Die Protektion einer solchen Persönlichkeit sei heutzutage nicht zu unterschätzen – und das war es, was Mickey offensichtlich in steigendem Maße beschäftigte.

Im engen Zusammenhang mit dem Wechsel des Arbeitsplatzes war nämlich eine zweite, innere Veränderung in Mickeys Leben eingezogen, die nach Mitteilung drängte.

Eines Abends, als die beiden, wie häufig, in der trümmerübersäten Lindenallee auf und ab gingen, wandte Mickey sich endlich mit einem Ausdruck von Unsicherheit und Zweifel an Roman Bertini: »Ich wälze seit einiger Zeit unablässig einen Gedanken, nämlich ob *die* uns, wenn hier alles in Scherben fällt, so einfach überleben lassen?« Und mit Inbrunst beantwortete Mickey seine Frage selbst: »Natürlich lassen *die* uns nicht so mir nichts, dir nichts davonkommen. Nicht nur, weil ihre eigenen Leute zu Millionen draufgehen, sondern weil *die* genau wissen, daß wir ihre *Erzfeinde* sind!«

Dann, als Roman Bertini, im Innersten getroffen, hartnäckig und stumm auf das Straßenpflaster blickte: »Wollen wir nicht zusammen untertauchen? Ich glaube, ich könnte das mit meinem Chef besprechen! Wollen wir nicht rechtzeitig verschwinden, unsichtbar werden, abhauen? Sag – hast du daran schon einmal gedacht?« Er kam ganz nahe an ihn heran, versuchte ihm in die Augen zu schauen, hielt ihn an.

Aber Roman Bertini schwieg, sah Mickey nicht an, schüttelte langsam, wie in bedächtiger Überraschung den Kopf – und fühlte in sich eine Trauer und eine Schuld, wie sie ihn noch nie befallen hatten.

Seltener erschien der vierte Besucher in der Düsternstraße – Emma Bertini; sie schützte Küchendienste bei den Hattenroths vor. Obwohl sie damit bekanntlich keineswegs die Unwahrheit sagte, lag das wirkliche Motiv ihres raren Erscheinens darin, daß Emma fürchtete, hier unter einstürzenden Decken begraben oder von herunterprasselnden Steinen erschlagen zu werden – der Keller war ihr von Anfang an unheimlich gewesen.

Wie Helene Neiter, pflegte auch Emma Bertini sich schon vor ihrer Ankunft bemerkbar zu machen, und zwar nicht mit einem schrillen, sondern eher krächzenden »Hu!hu!« Angetan mit Kleid und Mantel, die bis auf die Fußspitzen reichten, weit mehr, wie Helene Neiter, ein Überbleibsel aus dem vorigen Jahrhundert als eine Person der Gegenwart, so suchte Emma Bertini etwa alle zwei Wochen den Weg von der Hoheluft nach Barmbek, zu ihrem Sohn, um den es ihr allein ging. Denn die anderen Bertinis waren ihr, und das nun schon seit fünfundzwanzig Jahren, herzlich gleichgültig.

Nun aber trat Unerwartetes ein, denn Emma Bertini kam zweimal rasch hintereinander in die Düsternstraße, das heißt, sie erschien plötzlich auf dem Kamm des Schuttberges zur Fuhlsbüttler Straße, obwohl ihr letzter Besuch erst vor ein paar Tagen stattgefunden hatte. Jetzt schwenkte sie etwas Helles in der Hand, einen Brief, offenbar die Ursache ihrer kurzatmigen Ankunft.

Der Zentralismus der Diktatur hatte diesmal nicht funktioniert. Der helle Umschlag nämlich entpuppte sich als ein amtliches Schreiben an Alf Bertini, das Emma ihrem Sohn mit dem stoßhaften Kommentar überreichte: »Ich weiß gar nicht, wieso ein Brief an dich über meine Adresse geht – ihr wohnt doch gar nicht mehr bei mir«, worauf sie sich erschöpft und mit ängstlichen Blicken gegen die Decke niederließ.

Absender war das Straßenaufräumungsamt Hamburg. Auf vorgedrucktem Formular und mit Datum vom 20. Oktober 1944 verfügte es, daß sich Alf, Cesar und Roman Bertini in einer Woche am Dessauer

Ufer im Hamburger Freihafen einzufinden hätten, und zwar mit Wäsche und anderen Utensilien des täglichen Bedarfs für einen *kasernierten* Aufenthalt.

Kein Wort von Lea, kein Wort von Ludwig.

»Was steht da drin?« fragte Emma Bertini dünn, kam von ihrem Stuhl hoch und rückte ihn ein Stück weiter. Sie hatte den feuchten Fleck über ihrem Kopf an der Decke erst jetzt bemerkt.

Es war unmißverständlich, was da drin stand.

Die *Dienstverpflichtung* des Straßenaufräumungsamtes, Aushängeschild und Feder der Geheimen Staatspolizei, war die amtliche Bestätigung, daß nach der vollständigen Deportation der reinjüdischen Familien, und nach der schockhaften Desorientierung der Vernichtungsbürokratie durch die Katastrophe des alliierten Luftbombardements, das Dritte Reich nun konsequent und ungeachtet seines territorialen Eroberungschwunds nach den jüdischen *Mischehen* griff. Die Trennung der Familien war der Anfang vom Ende.

Ganz unvorbereitet traf es die Bertinis nicht. Falls es tatsächlich Gestapomann Schullert war, mephistophelischer Souffleur der Bahrenfelder Gerüchteküche, der unter den Jüdinnen dort den 1. November als Stichtag dieser Trennung genannt haben sollte, so hatte er sich nur gering verschätzt – das Straßenaufräumungsamt verfügte sie exakt auf den 27. Oktober 1944, vormittags 9 Uhr.

Damit war das Schicksal der Bertinis in das allerletzte Stadium seines Wettlaufs zwischen *Endlösung* und dem Sieg der alliierten Armeen über Deutschland im Zweiten Weltkrieg getreten.

7

Wie Roman Bertini
den alten Grams kennenlernte

»Ich habe weder *diese* Tochter noch *dieses* Enkelkind mehr. Vergeßt
ihre Namen, sie sind ausgelöscht aus meinem Gedächtnis, wie vom
Winde weggetragen...«

Recha Lehmbergs Episteln hatten inzwischen Jesaiasche Töne angenommen – Grete Erber hatte ihre Drohung wahrgemacht und war
abermals in Bodendorf eingefallen! Dantes Inferno machte sich gegen
die Verwünschungen aus wie onkelhafte Einschüchterungsversuche
unartiger Kinder. Mit Flüchen nicht von dieser Welt deckte Recha die
Adoptivtochter so hageldicht zu, als wäre Jehova selbst rächend am
Werk. Fassungslos, mit einer Mischung zwischen Bewunderung und
Grauen, gab sich Roman Bertini dem großmütterlichen Aufruhr der
Elemente hin.

Vieles von dem, was er und die anderen aus den immer wieder in
hysterische Kratzer nach oben und unten entgleisten Kalligraphien
erfuhren, war der ältlichen Autorin auch nur aus zweitem oder drittem
Munde zugetragen worden, nämlich von der Molkereibesitzerin Niebert und ihrer Tochter Elisabeth, vor allem aber von Minna Kremer,
des Dorfes gewaltiger Klatschtante. Entkleideten die Bertinis aber die
rasch aufeinander folgenden Briefe ihres moralisierenden Beiwerks,
beschränkte man sie auf die bloße Handlung, so ergab sich doch ein
ziemlich klares Bild von der Heimsuchung.

Danach war Grete Erber in Begleitung von Tochter Dagmar, einem
ungeachtet seiner niedlichen vierzehn Jahre vollerblühten Mädchen,
an einem Freitag mit dem Morgenzug aus Obenwalde in Bodendorf
eingetroffen und hatte sich, unangemeldet und von eigenen Gnaden,
bei den Nieberts einquartiert. Zu mehr als dem notwendigsten Austausch kam es nicht, denn Grete, an der rechten Hand die Deichsel
eines auf dem Hofe der Molkereibesitzerin ungefragt requirierten
Blockwagens, an der linken die Tochter, schritt sogleich zur Tat. Als

erstes fiel sie bei dem Sattlermeister und dessen ewig lächelnder Frau ein, wo sie etwa eine Stunde blieb. Während dieser Zeit schien sie Paul und Anna Stephien kaum mehr als die Rolle schweigender Statisterie zugestanden zu haben, denn bis hin zum Dorfplatz war nichts zu hören als Grete Erbers aufgeräumt gröhlendes Organ. Ausgenommen eine kurze Pause, in der die Stentorstimme der Hamburgerin in ein Raunen überging, das trotz aller Anstrengungen nachbarlicher Neugierde nicht entschlüsselt werden konnte.

Von den Stephiens zog Grete Erber auf den Hof von Wilhelm und Wilhelmine Garchert, wo sie zwei Stunden blieb – dröhnend, bis auf das bewußte Intervall auch hier, und die Töchter, Christa Garchert und Dagmar Erber, wie Siamesische Zwillinge mal mit den geraden Rükken, mal mit den gereckten, festen Brüsten zusammenpressend. Die gewaltige Bäuerin und der Bauer mit dem ständigen Tränenschleier wirkten wie betäubt, als sie zum Abschied auf den Dorfplatz traten und dem Besuch nachwinkten. Der hatte, den bereits schwer beladenen Blockwagen fröhlich hinter sich herziehend, die Garcherts schon vergessen, noch bevor die Kirche zur Rechten passiert war – zielstrebig eilten Mutter und Tochter dem Ortsausgang in Richtung Obenwalde zu, wo der abschüssige Weg zur Bahnstation abzweigte. Hier beehrten die Erbers Elfriede und Rosel Wölpert, die in einer Holzhütte neben der Ruine ihres bombenzerstörten Hauses lebten.

Wer eigentlich die jeweiligen Zeiten stoppte, blieb unbekannt, jedenfalls wurde dieser Aufenthalt mit zwei Stunden und dreiundzwanzig Minuten notiert. Außerdem wußte Minna Kremer zu erzählen, daß sich sowohl Grete Erber und Elfriede Wölpert als auch Dagmar und Rosel zum Schluß herzhaft in den Armen gelegen hätten. Der verhärmten Frau und dem drallen Kind des eingezogenen Maurers hätte das blanke Wasser dabei nur so in den erblindeten Augen gestanden. Die Achsen des robusten Blockwagens aber sollten unter der nahrhaften Last nun schier zu brechen gedroht haben.

Womit allerdings Grete Erber die große Freigiebigkeit auslöste, was sie vorbrachte, um die Geschenke locker zu machen, davon wußte selbst Minna Kremer kein Sterbenswörtchen zu berichten. Sämtliche Zeugen, die anonymen eingeschlossen, vermerkten auch bei den folgenden Besuchen übereinstimmend jene kurze *Flüsterphase*, die dem Dorf schon bei den Stephiens und den Garcherts aufgefallen war.

Dagegen wurde nur allzu bekannt, wie Recha und Rudolph Lehmberg auf die Anwesenheit Grete Erbers in Bodendorf reagierten – nämlich als sei des Teufels Großmutter drauf und dran, nach der Vertreibung der Bertinis nun auch noch für die der Lehmbergs zu sorgen. Die beiden Alten kamen überhaupt nicht mehr aus ihrem Zimmer hervor, sie blieben unsichtbar, ja schienen sich sogar der Notdurft zu enthalten, denn niemand sah sie den Abort links neben der hinteren Eingangstür des Niebertschen Anwesens benutzen.

Der *Amoklauf* – wie Recha und Rudolph Lehmberg Grete Erbers Zug durch die Gemeinde betitelten, ohne eine genaue Vorstellung von der Bedeutung des exotischen Wortes zu haben –, der Amoklauf hatte jedoch unbegreiflicherweise völlig andere Konsequenzen als die befürchteten – blieb es doch keineswegs bei dem einen, wenn auch hochbeladenen Blockwagen an Spenden! Vielmehr häuften sich, und zwar buchstäblich über Nacht, auf dem Hofe der Witwe Niebert, wie durch Geisterhand errichtet, wahre Stapel landwirtschaftlicher Erzeugnisse, so daß Elisabeth Niebert nicht ohne eine gewisse Doppeldeutigkeit von einer *schönen Bescherung* sprach.

Grete Erber aber, auf so wunderbare Weise bestätigt, unternahm einen ersten, und wohl auch gleichzeitig letzten, Versuch, mit Recha und Rudolph Lehmberg in Verbindung zu gelangen. Dazu bediente sie sich einer, natürlich nur vorgetäuschten, Demutsgeste – zusammen mit Tochter Dagmar häufte sie die Gaben im ersten Stock vor der Tür ihrer Adoptiveltern zu einer Art Räucherpyramide auf! Ganz vergebens übrigens, denn die Eingeschlossenen gaben keinen Mucks von sich, und Minna Kremer, die Chronistin der denkwürdigen drei Tage, hatte später die Lacher auf ihrer Seite mit der Vermutung, daß die so Umworbenen vielleicht doch hervorgetreten, vor lauter Würsten, Schinken und Schwarten aber übersehen worden seien.

Alle Nachrichten jedoch wurden weit überflügelt durch jenes unglaubliche Ereignis, dessen erstarrte Zeugenschaft die halbe Einwohnerzahl Bodendorfs werden sollte, während die beiden Lehmbergs, als sie davon erfuhren, ihre Häupter beugten wie zwei Delinquenten, die jeden Augenblick den unabänderlichen Todesstreich erwarten.

Am Sonntagmorgen nämlich war Grete mit Dagmar Erber an der Hand zur übervollen Kirche gegangen und dort am Eingang Theodor Wandt wie einem alten Bekannten jubelnd um den Hals gefallen! Dann stocherte sie ihm heftig in die Rippen, ahmte mit der ganzen Figur schwere, läutende Bewegungen nach und versuchte, dem Gemeindediener unterdessen die unvermeidliche Glocke zu entreißen. Das gelang ihr zwar nicht, aber es trat auch nicht ein, was die versteinerten Kirchgänger ohne jede Ausnahme zu erwarten schienen – daß Theodor Wandt die, wenn auch *arische*, Schwester der Jüdin Lea Bertini am

Schlafittchen packen und sie samt Tochter so barsch aus dem Gotteshaus hinausbefördern würde, wie er vor über einem Jahr Alf und dessen Sohn der Stätte verwiesen hatte.

Außer daß Theodor Wandt die Glocke nicht hergab, geschah jedoch nichts. Allerdings hielt er sie so fest gegen den Zugriff, daß seine Knöchel ganz weiß und die ohnehin stets geblähten Nasenlöcher noch runder wurden. Aber er schlug Grete Erber die Glocke nicht über den Kopf, sondern ließ ganz im Gegenteil Mutter und Tochter widerstandslos in die Kirche. Die beiden fanden in der dritten Reihe von vorn zwei Plätze, ziemlich seitlich, aber doch derart günstig, daß sie Pastor Schnigg voll sehen konnten.

Der stand, weiß wie ein Laken, auf der Kanzel, und Minna Kremer, doch keineswegs nur sie, wollte wahrgenommen haben, daß der Priester, als Grete Erber an der Kirchenpforte erschienen war, die Hände gegen Augen und Ohren geführt habe – geradeso, als fürchte er auf der Stelle den Ausbruch des Jüngsten Gerichts.

Noch am selben Abend verschwand der Spuk aus Hamburg so plötzlich, wie er aufgetaucht war, ein aufgescheuchtes Bodendorf und ein vernichtetes Elternpaar zurücklassend.

Dennoch mußten Grete Erber und Recha Lehmberg vor der Abreise wenigstens mündlich miteinander verkehrt haben, denn die dramatischen Reportagen an die Bertinis ließen einen Akt triumphaler Überlistung wissen: die Hälfte all dessen, was *das Mensch* durch seinen unverschämten Anschlag auf den guten Ruf der Familie zusammengeramscht habe – die Hälfte all dessen gehöre ihnen in Hamburg 33, Düsternstraße 4, Keller links! Diese Regelung habe sie, Recha Lehmberg, Grete Erber abgerungen, und zwar mit der Drohung und dem Schwur, andernfalls außer Lea und ihren Söhnen weder Tochter noch Enkelkind mehr haben zu wollen! Da endlich, erst nun, habe *die Person* nachgegeben.

An dieser Stelle des Briefes war die gestochen schöne Schrift Rechas von einigen Unregelmäßigkeiten gezeichnet, nämlich Bogen und Linien, die in Gegensatz zu dem sonstigen Duktus standen und innerste Genugtuung der Verfasserin verrieten.

Also warteten die Bertinis.

Und Grete Erber kam. Kam trippelnden Schrittes, mit Dagmar an der Hand, laut weinend und ohne jedes Gepäckstück, über den Schuttwall von der Fuhlsbüttler Straße her. Dann lag sie, haltlos wimmernd, an Leas Hals.

Noch dauerte die Täuschung, konnte die Szene doch gelten als ein, wenngleich erheblich übertriebener, Beweis der Reue dafür, daß die Erbers in einem Anfall zeitbedingter Verfressenheit auch die zweite Hälfte der Bodendorfer Mitgift in den vergangenen vierzehn Tagen verspeist hätten, so daß sie nun leer vor die Verwandtschaft traten. Allmählich aber bezweifelten die Bertinis ihre Vermutung angesichts der haarsträubenden Erscheinung, die Grete Erber bot: sie schrie wie von Sinnen, schlug die Hände vor den Mund und zerriß dabei ein Taschentuch mit den Zähnen.

Schließlich löste sie sich von Lea, taumelte zum Tisch in der Küche des Kellers, glitt, als sie den Stuhl nicht fand, nieder und stieß immer wieder gellend ein und dasselbe Wort hervor – »Paul! Paul! Paul!« Dann umfaßte Grete Erber ein Tischbein, verbiß sich darin, trommelte mit den Fäusten gegen das Holz und flüsterte plötzlich, schwer atmend, Lea etwas ins Ohr. Die bettete den Kopf ihrer Schwester an ihrer Brust und sprach so lange leise auf sie ein, bis das Schluchzen erstarb. Endlich lag Grete Erber mit geschlossenen Augen, wie verendet, ruhig da.

In dieser Stille führte Cesar Dagmar Erber wie eine Schutzbefohlene auf die Düsternstraße hinaus, schritt, einen Arm um ihre Schulter, die halbe Strecke zur Lindenallee hinunter und bog dann rechts ein in die Trümmer, wo ein kahler Gebäudeteil so geformt war, daß er Unterschlupf bot. Hier streifte Cesar der Vierzehnjährigen sacht das Kleid hoch, und während Dagmar Erber erst erstaunt, dann willenlos, endlich erlöst, ihr verschwimmendes Gesicht in der Dämmerung dem helleren Himmelsausschnitt entgegenhob, arbeitete Cesar Bertini mit der vollen Wucht seines Körpers, indes sein kreisender, unbeirrt die Umgebung abwitternder Kopf davon völlig losgelöst zu sein schien.

Als er das Mädchen, das den Eindruck einer frisch Geblendeten machte, in den Keller zurückführte, schien Grete Erber gerade in Leas Armen eingeschlafen zu sein. Ganz plötzlich aber sprang sie auf, packte ihre Tochter an der Hand und lief mit ihr hinaus. Noch von der Fuhlsbüttler Straße her hörten die Bertinis über den Trümmerwall hinweg ihr wildes, langgedehntes »Paul! Paul! Paul!«

So ging die Frage nach der Hälfte der Bodendorfer Spenden unter.

Am selben Abend, nach Wiedereintreffen von seinem notorischen Besuch bei Erich Snider, schrieb Roman Bertini in sein silbergraues Notizbuch:

»26. Oktober 1944. Warschauer Aufstand niedergeschlagen. Einzug der Roten Armee in Belgrad. Schwere Luftangriffe auf Duisburg,

Bonn, Köln und Stuttgart. Antwerpen und London weiter unter V 2-Beschuß.
Paul Erber bei Rominten in Ostpreußen gefallen.«

Als Alf Bertini und seine Söhne Cesar und Roman am nächsten Morgen mit dem vorgeschriebenen Gepäck im Hamburger Freihafen eintrafen, fanden sie das Dessauer Ufer als Stätte verkohlter Balken, zerrissener Stacheldrähte und eingefallenen Gemäuers vor – in der Nacht hatte die Royal Air Force Hamburg angegriffen und dabei das für die neue Einquartierung gerade geräumte Außenlager des Stamm-KZ Neuengamme und seine Umgebung in rauchende Trümmer verwandelt.

Mit den Bertinis waren etwa hundert andere Männer gekommen, junge und ältere, die einzeln oder in Gruppen schweigend vor der zerstörten Unterkunft standen und auf einige Zivilisten in Ledermänteln starrten, die erregt hin und her liefen. Einer von ihnen wandte sich schließlich an die stumme Schar und verkündete mit abwesendem Gesichtsausdruck über die Köpfe hinweg: die Vernichtung des Lagers aus der Luft habe den Plan einer *kasernierten* Unterbringung vorerst zunichte gemacht. Bis eine neue Möglichkeit gefunden sei, könnten sie die Nächte zu Hause zubringen. Tagsüber aber habe sich ein jeder von ihnen an bestimmten Stellen einzufinden – dann wurden Sammeladressen für die verschiedenen Stadtteile bekanntgegeben.

Die Schar schwieg auch noch, als die neuen Bestimmungsorte genannt worden waren und der Redner geendet hatte. Es war, als klänge unter dem verhangenen Himmel die erregte und doch eisig-knappe Stimme des Zivilisten im Ledermantel noch lange in der kühlen Herbstluft des Freihafens nach. Dann trotteten sie einzeln oder in Gruppen davon.

Stumm und fremd, sprachen Alf Bertini und seine Söhne auch jetzt nicht miteinander, blieben aber doch die ganze Zeit vor dem verkohlten Lager eng zusammen. Auch auf dem Rückweg war die Distanz nicht so groß wie sonst auf dem Wege von und nach der Rothenburgsorter Fabrik.

Dort hatte am letzten Tag der Arbeiter Anton, von Roman eingeweiht, gegen den Lärm der Halle angebrüllt: »Das will mir gar nicht gefallen, Junge, das will mir ganz und gar nicht behagen!« Klein hatte er dagestanden, gedrungen, unterirdisch, den Hammer bedrohlich in der Hand. Hatte dann, mit einem wilden Blick hoch zu Meister Mader in dem verglasten Horst, einen Anlauf genommen, sozusagen vom Scheitel bis zur Sohle, und auf das Metallgerüst eingeschmettert, daß es krachte. Danach sackte er in sich zusammen und murmelte hilflos: »Na, du weißt schon, Mensch, du weißt schon...«

Die Bertinis hatten sich am Hegestieg einzufinden, unterhalb der Hochbahnstation *Eppendorfer Baum* – Baracken, Berge von Pflastersteinen, Sandhaufen, Walzen, Teerkessel, Loren. An diesem ersten Morgen versammelten sich hier etwa dreihundert Männer. Einer von ihnen, mit schmalem, zerfurchtem Gesicht, dem Tuscheln ringsum nach einst prominenter Rechtsanwalt in der Freien und Hansestadt, bat die Anwesenden, Disziplin zu halten und allen Anordnungen der *obergeordneten Behörde* zu folgen. Dabei wandte er sich an den schon von gestern bekannten Zivilisten im Ledermantel. Worauf Namen aufgerufen, Trupps zusammengestellt und Ziele außerhalb genannt wurden, ehe sich die schaufelbewehrten Gruppen in Bewegung setzten.

Etwa die Hälfte, darunter auch die drei Bertinis, blieben auf dem Platz, über dem, zum Schneiden dick, Ungewißheit lastete. Roman ertappte sich dabei, daß er alle *fünf* Minuten zur Uhr auf dem Bahnsteig Eppendorfer Baum schaute – immer wieder, auf den Punkt, als würde er die dreihundert Sekunden jedesmal präzise abgezählt haben. Dabei wollte er gar nicht hinsehen, aber der innere Zwang war stärker – nach genau fünf Minuten blickte er auf das weiße Zifferblatt drüben mit den schwarzen Zeigern.

»Was haben die vor mit uns?« fragte jemand in der Nähe, halblaut, unterdrückt, bang.

»Hauptsache, wir werden nicht von der Familie getrennt und kaserniert«, sagte ein zweiter, ebenso gezischt und verhohlen. »Andere in Hamburg sind es schon, ich hab' gehört – Alsterdorf...«

Als Vertreter des Straßenaufräumungsamtes fungierte auf dem Platz am Hegestieg ein dicker älterer Mann, aus dessen Mundwinkeln ständig der Saft von Kautabak troff und dem der Ärger über die plötzliche Unruhe in seiner Domäne anzusehen war, vor allem aber Verwunderung über den so gänzlich berufsfremden Habitus der Neuen.

Am dritten Tag führte der Dicke Alf Bertini und dessen Söhne mit vielen anderen in eine der Baracken, wies auf einen riesigen Haufen rostiger, stark verbogener Nägel, rief: »Nun klopft die mal gerade, dann macht ihr euch wenigstens ein bißchen nützlich!« und ließ dabei aus den Mundwinkeln Gerinnsel seines Priems auf die Erde tropfen.

Roman Bertini ergriff einen Hammer und schlug auf die Nägel ein. Klopfte, sonderte die bearbeiteten von den unbearbeiteten und hatte bald schon einen Berg vor sich, wie Cesar und Alf, nur daß deren Haufen niedriger war und der Vater bereits mehrere Male statt eines Nagels seinen linken Daumen getroffen hatte.

»Plock-plock!« machte es, unrhythmisch, durcheinander, ohne zentrales Kommando. »Plock-plock.«

Roman Bertini konnte auch aus der Baracke die Bahnhofsuhr erkennen. Alle fünf Minuten, auf den Schlag genau, blickte er hinüber. Wo habe ich das gelernt? dachte er verzweifelt. Ich halte es nicht aus – ein paar Tage noch, und ich werde verrückt sein.

»Plock-plock-plock!« ringsumher wurde geklopft, bitter, dumpf, in einer Atmosphäre fast greifbarer Spannung.

»Plock-plock-plock!«

Gleich in der ersten Woche am Hegestieg machten die Bertinis zwei episodische Bekanntschaften, die des alten Grams und die des Paul Werth.

Der alte Grams war Roman nicht nur wegen seines aristokratischen Kopfes aufgefallen, auch nicht allein um seiner seltsamen Augen willen – wie ein glühender Strahl waren sie, stechend und saugend zugleich –, der alte Grams war ihm aufgefallen, weil er ständig etwas vor sich hinmurmelte, abwesend, nach innen gekehrt, wie auf einen geheimnisvollen Monolog lauschend und – unverständlich.

Eines Morgens hatte der alte Grams zwei rostige Nägel ergriffen und versuchte nun, ihre Spitzen aufeinander zu stossen. Schließlich hielt er inne, beugte sich zu Roman herüber und flüsterte:

»Sie haben meine Tochter verschleppt – meine Tochter.«

Roman schaute auf, senkte aber sofort den Blick, als er den Augen des alten Grams begegnete. »Wann?« fragte er.

»Vor einem Jahr«, der alte Grams wandte sich wieder den Nägeln zu. »Sie war ein hübsches Mädchen von fünfundzwanzig Jahren. Meine Frau hat es spät bekommen, sie war vierzig, ich fast schon fünfzig«, wenn sich die rostigen Nägel aneinander rieben, gab es ein kratzendes Geräusch. »Eines Tages wurde sie geholt. Ein Grund wurde nie genannt.« Der alte Grams schaute sich vorsichtig in der Baracke um, kam noch näher an Roman heran und wisperte: »Sie ist nach Polen verschleppt worden, in die große *Giftküche* dort.« Und dann, den edlen, weißmähnigen Kopf Roman zugewandt, in den glühenden Augen Wahnsinn, nannte der alte Grams den Ort beim Namen – das Wort, das er ständig in periodischen Abständen vor sich hin murmelte.

563

Auf diese Weise, Anfang November 1944, in der Baracke am Eppendorfer Hegestieg, hörte Roman Bertini zum erstenmal von der größten Schädelstätte in der Geschichte der Menschheit – *Auschwitz*.

Die zweite Bekanntschaft kam über eine große Anzahl von Männern in lehmgelber Kleidung zustande, die eines Morgens auf den Platz geführt wurden, militärisch formiert und dem Kommando von Wehrmachtsangehörigen unterstellt – Warschauer Aufständische, Überlebende der fürchterlichen und ungleichen Schlacht, die die polnische Hauptstadt dem Erdboden gleichmachte.
Roman Bertini hatte über Radio London von der Erhebung gehört, die Anfang August begonnen und sich bis zu Oktoberbeginn hingezogen hatte – noch keine anderthalb Jahre nach dem Aufstand im Warschauer Ghetto.
Natürlich hatte Roman Bertini sich die Frage gestellt, warum die Rote Armee, die das rechte Weichselufer bei Praga erreicht hatte, der polnischen Heimatarmee in der aufständischen Metropole nicht zu Hilfe gekommen war – aber er hatte keine Antwort gewußt. Zwistigkeiten unter den Alliierten, den Bundesgenossen, den *Befreiern*, hatten keinerlei Platz in Roman Bertinis Vorstellungswelt! Er wich Zweifeln instinktiv aus. So ging die Frage nach der ausgebliebenen Hilfe für die Warschauer Aufständischen unter in seinem Unverständnis von nationalen und internationalen Interessengegensätzen, die nicht sein konnten, weil sie nicht sein durften.
Romans Sympathien für jene zerlumpte und doch auch wieder stolze Schar, der die deutsche Begleitmannschaft unverkennbar einen gewissen Respekt zollte, waren grenzenlos. Er hielt sich, mit Gefühlen der Bewunderung und der Dankbarkeit, gern in ihrer Nähe auf, und wenn er konnte, ging er ihnen auf dem Platz zur Hand. So traf ihn das, was dann kam, schwer.
Die Warschauer wurden zu Fuß aus einem großen Lager in Hamburg-Borstel herangeführt, um hier zur Arbeit eingeteilt zu werden. Dazu wurden die Polen nach Ankunft in kleinere Gruppen gespalten, und diesen wiederum wurden, neben der soldatischen Begleitung, nun je zwei aus dem Kreise der *jüdischen Mischlinge Ersten Grades* und der *jüdisch Versippten* in Aufseherfunktion zugesellt.
Und dann geschah es.
»Nun stehen wir also schon mit den Pollacken auf einer Stufe!«
Der das sagte, war Paul Werth, eigener Auskunft nach bis tief in den Krieg Soldat gewesen, Offizier sogar, dann aber, seiner jüdischen Frau

wegen, aus der Wehrmacht ausgestoßen – ein Mann von fünfundvierzig Jahren, der stets einen kleinen Hut trug und gerade eine Karre schob.

Dieser Paul Werth war Roman schon einmal aufgefallen, nämlich als er ein halblautes Gespräch in der Baracke über die Zerstörung des Warschauer Ghettos im Frühling 1943 mit unsicherem Grinsen, aber doch angriffslustig, unterbrochen hatte: »Sind das nicht alles Greuelmärchen? Wart ihr dabei? Habt ihr es selber gesehen?«

Da hatte Roman Bertinis Herz stark zu klopfen begonnen, denn der hintergründig gezischte Zweifel brachte ihm eine ganze Welt ins Wanken – die absolute, felsenfeste Überzeugung von der unverbrüchlichen Einmütigkeit aller Verfolgten in der Beurteilung der Verfolger. Die Lektion hatte Roman ganz unvorbereitet getroffen, und die Frage: »Sind das nicht alles Greuelmärchen? Wart ihr dabei? Habt ihr es selber gesehen?« hatte ihn umgeworfen.

Besessen von der Vorstellung, Paul Werth könnte noch mehr zu Gunsten der Verfolger äußern, war Roman Bertini auf dem Platz am Hegestieg in seiner Nähe geblieben. Und soeben hatte der Mann mit dem kleinen Hut voll unsäglichen Ekels bemerkt:

»Nun stehen wir also schon mit den Pollacken auf einer Stufe!«

Blitzschnell, noch ehe Roman reagieren konnte, krümmte sich der alte Grams gegen Paul Werth, und einen Moment schien es, als wollte er ihn anspringen, derart gespannt war der Ausdruck seines Gesichts mit den glühenden Augen, so geduckt der vorgeneigte, von der Hüfte ab fast horizontal schwebende Oberkörper. Dann sagte der alte Grams, gefährlich verhalten und im Gegensatz zu sonst klar und laut: »Eher sollten wir uns den Kopf herunterholen lassen, als die Aufseher über die Warschauer zu spielen.«

Da sagte Paul Werth, die Griffe der Karre fahren lassend: »Bei Pollacken melde ich mich immer freiwillig, verstehst du? Und über je mehr ich von ihnen regieren kann, desto gesünder fühle ich mich. Was sagst du jetzt?«

Der alte Grams sagte gar nichts. Er sah Paul Werth nur an, sah ihn an mit seinen wahnsinnigen Augen, so lange, bis der andere, unsicher auflachend, mit der Karre davonschob.

Von der ersten Sekunde an hatte zwischen den beiden Todfeindschaft geherrscht.

Als der letzte krumme Nagel in der Baracke am Hegestieg gerichtet war, befahl der dicke, priemkauende Aufseher des Straßenaufräumungsamtes, Sand aus einer Ecke des Platzes in eine andere zu transportieren – fehlerhafter Lagerung wegen, wie er scheel lachend erklärte. Dabei troff ihm sämig Speichel aus den Mundwinkeln, und aus dem verschlagenen Gesicht war die Verwunderung über den seltsam akademisch anmutenden Resthaufen immer noch nicht gewichen.

Und so schaufelten die Bertinis denn inmitten von Chemikern, Doktoren, Rechtsgelehrten und Ärzten, aber auch Angestellten, Einzelhändlern und Kraftfahrern, von acht Uhr früh bis sechs Uhr abends Sand, entluden ihre Last und füllten neue nach. Dabei blickte Roman Bertini, wie am ersten Tag, alle fünf Minuten zum Bahnhof Eppendorfer Baum, auf die große Uhr, und er fragte sich, wie lange jemand diesem inneren Zwang ausgesetzt sein könne, ohne endlich den Verstand zu verlieren.

Die Entfernung vom Hegestieg kam schneller als gedacht.

Nach schwirrenden Gerüchten über neue Kasernierungen wurde Ende November den auf dem Platz Verbliebenen, darunter die drei Bertinis, der alte Grams und Paul Werth, der neue Arbeitsort ab morgen mitgeteilt – die Kraftstation Neuhof der *Hamburgischen Electricitätswerke* im Hafen.

Nach dem Sturm kam nun die Sintflut über den Barmbeker Keller.

Zwar hatte Ludwig Bertini dann doch noch rechtzeitig mit zehn Platten die steinerne Decke droben vervollständigt und die Lücke beseitigt, aber die Nässe drang gar nicht von oben, sie drang von unten ein, durch das Fundament, aus dem Boden, in Küche, Schlafraum der Söhne und Abstellkammer.

Bald stand das Wasser knöchelhoch, kroch glitschig empor an allem, was dort aufgestellt war, und durchnäßte es. Besonders gefährdet waren die Betten, primitive Holzgestelle, geleimt, ohne ein einziges Stück Metall verarbeitet – langsam begannen sie sich in der feuchten Luft aufzulösen. Namentlich Cesar, der schwerste der drei Brüder, wagte kaum eine Bewegung zu machen, aus Furcht, sein Bett könnte zusammenkrachen.

Dagegen gab der elterliche Raum keinen Anlaß zu solcher Sorge. Ohnehin aus unbekannten Gründen vollständig trocken geblieben, schliefen Alf und Lea dort in zwei übereinandergestellten Betten aus Metall, die aller Nässe trotzten.

Leas Versuch, wenigstens eines davon in den Schlafraum der Söhne zu befördern und dafür ein hölzernes Bett einzutauschen, scheiterte an

Alfs knurrender Ablehnung. »Der Bengel kennt keine Disziplin, das ist alles. Außerdem wolltet ihr ja hierher.«

Schließlich, als das Wasser stieg und stieg, wurde die morsche Liege des Ältesten in die Küche gebracht, in der es mittlerweile auch troff, wenngleich nicht so stark wie nebenan.

Alf Bertini schwieg, eine geladene Atmosphäre, während Lea wie eine Urmutter am Herd stand, vom Feuer beschienen, wenn sie die Ringe öffnete, kochend, waschend, aufräumend nach der Arbeit in der Bahrenfelder Fabrik, von scheinbar unerschöpflicher Körperenergie, dampfend und fachkundig – und doch gezeichnet von dem Entsetzen vor der nächsten Auseinandersetzung.

In einer Nacht endlich brach Cesars Bett zusammen. Lea und Roman setzten sich auf, aber rascher noch kam Alf hoch. »Was war das? Habe ich es nicht prophezeit? Habe ich nicht immer gesagt, daß wir hier nicht bleiben können und in die Hoheluft zurück müssen?« Mit einem Satz war Alf in der Küche. Roman hörte, wie die nackten Füße des Vaters auf den feuchten Fußboden klatschten, Lea ein unterdrückter Schreckensschrei entfuhr und Alf ein rasendes »Au!« ausstieß. Er mußte sich im Finstern an irgend etwas gestoßen haben. Gleichzeitig gab es ein Geräusch, als wolle Cesar aus der Küche flüchten, denn er machte sich am Türschloß zu schaffen, wodurch das Patschen und Spritzen in der Dunkelheit noch unheimlicher wurden.

Als das Licht anging, stand Alf Bertini vorgebeugt da, die Hände gegen die Seiten gedrückt und unmittelbar neben Cesar – ein wütender Wolf, bereit, sich auf die eigene Brut zu stürzen.

»Roman!« schrie Lea und versuchte, Alf zurückzuhalten, der schon zum Sprung auf Cesar angesetzt hatte, ihn aber nicht erreichte. Roman hatte den Vater von hinten angefallen, umschlang seinen Oberkörper und hielt die Arme fest verschränkt.

»Warte«, brüllte Alf und schüttelte sich, um die Umklammerung zu sprengen, wobei er gegen Cesar stieß, der sich tiefer duckte in der Wasserlache vor der Kellertür nach draußen.

Nun ging Alf Bertini in die Knie und schnellte wieder hoch, aber Romans Arme preßten sich hart um die Brust des Vaters, und die Finger verhakten sich mit solcher Kraft, daß Alf stöhnte und sich zur Seite warf und beide auf den nassen Boden fielen. Dort wurden ihre Bewegungen matter und matter. Erst dann öffnete Roman die Klammer und blieb erschöpft hocken, mit dem Kopfe taumelnd, als wäre er nicht bei klarer Besinnung.

»Mein Gott«, flüsterte Lea von nebenan, und doch hörten es alle, »was ist nur über uns gekommen?«

Eine Weile blieb es stumm. Dann sagte Alf Bertini vom nassen Fußboden hoch, keuchend und doch schneidend, zu Cesar hin: »Du verläßt sofort den Keller«, er wies zur Tür, »und kommst nicht wieder. Hinaus – auf der Stelle hinaus!«

Und als Cesar, die beschädigte Hand schützend vor das Gesicht gehalten, ihn entgeistert anstarrte, erhob sich Alf, trat einen Schritt zurück, als würde er einen Anlauf nehmen, und wiederholte: »Auf der Stelle – hinaus!«

Roman wollte aufstehen, aber er konnte nicht. Er blieb liegen, bei völlig klarem Verstand seiner Glieder nicht mehr mächtig. Er versuchte es abermals, kam jedoch nur auf die Knie – es war umsonst, diesmal vermochte er dem Bruder nicht zu helfen, und so ließ Roman sich dumpf fallen, daß das Wasser spritzte.

Aus dem Schlafraum der Söhne drangen leise, pfeifende Töne – Ludwig Bertini war bisher von all dem Lärm überhaupt nicht aufgewacht.

Cesar erhob sich, ging nahe an Alf vorbei zu seinem zusammengebrochenen Bett, zog sich in der entsetzlichen Stille an und schloß die Tür auf.

Da sagte Lea Bertini aus dem Nebenraum, unsichtbar, mit seltsam ruhiger Stimme: »Cesar – bleib!« Und dann, in die helle Küche tretend:

»Ich bin schwanger, im dritten Monat.«

8

Neue Hoffnung auf *Alberto*

Das Elektrizitätswerk Neuhof lag in den Eingeweiden des Hamburger Hafens, ein hoher, dunkelroter Gebäudekomplex mit einer weithin sichtbaren Schornsteingarnitur – drei gewaltige steinerne Finger, davon der mittlere am gewaltigsten.

Der Trupp, darunter Alf Bertini und seine Söhne Cesar und Roman, gelangte auf dem Wasserwege dorthin. An den Landungsbrücken, noch in der Dunkelheit des späten Herbstmorgens, bestiegen sie einen der grünen Fährdampfer. Das Schiff stampfte langsam hinüber auf das Steinwerder Ufer zu, bog dann nach Süden ein und nahm, vorbei an der stählernen Silhouette von Blohm & Voß, stetig Kurs auf die mächtigen Kamine.

Der alte Grams, immer in Romans Nähe, hatte meist die Hände auf die Backbord-Reeling gelegt und starrte ins Wasser, während Paul Werth, mit dem Rücken zu ihnen, auf der andern, der Stadtfront zugewandten Seite stand. Auch auf dem durch zahlreiche Bombentrichter gesäumten Weg von der Anlegestelle bis zum Werkstor blieb der alte Grams in Romans Nähe. Die Kraftstation Neuhof zeigte schwere Schäden. Durch Luftdruck oder Einschlag waren große Fetzen aus ihrer Front herausgerissen, und Vorfeld und Höfe waren mit Trümmern übersät. Man hatte fieberhaft ausgebessert, hatte versucht, die Lücken mit Planen abzudecken, die zerstörten Mauern wenigstens provisorisch wiederaufzurichten, doch war der Kampf mit dem Luftkrieg bisher verloren worden. Offenbar handelte es sich bei Neuhof um ein bevorzugtes Angriffsziel, nicht nur des Werkes, sondern der ganzen Industrielandschaft ringsum wegen, mit ihren Kais, Lagerschuppen und maritimen Rüstungsbetrieben.

»Sie werfen jetzt Bomben von hundert Zentnern, fünf Tonnen!« sagte irgend jemand vom Trupp.

Es mußte eine Luftmine nicht viel geringeren Gewichts gewesen sein, die im großen Turbinenraum schwere Verwüstungen angerichtet hatte. Das war vor einer Woche geschehen, zwei Tage, bevor Alf, Cesar und Roman Bertini mit etwa zwanzig anderen vom Hegestieg hierher beordert worden waren. Aber immer noch standen mehrere Turbinen still.

An diese ruhenden, bewegungslosen Maschinen – mit dem abgedeckten Gehäuse und dem Stahldickicht ihrer bloßgelegten Schaufeln anzusehen wie obduzierte Metall-Leichen – war der eine Teil der Zwangsarbeiter befohlen worden. Von Männern in blauen Arbeitskitteln beaufsichtigt, die dann und wann in die Turbinen krochen oder mit riesigen Schraubenschlüsseln auf ihnen herumhantierten, hatten sie mit ölgetränkten Lappen die aufgeschnittenen Ungeheuer zu putzen.

Ein anderer Teil war dazu ausersehen, eine Anzahl von Polen zu beaufsichtigen, die ebenfalls hierher geschickt worden war, wenngleich nicht, um die reparierten Druckkörper blank zu reiben, sondern um den Trümmerschutt innerhalb und außerhalb der Maschinenhallen wegzuräumen. Die soldatische Begleitung ließ gewöhnlich ein lockeres Regiment walten, bis einer der Verantwortlichen des Werkes nahte. Dann ertönten Kommandorufe, und die Überlebenden des Warschauer Aufstandes rührten sich angestrengter, in heimlicher Konspiration mit ihren Bewachern. Sobald die Autoritäten aber verschwunden waren, wurden die Schaufeln gemächlicher bedient.

»Faules Pack!« sagte Paul Werth, voll gesättigter Verachtung, wischte sich sinnlos die öligen Finger in seinem öligen Lappen ab und schaute verwundert auf, als Roman Bertini herumfuhr und ihn entgeistert anstarrte. Der alte Grams aber krümmte sich, als wollte er sich von oben herab auf Paul Werth stürzen, wandte sich jedoch ruckhaft ab.

Als Roman zur nächsten Turbine ging, folgte der alte Grams ihm auf dem Fuße. Am ersten Tag schon, bei der Einteilung, war er einfach Roman nachgegangen, ohne dazu aufgefordert zu sein und ohne eine Erklärung abzugeben – und dabei war es geblieben.

So stand der alte Grams nun da, ebenfalls mit einem öligen Lappen in der Hand, schweigsam und geistesabwesend, immer darauf bedacht, sich nicht mehr als drei Schritte von Roman Bertini zu entfernen. Dabei bewegten sich seine Lippen unaufhörlich – so murmelte der alte Grams den Namen seiner Tochter und ihrer Hinrichtungsstätte vor sich hin.

Schon am ersten Tag hatte der Trupp vom Hegestieg erfahren, daß es für ihn und die Polen keine zusätzlichen Luftschutzräume auf dem

Gelände des Neuhofer Elektrizitätswerkes gäbe. Jeder müsse sehen, wo er bliebe. Aber, so hatte es geheißen, unter dem größten der Schornsteine, in dem Betonsockel, liege ein Raum, der befestigt, doch unbenutzt sei.

Dahin waren Alf Bertini und seine Söhne mit mehreren anderen bei Alarm gegangen, und sie erkannten sofort, warum der Platz gemieden wurde. Von einer Kaimauer führte ein dickes Rohr in gerader Linie zum Schornstein und verschwand neben dem gewaltigen Sockel in der Erde – eine Ölleitung. Roman Bertini blieb der Atem weg. Paul Werth aber sagte mit vor Wichtigkeit vibrierender Stimme: »Nur *eine* Bombe, und die ganze Gegend stünde in Flammen. Ich müßte nicht alter Soldat sein . . .«

Einige gingen zurück ins Werk, wenn Alarm gegeben wurde, andere, darunter Alf, Cesar und Roman Bertini, suchten den Schornstein auf, die Nähe der kleinen und einzigen Tür zum Sockelraum, und lehnten sich an die schrägen Wände. Von dort blickten sie in den Himmel. Erst, wenn die weißen Kondensstreifen der *Fliegenden Festungen* über dem Hamburger Hafen sichtbar wurden, verschwanden sie im Innern.

Nur der alte Grams blieb stets draußen, aufrecht und unbeweglich wie eine Statue. Es schien, als wüßte er überhaupt nicht, wo er war und was um ihn herum vorging.

An einem düsteren Mittag, als ganze Schwärme von Bombern, jedermann erkenntlich, von drei Seiten anflogen und sich zum Angriff über der Stadt konzentrierten, legte Roman Bertini dem alten Grams von hinten eine Hand auf die Schulter: »Ihre Frau – Sie müssen an Ihre Frau denken.«

Da kam ein Ausdruck von Leben in das scharfe Gesicht mit den glühenden Augen, lockerte sich die hagere Gestalt und ließ sich, an der schrägen Sockelwand vorbei, in den Raum führen.

Abends, am Ponton von Neuhof, bevor das Fährschiff ablegte, um den Trupp nach den Landungsbrücken zurückzubefördern, sagte der alte Grams tonlos und so nahe an Romans Ohr, als teile er ihm etwas bei entsetzlicher Strafe Verbotenes mit: »Meine Frau ist alles, was mir geblieben ist.«

Die Kenntnis von Leas Schwangerschaft zeigte äußerlich wenig Wirkung unter den Bertinis, jedenfalls wurde nicht mehr darüber gesprochen. Dennoch gab es Reaktionen, und zwar sehr unterschiedliche.

Alf Bertini schien zu schwellen, als wäre eine aufblasbare Hülle in ihm. In Stolz und Triumph erweiterte er sich förmlich, von Hochgefühlen gebläht, die ihn von der Erde aufwärts in einen Schwebezustand heben wollten. Sein Gesicht nahm immer öfter einen entrückten Ausdruck an, mit dem er fremd und einsam auf seine banale Umgebung herabblickte, Vollstrecker einer titanischen Leistung, gottvaterähnlich – aber wortlos, sozusagen pantomimisch.

Wie zu erwarten, hatte Leas Eröffnung auf ihren Jüngsten deprimierende Folgen. Zu seiner gewohnten Haltung der Verachtung und des Ekels gegenüber Vater und Mutter gesellte sich nun die Pose eines zwangsweise mit Aussätzigen Zusammengepferchten, ein Gebaren wie im Umgang mit widerwärtigen, nicht geheuren Reptilien, vor denen ein tiefeingeborener Instinkt warnt.

Dieser vom Dritten Reich und seinen Staatsorganen offenbar vollständig vergessene Vierzehnjährige, von dem keiner der anderen Bertinis wußte, wie er während ihrer Abwesenheit den lichten Tag in der Düsternstraße verbrachte – Ludwig Bertini lebte nach der neuen Kunde gleichsam mit einer Hornhaut gepanzert unter ihnen. Oft ging er, wenn sie kamen – oder kam, wenn sie gingen. Die hagere, dürre Gestalt, fast einen halben Kopf größer als Alf und die älteren Brüder, warf einen langen Schatten, wo immer sie hier auftauchte.

Cesar hatte in der Minute der Mitteilung, daß die Mutter, siebenundvierzigjährig, ihr viertes Kind erwarte, Roman einen Blick von so verzweifelter Panik zugeworfen, daß dieser weggeschaut hatte. Danach schien der Älteste noch vierschrötiger, wirkten die Augen hinter den dicken Brillengläsern noch hervorgequollener, bewegte sich dieses gedrungenste Familienmitglied noch schwerfälliger als sonst, gerade als hätte sich ihm eine unsichtbare Last verdoppelt. Und dabei baumelte ihm die zerquetschte Hand unbrauchbar am Körper herab.

Als Roman Bertini Leas Botschaft begriffen hatte, war es, wie wenn ihn Feuer sengte von innen und von außen. Es brannte ihn so heftig, daß ihm schwarz vor Augen wurde, und im Gefühl der totalen Katastrophe hatte er beide Hände gegen seinen Kopf geführt. Dennoch, wie immer in der äußersten Not, war das Gehirn klar und frei, und seine Gedanken begannen sofort um die eine, entscheidende Frage zu kreisen: waren mit dieser Eröffnung seine vor Eltern und Brüdern geheimgehaltenen Zukunftspläne zuschanden gemacht? Bedeutete Leas Schwangerschaft das Ende einer möglichen, wenn auch unwahrscheinlichen Rettung? Oder hieß das Embryo in der Mutter, daß sie alle dem Todfeind nunmehr wehrlos ausgeliefert wären, weil Lea ein Leben im Untergrund in ihrem Zustand niemals durchhalten würde, und zwar je länger, desto weniger?

Diese Fragen stellte sich Roman Bertini, und kein Lidschlag lag zwischen ihrem Anfang und ihrem Ende, so rasch waren sie gedacht. Eine Antwort aber hatte er inzwischen nicht gefunden.

Natürlich blieb Leas Schwangerschaft nicht geheim, sollte es auch nicht, gerade als würde die Kenntnis nach außen wie ein innerfamiliäres Ventil wirken. Also erfuhren Emma Bertini, Helene Neiter, Mickey und Horst Cunert davon mündlich, während es Recha und Rudolph Lehmberg schriftlich nach Bodendorf berichtet wurde. Und lediglich von dort kamen Bedenken, Erschrecken: welche Zeiten wohl bis zur Geburt vergingen und was denn noch passieren könnte?

Alle anderen Bekundungen zu dem bevorstehenden Ereignis waren, den gegebenen Umständen und Leas Alter zum Trotz, gänzlich konventionell, nämlich begeistert – als würde das Kind ausgetragen werden in einer Periode der Konfliktlosigkeit, ohne andere Vorsorgeprobleme als die seiner selbstverständlichen Pflege und Behütung, wenn es dann endlich da sein würde im Juli des nächsten Jahres.

Emma Bertini hatte für nichts Augen und Ohren als den *Namen* des *Sohnes*. Denn daß da in Leas Leib ein Mann keimte, war für sie so sonnenklar wie seinerzeit für Giacomo Bertini, als Emma vor nunmehr beinahe fünfzig Jahren mit Alf schwanger gegangen war. Und selbstverständlich, so Emma Bertini heute, würde dieses Kind nun *Alberto* heißen!

Helene Neiter vollführte einen wahren Freudentanz, wobei sie sich in der Küche des Kellers im Kreise drehte, daß der lange Rock hochwirbelte und ein Paar bleistiftdünner Altfrauenbeine preisgab.

Auch Mickey und Horst Cunert lächelten bei ihren regelmäßigen Besuchen, als trübe kein Wässerchen das kommende Glück des noch ungeborenen Erdenbürgers – eine frappierende Lektion für Roman Bertini, dem noch vor kurzem als höchste Seligkeit vorgeschwebt hatte, ungeboren zu bleiben. Er bekam kein Verhältnis zu der neuen Tatsache, sondern war nichts als niedergeschmettert, unfähig, Leas Schwangerschaft anders zu betrachten als vom Standpunkt der Gefährdung. Was stand denn als möglicher Wert gegen den Preis, daß die zukünftige Existenz in Leas Schoß ihrer aller gegenwärtiges Leben für immer vernichten könnte?

So trat er, sehr verwirrt, vor Erich Snider.

Der hockte in der Küche vor seinem Rundfunkgerät, die eine Faust auf den Tisch gelegt, den zerschmetterten Arm auf der Stuhllehne, und schwieg seiner Art gemäß lange, während Radio Moskau in deutscher

Sprache sendete, diesmal aber beide Zuhörer nicht so aufmerksam bei der Sache waren wie sonst.

Der Klempner reagierte auf die Eröffnung mit zwei Sätzen, einem kurzen und einem längeren. Der kurze lautete: »Plane weiter wie bisher, es muß alles beim alten bleiben.«

Dann stockte Erich Snider, hob das klobige Gesicht und fuhr fort: »Im Juli 1945 wird es weder Hitler noch Himmler mehr geben, weder Naziwehrmacht noch SS noch überhaupt irgend etwas vom Dritten Reich. Wenn das Kind geboren würde... wenn – dann gäbe es jedenfalls *einen Bertini, der von all dem, was war, nichts wüßte*!«

Wie Roman von der Uhlenhorst zurückkehrte, wußte er später nicht mehr. Den letzten Satz des Klempners in Ohr, Herz, Hirn und Blut, erinnnerte er sich an keine der Etappen des langen Fußmarsches den Mundsburger Damm hinunter, die Hamburger Straße und den Barmbeker Markt bis zur Fuhlsbüttler Straße. Immer wieder flüsterte er es vor sich hin, das Unglaubliche, Unfaßbare: ein Bertini, für den das Hakenkreuz, die Gestapo, die *Melone*, die Speckrolle, die Grube auf der Reitbahn im Stadtpark, die Septembertage 1939 im Stadthaus, Eitel-Fritz Hattenroth und Theodor Wandt, Bodendorf, ein Balken in einem Hause am Johannisbollwerk und die Angst, die Allmacht Angst – ein Bertini, für den all das nur noch Chronik, Vergangenheit, Geschichte wäre?

Da fiel ein so ungeheures Glücksgefühl über Roman her, kam ihn eine bisher unbekannte Hoffnung so mächtig an, daß er vor der großen Schutthalde am Eingang zur Düsternstraße stehenblieb, schwankte und dann zu Boden ging, die Knie wie weggerissen, in langen, bebenden Seufzern immer wieder stammelnd: »... *ein Bertini, der von all dem, was war, nichts wüßte*!«

In dieser Nacht trug Roman Bertini in sein Notizbuch ein:

»11. Dezember 1944. Kämpfe am Westwall. In Erwartung der sowjetischen Winteroffensive aus den Weichselstellungen auf die Oder zu und gegen Berlin.«

Dann machte Roman sich auf, Erika Schwarz von der neuen Lage zu unterrichten.

Er fuhr bis Ohlsdorf, eilte die trümmerübersäte Alsterdorfer Straße hinunter, hockte lange in der Dunkelheit gegenüber der ehemaligen Waschküche und schloß sofort die Tür hinter sich, nachdem Erika Schwarz ihm auf das verabredete Zeichen hin geöffnet hatte.

Die Reichsbahnerin zündete sogleich eine Kerze an und führte Roman durch den schuttverstopften Raum vor das Loch in der Mauer, stieg ein, verschwand. Und dann sah Roman Bertini sie in der Mitte des Verlieses stehen, die Kerze hocherhoben und – trockenen Fußes: bis auf zwei schmale Spalten an der rechten und der linken Wand war die wasserbedeckte Bodenfläche vollständig mit Brettern ausgelegt.

Lange hielt Erika Schwarz die Kerze in die Höhe, als bereite ihr der Anblick der hellen, rohen Hölzer über dem nassen Spiegel Vergnügen, dann ließ sie den Arm sinken und kam auf das Loch zu, in dem Roman Bertini, stumm vor Staunen, verharrte.

»Frag' mich nicht, wie ich die Latten zusammengetragen habe«, Erika Schwarz stieß Roman auf den Flur zurück, »aber hier ringsum glaubt jedermann, das ganze Holz sei in die beiden Schränke verarbeitet.« Sie zeigte in Küche und Schlafzimmer.

Da sagte Roman Bertini: »Meine Mutter ist schwanger.«

Im nächsten Augenblick wußte er, daß er Erika Schwarz' verblüffte Miene nie vergessen würde – sie entgleiste ihr sozusagen. Blitzschnell wechselten die Lichter in dem harten, unjugendlichen Gesicht der Frau, malten sich darauf Rührung, Verwunderung, Schrecken und Freude, ehe der Ausdruck in die gewohnte Gelassenheit zurückzufinden suchte.

Nach einer Weile sagte Erika Schwarz, trocken: »*Dann wären wir also sieben.*« Doch dahinter blieb Aufruhr, steckte ihr irgend etwas in der Kehle, wovon Roman nicht wußte, was es war, über das sie ihn aber unbedingt in Kenntnis setzen müßte. Schon ein einziges unausgesprochenes Wort konnte hier alles zerstören. Was ließ Erika Schwarz schlucken, ließ sie gehemmt wirken, sprachlos?

Sie nahm ihm schon im nächsten Augenblick alle Zweifel.

»Stell dir vor, das Balg...«, sie zögerte, fuhr aber rasch fort, »... das Balg würde später keine Ahnung, würde keine Ahnung haben von dem... *ganzen Mist*!« Erika Schwarz setzte sich, wie benommen von der Eröffnung, und sagte dann, mit einem kurzen Auflachen, als müßte sie ihre eigene Wendung ironisieren: »Da kommt also eine ganz neue Generation... eine ganz neue Generation von Bertinis...«

Roman schloß die Augen, fühlte, wie ihm das gestockte Blut zum Herzen schoß und die Glieder ihre Spannung verloren.

»Könnte sein«, sagte er erschöpft.

Als er später über das freie Karree zur Alsterdorfer Straße zurückhuschte, wurde links von Erika Schwarz' Keller eine Tür geöffnet.

Schwacher Lichtschein drang heraus, dann wurden zwei Stimmen hörbar, die eines Mannes und die einer Frau.

Roman sank gegenüber an der zerbrochenen Mauer nieder, vollkommen verschmolzen mit der Dunkelheit. Dort lag er wie leblos auf der kalten Erde.

Als drüben nach etwa zehn Minuten die Tür wieder geschlossen wurde, das fahle Licht und die Stimmen jäh erloschen, kam Roman Bertini nicht wieder hoch. Er lag da wie gelähmt, aber nicht von der Kälte, sondern an der Erde gehalten von jenem zertrümmerten Stück seines Rückgrats, das am Johannisbollwerk auf dem Balken sein ganzes Gewicht hatte tragen müssen, wieder und wieder, und nach jedem Sturz aufs neue.

Nun lag er an der Alsterdorfer Straße auf dem Boden und wälzte sich und kam nur mit Unterbrechungen in schneckenhafter Langsamkeit auf die Beine.

Seit dem August hatte es ihm zwar im Rücken geschmerzt, aber erst jetzt, in dieser Dezembernacht, mußte Roman Bertini erkennen, daß die Tortur ihm einen schweren Dauerschaden zugefügt hatte, daß er, ungeachtet aller verbliebenen Gewandtheit bei aufrechtem Gang, doch ein halber Krüppel geworden war.

Für jenes traditionelle Familienfest, das die Bertinis bis zum 24. Dezember 1943 *Weihnachten* genannt hatten, wurden in diesem Jahr keinerlei Vorbereitungen getroffen. Es war, als hätte es nie existiert.

Dennoch wurde es kein gewöhnlicher Abend. Niemand war eingeladen worden, es hatte keine Absprache gegeben, aber wie von Geisterhand geführt, erschienen Helene Neiter, Horst Cunert, Mickey und Emma Bertini im Keller der Düsternstraße. Plötzlich waren sie da, und zwar alle innerhalb von einer Stunde, nämlich zwischen sechs und sieben Uhr.

Wenn es jemanden von ihnen verwunderte, daß bei den Bertinis nicht das geringste vorzufinden war, was auf das Fest hätte schließen lassen können, so war es ihm nicht anzumerken. Keiner verlor ein Wort darüber, daß es weder Tannenzweige noch Kerzen, noch einen Weihnachtsbaum gab. Dabei mußte sich etwa Helene Neiter nur allzu genau an die nachbarliche Atmosphäre zu dieser Jahreszeit in der Lindenallee erinnern. Aber sie blieb eisern stumm, jedenfalls was dieses Thema betraf. Sonst war sie sehr gesprächig. Ganz in feierliches Schwarz gekleidet, saß sie neben Lea, vertraut und spitznasig – und gegenüber Alf Bertini von jener unsichtbaren Distanz, mit der sie ihr Verhältnis zu ihm schon vor Jahren ein für allemal geklärt hatte.

Horst Cunert kam tappend die kleine Treppe zum Souterrain des einst väterlichen Ladens herunter und saß dann mit zuckendem Auge in völlig krummer Haltung da, immer noch in seiner verschossenen Uniform, jedoch ohne Koppel. Wenn er sich bewegte, dann gleichsam wie in *einem* Stück, als wäre allen Gliedern, nicht nur dem abgestorbenen Arm, die selbständige Regungsfähigkeit abhanden gekommen.

Mickey, breitschultrig, mit seinem krausen Haar und der dunklen Haut das Abbild seines liberianischen Vaters, und doch auch europid gezeichnet durch seine deutsche Mutter – Mickey war nach langer Zeit zum erstenmal wieder mit großen Handbewegungen und verklärter Miene bei seinen amerikanischen Visionen. Plastisch ließ er Chikago erstehen, die Stadt, in der er *mit seinem Volk* leben wollte, sobald *der Spuk* vorbei wäre, und er steigerte sich fast hymnisch bei der Schilderung des Michigan-Sees, seiner Ufer, seiner Wälder und seines Himmels.

Dieser abermalige Höhenflug einer hier altbekannten Leidenschaft hatte ihre Ursache in der schlichten Tatsache, daß er das willige Ohr einer neuen Zuhörerin gewonnen hatte – das Emma Bertinis.

Hingerissen von der Begeisterung des afrikanisch aussehenden Jünglings; fasziniert von einem Timbre, das aus der Kehle keines Weißen kommen konnte; vielleicht auch von der seltsamen Atmosphäre dieses Abends an die eigene unruhige Jugend erinnert, stachelte sie mit neugierigen Fragen und Applaus Mickey immer von neuem an.

Staunend saßen ihre Angehörigen da – das war nicht mehr die Emma Bertini, die seit der Flucht vom Hofe der Garcherts über den Dorfplatz hin zum Altenteil ihre Persönlichkeit bis zur Unkenntlichkeit gewandelt hatte. Das war die alte Mutter, Großmutter und Schwiegermutter, eine kindlich kichernde, etwas beschränkte, lebensschlaue und durch die lange Bindung an den Maestro gleichsam unverwundbar gehärtete Frau von abgefeimter Fähigkeit, über alle Widrigkeiten der Realität zu triumphieren, und das durch fast die ganze gewaltige Daseinsstrecke ihrer annähernd siebzig Jahre! Und diese zähe Lebenskraft sollte nicht wiederherzustellen sein?

Emma Bertini belehrte sie rasch eines besseren. Noch in solche Hoffnungen hinein, stand sie von ihrem Stuhl auf, legte die Hand ans Ohr und fragte mit hoher Stimme: »Hört ihr nicht? Hört ihr denn nicht?« Sie machte erst ein paar Schritte auf Horst Cunert und Mickey zu, dann auf ihren Sohn, der mit angewidertem Gesicht zurücktrat.

Darauf stellte sie sich in der Mitte der Küche auf und rief, mit der Hand am Ohr stark dem Fenster zugeneigt, leise und doch durchdringend: »*Fame – Hunger – fa–a – me!* Das KZ muß sehr nahe sein, nicht viel weiter als das Barmbeker Krankenhaus.«

Sie öffnete die Tür nach draußen, so daß kalte Nachtluft hereinströmte, und jubelte, die schweigende Versammlung in ihrem Rücken, in die Dunkelheit der Düsternstraße: »Hunger – fa-me... Alf, Sohn, sie rufen mich – *ich bin eine Antenne!*«

Lange blieb es hinter ihr still. Dann konstatierte Ludwig Bertini, trocken, kalt, den Gästen gegenüber wie entschuldigend: »Total meschugge!«

Im Lichte späterer Erkenntnisse waren es wahrscheinlich zwei um die Jahreswende rasch aufeinander folgende Ereignisse, die das Schicksal des alten Grams und Paul Werths schließlich gemeinsam besiegeln sollten.

Das erste bestand in dem Neuhofer Erlebnis mit den Zigeunern.

Eine Woche nach Ankunft des Trupps vom Hegestieg wurden ihm zwei sehr junge Männer zugesellt, Angehörige desselben Stammes, mit leidenschaftlichen Gebärden und von so unerschöpflicher Fröhlichkeit, als wären sie zu ihrem Vergnügen hier. Selbst ihr Streit trug diese Note, und sie stritten sich oft. Dabei ging es immer um die Schwester des einen, die der andere zur Frau haben wollte, ohne damit auf die Gegenliebe seines Stammesbruders zu stoßen. Der Trupp wurde morgens, jeweils vor der Einteilung zur Arbeit auf Neuhof, Zeuge, wie die beiden Zigeuner mit lustvollen Blicken auf die anderen so heftig miteinander rauften, daß die schwarzen blanken Locken bei dem gehörigen Stück Theater nur so wehten und der Zwist auch bei Alarm bis in den Betonsockel des großen Schornsteins fortgesetzt wurde.

Mit den beiden Zigeunern zog auf Neuhof ein fast unwirkliches Amüsement ein, nach dem der Trupp bald schon beinahe süchtig zu sein schien. Nur Paul Werth schaute stets schweigend und wie angeekelt zu, wandte sich brüsk von dem lärmenden Spektakel ab und rief dabei so laut, daß die Zigeuner es gehört hätten, wären sie nicht mit sich selber vollauf beschäftigt gewesen: »Pollacken genügen also nicht – unsereins wird nun auch noch mit *denen* zusammengesperrt!« Dabei sah Paul Werth den alten Grams, der sich wie immer in Romans Nähe aufhielt, herausfordernd an.

Eines Morgens nun erschienen die beiden Zigeuner nicht wieder auf Neuhof, was auch bedeuten konnte, daß sie einer anderen Arbeit zugeteilt worden waren. Aber bei dieser Beruhigung blieb es nicht, sondern ein neues, furchtbares Gerücht kam auf, das sich hielt und nicht verstummen wollte: daß nämlich die beiden von der Gestapo aus ihrem Wohnwagen heraus gepackt und am selben Tage noch, mit mehreren anderen Zigeunern, ihrer Fruchtbarkeit beraubt worden seien – ob durch Sterilisation oder Kastration, das wußte niemand. Dies wurde nur geflüstert, noch leiser aber gewispert, daß die Verstümmelung bald auch auf alle männlichen jüdischen Partner der Mischehen und auf deren Söhne ausgedehnt werden würde.

An einem jener letzten Tage des alten Jahres, die so dunkel blieben, als hätte sich die Sonne weiter von der Erde fortbewegt, heulten um die Mittagszeit die Sirenen. Wie stets, eilten Alf, Cesar und Roman Bertini zu dem mächtigen Schornsteinsockel, verschwanden wohl auch dann und wann ins Innere, aber da es dort so finster und stickig war, kamen sie meist rasch wieder hervor, stellten sich neben das dicke Rohr der Ölleitung, die im Boden verschwand, und starrten in den Himmel.

Der alte Grams, in Romans Nähe, lehnte gebeugt an der schrägen Wand, murmelnd, abwesend, die glühenden Augen ins Nichts gerichtet. Und so hörten beide, wie Paul Werth, nach dem ersten Entwarnungston aus dem gefährdeten Luftschutzbunker hervorkommend, wie in großer Erleichterung ausrief:

»Nach Zigeunern stinkt es dort drinnen nun wenigstens nicht mehr!«

Das zweite der besagten Ereignisse fand gleich zu Beginn des neuen Jahres statt, auf dem abendlichen Weg von der Kraftstation der *Hamburgischen Electricitätswerke* zur Neuhofer Hafenfähre.

Auf der Hälfte der Distanz begegnete dem Trupp ein Zug von etwa fünfzig Männern, oder genauer – von Skeletten in der gestreiften Tracht der Konzentrationslager, bewacht von jungen Bewaffneten, die hechelnd-schnappende Hunde einmal länger, einmal kürzer an der Leine führten. Aus den taumelnden Reihen stieg ein schwacher Gesang hoch, eine dumpfe, ungewisse Melodie, Körpern entweichend, die zum Singen eigentlich zu schwach waren, sich jedoch überhaupt nur durch den leisen Rhythmus der eigenen Stimme aufrecht halten konnten.

Und dann, als der Zug, unirdisch wie ein Spukbild, zu zwei Dritteln an ihm vorbeigewankt war, erblickte Roman Bertini den Häftling, mitten drin, von beiden Seiten durch zwei andere Vogelscheuchen erbärmlich gestützt, mit einem Kopf, der auf dem Halse schlotterte, als wäre das Genick gebrochen – den erblickte Roman Bertini unter all den anderen

wie gestochen scharf herausgehoben. Das Furchtbarste an dem fleisch-
losen Schädel aber waren die Augen – ringsum entzündet und dennoch
wie blutleer, völlig bloß und ohne jede Elastizität so weit herunterge-
klappt, daß es schien, als würden die Augäpfel jede Sekunde aus den
Höhlen rollen. Dazu scharfe, knappe Befehle der SS-Bewachung und
das Hecheln der beißlüsternen, auf Fersen abgerichteten Hunde.

Als Roman Bertini den Mund zu einem unkontrollierten Schrei öffnen
wollte, krallten sich die Finger des alten Grams in seine rechte Schulter,
so pressend und klauenhaft, daß Roman sich wand und schreckhaft
zusammenfuhr. Aber der alte Grams ließ nicht los, bis sie auf dem
Ponton angelangt waren, von wo der Fährdampfer den Trupp hinüber
zu den Landungsbrücken bringen sollte.

Und dort nun geschah es, während sie frierend und füßestampfend auf
der wasserbewegten Anlegestelle das HADAG-Schiff erwarteten – Alf
Bertini, wie immer wortlos bei seinen Söhnen, und der alte Grams
womöglich Roman noch näher als gewöhnlich schon –, dort also
geschah es, daß Paul Werth das summarische Geräusch des Hamburger
Hafens und den Wellenschlag am Neuhofer Ponton mit dem Satz
übertönte:

»Kann man uns denn nicht den Anblick dieses KZ-Packs ersparen?«

9

»Schema Israel, Adonai Elohenu ...«

Im Laufe des Januar 1945 verdichteten sich die Gerüchte über die Deportierung der Jüdinnen aus Mischehen bis zur Gewißheit. Immer hartnäckiger, immer genauer geisterten sie durch den Trupp auf Neuhof, hielten sich an der Erde, eng am Boden, und nannten stets denselben Namen – Theresienstadt. Ansonsten aber zeigten die Gerüchte jeden Tag ein neues Gesicht: die Jüdinnen sollten dorthin wirklich zum Arbeiten verbracht werden, nicht zur Vernichtung; Hamburg werde von der Reichsmaßnahme ausgenommen; und überhaupt werde Theresienstadt bald aufgelöst und alle Insassen würden unbeschadet zurückkehren.

Man hörte kein lautes Wort, halbe Sätze blieben in der Luft hängen, und niemand wußte, was Wahrheit war und was Unwahrheit.

Nur der alte Grams sprach nicht leiser als sonst.

»Sie werden auch meine Frau holen«, sagte er, und obwohl seine Augen leer vor sich hin starrten, glühten sie von innen her.

Wie dunkle Knoten hockten die Turbinen auf dem Grunde der riesigen Maschinenhalle. Bis auf zwei war die Energieanlage auf Neuhof wiederhergestellt, und es hieß, der Trupp werde, wie die Warschauer Aufständischen, zu anderen Arbeiten herangezogen werden, nämlich zur Beseitigung der immer noch erheblichen Schuttmengen auf dem weiten Gelände des Elektrizitätswerkes. Noch aber war keine Anweisung ergangen, und so wiederholte der alte Grams mit hoffnungsloser, zersprungener Stimme vor einer der mächtigen Turbinen: »Sie werden auch meine Frau holen – auch meine Frau.«

Die tote Stimme traf Roman Bertini wie mit Schlägen, beschwor sie doch eine Gefahr, die auch seine Mutter bedrohte. Er trat zwei Schritte zurück, lief um die Turbine herum und kauerte sich zu Boden. Sofort aber kam der alte Grams ihm nach, blieb neben ihm stehen, gebeugt und die murmelnde Beschwörung der Hinrichtungsstätte seiner Tochter immer wieder in Abständen unterbrechend mit dem stereotypen Satz: »Sie werden auch meine Frau holen – auch meine Frau.«

Um diese Zeit war Roman Bertini wie nie zuvor mit dem Verlauf der Fronten beschäftigt. Er verfolgte sie mit einer Art atemstockender Benommenheit – hatten sie sich doch inzwischen mit großer Geschwindigkeit auf die deutschen Grenzen zugeschoben und waren im Osten stellenweise sogar über sie hinaus vorgedrungen. Nirgends lagen mehr tausende von Kilometern zwischen den alliierten Heeren und dem eigenen Standort im Keller der Düsternstraße, wie so viele Jahre lang. Immer enger war der Ring von Osten, Süden und Westen geworden, immer näher lagen die Kampfgebiete und ihre Namen. Elsaß-Lothringen war erreicht worden, die Vogesen, die Burgundische Pforte; bei Aachen fanden schwere Materialschlachten statt, die Roman an Schilderungen des Grabenkrieges im Ersten Weltkrieg erinnerten; im Südosten war Budapest umzingelt, und Italien war bis auf die Höhe von Florenz erobert, von Küste zu Küste – fast wie einst im Stil des byzantinischen Feldherrn Narses, dessen Heer zwischen Tyrrhenischem Meer und der Adria alles, was gotisch war, vor sich hertrieb. Damals, vor 1 500 Jahren, allerdings von Norden nach Süden, und nicht wie jetzt in umgekehrter Richtung.

Die Ardennen-Offensive der deutschen Westarmeen vom 16. Dezember 1944 mit ihrem tiefen Einbruch nach Belgien hinein hatte Roman in keinerlei Unruhe gestürzt. Der Überraschungserfolg zwischen Hohem Venn und Eifel bis westlich über die Ourthe hinaus, die schrillen Siegesmeldungen der täglichen Wehrmachtsberichte, ließen ihn kalt – die Schocksekunde von V 1 wiederholte sich nicht.

Aber so aufmerksam Roman Bertini auch den Frontverlauf im Westen beobachtete, je sicherer es wurde, daß nicht nur West-, sondern auch Norddeutschland, und damit Hamburg, zuerst von britischen oder amerikanischen Truppen erreicht werden würden – um so angespannter, gebannter, ja tödlich erwartungsvoller hoffte er auf den Ausbruch der letzten großen Winteroffensive des Zweiten Weltkrieges im Osten! Alle Fibern waren dahin ausgerichtet, ja es schien, als würden die Bertinis sogar körperlich stets in diese Richtung geneigt leben, so sehr fühlten sie die Frage von Sein oder Nichtsein mit dem Kampf dort verbunden.

Das hatte seine Erklärung.

Drei Jahre lang, vom Sommer 1941, dem deutschen Überfall auf die Sowjetunion, bis zum Sommer 1944, der Invasion an den Küsten der Normandie, waren die großen Schlachten in Europa an der Ostfront geschlagen worden, war sie zum Schlüssel für Leben und Tod geworden und die *Rote Armee* zu einem Synonym für die *Befreiung* – hatten die Bertinis ihr Schicksal völlig verknüpft mit diesem gigantischsten Zusammenstoß in der Kriegsgeschichte der Menschheit, drei volle Jahre lang, sechsunddreißig entscheidende und folgenreiche Monate. Und dabei war es auch geblieben, als die anglo-amerikanischen Armeen Frankreich durchstoßen und überall die Westgrenze Deutschlands erreicht hatten.

Wann würde die sowjetische Winteroffensive losbrechen?

Erich Sniders klobiger Zeigefinger fuhr über die Landkarte, die Hand seines unversehrten Armes krümmte sich, formte den Weichselbogen nach und schob den Ballen bis an die Oder: »Das wird das Ziel der Winteroffensive sein.« Dann rückte der Klempner die Hand noch weiter nach Osten, bis heran an Berlin: »Und danach, im Frühling, kommt das Ende, stirbt das Raubtier dort, von wo es ausgezogen war, die Welt zu erobern – in seiner eigenen Höhle.«

Roman Bertini blickte auf die Karte. Die Atmosphäre war unerträglich gespannt, so daß er den Klempner nicht anzuschauen wagte. Der hob die Schultern, ließ sie sinken, stellte das Radio an – und beide erstarrten schon beim ersten Satz.

In dieser Nacht trug Roman Bertini mit zitternder Hand in sein Notizbuch mit dem Goldschnitt ein:

»12. Januar 1945. Beginn der sowjetischen Winteroffensive aus den Brückenköpfen Baranow und Pulawy, aus dem Weichsel-Bug-Dreieck nördlich von Warschau und aus den Narew-Brückenköpfen.«

Es wurde ein Monat mit klarem Himmel über Hamburg, das eine Art Daueralarm erlebte. Sehr oft konnte Roman, an die Sockelwand des gewaltigen Neuhofer Schornsteins geschmiegt, die Bombergeschwader hoch droben erkennen, winzig, aber gut sichtbar durch die langen weißen Kondensstreifen der Viermotorigen. Das war auch an jenem kalten Tag so, als der alte Grams sich noch sonderbarer als gewöhnlich benahm. Wie immer hielt er sich in der Nähe Romans auf; wie immer schien das scharfe, strenge Profil wie versteinert, murmelte er glühenden Auges vor sich hin. Aber heute hielt der alte Grams eine Hand fest gegen die linke Brust gedrückt, gerade, als müßte er gegen einen Schmerz ankämpfen, der dort saß, und sein Gesicht verzerrte sich dann und wann wie in Krämpfen, so daß Roman sich von dem Sockel löste und fragen wollte, ob er ihm helfen könne – jedoch kam er dazu nicht mehr. Denn einer der Männer des Trupps, die sich bei Alarm rings um den

Schornsteinsockel verteilt hatten, um jede Richtung im Auge zu behalten, schrie plötzlich, kreischend: »Bomben!« und noch einmal, panisch: »Bomben!« Und alle preschten dem Eingang zu, stürzten, übereinander fallend, die kurze Treppe hoch, stolperten in den dunklen Raum.

»Tür zu!« schrie jemand, gellend, entsetzt, in furchtverzerrtem Diskant. Aber die Tür ließ sich nicht schließen. Es waren zu viele Menschen in dem Sockelquadrat, sie standen verkeilt und hatten das stählerne Tor eingeklemmt zwischen ihren angstgekrümmten Körpern. Da bebte die Erde auch schon von Einschlägen, deren Wucht sich fürchterlich steigerte, wie die Schläge eines Riesenhammers, die immer näher und näher rückten.

Erst dann entdeckte Roman Bertini, an der Tür und mit dem Blick nach draußen, daß der alte Grams am Fuße der Treppe stand, aufrecht, erhobenen Hauptes, das gezeichnete Gesicht himmelwärts gerichtet, als erwarte er von dort Urteil und Vollstreckung, während ringsum die Explosionen dröhnten und der schwere Schornstein geschüttelt und gestoßen wurde, als müßte sein Gemäuer jede Sekunde auseinanderbrechen.

Da schrie Roman: »Laßt mich hinaus, ich will raus!« und er ging in die Knie, um zwischen den Beinen der anderen nach draußen zu gelangen, und schlug mit den Fäusten blind um sich, ohne zu gewahren, wen er traf – und hörte in die Gewalt der Detonationen hinein Alf Bertinis Stimme, das erste persönlich an ihn gerichtete Wort des Vaters seit langem, hörte es herausgestanzt aus dem Überlärm der ungeheueren Minute, in der sich dies alles abspielte: »Hierbleiben, Roman, hierbleiben!«

Aber er arbeitete weiter mit Armen und Beinen, der allgemeinen Richtung entgegen, und stemmte sich verzweifelt von der Tür ab und schrie: »Laßt mich raus!« und hatte plötzlich niemanden mehr vor sich. Außer dem alten Grams, der unten an der Treppe stand, steil, die eine Hand gegen die linke Brustseite gedrückt, gereckt wie ein wahnsinniger Urpriester, der nach seinem Opfertod dürstet.

In diesem Augenblick fiel die Bombe.

Sie traf die Ölleitung nahe dem Kai, in einer Entfernung von etwa siebzig Metern. Eine riesige Fontäne spritzte hoch, Brocken flogen durch die Luft, Metall, Holz, Steine, und eine gewaltige Flamme fegte an der Leitung zum Schornstein entlang. Roman sah, wie der alte Grams, in eine Feuerwolke gehüllt, von unten an der Treppe nach oben vor das stählerne, offene Tor geschleudert wurde, als wäre eine Sprungfeder in ihm ausgelöst worden – dann war es Roman Bertini, als trinke er Glut. Aber die höllische Hitze währte weniger als den Bruchteil einer Sekunde. Ein harter, trockener Schlag, Splittergeprassel gegen den Schornstein, dann Ruhe, entfernter Donner – der Luftdruck der zweiten Bombe hatte das Feuer gelöscht.

Es war wie ein Wunder – der alte Grams hatte keine Schramme. Roman zog ihn hoch und stieß ihn in den Raum hinein.

Schweigen bis zur Entwarnung, dann kam der Trupp hervor, geschwärzt und staubbedeckt, mit ungewissem Lächeln, als sei die Rettung nicht zu fassen, und keiner wagte, den alten Grams anzusehen.

Roman hatte ihn in der Mitte des Feuers gesehen, als würde ein schauerliches und trickreiches Schauspiel aufgeführt, mit den naturgetreuesten Effekten zur Verblüffung des Publikums, und er ging um den Schornstein herum und erbrach sich.

Der alte Grams folgte ihm wie gewöhnlich, und nichts in seinem Gebaren wies darauf hin, daß er sich seiner unglaublichen Rettung bewußt war, ja daß er überhaupt eine Erinnerung an die letzte Viertelstunde hatte. Er stand da, fast auf Tuchfühlung mit Roman, und murmelte vor sich hin. Dabei hielt er die rechte Hand mit dieser seltsamen Gebärde an die Herzseite gepreßt.

»Warum wollten Sie sterben?« fragte Roman Bertini, ratlos, gehemmt, innerlich so aufgebracht, daß er kaum sprechen konnte. »Was wäre dann aus Ihrer Frau geworden?«

Da erst schien der andere zu erwachen, sah ihn mit seinen glühenden Augen an, griff in die linke Innenseite seines Mantels und reichte Roman einen Brief. Dabei teilte er ihm tonlos mit, daß er das Schreiben heute morgen im Kasten gefunden und, obwohl nicht an ihn selbst adressiert, geöffnet habe.

Es war der Deportationsbefehl für seine Frau.

Lea Bertini erhielt den Verschickungsbefehl am 9. Februar 1945, einem Freitag, mit Poststempel vom Vortage. Absender war die Geheime Staatspolizei, Leitstelle Hamburg, Aktenzeichen Tgb. Nr. IV 46–3/45 g.
Unter der Überschrift *EINSATZBEFEHL* wurde Lea *Sara* Bertini, geb. Seelmann, aufgefordert, sich für eine besondere, vordringliche und auswärtige Arbeit unter Vorlage ihrer Kennkarte, ihres Arbeitsbuches und, falls vorhanden, des Fremdenpasses (nur gültig für Staatenlose) sowie sämtlicher Lebensmittelmarken, am Mittwoch, dem 14. Februar 1945, um 11.00 Uhr, in der früheren Talmud-Tora-

Schule, Grindelhof 30/38, einzufinden. Sie könne mitbringen: Koffer mit Ausrüstungsstücken, vollständige Bekleidung, Bettzeug mit Dekken, aber ohne Matratze. Einsprüche und Beschwerden gegen diesen Bescheid, ferner Gesuche um Rückstellung oder Befreiung, hätten keine aufschiebende Wirkung. Nichtbefolgung des *Einsatzbefehles* werde mit staatspolizeilichen Maßnahmen geahndet. Die vorübergehende Unterbringung etwa zum Haushalt gehörender minderjähriger Kinder (Mischlinge Ersten Grades) unter sechzehn Jahren habe bei Verwandten oder nicht zum Arbeitseinsatz gelangenden deutschjüdischen Mischehen zu erfolgen.

So nüchtern gab sich das Entsetzen, das die Bertinis seit Jahren erwartet hatten. Es kam auf gewöhnlichem Wege mit der Post. Lea war schon im Keller der Düsternstraße, als Alf und die älteren Söhne von Neuhof zurückkehrten. Sie saß in der Küche, das Schreiben in der Hand, und es schien, als schlafe sie mit offenen Augen.

Roman las den Befehl, wieder und wieder, auch er in einem Zustand der Trance, wie seine Mutter, und doch bei klarem Verstand. Nur brauchte er das Vielfache der üblichen Kraft, um seinen Körper zu bewegen.

Bei Lea Bertini setzte der Verfall erst ein, nachdem ihre Angehörigen von dem Deportationsbefehl Kenntnis genommen hatten. Sie hob die Arme, als wollte sie einen von ihnen berühren, aber sie erlahmte vorher. Sie sackte zusammen, nach vornüber, so daß die langen schwarzen Haare den Boden berührten.

Roman und Alf Bertini legten sie aufs Bett. Dort wurde Lea ohnmächtig, beide Hände gegen den Leib gepreßt, wo das Kind wuchs. Als sie wieder zu sich kam, hatte sie, wie an jenem Julitag nach der Ausbombung, ihre Sprach- und Bewegungsfähigkeit eingebüßt. Nur ihre Augenlider zuckten wie die Flügel eines erschöpften Schmetterlings.

Roman nahm das Schreiben der Gestapo abermals zur Hand.

»Einsprüche und Beschwerden gegen diesen Bescheid, ferner Gesuche um Rückstellung oder Befreiung, haben keine aufschiebende Wirkung.«

Aber darin stand auch, daß Kinder unter sechzehn Jahren bei Verwandten oder *nicht zum Arbeitseinsatz gelangenden deutsch-jüdischen Mischehen* zu verbringen seien. Es würden also nicht – oder noch nicht – *alle* Jüdinnen deportiert werden.

In der Nacht blieb Roman Bertini an Leas Bett. Sie rührte sich nicht. Ihr Atem ging so schwach, daß er mehrmals sein Ohr an ihre Lippen legte.

Morgens, als Alf, Cesar und Roman aufbrachen, war Ludwig Bertini gegen jede Gewohnheit ebenfalls aufgestanden und postierte sich mit entschlossener Miene unter den Augen von Vater und Brüdern neben dem Bett der Mutter.

An diesem Sonnabend trennte sich Roman auf dem Wege nach Neuhof von Alf und Cesar und suchte die ehemalige Talmud-Tora-Schule am Grindelhof auf.

Was er dort sah, verschlug ihm den Atem.

In einem langen Gang standen Männer und Frauen, zumeist ältere, deren Köpfe und Arme zu hängen schienen, als wären sie nur noch notdürftig mit dem Rumpf verbunden. Kein Zweifel, sie waren hier, um zurückgestellt zu werden, aus diesem und keinem andern Grunde waren sie gekommen.

Nach einer Weile ging eine Tür auf, an der ein provisorisches Papp-schild mit der Aufschrift *Dr. Ohrenstein* befestigt war, und ein hünenhafter Mann, betagt, in einen weißen Kittel gekleidet, tauchte im Rahmen auf. Neben ihm eine kleine Frau, die beim Weggehen immer kürzer, immer kleiner, immer verschrumpfter zu werden schien, wobei sie dem Arzt die ganze Zeit mit dem Ausdruck eines Delinquenten das Gesicht zukehrte.

Dieser Ausdruck wiederholte sich bei mehreren Frauen, wenn sie aus dem Zimmer des Arztes kamen, während andere die Zeichen einer fast überirdischen Erleichterung zeigten.

Roman Bertini wartete vier Stunden, dann war er an der Reihe.

Aber nun schien es, als müsse er den Arzt stützen. Dr. Ohrenstein stand vor ihm, mit müden Armen, mächtige Furchen im Antlitz, die Augen halb geschlossen.

»Gibt es Ausnahmen, gibt es Rückstellungen?« fragte Roman.

Der Arzt schwankte, hielt sich hinten an der Tischkante fest. »Ja, aber sie liegen nicht in meiner Entscheidung«, sagte er, leise, wie im Halbschlaf. »Ich kann nur Empfehlungen geben.«

»Meine Mutter«, sagte Roman Bertini, »sie kann sich nicht bewegen, sie kann auch nicht mehr sprechen – sie ist transportunfähig.«

Dr. Ohrenstein machte eine Bewegung, als hätte er eine Verwundung empfangen, einen Stich oder Hieb. Er öffnete die Augen und starrte Roman an.

In diese Abwehr hinein sagte Roman: »Sie müssen kommen.«

Da begann der Mann vor ihm zu zittern. »Kommen? Ich kann nicht kommen! Seit Tagen stecke ich in denselben Kleidern, es geht die Nächte hindurch. Alle wollen zurückgestellt werden, jeder hat seinen

587

Grund. Ich kann keine Besuche machen. Ihre Mutter muß her-
finden.«

Stille, in der ein Ächzen nachhallte.

»Doktor«, sagte Roman, trat einen Schritt näher, und seine Augen
ließen den großen, weißbekittelten, verzweifelten Juden nicht los.
»Meine Mutter kann nicht gehen und nicht sprechen. Wenn sie
Mittwoch ohne Rückstellung nicht erscheint, wird sie abgeholt. Sie
müssen kommen.«

Erst da sah Roman Bertini, daß der Arzt weinte, ohne einen Laut, mit
geschlossenen Augen und zuckenden Schultern weinte er. Es klopfte
an die Tür, aber Dr. Ohrenstein hörte es nicht.

Nach einer Weile sagte er, wie in maßloser Verwunderung: »Alle
kommen zu mir, alle erhoffen Rettung – von mir. Wer bin ich, daß sie
das tun? Ich kann nicht – ich kann nicht kommen.«

Der Arzt schlug die Hände vors Gesicht, und zwischen seinen Fingern
vor dem zerfurchten Gesicht quollen dicke Tränen hervor, runde,
große Tropfen, wie Roman sie noch nie gesehen hatte.

Sie standen voreinander und weinten beide, stumm, ohne
Schluchzen.

Da sagte Roman Bertini: »Doktor Ohrenstein, meine Mutter ist –
schwanger!«

Am Abend kam der Arzt zu den Bertinis in die Düsternstraße.

Er trat an Leas Bett, fühlte ihren Puls, horchte über ihrem Leib,
untersuchte sie allein im Schlafraum der Eltern eine gute halbe Stunde
lang.

Dann erschien er in der Tür zur Küche, mit dem Kopf fast an der
Betondecke, und schrieb. Dabei fielen ihm die Augen zu, immer
wieder, kaum daß er zu Ende schreiben konnte. Dann sagte
Dr. Ohrenstein, an Alf Bertini gewandt, mühsam: »Wissen Sie, daß
diese Schwangerschaft ein Wahnsinn ist? Ein unverzeihlicher, furchtbarer, völlig überflüssiger Wahnsinn?« Der Arzt packte seine Instrumente ein, sehr langsam, schwankte, als er aufstand, und sagte:
»Natürlich ist Ihre Frau transportunfähig. Aber die Entscheidung liegt
nicht bei mir, auch bei Schwangerschaft spreche nicht ich das letzte
Wort, sondern die Gestapo.«

Dann zu Roman: »Hole dir Bescheid am Dienstagmorgen.«

Roman begleitete Dr. Ohrenstein hinaus, auf die dunkle, kalte Straße,
führte ihn über den schmalen Pfad durch die Trümmer, sagte:
»Danke.«

Aber der Arzt schien ihn gar nicht zu hören. Er ließ Romans Hand

fahren, flüsterte »Hilfe!« und abermals, dringlich, wie im Selbstgespräch, »Hilfe!« Rief, für den zurückbleibenden Roman Bertini nur noch in den Konturen zu erkennen, in ratloser Verblüffung: »Alle erhoffen Rettung, alle – von mir!« und schluchzte plötzlich, schon unsichtbar, laut und klagend in die Finsternis:
»Schema Israel – adonai elohenu, adonai ehat ...«

Von nun an rollten die Geschehnisse unter höchstem Druck ab.
Sonntagnachmittag konnte Lea Bertini wieder Zunge und Glieder bewegen. Aber es war ein seltsamer Wandel ihrer Persönlichkeit vor sich gegangen. Umsichtig traf sie Vorbereitungen für den kommenden Mittwoch, suchte und fand einen Pappkarton, packte dahinein Wäsche und Kleider, und klärte währenddessen Mann und Söhne auf, was es mit den Lebensmittelmarken auf sich habe – wieviel sie zu erwarten hätten und wie sie die Zuteilungen strecken müßten, um auszukommen. Dabei sah Lea niemanden von ihnen an. Alles an ihr wirkte, als spräche sie durch einen Schleier. Nur an ihrer Bereitschaft, dem Deportationsbefehl Folge zu leisten, wenn sie nicht zurückgestellt werden würde, ließ sie keine Zweifel aufkommen. Offenbar gab es nach Leas Dafürhalten kein Entrinnen, und um nicht den Verstand zu verlieren, wappnete sie sich mit Schlichtheit und Nüchternheit, ja sogar mit einer gewissen Aufgeräumtheit – insgesamt ein Verhalten, dessen Zusammenbruch und Verwandlung in Panik und Verzweiflung Roman binnen kurzem erwartete.
Es war schrecklich, der Mutter zuzuschauen, wie sie packte, die Versorgung der anderen erläuterte und bei der Erwähnung Theresienstadts lächelte – sie habe in den vergangenen Monaten so oft davon gehört, ohne zu wissen, wo es liege. Nun werde sie es also bald genau erfahren.
Die Wirkung ihres Verhaltens auf Alf und die Söhne war unterschiedlich. Ihren Mann und Ludwig Bertini legte es in den Grundzügen ihres Charakters lahm, so daß sich ein ungewohnter und deshalb unheimlicher Frieden ausbreitete, nicht zuletzt dadurch, daß beide schwiegen und das Bedürfnis hatten, sich so wenig wie möglich zu regen.
Anders Cesar. Eine einzige Vierschrötigkeit, lag alles, was er dachte und fühlte, aufgedeckt in dem nackten, breiten Gesicht mit den hervorquellenden Augen, in denen sich jammervollstes Fragen und die Zeichen äußerster Hilflosigkeit sammelten – und zwar all dies an eine bestimmte Adresse gerichtet – die seines Bruders Roman.

Cesar Bertini folgte dem Jüngeren, wie von einer magnetischen Kraft bei ihm gehalten, von morgens bis abends. Er blieb ihm auf den Fersen sowohl körperlich als auch mit seinen lautlos herausgebrüllten Hilfeschreien, die aus Cesar hervorquollen, als hätten sie sich ein Leben lang in ihm gespeichert. So bedrängte er in seiner namenlosen Not den jüngeren Bruder, und er tat es unbewußt und darum um so auffälliger.

Roman Bertini aber dachte an nichts anderes, als den richtigen Augenblick abzupassen, um der Mutter die langvorbereitete Fluchtmöglichkeit zu eröffnen – ohne Alf Bertini, ihren Mann.

Dabei wandelte Roman seit dem Eintreffen des Deportationsbefehls selbst am Abgrund entlang. Als Lea bewegungsunfähig geworden war, hatte er alle seine Pläne am Ende gewähnt. In diesem Zustand konnte sie nicht flüchten. Nun, da Lea wieder sprechen und sich bewegen konnte, mußte er erkennen, daß sich ein noch weit höheres Hindernis vor der Ausführung seines Plans aufgebaut hatte – daß nämlich *Widerstand gegen die Staatsgewalt* für Lea Bertini etwas völlig Unausdenkbares war! Sie hatte ihr ganzes Leben in uneingeschränkter Fügsamkeit vor der Autorität zugebracht, und war nun offensichtlich bereit, auch den sicheren Tod in diese Fügsamkeit einzuschließen.

So wußte Roman Bertini, daß ihm das Schwerste noch bevorstand, zumal es am Sonntagnachmittag zu einer erneuten Bestätigung kam, daß Lea zur Deportation bereit war.

Als nämlich Helene Neiter, wie stets zu dieser Stunde, mit spitzer Nase, langem Kleid und hoher Stimme im Keller der Düsternstraße aufkreuzte, erzählte Lea der ehemaligen Nachbarin fast fröhlich von dem *Einsatzbefehl*, führte ihre Vorbereitungen dafür auf und erklärte Mann und Söhne zum erstenmal zu selbständigen Wesen.

Die Mitteilung von der Verschickung geriet zur großen Stunde der Helene Neiter. Kämpferisch in der Küche der Bertinis aufgepflanzt, flammend vor Hingabe, sichtlich aufgewühlt, bot die alte Frau wie schon mehrmals in den vergangenen zwölf Jahren ihre Zeugenschaft an für die Lauterkeit der Bertinis, für deren Rechtschaffenheit und einwandfreien Lebenswandel, sonderlich für den erprobten Charakter Lea Bertinis, ihrer Lieblingsnachbarin von einst – und dabei legte Helene Neiter ihr, seltene Auszeichnung, einen Arm um die Schulter. Aber Zeugenschaft auch für den Gatten und die Söhne! Und Helene Neiter fragte nach der Adresse der Geheimen Staatspolizei und kramte aus ihrer Handtasche Bleistift und Papier hervor für eine Anschrift, die sie nicht bekam.

So ließ sie sich beruhigen, was um so eher gelang, als Lea Bertini selbst offenbar ohne Furcht vor dem Abtransport am kommenden Mittwoch war und in ihren Reden gegenüber der Nachbarin von einst wie auch Alf und den Söhnen den Eindruck einer vorübergehenden, keineswegs dauernden Trennung hervorrief.

Plötzlich stutzte Helene Neiter, rief den Bertinis aufgeregt etwas zu, was sie nicht verstanden, außer, daß die alte Frau bald zurück sein würde. Und tatsächlich traf sie nach kaum dreißig Minuten vom Alten Teichweg wieder ein, wobei sie etwas in der rechten Hand hocherhoben hin und her schwenkte – Geldbündel! Dies, so verkündete sie schweratmend in der Küche des Kellers, seien ihre sämtlichen Ersparnisse, zweitausend Reichsmark, Moneten, die bekanntlich nicht mehr viel wert, jedoch besser als gar nichts seien – womit sie Lea Bertini quittungslos die Scheine überreichte.

Taub für die Zeichen hilfloser Abwehr und nichts mehr fürchtend, als den Dank der Beschenkten, stand Helene Neiter noch einen Augenblick wie das eigene Denkmal ihrer Würde da. Dann endlich klappte sie zusammen, schrie in Leas Schoß: »Was wird mit dem Kind? Was wird nur mit dem Kind?« und verließ fast fluchtartig den Keller mit dem wimmernden Ausruf: so wahr es einen Gott gebe, diese Trennung würde nur vorübergehend sein! Dann war sie auf und davon.

Lea Bertini aber, für einen winzigen Augenblick aus der Selbstentrückkung in die Wirklichkeit zurückgekehrt, stellte leise und verwundert fest, daß dies in den über zwanzig Jahren ihrer Bekanntschaft mit Helene Neiter die erste Zusammenkunft ohne Nachbarklatsch gewesen sei.

Roman Bertini spürte am Montagmorgen auf den St. Pauli-Landungsbrücken sofort, daß mit dem alten Grams eine Veränderung vor sich gegangen war. Zwar kam er gleich auf Roman zu, als er ihn mit Alf und Cesar eintreffen sah, aber es geschah langsamer als sonst, gelassener und irgendwie erhaben. Diese Erhabenheit mußten auch die anderen vom Trupp gespürt haben, denn sie bildeten beinahe so etwas wie einen Kreis um ihn, den keiner zu durchbrechen wagte.

Auf dem Fährschiff löste sich der alte Grams von Roman und lehnte sich am Bug gegen die Reeling. Erst da erkannte Roman, was so verändert war an ihm, er sah es gegen den dämmernden Morgenhimmel, vor dem sich das aristokratische Profil scharf abzeichnete – der alte Grams murmelte nicht vor sich hin wie stets, seit Roman ihn zum erstenmal auf dem Platz am Hegstieg erblickt hatte, sein Mund, seine Lippen waren geschlossen.

Und so blieb es den ganzen Tag auf Neuhof.

Als der Trupp sich abends zurück auf den Weg zur Anlegestelle machte – Alf Bertini wie immer nahe, aber wortlos bei seinen Söhnen –, begegnete ihnen der Zug der Konzentrationäre abermals, in rhythmischem Schwanken, begleitet von Bewaffneten und ihren hechelnden, zerrenden Hunden. Es war Roman, als bewege sich nichts im ganzen Umkreis, nur dieser taumelnde Haufen von gestreiften Häftlingen, die sich eingehakt hatten und aus deren Reihen wieder der leise, hauchende Gesang aufstieg. Mit knickenden Beinen, gleichsam auf einer gewölbten Bahn hervorgehoben, kamen sie heran, und je näher sie rückten, desto erloschener wirkten ihre Gesichter.

Roman Bertini suchte, aber er fand das lebende Skelett mit den furchtbaren Augen nicht. Er forschte, während der Zug der KZ-Häftlinge vorüberwehte, reihauf und reihab, aber er fand es nicht.

Wie ein Organismus, über den plötzliche Kälte hereinbricht, wie ein Tier, das eine feindliche Handlung erwartet, so zog sich der Trupp bei diesem Anblick enger zusammen. Nur Paul Werth brach aus ihm heraus, wich weit seitwärts aus, im Gesicht einen unbeschreiblichen Ausdruck der Abscheu und der Abwehr, und vergrößerte den Zwischenraum zusehends.

Nahe an Roman vorbei stampfte die schwerbewaffnete Begleitung, die Hunde an der Leine, und er roch den Geruch der Uniformen. Jetzt lag der Gesang über der ganzen Gegend, ein schwebendes, unirdisches Summen – so entfernte sich der Zug von dem zusammengeschreckten Trupp, der der Anlegestelle zustrebte.

Nur der alte Grams blieb stehen und starrte den erbarmungswürdigen Gestalten nach, unbeweglich, wie versteinert. So stand er da, der alte Grams, ehe er sich umwandte, zu Roman, der bei ihm geblieben war, und sagte: »Meine Frau ist tot. Sie hat Selbstmord gemacht.«

Dann folgte er den anderen.

Auf der Anlegestelle warteten viele Hafenarbeiter. Es war ein großer Ponton, mit einem hölzernen Verdeck zum Schutz gegen das Wetter, aber es fehlte die Hinterwand – zwischen Pontonkante und Ufer zog sich ein schmaler Streifen Wassers.

Das Verschwinden des alten Grams wurde erst bemerkt, als die Fähre nahte, um die Wartenden zu den Landungsbrücken zu bringen. Es wurde gerufen, gesucht, geschrien. Der Trupp, aber auch andere, die den Verschwundenen nicht gekannt hatten, ließen den HADAG-Dampfer unbestiegen abfahren.

Niemand hatte gesehen, wie der alte Grams hier hinten an der

Pontonkante in das eisige Wasser geglitten war, denn nirgendwo anders konnte er untergegangen sein.

Schließlich kam eine Bergungsmannschaft herbei, bewährte, kundige Männer. Sie kannten die Strömungen, folgten ihnen, tauchten lange Stangen hinab, fanden dann aber nicht eine, sondern zwei Leichen.

Daß der alte Grams noch jemanden mit in den Tod gerissen hatte, war auf dem Ponton ebenfalls unbemerkt geblieben, so blitzschnell mußte der Angriff erfolgt sein. Jedenfalls hielt er noch im Tode Paul Werth so fest umklammert, daß es schwer war, die Ertrunkenen voneinander zu lösen.

Wie Roman Bertini zu einer Menora kam

Nichts im bisherigen Leben der Bertinis ließ sich vergleichen mit dem 13. Februar 1945, dem Tag vor der Deportation Hamburger Jüdinnen aus Mischehen nach Theresienstadt.

Vor Morgengrauen hörten die Bertinis Leas Schrei, hörten, wie sie ein Streichholz anstrich, dann zischte leuchtend eine Stichflamme auf – die ganze Schachtel hatte sich entzündet. Alf schlug mit der Jacke auf das Feuer ein und erstickte es qualmend. Lea lag vor dem Bett.

»Ich dachte, ich hätte die Zeit verschlafen«, flüsterte sie, wobei sie versuchte, das Räuspern in ihrer Brust zu unterdrücken. Aber es gelang ihr nicht. Lea bäumte sich unter der Anstrengung auf, riß die Arme hoch und schloß die Augen – dann kam der Husten über sie.

»Wasser!« rief Roman, bemüht, seine Mutter zu halten, die wie ein Perpendikel hin und her pendelte, mit blauer Zunge in dem weit geöffneten Mund.

Währenddessen ging Alf Bertini betend in der Küche auf und ab, völlig entrückt, als gälte sein Flehen einem fernen Ereignis. Plötzlich aber stockte er, öffnete die Augen, sah sich um und sagte schneidend: »Warum bete ich eigentlich? Warum betet *ihr* nicht? Warum soll ich zu Gott sprechen für euch, die ihr nicht beten wollt?« und es waren die ersten Worte, die er seit langem an sie richtete. Abrupt ließ Alf die gefalteten Hände sinken und verschwand mit seinem Waschzeug im Toilettenraum.

Ludwig Bertini hatte sich überhaupt nicht erhoben. Er lag da mit geöffneten Augen, als ginge ihn das alles gar nichts an – seine Anteilnahme von gestern war eine Laune gewesen.

Dies geschah vierundzwanzig Stunden vor der mutmaßlichen Trennung von der Ehefrau und Mutter Lea Bertini.

Der Husten war so schwer, daß sie zur Seite brach und in Erstickungsangst Roman, der sie halten wollte, von sich stieß, daß er gegen die

Bettkante taumelte. Aber er war gleich wieder bei ihr und flößte Lea Wasser ein, das sie in kleinen, krampfhaften Schlucken trank. Worauf sie zu krächzen begann, ein Geräusch, das in ein leises, singendes Stöhnen der Erleichterung überging.

Cesar Bertini lehnte gegen den Türpfosten und sah seinen Bruder grau und grundverzweifelt an. Es war sechs Uhr.

Alf kam aus dem Waschraum hervor, lärmend, düster, geladen. Lea schluckte, richtete sich halb auf, flüsterte: »Es geht schon besser. Ich muß auf, ich kann nicht fehlen in Bahrenfeld, sonst holen sie mich schon heute.«

Roman blieb auf der Erde hocken, als seine Mutter sich erhob. Ja, sie mußte auf, sie mußte in die Rattengiftfabrik, sonst würde sie heute schon geholt werden.

An diesem Morgen trennte sich Roman Bertini auf dem Wege nach Neuhof von Alf und Cesar und suchte wieder die Talmud-Tora-Schule am Grindelhof auf. Dort herrschte völlige Stille, trotz der vielen jüdischen Frauen, die sich versammelt hatten in der Absicht, der Deportation zu entkommen, und die Atmosphäre aus Lähmung und Hoffnung drohte Roman Bertini blind und taub zu machen.

Als er endlich zu Doktor Ohrenstein vorgelassen wurde, sah er in die Maske eines lebenden Toten.

»Eine andere Schwangere ist zurückgestellt worden, jedenfalls bis zum zweiten Transport in vier Wochen – aber deine Mutter nicht.«

Der Hüne machte eine kleine, wippende Bewegung, als wollte er nach vorn überkippen. Aber Roman Bertini war schon hinaus, ehe der Arzt sie beendet hatte.

Vom Grindelhof machte er sich auf zum Eichkamp am Mundsburger Damm.

Als Erich Snider ihn erblickte, sagte er: »Aha!« schob Roman auf dem Flur vor sich her, zeigte dann aber auf die Zimmertür. »Geh noch mal zu ihr hinein, es geht ihr nicht gut.«

Drinnen lag Esther Snider in ihrer Arbeitskluft auf dem Bett, das Haar zerwühlt, das Gesicht verweint – ein völlig anderer Anblick als der gewohnte.

»Fred«, sagte sie, und ihre Stimme schwankte, »er ist verwundet worden, offenbar schwer, bei Kolberg. Ich weiß nur soviel, daß ihm die rechte Schulter weggeschossen worden ist, und daß drei Finger fehlen...«, sie weinte.

Roman verließ den Raum.

In der Küche fragte der Klempner: »Es ist also entschieden?«

Roman nickte. »Trotz Schwangerschaft. Aber wie meine Mutter auf Flucht reagieren wird, ist ungewiß. Wenn ich in den kommenden fünf Tagen nicht hier gewesen bin, laß unsere Abmachung in Kraft treten.«

Erich Snider stand auf. »Das Wichtigste – verrate mir zu guter Letzt nicht noch aus Versehen, *wo* ihr euch verstecken werdet!« Er sah Roman eindringlich an, ging dann zur Speisekammertür, holte etwas Verhülltes hervor, streckte es ihm hin und schlug das Tuch zurück – eine *Menora*, ein siebenarmiger jüdischer Leuchter, in dem noch die bis auf den Stumpf heruntergebrannten Kerzen steckten!

Roman Bertini preßte die Hände gegen das Gesicht, dann griff er nach dem Leuchter, betastete ihn, streichelte den Arm in der Mitte, den Davidstern, und drückte das schwere Kultgerät an die Brust. Dann wandte er sich spontan an den Klempner.

Erich Snider hob den unversehrten Arm. »Stell keine dummen Fragen, woher ich den Leuchter habe«, sagte er. »Nimm ihn mit, er soll euch Glück bringen.«

Keiner der Bertinis war überrascht, daß Lea nicht von der Deportation zurückgestellt worden war, am wenigsten sie selbst – offenbar hatte sie nie mit Aufschub gerechnet.

Um so bestürzter war Mickey, der nach Einbruch der Dunkelheit in der Düsternstraße erschien. Roman fing ihn vor dem Keller ab und berichtete in dürren Worten von dem Verschickungsbefehl für seine Mutter.

Mickey war schon bei den ersten Worten stehengeblieben. Er konnte kaum abwarten, daß Roman endete. »Warum habt ihr nie daran gedacht, unterzutauchen? Dies sind die letzten Wochen des Dritten Reiches. Die Amerikaner sind zwischen Krefeld und Neuss an den Rhein gestoßen und stehen drei Kilometer vor Köln – ich habe es gerade eben gehört. Die Rote Armee hat die Oderlinie erreicht und bereitet sich zum Sturm auf Berlin vor!« Pause. Dann, noch eindringlicher: »Packt, kommt mit mir, sofort! Mein Chef in Hoheluft nimmt euch alle auf, ich habe ihm davon gesprochen. Er versteckt euch, wie er mich verstecken würde, wenn es nötig wird. Ihr hättet genug zu essen. Los, sag drinnen Bescheid. Je eher ihr verschwindet, desto besser. Die Gestapo könnte doch auf den Gedanken kommen, nach deiner Mutter auch noch euch anderen zu holen, dich, deine Brüder und deinen Vater – dann gäbe es für später keine Bertinis als Zeugen mehr. Also!«

Mickey beugte sich in der Finsternis vor, kam nahe an Romans Gesicht, legte ihm beschwörend beide Hände auf die Schultern.

Sie standen dort, wo die Düsternstraße in die Lindenallee mündete.

Hier in der Nähe hatten sie sich vor fünfzehn Jahren zum erstenmal gegenübergestanden, mit erhobenen Holzwaffen, ehe sie grinsend und seltsam berührt voneinander gelassen hatten.

Roman schwieg.

»Ich kenne die Gründe nicht, warum dieser Fuhrunternehmer es täte«, Mickeys Stimme war kaum zu hören, so vorsichtig sprach er. »Sicher ist er ein guter Kerl, aber er täte es gewiß auch, weil er sich davon etwas für später verspricht. Jedenfalls könnten euch seine Motive gleichgültig sein – ihr wäret gerettet.«

Kälte und Dunkelheit hüllten die beiden ein.

Dann sagte Roman Bertini: »Laß dies das letzte Mal gewesen sein, daß du hier warst, bis – bis danach«, er schritt den Pfad zurück, die Düsternstraße hoch, »es könnte sonst für dich lebensgefährlich werden.«

Er sah, wie Mickey stehenblieb, begriff, von einer Sekunde auf die andere, wie er staunend den Mund öffnete. Roman umarmte ihn: »Dank für dein Angebot«, dann lief er das letzte Stück bis zum Keller und verschwand darin.

Die verschickungsbereite Mutter, die neue, die andere Lea Bertini, die scheinbar zuversichtlich bereit war, sich von Mann und Kindern trennen zu lassen – das war die höllischste Ausgeburt dieses höllischen Tages.

Es war, als stünde sie unter chemischer Einwirkung, als hätte sie eine selbstentfremdende Droge eingenommen oder sich einem hypnotischen Einfluß unterworfen. An Leas ganzem Verhalten war zu erkennen, daß sie die Wirklichkeit nur ertrug, indem die Natur in gnädiger Notwehr eine Art Trancezustand andauern ließ.

Denn natürlich gab es nicht *zwei* Lea Bertini. Es gab nur die *eine*, die ihrem Mann auf dessen langen und ungewissen Ausflügen mit den Söhnen in den Stadtpark einen endlosen Aufsichtskatalog auf den Weg gegeben hatte; die Lea Bertini des allwöchentlichen *Schnobtages* oder auch *Muttertages* aus der Kindheit ihrer Söhne, die selbe Mutter, an die sich deren inbrünstiges Dankritual gerichtet hatte:

»Auf dem Berge Kiowatschi
scheenes Kraut issich gewachsi...«

Es war die Lea Bertini, die ihren Kindern erst spät erlaubt hatte, allein den Fahrdamm zu passieren, und die sie jahrelang zur Schule hatte bringen und von dort abholen lassen. Es war dieselbe Lea Bertini, in der sich alles, was an ihr jüdisch war, jedes Haar, jeder Blutstropfen, jede Faser ihres Leibes, seit jeher gesammelt, konzentriert, geballt hatte in der allgegenwärtigen, schlaflosen, muttertierhaften, mythischen Sorge um ihre Brut.

So hatte sie, um nicht den Verstand zu verlieren, in sich das andere, das neue Ego aufgebaut, und beide widerstreitenden Elemente in der einen Person seiner Mutter mußten sie reif für die Eröffnung ihres Sohnes machen.

Wie in einer Brennkammer das zündbare Gemisch erst durch höchsten Druck seine volle Explosionskraft entfaltet, so erhoffte Roman Bertini von der sich im Verlaufe des Abends unvermeidlich immer heftiger steigernden Notwendigkeit dieses inneren Zusammenpralls eine Entladung, deren Folge nichts als die Ernüchterung in einer gnadenlosen Wirklichkeit sein konnte.

Und der Zusammenbruch kam – zwei Stunden vor Mitternacht.

Diesmal verlor Lea Bertini weder die Fähigkeit zu sprechen noch die Glieder zu rühren. Vielmehr befiel ein unaufhaltsames Zittern ihren ganzen Körper, schüttelte ihn, als hätte sie einen Veitstanz, wobei sie auf jeden ihrer Angehörigen einzeln zuzugehen und ihn zu betasten versuchte. Da sie aber wie mit schweren Gewichten am Boden zu haften schien, gelangte sie zu keinem von ihnen. Darauf klapperten ihre Zähne aufeinander, während ihr Gesicht die Farbe von Kreide annahm. Und schließlich füllte sich die Küche mit einem grauenhaften Schluchzen, aus dem, Sprechgarben gleich, jenes Wort hervorschoß, das auch Doktor Ohrenstein ausgerufen hatte – nämlich »Hilfe!« und wieder »Hilfe!« und stets von neuem »Hilfe!«

Vor diesem tief aus dem Inneren steigenden Schluchzen wichen Alf, Cesar und Ludwig Bertini hilflos zurück – der Vater in seinen, der älteste und der jüngste Sohn in ihren Schlafraum, so daß nur Roman mit der Mutter in der Küche blieb.

Als Lea, wie eine Stoffpuppe über die Sitzfläche eines Stuhls geworfen, aufsah, als sie in seine Augen blickte, verstummte sie, sog sich an Roman fest, streckte die Hand nach ihm aus. Er ging auf sie zu und führte sie aus dem Keller. Draußen lenkte er Lea nach rechts vor den großen Schuttberg zur Fuhlsbüttler Straße. Es herrschte Kälte, aber keiner von ihnen achtete darauf.

Dann weihte der Sohn die Mutter ein – Ort, Name der Wirtin, Lage und Beschaffenheit des Verstecks, Umgebung und Nachbarschaft, Möglichkeiten der Nahrungsbeschaffung, Risiken, Überlebenschancen.

Danach wartete er, die Hand in der rechten Hosentasche um die entsicherte Waffe gespannt. Wenn Lea ablehnen, wenn sie nein sagen würde, wenn sie sich morgen deportieren ließe, dann würde er hinter sie treten, einen Schritt nur von seiner jetzigen Position, würde die Pistole ziehen, den Lauf in der Halsmulde dort von unten schräg nach oben ansetzen, wo der Wirbel in den Schädel stößt – und seine Mutter erschießen.

Mit Lea Bertini war während der Eröffnung eine ungeheure Wandlung vor sich gegangen, ohne daß sie vielleicht schon jede der knapp mitgeteilten Einzelheiten begriffen hätte. Wohl aber hatte sie verstanden, daß es für die Trennung eine Alternative gäbe, und so blühte ihr schmales, blasses Gesicht mit der etwas zu großen Nase förmlich auf in der Dunkelheit, fielen Entrückung, Trance, das Traumhafte, die Blockierung der Realität schlagartig ab von ihr, und eine glühende Hoffnung huschte über Leas Züge hin.

Doch diese Hoffnung welkte sogleich, und Roman Bertini wußte warum. Bedeutete die Flucht doch nicht nur, beieinander zu bleiben, sondern auch Gesetzesbruch, Auflehnung gegen die Obrigkeit, Widerstand gegen die Staatsgewalt, was hieß, gegen die *Gestapo*, das Unausdenkbarste für Lea Bertini, gesetzesfürchtig selbst noch ihren Henkern gegenüber.

Der Widerstreit bewegte wie eine Sturmflut Leas helles, gequältes Antlitz in der Kälte der Düsternstraße, ein rasender Wechsel von Empfindungen, der sie einem abermaligen Zusammenbruch nahebrachte. Sie taumelte und lehnte sich gegen ihren Sohn. Der umfaßte sie mit dem linken Arm, während seine Rechte die entsicherte Waffe umspannte – die nächsten Sekunden würden über Leben und Tod Lea Bertinis bestimmen.

Sie streifte ihren Zweiten mit einem Blick, in dem sich Vertrauen und Grauen mischten, dann entschied sie sich – mit einem Nicken, mehr nicht. Sie war fluchtbereit.

Da sagte Roman: »Papa kommt nicht mit uns, Papa muß hierbleiben. Alles andere wäre unser sicherer Tod.«

Lea, die schon auf dem Wege zurück zum Keller war, blieb stehen, wie von einer unsichtbaren Kraft gestoppt, fröstelnd in den Trümmern, und wandte sich um. Sie wandte sich um und sagte gar nichts. Nur der helle Fleck ihres Gesichtes leuchtete zu ihm herüber und war geprägt von einer unerschütterlichen Entschlossenheit.

Da wußte Roman Bertini, daß sein Plan gegen den Vater und für die anderen zunichte geworden war, sein ganzer, langer Plan; daß Lea sich gegen Gesetz und Befehl zur Illegalität überwunden hatte, aber nicht ohne Alf Bertini, ihren Mann, der selbst nicht von ihr gelassen hatte, was immer er ihr antat und noch antun würde. Niemals würde Lea Bertini ihn verlassen, das war *ihr* Gesetz, von dieser frostigen Straße hoch bis in die Unendlichkeit des Universums, und Roman kannte seine Mutter und wußte, daß er verloren hatte – und daß sie nun wahrscheinlich alle verloren wären.

»Papa wird uns verraten«, sagte er dumpf, gebrochen, hoffnungsleer. »Seine Unbeherrschtheit, seine Wut, seine Feindschaft werden uns verraten.«

Dann sicherte er die Waffe und betrat mit seiner Mutter den Keller.

Drinnen fiel die Eröffnung noch magerer aus, dennoch erfuhren Vater und Brüder alles Wissenswerte.

Alf, Cesar und Ludwig reagierten zunächst überhaupt nicht, sondern waren wie vom Donner gerührt. Die erste Regung kam von dem Ältesten, dessen Augen hinter den Brillengläsern immer stärker hervorgequollen waren. Cesar stürzte auf den Bruder zu, fiel vor ihm auf die Knie und küßte ihm die Hand – erschreckt trat Roman zurück.

»Bist du wahnsinnig geworden?« fragte der Jüngste, und dabei sah man Ludwig an, wie es in ihm arbeitete. Seltsam zwiespältig war der Ausdruck, mit dem er den Bruder musterte – Überraschung, ja Verblüffung zeichneten sich darauf ab, mehr Widerspruch als Zustimmung, das gewohnte, vorrangige Nein zu allem, was von der Familie kam. »Wie lange wollen wir das durchhalten in dem Luxusschloß von Alsterdorf?«

Alf Bertini trat jäh einen Schritt auf Roman zu. In seinen Augen flackerte ein Licht des Irrsinns.

»Kannst du uns sagen, wie wir die Wochen, die Monate bis zum Kriegsende durchstehen sollen, ohne daß wir *alle* beten, jeden Tag, jede Stunde beten?« Die Falten in Alf Bertinis Gesicht, das gröber geworden war in der letzten Zeit, vertieften sich bis zur Brutalität.

Roman warf Lea einen Blick zu, schloß dann die Augen, antwortete nicht.

Einen Moment sah es so aus, als wollte Alf Bertini sich auf ihn stürzen, aber dann lachte er auf – ein Lachen, das Roman von Kindheit an unangenehm in den Ohren klang –, steckte die Hände in die Hosentaschen und ging nach nebenan, als gehöre er nicht dazu.

Roman aber wechselte wieder einen Blick mit seiner Mutter – Alf würde mitkommen, er war besiegt, jedenfalls vorläufig.

Ludwig Bertini suchte noch eine Weile nach einem Spalt, einer Ritze, einer Kerbe, in die er nachschlagen könnte, stumm gegen die Küchenwand gelehnt und den Bruder wie abwesend musternd. Dann sagte er: »Du bist für alles, was von jetzt ab passiert, verantwortlich.« Das war das Eingeständnis seiner Unterordnung, wenngleich ihre Dauer unbestimmt war.

Aus dem tödlichen Ernst der Stunde geboren, war unter ihnen plötzlich eine völlig neue Autorität aufgestanden – die Roman Bertinis. Von ihrer Anerkennung würde alles weitere abhängen.

Sie fügten sich schweigend. Auf seine Anweisung hin wurden alle Lebensmittel mitgenommen, ebenso Bettzeug, Wolldecken, Wäsche und Kleidung, jedoch keine Matratzen.

Dann verließen die Bertinis den Keller, bis auf Roman. Er sah sich noch einmal um, seinen Packen mit dem rechten Arm gegen den Körper gedrückt, unter dem linken die *Manuskripte* und das Buch *Schau heimwärts, Engel*, während er in der Hand, von einem Tuch verdeckt, den siebenarmigen Leuchter hielt. Mit der Schulter drückte er den Lichtschalter aus.

Es war eine Stunde vor Mitternacht.

Die Bertinis machten sich in zwei Gruppen auf den Weg zum Barmbeker Bahnhof – voran Lea, Cesar und Roman, dahinter, in Sichtweite, Alf und Ludwig. In dieser Ordnung bestiegen sie, die eine Gruppe vorn, die andere am Ende, den Zug nach Ohlsdorf.

Dort verließen sie, immer den Abstand haltend, den Bahnhof aus dem Ausgang zum Freibad, wandten sich dann nach links und hatten in Kürze die Alsterdorfer Straße erreicht.

Es war stockfinster.

Niemand begegnete ihnen auf der etwa einen Kilometer langen Strecke bis zum ausgebrannten Karree. Die fünf Bertinis knieten an der Vorderseite des Blocks im Schutze der Mauer nieder und blieben dort hocken. Es war so kalt, daß ihre Körper schlotterten.

Eingangstür und Fenster der Reichsbahnerin lagen völlig im Dunkeln, aber bei den Nachbarn rechts und links schimmerten winzige Lichtstreifen durch das Verdunkelungspapier.

Gegen Mitternacht huschte Roman Bertini über den freien Platz, wobei er die Menora verlor. Er fegte herum, griff den Leuchter noch im Fall und sank vor der Kellertür zu Boden. Ohne daß er geklopft oder sonst ein Zeichen gegeben hatte, öffnete Erika Schwarz fast augenblicklich bei lichtlosem Hintergrund. Roman ließ seinen Packen auf der Erde, drückte der Reichsbahnerin die *Manuskripte*, das Buch und den Leuchter in die Hände und lief gebeugt zurück.

In der nächsten Minute waren alle Bertinis in ihrer illegalen Unterkunft.

Erika Schwarz kam mit einer großen Kerze aus der Küche und ging voran. Sie kroch durch den Vorraum, blieb am Loch in der Wand stehen und übergab Roman das Licht.

Er stieg hindurch, trat in die Mitte des Raumes, legte seinen Packen ab und hielt die Kerze hoch.

Dann kam Lea.

Als sie das eiskalte, grünlich-glitschige Verlies zum erstenmal erblickte, das Wasser unter den Brettern, die nackten Wände, die niedrige Decke, machte Lea eine instinktive Bewegung nach rückwärts, zum Loch, durch das sie gebückt geklettert war. Dabei sah sie ihren Sohn in der Mitte der Gruft mit einem Blick an, von dem Roman wußte, daß er ihn nie vergessen würde. Hatte er sich selbst doch oft genug ausgemalt, was sie dachte: daß es kein Mensch hier unten länger als ein paar Stunden, vielleicht ein paar Tage aushalten könnte – der Rest wäre Hysterie, Wahnsinn, Tod.

Vater und Brüder folgten, und jeder von ihnen zeigte die gleiche Reaktion wie Lea – ungläubiges Entsetzen, Fluchtgesten, starres, gefrorenes Grauen. Cesar brach neben Roman zusammen und faßte nach seiner Hand. Alf Bertini ließ sich zur Linken seiner Frau nieder und vergrub das Gesicht in den Händen. Ludwigs Adamsapfel zuckte wie besessen auf und ab – für den Jüngsten, den nächtlichen Klaustrophoben, der seit über acht Jahren in der Dunkelheit brüllend hochfuhr, mußte das Versteck die Ausgeburt einer Höllenphantasie sein, von der er bis zu dieser Minute keine Vorstellung gehabt haben konnte.

Dennoch legte jeder seinen Packen dort nieder, wo Roman hinzeigte. Es herrschte völlige Stille, kaum, daß ein Atemzug zu hören war.

Die Reichsbahnerin benahm sich, als hätte sie ein Leben damit zugebracht, Illegale zu beherbergen. Sie brachte ein eisernes Gestell, ein Becken auf Stelzen, mit glühenden Kohlen, die durch Löcher im Metall angefacht werden konnten, stellte die Wärmequelle in die Mitte des Raumes, brachte gleich darauf mehrere Kerzen, die sie auf Mauervorsprünge setzte, und übergab Roman Bertini eine Art Etui, etwas Ledernes, Aufklappbares – ein Schachspiel.

Dann hielt sie fragend die Hand hoch, sah ihn an und verließ den Raum, als Roman den Kopf schüttelte.

Jeder der Bertinis breitete sein Bettzeug aus, Lea aus alter Gewohnheit, selbst in dieser Situation, mit der Andeutung ihrer eingefleischten *Das-könnt-ihr-nicht*-Haltung, besonders in Ludwigs Richtung. Dann legten sie sich hin, in einer Liegeordnung, die bleiben sollte – die Eltern und Ludwig an der Wand gegenüber dem Loch, Cesar und Roman, eng nebeneinander, an der Wand neben dem Loch.

Es war unglaublich, aber fünf Minuten später schliefen sie ein, schliefen in ihren Kleidern ein, schliefen, als hätten sie eine Überdosis Tabletten eingenommen – außer Roman. Er blies die Kerzen aus, blieb auf seinem Platz stehen, starrte in die glimmende Glut des Beckens. In ihrem schwachen Schein erblickte er am Kopfende seines Lagers, neben den *Manuskripten* und dem Buch von Thomas Wolfe, die Menora, griff in die rechte Hosentasche, legte die Waffe vor den Leuchter und dachte: niemand weiß, wo wir sind, weder Recha und Rudolph Lehmberg noch Alfs Mutter. Er hatte niemanden einweihen dürfen.

Und da erst, in diesem Moment, nach vollbrachter Tat, stürzte Roman Bertini vornüber, wie von dem Schlag einer schweren Eisenstange gegen den Leib getroffen. Die Hände gegen Magen und Herz gedrückt, brach er in die Knie, schaukelte hin und her und fiel dann seitlich auf die Bretter neben sein Lager. Als er sich erheben wollte, spürte er, daß er sich wegen seiner Rückenverletzung nicht aufrichten konnte.

Nahezu bewegungsunfähig, schlief auch er schließlich doch ein.

Am Morgen steckte Erika Schwarz ihren Kopf durch das Mauerloch, zog eine Taschenlampe in der einen, ein Bündel Kerzen in der anderen Hand, den ganzen Körper nach, und holte das erkaltete Kohlenbecken. Kurz darauf kam sie wieder und übergab am Durchlaß Roman die neue Glut. Sie hob einmal acht, einmal sechs Finger, was bedeutete, daß sie um acht Uhr früh gehen und um sechs Uhr abends heimkehren würde, dann grinste sie zutraulich über ihr hartes, unjugendliches Gesicht und verschwand.

Es war kein Wort gefallen.

Die Bertinis hörten, wie der Schlüssel im Schloß der Kellertür umgedreht wurde; darauf die Stimme der Reichsbahnerin, offenbar ein Morgengruß für die Nachbarn; eine laute Erwiderung, dann Schritte, die sich rasch entfernten.

Die Lähmung bei den Versteckten dauerte an. Es war, als hätten sie alle ihre Bewegungsfähigkeit verloren. Der urplötzliche, für Eltern und Brüder ganz und gar unerwartete Wechsel an einen fremden Ort; der stumme, kalte, nasse Käfig, in dem sie sich eingeschlossen fanden; die lastende Finsternis auch bei Kerzenschein; der Zwang, auf jedes eigene Geräusch zu achten, da sie doch selber Stimmen von Menschen vernahmen, so nahe, daß sie einzelne Worte verstehen konnten – diese unvorstellbare Behausung drückte ihnen den Atem ab, Roman Bertini eingeschlossen.

Dazu hatte er, noch unerfahren, gleich am ersten Tag einen folgenschweren Fehler begangen – er hatte nicht für Trinkwasser im Versteck gesorgt. Das oberste Gebot, die eisernste aller eisernen Regeln hier aber lautete, während der Abwesenheit von Erika Schwarz im Verlies zu bleiben!

Gegen Mittag zeigten sich bei Ludwig Bertini die ersten Anzeichen einer inneren Austrocknung, die mit gewöhnlichem Durst wenig zu tun hatte. Seine Lippen verharschten, schrumpften wie bei hohem Fieber, verformten sich. Seine Gier nach Feuchtigkeit war so mächtig, daß er, wenn auch ohne Erfolg, mit der Zunge zwischen den Brettern an die brackige, eisige Brühe zu gelangen suchte, die wenige Zentimeter darunter den Kellerboden bedeckte.

Im trüben Licht der Kerze, die Roman angezündet hatte, sah er Ludwig gekrümmt auf seine Lagerstatt zurückfallen, wo er leise zu röcheln begann. Es war klar, daß er bis zur Rückkehr der Reichsbahnerin nicht durchhalten würde.

So mußte Roman Bertini gleich in den ersten Stunden die eine große Todsünde begehen, derer sich die Versteckten hier schuldig machen konnten – und er beging sie gegen seinen Selbsterhaltungstrieb. Er schlüpfte bei Abwesenheit von Erika Schwarz durch das Mauerloch, er brach das oberste Gesetz, weil ihm die Alternative noch gefährlicher schien – daß Ludwig selbst versuchen würde, im Zustand fortgeschrittener Unzurechnungsfähigkeit seinen Durst zu löschen.

So kroch Roman durch den wüsten Vorraum und von dort, flach an der Erde, auf den Flur. In ihm befanden sich, etwa über Kopfhöhe, zwei längliche Fensterklappen, durch die man von draußen, von der Vorderseite, bei einiger Anstrengung in den Keller hineinschauen konnte. Links vom Flur lagen Wohnküche und Schlafraum, deren Türen geöffnet waren und die ebenfalls längliche Fenster hatten, nach der Hinterseite des Karrees. Diese Fenster waren geschlossen, aber die Gardinen, wie immer, zurückgezogen. Erika Schwarz und Roman Bertini waren übereingekommen, alles so zu lassen, wie es bisher war, um bei den Nachbarn keinen Verdacht zu erregen. Zum Glück hatten diese nicht auch noch einen Schlüssel – in solchem Fall wäre jede Unterkunft bei Erika Schwarz unmöglich gewesen.

Roman Bertini, neben die Kellertür gepreßt, horchte lange nach hinten hinaus, wo er Stimmen hörte, während vorn alles ruhig war. Dann sprang er mit zwei Sätzen durch die offene Tür der Wohnküche in den Winkel unter dem Fenster. Das Gespräch draußen drang als dumpfes Gemurmel zu ihm hinein.

Roman suchte nach einem Gefäß, fand einen mittelgroßen Eimer unter dem Handstein, ließ vorsichtig, mit dünnem Strahl, das Fenster ununterbrochen im Auge, Wasser einlaufen und kehrte in das Versteck zurück.

Wie Vieh an der Tränke, so soff Ludwig Bertini. Er schlürfte, den Kopf halb im Eimer, verschluckte sich, soff weiter und sank dann nach hinten über. Daß Hemd und Anzug von unten bis oben durchnäßt waren, scherte den sonst so Eitlen nicht.

Dieser Eimer, neben dem Mauerloch in die Ecke gestellt, erfüllte kurz darauf schon einen praktischen Zweck – die Bertinis urinierten da hinein. Das aber hieß – ihre gewohnte Verfassung war in voller Auflösung, nie angetastete Tabus wurden verletzt, als hätten sie nie existiert. Mit Stuhlgang jedoch mußte jeder warten, bis Erika Schwarz von der Arbeit zurückgekehrt sein würde. Als Alf Bertini Anstalten traf, das Versteck zu diesem Zweck zu verlassen, trat Roman vor das Loch und versperrte dem Vater den Durchgang. Wie ein Sack ließ Alf Bertini sich zu Boden fallen, und seine Zähne knirschten und mahlten, als wollte er sich das eigene Gebiß zerstören.

Am Nachmittag bekam Ludwig einen Lachkrampf, der ihn unter die Decke trieb. Hochrot verschwollen und unbändig geschüttelt, kam er bald wieder hervor, ohne daß ihm bisher ein gefährlicher Ton entflohen war. Seine Augen waren vollkommen geschlossen, nur noch Lachschlitze, und er hielt sich mit allen zehn Fingern den Mund zu, als müsse er das Gelächter, das ihm aus dem Leibe wollte, unter Aufbietung aller Kräfte in sich verschließen.

Als Erika Schwarz eintraf, lagen die Bertinis wie ohnmächtig da und starrten im blakenden Schein der Kerze auf die verkrustete schwammige Kellerdecke über ihnen.

Über siebzig Stunden, drei volle Tage lang, aßen sie keinen Bissen, ohne auch nur das geringste Hungergefühl zu verspüren. Die allgemeine Lähmung erstreckte sich sogar auf den Magen.

Aber dann ließ sich Lea Bertinis muttertierhafte Lebenskraft auch in der Apokalypse nicht mehr zurückdrängen, brach ihr alter Fütterungszwang durch. Alles mitgenommene Eßbare auf einer backsteinernen Plattform neben ihrem Lager, begann sie am vierten Vormittag, Brote zu schmieren. Und dann verschlangen die Bertinis, im Kerzenschein, sämtliche Vorräte, ohne Maß und Verstand, und Lea schmierte Brote nach, bis nichts mehr da war.

Eine Stunde vor Mitternacht machte Roman Bertini sich zu seinem ersten Versorgungsgang auf.

Bevor er das Versteck verließ, bat Lea ihn mit einer stummen Gebärde zu sich, sah ihn seltsam bohrend an, als hätte sie sich sein Bild, sein Antlitz bis in die letzte Kontur einzuprägen, dann wandte sie sich rasch ab.

Erika Schwarz, noch in ihrer Reichsbahneruniform, stand an der Kellertür, öffnete sie, horchte hinaus und gab Roman einen Stoß.

Er lief gebückt über den freien Platz zur Alsterdorfer Straße, rannte, ein Schatten, mit kleinen, kraftsparenden Schritten bis zur Brücke rechts vom Ohlsdorfer Bahnhof, wandte sich den etwas ansteigenden, grobgepflasterten Weg hinauf, überstieg den niedergelassenen Schrankenbaum, und befand sich auf den Geleisen der Vorortbahn in Richtung Rübenkamp.

Die Sirenen heulten auf, als er den Bahnhof dieses Namens und das große Stellwerk dort gerade hinter sich gelassen, die Strecke bis zur Alten Wöhr also etwa zur Hälfte zurückgelegt hatte. Vorher hatte er, wie ein lebloser Klotz am Saum des Schotters ausgestreckt, noch etliche Züge an sich vorbeibrausen lassen – eine Gefahr, die während des Luftalarms nicht bestand.

Während Roman Bertini weiterlief, starrte er in den Himmel, wo es zu surren begann. Scheinwerfer flammten auf, schossen wie Lichtfinger in die Höhe, vereinigten sich, wenn ein Strahl einen Bomber wie ein Insekt getroffen hatte, und der Lärm der Abwehr dröhnte ringsum.

Vor der Station Alte Wöhr verließ Roman das Bahngelände nach rechts, eilte an den Schrebergärten vorbei bis hin zum Waldsaum und pirschte sich durch das stockfinstere Dickicht. Deutlich sah er dort, wo die Alte Wöhr in den Stadtpark mündete, die hellere Straße durch die Bäume schimmern.

In etwa dreißig Meter Entfernung von dem großen Stein blieb Roman Bertini fast eine halbe Stunde regungslos hinter einem Baum stehen, horchend, witternd, spähend, die Hand um die entsicherte Waffe und bereit, bei dem geringsten verdächtigen Laut zu flüchten.

Mit einigen Sätzen war er dann am Ziel, griff unter das Gestrüpp, entdeckte, daß Erich Snider die Lebensmittel in einen geräumigen Rucksack gepackt hatte, befestigte ihn sogleich auf dem Rücken und schwankte unter dem Gewicht. Aber im nächsten Moment fand er sich in die Körperhaltung, die dem Druck am besten widerstand und für

Ausgleich sorgte – etwa fünfundvierzig Grad nach vorn gebeugt. Alle hundert bis hundertfünfzig Schritte setzte Roman sich mit ausgestreckten Beinen so hin, daß die ganze Last auf der Erde ruhte.

Als er an dem backsteinernen Gebäude des Bahnhofs Rübenkamp vorbeikam, hörte er hinter den verdunkelten, aber geöffneten Fenstern Männerstimmen.

Obschon kein Großangriff auf Hamburg geflogen worden war, wuchs im Süden der Stadt ein gelber Glutschein, der allmählich rot wurde und den Himmel über dem Hafen blutig färbte.

In der Luft summten immer noch Motoren, platzten immer noch Granaten wie Feuerglocken.

Roman Bertini passierte die ständig niedergelassene Schranke oben vor der Brücke am Ohlsdorfer Bahnhof und wartete am unteren Ende des grobgepflasterten Weges auf Entwarnung – vorher durfte er sich nicht auf die Alsterdorfer Straße wagen. Wenn er dort, dazu so verdächtig bepackt, während eines Alarms Menschen begegnen würde, gar einer Amtsperson, wäre er verloren. Der erste Versorgungsgang offenbarte auch gleich schon den schwächsten Punkt des Unternehmens – die etwa tausend Meter zwischen Keller und Bahndamm. Was, wenn sich der Alarm bis in den Morgen, ja den lichten Tag hineinziehen würde?

Zehn Minuten später heulten die Sirenen.

Roman Bertini traf, schweißnaß, wenige Minuten vor drei Uhr früh im Versteck ein. Die Reichsbahnerin, in einen Morgenmantel gehüllt, öffnete, schloß die Tür lautlos und verschwand in ihren Schlafraum.

Die Bertinis hatten eine Kerze angezündet, sich aufgesetzt, und starrten auf das Loch, durch das Roman zuerst den Rucksack schob, den er dann neben Leas Lager auf die steinerne Plattform stellte.

Von niemandem ein Wort, keine Geste. Das Gesicht der Mutter war hinter ihren Haaren verborgen.

Roman löschte die Kerze, legte sich nieder mit fliegendem Herzen und flattrigen Händen, rote, grüne, violette Ringe vor den Augen, und unfähig, einzuschlafen.

Nach einer Weile spürte er, wie Cesar ihm etwas hinschob – das Schachleder von Erika Schwarz. Es war aufklappbar, mit flachen, in der Form je nach Rang unterschiedenen Figuren – Bauern, Offiziere, Dame und König konnten mittels einer unten auslaufenden Spitze in eine kleine Öffnung jedes der vierundsechzig Felder gesteckt werden.

Schon in der ersten Woche der Illegalität waren Cesar und Roman Bertini dabei, in völliger Dunkelheit, nur mit den Fingerkuppen Figuren und Partieverlauf abtastend, Schach zu spielen.

11

Das Streckenhaus am Rübenkamp

Dann setzte eine Phase scheinbarer Anpassung ein.

Äußerlich war es ein streng geregeltes Dasein. Es begann allmorgendlich damit, daß Erika Schwarz, bevor sie ihren Dienst bei der Reichsbahn auf dem Ohlsdorfer Bahnhof antrat, in ihrer Uniform durch das Loch schlüpfte, das ausgeglühte Kohlebecken in beide Hände nahm, damit verschwand und es bald darauf glutgefüllt zurückbrachte. Binnen kurzem brauchte sie keine Taschenlampe mehr für die Verrichtung, sondern kam und ging in der Dunkelheit des Verstecks. Ohne diese Wärmequelle, die aus einem neben dem Urineimer aufgeschütteten Kohlenvorrat gespeist wurde, wären die Bertinis in der Kälte und Feuchtigkeit der Gruft erfroren.

Die Zeit bis zur Rückkehr von Erika Schwarz gegen sechs Uhr abends lagen sie, nur durch Nahrungsaufnahme am frühen Nachmittag unterbrochen, immer noch wie in Erstarrung da, einmal bei Kerzenschein, dann wieder ohne Licht, auf jedes Geräusch von draußen horchend, aber auch hier drinnen – das Knacken im Gemäuer und das Rumoren und Pfeifen der Ratten, von denen sie bisher keine einzige zu Gesicht bekommen hatten.

Erst die Ankunft der Reichsbahnerin veränderte die Szene. Nachdem Erika Schwarz an allen Fenstern die Verdunkelung heruntergelassen hatte, kamen die Bertinis aus ihrem Verlies hervor, um die Toilette aufzusuchen, und zwar in einer Reihenfolge, von der niemand wußte, wie sie zustande gekommen war und warum sie eingehalten wurde – zuerst Alf Bertini, dann Cesar, Lea, Ludwig und Roman. In der Toilette wuschen sie sich auch jeden Abend. Danach verteilten sie sich in der ehemaligen Waschküche ohne feste Regeln, meist aber in der warmen Küche. Wenn sie sprachen, so taten sie es mit hoher Kopfstimme, eine Sprechweise ohne Schwingungen, ohne Echo, eigentlich stimmenlos, aber aus der Nähe vernehmbar. Und Erika Schwarz sprach genauso.

Unvergeßliche Eindrücke: Leas weißes Gesicht in dem Rahmen ihrer Haare, die begannen, etwas von ihrer Schwärze zu verlieren; die etwas zu große Nase rasch rötlich gefärbt von der ungewohnten Wärme, die ganze Person schon wieder auf dem Sprung zurück ins Versteck, um dort das Abendbrot zuzubereiten.

Alf, düster, in großer Absonderung isoliert, murmelnd, wahrscheinlich betend, anzusehen wie ein Körper, der, durch den geringsten Druck aufgestochen, sein Inneres unter Getöse auszischen lassen würde.

Dazwischen Cesar Bertini, die zerquetschte Hand in der Höhe des Nabels angewinkelt, als würde er so Schmerzfreiheit gewinnen; das breite, flächige Gesicht immer eine einzige Frage nach dem Ausgang der Höllensituation, restlos bereit, sich den Notwendigkeiten des Platzes und den Anordnungen seines Bruders Roman unterzuordnen, dem Cesar ein geradezu demütiges Vertrauen entgegenbrachte.

Schließlich Ludwig, das hagere Gesicht grell bestrahlt von der Küchenlampe, mit zuckendem Adamsapfel wie in ständiger Erregung und gleich Alf auf unsichtbare Weise von den anderen geschieden, als erlebe er zwar das gleiche Schicksal wie sie, ohne es jedoch wirklich mit ihnen zu teilen.

Seit einigen Tagen bügelte der Jüngste die zerlegenen, stark zerknitterten Hosen, das Jackett, Hemden, die ganze Kleidung, aus der er, wie die anderen, wegen der Temperatur im Versteck nicht herauskam. Nur zu bereit hatte Erika Schwarz ihm ein Brett aufgestellt und zwei Plätteisen und Wasser für das Bügeltuch erhitzt – nie hatte sich Ludwig Bertinis Eitelkeit unzerstörbarer gezeigt als hier.

Inzwischen hatte Lea im Versteck die Rationen zubereitet und zugeteilt, jedem auf einem Stück Papier, das sie in die Mitte des jeweiligen Lagers setzte.

Erst in der achtzehnten Nacht, gerade als Roman Bertini von seinem zweiten, komplikationslosen Versorgungsgang zurückgekehrt war, fuhr Ludwig endlich brüllend hoch, um sich schlagend und nach Luft jappend – aber da lag er schon unter seinen Brüdern. Beide hatten sich mit ihrem ganzen Gewicht auf ihn geworfen, wobei Roman ihm die Bettdecke über den Kopf zog, so daß das Gebrüll nur noch dumpf, wie von ferne hervordrang. Aber Ludwig mußte von Cesar und Roman noch eine ganze Weile festgehalten werden, ehe er, am ganzen Körper bebend, erschlaffte.

Dann zündete Roman eine Kerze an und stellte den neuen Proviant auf die Plattform neben Leas Lager.

Nach einer Weile löschte Roman das Licht, legte sich nieder, dämmerte in einen unruhigen, kalten Schlaf, aus dem ihn ein ungewohntes Geräusch weckte.

Im Schein des auflodernden Streichholzes sah er, wie seine Mutter, aufgesetzt und vorgebeugt, sich leise stöhnend den Leib rieb, nun aber erschrocken davon abließ, wie auf frischer Tat ertappt. Dabei brachte sie es fertig, ihrem Sohn beruhigend zuzulächeln.

Jetzt, Anfang März, war Lea Bertini im fünften Monat schwanger.

Kurz darauf wurde, aus der ganzen Tiefe seines gestörten Verhältnisses zur Wirklichkeit, Alf Bertinis Ausbruchstrieb sichtbar, gefaßt in die hartnäckig wiederholte Formulierung: »Wir müssen hier so schnell wie möglich raus – raus müssen wir hier!«

Die anderen hatten dem zunächst keine besondere Bedeutung beigemessen, zumal jedes menschliche Wesen unter diesen Bedingungen nur deren rasches Ende herbeisehnen konnte. Aber die Art und Weise, wie Alf den Satz herausstieß, und zwar in immer kürzeren Abständen, ließ bald erkennen, daß sich eine akute Bedrohung für alle anbahnte. Ganz offensichtlich war Alf von den fünf Bertinis am gefährdetsten und gefährlichsten.

Noch klang sein »Wir müssen hier so schnell wie möglich raus – raus müssen wir hier!« wie eine Aufforderung, und nicht wie ein Ultimatum oder ein Befehl. Aber diesen Charakter konnte es in dem Maße bekommen, wie die alliierten Heere in Ost und West heranrückten und sich das Ende des Zweiten Weltkrieges unaufhaltsam ganz im Sinne der alten Bertinischen Gewißheit abzeichnete, nämlich als totale Niederlage Deutschlands.

Die Winteroffensive hatte die Rote Armee bis vor Berlin geführt. Im Bericht des Oberkommandos der Wehrmacht tauchten pommersche Namen auf, wie Greifenberg, Belgard oder Heiderode; im Westen hatten die Amerikaner an vielen Stellen den Rhein überschritten, während nördlich davon britische Truppen die Front bis Emmerich in den Niederlanden in Bewegung brachten.

Diese Einzelheiten erfuhren die Bertinis aus Erika Schwarz' *Volksempfänger*, der zu schwach war, um Radio London oder Radio Moskau zu empfangen. Aber das war nun auch nicht mehr nötig – bis zur bedingungslosen Kapitulation konnte es sich nur noch um Wochen handeln.

Tatsächlich trafen die vorausgeahnten Befürchtungen voll ein. Alf Bertini steckte im Schein der blakenden Kerze auf der Deutschland-Karte eines Europa-Atlas, den Erika Schwarz inmitten eines Haufens von Nähzeug gefunden hatte, mit Stecknadeln die schrumpfenden Fronten ab, verzückt die umkämpften oder von der Alliierten eroberten Ortschaften vor sich hin murmelnd. Aber nicht etwa der sichtbar werdende Ablauf der Weltgeschichte, in deren Schoß Leben und Tod der Bertinis sowohl gefährdeter als auch hoffnungsfroher denn je lagen, war es, worum es Alf auf der stecknadelgespickten Karte ging, sondern um die überlegene Beweisführung, wie berechtigt sein Ausbruchstrieb war: »Wir müssen hier so schnell wie möglich raus – raus müssen wir hier!«

Es war Cesar, der zuerst die Nerven verlor. Er stieß das lederne Schachbrett zwischen Roman und sich zurück, kam von seinem Lager hoch und ächzte mit vibrationsloser Kopfstimme: »*Sie* haben Hamburg doch noch gar nicht erreicht, wir können doch nicht eher hervorkommen, als bis *sie* da sind, draußen, auf der Straße. Einstweilen sind *sie* noch hunderte von Kilometern entfernt! Was redest du denn da, Papa?« Und als keine Antwort kam, sondern Alf Bertini mit grimmigem Lächeln, als wäre er der Herr der Heerscharen, die Nadeln versetzte, ließ Cesar sich aufstöhnend zurückfallen.

Am nächsten Morgen hatte Lea Bertini ihren ersten Hustenanfall im Versteck.

Das Kopfkissen vors Gesicht gedrückt, verschwand sie unter der Bettdecke, wo sie schwer geschüttelt wurde. Roman war sofort bei ihr, eine Kerze in der Hand, und sah für den Bruchteil einer Sekunde in das verzerrte Antlitz der Mutter, als sie verzweifelt hinter dem Kissen Luft holen wollte – die Zunge in dem weit aufgerissenen Mund blau hervorgestülpt, die geschlossenen Augen verquollen von der Anstrengung, das stoßhafte Brüllen zu unterdrücken, mit dick hervortretender Halsschlagader und tanzender Kehle, als rase darin ein verirrtes und todesgeängstigtes Tier.

Zu hören war so gut wie nichts, auch nicht, als die Atemnot Lea Bertini wie einen Bogen krümmte und entspannte, wieder krümmte und abermals entspannte, und dies mit solcher Gewalt, daß sie von ihrem Lager rollte.

Ohne auf seine Frau zu achten, betete Alf mit gefalteten Händen.

Unter dem übergezogenen Bettzeug hörten sie ein langsam verröchelndes Keuchen – offenbar war Lea Bertini bereit, eher zu ersticken, als sich und die Ihren zu verraten.

Lange lag sie regunslos da, während keiner der Bertinis wagte, die Decke zurückzuziehen. Dann kam eine Hand hervor, die sich schwach bewegte, und schließlich Leas Kopf. Als Roman in das zerstörte, ihn dennoch aber leise-zuversichtlich anlächelnde Gesicht seiner Mutter sah, fiel er nach hinten. Dabei schlug er mit dem Schädel auf die Menora, den siebenarmigen Leuchter, und wurde ohnmächtig.

Am 20. März 1945, seinem zweiundzwanzigsten Geburtstag, machte sich Roman Bertini auf zum dritten Versorgungsgang.

Er brach sehr beunruhigt auf, seines Vaters wegen. Einen Moment überlegte er, ob er die Waffe hier lassen sollte, gegen Alf – aber wem sollte er sie geben? Und was, wenn er selbst sie draußen brauchen würde? Er verwarf den Gedanken rasch.

Die ohnehin irreale Atmosphäre im Versteck wurde in diesen Minuten noch unwirklicher. Würde er zurückkommen? Würde er gefaßt werden? Würden sie ihn, in dem Fall, foltern, um das Versteck herauszukriegen? Und wenn er umkommen würde, was würden die anderen hier ohne ihn tun? Auf diese und viele andere Fragen wußte Roman Bertini keine Antwort, und er suchte sie auch nicht mehr, denn hinter ihnen lauerte der Wahnsinn.

Unmittelbar bevor er durch das Loch verschwand, fand ein unsichtbarer, gänzlich nach innen verlegter Kampf zwischen Mutter und Sohn statt. Wahrscheinlich wäre Lea lieber verhungert, als Roman zur Nahrungsbeschaffung hinauszulassen – wenn sie es vermocht hätte, sie hätte sich für den Hungertod entschieden. Von Romans Aufbruch bis zu seiner Rückkehr lebte Lea Bertini nur aus zweiter Hand, wie hinter einem Schleier, der sich zwischen Bewußtsein und Realität legte, in jener Trance, in die sie gefallen war, als sie die Nachricht von der Deportation erhalten hatte.

Roman Bertini wußte all das. Ihm war bekannt, was in der Mutter vor sich ging und was er ihr antat, antun mußte. Und so schickte er, von Lea abgewandt, seine hilflosen Blicke gegen die kalten, glitschigen Wände des Verstecks und war mit zwei Sprüngen verschwunden.

Er gelangte ohne Zwischenfall beim Bahnhof Ohlsdorf auf die Geleise; kam ohne Verzögerung an dem steinernen Bahnwärterhaus unmittelbar hinter der Station Rübenkamp vorbei, und wartete im Wald eine Stunde, bevor er mit einem Sprung an dem großen Stein war und den Proviant in den Rucksack stopfte. Dann wippte er sich mit der Last in die richtige Körperlage ein und machte sich auf den Rückweg.

Als Roman die Geleise beim Bahnhof Alte Wöhr erreicht hatte, heulten die Sirenen Alarm.

Hamburg war in den letzten Wochen immer wieder schwer aus der Luft angegriffen worden, darunter einmal, wie es hieß, von zweihundert Maschinen, ohne daß die Bertinis in ihrem Versteck auch nur das geringste davon gespürt hätten. Die Bomben fielen vor allem auf das Hafengebiet.

Jetzt lief er geduckt neben Schotter und Schienen her, froh, daß keine Züge verkehrten, vor denen er sich hätte hinwerfen und verbergen müssen. Gleichzeitig aber zitterte er bei dem Gedanken, daß die Sirenen zu spät Entwarnung geben könnten, so daß er nicht wüßte, wie er die Alsterdorfer Straße bis zum Versteck hinter sich bringen sollte – die Nächte waren spürbar kürzer geworden.

Fast ohne Geräusch, das angestrengte Keuchen nach innen stoßend, lief Roman Bertini die Strecke auf die Station Rübenkamp zu, die er in der Dunkelheit näher und näher rücken sah. Aber dann, ganz plötzlich, wie gegenständlich in die kühle Luft gestellt, schwingend und deutlich, hörte er Stimmen. Sie kamen aus dem steinernen, aufgestockten Klinkerbau neben den Geleisen, dem er sich bis auf fünfzig Meter genähert hatte.

Aus dem Lauf heraus, mit gegrätschten Beinen, eingewippt nach vorn im Rhythmus der schwankenden Last auf seinem Rücken – so blieb Roman Bertini stehen.

Vor ihm die Stimmen zweier Männer, denen sich nach einer Weile eine dritte hinzugesellte – die des Rundfunksprechers, der die Luftlage bekanntgab: es sei noch nicht sicher, ob die Bomberformationen über dem norddeutschen Raum Hamburg als Ziel anfliegen würden.

Roman ließ sich auf die Knie nieder, den Kopf nach hinten gegen den hohen Rucksack gelehnt, und lauschte. Aber die dritte Stimme meldete sich nicht wieder. Das Gerät mußte entweder leiser gestellt oder abgeschaltet worden sein. Dafür vernahm er die anderen Stimmen, und dann sah er auch die beiden Männer, das heißt ihre Köpfe. Sie schauten aus dem Bahnwärterhaus auf die Geleise, etwas nach oben gereckt, wahrscheinlich, um den Himmel zu beobachten, und sprachen gemächlich, mit längeren Pausen, in denen sie laut gähnten, vor sich hin summten und dann und wann auf die Schienen spuckten.

Roman Bertini konnte weder vorwärts noch zurück. Auch das kleinste Geräusch würde ihn verraten. Es war vollkommen ruhig, denn weder schoß die Flak noch brummten Flugzeugmotoren. Er mußte hier auf den Knien bleiben, bis die beiden Männer vom Fenster zurücktreten würden.

So wartete er.

Aber die gemächliche Unterhaltung da vor ihm angesichts des Bahnhofs Rübenkamp begann immer aufs neue, schleppend, später von

Eßgeräuschen unterbrochen und aus dem Fenster auch noch nach dem Ende des Luftalarms fortgesetzt.

Langsam, kaum merklich, lichtete sich die Finsternis im Osten.

Da wurde Roman Bertini von Panik erfaßt. Was, wenn die beiden Männer bis zum Morgen am Fenster bleiben würden und ihm, im besten Fall, für einen vollen Tag der Rückzug abgeschnitten wäre? Wo sollte er bleiben, wo sich verstecken – vor ihm der Bahnhof, rechts die breite Schienenstraße und links das Schrebergelände? Was würde Lea vermuten, wenn er heute nacht nicht zurückkehrte?

Er mußte an dem Streckenhaus vorbei, er mußte vorbei, in einer halben Stunde schon würde es unmöglich sein, dann läge er hier wie auf dem Präsentierteller. Er mußte vorbei, und zwar nicht vorn, an den Geleisen entlang, sondern hinten, zwischen dem Streckenhaus und den Zäunen der Schreberkolonie.

Roman Bertini legte sich flach auf den Bauch, den Proviant auf Schulterblatt und Rücken, stemmte sich auf die Ellbogen und zog den Körper nach, Meter um Meter – lange die gemächlichen, gleichbleibenden Stimmen vor, dann neben, dann hinter ihm, langsam schwächer werdend, endlich unverständlich. Als er, rückwärts blickend, das Streckenhaus nur noch als schattenhaften Umriß erkennen konnte, stand er auf, schweißgebadet in der kalten Morgenstunde und zu Tode erschöpft.

Als er im Versteck anlangte, hatte sich der Himmel violett gefärbt. Er konnte nur hoffen, daß ihn niemand gesehen hatte – hell genug wäre es gewesen.

Schon bevor er durch das Loch schlüpfte, hörte er einen unterdrückten Laut. Aber Lea entzündete keine Kerze, sie fuhr Roman mit den Händen übers Gesicht und half ihm im Dunkeln, den neuen Proviant auf die Plattform neben ihrem Lager zu stellen.

Ludwig Bertini war nicht erwacht. Roman horchte zu seinem Vater hinüber, vernahm jedoch auch von dort nichts.

Dann spürte er, wie Cesar sich aufrichtete. »Papa hat Radio gehört«, flüsterte er nahe an Romans Ohr, »und behauptet, in vierzehn Tagen sei alles vorbei. Stettin sei gefallen, das Ruhrgebiet Schlachtfeld, die nächste alliierte Eroberung Bremen. Er würde keinen Tag länger als zwei Wochen hierbleiben, von heute an gerechnet.«

Roman Bertini holte die Waffe aus der rechten Hosentasche, legte sie unter sein Kissen, sank zurück. Er vibrierte, als würde er von Fieber geschüttelt werden.

In der Finsternis schob Cesar das Schachbrett zwischen sich und den

Bruder. Roman tastete – die Figuren waren an ihren winzigen Basisdolchen schon in die ledernen Felder eingesteckt. Dann begannen sie zu spielen, nur vom Tastsinn ihrer Fingerspitzen geleitet, eine Partie, die der Ältere nach etwa fünfundvierzig Minuten gewann.

In wenig mehr als einem Monat hatten Cesar und Roman Bertini gelernt, bei absoluter Lichtlosigkeit das Schachspiel zu beherrschen, als wären sie von Geburt an blind gewesen.

Um diese Zeit ereignete sich in Hamburg und in Bodendorf Duplizitäres.

Von der halben Einwohnerschaft im vorfrühlingshaften Bodendorf heimlich beobachtet, strich Theodor Wandt tagelang um das feste Haus der Witwe Niebert, einmal von vorn, dann wieder von der Gartenseite, immer seltsam unschlüssig dabei und wie in starker innerer Auseinandersetzung befangen.

Die Molkereibesitzerin, hinter Gardinen, verfolgte das Schauspiel stumm und hämisch, höchstens, daß sie ihrer ebenfalls hartnäckig hinausspähenden Tochter Elisabeth zuraunte: »Bin gespannt, wann der Kerl es endlich wagt, wann seine Angst größer geworden sein wird als seine Wut.« Manchmal lüftete sie den Vorhang, als sollte der Gemeindediener durchaus erkennen, daß er beobachtet wurde und man ihm auf die Schliche gekommen war.

Dann, an einem Nachmittag, trottete die Witwe hoch zu ihrer Einquartierung und verkündete trocken, daß in Bälde der Besuch Theodor Wandts zu erwarten sei.

Die Nachricht versetzte Recha und Rudolph Lehmberg in solchen Schrecken, daß die beiden alten Leute nahe aneinanderrückten und Rechas Hand sogar nach der ihres Mannes griff – ein so ungewohnter Anblick, daß der Witwe ein staunendes Grunzen entfuhr.

In den Monaten seit der Vertreibung der Bertinis hatte mancher Bodendorfer hier heraufgefunden, am häufigsten Anna Stephien, rotbäckig und ewig lächelnd, und ihr Mann Paul, der Sattlermeister von Bodendorf, dessen Hinkebein schwer auf der Treppe dröhnte. Beide stellten stets viele Fragen und wollten alles wissen, was die Lehmbergs über ihre Hamburger Verwandten wußten. Immer brachten die Stephiens nahrhafte Geschenke mit.

Das waren Besucher, die Recha und Rudolph Lehmberg gern erwarteten, die sie kannten und von denen sie sich nicht beunruhigt fühlten, das Auftauchen Theodor Wandts jedoch wäre für sie identisch mit dem eigenen Untergang.

Als es dann tatsächlich in ungewohnter Stärke an der Tür klopfte und der Gemeindediener vor ihnen stand, mitten im Zimmer, an den Beinen die kurzen Schaftstiefel, ohne Mantel, nur im Jackett; als er da vor die beiden alten Leute hintrat, dunkel, die Brauen wie zwei schwarze Raupen gegeneinander stoßend und die Nasenflügel womöglich noch geblähter als sonst – da wurden Recha und Rudolph Lehmberg geradezu von ihren Sitzen am Tisch hochgeschnellt und gegen die Betten geworfen, auf die sie halb fielen, halb sanken, jeder einen Arm in unbewußter Abwehr ausgestreckt. Und so verharrten sie die ganze Zeit, die Theodor Wandt sprach.

In eigener Sache sprach er, ohne Umschweife und Umwege über das Wetter und die Neuwürfe von Kälbern und Ferkeln – nämlich, daß er längst nicht mehr verstehe, was ihn zu seiner falschen, seiner grundfalschen Haltung gegen die Bertinis gebracht habe; zu seiner Unliebenswürdigkeit, da er für Eltern und Söhne eigentlich, wenn er sich prüfe, doch immer Achtung verspürt habe, Sympathien. Und zwar Sympathien besonders für Roman, diesen Enkel Recha und Rudolph Lehmbergs, so merkwürdig das auch klingen möge. *Eigentlich* aber – Theodor Wandt benutzte während seines wasserfallartigen Monologs kein Wort so häufig wie dieses – eigentlich hätte er Roman Bertini geradezu in sein Herz geschlossen, sei der doch im Alter des eigenen Sohnes gewesen, der in diesem verfluchten Krieg früh gefallen sei, für nichts und wieder nichts und noch einmal nichts, wie er, Theodor Wandt, nun endgültig wisse. Unerklärlich sei es ihm heute, wie er dazu gekommen sei, Roman Bertini so schwer zu mißhandeln und überhaupt die Ausweisung der Familie zu verlangen. Schließlich, was seine Tochter Charlotte betreffe, so würde er heute gegen eine Verbindung zwischen ihr und Roman Bertini nicht mehr das mindeste einzuwenden haben, wenngleich man damit wohl noch ein bißchen warten müsse ...

Das sagte Theodor Wandt laut und schnell im Zimmer der Lehmbergs, die sich immer weiter auf die Betten geschoben hatten, fast bis an die Wand, als wollten sie die größtmögliche Distanz zwischen sich und den Gemeindediener legen, dessen Beichte mehr noch als seine Anwesenheit das schiere Entsetzen in Recha und Rudolph Lehmberg schürte, so daß sie, wie in Atemnot, hochrot, wider Willen am Schreien gehindert, den Anblick totaler Überrumpelung boten.

In diese Szene hinein sagte Theodor Wandt laut und brüchig, von einem Fuß auf den andern tretend und die Finger beider Hände ineinander verhakt, wie ein um Nachsicht bittender Schulbub: »Und deshalb bitte ich Sie, bei Ihren Verwandten in Hamburg ein gutes Wort für mich einzulegen.«

Dann wartete der Gemeindediener. Er wartete lange, denn die Lehmbergs schienen die Sprache verloren zu haben.

Was dann Recha, die seit über einem Monat kein Lebenszeichen mehr von den Hamburgern empfangen hatte, keinen Brief, keine Karte, kein Telegramm, nicht ein Sterbenswörtchen – was also Recha Lehmberg dazu bewegte, diese Situation preiszugeben, ob aus lähmender Ungewißheit über das Schicksal der anderen oder aus dem allmächtigen Wunsch, den gedrungenen, winselnden Gemeindediener loszuwerden – das wird auf immer ungeklärt bleiben. Jedenfalls kreischte sie, Rudolph Lehmbergs Hand zangenhaft umkrallend, in den totenstillen Raum, die Augen geschlossen:

»Aber wir wissen doch gar nicht, ob sie noch leben!«

So wurde Recha nicht gleich Zeuge der Verwandlung, die mit Theodor Wandt vor sich ging. Im Gesicht des Gemeindedieners malte sich erst der Ausdruck maßloser Verblüffung, dann einer ungeheuren, überwältigenden Erleichterung. Als Recha Lehmberg die Augen öffnete und diesen bis auf den Grund veränderten, vor Triumph förmlich berstenden, aller Nöte und Ängste urplötzlich ledigen und sein Glück jäh begreifenden Theodor Wandt gewahrte, da heulte sie, vor Grauen halb wahnsinnig, schrill und tierhaft auf.

Als sie verstummte, war der Gemeindediener schon verschwunden.

Am nächsten Tag tauchte das Gerücht auf, daß Theodor Wandt beschlossen habe, *reinen Tisch* in Bodendorf zu machen, sich abermals nach Gardelegen zu begeben, zur *gleichen Adresse* wie damals, um sich nun auch noch der beiden gefährlichen Überlebenden zu entledigen.

Die das den Lehmbergs mitteilte, hinter der vorgehaltenen Hand, aber mit schwer zu erfindenden Einzelheiten, war niemand sonst als Minna Kremer, des Dorfes gewaltige Klatschtante, während ihrer ersten Aufwartung bei Recha und Rudolph Lehmberg nach der Austreibung der Bertinis. Der vielversprechende, sensationelle Anlaß schien der Bäuerin mit den kreisrund aufgerissenen Augen und den gebleckten Zähnen ganz offenbar der Mühe wert zu sein.

Die Lehmbergs, ohnehin seit dem Mai des vorigen Jahres nur noch selten im Dorfe auftauchend und gleichsam über der Erde ein Maulwurfdasein führend, verbarrikadierten sich daraufhin mit hysterischer Energie im oberen Stock des Niebertschen Hauses, wie seinerzeit bei Grete Erbers Besuch. Auch jetzt schoben sie wieder den großen Tisch vor die Zimmertür und stellten einen Stuhl so hin, daß dessen Lehne die Klinke sperrte. Dann ließen sie am hellichten Tage die Verdunkelung vor den Fenstern herunter und blieben allen Bitten und Drohungen der Witwe und ihrer Tochter Elisabeth unzugänglich.

Was dann geschah, ging, wie alles, was die Bertinis und ihre Verwandtschaft betraf, in die Bodendorfer Chronik ein.

Tatsächlich löste Theodor Wandt zwei Tage nach seinem Bittbesuch bei den Lehmbergs auf dem kleinen Bahnhof unterhalb der Ortschaft eine Fahrkarte nach Gardelegen, aber er kam nicht mehr dazu, Ankunft und Abfahrt des Zuges aus Magdeburg in Richtung Obenwalde bei Bewußtsein zu erleben.

Denn gerade, als die Schranke quietschend und rasselnd heruntergelassen wurde, trat Wilhelmine Garchert aus dem Warteraum auf den Bahnsteig und näherte sich gemessen dem Gemeindediener. Der streckte, Unheil ahnend, die Arme gegen sie aus, abwehrend, jedoch ergebnislos. Die gewaltige Bäuerin durchschlug, in der Pose einer heiligen Handlung, die Deckung des Gemeindedieners auf einen Streich. Sie schmetterte ihm die bloße Faust so mächtig von oben auf den Schädel, daß er wie vom Blitz gefällt auf die Steine niederschlug und keine Regung mehr von sich gab, außer, daß beide Füße kraftlos nach rechts und links zur Seite fielen.

Es hieß, Theodor Wandt sei erst nach einer halben Stunde wieder zu sich gekommen und habe sich, nur noch ein Schatten seiner selbst, den Weg zurück ins Dorf geschleppt.

Dort wurde er in der Öffentlichkeit lange nicht gesehen.

Auch mit Eitel-Fritz Hattenroth und seiner Frau Hanna gingen im allerletzten Stadium des Dritten Reiches seltsame Wandlungen vor.

Nachdem vom Tage ihres Zwangsauszugs an der Name der Bertinis hier in der Roonstraße nie wieder gefallen war, erkundigte der Bankbeamte sich nun nicht nur immer angelegentlicher bei Emma nach dem Befinden ihres Sohnes und seiner Familie, sondern Eitel-Fritz Hattenroth beschwor auch Alf Bertini, Lea, Cesar und Roman vor der *Oma* zu Zeugen seiner traditionellen Gegnerschaft zu Hitler und dessen *braunen Horden* – eine Ausdrucksweise, wie er vermerkte, deren er sich bekanntlich schon lange vor 1933 bedient habe. Daß er seit nunmehr gut zehn Jahren zu ganz anderen Beurteilungen gekommen war, schien dem Mann mit der sonoren Stimme und dem kaiserlichen Schnurrbart völlig entfallen zu sein. Hoch aufragend vor Emma Bertini, die liebedienerisch nickte, wetterte Eitel-Fritz Hattenroth gegen den *braunen Hund* vom Obersalzberg, *Herrn Schickelgru-*

ber aus dem österreichischen Dingsda, diesen *großkotzigen Bürsten-träger* und *miesen Anstreicher*, dem Deutschland es zu verdanken habe, daß die Russen vor Berlin und die Briten und Amerikaner am Südrand der Norddeutschen Tiefebene stünden. Und die Hand seiner Frau Hanna wie zum Schwur hochreißend, verstieg der Bankbeamte sich zu der landesverräterischen Ankündigung: wenn die Alliierten in Hamburg einzögen, dann werde er der erste sein, der ihnen mit der weißen Fahne entgegenkäme, um sogleich mit dem Aufbau des demokratischen Deutschland zu beginnen – *die Bertinis und die Hattenroths würden es schon schaffen!* Dabei wippten die Enden seines ausschweifenden Schnurrbarts heftig auf und ab, wie überhaupt der ganze Mensch, als er da seinen Zorn über die *Verderber des Vaterlandes* ausschüttete, bebte und schwankte, so daß er es nicht leicht hatte, die backfischhaft kichernde, selige *Oma* gleichzeitig gegen die breite Brust zu pressen. Worauf Emma Bertini, glucksend im Glück ihrer seligen Dienerschaft, mit doppeltem Nachdruck auf ihrem Gasofen und auf ihre Kosten Wasser für die Einlogierer heiß machte.

Von dem Verschwinden der künftigen Hattenrothschen Bundesgenossen beim demokratischen Neuaufbau ließ Emma allerdings nichts verlauten.

Als sie in der zweiten Februarhälfte, bei einem ihrer regelmäßigen Besuche in der Düsternstraße, das Nest dort leer gefunden hatte, da hatte sie einige Minuten wie vom Donner gerührt vor der geschlossenen Tür gestanden, dann aber begreifend in sich hineingekichert. Keine Sekunde lang vermutete sie, daß ihr Sohn samt Anhang etwa verhaftet wäre, sondern sie war vollständig und in Übereinstimmung mit den Tatsachen davon überzeugt, daß sie sich versteckt hätten. So pfiff sie auf dem Rückweg zur Hoheluft eine unmelodiöse Phantasieweise vor sich hin.

Hier schwieg sie, wenngleich hundertmal in Versuchung, sich gegenüber den Hattenroths zu offenbaren. Obwohl ihr Geist sichtlich gelitten hatte, besaß sie doch so viel Instinkt, das Verschwinden von Sohn, Schwiegertochter und Enkeln vor den Hattenroths geheimzuhalten. Zwar sang sie ihre Wahneingebungen häufiger denn je, und immer mit der Hand am Ohr, aus sich heraus, aber ein letzter Warnimpuls erreichte sie noch aus ihrem beschädigten Hirn.

Nur nützte es ihr nichts, denn eines Tages, Mitte März, standen plötzlich zwei Ledermäntel in ihrer Küche, und Hanna Hattenroth war es, die sie hereingelassen hatte. Die beiden wiesen sich als Geheime Staatspolizei aus und fuhren Emma Bertini an: natürlich wisse sie, wo sich ihr Sohn mit seiner *jüdischen Schickse* samt den erwachsenen *Würfen* verborgen halte – also heraus mit der Adresse, ein Geständnis könne strafmildernd wirken, und auf eine Strafe käme es allemal hinaus, da hülfe auch Emmas italienische Staatsbürgerschaft nichts!

In Leder, die Küche ganz ausfüllend, standen die beiden Gestapomänner forschend vor Emma Bertini. Die aber, in völliger Unkenntnis der Adresse, kniff die Augen zusammen, hielt lauschend die Hand ans Ohr, schüttelte wie abwesend den Kopf und blieb auch dann noch völlig unbeeindruckt, als die Ledermäntel losbrüllten: Schluß jetzt mit der Simuliererei und her mit der Adresse – auch aus alten Weibern hätten sie zu guter Letzt immer noch herausgekriegt, was sie herauskriegen wollten!

Als jedoch keinerlei Anzeichen von Furcht oder Einschüchterung an Emma Bertini bemerkbar wurden, schauten sich die beiden in stummer Ratlosigkeit an und befahlen ihr, sich anzuziehen – sie müsse mit aufs Stadthaus.

Emma nickte ihnen aufmunternd zu, gerade, als würde es sich um einen Spaziergang handeln, und nahm auf dem Flur ihren Mantel von der Garderobe. Ehe sie ihn anzog, vertiefte sich ihr lauschender Ausdruck, und sie preßte die rechte Hand gehöhlt gegen die Ohrmuschel. Und dann, gleichsam einen Anlauf nehmend, als wollte sie sich auch ganz und gar vergewissern, sang es mit hoher, schwebender Stimme aus Emma Bertini heraus: »*Hunger – fame!* Hören Sie? So hören Sie doch! *Faa – mee!* Menschen sind es, Menschen schreien, weil sie Hunger haben!« Und nahe an die Männer in Ledermänteln herantretend, verkündete sie strahlend, wie eine Botschaft, ein Bekenntnis von beglückender Bedeutung: »*Faa – mee – Hunger... Ich bin eine Antenne!*«

Nach ergebnisloser Beobachtung von Mitte Februar an wahrscheinlich ohnehin mit geringer oder gar keiner Erwartung in die Roonstraße gekommen, verschwanden die beiden finster aussehenden Herren auf Emma Bertinis Eröffnungen, von einer Sekunde auf die andere, wie vom Erdboden verschluckt, kaum daß die Wohnungstür geklappt hatte – so jedenfalls berichtete es Hanna Hattenroth später ihrem von der Arbeit heimkehrenden Mann.

Der taufrische Antifaschismus des Bankbeamten verdunstete denn auch auf der Stelle.

»Wie? Was? Der *Dirigent* mit Weib und Kindersegen *getürmt, abgehauen, sich davongemacht?*« Über Eitel-Fritz Hattenroths aus der Kontrolle geratenes Gesicht huschten alle Stufen der Erleichterung hin, bis es den Ausdruck eines Menschen annahm, dessen Dasein sich wider Erwarten von einer ungeheuren Last befreit fand. »Was muß man ausgefressen haben, um so unterzutauchen!« Der Bankbeamte schüttelte bedächtig den Kopf, sah bedeutungsvoll seine zustimmend nickende Frau Hanna an, wurde dann aber lebhaft. »Und noch nicht geschnappt? Nichts als eine Frage der Zeit! Fünf Mann, fünf Mägen – der Nahrungsmangel wird sie hervortreiben.« Die Spitzen des kaiser-lichen Schnurrbarts zuckten hin und her, so stark war Eitel-Fritz Hattenroth in Bewegung geraten. »Die kannst du abschreiben, Oma, die sind hin, die waren einmal, aus mit der Verwandtschaft.« Der Baß des Bankbeamten dröhnte, während sich das Licht eines hoheitsvollen Mitleids über seine Züge legte. Doch es hielt nicht vor, sondern machte langsam einer anderen Mimik Platz – zurückgestoßener Freundschaft, enttäuschter Liebe, geschändetem Vertrauen. Emma Bertini fest im Blick, tremolierte Eitel-Fritz Hattenroth, nicht ohne bedrohlichen Unterton: »... daß du uns davon gar nichts gesagt hast, daß du uns die Wahrheit so lange vorenthalten, uns einfach hintergangen hast...« Die Stimme versank in den Tiefen persönlichen Kummers. Und in dieser Tonlage verblieb der Baß, als der Bankbeamte nun zu Emma Bertini, die vernichtet, in Kratzfußpose, eine Bittstellerin vor den Einlogierern, auf dem Flur ihrer eigenen Wohnung stand, sagte: »Jetzt bist du die letzte deines Geschlechts, Oma. Aber nimm es nicht so schwer – *du hast ja uns*!«

12
Der letzte Tanz

Immer klarer erwiesen sich die losen Beziehungen der Reichsbahnerin zu ihren Nachbarn rechts und links der ehemaligen Waschküche als die entscheidende Voraussetzung für die Sicherheit des Bertinischen Verstecks. Im Falle engerer, intimerer Verbindungen hätte die verborgene Anwesenheit der Illegalen Erika Schwarz unweigerlich zu verändertem Verhalten, zu Rückzug, Reserve, Distanz gezwungen. Jede Veränderung aber hätte Verdacht erregen müssen.

So jedoch konnte Erika Schwarz verfahren wie bisher – Gruß, Plausch bei Begegnung, Hilfsangebote bei Wäsche und Besorgungen, keine unangekündigten Besuche. Für den seltenen Fall, daß jemand kam, war vorgesorgt – nichts von den Bertinis, kein Nahrungsmittel, kein Kleidungsstück, kein Toilettenartikel befand sich außerhalb des Verstecks. Es durfte nicht den geringsten Hinweis auf die Anwesenheit fremder Personen geben. Deshalb hatte Roman es sich angewöhnt, allabendlich, nach den fast pantomimisch anmutenden Versammlungen der Bertinis, zusammen mit Erika Schwarz in der abgedunkelten Wohnung noch einmal jede Ecke, jeden Winkel, Stühle, Tische und Schränke abzusuchen – eine bereits Routine gewordene Gewohnheit, der sie schweigend nachgingen, ehe auch Roman durch das Loch in die Gruft verschwand.

Die Nachbarn blieben für die Bertinis bloße Schemen, gesichtslose Stimmen, Schritte, Tritte, Gescharre. Mit den wärmeren Lüften hatten die Phantome begonnen, auf der Hinterseite des ausgebrannten Häuserkarrees die Erde umzugraben und Kartoffeln und Gemüse zu pflanzen – auch für Erika Schwarz, deren Saat sie ausstreuten. Dabei kamen die Stimmen oft so nahe an den verschütteten Kellerraum heran, daß die Bertinis durch die Schuttschicht jedes Wort verstehen konnten. Auf diese Weise erfuhren sie, daß britische Panzertruppen auf Bremen und Osnabrück vorstießen.

Erika Schwarz hatte bisher nicht einen einzigen Fehler begangen. Sie benahm sich, als wenn es die Lebensgefahr, in der auch sie schwebte, überhaupt nicht gäbe. Die Frau mit der straffen Figur und den für ihre dreißig Jahre zu scharfen Zügen zeigte keinerlei Anzeichen von Schwäche, Aufregung, Nervosität oder gar Furcht. Ihre Gelassenheit, die schnoddrige Selbstverständlichkeit, mit der sie das Schicksal der Bertinis zu ihrem eigenen gemacht hatte, ohne je ein Wort darüber zu verlieren, benahmen Roman immer wieder den Atem. Gleichwohl mußte er zugeben, daß er von ihr nichts anderes erwartet hatte und daß diese Gewißheit wahrscheinlich der Grund war, weshalb er Erika Schwarz nie direkt gefragt hatte, ob sie mit dem gefährlichen Bündnis überhaupt einverstanden sei.

Immer noch holte sie jeden Morgen das schlackig-aschige Kohlenbekken aus dem Versteck, brachte es zurück mit neuer Glut – und war hinaus. Gegen sechs Uhr abends kehrte sie heim, schon von weitem pfeifend, was sie, wie sie beteuerte, stets getan hatte. Dies war die einzige Gelegenheit, mit ihren Nachbarn regelmäßig zusammenzutreffen, auf dem freien Platz, vor den Behausungen, und meist nicht länger als fünf Minuten. Die Bertinis vernahmen dabei jedes Wort, aber niemals zitterte die Stimme der Reichsbahnerin, die doch wußte, daß nur wenige Meter entfernt von dem nachbarlichen Plausch fünf Menschen lagen, deren Entdeckung mit Sicherheit auch das eigene Ende zur Folge haben würde.

Gerade diese erwiesene Kaltblütigkeit, diese furchtlose, ja fast gefühllose Tapferkeit der Erika Schwarz waren es, deren plötzlicher Zusammenbruch aus einem ihm unbekannten Grund Roman Bertini sofort davon überzeugte, daß nun doch alles verloren sei.

An einem Abend, Ende März, hörte er bei Erika Schwarz' Rückkehr vom Ohlsdorfer Bahnhof neben ihrer Stimme auch die eines Mannes, die auf sie einsprach, aber seltsam kippte, wie in Erregung, Zorn oder Betroffenheit, in so vieldeutigen Schwingungen, daß Roman Bertini nicht erkennen konnte, ob die Stimme identisch war mit der des männlichen Nachbarn links von der ehemaligen Waschküche.

Ehe er sich die Frage beantworten konnte, vernahm er Gepolter, als wenn ein Mensch im Handgemenge gegen die Kellertür gefallen oder gestoßen worden sei, und dann den Schrei von Erika Schwarz, einen langtönenden, gellenden Schrei, der in ein hohles Schluchzen zersplitterte. Dazwischen die tiefe, nun ebenfalls heftig erregte Männerstimme, die, wie es Roman Bertini schien, Befehle in die Gegend brüllte und dabei offenbar mit Erika Schwarz rang.

In dem Versteck waren die Bertinis aufgefahren, pagodenhaft erstarrt, kalkweiß im Schein der Kerze, die Oberkörper hochgestemmt von der unmittelbaren Gewalt eines nicht mehr faßbaren Schreckens.

Roman aber sprang ganz auf, mit einem Satz zu seiner Mutter hin, die rechte Hand in der Hosentasche. Und während sie trotz des Lärms da draußen hörten, wie die Tür aufgeschlossen wurde, ohne daß die spitzen Schreie der Reichsbahnerin abebbten, zog Roman die Pistole hervor, entsicherte sie, trat hinter Lea und brachte die Waffe in die Nähe ihres Kopfes.

Als Schreie und Gegenstimme sich in den Keller verlegten und die Tür zuklappte, griff Lea mit der Rechten in ihr schweres schwarzes Haar, wickelte es sich mit einer keineswegs schnellen, sondern eher bedachten und wie in Gedanken oft geübten Drehung um den Unterarm, und zog die Flechte aus dem Nacken weit nach vorn vor das gesenkte Gesicht.

Schräg von unten nach oben, dort, wo der Hals in die Schädeldecke überging, drückte Roman Bertini die Pistole fest gegen seine Mutter.

Dann löschte er mit der freien, der linken Hand die Kerze.

Aber der Lärm kam nicht näher, im Gegenteil, er entfernte sich. Erika Schwarz und ihr Begleiter, wer immer es auch sein mochte, hatten die Küche aufgesucht und die Tür hinter sich geschlossen.

Nach einer Weile, die den Bertinis im Versteck endlos gedehnt erschien, hörten sie wieder Stimmen auf dem Flur, die schwache, mitgenommene der Reichsbahnerin, und die andere, die begütigend auf Erika Schwarz einsprach, als rede sie einem Kranken zu.

Dann klappte die Kellertür, und eine Zeitlang war gar nichts zu vernehmen. Schließlich kämpfte die Reichsbahnerin sich durch den Vorraum, und als sie vor dem Loch war, zündete Roman Bertini die Kerze wieder an.

In der Öffnung erschien das hagere, scharfe Gesicht, die Augen verweint, das Haar strähnig und der gebückte Körper ohne die Kraft, sich diesseits des Loches wieder zu erheben. Neben dem Kohlenvorrat hingestreckt, hielt Erika Schwarz ihnen etwas Helles hin, ein Papier.

Roman nahm es ihr ab, las. Es war die Mitteilung, daß ihr Mann *für Führer, Volk und Vaterland* gefallen sei, am Oberrhein, nahe Freiburg, im Kampf gegen französische Truppen.

Aus Erika Schwarz entwichen winzige, spitze Schluchzer.

Für die Bertinis, wie für die anderen Hausbewohner der Linden-allee 113 auch, war Erika Schwarz' Mann immer ein Schatten geblieben, nicht recht wahrgenommen und gänzlich unbedeutend, trotz seiner ungeschlachten Gestalt merkwürdig klein neben seiner dominierenden Frau, die niemals auch nur das geringste Zeichen von Zuneigung geäußert hatte, weder in Gesten noch in Worten. Daß der Mensch sofort bei Beginn des Krieges eingezogen worden war, hatte sein Bild noch mehr verschwimmen lassen. Und wenn er auf Urlaub kam, machte Erika Schwarz jedesmal den Eindruck, daß sie seine Abreise nicht rasch genug erwarten konnte. So war alle Welt zu dem Schluß gelangt, der Reichsbahnerin sei ihr Ehemann gleichgültig.

Dennoch mußte mehr zwischen den beiden gewesen sein, als es den Anschein erweckt hatte, denn jetzt hockte Erika Schwarz im Versteck mitten unter den Bertinis, erloschen und wimmernd, und die Tränen auf den eingefallenen Wangen wurden von ihr nicht abgetrocknet.

In dieser Nacht kam Ludwig Bertini brüllend hoch, mit Lauten, die in die Stille hinein dröhnten und sich nicht ersticken ließen unter den Körpern der Brüder und den Kissen, die sie im Finstern gegen das Gesicht des Jüngsten preßten. Es dauerte eine Weile, ehe Ludwig langsam und röchelnd zusammensank.

Noch in dieses Röcheln hinein hörten die Bertinis draußen Stimmen, und es wurde gerufen und gegen die Kellertür geklopft – Erika Schwarz solle doch aufmachen, man sei bereit, diese Nacht, die erste nach der schlimmen Nachricht, bei ihr zu bleiben und sie in ihrem Jammer nicht allein zu lassen.

So klang es vor der Tür der ehemaligen Waschküche. Aber Erika Schwarz beruhigte die Nachbarn, ohne aufzuschließen, und bedankte sich und bat, sie möchten wieder zurück ins Bett gehen, dergleichen werde sich nicht wiederholen.

Dann verzogen sich die Stimmen, wurden leiser, bis im Versteck nur noch Ludwigs heiseres, rasselndes Röcheln zu hören war – und, kaum wahrnehmbar, dumpfe Laute von Leas Lager.

Im Schein der drei Kerzen, die für Ludwig entzündet worden waren, sah Roman, wie die Mutter auf der Seite lag, die Hände gegen den geschwollenen Leib gedrückt. Als er zu ihr hinrutschte, hob sie das Gesicht und lächelte ihm verzerrt zu.

Alf Bertini schien von den Qualen seiner Frau völlig unberührt zu sein. Er hatte sich aufgesetzt, den Kopf in beide Hände gestützt, und stieß nun, voll unterdrückter Wut, hervor: »Wir müssen hier so schnell wie möglich raus – raus müssen wir hier!«

Lea Bertini zuckte zusammen, rollte sich auf die andere Seite, die Hände stärker gegen den Leib gepreßt, und flüsterte mit Kopfstimme, die Alf eben vergessen hatte: »Um Gottes willen, sprich doch nicht so laut. Man hört von nebenan doch jeden Ton ...«

Gegen Morgen fühlte Roman Bertini einen Druck auf seiner Brust, eine leichte, unruhige Last. Feine Haare kitzelten ihn an der Nase. Als er eine entsetzte Bewegung machte, huschte ihm die Ratte über den Hals davon.

Anfang April machte Roman sich auf den vierten Verproviantierungs-gang, zwischen neun und zehn Uhr abends – die Sonne ging schon erheblich früher auf.

Ohne die geringsten Vorkommnisse gelangte er bis zu dem völlig dunklen Schrebergelände an der Alten Wöhr. Als er in den Wald trat, unter die Bäume, verharrte er einen Augenblick, lauschte und drang lautlos, witternd, vorwärtsstrebend und gleichzeitig fluchtbereit, tiefer zwischen Stämme und Gebüsch ein.

Während Roman Bertini sonst etwa zwanzig Minuten benötigt hatte, um die dreihundert Meter zwischen Waldrand und dem großen Stein zurückzulegen, nahm die Strecke diesmal fast eine dreiviertel Stunde in Anspruch, so vorsichtig schob er sich, schließlich ganz auf dem Bauch, nach vorn. Und während er bisher vor dem Stein gut eine halbe Stunde regungslos verharrt hatte, hielt er es diesmal doppelt so lange aus.

Die winzige Bewegung rechts von ihm hinter einem Baum in etwa fünfzehn Meter Entfernung hatte Roman nicht eigentlich *gesehen,* sondern mehr *gefühlt,* als hätte die Gestalt dort, bevor er sie dann tatsächlich von der Hüfte bis zum Kopf erblickte, Schwingungen ausgesandt. Genug, daß Roman, unter dem Strahl einer aufblitzenden Taschenlampe wegtauchend, herumfuhr und in die Richtung lief, aus der er sich über so beträchtliche Zeit angeschlichen hatte. Dabei geschah etwas Merkwürdiges, schien es ihm doch, als hätte er das, was er nun erlebte – *die Entdeckung* –, schon einmal geträumt. Und so schwerelos war ihm auch nun, wie im Traum, kaum daß sein Fuß den Boden berührte. Es war, als entschwebe er mit fabelhafter Geschwindigkeit der Gefahr, zumal der verfolgende Lichtfinger ihn verfehlte.

Das trügerische Gefühl wurde jedoch abrupt unterbrochen, als er aus der Richtung der Schrebergärten eine zweite Gestalt auf sich zurennen sah, hutbedeckt und beide Arme ausgebreitet, wie seine an die Dunkelheit gewöhnten Augen erkannten.

Auf diese Gestalt schoß Roman Bertini mit der Beretta seines Groß-vaters Giacomo, als wenn er sein Lebtag nichts anderes getan hätte, als auf Menschen anzulegen. So sicher zielte und drückte er ab, eingestemmt in den Waldboden wie ein mitten im Lauf abgebremstes Pferd, das, von einer übermächtigen Gewalt zurückgerissen, gegen alle Gesetze der Schwerkraft plötzlich stand.

Noch in den Schuß hinein hörte Roman Bertini einen Schrei, die dunkle Gestalt drehte sich halb um sich selbst und sank, einen unverständlichen Ruf ausstoßend, zur Seite.

Ohne sich umgedreht zu haben, spürte Roman, daß ein dritter Mann hinter ihm durch den Wald brach, wild einen Lichtkegel tanzen lassend, während jener, den er zuerst gesehen hatte, jetzt links parallel zu ihm lief. Dann peitschten Schüsse auf, scharf, trocken, mit kurzem, grellem Mündungsfeuer.

Die pfeifenden Kugeln, ihr Surren, die Querschläger, erlebte Roman Bertini im zweiten Abschnitt seiner Flucht noch weit mehr als vorhin im Gefühl der Schwerelosigkeit. Es war, als trüge ihn der Wind nach rechts hinüber, so weit wie möglich weg von der Straße, die den Wald gegen den Stadtpark säumte und wo er abschußbereit wie auf dem Präsentierteller gewesen wäre – seine Ortskenntnis kam ihm zustatten.

Während Roman Bertini, von den Schreberlauben nur durch eine Hecke getrennt, auf die Stelle des Waldes zulief, wo er im rechten Winkel zum Bahndamm abbiegen mußte, hörte er auf dem bewohnten Gelände Stimmen, die sich, durch die Schüsse beunruhigt, nicht näherten, sondern sich eher von ihm fortbewegten. Atemlos vorwärtsgetrieben, lokalisierte er den Lärm etwa dort, wo er auf die Gestalt geschossen hatte.

Noch ehe Roman den Bahndamm hinter der Station Alte Wöhr erreicht hatte, wußte er, daß die Verfolger abgeschüttelt waren. Dennoch blieb er nicht, wie sonst, auf dieser Seite der Schienen, sondern überquerte die Geleise und rannte an ihnen entlang, immer noch in dem unwirklichen Empfinden, sowohl unsichtbar als auch gewichtslos zu sein.

Als er die niedergelassene Schranke vor der Brücke des Bahnhofs Ohlsdorf erreicht hatte, gab es Luftalarm. Er kam nicht mehr auf die Alsterdorfer Straße.

Erst hier kehrte in Roman Bertini das Bewußtsein für Naturgesetze und Körperlichkeit wieder ein – mit totaler Erschöpfung und der panischen, atemverschlagenden Erkenntnis, daß er nicht nur ohne Proviant ins Versteck zurückkehrte, sondern daß von nun an überhaupt keine Nahrungszufuhr mehr zu erwarten war.

Und erst hier durchfuhr ihn, wie elektrischer Strom, der Gedanke:

Woher wußte die Gestapo von dem großen Stein? Niemand außer Erich Snider kannte den Platz! *Wie hatten sie ihn zum Sprechen gebracht?*

Roman schlug sich in jähem Erschauern die Hände vor den Mund, biß sich auf die Fingerknöchel, kugelte sich zusammen. So blieb er auf dem etwas abschüssigen, grobgepflasterten Seitenweg liegen.

Gegen zwei Uhr früh wurde Entwarnung gegeben.

Als Roman durch das Loch in der Mauer kroch, zündete Lea eine Kerze an, erschrak und streckte eine Hand nach ihm aus.

Alf Bertini hatte sich, erst ungläubig, dann triumphierend, aufgesetzt, und als hätte er mit Romans proviantloser Rückkehr einen persönlichen Sieg errungen, lachte er gefährlich laut heraus. Dann sagte er, voll abgrundtiefer Befriedigung, schneidend: »Endlich seht ihr es wohl selber ein. Wir müssen hier so schnell wie möglich raus – raus müssen wir hier!« Und als hätte er die familiäre Kommandogewalt wieder übernommen, warf Alf sich herum und war binnen kurzem eingeschlafen.

Ludwig Bertini, mit dem Rücken gegen die anderen, hatte sich seit Romans Ankunft überhaupt nicht gerührt. Doch war an winzigen Bewegungen zu erkennen, daß er wach war.

Cesar, die zerquetschte Hand auf die Brust gelegt, starrte den Bruder hinter den dicken Brillengläsern mit einer Art mythischen Vertrauens an.

Das letzte, was Roman Bertini sah, bevor Lea mit einem unbeschreiblichen Blick die Kerze löschte, war der restliche Proviant auf der steinernen Plattform neben dem Lager der Mutter. Einige Pakete Knäckebrot, etliche Tüten voll Graupen, Reis und Linsen, drei an einigen Stellen weißschimmelige, große Dauerwürste, etwa zehn Pfund Kartoffeln und ungeöffnete Dosen mit Fisch, zehn an der Zahl, alle mit dem Zeichen ihrer dänischen Herkunft versehen, wie das Knäckebrot auch.

Wenn sie den Vorrat so streckten, daß die Nahrungsaufnahme an der unteren Grenze des Notwendigen blieb, konnten die fünf Bertinis damit noch vierzehn Tage den Hungertod hinauszögern.

In der ersten Woche nach Romans Rückkehr ins Versteck behielten die Bertinis ihre Gewohnheiten noch bei. Wie seit Mitte Februar, versammelten sie sich allabendlich, bei vollständiger Verdunkelung der ehemaligen Waschküche und nach der obligatorischen Reinigung in der kleinen Toilette, um Erika Schwarz.

628

Die Reichsbahnerin hatte übrigens schon am Tage nach der Todesnachricht nicht mehr von ihrem gefallenen Mann gesprochen. Es war, als wäre über Nacht jede Spur von Erinnerung oder Schmerz in ihr getilgt worden. Wie die anderen, sprach sie mit schwingungsloser Kopfstimme, kochte Graupen, Reis oder Linsen für die Bertinis – stets nur in einem Topf, um bei Auftauchen von Nachbarn abbruchbereit zu sein –, und bereitete Ludwigs pedantische Bügelarbeit vor.

Panik war ausgeblieben, Erörterungen der Lage gab es nicht. Das Endes des Nahrungsnachschubs war eine so endgültige, unumstößliche Tatsache, daß darüber kein Wort verloren wurde. Bedrohlich war nur, daß Alf Bertini sein stereotypes »Wir müssen hier so schnell wie möglich raus – raus müssen wir hier!« nicht mehr hervorstieß, sondern schwieg. Von dieser trügerischen Ruhe ließ Roman sich nicht täuschen. Jetzt erst recht betrachtete der Vater seine Forderung als einzige Alternative für den sicheren Hungertod – sein Gesicht war gezeichnet von dem Ausdruck einer besessenen Überlegenheit.

Ganz instinktiv folgten die Bertinis Leas Beispiel, sich so wenig wie möglich zu bewegen – womit die Schwangere nur einem natürlichen Bedürfnis ihres Zustandes nachkam. Tatsächlich sank das Hungergefühl bei körperlicher Regungslosigkeit deutlich.

Romans Versuche, Lea die doppelte Ration zuzuteilen, scheiterten an ihrer unüberwindlichen Abwehr. In diesen Tagen und Nächten erkannte er, daß er nicht imstande wäre, den Willen seiner Mutter durch einen stärkeren Gegenwillen zu brechen; daß er alle Dinge, die Lea betrafen, so hinnehmen würde, wie sie beschlossen hatte.

Der Bedrängteste von allen war Cesar Bertini. Niemand von ihnen war so ungeeignet wie er, Not, Angst und Qualen zu bestehen. Eine innere Hysterie, ausgelöst durch die ständige Katastrophenerwartung, entdeckt zu werden, hinderte ihn daran, zu liegen. So lehnte er sitzend mit dem Rücken gegen die feuchte Wand – geronnener Schrecken, in Furchtkrampf erstarrtes Fleisch, der ganze Mensch ein einziges entsetztes Auge hinter dicken Brillengläsern.

An Cesar machten sich auch zuerst die Sehstörungen bemerkbar. Die Bertinis hausten jetzt seit zwei Monaten fast ständig in Dunkelheit. Außer Roman war keiner von ihnen aus der ehemaligen Waschküche herausgekommen, und auch er nur bei Nacht. Das Kerzenlicht im Versteck und die Glühbirnen in den Räumen von Erika Schwarz waren der einzige Schein, den sie über einen Zeitraum von acht Wochen wahrgenommen hatten.

So flirrten Cesar, dann aber auch seinen Brüdern und Lea Kreise und

629

Funken vor den Augen, verschwammen die Senkrechten, wellten sich die Horizontalen. Nur Alf leugnete. Und obwohl er die Ausnahme nicht begründete, wußte doch jeder von ihnen, daß er die Überwindung der *Materie* durch die *Harmonie* seiner Gottesnähe zuschrieb.

Es war Erika Schwarz, die Schlimmeres verhütete. Eines Abends ließ sie früher als gewöhnlich die Verdunkelung herunter und postierte die Bertinis in gehöriger Entfernung vor den Seitenschlitzen, durch die das Licht des sinkenden Tages auf die schwächer gewordenen Augen einwirken konnte – Lea zur Rechten, die Söhne zur Linken des hoch gelegenen Fensters im Schlafraum der Reichsbahnerin. Fortan standen oder saßen sie etwa eine halbe Stunde davor und blickten, ohne selbst gesehen werden zu können, hinaus. Danach gingen sie ins Verlies zurück, wo Alfs beredtes Schweigen sie empfing. Der Zusammenstoß war nichts als eine Frage der Zeit.

Eine Woche nach Roman Bertinis mißglücktem Gang, am 12. April, waren die Kartoffeln verzehrt, die Dauerwürste um mehr als die Hälfte geschrumpft, desgleichen der Vorrat an Dosen.

In jener Nacht steckte Erika Schwarz spät ihr von der Taschenlampe angestrahltes Gesicht durch das Loch in der Mauer und sagte:

»Die Engländer haben Hannover und Lüneburg erobert.«

Der Verfall der Kräfte und der Nerven setzte schlagartig ein – und es waren die Ratten, die es am ehesten spürten.

Die Tiere waren immer dreister geworden. Nach so langer Gewöhnung an die Gegenwart von Menschen, wagten sie sich im Dunkeln mitten zwischen die Bertinis, tappten, huschten, verschwanden aber schon bei Aufflammen eines Streichholzes. Dann setzte eine wilde Flucht in immer die gleiche Richtung ein – nach der Vorderseite des Hauses, wohin es vom Versteck durch die zerstörte Mauer unterirdische Verbindungen nach außen geben mußte.

Die Bertinis hatten sich daran gewöhnt, in der Finsternis nach den Ratten zu schlagen, eine instinktive Abwehr, die sie sogar im Schlaf beibehielten. Als Lea in den Resten von Graupen und Reis Kot fand, wurden die übriggebliebenen Lebensmittel auf einen Hocker gelegt. Von nun an hörten die Bertinis, wie die Ratten versuchten, an den Holzbeinen emporzuklimmen und, vergeblich, aber unermüdlich, auf die Sitzfläche zu springen.

Licht wurde nur noch selten gemacht, obwohl Kerzen das einzige waren, woran die Bertinis keinen Mangel litten. Sieben von ihnen hatte Roman, unten zugespitzt, in den Leuchter gesteckt, ohne jedoch die

Menora bisher angezündet zu haben. Es war, als würden sie sich, auch voreinander, sicherer fühlen, wenn es dunkel blieb.

Ihr Zustand mußte dem von Bergsteigern in großer Höhe ähneln. Jede Bewegung, jeder Atemzug benötigte doppelte Anstrengung, das Herz schien unrhythmisch zu schlagen, jeder Mitteilungsdrang war erloschen. Auch das hygienische Bedürfnis nahm zusehends ab, die allabendlichen Waschungen fanden nicht mehr regelmäßig statt, und die eingebürgerte Reihenfolge, so lange durchgehalten, wurde willkürlich geändert.

Allein Ludwig Bertinis Eitelkeit erwies sich bisher als unbesiegbare Eigenschaft. Obschon außer Wirtin und eigener Familie niemand scharfe Hosenfalten, glatte Jackettärmel und makellose Hemden bewundern konnte, bügelte er, von Erika Schwarz mit allem Notwendigen versehen, unverdrossen, wenngleich mit langsameren Bewegungen als sonst, drauflos. Da stand er in der Küche, der Jüngste der Bertinis, tupfte mit dem Finger fachmännisch gegen das Eisen, um die Hitze zu prüfen, und setzte es mit Nachdruck auf. Hager, die Narbe an der Nase vom Licht der elektrischen Birne bestrahlt, dann und wann leicht schwankend, verrichtete Ludwig sein sinnloses Werk.

Dieser Anblick entlockte Roman ein fassungsloses, völlig defensiv gemeintes und mehr an sich selbst gerichtetes: »Mein Gott – wozu das eigentlich?«

Die Reaktion war überraschend. Ludwig ließ das Plätteisen sinken und kehrte sich mit zuckendem Adamsapfel dem Bruder zu. Dann sagte er, ohne Kopfstimme, aber so leise und unterdrückt, daß er schon auf dem Flur nicht mehr zu verstehen gewesen wäre: »Wozu *was*? Das bißchen Bügeln hier, die paar Striche über Hemd und Hose? Daran nimmst du Anstoß? Was ist das denn gegen das, was *du* tust? Du, Roman Bertini, machst dich zum Herrn über Leben und Tod, du gefährdest andere Menschen, um *unsere* Probleme zu lösen«, er neigte sich, ohne sie anzusehen, gegen Erika Schwarz, »du bist fähig, deine eigene Mutter zu erschießen und, wenn du meinst, es sei nötig, deinen Vater auch. Was ist dagegen meine Vorliebe für blanke Schuhe, gebügelte Hemden und straffe Hosen? Sag mir lieber, was *du* für ein Mensch bist, Bruderherz!«

Damit ließ Ludwig alles stehen und liegen und ging hinaus.

In dieser Nacht blieb Roman wach, die Sätze des Jüngsten wie gedruckt vor Augen, jede Silbe, jedes Wort und alle Schattierungen des Ausdrucks.

So wurde er, durch das Pfeifen und Huschen der Ratten hindurch,

Zeuge von Geräuschen, die er sich nicht erklären konnte. Nach einer Weile faßte Roman neben sich, und als er Cesars Lager leer fand, tastete er nach vorn.

Der Älteste befand sich an der Plattform bei Lea und erstarrte, als der Bruder ihn berührte. Roman machte kein Licht, war doch ohnehin klar, was da vor sich ging. Er fuhr an Cesars Arm entlang, bis zu seiner heilen Hand – sie war voller Graupen. Gleichzeitig mahlte Cesar mit den Zähnen, schluckte und zitterte am ganzen Körper, als er mit der Stirn gegen Romans Schulter lehnte. Der lenkte ihn zu seinem Lager zurück, führte Cesars gefüllte Hand zu dessen Mund und behielt die eigene auf der zerquetschten des Bruders.

So schliefen sie ein.

Am Morgen hörten die Bertinis, wie Erika Schwarz den Keller verließ, draußen mit jemandem sprach, ausrief: »Ach, ich habe noch was vergessen!« und wieder zurückkehrte.

Die Reichsbahnerin machte sich in der Küche zu schaffen, kam dann aber an den Vorraum. Als sie dort verharrte, kroch Roman zum Loch und steckte den Kopf hindurch.

Eine Silhouette am andern Ende, sagte Erika Schwarz, über das Gerümpel hinweg, vibrationslos:

»Die Russen greifen Berlin an!«

Als die Vorräte noch zwei Tage reichten, übergab Roman die zweitausend Mark von Helene Neiter an Erika Schwarz, mit der Bitte, Eßbares zu besorgen. Vorsichtig zu besorgen, so daß sie, eine einzelne Person, keinen Verdacht errege – Brot und Fett vor allem.

»Und Milch«, ergänzte die Reichsbahnerin nüchtern, »für deine Mutter und ihr Gör.« Und nach einer Weile: »Weit kommen wir mit dem Geld nicht. Kennst du die Preise auf dem Schwarzen Markt?«

Sie besorgte die Lebensmittel mit jener Zuverlässigkeit, die die Bertinis von ihr gewohnt waren. Nur irrte sie sich, als sie die Verteilung ihnen überließ. Eltern und Söhne schlangen alles hinunter, bis auf den letzten Krümel, das letzte Gramm Fett, unfähig, sich zu beschränken. Diesmal war es nicht nur Cesar, auch Lea konnte ihren Heißhunger nicht dämpfen.

Die Folgen waren verheerend. Sie erbrachen sich, sanken zurück, und von diesem Augenblick an schien es, als könnte sich keiner von ihnen mehr aus eigener Kraft erheben.

Fortan teilte Erika Schwarz ihnen die Rationen zu, mit der Weisung, Lea zu bevorzugen. Als die Schwangere sich sträubte, übernahm die

Reichsbahnerin selbst die Fütterung. Dabei zeigte sich, daß Lea schon zu schwach war, um sich zu wehren. Nur ihre Hände flatterten, als ihr Milch eingeflößt wurde – weiteren Widerstand konnte sie nicht leisten.

Überhaupt war es die Schwäche, was die ungleichen Bertinis nun einte, eine körperliche und geistige Erschöpfung, die ihnen periodisch die Sinne raubte und sie in gnädige Ohnmachten schickte. Cesar und Roman hatten das Schachspielen eingestellt – sie waren zu kraftlos, um auch nur die Figuren zu versetzen. Jede Orientierung war dahin, örtlich und zeitlich. An einem Sonntag, als durch die Anwesenheit von Erika Schwarz und nach Beachtung aller Vorsichtsmaßnahmen, wie in den vergangenen Monaten, auch tagsüber die Toilette hätte aufgesucht werden können, urinierte Cesar zum erstenmal unter sich.

Nach einer weiteren Woche war Helene Neiters Spende verbraucht.

In dieser Situation kroch Erika Schwarz durch das Loch, holte Roman Bertini hoch und schleppte ihn in die Küche.

»Die Engländer werden Hamburg in etwa zehn Tagen erreicht haben«, sagte sie. »Bis dahin werdet ihr so gut wie nichts zu essen bekommen – außer Lea. Mit ihr werde ich meine Lebensmittelmarken teilen.« Und als Roman auffuhr, als er keuchte: »Und was wird aus dir? Du mußt bei Kräften bleiben – du, du!« drückte ihn die Reichsbahnerin an der Schulter nieder.

»Kommandant«, sagte sie, und in ihrem harten Gesicht zuckte es bei dem ersten Widerspruch ihres Lebens gegen ihn, »du hast zu lange nur das *Ziel* vor Augen gehabt, ohne Rücksicht auf Verluste – wolltest du nicht ursprünglich sogar ohne deinen Vater kommen? Die Not hat dich gezwungen, immer nur das Ganze zu sehen und, wenn unvermeidbar, darüber einzelne zu opfern. Ludwig hat nie begriffen, was dich dazu treibt – ich begreife es. Immer gab es für dich einen *Untermann*, der erhalten werden mußte – und der bin jetzt ich, stimmt. Doch diesmal versagt dein Rezept. Ich werde meine Rationen mit deiner Mutter teilen, gleich, was mit mir passiert. Ich kann nicht anders.«

Sanft hob sie Roman hoch und führte ihn aus der Küche zurück, nachdem sie vorher an der Kellertür nach draußen gewittert hatte.

Fünf Tage später, morgens, drang von weit her unablässig Gedröhn ins Versteck – einmal stärker, dann wieder schwächer, wie der Wind es trug.

In die Bertinis kam ächzende Bewegung. Lea setzte sich auf, den Kopf schlaff nach hintenüber, den Mund klaffend geöffnet. Die Söhne fielen nach einigen Versuchen, auf die Knie zu kommen, wieder auf ihr Lager zurück, und nur der Lidschlag zeigte an, daß sie noch lebten. Allein Alf Bertini gelang es, aufrecht sitzen zu bleiben, weit vorgebeugt, um nicht durch das eigene Gewicht hintenüber zu schlagen. In dieser Haltung verblieb er die volle Zeit des Artilleriebeschusses. Denn kein Zweifel, da wurden Kanonen abgefeuert, viele Geschütze, ganze Batterien – für die Bertinis das erste Zeichen alliierter Nähe auf dem Boden.

Noch während der Donner anhielt, hatte Alf begonnen, sich die Schuhe anzuziehen – sonst war er, wie die anderen, vollständig bekleidet. Als der Geschützlärm verstummte, flüsterte er: »*Sie* sind da!« und noch einmal »*Sie* sind da!« und war schon auf den Beinen und mit drei Schritten am Loch in der Mauer.

Aber Roman Bertini war schneller als sein Vater. Er, der sich nicht zu erheben vermochte, als der Beschuß begonnen hatte, war mit einem Satz, über Cesar hinweg, vor Alf.

»Wohin willst du denn? Zu deiner Mutter, in die Arme der Hattenroths? Oder nach Barmbek, in den Keller?« Nie hatte die eigene Kopfstimme für Roman in so seltsamem Gegensatz zu dem Gesprochenen gestanden.

Alf Bertini rührte sich nicht. Er verharrte vor seinem Sohn, fast Kopf an Kopf mit ihm.

»Aber wohin du auch immer gehen würdest – die Gestapo würde dich sofort fassen. Sie würde dich schlagen, dir die Haut abziehen, dich rösten, und in einer Stunde wäre sie dort, wo du jetzt stehst. *Dieses Regime funktioniert bis auf die letzte Sekunde!*«

Alf Bertini rührte sich nicht. Dann holte er mit dem Arm aus, hoch empor, und verharrte wie angewurzelt – klein, schwarz und schwer lag in Romans Hand die Pistole.

»Du Wunderkind, du einziger Chopin-Interpret, du großer Dirigent und noch größerer Christ«, flüsterte er nahe vor Alf, und jedes Wort fiel wie ein schwerer Tropfen in die ungeheure Stille. »*Sie* sind nicht da! Für uns sind *sie* erst da, wenn die Panzer draußen vorbeifahren, vorn, auf der Alsterdorfer Straße – dann sind *sie* da, und nicht einen Augenblick eher«, damit stieß Roman Bertini seinem Vater die Mündung gegen die Herzseite. »Wenn du auch nur einen, einen einzigen Zentimeter weiter gehst, drücke ich ab.«

Cesar und Ludwig kamen halb hoch, und Lea gab einen gurgelnden Schrei von sich. Alf aber sah an sich herab, starrte auf die Pistole und brach, die Hände vors Gesicht geschlagen, neben seinem Lager

zusammen. Er wurde geschüttelt, als schlüge die Kraft eines überdimensionalen Herzens ihn auf und ab, hoch und nieder, und zwar
ohne daß ihm ein Laut entfuhr, die volle Stunde und mehr, die er am
Ende seines Betts hockte, die Stirn auf den Brettern.

Erst am nächsten Abend erfuhren die Bertinis von Erika Schwarz, daß
Einheiten der britischen Armee nach stundenlanger Artillerievorbereitung knapp fünfzig Kilometer östlich von Hamburg, bei Lauenburg,
auf das Nordufer der Elbe übergesetzt hatten.

Entgegen ihrer sonstigen Gewohnheit ging die Reichsbahnerin noch
nicht gleich. Sie ging erst, nachdem sie jeden einzeln mit der Taschenlampe angestrahlt und dann gesagt hatte:

»Die Meldung ist eben offiziell über den deutschen Rundfunk gekommen – *Hitler ist tot*!«

Schärfer zogen die Bertinis den Atem ein, rasselnder, hohler. Dann
entzündete Roman ein Streichholz, steckte aber nicht eine einzelne
Kerze an, sondern alle sieben in der Menora.

Ungewöhnlich hell wurde es im Versteck, ja gleißend, daß die Ratten
rasender noch als sonst flüchteten und jeder Riß an der niedrigen
Decke und den glitschigen Mauern sichtbar wurde.

Und in diesem Licht nun geschah es, daß die drei Brüder sich
aufstützten, daß sie zeitlupenhaft langsam, die abgemagerten Gesichter
vor Anstrengung verzerrt, auf die Beine kamen und mit gleichsam
ungeschmierten Gelenken zu *tanzen* begannen.

Tiefer, bodennäher noch eingeknickt in den Knien als früher bei gleicher
Szene; den Rücken buckelhaft gewölbt; die Oberlippe aufgeblasen, um
die Nase stärker zu krümmen; watschelnd und doch leichtfüßig, als
wären sie gerade einem Erholungsaufenthalt entsprungen, und die
Köpfe weit zwischen die Schultern genommen – so umkreisten sie vor
dem Loch in der Mauer den siebenarmigen Leuchter.

Auf und ab warfen sie den Oberkörper, wie in überschriller Ekstase,
und ihre Schatten glitten riesig über die schwammigen Wände. Wie in
rituell eingeübtem Rhythmus, änderten sie periodisch die Richtung, in
der dreifachen Einheit dennoch jeder von ihnen eine gesonderte Figur.
Cesar der Golem, in panischer Beklemmung eingekerkert, mit der
einen Hand an den Gittern eines imaginären Käfigs rüttelnd, die
andere, unversehrte, wie in Scham mit der Fläche auf das bloße Haupt
gepreßt. Roman o-beinig, schrumpelig, mümmelnd, auch er die Blöße
seines Kopfes zerknirscht mit den Unterarmen bedeckend, die er dann
doch für die Verlesung der Tora brauchte. Lang zog er die unsichtbare

Rolle aus in den sich immer weiter nach oben und unten voneinander entfernenden Händen. Ludwig endlich in perfekter Maske, das Gesicht konvex verbogen, halb nach hinten gerichtet, den Kopf dabei halslos zwischen die Schultern gerissen, ein hohnvoll Entkommender, der seiner Verfolger in wahnsinniger Gewißheit spottet – so feierten die Söhne vor dem Loch in der Mauer, auf engstem Raum, im flammenzuckenden Schein des Leuchters, die Nachricht vom Tode des Führers und Reichskanzlers Adolf Hitler – *jüdelnd!*

Dann klappten sie zusammen, wo sie gerade getanzt hatten, und erhoben sich nicht mehr. Lea und Alf waren nur zu Anfang schwach hochgekommen, hatten dann aber regungslos dagelegen.

Keiner der Bertinis sah, wie die sieben Kerzen in der Menora niederbrannten und erloschen.

So blieben sie tagelang liegen, ohne Nahrung, ausgenommen Lea, der Erika Schwarz dreimal täglich Flüssiges einflößte, was die Schwangere nicht mehr wahrzunehmen schien.

Alle Bertinis wurden von Ratten angenagt, an Armen und Beinen, Alf auch im Gesicht. In den kleinen, aber tiefen Wunden zeichneten sich deutlich die Hauer ab. Da die Tiere immer wieder in dieselben Stellen bissen, gerann das Blut schwerer. Obwohl die Schmerzen unerträglich waren, mußten die Bertinis sie über sich ergehen lassen. Das mechanische, hilflose Wedeln ihrer Hände schreckte die Ratten nicht ab. So konzentrierte sich ihr einziger Wunsch, eine gierige, allmächtige Sehnsucht, auf jenen Zustand, der allein ihnen Linderung verschaffen konnte und in dem sie nun die meiste Zeit dahindämmerten – Bewußtlosigkeit.

Dann, als der Irrsinn seine grauen Lichter durch die Gruft geistern ließ; als die Söhne sich an der Stelle, wo sie niedergebrochen waren, auf den Rücken gewälzt und kotstarrend, Arme und Beine wie gekreuzigt von sich gestreckt hielten; als Alf und Lea unter ihren Decken wie leblose Menschenhügel dalagen, und nur dann und wann ein lallender Laut schwach und verschwommen in die schwere Stille platzte – kroch die Reichsbahnerin durch das Loch, leuchtete mit der Taschenlampe, stellte überall Kerzen auf und sagte, ohne Vorsicht, laut, mit ihrer eigentlichen Stimme:

»Hamburg hat kapituliert. Seit zwei Stunden marschieren die Engländer von Süden in die Stadt ein. Es besteht allgemeines Ausgehverbot.«

Keiner der Bertinis wird später einen optischen Eindruck von diesem Augenblick rekonstruieren können. Er blieb Eltern und Söhnen für immer verschlossen, nicht ein einziges Bild drängte sich je klar in ihr Bewußtsein, als sie wieder frei denken konnten.

Wohl aber haftete die entscheidende Minute ihres Lebens ihnen akustisch in Erinnerung. Denn gleich darauf sagte Erika im Tone trockener Feststellung jenen Anschlußsatz, den alle fünf, die da schmutzverkrustet, ohne Gewalt über sich selbst, mit geschlossenen Augen und geschlossenem Mund auf den Brettern lagen, für den Rest ihres Daseins behalten würden:

»Die Scheiße hat also ein Ende!«

Die Panzer kamen am späten Nachmittag, dröhnend und von zwei Seiten – aus der Richtung des Ohlsdorfer Bahnhofs, die Alsterdorfer Straße herunter, und vom Stadtpark, über die Kreuzung zum Flughafen Fuhlsbüttel.

Was dann nacheinander aus der ehemaligen Waschküche hervorkroch, hatte nur noch wenig Ähnlichkeit mit Menschen – es war ein Anblick, auf den niemand vorbereitet sein konnte.

Da keiner der Bertinis aufrecht zu gehen vermochte, bewegten sie sich auf unterschiedliche Weise über den freien Platz des ausgebrannten Häuserkarrees auf die Panzer zu. Alf und die Söhne auf allen vieren, Lea auf den Knien, rutschend, aber auch sie dann und wann mit den Handflächen auf der Erde. Dabei hielten die fünf immer wieder an und bedeckten die Augen, die ohne diesen Schutz fest zusammengekniffen waren – das Licht des Tages stach wie mit Messern auf die Pupillen ein.

So tasteten sie sich vorwärts, weiter und weiter auseinandergezogen – Roman, von Cesar und Ludwig gefolgt, vornean, während Alf und seine Frau die Nachhut bildeten. Alle Bertinis wirkten verspakt, von grünlicher Grundfarbe, als hätten sie lange in Moos gelegen und dessen Aussehen und Feuchtigkeit angenommen. Ihre Kleidung war so mürbe, daß durch die Reibung am Boden, aber auch durch die bloße Bewegung schon, ganze Teile von ihr zerfielen.

Vor dem Gehsteig der Alsterdorfer Straße konnten sich weder Eltern noch Söhne mehr aufrechthalten. Auf dem Bauch, merkwürdig gewunden, starrten sie die Kampfpanzer der Achten Armee des Feldmarschalls Montgomery an, eine endlose Kette, die von rechts heranrollte – stockend, anfahrend, stockend, wenn der britische Soldat im Turmluk auf die fünf grauenhaften Gestalten aufmerksam machte, die sich bis zum Bordstein herangearbeitet hatten, ohne die Köpfe zu erheben. Nur die Hände zuckten.

So blieben die Bertinis liegen, lange noch, nachdem der letzte Panzer verschwunden war.

Von irgendwoher, jedoch aus der Nähe, hörten sie Stimmen, Geraune, Rufe, offenbar die Nachbarn der Reichsbahnerin. Aber niemand wagte sich an sie heran. Erika Schwarz war überhaupt nicht aus dem Keller herausgetreten.

Schließlich kroch Roman zurück. Als er an Lea vorbeikam, gewahrte er durch einen Schlitz seiner schmerzenden Augen, daß das Haar der Mutter schneeweiß geworden war, daß nicht ein einziger dunkler Faden es mehr durchzog, daß die schwarze Pracht, mit der Lea das Versteck vor fast einem Vierteljahr betreten hatte, erloschen war. Aber erst, als er Cesar unter freiem Himmel erblickte, weinte er – wie von einem schnurgeraden Scheitel getrennt, war die rechte Hälfte seines Haupthaars silbern verfärbt, während die linke das gewohnte dunkle Braun zeigte.

Es dauerte geraume Zeit, bis Roman Bertini das Loch in der Mauer passiert hatte. Er entzündete eine Kerze und stellte sie an das obere Ende seines Lagers. Dann nahm er die Waffe aus der rechten Hosentasche, legte die Pistole neben die Menora, rückte das Buch *Schau heimwärts, Engel* von den *Manuskripten*, holte unter dem Umschlagdeckel sein silbergraues Notizbuch mit dem Goldschnitt hervor und schrieb da hinein:

»Wir sind befreit.«

Dies geschah an einem Freitag, dem vierten Mai, im Jahre Neunzehnhundertfünfundvierzig.

Fünfter Teil

Das erste Jahr

1

Planet Auschwitz

Der Nebel in den Köpfen der Bertinis blieb noch die ganze folgende Woche.

Wie aus tiefer Narkose, so erwachten sie, langsam, aus der Unschärfe heraus; gewahrten, wie sie gewaschen und gefüttert wurden, um sie herum fremde Stimmen, Ausrufe, ferne Gesichter, über allem aber das vertraute Organ von Erika Schwarz. All das, Waschung, Fütterung, Lagerung, spielte sich im Schlafraum oder in der Küche ab – keiner der Bertinis kehrte je wieder in das Verlies zurück.

Nachdem sich ihre Geschichte herumgesprochen hatte, waren Vorräte herbeigeschafft worden, aus der Trümmerumgebung, von Leuten, die Erika Schwarz nie gesehen hatte. Auch diese Helfer blieben für die Bertinis, wie die Nachbarn der Reichsbahnerin, anonym, nichts als Schemen.

Endlich wieder bei Sinnen, fand Roman, daß Erika Schwarz mürrisch war, harsch, fast abweisend – bis er begriff, wovon ihre Haltung vollständig geprägt wurde: Angst vor Dank.

So ging der Abschied formlos vor sich, war die Rückkehr in den Barmbeker Keller von einer gewissen Wortkargheit gezeichnet. Die wenigen Habseligkeiten der Bertinis, jedoch erhebliche Mengen an Nahrungsmitteln von den unbekannten Stiftern, wurden auf eine gemietete Karre verladen – so zogen sie los, die Alsterdorfer Straße in Richtung Bahnhof Ohlsdorf hinunter. Es war beschlossen worden, den Weg in die Düsternstraße, etwa sechs Kilometer, zu Fuß zurückzulegen, auch von Lea, die sich geweigert hatte, die Bahn zu besteigen. Alf schob die Karre, Cesar machte die Nachhut, Ludwig schritt vorneweg aus – hinter ihm Lea, auf Roman gestützt. Der hielt die *Manuskripte,* Thomas Wolfe's *Schau heimwärts, Engel* und den siebenarmigen Leuchter fest unter den Arm geklemmt. Ihrer aller Gesichter glühten – die Passanten blieben stehen, sahen ihnen nach, schüttelten die Köpfe.

Den Bertinis schienen Flügel gewachsen! Es war, als wenn sie die endlos lange Fuhlsbüttler Straße hinunterschwebten, aufwärts gereckt und mit wippenden Fußballen, die kaum die Erde berührten, sondern von ihr abfederten und in die Höhe strebten – auch Lea, schwer und schwanger, bot kein anderes Bild.

So erreichten sie den Keller, schlossen auf, sahen sich um, räumten ein. Da traf sie auch schon der erste Begrüßungsschrei, vom Schuttwall her. Da stand, krähend vor hysterischer Wiedersehensfreude, in der ausgestreckten Rechten, steil in die Luft gestochen, einen Regenschirm – Helene Neiter! Die Sonne schien, am Himmel zog kein Wölkchen, alles war in strahlendes Gold und Blau gehüllt – die Bertinis schluckten, als die alte Freundin Lea heulend in die Arme schloß.

Als nächster stellte sich Horst Cunert ein, immer noch in seine verschlissene Uniform gehüllt. Schlingernd kam er herangewankt, tapsend, kaum gehfähig, aber in den Augen den Ausdruck eines infernalischen Triumphes. So hockte er in der Küche auf einem Stuhl, in schweigender Genugtuung, und wenn einer der Bertinis in seine Nähe kam, faßte der Sohn des toten Optikers ihn an, mit spitzen Fingern, als wollte er sich seiner Leibhaftigkeit vergewissern.

Dann erschien Mickey, und zwar – überwältigende Demonstration seines Sonderstatus – bei *curfew*, also während des *Ausgehverbotes*, das die britische Militärregierung von einer bestimmten Abendstunde bis zum frühen Morgen verhängt hatte. Mit langatmigen Jubeltönen, die Zeige- und Mittelfinger beider Hände zum V-Zeichen des Sieges emporgehoben, so kam auch er vom Schuttwall heruntergefegt und fiel jedem der Bertinis um den Hals.

Sein Bericht dagegen war kurz und trocken. Der Hohelufter Spediteur, der ihn den letzten Monat über, »für alle Fälle«, versteckt hielt, hatte Mickey noch am Tage der Kapitulation der Freien und Hansestadt Hamburg mit der Schenkung von hunderttausend Reichsmark zu seinem Kompagnon gemacht und in die Lagerbestände an Nahrungs- und Genußmitteln eingeweiht. »Ihr macht euch keinen Begriff von den Mengen«, staunte Mickey immer noch, »daß es überhaupt so viel gibt!« Dann fragte er nach der Versorgungslage der Bertinis, erklärte sie als *wurmstichig*, und entschied, daß ihre von der Alsterdorfer Straße mitgebrachten Vorräte für eine Woche reichten. Er endete mit der Verkündung, daß hinfort er, Hans Massakon, genannt Mickey, für das leibliche Wohl der Bertinis aufkommen werde, solange es sich als notwendig erweise.

Danach forderte er Ludwig auf, ihn zu begleiten, alle Bedenken wegen des *Ausgehverbotes* mit einer Handbewegung hinwegwischend. Kurz vor Mitternacht kamen die beiden mit einem hochbeladenen Blockwagen von der Lindenallee her die Düsternstraße herauf und packten aus.

Schließlich standen Roman Bertini und Mickey allein vor dem Keller.

»Ich habe von den Briten sofort ein Papier bekommen, das mich unabhängig vom curfew macht. Aber glaubst du, daß mich bisher auch nur *eine* Streife kontrolliert hätte? Nicht zu glauben, was heute das bißchen dunkle Haut ausmacht«, Mickey ging langsam, die Hand an der Deichsel des Blockwagens, den Trümmerpfad herunter. »Ich habe sofort *unsere* Auswanderung eingeleitet. Nicht bei den Briten, sondern bei den Amerikanern. Ich war dafür in Bremen, wo die Amis eine Enklave haben.« Mickey blieb stehen und rückte Roman so zurecht, daß sie sich ins Gesicht sehen konnten. »Ich habe nichts für mich allein gemacht, sondern deine ganze Familie von vornherein einbegriffen. Ich glaube aber nicht, daß sie alle wollen, wenn es soweit sein wird – schließlich kommt es auf dich hinaus, vielleicht noch auf Cesar. Ich habe trotzdem euch alle fünf angemeldet. Man hat mir gesagt, bei eurer und meiner Vorgeschichte sei die Genehmigung zur Auswanderung nur eine Frage der Zeit, es würde etwa ein Jahr dauern, bis wir Deutschland verlassen und in die USA einwandern könnten«, Mickey setzte sich wieder in Bewegung, zog den Blockwagen hinter sich her und fragte, wie zur Vergewisserung, nicht im Tone des Zweifels: »*Du* wirst Deutschland doch auf jeden Fall verlassen?«

Roman Bertini stand da in den Trümmern Barmbeks, kurz vor Einmündung der Düsternstraße in die Lindenallee. Wenn er nach rechts schaute, konnte er trotz der Dunkelheit die ausgebrannte Fassade des Hauses 113 erkennen. Der Maihimmel war, tropengleich, von Sternen übersät.

»Ja«, sagte er, »ich werde Deutschland verlassen.«

Am nächsten Morgen suchte Roman Bertini den Eichkamp auf, die Nebenstraße am Mundsburger Damm. Als er an der Tür mit dem Namensschild *Erich Snider* klingelte und niemand öffnete, hockte er sich hin und wartete. Er wartete länger als vierundzwanzig Stunden. Erst am späten Vormittag des nächsten Tages kam Esther Asberth die Treppe hoch, schrie auf, als sie Roman erblickte, und wollte nicht aufhören zu schreien.

Es dauerte lange, bis sie die Tür geöffnet hatte. Drinnen stiegen sie über

643

Rohre, Flanschen und Becken, wobei Esther, hastig, wie es Roman schien, von einer Kommode eine Jacke wegriß, die wie die Uniform eines britischen Offiziers aussah, und sie mit einem Schwung in ihr Zimmer schleuderte.

Dann nahmen sie in der Küche Platz.

Esther Asberth war nicht wiederzuerkennen. Sie hatte schwere Schatten unter den Augen, die Wangen waren eingefallen, ihr Haar stand strähnig ab. Aus diesem verwüsteten Antlitz erfuhr Roman Bertini vom Leben und Sterben ihres Vaters, Erich Snider.

Der Klempner hatte schon seit dem Sommer 1941 eine vierköpfige jüdische Familie versorgt, die nach Empfang des Deportationsbefehls ganz in der Nähe, am Schwanenwik, in der Dachwohnung eines kinderlosen Ehepaars versteckt worden war, das wußte, was es tat. Alles war gut gegangen, bis zur Nacht vor jenem Tag, an dem Erich Snider Roman die Menora übergeben hatte – der siebenarmige Leuchter war alles gewesen, was von den Illegalen und ihrer Habe übriggeblieben war. Eine Luftmine, Volltreffer, hatte die obere Hälfte des Mietshauses weggeblasen – und natürlich hatte die jüdische Familie, Eltern und zwei erwachsene Töchter, auch bei Alarm die Dachwohnung nie verlassen.

Noch vor Morgengrauen, bald nach der Entwarnung, fand Erich Snider den Leuchter, etwa hundert Meter entfernt von dem wie mit einem gigantischen Rasiermesser schnittglatt halbierten Haus, in dessen Luftschutzkeller niemand verletzt worden war.

Dann, gegen Ende März 1945, war Erich Snider von der Gestapo abgeholt worden, ohne daß seine Tochter etwas von ihm oder seinem weiteren Schicksal erfahren hatte – bis vor sieben Tagen. Da war ein Mann gekommen, ein ehemaliger Häftling aus dem Konzentrationslager Neuengamme bei Hamburg, und hatte Esther Asberth die Nachricht vom Tode ihres Vaters gebracht – der Überbringer hatte, als es geschah, daneben gestanden.

Bei ihrem Bericht war die junge Frau immer seltener von Schluchzen unterbrochen worden, als würde sie von innen her austrocknen. Jetzt sagte sie, fast tonlos: »Sie haben ihn ... erschlagen. Mit Knüppeln ... wie eine Katze.«

Roman wartete, und als sie stumm blieb, das graue Gesicht zu ihm aufgerichtet, fragte er, mit heiserer Stimme, stockend und doch drängend: »Was haben sie *vorher* mit ihm gemacht – *vorher*?«

Da begann Esther Asberth zu zittern. Sie ließ seine Hand los, legte ihre Stirn auf Romans Knie und krallte die Finger im Nacken zusammen.

Dann schrie sie lange etwas, das erst zu verstehen war, als die Stimme ihre Kraft verloren hatte: »Vorher . . .«, sie hob ihr zerstörtes Gesicht zu ihm empor, *»vorher haben sie ihm die Nägel seiner rechten Hand ausgerissen . . .«*

Roman Bertini stand auf, mechanisch, löste sich von ihr, lehnte sich gegen die Wand – *so* hatten sie Kenntnis bekommen von dem großen Stein im Stadtpark bei der Alten Wöhr. Er griff nach Esthers Kopf, unten vor sich, legte seine Hand darauf und suchte dann den Weg hinaus.

Er ging den Mundsburger Damm und die Hamburger Straße hinunter, Schritt vor Schritt. Am Barmbeker Markt konnte er nicht mehr. Gegenüber dem ausgebrannten Kino *Europa-Palast* setzte er sich in die Trümmer, stützte das Gesicht in beide Hände und schloß die Augen, vor denen ihm die ganze Strecke lang Nebel gewallt hatten, wie in seinem Hirn.

Erich Snider hatte sich geopfert – für die Bertinis. Als gälte es, einen Sprechtext auswendig zu lernen, so lallte Roman diesen Satz immer wieder vor sich hin: Erich Snider hatte sich geopfert – für die Bertinis. Er war ermordet worden – ihretwegen, damit sie nicht getötet würden.

Erst in der Dunkelheit erhob Roman sich. Er hatte fast zwei Tage nichts gegessen und nichts getrunken, aber er verspürte weder Hunger noch Durst. Er war wie betäubt von einer Erfahrung, die er hier in den Trümmern des Barmbeker Marktes machte, *nach* der Befreiung machte – nämlich daß er, wie früher, sterben und nichts als sterben wollte.

Lea empfing Roman nach seiner fast vierzigstündigen Abwesenheit mit dem Ausdruck eines todesgeängstigten Tieres.

Er blieb im Keller vor ihr stehen, ließ die Arme schlaff am Körper herabhängen.

»Mutter, bitte – warum die Angst?« Er hob den Kopf nicht, stand, die Augen auf den Fußboden gerichtet, da. »Es ist vorbei Mutter, es ist für immer vorbei!«

Lea machte einen Schritt auf ihn zu, hielt inne, berührte ihn nicht.

»Ja doch, Kind«, flüsterte sie, »ja doch.«

Alf Bertini schien nicht auf den Gedanken zu kommen, seine Mutter von Wiederauferstehung und Rückkehr in Kenntnis zu setzen – es war Emma selbst, die sich auf den Weg machte. Vorher, im Februar, März und April, hatte ihr umwölkter Verstand sie bereits mehrmals hierhergetrieben, nun, als sie alle wieder antraf, gab sie sich freudig, aber nicht

645

überrascht – sie hatte keine Sekunde daran gezweifelt, zumindestens ihren Sohn unter den Lebenden anzutreffen.

Alf schaffte eine Begrüßung ohne jede körperliche Berührung und verschwand. Aber Emma vermißte ihn keineswegs, war sie doch voll und ganz mit Lea beschäftigt. Die Augen eng zusammengekniffen, betastete sie behutsam und mit großem Ernst Leas geschwollenen Leib, zwang die Schwangere oft, sich zu setzen, und sagte plötzlich, feierlich und normal: »Paß auf, es wird ein Sohn – und diesmal, diesmal kriegt er den Namen *Alberto*!«

Als wäre mit der Forderung ihr rationales Denkvermögen bereits erschöpft, legte Emma Bertini darauf die Hand ans Ohr, lauschte, schwang den Oberkörper mit geschlossenen Augen hin und her, und summte: »Fa-a-me – Hunger! Sie rufen immer noch, hört ihr? Hört ihr denn nicht? Hunger! Jetzt werden sie von den Engländern festgehalten!«

Emma Bertini blieb bis gegen Abend. Ohne seine Großmutter zu fragen, ob es ihr passe oder nicht, begleitete Roman sie heim.

Als Eitel-Fritz Hattenroth, unmittelbar nachdem Emma aufgeschlossen hatte, Roman erblickte, rief er nach seiner Frau, streckte, kerzengerade aufgereckt, die Arme weit in die Richtung des Besuchers und dröhnte, mit bebenden Schnurrbartspitzen und einer Miene überwältigter Freude: »Willkommen!« und noch einmal, in tiefstem Baß: »Willkommen in der Freiheit, Roman Bertini!«

Der verlor keine Sekunde. Er wirbelte die Hand mit der Waffe aus der Tasche, war mit einem Satz bei dem Bankbeamten, trennte ihn mit drei Stößen von Hanna Hattenroth und trieb den willenlos Gehorchenden in das kleine Balkonzimmer. Dann schloß Roman die Tür zu und warf Eitel-Fritz Hattenroth mit voller Wucht dagegen.

In dieser Minute war Roman Bertini ein einziger Tötungstrieb, eine übermächtigte Gewalt, die wie organische Wellen, Korpuskeln gleich, in den Bankbeamten eindrang, ihn lähmte und in der Stellung verharren ließ, in die er nach dem Zuschlagen der Tür gerutscht war – zu halber Körpergröße geschrumpft. Nur zweierlei bewegte sich an ihm – die Augen, nun eine einzige riesige Pupille, die zwischen der Waffe und Romans Gesicht hin und her wanderten, und die Lippen, die sich krümmten, ohne daß ihnen ein Laut entfuhr. Dabei öffnete Eitel-Fritz Hattenroth den Mund weit – und in diesen offenen Schlund stieß Roman Bertini die Pistole, tief hinein, so daß ein Eckzahn abbrach und von dem Bankbeamten ausgespuckt wurde.

So, die Waffe im Kopf, sank Eitel-Fritz Hattenroth, die Beine angezogen, langsam auf den Rücken, die Arme abwehrend, aber ohne Kraft gegen Roman ausgestreckt.

Der fühlte keinerlei Mitleid, und wußte plötzlich doch, daß er nicht abdrücken konnte. Diese Gewißheit kam ihm von einer auf die andere Sekunde, ohne Verwunderung, ohne Erleichterung. Roman Bertini zog die Pistole zurück und trat einen Schritt nach hinten. Dann stieß er den Bankbeamten mit dem Fuß von der Tür und öffnete sie.

Auf dem Flur, gegenüber, an der Wand, verharrten Emma und Hanna Hattenroth, eng umschlungen und die Augen geschlossen, als würden sie jeden Augenblick den Schuß erwarten.

Roman nahm seine Großmutter an die Hand, führte sie in die Küche und umarmte sie dort. Er sann darüber nach, warum er Eitel-Fritz Hattenroth nicht hatte töten können, aber er kam nicht dahinter. Es war nicht Angst vor Strafe, die ihn abgehalten hatte, den Abzug durchzudrücken. Die Selbstjustiz und ihre Berechtigung waren so festgefressen in ihm, ihre Motive standen so jenseits aller Zweifel, daß er niemals auch nur einen einzigen Gedanken an Strafe verschwendet hatte. Ebensowenig war es ihm je in den Sinn gekommen, daß die öffentlichen Anschläge der britischen Militärregierung, Waffen abzuliefern, etwa auch für ihn gelten könnten – noch auf dem Wege hierher hatte Roman am Bahnhof Hoheluft mit vollem Bewußtsein einen dieser Anschläge gelesen, ohne den Inhalt auf sich zu beziehen.

Er stand da in Emma Bertinis Küche, umarmte seine Großmutter und wußte nicht, was ihn daran gehindert hatte, Eitel-Fritz Hattenroth eine Kugel durch den Gaumen ins Hirn zu jagen.

Die Flucht des Bankbeamten und seiner Frau vollzog sich noch während seiner Anwesenheit – sie war lautlos vonstatten gegangen. Das Ehepaar hatte offenbar nichts mitgenommen, denn alles war an seinem Platz geblieben. Die Einlogierer verschwanden spurlos aus Emma Bertinis Wohnung und kehrten nie zurück. Auch später stellten sie weder Ansprüche noch teilten sie der *Oma* eine neue Adresse mit.

Kein Bertini sah die Hattenroths jemals wieder.

Es war Lea, die den *Konzentrationär* von der Fuhlsbüttler Straße mit in den Keller brachte, einen hünenhaften Mann in Häftlingskleidung, den gelben Stern mit dem schwarzen J grell über dem Herzen – atemberaubender Anblick und atemberaubende Nähe!

Er trug die gestreifte Jacke und Hose wie ein Ehrenkleid, und doch ohne jede Pose. Die hagere und doch mächtige Gestalt barst darin förmlich – die Energie, die dieser Jude ausströmte, hatte fast etwas

Beängstigendes an sich. Das eigentlich Magnetische an ihm aber waren in einem Gesicht, an dem alles zu groß schien – Stirn, Nase, Mund, Kinn – die Augen: aufgerissen, feurig, lodernd-beweglich, als würde ihnen auch die geringste Einzelheit in weitem Umkreis nicht entgehen.

Der ehemalige Häftling eines Konzentrationslagers war die Fuhlsbüttler Straße aus der Richtung des Barmbeker Bahnhofs heruntergekommen und hatte – so berichtete Lea jetzt – den Gehsteig geradezu leergefegt, durch sein bloßes Erscheinen. Lange, bevor er sie oder sie ihn erreicht hatten, waren die Passanten ihm ausgewichen, auf die Fahrbahn oder gar auf die andere Seite. Förmlich ausgerissen waren sie, als fürchteten sie, von ihm gepackt und zerschmettert zu werden. Lea aber war ihm entgegengeeilt, so gut sie es in ihrem Zustand vermochte, hatte ein paar Worte gestammelt und fand sich gleich darauf gewaltig umarmt.

Die Bertinis erfuhren nie den Namen des Konzentrationärs, er stellte sich ihnen nicht vor, und sie fragten nicht. Er saß da, in der Küche des Kellers, umgeben von Lea, Alf und den Söhnen, und doch, als fülle er den Raum ganz allein aus.

Unvermittelt fing der Konzentrationär an zu erzählen – von seiner Deportation aus Berlin in das Ghetto von Lodz, damals Litzmannstadt, Sommer 1941, und von dem Transport 1943 – nach Auschwitz.

Und dann sprach er von Auschwitz. Von Buna, Monowitz und Birkenau. Sprach von der Rampe und dem Daumen eines hochgewachsenen SS-Arztes in Uniform – Selektion. Von Frauen und Kindern, die sich nackt ausziehen mußten. Von dem entsetzlichen Gestank, der über der Stätte lastete und den die Ankommenden bang einschnupperten. Von der präzisen Organisation der Massentötung und ihrer Phantasie, den Hinweisschildern *Zum Bad – Zur Desinfektion – Zum Bahnsteig*. Von den Gaskammern, aus denen die Erstickten, Hunderte jeweils auf wenigen Quadratmetern, wie Blöcke, wie zusammengepreßte Pappe, herausfielen. Von den Leichenkommandos, die den Toten das Gold und Silber aus den Mündern brachen. Von Kindern, die, schon in der Gaskammer, noch einmal herausgeholt wurden, weil es irgendeine Arbeit zu verrichten gab, ehe sie wieder in den Todesraum getrieben wurden und in den Schwaden von Zyklon B verröchelten. Von den Krematorien, deren Schornsteine ständig qualmten. Von der angstvollen Hoffnung der Todgeweihten bis hinein in die Kammer, wie auch von der Todesgewißheit vieler, die sich nicht täuschen ließen.

Und von den Transporten, die Monat um Monat, Woche um Woche, Tag um Tag aus dem deutschbesetzten Europa sternförmig in Auschwitz eintrafen.

Davon sprach der Konzentrationär, von dem *Planeten Auschwitz*. Und nun erst bekam das dunkle Wort des alten Grams – *Giftküche* – sein grauenhaftes Licht; nun erst wurde klar, was Chaim Kanten in dem letzten Brief an seinen Bruder Siegfried mit den hervorgehobenen Anfangsbuchstaben G und A und S gemeint hatte.

Was sich durch diesen Zeugenbericht in Roman Bertini ereignete, wurde zu einer entscheidenden Stunde in seinem Leben. Die Zusammenkunft von Selbsterlebtem und von Erahntem; von persönlichen Erfahrungen mit dem Vernichtungsapparat in Form der Geheimen Staatspolizei, ihrer langen, ständigen, immer strangulierenden Nähe, bis zur schließlichen Flucht der Bertinis – die Zusammenkunft dieser Erfahrungen mit der endgültigen Dimension, die durch die Schilderung des ehemaligen Häftlings vom organisierten Völkermord sichtbar wurde, schuf zusammen mit der unverwindbaren Nachricht vom Opfertod Erich Sniders Verschmelzungen, von deren nicht erkaltbarer Lava das künftige Leben Roman Bertinis geprägt sein sollte. Noch in der Stunde des Berichts wußte er, daß es für ihn keine Sekunde mehr ohne Auschwitz geben würde; daß er gekettet war an diesen Namen und an alles, was er symbolisierte und materialisierte; daß die Einverleibung dieser größten Schädelstätte der Menschheitsgeschichte, ihr Eingriff in sein Leben, unumstößlich war; daß er, Roman Bertini, jedes Gefühl, jedes Wort, jeden Blick und jede Entscheidung an Auschwitz messen würde; daß er das Zentrum aller Beurteilungen seiner selbst und anderer gefunden hatte.

Riesig saß der Konzentrationär unter den Bertinis in der Küche des Kellers, jeden durchdringend mit den Blitzen seiner aufgerissenen Augen in der zerfurchten Landschaft eines Antlitzes mit zu großer Nase, zu großer Stirn, zu großen Lippen. Und den gelben Stern an der gestreiften Häftlingskleidung grell über dem Herzen, klang die Stimme im Epilog so dröhnend wie zur Begrüßung: Anfang 1945, eine Woche vor Beginn der sowjetischen Winteroffensive vom 12. Januar, habe er den Todeszug der Fünfundfünfzigtausend von Auschwitz nach Westen zu Fuß mitgemacht. Er sei nach Buchenwald gebracht und dort am 15. April von Amerikanern befreit worden.

»Einige haben überlebt«, sagte er, »darunter ein paar, die seit Jahren bei verschiedenen Häftlingskommandos ins Auschwitz waren – ich bin einer von ihnen.«

Er erhob sich.

Lea begleitete den Konzentrationär auf dem Wege zur Fuhlsbüttler Straße bis zum Schuttberg, eine Liliputanerin gegen den Hünen in der gestreiften Jacke und Hose. Sie winkte noch, als er den Blicken der anderen Bertinis vor dem Keller schon entschwunden war. Dann kehrte Lea zurück, langsam, schwerfällig, die Hände auf dem hochgeschwollenen Leib.

In sechs Wochen mußte das Kind kommen.

». . . nie Nazi gewesen!«

Im Grunde genommen warteten die Bertinis darauf, daß ihre Befreier sie aufsuchen, nach ihrem Schicksal fragen und sie versehen würden mit Ausweisen und Sondervollmachten, die sie über die Masse erhöben – in ihren Augen eine selbstverständliche Geste, eine natürliche und gerechtfertigte Reaktion auf die vergangenen Jahre. Das hieß, die Bertinis rechneten mit Maßnahmen, die keinen Zweifel daran ließen, daß hier organische Unterschiede walteten, sichtbar gemacht kraft der Gewalt und des Verständnisses der britischen Militärregierung. Vor allem aber erwarteten sie, zu der unausbleiblichen und notwendigen *Vergeltung* hinzugezogen zu werden.

Besonders Alf Bertini wurde nicht müde, von ihr zu reden, laut zu reden, scharf, mit entstelltem Gesicht, fast wie dreißig Jahre zuvor schon, im Ersten Weltkrieg, auf dem Konservatorium. Nur war er diesmal persönlich ungleich beteiligter als damals, was ihm eine gewisse furchtbare Überzeugungskraft gab.

Was immer Vater und Söhne unterscheiden mochte, in dem Punkt stimmten sie überein. Cesars und Romans Mienen wurden düster, wenn von der Bestrafung der Schuldigen gesprochen wurde, ihre jungen Gesichter verhärteten sich und ihre Körper wurden steif. Nicht nur der kleinste Parteigenosse, das geringste Mitglied der NSDAP und ihrer vielen Nebenorganisationen sollten von der *Vergeltung* betroffen werden, sondern alle, die Hitler je unterstützt hatten.

Als die Befreier nun aber nicht kamen, die Verfolgten von gestern durch öffentlichen Anschlag auch nicht dazu aufgefordert wurden, von sich aus den ersten Schritt zur Herstellung von Kontakten zu tun, gingen Cesar und Roman Bertini daran, eine umfangreiche Schrift zu verfassen, die sie *Lebensbericht* nannten und die für den Militärkommandanten von Hamburg, den *Town Major*, bestimmt war.

In dem hinteren Raum des Kellers auf ihre hölzernen Bettgestelle gelagert, machten sie sich hektisch an eine ausführliche Schilderung ihrer Leidensstationen, beginnend mit dem ersten Besuch der *Melone* im Frühling 1933 und endend mit dem 4. Mai 1945. Darin erschienen alle Personen von Bedeutung in ihrem Dasein, Freunde und Feinde – Ernst Freund, Erika Schwarz und Erich Snider ebenso wie die Speckrolle, Eitel-Fritz Hattenroth und Theodor Wandt. Sie brachten Tage und Nächte zu über der Schrift, und als sie den letzten Satz überlegten, war sie auf über hundert Seiten angewachsen. Nach getaner Arbeit warfen sie sich in die Brust, atmeten befriedigt auf, besahen sich ihr Werk. Dann aber kamen ihnen doch Bedenken, ob der *Lebensbericht,* handschriftlich und auf deutsch, überhaupt gelesen werden würde von den Angehörigen einer Nation, die es nicht nötig hatte, fremde Sprachen zu erlernen. Also machten sie sich an die Übersetzung ins Englische, oder besser: in *das* Idiom, was ihnen dabei an Schulkenntnissen zur Verfügung stand.

In dieser Situation griff Mickey ein. Er besorgte den Brüdern sowohl ein englisches Wörterbuch als auch eine Schreibmaschine. Er zeigte großes Interesse für den *Lebensbericht* der Bertinis, feuerte die Brüder an, half ihnen mit seinem inzwischen erworbenen Wortschatz – Cesar und Roman wurden angesteckt von seinem Optimismus und seiner Kraft.

Überhaupt – Mickey war der Mann der Stunde! Grinsend schwärmte er davon, daß die britischen Soldaten ihn zu jeder Tageszeit passieren ließen, ihm Scherzworte zuriefen und offenbar der Meinung seien, es handele sich bei ihm um einen amerikanischen GI - denn längst trug Mickey eine seltsame Mischung aus Ziviltextilien und Uniformteilen, die er von seinen Besuchen in Bremen und Bremerhaven mitgebracht hatte. Er lachte, selbstironisch und doch erhoben.

Bei der Übersetzung bewies Cesar das bessere Sprachverständnis. Dafür tippte Roman sie auf der ältlichen Maschine ungewisser Herkunft, und als endlich alles sauber auf englisch dastand, machten sich die beiden auf den Weg zum Town Major, der, wie sie gehört hatten, an der Binnenalster residierte.

Von Barmbek zogen sie zu Fuß zum Neuen Jungfernstieg, Ecke Esplanade – jung, stark, mit zurückgeworfenem Kopf, den Duft des Frühlings in der Nase, ganz diesseitig, und doch träumerisch wie in Purpurnebel verwoben.

Zu dieser Zeit waren Cesar und Roman Bertini großer Märsche fähig, und es war keineswegs nur der Mangel an Bargeld, der sie dazu trieb, auf die öffentlichen Verkehrsmittel zu verzichten. Vielmehr war es die

Lust, sich mit dem völlig gewandelten, dem wunderbaren, immer noch unglaublichen Gefühl der Angstlosigkeit unter freiem Himmel zu bewegen – das veranlaßte Cesar und Roman, wie heute, viele Kilometer durch Hamburgs Straßen hinter sich zu lassen.

Natürlich wollten sie ihren *Lebensbericht* dem Stadtkommandanten persönlich überreichen, stießen aber schon am Eingang zu dem großen Gebäude an der Binnenalster auf energischen Widerstand. Erst nach längeren Erklärungen über die Absicht ihres Besuches gelangten sie an dem mürrischen Militärposten vorbei, wegen der unerwarteten Behinderung Falten des Unverständnisses auf der Stirn.

Drinnen erhielten sie, nach abermaliger Darlegung des Zwecks, widerwillig und unentschlossen von einem zweiten Posten die Erlaubnis, weiterzugehen, und sie stürmten die Treppen hoch, sicher, nun von dem Town Major empfangen zu werden. Hier waren sie doch unter ihresgleichen, unter denen, die ausgezogen waren, die Bertinis zu erlösen, und die nicht gespart hatten mit Opfern – die Gesichter der Brüder brannten.

Aber sie wurden wieder angehalten, von einem dritten Posten, der ihnen aus der Kabine heraus stumm mit ausgestrecktem Arm den Weg versperrte. Der Mann hatte seine Mütze so tief ins Gesicht gezogen, daß seine Augen kaum zu sehen waren, und die Brüder wußten mit der weißbehandschuhten Rechten nichts anzufangen.

Der Soldat hatte wohl gehört, was sie unten ausgeführt hatten, und da er seine Haltung weder lockerte noch den Mund auftat, war es klar, daß er selbst den Schriftsatz weiterreichen wollte, ohne Cesar und Roman Bertini hinaufzulassen vor den Stadtkommandanten, bei dem sie sich zu bedanken gedachten, daß sie befreit worden seien, und sie glühten von der Notwendigkeit und der Innigkeit dieses Dankes.

Der britische Posten aber wußte mit all den Vibrationen da vor ihm gar nichts anzufangen. Offenbar hatte er strikte Anweisung, Zivilisten den Weg zu versperren, so daß er die Hand vorhielt und das Schreiben verlangte.

Leise und betroffen berieten Cesar und Roman Bertini miteinander, gestanden sich flüsternd, daß bis vor kurzem noch Krieg gewesen sei, und daß der Militärkommandant einer so großen Stadt sicher viel zu tun hätte, vor allem mit den Vorbereitungen, die *Schuldigen zu bestrafen*. Also übergaben sie dem Posten, nicht ohne eine Spur des Zögerns, den *Lebensbericht*. Immerhin, die umfangreiche Schrift war an Ort und Stelle ihrer Bestimmung – die Antwort würde nicht lange ausbleiben.

Nun doch frohgemut, traten sie auf die Straße zurück.

Sie gingen ein Stück auf der Lombardsbrücke entlang, blieben gedankenverloren stehen, sahen über die immer noch getarnte Binnenalster auf das Hamburger Türme-Panorama – die Wölbung von St. Katharin, das Kupfergrün der Petri-Kirche, den Stumpf von St. Jakobi, die Rathaus-Spitze, den ausgeglühten Turm der Nikolai-Kirche und das unversehrte Haupt des Michel. Und plötzlich, bei diesem Anblick, begann Roman Bertinis Herz heftig zu schlagen. Es schlug ihm so stark, daß er fürchtete, das Pochen müßte zu hören und zu sehen sein, so klopfte es ihm an die Rippen. Er wandte sich um und warf lange Blicke über die Außenalster, über die Wasserfläche nach Osten und Norden, gegen St. Georg und Uhlenhorst, und westlich gegen Harvestehude – und das Herz hörte ihm nicht auf zu pochen.

So blieb Roman Bertini stehen, in der Sonne auf der Lombardsbrücke, und gestand sich, im Innersten getroffen wie selten zuvor, ohne ein einziges artikuliertes Wort, ohne die geringste Mitteilung an Cesar: *er liebte diese Stadt!* Er liebte Hamburg, liebte es mit jeder Faser seines Körpers, mit jedem Winkel seiner Seele, liebte es völlig ungeachtet dessen, was die Bertinis hier während der vergangenen zwölf Jahre erlebt hatten.

Irgend etwas war soeben in ihm aufgesprungen, etwas Verkapseltes, was nun völlig neu ausströmte da drinnen, winzig und doch reißend, so überschwemmte es ihn von seinem unbekannten Ursprung. Roman Bertini schloß die Augen, überwältigt, zitternd, schutzlos.

»Ist dir schlecht?« fragte Cesar und trat besorgt einen Schritt näher. »Du bist ganz blaß geworden!«

Auch den Weg zum Johanneum legte Roman Bertini zu Fuß zurück.

Als er den Wiesendamm und den Bahnhof Borgweg hinter sich hatte und die Basis des U-förmigen Gebäudes mit dem Turmaufsatz von hinten erblickte, stockte ihm der Atem.

Es war später Nachmittag, die Erste Schule der Freien und Hansestadt lag menschenleer da. Eines der schmiedeeisernen Tore, das rechte, war offen – Roman betrat den Innenhof, näherte sich dem edlen Bronzejüngling und erklomm den Treppenaufgang vor dem halbrunden Portal. Alle Türen waren geschlossen.

Er ging hinüber zum Außenhof, und dort, seitlich der Turnhalle, war ein Nebeneingang offen. Roman spürte, wie sich ihm die Nackenhaare sträubten, als er nach fünf Jahren zum erstenmal wieder im Innern des Johanneums war – die weiten Gänge und Treppen; der Ehrenhof mit der nackten Figur, die einen Stahlhelm trug und die rechte Hand am Knauf eines Schwertes hatte; die Statuen alter Griechen und Römer auf dem großen Flur vor der Aula.

Als Roman Bertini an der Klassentür rüttelte, hinter der er die Speckrolle erlebt hatte, fragte eine scharfe Stimme:

»Was treiben Sie hier?«

Es war der hinkende Pedell, ganz Amtsperson, in einer Haltung, als hätte er Roman bei einem schweren Vergehen ertappt.

Der erkannte den Mann sofort wieder, die gedrungene Figur, das nachgezogene Bein, in der Hand, wie damals, das mächtige Schlüsselbund. Vor Romans innerem Blick stand der Appell am Montagmorgen auf; die angetretene Schülerschaft; Schulleiter Pottferks forscher Befehl »Heiß Flagge!«; am oberen Flügel die Speckrolle, am unteren der Pedell, beide heftig *Deutschland, Deutschland über alles* und *Die Fahne hoch* mitsingend.

Roman antwortete nicht, so daß der hinkende Pedell noch einmal, strenger, nachfragte: »Was machen Sie hier? Wie sind Sie hereingekommen? Wer sind Sie?« Aber er war unsicher geworden, betrachtete den stummen, ihn gleichgültig musternden Eindringling forschend, und folgte ihm, als der die Treppe hinunterging. Roman war nicht sicher, ob der hinkende Pedell ihn wiedererkannt hatte, jedoch war dessen Haltung vorsichtiger geworden.

Ohne Aufforderung betrat Roman den Dienstraum neben der Treppe, die vom großen Mittelportal ins Innere führte. Dann fragte er:

»Hat sich ein ehemaliger Schüler namens *David Hanf* gemeldet?«

Der hinkende Pedell war an der Tür stehengeblieben. Das Schlüsselbund gab leicht klappernde Geräusche von sich. »Hier geht alles durch meine Hand und durch mein Dienstbuch. Jeder Besucher muß sich hier eintragen. Der Name steht nicht darin.«

»Geben Sie mir das Buch«, Roman streckte die Hand aus.

Der Pedell zögerte, setzte an, ging dann aber zu einem Schrank und holte es heraus, schwarzkartoniert und länglich. Roman nahm ihm das Buch aus der Hand, blätterte, suchte, wiederholte: *»David Hanf…«*

Der andere verzog das Gesicht, als dächte er angestrengt nach, klapperte stärker mit dem Schlüsselbund, schüttelte aber den Kopf.

Dennoch sah Roman ihm an, daß er mit der Frage noch nicht fertig war, doch half er ihm nicht, sondern ließ sein Schweigen einwirken. Endlich kam es, gedämpft, verhalten, als handle es sich um etwas überaus Heikles, Verbotenes, Tabuisiertes: »David Hanf? Hatte er nicht Ihr Alter?« Und, als Roman nickte, lebhafter: »Das war doch ein ... war doch ein ...«, der hinkende Pedell stockte, als hätte er sich soeben die Zungenspitze abgebissen. Das Schlüsselbund in seiner Hand klirrte heftig.

»Ganz richtig«, sagte Roman Bertini, »David Hanf war *Jude*.« Er sah den hinkenden Pedell an, starrte auf den hellen Fleck am Revers, wo jahrelang das Parteiabzeichen geklebt hatte.

Der Mann trat auf den Flur zurück, eine ungewohnte Bewegung, bei der der Behinderte fast gefallen wäre – er wollte Distanz zwischen sich und den Besucher legen, dessen Nähe ihm nicht geheuer schien.

Roman sprang an ihm vorbei die Treppe hinunter, wartete, bis ihm das linke Portal aufgeschlossen wurde, und lief über den Innenhof. Aber seltsamerweise lief er nicht allein – hinter ihm kam, stampfend, keuchend, außer Atem, den Schlüsselbund in der erhobenen Rechten, der hinkende Pedell. Und als Roman vor den schmiedeeisernen Gittern stehenblieb, hörte er es zum erstenmal, voll inbrünstiger Beteuerung und in sichtlicher Überzeugungssehnsucht ausgestoßen:

»Ich bin nie Nazi gewesen, glaubt mir doch – ich bin nie Nazi gewesen!« Und dies wiederholte der hinkende Pedell noch mehrmals, so aufgewühlt, als hinge das Leben von der Wirkung auf sein Gegenüber ab.

Ohne sich in seiner Verblüffung über ihr Ausmaß und ihre Bedeutung schon klar zu sein, hatte Roman Bertini soeben eine fundamentale Erfahrung gemacht. Sie war um so eindringlicher, als sie sich in kurzer Frist noch zweimal rasch nacheinander wiederholte.

Cesar sah das Schild zuerst, kurz hinter der großen Eisenbahnbrücke über die Lindenallee, und er machte Roman darauf aufmerksam wie auf etwas, das nicht wahr sein konnte und doch greifbar vor ihnen war – beide blieben wie angewurzelt stehen.

Dann betraten sie die Gaststätte.

»Sind Sie der Wirt?«

Der Mann hinter der Theke, ungeschlacht, derb, hob die Hand, eine Mischung aus Unsicherheit und Widerspruch.

»Rauskommen!«

Der Wirt ließ die Hand sinken, sein Gesicht verlor an Farbe, seine Augen zogen sich zusammen. Aber er passierte die Brüder und stellte sich vor der Tür draußen auf. Roman und Cesar folgten ihm, schwiegen, warteten. Als nichts kam, fragte Cesar, und seine Stimme zitterte: »Sie wissen wirklich nicht, worum es geht?«

Der Wirt schüttelte den Kopf, forschte in den Mienen der beiden, zuckte ratlos die Achseln.

»Lesen Sie«, flüsterte Roman und deutete mit der Hand auf das Schild an der Eingangstür zur Gaststätte.

Jetzt begriff der Wirt, verfärbte sich, begann zu stottern, wiederholte aber nicht, was da geschrieben stand.

»Lies!« brüllte Roman Bertini, eine Hand in der Hosentasche, »oder ich knalle dich ab!«

Der Wirt hob die Hände, ließ sie sinken, wandte den Kopf ab und sagte, ohne das Schild zu betrachten: *»Juden... Juden unerwünscht«*.

Dann stand er reglos da, als erwarte er auf der Stelle Bestrafung, Mißhandlung, Tod.

»Entferne das Schild«, sagte Cesar, die Augen hervorgequollen hinter den starken Brillengläsern, »sofort.«

Der Wirt atmete auf, lief in die Gaststätte, kam mit einem Schraubenzieher wieder. Geschäftig stemmte er das Werkzeug gegen das Schild, drehte ächzend an ihm und keuchte zwischendurch: »Ich *mußte* es hier anmachen, ich wollte gar nicht, aber ich *mußte* es.« Er gebrauchte jetzt die Finger, löste die Schrauben, griff fahrig vorbei.

»Und wer hat dich nach dem vierten Mai dazu gezwungen?« schrie Cesar, sich aufbäumend, die Fäuste geballt.

Der Wirt schnellte zurück, verlor den Schraubenzieher, duckte sich, als fürchte er einen tätlichen Angriff. Das Schild hing nur noch an einer Schraube. Roman bog es mit einem Ruck ab und ließ es fallen. Der Wirt gab dem emaillierten Rechteck mit den schwarzen Buchstaben einen Tritt. »Es war nicht bös gemeint, daß das Schild noch dran war – ich habe es vergessen, ich habe es einfach vergessen!«

»Ins Siel damit«, brüllte Cesar, bebend, gefährlich anzusehen. Der Wirt lief hin, gehorsam und behende, und stieß das Schild durch die eisernen Trallen des Abflusses. Gebückt vergewisserte er sich, daß es auch verschwunden war, dann hob er den Kopf und sagte, inständig, flehend: *»Ich war nie Nazi!«* Er reckte von da unten die Rechte aufwärts, als wollte er einen Schwur leisten, und wiederholte, Cesar und Roman mit seltsamer Eindringlichkeit beobachtend: *»Ich war nie Nazi! Glaubt mir doch – ich war nie Nazi!«*

Den Ausruf hatten die Brüder nun zum zweiten, aber nicht zum letzten Mal gehört. Es war, als liege die Beteuerung überall in der

Luft, als schwirre die Atmosphäre davon, und nur zu bald sollten Roman und Cesar das stereotype Bekenntnis zum drittenmal vernehmen.

Eine dünne Rauchsäule war auf dem teilzerstörten Ende der Fuhlsbüttler Straße aufgestiegen, vor dem ausgebrannten Kino *Schauburg Nord*. Der Qualm kam aus einem Hof neben dem Distriktbüro des ehemaligen *Hamburger Tageblatt*. Vielleicht wären Cesar und Roman gar nicht darauf aufmerksam geworden, wenn nicht vor dem Tor des Hofes eine kleinwüchsige ältere Frau gestanden und sich wie hilfeheischend umgeblickt hätte. Als sie in die Gesichter der Brüder schaute, glitt ein Schein der Erleichterung und der Hoffnung über ihre angespannte Miene. Dennoch aber hatte sie offenbar immer noch großen inneren Widerstand zu überwinden, ehe sie plötzlich auf die Brüder zusprang, mit dem Arm auf die Rauchsäule wies und schrie: »Das Schwein verbrennt Akten – Akten verbrennt dieses Nazischwein!« Sie stürzte auf das Hoftor zu, wagte aber nicht, es aufzustoßen.

Roman trat mit dem Fuß dagegen. Im Hof wurde ein Mann mittleren Alters sichtbar. Er hatte ein spitzes Gesicht, glatt zurückgekämmte Haare und trug einen gepflegten, von Ascheteilchen übersäten Anzug – der Spitzgesichtige war gerade dabei, Papier in einen schwelenden Ascheimer zu stopfen.

Als er die Frau erblickte, erschrak er.

»Das ist er!« schrie die Kleinwüchsige, das Gesicht noch schlimmer entstellt. Dann begann sie, in ihrer schäbigen Handtasche zu graben, durchwühlte den Inhalt, hielt triumphierend einen Briefumschlag in die Höhe und schlug damit nach dem Spitzgesichtigen: »Da, du Schwein!«

Die Kleinwüchsige mußte schon längere Zeit vor dem Distriktbüro des *Tageblatt* gelauert haben, und plötzlich wußte Roman, worauf sie gewartet hatte: daß ihr jemand den Anfang abnehmen würde im Kampf gegen dieses Büro und seinen spitzgesichtigen Herrn. Wie unter dem Einfluß eines übermächtigen Zwanges, der von dort lange auf sie ausgeübt worden war, bedurfte sie fremder Hilfe, den Bann zu brechen und den Angriff zu wagen. Jetzt hielt sie Roman das Kuvert hin: »Lesen Sie ... die Unterschrift ist von *dem* da!«

Es war ein Schreiben vom Februar 1945, gerichtet an die Kreisleitung der NSDAP, und des Inhalts, daß sich der Mann der Austrägerin K. nicht nur geweigert habe, die Zeitung zu abonnieren, sondern sich auch in der abfälligsten Weise über die kriegswendenden Wunderwaffen des Führers und seine Politik geäußert habe, Meinungen, mit denen sich näher zu befassen die Pflicht der angeschriebenen Stelle sei.

»Daraus ist nichts mehr Rechtes geworden«, die Kleinwüchsige atmete schwer, »aber sie haben meinen Mann geholt, verhört und geprügelt, geprügelt und verhört. Er ist so fertig, daß er die Sache jetzt mir überlassen muß.« Sie hielt den Brief hoch und zeigte ihn ringsum. Inzwischen hatte sich ein Ring von Passanten gebildet. Auch aus den Häusern waren, stumm und gespannt, Leute getreten.

»Herkommen!« rief Cesar.

Der Mann in dem dunklen, ascheübersäten Anzug trat zögernd vom Hof auf die Straße, die Hände vor dem Bauch gefaltet, eine Geste der Unterwerfung. Aber die Frau schlug ihm das Schreiben ins Gesicht: »Möchtest wohl wissen, woher ich das habe, ha?« Außer sich, in einem Zustand von Raserei, trat sie dem Spitzgesichtigen mit voller Wucht gegen das Schienbein. Der heulte auf und hüpfte herum.

Cesar zeigte auf den schwelenden Ascheimer. »Holen Sie heraus, was Sie da hineingetan haben.«

Der Mann setzte sich, humpelnd, aber gehorsam, in Bewegung, öffnete den Deckel, klaubte verkohltes Papier hervor, Asche. Vor dem Behälter bildete sich ein Haufen.

»Es ist nichts mehr zu erkennen«, die Kleinwüchsige bückte sich, prüfte die Reste, »alles verbrannt. Aber dies hier«, sie sprang auf, »dies ist geblieben und macht dir den Garaus!« jubelnd schwenkte sie den Brief.

Der Ring war enger geworden. Die Hände des Spitzgesichtigen flogen.

»Heute hast du die Hosen voll«, scholl es aus dem Kreis, »du brauner Herrgott von gestern! Wo steckt denn deine häßliche Uniform? Heb' die Pfote und brüll', wie früher, *Heil Hitler*, du Bonze du!« Die Stimmen brandeten und schrillten, während sich die Stirn des Spitzgesichtigen mit Schweiß bedeckte und er unentwegt, wie ihm befohlen, Asche und verkohltes Papier aufhäufte.

Es war ein unerhörtes Ereignis für Cesar und Roman Bertini, und sie wohnten ihm gewissermaßen sprachlos bei. Es bestand nicht etwa darin, daß der Spitzgesichtige, einmal aufgefordert, den Behälter leerte – diese Art hündischen Gehorsams kannten die Brüder schon. Das Unerhörte waren die Augen ringsum, die dunkel waren vor Wut, war die Erbitterung, die sich in Wort und Gebärde wild Luft machte gegen den braunen Ortspascha von einst. Denken denn, so fragten sich Cesar und Roman, auch noch andere Menschen, *Deutsche*, so wie wir?

Noch ehe sie sich die Frage beantworten konnten, geschah etwas Explosives, unmittelbar vor ihnen – ein lauter, inbrünstiger Schrei aus dem Munde des Spitzgesichtigen, ekstatisch hervorgebrüllt und wie stehenbleibend über dem verqualmten Hof: »*Ich war nie Nazi* – bestimmt nicht! Man hat mich gezwungen!« Und auch hier wiederholte sich, als genüge die eine Beteuerung nicht, der Aufschrei: »*Ich war nie Nazi!*«

Einige lachten, andere blieben stumm. Die Kleinwüchsige war in sich zusammengesunken und weinte hemmungslos, eingehängt zwischen den Brüdern, ein Bild des Jammers. Wenn so etwas wie die Drohung einer Lynchjustiz in der Luft gelegen hatte, jetzt war sie völlig verflogen.

Und erst dann, als sie sich umwandten, sahen Roman und Cesar am Rande des bröckelnden Ringes Mickey stehen, ungläubiges Staunen in den Augen und das dunkle Gesicht verwundert, betroffen verzogen.

Er schwieg lange, als sie gemeinsam die Fuhlsbüttler Straße zum Keller zurückgingen. Endlich blieb Mickey stehen, sah Roman und Cesar an, und sagte: »Was kümmert *ihr* euch darum? Was gehen *uns* diese Leute, was geht *uns* dieses Land an? Was haben *wir* damit zu tun?« Er blickte von einem zum andern. »So ist es zur Zeit doch in ganz Deutschland – kein Mauseloch kann dem braunen Gesindel tief genug sein, um sich zu verstecken, zu verkriechen, von der Maas bis an die Memel, von der Etsch bis an den Belt. Überall das gleiche elende Schauspiel – keiner will's gewesen sein. *Ich war nie Nazi* – fast noch schlimmer als die Tat ist ihre Leugnung.« Mickey schlug mit beiden Händen vor sich hin, als wollte er sich von irgend etwas Lästigem befreien. »Ich hatte euch schon eine ganze Weile beobachtet, wie ihr mitten dazwischen wart, als gehörtet ihr dazu – und sei es auch Schulter an Schulter mit denen gegen den Ascheimerfritzen.« Mickey lachte, faßte Roman und Cesar Bertini um die Hüften, zog sie mit sich: »Einen Augenblick hatte ich schon gedacht, ihr wolltet selber Deutsche werden...«

3

Warum Ludwig Bertini
nach Belsen wollte

Unerwarteterweise entwickelte Alf Bertini als erster Sinn für das Wirtschaftliche. Es wurde auch höchste Zeit – ewig konnte die zusätzliche Versorgung durch Mickey nicht fortgesetzt werden.

Es begann damit, daß Alf über selbst gezogenen Linien saß und unter geheimnisvollem Gebaren da hinein Notenköpfe malte, hohle und volle, mit Fähnchen und Schleifen, wobei er summte und die Hände schwang. Sehr leidenschaftlich schwang, als versuche sich bereits ein großer und weltbekannter Klangkörper in der Interpretation seiner Schöpfung.

Alfs Angehörige hatten immerhin so viel erfahren, daß es sich dabei um einen *Siegesmarsch* handele, eine Hymne auf die Befreiung der Welt vom Nazismus, die, nach dem Eingeständnis des Komponisten, erst mit Hunderten von Hörnern, Tubas und Trompeten zur Geltung und vollen Entfaltung gelangen würde. Dennoch hatten sich die anderen trotz der schmetternden Töne, die immer wieder ohne Vorwarnung Alfs Kehle entfuhren, bisher nur eine sehr vage Vorstellung von dem Jahrhundertwerk machen können und waren achselzuckend zur Tagesordnung übergegangen. Darauf Alf Bertini: »Was versteht *ihr* denn schon von Kunst?«

Dann, nach vierzehn ununterbrochen durchgearbeiteten Stunden, wollte er die Komposition zu seiner Zufriedenheit vollendet haben.

Und nun geschah das eigentlich Unerwartete.

Nachdem auch Alf Bertini hatte erkennen müssen, daß die Militärregierung nicht willens war, zu ihm zu kommen und ihn einer gebührenden Karriere zuzuführen, lästerte er die Briten fürchterlich, speziell die Organe der Besatzungsmacht, prophezeite Deutschland einen abermaligen furchtbaren Aufstieg mit verheerenden Folgen für die ganze Welt, und suchte gleich darauf, noch etwas kurzatmig, die britische Distriktskommandantur auf.

Dort trug er mit Hilfe eines Dolmetschers vor, daß er der Sohn des bedeutenden Dirigenten Giacomo Bertini sei, seinerzeit ein Name von allerhöchstem Klang in der internationalen Musikwelt, aber auch ein Vater, der ein *Wunderkind* gezeugt habe – ihn, Alf Bertini, Pianist, Komponist und Dirigent in einer Person! Seiner jüdischen Frau wegen habe ihn das Schicksal bisher hintangestellt, nun jedoch sehe er den Weg frei für sein Können und seine Kunst, die er hiermit anbiete. Er stehe in Erwartung eines Verständnisses, das ihm zukomme und durch seine Leistungsfähigkeit voll gedeckt werde. Im übrigen sei er auch *fürs erste* bereit, sich als Pianist zu begnügen, bevor ihm die Möglichkeit zu Höherem gegeben werde. Damit überreichte Alf dem unbeweglich der Übersetzung lauschenden Offizier den *Siegesmarsch*.

Noch während der Brite das Werk mit spitzen Fingern entgegennahm, nannte Alf Bertini seine Komposition ein epochales Ereignis im modernen Musikleben und bezeichnete sie als einmalig.

Niemand vermag zu sagen, ob ein Wunder geschah, oder ob der Brite den Besucher heimlich für verrückt erklärt hatte und ihn so rasch wie möglich loswerden wollte. Jedenfalls kehrte Alf strahlenden Gesichts in den Keller zurück: seine große Zeit sei angebrochen, sein Augenblick gekommen. Alle Entbehrungen der Vergangenheit würden bald schon durch die Früchte seines Talents ausgeglichen sein! Aufgebläht vor bestätigtem Selbstbewußtsein, teilte er den anderen Bertinis mit, daß die Militärregierung bald schon auf ihn und seine brachliegende Begabung zurückgreifen werde, wenngleich zunächst noch in bescheidenem Rahmen. Es würden aus Hamburger Musikern Trupps zusammengestellt werden, die vor britischen Soldaten spielen sollten, wobei ausgesuchte Fachleute den Kern für eine alsbaldige höhere Laufbahn bilden würden. Zu ihnen zähle natürlich er, Alf Bertini, an oberster Stelle. Die Aufgabe würde ihn durch die ganze britische Besatzungszone führen, so daß er nur noch als seltener Gast unter ihnen weilen würde.

Lea und die Söhne hatten ihm ohne rechtes Vertrauen zugehört, und sie waren deshalb um so erstaunter, als Alf wenige Tage später tatsächlich auf die Kommandantur gerufen wurde, von wo er gar nicht erst wiederkehrte. Bei den Bertinis wurde eine kurze Notiz abgegeben, daß er sofort auf *Tournee* gegangen sei, mit etlichen anderen Musikern, denen er bald vorzustehen hoffe. Er werde der Familie neue Nachrichten und Geld zukommen lassen.

Kaum mehr als eine Gastrolle hatte inzwischen auch Ludwig Bertini zu spielen begonnen. Tagsüber blieb er meist ganz weg, manchmal auch nachts. Mit dem Jüngsten war die deutlichste Verwandlung vor sich gegangen. Zum Raucher geworden, war er ständig vom Duft englischer Zigarettenmarken wie *Senior Service* oder *Players* umweht, süßliche Tabaksorten, deren Aroma viel später noch stets an die erste Zeit nach der Befreiung erinnern sollte.

Elegant hielt Ludwig die Zigarette in der rechten Hand, Zeige- und Mittelfinger hatten sich bereits gelblich verfärbt. Aber der Nikotinkonsum war sozusagen nur ein äußeres Merkmal seines neuen Status, nämlich eines Schwarzmarkthändlers. Woher er den Grundstock hatte, sei es in Form von Anfangskapital oder von Ware, die ihm Mickey oder eine dritte Seite vorgeschossen hatte, das blieb für die anderen Bertinis ebenso im Dunkeln wie seinerzeit beim Ausbau des Kellers die Herkunft von Türen, Fensterrahmen, Glas, Beschlägen, Zement und Möbeln. Offenbar war nur, daß Ludwig ständig über Geld verfügte und sich binnen kurzem mehrfach neu einkleidete. Von fürchterlichem Geschmack, erschien er im Keller der Düsternstraße stolz mit Jacketts, die Farbe der Hosen in schreiendem Gegensatz zu der der Karos, und wollte dafür auch noch das Lob seiner Familie einheimsen.

War er zu Hause, schlief er lange, oft bis tief in den Tag hinein, und brauchte meist beträchtliche Zeit, um wirklich wach zu werden. Noch hinten auf seinem hölzernen Bettgestell, begann er, sich das blonde, aus der Art geschlagene Haar zu bürsten und zunächst einmal, wie nebenbei, Lea den Vorwurf zu machen, ihn zu vernachlässigen.

Sie erschrak darüber wie eh und je: »Aber dieses Hemd ist doch fertig! Oder soll ich dir ein anderes bügeln?« und bewies mit ihrer gespannten Haltung, daß der vierte Mai zwischen Mutter und Sohn keine grundlegende Wandlung geschaffen hatte. Ludwig schien kein eifrigeres Bestreben zu haben, als der schwangeren Lea, der Düsternstraße überhaupt, so schnell wie möglich den Rücken zu kehren und seinen dunklen Geschäften zuzustreben.

Eines Tages kam heraus, daß Bergen-Belsen im Spiele war, das einstige Konzentrationslager am Rande der Lüneburger Heide, über das die entsetzlichsten Nachrichten in Umlauf waren. So sollten noch nach der Befreiung dreizehntausend Menschen an den Folgen der Haft umgekommen, der Lagerführer Kramer und viele seiner Helfershelfer, darunter die berüchtigte Irma Greese, aber gefaßt worden sein.

Die Stätte war inzwischen eine der großen Sammelstellen für *displaced persons* – verschleppte und heimatlose Personen – geworden, in diesem Fall überlebende Juden. Der Name *Belsen* wurde nun immer häufiger von Ludwig genannt, so selbstverständlich, als spräche er von einem zweiten Wohnsitz, bis er eines Tages, als alle fünf Bertinis zusammen waren, verkündete: er werde für einige Zeit ganz dorthin übersiedeln, zur *Beschneidung* – wolle er doch ein *ganzer,* ein *richtiger Jude* werden!

Ludwig teilte den Entschluß eher beiläufig mit – in sehr bunter Garderobe, gepflegt, die Zigarette elegant in der Rechten und von der Dürftigkeit des Kellerinventars und der Kleidung seiner Angehörigen wie ein Paradiesvogel abstechend.

Die erste Reaktion der anderen bestand darin, daß Alf Bertini ein Laut entfuhr, eine Art Grunzen, sehr empfunden, aber das Motiv ungewiß – es konnte ebensogut Ludwigs Kettenraucherei gelten. Der Vater hatte von vornherein seiner Abscheu vor den *Glimmstengeln* Ausdruck verliehen, mit dem zusätzlichen Kommentar, daß in der Geschichte der Bertinis nie jemand geraucht habe, und daß es natürlich gerade *dieser* Herr Sohn sein müsse, der die gute Tradition durch eine widerwärtige Mode ablöse. Von ihr fühle er, Alf Bertini, sich erheblich belästigt, und das habe Ludwig gefälligst zu berücksichtigen – woran dieser selbstverständlich keine Sekunde dachte.

Nun also hatte Alf auf Ludwigs Eröffnung, sich beschneiden zu lassen, gegrunzt, sonst aber nichts gesagt. Als auch Mutter und Brüder schwiegen, erhob Ludwig sich, stand eine Weile mit zuckendem Adamsapfel da, als wolle er noch etwas sagen, und entschwand dann aufatmend ins Freie.

Cesar blickte ihm mit gerunzelter Stirn lange nach – kein Zweifel, die Absicht des Jüngsten hatte ihn nachdenklich gestimmt. Erst nach einer Weile wandte er sich wieder dem Studium der englischen Sprache zu.

Diese Lehre hatte er, ohne andere Vorbildung als sechs Jahre Schulenglisch auf dem Johanneum, seit einiger Zeit aufgenommen, hatte dafür von Mickey einen Haufen Grammatikbücher erhalten, und tat all das mit dem erklärten Ziel, möglichst bald Lernwillige in dieser Sprache zu unterrichten. Stundenlang saß er über die Bücher gebeugt, paukte Vokabeln, kaute das Englische mit deutlichem Hamburger Akzent und war ganz Feuer und Flamme für die neue Aufgabe, mit der er Geld verdienen wollte.

Roman Bertini spürte irgendwie eine Mischung aus Trauer und Neid – war er doch der einzige Unbeschäftigte in der Familie. Lea hatte, ungeachtet ihrer fortgeschrittenen Schwangerschaft, vollauf mit der Versorgung zu tun, sie kochte, wusch, reinigte, kaufte ein wie eh und je, ganz aufgehend in ihrem häuslichen Dunstkreis, und stets bereit, den anderen alles an Arbeit abzunehmen, was Alf und die Söhne vielleicht doch auch selbst hätten verrichten können.

Alf schien voller Hoffnung zu sein, was seine Aussichten auf künstlerische Erhöhung betraf. Allerdings waren seine knappen Berichte – wenn er nach vier, fünf Tagen *Tournee* plötzlich wieder in der Düsternstraße auftauchte – gespickt mit verächtlichen Seitenhieben auf die anderen Mitglieder des wechselnden Ensembles. Und zwar in einem Tonfall, der Lea lebhaft und beunruhigend an den Anfang ihrer Ehe vor fast fünfundzwanzig Jahren erinnerte, als Alf Bertini voller Gift und Galle den Grundstein seiner schließlichen Verfemung an der Hamburger Musikerbörse legte. Die Schmähungen seiner jetzigen Kollegen hatten eine fatale Ähnlichkeit mit den damaligen Verwünschungen.

Immerhin aber, wie Roman sich eingestehen mußte, war der Vater in Lohn und Brot.

Das konnte zwar von Ludwig im gewöhnlichen Sinne nicht gerade behauptet werden, aber er steuerte doch jedenfalls, wenn auch unregelmäßig und ohne periodische Sicherheit, zum Lebensunterhalt der Familie bei – Nahrungsmittel, Zigaretten für Tauschzwecke, gelegentlich auch Geld.

Sogar Cesar, der Älteste, hatte zu tun, wenngleich sich aus dem Studium der englischen Sprache bisher noch kein unmittelbarer Ertrag ergab – das war nichts als eine Frage der Zeit.

Ganz anders bei Roman Bertini, dem Aktivisten von gestern, dem Dynamiker der Verfolgungsära, Organisator des Überlebens, Retter der Seinen. Im zweiten Monat nach der Befreiung fühlte er sich überflüssig, ungeschickt und zu nichts brauchbar.

In diese schwere Beeinträchtigung seines Selbstwertes platzte eine Erkenntnis, die ihn mehr als alles andere niederschmetterte und vor eine gänzlich neue Situation und Perspektive stellte.

Eines Nachmittags war es soweit.

Roman Bertini räumte die Menora und *Schau heimwärts, Engel* beiseite, knüpfte die *Manuskripte* auf und entnahm ihnen jene Aufzeichnungen über die Sippengeschichte, die er vor Jahren zusammengestellt und durch alle Fährnisse bewahrt hatte. Er klemmte sie sich, mit Schreibblock und Schreibstift ausgerüstet, unter den Arm und zog sich in einen versteckten Winkel hinter dem zerstörten Haus Lindenallee 113 zurück.

Der innere Druck war in letzter Zeit stark angeschwollen, oft bis zur

Unerträglichkeit; die selbstgestellte Aufgabe hatte sich immer fordernder gemeldet – *das Buch!* Seine poetische Kraft hatte hinter allem gestanden, was Roman Bertini bis zur Befreiung vollbracht hatte. *Das Buch* war immer gegenwärtig, war der Spiegel gewesen, in dem sich alles Erlebte brach, war der Sinn aller Ängste, aller Qualen, aller Hoffnungen. Nur zweimal war die Wirklichkeit mächtiger gewesen als diese Idee, und hatte sie verschwimmen lassen: als Roman Bertini am Johannisbollwerk vom Balken gefallen und von der Erwartung besessen war, daß die Pistole in seinem Jackett gefunden werden würde – und während der Endphase der Illegalität, als die Spanne von Ohnmacht zu Ohnmacht im Verlies immer kürzer wurde und jede Tätigkeit des Hirns sich in dem Schwebezustand zwischen Leben und Tod aufgelöst hatte.

In jeder anderen Sekunde sonst war *das Buch*, die Familien-Saga der Bertinis, die Quelle all seiner Energie gewesen, seine Zuversicht, sein Trost und die härteste aller Notwendigkeiten. Roman grauste vor dem Werk, ihm schwindelte vor der Aufgabe, die er sich selbst zumutete, und manchmal zauberte die Verwunderung über seinen Mut einen Ausdruck von Unglauben in sein Gesicht. Aber noch meinte er, wenn er sich denn zu einem Anfang entschlösse, die Arbeit auch stetig fortzusetzen, langsam, als müsse er den Himalaja mit einem Teelöffel abtragen, jedoch ohne abzusetzen – eine Sache von zwei, drei, höchstens fünf Jahren. Doch was *das Buch* nun wirklich bedeutete, was er sich da unumkehrbar vorgenommen hatte, von niemand anderem dazu beauftragt als von sich selbst, das sollte er gleich hier in den Trümmern erfahren.

Denn als er jetzt, die Aufzeichnungen neben sich, den Stift ansetzte und die erste Zeile zu Papier bringen wollte, da stockte seine Hand. Es war, als wäre jede Verbindung zwischen der Rechten und seinem Kopf unterbrochen, als wären Finger und Stift einzementiert.

Wo sollte er anfangen angesichts der fürchterlichen Fülle, die sich da stapelte in seinen Aufzeichnungen von der Zeit der Urgroßväter und der Großväter an? Wie fertig werden mit der Masse des Rohstoffes, den er so oft in seinem Kopf gewälzt hatte seit jener Januarnacht des Jahres 1942, da er aufgefahren war von seinem Krankenlager und die Idee – *das Buch* – zum erstenmal in ihn eingeschlagen war, um ihn fortan auf dem schmalen Grat von Verzweiflung und trunkenem Glücksgefühl wandern zu lassen? Wie sollte er sie formen, diese unbändige Arbeit und ihren grenzenlosen Reichtum, aus dem Seite um Seite wachsen sollte, am liebsten aber eine Tetralogie?

Da lagen sie vor Roman Bertini, die Tausende von Aufzeichnungen und Zehntausende von selbsterlebten, nie notierten Bildern, die sich unerschöpflich in seinem Hirn drängten und stießen und heraus wollten und durcheinanderwogten wie die Wellen eines sturmgepeitschten Meeres.

Und plötzlich, hier auf den Ziegeln, wußte Roman Bertini, daß es um einen *Lebenstraum* ging, den er verwirklichen wollte, und daß er für diese Verwirklichung Jahre um Jahre, möglicherweise Jahrzehnte brauchen würde – zu schreiben, was er sich vorgenommen hatte: keine *Dokumentation* über seine Familie und Sippe, kein *Protokoll*, sondern einen *Roman*, etwas eigenständig Gestaltetes, das keine einzige Szene so wiedergab, wie sie sich zugetragen hatte, und in dem doch jedes Wort, jeder Buchstabe die Wahrheit war. In einer Minute innerer Klarsichtigkeit, die in Gegensatz zu seiner äußeren Verstörung stand, war ihm bewußt, daß er in all der Zeit zwar ununterbrochen an *das Buch* gedacht hatte, daß er aber in Wahrheit von seiner Gestaltung gar nichts wußte; daß bisher nichts gewesen war als ein erstes, anarchisches Stadium, das völlig seinem eigenen Zustand entsprach; und daß es kindisch gewesen war, zu meinen, er brauche sich nur jauchzend ans Werk zu machen, um es in einem Zug zu bewältigen.

Die Wahrheit war, daß er keinen Anfang und kein Ende wußte, und wenig über das, was dazwischen lag. Die Wahrheit aber war auch, daß er sich fragte: in *welcher Sprache* denn sollte er schreiben? Auf deutsch? Er wollte Deutschland doch verlassen! Sollte er nicht warten, bis er in den USA wäre und ein perfektes Englisch spräche? Aber – und da sprang Roman Bertini auf und verlor tatsächlich die Fassung: würde er überhaupt je in einer anderen Sprache als der deutschen schreiben, sprechen, denken können? War sie nicht, trotz allem, was geschehen war, seine *Muttersprache*, in der er fühlte, träumte, litt?

Erst jetzt war er vollends ratlos in den Trümmern. Und den Kopf schüttelnd über sich selbst, Roman Bertini, den Phantasten, der die Welt erschaffen wollte an *einem* Tag, packte er seine Sachen zusammen und ging still in den Keller zurück.

4

Jack the socialist

Als sich die älteren Söhne eingestehen mußten, daß ihnen jede Resonanz auf ihren *Lebensbericht* an den Town Major versagt blieb, nahmen sie die nächste Etappe ihres Schicksals selbst in die Hand.

Cesar und Roman Bertini fuhren nach Hochkamp hinaus, machten sich die lange Straße hinunter auf den Weg, überquerten die Elbchaussee und standen bald oben an der steilen Treppe, die zum Strand hinunterführte – wie in Kindheit und erster Jugend, blickten sie über den gewaltigen Strom auf das jenseitige Ufer. Dann gingen sie, Stufe um Stufe, hinab. Als sie an dem Haus vorbeikamen, aus dem einst der große Herr mit dem weißen Hund getreten war und die Bertinis ultimativ vom Strand vertrieben hatte – »Ich gebe *Jerusalem* zehn Minuten Zeit, zu verschwinden, sonst...« –, da stockten die Schritte der Brüder, und Roman Bertini packte die Waffe fester. Aber die Villa war verwaist, menschenleer, gänzlich unbewohnt.

Schnuppernd verharrten sie dann auf dem Sand am Saum des Wassers, wenige Meter von der Stelle entfernt, wo Alf die Wälle errichtet hatte, befestigt mit Soden und von Ludwigs künstlerischer Hand dekoriert mit Steinfiguren.

Jetzt sogen sie den Duft der Unterelbe ein, ihren kräftigen Seegeschmack schon hundert Kilometer vor der Küste, und stiegen wieder hoch, hinauf zum Hirsch-Park, ihrem Jugendmärchen mit seinen Rhododendron-Plantagen und Alleen, deren uralte Bäume turmhoch in den Himmel stießen. Nur von dem Tierbestand, dem die Anlage ihren Namen verdankte, hatte nichts den Krieg überdauert.

Witternd, schweigend, warteten die Brüder, bis es dunkel geworden und der Strom von dem flüssigen Silber eines überreifen Vollmonds übergossen war. Da lag es vor ihnen, waren sie mitten in dem Symbol der langen Finsternis, mitten in ihren damaligen Zukunftsvisionen von Angstlosigkeit, Leben, Befreiung – *Blankenese!*

Da standen Cesar und Roman Bertini nach dem Ende des Dritten Reiches und des Zweiten Weltkrieges oberhalb des großen Stromes, geschädigt an Körper und Seele, aber herausgekommen. Und die Herzen schlugen ihnen wie damals, und sie zogen schweigend durch die blattumwucherten Wege, überquerten die Elbchaussee, bestiegen am Bahnhof Hochkamp den Zug stadteinwärts. Keiner von beiden wagte den anderen anzusehen, weil sie fürchteten, daß sie sonst ihrer Bewegung nicht mehr Herr bleiben würden.

Am nächsten Tag suchten sie das Bieberhaus am Hamburger Hauptbahnhof auf, den zentralen Sitz der Raumbewirtschaftungsbehörde, wie sie genannt wurde, und fragten im Parterre, wo es hier zum Leiter gehe.

»Der ist für euch nicht zu sprechen!« Aus seinem Verschlag schnellte ein Pförtner hervor und versperrte Roman und Cesar den Zugang. Sie aber lachten, sprangen auf ihn zu, umgingen ihn einfach, und irgend etwas in der Haltung der beiden schien dem Zerberus zu raten, sie nicht aufzuhalten, sondern ihnen nachzurufen, welchen Weg sie zu nehmen hätten. Doch dann zog sich der Pförtner, kopfschüttelnd und höchst beunruhigt über die Ordnungswidrigkeit, in seine Klause zurück.

Im oberen Flur stießen Cesar und Roman Bertini die angegebene Tür auf und sahen sich in einem Vorraum einer ältlichen Sekretärin gegenüber, die abwehrend die Hände ausstreckte. Ohne auf sie zu achten, öffneten die Brüder die Tür zum Hauptzimmer, wo hinter einem wuchtigen Schreibtisch ein Mann in mittleren Jahren saß. Er hatte ein intelligentes Gesicht, in dem es nun zuckte und arbeitete.

Cesar und Roman Bertini blickten sich um.

Rechts an der Wand das helle Rechteck, wo bis vor kurzem das obligate Bild Adolf Hitlers gehangen hatte, und am Revers des Leiters, nachdrücklich, aber vergeblich retuschiert, der kleine kreisrunde Fleck, vormals Sitz des Parteiabzeichens. So sieht wohl jeder Anzug von ihm aus, dachte Roman, nicht ohne innere Belustigung, denn die Brüder fühlten sich als die absoluten Herren der Lage.

»Was wollen Sie?« fragte der Leiter, höflich, jedoch eisig. Er ließ die beiden nicht aus den Augen.

»Eine neue Wohnung«, antwortete Cesar, die zerquetschte Hand vor der Brust. Durch die hohen Fenster fielen ganze Bündel von Sonnenstrahlen und beschienen sein je zur Hälfte braunes und weißes Haupthaar.

Der Mann hinter dem Schreibtisch straffte sich.

»Das wollen viele«, sagte er, immer noch höflich, aber bereits mit einem Unterton widerspenstiger Unsicherheit.

Roman konnte jede Falte, jede Rille in dem sensiblen Gesicht des Leiters erkennen. Er sah Entschlossenheit darin und Furcht, Auflehnung und Befangenheit.

»Wir diskutieren nicht mit Ihnen, und ich nehme an, Sie können sich denken, warum«, sagte Roman, scheinbar leichthin.

Der Mann hinter dem Schreibtisch hatte die Hände vorsichtig auf die Platte gelegt. Als sie zu zittern begannen, faltete er sie. Sein glattes, an der Oberfläche beherrschtes Gesicht begann blaß zu werden.

»Sind Sie...«, er stockte, überwand sich, fragte wieder: »Sind Sie...«, verstummte dann aber.

Die Sonne schien voll auf die Gesichter der Brüder, die nicht blinzelten.

»Ganz recht«, sagte Roman Bertini, *»wir sind...«*

Da fragte der Leiter des zentralen Wohnungsamtes Hamburg im oberen Stock des Bieberhauses am Hauptbahnhof:

»Wo wollen Sie wohnen?«

In diesem Augenblick kam die ältliche Sekretärin herein, um nach dem rechten zu sehen und ihrem Chef, falls nötig, hilfreich unter die Arme zu greifen. Aber der trieb sie mit einem Blick ins Vorzimmer zurück.

»In Blankenese!« sagten Cesar und Roman Bertini wie aus einem Mund.

Vorsichtig öffnete der Leiter seine gefalteten Hände auf der Tischplatte. Obwohl Stühle im Raum standen, hatte er Cesar und Roman nicht aufgefordert, sich zu setzen.

Dann machte er einen letzten Versuch.

»Ich bin nicht befugt, Ihnen über den Kopf des Ortsamtes eine Wohnung in Blankenese zuzuweisen.« In der Stimme hinter dem Schreibtisch hatten nun Furcht und Befangenheit die Oberhand gewonnen.

Die Brüder rührten sich nicht von der Stelle.

»Mag sonst wohl sein«, sagte Roman.

Der Leiter senkte, zum erstenmal, den Blick. Es war durchdringend hell in dem Zimmer, die grell angestrahlten Brüder sahen nur Umrisse vor sich.

»Ich weise das Ortsamt Blankenese noch heute an«, sagte der Leiter.

Unten, auf der Straße, zwischen Bieberhaus und Hauptbahnhof, sahen sich Cesar und Roman Bertini in die brennenden Augen, lachten, vollführten Bocksprünge unter dem blauen Himmel über Hamburg und knufften sich in die Seite.

Sie kehrten so rechtzeitig in die Düsternstraße zurück, daß sie noch den Polizisten antrafen, der die Nachricht vom Tode Horst Cunerts überbracht hatte.

Seine erfolgreiche Selbstverstümmelung war dem Sohn des Optikers zum Verhängnis geworden. Am Borgweg, in der Nähe seiner Unterkunft, konnte er einem britischen Militärfahrzeug nicht rasch genug ausweichen – der schwere Wagen war ihm quer über den Leib gerollt.

In den Papieren des auf der Stelle Getöteten fand sich, als einziger Anhaltspunkt persönlicher Beziehungen zu anderen Menschen, die genaue Adresse der Bertinis. So war der Unglücksfall weitergegeben worden an die Wache Hamburg 33. Von dort nun, aus der Hellbrookstraße, war der Polizist gekommen, mit der düsteren Schilderung und der präzisen Unfallzeit, jedoch ohne jede Ahnung von den wahren Zusammenhängen der Katastrophe.

Horst Cunert hatte das Ende des Dritten Reiches, dessen Wehrmacht er schließlich mit langem Atem gegen Kriegsausgang doch noch ein Schnippchen geschlagen hatte, um einen Monat, fünfzehn Tage und sechs Stunden überlebt.

Grete Erber stand ganz plötzlich unter den Bertinis, dröhnend, berstend vor Lebenskraft und mit der Ankündigung, sie werde morgen nach Bodendorf aufbrechen.

Die Frau des gefallenen Kutschers Paul Erber schien unverändert, als hätte es seit ihrem letzten Besuch keine persönlichen und weltgeschichtlichen Umwälzungen gegeben. Höchstens, daß sie noch heftiger gröhlte und ihre ruckhaften Vorstöße in alle Richtungen noch kollisionsträchtiger waren als früher schon – Lea, mit hochgeschwollenem Leib, wenige Wochen vor der Niederkunft, achtete ängstlich auf räumlichen Abstand.

Die Geschichte der Bertinis bis zur Befreiung sollte Grete Erber ein für allemal unbekannt bleiben. Sie stellte keine Fragen, weil in ihr nicht das geringste Bewußtsein dafür bestand, und erwartete also auch keine Antworten. Niemand empfand darüber Verwunderung oder gar Trauer – das, was die Bertinis den *deutschen Zweig* der Sippe nannten, hatte nie begriffen, worum es zwischen 1933 und 1945 ging.

Nun hörten sie der lautstarken Verwandtschaft zu und begrüßten um Recha und Rudolph Lehmbergs willen die Reise nach Bodendorf. Ansonsten enthielten sie sich jeder Äußerung. Nur Ludwig, die *Senior Service* elegant zwischen den nikotingebräunten Fingern, stellte scheinbar wie nebenbei die Frage, wo denn Dagmar Erber bleibe und warum die Tante sie nicht mitgebracht habe.

»Die kommt das nächste Mal mit!« grölte Grete Erber.

Tatsächlich hielt sie ihr Versprechen. Sie erschien auf den Tag eine Woche später mit der Tochter an der Hand im Keller der Bertinis, wie von großer Fahrt ramponiert, mit verrutschten Strümpfen und der Nachricht, es sei »alles in Ordnung«.

Ehe sie mitteilte, was sie darunter verstand, berichtete Grete Erber unter kreischendem Gelächter, daß sie selbst nur dank ihrem energischen Widerstand gegen die Bärenkraft eines Lastwagenfahrers unversehrt zurückgekehrt sei. Der Kerl habe sie in tückischer Absicht auf den Beifahrersitz gehievt und es dabei nicht auf die Beutel und Pakete, sondern auf etwas ganz anderes abgesehen. Denn unterwegs, auf offener Strecke, gestern in der Dämmerung, sei das Vieh über sie hergefallen. Aber der Lump hätte sich zuviel vorgenommen und sein gemeines Ziel nicht erreicht. Und dann, auf die Pointe zusteuernd, von unbändiger Lustigkeit geschüttelt, gurgelte sie: »Dabei hätte ich nachgegeben, wenn er's nur anders angefangen hätte!« Mit vor Lachen tränenden Augen, gestenreich, außer sich, demonstrierte sie ihre Hingabe.

Erst nach dieser Ouvertüre erfuhren die Bertinis von Grete Erber, inmitten von Beuteln, Taschen und Paketen, Einzelheiten. Zunächst hätten britische Truppen das Dorf in der Altmark erreicht und es kampflos besetzt, aber schon nach wenigen Wochen seien sie von Amerikanern abgelöst worden. Bei all dem sei kein Schuß gefallen und keine Fensterscheibe kaputtgegangen.

An dieser Stelle konnte Lea es nicht mehr aushalten: »Aber was ist denn mit den Eltern?« rief sie, gedämpft und empört zugleich.

Grete Erber, die während ihrer Suada dabei war, die Beute zu teilen, schlug sich an die Stirn: »Da bin ich doch schon zehn Minuten hier und habe noch kein Wort von den Eltern gesagt – aber ist das nicht gerade ein gutes Zeichen?« Sie haschte nach Lea, die erschrocken zurückfuhr, und ergriff, zarter als es ihr zuzutrauen war, deren Hände. »Sie leben, sind beide wohlauf und wollen sobald wie möglich nach Hamburg kommen.«

Unterdessen hatte Ludwig Bertini unaufdringlich, aber ausdauernd, Dagmar Erber im Visier, dann und wann die Asche seiner Zigarette achtlos auf den Kellerboden schnippend, ohne den Blick von der gleichaltrigen Cousine zu lassen. Deren Anblick allerdings rechtfertigte jede männliche Aufmerksamkeit: mit ihren fünfzehn Jahren wirkte

Dagmar Erber fast wie eine Achtzehnjährige, vollbusig und doch filigran, vom Schmelz der Jugend himmlisch überhaucht, die pastellfarbene Lieblichkeit ihres ebenmäßigen Gesichts von mädchenhafter Freundlichkeit geprägt.

Es fiel niemandem auf, daß sie stets und wie unbewußt den gleichen Abstand zu Cesar Bertini hielt. Wenn er in ihre Nähe kam, wich sie zurück, um wieder hervorzukommen, wenn er sich von ihr entfernt hatte. Was Roman jedoch durchaus auffiel, war Ludwigs Gebaren gegenüber Dagmar Erber, das erste sichtbare Interesse des Jüngsten am andern Geschlecht.

Weder flirtete Ludwig dabei noch lächelte er, ließ aber die Cousine nicht aus den Augen, während seine Tante Details aus Bodendorf mitteilte: daß die Lehmbergs hochgeehrt seien; das ganze Dorf vor Neugierde und Erwartung platze, was aus den *Hamburgern* geworden sei; man Paul Stephien, den dicken Sattlermeister und ehemaligen Nachbarn der Bertinis, zum Bürgermeister erhoben habe, ein Amt, dem er ziemlich unwillig und hilflos vorstehe; und daß die Provinz Sachsen, als Tauschobjekt gegen die künftige Anwesenheit der Westmächte in der viergeteilten Stadt Berlin, der russischen Zone bald schon zugeschlagen werde – samt Bodendorf. Das aber sei für die Bewohner um so niederschmetternder, als der Ort dann nur drei Kilometer von der Grenze zur britischen Zone entfernt liege. Jeder Bodendorfer, so Grete Erber, fürchte sich vor dem Austausch, der angeblich schon vor Kriegsende festgelegt worden sei. Vor allem aber meinten die Bodendorfer, das würde keine Grenze werden wie zwischen Amerikanern, Briten und Franzosen auf deutschem Boden, sondern eine *richtige Trennlinie*!

Damit hatte Grete Erber alles aus den Beuteln, Taschen und Paketen hervorgeholt und machte sich an die Verteilung der Beute. »Ein Huhn, Mehl, Speck, Rübensaft...«, sie maß, wog, minderte, fügte hinzu – unbefangen und offenbar ohne jede Erinnerung daran, daß sie nach ihrer vorletzten Reise die den Bertinis zugedachten Lebensmittel für sich behalten hatte.

Endlich streckte sie ihre langen Glieder aus und lehnte sich, wie in todesmatter Erschöpfung, zurück.

In diese Pause hinein fragte Roman Bertini, leise, und doch wie unter ungeheurem inneren Druck: »Und was ist mit – Theodor Wandt?«

Grete Erber fuhr auf, fragte ohne Verständnis nach: »Mit Theodor Wandt?« schrie, wieder hellwach: »Was soll denn mit ihm geschehen sein? Er tut das, was er immer getan hat – er schwingt die Glocke und ruft die Neuigkeiten aus, diesmal im Namen der Demokratie!« Und als wäre ihr ein kolossaler Spaß geglückt, kreischte Grete Erber über ihre gelungene Entgegnung so laut, daß es in den niedrigen Kellerräumen widerhallte wie in einem Lachkabinett.

Roman Bertini aber schlug nach vornüber, als wäre mit einer eisernen Stange unvermutet ein furchtbarer Hieb gegen seinen Leib geführt worden.

Zu Beginn des Sommers wurden Cesar und Roman schwer erschüttert durch eine Begegnung, von der sie es am wenigsten erwartet hatten – was ihnen die exotische Welt der Befreiung noch verwirrender machte.

Am Rübenkamp, zwischen der ehemaligen Sandkiste und der großen Hochbahnbrücke zu den Walddörfern, waren in einem einstigen Altersheim, einer Ansammlung häßlicher Baracken, britische Truppen einquartiert worden. Und dort, auf dem Wege von der Düsternstraße zum Stadtpark, machten die Brüder Bekanntschaft mit *Jack the socialist*.

Er hatte die suchenden Blicke der beiden ernsthaft beantwortet, bis Cesar ihn eines Tages angesprochen hatte.

Jack the socialist war mittelgroß, dunkel, kräftig gebaut, und er wirkte zunächst wortkarg. Eine Weile machte er sich lustig über ihr dilettantisches Schulenglisch – dessen Wortschatz sich übrigens überraschend schnell durch die Praxis vergrößerte –, und ließ die Brüder reden. Dann, als er genug von ihrer Biographie kannte, sagte er ihnen, daß er Jude sei. Von da an kam so etwas wie Wärme auf bei diesen, wie jeder von ihnen wußte, vergänglichen und doch füreinander wichtigen Zusammenkünften.

Jack the socialist hatte den Krieg von El Alamein in Nordafrika bis Flensburg mitgemacht, bei den *Desert rats*, der 8. Armee des Feldmarschalls Montgomery. Er war auch über die Erde von Belsen gegangen, und sein Gesicht unter den dunklen Haaren nahm eine besondere Färbung an, wenn er von den lebenden Skeletten sprach, die ihm dort entgegengekrochen waren. Als er den Brüdern das Foto eines Massengrabes zeigte – Hunderte von Toten, mit aufgetriebenen Bäuchen und aufgerissenen Mündern, als wären sie mit einem qualvollen Schrei verendet –, da zuckten seine Hände. »Lest we forget!« sagte er – auf daß wir es nie vergessen.

Aber seltsam – mehr als von der Vergangenheit sprach Jack the socialist von der Gegenwart und der Zukunft. Er sprach, ruhig und doch mit untergründiger Leidenschaft, von den großen Veränderungen, die der Krieg in die Welt und unter die Völker gebracht habe, und wenn Cesar und Roman ihn nicht sogleich verstanden, baten sie um Wiederholung und langsamere Sprechweise – auf jedes Wort wollte es ihnen ankommen. So erfuhren sie von der Chance, die sich einer durch den Schrecken vernünftiger gewordenen Menschheit böte, und daß Jack the socialist voll des Glaubens und der Hoffnung war auf eine glänzende Fortsetzung der Zusammenarbeit unter den Alliierten, ungeachtet der verschiedenen Gesellschaftssysteme zwischen Westmächten und Sowjetunion, auch im Frieden. Der Krieg sei die Feuerprobe eines neuen, gewaltigen Weltbündnisses gewesen, und Jack the socialist prophezeite ihm ein langes Leben.

Davon sprach der britische Jude in dem zum Soldaten-Camp umgewandelten Altersheim zwischen der ehemaligen Sandkiste und der großen Hochbahnbrücke zu den Walddörfern, sprach mit tiefer Stimme und sehr ernst, immer bemüht, Gefühle nicht hervorbrechen zu lassen, und doch von Zuversicht erfüllt. Und Cesar und Roman Bertini tranken seine Worte und wollten immer mehr wissen von dem neuen Freund. Großbritannien, so erfuhren sie von ihm, sei reif für den Sozialismus. Reverenz Winston Churchill, dem großen Kriegspremier, aber die Mehrheit habe Clement Attlee von der Labour Party gewählt, nicht die Konservativen und Tories. Jack the socialist beschwor durchgreifende Konsequenzen, nicht nur für die nationale Wirtschaft und Politik, sondern auch für die Kolonien, deren Völker nun, eines nach dem andern, ihre Freiheit erlangen würden. Ungewohnte Beziehungen würden nun geknüpft werden zwischen ihnen und der Kolonialmacht, auf der Grundlage der Gleichberechtigung und sozialistischem Fundament. Eine der finstersten Epochen der Menschheitsgeschichte, die Vorherrschaft der weißen Rasse, werde abgeschlossen. Die Vereinigten Staaten von Nordamerika und die Sowjetunion, die entscheidenden Alliierten des Zweiten Weltkrieges, würden gemeinsam einstehen für die neue Ära, und das Bündnis auf Leben und Tod gegen die Achsenmächte – von denen nur noch Japan für kurze Zeit unbesiegt sei – in einer Weltfriedensorganisation zum Wohle der gegenwärtigen und der kommenden Generationen fortsetzen.

So sprach Jack the socialist in jenen Junitagen des Jahres 1945, und Cesar und Roman Bertini lauschten ihm mit Entzücken und Hingabe. Das waren ganz ihre Ideen und Träume, ihre Wunschbilder und Vorstellungen von einer paradiesischen Erde nach der Befreiung und der Beendigung des Krieges, der im Osten gegen Japan immer noch weiterging, dessen Tage aber, wie Jack the socialist gerade prophezeit hatte, bald gezählt wären – schon griffen die *Fliegenden Festungen* unter dem Sternenbanner das Inselreich selber an.

Und jetzt kam die Wendung.

Denn so, wie Jack the socialist von der Zukunft seines Landes und dem Frieden der Welt über alle Gegensätze der Sieger hinweg sprach, voll gezügelter Leidenschaft, ruhig und doch heiß, so sprach er nun davon, daß dieser Friede nie sein könne, wenn in das große Weltbündnis nicht auch das besiegte Deutschland eingeschlossen werde. Alles sei von vornherein null und nichtig, wenn die Sieger diese Lehre nicht zögen – ohne Einschluß der Deutschen in die Zukunft würde der Krieg insgeheim weitergehen.

Und als Jack the socialist so sprach, da malten sich auf den bisher begeisterten Mienen der Brüder Bertini plötzlich Verblüffung, Hilflosigkeit, ja Furcht.

Wie denn, fragten sie Jack the socialist, sollten auch Deutsche den Baum der Zukunft pflegen und an seinem Gedeihen teilhaben, da doch gerade sie die Axt an dessen Wurzel gelegt und Not und Tod über die Völker Europas gebracht hätten, namentlich über Juden, Polen und Russen? Und dies genauso weit, wie ihre Heere sich unterm Hakenkreuzbanner vorgekämpft hätten! Wo blieben da Sühne für das vergossene Blut, Bestrafung der Schuldigen, Gerechtigkeit – *Vergeltung*? Ein für allemal habe sich das deutsche Volk ausgeschlossen aus der Gemeinschaft der anderen Völker, habe mit Auschwitz einen endgültigen Trennungsstrich gezogen, müsse und werde im Schatten leben und büßen für das, was es verbrochen habe durch Jubel, Wahnsinn, Arbeit und Kampf für Hitler.

Außer Atem geraten waren Cesar und Roman Bertini, denn dies ging ihnen nahe wie nichts sonst und war festgefügt – ihr Bild von *den* Deutschen.

Aber während sie auf ihn einredeten, stahl sich in die Miene des Briten, undeutbar zunächst für die beiden, ein merkwürdiger Ausdruck, ein tiefes, zweifelndes Unverständnis. Und dabei blieb es, als Jack the socialist fortfuhr: Wer bestraft werden müsse, der käme auch vor Gericht, sei es, daß er seine Hände selbst mit Blut befleckt, sei es, daß er Mord angeordnet oder von Mord profitiert habe – keiner der Schuldigen werde entkommen. Was jedoch sei mit den anderen, den vielen, den meisten, für die Schuld und Sühne keine juristische, sondern eine moralische Frage sei? Was mit der Mehrheit, die, halb Subjekt, halb Objekt, ihrerseits schwer gelitten habe unter der von ihr unterstützten

676

Politik, und eigentlich nie wirklich ganz so geworden sei, wie das Regime sie haben wollte? Und was schließlich sei mit denen, die Widerstand geleistet hätten und eingekerkert, verfolgt, umgebracht worden seien? – keine große Gruppe, gewiß, ihrem Gewicht nach aber bedeutender als ihre Zahl.

»Die Deutschen werden sie als Alibi mißbrauchen«, sagte Roman Bertini.

Jack the socialist schwieg, wobei sich der merkwürdige Ausdruck auf seinem Gesicht vertiefte. Es war heiß, er hatte seine Uniformjacke ausgezogen und stand im Hemd da, schweißnaß. Und dann kam es:

»What are you talking about, brethren? *The* Germans ... Roman and Cesar Bertini – *you are Germans too!* What else?«

Da stand es in der flirrenden Luft, das bisher Ungedachte und Unausdenkbare; da hing sie plötzlich über ihnen, die nach Meinung der Brüder ungeheuerliche Ungerechtigkeit, so daß sie gar nicht lachen konnten wie sonst, als Jack the socialist auch diesmal wieder ihren Namen der Phonetik der englischen Sprache gemäß wie *Börtini* ausgesprochen hatte; schrillte es ihnen aus dem Mund eines ihrer Befreier in den Ohren:

»Ihr seid ebenfalls Deutsche! Was denn sonst?«

Aber der Himmel stürzte nicht ein, und die Weltkugel verlor ihren Sauerstoffmantel nicht – das mindeste noch, was die Brüder nach diesem Frevel erwartet hatten.

Wie vom Donner gerührt waren Cesar und Roman Bertini unter der großen Hochbahnbrücke am Rübenkamp, es hatte ihnen buchstäblich die Sprache verschlagen. Soeben waren sie mit etwas konfrontiert worden, was sich jenseits ihrer Vorstellungskraft bewegte: sie – *Deutsche!*

Erst jetzt bestätigte sich, wie vollständig die Isolation der Bertinis geworden, wie abhanden ihnen jedes Zugehörigkeitsgefühl gekommen war. Sie hatten gelernt, ihre Umwelt in drei Gruppen zu teilen. In jene, die bereit waren, ihnen zu helfen – wie Helene Neiter, Erika Schwarz und Erich Snider. In eine zweite, deren Angehörige sie verfolgt hatten, von staatswegen, wie die *Melone*, aber auch ohne staatlichen Ansporn, sondern aus eigenem Antrieb, wie die Speckrolle, Eitel-Fritz Hattenroth und Theodor Wandt. Und in die dritte, zahlenmäßig größte Gruppe, von der weder Angriff noch Hilfe zu erwarten gewesen war – die lenkbare Masse der Passiven, die den Bertinis in ihrer Indifferenz und amorphen Gesichtslosigkeit kaum weniger unheimlich waren als die zweite.

In diese drei Gruppen teilten die Bertinis die Menschen, die sie kannten, aber nur zwei davon übertrugen sie auf die *ganze* Nation, auf die Millionen, die ihnen unbekannt waren und bleiben mußten – die zweite, die aktiven Verfolger, und die dritte, die Mitmacher, Zujubler, Stillehalter. Die erste Gruppe, die Helfer und Retter, hatten die Bertinis längst von der Nation getrennt, wie sich selbst – für sie waren Erika Schwarz, Helene Neiter, Erich Snider keine Deutschen, wie sie selbst. So war es unter den Bertinis zu der Verallgemeinerung gekommen – *die* Deutschen: ohne jede Diskriminierung in ihrer Vorstellung für die Retter und Bundesgenossen. Sie waren aus der Bertinischen Feindtotalität ausgeschlossen.

Hier wirkte ein Mechanismus, der alle jene, die die Bertinis nicht kannten, also die anonyme Mehrheit eines ganzen Volkes, zu der es keine persönlichen Beziehungen geben konnte, samt und sonders zu ihren Feinden machte, zu direkten oder indirekten *Tätern*. Gegen solche Übermacht kamen die *Retter* nicht an – die Bertinis hatten jede Identifikation mit dem Volk, in dem sie aufgewachsen waren und lebten, verloren.

Jack the socialist, der jüdische Brite oder britische Jude, der völlig eins war mit seiner Nation, hatte nicht Zeit genug gehabt, diese durch Leiden geformte Einstellung zu begreifen. Genau das aber war es, was Cesar und Roman Bertini nun, nach der wahren und zugleich auch unwahren Feststellung: »Ihr seid ebenfalls Deutsche! Was denn sonst?« – hier zwischen der ehemaligen Sandkiste und der riesigen Brücke das Gefühl gab, als wäre soeben nachträglich ihr Todesurteil gefällt worden.

Der Spruch traf sie völlig unvorbereitet, so daß sich wie Gewölk äußerste Fassungslosigkeit auf ihre Gesichter legte. Sie fühlten sich von einem Freund, einem Befreier, gestürzt, konnten nicht darauf erwidern, waren verstummt.

Der Satz blieb zwischen ihnen und Jack the socialist stehen, die wenige Zeit, die sie sich noch sahen – drei Tage später war die britische Einheit fort, ausgeflogen, aus den häßlichen Baracken des einstigen Altersheims am Rübenkamp irgendwohin verlegt.

Jack the socialist verschwand so plötzlich aus ihrem Leben, wie er da hineingeraten war. Aber er ließ einen Roman Bertini zurück, in dem nichts mehr so war wie vorher. Selbst wenn er oder Cesar es gewollt hätten – zu vergessen war Jack the socialist nicht. Nicht sein glühender, beherrschter Optimismus in die Zukunft der Menschheit; nicht seine Differenzierung der Besiegten; nicht die Mahnung ihres Einschlusses in die Völkerordnung, und am allerwenigsten seine knappe, grausame These: »Ihr seid ebenfalls Deutsche! Was denn sonst?«

Der Satz war nicht mehr rückgängig zu machen. Zur Zeit, als er ausgesprochen wurde, war sich Roman Bertini seiner künftigen Bedeutung nicht bewußt. Tatsächlich aber hatte Jack the socialist mit ihm als erster einen Panzer durchstoßen, an dessen Undurchlässigkeit Roman wahrscheinlich erstickt wäre. Das Loch darin sollte sich nur langsam, sehr langsam erweitern. Aber durch diese undichte Stelle wird die Entwicklung Roman Bertinis in einen politisch denkenden Menschen sickern.

5

Geburt an der Elbchaussee

Trotz der fehlgeschlagenen Absicht, Eitel-Fritz Hattenroth zu töten, war Roman Bertinis Entschlossenheit zur Selbstjustiz ungebrochen. Für ihn war sie ein Teil der Abrechnung durch die Alliierten, ohne jedes Rechtsbewußtsein für den Unterschied zwischen dem einen und dem andern. *Vergeltung* – das war die Einordnung seiner eigenen Gerichtsbarkeit in die der Befreier.

Eile verspürte er bei der Durchführung nicht, sondern eher Gelassenheit. Was ihn einzig beunruhigte, war, daß er wohl wußte, wie er die Speckrolle und Theodor Wandt zu finden hätte, nicht aber die *Melone* – Roman Bertini hatte keine Ahnung, wie der ehemalige Gestapomann hieß, noch wo er wohnte.

So suchte er nicht das Meldeamt auf, sondern eine Villa an der Harvestehuder Seite der Außenalster, Domizil von *Public Safety* und *Civil Security*. Dort fragte er den ersten Uniformierten, der ihm begegnete: »Ich suche einen Gestapomann – können Sie mir helfen?« Das Ergebnis war ein Handzeichen gegen eine Doppeltür in der Mitte des Foyers.

Als Roman Bertini den saalartigen Raum dahinter betrat, erblickte er einen wahren Bilderbuch-Offizier der britischen Armee – hagergesichtig, mit langem Oberkörper, steilgerade in seinem Sessel, in der Hand ein Stöckchen, das auf dem pompösen Schreibtisch herumfuhr. Die Inkarnation Rudyard Kipling'scher Romangestalten sah ihn an aus Augen so kühl wie ein Bergbach. Roman hatte nicht die geringste Vorstellung vom Rang des Briten noch von der Anrede. Deshalb sagte er, als der Offizier ihn nicht zum Sprechen aufforderte: »Ich suche einen Gestapomann.«

Der Brite rührte sich nicht. Endlich runzelte er die Stirn und schob Roman mit dem Stöckchen einen Block zu: »Your name and your address.« Roman schrieb, schob den Block zurück, wartete.

Der Offizier las, riß den Zettel ab, steckte ihn in die Tasche. »Und der Name des Gestapomannes?«

Roman blickte in die kühlen, aber doch nun irgendwie auch interessierten Augen: »Ich kenne ihn seit zwölf Jahren, aber ich weiß seinen Namen nicht. Wir haben ihn immer nur die *Melone* genannt.«

Der Offizier rückte die rechte Braue hoch. Sein Oberkörper hatte sich bis jetzt nicht bewegt. »Warum?«

Roman Bertinis Bericht fiel knapp aus, dürr, die äußerste Zusammenraffung der Begegnungen von 1933 bis 1944, ohne jedes äußere Gefühl aufgezählt, im simpelsten Englisch – aber selbst in dieser Verknappung noch eine geladene Chronik.

Nach Romans drittem oder viertem Satz hatte der Brite aufgeschaut und ihn angestarrt. Nach Beendigung schlug er die Augen nieder. Die Hand mit dem Stöckchen lag unbeweglich auf dem Tisch. Dann schnickte der Offizier mit den Fingern der Linken, rief einem Eintretenden etwas zu und versank in Schweigen, als wäre er allein in dem großen Raum.

Nach einer Weile wurde ihm eine Mappe überreicht.

Der Offizier schlug den Deckel auf – Fotos.

»Gestapomänner, nicht nur aus Hamburg. Die meisten sind interniert, einige flüchtig. Suchen Sie.«

Roman Bertini begann von vorn, sog sich an jedem Gesicht fest, blätterte. Unter jedes Foto war mit weißer Fettschrift eine Nummer gesetzt, sonst nichts. Er würde die *Melone* in jeder Veränderung und Verwandlung wiedererkennen.

Der Offizier war um den Tisch herumgekommen, sah über Romans Schulter in die Mappe.

Der fand die *Melone*, als er schon aufgegeben hatte – auf der vorletzten Seite, ein vergilbtes Bild, etwa von Ende der dreißiger Jahre: er stieß mit dem Finger auf das Foto.

Der Offizier ging um den Tisch zu seinem Sitz zurück, ließ sich fallen, schlug die Augen nieder. Dann schnickte er wieder mit der Linken und rief eine Ziffer zur geöffneten Tür. Wenig später nahm er ein Blatt Papier entgegen.

Ohne ihn anzuschauen, fragte der Brite Roman: »Wenn Sie den Gestapomann fänden – was würden Sie mit ihm machen?«

»Ich würde ihn töten«, sagte Roman Bertini.

Der Offizier zog das Album mit den Fotos zu sich herüber, schlug die vorletzte Seite auf. »Ihr Mann ist flüchtig«, sagte er, »wir suchen ihn seit dem 4. Mai. Aber Name und Adresse sind uns bekannt.«

Roman spürte, wie ihm ein Schauder von den Zehen bis zum Scheitel hoch kroch.

Das Stöckchen des Offiziers zog Kreise auf der Tischplatte, Striche, rechteckige und quadratische Figuren. Dann schob er Roman das hereingereichte Blatt Papier zu, ließ aber das Stockende noch darauf ruhen.

»Sie kriegen es, unter einer Bedingung – wenn Sie den Gestapomann finden sollten, egal was Sie mit ihm machen: geben Sie mir sofort Bescheid. Colonel Arthur Hopkins, das genügt. Und wenn ich etwas herausbekomme, teile ich es Ihnen mit.« Die kühlen Augen schienen um eine Nuance weniger streng. *»Promised?«*

Roman Bertini nickte. »Versprochen.«

Erst jetzt zog sich das Stockende zurück. Roman nahm das Blatt Papier mit dem Namen und der Adresse der *Melone* an sich.

»Und Sie? Was ist mit Ihnen?« fragte er.

»Versprochen!« antwortete Colonel Arthur Hopkins. »Sie müssen mich nur wissen lassen, wo Sie zu erreichen sind. Oder werden Sie noch lange in dem Keller bleiben?«

Das grau-schimmelige Wohnungsamt Blankenese, ehemals blendend weiße Großbürgervilla im Stile hanseatischer Herrenhäuser, thronte auf der Kuppe eines geräumigen Parks mit Elbblick.

Der Eingang befand sich an der Seite, und als Cesar und Roman Bertini eintraten, standen sie in einer riesigen, durch das Oberlicht eines Glasdachs sehr hellen Halle. Von ihr gingen zahlreiche Zimmer ab, während eine Treppe in das erste Stockwerk führte, das von einer Galerie gesäumt war. Und von dort droben nun wurden die Brüder völlig überrumpelt.

Als sie unten irgendjemandem ihren Namen genannt hatten, war es, als hätten sie eine Lunte angezündet. Er pflanzte sich blitzschnell fort, erfüllte die Halle raunend, raste die Treppe zur Galerie hoch und schlug unters Dach. Am Geländer erschien ein Mann in vorgeschrittenem Alter, mit grauem Haar und gesunder Gesichtsfarbe, der atemlos nachfragte: *»Die Bertinis?«*, die beiden unten erblickte und auf sie zuschoß. Das vollzog sich jedoch nicht auf gewöhnliche Weise, denn schon während der Vorsteher die Galerie entlang zur Treppe lief, verbeugte er sich tief, wie ein Höfling des Rokoko vor seinem absolutistischen Fürsten – so gelangte der Grauhaarige bis vor Cesar und Roman Bertini.

Die trauten ihren Augen nicht, wie da vor ihnen gedient wurde, wie der Chef des Amtes nebst zwei noch beflisseneren Angestellten sie nun die Treppe hoch komplimentierten, in den Raum des Vorstehers bugsierten und sie baten, in den etwas abgewetzten Sesseln Platz zu nehmen.

Der Rest spielte sich in weniger als fünf Minuten ab.

Der Grauhaarige wagte offenbar nicht, sich in ihrer Gegenwart hinzusetzen, sondern blieb zwischen der Tür und den Fenstern mitten im Raum stehen. »Haben Sie einen besonderen Wunsch, wo Sie wohnen möchten?« fragte der Vorsteher, sich verneigend. Und nun geriet seine Haltung vollends ins Groteske, denn er schwenkte den rechten Arm mit einer ausladenden Bewegung hin und her, wie sie den Brüdern aus Filmen vor aufgeputzten Potentaten in Erinnerung geblieben war. Sie hatten Mühe, ein Lachen zu verkneifen.

»Elbchaussee!« antworteten beide auch diesmal wie aus einem Munde.

Der Vorsteher des Blankeneser Wohnungsamtes eilte zu seinem Schreibtisch, blätterte in Akten, immer wieder zu den Besuchern aufsehend, um zu bekunden, daß er ihrer Anwesenheit eingedenk und die momentane Abwendung von ihnen keine Unehrerbietung war. Dabei entdeckte Roman, daß hinter dem liebedienerischen Getue, der heftigen und peinlichen Vorzugsbehandlung irgendeine Angst lauerte. Eine Angst, die dem Manne die Sinne raubte und die ihn immer wieder, nach wenigen Sekunden, von den Akten aufschauen ließ, als erwarte er einen plötzlichen Angriff, eine Gewalttat, von der er sich nicht überraschen lassen wollte.

Als der Grauhaarige einen Vordruck nahm und darauf etwas in Blockbuchstaben eintrug, zitterte seine Hand so stark, daß er mehrere Male ansetzen mußte. Schließlich reichte er ihn den Brüdern hin.

Die verzogen keine Miene, nahmen die Adresse entgegen und verließen wortlos den Raum. Der Vorsteher – immer drei Schritte hinter ihnen, vorgebeugt mit baumelnden Armen, nun beim Abgang der unheimlichen Besucher ganz devote Erleichterung – begleitete sie die Galerie entlang und die Treppe hinunter bis zum Ausgang der einst herrschaftlichen Villa.

Draußen, nach ein paar sittsamen Schritten, begannen Cesar und Roman Bertini zu laufen, wüst zu grinsen, wie damals zwischen Bieberhaus und Hauptbahnhof in die Luft zu springen und sich gegenseitig in die Seite zu stoßen, als wäre ihnen ein phantastischer Streich gelungen.

Dann machten sie sich in Richtung Hochkamp auf, betraten den Hirschpark am Mühlenberg, gingen, vorbei an dem wildwuchernden Rhododendron-Labyrinth, die Allee mit den himmelstürmenden Bäumen hinunter, und erreichten, fast vor der angegebenen Adresse, wieder die Elbchaussee.

Da lag es vor ihnen, ein wunderschönes Fachwerkhaus in einem großen Garten, doppelstöckig, und seitlich von einer mächtigen Kastanie beschattet.

Wie angewurzelt, völlig versunken in den Anblick, standen Cesar und Roman Bertini da. Jedesmal auf den Wegen ihrer Kindheit und ersten Jugend vom Bahnhof Hochkamp zum Strand waren sie auch an diesem Haus vorbeigekommen, bevor sie jenseits der Elbchaussee in die blattumwucherten Wege eintauchten; hatten sie auch auf diese Villa geschaut, mit jenem seltsam ziehenden Gefühl, das früh in ihnen aufgestanden war und sich dann in Laufe der Jahre zu einer glühenden, symbolträchtigen Sehnsucht verdichtet hatte.

Nun standen sie mit ihrem Einweisungsschein davor, nun sollte Wirklichkeit werden, was sie sich in ihren kühnsten Träumen ausgemalt hatten. Vorsichtig, als fürchteten sie zu erwachen, betraten sie das Grundstück.

Da eilten ihnen auch schon aus dem holzüberdachten Portal, ein paar Stufen hinab, die Arme ausgebreitet, ein Mann und eine Frau entgegen: »Willkommen – willkommen in unserm Haus!«

So lernten die Brüder Herbert und Klara Mörtling kennen.

Er war um die Fünfzig, mit einem scharfgeschnittenen und – wie es Roman unwillkürlich durch den Kopf schoß – männlich-schönen *Filmschauspielergesicht,* ein einziges, in einen eleganten Nadelstreifenanzug gekleidetes Wohlwollen.

Sie war kleiner, fast pummelig, mit starken, keineswegs unattraktiven Beinen, einem flächigen, sehr runden Gesicht und einer so kräftigen Mähne, daß die schwarze Flut durch einen Reif gebändigt werden mußte. Auch Klara Mörtling lächelte über das ganze Mondantlitz, wobei ein goldener Eckzahn sichtbar wurde.

Drinnen, im Parterre, machte Herbert Mörtling eine weite Bewegung. »*Unser* Reich!« Einstweilen sahen die Brüder davon nichts als eine weißlackierte, von einer Tür durchbrochene Holzwand, die den Wohntrakt hier unten hermetisch abschloß.

Klara Mörtling lief flink die Treppe hoch, ins obere Stockwerk, postierte sich dort auf dem Flur und erklärte: ganz rechts – Bad und Toilette, für die *drei* Parteien; denn in dem Zimmer daneben lebe die Kriegerwitwe Lore Schapp, samt Kleinkind; wieder daneben, in der rechten Flurecke, der alte Nowak mit Frau und Schwägerin, ruhige Leute; die anderen Räume seien für sie, die Bertinis.

Die anderen Räume, das waren – ein Wohnzimmer, das auf einen großen Balkon führte; ein kleineres, das nur vom Wohnzimmer her zu erreichen war, winzig, kaum zwölf Quadratmeter; ein weiteres Eckzimmer, mit Blick nach vorn, über den Garten auf die Elbchaussee, und hohen Fenstern nach der Seite, auf die ziemlich ferne Nachbarvilla; schließlich, links neben dem Eckzimmer, ein Raum von gleichen Ausmaßen, beide Gemächer durch einen kleinen, emporeartigen Balkon verbunden.

»Und hier die Küche«, Klara Mörtling stieß eine Tür auf, »der Herd steht schon da.« Dabei schlug sie sich, als hätte sie soeben die Hauptsache vermeldet, die rechte Faust kraftvoll in den eigenen Schoß, eine unerwartete, ordinäre Bewegung, die, noch bevor sie abgeschlossen war, Cesar Bertini blitzhaft straffte – prall zeichneten sich die Oberschenkel unter dem Rock ab.

»Wann ziehen Sie ein?« fragte Herbert Mörtling, fast ungeduldig, wie Roman fand, »wann werden Sie unsere Nachbarn?«

Bei dieser Frage verspürte Roman in der linken Seite so etwas wie einen Stich. Ging es doch eigentlich weniger darum, *wann,* sondern *womit* sie in die herrschaftliche Zimmerflucht einziehen sollten. Sie stand gänzlich leer, und von dem Kellermobiliar war so gut wie nichts tauglich.

Vollends bedenklich wurde Roman der Umzug, nachdem die Mörtlings Cesar und ihn durch die Tür in der weißen Parterrewand eingelassen hatten und die Brüder sich zum erstenmal in ihrem Leben in einer großbürgerlichen Wohnatmosphäre befanden. Mit schweren Sesseln und mächtigen Couchen, erlesen in Stoff und Farbe; mit Vitrinen voll kostbaren Geschirrs; mit mannshohen Vasen ostasiatischer Herkunft, den Malereien nach zu urteilen; mit Schränken aus Edelhölzern; mit üppig wallenden Vorhängen. Der Stich in Romans Seite verstärkte sich – was hatten sie hier zu suchen? Er fühlte sich erinnert an soziale Demütigungen auf dem Johanneum, als für die Söhne des erwerbslosen Musikers bei Ausflügen oder Museumsbesuchen gesammelt werden mußte... An dem Unterschied von Arm und Reich hat die Befreiung nichts geändert, stellte Roman Bertini verblüfft, stutzend fest. Aber ehe er weiter philosophieren konnte, drängte Herbert Mörtling: »Kommen Sie, kommen Sie bald – dann ist dieses Haus sicher!«

Warum, fragte sich Roman auf dem Wege zurück zum Bahnhof

Hochkamp, warum hatte der Hausbesitzer es so brandeilig mit seinen neuen Mietern? Und was bedeutete: »...*dann ist dieses Haus sicher*«?

Die Mobiliarfrage erfuhr eine überraschende Wendung – und zwar durch das Zusammenspiel von Mickey und Ludwig Bertini. Die beiden schafften in kürzester Frist einen nahezu vollständigen Haushalt herbei – Betten, Tische, Stühle, ein Sofa, Kleiderschränke, Geschirr, Bestecke, sogar Bügel! Erst jetzt bekamen die anderen eine Ahnung von den Dimensionen der Schwarzmarktgeschäfte, in die der Jüngste verstrickt war – wenngleich Mickey wohl tatkräftig seinen Anteil beigesteuert hatte.

So wuchs sich der Umzug aus dem Barmbeker Keller in die Villa an der Elbchaussee zu einem öffentlichen Spektakel aus, an dem auch Emma Bertini und Helene Neiter beteiligt waren. Die beiden wurden nebst Lea in der Fahrerkabine eines Lastwagens verstaut, der am Schuttwall in der Fuhlsbüttler Straße hielt und auf dessen offener Ladefläche sich hoch der neue Hausrat türmte. Darin, irgendwo zwischen Möbeln und Geräten, verschwanden Alf und die Söhne, wobei Ludwig nicht ein einziges Mal die brennende Zigarette aus der Hand ließ noch sich in dem Gewirr auch nur den kleinsten Fleck an der Kleidung zuzog.

Dann ging es, mit Mickey als Chauffeur, ab – ohne daß Roman Bertini noch einen einzigen Blick über den Wall in die Düsternstraße schickte. Eine Epoche war beendet, eine andere begann – abenteuerlich, auf ihre Weise fremd und völlig ungewiß.

Sofort nach der Ankunft wurde die Schwangere in dem Raum ganz links, der den Eltern als Schlafzimmer dienen sollte, sorgfältig gebettet, jedoch bat sie dann, allein gelassen zu werden – nach ihrer Berechnung konnte das Kind erst in einigen Tagen zur Welt kommen. Wie bei den früheren Geburten, wollte Lea, inzwischen achtundvierzig, auch diesmal zu Hause gebären. Alle Versuche der älteren Söhne, die Mutter zu einem Krankenhausaufenthalt zu überreden, waren an ihrer ebenso leisen wie unerschütterlichen Abwehr gescheitert. Nun lag sie mit geschlossenen Augen da, nur gelegentlich gestört durch Emma Bertini, die, obwohl Alf es ihr streng untersagt hatte, ab und zu die Tür öffnete und durch den Spalt wie in tiefer Gewißheit flüsterte: »Es wird ein Sohn, paß auf, es wird ein Sohn – *Alberto*!« ehe sie, eine Hand lauschend am Ohr, sich wieder zurückzog.

Die Wehen setzten ein, als Alf, die Söhne, Mickey, aber auch Herbert und Klara Mörtling noch dabei waren, den Hausrat vom Lastwagen in die obere Etage zu schleppen, wie emsig arbeitende Ameisen, in ständig gegenläufigem Hin und Her. Helene Neiter, neben Emma Bertini auf dem Balkon und vollauf damit beschäftigt, die Möbelpacker mit ebenso überflüssigen wie gefährlichen Ratschlägen zu versehen, war die erste, die Leas Stöhnen hörte. Ihr Schrei versammelte die anderen sofort am Fußende des Bettes. In der allgemeinen Ratlosigkeit raste Klara Mörtling die Treppe herunter und tat das einzig Vernünftige – sie telefonierte nach einem Arzt.

Der kam, als die Männer schon aus dem Zimmer verbannt und nur Helene Neiter und Klara Mörtling bei Lea geblieben waren – ein großer Mensch in weißem Kittel, offenbar bereits von der Anruferin über die prekäre Situation informiert. Denn er fegte die Treppe hoch, rief noch vor der letzten Stufe nach heißem Wasser und verkündete mit Stentorstimme, er würde jeden Angehörigen männlichen Geschlechts, der ihn stören würde, mit eigener Hand erschlagen.

So verteilten sie sich auf die anderen Räume – Roman in das angrenzende Zimmer, wo bereits die Betten für Cesar und ihn aufgestellt waren. Hier suchten ihn Erinnerungen an die Stunde vor fünfzehn Jahren heim, als Ludwig geboren wurde, und wie damals zog Roman den Kopf zwischen die Schultern in der Furcht vor Leas Schmerzensschreien. Der Ältere, immer in seiner Nähe, beobachtete den Bruder, hing an dessen Miene, und wenn Roman aufseufzte oder das Gesicht verzog, tat Cesar es ihm nach.

Währenddessen preschte der Weißbekittelte heraus und hinein, die Ärmel aufgekrempelt und sichtlich voller Animosität gegen Alf Bertini, den er, ganz wie seinerzeit Doktor Aaron getan hatte, im Vorübergehen streifte, anstieß, ja anrempelte. Irgend etwas schien dem Geburtshelfer an der Person des Erzeugers zu mißfallen.

Der jedoch blieb unberührt. Die Hände gefaltet, den Kopf gesenkt, schritt Alf murmelnd auf und ab – weltentrückt, sehr abwesend, als gelte sein Gebet einem fernen Ereignis.

Helene Neiter war nicht aus der Küche zu vertreiben, bereit, notfalls auch gegen den Widerstand des Arztes Lea zu Hilfe zu eilen.

Die Spannung war unerträglich.

Als Roman das Wohnzimmer betrat, um auf dem Balkon frische Luft zu schnappen, gewahrte er dort ein Bild, das wirkte, als trüge es sich an einem anderen Ort und zu einer anderen Stunde zu: Ludwig Bertini, locker und dennoch auf dem Sprung, an einer *Senior Service* saugend, im Gespräch mit einer jungen Frau, die ein etwa einjähriges Kind auf dem Arm trug. Sie mochte um die Fünfundzwanzig sein, hatte ein ebenmäßiges Gesicht mit etwas hervortretenden Backenknochen, volles braunes Haar, und eine wohlgeformte Figur – die Witwe des gefallenen Soldaten, die das Zimmer rechts auf dem Flur bewohnte, Lore Schapp.

Vorgebeugt stand Ludwig da, lauschend, höflich, ohne zu flirten, ohne jedes Lächeln, und doch mit allen Fasern bei der jungen Frau. Roman war sicher, daß der Jüngste seine leidende Mutter gänzlich vergessen hatte.

Als er wieder auf den Flur zurücktrat, wurde die Tür neben dem Wohnzimmer der Bertinis kurz geöffnet, gleich darauf aber wieder geschlossen. Für den Bruchteil einer Sekunde sah Roman in das bebrillte Gesicht eines älteren Mannes, der bei seinem Anblick furchtbar zu erschrecken schien – Nowak.

In diesem Augenblick stieß Lea einen Schrei aus, der jeden anderen Laut auf der Etage ersterben ließ – qualvoll und quietschend. Dann hörten sie nur noch das Keuchen des Arztes.

Nach zehn Minuten kam er heraus gestürzt, die Ärmel des Kittels bis zu den blutbeschmierten Ellbogen hoch. Als er Alf sah, blieb er stehen, holte mit der Hand wie zu einer gewaltigen Backpfeife aus, schoß jedoch an ihm vorbei und verschwand im Toilettenraum.

Roman Bertini hatte, als der Arzt aus dem Zimmer kam, keine drei Schritt von ihm entfernt gestanden und sofort bemerkt, daß der Mann außer sich war – die blutigen Arme aufgerichtet, den Mund geöffnet, als wollte er sich von einer Botschaft frei machen, die er selbst soeben empfangen hatte. All das ereignete sich blitzschnell, ließ keine Zeit für Frage und Antwort, ging unter im fließenden Strom des unerhörten Ereignisses – und wird dennoch von Roman nicht vergessen werden können.

Niemand wußte, wie Emma Bertini in Leas Zimmer geschlüpft war, keiner hatte es gesehen, und doch war sie es, die als erste von der Geburt kündete. Bleich, die Nase durchgedrückt, sagte sie wegwerfend, mit dünner Stimme: »Es ist nur ein Mädchen ...« Dann lachte sie geringschätzig, als hätte sie soeben die überflüssigste Nachricht verbreitet, und legte wieder lauschend die Hand ans Ohr. Was immer umwölkt war in ihr – sie wird ihre Enkelin nie zur Kenntnis nehmen, wird nie ein Wort mit ihr sprechen noch ihren Namen nennen.

Auf der Etage aber brach ein ungeheurer Jubel aus, bebten Flur und Treppenhaus von Stimmen, die sich gegenseitig überschrien und die nicht leiser wurden, als der Arzt zu Lea zurückfegte und demonstrativ die Tür hinter sich schloß.

Als würden sie nach festen Regeln verfahren, schlugen Ludwig und

Mickey sich immer wieder auf die Schultern, während Cesar, die Brille in der zerquetschten Hand, fortwährend vor sich hin stammelte: »Gott sei Dank, Gott sei Dank!« – wobei niemand wußte, ob er damit meinte, daß das Neugeborene ein Mädchen oder daß Leas schwere Stunde vorbei sei.

Helene Neiter und Klara Mörtling, die sich vorher nie gesehen, sondern heute erst kennengelernt hatten, lagen sich in den Armen und schluchzten, als wären sie alte Bekannte und würden sich nach endloser Trennung wiedersehen.

Roman Bertini floh förmlich, suchte einen Platz, wo er allein sein konnte, rannte in den kleinen Raum neben dem Wohnzimmer und brach dort hinter der Tür zusammen, tonlos weinend: »Sie wird von nichts wissen... von nichts wissen... von nichts wissen!« So blieb er lange hocken, wie gelähmt vor Glück bei dem Gedanken, daß die Schwester, eine Bertini, ohne Angst aufwachsen würde. Rechtzeitig kam Roman wieder hervor, um das zentrale Schauspiel des Tages zu erleben. Mal hier, mal da, wechselnden Standorts, um sich bei jedem der Anwesenden gebührend in Erinnerung zu bringen, bewegte sich der Urheber der großen Stunde, ihr Held und wahrer Schöpfer, nun vierfacher Vater – Alf Bertini! Mit herabhängenden Armen stand er da, murmelnden Mundes Zwiesprache führend mit seinem Gott, und doch begierig auf alle Resonanzen im Diesseits, hingeformt in einer Pose körpergebeugter Demut, und im Gesicht unverhüllt die Zeichen eines schamlosen Triumphes.

Da floh Roman Bertini abermals, floh auf den Balkon, in Atemnot vor Lachen, unbändig geschüttelt davon, mit aufgerissenem Mund und weichen Knien, die immer wieder nachgreifenden Hände mühsam gestützt auf das breite, hölzerne Geländer – das falsche Gebaren seines Vaters war von schrecklicher Komik!

Endlich durften sie, auf einen mürrischen Wink des Arztes, vor Lea, die da lag mit einem seltsam verkrampften Ausdruck, keineswegs glückliche Mutter, obwohl sie sich den Anschein gab und zu lächeln versuchte. Stirn und Wangen waren totenbleich, und die ohnehin etwas zu große Nase stach noch stärker hervor als sonst.

Sie hatte das Neugeborene neben sich gelegt, ganz zugedeckt war es, mit zugepreßten Augen und haarlos ruckendem Köpfchen, von dem anonymen, auswechselbaren Aussehen aller Säuglinge, und kräftig mit den Beinchen stoßend. Nichts schien Lea mehr zu fürchten, als daß das Kind sich frei strampelte – bei aller Schwäche zog sie ihm sofort die Decke bis ans Kinn.

Ehrfürchtig wurden Mutter und Tochter umstanden, staunend und unter dem allgemeinen Zwang, leise zu sprechen. Bis Klara Mörtling sich mit der Faust schwingend in den Schoß schlug, daß die prallen Schenkel fast aus dem Rock herausplatzen wollten, und ein klingendes, silbernes Lachen ertönen ließ. Der Bann war gebrochen, zumal nun Herbert Mörtling von unten heraufkam und mit den Worten: »Hier – als nachbarliches Willkommen!« ein Radiogerät abstellte, älteres Modell, aber stabil und auf der Suchskala mit unzähligen Ortsnamen beschriftet.

Während der ganzen Zeit hatte der weißbekittelte Arzt, mit dem Rücken zum Fenster, jeden von ihnen einzeln gemustert, als suche er einen bestimmten Gesprächspartner. Aber er schien ihn nicht gefunden zu haben und war ganz plötzlich, ohne Abschied, verschwunden.

Beunruhigt rannte Roman auf den Balkon, ohne zu wissen, was er täte, wenn er den Arzt noch sehen würde. Aber er sah ihn nicht.

Dann trug er mit den anderen den Rest des Mobiliars ins Haus.

Bevor Mickey in die Stadt zurückfuhr, neben sich Alfs Mutter und Helene Neiter, sagte er mit einer Kopfbewegung gegen die Villa zu Roman Bertini:

»Mach dir das Nest nicht allzu warm – nächstes Jahr um diese Zeit sind wir schon in Chikago!«

6

Wie Ludwig Bertini
aus Belsen zurückkehrte

Als Roman Bertini am Eichkamp klingelte und Esther Asberth öffnete, fuhr sie wie bei einer bösen Überraschung zurück, griff dann aber impulsiv nach seiner Hand und zog ihn hinein. In der zum erstenmal von Flanschen und Rohren, Klosettschüsseln und Wasserarmaturen freien Wohnung herrschte ein unbeschreiblicher Lärm – Grammophonmusik, Männerstimmen, Gejohle, rhythmisches Klatschen. Im Vorderzimmer sah Roman britische Soldaten, in deren Kreis ein derber Solotanz aufgeführt wurde. Es roch nach Whisky, schweißdurchtränkten Uniformen und süßlichem Tabak.

In der Küche stand, bullig und rosig, ein Sergeant, der sich bei Romans Eintritt freundlich in der deutschen Sprache versuchte: »Gutten Tach, main Hörr, gutten Tach!« Breitbeinig lehnte der Brite gegen das Sims des Fensters, auf der linken Brust in langen bunten Streifen eine wahre Plantage an Orden und Ehrenzeichen.

Esther Asberth flog mit einem Schrei auf ihn zu und umhalste den Rosigen wie nach quälender Trennung, ließ dann von ihm ab und schaute kokett von einem zu andern.

Sie war nicht wiederzuerkennen, wenn Roman an ihr Aussehen bei seinem letzten Besuch Anfang Mai dachte. Esther Asberth hatte ein fast durchsichtiges weißes Kleid an, das ihr knapp bis ans Knie reichte, trug Schuhe mit hohen Absätzen und war wohlonduliert. Am verändertsten aber waren ihre Augen, die in offener Verliebtheit strahlten, wenn sie den bulligen, hochdekorierten Briten betrachteten: »Es gibt niemanden unterm Union Jack, der tapferer war als er!« Und wie in vergangenen Zeiten, drehte Esther sich jetzt wirbelnd um die eigene Achse, daß das fliegende Kleid die Pracht ihrer wohlgeformten Beine bis zu den Hüften preisgab, trällerte, die Kuppe des rechten Zeigefingers spitz vorn zwischen den Zähnen, vor sich hin und verharrte, ganz raffinierte Kindfrau, in dieser Haltung, als wäre sie eine Wachsfigur mit klappernden Lidern.

Roman Bertini schluckte, fühlte nervös, daß er hier fehl am Platze war, wollte aber noch auf eine Frage Antwort. Er nickte dem freundlichen Sergeanten zu, verließ die Küche, kam unbemerkt an den grölenden, stampfenden, klatschenden Soldaten vorbei, und war dann, von Esther Asberth unsicher gefolgt, schon an der Haustür.

»Was ist mit Fred? Hast du was von ihm gehört? Wo ist er? Und wann kommt er wieder?«

Die Verwandlung ging so rasch vor sich, daß mit bloßem Auge nicht zu verfolgen war, wann sie eingesetzt hatte. Aus der lachenden, hinreißend schönen Frau wurde ohne Übergang eine schrill schluchzende Trauergestalt, die sich an Romans Schultern festklammerte und so erschüttert war, daß er nur schwer verstand, was sie berichtete: Fred Asberth, ihr Mann, lebe, er habe sich in amerikanische Gefangenschaft durchgeschlagen, nachdem ihm an der Ostfront durch Granatsplitter zwei Finger der rechten Hand abgerissen und eine Hüfte zerschmettert worden seien, so daß er, wie er schreibe, nun ein Krüppel sei.

Esther Asberth weinte so hemmungslos, daß Roman Mühe hatte, sie aufrechtzuhalten.

In diesem Augenblick kamen mehrere Briten auf den Flur gestürmt, brüllten fröhlich auf, holten Taschentücher hervor, schrien: »The war is over, over is the war!« und wischten Esther im Gesicht herum.

Sie blickte auf, lächelte, sah den bulligen, rosigen, ordengeschmückten Favoriten auf den Flur treten und flog wie eine Wolke auf ihn zu. Die anderen umschlossen das Paar, hielten Gläser hoch und hievten die nun abermals blitzschnell verwandelte, sich kreischend im Gleichgewicht haltende, jubelnde Frau auf einem Kranz verschränkter Hände in die Höhe. Roman Bertini machte lautlos die Haustür hinter sich zu.

Er sah Esther Asberth nie wieder.

Mitte Juli erfuhren Cesar und Roman Bertini von einer antifaschistischen Organisation, die sich an der Grenze zwischen Uhlenhorst und Winterhude, am Ende des Hofwegs, eingerichtet haben sollte.

An Ort und Stelle standen die Brüder dann vor einem gewöhnlichen Mietshaus, das von Menschen wimmelte. Über dem Portal war ein großes ovales Schild angebracht: *DER VERBAND*. Darunter stand, in kleinerer Schrift: *Wiederaufbau – Abrechnung*. Und auf der Straße davor nun kochte es von Hamburgern. Die Brüder, ganz am Rande noch, blieben betroffen stehen.

Es waren zwiespältige Gefühle, die Roman bewegten. Er spürte, daß sich hier etwas Besonderes, Verwandtes zutrug, spürte Aufbruch, Erwartung, Hoffnung; fühlte sich auch durch manche Geste und Haltung an den Kreis erinnert, der sich damals in Barmbek vor dem qualmenden Ascheimer zusammengezogen hatte, als der Lokalbonze des *Tageblatt* Papiere verbrannte. Um ihn herum waren nun wieder die gleichen gespannten, heftigen Gesichter, und abermals kam in Roman Bertini ungläubiges Staunen auf, als er die Knäuel erregter Menschen erblickte und er keine Abscheu, keine Angst, keinen Ekel vor ihnen empfand, sondern im Gegenteil eine ganz neue, schüchterne Zugehörigkeit.

Dieses Staunen blieb, als Cesar und Roman sich in das Haus begaben und eine Treppe hochgingen. *DER VERBAND* schien die ganze Etage belegt zu haben, drei Wohnungen, deren Türen offen waren und aus denen es nur so hinein und heraus quoll. Aus dem Innern drangen Stimmen, klappernde Schreibmaschinen, und die Brüder sahen, wie lange Schlangen davor standen, und sie hörten, wie die Menschen ihren Namen und ihren Wohnort nannten.

Wiederaufbau? Abrechnung? Cesar und Roman Bertini konnten nur mit dem letzteren etwas anfangen – über Wiederaufbau hatten sie nie nachgedacht, der Begriff existierte nicht in ihrer Vorstellung. So verharrten sie unschlüssig auf der oberen Stufe der Treppe. Und dann sahen sie in der mittleren Wohnung den großen, gebeugten Mann von etwa vierzig Jahren, der an einem Türpfosten lehnte und sie mit verhaltener Neugierde anstarrte. Der stumme Kontakt wurde abgebrochen, als jemand dem Langen zurief: »Wann geht's denn los, Lutzmann? Die Pferde sind kaum noch zu halten!«

Da sagte Lutzmann: »Das hängt von der Militärregierung ab. Sie kennt unser Programm – beim Wiederaufbau zu helfen und mit den Nazis aufzuräumen. Aber sie hat noch keine Arbeitserlaubnis gegeben. Einstweilen dürfen wir nur registrieren, wer mithelfen will.«

Der Lange hatte eine tiefe, fast grollende Stimme, und als er sich jetzt von dem Türpfosten abstieß, zeigte sich, daß er sich schlecht hielt, und zwar nach vorn gekrümmt, als peinigten ihn Schmerzen im Rücken.

Mit einer kaum sichtbaren Bewegung winkte Lutzmann Cesar und Roman zu. Sie folgten ihm, durch die Schlangen und Knäuel hindurch, in eines der Zimmer.

»Seid ihr Brüder?« fragte Lutzmann drinnen. Sie nickten.

»Erzählt, wie es euch ergangen ist«, forderte er sie auf.

Als sie wieder schwiegen, nach kurzen fünf Minuten, sagte der Lange:

»Keine Mißverständnisse – ich hatte kein Sonderschicksal, ich war kein Widerstandskämpfer, mir ist nichts passiert, außer daß ich mir in vier Jahren Front Rheuma geholt habe.« Lutzmann griff sich mit seinen dichtbehaarten Händen kreuzweise an die Schultergelenke. »Aber ich habe mit den Nazis nie etwas anfangen können. Zuerst habe ich sie nicht gemocht, dann gehaßt. Es hat nie eine Versuchung in mir gegeben – und daraus ziehe ich vor mir selbst die Legitimation, eine Organisation wie diese zu gründen.«

Von draußen drang der Lärm der Stimmen herein.

»Sie waren eine Ausnahme«, sagte Roman Bertini, »die meisten haben mitgemacht.«

»Ja«, Lutzmann nickte nachdrücklich, »die Mehrheit hat mitgemacht. Sie wird überhaupt das Problem sein, wenn es demokratisch in der Zukunft zugehen soll. Gegen die Mehrheit – bedeutet Diktatur, mit ihr – Ungewißheit. Aber es muß versucht werden, herrschende Minderheiten haben genug Unheil angerichtet.«

Nach einer Weile fragte Cesar, die zerquetschte Hand vor der Brust, das breite, flächige Gesicht mit den dicken Brillengläsern von Unruhe und Erwartung zugleich geprägt: »*Wer* läßt sich hier registrieren? Haben Sie die Kontrolle? Können Sie in die Vergangenheit dieser Leute blicken?«

Lutzmann richtete sich auf, steif, gekrümmt, riesig, verzog dabei schmerzhaft das Gesicht und sah auf Cesars zweifarbiges Haar.

»Nein, das kann ich nicht. Ich weiß nur – jetzt ist die Zeit, jetzt ist bei vielen Feuer da, Kraft, guter Wille, viel, viel Ehrlichkeit. Mißtrauen, von vornherein, würde alles zerstören. Wir sagen allen, die sich registrieren lassen wollen: wenn ihr euch die Hände schmutzig gemacht habt, mit Denunziation oder mit Blut –, wenn ihr Mitglied der NSDAP gewesen seid, und euch trotzdem eintragen laßt, dann verstoßt ihr gegen die Statuten dieser antifaschistischen Organisation und eure Aufnahme gilt nicht«, sagte Lutzmann trocken und blickte die Brüder an.

»Der mich mit einem Stein erschlagen wollte«, fuhr Roman Bertini auf, »war kein Mitglied der Partei.«

Lutzmann erhob sich. »Gewiß«, sagte er, mit der unerschütterlichen Ruhe, die das Charakteristische an ihm war, »wir sind am Anfang, da geht es noch schematisch zu. Aber es wird nicht so bleiben. Die Differenzierung kommt.«

Auch die Brüder hatten sich erhoben und gingen zur Tür.

»Was heißt – Wiederaufbau?« fragte Roman Bertini.

Lutzmann war ihnen gefolgt, stand, das ovale Gesicht kaum merklich im Schmerz verzerrt, vor ihnen, sagte: »Nahrung, Wohnung, Arbeit.«

Roman legte die Hand auf die Klinke. »Und – Abrechnung?«

Lutzmann reckte sich, nach hinten wippend, als erführe er so Erleichterung. »Selbstreinigung der Deutschen, juristisch, moralisch und – mit Gerechtigkeit! Versteht ihr?« Lutzmann kam ihnen näher, als würden sie sich schon lange kennen. »Mir schwindelt.«

Roman drückte die Klinke nieder. »Und welche Deutschen sollen über welche Deutschen zu Gericht sitzen?«

Lutzmann winkte jemanden hinaus, der den Kopf durch den Türspalt gesteckt hatte. »Ich weiß es nicht,« sagte er, »ich weiß es nicht.« Dann, plötzlich, wurde er lebhafter. »Was habt ihr vor? Was wollt *ihr*? Wo liegen *eure* Ziele?« Er lehnte sich mit einer Hand gegen die Wand.

Roman Bertini fühlte ganz unvermittelt eine tiefe Sympathie für diesen Menschen in sich aufsteigen. »Schreiben!« sagte er.

Lutzmann stutzte, lächelte, trat zurück, gab ihnen die Hand. »Kommt bald wieder.«

Auch später hätte Roman Bertini nicht genau erklären können, warum er Cesar mitgenommen hatte – aber er weihte den Bruder erst kurz vor der Ankunft ein. Dann standen sie, in der Nähe des Winterhuder Marktplatzes, vor einem vernachlässigt wirkenden Einzelhaus, eine Adresse, die Roman in den vergangenen Jahren tausendmal vor sich hingemurmelt hatte, als fürchte er, sie zu vergessen.

Schon auf das erste Klingelzeichen wurde die Tür geöffnet, und in ihrem Rahmen erschien, abgemagert, in einer schäbigen Wolljacke, ausgebeulten Hosen und Hausschuhen – die Speckrolle!

Beim Anblick der Brüder klaffte ihr der Unterkiefer herab, die Augen wurden stier, und die ganze Figur begann zu zittern, unfähig, dem Schlottern Einhalt zu gebieten. Dann brach es, halb gekreischt, halb gewimmert, aus dem Mann heraus: *»Die Bertinis!«*

Roman stürmte an der Speckrolle vorbei ins Haus, wandte sich drinnen um, wirbelte die Pistole aus der Tasche und zog den Lauf durch. Das Geräusch hatte eine elektrisierende, ja hysterisierende Wirkung auf die Speckrolle. Sie hüpfte herum, verlor dabei einen Pantoffel und floh in ein Zimmer, wo sie auf einen Stuhl zusammensackte und den Kopf auf den Tisch legte, schwer atmend und die eine Gesichtshälfte nach oben gedreht.

Cesar war Roman gefolgt, der, die Waffe in der Hand, ohne jedes Geräusch die Speckrolle umschlich. Während der Bruder stehen blieb, kam Roman Bertini mal von der einen, mal von der anderen Seite näher an sie heran, als suche er für seinen Angriff eine bestimmte Stelle am Körper der Speckrolle. Dabei stiegen ihm, wie unter einer überdimensionalen Lupe, Bilder aus der Vergangenheit auf, Einzelheiten, Farben, Töne: die Speckrolle in der großen Garderobe eines SA-Führers auf der oberen Treppenstufe über dem Innenhof des Johanneums während der Pause: »Österreich ist heimgekehrt ins Reich! Groß ist der Führer, ewig Deutschland!« Der Takt ihrer Schaftstiefel, wenn die Speckrolle, vorbei an den makellosen Statuen griechischer Jünglinge und römischer Feldherren, durch die Schulflure gestampft war. Ihre feierliche, ekstatische, eherne Stimme am oberen Ende der hierarchisch nach Klassen aufgestellten Schüler, wenn die Speckrolle beim Montagmorgen-Appell verklärt *Deutschland, Deutschland über alles* ... und gleich darauf *Die Fahne hoch, die Reihen fest geschlossen* ... gesungen hatte. Und er selbst, Roman Bertini, geduckt, gelähmt und außer Kraft gesetzt, wenn sich die Speckrolle, über und über braun, während der Extemporale in Latein oder Griechisch dicht neben ihm aufgestellt hatte. Dann die Tage und die Nächte in der Grube am Ententeich im Hamburger Stadtpark – Cesar Bertini erschrak, als er in das Gesicht des Bruders blickte.

Der sprang jetzt von hinten auf die Speckrolle zu und hieb ihr die Pistole wie eine Kralle mit dem Knauf in den Nacken. Da der Fettwulst verschwunden war, krachte das Metall gegen den Halswirbel, was sich anhörte, als zersplitterten Knochen unter der Haut. Die Speckrolle heulte auf, ohne die Lage zu verändern. Dann flüsterte sie mit ersterbender Stimme: »Ich darf meinen Beruf als Lehrer nicht mehr ausüben – bin ich denn nicht schon gestraft genug?«

Roman Bertini drehte die Waffe um und preßte ihre Mündung gegen die linke Schläfe der Speckrolle. Die gab einen hohen, winselnden Laut von sich, zuckte einige Male hoch, als wollte sie fliehen, blieb aber mit der rechten Gesichtshälfte auf dem Tisch liegen, während das sichtbare Auge flehend auf Cesar gerichtet war.

Der Ältere machte eine Bewegung auf den Bruder zu, nahm die zerquetschte Rechte von der Brust und legte sie, kaum fühlbar, auf dessen Schulter.

Es wäre nicht nötig gewesen – denn Roman Bertini, den Finger am Abzug, konnte nicht durchdrücken. Und da es ihm nie in den Sinn gekommen war, daß ihm bei der Speckrolle das gleiche widerfahren würde wie bei Eitel-Fritz Hattenroth; da er seine Unfähigkeit, zu töten, von diesem nicht auf jenen übertragen hatte, wußte Roman plötzlich nicht mehr, wer er war und wie ihm geschah. Abermals versagte er davor, die so lange gehegte und bis vor wenigen Sekunden so selbstverständliche Tat durchzuführen, und als sich der Schuß nicht löste, hockte er sich hinter der Speckrolle nieder und preßte, in der Rechten Giacomo Bertinis Beretta, beide Hände gegen den Kopf.

Da half Cesar dem Bruder sacht hoch, und ohne auch nur noch einen Blick auf die lautlos gespannte, mit dem linken Auge stier gegen die Zimmerdecke glotzende Speckrolle zu werfen, verließen sie das Haus in der Seitenstraße nahe dem Winterhuder Marktplatz, und Cesar Bertini hielt noch lange den Arm um die Schulter seines jüngeren Bruders geschlungen.

Alf und Lea Bertinis viertes Kind, Nachkömmling erwachsener Söhne, erhielt den Namen *Kezia*, nach Ahab Seelmanns herrlicher Frau und durch Bestimmung der leiblichen Mutter – Alf, sicher, daß er verworfen werden würde, hatte erst gar keinen Vorschlag gemacht.

Schon nach drei Tagen war Lea wieder auf – es blieb allen ein Rätsel, wie die fast Fünfzigjährige sich so rasch von der Geburt erholen konnte.

Dann aber trat ein merkwürdiges Verhalten zutage. Hatte Lea schon die drei Vorgänger mit Übersorge bedacht, um sie vor allen möglichen, vermeintlichen oder tatsächlichen, Gefahren zu bewahren, so schien sie bei diesem Kind von einer Art hygienischer Raserei erfaßt zu sein. Sie duldete nämlich nicht, daß irgend jemand, Familienmitglied oder Fremder, in Kezias Nähe kam, so lange sie nackt war, so daß Alf seine Tochter, die Brüder ihre Schwester nie bloß oder auch nur gewindelt sahen, sondern stets in angekleidetem Zustand. War es soweit, daß das Neugeborene gewaschen werden mußte, morgens, abends oder zwischendurch, verjagte Lea Mann und Söhne aus dem Schlafzimmer und schloß sogar die Tür ab, wobei sie etwas von Bazillen und Viren murmelte, die Kezia befallen könnten – ein Gedanke, der sie offenbar mehr als alles andere bedrängte.

Dieser Verstoß wider den Geist der *Christlichen Wissenschaft*; diese blinde Mißachtung der geheimnisvollen Zusammenhänge von *guten Gedanken* und *körperlicher Gesundheit*, von *Harmonie* und *Materie* – sie trieben Alf Bertini zu ebenso wütenden wie ergebnislosen Protestkundgebungen. Sein Gezeter, seine Ausbrüche, seine Prophezeiungen, der mißhandelte Gott werde das Kind entgelten lassen, was die Mutter an ihm sündigte, fruchteten nichts. Lea Bertini, ihre ganze bisherige Ehe hindurch Alf willig unterworfen, schirmte beharrlich und unüberwindbar die Tochter von den anderen ab. Was natürlich zusätzliche Arbeit bedeutete für sie, die, wie immer, kochte, wusch, putzte – Leas Energien schienen unerschöpflich.

Sie waren auch nötig – die nächsten Läden zum Einkaufen waren weit, in Nienstedten, nahe der Kirche, und es gab noch keine öffentlichen Verkehrsmittel dahin. So legte Lea oft mehrmals am Tag die Strecke von der Elbchaussee nahe dem Eingang zum Hirschpark bis in das Herz des idyllischen Vororts zurück, und brachte heim, was es auf Lebensmittelmarken gab, manchmal auch etwas mehr. Immer hatte Lea es verstanden, sich mit den Geschäftsleuten gutzustellen. Sie war von gleichbleibendem Gemüt, und das machte sich bezahlt, erhöhte allerdings daneben ihre Schlepplast. Oft sah Roman, hinten aus dem Küchenfenster über die Gärten hinweg, die Mutter schwerbeladen aus Nienstedten kommen, immer eilig, so bepackt sie auch sein mochte, immer schnellen Schrittes, die Augen fest auf den Boden gerichtet und für nichts da als ihre Angehörigen. Selbst jetzt erlaubte sie keinem von ihnen, sie zu begleiten oder nur ihr entgegenzukommen, um ihr etwas abzunehmen.

Von Überfluß konnte keine Rede sein, aber die Bertinis hungerten nicht – weil Mickey immer noch, im Abstand von etwa vierzehn Tagen, Lebensmittel herantransportierte, das dunkle Gesicht unter dem krausen Haar dann barsch verschlossen, um jede Dankesbezeugung im Keime zu ersticken; weil Klara Mörtling oft mit Gemüse, Kartoffeln, Fett in die obere Etage kam; vor allem aber, weil Alf Bertini inzwischen die sehr ungewohnte Position eines Haupternährers übernommen hatte.

Immer noch tingelte er in britischem Auftrag durchs Schleswig-Holsteinische und Hannoversche, und immer noch als Ensemble-Musiker, als einer von vielen. Die finanzielle Entlohnung war nicht hoch, aber dazu kamen allerlei Spenden, von britischen Soldaten zugesteckt – Zigaretten, Kaffee, Tee, Butter, so daß Alf nach Beendigung der jeweiligen *Tournee*, wie er es vornehm nannte, hochbepackt in die Elbchaussee zurückkehrte.

Was unterwegs geschah, blieb den anderen Bertinis so gut wie verborgen. Das einzige, was sie erfuhren, war Alfs unausrottbare Zuversicht, daß sein *Siegesmarsch* ihn in eine steile Karriere führen und zu einem der ersten Tonschöpfer der Epoche machen würde. Nur bei solchen Beschwörungen einer nahen und glänzenden Zukunft vergaß Alf

Bertini seine Absonderung von den Angehörigen, kam er ins Schwadronieren, kehrte er sein ebenso ungebrochenes wie unheimliches Überlegenheitsgefühl über die gesamte übrige Welt nach außen.

Lea und die Söhne schwiegen dann, sahen einander betreten an, zogen die Köpfe ein, flüchteten, sobald es ging. Alf aber, wenn er aus seiner ungewohnten Mitteilsamkeit an diese Unwürdigen erwachte, wenn er die Distanz spürte, die sein Optimismus schuf – Alf lachte verächtlich auf und endete in gnädiger Herablassung mit der stereotypen Wendung: »Ihr werdet ja sehen!«

Inzwischen steuerte auch Cesar Bertini zum Unterhalt der Familie bei, und zwar erklecklich. Er hatte sich über Mickey noch eine Reihe von Lehrbüchern der englischen Sprache beschaffen lassen, hatte ein ganzes Unterrichtssystem ausgearbeitet und es mit vielen Kopien mühsam in die Maschine getippt. Dann hatte er Anschläge verfertigt, auf denen er sich, mit Namen und Adresse, als *Englischlehrer* anpries, für zwanzig Reichsmark die Stunde. Diese Werbung befestigte er an Bäumen, Wänden und Staketen entlang der Elbchaussee und ihren Nebenstraßen sowohl in Richtung Blankenese als auch Nienstedten.

Der Erfolg war verblüffend. In weniger als einer Woche hatte Cesar Bertini eine bunte Schar lernbegieriger Elbvorortler jeden Alters und Geschlechts beisammen, die er teils im Wohnzimmer, teils auf dem Balkon plazierte, nachdem er ihnen die selbstgetippten Unterlagen in die Hand gedrückt hatte. Den fröhlichen Mienen nach zu urteilen, schien es allen Beteiligten Spaß zu machen – »der Rubel rollte«, wie Cesar zufrieden konstatierte. Er nahm im ersten Monat, bei durchschnittlich fünfzehn Teilnehmern einmal in der Woche, gut und gern zwölfhundert Reichsmark ein, die bisher absolute Höchstsumme, die ein Bertini je in dieser Zeitspanne verdient hatte.

Jedenfalls offiziell – Ludwig Bertinis Umsatz auf dem Schwarzen Markt degradierte den Betrag wahrscheinlich zu reinem Almosen. Genaueres erfuhren seine Angehörigen darüber nicht. Sicher schien nur soviel – häufig wechselnde Kleidung, enormer Zigarettenverbrauch und jene Lebens- und Genußmittel, die er sporadisch und ohne jede Verläßlichkeit Lea anlieferte, waren nur die Spitze des Eisbergs. Und während sich die Mörtlings als schier bodenlose Großabnehmer von Kaffee, Tee und Spirituosen entpuppten, deren Bedarf prompt von Ludwig gedeckt wurde, war Lea auch die geringste Planung bei der Versorgung der Familie über den Jüngsten nicht möglich.

Ludwig Bertini hatte den kleinen Raum, der vom Wohnzimmer

abging, zu seinem Privatissimum erklärt. Damit waren die Unterkunftsverhältnisse geregelt: Lea und Alf hatten ihre Betten in dem großen Zimmer neben der Küche aufgeschlagen; Cesar und Roman bewohnten das geräumige Gemach, das sowohl auf das seitliche Nachbargrundstück als auch auf den Park und die Elbchaussee nach vorn wies. Das Wohnzimmer mit dem hölzernen Balkon war für die allgemeine Benutzung gedacht.

Manchmal hielt sich Ludwig tagelang in seiner Klause verborgen, ohne daß ein Laut herausdrang oder die anderen auch nur ahnten, was sich dort tat – wahrscheinlich gar nichts. Oft aber war er in hochkonspirativen Geschäften unterwegs, erfaßt von hektischer Betriebsamkeit, deren Ziele niemand kannte, die Ludwig jedoch in Atem hielten. Nur fand er immer wieder, die unvermeidliche *Senior Service* zwischen den nikotinverfärbten Fingern, Zeit, mit Lore Schapp zu reden, der Kriegerwitwe. Jung und hübsch, ständig ein wenig eingehüllt in den feinen Duft frischer Muttermilch, das Kind auf dem Arm, hing sie an seinen Lippen und schenkte ihm ganz offensichtlich mehr als nur freundnachbarliche Aufmerksamkeit.

Ludwigs Ankündigung, ein ganzer, ein voller, ein *echter Jude* zu werden und sich zu diesem Zweck beschneiden zu lassen, hatten die Bertinis fast schon vergessen, als er ihnen wortkarg mitteilte, er werde sich wieder nach Belsen aufmachen.

Da mußten Lea Bedenken gekommen sein, denn Roman wurde Zeuge, wie sie Ludwig beiseite nahm, ihm selbst aber ein Zeichen gab, nicht in die Küche nachzukommen. Ohne je über den Inhalt der Unterredung informiert worden zu sein, argwöhnte Roman einen mütterlichen Versuch, Ludwig indirekt und unter Vermeidung physischer Einzelheiten klarzumachen, was Beschneidung, rituellerweise kurz nach der Geburt vorgenommen, für einen Erwachsenen zu bedeuten hätte. Selbstverständlich blieb ihrer Warnung jeder Erfolg versagt, was nicht schwer vorauszusagen war angesichts der langjährigen Erfahrung, daß Ludwig grundsätzlich alles und jedes in den Wind schlug, was an Ratschlägen von Lea kam.

Ein ihr gänzlich unbekannter Fanatismus war es, der den Jüngsten in das Lager der jüdischen *Displaced persons* getrieben hatte, denn auch ein phantasieloserer Mensch als Ludwig Bertini konnte sich ausmalen, daß die Entfernung der Vorhaut jenseits der natürlichen Ignoranz des Säuglings eine greuliche Prozedur sein müsse.

Das Erlebnis war dann wohl auch tatsächlich von ebenso überwältigender Schaurigkeit wie bisher ungeahnter Erhebung, jedenfalls ließ

Ludwigs Handlungsweise nach seiner Rückkehr aus Belsen in die Elbchaussee keinen andern Schluß zu.

Nachdem er berichtet hatte, daß einer seiner Mitbeschnittenen etwa gleichen Alters vor Qual aus dem zweiten Stock gesprungen sei und sich dabei das Genick gebrochen habe, versammelte Ludwig Bertini Vater, Mutter und Brüder im Wohnzimmer um sich. Dann, gegen das Fenster gekehrt, die Vorderseite im hellsten Licht, entblößte er vor ihnen sein bearbeitetes Glied – ein unerhörter Bruch aller Bertinischen Sexualtabus, die Zerstörung der eingefleischtesten Hemmungen, das Ende einer Erziehungstradition von Generationen!

Da stand er vor ihnen, der Jüngste, ganz ohne Scham, und sagte dreierlei. Zunächst, voll unsäglicher Erleichterung und zugleich seinen innersten Antrieb offenbarend: *»Jetzt gehöre ich endlich dazu*!« Dann, unfähig, seine Schadenfreude gegenüber den unbeschnittenen Brüdern zu verbergen: »So wie ihr seid, seid ihr weder Juden noch Nichtjuden – ihr gehört nirgendwohin.« Und schließlich, nach einer Pause, in der er ohne Eile seine Hose wieder zugeknöpft hatte: »Ich fahre bald nach Palästina und helfe mit beim Aufbau des Judenstaates, der in Kürze dort entstehen wird ... Erez Israel!«

7

Besuch am Gänsemarkt

Von den Nowaks war wenig zu erspähen. Es schien, als würden der alte Mann, seine Frau und seine Schwägerin sich am liebsten verbergen, ja unsichtbar machen. Anders ließ es sich nicht erklären, daß die Tür zwischen dem Wohnzimmer der Bertinis und dem Raum der Lore Schapp immer erst vorsichtig einen Spaltbreit geöffnet wurde, ehe Nowak oder eine der beiden Frauen über den Flur in die Toilette huschten – und die gleiche gespannte Vorsorge bei der Rückkehr. Noch strategischer verhielten sich die Nowaks, wenn sie das Haus verlassen wollten. Dann wurde einer von ihnen ausgeschickt, an die Treppe oder ins Parterre, und erst, wenn die Vorhut ein Zeichen gegeben hatte, kamen die anderen auf Zehenspitzen nach.

Bei allem Verständnis für nachbarliche Rücksichtnahme, dieses Verhalten mutete Roman übertrieben an. Er fragte sich, ob die Bertinis möglicherweise Anlässe dazu geben könnten, ohne eine Antwort zu wissen. Dennoch fand er sie – durch die Mörtlings.

Klara Mörtling war schon bald so etwas wie ein Teil ihrer neuen Mieter geworden. Unzählige Male am Tag eilte sie auf ihren festen, gedrechselten Beinen die Treppe zum oberen Stockwerk hinauf, oft mit irgendwelchen Gaben – neben Lebensmitteln auch Spielzeug für Kezia, oder mit kleinen Möbeln, die das Inventar anreicherten. Ebenso häufig aber erschien sie auf der Etage, um einfach über Gott und die Welt zu schwatzen, den Säugling auf den Arm zu nehmen oder die Söhne wach-weiblich und mit goldblitzendem Eckzahn in dem kreisrunden Mondgesicht unter der gepflegten Schwarzmähne gutgelaunt anzulächeln. Die Frau war herzlich, ohne Arg, von leicht ordinärer Burschikosität. Die Bertinis sahen sie gern kommen.

Herbert Mörtling – übrigens Inhaber einer alteingesessenen Hamburger Firma von Schiffsausrüstern, wie die Bertinis inzwischen herausgefunden hatten – war gelassener, zurückgenommener. Aber wenn er einem von ihnen auf der Straße begegnete, winkte er ihm bereits von weitem freundlich zu und streckte, ebenfalls schon aus der Ferne, die Hand aus.

Namentlich für Roman Bertini schien Herbert Mörtling eine Schwäche zu hegen, denn der war es, den er dann und wann in die abgeschlossene Wohnung des Villenparterres einlud – absichtslos, wie es schien, aus Sympathie.

Roman hatte sich bald an den Luxus gewöhnt, ja er fühlte sich sogar wohl inmitten all der erlesenen Vasen, Vitrinen und kostbaren Schränke.

Der Sommerabend lag warm wie ein Pelz auf der offenen, schummrigen Veranda unter dem hölzernen Balkon, als Roman fragte: »Die Nowaks huschen umher wie die Mäuse, als wären wir Katzen, die sie auffressen wollen. Was bringt sie dazu?«

In dem Halbdunkel konnte Roman noch erkennen, wie sich in das gesunde, gutgeschnittene *Filmschauspielergesicht* ein skeptischer Ausdruck stahl, als würde es ihm seine Unkenntnis nicht so recht abnehmen. Der Eindruck bestätigte sich, als Herbert Mörtling die Gegenfrage stellte: »Wissen Sie das wirklich nicht?«

Roman schüttelte den Kopf.

Da platzte es aus dem Hausbesitzer heraus: »Der alte Nowak war doch bis vor kurzem noch *Kreisleiter der NSDAP*, ich glaube in Hamburg-Eimsbüttel – ein *Goldfasan*!«

Als Roman Bertini später die Treppe hinaufging, blieb er auf dem dunklen Flur stehen und schaute nach rechts, auf die Tür neben dem Wohnzimmer – erstaunt über sich selbst, daß er trotz der nächtlichen Stunde nicht dagegen trommelte und die Nowaks auf die Straße jagte. Aber er tat es nicht. Er wandte sich nach einer Weile ab und ging in das Eckzimmer, wo Cesar bereits schlief.

Roman lag in dieser Nacht noch lange wach. Weit mehr als Herbert Mörtlings Eröffnung suchte ihn ein anderer Gedanke heim: woher wußten die Nowaks, Ursache ihrer Furcht, daß die Bertinis rassisch Verfolgte gewesen waren? Sie hatten nie ein Wort miteinander gewechselt. Ebensowenig war zwischen den Bertinis und den Hausbesitzern darüber gesprochen worden. Dennoch wußten es alle – wie früher. Wenn *damals* jemand jüdischer Abstammung war, so hatte es bald jedermann mitbekommen, ohne daß auch nur ein Wort darüber zu fallen brauchte. Bei allen fundamentalen Unterschieden für die Bertinis zwischen dem *Damals* und dem *Heute* – *diese* Kenntnis, *diese* stumme Verständigung zwischen den anderen war also geblieben!

Roman Bertini wartete achtundvierzig Stunden, bis er das Wohnungsamt Blankenese aufsuchte. Als er oben auf der Galerie das Dienstzimmer des Vorstehers betrat, fuhr der Grauhaarige hoch, schien es jedoch
gleich zu bereuen, denn er traf Anstalten, sich wieder zu setzen, wagte
es dann aber doch nicht.

Roman schloß die Tür. »Warum haben Sie uns neben einem ehemaligen
Funktionär der NSDAP einquartiert?«

In dem Gesicht des Grauhaarigen begann es zu zucken, als jagten sich
alle möglichen kontroversen Gedanken hinter seiner Stirn. Dann sagte
er, ganz gekränkte Unschuld: »Es war räumlich weit und breit das
Beste, was sich für Ihre Familie anbot«, wieder ein Versuch, sich zu
setzen, und noch einmal vergeblich. »Sie hätten sonst vier Wochen
oder länger auf eine gleichwertige Unterkunft warten müssen. Außerdem hatte Herr Mörtling gebeten um ... um Leute ... wie Sie ...«

Zwischen dem ersten und diesem Besuch lagen einige Monate – es war
August. Der Vorsteher konnte sich zwar immer noch nicht entschlie-
ßen, sich vor Roman Bertini ganz aufzurichten, aber er stand nicht
mehr in der kratzfüßigen Haltung da. Irgend etwas hatte sich verändert, wenngleich sein Fluchtinstinkt deutlich zu erkennen war – stets
hielt er die gleiche Distanz zwischen sich und dem Besucher, der auf
und ab ging, aus dem Fenster auf den großen Park und auf die breite
Unterelbe sah, und den Grauhaarigen nachdenklich, wie ein Studien-
objekt, beobachtete.

»Wenn meine Großeltern nach Hamburg zurückkehren«, sagte
Roman, »dann fliegt der Kreisleiter samt seinem Anhang.«

Nun setzte sich der Vorsteher, schnellte noch einmal auf, blieb dann
jedoch sitzen, von den widerstreitendsten Empfindungen gezeichnet –
Auflehnung und Furcht, Widerstandswille neben devoter Bereitschaft,
nachzugeben, Amtshoheit in Person und feige Risikoabschätzung.
Roman Bertini drehte sich um und wandte sich der Tür zu. Da sagte der
Vorsteher, bemüht, seine Stimme unter Kontrolle zu halten: »Wenn bis
dahin nicht die ganze Gegend zwischen Othmarschen und Rissen
bereits für das Hauptquartier der britischen Zone von der Besatzungsmacht beschlagnahmt sein wird ...«

Auf dem Rückweg blieb Roman im Hirschpark unter den hohen
Bäumen der herrlichen Allee stehen, vor sich die langgezogene,
quellende Front des Rhododendron-Gebüschs.

Von der Absicht, die britische Kommandozentrale in Deutschland
nach Hamburg zu verlegen, war schon die Rede gewesen, bevor die
Bertinis an die Elbe umgezogen waren. Sonderlich ernst hatte Roman

die Ankündigung bisher nicht genommen, zumal gleichzeitig nicht nur andere Städte, vielmehr auch in Hamburg selbst außer Blankenese und Umgebung Viertel an der Alster, wie Harvestehude, Eppendorf und Winterhude, genannt worden waren. Auch nach der versteckt-hämischen Äußerung des Vorstehers verspürte Roman keine wirkliche Sorge, das neue Heim zu verlieren, vor allem seiner felsenfesten Überzeugung wegen, daß die Briten ein Haus, in dem die Bertinis wohnten, von der Beschlagnahme ausnehmen würden.

Es war etwas anderes, das ihm hier zum erstenmal, unglaubhaft noch und doch beißend, in den Sinn kam – der Argwohn, daß das überschwengliche Willkommen von Klara und Herbert Mörtling, ihre betriebsame, demonstrative, unerschöpfliche Freundlichkeit, Berechnung seien. Berechnung in ursächlichem Zusammenhang mit der Gefahr einer Hausbeschlagnahme, falls das Hauptquartier der britischen Besatzungszone tatsächlich in die Elbvororte verlagert werden sollte. Genährt wurde dieser Verdacht noch durch das Geständnis des Vorstehers, Herbert Mörtling habe »um Leute wie Sie« nachgesucht beim Wohnungsamt. Hatte der Hausbesitzer aus diesem Grund auf möglichst raschen Einzug der Bertinis gedrängt?

So sann Roman vor sich hin unter den Bäumen, erschreckt über sich selbst, daß er den Mörtlings vielleicht Unrecht tun könnte. Bis er spürte, daß diese Überlegungen langsam abgeschwächt wurden, daß sie sacht verschwammen, ja sich wie von selbst auflösten – und zwar durch den unerhörten Anblick des Rhododendron-Dickichts, seiner Blütenexplosion, seiner ganzen dschungelhaften Vegetation mitten in dem sonst so übersichtlichen Park, geheimnisvoll wie ein Wald, undurchdringlich, hochmütige Abwehr und heftige Lockung zugleich.

Etwas Unheimliches, Magnetisches hielt Roman Bertini gebannt, aber ehe es in ihm stärker werden konnte, riß er sich mit einem Ruck herum und lief, die Allee hinunter und vorbei an dem kleinen See, auf den Ausgang zu.

Als Roman seine Mutter im elterlichen Schlafzimmer hantieren hörte, wollte er zu ihr hinein, fand aber auch diesmal die Tür abgeschlossen.

»Ich mache Kezia fertig«, rief Lea, »es geht jetzt nicht.«

Erst als die Schwester, bis obenhin zugedeckt, in der Wiege lag – die übrigens in der vorigen Woche von Klara Mörtling eigenhändig heraufgebracht worden war –, durfte Roman eintreten.

Es war noch zu wenig Zeit verstrichen, um für das winzige Baby

Persönlicheres zu fühlen als den eingewurzelten Wunsch, es zu beschützen. Viel stärker war in Roman Bertini aus der Stunde der Geburt jene innere Bewegung, die ihn fassungslos gemacht hatte und deren Staunen unvermindert anhielt: daß ein Mitglied der Sippe aufwuchs, das nichts wußte von den Erfahrungen seiner Angehörigen vor dem vierten Mai neunzehnhundertfünfundvierzig; daß deren Leiden für Kezia Bertini, würde sie erst einmal groß genug sein, zu begreifen, Geschichte wären; daß sie *angstfrei* aufwachsen würde. Dieses Glück, dieses unglaubliche Geschenk, sie wollten auch jetzt wieder seine Brust schier sprengen. Er blickte nieder auf seine Schwester, die sabbernd dalag, die Händchen gegen beide Schläfen gedrückt, so daß ihre ohnehin ein wenig zu schrägen Augen sich noch mehr schlitzten. Von namenloser Zärtlichkeit eingehüllt, drückte Roman Bertini die Kuppe seines Zeigefingers in Kezias flaumweiche Wange.

Es war ein Sommer der Sonne und des Lichts, der leuchtenden Morgen und des seligen Erwachens in die Abwesenheit von Todesfurcht, in die eigene Unbedrohtheit – was nichts von seinem Zauber eingebüßt hatte noch je einbüßen würde.
Wenn Roman Bertini die Augen aufschlug, tranken sie sich zunächst satt an der Majestät der mächtigen Kastanie vor dem Fenster des Eckzimmers; dann stellte er das Radiogerät ein, das Herbert Mörtling gebracht hatte und das auf dem kleinen Schrank zwischen Cesars und seinem Bett postiert war. Manchmal lagen die Brüder Stunden da, lauschten der Musik oder übten sich in Simultan-Übersetzungen von englischen Sendungen ins Deutsche, wobei Cesar der Kenntnisreichere war.
Da lag Roman Bertini in dem hellen Raum mit der hohen Decke und wußte, daß die Angstlosigkeit für ihn nie etwas Selbstverständliches werden, sondern ein Wunder bleiben würde.
Aber es war auch ein Sommer der Schatten.
Roman empfand seine individuelle Situation, sein parasitäres Dasein als prekär. Was Vater und Brüder taten, war gewiß nicht für die Ewigkeit, war nichts Dauerhaftes und Festgefügtes, hatte keinen Plan, der einem lohnenden Ziel zustrebte. Aber sie steuerten ihr Scherflein zur Existenz bei – Ludwig mit seinen halb verborgenen, halb protzenden Schwarzmarktfähigkeiten, deren Abfälle und Brosamen auf die Familie kamen; Cesar mit dem immer noch erfolgreichen Halbernst seines Englischunterrichts, dessen Stunden widerhallten von Fröhlichkeit und viel Gelächter, wenngleich in jüngster Zeit der Austausch der

Teilnehmer stärker geworden war; und schließlich Alf Bertini mit seinen kläglichen und demoralisierenden *Tourneen*, die aber immerhin festes Einkommen und regelmäßige Tauschware bedeuteten.

Auch in diese Wirklichkeit erwachte Roman Bertini, und sie hatte ihm schon eine bleibende Lektion erteilt. Nämlich, daß ein Problem der Gegenwart nicht nur sein eigenes Gewicht mitbrachte, sondern zusätzlich belastet wurde von allem, was Romans Lebensgefühl aus der Vergangenheit mit sich schleppte. Es gab keine Gegenwart ohne diese Vergangenheit, es gab keinen heutigen Druck, der frei wäre von dem bereits gelebten – eine Doppelbürde. Diese Erkenntnis war für Roman Bertini eine der großen Lehren des ersten Sommers nach der Befreiung.

Mit ihr machte er sich auf zum *Gänsemarkt* im Herzen Hamburgs, wo sich in seiner Erinnerung ein Denkmal von Gotthold Ephraim Lessing erhoben hatte, kupferoxydiert und erhaben. Aber er fand es nicht wieder – während der Katastrophe vom Juli 1943 von ihrem Podest auf die Nase geschleudert, war die Statue noch nicht wieder aufgestellt worden.

An diesem Platz nun, in der Nähe des *Ufa-Palastes* und des *Urania-Kinos*, befand sich ein Gebäude, in dem unter britischer Kontrolle eine Zeitung in deutscher Sprache gedruckt wurde. Dort meldete sich Roman Bertini.

Er wurde vorgelassen und sah sich im ersten Stock einem britischen Offizier gegenüber, der ihn ohne Ungeduld und ohne jedes Interesse anblickte.

Was Roman Bertini nun tat, war ebenso naiv wie ehrlich, vor allem aber ein Ausdruck seiner Verzweiflung. Er erzählte dem Briten einfach unaufgefordert aus der Chronik seiner beruflichen Wünsche, stichwortartig und in erbarmungswürdigem Englisch, aber doch wohl nicht ganz vergeblich. Denn als er von seinen frühen Vorstellungen sprach – Jockey, Lokomotivführer, Cowboy –, spielte es um die Mundwinkel des Offiziers verräterisch. Dann kam Roman Bertini auf seinen endgültigen Entschluß, Journalist zu werden – und warum ihm seine Erfüllung bisher nicht möglich war.

Ohne von falschen Erwartungen beschwert zu sein, wie bei dem Gang zum Town Major, berichtete Roman diesem wildfremden Angehörigen der Militärmacht von der Herrlichkeit und dem Elend seiner Sehnsucht, zu schreiben. Und dabei geriet er nun doch, ohne es zu wollen, in die alte Hitze, Verkörperung seiner schöpferischen Nöte, seiner inneren Zerrissenheit, seiner Ratlosigkeit in bezug auf die

Zukunft. Und so endete er, mit geröteten Wangen und feuchter Stirn.

Der Offizier lauschte noch eine Weile nach, aber als nichts mehr kam, sagte er in reinstem Oxford-Englisch: Es sei gänzlich ungewiß, wohin es mit diesem Land und seiner Bevölkerung gehe – gänzlich ungewiß. Sicher dagegen sei, daß schwere Monate bevorstünden, ein Winter des Hungers und der Kälte, und ebenso gewiß, daß in jedem andern Beruf leichter unterzukommen sei als in dem eines Journalisten. Die Presse sei eine Domäne der Besatzungsmacht, und jede Prophezeiung ihrer *deutschen* Zukunft enthülle zur Stunde, und für lange noch, nichts als den Scharlatan. Man werde zurückgreifen auf bewährte einheimische Demokraten unter den Redakteuren und Publizisten, aber Nachwuchspflege sei nicht die Stärke dieser Ära. Das, und nichts anderes, könne ein offener Mann auf eine offene Anfrage entgegnen.

So sprach der Offizier am *Gänsemarkt* zu Roman Bertini, der mehr aus Pflicht sich selbst gegenüber gekommen war als aus Hoffnung. Aber dann fügte der Brite einen Epilog hinzu: Die unalltägliche Begegnung habe ihn nicht gleichgültig gelassen, und schon um ihretwillen hätte er gern eine schnelle Lösung zur Hand gehabt. Sollte sich künftig eine Möglichkeit bieten, so würde er sich des Besuchers erinnern. Und dann geschah das Gleiche, wie zuvor am Alsterufer, bei *Public Safety* und *Civil Security* – der britische Offizier bat erst um Roman Bertinis Adresse, dann erhob er sich und überreichte seine Karte – Lieutenant-Colonel *Mike Hunt!*

Die Rechte des Briten fühlte sich, ganz wie vorauszusehen, kühl und trocken an.

Wieder auf der Straße, mußte Roman Bertini plötzlich laut auflachen – er hatte nun zwei persönliche Beziehungen zum Offizierskorps Seiner Majestät, des Königs von Großbritannien und Kaisers von Indien.

Mochte der Himmel wissen, ob sich daraus jemals etwas entwickeln würde.

Am Ende des Hofwegs, an der Grenze zwischen Uhlenhorst und Winterhude, wieder das gleiche Bild – Menschenknäuel vor dem Mietshaus mit den mächtigen Lettern über dem Portal *DER VERBAND – Wiederaufbau – Abrechnung*, Stimmengewirr, eine hektische Atmosphäre.

Roman wurde sofort vorgelassen.

»Das platzt aus allen Nähten.« Lutzmann, groß, gebeugt, hatte die Hände kreuzweise auf die Schultern gelegt. »Aber weitergekommen sind wir keinen Schritt. Die Militärregierung kennt unser Programm, nur regt sie sich nicht. Wir dürfen vorerst nichts als registrieren. Konstituieren, eine Leitung wählen, Arbeitsausschüsse – weiterhin verboten.«

Von draußen scholl der Lärm der Stimmen in den Raum.

»Vielleicht wollen die Briten gar keine antifaschistischen Organisationen«, fuhr Lutzmann fort, als spräche er zu sich selbst, »vielleicht sind schon ganz andere Konstellationen ins Auge gefaßt. Die Atombombe! Japan war bereits so gut wie geschlagen, es hätte dieser mörderischen Abwürfe doch gar nicht bedurft.« Er schaute Roman an, als könnte der ihm Auskunft erteilen. »Hiroshima, Nagasaki – das war nicht mehr der Zweite Weltkrieg, das war schon Nachkriegspolitik, in einer gegenüber der Zeit vor 1939 völlig veränderten internationalen Lage mit nur noch zwei rivalisierenden Weltmächten – den USA und der Sowjetunion.«

Lutzmann ging, Roman am Arm gefaßt, in dem Raum auf und ab. »Nicht auszudenken für uns, was geschehen würde, wenn die Einheit zwischen Ost und West zerbräche.« Er drückte den langen Oberkörper nach hinten, sog die Luft tief ein, atmete pfeifend aus. Dann machte er eine Handbewegung, als versuche er, solche Gedanken zu verscheuchen.

»Wir jedenfalls machen weiter. Du ahnst nicht, wieviel Kraft da draußen wartet«, Lutzmann stieß den Arm dreimal in die Richtung der Tür, »wieviel Hoffnung, wieviel ehrlicher Wille – und Grimm!« Er ging zum Tisch, schien dort, mit aufgehelltem Gesicht, etwas zu suchen, warf Papiere durcheinander und hielt plötzlich ein Blatt hoch. »Da ist sie – die Genehmigung für eine Zeitung, ein Mitteilungsorgan, eine Informationsschrift, wie immer man es nennen will, vorige Woche von der Militärregierung erteilt.« Lutzmann trat wieder an Roman heran, packte ihn an beiden Armen. »Das Wichtigste – zu zeigen, was Nationalsozialismus wirklich für Menschen bedeutet hat, die verfolgt worden sind, verstehst du? Nicht für die, auf die zurückgeschlagen ist und zurückschlägt, was sie selbst unterstützt haben, die Opfer der Wirkungen – sondern für die Opfer der Ursachen.« Roman wurde so gerüttelt, daß er Mühe hatte, aufrecht stehenzubleiben. »Die Wahrheit, die persönliche Wahrheit derer, die es überlebt haben, Gestapohaft, KZ, Zuchthaus, und die für die Toten mitsprechen müssen.« Lutzmann war außer Atem geraten, als wäre es Roman Bertini, den er überzeugen müßte. Dann ließ er ihn unvermittelt los, ging zum Tisch zurück und sagte: »Dabei rechne ich mit dir. Du hast mir nicht viel erzählt, aber das wenige genügte. Außerdem braucht man nur dein Milchgesicht etwas näher zu betrachten, und schon kommen tausend Jahre Israel zum Vorschein. Du mußt darüber schreiben.«

Roman Bertini fühlte es sengend in sich aufsteigen. Er blickte in das ovale gute Gesicht dieses Mannes – und nickte.

Lutzmann hielt ihm die Hand hin.

»Ich rechne damit, daß wir in drei Wochen soweit sind – Papierzuteilung, Druckerei, Finanzen für die erste Nummer. Mach dir inzwischen Gedanken.«

Auf der Straße, ein gehöriges Stück vom VERBAND entfernt, blieb Roman Bertini stehen.

Was wollte er eigentlich?

Wozu hatte er am Gänsemarkt den Offizier nach den Möglichkeiten des journalistischen Berufes gefragt? Und warum Lutzmann zugesagt – wenn er doch Deutschland verlassen wollte, wie es selbstverständlich geworden war in den Jahren der Finsternis, und ausgemacht mit Mickey?

Und warum verbarg er vor dem ahnungslosen Freund die Bekanntschaft mit Lieutenant-Colonel Mike Hunt ebenso wie die Beziehung zu Lutzmann? Warum hielt er, wie mit schlechtem Gewissen, alle Berührungen, alle Annäherungen an Deutsches geheim? Was wollte er, Roman Bertini, denn wirklich – in die USA oder bleiben?

Über solchen Gedanken hatte er sich wieder in Bewegung gesetzt, war vor innerer Unruhe ins Laufen gekommen, immer weiter, nur mit halbem Bewußtsein bei der Strecke, die er durcheilte, und als er vor dem Johanneum stand, schreckte er auf.

Nach fünf Minuten war er wieder draußen, vor den schmiedeeisernen Toren. Und während der hinkende Pedell ihm von der oberen Treppenstufe des Innenhofes nachsah, stürzte Roman Bertini sich sterbenselend gegen den Sockel des Bugenhagen-Denkmals.

Von David Hanf keine Spur.

Er suchte in Abständen, aber regelmäßig, zwei Adressen auf.

Eine war die von Erika Schwarz. Immer noch traf er bei ihr in der Dunkelheit ein, obwohl jeder Grund dafür entfallen war. Irgend etwas machte ihn unfähig, hier am hellichten Tage zu erscheinen.

Erika Schwarz fragte nicht. Das Zusammensein war ohnehin von wortkarger Verbundenheit, ohne daß die Pausen peinlich wurden, fast wie bei einem alten Ehepaar. Daneben aber bestand eine schwere innere Spannung in Roman. Tief in seinem Herzen wußte er, daß er der

710

spröden, unbeirrbaren Liebe dieser Frau, einer Liebe, die alles riskiert hatte und der die Bertinis das Leben verdankten, nichts entgegenzusetzen hatte. Daß er schuldlos mit leeren Händen vor ihr stand, daß es eine kaum meßbare Ungleichheit ihres Gefühls füreinander gab – und daß davon nie die Rede sein würde zwischen ihnen, wie grau sie beide auch immer werden mochten.

So waren die Zusammenkünfte in der ehemaligen Waschküche an der Alsterdorfer Straße unbefangen und blockiert zugleich, und oft ging Roman zum Bahnhof Ohlsdorf zurück wie in Atemnot. Manchmal, wenn ihn das Empfinden, Erika Schwarz gegenüber undankbar zu sein, übermannte, scheute er die Lichter der Station, schritt den grobgepflasterten Weg kurz hinter der Brücke nach rechts hoch und hockte sich neben dem ständig niedergelassenen Schrankenbaum hin.

Dann und wann, jedoch stets nur sonntags, kam Erika Schwarz auch in die Elbchaussee, war unter den Bertinis, spöttisch und auf der Hut, mit Vorliebe die winzige, kopfwackelnde, sabbernde Kezia auf dem Arm. Es schien, als wenn die Reichsbahnerin, selbst kinderlos, vor allem wegen des Babys käme. Dabei zog sie ihm manchmal die schrägen Augen sanft auseinander und lachte leise: »Chinesin, kleine Chinesin.«

Roman hatte den Eindruck, daß Erika Schwarz ihm hier gelöster begegnete und sich überhaupt gern in der neuen Wohnung der Bertinis aufhielt. Nur wenn auch sie von Lea aus dem Zimmer geschickt wurde, sobald Kezia gewindelt, gebadet oder umgezogen werden sollte, verzog Erika Schwarz das für ihr Alter zu unjugendliche Gesicht und sah Roman fragend an.

Stets begleitete er sie zum Bahnhof Hochkamp und blieb, bis der Zug in Richtung Altona verschwunden war.

Die zweite Adresse, die er ständig aufsuchte, war die der *Melone*.

Roman Bertini hatte den Zettel von Colonel Arthur Hopkins gleich nach dem Empfang, eben wieder auf der Straße, zerrissen. Die Adresse, einmal gelesen, war ihm wie eingebrannt, der Name, nur von sekundenhaftem Informationswert, ohne Bedeutung – bei allem, was Roman dachte, empfand oder zu sich selber sprach, blieb es bei der Bezeichnung *Melone*.

Sein Ziel war ein Haus in einer dieser kühlen Straßen des vornehmeren Hamburg, in Eppendorf, ganz in der Nähe des Hegestiegs, wo für Alf Bertini und seine älteren Söhne die Periode der Zwangsarbeit begonnen hatte. Dieses Haus war wie die anderen links, rechts und gegenüber – eine weiße, schwere Fassade, Portal, Foyer, Lift.

Er verbrachte viel Zeit davor, oft von früh morgens bis spät abends, oder auch die Nacht hindurch – geduldig, ohne innere Erregung, schußbereit. Niemals ließ er das Haus und seine Umgebung aus den Augen, völlig unberührt von den argwöhnischen, neugierigen, beunruhigten Blicken der Bewohner, die über den immer wiederkehrenden, verschlossenen, wie in Trance wirkenden Fremdling ihre eigenen Gedanken haben mochten. Alle Sinne Roman Bertinis waren auf die Begegnung mit der *Melone* und ihren tödlichen Ausgang gerichtet – und zwar völlig unabhängig von seiner zweifachen Erfahrung mit sich selbst bei Eitel-Fritz Hattenroth und der Speckrolle.

Hier auf der Lauer, die Hand in der Tasche um die Waffe gekrallt, war er völlig eingesponnen in das Netz der Vergangenheit, in die Unzahl ihrer Bilder, von denen er keines je vergessen könnte; eingewoben in Geschehnisse, deren Tag, Stunde, ja Minute er kannte und immer kennen würde – gespeichert in seinem Hirn und nicht durch Wasser oder Feuer, sondern nur durch seinen Tod zu zerstören.

Aus dieser gewaltigen Erinnerungsmasse wuchs, wie eine riesige Schattengestalt, fast nur Kontur, gesichtslos, keine Einzelgestalt mehr, die *Melone* hervor – ein Symbol.

Diesmal, wußte Roman Bertini, würde er den Abzug durchdrücken.

An einem Morgen nach einer solchen Eppendorfer Nacht fand er bei der Rückkehr in die Elbchaussee Fred Asberth vor – er mußte sich Mühe geben, bei seinem Anblick nicht laut aufzustöhnen. Esthers Mann war fast zum Skelett abgemagert, seine einst gewellten blonden Haare waren farblos und schütter, und an seiner rechten Hand, mit der er die Tasse hob, fehlten zwei Finger – Lea hatte Fred Asberth ein Frühstück bereitet. Die Verwundungen am Körper sah Roman erst am Abend – Cesar war auf das Sofa im Balkonzimmer umgezogen: die rechte Schulter war fast völlig weggeschossen, und an der Hüfte fehlte ein handtellerbreites Knochenstück.

Aber furchtbarer noch als dieser Anblick war die Stummheit und Geschlagenheit des Schwerbeschädigten. Fred Asberth hatte nie viel gesprochen, Roman kannte ihn als verhalten, zögernd. Aber jetzt war er wie versteinert, als hätte er den Gebrauch der Zunge überhaupt verlernt. Mühsam kamen die Worte aus dem schmalen, nahezu vertrockneten Gesicht. Alles, was die Bertinis in den nächsten zwei Tagen von ihm erfuhren, war, daß die Wohnung im Eichkamp von britischen Soldaten wimmelte, als Fred Asberth in der vorigen Woche aus amerikanischer Gefangenschaft dort eingetroffen war; daß seine Frau ihm das Vorderzimmer zugewiesen hatte, während sie selbst mit einem Briten, den Schilderungen nach einem breiten, bulligen und doch schüchternen Menschen, in das eheliche Schlafzimmer gezogen war. Einmal, nachts, war sie zu ihm gekommen, hatte vor ihm gekniet und geweint, und war dann zu ihrem Liebhaber zurückgekehrt.

Das wurde den Bertinis nicht zusammenhängend berichtet, sondern bruchstückweise, stockend, mit Unterbrechungen, wie von jemandem, der das Sprechen und Denken erst wieder mühsam erlernen mußte.

Am Morgen des dritten Tages war Fred Asberth unbemerkt verschwunden, ohne Abschied, ohne Klage.

Roman Bertini sah ihn niemals wieder.

713

8

Wie Herbert Mörtlings Sorgen
zerstreut wurden

Das unerwartete Ereignis kündigte sich lautstark an.

Ein Möbelwagen fuhr vor, Packer legten Gurte um, Rufe erschollen, schweres Scharren wurde hörbar von draußen. In der Villa verstärkte sich der Lärm noch, nun von Herbert Mörtling selbst befehligt, mit krachenden Untertönen, als wären Elefanten am Werk. Und dann stand das Ungetüm, wieder zusammengesetzt aus seinen einzelnen Bestandteilen, schwarzglänzend und edel geformt im Wohnzimmer der Bertinis, die ihren Augen nicht trauten – ein Bechstein-Flügel!

Mit einer Hand gegen das mächtige Instrument gelehnt, das gutgeschnittene *Filmschauspielergesicht* zu markantem Lächeln verzogen, ganz Mäzen, weidete sich Herbert Mörtling an der ratlosen Dankbarkeit seiner überwältigten Mieter.

Vielleicht wußte der Schiffsausrüster doch nicht ganz, was er da tat. Denn schon hatte Alf Bertini sich an den Flügel gesetzt und unflätig zu spielen begonnen, die Tastatur auf und ab, Kadenzen bevorzugend, Finale von Klassikern. Sehr rasch aber verfiel er in seine traditionellen Clownerien, stieg auf Jazz um und übte sich vor seinen Zuhörern und Zuschauern – den Möbelpackern, den Mörtlings, Lore Schapp mit Kind, und den eigenen, sehr betretenen Angehörigen – in ungraziösen und dilettantischen Steppschritten. Doch während er vor dem Kriege in der Lindenallee diese Hampeleien mit Schöpfungen von Eddie Dutchin untermalt oder »Goody goody!« – »Big apple!« – »Jack Hilton« und »Nat Gonella!« gerufen hatte, schrie er nun hier in der Elbchaussee, die Erweiterung seiner musikgeschichtlichen Kenntnisse durch die *Tourneen* demonstrierend, ekstatisch: »Tommy Dorsey!« – »Frank Sinatra!« – »Glenn Miller!« Dabei klapperte er mit den Schuhsohlen auf dem Parkettboden, griff, für jedermann vernehmbar, mehrmals deutlich daneben, und fiel nach zehn Minuten auf dem mitgelieferten Hocker erschöpft hintenüber, ganz in der Pose seiner unerfüllten Karriereträume – Alf Bertini, gefeierter Maestro, der für das verehrte Publikum sein Äußerstes gab.

Während sein Vater gespielt hatte, stand Ludwig, in einem großkarierten Sakko steckend, die Zigarette lässig in der Rechten, nahe bei Lore Schapp. Ab und zu dem Kind über den Kopf streichend, schaute er unablässig die jugendlich schöne Mutter an – ohne zu lächeln oder auch nur mit einem Wimpernschlag zu flirten.

Fortan *übte* Alf Bertini gewöhnlich an seinen freien Tagen mehrere Stunden, auf die gleiche Weise, wie er es neunzehn Jahre in der Lindenallee getan hatte – Chopin bevorzugend und oft wenige Takte bis zur Unerträglichkeit wiederholend. Niemals aber spielte er, gegen die Erwartung der anderen, seinen *Siegesmarsch*.

Auf Lea hatte der Bechstein-Flügel in Verbindung mit Alf Bertinis Abwesenheit eine zwiespältige Wirkung. Die trotz sommerlichen Temperaturen bis an den Hals fest eingepackte Kezia auf dem Arm, hatte sie zunächst sehnsüchtig und gedankenverloren vor dem herrlichen Instrument gestanden. Wenn Roman sie dabei entdeckte, forderte er sie immer wieder auf, sich einzuspielen, ihr so lange vernachlässigtes Talent zu pflegen und sich mit dieser Leihgabe – »Bis ans Ende der Tage!«, so Herbert Mörtling – selbst eine Freude zu bereiten. Anfangs hatte sich Lea erschreckt umgeschaut, als könnte Alf sich irgendwo in einer Ecke versteckt haben. Aber dann, als sie ihren Mann südlich oder nördlich der Elbe weit genug entfernt wußte, hatte sie die hochgeschlossene Tochter in eine Sofaecke gesetzt, den Flügeldeckel aufgeklappt und die Tasten berührt, mühsam, als müsse sie starken inneren Widerstand überwinden. Schließlich spielte sie, nach über zehn Jahren, zum erstenmal wieder – Schubert, Chopin, Johann Strauß Sohn, eigene kleine Kompositionen aus ihrer Konservatoriumszeit und zufällige, vom Augenblick eingegebene Weisen.

Wenn Roman seine Mutter am Flügel hörte, trat er sofort zu ihr, ermutigte sie, setzte sich neben die Schwester aufs Sofa und hörte zu.

An einem solchen Nachmittag, als Lea wieder klimperte, wie sie es nannte, passierte es – Lea fuhr nach einem zweimaligen Klingeln an der Haustür so heftig zusammen, daß sie beinahe vom Hocker gefallen wäre. Sie faßte sich sofort, warf Roman einen flehenden Blick zu, war aber nicht mehr fähig, auch nur noch einen Ton anzuschlagen.

Wie in den vergangenen zwölf Jahren, zuckte Lea Bertini immer noch bei fast jedem Klingelzeichen zusammen, als könnte es Verhaftung, Deportation, das Ende bedeuten. Sie zuckte zusammen, wie sie es getan hatte, seit die *Melone* in jener Aprilnacht 1933 in der Lindenallee aufgetaucht war, und wie es sich fortgesetzt hatte in Bodendorf bei jedem Klopfen an die Tür des Altenteils, in Emmas Hohelufter Wohnung, im Keller der Düsternstraße und im Alsterdorfer Versteck.

So war Lea Bertini auch eben wieder zusammengefahren – nicht, weil sie Alfs Ankunft fürchtete, sondern weil sie gegen den eingefleischten Reflex nicht ankam.

Roman, auf dem Sofa neben der Schwester, schloß die Augen. »Mutter, bitte«, flüsterte er, »es ist vorbei. Es gibt kein Drittes Reich mehr, keine Gestapo, kein KZ, keine SS«, er sah sie an. »Bitte, Mutter.«

Lea legte die Hände in den Schoß, blickte darauf nieder.

»Ja doch, Kind«, sagte sie, leise, »ja doch.«

Zufall oder nicht: die Aufstellung des Bechstein-Flügels im Wohnzimmer der Bertinis auf Geheiß des Schiffsausrüsters *und* der Höhepunkt der Gerüchte von der Stationierung des britischen Hauptquartiers in den Hamburger Elbvororten, sie fielen zusammen. Es würde, so hieß es, eine Flächenbeschlagnahme und Aussiedlung größten Stils werden, für ein Personal von vierzigtausend Köpfen. Wer von den Betroffenen privat keine Unterkunft fände, der müsse vorliebnehmen mit einem höchst unsympathischen Import, sogenannten *Nissenhütten*, Wellblechbaracken aus Schweden, von denen eine ganze Kolonie bereits an der Bahnstrecke Bahrenfeld-Othmarschen aufgestellt worden sei.

Und tatsächlich, wenn Roman Bertini die Strecke fuhr, konnte er sich von der Wahrheit dieser Androhung überzeugen. Da lasteten sie an einem öden Platz, die Hütten aus Wellblech, eine so häßlich wie die andere, sehr nahe beieinander aufgestellt, abstoßend, kalt – ein Albtraum. Bei ihrem Anblick glaubte Roman, das Herz müsse ihm aussetzen. Immer hatte er Angst gehabt, auf die Straße gesetzt zu werden, seit jenem frühen Erlebnis, als Madame Zanetzka, Hauswirtin der Lindenallee 113, verkündet hatte, die Bertinis wegen ein paar fehlender Mark Mietzinses mit gerichtlicher Klage zu überziehen, und er entsetzt die Mutter gefragt hatte, ob sie denn nun wie die Tiere des Waldes hausen müßten. Dann die Ausbombung im Juli 1943, die Verjagung aus Bodendorf, das Hattenrothsche Ultimatum in der Roonstraße, die Flucht aus Barmbek zu Erika Schwarz – all das hatte die Erfahrung des *Nestverlustes* zu einem zentralen Lebensgefühl gemacht.

Dazu kam jetzt der zusätzliche Schock, daß er geglaubt hatte, diese

Bedrohung sei, wie die anderen, für immer vorbei, ausgestanden, endgültig Vergangenheit. Stattdessen verdichteten sich die Gerüchte fast bis zur Gewißheit, als nun häufig Jeeps vorfuhren, auf denen Uniformierte die Gebäude begutachteten, irgend etwas in große Karteien eintrugen, gelegentlich auch Einlaß begehrten und keinen Zweifel daran ließen, daß es hier um eine Bestandsaufnahme gehe. Zwar wurde die Villa der Mörtlings von diesen Vorboten des Unheils nicht betreten, aber drei von ihnen hatten sich von der Elbchaussee und der Seitenstraße her, wo der Eingang lag, mit quälender Ausdauer Notizen gemacht.

Aber der Druck währte nicht allzu lange, bald gab es für die Befürchtungen der Elbvororte eine gewisse Entlastung. Nun hieß es, wenn das Hauptquartier nach Hamburg käme, würde es wohl doch in das Stadtgebiet verlegt werden. Es tauchten sogar hektografierte Skizzen auf, in die weite Teile von Harvestehude, Eppendorf und Winterhude als voraussichtlich betroffene Gebiete eingezeichnet waren, wenngleich weder etwas über die Urheber bekannt war noch woher sie ihre Kenntnisse hatten. Aber zwischen Othmarschen und Blankenese beruhigten sich die Gemüter ein wenig.

Namentlich Herbert Mörtling kolportierte gern die mehr unterirdischen Nachrichten der Entspannung, ließ nach einiger Zeit auch verlauten, daß er selbst eine zuverlässige Informationsquelle anzapfen konnte, die ihm sichtlich Erleichterung schuf. Gleichzeitig bat er Roman Bertini um Verständnis dafür, daß die Intervalle, in denen er als Gast zum abendlichen Plausch auf die dunkelnde Veranda gebeten worden sei, größer würden – die geschäftlichen Verpflichtungen überschritten jedes vernünftige Maß.

Gänzlich unabhängig dagegen von äußeren Einflüssen schienen Klara Mörtlings Beziehungen zu den Bertinis zu sein. Wie eh und je kündigte sie sich von unten schon mit lauter, burschikoser Stimme an, erfüllte, immer tadellos gepflegt, die Etage mit klingendem Lachen, rannte treppauf und treppab, im strahlenden Vollmondgesicht unter dem schweren Haarkranz den goldblitzenden Eckzahn. Sonderlich zu Cesar hatte sich ein halb neckisches, halb ungewisses Verhältnis hergestellt. Ihn suchte Klara Mörtling oben stets zuerst, und wenn er sie dann musterte mit seinen hervorquellenden Augen hinter den dicken Brillengläsern, schüttelte sie sich gruselnd und rief, als wollte sie vor Lea nichts verheimlichen: »Der frißt mich ja förmlich mit seinen Blicken!« Offenbar aber genoß sie den Grund ihres Schauderns sehr. Daß Klara Mörtling keine Ahnung hatte, womit und mit wem sie da spielte; daß, bei allem Prickeln, ihre Unbefangenheit ganz anders erwidert wurde, als sie es sich wahrscheinlich vorstellen konnte, das erfuhr sie an dem Tag, als sie Cesar bat, ihr ein gewichtiges Bügelbrett in das Villenparterre zu bringen. Was er auch tat, nachdem er es in dem abgelegenen Schuppen am Rande des Grundstücks gefunden hatte, zwischen allerlei Werkzeugen, ungeordneten Gartengeräten und prall gefüllten Kartoffelsäcken neben einer uralten, verstaubten Couch.

Im Hause bat Klara Mörtling ihn, das Brett in die geräumige Küche zu stellen, witzelte, daß ihr Mann noch im Hafen sei, lachte klingend und lenkte Cesar, der zum erstenmal hier unten war, in der ironischen Haltung eines Museumsführers durch das geräumige Parterre und sein kostbares Mobiliar. Dieser Rundgang endete in dem seidentapezierten Schlafzimmer der Mörtlings, wo sie ihn inmitten der holdduftenden Pracht stehen ließ, etwas von ihm abrückte, und sich dann, die Linke lachend auf seine rätselhafte Miene gerichtet, mit der Rechten so kräftig in den Schoß schlug, daß der hochrutschende Rock die weißen Oberschenkel aus dem Saum der dunklen Strümpfe schimmernd preisgab.

Da sprang Cesar Bertini, unwiderstehlich, mit einem Satz die Hausbesitzerin an.

Noch einmal hatte der späte Alf Bertini seine große Zeit als Vater; noch einmal wies er ein Kind mit soviel öffentlichem Stolz vor, als wäre dessen Zeugung der übermenschlichen Anstrengung eines heroischen Einzelkämpfers zu verdanken.

Unermüdlich machte er sich an seinen freien Tagen mit Kezia auf den Weg, weite Strecken – nach der einen Seite durch den Hirschpark und Dockenhuden bis an die südländisch anmutende Idylle des Süllbergs; nach der andern über Hochkamp und Nienstedten bis hin nach Teufelsbrück. Dabei erlahmte der Fünfzigjährige nicht eine Sekunde, kaum daß er Kezia von einem Arm auf den andern umsetzte. Verklärten Antlitzes prahlte er wortlos in aufgeräumter Stimmung mit seiner Tochter. Er hatte es gern, wenn Passanten stehenblieben, sich näherten, sich mit dem Kind beschäftigten. Dabei wiederholte sich, daß das Baby von Passanten, freundlich gemeint und leicht hingeworfen, *Turandot* oder *Chinesenmädchen* genannt wurde. Gerade diese Necknamen begeisterten Alf Bertini, der immer für Kinderphysiognomien aus dem Fernen Osten eine Schwäche gehabt hatte, so daß die Betitelung ihm wie das schönste Kompliment klang. Geschwellt,

718

glücklich, zog er nach soviel bekundetem Interesse an dem Töchterchen weiter und berichtete in der Elbchaussee angetan davon.

Roman Bertini wußte nicht, warum – aber er zuckte zusammen, als der Vater die Ausdrücke von Passanten – *Turandot* und *Chinesenmädchen* – wiedergab. Hatte Erika Schwarz sich nicht ähnlich geäußert? Roman konnte keinen Grund für seine Unruhe finden, sie war jedoch da.

Kezia Bertini, nun fast ein halbes Jahr, hatte außer Lallen noch keinen Laut von sich gegeben. Sie schrie nie, weder tags noch nachts, als hindere ihre Zunge sie daran. Schon jetzt offenbarte sich eine verblüffende Ähnlichkeit zwischen ihr und dem Vater, wie ihn jenes stark vergrößerte Foto zeigte, das in Emmas Wohnung an der Wand über dem alten Flügel hing und auf dem Alf, in der Sepia-Färbung der Zeit um die Jahrhundertwende, als Zwei- oder Dreijähriger in seltsamer Plusterkleidung auf die Platte gebannt worden war. Der einzige Unterschied bestand tatsächlich in den deutlich schräger geschnittenen Augen der Tochter.

Wie einst bei ihren Söhnen, gab Lea Bertini auch nun ihrem Mann für Kezia genaue Anweisungen, betreffend die Überquerung von Haupt- und Nebenstraßen, den jeweiligen Ausflugradius und die Abwehr einer allzu aufdringlichen Außenwelt. Vor allem aber beschwor sie Alf, Kezias Kleidung nie zu lüften und ihre Füße in den Hosenbeinen des Strampelanzugs zu lassen. Stets war das Kind von der Mutter bis obenhin eingepackt, auch an heißen Tagen, so daß sich ohnehin nichts lösen konnte an den doppelt verknoteten Schnüren und Bändern. Dennoch forderte Lea oft noch vom Balkon her Alf auf, kein Fitzelchen zu verändern – mit schlohweißem Haar über dem sorgengezeichneten Gesicht sah sie ihm nach.

Alf, Kezia sanft auf dem Arm, tat, wie ihm geheißen. Froh, mit dem Kind allein zu sein, machte er sich schleunigst davon. Alles, was gut war an diesem Menschen, alles, was ihm das Leben nicht restlos verschüttet hatte an Wärme und Liebe, wandte Alf Bertini dem weiblichen Nachkömmling zu.

Sonst war er derselbe geblieben. Während der drei oder vier Tage, die er nach den anderthalb- oder zweiwöchigen *Tourneen* in der Elbchaussee verbrachte, lebte Alf wie ein störrischer Einsiedler, verschlossen, selbstisoliert, von der Aura ständiger Bereitschaft zur Gewalttätigkeit umgeben.

Längst war klar, was Lea und die Söhne von vornherein geahnt hatten. Bei den Aufführungen vor den Truppen der britischen Besatzungsmacht zwischen Flensburg und Bielefeld, Cuxhaven und Hannover, handelte es sich um die kläglichste Plackerei, die sich denken ließ, resonanzlos, verschwendet, demütigend und unterbezahlt, stellte man die Strapazen durch weite Entfernungen, schmerzende Transportmittel und schlechte Unterkünfte in Rechnung. Auch Alf Bertini hatte inzwischen wohl eingesehen, daß es hier für ihn keine Entwicklung, keine Steigerung, keine Erhöhung geben würde. Die Folge war, daß er noch inbrünstiger von der Annahme und der Aufführung seines *Siegesmarsches* Wunder erhoffte, ja seine gesamte Zukunft darauf aufbaute.

Mehr als einmal konnte Roman Bertini zufällig und heimlich von der überdachten Loggia, die das Eckzimmer der Söhne von außen mit dem elterlichen Schlafzimmer verband, ein Bild beobachten, das ihn betroffen machte und höchst beunruhigt über das weitere Schicksal des Vaters von dem Fenster zurücktreten ließ: Alf Bertini, mit dynamischen Bewegungen und entrücktem Ausdruck in der Pose großer Dirigenten, vor der auf dem Bett ausgebreiteten Partitur des *Siegesmarsches*, huldvolles Lob in die eine, schmollenden Tadel in die andere Ecke eines imaginären Orchesters austeilend. Und bei dieser ganzen stummen Plackerei mit sich selbst hatte er, das Verblüffendste an der Szene überhaupt, den Hintern extrem weit herausgedrückt.

Nie ging Ludwig Bertini spazieren, nie schlug er sich durch die blattumwucherten Wege bis zur großen Treppe über dem Elbufer, nie schritt er durch den Hirschpark und seine Alleen, wie die älteren Brüder, die an dem kleinen See die Arme dehnten, unter den Baumwipfeln dahinjagten oder sich einfach rücklings auf die Erde fallen ließen – Kinkerlitzchen, wie Ludwig es nannte.

Für ihn zählten, auch das seine eigene Ausdrucksweise, nur die *wahren* Dinge des Lebens. Aber die anderen Bertinis kamen nicht dahinter, was das außer Zigaretten und sehr individuell ausgewählter Kleidung, um es einmal so zu nennen, eigentlich sein sollte. Neuerdings hatte Ludwig sich einen Regenschirm zugelegt, obschon seit langem kein Wölkchen am Himmel stand. Oft blieb er tagelang in seinem Kabuff, wie er sein kaum zehn Quadratmeter kleines Reich neben dem Wohnzimmer getauft hatte, wo Bett, Stuhl und hoher Kleiderschrank schon die ganze Fläche einnahmen.

Immer wieder aber besuchte er auch Belsen, war spurlos dahin verschwunden, manchmal eine ganze Woche. Zurückgekehrt, berichtete er, wenn er in Laune war, gönnerhaft von seinen Erlebnissen im *Vorhof des Gelobten Landes*, der eine einzige Auswanderungssehnsucht sei. Er konnte in Fahrt kommen, wenn er von Belsen erzählte, von Handel und Wandel in dem DP-Lager, von Galiziern, Friseuren, Massenversammlungen und Maßnahmen der britischen Militäraufsicht. Seine Sätze enthielten Schärfe, etwas Beizendes. Er brachte eine Atmosphäre elementaren Aufbruchs unter den Juden mit, die das Dritte Reich überlebt hatten, die gereizte Luft einer entschlossenen Hoffnung, für die es keine Alternative gab. Geradezu ins Glühen aber geriet Ludwig Bertini, wenn er von Jossel Roisenberg sprach, von der mächtigen Stimme des kleinwüchsig-gedrungenen Mannes – Belsens unbestrittenen Anführers, des letzten seiner Lemberger Sippe. Ghettos und Auschwitz hinter sich, war dieses Energiebündel von unerschöpflichem Tätigkeitsdrang der ausschließlich Jiddisch sprechende Mittelpunkt des Lagers der tausend jüdischen Zungen, eine Autorität, die sogar von der britischen Obrigkeit respektiert wurde. Dafür gab es eine Bestätigung, die dem Augenzeugen Ludwig Bertini schier die Sprache verschlagen hatte, denn er kam, jedesmal wieder von ungläubigem Staunen erfüllt, mehrfach auf das Ereignis zurück.

Es war vor dem *Rundhaus*, Belsens Zentrum, gewesen, während einer Protestkundgebung gegen die judenfeindliche Palästinapolitik Londons, eine nicht genehmigte Demonstration, die sich plötzlich Soldaten mit aufgepflanztem Bajonett gegenüber sah. Als die Konfrontation auf des Messers Schneide stand, als der nächste Moment schon Angriff und Blutvergießen auf beiden Seiten bedeuten konnte, da war Jossel Roisenberg unerschrocken auf den britischen Lagerkommandanten zugegangen und hatte dem hohen Offizier mit fast väterlicher Geste einen Arm untergeschoben – den eingezogenen Köpfen von Truppe und Demonstranten nach eine Vertraulichkeit, die nur mit einer persönlichen Katastrophe für Jossel Roisenberg enden konnte. Aber nichts da – die beiden, der uniformierte Vertreter der Ordnungsmacht und der Anführer der Juden von Belsen, waren in körperlichem Kontakt zwischen den Fronten auf und ab gegangen. Wobei jedermann sah und hörte, daß Jossel Roisenberg monologisierte, und alle wußten, daß der Brite kein einziges Wort Jiddisch verstand. Die gefährliche Situation jedoch war gemeistert.

Dergleichen berichtete Ludwig Bertini unter den Seinen, auf die er herablassend schaute, seitdem er, nach seinen Worten, ein *echter* Jude geworden sei, beschnitten und *dazugehörig*. Dabei bekundete er jedesmal, wie eine Pflichtübung, den ingrimmigen Vorsatz, an Gründung und Aufbau des Judenstaates eigenhändig mitzuwirken, und sei es mit der Waffe in der Hand – so das übliche Schlußritual. Übrigens erlahmte Ludwigs Mitteilsamkeit gewöhnlich sehr bald, worauf er mit angewiderter Miene das unwürdige Auditorium betrachtete, an das er die Beobachtungen seiner weltmännischen Daseinsweise vergeudet hatte, und verschwand.

In letzter Zeit hatte sich allerdings eine gewisse Abkühlung seiner Begeisterung für den Zionismus bemerkbar gemacht. Seine Bekenntnisse waren gedämpfter geworden, seine Reisen nach Belsen durch größere Abstände unterbrochen. Dafür trieb es ihn immer ausdauernder in die Nähe von Lore Schapp, der hübschen Witwe und Flurnachbarin mit den hohen Backenknochen, ohne daß zwischen dem einen und dem andern etwa Zusammenhänge offengelegt wurden – Ludwig Bertini trug sein Herz nicht auf der Zunge.

Nur fand er sich, scheinbar zufällig, häufig zu Feierabend in der Blankeneser Hauptstraße vor einer Bäckerei ein, wo Lore Schapp als Verkäuferin arbeitete. Dann begrüßte er sie ernsthaft und begleitete sie, ohne zu lächeln, ohne zu flirten, zurück, die Elbchaussee hinunter, bis zu den Eltern der Witwe, die tagsüber das Kind in ihrer Obhut hatten. Das letzte Ende zur Villa der Mörtlings nahm Ludwig es auf den Arm.

Dasselbe geschah manchmal auch morgens, auf umgekehrtem Wege, wenn die jugendliche Mutter mit dem Kind das Haus verließ. Dann kam der notorische Spätaufsteher Ludwig Bertini ihr schon zu dieser frühen Stunde entgegen, als kehrte er draußen von irgendeiner Verrichtung heim, drehte auf der Stelle um, und gemeinsam konnte man die drei in Richtung Blankenese eilen sehen.

Natürlich blieb Ludwigs neues Interesse den anderen nicht verborgen, aber auf die Frage, ob ihrer Meinung nach mehr dahinter stecke als pubertäre Verliebtheit, hätten Mutter und Brüder wahrscheinlich mit nein geantwortet. Lea gar, die selbst ihre älteren Söhne gelegentlich noch mit *Kind* anredete, hätte jeden Gedanken an eine Liebesbeziehung zwischen den beiden weit verworfen. Dabei war ausgerechnet sie es, der zuerst alle Zweifel genommen wurden.

Auch nach dem vierten Mai war Ludwig Bertini nachts brüllend hochgefahren, ächzend und nach Luft ringend in der Dunkelheit – daran hatte sich nichts geändert. Geändert hatte sich lediglich, daß Cesar und Roman keine Anteilnahme mehr bekundeten, nachdem Ludwig sie angeschrien hatte: heutzutage könne er doch wohl so viel brüllen wie er wolle, ohne Gefahr zu laufen, von den eigenen Brüdern unter Kissen erstickt zu werden.

Aber Lea war, wenn das Gebrüll erscholl, jedesmal wieder aufgefahren aus federleichtem Schlaf, war über den Flur und durch das Wohnzimmer vor das Kabuff geeilt. Und obwohl Ludwig die Tür abgeschlossen hatte und seine Mutter mit fürchterlichen Verwünschungen bedachte, war sie beim nächsten Aufruhr todsicher wieder zur Stelle.

So auch diesmal vor Morgengrauen, als Ludwigs Stimme aufgellte, über die Etage schlug, sich hallend im Treppenhaus fing, aber rascher als sonst abbrach – und doch nicht rasch genug. Wie angegossen verharrte Lea Bertini auf dem offenen Flur in der Finsternis, mit bloßen Füßen, eine Hand am Geländer. Denn die verebbenden Laute kamen nicht aus Ludwigs kleinem Raum, sondern aus dem Zimmer am andern Ende des Flurs, vermischt mit dem begütigenden Zischen einer weiblichen Stimme.

Der Fünfzehnjährige hatte ein erwachsenes Verhältnis mit Lore Schapp.

Zwischen Spätsommer und Herbst schwächten sich die Ängste der Elbvorortler wegen der Verlegung des britischen Hauptquartiers weiter ab. Nun blieb es nicht einmal mehr bei Harvestehude, Winterhude und Eppendorf, sondern es wurden entfernte Orte genannt, wie Minden, Herford, Oeynhausen. Auch hörten die beunruhigenden Inspektionspatrouillen ganz auf, und es war Herbert Mörtling, der erklärte, dieser Kelch sei definitiv – jawohl, definitiv! – an ihm vorbeigegangen. Gleichzeitig lud er, nach längerer Pause, seinen jungen Mieter aus der oberen Etage wieder auf die inzwischen früher dunkelnde Veranda ein. Und dann kam das, was Roman Bertini den *Abend der Offenbarung* nennen sollte.

Immer hatte der Hausbesitzer es geliebt, in den Stunden des scheidenden Lichts zwei, manchmal auch drei Glas Wein zu trinken. Diesmal jedoch sprach er dem guten Tropfen zu, als wolle er sich Mut antrinken. Und tatsächlich, als Herbert Mörtling von der Dunkelheit fast schon verschluckt war, gestand er, es gelüste ihn, einmal mit Roman von Mann zu Mann zu sprechen.

Derzeit schwirre die Welt von enormen Opferziffern, Zahlengebilden mit sechs Nullen, wahren Gebirgen von Leichen, die das Dritte Reich auf dem Gewissen haben solle, namentlich Juden, Polen, Russen. Nun sei es gewiß schrecklich, was da passierte, aber bei dieser Arithmetik könne er, Herbert Mörtling, der nie Nazi gewesen sei, der Demokratie nicht mehr folgen! Diese astronomischen Ziffern erkenne er nicht an, für ihn bestünde kein Zweifel, daß die wahren Opferzahlen niedriger lägen. Und für Deutschland käme es auf jede Leiche mehr oder weniger an.

Mit Befriedigung in der Stimme, daß dies aus ihm heraus war, prostete der Hausbesitzer seinem ebenfalls im Dunkeln verschwundenen Gast zu. Aber nur, um gleich darauf fortzufahren.

Außerdem müsse man der geschichtlichen Wahrheit wegen zugeben, daß Konzentrationsläger beileibe keine originaldeutsche Erfindung seien, sondern eine englische, erstmalig während des Krieges gegen die Buren in Südafrika zur Zeit der Jahrhundertwende errichtet – 1899 bis 1902, er habe die Daten bestens im Kopf. Die Folgen für die Eingepferchten seien furchtbar gewesen. Nicht nur, daß die Männer wie die Fliegen krepiert wären, vielmehr hätte *Albion* – und nun kam ein metallischer Klang in Herbert Mörtlings Stimme – gefangene Frauen, weiße Frauen, nicht etwa *Negerweiber*, vor die Mündungen der Kanonen geschnallt und die dann abgefeuert. In Sachen KZ also, da konnte Hitler auf Vorbilder zurückgreifen, da müsse man ihm Gerechtigkeit widerfahren lassen, was immer an Schlimmem unter ihm geschehen sei.

Einen Augenblick war es ruhig. Roman Bertini hörte, wie Klara Mörtling in der Küche mit Geschirr hantierte, umherging auf ihren starken Beinen, leise sang. Aber diese Geräusche wurden gleich wieder von ihrem Mann übertönt.

Und um vollends Gerechtigkeit zu üben, dürfe nicht unterschlagen werden, daß der Nationalsozialismus auch Gutes hervorgebracht habe. Er, Roman, sei wohl zu jung für solche Erinnerungen, aber man möge doch bedenken, daß Hitler die Arbeitslosen von der Straße förmlich in Lohn und Brot gefegt habe. Und wieviel Kleidung, Heizmaterial und Nahrung habe die *Winterhilfe*, das große Sozialwerk der dreißiger Jahre, für die Armen und Bedürftigen Deutschlands beigetrieben! Nicht zu vergessen – *Kraft durch Freude*. An diesem partnerschaftlichen Friedenswerk zwischen Arbeitern und Unternehmern käme wohl keine gerechte Beurteilung der Epoche vorbei. Er, Herbert Mörtling, erinnere sich noch genau an den herrlichen Anblick, den das schmucke KdF-Schiff *Wilhelm Gustloff* vor dem Kriege im Hamburger Hafen geboten habe vor der Ausfahrt in die Sonne des Südens – der gemeine Mann zusammen mit dem Bürger an Bord, der Unternehmer mit seiner Gefolgschaft auf demselben Deck! Das Herz habe ihm in der Brust gehüpft, obwohl er, Gott sei sein Zeuge, niemals Nazi gewesen sei. Und schließlich, »last but not least«, ganz objektiv – *die Autobahnen*! Da erübrige sich jedes Wort, diese Leistung befinde sich jenseits jeder Kritik.

Wohl in der Hoffnung, angesichts so überzeugender Argumente nur auf Zustimmung zu stoßen, mußte Herbert Mörtling sich weit zu ihm hin vorgebeugt haben, denn plötzlich erblickte Roman Bertini das *Filmschauspielergesicht* als hellere Fläche nahe dem seinen. Doch fiel der Hausbesitzer, um nicht aus dem Schwung zu kommen, gleich wieder zurück.

Überhaupt, *Adolf* habe ein bemerkenswertes Talent an den Tag gelegt, seine Untaten zu verschleiern. Es gehe ihm, Herbert Mörtling, der sein ganzes Leben lang schwer gearbeitet habe im Dienste des Vaterlandes, geradeso wie Millionen anderen Deutschen auch – von Massenmord, von Gaskammern, Krematorien, Hinrichtungskommandos; von Auschwitz, Buchenwald, sogar dem nahen Neuengamme, ganz zu schweigen von Belsen, habe er nichts gewußt. Ganz kategorisch – nichts gewußt! Im übrigen – und nun kam in Herbert Mörtlings Stimme ein Tremolo biedermännischer Resignation – im übrigen habe man gegen all das doch gar nichts machen können, nicht das mindeste.

An der Stelle fragte Roman Bertini – und es war das einzige, was ihm an diesem *Abend der Offenbarung* entschlüpfen sollte: »Wenn Sie von nichts gewußt haben – wogegen wollten Sie dann etwas machen?«

Darauf hörte es sich an, als striche Herbert Mörtling sich mehrmals heftig über den Kopf. Dann fragte er seinerseits, offenbar verwirrt: »Wie? Wie war das?« wartete aber die Antwort nicht ab, sondern rief, nun wieder mit üblicher Lautstärke: »Ach was, ist doch egal – Hauptsache, *wir haben es gemeinsam überlebt*!«

Aus der Küche des Villenparterres drangen ein paar Gesangsfetzen auf die Veranda, Tellergeklapper, Trällern. Dann kam Klara Mörtling herein, der Kopf mit dem gewaltigen Haarkranz scharf abgezeichnet gegen das Licht im Hintergrund – ob die Herren noch etwas wünschten, und warum es denn so stockfinster sei in dem Stall?

Aber als sie den Schalter anknipste, war Roman Bertini schon nicht mehr da.

»Dachte ich mir's doch.« Herbert Mörtling, ein Glas in der Hand, schnickte mit den Fingern der anderen, lächelte, voller Genugtuung und unsicher zugleich, sah auf seine Frau.

»Wovon sprichst du?« Klara Mörtling nahm die fast leere Flasche vom Tisch, rückte an den Sesseln. »Was hattest du dir gedacht?«

Auch diese Nacht blieb Roman neben dem schlafenden Cesar wach.

Da unten war also der ganze Katalog der Unbelehrbarkeit zusammengekommen. Der Massenmord im deutschbesetzen Europa ein Problem der Quantität – eine niedrigere Opferzahl würde Herbert Mörtling beruhigen.

Der Krieg zwischen Engländern und Buren – Kenntnisse von Einzelheiten zeitlich weit zurückliegender Geschehnisse, die sich zudem zutrugen in einem zehntausend Kilometer entfernten Land, bei gleichzeitig hartnäckiger Beharrung auf der Unkenntnis von Verbrechen, die zu Lebzeiten Herbert Mörtlings im eigenen Land begangen worden sind.

Vor allem aber – Verbrechen, von Angehörigen anderer Nationen begangene Morde, lösten keine natürlichen Reaktionen der Abscheu aus, sondern wurden zu Aufrechnungsobjekten des schlechten Gewissens: sie *trösteten* Herbert Mörtling.

Dann die Märchen von der *Autobahn*, der *Winterhilfe*, der *Kraft durch Freude* . . .

Roman Bertini lag in einer Art Fieber da bei der Suche nach der Wurzel der Ungeheuerlichkeit. Was trieb Herbert Mörtling, und alle, die so dachten wie er, zu diesen Rechtfertigungsversuchen des Nationalsozialismus? Uneinsichtigkeit, Schuldgefühle, Selbsthaß, Scham – oder alles verquirlt zusammen?

Hieße *in Deutschland bleiben* also nicht auch: zusammenleben mit Millionen, die jede humane Orientierung verloren hatten, deren moralische Substanz in den zwölf Jahren, vielleicht für immer, zerstört worden war? Würde er ein solches Leben, solche Nachbarschaft aushalten können?

»Was ist dir«, fuhr Cesar auf. »Warum stöhnst du so? Hast du schlecht geträumt?«

Am Morgen dann konnte Roman Bertini gar nicht früh genug, und mit einem bisher ganz unbekannten Gefühl der Zugehörigkeit, dem *VERBAND* am Ende des Hofwegs zustreben. Es sollte wie ein Gegenerlebnis sein zu der nächtlichen Erfahrung mit dem Schiffsausrüster. Geradezu kostbar wollte Roman eine Organisation erscheinen, deren Programm sich gegen alles richtete, was Herbert Mörtling verteidigt hatte – und seien in dieser Organisation auch nichts als Deutsche! Es machte ihm plötzlich nichts mehr aus, wie er staunend entdeckte. Und so konnte er denn gar nicht schnell genug an die Grenze zwischen Winterhude und Uhlenhorst kommen, um sich unter Gleichgesinnte zu mischen.

Aber als er anlangte, als er die Straße erreicht hatte, bot sich ihm ein unerwartetes Bild. Wo es bisher von Menschen gewimmelt hatte, wo es schwer gewesen war, überhaupt durchzukommen bis zu dem Mietshaus, über dessen Portal gestanden hatte *DER VERBAND – Wiederaufbau – Abrechnung* – dort war es jetzt öd und leer, fehlten die großen Lettern über dem Eingang, liefen ein paar Männer und Frauen mit sichtlich verstörten Mienen umher, als würden sie nicht begreifen, was vorgefallen war.

Roman Bertini spürte, wie sein Herz einen Satz tat. Er lief die Stufen hoch, rannte vorbei an weißen Gesichterflecken, stieß die Tür zur mittleren Wohnung auf und stand vor Lutzmann.

Der große Mensch mit dem ovalen Gesicht und den rheumaverkrümmten Schultern legte gerade den Telefonhörer auf, als der Besucher, kalkweiß, hereinstürzte.

Lutzmann erhob sich, streckte ihm beide Hände entgegen, fast beschwichtigend, ließ sich dann aber wieder auf den Stuhl sinken. »Ich kann es kurz machen«, sagte er, die grollende Stimme gedämpft, als zügelte er in sich etwas, das sie laut und schmetternd machen wollte. »Die britische Militärregierung hat uns verboten – das ist alles!« Er starrte an Roman vorbei, irgendwohin. »Bei der mündlichen Mitteilung des Verbots, eine schriftliche gibt es nicht, oder noch nicht, hatte der Offizier, ein hohes Tier, mir erklärt, in Deutschland sollten nur die Parteien den demokratischen Willen der Bevölkerung repräsentieren – so hat's der Mann exakt ausgedrückt.«

Lutzmann kam hoch, ging auf Roman zu, blieb vor ihm stehen. »Kurz und knapp, Junge – die hier im Westen wollen Antikommunisten, keine Antifaschisten. Und die drüben, in der russischen Zone, werden mit den Demokraten Schlitten fahren. Da ist etwas im Gange.« Lutzmann verzog, kaum merklich, das Gesicht, griff sich kreuzweise mit den Händen an die Schultern, bog den Oberkörper vor und zurück. »Wenn die alliierte Weltkoalition zerbricht, dann wird Deutschland geteilt zwischen Ost und West, dann werden beide *ihr* Deutschland annektieren – und dann ist es vorbei mit Lehre, Sühne, Antinazismus. Dann ist es mit unseren Blütenträumen aus, aus, aus!« Lutzmann ließ Roman, den er mit einer charakteristischen Gebärde an beide Arme gefaßt hatte, los, warf nun seine Hände hoch und blieb so einen Augenblick, wie betäubt, stehen.

Diese gereckte und in hellsichtiger Verzweiflung gleichsam aus den Fugen geratene Gestalt wird Roman Bertini nie vergessen. Was er von Lutzmanns düsterer Prophetie begriff, war, daß ihre Bewahrheitung das Ende all seiner Nachkriegs- und Befreiungssehnsüchte vom Paradies auf Erden bedeuten würde. Und noch in Lutzmanns fast ekstatische Erstarrung hinein tauchte vor Roman das beherrschte und doch begeisterte Gesicht von *Jack the socialist* auf, der das große, in tausend Schlachten geschmiedete und mit Millionen von Toten besiegelte Bündnis der Hitlergegner beschworen hatte, eine ungeheure Allianz, die gewaltigste der bisherigen Menschheitsgeschichte – und die sollte jetzt, im Frieden, zerbrechen?

Jämmerlich, hilfeheischend stand Roman Bertini vor Lutzmann, der nun ächzend, mit Schmerzenslauten, in sich zusammensank, und plötzlich war nichts um die beiden herum als der nüchterne Alltag. Hier, in diesem Haus, in diesen Räumen, hatte alles und jedes seinen Zweck verloren.

Sie gingen gemeinsam die Treppe hinunter und verabschiedeten sich auf der Straße vor dem Portal, als würden sie sich morgen schon wiedersehen – nur machte weder Lutzmann noch Roman ab, wann und wo. Wem die Welt gerade eingestürzt ist, der trifft keine Verabredungen.

An der nächsten Ecke aber stürzte Roman an eine Hausmauer, lehnte die Stirn gegen den kühlen Stein und erbrach sich mit weit gespreizten Beinen.

9
Das Gebüsch

Zu Herbstbeginn tat Roman Bertini einen schweren Gang, den schwersten, der für ihn denkbar war – zum Arbeitsamt, um sich erwerbslos zu melden, um zu stempeln, um Unterstützung zu beziehen.

Als er sich am Pferdemarkt in die Reihen derer einordnete, die dasselbe wollten, geschah es in einer der Notwehr entspringenden inneren Abwesenheit. Erwerbslosigkeit – das war für ihn von früh auf mit den demütigendsten und beängstigendsten Erinnerungen verbunden gewesen, keine Theorie, sondern Bertinisches Schicksal volle sechs Jahre lang. Die Armen-Atzung in der Volksschule Bramfelder Straße; die Scham auf dem Johanneum vor der sozialen Deklassierung; Lea, gebeugt über Deckchen und Taschentücher, in die sie Monogramme stickte, oder an fremder Wäsche nähend und flickend – all das war unvergessen, hatte sich seinem Gedächtnis eingebrannt. Und gerade die felsenfeste Überzeugung, daß dergleichen nach der Befreiung nie wiederkehren könnte, machte für Roman Bertini jetzt die Situation auf dem Zentralen Arbeitsamt am Pferdemarkt unerträglich.

So stand er da, in einer langen Schlange von Wartenden, die nur langsam vorrückte, und er schottete sich ab, errichtete eine Wand zwischen sich und den anderen, versunken in einen Zustand des Halbschlafs oder Wachtraums, aus dem er erst gerissen wurde, als er an der Reihe war.

»Ihre Personalien!«

Er sah auf, als hätte er gehofft, irgend etwas könnte ihn im letzten Moment davor bewahren, daß hier Ernst gemacht würde.

Ihm gegenüber, an einem von vielen Schaltern, saß ein Mann von vierzig Jahren, mit einem teigigen, unbeteiligten Gesicht, das aufsah, als Roman die Frage: »Jahrgang 1923 – Soldat gewesen?« verneinte.

Über das Teiggesicht zog ein Schatten von Verständnislosigkeit, dann senkte der Mann den Kopf und sagte: »Drückeberger, was?« Sagte es beiläufig, weder scherzhaft noch polemisch, vielmehr ohne Tonfall, auf gleichbleibender Höhe, der nicht entnommen werden konnte, wie es gemeint war.

»Abgeschlossene Berufsausbildung?«

Als keine Antwort kam, sah das Teiggesicht auf, und als Roman, Schweiß auf der Stirn, nur den Kopf schüttelte, legte der Mann den Schreibstift nieder.

»Hochgeborene Eltern? Bisher nicht nötig gehabt zu malochen?«

Das war gerade so gesagt wie zuvor. Das Teiggesicht hatte danach sofort wieder den Stift ergriffen und sich Notizen gemacht, andauernd, als wäre ihm eine ganze Lektion diktiert worden.

In Roman Bertini war nichts als das unwiderstehliche Bedürfnis, zu fliehen, auf den Hacken kehrtzumachen, einfach auf und davon das Weite zu suchen. Aber er blieb und nannte die Lehrzeit bei der Firma des Eisenexports am Kattrepel.

Das Teiggesicht sagte: »Aha, immerhin!« und übergab Roman nach einer Weile eine Karte, mit der Mitteilung, daß er zweimal die Woche zu erscheinen habe, um seinen Stempel und die Unterstützung zu empfangen – als *Hilfsarbeiter.*

Und dann sagte der Mann, ohne eine Pause gemacht zu haben, von unten hoch, hinter dem Schalter in der lärmenden, großen Abfertigungshalle des Zentralen Arbeitsamtes: »Unterstützung gibt es nur für eine begrenzte Zeit – danach werden Sie *dienstverpflichtet.*«

Roman Bertini hatte sich schon halb abgewandt, als ihn dieser Satz traf. Seine Bewegung gerann, er fuhr herum und war mit einem Sprung an dem Schalter. Die Hände voran, warf er sich durch die Öffnung, packte das Teiggesicht und flüsterte: »Sag das noch einmal – *dienstverpflichtet!* – noch ein einziges Mal, und du bist ein toter Mann!«

Das Teiggesicht war aufgefahren, rückwärts gestolpert und stützte sich nun, völlig überrumpelt, auf die Stuhllehne. Roman Bertini sah in ein Augenpaar voller Schrecken, aber auch Empörung – und begriff seltsamerweise beides sofort. Der Kerl war schnoddrig geworden in seinem gräßlichen Beruf, aber er wußte nicht, worum es in Romans Fall ging, konnte es nicht wissen.

So ließ er das Teiggesicht los, stieß sich mit einem Schwung durch die Öffnung zurück und sagte: »Ich war schon einmal *dienstverpflichtet* – und werde es nie wieder sein. Es wäre gut, wenn Sie auch das notierten.«

Das Teiggesicht starrte ihn an, zog sein Jackett zurecht, rückte den Stuhl, setzte sich aber nicht.

»Ist ja gut, Mensch«, sagte er, immer noch empört, jedoch unsicher geworden, »ist ja gut.«

Draußen, auf dem Pferdemarkt, klappte Roman Bertini seine Stempelkarte auf, las – nach Abzug des Fahrgeldes könnte er fortan Lea zwanzig Reichsmark wöchentlich geben.

Anfang Oktober wurde der Postverkehr zwischen dem sowjetisch besetzten Teil Deutschlands und den drei Westzonen wiederaufgenommen. Es verging keine Woche, da hielten die Bertinis einen Brief aus Bodendorf in Händen. Darin stand, in den kalligraphischen Lettern Rudolph Lehmbergs und mit seinem Signum, daß die beiden Alten innerhalb der nächsten zehn Tage vom Datum des Briefes an nach Hamburg über die *Grüne Grenze* aufbrechen würden. Bei Erhalt der Post war die Hälfte der Zeit bereits um.

Auf diese Nachricht hin klopfte Roman Bertini auf der Etage bei den Nowaks an die Tür. Nach einigen Sekunden Stille räusperte sich drinnen jemand, und Roman drückte die Klinke nieder.

Bei seinem Eintritt machten der ehemalige Kreisleiter der NSDAP, seine Frau und seine Schwägerin den Eindruck, als hätte sie irgendein Gift gelähmt. Nowak, fahl, mit tiefen Falten im Gesicht, hockte am Fenster, links und rechts von ihm die Frauen, beide um die Sechzig. Sie hatten lange, bis auf die Knöchel reichende Kleider an und ähnelten einander mit ihrer hohen Figur, den straff zurückgesteckten Haaren und der strenggeraden Haltung. Jetzt allerdings waren die drei nichts als der verkörperte Schrecken.

In diesem Moment taten sie Roman leid. Er spürte, daß sich sein Inneres mit einem Mitleid füllte, gegen das er ohnmächtig war, obwohl er sich dagegen wehrte. Dabei bereitete es ihm keinerlei Schwierigkeiten, sich Nowak in seiner braunen Uniform als *Goldfasan* vorzustellen, geschmückt mit den Insignien seines Amtes und seiner lokalen Macht, das Hakenkreuz fett und unübersehbar auf der Armbinde, ganz Würdenträger der alleinherrschenden Partei.

Aber Romans Phantasie kam ihm jetzt nicht zu Hilfe, sie stand ihm nicht bei, sie nützte ihm nichts. Vor diesen aufgerissenen Augen wäre er am liebsten hinausgestürzt, ohne Erklärung, warum er hereingekommen war. Und tatsächlich brauchte er sie nicht selbst abzugeben, denn nun sagte Nowak, von seinem Stuhl her, abgehackt, als koste ihn das Sprechen große Anstrengung: »Wir gehen, wir räumen das Zimmer. Haben wir drei Tage Zeit?« Und dabei schaute er, als müsse er sich Kraft holen, nach rechts und links zu den Frauen auf.

731

Roman Bertini stand da und sagte kein Wort. Er fühlte sich elend, so elend wie lange nicht, und seiner Meinung nach mußte ihm das anzusehen sein. Eine winzige Sekunde war er bereit, seinen Entschluß aufzugeben, bereit, für die Großeltern eine andere Unterkunft zu suchen, aber auch zu dieser Mitteilung hätte ihm jetzt die Energie gefehlt. Es war eine Situation, mit der er nicht fertig wurde. War er, der so lange Verängstigte, wenn auch mit ganz anderen Vorzeichen, ganz anderen Zusammenhängen von Ursache und Wirkung, völlig unterschiedenen Möglichkeiten der Konsequenzen, nun nicht selbst zu so etwas wie einem *Verängstiger* geworden?

Er nickte nur auf Nowaks Frage, wandte sich um und verließ das Zimmer.

Zwei Tage später wurden Cesar und Roman Zeugen des Auszugs. Die Brüder erblickten vom Balkon, wie erst das Mobiliar abtransportiert wurde und dann der alte Nowak und die beiden Frauen die Villa verließen. Zu Fuß verließen, wahrscheinlich, weil sie irgendwo in der Nähe eine andere Wohnung gefunden hatten. Langsam und ein wenig gebückt, gingen sie den Pfad von der Haustür zur Nebenstraße, bogen dann rechts in die Elbchaussee ein und waren noch eine ganze Weile von hier oben zu sehen.

Da legte Roman Bertini seinem Bruder Cesar einen Arm um die Schulter und sagte mit einem neuen, ihm fremden Sarkasmus in der Stimme: »Als Verfolgte hatten wir immer recht, Verfolgte können nichts falsch machen. Aber mit der schönen Reinheit ist es nun aus. Ich weiß nicht, ob es auf diesen Fall zutrifft«, und er wies in die Richtung der drei, »aber jetzt sind wir offen für Irrtümer, falsche Handlungen, Ungerechtigkeiten, Fehler – das, Cesar Bertini, ist der Preis, den wir für die Befreiung zu zahlen haben.«

Das Nachspiel folgte prompt und bescherte Roman eine abermalige Zusammenkunft mit dem Vorsteher des Blankeneser Wohnungsamtes.

Im ersten Moment schien der Grauhaarige seine Aufforderung zu bereuen, denn er schoß hoch, als der Vorgeladene eintrat, setzte sich aber sogleich wieder nachdrücklich. Dann schrie er, bemüht, mehr Stimme zu geben, als er hatte: »Die Nowaks einfach rauszuwerfen – das ist Amtsanmaßung!« Er zitterte am ganzen Leibe, krebsrot im Gesicht. »Dafür werde ich Sie belangen!«

Roman Bertini lehnte an der Wand, als gälte das Geschimpfe nicht ihm. Dabei war er vollwach, ganz anwesend. Was ihn einzig beschäftigte, ihn ganz erfüllte, war eine schreckliche und drängende Neugierde, welche Entwicklungsstufe der Vorsteher bei dieser dritten Begegnung erreicht hatte. Denn der Mechanismus, der den Grauhaarigen ihm gegenüber von anfänglicher Servilität über erste Trotzreaktionen in eine schimpfende Amtsperson verwandelt hatte, lag nun offen zutage – und traf auf unzählige andere zu.

Dieser Mann hatte seine eigene Mentalität ganz selbstverständlich auf die Gegner projiziert – und nach der militärischen Niederlage deshalb die Vergeltung Auge um Auge, Zahn um Zahn gefürchtet. Nichts aber hatte die manische Urangst seines schlechten Gewissens mehr geschreckt als die Rache überlebender Verfolgter. In dem Maße jedoch, wie der Vorsteher die Furcht verloren hatte, daß sowohl die Sieger als auch die Verfolgten Gleiches mit Gleichem beantworten würden, wie sich seine Zwangsvorstellungen als unzutreffend erwiesen – in dem Maße hatte er, unfähig zu lernen, zu sich selbst zurückgefunden, die Mimikry abgestreift.

Auf diesem Wege war der Vorsteher zwischen der zweiten und dieser dritten Begegnung mit Roman Bertini eine weite Strecke vorangekommen, so weit, daß etwas geschehen war, wovon der Mann vor wenigen Monaten nicht einmal zu träumen gewagt hätte – er hatte einen Verfolgten von gestern angebrüllt!

Dennoch, Spuren der Urangst waren auch jetzt noch sichtbar, Fluchtbereitschaft, Ungewißheit hinsichtlich der eigenen Courage, aber nur als Reflex, nicht als bestimmende Haltung.

Das war es, was Roman Bertini, an der Wand lehnend, erkennen konnte, und deshalb betrachtete er den Vorsteher eindringlich, mit höchster Aufmerksamkeit, wie ein Medium, das ihm Eröffnungen über wichtige und auf zahlreiche andere übertragbare Zusammenhänge lieferte.

Vor dieser unheimlichen Neugier senkte der Vorsteher die Augen, versuchte aber, seiner Stimme etwas Drohendes zu geben, als er ausrief: »Die Nowaks sind nach den Bestimmungen der Raumbewirtschaftung ordnungsgemäß eingewiesen worden, und sie werden deshalb auch in den nächsten Tagen dorthin zurückkehren.« Damit klappte er eine Akte zu, als wäre der Fall für ihn endgültig abgeschlossen.

Roman Bertini hatte Mühe, ein Lächeln zu unterdrücken, und es fiel ihm nicht leicht, keine Ironie mitklingen zu lassen, als er sagte: »Die Bestimmungen der Raumbewirtschaftung, gewiß – nur, die Nowaks, die Nowaks selbst werden nicht zurück wollen ...«

Dann, auf dem Rückweg, unter den hohen Bäumen der Hirschpark-allee, verflog die fast amüsierte Stimmung, schlug um in Nachdenk-lichkeit, geriet ins Brüten.

Er blieb stehen.

Hieße *in Deutschland bleiben* nicht auch, auf den Ämtern immer wieder solchen *Ehemaligen* gegenüberzustehen, ihren Anordnungen, ihrer Willkür, ihrer Amtsgewalt unterworfen und ausgeliefert zu sein? Sich von ihnen reglementieren, schurigeln, hin und her stoßen zu lassen, und zwar um so heftiger, je frecher ihr vorübergehend verloren-gegangenes Selbstvertrauen wieder ins Kraut schoß?

Lange sann Roman Bertini darüber nach, bis er plötzlich merkte, daß er nicht mehr auf dem Kies unter den Baumriesen stand, sondern unmittelbar vor der Rhododendron-Wand – der immergrüne Blattlack jetzt ohne Blüten, ein Ästelabyrinth, kreuz und quer in alle Richtungen strebend, ein auch um diese Jahreszeit noch undurchdringlicher, verschlossener Dschungel.

Der Übergang in den *Suchrausch* war fließend – Roman Bertini hat sich später nie an ihn erinnern können. Auf einmal war er in der Blattmauer, fand eine Öffnung, zwängte sich auf den Knien hindurch, war hinter der Außenfront, im Innern des hochgewölbten Rhododendron-Tem-pels, in seinem Unterholz, in das er sich tiefer hineinwarf, keuchend, schleichend, forschend. Nach dem Herzen des Dschungels fahndete er, der abgeschiedensten Stelle, dem idealen Versteck! Danach suchte Roman jetzt wie von Sinnen, wand sich, wenn die Astskelette ihm wehrten, auf dem Boden, kroch auf dem Bauche, mit irren Augen – um unsichtbar zu werden, allein, verloren, vergessen!

Und diese drei Worte – allein, verloren, vergessen – waren es, die Roman Bertini plötzlich aus seinem eigenen Munde hörte, zuerst so, als würden sie von einem Fremden gesprochen, dann aber begreifend, daß er selbst es war, der sie ausstieß, inbrünstig ausstieß, besessen, heimgesucht von der Notwendigkeit, unauffindbar zu werden.

Da schlug er mit der Stirn auf die kalte, feuchte Erde und schrie: »Nein, o bitte nicht! Nein, nein, nein!«

Denn Roman Bertini wollte unauffindbar werden wie damals, vor sieben Jahren, als er den ganzen Sommer über bis in den Herbst geforscht hatte nach Gebüsch und Strauchwerk, nach undurchdring-licher Vegetation, um darin zu sterben durch Hunger, Frost oder Wahnsinn, denn es war kein Leben gewesen in der Gewalt der Speckrolle. Und hier nun, auf der Erde, mußte er erkennen, daß der alte Trieb ihm über die Befreiung hinaus gefolgt, ja daß er soeben von ihm überwältigt worden war.

So schrie er: »Nein, o bitte nicht! Nein, nein, nein!« immer wieder, bis er nur noch krächzen konnte, das tränenüberströmte Gesicht voller Humuskrumen.

Dann blieb er reglos liegen im Zentrum dieser von der Außenwelt hermetisch abgeriegelten Wildnis, wo ein Mensch tatsächlich verderben und verfaulen konnte, ohne gefunden zu werden. Und er versuchte sich zu erinnern, wann er aus der Haut der Gegenwart in die des Roman Bertini von 1938 geschlüpft war. Aber es gelang ihm nicht.

Er wartete die Finsternis ab, erhob sich, brauchte lange, um wieder auf die Allee zu gelangen, machte sich auf den Heimweg in die Elbchaussee. In der Villa gelang es ihm, ungesehen ins Bett zu kriechen.

Als er morgens, wie üblich, nach dem Radio auf dem Schrank zwischen den Betten greifen wollte, fand er es nicht, sondern stieß auf die Menora, den siebenarmigen Leuchter, der sonst auf dem Gerät gestanden hatte.

Da sagte Cesar Bertini, ohne die Augen zu öffnen: »Herbert Mörtling hat den Kasten abholen lassen, gestern abend, von seiner unglücklichen, aber gehorsamen Frau.«

Und dann trafen Rudolph und Recha Lehmberg ein, spät abends und todeserschöpft, nach langer vergeblicher Suche die Elbchaussee auf und ab, da ihnen die Hausnummer entfallen war. Ohne die Kraft, auch nur die Hausklingel zu drücken, wären sie vor der Tür liegengeblieben, wenn nicht Ludwig Bertini mit sechstem Sinn ein kaum hörbares Ächzen vernommen hätte. Er schlug Alarm, raste mit Vater und Brüdern die Treppe hinunter, machte Licht. Sie fanden Recha und Rudolph nebeneinander hingesunken, und von ihren Körpern und aus ihren Kleidern stieg ein stickiger Menschenbrodem auf, als hätten sie sich lange nicht waschen können.

Und so war es auch gewesen. Die Bertinis erfuhren noch in der Nacht die Odyssee, als die beiden Alten oben in dem großen Eckraum neben dem Balkonzimmer gebettet worden waren. Ihr Atem ging rasselnd, aber das heiße Bad hatte ihnen gut getan.

Drei Tage waren die Lehmbergs unterwegs gewesen. Davon hatten sie einen an der *Grünen Grenze* verbringen müssen, wie die Demarkationslinie zwischen der sowjetischen und den westlichen Besatzungszonen genannt wurde – Bodendorf lag nur drei Kilometer dahinter. Schließlich waren sie südlich von Obenwalde unversehrt und von niemandem aufgehalten, aber um den Preis all ihrer Habe im Hause der Witwe Niebert, herübergekommen. Nur das, was sie auf dem Leibe hatten, war ihnen geblieben. Zwei Tage waren sie auf der Bahn gewesen, nannten Namen wie Velpke, Helmstedt, Braunschweig, und fielen beide zu gleicher Zeit in tiefen Schlaf, aus dem sie erst am Abend des nächsten Tages erwachten.

Ihr Zimmer war karg, aber mit dem Notwendigsten ausgestattet – Tisch, Stühle, ein Schrank, zwei Betten. Und es war Ludwig Bertini gewesen, der trotz der überaus kurzen Frist dafür gesorgt hatte. Schon auf die briefliche Ankündigung war die kampagnemäßige Emsigkeit früherer Jahre über ihn gekommen, hatte er vor den anderen geprahlt mit seinen Möglichkeiten und Beziehungen, aber auch Wort gehalten.

Ludwig hatte es jedoch keineswegs nur bei Möbeln belassen, sondern ebenfalls Kleidung für Recha und Rudolph Lehmberg beschafft, ohne große Sachkunde und Geschmack, aber, wie sich erwies, mit Blick für richtige Nummern und für Qualität. Rudolph Lehmberg fand einen blauen Anzug so vortrefflich, daß er ihn, seinen erwartungsvollen Enkeln schlau zuplinkernd, gar nicht wieder ausziehen wollte, und es dabei zum großen Ergötzen der drei auf einen Strauß mit Recha ankommen ließ.

In rötliches Kattun getaucht und nicht ohne komische Alterseitelkeit an sich herunterschauend, betrachtete sie ihren Mann nun auf seine Faxen hin scheel, brummte irgend etwas und fragte dann, übertrieben gedehnt: »Willst du in dieser Kluft bis an dein unseliges Ende ausharren?«

Da lachten alle, brachen aber einer nach dem andern ab, sahen sich an mit seltsamen Augen, wurden sich der unglaublichen, unfaßbaren Tatsache bewußt – der gefährdete Kern der Sippe hatte das Dritte Reich, hatte Hitler, hatte den Zweiten Weltkrieg überlebt.

Die Ankunft Recha und Rudolph Lehmbergs geriet zu einem Wiedersehensspektakel großen Stils – Ludwig Bertini hatte gerufen, und sie alle kamen, an einem Sonntag, in die Elbchaussee.

Zuerst Grete und Dagmar Erber. Nur im letzten Augenblick konnte Recha verhindern, daß die Adoptivtochter sich ihr mit dem Aufschrei: »Mama!« ungestüm an die Brust warf. Es blieb bei der Geste, denn Recha ließ an ihrem Abwehrwillen keine Zweifel aufkommen – kampfbereit, den rechten Arm in Brusthöhe angewinkelt, stand sie da. Beeindruckt zeigte sich Grete Erber davon nicht. Sie füllte das Haus mit ihrer berstenden Stimme, umarmte Lore Schapp samt deren Kind unter dem Ausruf: »Ah – riecht das hier plötzlich gut nach frischer Milch!« und fegte durch die Räume. Nur unter Aufbietung aller Kräfte konnte Lea verhindern, daß ihr Kezia in bereits entblößtem Zustand entrissen und gröhlend herumgezeigt wurde – sie hatte ausgerechnet diesmal vergessen zuzuschließen. Ganz fahl war Lea bei der Verhinderung des Attentats geworden. Was Grete Erber veranlaßte, die Klinke immer wieder vergeblich niederzudrücken und schrill nachzufragen: »Warum verbirgst du dein Kind? Hat es die Krätze? Hat es Fußpilz, Scharlach, Masern? Wachsen ihm Krüppelfüße, ein Buckel oder ein Horn auf der Stirn?« Und außer sich vor Vergnügen über die dramatische Zusammenstellung imaginärer Übel, rang Grete Erber auf dem Flur nach Atem. Dann wartete sie, in vibrierender Sanftheit, still auf dem Flur, bis die winzige Nichte ihr hochgeschlossen herausgereicht wurde, und nahm sie, unendlich behutsam, an sich wie ihr eigenes Kind.

Nicht so Emma Bertini. Für sie existierte die jüngste Enkelin überhaupt nicht, sie nannte sie nie bei Namen. Was nicht umnachtet war in ihr, schien ein Vermächtnis des toten Giacomo erfüllen zu wollen – die Frucht zu strafen dafür, daß auch Alf Bertinis vierter Samen nicht auf *Alberto* hörte.

So saß Emma denn mit Rudolph Lehmberg neben dem schwarzglänzenden Bechstein-Flügel friedlich auf dem Sofa, wo sie artige Rede und Gegenrede führten, nachdem sie seit der Trennung in Bodendorf vor fast anderthalb Jahren mit keinem einzigen Gedanken aneinander gedacht hatten. Nun aber neigten sie sich höflich und vertraut zueinander, sehr darauf bedacht, völlige Übereinstimmung zu bekunden. Neu an diesem Ritus der Jahrzehnte war allerdings, daß Emma nun Rudolph eine Hand auf den Arm legte, die andere ans Ohr hielt und mit geschlossenen Augen langgezogen rief: »Fa-a-me – Hunger! Hörst du, Rudolph? Man läßt die Häftlinge nicht frei, und jetzt sind es die verdammten Engländer, die sie eingesperrt halten!« Hingesunken, mit dem ganzen Körper regungslos lauschend, wirkte Emma Bertini wie eine perfekte Panoptikum-Nachahmung ihrer selbst. Rudolph Lehmberg, von niemandem vorgewarnt und gehörig erschreckt, erwies sich dennoch als Herr der Lage. »Emma«, sagte er, ebenso zuversichtlich wie treuherzig, »du wirst sehen – morgen, morgen schon werden sie freikommen!« Dann winkte er Helene Neiter zu.

Die alte Nachbarin aus der Lindenallee, gleich am frühen Morgen nach den Erbers eingetroffen, wich nicht von Leas Seite. Spitzgesichtig, dürr, wie üblich knöchellang bekleidet, schien sie durch unsichtbare Fäden mit ihr verbunden zu sein. Ob in der Küche, auf dem Flur, in den Zimmern, auf dem Balkon – sie folgte Lea, sozusagen Schulter an Schulter, überall hin. Dabei schaukelte sie Kezia Bertini mit allerlei Gurrlauten auf dem Arm, vergrub die lange Nase in die weiche Babywange, übte sich in stelzigen Tanzschritten und war eifersüchtig darauf bedacht, von Mutter und Kind favorisiert zu werden – kaum, daß sie sich überwand, Kezia an Erika Schwarz abzugeben.

Angesichts dieser Reserve lachte die Reichsbahnerin, tollte nun ihrerseits mit raschen, geschmeidigen Bewegungen durch die Wohnung, hob das Kind empor – und hielt ohne Übergang inne. Ganz nahe holte sie das seltsame Antlitz mit den schrägen Augen und dem stummen Mund zu sich heran, betrachtete es eindringlich und suchte dann mit fragendem Blick Roman Bertini. Der fing ihn auf, runzelte die Stirn, wandte sich ab, in sich einen Druck, über dessen Herkunft und Beschaffenheit er nichts hätte äußern können.

Wenn Lea aber Helene Neiter oder ihr Kezia wegnahm, mit der Tochter im Schlafzimmer verschwand und von drinnen den Schlüssel umdrehte, zog Erika Schwarz die Brauen zusammen, und jedesmal schien es, als wollte sie Roman etwas fragen. Auch jetzt wieder, am frühen Nachmittag, als Lea besonders unwirsch und verstört nach Kezia gegriffen hatte, um sich mit ihr einzuschließen. Aber ehe die Reichsbahnerin dazu kam, stürmte Mickey die Treppe herauf, umarmte Roman, die anderen, stand da, breitbeinig, in grünstichiges Tuch gehüllt, ein kühnes Käppi auf dem Kopf, nun völlig wie ein farbiger amerikanischer GI aussehend. Der Eindruck wurde noch dadurch verstärkt, daß Mickey seine Sätze mit englischen Vokabeln würzte, in dieser Sprache auch ganze Sätze formulierte, dabei gern die Wendung »I'm gonna...« benutzte oder sich in *songs* erging wie:

>»Show me the way to go home
>I'm tired and I want to go to bed...«

Oder er schmetterte, die Arme carusohaft ausgebreitet:

>»I'm a little, I'm a little
>a little on the lonely side...«

Er war herrlich unbefangen, kraftvoll, optimistisch, dieser Hans Massakon, genannt Mickey – Roman kannte den Freund seit zehntausend Jahren!

Und es war Emma Bertini, von der Mickey an diesem Sonntag noch einmal zu einer großen *Chikago-Stunde* animiert werden sollte. In einem ihrer hellen Momente erinnerte sie sich seiner Ausführungen, nahm die Hand vom Ohr, erklärte Amerika zum Mekka der Jugend, nicht Hamburg, wo sie zu ihrem Unglück gelandet sei, und forderte von Mickey *Geschichten*.

Dazu ließ er sich nicht zweimal auffordern, berichtete, als käme er gerade von daher: von Chikago in Illinois, am Ufer des Michigan-Sees; von seinen Universitäten, auf deren eine er gehen wolle; von den Schlachthöfen und Getreidespeichern der Millionenstadt am Tor zu den *plains*, den großen westlichen Ebenen, und von den Schwarzen, *seinem Volk*, in dessen Reihen er für gleiche Rechte kämpfen wolle, wie es die Verfassung der USA gebiete, ohne daß die Situation der farbigen Amerikaner ihr bis heute tatsächlich entspreche. Dafür werde er kämpfen...

Roman Bertini horchte auf – das war ein ungewohntes Finale, ein neuer Ton in Mickeys Visionen, wie er überhaupt diesmal den Cicerone durch die Metropole seiner Sehnsüchte zwar immer noch begeistert, aber mit einer Spur Nachdenklichkeit gemacht hatte. Da war etwas geschehen, war etwas im Gange.

Auf dem Balkon, allein mit Mickey, fragte er: »Hat es bei den Amis, in Bremen oder sonstwo, sagen wir... Ärger gegeben? Und das rein zufällig deiner Hautfarbe wegen?«

Mickey starrte in den Garten, ein Schatten fiel über das dunkle Gesicht. »Hat es... und war trotzdem nicht dasselbe wie das, was hier war«, er sah Roman voll an. »Macht doch nichts, ist doch nur gut, wenn der Lack der Illusionen so schnell wie möglich abplatzt. An meinen Plänen ändert das nichts.« Dann lachte er: »Denk mal nach – ich, der einzige Schwarze Barmbeks, und das in der Nazizeit – was könnte mir später noch passieren?«

Er wurde wieder ernst. »Unsere Papiere für die Auswanderung werden wahrscheinlich bis April, Mai nächsten Jahres fertig sein. Zur Unterschrift müßtest du dann mit nach Bremen kommen. Dort...«

»Schluß mit den Dienstgesprächen in meinem Haus!« wurde Mickey von Ludwig Bertini unterbrochen, der ihn am Arm nahm und ins Wohnzimmer führte, wo er ihn bat, sich ein wenig um Lore Schapp, die *reizende Witwe*, zu kümmern, da er selbst zu tun habe. Womit er Mickey neben der jungen Frau und ihrem Kind stehen ließ.

Denn tatsächlich, er hatte zu tun, Ludwig Bertini, Mittelpunkt des Festes, dessen Organisator er war. Er hatte die Einladungen entworfen, schriftlich und in launigen Wendungen; hatte für das Büfett gesorgt, für Getränke, für Zigaretten, für Blumen sogar; und hatte, zu Leas unverhohlenem Entzücken, vom Eintreffen Grete und Dagmar Erbers an aufgeräumt den Gastgeber und Alleinunterhalter in einer Person gespielt – selig, unverbesserlich, himmelte sie Ludwig an.

Der gab sich schwadronierend, sozusagen wie auf der Durchreise, oder genauer – vor seinem alsbaldigen Europa-Abschied. Die tumultuöse Zusammenkunft der Sippe und ihrer engsten Freunde nämlich wurde übertönt von Ludwigs mehrfacher Ankündigung, er werde demnächst nach Palästina abreisen, wo er in den Reihen der *Hagana*, der Geheimarmee, mit der Waffe in der Hand für den entstehenden jüdischen Staat kämpfen werde, wenn nötig bis zum letzten Atemzug und Blutstropfen. Kettenrauchend, groß für sein Alter, mit zuckendem Adamsapfel, so schritt Ludwig Bertini von Zimmer zu Zimmer, gab geographische Kenntnisse über sein neues Vaterland, Erez Israel, zum besten, vom Hermon-Gebirge über den See Genezareth, die Wildnis Judäas und die Salzkristalle des Toten Meers bis zu dem biblischen Ort Beersheba im Norden der Negev-Wüste; prophezeite, er werde sowohl die *Tommies* als auch die Araber zu Paaren treiben, falls sie sich der Gründung des Judenstaates im Vorderen Orient widersetzen sollten, und wartete mit aufsehenerregenden waffentechnischen Einzelheiten der geheimen jüdischen Armee auf.

Widerstand und Widerspruch kamen einzig von Recha Lehmberg, die lange schweigend mitangehört hatte, was Ludwig da auf der Villenetage verbreitete. Dann aber, als der Enkel den Fehler machte, in das rechte Eckzimmer zu schauen und sich unerwartet allein der Großmutter gegenübersah, schloß Recha gefährlich knurrend die Tür und sagte: »Halb-Goi, beschnittener! Nie wirst du das Wasser des Jordan trinken noch für den Judenstaat kämpfen oder gar seine Feinde besiegen – Ganev! Nie wirst du erbeben vor der Schönen, Jerusalem, noch je zum Kinde Israels werden – Chasserkopp! Hierbleiben wirst du, Ludwig Bertini, dein Lebtag lang, wirst deiner Mutter auf die Nerven gehen, und mir, und wirst unglücklich machen – wie dein Vater seine Frau unglücklich gemacht hat! – die junge schöne Witwe von nebenan samt ihrem Kleinen. Oder glaubtest du, Ponim mieses, ich hätte den Braten nicht längst gerochen?« Und als wollte sie ihm die Augen auskratzen, fuhr sie mit ausgestreckten Krallen auf Ludwig zu.

Aber sie verrechnete sich in seinen Reaktionen. Er schien auf Anwürfe wie diese gelauert zu haben, denn statt in Flüche und schneidende

Gegenattacken auszubrechen, fing er mit wahrer Begeisterung den Ball auf, den Recha ihm da eben in ganz anderer Absicht zugeworfen hatte. Er schloß sogar, wie in familiärem Einvernehmen, die Tür ganz und rückte Recha mit einem Ausdruck schrecklicher Sympathie auf den Leib.

»Braten hin, Braten her, Großmommeleben – in Sachen Judenstaat und dem kleinen Ludwig irrst du! Dein beschnittener Halb-Goi hat sich inzwischen sehr gelehrig gezeigt, hat in Belsen den Talmud studiert und in Thorarollen gelesen, hat einmal sogar in der Synagoge am Sabbat den Kantor vertreten, schlecht, aber gutgemeint.« Er kam noch ein Stückchen näher, was Recha veranlaßte, sich vor dem unheimlichen Enkel in eine Zimmerecke zurückzuziehen. Doch machte ihr Entsetzen Ludwig nur honigsüßer. »Großmommeleben«, wiederholte er mit hintergründiger Versöhnlichkeit, »ich weiß, mit dir komme ich nicht mit. Du hast den unschätzbaren Vorteil, als ganze Jüdin geboren zu sein, sozusagen gratis und frei Haus, aber sag selbst«, und nun begann Ludwig faunisch zu grinsen, »was verstehst du von Schiwesitzen, von Sukkot und Tischa be-Aw?« Dann nahm er seine Finger zu Hilfe, bei jeder Frage einen: »Sag mir doch, Rechachen, gib deinem Enkele Auskunft – zähle ihm in Hebräisch die Monate auf, na? Also, ich fange mal an – Kislev, Tebet, Schowat – wie weiter? Adar, Nissan, Ijar! Und sag – mit welchem Monat habe ich begonnen – mit Januar oder April?«

Recha Lehmberg fauchte nur noch, wie eine in die Enge getriebene Ratte, und schlug nach Ludwig Bertini, was ihn jedoch anzufeuern schien.

»Und nun Koschermachen! Wie lange muß das Fleisch gewässert, und wie lange muß es in Salz gelegt werden? Sag's mir! Und werden Kopf und Fuß des Tieres erst gespalten, und dann gesalzen – oder umgekehrt? Du weißt es nicht? Aber wie oft das Geschirr gespült werden muß, in dem das Fett war, damit auch wirklich alles koscher ist – das, Großmommeleben, wirst du doch sicher wissen?«

Und nun säuselte Ludwig der sich schüttelnden Recha in das gesträubt weggewandte Ohr: »Da bist du platt, was, daß dein beschnittener Halb-Goi darüber mehr weiß als seine volljüdische Muttersmutter!« Dann sprang er grinsend zurück, und war hinaus – aber nicht, ohne noch hingerissen vernommen zu haben, wie Recha Lehmberg ihm in höchster Wut nachkreischte: »Und bleibst doch nur ein *Ersatz-Jid*, verstehst du? Ein *Ersatz-Jid*!«

Ludwig kam gerade noch rechtzeitig ins Wohnzimmer, um zu verhindern, daß das Fest schon in der nächsten Minute mit einer Katastrophe endete – wenn es nach dem Willen des Vaters gegangen wäre.

Denn Alf Bertini, bereits im Stadium der Hochkonzentration, schickte sich an, wie seinerzeit bei den *Elternabenden* von Leas Klavierschülern in der Lindenallee, den Hocker zu erobern, um *vorzuspielen*. Schon saß er in jener berüchtigten Haltung da, die Ruhe heischte, eine Ruhe, daß man eine fallende Stecknadel hätte hören können; schon drohte sein seltsames Gebaren ihn zum Mittelpunkt der allgemeinen Aufmerksamkeit zu machen; schon hielt Alf die Hände klauenartig über der Tastatur des Flügels – da, auf die Sekunde abgepaßt, griff Ludwig Bertini ein.

Er sprang mit einem Satz unter die Gäste, die Oberlippe so weit vorgestülpt, daß sie das doppelte an Umfang gewann; riß ruckhaft die Hände vor die Brust, einem urweltlichen Saurier gleich, dessen nutzlos gewordene Vorderbeine zugunsten eines massiven Hintergestells und ungeheuren Schwanzes stummelhaft verkommen waren; verfiel blitzschnell in eine andere Pose, eine neue Grimasse, und ordnete seine eben noch vertikalen Züge horizontal. Dann griff er nach Mickeys Käppi, stülpte es sich so über, daß es ihm auf die Nasenwurzel fiel, haschte wie augenlos nach allem, was in seiner Umgebung Geräusche von sich gab; ahmte jetzt einen Bettler nach, der in den höchsten Tönen offenbar stets gnadenlose Passanten um die Verbesserung seines kläglichen Loses anflehte; verwandelte sich im nächsten Augenblick in einen kellnernden Gigolo, der equilibristisch mit seinem gläserbesetzten Tablett hantierte – und hatte sich dabei, mit schwanenartig verlängertem Hals, immer gestreckter, immer höhergeschraubt, der Zimmerlampe so weit genähert, daß jedermann sein grell bestrahltes Gesicht sehen konnte.

Und nun geschah es – ohne äußere Hilfe, von selbst, auf Ludwigs bloßen Willen hin, senkte sich das untere Lid des rechten Auges. In dem auf diese Weise wesentlich vergrößerten Apfel begann die Iris langsam zu schwanken, von rechts nach links, von links nach rechts, dann stärker zu pendeln, und schließlich, unaufhaltsam, stier, herabzurollen und dort zu erstarren – Höhepunkt der Vorführung, letzte Finesse, siegreicher Ausklang und unter der Lichtquelle erschreckend echt anzusehen: Ludwig Bertinis einzigartiges, zirkusreifes *Glasauge*!

Grete Erber, Tochter Dagmar wild an sich gepreßt, quietschte vor Vergnügen; der vergessene Alf Bertini konnte sich ein widerwilliges Lächeln nicht verkneifen, wie auch Recha, die hereingekommen und, wenngleich nur mit halbem Fuße, geblieben war. Lea gar war einer wonnigen Ohnmacht nahe, und Lore Schapp, Helene Neiter und Erika Schwarz hatten sich in staunender Bewunderung untergehakt.

Wer aus der Runde allerdings auf die übliche Fortsetzung gehofft hatte, wer meinte, gleich die dreifache Groteske greinender, mauschelnder, säbelbeiniger, ungeheuer untersetzter Krüppeljuden zu erleben, wie sie keiner antisemitischen Karikatur überhöhter je gelingen könnte, der sah sich getäuscht. Vielmehr floh Ludwig Bertini von einer Sekunde auf die andere in seine mürrische, angewiderte Isolation, sah sich um mit einer Verblüffung, als entdecke er sich plötzlich unter lauter Fremden, gab einen unartikulierten Laut von sich und verschwand in sein Kabuff.

Die Söhne *jüdelten* nach der Befreiung nie mehr.

»... tötet, tötet Theodor Wandt!«

Es waren Mickeys geradezu zauberischen Beziehungen zur Besatzungsmacht, die Alf Bertinis berufliche Erwartungen noch einmal auf einen Gipfelpunkt schnellen ließen. Ein zwanzigköpfiges Orchester britischer Militärmusiker hatte sich bereit erklärt, mit dem Komponisten als Dirigent den *Siegesmarsch* zu proben und, falls es gelänge, bald öffentlich zu spielen.

Als Alf zum erstenmal die knappe, sachliche Mitteilung aus Mickeys Mund vernahm, klappte er in sich zusammen, als hätte ihn ein Herzschlag getroffen. Er kam jedoch gleich wieder hoch und machte sich fiebernd auf den Weg in die Hohelufter Roonstraße. Dort entnahm er der Rumpelkammer das Geschenk des letzten russischen Zaren an Giacomo Bertini, den Stab aus Eisenholz, ließ den *Siegesmarsch* vervielfältigen und durch Mickey rechtzeitig an das Orchester verteilen, und fand sich zur festgesetzten Vormittagsstunde am verabredeten Ort ein – in der Hamburger Musikhalle am Karl-Muck-Platz.

Ovationen wurden ihm bei seinem persönlichen Auftauchen nicht gebracht. Dagegen erwiesen sich in dem riesigen ungeheizten Saal die uniformierten Musiker als wenig interessiert an dem Kapellmeister, dessen Werk zu studieren sie Zeit genug hatten, und das sie nun in der empfindlichen Kälte des Hauses proben sollten – die Atmosphäre war lustlos.

Alf Bertini aber schien weder etwas von den niedrigen Temperaturen noch von der Animosität der Musiker zu spüren. Er stand vollkommen versunken am Pult, den Kopf gesenkt und die Hände gefaltet. Wer es zunächst nicht hatte glauben wollen, der mußte sich durch die lange Wartezeit dann doch seinen Verdacht bestätigen lassen – Alf Bertini betete da vorn. Er betete inbrünstig, mit murmelnden Lippen, ausdauernd und sehr demonstrativ.

Endlich klopfte er kräftig mit dem Stock aus Eisenholz auf den Pultdeckel, stach den Stab hoch nach rechts in die Luft und beugte sich gleichzeitig vor – dabei den Hintern so weit herausgedrückt, als gehörte der Körperteil gar nicht mehr zu ihm.

Die Wirkung dieses Auftakts war zwerchfellerschütternd.

Die britischen Musiker, mit untrüglichem Instinkt den Dilettanten witternd, wieherten förmlich auf, warfen die Notenblätter des *Siegesmarsches* brüllend in die Luft, trampelten mit den Füßen und wollten sich vor Gelächter ausschütten.

In diesem Tohuwabohu machte Alf Bertini verzweifelte Anstrengungen, eine Autorität herzustellen, die er nie besessen hatte, und als ihm das nicht gelang, wurde er aggressiv. In dem riesigen Saal, dessen Kälte Atemwolken aus seinem verzerrten Munde aufsteigen ließ, schrie er gegen den Höllenlärm an: Er, Alf Bertini, sei der Sohn des berühmten Giacomo Bertini aus Palermo, dessen *Philharmonisches Blasorchester* bereits internationale Triumphe gefeiert habe, als sie da unten in die Windeln geschissen hätten oder zum Segen des Erdballs noch gar nicht geboren waren. Und während er sich mit Recht als *Wunderkind* feiern lassen dürfe, seien sie da vor ihm nichts als billige, stinkende *Limies*, auf die der Ehrentitel *Musiker* nie zugetroffen habe noch je zutreffen werde. Das alles keuchte Alf Bertini auf deutsch heraus, in höchstem Diskant und wie eingefroren in der lächerlichen Pose des herausgedrückten Hinterns.

Darauf brach das Orchester ohne alle Anleitung in so wüste Rhythmen aus, daß die Musikhalle von der Gewalt der Töne zu beben schien, ehe den Instrumenten dann Jaullaute zum Steinerweichen entfuhren. Als diese Darbietungen anhielten, verließ Alf Bertini das Dirigentenpult und las, den Stab aus Eisenholz krampfhaft unter den Arm geklemmt, mit starrem Gesicht die überall verstreuten Blätter seiner verschmähten Komposition auf. Er kroch auf dem Podium zwischen den Stühlen der johlenden Musiker herum und verschwand dann, vorbei an dem unter seiner dunklen Haut fahl gewordenen Mickey, wortlos aus dem Saal.

Auch wenn die anderen Bertinis nichts von dem, was in der Musikhalle am Karl-Muck-Platz geschehen war, erfahren hätten, ahnen hätten sie es können. Als Alf gegen Mittag in der Elbchaussee erschien, wirkte er um Jahre gealtert.

Wie damals bei Giacomo Bertini, dem 1915, am Tage des Kriegseintritts Italiens gegen die Mittelmächte, das Orchester wie eine Schar aufgescheuchter Hühner davongestoben war, so brach das ganze Gebäude lebenslanger Sehnsüchte, Träumereien und Phantastereien auch über dem Kopfe seines Sohnes in einem einzigen Augenblick zusammen – allein mit dem Unterschied, daß Alf Bertini, im Gegensatz zu Giacomo, nie Erfolg gehabt hatte.

Es war ein Zusammenbruch von hysterieloser Endgültigkeit, die logische Folge eines von allem Anfang an schwer gestörten Verhältnisses zur Realität, ein Dasein, dessen Hoffnungen sich über Jahrzehnte hin illusionär erhalten hatten. Nun hatte es sich, ohne den Druck von Verfolgung und Behinderung, die Alf so lange als Erklärung seiner Niederlagen dienen konnten, in der Freiheit demaskiert. Die Kluft zwischen Alf Bertinis Geltungsdrang und seinem Leistungsvermögen war nicht zu schließen gewesen – dies war die unwiderrufliche Stunde seines Scheiterns.

Seither warteten die Bertinis auf den einen, noch fälligen Energieausbruch – den letzten Angriff auf die eigene Familie.

Er kam rascher, als bei Alfs trostlosem Zustand zu vermuten gewesen wäre.

Eines Abends, lange nach zehn Uhr, während der endlosen Wiederholung weniger Takte Chopin auf dem Bechstein-Flügel, stöhnte Cesar Bertini im Eckzimmer der Söhne auf, lief vor die Tür des Wohnzimmers und schrie: »Schluß, Ende – ich halte es nicht mehr aus!«

Alf war so plötzlich vor ihm, mit geballten Fäusten und flackernden Augen, daß Cesar gerade noch über den schlecht beleuchteten Flur in die Küche flüchten konnte, wo sich Lea und Roman befanden. Die Wucht, mit der er hineinschoß, war so groß, daß er bis vor das Fenster geschleudert wurde – gleich hinter ihm Alf. Aber bevor der Vater sich auf den Sohn stürzen konnte, hatte Roman ihn von hinten mit beiden Armen umfaßt. Darauf drehte sich Alf kreiselhaft, so daß Romans Unterschenkel durch die Zentrifugalkraft gegen Herd, Schrank und Tisch schlugen, bis sie ihm wie taub herabhingen. Während dieses unfreiwilligen Karussells sah Roman das schreckensgezeichnete Gesicht seiner Mutter unter dem schlohweißen Haar, ähnlich den Einzelbildern eines Films, so rasend drehte sich Alf mit ihm.

Inzwischen waren Recha und Rudolph Lehmberg aus ihrem Zimmer getreten und hatten sich der Küche genähert, aus deren aufspringender Tür das verknäulte Duo von Vater und Sohn fiel und sich auf den Flurdielen wälzte. Rudolph Lehmberg klatschte die Hände über dem Kopf zusammen, als traue er seinen Sinnen nicht, und floh an das andere Ende der Etage, während Recha sich die Haare raufte, nach ihrer Tochter rief und fast die Treppe hinuntergefallen wäre.

Unterdessen gab Alf Bertini in der Umklammerung Töne von sich wie
ein schnaubendes Nilpferd und rollte mit Roman bis vor die Tür von
Lore Schapp – Rudolph Lehmberg konnte sich gerade noch mit einem
Satz vor dem Zusammenstoß in das eigene Zimmer retten. Gleichzeitig versuchte Cesar, die zerquetschte Hand vor der Brust und irre
vor Angst, wie von Furien gejagt das Haus zu verlassen, kam aber
nur bis zum ersten Treppenabsatz. Diese Flucht mußte Alf Bären-
kräfte eingegeben haben, denn er sprengte Romans Fessel und warf
sich, vorbei an Recha, hinab auf den zusammenbrechenden Cesar.
Als der unter den wahllosen, blindwütigen Schlägen und Tritten
des Vaters nur noch winselte, erschien, aus dem Zimmer Lore Schapps
und über den fast bewegungsunfähigen Roman hinwegsteigend, Ludwig Bertini – ohne Jackett, die Zigarette im Mundwinkel. So trat
er neben seine am Treppengeländer schlotternde Großmutter und
besah sich das Schlachtfeld zwischen Etage und Parterre, als schaue
ein unbeteiligter Passant einem gleichgültigen Schicksal am Straßenrand zu.
Was Alf Bertini an Ludwigs Gebaren gereizt hatte, wußte niemand.
Vielleicht bedurfte es auch gar keines Vorwandes, vielleicht genügte die
Tatsache, daß er diesen Sohn bisher nie tätlich angegriffen hatte –
jedenfalls schien ihm jetzt die Gelegenheit gekommen zu sein. Denn
Alf ließ von Cesar ab, der, nur noch röchelnd, unter ihm gelegen hatte,
stürmte die Treppe hoch und stand, in den Knien eingeknickt, mit dem
Ausdruck einer triumphalen Erleichterung vor Ludwig. Diesen
Triumph erkannten die gegen den Pfosten der Küchentür niedergesun-
kene Lea; die geduckte, händewedelnde Recha an der oberen Treppenstufe; und Roman Bertini, der sich am andern Ende der Etage immer
noch nicht erheben konnte – schon im nächsten Moment mußte der
jüngste Sohn von seinem Vater zerschmettert werden.
Aber da war plötzlich dieses Messer hoch in der Luft, eine breite, nach
oben spitz zulaufende Klinge, ein richtiger Dolch, von dem niemand
gesehen hatte, wo er steckte und wie er in Ludwigs Faust geraten war –
schwebend, stechbereit, selbst im trüben Licht der Flurlampe noch
grausig blank und gegen Alf Bertinis Herz gezückt. Über den Flur
brandete ein einziger Schrei.
Danach Totenstille, in der Alf und Ludwig verharrten, als wären sie in
Stein gehauen. Dann war die Etage leer, der Spuk aufgelöst, verschwunden, jede Tür geschlossen.
Nur Roman Bertini war noch draußen, wie vergessen. Er versuchte
sich aufzurichten, rutschte auf den Knien zum Eckzimmer hin und

warf dabei, von seinem Instinkt geleitet, einen Blick durch das Treppengeländer nach unten – da stand, nur Kopf, Herbert Mörtling und starrte hinauf, das *Filmschauspielergesicht* mit einem unbeschreiblichen Ausdruck wie ein heller Klecks in der Lichtlosigkeit des Parterres, und sofort zurückgezogen, als es sich entdeckt sah.

Roman Bertini legte eine Hand über Stirn und Augen – endlich hatte der Hausbesitzer seinen Kündigungsvorwand.

Es war Schnee gefallen, als Roman noch einmal das Johanneum aufsuchte.

Der hinkende Pedell, auf dem Wege vom Außenhof zum Innenhof, winkte schon von weitem, als er Roman aus der Dorotheenstraße in die Maria-Louisen-Straße einbiegen sah – als hätte er wichtige Nachrichten.

Er hatte wichtige Nachrichten, in Form von drei Mitteilungen, deren jede Roman Bertini erbleichend einen Schritt zurücktreten ließ. Die erste lautete, daß David Hanf offiziell als verschollen erklärt worden sei – die Schulleitung hätte sich, auf seine, des Pedells, Anregung hin um Auskunft über sein Schicksal bemüht, ohne auch nur das geringste in Erfahrung gebracht zu haben. Es gebe keine Spur von David Hanf, eingeschult 1933, abgegangen 1940. Das war es, was der hinkende Pedell gewissenhaft mitteilte.

Und erst jetzt, nach so langer, vergeblicher Hoffnung, an diesem Nachmittag, hier in dem tristen Dienstzimmer neben dem kurzen Aufgang vom Portal, überkam Roman Bertini die Gewißheit, daß David Hanf umgekommen war, daß er die Illegalität nicht überlebt hatte, daß Roman seinen jüdischen Mitschüler, der da draußen vor den schmiedeeisernen Gittern einen Zahn ausgespuckt hatte, nie wiedersehen würde.

Auf die zweite Mitteilung hatte Roman sich, gerade daß er die dritte noch nachgerufen bekam, sofort in eine Art Trab versetzt, der anhielt, bis er die Alsterdorfer Anstalten erreicht hatte, die riesige, mit ihren Backsteinbauten merkwürdig altertümlich wirkende Nervenheilanstalt im Norden Hamburgs.

Er folgte einer Schwester durch lange Flure, auf denen, wie in den Zimmern mit ihren offenen Türen, geistig Behinderte und körperlich Verkrüppelte standen oder saßen, Männer, Frauen und Kinder, darunter viele kleinwüchsige Erwachsene.

Am Ende des Ganges ließ die Schwester Roman Bertini allein in einem Raum, dessen Mobiliar aus einem Schrank, einem Bett und einem Stuhl bestand. Der Stuhl hatte eine hohe Lehne und war der Tür abgekehrt. Es saß jemand darauf.

Roman blieb eine Weile dahinter stehen, dann machte er ein paar Schritte nach vorn – und schlug sich die Hände vors Gesicht. Ernst Freund, sein erster Ordinarius auf dem Johanneum, 1938 nach der Schülerdenunziation verhaftet und zu jahrelangem Zuchthaus verurteilt, hatte das Dritte Reich überlebt, sah aber aus wie die Mumie eines Pharaos. Selbst Roman Bertinis außergewöhnliche visuelle Erinnerungskraft hatte Mühe, in der zum Skelett abgemagerten Person seinen lebhaften und ausdrucksstarken Klassenlehrer von Sexta bis Obertertia wiederzuerkennen. Nur die Basedow-Augen traten in dem pergamenthaften Gesicht noch weiter aus den Höhlen hervor als damals.

Furchtbarer noch als die Vergreisung aber war der mimische Ausdruck dieser Menschenruine – Ernst Freund starrte einfach ins Leere. Er hatte die Unterarme auf die Seitenlehne gestützt, saß kerzengerade an die Rückenstütze gepreßt und sah ohne Bewegung, ohne Bewußtsein, ohne jegliches Erkennen zum Fenster hinaus.

Roman Bertini wagte nicht, sich von der Stelle zu rühren. Er befand sich einen halben Meter von Ernst Freund entfernt, die Hände immer noch vorm Gesicht. So blieb er lange stehen, als fürchte er, der geringste Laut könne die lebende Mumie zu einem Häuflein Staub zerfallen lassen.

Die einzige Regung an diesem menschlichen Zerrbild war der Lidschlag der hervorquellenden Augen, langsam und in großen Zeitabständen klappten sie auf und zu. Dazwischen starrte die Gestalt zerstört ins Nichts.

Roman Bertini wollte schreien, aber er blieb stumm. Er stellte sich hin vor die offenen Augen, legte seine Hand auf die Ernst Freunds, trat hinter den Stuhl, wollte hinaus, wollte fliehen, weglaufen, entkommen, wurde aber wie von einer unsichtbaren Kraft zurückgetrieben vor die leeren Pupillen.

Schließlich gelang es ihm doch, zu schreien – und damit war er zur Tür hinaus.

Er lief dem Anstaltspfarrer in die Arme, der Einzelheiten wußte.

Danach war Ernst Freund im März 1945, zu Beginn des letzten seiner acht Zuchthausjahre, aus Brandenburg durch die Geheime Staatspolizei in das Konzentrationslager Neuengamme gebracht und dort am 4. Mai befreit worden – ohne zu wissen, was vor sich ging. Es gab niemanden, der bezeugen konnte, wann und wodurch Ernst Freund sich selbst verlor, ob bereits im Zuchthaus Brandenburg oder im KZ.

Hier war er in dem Zustand aufgenommen worden, wie Roman Bertini ihn vorgefunden hatte. Der Lehrer, der Cesar und Roman Bertinis politisches Urerlebnis gewesen war, nicht nur ihr Kompaß, solange sie seiner ansichtig waren, sondern durch sein Beispiel erst recht der große Wegweiser danach – Ernst Freund, ein physisches Wrack, war geistig für immer umnachtet.

Als Roman ins Freie trat, lag ein niedriger, schneeschwangerer Himmel über der Anstalt. Er ging die Straße zum Bahnhof Alsterdorf wie in Hypnose hinunter und blieb oft stehen, als müsse er sich festhalten. Dabei murmelte er ständig etwas vor sich hin, leise, stoßhaft, kopfschüttelnd, als könne er nicht glauben, was ihm da entfuhr.

Es war aber der Inhalt der dritten, der letzten Mitteilung, die der hinkende Pedell gemacht hatte, und auf die hin Roman Bertini zum drittenmal erbleichend zurückgetreten war – die Speckrolle durfte, *vorläufig* und *auf Bewährung*, wieder unterrichten.

Trotz Alf Bertinis rammbockhaftem, wenngleich auch wieder schlußlichtartigem Überfall auf die Seinen, gewöhnten sich die Lehmbergs rascher in die neue Umgebung ein, als zu erwarten war. Recha übertrug ihre lebenslangen Gewohnheiten einfach in die jetzige Sphäre, was unter anderem hieß, daß sie ihren Mann, statt in Barmbek oder Bodendorf, nun in dem hochdeckigen Zimmer einer Elbchaussee-Villa notorisch beschimpfte, benörgelte und der geistigen Unzucht bezichtigte, diesmal mit Lore Schapp: »Bock, geiler! Halb hast du ihr schon beigewohnt in deiner schmutzigen Phantasie, ha? Von dir aus kämen wohl keine Einwände, wie? Aber Gott sei Dank – Gott sei Dank! – gehören dazu immer noch zwei!«

Es hieß ferner, daß sie Lea, wie in der Lindenallee, bei der Hausarbeit zur Hand ging und die Tochter auf dem langen Wege nach Nienstedten und zurück begleitete – eine selten günstige Gelegenheit, Alf Bertini schillernd in unerschöpflicher, sich stets wieder selbst regenerierender Boshaftigkeit zu schmähen.

Lea schwieg dazu, wohl froh, überhaupt ein bißchen Hilfe gefunden zu haben, wenngleich um den Preis zusätzlichen Nervenverschleißes. So ließ sie der Mutter manches durchgehen, wogegen sie sonst sofort Einspruch erhoben hätte.

Was allerdings auch Recha nicht gelang, war, dabei zu bleiben, wenn Kezia Bertini gewaschen, gewindelt, entkleidet oder angezogen wurde. Unerschütterlich, mit immer demselben Argument – Bazillen, Viren! – verwies Lea sie aus dem Zimmer, vor dessen abgeschlossener Tür dann

Recha Lehmberg wahren Wutkaskaden keifend ungehemmten Lauf ließ.

Dagegen lebte Rudolph Lehmberg dahin in Sanftmut, Geduld und einer Verzweiflung, die so abgrundtief war, daß er wahrscheinlich an ihr erstickt wäre, wenn sich nicht dann und wann ein Ventil dafür gefunden hätte – bei den Enkeln. Denen war sein Zustand seit Jahrzehnten nur zu vertraut, und sie kamen dem Großvater gern entgegen. Die Solidarität mit ihm war sogar so stark, daß sie allein die drei Brüder noch zusammenführen konnte – das schafften nur Rudolph Lehmbergs heimliche Vorstellungen, keine anderen Anlässe sonst mehr.

Also komplimentierten Cesar, Roman und Ludwig Bertini gemeinsam Rudolph Lehmberg in das Eckzimmer der älteren Söhne, warfen sich dort auf die Betten und blickten den Großvater erwartungsvoll an.

Der ließ sich nicht zweimal bitten, knöpfte sofort die Manschetten auf und erläuterte: »Ich bin heute morgen mit einem ganz merkwürdigen Gefühl aufgestanden, so einer komischen Beklemmung. Und gegen die hilft, wie ihr wißt, nur Bewegung.« Er krempelte geschwind die Ärmel hoch, ächzte: »Natürlich sind die Gelenke nicht mehr so geschmiert wie in der ersten Jugend!« – und schon stemmte sich die rechte Hand in Schulterhöhe gegen den Türpfosten.

Die Enkel warfen sich auf den Betten herum, die Münder in lautloser Begeisterung aufgerissen, und forderten den Großvater mit pantomimischen Gebärden auf, die Turnstunde fortzusetzen.

Und wirklich, Zentimeter um Zentimeter rückte die Hand am Pfosten hoch, stieg unter Kommentaren wie: »Man bedenke mein Alter, die Jahre, die morschen Knochen, Kinder!« weiter und weiter, und war bereits über Rudolph Lehmbergs silbrig schimmerndes, dünn gewordenes Haupthaar hinaus geklettert.

Cesar, Roman und Ludwig Bertini hatten sich die Fingerspitzen in den Mund geschlagen, als müßten sie sich selbst kasteien, um vor Bewunderung über ihren Großvater nicht aus der Haut zu schlüpfen. Und wie jedesmal noch, schien Rudolph Lehmberg alte Rekordmarken beschämen zu wollen, denn seine Hand war noch höher gerutscht, über seinen Kopf hinaus, bis an eine Stelle, wo sie einen Augenblick zitternd verharrte, ehe Rudolph Lehmberg mit einem abgrundtiefen Seufzer abrutschte und sich, den strapazierten Arm schlaff am Körper, beifallheischend in Richtung seiner Enkel krümmte.

Die federten hoch in den Betten, streckten alle Glieder von sich und applaudierten mit Augen und Herzen, denn mit Händen wäre es zu gefährlich gewesen – galt es doch, Recha Lehmberg fernzuhalten!

Manchmal aber war alle Vorsicht vergebens, zumal Recha gerade in solcher Stunde über ein extrafeines Gehör zu verfügen schien. Dann schoß sie in das große, helle Zimmer, stieß ein schrilles »Hach!« aus, als hätte sie ihren Mann und ihre Enkel bei unsittlichen Handlungen ertappt, und stemmte die Fäuste angriffslustig in die Hüften.

»Narr, blödsinniger, was gibst du wieder für Vorführungen, daß die Gebeine krachen und die Sehnen wimmern? Spielst wieder den Pojaz, den erbärmlichen, wie? Immer noch Theatermann, immer noch Bühnenheld, immer noch jugendlicher Liebhaber?« Und sich voller Verachtung von Rudolph abwendend, nahm Recha Lehmberg, fast zwergenhaft geschrumpft, bebend, noch gezeichnet von den Spuren einstiger Schönheit, sich ihrer verzückten Enkel an: »Die Herren Höhere Schüler, Johanneer, Alt-Sprachler!« Sie pfiff maniert vor sich hin, übte sich in Posen, die ihrer Meinung nach typisch für Emporkömmlinge waren, fauchte, einen Arm anklagend gegen ihren Mann ausgestreckt: »Wißt ihr, was ihr seid, wenn *der* euch zum Lachen bringen kann? *Hilfsschüler!*« Und damit entschwand Recha Lehmberg, in voller Auflösung und auf dem Flur noch lange lamentierend.

Heute aber blieb alles ruhig, als Rudolph Lehmbergs Arm abgerutscht war und die Enkel ihren Großvater voller Sympathie und Bewunderung anblickten – bedächtig und erleichtert krempelte er seine Ärmel herunter.

In diese Stille fragte Roman Bertini, vom Bett her, leise:

»Was ist mit Bodendorf?«

Durch Rudolph Lehmberg, der sich gerade die Manschetten zuknöpfte, ging ein Ruck, als sei soeben ein Tabu verletzt, ein unausgesprochenes Gesetz gebrochen worden. Die Lehmbergs hatten nach ihrer Rückkehr kein Wort darüber verlauten lassen. Aber jetzt sagte Rudolph Lehmberg: »Bevor die Russen das Gebiet von den Briten übernahmen, im Juli, sind viele Bodendorfer abgehauen. Die geblieben sind, fühlen sich abgeschnitten, obwohl man noch über die *Grüne Grenze* in den Westen kommt. Aber die Bauern meinen, das bleibe nicht so, sie meinen, die Russen und die Amis kriegten sich in die Haare, und dann ist es zappenduster. Das denken alle in Bodendorf – die Stephiens, die Garcherts, die Wölperts, die Nieberts, alle.«

Wieder Stille.

In sie hinein fragte Roman Bertini abermals:

»Und – Theodor Wandt? Was ist mit Theodor Wandt?«

Durch Rudolph Lehmberg ging wieder ein Ruck, stärker als der erste, als der Name des Gemeindedieners erwähnt wurde. Er sah auf, das sonst so blasse Gesicht unter dem silbernen Haar plötzlich an einigen Stellen hektisch gerötet, blickte seine Enkel auf den Betten prüfend an, und sagte dann, zur Tür horchend, kaum hörbar, fast wie mit der Kopfstimme der Bertinis im Versteck bei Erika Schwarz: »Nichts ist mit ihm geschehen, gar nichts. Die Bodendorfer wollen nicht, daß er bestraft wird für das, was er getan hat. Wie sie damals für *uns* waren, als man uns bedrohte, so sind sie heute für *ihn*, weil er der Bedrohte ist.«

Aus der Küche drang Leas Stimme in das Zimmer, von der Elbchaussee kamen Motorengeräusche.

Und wieder fragte Roman Bertini:

»Was soll mit ihm geschehen? Soll er straflos davonkommen?«

Rudolph Lehmberg stand vor der Tür, horchte, wartete. Plötzlich schluchzte er auf, die Stirn gegen das Holz gelehnt: »Was der uns angetan hat, was dieser Kerl uns allen angetan hat – euch, Recha, mir...« Und dann entfuhr es dem sanften, ewig demütigen, stets auf Verteidigung bedachten und auf Beschwichtigung abgerichteten Rudolph Lehmberg knallend, bellend, heulend:

»Bringt ihn um, macht ihn kalt – *tötet, tötet Theodor Wandt!*«

11

»Alles Gute« von Colonel Hopkins

Klara Mörtling und Cesar Bertini schienen die Kälte nicht zu spüren, die in dem Geräteschuppen am Rande des Grundstücks herrschte. Heftig verklammert, in den Kleidern, nur das Notwendigste geöffnet und heruntergestreift, liebten sie sich auf der verschossenen Couch mit einer Wildheit, die beiderseits auf lange Entbehrung schließen ließ. Meist löste sich bald die Haarflut der Frau, und ihre Beine umklammerten den Liebhaber von hinten mit einer Kraft, als wollte sie ihn noch tiefer in sich hinein stoßen. Während ihrer rasch aufeinanderfolgenden Ekstasen bearbeitete sie Cesars Brust und Schultern mit kurzen, harten Schlägen.

Gewöhnlich trafen sich Alfs Ältester und Herbert Mörtlings Ehehälfte zwei-, dreimal die Woche in dem Schuppen, der vollgestopft war mit Gartengeräten, Werkzeugen aller Art, ausgedienten Küchenmaschinen und prall gefüllten Kartoffelsäcken.

Klara Mörtlings Schlag in den eigenen Schoß und seine optischen Folgen hatten ganz unvermeidlich in Cesar Bertini jene Glut entfacht, die ihn bisher stets noch zum Sieger machte. Diesmal hatte er lange mit dem Angriff gewartet, hatte das Ziel seiner Gewißheit vorher sozusagen unsichtbar umschlichen und die örtlichen Bedingungen gut ausgekundschaftet. Als er dann die Hausbesitzerin endlich ansprang, war Klara Mörtling so willenlos, wie er wollte. Die einzige Forderung, die sie nach dem Vollzug des ersten Geschlechtsaktes auf dem teppichbelegten Boden des Schlafgemachs mit schwacher Stimme stellte, war, daß *es* fortan außerhalb des Hauses geschehen müsse. Damit hatte Cesar Bertini offenbar gerechnet, denn wohlvertraut mit Gegenwart und Abwesenheit des Schiffsausrüsters, nannte er sofort Tageszeit, Tatort sowie die Art und Weise, wie Klara Mörtling den Schuppen zu erreichen habe – nämlich nicht von vorne, durch die Haustür, sondern von hinten, aus der Küche des Villenparterres heraus und entlang der großen Hecke, die jede Sicht versperrte. Er selbst wollte von der anderen Seite kommen, dem freien Feld, und natürlich immer in der Dunkelheit, Voraussetzung für ihre künftigen Stelldicheins überhaupt.

Also machte sich Klara Mörtling regelmäßig und wie unter Hypnose auf den Weg zum Geräteschuppen, wo sie, kaum daß die Tür hinter ihr geschlossen war, Cesar Bertini derart heftig anfiel, daß sie beide gleich auf der alten Couch landeten.

Dieses Verhältnis dauerte auch an, nachdem Herbert Mörtling jede persönliche Verbindung zu den Bertinis abgebrochen hatte. Weder erschien er jemals wieder auf der Etage noch lud er Roman auf die schummrige Veranda ein. Öffentlich hatte sich in seinem Benehmen nicht viel geändert, auch nicht nach der hauserschütternden Attacke Alf Bertinis gegen seine Söhne bis vor Ludwigs Messer. Wenn Herbert Mörtling einem von ihnen begegnete, unten im Parterre oder draußen auf der Straße, so lächelte er gewinnend, streckte aber nicht mehr, wie ehedem, schon von weitem die Hand aus.

Klara Mörtling nahm den Wandel, wie Cesar es wahrhaftig formuliert hatte, unglücklich, aber gehorsam hin. Von den Motiven ihres Mannes hatte sie nichts begriffen – nämlich daß für ihn der Nutzwert der Bertinis in dem Maße stieg oder sank, wie die Gefahr einer Hausbeschlagnahme durch die Briten angeschwollen war oder sich verringert hatte. Nachdem sie nun gebannt schien, entfiel die Frage gänzlich.

Anfangs hatte sich die Hausbesitzerin noch verstört auf der Etage eingefunden, war treppauf und treppab gelaufen, wie sie es monatelang getan hatte, dann aber eines Tages auf dem Zwischenabsatz stehengeblieben und endlich unschlüssig umgekehrt. Danach war sie nur noch ein einziges Mal nach oben gekommen, nämlich damals, als sie den Radioapparat wegholte, selbstverständlich auf Geheiß Herbert Mörtlings.

»In unserem Gerät ist eine Röhre kaputtgegangen«, hatte sie in ihrer Not erfunden, das Vollmondgesicht unter dem getürmten Haarkranz zur Grimasse verzogen – eine schlechte Lügnerin.

Im Geräteschuppen dann aber war es, als wollte sie Rache nehmen oder irgendeine Schuld sühnen, so schlug, biß und kratzte Klara Mörtling in ihrer Hingabe zur Wonne Cesar Bertinis um sich.

Der tat stumm und mächtig sein Werk, und er tat es auf die bekannte Weise. Bis Klara Mörtling bei jenem Rendezvous, das sich durch eine Geschäftsreise des Schiffsausrüsters besonders lang ausdehnte, erschöpft und mit einem Unterton weiblicher Verletztheit konstatierte:

»Cesar Bertini, ein Stier bist du wie kein anderer, und kannst stoßen, daß einem die Himmelsglocken läuten. Aber da, anwesend, bei der Sache, bist du nur bis hierher.« Auf ihm, drückte sie beide Hände von oben gegen seine Schultern. »Denn dein Kopf kreist wie ein Ventilator, hin und her, schön gleichmäßig und immer halbrund, als summte drinnen ein Motor. Kannst du mir verraten, wie du dieses Kunststück fertigkriegst und was das soll?«

Immer hatte Roman Bertini schwer unter Kälte gelitten, angefangen von den Tagen, als Recha Lehmberg Cesar und ihn winters in die Volksschule Bramfelder Straße gebracht hatte. Aber hier, in der Seitenstraße des Hegestiegs, auf der Lauer nach der *Melone*, spürte er die Kälte kaum, wenngleich seine Zähne aufeinanderschlugen.

Wenn er dort auf und ab ging, tags oder auch nachts, war er jetzt oft steif gefroren wie ein Eiszapfen. Immer jedoch behielt er das Haus im Auge, die Straße, ihre Ecken und Nischen, die ganze Gegend, die er inzwischen in allen Einzelheiten hätte nachzeichnen können – wie die Gesichter vieler Bewohner und Passanten, die auch ihn kannten, ohne daß Roman auch nur einen Blick für ihre Verwunderung, ihre Unruhe, ihr Mißtrauen, ihre Neugierde gehabt hätte. Niemand hatte ihn bisher angesprochen, und seine Erscheinung ermutigte auch nicht dazu.

Er lag auf der Lauer, die Hand in der Tasche um die Waffe gekrallt, und er klapperte mit den Zähnen nicht der Kälte wegen.

Die *Melone* – das war der geschlachtete Chaim Kanten und der Selbstmord seines Bruders Siegfried im Osterbekkanal; war das Ende von David Hanfs Vater im KZ Neuengamme, die Deportation der Mutter von der Moorweide, und die allmähliche Auflösung des Schulfreundes von einst und späteren Illegalen in das nebelhafte Nichts eines unauffindbaren Todes.

Die *Melone* – das war alles, was zwölf Jahre lang Schrecken verbreitet hatte, davon sechs jenseits der deutschen Grenzen, soweit die Fronten reichten; war Auschwitz und Dachau, Treblinka und Buchenwald, war Sobibor, Babi Jar und Oradour: alles das war die *Melone* für Roman Bertini.

Nicht, daß er die Scheinwerfer und den Stuhl im Stadthaus vom September 1939 vergessen hätte noch je vergessen könnte; nicht, daß er sich nicht mehr erinnerte an den Balken vom Johannisbollwerk und an den Fußboden unter dem Balken im August 1944. Aber hier, in der Seitenstraße des Hegestiegs, war Roman Bertini nicht mehr um seiner selbst willen, hier war er der Opfer wegen, die nicht überlebt hatten und deren Vermächtnis er zu seinem winzigen Teil ganz selbstverständlich auf sich genommen hatte und beanspruchte – für *sie* war Roman Bertini hier. Und ohne das Haus auch nur eine Sekunde aus den Augen zu lassen, beschleunigte er seine Schritte, nicht um das Blut in Wallung zu bringen, sondern weil er von innen getrieben und gestoßen wurde, so daß er förmlich über das Pflaster flog.

Eitel-Fritz Hattenroth und die Speckrolle waren davongekommen. Aber wenn Roman Bertini die *Melone* vor die Mündung seiner Waffe bekommen hätte, so hätte er wahrscheinlich geschossen – aus großer Nähe, die er sofort gesucht hätte, Körper an Körper, und absolut tödlich.

Aber die *Melone* geriet ihm nicht vor den Lauf, konnte ihm nicht davor geraten.

Und es war die Zeit gekommen, daß er es erfuhr.

An einem eisigen Tag Anfang Februar 1946 stieg aus der Trümmerlandschaft zwischen dem *Steindamm* und der *Großen Allee*, mehr dem Berliner Tor als dem Hauptbahnhof zu, dichter weißer Qualm in den trostlosen Himmel.

Die Rauchentwicklung war so stark, daß die Menschen von weit her darauf aufmerksam wurden. Als sich ein halbes Dutzend von ihnen der Ruine näherte, aus der die schwere, wolkige Fahne quoll, wurden zwei Männer beobachtet, die schnell davonliefen.

Herbeigerufene deutsche Ordnungshüter und Angehörige der britischen Militärpolizei fanden ganze Stöße verkohlter Akten, deren erhalten gebliebene Teile keinen Zweifel an ihrem Urheber ließen – *Geheime Staatspolizei.*

Bei Prüfung zeigte sich, daß nur drei Schriftstücke von Anfang bis Ende lesbar waren. Zwei bestanden aus kurzen Schreiben vom Dezember 1941 an die Kommandantur des Konzentrationslagers Neuengamme – Geburtsdaten, Familienstand und Berufe von zwölf gerade dorthin verbrachten Häftlingen, beide an der linken unteren Ecke versengt. Das dritte Schriftstück war mit einem fetten *Achtung!* überschrieben, ein unversehrtes Dienstblatt vom 5. April 1945, das unter dem Briefkopf Geheime Staatspolizei, Dienststelle Hamburg, Rassen-Gestapo, Johannisbollwerk – an die gleiche Behörde in Lübeck, Kiel, Flensburg und Hannover gerichtet war.

Darin stand, daß der Aufenthalt der seit dem 14. Februar 1945 flüchtigen Jüdin Lea Sara Bertini, 48, und ihrer Familienangehörigen – Alf Bertini, 49; Cesar, 23; Roman, 22, und Ludwig, 15 – im Norden Hamburgs näher lokalisiert worden sei, und zwar durch einen bewaffneten Zusammenstoß mit einem der Söhne, Roman Bertini. Bei einem Schußwechsel im Hamburger Stadtpark sei der Täter unverwundet entkommen, nachdem er einen der drei Stapo-Fahnder mit einem 6,35-mm-Geschoß schwer an der rechten Achsel und Schulter verletzt habe. Der Aufenthalt der Bertinis könne in den Hamburger Stadtteilen Barmbek, Winterhude oder Alsterdorf liegen. Möglich sei aber auch, daß die Jüdin und ihr Anhang nach der Entdeckung des Proviantverstecks versuchen würden, entweder im Süden die vorübergehend vom Feind besetzten Gebiete zu erreichen oder in dem großen Flüchtlingsstrom aus dem Osten nach Schleswig-Holstein hinein unterzutauchen, was wahrscheinlicher sei als der Fluchtversuch nach Süden.

Weil damit zu rechnen sei, daß außer Roman Bertini auch noch andere Mitglieder der Familie Waffenträger seien, müsse, wo auch immer einer der Bertinis oder alle zusammen gestellt würden, ohne Anruf und ohne Warnung sofort von der Schußwaffe Gebrauch gemacht werden.

Ob das *Heil Hitler* des mit vollem Namen unterschriebenen Dienstblattes schon zum Zeitpunkt der Abfassung oder später unkenntlich gemacht worden war, ließ sich weder am Fundort noch nachher feststellen – es wurde als unerheblich abgetan.

Mitte Februar wurde Roman Bertini durch einen britischen Kurier ein größeres Kuvert zugestellt. Aber der uniformierte Fahrer eines Jeeps warf es nicht unten in den Briefkasten, sondern hatte offenbar Order, es dem Adressaten persönlich zu übergeben. Dabei bestand er auf Vorzeigen des Ausweises. Erst als das geschehen war, übergab er Roman den Umschlag.

Der öffnete ihn oben mit fliegenden Händen – und hatte, noch vor der Lektüre des Inhalts, auf den ersten Blick erkannt, daß die Unterschrift des Originalschreibens der Gestapo vom 5. April 1945 mit dem bürgerlichen Namen der *Melone* übereinstimmte. Dann las er das noch immer ein wenig nach Rauch riechende Schriftstück, einmal, fünfmal, zehnmal. Als Lea in das Eckzimmer trat, konnte er es rechtzeitig verbergen. Kein anderer Bertini hat je davon erfahren.

Dem Schreiben der Geheimen Staatspolizei lag in englischer Sprache ein maschinengetippter Begleittext an Roman persönlich bei, dessen Übersetzung lautete:

»Im Herbst letzten Jahres wurde bei Aufräumungsarbeiten des schwer zerstörten Hamburger Stadtteils Hammerbrook in einem Keller, dessen Zugang von innen versperrt worden war, die stark verweste

Leiche eines Mannes gefunden, der sich selbst erschossen hatte. Ihm war eine Kugel in die rechte Schläfe eingedrungen, die Waffe lag auf dem Boden daneben. Bei der Untersuchung ergaben bestimmte Indizien den Verdacht, daß es sich um einen Angehörigen der Höheren SS, des SD oder der Gestapo handeln könne, ohne daß sie damals erhärtet wurden. Aufbewahrung und Restaurierung etlicher stark verschimmelter, handgeschriebener Papierschnitzel auf dem Boden des Kellers aber haben vor wenigen Tagen zur Klärung geführt. Nach graphologischem Vergleich der Schriftreste aus dem Hammerbrooker Keller mit der Unterschrift des jetzt entdeckten Schreibens der Hamburger Rassen-Gestapo hinsichtlich der Flucht Ihrer Familie in die Illegalität gibt es an der Identität des Selbstmörders mit dem von Ihnen *Melone* genannten Individuum keine Zweifel mehr.«

An den Rand des englischen Textes war, auf deutsch, in Blocklettern gesetzt:

»ALLES GUTE!«

Unterzeichnet war das Begleitschreiben von *Arthur Hopkins*, Colonel.

Den Ausschlag dafür, daß Roman Bertini endlich den Geburtshelfer Kezias aufsuchte, gab eine Jeremiade Recha Lehmbergs gegen ihre Tochter – wieder hatte Lea sie gehindert, an der Morgenwäsche des Kindes teilzunehmen.

Die Folgen waren doch wohl unerwartet. Als hätten Wut, Sorge und Ungewißheit sich bis zur Explosion in ihr aufgestaut, so brach es jetzt aus Recha hervor. Sie preßte die Fäuste gegen die Augen, lief in Richtung des eigenen Zimmers über den Flur, blieb aber vor der Treppe mit einem seltsamen Summton stehen, der nicht aus ihrem Munde, sondern aus dem ganzen Körper zu kommen schien. Dann streckte sie die Hände empor gegen die schräge Höhe des Hausgiebels und bezichtigte Lea Bertini des Hasses gegen die eigene Mutter, der Undankbarkeit, des Argwohns und vermeidbarer Neurosen. Sie schwor zum Himmel, daß sie sauber sei, weißgewaschen, und zwar zweimal täglich, und daß die Bazillus- und Virusgefahr ihrer Tochter nichts als Spleen und Einbildung sei – sofern nichts Schlimmeres dahinter stecke!

Steckte Schlimmeres dahinter? Recha Lehmberg reckte die kleine Gestalt noch höher, daß es aussah, als wolle sie vom Flur abheben und ein wenig über den Dielen schweben. Sei die Enkelin befallen von Krankheit, Gebrechen, Fehlwuchs? Könne es denn wahr sein, daß ein gütiges Wesen da oben die Mutter hätte entkommen lassen aus der Nacht, nun aber das Kind mit Strafe schlüge? Mit Strafe wofür? So

759

fragte Recha Lehmberg laut auf dem Flur, als müsse sie gehört werden von der ganzen Welt.

Aber Lea öffnete nicht.

An diesem Vormittag suchte Roman Bertini den Arzt auf, in seiner Praxis nahe dem Bahnhof Blankenese. Der Weg war ihm gut bekannt, hatte er ihn doch schon oft gehen wollen nach den fragenden Blicken von Erika Schwarz, der Unruhe in ihm selbst und in Erinnerung an die aufgewühlte Miene des Geburtshelfers, als der nach der Entbindung Anfang Juli vorigen Jahres mit Blut an den Armen bis zum Ellbogen aus dem Zimmer gestürzt kam. Irgend etwas, eine geheime Furcht, hatte Roman bisher davon abgehalten, sich zu überwinden. Jetzt hatte Recha Lehmbergs wilde Klage es bewirkt.

Er wurde vor allen anderen Patienten sofort eingelassen.

»Was ist mit meiner Schwester? Sagen Sie mir die Wahrheit!«

Der Arzt, im weißen Kittel, groß, das Gesicht grob wie eine unbehauene Landschaft, drückte Roman auf einen Stuhl, trat nahe an ihn heran, und sagte dann, sachlich, im Stil einer Diagnose: »Ihre Schwester wird nie wissen, wer sie ist, wo sie ist und zu wem sie gehört. Sie wird nie wissen, wer ihre Eltern sind und wer ihre Brüder. Sie wird nie eine Vorstellung davon haben, daß sie in Hamburg lebt, daß Hamburg in Deutschland, und Deutschland in Europa liegt. Sie selbst wird darüber nicht unglücklich sein, denn sie weiß nichts von sich. Aber ihre Eltern und ihre Brüder werden daran zu tragen haben, solange sie leben.«

Der Arzt ging zum Fenster, blickte hinaus, hielt Roman den Rücken zugekehrt.

»Ihre Schwester ist ein *mongoloides* Kind.«

Er schwieg, schien auf eine Reaktion zu warten. Aber als nichts kam, fuhr er fort: »Es war vorauszusehen. Das Alter der Mutter, die Erlebnisse während der Schwangerschaft, die Jahre davor. Das wenige, was ich von ihr erfahren habe, genügte. Dieses Kind hätte nie geboren werden dürfen.«

Draußen donnerte ein Zug vorbei.

»Woran haben Sie es damals schon erkannt?« wie von fern hörte Roman Bertini seine eigene Stimme fragen.

»An der schweren Zunge – und an den Zehen. Sie wachsen unregelmäßig aus den Füßen heraus. Es gab von der ersten Sekunde an keine Zweifel für mich.«

Roman stand auf, mit einem Gefühl, als wäre er mit hölzernen Gliedmaßen ausgestattet.

»Haben Sie es meiner Mutter gesagt?«

»Auf der Stelle – denn *sie* wollte es wissen, sie hat mich gefragt, weil sie so etwas offenbar befürchtet hatte. Noch bevor das Kind abgenabelt war, hat sie es gewußt.«

Dann drehte der Arzt sich am Fenster um und sagte: »Vielleicht hättet ihr vergessen können, was hinter euch liegt. Aber *mit* diesem Kind – nie.«

Als Roman Bertini in der Elbchaussee die Tür des elterlichen Schlafzimmers geschlossen fand, klopfte er. Klopfte auch auf Leas »Gleich, ich bin sofort fertig, einen Augenblick noch!« unbeirrt weiter und durchbrach dann, als die Tür einen Spalt breit geöffnet wurde, Leas Abwehr mit einem Sprung ans Bett.

Darauf lag Kezia, nackt, dumpf lallend, die Ärmchen erhoben. Roman drückte der Schwester sanft Daumen und Zeigefinger gegen die Wangen, bis der Mund aufging und die Zunge, dick und schwer, hervorquoll. Dann nahm er die winzigen Füße in die Hände und hob sie vorsichtig hoch – rechts waren drei, links vier Zehen unterschiedlich angesetzt. Roman beugte sich vor, küßte die Augen seiner Schwester – *Chinesenmädchen*: war er, waren sie alle blind gewesen?

Dann wandte er sich um, blickte in die entgeisterten Züge seiner Mutter und sagte: »Ich weiß alles.«

Da begann Lea Bertini zu weinen, auf den Knien vor ihrem Kind, dessen offengebliebenen Mund sie mit der Rechten bedeckte, während sie gleichzeitig versuchte, die verwachsenen Zehen unter dem linken Arm zu verstecken.

Zuerst weinte Lea tränenlos, sozusagen kalt – mit mimischen und körperlichen Verrenkungen, als bohre in ihr ein universaler Schmerz, den kein Ton, kein Wort, kein Schrei ausdrücken konnte. Danach stieg ein hohes, gequetschtes Schluchzen aus ihr empor, und erst dann brach sie in Tränen aus.

Roman Bertini hatte oft in seinem Leben Menschen hemmungslos weinen sehen, zuletzt Alf im Versteck, nachdem er dem Vater den Pistolenlauf gegen den Leib gestoßen hatte. Aber alle bisher erlebten Ausbrüche waren kaum mehr als ein Vorspiel gewesen gegen Leas Weinen in diesem Zimmer vor ihrem nackten Kind. Immer höher, immer gequetschter entwich das Schluchzen aus Leas Kehle, echohaft zurückgeworfen von Decke und Wänden. Sie war blind vor Tränen, rang nach Atem, als drohe der Strom sie zu ersticken. Und als sie sich mit den Handrücken das Gesicht trocknen wollte, ließ sie endlich vor aller Augen Kezia Bertini unbedeckt und bloß liegen – Alf, Cesar und

Ludwig waren, durch die Geräusche angelockt, hinzugetreten, schließlich auch Recha und Rudolph Lehmberg. Das elterliche Schlafzimmer füllte sich.

In all den Monaten seit der Geburt, all den endlosen Tagen und Nächten, die sie ihr Kind verborgen gehalten hatte vor den anderen, mußte Lea Bertini auf ein Wunder gehofft haben. Auf das Wunder, eines Morgens aus einem Albtraum zu erwachen und neben sich ein gesundes Kind zu finden. Sonst bliebe es unerklärlich, daß sie ihre Angehörigen nicht eingeweiht, sondern ihnen die Wahrheit so eisern und unbeugsam vorenthalten hatte.

Nun war ihr Glaube daran zusammengebrochen, eine Seifenblase, eine Chimäre, die Ausgeburt äußerster mütterlicher Verzweiflung. So lag Lea Bertini vor dem Bett, begraben unter ihrem Haar, das weiß auf den Boden fiel, und wimmerte.

Roman wollte zu ihr hin und sie umarmen, aber er war wie gelähmt. Mit der Geburt dieses Kindes war also keine neue Zeitrechnung in der Chronik der Sippe angebrochen, wie er gehofft hatte in der Stunde der Eröffnung, daß Lea schwanger sei. Es war nichts mit der Erwartung, daß mit diesem Kind nicht nur ein Bertini-Sproß ohne Verfolgung und Angst, in Freiheit und in Sicherheit aufwachsen würde, sondern dermaleinst auch den Unterschied kennte zwischen seinem Leben und der Nacht der Brüder, Eltern und Großeltern, deren Geschichte ihm dann nur mehr klänge wie eine ferne Sage.

Roman sah auf seine verstummte, wie erdrückte Mutter vor dem Bett; das nackte Kind darauf; die Brüder; Recha und Rudolph Lehmberg – wie Schemen auf einem Gemälde, starr vor dem Schrecken einer unentrinnbaren Wirklichkeit.

Und da hinein sagte Alf Bertini, als erfülle sich ihm eine heimliche Forderung an das Schicksal; sagte er, der sein Kind zärtlich liebte, hegte und umschloß, mit der Stimme endgültigen Hasses gegen die anderen:

»Das ist die Strafe Gottes, daß ihr seiner und meiner gespottet habt und nichts wissen wollt von ihm und meinem Vorbild. Getroffen hat er eine Unschuldige – aber gemeint hat er euch«, und er lachte auf, als beträfe das Unglück nicht sein eigenes Fleisch und Blut.

Da fielen die Söhne über Alf her, ihren Vater, und schlugen ihn, und schlugen ihn zu Boden. Alle drei kamen über ihn, Cesar, Roman und Ludwig, in Eintracht, und hatten Mühe, einander nicht zu treffen, so hieben sie ein auf den Gestürzten.

Alf Bertini lag unter ihnen, die Hände schützend über dem Kopf, wehrte sich aber nicht, eine Defensive, von der die Söhne unbeeindruckt blieben, denn sie gebrauchten ihre Fäuste, bis sie erlahmt herabsanken. Dann standen sie auf und umstellten den Vater, der da lag und sich nicht rührte, obschon er bei Bewußtsein war.

Alf war vollkommen bei Sinnen, trotz der schweren Mißhandlungen, die auf ihn herabgeprasselt waren. Er hielt die Augen geöffnet, aus Nase und Ohren blutend, und sah vor sich hin, als hätte er sich allein und unbehelligt zu ernsten Überlegungen auf diesen Platz an der Erde zurückgezogen.

Er war in kürzester Frist und bei lebendigem Leibe drei Tode gestorben. Den *beruflichen* an dem Morgen in der kalten Musikhalle; den *familiären* vor der blitzenden Klinge, die in Ludwigs Hand gegen das Herz des Vaters gezückt war; und den *persönlichen* Tod soeben hier auf dem Fußboden, gefällt von der gesammelten Kraft seiner sonst so uneinigen Söhne.

Wie Vorboten waren die beiden vorangegangenen Tode gewesen. Erst nach diesem dritten, hier vor seinem blöden Kinde und seiner vernichteten Frau, versank der Unstern Alf Bertinis für immer, war seine Gewaltherrschaft wirklich gebrochen, verlosch er als Person, in Zukunft nichts als sein eigener Schatten, mochte er so lange leben, wie er wollte.

Siegreich und unbehindert hatte der Verfall der Sippe ihre Befreiung überstanden.

Wenn Roman Bertini des Gebetes fähig gewesen wäre, in der Nacht nach diesem Tage hätte er gebetet. Aber er war dazu nicht mehr imstande.

In einer überraschenden Minute des letzten Sommers hatte er seinen Vater gefragt: »Du dankst gerade Gott für das tägliche Brot – dabei also hat er seine Hand im Spiele?« Als Alf aufgesehen hatte, erwartungsvoll und in der aufwallenden Hoffnung, daß wenigstens dieser Sohn doch noch den Weg des rechten Glaubens beschreite, hatte Roman sofort nachgefragt: »Und für Auschwitz? Für Auschwitz soll er nicht verantwortlich gewesen sein?«

Die Wandlung in Alf Bertinis Gesicht war unheimlich gewesen. Schrecken spiegelte sich darin, Ratlosigkeit, hilfloser Zorn, ehe er knirschte: »Gotteslästerer! Auschwitz war Menschenwerk – Gott hat damit nichts zu tun!«

Da war es wieder, was Roman Bertini seit langem stutzig machte – das metaphysische Mauseloch, in dessen Dunkel das Unvereinbare vereinbar werden sollte: nämlich das von der christlichen Lehre entworfene Bild des allmächtigen, allgütigen Gottes der Liebe – und der namenlose Jammer der Menschheit. Der Mechanismus dabei war ganz simpel: Böses zu tun oder zu lassen war in die Entscheidungsfreiheit des Menschen gegeben. Mit anderen Worten: Gott war dadurch nie für das Böse, sondern stets nur für das Gute zuständig. Wie anders denn auch als durch diese Konstruktion wäre Gottes makelloses Antlitz in dem Meer von Blut und Tränen erhalten geblieben? Noch ehe Roman Bertini wirklich begriffen hatte, daß das gesamte Lehrgebäude der Bibel auf der Kriminalisierung des Menschen zugunsten des Gottes der Liebe basiert, fühlte er sich davon heftig abgestoßen. Abgestoßen auch von der tiefen Menschenfeindlichkeit etwa der *Erbsünde*, dieser monströsen Fabel einer göttlichen Sippenhaft aller Nachgeborenen Adams und Evas; abgestoßen ebenfalls von der dichten Finsternis, die der Begriff der *Sünde* über die Menschen breitete.

Die Ent-Christlichung Roman Bertinis ging schrittweise vor sich, und zwar lange als ein dunkel-grüblerischer Prozeß im Zwielicht zwischen Unterbewußtsein und Bewußtsein. Brütend und gänzlich auf sich selbst zurückgeworfen, dachte er über Widersprüche, über Ungereimtes, Unzumutbares nach. Auf der einen Seite verkündete die Lehre, der Mensch sei geformt nach Gottes Ebenbild, auf der anderen jedoch wurde er durch Bibel und Kirche ununterbrochen entwürdigt zum Vergänglichsten und Nichtigsten unter den Sternen, zu bloßem Staub, wenngleich diesem Staub merkwürdigerweise eine unsterbliche Seele innewohnen sollte – was Roman Bertini in starke Verwirrung stürzte. Wenn der Mensch, das Sündenbündel, so fehlbar, so unvollkommen, so grenzenlos nichtig war, wie er da ständig gemalt wurde – mußte dann nicht auch ganz logisch sein göttliches Ebenbild nichtig, unvollkommen und fehlbar sein?

Dann die zwitterhafte Aufspaltung Gottes in so ungleiche Gestalten wie die des Alten und des Neuen Testaments! Wobei sich Roman Bertini den mit lauter beängstigenden und beklagenswerten menschlichen Eigenschaften ausgestatteten *Ewigen* des Alten Testaments immerhin noch vorstellen konnte: seine unersättliche Ehr- und Rachsucht; seine Gier, angebetet zu werden; sein äußerst nachtragendes Erinnerungsvermögen; seine auf die ganze, die ausschließliche Macht erpichte Herrschsucht sowie sein universales Brüllorgan. Dieser Gott von sehr zweifelhaftem Charakter hatte Roman Bertini später dann wenigstens noch belustigen können. Mit dem Gott der Liebe und der Güte, zu dem sich der des Neuen Testaments dann mauserte, ohne daß sich auf Erden etwas zum Besseren verändert hätte, konnte Roman gar nichts mehr anfangen.

Irgendwann, schwer feststellbar, hatte sich in die religiöse Emanzipation ein politischer Zug gemischt.

Roman Bertini war weder geneigt, die von der christlichen Kirche durch die Jahrhunderte organisierten oder von ihr geduldeten Judenmassaker zu verzeihen, noch einer Lehre, der die Pogrome entsprangen. Einer Lehre dazu, die ihre Existenz gerade *dem* Ereignis zu verdanken hatte, dessentwegen Juden immer wieder von Christen verfolgt und gemordet worden waren – der Kreuzigung Jesu! Ohne diese Kreuzigung keine christliche Heilslehre, kein Evangelium, kein Christentum überhaupt. Und damit keine *Erlösung* der Menschheit, wie es genannt wurde, Golgatha, dieses blutrünstige Opfer des Gottessohnes auf Geheiß von Gottvater. Wenn es Gottes (in diesem Fall also durchaus erforschlichem) Ratschluß entsprach, daß Jesus an die Balken genagelt wurde – was wären Juden dann anderes als Gottes Werkzeuge gewesen? Wenn aber Gott erst durch die Kreuzigung auf den Gedanken an die *Erlösung* gekommen wäre – dann hätten die Christen ihre Religion ebenfalls den Juden zu verdanken.

Nach Roman Bertinis früher Auffassung war keine Weltreligion so reich an Widersprüchen und Ungereimtheiten wie die christliche, hatte es keine andere Lehre so schwer, zwischen Auftrag und Wirklichkeit zu vermitteln wie diese.

Es gab zwei Ereignisse, an denen sich das Tempo von Roman Bertinis Ent-Christlichung ablesen ließ.

Während der ersten Folter bei der Geheimen Staatspolizei, im Stadthaus 1939, hatte Roman noch in seiner Not gerufen: »Hilf mir, Gott im Himmel, hilf mir!« Am Johannisbollwerk fünf Jahre später, 1944, auf dem Balken und unter dem Balken, war ihm, ungeachtet der größeren Qual, kein Gedanke mehr daran gekommen. Irgendwann zwischen diesen beiden Daten war Roman Bertini die Vorstellung von Gott, die Alf in ihn gepflanzt hatte, abhanden gekommen, hatte sich seine Ent-Christlichung als irreparabel, restlos und vollständig erwiesen.

Dennoch war auch dieses Kapitel Vorgeschichte, der vorletzte vor dem letzten Schritt.

»Gotteslästerer! Auschwitz war Menschenwerk – Gott hat damit nichts zu tun!« – so hatte Alf Bertini im Sommer 1945 ausgerufen.

Die Erkenntnis, daß das metaphysische Mauseloch, in das Gottes unbefleckte Güte schlüpfen konnte, also auch *nach* Auschwitz offen war, hatte Roman wie einen Stoß getroffen. An diesem Tage hatte er begonnen, sich Fragen nach dem Ursprung des menschlichen Glaubens an eine höhere Macht zu stellen – als Beginn seiner Ent-Gottung überhaupt.

Denn erst jetzt erhielt die jahrelange Auseinandersetzung den Rang eines denkerischen Aktes. Auschwitz außerhalb der Verantwortung Gottes, als ein Fall von Entscheidungsfreiheit des Menschen zwischen Gut und Böse, ließ er sich nicht mehr gefallen. Hatten auch die Kinder und Säuglinge, die vom Gas erstickt worden waren, besagte Entscheidungsfreiheit?

Wenn es stimmte, was der *Konzentrationär* den Bertinis während seines Besuches im Keller der Düsternstraße berichtet hatte – und Roman zweifelte nicht daran: nämlich daß die Opfer noch in der Gaskammer Gott um Hilfe angerufen hätten, ja mit seinem Namen auf den Lippen verröchelt seien; wenn es stimmte – und auch daran zweifelte Roman Bertini keine Sekunde –, daß selbst Auschwitz dem Glauben kein Ende bereitet hatte, dann konnte es dafür nur *eine* Erklärung geben: die ungeheure Bedürftigkeit des Menschen nach Gott – nicht allein, aber vor allem durch das, was der Mensch dem Menschen antat! Von dieser Bedürftigkeit war Gott erschaffen worden, durch den Menschen und nach dem Ebenbild des Menschen. In dieser Bedürftigkeit nach Gott lag das Geheimnis jeglichen Glaubensursprungs aller Zeiten, vom Totemfetischismus bis zu den großen Monotheismen – alles Varianten ein und derselben Bedürftigkeit. Außerhalb von ihr, jenseits der menschlichen Vorstellungswelt und Glaubensfähigkeit, gab es Gott nicht, hatte es ihn nie gegeben – weder als eine Höhere Macht, die dem Menschen übelwollte, noch als eine, die ihm wohlwollte.

Einen Lidschlag lang, ehe er sich unendlich erleichtert fühlte, hatte es Roman Bertini bei der Erkenntnis geschaudert: sämtliche Gebete, seit der Mensch die Reflexionsfähigkeit dazu hatte; all die religiöse Inbrunst der Jahrtausende oder gar Jahrhunderttausende, sie waren gerichtet an das Nichts, an eine Leeradresse des Universums. Gott – ein geistesgeschichtlicher Irrtum!

Das entwickeltste Geschöpf der Evolution auf dem organischen Schorf des erkalteten Planeten Erde war sich selber ausgeliefert, ohne den Schutz, aber auch ohne die Drohung seiner imaginären Projektion Gott. Der Mensch war auf nichts als auf seinesgleichen angewiesen, in einem Leben, das von der Geburt bis zum Tode reichte.

Die Welt war *mit* dem Glauben an Gott nicht zur Heimstatt geworden. Daraus zog Roman Bertini als Zweiundzwanzigjähriger den einzigen Schluß, der ihn überzeugte: erst in dem Maße, wie der Mensch vor dem schrumpfenden und schließlich verschwindenden Riesenschatten Gottes wüchse; erst wenn also der Mensch dem Menschen das Höchste geworden sei – erst dann könne ihm diese Erde Wohnstatt sein.

Bei seiner beschwerlichen Suche nach dem Menschen war Roman Bertini konsequent den Weg von der völligen Ent-Christlichung in die völlige Ent-Gottung gegangen – das war seine Antwort auf Auschwitz. Irgendeinen Konflikt mit der mosaischen Religion hatte es dabei nie gegeben – was an Roman Bertini jüdisch geworden war, trug nicht ein einziges ihrer Merkmale.

In dieser Nacht, nach dem Zusammenbruch von Alf und Lea, wurde ihm noch einmal ganz klar, daß bei den fast mythischen Schicksalsschlägen, die vor und nach der Befreiung auf jeden einzelnen von ihnen niedergeprasselt waren, den Bertinis niemand helfen konnte als sie sich selbst. Das war es, was ihm die Augen offenhielt – Gebete hatten keinen Sinn mehr.

So lag er noch wach da, als am nächsten Morgen ein Möbelwagen vor die Villa in der Elbchaussee fuhr, Packer ausstiegen, Gurte anlegten und die Treppe zur Etage hochstürmten. Im Wohnzimmer nahmen sie fachgerecht den Bechstein-Flügel in seine Bestandteile auseinander und transportierten das Instrument unter krachenden Rufen wie »Weiter rechts!« – »Vorsicht, das Geländer!« und »Paß auf, das Fenster!« aus dem Haus.

Während der ganzen Zeit ließ sich kein Bertini sehen.

Gleichzeitig mit dem grußlosen Abschied der Möbelpacker brachte der Postbote die Vorladung des Blankeneser Wohnungsamtes.

Diesmal blieb der Vorsteher sitzen, als Roman von der Galerie das Dienstzimmer betrat.

Es wurde abermals ein völlig einseitig geführtes Gespräch.

»Der Hausbesitzer, Herbert Mörtling«, der Grauhaarige hielt einen Briefbogen hoch, »klagt über unerträglichen Lärm über seinem Kopf und ist bei uns mit der Forderung nach anderen Mietern eingekommen.« Der Grauhaarige senkte die Stimme, las leise und unverständlich etwas vor sich hin, als könnte er dergleichen nicht laut von sich geben, und sah dann auf – ganz im Dienst. Aber in seinen Augen gloste ein heimlicher Triumph.

Roman Bertini setzte sich unaufgefordert.

»Die Klage wird im einzelnen begründet«, fuhr der Vorsteher fort. »Anlässe für den ruhestörenden Lärm sind aufgeführt, genaue Daten, Dauer des Krachs – eine sehr exakte Arbeit.« Er wiegte anerkennend den Kopf und hielt das Schreiben Herbert Mörtlings noch einen Augenblick in der Hand über der Tischplatte. Dann ließ er es fallen, verschränkte die Hände über dem Bauch, begann die Daumen zu drehen und sagte, wie beiläufig: »Mittelpunkt ist natürlich die – *Messerstecherei*...«

Roman Bertini saß da, erwiderte gar nichts, sondern beobachtete den Vorsteher. Der hielt eine Zeitlang durch, griff dann nach einem Buch, schlug es auf: »Wenn Sie wollen, nenne ich Ihnen die Gesetze und Bestimmungen, nach denen Ihre Familie rausgesetzt wird – es hat alles Hand und Fuß.« Er hielt das Buch geöffnet, bereit, etwaige Neugierde des Vorgeladenen prompt zu befriedigen.

Der Grauhaarige fühlte sich als Sieger. Er hatte die Arme, mit denen er vor noch nicht einem Jahr den Bertinis schlenkernd und einladend entgegengedient war, steif auf die Tischplatte gestützt, kraft Amtes befähigt, dem Geladenen heimzuzahlen, was der ihm seinerzeit an Furcht und Selbstverleugnung abverlangt hatte, und zwar, wie sich inzwischen herausstellte, völlig unnötigerweise.

Roman Bertini war gänzlich beherrscht von dem fast unwiderstehlichen Bedürfnis, den Vorsteher niederzustrecken, mit einem einzigen Schuß, von sehr nahe abgegeben und mitten zwischen die Augen. Urtümlich kam es in ihm hoch, wie damals, als er Theodor Wandt in der Dunkelheit vom Dorfplatz her dicht auf den Fersen geblieben war. Gerade so war Roman Bertini auch jetzt im Begriff, sich von seinem Tötungsdrang überwältigen zu lassen.

Zugleich aber spürte er – und das zum erstenmal –, daß die Waffe bei der Auseinandersetzung mit dem Vorsteher, und allem, was er verkörperte, nicht das geeignete Mittel war. Daß die Pistole dazu nicht tauge, daß, wenn er den Kampf aufnehmen und nicht davor fliehen würde, andere Wege gesucht und gefunden werden müßten.

Das waren die Gedanken, von denen Roman Bertini in der zweckentfremdeten Großbürgervilla von einst heftig, und doch äußerlich nicht erkennbar, bewegt wurde – ihnen verdankte der Vorsteher sein Leben.

Roman stand auf, tief getroffen von der neuen Erkenntnis, ging hin und her, als wäre er allein in dem Zimmer. Der Grauhaarige war sitzen geblieben und drehte die Daumen über dem Bauch weiter, aber seine Haltung war eine Spur gespannter geworden.

Roman hatte den Vorsteher fast schon vergessen, blickte wie zerstreut um sich und nahm ruckhaft die rechte Hand aus der Hosentasche, wo sie wie angebunden gesteckt hatte. Dann sagte er ruhig: »Sie können's ja mal versuchen«, und war hinaus.

12

Abschied von Bodendorf

Die biographische Entscheidung, die Roman Bertini bald schon fällen sollte, war die Summe zahlreicher bestimmender Erlebnisse vor und nach der Befreiung, die später nur schwer herauszufinden waren. Ganz gewiß aber trug zu dem nahen Zukunftsbeschluß jener Tag bei, an dem ihm innerhalb einer einzigen Stunde das Gegenläufigste widerfuhr, was sich in seiner Situation denken ließ.

Es war im Zentralen Arbeitsamt am Pferdemarkt, während des langen Wartens auf den Stempel. Die Halle war voller Menschen, in mehreren Schlangen nebeneinander geordnet – da passierte es.

Aus dem allgemeinen Geräuschgewirr erhob sich zwei Reihen rechts von Roman Bertini eine einzelne Stimme, die ständig dasselbe wiederholte, immer deutlicher und schärfer, bis sie schließlich über allem Restgeraune schwebte:

»Die Juden sind an allem schuld! Ich sage euch – die Juden sind unser Unglück!«

Roman Bertini duckte sich, starrte mit weggewandtem Kopf nach der entgegengesetzten Seite, in der Hoffnung, aus einem wahnsinnigen Traum zu erwachen. Aber es war auch diesmal kein Traum, sondern sie war wirklich, diese Stimme, die nun jedermann in dem großen Schalterraum vernehmen konnte, denn außer ihr schwieg alles:

»Die Juden sind an allem schuld! Ich sage euch – die Juden sind unser Unglück!«

Roman Bertini wartete mit eingezogenem Kopf ab. Und erst, als niemand protestierte, als keiner etwas tat, sprang er den Mann an – mit einem langen Satz, von hinten, die erste Reihe durchbrechend, besinnungslos und ohne Zögern. Roman flog den Schmäher, der viel schwerer und größer war als er selbst, im Hechtsprung an, zwischen die Beine, so daß seine Schultern mit voller Wucht gegen beide Kniekehlen stießen – es war, als wäre der Angegriffene von einem

769

Balken getroffen worden. Sie stürzten nach vornüber, und dabei geschah das, was Roman bisher immer hatte verhindern können – die Pistole fiel ihm aus der Tasche, schlitterte über den Boden und blieb vor der Nase des Gefallenen liegen.

Die Wirkung war elektrisierend. Der Mann auf der Erde hechelte hoch, wobei Roman mit ihm aufschnellte, denn er hing an dem Großen wie eine Klette. Der, in einem Arm mehr Kraft als Roman Bertini am ganzen Körper, streifte ihn einfach ab und wandte sich, ohne die Augen von der Waffe zu lassen, zur Flucht. Das heißt, er riß aus, stürmte durch die wartenden Menschenschlangen, den Kopf nach rückwärts auf die Pistole gerichtet, und war dann verschwunden.

Roman Bertini lag noch auf den Knien, nur halb aufgerichtet – die Wartenden hatten um ihn einen Dreiviertelkreis gebildet.

Niemand war dem Antisemiten ins Wort gefallen, hatte ihn zur Rechenschaft gezogen, hatte Roman beigestanden. Auch jetzt gab es keine Reaktionen. Roman blickte in erstaunte, unschlüssige, betroffene, überraschte und wortlos feindliche Gesichter. Er wartete, aber er wartete vergebens. Der Kreis löste sich auf, die Männer formierten sich wieder zu Schlangen, ordneten sich ein, rückten vor.

Da griff Roman Bertini, ohne Eile, nach der Beretta, steckte sie in die Tasche und erhob sich – was konnte die Pistole ausrichten gegen das, was er eben erlebt hatte? Zum erstenmal empfand er ihr Gewicht als überflüssig.

An diesem Vormittag verließ er das Zentrale Arbeitsamt am Pferdemarkt ohne Stempel – was bedeutete, daß er Lea für die kommende Woche nicht einmal die lumpigen zwanzig Reichsmark geben könnte. Aber hier, in der Schalterhalle, wollte er keine Sekunde länger bleiben.

Er war immer noch wie betäubt, als er am Hauptbahnhof den Zug nach Blankenese bestieg, und es dauerte eine Weile, bis er das Mädchen entdeckte, nicht unmittelbar vor ihm, sondern etwa zwei Meter entfernt und eingekeilt wie er.

Damals waren die Züge ständig überfüllt. Es gab keine anderen als die öffentlichen Verkehrsmittel, und Stoßen, Schimpfen, Brüllen, oft genug sogar Tätlichkeiten waren an der Tagesordnung. Auch jetzt gerieten sich mehrere Fahrgäste noch vor Eintreffen im Bahnhof Dammtor in die Haare, und ihr Geschrei übertönte das Rollen des Zuges.

Roman Bertini sah dem Mädchen in die Augen, wie erwachend, und ganz plötzlich ohne Gehör. Er sah nichts als dieses Mädchengesicht da vor ihm, die Augen, die ihn anblickten, offenbar schon angeblickt hatten, ehe er sich dessen bewußt geworden war – es war, als wenn sie ineinander eintauchen würden.

Das Mädchen befand sich in seinem Alter, um die Zwanzig, mit braunem Haar, einer kurzen, pagenartigen Frisur. Auf seinen Wangen lag, kaum sichtbar, ein zarter Flaum, ein Teppich winziger, blonder Haare, wie Hautsamt, und die zarte Oberlippe zuckte.

In dem Gesicht des Mädchens war ein Anflug von Lächeln, als es Roman betrachtete, und die Augen schlossen sich manchmal, öffneten sich jedoch gleich wieder, um ihn mit jener verschwimmenden Zärtlichkeit zu betrachten, deren nur ganz junge Menschen fähig sind.

Beide waren in dem vollgestopften Zug von allen anderen gänzlich gesondert.

Vor diesem Mädchenantlitz brach etwas lang Verschlossenes in Roman Bertini auf. Irgendwo tief in ihm öffnete sich etwas Verkapseltes, jener Empfindung an der Alster ähnlich, als er plötzlich entdeckt hatte, daß er diese Stadt, daß er Hamburg ja liebte, trotz allem, was geschehen war. So stieg es auch jetzt in ihm empor, nur viel süßer noch als damals; platzten ihm Ringe in der Brust, die ihm ums Herz geschmiedet worden waren an jenem Abend in der Platanenallee des Stadtparks, als *Regenbogen* mit einem andern Mann aufgetaucht, an dem Versteckten vorübergezogen und dann im Dunkeln verschwunden war.

Damals war etwas in Roman Bertini gestorben, das nicht wieder zum Leben erwachen wollte. Wie vereist war er seither gewesen, und die kurze und gespenstische Begegnung mit Charlotte Wandt hatte ihn nicht auftauen können. Roman Bertini, mit allen Sensoren für das weibliche Geschlecht ausgestattet, eine Membrane bei jeder Begegnung mit ihm seit seinem fünfzehnten Lebensjahr, und schon vorher voll dunkel-herrlicher Ahnungen; Roman Bertini, der hundert Saiten in sich angeschlagen fühlte in der Nähe von Frauen und Mädchen und glücklich ertrinken konnte in ihrer Aura – derselbe Roman Bertini war durch das furchtbare und frühe Erlebnis im Stadtpark wie entseelt gewesen für die Liebe.

Aber hier, vor diesem Mädchenkopf, vor diesen Augen, die sich schlossen und sogleich wieder öffneten, als wären sie erschrocken über die halbe Sekunde Blindheit; vor diesen Wangen und ihrem schimmernden Flaum; in dieser tiefen Einsamkeit inmitten schimpfender, sich stoßender Menschen – in diesem ratternden, schlingernden Zug erwachte Roman Bertini aus seinem Scheintod. Eine sengende Flamme gab ihm das Leben zurück, weihte ihn aufs neue für die verstoßene, vergessene Liebe und verwandelte ihn elementar von einer Minute auf die andere.

Als das Feuer ihm den Blick wieder freigab, war das Mädchen verschwunden, ausgestiegen.

Er blieb den ganzen Tag unterwegs. Erst spät abends kehrte er in die Elbchaussee zurück. Das Haus lag wie verlassen da. Leise schloß er die Tür unten auf, leise stieg er die Treppe hoch, und schon auf dem Absatz hörte er aus Lore Schapps Zimmer Ludwigs Organ, ätzend, unterdrückt, ungnädig. »Was denn? Hattest du mir zugesagt, mein Hemd zu bügeln, oder nicht?« Es entstand eine Pause, in der Lore Schapp etwas erwiderte, unverständlich und offenbar ohne auf Ludwigs Gegenliebe zu stoßen. »Ausreden, nichts als Ausreden, wie bei meiner Mutter. Immer sind andere Dinge wichtiger. Was verlange ich denn schon von dir? Mir täglich ein frisches Hemd zu bügeln – ist das wirklich so unmöglich?« Es polterte hinter der Tür, als wäre ein Stuhl umgefallen. Dazwischen Lore Schapps Stimme, leise und aufgebracht, Geräusche, als würde Geschirr weggeräumt werden, und dann Ludwig Bertinis hartnäckig-hohle Prahlerei: »Aber wozu auch das Ganze! Du bist mich ja doch bald los. Wenn ich in Palästina bin, brauchst du mir keine Hemden mehr zu bügeln, und für die Kämpfer der Hagana gibt es ohnehin nur eine Art von Bekleidung – das Totenhemd!«

Da lachte Roman Bertini auf dem Flur unhörbar auf – welch ein Tag! Der Antisemit auf dem Arbeitsamt und die schweigende Menge – das Mädchen in der Bahn – und nun, zum Abschluß, sein Bruder Ludwig, der dabei war, das Kreuz von Leas Schultern auf die von Lore Schapp zu bürden, und der niemals Jerusalem, niemals Erez Israel sehen würde.

Da lachte Roman Bertini abermals und ging in das große Eckzimmer und legte sich angezogen aufs Bett – welch eine Zeit, welch ein Land, welch ein Tag!

An einem herrlichen Frühlingsabend, um die Mitte des April, war das Wohnzimmer plötzlich voll von uniformierten Engländern, vier Männer, die nach Roman Bertini riefen. Als er kam, sagte einer von ihnen, etwa dreißig Jahre und für dieses Alter ein wenig zu korpulent, in akzentfreiem Deutsch:

»Grüße von Lieutenant-Colonel Mike Hunt, mit dem Sie damals in der Zeitung am Gänsemarkt gesprochen haben. Er hat sofort Ihren Namen genannt und Sie vorgeschlagen.«

Aha, dachte Roman Bertini, so also sieht der erste aus Deutschland emigrierte Jude aus, den ich zu sehen bekomme. Dann fragte er: »Vorgeschlagen – wofür?«

Jetzt erfuhr er, daß eine Wochenzeitschrift unter deutscher Leitung geplant sei, ein *Magazin*, mit ausschließlich deutschen Journalisten, möglichst jungen Leuten, und unter dem vorläufigen Titel *Sieben Tage*. Zunächst werde die Zeitschrift, bis sie ihren eigenen Stil, ihre eigene Form gefunden habe, schamlos das amerikanische Vorbild *Time* nachahmen, was gar nicht verheimlicht werden solle. Die britische Administration in Deutschland verspreche sich von einer solchen Publikation mit aktuellen Beiträgen aus Politik, Wirtschaft und Kultur viel, gebe ihr eine Chance und brauche dafür unbelastete Mitarbeiter. Das *Magazin* würde in Hannover erscheinen, brauche jedoch in allen größeren Städten Korrespondenten. Für Hamburg habe man an ihn gedacht, Roman Bertini. In den nächsten Tagen würde ihm eine Probenummer zugestellt werden. Wenn er einverstanden sei – und damit zog der Korpulente ein längliches Papier aus seiner Uniformjacke –, dann möge er diesen Vertrag unterschreiben. Er habe drei Wochen Zeit dafür.

Da standen die Briten um Roman Bertini herum, strotzend vor Gesundheit, ungeheuer wohlgenährt, neugierig und nach Rauch riechend. Seltsam zerbrechlich fühlte er sich vor der uniformgeblähten Mächtigkeit der vier, sehr berührt von dem Interesse, das sie an ihm nahmen, erregt durch die Stunde und ihre Atmosphäre.

»Übrigens werden für Hamburg zwei Mitarbeiter gesucht«, sagte der Korpulente. »Kennen Sie noch jemanden?«

Gerade war Cesar Bertini eingetreten, vierschrötig, die zerquetschte Hand vor der Brust. Mit hervorquellenden Augen hinter den dicken Brillengläsern starrte er in die Runde. Roman spürte ihn neben sich, seine stumme Bitte, seine Hoffnung.

Längst hatten die Englischstunden ihre ursprüngliche Fröhlichkeit verloren, hatten ihr Lachen eingebüßt, waren geschrumpft an zahlenden Teilnehmern und immer angewiesener auf neue Lernbegierige, die ebenfalls bald merkten, daß ihr Lehrer das Fach nicht in Oxford studiert hatte. Aus der anfänglichen Euphorie war ein kümmerlicher Broterwerb geworden, lustlos, flau durchgehalten und mit allen Anzeichen eines nahen Konkurses versehen.

Roman spürte Cesar neben sich.

Immer wollten beide schreiben – aber tatsächlich hatte nur Roman etwas geschrieben.

Immer wollten beide Journalisten werden – aber Cesar hätte sich auch für jeden anderen Beruf entschieden, den der Jüngere ergriffen hätte.

Dennoch antwortete Roman jetzt auf die Frage des Korpulenten: »Mein Bruder hier, Cesar Bertini – das ist der zweite Mann.«

Der Korpulente nickte, holte abermals einen Vertrag aus der Brusttasche und übergab ihn Cesar. »Ich komme in drei Wochen wieder zu Ihnen, überlegen Sie es sich.«

Obwohl die anderen Briten kein Wort auf deutsch sagten, schienen sie verstanden zu haben. Sie waren aufgeräumt, als wäre ihnen eine schwierige Mission gelungen.

Roman begleitete die vier hinunter. Auf der Treppe fragte er den Korpulenten: »Wann sind Sie emigriert?«

»1938.«

»Von wo?«

»Berlin.«

Sie gingen die letzten Stufen hinunter, blieben vor der Haustür stehen. »Werden Sie – Brite bleiben? Oder kehren Sie eines Tages zurück?« fragte Roman.

Der Korpulente winkte den anderen zu, schon zum Wagen zu gehen, und behielt die Hand auf der Türklinke. »Ich weiß es nicht«, sagte er, langsam, nachdenklich. »Das hängt nicht zuletzt davon ab, was sich in Deutschland tut.« Dann, lebhafter: »Und Sie? Was Sie Lieutenant-Colonel Mike Hunt berichtet haben, hat er mir erzählt. Werden Sie unterschreiben? Werden Sie in Deutschland bleiben?«

Cesar war ihnen gefolgt, aber auf dem Treppenabsatz stehengeblieben. Aus der Küche oben drangen Geräusche, Leas Stimme, Wortfetzen von Ludwig. Die Tür in der weißen Holzwand, mit der die Mörtlings ihre Wohnung abschirmten, öffnete sich, wurde aber sogleich wieder geschlossen.

»Ich weiß es immer noch nicht«, sagte Roman Bertini, »ich weiß es wirklich nicht.«

Ende des Monats kam Mickey, sehr spät abends, in die Elbchaussee.

»Belassen wir es bei dir und Cesar«, sagte er, allein mit Roman im Eckzimmer, »deine Eltern und Ludwig werden doch nicht auswandern.« Er überreichte ihm eine Mappe. »Da ist alles drin, auch für die Einwanderung drüben. Bis Mitte Mai mußt du dich entschieden haben. Zur Unterschrift hast du nach Bremen zu kommen. Ich fahre schon morgen früh dahin und komme nicht zurück nach Hamburg.«

Mickey stand unter der nackten Glühbirne an der hohen Decke – dunkel, schön, vertraut. Etwas würgte Roman in der Kehle.

»Komm«, sagte er.

Sie stiegen am Barmbeker Bahnhof aus, gegen Mitternacht, gingen die Fuhlsbüttler Straße hinunter, überstiegen den Schuttwall, blieben vor dem leeren Keller stehen, setzten den Weg fort über den Trümmerpfad zur Lindenallee und standen lange vor der Fassade des Hauses 113.

Mickey, neben Roman, rührte sich nicht.

Dann gingen sie vorbei an der ehemaligen Sandkiste, unter der großen Brücke vor dem Wiesendamm hindurch, über den Osterbekkanal bis zur Kirche, wo Roman Bertini im Frühling 1940 *Regenbogen* zum erstenmal gesehen hatte.

Auf dieser Strecke gestand er Mickey seine Zweifel und seine Unentschiedenheit, stockend, aber ohne jedes schlechte Gewissen.

Der hatte ihm dabei einen Arm um die Schulter gelegt und ohne zu unterbrechen zugehört. So waren sie zum Barmbeker Markt gekommen, vor Dehnheide, unter das stählerne Hochbahngerüst, die Grenze ihrer *Reviere* als Straßenjungen.

Jetzt nahm Mickey seinen Arm herunter, ging hinüber, ein paar Schritte in die Stückenstraße hinein. »Da war Zanoletti«, er zeigte nach links, »da der Milchmann Durst«, er lachte, »dahinten die Waffelfabrik mit dem öffentlichen Luftschutzkeller, und gegenüber unsere Wohnung.« Und nach einer Weile, wie zu sich selbst: »Warum ist meine Mutter gestorben? Warum erlebt sie das nicht mit?«

Rechts lagen die Ruinen des Haferkamps. Roman erinnerte sich noch genau an die kleinen Häuser mit den Gärten, sogenannte Terrassen. Er blickte auf die ausgebrannte Rückseite des ehemaligen Großkinos *Europa-Palast,* wo er einst, an einem heißen Sommertag, den für Jugendliche unter vierzehn Jahren zugelassenen Indianer-Film *Die Schlacht am Blauen Berge* gleich dreimal gesehen hatte.

»Ob da wohl jemals wieder ein Obststand aufgestellt wird?«

Mickey zeigte auf irgendeinen Punkt unter dem stählernen Hochbahngerüst. »Schreib mir's – wenn du in Deutschland bleiben solltest. Wenn nicht – sehen wir uns in Bremen.«

Beide zögerten den Abschied hinaus. Es war einer jener Augenblicke, die ganz unwirklich scheinen, weil die Möglichkeit, daß etwas Endgültiges eintreten könnte, auftauchte – obwohl tatsächlich nichts entschieden war.

Dann gaben sie sich die Hand, kurz, hastig, ohne äußere Rührung.

Roman wartete, bis Mickey nach rechts in der Nacht verschwunden war, ehe er sich schnell, kräftig marschierend, nach links wandte – die Hamburger Straße hinunter, den Mundsburger Damm, und in den Eichkamp einbog.

Er blieb eine Stunde stehen vor dem Haus, in dem Erich Snider gewohnt hatte.

Dann legte er den ganzen Weg in die Elbchaussee zu Fuß zurück – an der Außenalster entlang, über die Lombardsbrücke, den Holstenwall hinab, die Reeperbahn, Palmaille, die Flottbeker Chaussee, durch Nienstedten.

Er brauchte das Licht nicht anzuknipsen, als er im Eckzimmer die Auswanderungspapiere neben den Vertrag für das *Magazin* legte – es war inzwischen hell geworden.

Als er sich die Schuhe ausziehen wollte, um sich hinzulegen, fühlte er an der Stelle seines Rückens, wo er auf den Balken gelegt worden war, einen stechenden Schmerz und fiel zu Boden, unfähig, sich zu bewegen. Erst als es ihm gelang, mit zwei Fingern den siebenarmigen Leuchter auf dem Schrank zwischen den Betten umzustoßen, schreckte Cesar aus dem Schlaf, begriff, half dem Bruder hoch.

Allein in einer solchen Situation, wäre Roman Bertini verloren gewesen – aus eigener Kraft konnte er sich nicht mehr erheben.

Am Nachmittag klappte er die Schranktür auf, nahm Thomas Wolfe's *Schau heimwärts, Engel* beiseite, und klemmte sich die *Manuskripte* unter den Arm.

Er verließ die Villa, überquerte die Elbchaussee, lief auf den Weg, der zur großen Treppe über dem Strom führte. Dort stieg er Stufe um Stufe herab, die Haare gesträubt, als er an dem verlassenen Haus vorbeikam, aus dem einst der Herr mit dem weißen Hund getreten war, und wandte sich unten am Strand nach rechts. Ging durch den Sand bis zur Dockenhudener Landungsbrücke, klomm den Mühlenberg aufwärts, eine Straße mit altem Kopfsteinpflaster, und erreichte oben, sozusagen durch die Hintertür, den Hirschpark. Die *Manuskripte* fest an sich gepreßt, suchte und fand er auf dem hohen Geestrücken einen Platz, von dem aus er über das mächtige Wasserband der Unterelbe schauen konnte, selbst aber vor fremden Blicken geschützt war.

Drüben das Alte Land, die Deiche, die Mündung der Este, der Kirchturm von Neuenfelde; über Roman Bertini ein wohlwollender Himmel, ringsum Bäume und Büsche in den zartesten Farben des Frühlings.

Er schlug die Aufzeichnungen auf, vertiefte sich darin, mit gekrauster

Stirn und ohne die Aufregung und die Enttäuschung vom vorigen Jahr in den Trümmern von Barmbek, als er glaubte, *das Buch* beginnen und beenden zu können in einem Zug.

Da lag es vor ihm, ein Riesenreservoir an biographischer Rohmasse, aus der er das Werk eines Tages formen würde, heraushauen aus dem barocken Gebirge von erlebten und nichterlebten Ereignissen, familiären Anekdoten, Todesdaten und Geburten, von Dialogfetzen und Stichworten, deren Sinn er jetzt schon nicht mehr kannte, und von Begebenheiten, die er nicht hätte aufzuzeichnen brauchen, weil er sie ohnehin nie vergessen würde. Es war ein Konvolut ohne Anfang und ohne Ende, Zeilen, die sich in ihrer Masse erdrückten, sich erstickten in ihrer Enge, Nebensächliches, intime Zusammenhänge, geisterhaft gespickte Preßworte, eine Lektüre des Schauderns und des Lächelns, ungeordnet, verworren und notwendig. Ohne die *Manuskripte*, ihre Notizen und ihre literarischen Aufschreie, hätte er sich nie an *das Buch* machen können – ihn schauderte hier oben bei dem Gedanken an ihren Verlust, der so lange jederzeit möglich gewesen wäre.

Dazu gehörten auch die Seiten mit Goldschnitt, die er seit Anfang 1943 beschrieben hatte, scheinbar lapidare Eintragungen, kalt Registriertes, ohne die geringste persönliche Note, Orte, Monate, Wochen, Tage – und doch eine einzige Verfänglichkeit: diese regelmäßigen Notizen über Frontverlauf und Luftangriffe demonstrierten geradezu überwältigend, wie abhängig die Wünsche, die Sehnsüchte, die Hoffnungen, das Leben der Bertinis vom Tempo der deutschen Niederlage waren.

Über Entstehung, Inhalt und Form des *Buches* wußte Roman Bertini damals so gut wie nichts, außer der ungewissen Ahnung, daß ganze Daseinsetappen verstreichen könnten, bis die letzte Zeile geschrieben sein würde. Auch wußte er nicht, ob überhaupt jemals jemand *das Buch* haben und herausbringen wollte, was ihn nicht anfocht – der Gedanke war so fern wie die Fertigstellung.

Aber zwei Dinge wußte Roman Bertini zu dieser Zeit schon genau: daß er *das Buch* schreiben *müßte*, daß er nicht herumkommen würde um die selbstgestellte Aufgabe, ihn niemand von diesem Vorsatz erlösen konnte – das wußte er genau! Und nicht minder, nun endlich, das andere, zweite: daß er *das Buch*, was immer mit ihm bis dahin geschehen sein mochte, auf *deutsch* schreiben würde, und in keiner anderen Sprache – und dies, wo immer er wäre, unter allen Umständen und ohne jeden Zweifel. Wenn der Begriff überhaupt auf ihn anwendbar wäre – die deutsche Sprache, ihre Schönheit und ihre Gewalt, ihre

Widerborstigkeit und ihre Zärtlichkeit, sie war – nicht morgen, nicht in Zukunft, sondern jetzt, heute, hier – seine *Heimat*: war es seit langem schon, unbewußt, und trotz allem, was er erlitten hatte.

Lange hockte Roman Bertini über der Elbe mit seinen durch alle Fährnisse geretteten *Manuskripten*, und als er endlich aufstand, war der Strom unten schwarz geworden.

Am 3. Mai 1946 verließ Roman am frühen Morgen die Villa an der Elbchaussee. Bevor er ging, öffnete er die Tür zum elterlichen Schlafzimmer. Zwischen Alf und Lea, beide schlafend, die wache, leise vor sich hin lallende Kezia. Ohne ein Zeichen des Erkennens sah sie ihn an.

In diesem Augenblick fällte Roman Bertini eine Vorentscheidung.

Er fuhr mit der Eisenbahn von Hamburg über Uelzen und Gifhorn bis Braunschweig. Dort stieg er um und nahm den nächsten Zug nach Helmstedt – über dem Grenzort lag ein verhangener Nachmittagshimmel.

Roman Bertini verließ das Städtchen, marschierte durch den Lappwald nach Norden, wartete die Dunkelheit ab und überschritt unbehelligt die Demarkationslinie von der britischen zur sowjetischen Besatzungszone bei Weferlingen.

In der Ortschaft fand er die Straßen menschenleer, die Häuser, bis auf eines, ohne Licht. Aus dem Gebäude drangen Stimmen in russischer Sprache, aber er sah niemanden.

Für die zwölf Kilometer bis Bodendorf brauchte Roman Bertini vier Stunden. Er hatte keine Eile – je näher er kam, desto langsamer wurde sein Schritt. Die drei Flecken auf dem Wege dorthin – Seggede, Everingen, Gehrdorf – umging er. Als er, von Südosten über das Feld kommend, die Cervantes-Silhouette von Minna Kremers alter Mühle erblickte, herrschte noch tiefe Nacht.

Bodendorf, geduckt, langgestreckt, lag schlafend zu seiner Linken.

Roman Bertini legte sich unter die Mühle, die Augen offen. So erlebte er den Sonnenaufgang und hörte die ersten Geräusche aus dem Dorf – Kühe brüllten, Schweine quiekten, ein Fuhrwerk rumpelte auf Rattingen zu.

Gegen sieben Uhr erhob er sich, ging über den Acker zur Straße und schritt nach Bodendorf hinein.

Er erkannte die Gestalt sofort, schon am Ortseingang – hinten, auf dem Platz vor der Bäckerei, dunkel, gedrungen, ohne Jackett und in den kurzen Schaftstiefeln steckend, so kam sie ihm entgegen.

Das wird mir niemand glauben, dachte Roman Bertini, ohne seinen

Schritt zu verlangsamen – weil es nach übernatürlicher Regie, nach einer höheren Dramaturgie aussieht: ich komme, auf den Tag zwei Jahre nach der Vertreibung, hierher zurück, und der erste und einzige Mensch, auf den ich stoße, ist Theodor Wandt.

Er führte die Hand in die rechte Hosentasche.

Mit dem Gemeindediener von Bodendorf ging eine schreckliche Verwandlung vor sich, je näher er kam, desto deutlicher. Wie unter Zwang weitergehend, begann Theodor Wandt von den Füßen bis zum Scheitel in ein zuckendes und reißendes Beben zu verfallen, einen Schüttelfrost, der ihm ein schlotterndes, epileptisches Aussehen verlieh – so stolperte, so wankte er auf Roman Bertini zu. Nichts auf der Welt mußte der Gemeindediener mehr gefürchtet haben als diese Begegnung.

Immer noch allein auf der Dorfstraße, trafen sie sich in Höhe des Niebertschen Anwesens.

Aber bereits vorher war der Gemeindediener hingesunken und Roman Bertini auf den Knien entgegengerutscht. Er ließ die Arme willenlos herabhängen, und während die schwarzen Brauen wie zwei wildgewordene Raupen zusammenstießen, konnten die entsetzensgeweiteten Augen Theodor Wandts nicht von der Hand in Romans Hosentasche lassen.

Drei Schritte voreinander verharrten sie.

Der Gemeindediener von Bodendorf wollte sprechen, aber er vermochte es nicht. Wie damals, als er die Glocke auf Roman Bertinis Kopf geschmettert hatte – einmal, zweimal und noch einmal –, so kam es auch jetzt kochend aus Theodor Wandts Mund, es glühte und schäumte darin, als sei der Mann irrsinnig geworden. Nur zerplatzten diesmal die Blasen lautlos an der Luft, aus dem Krater einer alles betäubenden Furcht hervorquellend, und es sah aus, als würde Theodor Wandt jeden Moment bewußtlos umfallen – wie gebannt starrte er auf die gewölbte Hosentasche.

Aber Roman Bertini holte die Hand nicht hervor. Weder entsicherte er die Waffe noch zog er den Lauf durch – er ließ die Pistole einfach stecken.

Schon bevor der Gemeindediener die Hälfte der Strecke zwischen der Bäckerei und dem Haus der Molkereibesitzerin hinter sich gebracht hatte; noch ehe Theodor Wandt auf die Knie gesunken war – wußte Roman, daß er nicht schießen würde, obwohl er hierhergekommen war, um ihn zu töten.

Doch fühlte er sich keineswegs, wie vor Eitel-Fritz Hattenroth und der

Speckrolle, befremdet über die eigene Handlungsweise oder erschüttert über sein Versagen, sondern eher erleichtert, und zwar derart erleichtert, daß er meinte, er müsse sich irgendwo festhalten, sich anbinden, um nicht aufzusteigen in die Lüfte.

Denn eben war hier, vor dem keuchenden, winselnden Gemeindediener, von Roman Bertini der ungeheure Druck zur privaten Vergeltung abgefallen, zur Selbstjustiz, die ihm so lange Zeit völlig natürlich schien und ihn gefeit hatte gegen alle Gedanken, er würde, wenn er seinen Tötungsvorsatz ausführte, etwa eine verwerfliche oder gar strafbare Handlung begehen.

Es war jetzt auch keineswegs die Furcht davor, daß er die Waffe nicht zog und ihre Mündung Theodor Wandt zwischen die Augen setzte, ein winziges Ende über der Nasenwurzel, und dann abdrückte, wie er es sich oft vorgestellt hatte. Was Roman veranlaßte, die Hand mit der Waffe in der Tasche zu behalten, war die Wiederholung jener Erkenntnis, die ihm letztesmal bei dem Vorsteher des Blankeneser Wohnungsamtes gekommen war, nun aber hier, vor dem zuckenden und vor Angst auf den Knien rutschenden Gemeindediener, ungleich gewichtiger und klarer ihre endgültige Form gewann: daß für die Auseinandersetzung mit Theodor Wandt, und mit allem, was er verkörperte, die Waffe nicht tauge; daß dieser Kampf mit anderen Mitteln geführt werden müsse, auf Wegen, die er, Roman Bertini, noch nicht kannte, jedoch suchen und finden müsse. Er würde nicht ruhen, bis der Gemeindediener bestraft wäre für das, was er getan hatte – aber nicht, indem er ihn hier auf der Dorfstraße oder irgendwo sonst mit einem Schuß niederstreckte.

Roman fühlte, daß etwas Elementares in ihm vorging, als flösse ihm neues Blut durch die Adern, als söge er einen anderen Atem ein als bisher.

Er kehrte auf dem Absatz um, ging in die Richtung, aus der er gekommen war, entfernte sich von dem knienden Gemeindediener, verließ Bodendorf. Weder warf er einen Blick zurück noch machte er seine Absicht wahr, den Sattlermeister aufzusuchen, Paul Stephien, und seine ewig lächelnde Frau Anna, Wilhelm und Wilhelmine Garchert, die Wölperts, die Nieberts, Pastor Schnigg.

Er mußte allein sein.

Noch ehe Roman Bertini die Mühle erreicht hatte, war eine ganze Epoche seines Lebens hinter ihm geblieben und der Blick auf ein nächstes Zeitalter geöffnet. Die weggesprengte, weggeplatzte Fessel des Zwangs zur Selbstjustiz, zur individuellen Vergeltung, hatte in

Minutenfrist einen anderen Menschen aus ihm gemacht. Er hatte nicht getötet . . .

Ihm war, als hätte er doppelt so große Lungen, als würde er die Welt zum erstenmal wirklich sehen – er ging über das Feld, von einem unbeschreiblichen Glücksgefühl durchströmt, und blieb dann tief betroffen stehen.

Es war ein herrlicher Maimorgen, strahlende Helle, die nach Süden in einen bläulichen Schimmer überging und auf Äcker, Wiesen, Waldinseln einen feinen Schleier bis an den Horizont legte.

Und plötzlich war Gewißheit in Roman Bertini.

Er würde bleiben, er würde nicht auswandern, Deutschland nicht verlassen! Wußte, daß er es nicht verlassen könne, daß das, was ihn mit tausend Fäden an dieses Land band, stärker war als alle Schrecken der Vergangenheit.

Was Roman Bertini hielt, waren seine Eltern, die nicht mehr verpflanzt werden konnten, deren Kraft nicht ausreichte für einen neuen Anfang – und deren Leben verdämmern würde ohne ihn. Lea hielt ihn, seine standhafte, hilflose, unermüdliche und schwache Mutter. Und Alf hielt ihn, sein verdorbenes Leben, und der endgültige Sieg der Wirklichkeit über ihn – er war bei Lea geblieben: wie könnte er den Vater verlassen? Und Kezia hielt ihn, seine Schwester, die nie wissen würde, wer ihre Brüder waren; Kezia Bertini, deren Umnachtung ihre Angehörigen immer an die Vergangenheit erinnern würde, und die in Roman die wunderbar tröstliche Gabe des Menschen auslöste, Hilflose mehr zu lieben. Und sogar sein güteloser, hohler, hochbegabter Bruder Ludwig, dieses Blatt im Winde, hielt ihn, denn er war brüllend aufgefahren in der Nacht nach Romans erster Verhaftung und würde sich in allen Lebensaltern und unter allen Verhältnissen selbst geißeln – das hielt Roman Bertini, wie auch der Anblick von Cesars zerquetschter Hand vor der Brust.

Warum hatte er nicht gewußt, daß die Bertinis sich niemals und unter keinen Umständen voneinander trennen würden? Daß sie einander verfallen waren, unverbrüchlich und unabhängig davon, was sie sich gegenseitig angetan hatten?

Aber staunend und verwundert erkannte er hier auf dem Feld, noch in Blickweite von Bodendorf, daß ihn weit über die persönlichen Bindungen hinaus auch etwas anderes hielt – obwohl es lange nichts als seine Fluchtinstinkte mobilisiert hatte: das vergessene Schild *Juden unerwünscht* an der Tür der Gaststätte am Wiesendamm; das schamlose und wiederholte »Glauben Sie mir, ich bin nie Nazi gewesen . . .«; die langsame Verwandlung des Vorstehers in Blankenese in sein altes Ich; die Wiederbestallung der Speckrolle als Lehrer; die schweigende Duldung des Antisemitismus durch die Stempelnden an jenem Vormittag auf dem Zentralen Arbeitsamt am Pferdemarkt; und wie Herbert Mörtling reagierte, als der Verfolgten-Status der Bertinis keinen Nutzen mehr für ihn hatte. Diese Beweise und Bestätigungen, daß der Todfeind von gestern zwar militärisch geschlagen war, seine Ideen aber in vielen Köpfen weiterspukten – auch das hielt Roman Bertini.

Dieser Auseinandersetzung konnte und wollte er nicht entkommen, sie schmiedete ihn an eine Nation, die auch Erich Snider und Erika Schwarz, Helene Neiter, Lutzmann, Ernst Freund und seine ehemaligen Mitschüler Walter Janns und Peter Togel hervorgebracht hatte. Er konnte andere verstehen, überlebende Opfer, die nicht eilig genug Deutschlands Staub von ihren Schuhen schütteln konnten, um es nie mehr zu betreten – er verstand sie gut. Aber *er* mußte bleiben. Das Eigentliche, Letzte und Stärkste, was Roman Bertini hier hielt, war – Auschwitz.

Mickey mußte allein nach Amerika fahren, über den Großen Teich, in das geliebte und unbekannte Chikago, zu *seinem* Volk dort, der eigenen Auseinandersetzung entgegen und dem Versuch, seinen Lebenstraum zu verwirklichen – mit welchen Korrekturen? Und sie beide würden weinen über die Trennung und ihre Unvermeidlichkeit.

All das hagelte an diesem Maimorgen, bei strahlendem Himmel, auf freiem Feld, wie ein Überfall auf Roman Bertini ein.

Wie könnte er leben – ohne Hamburg? Ohne die Lindenallee wieder aufzusuchen und die ehemalige Sandkiste, den Keller in der Düsternstraße, den Panther aus Stein im Stadtpark, den Hafen? Wie könnte er leben ohne den Seeduft der Unterelbe und den Septemberhimmel über der Heimatstadt?

Er sah sich um, aber der das gesprochen hatte, war er selbst.

Nicht, daß Roman Bertini in dieser Stunde schon seine Identität gefunden hatte – wie hätte das sein können? Er fühlte sich weder als Deutscher, noch als Italiener, noch als Jude, obwohl er, wie Cesar, als Leas Sohn nach der *Halacha*, dem geltenden jüdischen Recht, Jude war – auch ohne Beschneidung. Er mußte sich selbst suchen, ohne im voraus zu wissen, ob er sich auch finden würde.

Aber er hatte soeben eine Entscheidung getroffen, die sein Leben auf unabsehbare Zeit bestimmen würde.

Lange hatte er dagestanden auf dem Feld, mit der Reglosigkeit einer

Vogelscheuche. Nun setzte er sich in Bewegung, auf die Grenze zu, aber ohne den nächtlichen Umweg nach Süden, sondern direkt nach Westen hin zur Demarkationslinie zwischen der sowjetischen und der britischen Besatzungszone. Er überschritt sie, abermals unbehelligt, in der Nähe von Obenwalde. Weit hinten, vor dem Rauch von Gehrendorf, entdeckte er einen russischen Soldaten, der, an der einen Hand ein Fahrrad, in der anderen ein Fernglas, ihn starr beobachtete. Roman winkte ihm zu.

Er hatte keine Ahnung, wo die nächste Bahnstation war – vor Obenwalde, drüben, waren die Gleise blockiert. So schritt er einfach dem Lauf der Sonne nach. Als er an einem kleinen See vorbeikam, holte er die Pistole aus der Hosentasche, Giacomo Bertinis Beretta, die über eine unvergleichliche, nie wiederkehrende Zeit ein Teil seiner selbst gewesen und doch nun völlig nutzlos geworden war. Er entnahm dem Magazin die Patronen, warf sie einzeln ins Wasser, und dann die Waffe hinterher.

Die nächste Ortschaft hieß Velpke. Roman Bertini erkundigte sich und bekam Auskunft. Es gab von hier zwei Möglichkeiten, mit dem Zug zurückzukehren – über Wolfsburg oder über Braunschweig, letztere die längere Strecke, aber wahrscheinlich die schnellere Verbindung.

Er machte sich Notizen, löste eine Fahrkarte und fand, daß sein Geld gerade reichte. Dann setzte Roman Bertini sich auf eine Bank, schloß die Augen und erwartete den Zug nach Braunschweig.

Wenn er dort den Anschluß bekommen würde, könnte er noch am Abend in Hamburg sein.

Das Tagebuch der Anne Frank

12. Juni 1942 – 1. August 1944

Mit einem Vorwort von Albrecht Goes

Band 77

Anne Frank wurde am 12. Juni 1929 als Kind deutscher jüdischer Eltern geboren. Sie mußte schon in ihrer frühen Jugend die Schrecken der Verfolgung und die Ängste des Lebens in der Verborgenheit erfahren. Die Familie, die nach Holland emigriert war, wurde im August 1944 in ihrem Versteck in Amsterdam entdeckt und in Konzentrationslager gebracht. Im März 1945 starb Anne Frank im Vernichtungslager Bergen-Belsen. Nach der Verhaftung der Familie fand man zwischen alten Büchern und Zeitungen das Tagebuch, das Anne seit ihrem 13. Lebensjahr in holländischer Sprache geführt hatte. Es wurde in mehreren Sprachen veröffentlicht und erregte auf der ganzen Welt als ein erschütterndes menschliches Dokument größtes Aufsehen.

Fischer Taschenbuch Verlag